《西廂記》注釋彙評

上

(元)王實甫 原著

周錫山 編著

上海人民出版社

國家古籍整理出版專項資助
全國古籍整理優秀圖書二等獎

總目

重版後記

序

《西厢記》是中國和世界文學藝術史上最重要的經典著作之一。《西厢記》自問世至今，極受學者、讀者和觀衆的歡迎，尤其是在晚明至清代，不僅在舞臺上常演常新，其劇本原作重版竟達一百餘次，可謂是中國文學藝術著作之最，也是二十世紀之前世界文化藝術名著重版最多的作品之一，創造了出版和傳播的奇迹。

在衆多的版本中，明清兩代的注本和評本也很多，這在中國文學藝術著作中可以説是遥遥領先於其他作品的。《〈西厢記〉注釋彙評》中的注釋部分是吸收前人所取得的成就和優點的基礎上糅合作者精當見解的《西厢記》的最新注釋本，彙評部分更是元明清三代評論和二十世紀研究成果的集大成之作，對於具有中等水平文化以上的文史愛好者來説，是一部優秀的古典文學經典的讀物；對於文學和藝術創作家來説，是一部有用的創作參考資料；對於學者、研究家來説是一部有用的參考文獻。

縱觀五百多年的《西厢記》研究史，研究的成果是通過不斷積累而逐步發展的。明清兩代的注本，爲現代學者重新注釋《西厢記》提供了很好的基礎，現代學者的優秀注釋本都吸取了明清注本的成果。對於明清兩代的評論，現代學者對金聖歎的評批的成果吸收很多，可是對其他各家的精彩成果很少吸收，因爲大家對這些成果還不甚了解，晚明清初的衆多評批本現今多已成爲孤本或罕見的善本，有的甚至很晚纔重新發現。

新中國成立之後，在二十世紀下半期，《西厢記》的注本先後有王季思、吴曉鈴、祝肇年和彌松頤、張燕瑾諸人的六七種，這些注本各有特點，而有新的突破的評本則没有出現，僅在八十年代出版過一種拾掇前人評論的彙評本，彙評的内容也僅是一些常見資料。

進入二十一世紀的第一年，也即二〇〇一年，則有吉林人民出版社的《六十種曲評注》出版，其中收有周錫山《西厢記評注》。全書四十萬言，在全劇正文的每折之後，有周錫山撰寫的注釋和藝術賞析、評論，全書之後又有周錫山本人的兩篇論文：《〈西厢記〉的本事演變與版本述略》和《論曲壇巨擘王實甫和〈西厢記〉的偉大思想藝術成就與巨大影響》（兩萬字）。此外還附録了一部分《西厢記》歷代版本的序跋（這也是一種重要的評論形式）、元明清三代評論彙編。

承《六十種曲評注》的兩位主編黄竹三教授和馮俊杰教授的美意，我於一九九六年被聘爲這部大書的顧問，并承擔《西厢記評注》的寫作。後我因當時手頭任務特别多，没有時間寫作此書，我就向兩位主編建議改由我推薦的周錫山先生承擔，當即得到他們的同意。這件事情的過程就是如此，當然也可以説得更詳細些。

周錫山早於一九八三年讀到我的第一本《西厢記》研究專著《明刊本〈西厢記〉研究》時就萌發了編纂《西厢記彙評》本的願望，他的這個想法得到戲曲研究的前輩權威趙景深先生的支持。一九八四年一月，趙景深先生還特地介紹他來見我，聽取我的意見，此後又特地來信介紹周錫山的情況。我當時覺得這個願望是很好的，但進行這項工作和出版的條件還不足。此事儘管没有馬上進行，但我與周錫山則因此而相識了。趙老於一九八五年初仙逝之後，我們時有交往和通信。趙老當年介紹周錫山情況的這封信，我在趙老仙逝後出版的拙著《中國戲曲史探隱》（齊魯書社一九八八年版）卷首《代序：書信十封》（趙老給我的十封信）中全文發表了。自一九八八年初起，周錫山來到上海藝術研究所工作，我們成了同事，我曾先後約請他爲我主編的《十大名伶》（上海古籍出版社一九九二年版）、《元曲鑒賞辭典》（上海辭書出版社一九九〇年初版）、

《明清傳奇鑒賞辭典》(上海辭書出版社二〇〇五年初版)、在我擔當顧問的《志怪小説大觀》(上海三聯書店一九九五年版)中撰寫文章，都是愉快的合作。

在他因爲《西厢記彙評》的編撰設想而與我初次相識的十二年之後，由於《六十種曲評注》的編纂出版計劃的執行，也終於有了出版《西厢記》彙評本的機會，我想到當年趙景深先生的囑托和周錫山本人的願望，就將《西厢記評注》的寫作任務轉托他來完成。

但是這個任務是艱巨的。《西厢記》自明清至當代有了這麽多的版本和注釋、評批本，要收齊各種版本的序跋、評論，還要在這麽多的衆家注本(且大多爲名家注本)之後完成新的注釋，既應該吸收前人的成果，在前人所取得的成果的基礎上寫出自己的注文，又不能照抄前人，更不能没有自己的新意，因此，要圓滿完成這麽一部評注新書，是非常困難的。

周錫山愉快地接受了這個艱巨的任務。此後，他在圖書館埋頭遍閲大量的綫裝書，由於都是善本或孤本，祇能手抄，其中的艱辛可想而知。按照主編的預定計劃，他在完成單位的研究任務和他自己别的科研項目的同時，於一九九八年初如期完成全書的編纂和寫作(他接着又與黄明合作完成了《六十種曲評注》中的另一部名著《水滸記評注》)，特將全稿送交我「審閲」。我説，我既已信任你，請你承擔這個任務，我就不審稿了，你直接寄給主編吧。兩位主編在審閲全稿後，一字不改地交付出版社；出版社的責編、編審審閲全稿後也一字不改就交付印制了。

《六十種曲評注》出版後，我特將《西厢記評注》全書四十萬字通讀了兩遍。第一遍通讀着重檢查有否錯誤，讀完之後，我給周錫山打了一個電話，通知他説：通讀全書後，没有發現錯誤。

此後，我又通讀了第二遍，仔細審閲他在此書中有否新的進展。他的注釋和評論頗有一些不同前人的新觀點，也很有一些新的發現。讀完之後，我感到他的意見都能够成立。

《六十種曲評注》出版後頗受好評，報刊上也有多篇評論文章給以贊揚，并於二〇〇二年獲得「中國圖書獎」。《二〇〇四年上海文化年鑒》和《二〇〇四年上海年鑒》記載了周錫山撰寫的《西厢記評注》，並給以很高評價：「吉林人民出版社出版的《六十種曲評注》榮獲中國圖書獎，其中《西厢記評注》由上海藝術研究所周錫山研究員擔任。周錫山在注釋中指出：《西厢記》『無語怨東風』一語首創性地運用了反用典故的方法，是歐陽修名句『莫怨東風當自嗟』的反用，并對歐詞名句『淚眼問花花不語』作了精妙回答。書中對《西厢記》幾個主要角色崔鶯鶯、張生、紅娘和老夫人作了極具新意的精當評價，又揭示和分析了《西厢記》在世界文學史上首創『知音互賞』式的愛情模式描寫。周錫山認爲：此戲寫出張—崔之戀超越一見鍾情的模式，經過心靈的激烈碰撞，開始上升到青年男女在知音互賞基礎上走入戀愛的長途，在中國和世界文學史上作出首創性的巨大藝術貢獻。他們的愛情，超越一見鍾情的階段，結合愛情受到嚴峻考驗的描寫，作者讓張—崔的才華在高智商的心靈碰撞中，不斷冒出新的愛情火花，從而增進了解，達到靈與肉的結合，形成更高層次的愛。明代傳奇《玉簪記》和長篇小説《紅樓夢》等，實際上都繼承了這種描寫。」

但是周錫山本人對這個評注本還是不滿意，他感到有兩個不滿足：一，限於此書所允許的篇幅、體例和寫作時間，他感到自己重要的新觀點表達得還不够明晰和完整，因此他在此書的基礎上重作整理和增補（包括更醒目地提出《西厢記》對《紅樓夢》的重大啓示和影響），再撰《〈西厢記〉新論》一文，發表在權威刊物《戲劇研究》（上海戲劇學院學報）二〇〇五年第四期。同時爲了向中學生普及這部經典著作，他還應岳麓書社之約，於二〇〇五年將《西厢記》改寫成《西厢記》小説插圖本。

二，他在編纂此書時，除了抄録了明清諸本的評論，也抄録了明清諸本的眉批和夾批，抄録和整理了「二十世紀《西厢記》研究的專著和論文索引」，總篇幅達四十萬字之多（加上注明眉批和夾批的原文，共有六十萬字），却因《六十種曲評注》的體例關係而未予收録和出版，而這些内容對於讀者和學者是非常有用的。

爲此，周錫山決心要完善這個工作，出版一本網羅元明清所有評論（包括眉批和夾批）的完整的《西廂記》注釋彙評，單獨成書出版，以利《西廂記》這部經典著作的傳播，并爲《西廂記》研究者提供更多的參考。我很同意和支持他的這個想法。他也得到了《六十種曲評注》兩位主編和吉林人民出版社的贊同和支持，同意他將《西廂記評注》增補後單獨出版。

自開始進行這個選題起，時間又過了十年，《六十種曲評注》的出版也近五年，周錫山最近在《西廂記評注》的基礎上，發展擴充成《〈西廂記〉注釋彙評》一書，請我過目，並請我作序。

周錫山出於對中國傳統文化的經典著作《西廂記》的熱愛，自發願編纂彙評至今，已有二十二年的歲月。他終於做成此事，可見他是一個有志向、有耐心、有毅力和有能力的學者，板凳敢坐幾個「十年冷」，這些都是一個有成就的學者必備的品質，尤其在當今商品經濟引領時代潮流、人心非常浮躁的時代，是更其難能可貴的。在上海藝術研究所的諸多比我年輕一輩的學者中，我對他的評價一貫較高，了解也最深。《〈西廂記〉注釋彙評》這部書的完成和他的其他衆多學術成果，證明了我對他的看法不謬。近年，在邀請他爲我主編的《明清傳奇鑒賞辭典》的《南西廂記》諸篇（還有另外三部名劇）撰稿之後，我本還想邀請他繼續合作，一起編寫《西廂記辭典》，可惜因爲當今學術出版形勢的空前嚴峻而未能馬上着手編撰，只能等諸來日了。

現今呈現在各位讀者、學者面前的《〈西廂記〉注釋彙評》不僅彙總了元明清三代的衆多評論，「二十世紀《西廂記》研究專著和論文索引」（還附有二〇〇一至二〇〇五年的研究論文索引）彙總了現當代研究評論的信息，還包括了編著者周錫山本人的研究成果：他的注釋、評論和有關論文。由於明清的諸種注本，互相重復的注釋比較多，注音的方法在現今已經落後並已遭淘汰，所以本書不作「彙注」，以節約大量的篇幅，是明智的。而他本人所作的新注，吸收種類繁多明清注本和現當代的數種注本所取得的成果的基礎上，作了適合當今讀者閱讀方式、詳略得當的注釋和難句串講。他在引用前人和今人的重要成果時，都注明了出處，嚴格遵守了學術規範，表現了對前人成果的應有尊重。又能糾正現有注本的錯誤之處，大膽發表自己不同的觀點。好的注釋本，不能僅僅做好難字的解釋和難句的串講，還應有自己的新的獨到的體會和觀點，本書在這方面做了努力。

周錫山先生對《西廂記》所作的彙評，包括《西廂記》(二十世紀至二十一世紀初)百年研究專著和論文索引，是全面、系統和精當的，他本人的評論和論文，尤其是其中突破前人的新的觀點和成果，我也是欣賞的。

我認爲，周錫山《〈西廂記〉注釋彙評》，系統、全面和完整地收集、整理和總結了元明清三代和二十世紀至二十一世紀初的《西廂記》研究的巨大成果，在認真繼承和高度肯定前人、近人、今人的研究成果同時，又展現了他本人在充分繼承現有成果的非常扎實的基礎上所作出的新的研究成績，有的還可以説是新的發現，所以，此書對於弘揚民族傳統文化，總結經典著作的重大藝術成就和創作經驗，作出了令人注目的貢獻，因而成爲一部重要的文獻，不僅給研究家提供了重要的參考資料，也給創作家提供了重要的學習文本，更是具有中等以上文化的廣大文史愛好者樂於閱讀的經典著作的重要導讀教材。

自二十世紀五十年代初起，我研究和評論《西廂記》及其越劇改編本等已有半個多世紀，對《西廂記》這部戲曲經典有着特別深厚的感情。儘管我今年已經八十有八，在近四分之一世紀中，關於《西廂記》的研究已經出版了七本書，約有一百八十篇文章，但我至今没有停止研究和欣賞《西廂記》的脚步，還不時撰寫並發表一些文章，深感《西廂記》是一部藝術成就極高、意義極其深廣的巨著，有着挖掘不盡的研究價值和欣賞價值。在這個過程中，看到周錫山的《西廂記》研究成果和其他國内外學者的文章、著作，深感「吾道不孤」，是十分欣喜的，因而非常樂意向學術界、創作人員和廣大讀者推薦此書。

蔣星煜

前言

中國戲曲名家名作林立，在世界文化史上取得了罕與倫比的偉大成就〔一〕。《西廂記》是中國戲曲最傑出之作，也是中國和世界文學史、藝術史、文化史上極少數不可逾越的高峰式的偉大巨著之一。因此，《西廂記》是作家學習寫作的典範教材之一，也是青年學習傳統文化、提高文化素質的最佳教材之一。

歷代對於《西廂記》的評價極高，而且是一代比一代高。元末明初賈仲明從總結金元戲曲藝術成就的角度指出「新雜劇，舊傳奇，《西廂記》天下奪魁」。明代王驥德在其《新校注古本西廂記·序》中認爲《西廂記》「令前無作者，後掩來哲，遂擅千古絶調」。明末清初金聖歎將《西廂記》與《莊子》、《離騷》、《史記》、杜（甫）詩、《水滸傳》並列爲「六才子書」，認定爲各文學體裁的最高之作。清代《紅樓夢》第二十三回《〈西廂記〉妙詞通戲語》描寫大觀園内第一才女林黛玉拿到《西廂記》後，「越看越愛看」，自覺「詞藻警人，餘香滿口」，「雖看完了書，卻只管出神，心内還默默記誦」，予以極贊。到了十九、二十世紀之交，俄國柯爾施主編、瓦西里耶夫著的《中國文學史綱要》説：「單就劇情的發展來和我們最優秀的歌劇比較，即使在全歐洲恐怕也找不到多少像這樣完美的劇本。」二十世紀中後期，日本河竹登志夫《戲劇概論》將《西廂記》和古希臘索福克勒斯《俄狄浦斯王》、印度迦梨陀娑《沙恭達羅》並列爲世界古典三大頂級名劇，都從更廣闊的世界戲劇史、文化史的高度，給《西廂記》以精當評價。

因此，閱讀、欣賞和研究《西廂記》，不僅是傳統文化經典的繼承，而且富於多種層面的現代意義。即以其基本主題

「願普天下有情人都成眷屬」來説，不僅歷代深得人心，而且具有世界性的普世意義。其主人公張生的做人精神，也得到當代讀者、學者和文藝家的深度認可：在背信棄義、自食其言者威脅自身幸福的險境下，「感情極度痛苦，但他永不放棄」〔二〕。張生仁義兼備，品學兼優，盡管在他的身上，充滿多方面壓力，「這種壓力來自愛情，來自婚姻，來自事業，來自人性」；這樣的「壓力」，「接通了傳統文化和現代文化的兩個終端」。古人和今人，都會感到「壓力」，但張生能夠克服困難，決不退縮動摇，而是堅强面對，變壓力爲動力，因而「張珙的勝利，是現代人的驕傲」〔三〕。這樣的認識，充分體現了經典著作歷久彌新的偉大生命力；體現了經典著作的閱讀，是人的素質培育不可或缺的基本養料，意義非同尋常。

爲此，筆者編纂本書以饗讀者，並提供學者、作家、藝術家參考。

本書共有六個部分：

一、《西廂記》原文、注釋、齣後短評；

二、《西廂記》明清刊本和評點本目録；

三、《西廂記》明清版本序跋彙録；

四、《西廂記》元明清評語彙録；

五、《西廂記》明清評點本評語彙録；

六、《西廂記研究》，是筆者研究《西廂記》的專著。

本書的《西廂記》原作，採用明末清初毛晉（一五九九—一六五九）汲古閣《六十種曲》本。

《西廂記》的元刊本蕩然無存，而明刊本（包括選本）則有一百零七種之多，今尚存八十種（其中全本六十一種，選本十九種），且多善本、精本。本書之所以取《六十種曲》本爲底本，是因爲誠如蔣星煜先生所説，《六十種曲》這套戲曲叢書，「有其無可比擬的重要性、代表性」，而其中的《西廂記》是元代北雜劇《西廂記》中「最南戲化、最傳奇化」的一種版本，「是以徐士範刊本爲底本又參照諸善本作了校改，成爲最完善而受重視的版本」〔五〕。也即是中國戲曲中南北交融的典範。

作爲明末清初最重要的藏書家與出版家之一，汲古閣主人毛晉因爲藏書、刻書，而把父親遺留給他的萬頃良田全數變賣，猶如毀家紓難。爲什麼這麼説？因爲在清軍南下，遍地烽火、兵荒馬亂之際，人人都思逃命要緊，毛晉卻不以自己性命和財産的安危爲念，擔憂歷史、文化文獻散失，全心全意抄録、刊行傳統經史子集的經典著作和戲曲名著，「他以天下爲己任，挑起了發揚民族文化的重擔，精工刊刻，使之廣爲流傳」。〔五〕

毛晉在專收明代傳奇名作的《六十種曲》中收入《西廂記》，顯然是將《西廂記》看做爲「天下奪魁」的傳奇之祖。二十世紀戲曲研究權威鄭振鐸主編《古本戲曲叢刊》時，在專收戲文和傳奇的初集中，將《西廂記》列爲第一部作品，繼承和發揚了毛晉的優良傳統。

毛晉在《六十種曲》的《演劇二套弁言》中説：「會日長至，惜年暗銷，偕二三同志，就竹林花榭，攜尊酒，引清謳，複撚合《會真》以下十劇，挑逗文心，開發筆陣，乃知此類實情種，非書酒也。」並説：「麗情流逸，如中酒，如著魔，上自高人韻士，下至馬卒牛童，以迄雞林（新羅及其周圍國家和地區，指朝鮮半島的當時國家）象胥（翻譯官）之屬，對之無不剔須眉，無不醒肝脾。」意爲當時《西廂記》的演出長盛不衰，社會上各個階層的人們無不把欣賞《西廂記》當做是賞心悦目的美的享受。即使中原板蕩，戰火連天，敵寇渡江，也要保護中華民族的文化經典、藝術天才創作的傳世精品，不忘美的追求和精神的升華，象征着偉大著作和文化血脈的堅不可摧，千古永垂。

本書選擇毛晉《六十種曲》本《西廂記》，是我們在中華民族的偉大復興時代，對這位在民族危亡時刻精心保護、繼承和弘揚民族文化經典與血脈的愛國志士和傑出學者的一種紀念和敬意。

本書的《西廂記研究》，結合本書《導論》和每齣後的短評，發表了筆者對《西廂記》的主題思想、人物塑造、寫作成就、美學意義的全面的新看法，並在金聖歎評批和歷代學者研究的基礎上，重新認識《西廂記》的偉大藝術成就。例如《西廂記》在世界文化史上，繼承和弘揚《史記·司馬相如列傳》首創的「琴挑」母題，創造了一個愛情的新的模式——「知音互賞」式的愛情，即具有劃時代的重大意義。

不僅對《西廂記》，筆者對中國文學史、藝術史上的頂級經典著作——文史結合著作如《史記》、《資治通鑒》〔六〕，戲曲如《牡丹亭》、《長生殿》〔七〕，小説如《紅樓夢》、《水滸傳》〔八〕，美學三大家中的拙編《金聖歎全集》〔九〕、拙編《王國維集》（中國社會科學出版社二〇〇八、二〇一二）〔十〕，都有自己系列性的新見解；並通過筆者在學術史上首創的「神秘現實主義和神秘浪漫主義」、「意志悲劇説和意志喜劇説」、「評論和研究西方文藝名著的中國獨創性文論」三個理論之整合和闡發，對古今中外的衆多文藝經典和名著提出新看法，已經出版多種著作、發表多篇論文，並將繼續出書發文，敬希讀者和學者留意並給以嚴格審核與批評。

本書是筆者最早從事的三個專業——古籍整理研究、古代文論研究和古今戲曲研究結合的成果。在此書即將出版的時刻，我極其懷念一九七八年報考華東師範大學古籍研究所研究生（唐宋文史研究方向）時的主考教授葉百豐先生，和熱忱提攜我報考復旦大學元明清文學專業（戲曲小説研究方向）博士生並擬培養我爲學術接班人的一代宗師趙景深先生！

本書的編撰，得到我的前輩同事、學術權威、年已九四的蔣星煜先生的提攜和幫助，謹致謝忱！

本人的學術研究，一貫得到年已九九的業師徐中玉先生和年已八六的陳謙豫先生的關心和支持，謹表感念！

周錫山　二〇一二年一月十三日於上海靜安九思齋

注釋

〔一〕筆者已有多篇論文論述此題，有興趣的讀者可以參閱拙文：《中國戲曲的世界意義》（上海《社會科學報》一九九九年八月二十六日）、《中國戲曲的首創性貢獻述略》、《論戲曲在中國和世界文學史、美學史上的地位》（《傳統藝術與當代藝術》，上海社會科學院出版社一九九〇；摘要刊《上海藝術家》一九八八年第四期，中國人民大學報刊資料中心《中國古代、近代文學研究》一九八八年第十一期）、《中國戲曲的多元性及其前景之探討》（《戲曲藝術》一九九六年第四期；中國人民大學《戲曲研究》一九九七年第一期；王安癸、劉禎主編《東方戲劇論文集》，巴蜀書社一九九七）、《二十世紀中國戲曲回顧與瞻望論綱》（南京：《藝術百家》一九九九年第四期；哈爾濱：《藝術研究》一九九九年第四期；《一九九九·哈爾濱·「千禧之交——海峽兩岸二十世紀中國戲曲發展回顧和瞻望研討會」論文集》，臺北：傳統藝術研究中心，二〇〇二）、《意志悲劇說和意志喜劇說》（《中國古代文學理論研究》第二十七輯，華東師範大學出版社二〇〇八；上海美學學會編《新世紀美學熱點探索》，商務印書館二〇一三）和《戲曲中的神秘現實主義和神秘浪漫主義描寫略論——中國戲曲的首創性貢獻研究之一》（二〇〇八·香港中文大學主辦《「重讀經典：中國傳統小說與戲曲國際學術研討會」論文集》，香港：牛津大學出版社二〇〇九）等等。

〔二〕薛若琳《兩對有情人的不同命運》，《浙江藝術職業學院學報》二〇一二年第四期。

〔三〕著名越劇藝術家、尹派女小生茅威濤《張珙是誰》。

〔四〕〔五〕《〈六十種曲〉本〈北西廂〉考略》，《西廂記的文獻學研究》第三五九、三六一——三六二頁。按蔣星煜先生的論著，都是深思熟慮之作，再版時極少需要修改。只有此文，他寫了兩個完全不同的稿本，在發表《汲古閣〈六十種曲〉及其〈北西廂〉》，收入《明刊本西廂記研究》（中國戲劇出版社一九八二年版）之後，感到言猶未盡，再撰此文，收入此書。

〔六〕以《史記》、《資治通鑑》和「二十四史」等正史爲主的資料，已撰寫並出版《流民皇帝——從劉邦到朱元璋》（二〇〇四、增訂本二〇一二，上海錦繡文章出版社）、《臨朝太后——從呂太后到慈禧》(同上)、《漢匈四千年之戰》(二〇〇四，修訂本二〇一二，同上)，發表《劉邦新論》(《社會科學論壇》二〇〇八年第六期)、《琴挑文君：劫財劫色還是真情實意？》(《新民晚報》二〇〇八年五月二十五日)等多篇論文。

〔七〕將出版《牡丹亭註釋彙評》，已出版《摯誠情緣：千古遺恨〈長生殿〉》(濟南出版社二〇一三)；已發表《〈牡丹亭〉新論》(二〇一〇·上海戲劇學院、香港中文大學、香港城市大學等聯合主辦《湯顯祖與「臨川四夢」國際研討會論文集》、《湯顯祖研究通訊》二〇一一年第一期)、《昆劇〈長生殿〉和兩〈唐書〉中的李楊愛情新評》(二〇〇七·上海戲劇學院主辦昆劇《長生殿》國際研討會論文集，上海文藝出版社二〇一〇)等多篇論文。

〔八〕已出版《紅樓夢的人生智慧》(北京：海潮出版社二〇〇六，上海錦繡文章出版社二〇一三)、《紅樓夢的奴婢世界》(上海文化出版社一九九五、一九九九、二〇〇〇、二〇〇一，北嶽文藝出版社二〇〇六)，將出版《曹雪芹：從憶念到永恒》(濟南出版社二〇一三)；已出版《貫華堂第五才子書水滸傳》解讀本(解讀二十一萬字，萬卷出版公司二〇〇九)，將出版《水滸傳的人生哲理》；已發表《水滸新説》(《新民晚報》二〇〇八—二〇一一年連載六十六篇)、《古代小説非理智型「推車撞壁」式激烈爭執的精采描寫》(《九江學院學報》二〇一二年第三期)、《〈水滸傳〉和〈艾文赫〉》(《水滸爭鳴》第二輯，一九八四)、《水滸人物點評》和金批《水滸》的論文多篇。

〔九〕已出版《金聖嘆全集》導讀、解讀本(六卷七册法式精裝本，近四百二十萬字；其中導讀和解讀約四十五萬字)，將出版《金聖嘆文藝美學研究》(上海文化出版社)，已發表《二十世紀文化十大家的金聖嘆和〈金批水滸〉評論述評》(中國《水滸》學會會刊《水滸爭鳴》第十三、十四輯和中國《水滸》學會主辦「水滸國際網絡·周錫山説《水滸》專欄」)等多篇論文。

〔一〇〕已出版《王國維美學思想研究》(中國社會科學出版社一九九二)，已發表《論王國維的偉大學術成就對當代世界的價值》(北京大學、清華大學、香港大學、臺灣清華大學中文系聯合主辦《紀念王國維誕辰一百二十周年學術研討會論文集》，廣州：廣東教育出版社一九九九；《廣州師範學報》一九九八年第八期)等多篇論文。

〔一一〕本課題已經完成並發表以下書籍和論文：《神秘與浪漫——文學名著中的氣功與特異功能》(百花洲文藝出版社一九九九)；《神秘現實主義和神秘浪漫主義導論》(二〇一一·上海·中國比較文學學會和復旦、上師大主辦，華師大、交大、上外、上大等聯合舉辦《中國比較文學第十屆年會暨國際研討會論文集》；《莫言獲諾貝爾獎獲獎詞商榷——神秘現實主義和神秘浪漫主義，還是魔幻現實主義？》（二〇一三・上海・同濟大學與中國人民對外友好協會、上海市作家協會、上海市比較文學研究會等主辦《「從泰戈爾到莫言：百年東方文化的世界意義」國際學術研討會論文集》）；《論〈老子〉之「道」之爲氣》（一九九一・上海外國語大學主辦首屆「中國文化與世界」國際研討會論文，《中國文化與世界》大會論文專輯，上海外語教育出版社一九九二）；《〈莊子〉對中國文藝的巨大指導作用及其現代意義》（二〇〇六・河南商丘・「莊子文化國際高層論壇」論文）；《錢學森院士的人體科學思想對創新道學文化的重大意義》（二〇〇九・北京・「首屆國際老子道學文化高層論壇」論文）；《論印度佛教文化對中國文學的全面滲透和巨大影響》（一九九五・上海外國語大學主辦第二屆「中國文化與世界」國際研討會論文，《中國文化與世界》第五輯，上海外語教育出版社一九九七）；《戲曲中的神秘現實主義和神秘浪漫主義描寫略論——中國戲曲的首創性貢獻研究之一》（二〇〇八・香港中文大學主辦《「重讀經典：中國傳統小說與戲曲國際學術研討會」論文集》，香港：牛津大學出版社二〇〇九）；《〈牡丹亭〉和三婦評本中的夢異描寫述評》（《二〇〇六・中國遂昌・湯顯祖國際學術研討會論文集》，杭州：西泠書社二〇〇八）；《〈水滸傳〉中的神秘主義描寫述評》（中國《水滸》學會會刊《水滸爭鳴》第十二輯，北京：團結出版社二〇一一）；《〈史記〉、〈夷堅志〉和今人名著中的占卜描寫述評》（「廬山文化研討會」論文《九江師專學報》二〇一一年）；《〈江湖奇俠傳〉的內功描寫研究》（二〇一〇「平江不肖生國際研討會」論文集；又刊《武當》二〇一一年第九、十期）；《宗璞小說中的神秘主義題材和表現手法試論》（復旦大學「宗璞小說研討會」論文，傅秋敏、周錫山主編：中國比較文學旅法學會會刊《對流》第六期，法國巴黎，二〇一〇）。

〔一二〕已發表《意志悲劇說和意志喜劇說》（二〇〇七・中國古代文學理論學會與雲南大學聯合主辦中國古代文學理論第十五屆年會論文，中國古代文學理論學會會刊《古代文學理論研究》第二十七輯，華東師範大學出版社二〇〇八）。

〔一三〕已發表《中國之石和西方之玉——中國文論評論和研究西方文藝名著方法論綱》（二〇〇九・中國古代文學理論學會與四川大學、四川師範大學聯合主辦中國古代文學理論第十六屆年會論文，中國古代文學理論學會會刊《古代文學理論研究》第三十輯，華東師範大學出版社二〇一〇）。

導論　曲壇巨擘王實甫和戲曲巨著《西廂記》

一　王實甫的生平與創作

王實甫，名德信，大都（今北京市）人。生卒年不詳，據元周德清《中原音韻》自序，可推定他於泰定元年（一三二四）時已經去世。生平事迹不詳。孫楷第《元曲家考略》據蘇天爵《元故資政大夫中書左丞知經筵事王公行狀》的記載，認爲王實甫即王結之父。文中有關王實甫的内容爲：

公易州定興人……父德信，治縣有聲。擢拜陝西行臺監察御史，與臺臣議不合，年四十餘，即棄官不復仕，累封中奉大夫，河南行省參知政事，護軍，太原郡公。

此文中所記王德信，於惠宗至元二年（一三六六）猶在世，這同《中原音韻》自序和《録鬼簿》的記載（按《録鬼簿》自序作於至順元年即一三三〇年，此書亦將王實甫列入「前輩已死名公才人」）相牴牾，且籍貫與王實甫不同。故而學術界一般皆持否定態度。

有關他的重要資料有兩則——

元鍾嗣成《録鬼簿》記載：

王實甫，名德信，大都人。

明賈仲明《録鬼簿續編·王實甫》（天一閣本）吊詞：

風月營密匝匝列旌旗，鶯花寨明颩颩排劍戟，翠紅鄉雄糾糾施謀智。作詞章，風韻美，士林中等輩伏低。新雜劇，舊傳奇，《西廂記》天下奪魁。

另有《北宮詞記》所載套曲〔商調·集賢賓〕《退隱》署名王實甫作，其中〔後庭花〕具體描繪他中年以後的隱居生活：

> 住一間蔽風霜茅草丘，穿一領卧苔莎粗布裘。捏幾首寫懷抱的歪詩句，吃幾杯放心胸村醪酒。這瀟灑傲王侯！且喜的身登中壽，有微資堪贍賙，有亭園堪縱游。保天和自養修，放形骸任自由，把塵緣一筆勾，再休題名利友。

曲中另有：「百年期六分甘到手，數支干周徧又從頭。」可知作此曲時年届六十，且已退隱不仕。但曲中又有「紅塵黄閣昔年羞」，「高抄起經綸大手」，似乎他曾任朝廷高職，與雜劇家王實甫是否一人已屬可疑，更且《雍熙樂府》等書所載此曲未署作者姓名，則此曲是否確爲王實甫所作，也難確證。

此外，元劉將孫《養吾齋集》有《送王實甫》詩並小序，但此王實甫爲江西廬陵人，顯與大都王實甫並非一人。明陸采《南西廂·序》謂王實甫任都事，則無據。也有以爲王和卿即爲王實甫者，則更不可信。

現知王實甫的創作情況如下：

一、雜劇十四種

《西廂記》

鄭太君開宴北堂春　張君瑞待月西廂記（曹寅楝亭藏書本作「崔鶯鶯待月西廂記」。）

《雙蕖怨》

《麗春園》（詩酒麗春園）

《進梅諫》（趙光普進梅諫）

《明達賣子》

家烈母員外送兒　賢孝士明達賣子

（曹本作「孝父母明達賣子」。）

《販茶船》

馮員外誤入神仙種　信安王斷没販茶船

（曹本作「蘇小卿（郎）月夜販茶船」。「船」，一作「舡」。）

《于公高門》

厚陰德于公高門

（曹本作：「東海郡于公高門」。）

《麗春園》

十大王歌舞麗春園（一作「麗春堂」）

（曹本作「四大王歌舞麗春臺」。《元曲選》作《四丞相高會麗春堂》）

《七步成章》

曹子建七步成章

《多月亭》

（曹本「亭」作「庭」。暖紅室本作「才子佳人拜月亭」。）

《陸績懷桔》

作賓客陸績懷桔

《芙蓉亭》

韓綵雲絲竹芙蓉亭

《吕蒙正風雪破窑記》

（一作「破窑記」。）

《嬌紅記》

（按：以上據元鍾嗣成《録鬼簿》。）

二、散曲四首

小令一首

【中吕・十二月過堯民歌】

套數二首

【雙調・集賢賓】《退隱》

【南呂・四塊玉】（北）

殘曲一首

【雙調】（失牌名）

（按：以上據隋樹森《全元散曲》。）

現知王實甫作雜劇十四種，今多散佚，僅存《崔鶯鶯待月西廂記》、《四丞相高會麗春堂》和《呂蒙正風雪破窑記》三種，以及《蘇小卿月夜泛茶船》、《韓彩雲絲竹芙蓉亭》二劇殘折之曲文，和一些散曲。

二　王實甫的地位與創作成就

從周德清《中原音韻》可知，王實甫在元代即被評爲雜劇家之首。王文才先生《白樸戲曲集校注》認爲：「前人常稱關、白、馬、鄭爲元曲四大家（按《録鬼簿》載賈仲明《吊馬致遠詞》，另以元劇早期作家庾、白、關、馬並稱），或又主張四家中去其一人，而補入王德信，實則四家説已視《西廂記》爲祖稱。」蔣星煜先生認爲王文才的「這種理解我認爲符合周德清原來的看法，《中原音韻》既以《西廂記》作爲『之難』的惟一例證，則就造詣而言，當然在四家之上。」（《西廂記新考・關馬鄭白與王實甫》）明清兩代的著名戲曲理論家、研究家賈仲明、朱權、王驥德、金聖歎、李漁，皆認爲《西廂記》是戲曲中的最高之作，從而也認爲王實甫爲元曲家第一。現代著名戲曲研究家譚正璧、趙景深也持這個觀點。譚正璧師特撰《元曲六大家》一書，以王實甫和關、白、馬、鄭、喬吉爲六大家。趙景深師首肯譚正璧師的這個觀點，他在《元代雜劇賞析》的序文中提及：

首先是王實甫和元曲四大家關漢卿、白樸、馬致遠以及鄭光祖的代表作，都是經過精選的。這位喬吉卻是被譚正璧看作元曲六大家之一的（其他五家當然是王實甫和關、白、馬、鄭）。

王實甫現存的三部雜劇中，《破窑記》也有頗大影響。此劇叙劉月娥奉父命抛彩球擇夫婿，綉球打中了窮書生吕蒙正。劉員外嫌貧愛富，想毁婚約，劉月娥不改初衷，堅持以「心慈善，性温良，有志氣，好文章」爲擇夫標準。她被父親扣下衣服首飾，與吕蒙正住破窑，做貧賤夫妻，認爲自己「心順處便是天堂」。她認清：不可嫁「無恩情，輕薄子」，尋的是「知敬重畫眉郎」。吕蒙正上朝應舉，月娥苦守破窑十年。十年後吕蒙正狀元及第，授官洛陽縣令，他試探妻子志節，命官媒假傳蒙正已死，勸她改嫁，媒婆被趕出門外；又身穿破衣，假裝落魄回來，月娥竟毫無怨責之言，還好意慰勸：「但得個身安樂還家重完聚，問甚官不官便待怎的。」

劉月娥重人品，感情，不慕虚榮、富貴的愛情觀，與《西厢記》中的崔鶯鶯相同，反對門第觀念，顯示了反封建的進步性。吕蒙正（九四六——一〇一一），實有其人，爲北宋河南洛陽人，字聖功。太平興國進士，太宗、真宗時三次任宰相，景德二年（一〇〇五）辭官。爲北宋名臣。得官前與母親曾遭父所逐，衣食不給。本劇情節正史本傳無載，可能爲作家之虚構。

《麗春堂》叙金代高層統治者内部的生活與鬥爭，題材頗爲獨特。劇本寫五月端午爲金朝的蕤賓節，衆官在宫中御園赴射柳會。右丞相完顔樂善與監軍李圭因打雙陸爭吵毆鬥，被貶到濟南。幾年後草寇作亂，樂善被召平寇有功，恢復官職，郎主在麗春堂設宴，令李圭請罪，二人和好。

《芙蓉亭》今存〔仙吕・點絳脣〕套曲，描寫小姐出綉房與書生相會，全劇情節已無從得知。《販茶船》今存〔中吕・粉蝶兒〕，描寫妓女蘇小卿與書生雙漸分離後的思念之情，收到雙漸負情之信的失望、怨恨，譏諷求親的鹽商。可知此劇記敘蘇小卿和雙漸的愛情故事。

今可確定王實甫的散曲著作不多，其中頗受研究家推許的是〔中吕・十二月過堯民歌〕小令一首：

自别後遥山隱隱，更那堪遠水粼粼。見楊柳飛綿滚滚，對桃花醉臉醺醺。透内閣香風陣陣，掩重門暮雨紛紛。怕黄昏忽地又黄昏，不銷魂怎地不銷魂。新啼痕壓舊啼痕，斷腸人憶斷腸人。今春，香肌瘦幾分，縷帶寬三寸。

此曲描繪女子思念遠别的夫君或情人，語言清麗。上半曲連用疊詞，下半曲四句，則詞語回環，有力地轉達出幽怨纏綿、縈繞不去的懷念的情致。此曲頗有《西廂記》曲文的功力，尤其「新啼痕壓舊啼痕」一句，《西廂記》第十七齣《泥金報捷》鶯鶯唱〔醋葫蘆〕曲中也有「寄來書淚點兒兀自有，我將這新痕把舊痕湮透。」兩句如出一手，（感）情、（詞）義相同。

王實甫現存諸作中，成就最高、影響最大的無疑是《西廂記》雜劇。由於《西廂記》的元代原刊本蕩然無存，元代和明代早期的諸刊本也迄無發現，因此其全稱也難以確定。《録鬼簿》馬廉校注抄本於《西廂記》名下標作《張君瑞待月西廂記》，《録鬼簿》天一閣藏本和曹寅楝亭藏書本等皆爲《崔鶯鶯待月西廂記》。明代徐士範刊本卷端之題爲《重刻元本音釋題評西廂記》，而其第一齣「家門大意」中則又稱爲《崔張旅寓西廂風月姻緣記》。

《西廂記》的作者在明代也頗有争論，一共有四種觀點：王實甫著，關漢卿著，關作王續，王作關續；其中主張王實甫著和王作關續的最多。清代和今人則只有兩種觀點：王實甫著，王作關續。趙景深師和王季思先生都認爲王實甫著。主張王作關續的有王驥德、凌濛初、閔遇五等著名《西廂記》研究家，當代則蔣星煜先生也認爲「王作關續較爲可信」。蔣星煜先生《明刊本西廂記研究》中的有關諸文和《西廂記考證・〈西廂記〉作者考》對這個問題的論説頗爲嚴密有力。根據前人和蔣星煜先生的研究，加以個人的思考，再對照第五本即後四齣與前面十六齣的風格、成就之差别，筆者也認爲王作關續説比較可信。

由於王實甫的雜劇作品散佚大半，留存很少，因此我們無法了解他的創作全貌，更難詳述他的整體成就和整體風格。從現存的雜劇包括殘折之套曲來看，王實甫嫻熟於愛情題材。王實甫已佚作品中，《拜月亭》、《嬌紅記》顯亦爲著名的愛情題材。從現存的作品中也可看出王實甫筆下的女主角，皆爲愛情高於功名、財富，反對門當户對，只求志誠、温柔、才華的擇偶標準的有見識女性，表現了進步的愛情觀。王實甫雖是古今研究家公認的文采派的典範，《西厢記》的語言清麗華美富贍，確是詞家之雄；但作爲一代大家，他的語言風格多樣，《破窑記》等，以本色爲主，與劇中人物的淳樸敦厚實在的性格描寫相一致，顯示其深厚的語言功力和寬廣的藝術眼光。

三 《西厢記》的主題

王實甫創作《西厢記》雜劇，顯然是非常不滿意元稹《鶯鶯傳》（《會真記》）中張生始亂終棄、文過飾非的醜惡形象，同情善良純情的少女鶯鶯，要將張崔之戀改寫成一曲正氣浩然的愛情之歌。王實甫顯然是非常贊同董解元《西厢記諸宫調》以張生真心與鶯鶯相愛、鶯鶯以大膽私奔來追求理想愛情，最後以張崔美滿團圓爲結局的整體構思；認同《西厢記諸宫調》以張崔爭取婚姻自主爲目的，與以崔母爲代表的封建勢力構成的戲劇衝突；關漢卿的續作更贊同《董西厢》曲末「從今至古，自是佳人，合配才子」的理想，故而以《董西厢》的基本情節爲藍本，參考其精彩的唱詞，再加以天才的藝術創造，精心構著千古名作《西厢記》雜劇。

王實甫《西厢記》在藝術上遠高於董解元《西厢記諸宫調》，誠如張人和《〈西厢記〉論證》所指出的：「王實甫在《董西厢》的基礎上進行了天才的再創造，把崔張故事編寫成規模宏大的戲劇，他繼承了《董西厢》的成就，糾正了《董西厢》情節重復枝蔓龐雜、布局輕重失宜、人物不够典型的弊病，充分運用了戲劇樣式的長處，使題材更加集中，矛盾更加鮮明，主題思想更加明確，心理描寫更加細膩，語言也更爲洗練，從而達到了西厢故事的高峰，爲後來名目繁多的各種改編本所莫及。」又指出：「王實甫的《西厢記》繼承了《董西厢》反封建的主題思想，並有了新的發展和提高，作品通過張生與鶯鶯的愛情故事，展示了青年男女要求愛情自由、婚姻自主的思想願望與封建家長維護封建禮教、封建婚姻的矛盾衝突。」張燕瑾先生進一步概括説：「《西厢記》描寫了以老夫人爲代表的封建衛道者同以崔鶯鶯、張生、紅娘爲代表的禮教叛逆者之間的衝突，表現了這樣的主題思想：永老無别離，萬古常完聚，願普天下有情的都成了眷屬。」

以上的觀點完整、精辟地總結和概括了二十世紀研究家所取得的成果，準確道出《西厢記》領先於當時思想界、文化界和曲壇、文壇的進步觀念和主題思想。《西厢記》的思想觀點，對當時和後世的作家有很大的指導作用。

中國古代史學界和正統文壇流行着美貌女性是「禍水」的錯誤觀點。封建政壇和一些史學家將昏庸帝王的辱國喪權、禍國殃民的罪責硬套在他們身邊的寵妃身上，認爲是她們的誘惑，使昏庸帝王沉溺於女色，從而荒於政事，貽禍國事。元稹《鶯鶯傳》竟借張生之口，將這種荒謬的觀點引入文壇，以廣闊的歷史爲背景，污蔑鶯鶯並爲自己的始亂終棄的醜行辯護：「大凡天之所命尤物也，不妖其身，必妖於人。使崔氏子遇合富貴，乘寵嬌，不爲雲爲雨，則爲蛟爲螭，吾不知其變化矣。昔殷之辛，周之幽，據百萬之國，其勢甚厚，然而一女子敗之；潰其衆，屠其身，至今爲天下僇笑。予之德不足以勝妖孽，是用忍情。」又記叙：「於時坐者皆爲深嘆。」「時人多許張爲善補過者。予嘗於朋會之中，往往及此意者，夫使知者不爲，爲之者不惑。」末句更爲惡劣，還要教育和鼓勵别個始亂者皆終棄之，欺騙玩弄善良女性，造成衆多社會悲劇，豈非喪盡天良！

針對《鶯鶯傳》的上述陳詞濫調，王實甫《西廂記》除上述公認的主題思想外，我認爲還有一個重要的主題思想，即歌頌優秀女性的善良、忠誠、正義、才華和靈慧。這主要體現在鶯鶯和紅娘這兩個光輝的藝術形象上，甚至部分地也體現在老夫人身上。王實甫《西廂記》在女性觀方面與元稹《鶯鶯傳》反其道而行之，在藝術上也取得極高的成就，本書的《西廂記》研究部分《西廂記新論》有專節，結合人物形象的分析加以闡發，此不展開。

四 《西廂記》的崇高地位和巨大影響

王實甫《西廂記》在中國戲曲史上具有至高無上的地位和最爲巨大的影響。元末明初賈仲明的吊詞從總結金元戲曲的藝術成就的角度指出王實甫「作詞章，風韻美，士林中等輩伏低。新雜劇，舊傳奇，《西廂記》天下奪魁」。明代王驥德在其《新校注古本西廂記・序》中認爲王實甫《西廂記》「令前無作者，後掩來哲，遂擅千古絕調」。又於該書評語中强調：「《西廂》妙處，不當以字句求之。其聯絡顧盼，斐亹映發，如長河之流，率然之蛇，是一部片段好文字，他曲莫及。」清初李漁於《閑情偶寄》中總結宋元明三代戲曲的藝術成就，結論是：「吾於古曲中，取其全本不懈，多瑜鮮瑕者，惟《西廂》能之。」這些戲曲研究家都在其一代名著中，給《西廂記》以最高的評價，皆肯定《西廂記》是中國古代戲曲中的最高之作。《西廂記》是中國文學史和文化史上最偉大的著作之一。明清著名研究家站在文學史和文化史的高度給《西廂記》以最高評價。王驥德《新校注古本西廂記》評語贊嘆：「實甫《西廂》，千古絕技；微詞奥旨，未易窺測。」陳繼儒《陳眉公先生批評西廂記》更驚嘆爲「千古第一神物」。李贄《焚書・雜説》評之爲「化工之作」。

明末清初的金聖歎又將《西廂記》與《莊子》、《離騷》、《史記》、杜（甫）詩、《水滸傳》並列爲「六才子書」，認爲這六部書都是各體裁的代表作，代表着中國文學的最高成就。趙景深師則於《明刊本西廂記研究・序》中認爲：「《西廂記》和《紅樓夢》本來是中國古典文藝中的雙璧。」

《西廂記》研究的權威蔣星煜先生在《〈西廂記〉的形成及其在戲曲史上的影響》（《西廂記考證》第一——二三頁）這篇名文中，又强調《西廂記》在中國戲曲史上的崇高地位説：「王實甫的《西廂記》雜劇出現之後，成爲中國戲劇史上第一部篇幅最大，描寫人物性格最細膩、排場最宏偉的作品，由於其反對封建禮教、門閥婚姻的主題具有深刻而普遍的意義，於是立刻就在劇壇風行，而且産生了深遠的影響。」

以上諸家的評論，都精當地指出了《西廂記》在中國文學史、戲曲史和文化史上的崇高地位。概而言之，《西廂記》是迄今爲止的中國戲曲史和戲劇史上成就最高影響最大的巨著，也是中國文學史和文化史上最傑出的著作之一，是中華民族值得驕傲的一個藝術瑰寶。

《西廂記》在世界文學藝術史上的崇高地位，也漸得各國研究家的正確評價。如俄國柯爾施主編、瓦西里耶夫著的《中國文學史綱要》説：「單就劇情的發展來和我們最優秀的歌劇比較，即使在全歐洲恐怕也找不到多少像這樣完美的劇本。」日本河竹登志夫《戲劇概論》將《西廂記》和古希臘索福克勒斯《俄狄浦斯王》、印度迦梨陀娑《沙恭達羅》並列爲世界古典三大名劇，則從更廣闊的世界戲劇史的高度，給《西廂記》以精當評價。

《西廂記》的巨大影響，首先從讀者和觀衆面的角度看，在明代即「自王公貴人，逮閨秀里孺，世無不知有所謂《西廂記》者」（王驥德《新校注古本西廂記·序》）。清代《西廂記》的金聖歎評批本盛行之後，「一時學者」「幾於家置一編」（王應奎《柳南隨筆》卷三）。至晚清時依舊如此：「《水滸》、《西廂》等書，幾於家置一編，人懷一篋。」（同治七年即一八六八年《江蘇省例藩政》查禁淫詞小説）。

其次以出版的情況看，已知《西廂記》的明刊本有一百一十種左右（包括已佚的版本和重刻本），清刊本也有百餘種（包括重刻本和個別手抄本），二十世紀的校注本、重印本也有五十種左右，不僅遥遥領先於其他戲曲作品，即使小説、詩文等各類文學作品，也幾無其匹。其對讀書愛好者的影響由此可見。

第三，《西厢記》改編成昆劇、京劇和各種地方戲、説唱，數量也最多；其中昆劇、京劇、越劇和蘇州評彈的改編之作本身也都是影響很大的著名作品。

第四，《西厢記》影響整個明清兩代的言情戲曲和小説，其中包括《牡丹亭》、《紅樓夢》這樣的一代巨著。

第五，《西厢記》很早就被譯成西文和日文，是被譯成外文數量最多的作品，受到各國專家和讀者的喜愛。

第六，除以上以文本角度來考察外，《西厢記》的影響還超過文本影響，對中國的民俗文化起着重大的影響，這主要體現在「紅娘」因《西厢記》的極爲成功的創造，而成爲至今家喻户曉的玉成男女美滿婚姻的介紹人的特定名詞，深入民心，其知名度甚至可以説已爲文藝作品中所創造的藝術人物之最。

第七，明代唐寅、仇英、王文衡、陳洪綬、錢穀等名家都以《西厢記》題材繪製過許多名畫；清代葉堂編訂過《西厢記》的全套曲譜，故而對繪畫、音樂也產生了很大的影響。

最後，但仍極爲重要的是，《西厢記》作爲文藝評論家、理論家研究的範本而推動了中國古代文藝理論和美學的發展。《西厢記》評本數量之多和評論的名家之多，皆遥遥領先於其他戲曲、文學名著，不僅在中國文藝史上而且在世界文藝史上也是罕有倫比的。《西厢記》在明清兩代著名的有徐士範、李卓吾、徐文長、王鳳洲、沈璟、湯顯祖、王驥德、陳繼儒、徐奮鵬、凌濛初、閔遇五、金聖歎、毛西河、周昂等十數家評本，薈萃明清一流文藝理論家，並多有理論建樹；尤其如金批《西厢》，乃代表中國評點文學的高峰著作之一，與金批《水滸》同爲後世之楷模，造成清代文學評點極其興盛、讀者非評點作品不讀的局面，直接啓示了毛聲山《第七才子書琵琶記》、毛宗崗《三國演義》評點本、張竹坡《金瓶梅》評點本、《聊齋志異》

諸種評點本和《紅樓夢》脂硯齋評點本及哈斯寶譯評本等一系列評論和理論名著的産生，對清代的文藝理論和美學的發展，起了重大作用，影響巨大而深遠。

對於元雜劇《西廂記》第五本以崔、張團圓爲結局，在清初至民初有金聖歎、曹雪芹、王國維和魯迅四大家給以嚴厲的批評。

曹雪芹對《西廂記》之語言上的高度成就極爲贊佩，《紅樓夢》在創作上受到《西廂記》的影響，亦不容忽視，但《紅樓夢》第一回即批評「貶人妻女、奸淫凶惡」之作，「更有一種風月筆墨，其淫穢污臭，最易壞人子弟」等等，實亦包括對《西廂記》的不滿之處。當寶玉想用《西廂記》中的情詞和情節打動黛玉時，黛玉馬上斥之爲「淫詞艷曲」（第二十三回），罵爲「混帳書」（第二十六回），更借薛寶琴的懷古詩痛詆紅娘：「小紅骨賤一身輕，私掖偷攜强撮成。雖被夫人時吊起，已經勾引彼同行。」（第五十一回）《紅樓夢》看重的是意淫，警幻仙子教育寶玉：「天分中生成一段痴情，吾輩推之爲意淫。」極力反對世俗的男女之歡愛，「此皆皮膚濫淫之蠢物耳」（第五回）。《紅樓夢》宣揚的是色空思想，作者在書中摒卻紅娘式撮合者的形象，讓寶、黛和晴雯之間皆保持男女之間的清白，維護其精神上的戀愛，打破他們成婚、團圓之可能，使他們的愛情融入到「落了片白茫茫大地真乾淨」的總體結局之中。《紅樓夢》認爲「擅風情，秉月貌，便是敗家的根本」。「宿孽總因情」。「欠淚的，淚已盡」。「分離聚合皆前定」。「看破的，遁入空門。痴迷的，枉送了性命」。晴雯、黛玉皆因痴迷而枉送了性命，寶玉等則看破世情，遁入空門。曹雪芹的《紅樓夢》以其偉大的創作實踐，否定和粉碎了大團圓式的理想結局！

王國維在其《紅樓夢評論》中高度肯定《紅樓夢》寫寶、黛悲劇結局的偉大意義，並作爲參照，批評了《西廂記》的結局：「如上章之説，吾國人之精神，世間的也，樂天的也，故代表其精神之戲曲小説，無往而不著樂天之色綵：始於悲者終於歡，始於離者終於合，始於困者終於亨；非是而欲厭閲者之心，難矣！若《牡丹亭》之返魂，《長生殿》之重圓，其最著之一例也。《西廂記》之以《驚夢》終也，未成之作也，此書若成，吾烏知其不爲《續西廂》之淺陋也？」王國維像金聖歎一樣，認爲《王西廂》止於《驚夢》，批評《西廂記》第五本即《續西廂》描繪張、崔團圓爲「淺陋」。王國維在《録曲餘談》中又說：「戲曲之存於今者，以《西廂》爲最古，亦以《西廂》爲最富。宋趙德麟（令時）始以【商調・蝶戀花】十二闋譜《會真記》事，南宋官本雜劇段數有《鶯鶯六么》一本，金則有董解元之《絃索西廂》，元則有王實父、關漢卿之《北西廂》，明則陸天池（采）、李君實（日華）均有《南西廂》，周公望（公魯）有《翻西廂》，國朝則查伊横（繼佐）有《續西廂》，周果庵（坦綸）有《錦西廂》，又有研雪子之《翻西廂》。疊床架屋，殊不可解。」王國維是二十世紀研究中國戲曲史的最大的權威、國學第一大師，他的這些觀點，精辟而深刻，對學術界産生了極大的影響，魯迅先生的有關觀點即繼承了王國維的看法。

關於《董西廂》和《王西廂》改變元稹《鶯鶯傳》（《會真記》）中張生始亂終棄的結局，而以大團圓結尾，魯迅先生《中國小說的歷史的變遷》也提出了嚴厲的批評，他說：「元微之名稹，是詩人，與白居易齊名。他做的小說，只有一篇《鶯鶯傳》，是講張生與鶯鶯之事，這大概大家都是知道的，我可不必細說。微之的詩文，本是非常有名的，但這篇傳奇，卻並不怎樣杰出，況且其篇末叙張生之棄絶鶯鶯，又說甚麽『……德不足以勝妖，是用忍情。』文過飾非，差不多是一篇辯解文字。可是後來許多曲子，卻都由此而出，如金人董解元的《絃索西廂》，——現在的《西廂》，是扮演；而此則彈唱——元人王實甫的《西廂記》，關漢卿的《續西廂記》，明人李日華的《南西廂記》，陸采的《南西廂記》，……等等，非常之多，全導源於這一篇《鶯鶯傳》。但和《鶯鶯傳》原本所叙的事情，又略有不同，就是：叙張生和鶯鶯到後來終於團圓了。這因爲中國人底心理，是很喜歡團圓的，所以必至於如此，大概人生現實底缺陷，中國人也很知道，但不願意說出來；因爲一說出來，就要發生『怎樣補救這缺點』的問題，或者免不了要煩悶，要改良，事情就麻煩了。而中國人不大喜歡麻煩和煩悶，現在倘在小說裏叙了人生底缺陷，便要使讀者感着不快。所以凡是歷史上不團圓的，在小說裏往往給他團圓；沒有報應的，給他報應，互相騙騙。——這實在是關於國民性的問題。」此論實際上已把《西厢記》列入他所一貫給予嚴厲批評的「瞞和騙」的文學之中，將《西厢記》的崔、張團圓結局，從國民性弱點和中國人不喜歡補救、改良的高度予以嚴厲的否定。魯迅先生的見解自然是很高明的，但無庸諱言，他的觀點來之於王國維。

於是我們可以清晰地看到，對於《西厢記》之第五本，金聖歎和王國維皆認爲非王實甫所作，而是關漢卿所續；對第五本以張、崔團圓的結局，金聖歎首先加以批判，曹雪芹受金之影響，王國維受《紅樓夢》的影響，而魯迅先生則受王國維的影響。四家實一脉相承，但逐步深入：金從全書結構和審美角度指出第五本乃狗尾續貂；曹承金意，既從審美角度反對才子佳人，更從宇宙和人生的終極指歸之哲學高度，破除良緣、前盟的美妙理想，宣揚色空觀念；王國維指出吾國人之精神的局限，魯迅則進而剖析國民性的弱點。

對於《西厢記》結局的兩種不同觀點，見仁見智，都有見地。贊成崔、張團圓的，懷着「願天下人都能成眷屬」的美好願望，仁心畢現；批評這個結局的，看到自由婚姻在現實社會中極難實現，希望讀者對黑暗的現實抱清醒之態度，則純爲智者之言。

綜上所述，《西厢記》的偉大藝術成就爲後人提供了許多極其有益的創作經驗和方法，明清不少優秀作品也的確汲取了《西厢》的啓示，從而取得自己傑出的、獨創性的成就。可惜二十世紀的中國文學家不重視傳統文化藝術光輝遺産的學習和借鑒，故而鮮有世界一流的作者和作品，這個教訓是沉痛的，筆者已有多篇論文涉及此題，兹不展開云。

編校凡例和説明

一、本書的《西厢記》正文據明末清初毛晉編選、刻印的《六十種曲》本。這是《西厢記》比較重要的版本之一，但單行本從無出版過，本書採用這個本子，可使讀者閲讀到另有特色的重要版本，且另有重要意義（見本書前言）。

一、本書對《西厢記》原文不做校讎。《西厢記》的版本繁多，各種版本的《西厢記》原文有着多種細微的差别，如做細校，極其繁雜，篇幅龐大，内容細碎，除了專門研究《西厢記》版本的學者，一般學者、讀者無用。因此本書不做校記，以避繁複。

一、本書的注釋，在繼承元明清至近現當代衆多學者的巨大成果的基礎上，略作自己的創見。語言力求平實，串講艱深的文句，解釋難詞的音義，使有中等文化的讀者皆能讀懂原作。

一、本書彙録現存明清兩代兼及民國初年的諸多版本的所有序跋，力爭完備。本書收録各書的序跋，按各書的出版先後排列。

一、本書收録的各種評本的序跋，除金聖歎的評批本《第六才子書西厢記》因是全書全録和金批的再評本周昂《此宜閣西厢記》放在原書的原來位置之外，都歸於序跋部份，以清眉目。

一、本書收録的《西厢記》評論彙輯，指從元明清有關各書中摘録的有關《西厢記》評論的文字。本書抄録明清諸家關於《西厢記》的有意味的評論。

一、本書的評點本彙録，主要是抄録有原創性的評點本的評語。本書收録的各種評點本，按各書出版的先後排列。《西厢記》有多種評點本中的批語是因襲、抄録或輯編著名評點本的批語而成，此類評點本本書不録，以避繁複，並省篇幅。

一、本書的序跋和彙評部份，因各種原書的版本單一，故而不做校記。少數有異文的，隨文用括號注出；訛字用圓括號，字體改小，改正的文字用方括號［ ］。保留原書有時所用的簡體字。

《西厢記》在明清兩代共有二百一十四種。各種版本和各種評點本的情況比較複雜。今做兩個説明：

一、《西厢記》的明刊本，今知共有一百零七種，其中已佚的刊本有二十七種：

《永樂大典》抄本

周憲王本

《口傳古本西厢記》（劉麗華刻本）

《碧筠齋古本北西厢》五卷，清同治十年（一八七一）抄本。山東師範大學圖書館。

張雄飛刻本

金在衡本

趙本

顧玄緯刻本

龍洞山農刻《重校北西厢記》

朱石津刻《古本西厢記》
夏本
秣陵本
暨本（暨陽本）
徐爾兼藏徐文長本
《重校元本大版釋義全像音釋北西厢記》二卷
《西厢記》明萬曆間（一五七三—一六一九）無名氏編刊《傳奇四十種》本
富春堂刊本
日新堂刊本
黄正位尊生館刊本
閔振聲校《西厢記》
《新鐫繡像批評音釋王實甫北西厢真本》五卷，鄭國軒校，明崇禎三年（一六三〇）文立堂刻本
汪然明刻本，明崇禎十七年（一六四四）刻本
王思任評本
方册大字本《西厢記》，謝光甫舊藏本
琵琶本《西厢記》
葉氏本

《北西厢》古本，陳實庵點定，明末清初刊

《西厢記》的明刊本今存刊本有八十種，全本所存本書已有目録，其中有選本十九種：

《雍熙樂府》本。郭勳輯，嘉靖十年（一五三一）初刻，十三卷，收《西厢記》曲文七套。王國維謂此書爲後來二十卷本之祖本。嘉靖十九年（一五四〇）楚藩刻本，二十卷；嘉靖四十五年（一五六六）安肅春山居士重刻本。收《西厢記》五本二十一折之曲文，散見於正宫、仙吕宫、中吕宫、雙調、商調中。民國二十二年（一九三二）黎錦熙據萬曆四十五年安肅春山居士重刻本將書中《西厢記》曲文輯出，由北京立達書局出版。

《風月錦囊》本。徐文昭輯，嘉靖三十二年（一五五三）書林詹氏進賢堂重刊。選取《西厢記》十一套曲文，有少量科白。

《詞林一枝》曲選本。黄文華輯，明萬曆元年（一五七三）福建書林葉志元刻本。選録「俏紅娘堂前巧辯」、「崔夫人考問紅娘」（缺）二齣，實爲一齣。

《八能奏錦》（《鼎雕昆池新調樂府八能奏錦》）曲選本。黄文華輯，明萬曆元年（一五七三）福建書林愛日堂蔡正河刻本。選録「月下赴約」一齣。

《樂府玉樹英》（《新鐫精選古今樂府滚調新詞玉樹英》）曲選本。黄文華輯，明萬曆二十七年（一五九九）後書林餘紹崖刻本。目録有「崔鶯鶯月夜聽琴」、「俏紅娘遞柬傳情」、「崔鶯鶯書齋赴約」計三齣，正文中則只録「鶯鶯月夜聽琴」一齣，且不全。

《樂府菁華》（《新鍥梨園摘錦樂府菁華》）曲選本。劉君錫輯，明萬曆二十八年（一六〇〇）書林三槐堂王會雲刻本。選録「鶯鶯月下聽琴」一齣。

《樂府紅珊》（《新刊分類出像陶真選粹樂府紅珊》）曲選本。明萬曆三十年（一六〇二）唐振吾刻本（佚），清嘉慶五年（一八〇

○）積秀堂覆刻本。選録「崔鶯鶯長亭送別」、「張君瑞泥金報捷（崔鶯鶯喜聞捷報）」、「崔鶯鶯佛殿奇逢（張君瑞佛殿奇逢）」、「崔鶯鶯錦字傳情」四齣。

《玉穀新簧》（《鼎刻時興滚調歌令玉穀新簧》）曲選本。吉州景居士輯，明萬曆三十八年（一六一○）書林劉次泉、廷禮刻本。選録「鶯紅月夜聽琴（正文作『鶯紅月下聽琴』）」、「紅娘遞柬傳情」、「小姐私睹丹青」（佚）、「鶯鶯夜赴佳期」四齣。

《摘錦奇音》（《新刊徽板合像滚調樂府官腔摘錦奇音》）曲選本。龔正我輯，明萬曆三十九年（一六一一）書林敦睦堂張三懷刻本。選録《西厢記》（劇名改題《會真記》）「張生假借書房」、「君瑞跳牆失約」二齣。

《大明春》（《鼎鐫徽池雅調南北官腔樂府點板曲響大明春》，又名《新調萬曲長春》）曲選本。程萬裏輯，明萬曆間福建書林金魁刻本。選録「鶯生隔牆酬和」、「君瑞托紅寄柬（正文作『張生托紅寄柬』）」二齣。

《賽征歌集》曲選本。無名氏輯，明萬曆間巾箱本。選録「佛殿奇逢」、「乘夜逾牆」、「堂前巧辯」、「長亭送別」四齣。

《樂府萬象新》（《梨園會選古今傳奇滚調新詞樂府萬象新》）曲選本。阮祥宇輯，明萬曆間書林劉齡甫刻本。選録「鶯鶯月夜聽琴」、「鶯生月夜佳期」二齣。

《堯天樂》（《新鍥天下時尚南北新調堯天樂》，明末熊稔寰將此書與《徽池雅調》合刊爲《秋夜月》）曲選本。繞安、殷啓聖輯，明末福建書林燕石居熊稔寰刻。選録「秋江送別」、「泥金捷報」二齣。

《群音類選》本。萬曆間金陵胡文焕輯。北腔類卷一選收《西厢記》二十齣曲文：佛殿奇逢　僧寮假館　牆角聯吟　齋壇鬧會　白馬解圍　紅娘請宴　夫人停婚　鶯鶯聽琴　錦字傳情　妝臺窺簡　乘夜逾牆　倩紅問病　月下佳期　堂前巧辯　長亭送別　草橋驚夢　報捷及第　尺素緘愁　鄭恒求配　衣錦還鄉

《南北詞廣韻選》本。萬曆間徐復祚輯。選録《西厢記》十九套曲文，有評語。

《樂府遏雲編》（《彩雲乘新鐫樂府遏雲編》）曲選本。古吴楚間生槐鼎、鐘譽生吴之俊編訂，明萬曆、天啓間彩乘樓刻本。收録「請宴」、「遊殿」、「閨思」、「聯詩」、「聽琴」、「閑思」、「送別」七齣。

《萬壑清音》（《新鐫出像點板北調萬壑清音》）曲選本。明天啓四年（一六二四）止雲居士編，白雲山人校本。選録「惠明帶書」、「草橋驚夢」二齣。

《古今奏雅》本。長洲吴長公、顧臣盧輯校。崇禎九年（一六三六）秋序刻本。六卷。卷四選録《北西廂記》二十套曲文，卷首所刊卷四目次爲：

《北西廂》弦索詞：

遊藝中原	殿遇	點絳唇
不做周方	假寓	粉蝶兒
玉宇無塵	聯吟	鬥鵪鶉
梵王宮殿月輪高	鬧會	新水令
懨懨瘦損	求援	八聲甘州
不念法華經	解圍	端正好
半萬賊兵	請宴	粉蝶兒
張解元識人多	停婚	五供養
雲斂晴空	聽琴	鬥鵪鶉
相國行祠	傳情	點絳唇

風靜簾閒	窺簡	粉蝶兒
晚風寒峭	踰牆	新水令
則爲你彩筆題詩	詢病	鬥鵪鶉
佇立閑階	佳期	點絳唇
則著你夜去明來	巧辯	點絳唇
碧雲天	送別	端正好
望蒲東	驚夢	新水令
雖離了眼前	捷報	集賢賓
從到京師	緘愁	粉蝶兒
一鞭嬌馬	錦還	新水令

《時調青昆》（《新選南北樂府時調青昆》）曲選本。黃儒卿輯，明末書林四知館刻本。選録「鶯鶯聽琴」（昆山腔）、「鶯鶯送別」（青陽腔）、「乘夜逾牆」（青陽腔）、「紅娘請宴」（青陽腔）四齣。

清代一百零七種刊本和抄本，幾都是金聖歎和毛奇齡評本及其覆刻本，另有康熙年間潘廷章評本《西來意》，評點視角迥異他人。

二、《西厢記》明代的評點本有二十八種，清代的評點本有六種。本書收録的情況如下：

《新刻考正古本大字出像釋義北西廂記》明萬曆七年（一五七九）金陵胡氏山堂刻本，日藏孤本，現藏日本御茶水圖書館成簣堂文庫。該館衹對女性開放，評語無從抄録。

《重刻元本題評音釋西廂記》徐士範評本共三種：明萬曆八年（一五八〇）序刻本（國圖、上圖）、明萬曆二十年（一五九二）熊龍峰刊本（日本内閣文庫、東北大學附屬圖書館藏）（眉批全同徐士範刊本）、明萬曆間喬山堂劉龍田刻徐士範評本（國圖）（熊龍峰刊本重刻本）（古本戲曲叢刊初編）

本書全録萬曆八年刊本。

《重校北西廂記》五種：明萬曆二十六年（一五九八）秣陵繼志齋陳邦泰重刊本眉批（日藏孤本，現藏日本内閣文庫）、明萬曆間三槐堂刊本（總評同繼志齋刊本）、日本無窮會藏本、中國社科院文學所藏本；《重校元本大板釋義全像音釋北西廂記》明萬曆間陳曉隆刊本。

此書《重校北西廂記總評》摘録王世貞《藝苑卮言》「《西廂》久傳爲關漢卿撰」、「北曲故當以《西廂》壓卷」二則。本書不録總評，全録繼志齋陳邦泰重刊本眉批。

《李卓吾先生批評北西廂記》明萬曆三十八年容與堂刊本，此書是學者公認的可靠的李贄的評批本，本書全録評語。

《李卓吾批評合像北西廂記》明萬曆間書林遊敬泉刻本（上圖，日本天理圖書館藏），正文與繼志齋本相同；總評也同繼志齋本，即王世貞《藝苑卮言》的兩則評論。

《李卓吾先生批評北西廂記》明萬曆間潭楊陽劉應襲刻本（孤本，美國伯克萊加州大學東亞圖書館），此書每齣有齣批，批語與陳眉公評本相同或相近。

《李卓吾先生批點西廂記真本》二種：崇禎西陵天章閣刻本（無眉批）（國圖藏本）、崇禎十三年（一六四〇）中仲秋序刻本（出批與西陵天章閣本大致相同，另有眉批，出批與眉批與容與堂本相同的不多，但較簡短。）（浙圖）。

《湯海若先生批評西廂記》明崇禎師儉堂刊本（上圖）（全抄容與堂本，字句略有相異，條目略有增損處。）因差異文字很少，本書標出其差異文字，作爲容與堂本附録全録。

《劉太華刊李卓吾批本〈西廂記〉》美國加州柏克萊大學圖書館藏，孤本。齣後總批抄録陳眉公本，其中完全相同的有十三齣，基本相同有五齣，不同者僅有兩齣：

第四齣：做好事念彌陀的樣子。

第十齣：鶯鶯喜處成嗔，紅娘回嗔作喜，千鐘反覆，萬般風流。

《元本出相北西廂記》明萬曆三十八年（一六一〇）起鳳館刊本，李贄、王世貞評。後有據此書挖改的重印本，無眉評；明萬曆年間汪氏玩虎軒刊本，此書的正文與容與堂本相同，評批冒李贄、王世貞之名，本書全録。

《三先生合評元本北西廂記》明崇禎間固陵孔氏滙錦堂刻本，湯若士李卓吾徐文長合評。

以上李卓吾評批本共有九種。只有容與堂本是公認李卓吾的評本。清初周亮工認爲是無錫葉晝（字文通）的手筆，近年有人擁護此説，但人數不多。蔣星煜先生認爲：「容與堂本應該是諸李卓吾批本中最可靠的，影響較大。西陵天章閣本有李卓吾批本的可能，影響稍次之。」〔一〕又强調《元本出相北西廂記》的「李卓吾評語的可靠性」，「有其鮮明的特色」〔二〕，其他六種皆是假冒。

《重刻訂正元本批點畫意北西廂》明萬曆三十九年（一六一一）刻本。徐文長批點本。

《田水月山房北西廂藏本》明萬曆王起侯刻本，徐文長批訂，有眉批（南圖、國圖）此書正文内容與《重刻訂正元本批點畫意北西廂》基本相同，眉批則有增删。本書選録部分眉批。

《新訂徐文長先生批點音釋北西廂》明後期刻本，徐文長批點。此書正文内容與《重刻訂正元本批點畫意北西廂》基本相同，但增加了齣批，齣批與眉批與魏仲雪批本基本相同，而魏仲雪本的批語也抄自起鳳館刊本、容與堂刊本和陳眉公評批本。

《新訂徐文長公批點音釋西廂記》徐渭評，崇禎刊本（華師大藏本）

《新刻徐文長公參訂西廂記》明後期譚邑書林歲寒友刻本（《錢塘夢》《會真記》有眉批）（國圖）此書正文與起鳳館本、容與堂本、陳眉公評本基本相同。全書僅卷末有二則批語，與陳眉公本基本相同。

《徐文長先生批評北西廂記》崇禎刊本，山陰延閣主人訂正，板框上方有批注文字。本書全録。

《三先生合評元本北西廂記》明崇禎間固陵孔氏匯錦堂刻本，湯若士李卓吾徐文長合評。

徐文長的評批本共有以上七種，蔣星煜先生認爲只有山陰延閣主人訂正的崇禎刊本《徐文長先生批評北西廂記》「是徐文長本」〔三〕，其他都是假冒。但是蔣先生又認爲《重刻訂正元本批點畫意北西廂》在批點方面有不少可取之處，提出了《草橋驚夢》是一部小《西廂》的説法，並有「價值較高的附録，即《駱金鄉與徐文長論〈草橋驚夢〉篇》這封信」。「應該説，《草橋驚夢》是絶妙文字，駱金鄉的信和徐文長的複信也都是絶妙文字」。因此此書的這三個特點「無論從文藝理論與戲劇理論來探討，都是有重要意義的」。〔四〕

《新校注古本西廂記》王驥德、徐渭注，沈璟評（眉批），萬曆四十二年香雪居刻本，爲《西廂記》的重要版本，本書全録。

《鼎鐫陳眉公先生批評西廂記》兩種：萬曆四十六年（一六一八）師儉堂刊本（有吳梅信劄）、《鼎鐫西廂記》明後期師儉堂刊本，陳繼儒評（爲《鼎鐫陳眉公先生批評西廂記》修補重印本）。此書有眉批、出批（第十四出同容與堂本）和極少量的旁批。本書全録。

此書的每齣總評和全劇總評和容與堂刊李卓吾評本相同和相似處很多，文字做了不少改編，蔣星煜先生認爲：「作過獨立思考的是第十二齣評語」：「真病遇良醫良藥，雖未曾服，而十病減九矣。」但其眉評則「別具慧眼」。「全書的眉評屬於人云亦云的極少，大部分是其他評本忽略過去的地方，經他一筆點出，就能對作品有進一步的領會」。並從三方面進行考察：「從深入觀察生活出發，陳評本對某些戲似乎不太多卻是牽動全局的重要關目，從未輕易放過。」與其他明刊本相比，「陳評本對紅娘的評價卻更高，而且也主要通過第十四齣進行評價的」。「還有一部分眉評直接和主題有關係」。蔣星煜先生還總結了陳評本的三個學術價值，尤其是「二、眉評部分對《西廂記》的藝術處理和人物塑造，尤其是紅娘的可愛的形象有精辟的分析」。「學術價值是相當高的」。〔五〕

《新刻魏仲雪先生批點西廂記》明崇禎刊本，魏浣初評，古吳陳長卿存誠堂（抄容與堂、陳眉公、王李合評本等，與徐奮鵬本也雷同）、明末清初存誠堂刊本，魏浣初批評，李裔蕃注釋（眉批有增删，總批有文字出入）。

正文與起鳳館本基本相同，總評和眉批的評語也抄自起鳳館刊本、容與堂刊本和陳眉公評批本，本書不録。此本二十齣的總批，僅有以下五齣爲自撰：

第四齣　齋壇鬧會：做功德、結良緣，原是一項事，此卻湊合得恰好。

第七齣　夫人停婚：賞功不明者招叛，報德不稱者起怨。怨自外攻，機從内應，如何不敗崔家事。

第八齣　鶯鶯聽琴：如怨如慕，如泣如訴，鶯固有情，描者更是畫筆。

第九齣　錦字傳情：生慧不如鶯，鶯巧不如紅，故生被鶯擒了神魂，鶯被紅持了線索。

第十三齣　月下佳期：幽思處，雲愁雨結；歡會時，月朗風清。想之致佳，嘗之味美，別人間一洞府也。

明末清初存誠堂刻本《新刻魏仲雪先生批評會真記卷之首》，有眉批，末有總批：

張是多情才子，鶯是慧信佳人。當情竇未啓，是兩個好士女。及摽梅實矣，三星燦矣，春色撩人，莊求易通。況紅導其隙，鄰寓通其徑，怎不作出事來？此事古多有之，美人而不令節，多是才勝德耳。元微之撰其《記》未甚工，作《會真詩三十韻》當在中晚之間，其可傳者以此。

《新刻徐筆峒先生批點西廂記》明萬曆天啓間筆峒山房刻本，徐奮鵬評（出後總批、眉批）（國圖），有眉批和齣批，與陳眉公本和魏仲雪本多爲相同。各齣齣批僅以下四則爲自撰：

第一齣　佛殿奇逢：張生夫子，鶯鶯望人，一見賞心，百年秦晉。

第二齣　僧房假寓：嬌姿如此絶世，須鐵佛子、泥羅漢，尤難遏其真矣。

第四齣　齋壇鬧會：薦父母是虛情，看鶯鶯是寔事。

第六齣　紅娘請宴：此曲絶無色相，如鏡月水花，令人難以捉摸，妙，妙！

《詞壇清玩·槃薖碩人增改定本（西廂定本）》明天啓元年（一六二一）刻本（眉批同《玩〈西廂〉評》），《詞壇清玩·槃薖碩人增改定本（西廂清玩定本）》明後期刻本，除眉批外，天頭另有批語，大多據當時的其他評批本抄録。本書不録。

《西廂記》明天啓間烏程淩（濛初）氏原刻本、民國五年暖紅室重刻本，是《西廂記》的重要版本，本書全録。

《西廂記會真傳》沈璟、湯顯祖評，烏程閔氏朱墨藍三色套印本，天啓刊本，眉批和旁批綜合同時的其他多種評批本，書眉上的校訂説明則針對同時的多種其他版本。本書全録。

蔣星煜先生認爲，此書附録的《會真記》是「沈伯英批訂、湯若是批評」，而《西廂記》正文在曲文、體例、批評等各方面與閔遇五《五劇箋疑》有許多共同之點，但在許多方面也存在着一些相異之處，許多評語也是相異的〔六〕。

《（會真六幻本）西廂記》附録之三《五本劇箋疑》明崇禎十三年（一六四〇）湖上閔遇五戲墨，本書節録。

《硃訂西廂記》明後期朱墨套印本，孫鑛、湯顯祖評點，明天啓崇禎刊本（抄容與堂、陳眉公本，眉欄有清人手書《西廂文》）（國圖，孤本；另，日本内閣文庫藏，也是孤本）

此書署名爲孫鑛評批，正文與容與堂本基本相同，每齣後有齣批，也與容與堂李卓吾評批本及陳眉公評批本相同或基本相同。因此本書不録。

國圖所藏此書書眉上有大段後人墨筆抄寫的《西廂文》。上卷正文第十齣【朝天子】曲後全缺，有人用墨筆以金聖歎《第六才子書》補配，筆跡與眉批同。可見，《西廂文》的抄録是清代《金批西廂》出版後做的。第十齣殘缺部分補抄後，有一段草書識語：

《西廂文》雖十六篇，而足以開發心思者。雖多由興，意思靈變，筆情輕倩。一次熟讀，得興如此筆氣，又安往而不利乎？是在才能自得，師者可。

《西廂文》十六篇乃前四本每齣一篇，是清康熙間出現的八股文。《西廂文》大致上有三種異文，本書《貫華堂第六才子書西廂記》之附録，皆已收入。此書所録《西廂文》，即本書《貫華堂第六才子書西廂記》所附録的《西廂文》第三種——《唐六如先生文韻》，十六篇的目録相同。今以《倩疏林你與我掛住斜暉》爲例，與《唐六如先生文韵》本比勘，文字相同，但漏抄和錯訛處頗多，今以黑體字更正（小字爲錯字）和補正如下：

斜暉催別，時**倩**所以挂之者焉。夫人自別耳，與疏林何與？鶯乃倩之曰：挂住斜暉。果能爲鶯挂否？鶯云：我，愁人也。別，愁事也。**眼前，愁景也。**而以今日之愁人，當今日之愁事，偏有戀戀於愁景者，此誠莫可告語矣！千條翠縷**柳**，難容**縈**過客之青驄；一輛征車，遠涉**逐**前程之皓日。嗟乎！同心相約，則垂景恒遲；判袂有期，則流珠較速。離筵猶未張也，**離尊猶未進也，**長亭何在？秋暉已漸漸斜矣。昔日之鸞交，不堪回首，此時之駒隙，更呈傷懷**心**，猶幸而尚是斜暉耳。乃未幾而銜山，未幾而薄暮，匆匆飲餞，歧路徘徊，盡在斜暉中矣！斜暉去矣**耶**，人亦與之俱去，吾不忍見其去矣！斜暉留耶，人亦與之暫留，我**吾**無計使之留也，恨不挂繩於青天，系此西飛之日，更難移咸池於若木，轉未**爲**東指之輪。有能解我憂者，其在疏林乎？林之密也，猶死**吾**之歡棕**悰**，緑陰濃矣，翠烟結**鬱**矣，則夕照得**將**涵，愈深**添**葱倩**蒨**。林之疏也，猶吾之別意。金風蕭矣，玉露凋矣，則**殘曛欲落，倍**覺荒涼。然則疏林之與我，所云同痛相憐者歟？疏林**呵**，汝**你**與我籠絡金烏，使舜華菱**彩**，勿下霜花紅樹之巔。汝**你**與我挽回曦馭，使麒步鳧飛，常羈衰草平坡之上。況我倩你，張郎亦必倩你，丹楓極目，誰云草木無情？我倩你，你即可倩斜暉，爵**鬱**儀有靈，肯惜光陰少駐？悲哉！敗葉蕭蕭，那更余暉之慘淡；中心耿耿，豈**懸**知客思之凄涼？我恐疏林終不與我吾挂也，斜暉，斜暉，豈不忍昭我愁容耶？

如果此書《西厢文》是明代所録，則可證明其爲唐寅或其他明人所作。但此書既然以同樣的筆跡抄録了金批文字補正原文，可見抄録的時代在清康熙期間。

《三先生合評元本北西廂記》明崇禎間固陵孔氏彙錦堂刻本，湯若士李卓吾徐文長合評，眉批新撰，但未標明作者；李卓吾總評基本襲用容與堂本，湯、徐的總評，大多新撰。

《張深之先生正西廂記秘本》明崇禎刻本（古本戲曲叢刊初編影印），書眉批語多爲正文内容的取舍説明，本書不録。

《西廂記》《南北詞廣韻選》本，徐複祚評本，評語頗有見解，本書全録。

清代評點本主要有以下六種：

《貫華堂第六才子書西廂記》順治十三年（一六五六）刻本，金聖歎評點，本書全録。由於此書的《西廂記》原文，金聖歎根據己意做了修改，大量夾批和評語則緊扣他所修改過的原文，因此本書全録此書的《西廂記》原文和全部評批。金聖歎的《西廂記》批本聲名卓著，影響巨大，清代的《西廂記》幾乎都是金批本的翻印本、注釋本和再評本，數量達到近百種之多。

《朱景昭批評西廂記》是康熙年間抄本。此書本是著名學者吴曉鈴的藏書，一般學者都未見。此書評語基本摘抄金批和少量明代的名家批語，因此本書僅録其序跋。

《毛西河論定西廂記》康熙十五年丙辰（一六七六）刻本，是著名學者的評識本，本書全録。

《元本北西廂》（又名《西來意》、《夢覺關》，乾隆抄本和刻本），具體批評金聖歎的《西廂記》修改和評批，本書全録。

《看西廂》六卷，清乾隆間二十年序抄本，山東高國楨評語，系手寫原稿。總評部分頗襲金聖歎的觀點，具體的評語則尚有自己的見解。本書全録。

《此宜閣增訂西廂記》乾隆六十年刻本，周昂評論金聖歎評批的《貫華堂第六才子書西廂記》再批本。本書全録。

本書的評點本評語彙録，收録重要的有價值的評點本，對於抄録襲用別人評語的評點本一般不收，本書僅代表性地收録二種，以展示此類批評的面目。

《西厢記》的版本複雜，刻印本的文字因印誤和書頁的缺損，頗有錯訛和失落，校訂時困難頗多。因此評點本的抄録，經歷了頗多困難。例如《此宜閣金批西厢記》的刻印本質量較差，乾隆原刻本、翻刻本皆有不少脱漏、錯訛。本書用國家圖書館所藏原刻本、上海圖書館和華東師大圖書館所藏的翻刻本，共三種藏本對校，並參考我本人所藏的民國二年上海掃葉山房《繪圖西厢記》石印本，纔整理成比較完整、清晰的校點本，但依舊有少量的缺字，無法補全。

因篇幅所限，以上三類彙録，都不寫校記，重要的異文用括號小字隨文注出，原文的錯字用括號小字表示，校正的字用方括號表示，補字也用括號表示。

筆者在做以上三類彙録時，參閲了當代學者的研究成果。其中蔣星煜先生的研究最早，成果最多，成就卓著。本書參考了他的權威名著《明刊本西厢記研究》和《西厢記的文獻學研究》等書，獲益最多。張人和教授《西厢記論證》收録的資料亦頗豐富。近年青年才俊的成果湧現，朱萬曙《明代戲曲評點研究》、黄季鴻《明清〈西厢記〉研究》及論文《明版〈西厢記〉載録》、趙春寧《〈西厢記〉傳播研究》、伏滌修《〈西厢記〉接受史研究》、陳旭耀《現存明刊〈西厢記〉綜録》和汪龍麟正在進行的《西厢記》三彙本課題等，多爲名師指導下的博士論文，對《西厢記》的版本的研究作出了或多或少的新的貢獻。其中趙春寧《〈西厢記〉傳播研究》附録的《現存明清〈西厢記〉刊本》（初稿）、黄季鴻的論文《明版〈西厢記〉載録》和陳旭耀《現存明刊〈西厢記〉綜録》，用功頗勤，資料較全。後書還收録了其師黄仕忠教授赴日本收集的日藏《西厢記》孤本資料，抄録的序跋、評語很有參考價值，但頗有文字錯漏和標點錯訛，用時必須小心。

注釋

〔一〕蔣星煜《李卓吾批本〈西廂記〉的特徵、真僞與影響》，《西廂記的文獻學研究》第九九頁，上海古籍出版社一九九七、二〇〇七。

〔二〕《〈元本出相北西廂記〉的王、李合評本與神田喜一郎藏本》，同上第一三三、一三六頁。

〔三〕蔣星煜《六種徐文長本〈西廂記〉的真僞問題》，《西廂記的文獻學研究》第三〇二頁。

〔四〕蔣星煜《〈重刻訂正元本批點畫意北西廂〉考》，同上第三二二、三二三、三二四、三二五頁。

〔五〕蔣星煜《陳眉公評本〈西廂記〉的學術價值》，《西廂記的文獻學研究》第一九七、一九九——二〇六頁。

〔六〕蔣星煜《明刊本西廂記研究》第二〇五、二〇六頁，中國戲劇出版社一九八二年版。

一、西厢記（明六十種曲本正文、注釋、短評）

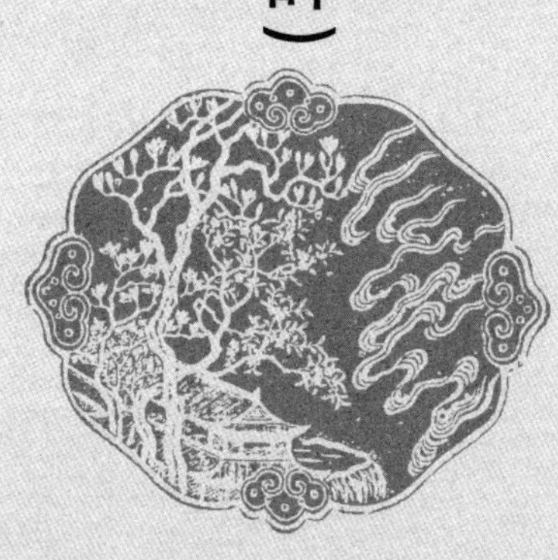

目録

目録

劇情梗概

崔鶯鶯之父係前朝相國，因病告殂。鶯鶯與母扶柩歸博陵，因路途有阻，暫寓普救寺别業。鶯鶯年方十九，受父母之命，曾許表兄鄭恒爲妻。書生張珙上朝取應，路出河中府，歇息旅舍。遣閑至普救寺，邂逅鶯鶯及婢女紅娘於佛殿。張珙羨慕鶯鶯天姿國色，遂借口温習經書，暫住寺内西厢。鶯鶯月夜焚香祝告，張珙隔墻吟詩，鶯鶯酬和，二人互通心曲。時天下擾攘，叛將孫飛虎，聞鶯鶯貌美，兵圍普救寺，欲奪鶯鶯爲妻。寺内慌作一團。相國夫人言，有退兵之策者，倒陪房奩，送鶯鶯與他爲妻。張珙修書一封，托惠明急送鎮守蒲關之故人白馬將軍杜確解圍。杜確發兵，飛虎被擒。夫人設宴，酬謝張生。不期相國夫人變卦，讓張生、鶯鶯以兄妹相稱。宴罷張生回到西厢，一病不起。鶯鶯聞張生有病，命紅娘到張生住處打聽。張生懇求相助，紅娘憤於老夫人背信棄義，勸張生撫琴以動鶯鶯之心，後又爲之傳詩遞簡。鶯鶯也回書一封，請紅娘傳之。張生看後大喜，告知紅娘乃鶯鶯相約幽會之詩。當夜，張生跳墻與鶯鶯相會，卻被鶯鶯搶白。張生深感失望，病情彌篤。鶯鶯感念張生至誠，最終衝破禮教樊籬，到西厢與張生相會。此後一月有餘，二人夜夜歡會。老夫人察覺女兒語言恍惚，舉止異常，拷問紅娘，終知底細。紅娘爲張生、鶯鶯辯解，并責老夫人言而無信，且以此事見官有辱相國家聲相脅，終使老夫人同意崔張婚事。但老夫人又以崔家三輩不招白衣婿爲由，逼張生上京應考。張生、鶯鶯淚灑長亭相别。張生應試得中狀元，馳書歸報鶯鶯，而鄭恒聞知崔張之事，趕到普救寺，誣言張生入贅衛府，騙取姑姑信賴，老夫人再把女兒許給鄭恒。危急之際，張生得除河中府尹，返回普救。鄭恒奸計敗露，自覺無顔，撞樹而死。張生、鶯鶯終成眷屬。

第一齣〔一〕

佛殿奇逢〔二〕

（老旦扮夫人引鶯鶯。紅娘、歡郎上〔三〕）老身姓鄭，夫主姓崔，官拜前朝相國，不幸因病告殂〔四〕。秪生得這個小姐，小字鶯鶯，年方一十九歲，針指女工，詩詞歌賦，無不通曉。老相公在日，曾許下老身之侄，乃鄭尚書之子鄭恒爲妻。因俺孩兒父喪未滿，未得成合。這小妮子是自幼伏侍孩兒的〔五〕，唤做紅娘。這一個小厮兒〔六〕，唤做歡郎。先夫棄世之後，老身與女孩兒扶柩至博陵安葬〔七〕，因路途有阻，不能得去，來到河中府〔八〕，將這靈柩寄在普救寺内〔九〕。這寺是先夫相國修造的，是則天娘娘香火院〔一〇〕；況兼法本長老又是俺公公剃度的〔一一〕。因此俺就這西廂下一座宅子安下。一壁寫書附京師去〔一二〕，唤鄭恒來，相扶回博陵去。我想先夫在日，食前方丈，從者數百。今日至親則這三四口兒，好生傷感人也呵！

【賞花時】〔一三〕（老）夫主京師禄命終，子母孤孀途路窮。因此上旅櫬在梵王宮〔一四〕，盼不到博陵舊塚〔一五〕，血淚灑杜鵑紅。

【么】〔一六〕（旦）可正是人值殘春蒲郡東〔一七〕，門掩重關蕭寺中〔一八〕；花落水流紅，閑愁萬種，無語怨東風〔一九〕。

（老）如今春間天道，好生困人。紅娘，佛殿上没人燒香呵，和姐姐閑散心耍一遭去。（并下）

（生引琴童上）小生姓張，名珙，字君瑞，本貫西洛人也〔二〇〕。先人拜禮部尚書〔二一〕，不幸五旬之上，得病而逝。後一年喪母。小生書劍飄零，風雲未遂，游於四方。即今貞元十七年二月上旬〔二二〕，唐德宗即位，欲往上朝取應，路經河中府。過蒲關上〔二三〕，有一故人姓杜，名確，字君實，與小生同郡同學。曾爲八拜之交。後棄文就武，遂得武舉狀元，官拜征西大元帥。統領十萬大軍，鎮守着蒲關。小生就訪哥哥一遭，然後往京師求進。暗想小生螢窗雪案〔二四〕，刮垢磨光〔二五〕，學成滿腹文章，尚在湖海飄零，何日得就此志也呵！正是：萬金寶劍藏秋水〔二六〕，滿馬春愁壓繡鞍。

【點絳脣】游藝中原〔二七〕，脚跟無綫，如蓬轉。望眼連天，日近長安遠〔二八〕。

【混江龍】向詩書經傳，蠹魚般似不出費鑽研〔二九〕。將棘圍守暖〔三〇〕，把鐵硯磨穿〔三一〕。投至得雲路鵬程九萬里〔三二〕，先受了雪窗螢火二十年。才高難入俗人機〔三三〕，時乖不遂男兒願。空雕蟲篆刻〔三四〕，綴斷簡殘編〔三五〕。

【油葫蘆】九曲風濤何處顯〔三六〕，則除是此地偏。這河帶齊梁〔三七〕，分秦晉，隘幽燕。雪浪拍長空，天際秋雲卷。竹索纜浮橋〔三八〕，水上蒼龍偃。東西潰九州〔三九〕，南北串百川。歸舟緊不緊如何見〔四〇〕？卻似弩箭乍離絃〔四一〕。

【天下樂】只疑是銀河落九天〔四二〕，淵泉、雲外懸〔四三〕，入東洋不離此徑穿〔四四〕。滋洛陽千種花〔四五〕，潤梁園萬頃田〔四六〕。也曾泛浮槎到日月邊〔四七〕。

説話間早到城中。這裏一座店兒，琴童接了馬者〔四八〕！店小二哥那裏〔四九〕？（小二上）自家是這狀元店里小二哥。官人要下處呵〔五〇〕，俺這裏有乾淨店房。（生）頭房裏下。先撒和那馬者〔五一〕！小二哥，我問你，這裏有甚麽閑散心處？宮觀寺院，勝境福地〔五二〕，皆可。（小二）。俺這裏有座寺，名曰普救寺，是則天皇后香火院。蓋造非俗，琉璃殿相近青霄，舍利塔直侵雲漢〔五三〕。南來北往，三教九流〔五四〕，過者無不瞻仰。則除那裏可以君子游玩。（生）琴童，安排下午飯。俺到那裏走一遭便來也。（下）（琴童）理會得。

(下)(法聰上)小僧法聰，是這普救寺法本長老座下弟子〔五五〕。今日師父赴齋去了〔五六〕，着我在寺中，但有探望長老的，便記着，待師父回來報知。山門下立地〔五七〕，看有甚麼人來。(生)卻早來到也。(生見聰科)客官從何來？(生)小生西洛至此，聞上刹清閑幽雅〔五八〕，一來瞻仰佛像，二來拜謁長老。敢問長老在麼？(聰)俺師父不在寺中，小僧是弟子法聰的便是。請先生方丈拜茶。(生)既然長老不在，不必吃茶。敢煩相引，瞻仰一遍，幸甚！(聰)小僧取鑰匙，開了佛殿、鐘樓、塔院、羅漢堂〔五九〕、香積厨〔六〇〕，隨意盤桓一會〔六一〕，師父敢待回來也〔六二〕。(生看佛殿科)是蓋造的好也呵！

【節節高】隨喜了上方佛殿〔六三〕，早來到下方僧院。行過厨房近西，法堂北〔六四〕，鐘樓前面。游了洞房〔六五〕，登了寶塔，把回廊繞遍。數了羅漢〔六六〕，參了菩薩〔六七〕，拜了聖賢〔六八〕。(旦引貼撚花枝上〔六九〕)紅娘，和你佛殿上要去來。(生見旦科)呀！正撞着五百年風流業冤〔七〇〕。

【元和令】顛不剌的見了萬千〔七一〕，似這等可喜娘臉兒罕曾見。引的人眼花撩亂口難言，魂靈兒飛在半天。他那裏盡人調戲嚲着香肩〔七二〕，只將花笑撚。

【上馬嬌】這的是兜率宮〔七三〕，休猜做離恨天〔七四〕。呀，誰想這寺裏遇神仙！我見他宜嗔宜喜春風面〔七五〕，偏、宜貼翠花鈿〔七六〕。

【勝葫蘆】則見他宮樣眉兒新月偃〔七七〕，侵入鬢雲邊。(旦)紅娘，你覷：寂寂僧房人不到，滿階苔襯落花紅。(生)我死也！未語人前先腼腆，櫻桃紅綻〔七八〕，玉粳白露，半晌恰方言。

【幺】恰似嚦嚦鶯聲花外囀〔七九〕，行一步可人憐。解舞腰肢嬌又軟〔八〇〕，千般裊娜，萬般旖旎〔八一〕，似垂柳晚風前。

(貼)姐姐，那壁廂有人，回去罷。(旦回顧覷生科)(生)和尚，恰怎麼觀音現來？(聰)休胡説！這是河中開府崔相國的小姐〔八二〕。(生)世間有此等之女，豈非天姿國色乎〔八三〕！休説那模樣兒，則那一雙小脚兒，價值千金。(聰)偌遠地〔八四〕，他在那壁，你在這壁，繫着長裙，你便怎知他小脚兒？(生)你問我怎便知，您看：

【後庭花】若不是襯殘紅，芳徑軟，怎顯得步香塵底樣兒淺。且休題眼角留情處，則這脚跟兒將心事傳。慢俄延〔八五〕，投至到櫳門兒前面〔八六〕，剛那了一步遠〔八七〕。剛剛的打個照面，風魔了張解元〔八八〕。似神仙歸洞天〔八九〕，空餘下楊柳烟，只聞得鳥雀喧。

【柳葉兒】呀，門掩着梨花深院，粉墻兒高似青天。恨天不與人行方便，好着我難消遣，端的是怎留連〔九〇〕。小姐，則被你引了人意馬心猿〔九一〕。

(聰對生云)先生休得惹事！河中開府小姐去遠了也。(生)去遠未遠哩。

【寄生草】蘭麝香仍在〔九二〕，珮環聲漸遠。東風搖曳垂楊綫〔九三〕，游絲牽惹桃花片，珠簾掩映芙蓉面。你道是河中開府相公家，我道是南海水月觀音現〔九四〕。

十年不識君王面〔九五〕，始信嬋娟解誤人。小生不往京師去也罷。(對聰云)敢煩和尚對長老説，有僧房借半間，早晚可以温習經史，房金依例酬納。小生明日自來也。

【賺煞】餓眼望將穿，饞口涎空咽，空着我透骨髓相思病染，怎當他臨去秋波那一轉〔九六〕！休道是小生，便是鐵石人也意惹情牽〔九七〕。近庭軒，花柳爭妍，日午當庭塔影圓。春光在眼前，爭奈玉人不見〔九八〕，將一座梵王宮疑是武陵源〔九九〕。(下)

注釋

〔一〕齣——戲曲術語。南戲、傳奇在情節或劇本結構上可劃分的一個段落，與雜劇的「折」和現代戲劇中的「場」相近。傳奇一般都長達幾十齣，也有短者僅幾齣。某些精采的齣，還可單獨演出，稱單齣戲或折子戲。《西厢記》原爲雜劇，故而各種版本多稱「折」而不稱「齣」，僅《六十種曲》本稱「齣」，可能因爲編者認爲《西厢記》長達五本二十折，與南戲、傳奇相近，與元雜劇僅一本四折迥然不同，故而將《西厢記》也收入專選明代傳奇佳作的《六十種曲》中，又改「折」爲「齣」，以保持全書體例之一致。

〔二〕佛殿奇逢——此爲第一齣之標目。按元雜劇體例，此處僅標「第一折」，現存明刻本的多種《西厢記》在將每本四折統改成全劇二十齣（但不標「齣」字），并於每齣前標上題目，一般皆爲四字，有些版本則簡化成二字，如此齣之齣目，何壁校本作《奇逢》，金聖歎批評本則作《驚艷》。又按元雜劇之體例，本齣第一段老夫人和崔鶯鶯所演唱的部份，是楔子；自張生上場開始，爲第一折之内容。楔子，元雜劇一般分爲四折或五折，有時增加短的獨立段落，大多用在最前面，作爲劇情的開端；有時用在折與折之間，銜接劇情，對戲劇結構起緊凑的作用，稱作「楔子」。楔子本爲木匠用來塞緊縫隙的小木片，被元雜劇借用作戲曲術語。

〔三〕老旦——戲曲脚色名，扮演年老的婦女，常簡稱「老」。

〔四〕殂（cú音粗陽平）——死亡。

〔五〕小妮子——婢女，小丫頭。

〔六〕小厮兒——小男孩。

〔七〕扶柩（jiù音舊）至博陵——柩，已盛屍體的棺材。博陵，博陵郡，地名，在今河北省定縣。博陵崔氏爲唐代五大高門（崔、盧、李、鄭、王）之一。

〔八〕河中府——原曾名蒲州，開元時改爲河中府，地處黄河汾河之中，在今山西省永濟縣。

〔九〕普救寺——佛教寺院名。位於山西省永濟縣城西十二華里、古蒲州城東五里的峨嵋嶺垣頭上。普救寺因《西廂記》面聞名於世。

〔一〇〕則天——唐高宗李治的皇后武曌(zhào音照)，死後謚則天皇后。香火院，供奉佛的寺院。

〔一一〕公公——其他版本多作「相公」。

〔一二〕一壁句——一面。寫書，寫信。附，捎帶，寄遞。食前方丈，桌上擺的食物有一丈見方，意指吃飯時菜肴的豐富。

〔一三〕賞花時——其他版本按元雜劇的體例，作〔仙呂·賞花時〕，此爲元雜劇的宫調名。元雜劇的唱詞，有嚴格的音樂規律即曲律，必須叶(xié音協)宫調，唱套曲。元雜劇共有六宫十一調，常用的有五宫四調。《西廂記》運用了其中的三宫三調凡八十三曲：屬正宫的曲調七個，屬仙呂宫的十八個，屬中呂宫的十四個；屬雙調的二十四個，屬越調的十三個，屬商調的曲調七個。〔賞花時〕屬仙呂宫的一個曲調，通常用在雜劇的楔子中，爲全劇的第一支曲子。自此以下，凡宫調曲牌之名，一般不再出注。

〔一四〕旅櫬(chèn音襯)在梵(fàn音飯)王宫——旅，寄，寄放。櫬，棺材。梵王宫，指佛寺。梵王是大梵天王的簡稱，爲婆羅門教最尊之神。佛教把人世間分成欲界、色界、無色界三界。第二色界諸天的第三天，稱大梵天，其王爲大梵天王，梵王宫是大梵天王所居之宫殿，乃佛所居之地。

〔一五〕盼不到二句——急切里回不到博陵的家鄉故園，淚流滿面，猶如杜鵑鳥悲鳴而流出的血。冢(zhǒng音腫)，隆起的墳墓。古人的墳地都在家鄉，舊冢指老家墳地，此借指故鄉。杜鵑，鳥名，又名杜宇、子規。相傳爲古蜀王杜宇之魂所化。春末夏初，常晝夜啼鳴，其聲哀切。杜鵑又爲花名，又名映山紅，春季開花，紅色。此句雙關鳥名和花名。清·黄遵憲《杜鵑》詩：「杜鵑花下杜鵑啼，苦風淒雨夢亦迷。」

〔一六〕幺(yāo音要)——是同調的第二篇，此處即指〔賞花時〕。雜劇中的「幺篇」，在南戲中稱爲「前腔」。

〔一七〕蒲郡——即蒲州，河中府。

〔一八〕門掩重關蕭寺中——唐·李紳《鶯鶯歌》：「門掩重

關蕭寺中，芳草花時不曾出。」蕭寺，梁武帝蕭衍信佛，廣建佛寺，後人因稱佛寺爲蕭寺。

〔一九〕無語怨東風——此句反用宋·歐陽修《和王介甫〈明妃曲〉二首》之二「莫怨春風當自嗟」之意。後第五齣首段鶯鶯上場白又説：「落花無語怨東風。」

〔二〇〕本貫西洛——本貫，原籍，籍貫。西洛，今河南省洛陽市。唐時以河南府爲西京，治洛陽縣，故洛陽又稱西洛。

〔二一〕先人句——先人，祖先，此指已亡故的父親。拜，用一定的禮節授與官職。禮部，爲隋唐起中央政權中設置的六部之一，管理國家的典章制度、祭祀和接待賓客等事務。尚書，是六部的負責長官。

〔二二〕貞元十七年——即八〇一年。貞元是唐德宗李適（kuò音括）（七八〇——八〇五）的年號。

〔二三〕蒲關——蒲津關，在今山西永濟縣西，黄河渡口。

〔二四〕螢窗雪案——勤憤刻苦讀書。螢窗，語出《晉書·車胤傳》：「胤博學多通，家貧不常得油，夏月則練囊盛數十螢火以照書。」雪案，語出《尚友録》：「晉孫康，京兆人，性敏好學。家貧，燈無油，於冬月嘗映雪讀書。」

〔二五〕刮垢磨光——語出韓愈《進學解》。刮去污垢，磨出光澤。意指勤學上進。

〔二六〕秋水——比喻寶劍的光芒。

〔二七〕游藝三句——在中原一帶没有牽挂地輾轉游學，猶如隨風飛舞的蓬草一般地飄忽不定。游藝，語出《論語·述而》：「游於藝。」原指沉浸於六藝之中，此指游學。

〔二八〕「望眼」兩句——「望眼」，王伯良曰：古本「醉眼」，本杜詩「弟妹悲歌裏，朝廷醉眼中」。又元喬夢符《金錢記》：「空著我烘烘醉眼迷芳草。」蓋元人多用此語，謂功名未遂，而客游長醉也。「日近長安遠」，比喻獵取功名之萬分艱難。《晉書·明帝紀》：「帝幼而聰哲，爲元帝所寵異。年數歲，嘗坐置膝前，屬長安使來，因問之曰：『汝謂日與長安孰近？』對曰：『長安近，不聞人從日邊來，居然可知也。』元帝異之。明日，宴群僚，又問之，對曰：『日近。』元帝失色曰：『何乃異向者之言乎？』對曰：『舉頭則見日，不見長安。』」

〔二九〕蠹（dù音肚）魚句——像蛀蟲一樣鑽在書中不肯出

來。比喻埋頭苦讀，費盡心思。蠹魚，蛀蟲。

〔三〇〕棘圍——指科舉的試院考場。語出《五代史·和凝傳》：「是時進士多浮薄，喜爲喧嘩以動主司。主司每放榜，則圍之棘。」

〔三一〕鐵硯——語出《新五代史·桑維翰傳》：「初舉進士，主司惡其姓，以爲桑、喪同音。人有勸其不必舉進士，可以從佗（他）求仕者，維翰慨然，乃著《日出扶桑賦》以見志。又鑄鐵硯以示人曰：『硯弊則改而佗仕。』」

〔三二〕投至得句——投至得，直等到。雲路鵬程，古人常用此語，比喻功名得意，前程遠大。語出《莊子·逍遥游》：「鵬之徙於南溟也，水擊三千里，摶扶摇而上者九萬里。」

〔三三〕才高句——才高者難以投合俗人的心意。機，心思，心意。

〔三四〕雕蟲篆刻——寫詩作文。蟲，蟲書；刻，刻符。此皆學童所習内容。許慎《説文解字序》：秦書有八體，「三日刻符，四日蟲書。」揚雄《法言·吾子》：「或問：『吾子少而好賦？』曰：『然，童子雕蟲篆刻。』俄而曰：『壯夫不爲也。』」

〔三五〕綴斷簡殘編——搜集和鑽研古籍著作。簡，竹。古代尚未發明紙張前，只能在竹簡上刻字作爲書寫。編，將刻寫有文字的竹簡，用絲或皮條綴連成書，稱爲編。《宋書·歐陽修傳》：「（歐陽修）好古嗜學，凡周漢以降金石遺文，斷編殘簡，一切綴拾。」

〔三六〕九曲二句——黄河的風濤何處最能顯出？只是在此地呵。九曲，指黄河。《河圖》：「河水九曲，長九千里，入於渤海。」毛西河曰：「張至河中府，故二曲咏河。『何處顯』，只作『何處見』解，故曰『此地偏』，言偏見得也。董詞：『黄河那裏最雄？無過河中府。』」

〔三七〕這河三句——黄河像一條帶子穿過齊梁，分隔秦晉，將幽燕之地與中原隔絶。齊，今山東省泰山之北爲戰國時齊國之地。梁，魏國遷都大梁，因而魏也被稱爲梁。秦，戰國時秦國轄地在今陝西省。晉，晉國管轄之地，在今山西省大部分地區和陝、豫、冀之一部分。幽燕，燕國在今河北北部和遼寧，唐以前爲幽州，故稱幽燕。隘，音義通阨（厄），隔絶。

〔三八〕竹索句——用竹子做的粗繩繫住的浮橋。索，粗繩。

纜，以索繫船或浮橋。

〔三九〕潰九州——潰，達到。九州，中國古時劃分爲九州，故九州即指中國、全國。

〔四〇〕緊不緊——即緊。

〔四一〕弩（nǔ音努）箭——弩，用機栝發箭的弓。弩箭，用機栝發射的箭。

〔四二〕疑是銀河落九天——借用李白《望廬山瀑布》原句，喻「黄河之水天上來」之氣勢。九天，極高的天空。《孫子·形篇》：「善攻者動於九天之上。」梅堯臣注：「九天，言高不可測。」

〔四三〕淵泉句——深遠的黄河源頭高懸在雲外。淵，深遠。泉，地下水的天然露頭，即黄河水的最初出現、形成之開頭之處。

〔四四〕此徑——蒲津。

〔四五〕滋洛陽句——滋，潤澤，培植。洛陽以種植花木聞名，洛陽牡丹古今蜚聲全國。元·白樸雜劇《墻頭馬上》即以主角裴少俊去洛陽買花而結識李千金。宋·蘇轍《司馬君實獨樂園》詩：「公今歸去事農圃，亦種洛陽千本花。」

〔四六〕潤梁園句——潤，潤澤，滋益。梁園，又名兔園，漢代名園，梁孝王劉武所建，故址在今河南省商丘市東。

〔四七〕浮槎——傳説中來往於海上和天河之間的木筏。晋·張華《博物志》卷三《雜説下》：「舊説云：天河與海通，近世有人居海渚者，年年八月，有浮槎去來，不失期。」

〔四八〕琴童——即書童，書僮。

〔四九〕店小二哥——宋元時習稱店主爲大哥，店内伙計爲二哥或小二哥。

〔五〇〕官人——宋元以後對男子的尊稱，今江浙一帶猶稱新郎爲「新官人」，即沿此舊稱。顧炎武《日知録》：「南人稱士人爲官人。《昌黎集·王適墓誌銘》：『一女憐之，必嫁官人，不以與俗子。』是唐時有官者始得稱官人也。」下處，歇宿的地方，客店。

〔五一〕撒和——以草料飼喂牲口。《山居新語》：「凡人有遠行者，至巳午時，以草料飼驢馬，謂之撒和，欲其致遠不乏也。」（王國維《觀堂集林》卷十六《蒙古札記》引）者，表祈使語氣。李直夫《虎頭牌》雜劇第一折：「叔叔去取行李，路上小心在意者。」唐・陸贄《收河中後請罷兵狀》：「令欠滃奏來者。」

〔五二〕勝境福地——勝境，即勝地、勝迹，風景優美的有名地方或古迹。福地，佛教對寺院的敬稱，道教指神仙居住的地方。

〔五三〕舍利塔——佛塔，原指藏舍利或舍利子的塔。舍利，爲梵語音譯，意爲尸體、身骨。舍利子，爲釋迦牟尼遺體火化後結成的晶體，後世德行高超的和尚、尼姑的遺體焚化後也有此類晶體，也稱舍利子。《釋氏要覽》注：「釋迦既卒，弟子阿難等焚其身，有骨子如五色珠，光瑩堅固，名曰舍利子，因造塔以藏之。」侵，漸近。雲漢，高空。

〔五四〕三教九流——泛稱江湖上各種行業的人，含有貶義。此指各式人等。

〔五五〕弟子——門徒弟子，徒弟。

〔五六〕赴齋——素食曰齋。赴齋，參加法會或受請去吃齋。

〔五七〕山門——佛寺的外門。

〔五八〕上刹（chà音詫）——尊稱，猶言尊刹。刹，佛寺。

〔五九〕羅漢堂——安置五百羅漢塑像的佛殿。

〔六〇〕香積厨——佛寺中的厨房。

〔六一〕盤桓（huán音環）——盤旋，留連。

〔六二〕敢待——敢，莫非，怕是。待，要，正要。

〔六三〕隨喜句——此指游覽佛寺。上方，佛場。

〔六四〕法堂——宣講佛法的殿堂。

〔六五〕洞房——深邃的内室，此指禪房。

〔六六〕數羅漢——舊俗，游覽寺廟時到羅漢堂任取一個羅漢數起，數到自己虛年齡數字的那個羅漢，即以其喜怒哀樂的表情，測知自己的命運禍福，即謂數羅漢。

〔六七〕參菩薩——參，晉謁，參拜，拜見。菩薩，地位次於佛，是悟透佛理、普救衆生、於未來成就佛果的修行者。

〔六八〕聖賢——王伯良曰：「北人稱菩薩、神，不曰聖賢，則曰賢聖。」

〔六九〕貼——戲曲脚色行當，次要的旦脚，稱「貼旦」，簡稱「貼」。

〔七〇〕正撞着句——恰巧迎頭遇着前世風流冤家。五百年，《雍熙樂府》本作「五百年前」。業冤，佛家語，即前世冤家。此爲愛極之反話。元時説男女姻緣，每以五百年前注定，爲元雜劇中的常用語。

〔七一〕顛不剌——蔣星煜曰：「按《説鈴》諸書，『顛不剌』原是一種美玉，後來也兼指美女。」此指美女。

〔七二〕嚲（duǒ音躲）——同軃，下垂。

〔七三〕兜率宮——佛教語，指天宮。

〔七四〕離恨天——古時俗傳天之最高處，比喻男女戀人相思而不得相見之處，故而元劇常有「三十三天，離恨天最高；四百四病，相思病最苦」（如石子章《秦脩然竹塢聽琴》第二折）之語。

〔七五〕春風面——既風流又美麗的容貌。杜甫《詠懷古迹》之三：「畫圖省識春風面，珮環空歸月夜魂」。

〔七六〕翠花鈿（tián音田又讀diàn音佃）——即花鈿。古時婦人首飾。用金片鑲嵌成花形。鈿，用金翠珠寶等製成花朵形的首飾。張燕瑾曰：「花鈿有簪於髮髻者，此指貼於婦女眉間或面頰的飾物，亦稱花子。」白居易《長恨歌》：「花鈿委地無人收，翠翹金雀玉搔頭。」

〔七七〕宮樣眉兒新月偃——細長的眉毛修飾成宮中流尚的樣式，如半月般地彎卧着。宮樣，宮中的式樣。劉禹錫《贈李司空妓》：「高髻雲鬟宮樣妝，春風一曲杜韋娘。」新月，月亮最細長的時候。月偃，偃月，半月形。又，舊時觀察人的相貌，來推測禍福貴賤，認爲「日角偃月」者，是極貴之相。

〔七八〕櫻桃二句——張開涂着紅唇膏的櫻桃般的小嘴，露出白潔如玉、細小整齊的牙齒。關漢卿《詐妮子》雜劇二折：「因甚把玉粳米牙兒抵。」玉粳，潔白如玉的優質大米。

〔七九〕嚦嚦鶯聲——比喻鶯鶯的説話聲如黄鶯清脆流利的鳴叫聲。

〔八〇〕解舞腰肢——適宜於舞蹈的細腰。

〔八一〕旖旎（yǐnǐ音倚尼）——婀娜柔美。凌濛初曰：「旖旎，風流也。」

〔八二〕開府——成立府署，自選僚屬。

〔八三〕天姿國色——最美麗的女子。

〔八四〕偌（ruò音若）遠——偌，如此，這般。《西廂記》二齣：「老僧偌大年紀，焉有此等妄念。」

〔八五〕俄延——拖延。

〔八六〕櫳（lóng音龍）門——有雕花格子的門。櫳，窗上或門上的櫺（líng音靈）木。櫺，闌干上或窗户上雕花的格子。

〔八七〕那（nuó音挪）——同挪，移動。

〔八八〕風魔句——即瘋魔，着魔入迷、神魂顛倒、有時還顯得瘋瘋癲癲。解元，鄉試第一名；也作爲對讀書人的尊稱。

〔八九〕洞天——道教稱神仙所居的洞府，意謂洞中别有天地。

〔九〇〕端的——真的，果然。

〔九一〕意馬心猿——也作「心猿意馬」。道家用語，比喻人的心思流蕩散亂，把捉不定。《周易參同契》：「心猿不定，意馬四馳，神氣散亂於外。」

〔九二〕蘭麝——鶯鶯身上佩帶的香料。蘭，蘭花。麝，麝香，泛指香氣。

〔九三〕東風三句——張生想象鶯鶯走進櫳門内的景象。游絲，蜘蛛等昆蟲所吐的絲，因其飄蕩在空中，故稱游絲。掩映，遮蔽，遮蓋。

〔九四〕南海水月觀音——即觀音，又稱觀世音。南海，觀音所居的淨土，在南印度普陀洛伽山，在印度南海岸。水月，觀音示現三十三（一作三十六）身，觀水中之月的姿態，爲其中之一。

〔九五〕十年不識二句——美人使書生迷戀而耽誤功名進取，十年（指多年）不能高中而面見君王，美色誤人。按此爲元雜劇常用語。戴善甫《陶學士醉寫風光好》雜劇三折：「古人云：『十年不睹君王面，始信嬋娟解誤人。』信斯言也。」嬋娟，姿態容貌美好的樣子，又指美女。

〔九六〕秋波——比喻美女的眼睛像秋水一樣清澈明亮。

〔九七〕鐵石人——心腸堅硬、意志堅定的人。

〔九八〕玉人——容貌美麗的人，後多稱美麗的女子。

〔九九〕將一座梵王宫句——梵王宫，佛寺。梵王，佛。武陵源，《齊諧記》、《幽明録》等記載東漢劉晨、阮肇，於永平五年（六二）入天台（tāi）山採藥，入桃花源，遇見二位仙女，結成夫婦。後世即將桃花源改成武陵源，借指男女歡會之處。

短評

全戲一開場即由老夫人自報家門，簡單明了地交代了身世門庭、崔府内的人物關係和來到普救寺的前因後果。開首第一曲〔賞花時〕即由老夫人用傷感的語調唱出夫主命終、孤孀途窮的悲涼心境；其中又暗寓老夫人面對世態炎涼和險惡人情，决心維護家族聲望和繼續嚴肅治家的决心。緊接着鶯鶯亦唱一曲〔賞花時〕，針對老夫人前白中將她許配鄭恒之數言，抒發「閑愁萬種，無語怨東風」的怨苦心情，用委婉深幽的語言充分表達她對父母許婚鄭恒的不滿。徐士範曰：「開卷便見情語。」揭示「閑愁萬種」中，既有對許婚表兄之不滿，又有對理想愛情的向往，深情暗寓之意願。

以上爲「楔子」，主角崔鶯鶯的美艷形象和所透露怨苦心情，自然引起觀衆關切鶯鶯的命運；而正在此時，張生立即上場，挑起觀衆進一步的强烈興趣，劇情的開展，極爲緊湊。

張生在自我介紹姓名身世之後，交代自己此行的目的，先訪友，後上京趕考。談訪友時介紹杜確，爲後之照應；談進京趕考則叙自己的高遠志向。路過黄河之濱，他把眼前景色用〔油葫蘆〕、〔天下樂〕二曲描繪出來，金聖歎評曰：「張生之志，張生得自言之；張生之品，張生不得自言之也。」「於是順便反借黄河，快然一吐其胸中隱隱岳岳之無數奇事。嗚呼！真奇文大文也。」由於古代戲曲在演出時不用實景，戲曲作者將劇中景物借人物的眼光，用曲詞唱出。此處則不僅用曲詞唱出黄河的雄奇險峻的宏偉景色，而且借用曲詞中的黄河及其兩岸的遼遠、開闊和奇逸、壯麗的氣勢和境界，黄河澤被西北、中原的氣魄和功績，來生動比喻張生的胸襟和懷抱，充分顯示中國傳統文論中的「江山之助」的美學原理。

二曲剛唱完，張生「説話間早到城中」，並來普救寺散心，在佛殿上撞見鶯鶯。張生「呀！」的一聲，喊出又驚又喜的心理；「正撞着五百年風流業冤」，道出才子佳人的良緣可遇而不可求，甚至千載難逢之不易和有緣千里來相會的佳境。金聖歎羨爲「奇筆斗然轉出事來」，十分恰切。

以下張生所唱之八曲分爲兩個内容。前四曲具體描寫鶯鶯之美。〔元和令〕先從遠距離觀察鶯鶯極其天真、自然、大方的神態。妙在「盡人調戲」、「只將花笑撚」一語，傳達出鶯鶯對別人觀賞自己渾然不覺，自顧游賞；或明知有人在欣賞她的姿容，她則既没有因此而得意忘形，也没有因此忸怩作態，而是和平時一樣，泰然處之的平和心境，具有大家閨秀的嫻靜文雅風度。〔上馬嬌〕繼續遠觀。前曲講即使遠觀，閱歷萬千美女（即「顛不剌」）的張生，仍爲鶯鶯容貌之美而激動得眼花撩亂，口中卻一句話也講不出來了；此曲則總算在腦海中迸出一句：「誰想這寺裏遇神仙！」這是美麗到極點已無法形容而勉强作形容的一句話，接着又迸出一句神來之筆作爲補充：「宜嗔宜喜春風面。」意謂無論欣喜還是生氣，隨便甚麽表情，鶯鶯的面孔永遠是美到極致的。〔勝葫蘆〕爲張生近看鶯鶯的面容，修眉櫻口紅脣皓齒，和腼腆的神態，令張生心醉。〔幺〕篇則從鶯鶯講話的悦耳聲音和轉動的優美腰肢，從靜態的鶯鶯轉折到動態的鶯鶯描繪，寫出鶯鶯動態的美。

後四曲表達張生在鶯鶯離去之後的惆悵心情。〔後庭花〕叙鶯鶯的脚步輕軟優雅，她雖行走緩慢，姗姗去遲，可惜僅打個照面，業已倩影消失。〔柳葉兒〕自然地表達張生眼看鶯鶯進入高墻深院時的失望和怨恨；〔寄生草〕則寫鶯鶯雖在張生的視綫中消失，但蘭麝幽香尚未消散，珮環聲遠卻未隔絶，其裊裊余影猶在耳際鼻尖繚繞，張生風魔不禁，道一聲「南海水月觀音現」。此爲佳語，内含多層意思：一則人去只留幻影，猶如水中之月。二則鶯鶯尚穿孝服，與白衣大士的法相妙容略似；觀音菩薩有三十六種法相，水月觀音爲其中最美的法相。三則與身處名刹相呼應，自己身處相思苦境，鶯鶯則如救苦救難的觀音菩薩，是自己的唯一救星。〔賺煞〕又極寫張生風魔之神態；「怎當他臨去秋波那一轉」更爲千古傳誦之名句，張生自訴如醉似痴的十足理由，都在此句。

關於「臨去秋波那一轉」，評論家有兩種不同的理解。一般認爲，此句實寫鶯鶯在臨走時含情脉脉地看了張生一眼，被張生捉住了其中的暗示。徐士範評曰：「『秋波』一句，是一部《西廂》關竅。」毛西河指出（張生）「於佇望勿及處又重提『臨去』一語，於意爲回復，於文爲照應也」。而金聖歎則認爲鶯鶯作爲相國千金，富於教養，又情竇未開，心中一片天真，不會作出此類目挑心招的舉動，張生完全是自作多情，錯怪鶯鶯：「妙眼如轉，實未轉也。在張生必爭云『轉』，在我必爲雙文爭曰『不曾轉』也。忤奴乃欲效雙文轉。」兩種觀點皆持之有故，言之成理，因此都可成立。

以上八曲通過張生的眼光全面刻畫鶯鶯的容貌、形體、聲音、神態、風度之美，故而容與堂刊李卓吾評點本的第一齣總批曰：「張生也不是個俗人，賞鑒家，賞鑒家。」師儉堂刊陳眉公評點本此折總批則曰：「摹出多嬌態度，點出狂痴行模，令人恍如親睹。一見如許生情，極盡風流雅致。」皆是名家確評。

黑格爾《美學》稱戲劇是詩的「最高藝術」，戲劇是最難寫作的文學體裁之一。而且尤難於開頭，狄德羅《論戲劇藝術》指出：「一個劇本的第一幕也許是最困難的一部分。要由它開端，要使它得以發展，有時候要由它表明主題，而總要它承先啓後。」而且往往「正是第一個情節決定了整個作品的色彩。」果戈理《劇場門口》強調：「一個劇的開端應該囊括一切人物，而不是一個兩個；應該涉及所有角色多多少少都關心的內容」，還要能「牽一髮而動全身」。《西廂記》第一齣中，主要和重要人物都已出場，關鍵人物如杜確，也已點到；主角鶯鶯和張生的地位、身份、人生處境皆已表明，他們渴望理想的愛情的心理以及初遇後的思想活動亦已揭出，確已圓滿完成第一幕的任務，成爲全劇極好的開端。

第二齣

僧房假遇

（老上）自前日長老來，將錢去與老相公做好事〔一〕，不見來回話。叫紅娘傳着我的言語，去問長老：幾時好與老相公做好事？就着他辦置齋供的當了〔二〕，來回話者。（下）（法本上）貧僧法本，在這普救寺做長老。此寺是則天皇后蓋造的，貧僧乃相國崔珏的令尊剃度的。此寺年深崩損，又是相國修造的。不料相國仙逝〔三〕，如今老夫人將着家眷扶柩回博陵去。路阻難行，夫人惡市廛冗雜〔四〕，因借此西廂下居住，待路通收拾回博陵遷葬。那夫人處事温儉，治家有方。是是非非〔五〕，人莫敢犯。夜來老僧赴齋，不知曾有人來探望老僧否？（喚聰上）夜來有一秀才〔六〕，自西洛而來，特謁我師，不遇而去。（本）山門外覷着，倘再來時，報我知道。（生上）自夜來見了那小姐，着小生一夜無眠。若非法聰和尚呵，那小姐到有顧盼之意。今日去問長老，借一間僧房，早晚温習經史。若遇小姐出來呵，飽看一會兒。

【粉蝶兒】不做周方〔七〕，埋怨殺法聰和尚！借與我半間兒客舍僧房，與我那可憎才居止處門兒相向〔八〕。雖不能够竊玉偷香〔九〕，且將這盼行雲眼睛打當〔一〇〕。

【醉春風】往常時見傅粉的委實羞〔一一〕，畫眉的敢是謊〔一二〕。今日呵一見了有情娘，着小生心兒裏癢、癢。迤逗得腸荒〔一三〕，斷送的眼亂，引惹得心忙。

（生見聰科）師父正望先生來哩。只此少待，小僧報覆。（本出見生介）（生）是好一個和尚呵！

【迎仙客】我則見頭似雪，鬢如霜，面如童少年得內養〔一四〕。貌堂堂，聲朗朗，頭直上只少一個圓光〔一五〕。恰便似捏塑來的僧伽像〔一六〕。

（本）請先生方丈內相見〔一七〕。夜來老僧不在，有失迎迓〔一八〕，望先生恕罪！（生）小生久聞和尚清譽，特來座下聽講，不期昨日不得相遇。今能一見，是三生有幸矣〔一九〕！（本）敢問先生世家何郡，高姓大名，因甚至此？（生）小生姓張，名珙，字君瑞，西洛人也。

【石榴花】大師一一問行藏〔二〇〕，小生仔細訴衷腸。自來西洛是吾鄉〔二一〕，宦游在四方〔二二〕。寄居咸陽〔二三〕。（本）老相公何處仕宦？（生）先人授禮部尚書多名望〔二四〕，五旬上因病身亡。（本）老相公棄世，必有所遺。（生）平生正直無偏向，止留下四海一空囊。

（本）老相公在官時，敢是渾俗和光麼〔二五〕？

【鬥鵪鶉】（生）俺先人甚的是渾俗和光，衠一味風清月朗〔二六〕。（本）先生此行，必爲上朝取應。（生）小生無意去求官，有心待聽講。小生特謁長老，奈路途奔馳，無以相饋。量着窮秀才人情則是紙半張，又没甚七青八黄〔二七〕。盡着你說短論長，一任待掂斤播兩〔二八〕。

小生聊具白金一兩，與常住公用〔二九〕，權表寸心，望笑留是幸！（本）先生客中，何故如此？

【上小樓】（生）小生特來見訪，大師何須謙讓。（本）貧僧不敢受。（生）物鮮不足辭〔三〇〕，但充講下一茶耳〔三一〕。這錢也難買柴薪，不彀齋糧，且備茶湯。（覷聰云）這一兩銀，未爲厚禮。你若有主張，對艷妝，將言詞說上，我將你衆和尚死生難忘。

（本）先生必有所命。（生）小生因惡旅邸繁冗，難以温習經史；欲問我師，求假一室〔三二〕，且得晨昏聽講。房金按月奉納。（本）敝寺頗有數間房，從先生揀選。

【幺】（生）也不要香積厨〔三三〕，枯木堂〔三四〕。遠着南軒〔三五〕離着東墻，靠着西厢。近主廊，過耳房，都皆停當。（本）與老僧同榻何如？（生笑云）要你怎麽？ 你是必休題着長老方丈〔三六〕。

（貼上）老夫人着俺問長老：幾時好與老相公做好事？看得停當了回話，須索走一遭。（貼見本科）（貼云）長老萬福〔三七〕！夫人使侍妾來問〔三八〕：幾時可與老相公做好事？着看的停當了回話。（生背云）好個女子也呵！

【脱布衫】大人家舉止端詳，全没那半點兒輕狂。太師行深深拜了〔三九〕，啓朱脣語言的當。

【小梁州】可喜娘的龐兒淺淡妝〔四〇〕，穿一套縞素衣裳。胡伶淥老不尋常〔四一〕，偷睛望，眼挫里抹張郎〔四二〕。

【幺】若共他多情小姐同鴛帳，怎捨得他疊被鋪床 。將小姐央，夫人央，他不令許放，我親自寫與從良〔四三〕。

（本）二月十五日，可與老相公做好事。（貼）妾與長老同至佛殿上看停當了，卻回夫人話。（本）先生少坐，老僧同小娘子看一遭便來。（生）何故見卻〔四四〕，小生便同行一遭何如？（本）便同行。（生）着小娘子先行，俺近後些。（本）一個有道理的秀才。（生）小生有一句話，敢道麽？（本）便道不妨。

【快活三】（生）崔家女艷妝，莫不是演撒你個老潔郎〔四五〕？（本）休説閑話。（生）既不呵，卻怎睃趁着你頭上放毫光〔四六〕，打扮的特來晃〔四七〕？

（本）若是那小娘子聽得呵，是甚麽意思？（貼同入佛殿科）

【朝天子】（生）過得主廊，引入洞房，好事從天降。我與你看着門兒，你自進去。（本怒云）先生，此非先王之言行，豈不得罪於聖人之門乎！老僧偌大年紀，焉有此等妄念。好模好樣忒莽撞，（生）没則羅便罷。煩惱怎麽唐三藏〔四八〕？怪不得小生疑你。偌大一個宅司〔四九〕，可怎生別没個兒郎〔五〇〕？使梅香來説勾當〔五一〕！（本）元來先生不知〔五二〕：那老夫人治家嚴肅，内外并無一個男子出入。（生）這秃厮巧説〔五三〕。你在我行、口强，硬抵着頭皮撞。

（本對貼云）這齋供道場都完備了〔五四〕，十五日請夫人小姐拈香。（生）何故？（本）這是崔相國小姐至孝，爲報父母之恩。又值老相公禫服之際〔五五〕，所以做好事。（生哀哭介）哀哀父母〔五六〕，生我劬勞，欲報深恩，昊天罔極。小姐是一女子，尚然有報父母之心。小生湖海飄零數年，自父母去世之後，並不曾有一陌紙錢相報〔五七〕。望和尚慈悲爲本，小生亦備錢五千，怎生帶得一分兒齋，追薦俺父母〔五八〕，少盡人子之心。便夫人知，料也不妨。（本）法聰，與這先生帶一分者。（生背問聰云）那小姐明日可來麽？（聰）他父母的勾當，如何不來。（生背云）這五千錢使得着也。

【四邊靜】人間天上，看鶯鶯强如做道場。軟玉温香〔五九〕，休道是相親傍；若能勾湯他一湯〔六〇〕，到與人消灾障。

（本）都到方丈吃茶。（生）小生更衣咱〔六一〕。（生先出）（方丈云）那小娘子一定出來也，我則在這裏等待問他。（貼辭本云）我不吃茶了，恐夫人怪我遲去回話也。（貼出，生揖迎云）小娘子拜揖。（貼）先生萬福。（生）小娘子，莫非鶯鶯小姐的侍妾麽？（貼）我便是，何勞先生動問？（生）小生姓張，名珙，字君瑞，本貫西洛人也。年方二十三歲，正月十七日子時建生〔六二〕。並不曾娶妻。（貼）我又不會推算子平〔六三〕，説合姻眷，誰問你來？（生）敢問小姐常出來麽？（貼怒云）噫！先生是讀書君子，豈不聞孟子曰：男女授受不親〔六四〕，禮也。又不聞瓜田不納履〔六五〕，李下不整冠。道不得個非禮勿視，非禮勿聽，非禮勿言，非禮勿動。俺老夫人治家嚴肅，有冰霜之操。内無應門五尺之童，年至十二三者，非唤不敢輒入中堂。向者小姐潛出閨房，老夫人知之，召小姐於庭下：你爲女子，不告而出閨門，倘遇過客游僧私窺，豈不自耻！小姐立謝曰〔六六〕：今當改過從新，不敢再犯。是他親女，尚然如此。何况以下侍妾乎？先生習先王之道〔六七〕，遵周公之禮〔六八〕。不干己事，何故用心？早是妾身，可以容恕。若夫人得知，决無干休！今後得問的問，不得問的休胡説！（下）（生）這相思索要害也！

【哨遍】聽説罷心懷悒怏〔六九〕，把一天愁都撮在眉尖上〔七〇〕。説夫人潔操凛冰霜，不召呼，誰敢輒入中堂。自思想，比及你心兒裏畏懼〔七一〕。老母親威嚴，小姐呵，你不合臨去也回頭望。待颺下教人怎颺〔七二〕？赤緊的情占了肺腑〔七三〕，意惹了肝腸。若今生難得有情人，則除是前世燒了斷頭香〔七四〕。我得他時手掌兒上奇擎〔七五〕，心坎兒上温存，眼皮兒上供養。

【耍孩兒】當初那巫山遠隔如天樣〔七六〕，聽説罷又在巫山那廂。業身軀雖是立在回廊〔七七〕，魂靈兒已在他行。本待要安排心事傳幽客〔七八〕。我則怕泄漏春光與乃堂〔七九〕。夫人怕女孩兒春心蕩，怪黄鶯兒作對，怨粉蝶兒成雙。

【四煞】小姐年紀小，性兒剛。張郎倘得相親傍，乍相逢厭見何郎粉〔八〇〕，看邂逅偷將韓壽香。纔到是未得風流況，成就了會温存的嬌婿〔八一〕，怕甚麽能拘管的親娘。

【三煞】夫人忒慮過，小生空妄想，郎才女貌合相訪。休直待眉兒淡了思張敞，春色飄零憶阮郎。非是咱自誇奬，他有德言工貌〔八二〕，小生有恭儉温良〔八三〕。

【二煞】想着他眉兒淺淺描，臉兒淡淡妝，粉香膩玉搽胭項〔八四〕。翠裙鴛繡金蓮小〔八五〕，紅袖鸞綃玉笋長〔八六〕。不想呵其實强，你撇下半天風韻，我拾得萬種思量。

却忘了辭長老。（見本云）小生敢問長老，房舍如何？（本）塔院側邊西厢一間房，甚是瀟灑〔八七〕，正可先生安下。見收拾了，隨先生早晚來〔八八〕。（生）小生便回店中搬來。（本）吃齋了去。（生）請長老收拾下齋，小生取行李便來。（本）既然如此，老僧準備下齋，先生是必便來。（下）（生）若在店中人鬧，到可消遣。搬到寺中幽靜處，怎麼捱這淒凉也呵！

【一煞】院宇深，枕簟凉，一燈孤影摇書幌〔八九〕。縱然酬得今生志，着甚支吾此夜長〔九〇〕。睡不着如翻掌。少可有一萬聲長吁短嘆，五千遍倒枕捶床。

【煞尾】嬌羞花解語〔九一〕，温柔玉有香〔九二〕；我和他乍相逢，記不真嬌模樣，則索手抵着牙兒漫漫的想〔九三〕。（下）

注釋

〔一〕好事——佛事。

〔二〕齋供的當（dídàng音敵蕩）——齋供，祭祀用的供品。供，祭祀時奉獻的東西。的當，確切；恰當。

〔三〕仙逝——舊時婉辭，指人死。

〔四〕市廛（chán音蟬）冗（rǒng音茸）雜——市曹繁雜。市廛，市曹，商肆集中的地方。冗雜，繁多雜亂。

〔五〕是是非非——以是爲是，以非爲非。能分清是非，具有正確的判斷能力。《荀子·修身》：「是是非非謂之知，非是是非謂之愚。」楊黈注：「能辨是爲是、非爲非，謂之智也。」「以非爲是，以是爲非，則謂之愚。」

〔六〕夜來——昨日，昨夜。

〔七〕周方——周旋方便。

〔八〕可憎才——極其可愛的人。元·李治《敬齋古今黈》：「世俗以『可愛』爲『可憎』，亦極致之詞。」

〔九〕竊玉偷香——指男女結識私情。竊玉，元曲中多有「鄭生蘭房竊玉」語，出處不詳。偷香，《太平御覽》卷九八一引《郭子》：「（陳）騫以韓壽爲掾，每會，聞壽有異香氣，是外國所貢，一著衣，歷日不歇；騫計武帝唯賜己及賈充，他家理無此香。嫌壽與己女通，考問左右，婢具有以實對。騫即以女妻壽。」

〔一〇〕盼行雲句——且將這盼望與美人相會的眼睛準備好。宋玉《高唐賦》：「妾在巫山之陽，高丘之阻，旦爲朝雲，暮爲行雨。朝朝暮暮，陽臺之下。」此即將行雨暗喻所喜愛的美女。打當，準備。

〔一一〕傅（fù音敷）粉的——搽粉、抹粉的；此指美女。宋·李清照〔多麗〕詞：「韓令偷香，徐娘傅粉。」

〔一二〕畫眉的——也指美人。《漢書·張敞傳》：「（敞）又爲婦畫眉，長安中傳張京兆眉憮（通「嫵」，眉的式樣美好）。」

有司以奏敞，上問之，對曰：『臣聞閨房之内，夫婦之私，有過於畫眉者。」

〔一三〕迤（yǐ音以）逗句——被挑逗得心慌意亂。迤逗，挑逗，勾引。腸荒，即腸慌，心慌意亂。

〔一四〕内養——静心養氣，體内真氣彌足。

〔一五〕頭直上——頭頂上。圓光，光圈，指佛、菩薩頭頂上放射的光明圓輪。

〔一六〕僧伽——據《太平廣記》，僧伽大師，唐西域人，也稱爲觀音大士化身。此泛指菩薩。

〔一七〕方丈——指居士或禪寺的長老或住持所居之處。

〔一八〕迎迓（yà音亞）——迎接。

〔一九〕三生有幸——非常幸運。三生，即三世，佛教用語，指前生、今生、來生，亦即過去世、現在世、未來世。

〔二〇〕大師句——佛教徒稱佛爲大師，此對有道行的高僧的尊稱。行藏，出處和行止，即身世經歷。《論語·述而》：「用之則行，舍之則藏。」

〔二一〕自來——本來。

〔二二〕宦游——在外求官或做官。此指前者，即爲求仕進而在外游歷。

〔二三〕咸陽——秦朝的國都。此因押韻之故借指唐朝之都長安。

〔二四〕禮部尚書——禮部官署名，北周始設，隋唐爲六部之一，歷代相沿，至清末始廢。禮部掌禮儀、祭享、貢舉等職，長官爲禮部尚書。尚書等於國務大臣，爲内閣要職。參見第一齣注〔二一〕。

〔二五〕渾俗和光——不露鋒芒，與世無爭，和世俗、塵世混同。《老子》：「和其光，同其塵，是謂玄同。」

〔二六〕衠（zhūn音諄）一味句——衠，真，正，純。一味，專一。風清月朗，比喻爲人的光明磊落，清白純潔。

〔二七〕七青八黄——本指黄金的成色，此指錢財。王伯良注本引《格古要論》謂「金品：七青八黄，九紫十赤。」

〔二八〕掂（diān音巔）斤播兩——較量輕重，斤斤計較。掂，掂量，托在手上上下晃動以估量東西的輕重。「量着窮秀才」至此四句，王伯良本作「則那窮秀才人情紙半張，怎强如七青八黃。儘教咱説短論長，他則待掂斤播兩。」王伯良注云：「末四句，蓋自家商量私語之詞，非直對長老説也。觀用一『他』字，及下白『遥禀老和尚』數語可見。言秀才人情，從來甚薄，儘教我訴説清苦，他定自掂斤播兩，而議論我之輕鮮也。」

〔二九〕常住——佛家稱寺院爲常住。

〔三〇〕物鮮（xiǎn音險）——東西少。

〔三一〕但充講下一茶——僅供茶資。但，只，僅。講，講席，學者講學和高僧講經的坐位、法坐。下，尊語，如閣下、殿下、陛下。

〔三二〕求假——求借。

〔三三〕香積厨——僧寺的食厨、厨房。

〔三四〕枯木堂——僧人打坐、參禪、修行的堂屋。

〔三五〕軒（xuān音喧）——有窗檻的長廊或小室。

〔三六〕你是必句——是必，勢必，一定。題，通「提」，提出。

〔三七〕萬福——唐宋時婦女相見行禮，多口稱「萬福」；明清時亦以稱婦女所行的敬禮，以手斂衽，雙膝略曲。

〔三八〕侍妾——婢女。

〔三九〕大師行（háng音航）——大師這裏。行，用在人稱的後邊，表示處所，即這裏，那裏。本劇第三齣：「這小賤人不來我行回話。」《琵琶記・宦邸憂思》：「我衷腸事説與誰行？」

〔四〇〕龐兒——臉盤。

〔四一〕胡伶渌（lù音録）老——敏鋭伶俐的眼睛。渌老，又作睩老，眼睛。

〔四二〕眼挫句——眼挫，眼角，眼梢。抹（mā音媽），閃過，眼光在對方身上一擦而過。

〔四三〕從良——妓女贖身嫁人或奴婢贖身爲平民。

〔四四〕見卻——遭到拒絶。見，被，加。如見贈。卻，拒絶，推卻。

〔四五〕莫不是句——演撒，誘惑勾搭。潔郎，元代民間稱和尚爲潔郎。

〔四六〕睃（suō音梭）趁句——睃趁，看。毫光，佛眉間放出的光芒。

〔四七〕晃——明亮，閃耀，此指炫耀，有光彩。

〔四八〕唐三藏——唐僧玄奘（zàng音藏），因往西方天竺國（今印度）取經，取來經一藏、律一藏、論一藏，故號三藏法師。此指法本，調侃語。藏，佛教、道教經典的總稱，如大藏經、道藏。

〔四九〕宅司——宅堂。司，原是官署的名稱，因崔家是丞相家屬，故稱其所居宅堂爲宅司。

〔五〇〕怎生——怎麽，怎樣。

〔五一〕梅香——戲曲中稱丫鬟使女的常用名字。

〔五二〕元來——原來。

〔五三〕秃廝——和尚。廝，對人表示輕蔑的稱呼，如《西游記》二回：「這廝果然是個天地生成的！」

〔五四〕齋供道場——齋供，供佛的素食。道場，水陸道場、水陸齋，簡稱水陸或道場。此指爲死者追福、超度亡靈所做的佛事活動。

〔五五〕禫（dàn音淡）服之際——除喪服之祭的時候。禫，除喪服之祭，自喪至此，凡二十七月時，脱孝服。

〔五六〕哀哀父母四句——用《詩經·小雅·蓼莪》語，「欲報深恩」之《詩經》原句爲「欲報之德」。哀哀父母，一想到亡故的父母便悲傷不止。生，生育，養育。劬（qú音渠）勞，勞苦，勞累。後兩句朱熹解説：「罔，無也；極，窮也。言父母之恩如此，欲報之以德，而其恩之大，如天無窮，不知所以爲報也。」

〔五七〕陌——錢一百文。

〔五八〕追薦——追祭。

〔五九〕軟玉温香——指鶯鶯令人心醉神迷的肢體。蔣星煜曰：「軟指硬度，玉喻光潔度，温乃是崔鶯鶯的體温的感受，這三個方面都是觸覺的感受，香則是嗅覺上的感受。」

〔六〇〕湯（tàng音燙，或dàng音蕩）——觸、碰、擦着，有時也作「蕩」、「盪」。

〔六一〕更衣咱——上厠所的委婉語。咱，元代口語作語助，無義。

〔六二〕子時建生——子時，十二時辰中的第一個，相當於半夜十一時至凌晨一時。建生，出生。

〔六三〕推算子平——用八字算命。子平，即徐子平，名居易，五代宋初人，首創年月日時的四柱八字算命方法，世稱

「子平術」。

〔六四〕男女二句——語出《孟子·離婁上》，意指男女之間不可交往、接觸，連用手遞接東西也不可以。授，授予。受，接受。

〔六五〕瓜田二句——男女之間不但不可接觸，而且還必須避嫌。語出《古君子行》：「君子防未然，不處嫌疑間。瓜田不納履，李下不整冠。」納履，提鞋。李下，李樹下。整冠，正帽子。

〔六六〕立謝——馬上認錯。立，即時。謝，認錯。

〔六七〕先王之道——先王，上古賢明君主。先王之道，此處指古代傳下的道德規範和準則。《孝經·開宗明義》：「先王有至德要道，以順天下，民用和睦。」唐玄宗注：「先代聖德之主，能順天下人心，行此至要之化。」

〔六八〕周公之禮——西周的典章制度。周公，姓姬名旦，是周文王之子，武王之弟，他製定的典章制度即周禮。此指古代的禮法。

〔六九〕悒（yì音意）怏——悒悒，怏怏，鬱悶不樂。

〔七〇〕撮——聚合。

〔七一〕比及——至於。

〔七二〕颩——撇開，丢下。

〔七三〕赤緊——實在，當真。

〔七四〕斷頭香——折斷的香。民間認爲在佛前燒斷頭香，來生要遭折斷分離的果報。

〔七五〕奇擎（qíng音晴）——奇，助音，無義。擎，向上托住。

〔七六〕當初二句——神女難近，佳人難以親近。李商隱《無題》詩：「劉郎已恨蓬山遠，更隔蓬山一萬重。」歐陽修〔踏莎行〕詞：「平蕪盡處是青山，行人更在青山外。」此套用李、歐之句式，也借用其意。

〔七七〕業身軀——造孽之身，此處爲張生自指。

〔七八〕幽客——隱居的人。又，宋時蘭花有幽客之稱，此以蘭花喻鶯鶯。

〔七九〕我則怕句——我就怕在你母親面前泄漏我的戀情。杜甫《臘日》：「漏泄克光向柳條。」乃堂，你的母親，指老夫人。

〔八〇〕何郎粉——何郎，何晏。《魏略》：「晏性自喜，動靜粉白不去手。」

〔八一〕成就了句——王伯良解釋此曲：「大約言鶯鶯年小性剛，未得風流之情況，故尚厭畏於我，看我得親傍一竊香之後，彼自然愛我温存不暇，而尚肯懼夫人之拘束耶？」

〔八二〕德言工貌——封建時代對婦女行爲品德的四個基本要求。東漢·班昭《女誡·婦行》：「幽閑貞静，守節整齊，行己有耻，動静有法，是謂婦德；擇詞而説，不道惡語，時然後言，不厭於人，是謂婦言；盥浣塵穢，服飾鮮潔，沐浴以時，身不垢辱，是謂婦容；專心紡績，不好戲笑，潔齊酒食，以奉賓客，是謂婦功。此四者，女子之大節，而不可乏無者也。」

〔八三〕恭儉温良——《論語·學而》：「夫子温良恭儉讓以得之。」此指男子應有的品德：温柔、仁慈、和從、節儉、謙讓。

〔八四〕粉香句——頸項猶如粉玉搓捏而成似的光潔。

〔八五〕翠裙句——繡着鴛鴦的翠緑色的裙子遮蓋住了金蓮似細小的脚。

〔八六〕紅袖鸞綃句——紅袖鸞綃，紅色的生絲織成的薄綢的袖子上繡着鳳凰。玉笋，比喻女子手指細長白潤。唐·韓偓《詠手》：「腕白膚紅玉笋芽，調琴抽綫露尖斜。」

〔八七〕瀟灑——清潔明亮。文天祥《官籍監·序》：「予監一室頗瀟灑，明窗淨壁，樹影横斜，可愛也。」

〔八八〕早晚——或早或晚，隨時都可。

〔八九〕一燈句——孤影在書齋的燈光下摇晃。此寫失眠景象。幌，布幔。

〔九〇〕支吾——應付，挨過。關漢卿《玉鏡臺》雜劇四折：「且等他急過多時慢慢的再做支吾。」

〔九一〕花解語——即解語花，懂得人語的花，比喻人美如花，如花美人。王仁裕《開元天寶遺事·解語花》：「明皇秋八月，太液池有千葉白蓮數枝盛開，帝與貴戚宴賞焉。左右皆嘆羡久之。帝指貴妃示左右曰：『爭如我解語花？』」

〔九二〕玉生香——喻美女爲生香之美玉。蘇鶚《杜陽雜編·玉辟邪》叙唐「肅宗賜李輔國香玉辟邪二，各高一尺五寸，工巧殆非人工。其玉之香，可聞數百步」。

〔九三〕則索句——只得手托腮幫長久地回想。只索，只得。漫漫，形容時間長。寧戚《飯牛歌》：「長夜漫漫何時旦？」

短評

此齣又名《借廂》，敘張生爲接近鶯鶯而在寺内借居。張生開口第一句即唱「不做周方，埋怨殺法聰和尚！」令人感到没頭没腦，實則前白中已説明「自夜來見了那小姐，着小生一夜無眠」，金聖歎謂「身自通夜無眠，千思萬算，已成熟話」，所以一出場「便發極云『不做周方』」，「更不計他人之知與不知也」。又評：「只此起頭一筆」，「便將張生一夜無眠，盡根極底，生描活見」。

〔醉春風〕自叙平時見到女性便害羞、發慌，説明張生並非老於風月的浮玩子弟，突出他愛情上的純潔經歷和志誠鄭重，更反襯鶯鶯的美艷動人已臻極至。〔石榴花〕向法本介紹家世和本人「止留下四海一空囊」，〔斗鵪鶉〕又自稱「量着窮秀才人情則紙半張，没甚七青八黄」，既顯示其家風清正，又見出他待人真誠和手頭拮據的現狀，還表露張生的幽默性格。毛西河評曰：「此以自謙作調笑語，妙絶！」

正在此時，紅娘代表老夫人來聯繫、落實齋祭之事，紅娘的出現和情節的轉换十分自然。此處又從張生眼中看到紅娘「大人家舉止端詳，全没那半點兒輕狂」，不禁脱口而出地贊美一聲：「好個女子也呵！」〔脱布衫〕、〔小梁州〕二曲描繪紅娘玲瓏剔透、光彩照人的美麗形象，金聖歎贊美：「如從天心月窟雕鏤出來。」曲終處畫龍點睛地突出紅娘的通身靈慧從雙目中射出：「胡伶渌老不尋常，偷睛望，眼挫里抹張郎。」「偷」、「抹」二字寫出聰穎少女目光的敏鋭尖利和詼諧調皮，無疑是舉重若輕巧奪天功的大手筆。

張生迫不及待地向紅娘所作的自我介紹，十分可笑，在輕狂中顯出老實，平常數語卻是人物兩重性格（既老實又風魔)的自然融合,又是作家的天才獨創。紅娘的搶白,應對明快,語辭鋒利,使張生驟遭迎頭痛擊之下,無以言對。紅娘引經據典,看似不符合没有文化的奴婢少女之實際,實際上紅娘並非普通的丫環,而是群丫環中的「這一個」(黑格爾語),即具有典型意義的丫環中的精英人物。她靈慧異常、記憶過人,必在鶯鶯讀書時,因伺候在旁而得以旁聽,已將經書中不少名句默識心中,故能見機發言,脱口而出。此更見紅娘的警聰穎悟。面對陌生青年的輕狂語言,出於維護主家聲譽和小姐的安全,紅娘不僅曉之以理,又抬出夫人的潔操和威嚴,很是必要,也很有力有效。張生興冲冲之際受此搶白,不禁愁聚眉尖,妙在「不怨自己,不怨紅娘,忽然反怨鶯鶯,(小姐呵,你不合臨去也回頭望)真是神魂顛倒之筆」(金聖歎評語)。

紅娘連珠炮般批評一通後拂袖而走,留下張生一人抒發無限痛苦的情感,正如别林斯基《詩的分類》中所説:「戲劇中通常被稱爲抒情部分的東西,不過是非常激動的性格的力量」,「或者是登場人物内心深藏的秘密思想,這種思想是我們需要知道的,是詩人使登場人物出聲地思考的。」以下下半場七曲即唱出張生的内心思考並顯露其性格力量。他擔憂鶯鶯因懼怕老母威嚴而不敢親近自己,感慨自己與鶯鶯咫尺天涯,「當初那巫山遠隔如天樣,聽説罷又在巫山那厢」。反覆咀爵「你撇下半天風韻,我拾得萬種思量」的相思滋味,可憐自己思念無窮,長夜難度,尤妙於「我和他乍相逢記不真嬌模樣,則索手抵着牙兒漫漫的想」二語作結,神態逼真,余味無窮。更妙在張生在靜思冥想之時,已預告他等一會兒長夜難眠,「睡不着如翻掌,少可有一萬聲長吁短嘆,五千遍倒枕捶床」。張生是性格外露、舉止狂放的少年,故而一疊聲長吁短嘆尚未能完全發泄自己的愁悶,他還要不斷地「倒枕捶床」。這既可能是一種下意識的動作,也可能是遷怒式的行爲,即如張燕瑾《西厢記淺説》所言:「睡不着本不干床枕事,但張生一腔無名怨氣無處發泄,一片身心無處安排,好像床枕也不合他的心意了,表現張生如饑似渴的相思心理極爲傳神。」

第三齣

牆角聯吟

（旦上）老夫人使紅娘問長老去了，這賤人怎麼不來回話。（貼上）回夫人話了，去回小姐話去。（旦）使你問長老幾時做好事，如何不來回我？（貼）恰回夫人話也，正待回姐姐話：二月十五日，請夫人姐姐拈香。（笑介）姐姐，我對你說一件好笑的勾當。咱前日寺裏見的那秀才，今日也在方丈裏。他先出門外，等着紅娘深深唱個偌〔一〕，道：小生姓張，名珙，字君瑞，本貫西洛人也。年方二十三歲，正月十七日子時生。並不曾娶妻。姐姐，卻是誰問他來。他又問：小娘子莫非鶯鶯小姐的侍妾乎？小姐常出來麼？被紅娘搶白了一頓呵〔二〕，回來了。姐姐，我不知他想甚麼哩。世上有這等傻角〔三〕！（旦笑云）紅娘，你休對夫人說。天色晚也，安排着香桌，咱花園內燒香去來。（並下）（生上）搬至寺中，正近西廂居址。我問和尚，道：小姐每夜花園內燒香。這個花園和我這寓中合着。比及小姐出來〔四〕，我先在太湖石畔墻角兒頭等待他出來〔五〕，飽看一會。兩廊僧衆都睡着了。夜深人靜，月朗風清，是好天氣也呵！閑尋丈室高僧話，悶對西廂皓月吟。

【鬥鵪鶉】玉宇無塵〔六〕，銀河瀉影；月色橫空，花陰滿庭。羅袂生寒〔七〕，芳心自警〔八〕。側着耳朵兒聽，躡着脚步兒行：悄悄冥冥〔九〕，潛潛等等。

【紫花兒序】等待那齊齊整整，裊裊婷婷，姐姐鶯鶯。一更之後，萬籟無聲〔一〇〕，直至鶯庭。回廊下没揣的見俺可憎〔一一〕，將他來緊緊的摟定；則問你那會少離多，有影無形。

（旦上）紅娘，開了角門〔一二〕，將香桌出來者。

【金蕉葉】（生）猛聽得角門兒呀的一聲，風過處花香細生。踮着脚尖兒仔細定睛，比我那初見時龐兒越整。

（旦）紅娘，移香桌近太湖石放者。（生見介）料想春嬌厭拘束〔一三〕，等閑飛出廣寒宮〔一四〕。真個是人間天上，國色無雙，是好女子也呵！

【調笑令】我這裏甫能、見娉婷〔一五〕。比着那月殿嫦娥也不恁般爭。遮遮掩掩穿芳徑，料應那小脚兒難行。可喜娘的臉兒百媚生〔一六〕，兀的不引了人魂靈〔一七〕！

（旦）將香來。（生）且聽小姐祝告甚麼。（旦）此一炷香，願化去先人〔一八〕，早生天界！此一炷香，願堂中老母，身安無事！此一炷香……（做不語介）（貼）姐姐不祝這一炷香，我替小姐禱告：願俺姐姐早嫁一個姐夫，拖帶紅娘咱！（旦添香拜云）眼前無限傷心事，盡在深深兩拜中。（旦長吁科）（生）聽小姐倚欄長嘆，似有動情之意。

【小桃紅】夜深香靄散空庭，簾幕東風靜。拜罷也斜將曲檻憑，長吁了兩三聲。剔團圞明月如懸鏡〔一九〕。又不是輕雲薄霧，都則是香烟人氣。兩般兒氤氲不分明〔二〇〕。我雖不及司馬相如〔二一〕，我則看小姐頗有文君之意。試高歌一絶，看他説甚的。（吟介）

月色溶溶夜〔二二〕，花陰寂寂春。
如何臨皓魄〔二三〕，不見月中人。

（旦）有人在墻角吟詩。（貼）這聲音便是那二十三歲不曾娶妻的那傻角。（旦）好清新之詩，我依韻和一首。（貼）你兩個是好做一首兒。

（旦和云）

蘭閨久寂寞〔二四〕，無事度芳春〔二五〕。

料得行吟者，應憐長嘆人。

（生）好應酬得快也呵。

【禿厮兒】早是那臉兒上鋪堆着可憎，更那堪心兒里埋沒着聰明。他把那新詩和得忒應聲，一字字，訴衷情，堪聽。

【聖藥王】那語句清，音律輕，小名兒不枉了喚做鶯鶯。他若是共小生、厮覷定〔二六〕，隔墻兒酬和到天明。方信道惺惺自古惜惺惺〔二七〕。我撞出去，看他説甚麼。

【麻郎兒】我拽起羅衫欲行，（旦見介）（生）他陪着笑臉兒相迎。不做美的紅娘忒淺情，便做道謹依來命。

（貼）姐姐，有人，咱家去來。（旦回顧並下）

【幺】（生）我忽聽、一聲、猛驚。元來是撲剌剌的宿鳥飛騰，顫巍巍花梢弄影，亂紛紛落紅滿徑。

小姐。你去了呵。那裏發付小生也〔二八〕。

【絡絲娘】空撇下碧澄澄蒼苔露冷，明皎皎花篩月影。白日裏淒凉枉耽病〔二九〕，今夜把相思再整。

【東原樂】簾垂下，户已扃〔三〇〕，我卻纔悄悄的相問，他那裏低低應。月朗風清恰二更，厮傒幸〔三一〕：他無緣，小生薄命。

【綿搭絮】恰尋歸路，佇立空庭，竹梢風擺，斗柄雲横〔三二〕。今夜淒涼有四星〔三三〕，他不瞅人待怎生〔三四〕！雖然是眼角傳情，咱兩個口不言心自省。今夜有甚睡得到我眼里來！

【拙魯速】對着盞碧熒熒、短檠燈〔三五〕；倚着扇冷清清、舊幃屏〔三六〕。燈兒又不明，夢兒又不成，窗兒外淅零零的風兒透疏欞，忒楞楞紙條兒鳴〔三七〕。枕頭兒上孤另，被窩兒裏寂靜。你便是鐵石人，鐵石人也動情。

【幺】怨不能，恨不成；坐不安，睡不寧。有一日柳遮花映，霧障雲屏，夜闌人靜，海誓山盟。恁時節風流嘉慶，錦片也似前程〔三八〕，美滿恩情，咱兩個畫堂春自生〔三九〕。

【尾聲】一天好事從今定，一首詩分明作證。再不向青瑣闥夢兒中尋〔四〇〕；則去那碧桃花樹兒下等〔四一〕。（下）

注釋

〔一〕唱個喏（rě音惹）——古時的一個禮數，叉手作拜時口中同時發一個「惹」的聲音。

〔二〕搶白——當面責備、訓斥或諷刺。

〔三〕傻角——痴人，呆子。

〔四〕比及——等到。

〔五〕太湖石——產於太湖區域的多孔而玲瓏剔透的石頭，供點綴庭院或疊作假山之用。

〔六〕玉宇——明淨的天空。

〔七〕羅袂（mèi音妹）——絲綢的衣袖。

〔八〕芳心——美人的心。警，機警，敏悟。

〔九〕冥冥（míng音明）——昏暗。

〔一〇〕萬籟（lài音賴）——各種聲響。籟，從孔穴中發出的聲音，也指一般的聲響。

〔一一〕没揣的——無意中，意外地。

〔一二〕角門——花園角落的小門。

〔一三〕春嬌——嬌美的少女，此指嫦娥。唐・元稹《連昌宮詞》：「春嬌滿眼睡紅綃，掠削雲鬟旋妝束。」

〔一四〕等閑——尋常，隨便。廣寒宮，月宮。

〔一五〕我這裏句——甫能，方才，剛剛。娉（pīng音乒）婷，美好的樣子；也指美女。宋・陳師道《放歌行》：「春風永巷閉娉婷。」

〔一六〕百媚生——極其嫵媚動人。白居易《長恨歌》：「回眸一笑百媚生，六宮粉黛無顏色。」

〔一七〕兀的——這。元・李壽卿《伍員吹簫》雜劇一折：「只你那費無忌如此狠心腸，做兀的般歹勾當。」

〔一八〕化去——死去。

〔一九〕剔（tǐ音體）團圞（luán音巒）——非常圓的。剔，很，非常。圞，團圞，圓的樣子。謝靈運《登永嘉緑障山詩》：「團欒潤霜質。」

〔二〇〕氤氳（yīn yūn音因暈）——氣或光色混和動蕩的樣子。

〔二一〕司馬相如二句——司馬相如，西漢著名文學家。文君，西漢著名富商卓王孫之女。《史記·司馬相如列傳》：「卓王孫有女文君新寡，好音，故相如繆與令相重，而以琴心挑之。相如之臨邛，從車騎，雍容閑雅甚都。及飲卓氏，弄琴，文君竊從户窺之，心悦而好之，恐不得當也。既罷，相如乃使人重賜文君侍者通殷勤。文君夜亡奔相如，相如乃與馳歸成都。」

〔二二〕溶溶——水流動的樣子，也用來形容月光如水之蕩漾。唐·許渾《冬日宣城開元寺贈元孚上人》詩：「林疏霜摵摵，波静月溶溶。」

〔二三〕臨皓魄——臨，面對。皓魄，明亮的月亮。唐·權德輿《酬從兄》：「清光杳無際，皓魄流清宫。」

〔二四〕蘭閨——蘭室，女子居室的美稱。

〔二五〕芳春——春天。

〔二六〕廝覷（qù音去）定——互相盯着細看。廝，互相。覷，細看。

〔二七〕惺惺——聰慧的人。

〔二八〕發付——發落，打發。

〔二九〕耽病——耽病，生病。

〔三〇〕户已扃（jiōng音駉）——門已關上。户，單扇的門。扃，關鎖。

〔三一〕廝蹊幸——廝，通「斯」，此。蹊幸，凌濛初解爲「無着落」。

〔三二〕斗柄雲横——夜深景象。斗，北斗星。北斗中的七顆星中，玉衡、開陽、摇光三星爲斗柄，天樞、天璇、天璣、天權四星爲斗身。

〔三三〕四星——古人以二分半爲一星，四星爲十分。此句意爲非常淒涼。

〔三四〕瞅（chǒu音丑）——理睬。

〔三五〕短檠（qíng音晴）燈——燈架短的燈。檠，燈架。

〔三六〕幃（wéi音韋）屏——挂着帳簾的屏風。屏風，室内擋風或作爲障蔽的用具。

〔三七〕淅零零、忒楞楞——象聲詞。

〔三八〕錦片也似前程——非常美滿的婚姻。前程，元雜劇中多指婚姻。錦片，形容美好。

〔三九〕畫堂——漢代宫中的殿堂，後泛指華麗的堂舍。

〔四〇〕再不向句——再不向朝廷爭取功名。青瑣，古代宫門上刻爲連環文，以青塗之的裝飾。後以青瑣、青瑣闥借指宫門、朝廷。杜甫《秋興》詩：「一卧滄江驚歲晚，幾回青瑣點朝班？」闥（tà音榻），宫中小門。

〔四一〕碧桃花樹兒下——元雜劇中男女歡會之所的美稱。

短評

此齣開首，紅娘向鶯鶯報告張生這個傻角冒昧地自我介紹的可笑行徑，在主觀上是小兒女對有刺激事物的特別興趣和活潑心理使然，在客觀上則無意中起到張生欲向鶯鶯作自我介紹的中介作用。因此張生固遭搶白，似乎說了白說，他不知自己的通款設想實已實現；觀衆也以爲張生想利用紅娘中介之企圖已失敗，不意紅娘作了有效的轉達，而且在無意中還做得入情入理，巧妙自然。王實甫的藝術功力常在細微處見精神，讀者必須經常留意。槃薖碩人曰：「紅娘女中之狡俠也，生鶯成合之難易，其綫索皆在紅手。」而紅娘的確出手不凡，她第一次無意中介入張生的戀鶯公案即起出色效果，鶯鶯一面忍俊不禁，一面竟笑云：「紅娘，你休對夫人說。」聰明靈慧的鶯鶯敏感的心靈當然懂得張生自我介紹中暗寓的動機，她庇護張生此舉，不讓監管她甚嚴的母親知曉，在潛意識中分明已網開一面，留下讓張生繼續行動的罅縫。槃薖碩人有見於此，故曰：「前篇張生訴情於紅娘，此篇紅娘述情於鶯鶯，而鶯聞言於紅娘，此正是兩下關情之始，乃《西廂》一部大關鍵處也。」

張生在園中等候鶯鶯出來，用〔鬥鵪鶉〕與〔紫花兒序〕二曲描繪星夜、月光、花陰的優美而典型的環境，達到情景交融的境界；其典型人物鶯鶯尚未出場卻於悄悄冥冥無聲之中已先聲奪人，金聖歎又說：「止是『等鶯鶯』三字，卻因『鶯鶯』是疊字，便連用十數疊字倒襯於上，累累然如綫貫珠」，其作者「真乃手搦妙筆，心存妙境，身代妙人，天賜妙想。」

鶯鶯來園中燒香，一禱先父升天，二祝老母平安，三應爲己，卻默默不語，當紅娘代其禱告早嫁夫君時，她添香拜云「眼前無限傷心事」，而不願早嫁，分明認爲母許鄭恒，自己將所嫁非人。所以當張生傳來詩聲，表達「不見月中人」之遺憾時，立即應聲作和，自告「蘭閨久寂寞」，希冀張生「應憐長嘆人」，這個回答，使張生在嘆賞鶯鶯文才敏捷和詩句清麗之同時，深感「惺惺自古惜惺惺」，已有知音之感。

隔墻和詩，使張生超越一見鍾情的階段，進入知音知心的階段。本來，張生的一見鍾情之起點即很高。一般人一見鍾情往往只因對方的容貌和身材出衆或雖不出衆卻頗稱心。張生在一見之中則慧眼識見鶯鶯的氣質、風度，已越過淺層次的外表之美，探索到她的內在之美。現在，張生在此基礎上又欣賞到鶯鶯的資質穎悟、文才快捷和語辭清麗，領會她作爲才貌雙絕、心氣清高的出衆少女在平庸環境中的心靈孤寂之痛苦，體會到她賞識自己剛才所吟之詩的心思和才情，這樣的心靈碰撞，便開始上升到才貌雙全的青年男女在知音互賞的基礎上走上愛戀的長途，在中國和世界文學史上作出首創性的巨大藝術貢獻。

張生聽了鶯鶯和詩，正至入情回味處，鶯、紅卻回房去也，張生不禁「忽聽、一聲、猛驚」。周德清《中原音韻》評爲：「樂府之盛、之備、之難，莫如今時……其難則有六字三韻，『忽聽、一聲、猛驚』是也。」更且「韻脚俱用平聲，若雜一上聲，便屬第二着」。王實甫此句和周德清此評皆受千古贊賞。王實甫不愧爲大材，他除此句外，本劇中第八齣《鶯鶯聽琴》〔麻郎兒〕之〔幺〕篇「本宫、始終、不同」，第十四齣《堂前巧辯》〔麻郎兒〕之〔幺〕篇「世有、便休、罷手」，再而三地寫出六字三韻的奇險之句，才氣横溢。

不寧唯是，才氣磅礴的王實甫所撰此出諸曲，在連用三個短柱體的六字三韻之後，又佳句疊出。他接着用排遞語「撲刺刺宿鳥飛騰，顫巍巍花梢弄影，亂紛紛落紅滿徑」，描繪「人起身則鳥驚飛，鳥飛則振動花影，花落則紅滿徑」（槃邁碩人語）的過程，又用「空撇下碧澄澄蒼苔露冷，明皎皎花篩月影」之美景表達張生人去園空的淒涼心境；至最後之〔尾〕曲「再不向青瑣闥夢兒中尋，則去那碧桃花樹兒下等」，刻畫熱情未泯，信心又增的少年人不怕挫折勇於向前的可貴品格，準確又傳神。王伯良總結：「『青瑣闥』二句語俊甚，凡北詞佳者，煞尾必用俊語收之。」此即響亮之豹尾也。金聖歎評論作者的匠心獨運，云：「上已正寫苦況，則一篇文字已畢；然自嫌筆勢直塌下來，因更掉起此一節，謂之龍王掉尾法。」認爲比豹尾更好，是龍尾，評價更高。

第四齣

齋壇鬧會

（法本、法聰上）（本）今日是二月十五開啓〔一〕，衆僧動法器者〔二〕。請夫人小姐拈香。比及夫人未來，先請張先生拈香。怕夫人問呵，則說道是貧僧親者。（生上）今日二月十五，和尚請拈香。若見鶯鶯小姐，小生再得飽看一會也。

【新水令】梵王宮殿月輪高，碧琉璃瑞烟籠罩。香烟雲蓋結〔三〕，諷咒海波潮〔四〕。幡影飄颻〔五〕，諸檀越盡來到〔六〕。

【駐馬聽】法鼓金鐃〔七〕，二月春雷響殿角；鐘聲佛號〔八〕，半天風雨灑松梢。侯門不許老僧敲〔九〕，紗窗外定有紅娘報。害相思饞眼腦〔一〇〕，見他時須看個十分飽。

（本見生云）先生先拈香，若夫人問呵，則說是老僧的親眷。（生拈香介）

【沉醉東風】惟願存人間的壽高，亡化的天上逍遥。爲曾、祖、父先靈〔一一〕，禮佛、法、僧三寶〔一二〕。爇名香暗中禱告〔一三〕：則願得梅香休劣，夫人休焦，犬兒休惡！佛囉，早成就了幽期密約。

（老引旦、貼上）（老）長老請拈香，小姐，咱走一遭。（生見旦介）（生對聰云）爲你志誠呵，神仙下降也。（聰）這生卻早兩遭兒也。

【雁兒落】（生）我則道玉天仙離了碧霄，元來是可意種來清醮〔一四〕。小子多愁多病身，怎當他傾國傾城貌〔一五〕。

【得勝令】恰便似檀口點櫻桃〔一六〕，粉鼻兒倚瓊瑶〔一七〕，淡白梨花面，輕盈楊柳腰。妖嬈〔一八〕，滿面兒鋪堆着俏；苗條〔一九〕，一團兒衠是嬌〔二〇〕。

（本）貧僧一句話，夫人前敢道：貧僧有個敝親，是個飽學秀才〔二一〕。父母亡後，無可相報。央貧僧帶一分齋，追薦父母。貧僧一時應允，恐夫人見責，特此相稟。（老）既是長老的親，請來厮見。（生拜老介）（衆僧見旦發科〔二二〕）

【喬牌兒】（生）太師年紀老，法座上也凝眺〔二三〕。舉名的班首痴呆了〔二四〕，覷着法聰頭做金磬敲〔二五〕。

【甜水令】老的少的，村的俏的〔二六〕，没顛没倒，勝似鬧元宵〔二七〕。稔色人兒〔二八〕，他家怕人知道，看時節把淚眼偷瞧。

【折桂令】着小生迷留没亂〔二九〕，心癢難撓。哭聲兒似鶯囀喬林〔三〇〕，淚珠兒似露滴花梢。太師也難學，把一個發慈悲的臉兒來朦着。擊磬的頭陀懊惱〔三一〕，添香的行者心焦〔三二〕。燭影風摇，香靄雲飄，貪看鶯鶯，燭滅香消。

（本）風滅燈了。（生）小生點燈燒香。（旦對貼云）那生忙了一夜。

【錦上花】（旦）外像兒風流，青春年少。内性兒聰明，冠世才學。扭捏着身子兒百般做作，來往向人前。賣弄俊俏。

（貼）我猜那生，

【么】黄昏這一回，白日那一覺，窗兒外那會獲鐸〔三三〕。到晚來向書幃里，比及睡着，千萬聲長吁，捱不到曉。

（生）那小姐好生顧盼小生。

【碧玉簫】情引眉梢，心緒我知道。愁種心苗，情思我猜着。暢懊惱〔三四〕！響鐺鐺雲板敲〔三五〕。行者又嚎，沙彌又哨〔三六〕，恁須不奪人之好〔三七〕。

（衆僧祝告，動法器搖鈴杵宣疏，燒紙發了科）（本）天明也，請夫人小姐回宅。（老旦、貼並下）（生）再做一會也好，那裏發付小生也呵！

【鴛鴦煞】有心爭奈無心好〔三八〕，多情卻被無情惱。勞攘了一宵〔三九〕，月兒沈〔四〇〕，鐘兒響，雞兒叫。唱道是玉人兒歸去得疾〔四一〕，好事也收拾得早，道場畢諸人散了。酩子里各歸家〔四二〕，葫蘆提鬧到曉〔四三〕。（並下）

注釋

〔一〕開啓——僧人開始做法事。

〔二〕動法器——法器，僧人舉行佛教儀式時所用的引磬、木魚、鐃等響器。動法器，奏動法器。

〔三〕香烟雲蓋結——香的烟霧聚結成如雲的烟蓋。

〔四〕諷咒——念誦佛經和經中的咒語。

〔五〕幡（fān音番）——廟内佛像前挂着的旌旗，是用來供養和裝飾佛菩薩塑像的。

〔六〕檀越——即施主，向寺院施舍錢財、食物的世俗信徒。檀，布施。越，有布施功德的人，來世可越渡貧窮。

〔七〕法鼓金鐃（náo音撓）——擊鼓摇鐸。法鼓，法堂共設二鼓，東北角者稱法鼓，西北角者稱茶鼓。金鐃，銅制鈴狀樂器，有柄及鈴舌，可摇動發聲。

〔八〕佛號——佛的稱號。

〔九〕侯門——顯貴之家。唐・崔郊《贈去婢》詩：「侯門一入深如海，從此蕭郎是路人。」

〔一〇〕饞眼腦——貪婪的眼神。眼腦，毛西河曰：「北人稱眼爲眼腦。」

〔一一〕曾、祖、父——指曾祖、祖父、父親三代。

〔一二〕佛、法、僧三寶——佛教稱佛、法、僧爲三寶。佛寶，指一切佛；法寶，佛教教義；僧寶，僧尼。

〔一三〕爇（ruò）名香——點燃了名香。

〔一四〕可意種——合意、中意的情種。

〔一五〕傾國傾城貌——姿容絶世的美貌。《漢書・孝武李夫人傳》：「北方有佳人，絶世而獨立，一顧傾人城，再顧傾人國。」

〔一六〕檀口——檀呈淺絳色，因而用來形容紅艷的嘴唇。韓偓《余作探使因而有詩》：「黛眉印在微微緑，檀口消來薄薄紅。」

〔一七〕瓊瑶——美玉。又用以比喻白雪。

〔一八〕妖嬈（ráo 音饒）——嬌媚。此形容面龐冶麗。

〔一九〕苗條——細長柔美。

〔二〇〕一團兒句——全身上下無處不嬌美。衠（zhūn 音諄），真，純。

〔二一〕飽學——學識淵博，博學。

〔二二〕發科——做出種種情態，以激動觀衆。

〔二三〕法座——佛説法時的座位，後也稱僧人做法事的座位。

〔二四〕舉名——做法事的呼令。

〔二五〕金磬（qìng 音慶）——佛寺中鉢形的銅樂器。

〔二六〕村的——蠢陋有鄉氣。

〔二七〕元宵——陰歷正月十五日爲上元節，晚上稱「元宵」，或「元夜」，唐代以來有觀燈的風俗。孟元老《東京夢華録·元宵》：「正月十五日元宵，大内前自歲前冬至後，開封府絞縛山棚，立木正對宣德樓。游人已集御街兩廊下，奇術異能，歌舞百戲。」這便是鬧元宵。

〔二八〕稔（rěn 音忍）色——王伯良曰：「色，美色也。稔色人兒，指鶯鶯。」閔遇五曰：「稔色，言美得豐足。」

〔二九〕迷留没亂——即没撩没亂，意即撩亂，與前之「没撋没倒」爲同一句式。

〔三〇〕喬林——高大的樹林。

〔三一〕頭陀——苦行僧。

〔三二〕行者——修行人、佛教徒、僧人。

〔三三〕獲鐸（duó 音奪）——一作「鑊（huò 音獲）鐸」。鑊，古時指無足的鼎。此指鈴的一種。鐸，古代樂器，是大鈴的一種。王伯良曰：「喧鬧之意。」《西廂會真傳》眉注曰：「鑊，想亦鈴鐸之類，睡而卻爲窗外之鈴鐸攪醒，則其相思客况益無聊之甚。」

〔三四〕暢懊惱——極其懊惱。

〔三五〕雲板——形狀象雲的樂器，佛寺中用作報時的法器。

〔三六〕沙彌——剛出家的小和尚。哨，用口或器吹出的高尖聲。

〔三七〕恁須句——恁，你們。此句希望和尚們多做一會兒法事，不要馬上結束。

〔三八〕有心二句——套用蘇軾〔蝶戀花〕句式：「墻裏秋千墻外道，墻外游人，墻裏佳人笑。笑漸不聞聲漸俏，多情卻被無情惱。」爭奈，怎奈。有心、多情指張生自己，無心、無情，指和尚。

〔三九〕勞攘（rǎng音壤）——辛苦忙亂。

〔四〇〕沈——同「沉」。

〔四一〕唱道是——張燕瑾校注本：真是，正是。

〔四二〕酩（mǐng）子裏——陳眉公曰：「猶云『昏黑』。」

〔四三〕葫蘆提——胡涂，胡里胡涂。

短評

此齣戲又簡稱《鬧齋》，「鬧」字已標出整出戲的熱鬧和喧鬧氣氛，與「齋」字應有的莊重、嚴肅相悖，故而「齋壇鬧會」的標目，有黑色幽默的意味。

開首〔新水令〕「梵王宫殿月輪高」一曲寫出名寺做法事的典型環境，氣氛莊穆，毛西河又評此曲文字之妙，謂：「起調整麗，元人所謂『鳳頭』也。月影、瑞烟是實拈句，雲蓋、海潮、春雷、風雨是借擬句。」第二曲〔駐馬聽〕首四句「法鼓金鐃，二月春雷響殿角；鐘聲佛號，半天風雨灑松梢。」用「隔句對」法，形象化的語言再次渲染法會場面的莊嚴、隆重、聲勢和認真，此皆從張生的眼耳觀感中寫出，而張生在此肅穆悲愴的境界中，卻跳動着一顆熱切期待的心，「害相思饞眼腦，見他時須看十分飽」，花五千錢想飽看鶯鶯，更想「早成就了幽期密約」。這是外境與内心的反差。

此時鶯鶯隨母親進入佛殿，佛殿中的戲劇情景形成三組反差：鶯鶯爲亡父齋祭，傷心落淚，出聲悲慟；張生卻乘機飽看鶯鶯，鑒賞美色。這次是張生第三次與鶯鶯相遇，而且是近距離、長時間、全方位的觀察，仔細端詳了鶯鶯的口鼻、面容，腰肢體態，感到哪怕其傷心啼哭的聲音和掉下的淚珠也美不勝收，何況其本人姿容絶世（傾國傾城）的美貌，難怪自己爲她而相思（多愁）成病啊！鶯鶯傷痛亡父，悲啼落淚，猶在水里，而張生愛慕鶯鶯，情火熾熱，猶在火里，兩人心理上的冷熱的反差驅向兩極。第二組反差，衆僧做法事，其所念之經咒，所敲之鼓鈸，皆爲莊嚴慈悲之聲、樂，但衆僧卻爲鶯鶯美色所震驚，皆魂不守舍，或凝眺，或痴呆，或懊惱，或心焦，或朦臉，或不敲法器卻敲到别人的頭上，没顛没倒，將莊肅悲凉的法會轉變爲興高采烈的「鬧元宵」似的場面，形成强烈的氣氛反差。第三組反差，是鶯鶯本人心理上的情緒反差。鶯鶯啼哭了一夜，但張生在鶯鶯眼前「扭捏着身子兒百般做作」、「賣弄俊俏」，使鶯鶯不得不看到「那生忙了一夜」。鶯鶯傷心亡父事畢，心思剛停下來，就回味到在眼前晃動、忙亂了一夜的張生，乃「外像兒風流，青春年少」的可愛形象，又回憶起前夜隔墻酬和時感覺到的『內性兒聰明，冠世才學』，忍不住顧盼張生，心境便從悲愴，一下子轉到熱切，反差明顯。這個戲劇場景的三組情景反差的錯綜交織，彙成强烈的喜劇性冲突，有很强的戲劇性。

作者的大手筆，在此出中體現爲：一開始寫出齋會之莊嚴悲愴的典型氣氛，很快又自然地轉入喧『鬧』混亂的場面；用三組情景反差組成一幕令人發噱的喜劇場景，其間又通過心静如鏡、心如死灰的衆僧、高僧的心猿意馬、魂不守舍來反襯鶯鶯的驚人之美，用這樣的反襯方式來突出描寫女性絶世之美的手段，是中國文學史上罕見的佳例；又自然地描繪鶯鶯的心理轉變，她目睹張生這英俊少年爲引起自己注意而熱情地表現了整整一夜，張生的印象，不禁令芳心感動。這齣戲帶來兩個效果：一方面，在張鶯的戀愛一綫，鶯鶯由此從被動逐漸轉向主動；另一方面，鶯鶯在齋會這樣的公衆場合亮相一次，立即聲名遠播，孫飛虎遥聞鶯鶯的美色，前來武力爭搶，形成新的戲劇冲突。以上兩個效果，立即構成下一出的戲劇情節，作者在構思戲劇情節的發展和自然轉换方面，極具匠心。

《荷馬史詩》寫希臘衆將士遠眺特洛伊城頭上海倫之美，感到千里迢迢地來惡戰一場，非常值得；《漢樂府》用路人的感受來描寫羅敷之美，用的都是反襯法。《西廂》此出用衆僧的鬧齋反襯鶯鶯之美。此三例異曲同工，是世界文學史上經典性的用反襯法描寫美人之佳例。

第五齣

白馬解圍

（孫飛虎引卒上）自家姓孫，名彪，字飛虎。方今唐德宗即位，天下擾攘〔一〕。因主將丁文雅失政〔二〕，彪統着五千人馬〔三〕，鎮守河橋。近知崔相國之女鶯鶯，有傾國傾城之貌，西子太真之容〔四〕，見在河中府普救寺借居〔五〕。我心中想來：當今用武之際，主將尚然不正，我獨廉何哉！大小三軍，聽我號令：連夜進兵河中府！擄鶯鶯爲妻，足平生願矣。（下）（本慌上）誰想孫飛虎將半萬賊兵，圍住寺門，鳴鑼擊鼓，吶喊摇旗，欲擄鶯鶯小姐爲妻。快報與夫人知道。（老慌上）如此卻怎了！且與小姐商議去。（下）（旦、貼上）自見了張生，神魂蕩漾，情思難禁。早是離人傷感，況值暮春天道〔六〕，好煩惱人也呵！好句有情憐夜月，落花無語怨東風。

【八聲甘州】懨懨瘦損〔七〕，早是傷神，那值殘春〔八〕！羅衣寬褪〔九〕，能消幾個黄昏〔一〇〕？風裊篆烟不卷簾〔一一〕，雨打梨花深閉門〔一二〕。無語憑闌干〔一三〕，目斷行雲〔一四〕。

【混江龍】落紅成陣〔一五〕，風飄萬點正愁人〔一六〕。池塘夢曉，蘭檻辭春。蝶粉輕沾飛絮雪〔一七〕，燕泥香惹落花塵。系春心情短柳絲長〔一八〕，隔花陰人遠天涯近〔一九〕。香消了六朝金粉〔二〇〕，清減了三楚精神。

（貼）姐姐情思不快，我將被兒熏得香香的，睡些兒。

【油葫蘆】（旦）翠被生寒壓綉裀，休將蘭麝熏；便將蘭麝熏盡，則索自温存。昨宵錦囊佳制明勾引〔二一〕，今日個玉堂人物難親近〔二二〕。這些時睡又不安，坐又不寧〔二三〕。（貼）姐姐，我和你太湖石畔散悶去來。（旦）我欲待登臨不快〔二四〕，閑行又悶。每日價情思睡昏昏。

【天下樂】紅娘呵，我則索搭伏定鮫綃枕頭兒上盹〔二五〕。但出閨門，影兒般不離身。（貼）不干紅娘事，老夫人着我來。（旦）俺娘呵，這些時直恁般提防着人〔二六〕！小梅香伏侍得勤，老夫人拘系得緊，則怕俺女孩兒家折了氣分〔二七〕。

（貼）姐姐，往常不曾如此無情無緒，自從見了那生，便覺心事不寧，卻是爲何？

【哪吒令】（旦）往常但見一個外人，氳得早嗔〔二八〕；但見一個客人，厭得倒褪〔二九〕。從見了那人，兜的便親〔三〇〕。想着他昨夜詩，依着前韻，酬和得清新。

【鵲踏枝】吟得句兒勻，念得字兒真；咏月新詩，强似織錦回文〔三一〕。誰肯將針兒做綫引〔三二〕，向東鄰通個殷勤〔三三〕？

【寄生草】想着文章士，旖旎人；他臉兒清秀身兒俊，性兒温克情兒順〔三四〕，不由人口兒裏作念心兒裏印。學得來一天星斗焕文章〔三五〕，不枉了十年窗下無人問〔三六〕。

（老、法本同上，敲門介）（貼見驚云）姐姐，夫人和長老都在房門前。（旦見老、本介）（老云）孩兒，你知道麼？孫飛虎統領半萬賊兵，圍住寺門，道你眉黛青顰，蓮臉生春，有傾國傾城太真之色，要擄你做壓寨夫人。怎生了也？

【六幺序】（旦）聽説罷魂離殼，見放着禍滅身，將袖梢兒揾住啼痕。好教我去住無因，進退無門，可着俺那搭兒裏人急偎親？孤孀子母無投奔，吃緊的先亡過了有福之人。耳邊廂金鼓連天振，征雲冉冉〔三七〕，吐雨紛紛〔三八〕。

【幺】那厮每風聞〔三九〕，胡云。道我眉黛青顰，蓮臉生春，恰便是傾國傾城的太真；兀的不送了他三百僧人〔四〇〕？半萬賊兵，一霎兒敢剪草除根？這厮們於家爲國無忠信，恣情的擄掠人民。便將那天宫般蓋造焚燒盡，則没那諸葛孔明〔四一〕，便待要博望燒屯〔四二〕。

（老）老身年六十歲，死不爲夭。奈孩兒年少，遭此難，如之奈何！（旦）孩兒别無他計，除是將我獻與賊人，庶可免一家性命。（老哭云）俺家無犯法之男，再婚之女，怎捨得你獻與賊人，卻不辱没了俺家譜〔四三〕！（本）咱每到法堂上問兩廊下僧俗〔四四〕，有高見的，商議個長策〔四五〕。（同到法堂科）（老）孩兒，卻怎生好？（旦）不如將我獻與賊人。其便有五〔四六〕：

【後庭花】第一來免摧殘老太君；第二來免堂殿作灰塵；第三來諸僧無事得安存；第四來先君靈柩穩；第五來歡郎雖是未成人，須是崔家後胤〔四七〕。鶯鶯爲惜己身，不幸去從着亂軍。諸僧衆污血痕，將伽藍火内焚〔四八〕，把先靈爲細塵，斷絶了愛弟親，割開了慈母恩。

【柳葉兒】呀，將俺一家兒不留一個齠齔〔四九〕，待從軍又怕辱没了家門。我不如白練套頭尋個自盡，將我尸櫬〔五〇〕，獻與賊人，也須得個遠害全身。

【青哥兒】母親，都做了鶯鶯生忿〔五一〕，對旁人一言難盡。母親，休愛惜鶯鶯這一身。孩兒别有一計：不揀何人，建立功勛，殺退賊軍，掃蕩妖氛。倒陪家門〔五二〕；情願與英雄結婚姻，成秦晉〔五三〕。

（老）此計較可。雖不是門當户對，也强是陷於賊人之手。長老在法堂上高叫：兩廊僧俗，但有退兵計策的，倒陪房奩〔五四〕，斷送鶯鶯〔五五〕，與他爲妻。（本叫介）（生鼓掌上）我有退兵之策，何不問我？（見老介）（本）這秀才便是前日帶追薦的秀才。（老）先生計將安在？（生）重賞之下〔五六〕，必有勇夫。賞罰若明，其計必成。（旦背云）只願這生退了賊者。（老）恰才與長老説下，但有退得賊兵的，將小姐與他爲妻。（生）既如此，休唬了我渾家〔五七〕，請入卧房裏去，俺自有退兵之計。（旦對貼云）難得這生，一片好心！

【賺煞】(旦)諸僧衆各逃生，衆家眷誰瞅問，這生不相識橫枝兒着緊〔五八〕。非是書生多議論，也堤防着玉石俱焚〔五九〕。雖然是不關親，可憐見命在逡巡〔六〇〕，濟不濟權將秀才來盡〔六一〕。果若有出師表文〔六二〕，嚇蠻書信〔六三〕，張生呵，則願得筆尖兒橫掃了五千人。(下)

(本〔六四〕)此事如何？(生)小生有一計，先用着長老。(本)老僧不會厮殺，請秀才别換一個。(生)休慌，不要你厮殺，只要你出去與賊人説：夫人本待便送小姐出來，奈有父服在身。不必鳴鑼擊鼓，驚了小姐。將軍若要做女婿，可按甲束兵，退一射之地。限三日功德圓滿〔六五〕，脱了孝服，换上吉衣，倒陪房奩，定送與將軍。你快去説來。(本)三日後如何？(生)有計在後。(本向内叫云)請將軍打話〔六六〕。(賊云)快送出鶯鶯來！(本)將軍息怒，夫人使老僧來與將軍説。(如前云云)(賊)既然如此，限你三日。若不送來，着你人人皆死，個個不存！你對夫人説去。(下)(本)賊兵退了也。若三日後不送小姐出去，便都是死的！(生)小生有一故人，姓杜，名確，號爲白馬將軍。見統十萬大軍，鎮守蒲關。一封書去，必來救我。此間離蒲關四十餘里，怎得人送書去？(本)若是白馬將軍肯來，何慮孫飛虎。俺這裏有一個徒弟，唤做惠明，則是要吃酒厮打。使他去，便不肯；將言語激他，他便去。(生叫介)有書寄與杜將軍，誰敢去？誰敢去？(惠明上)我敢去！我敢去！

【端正好】不念《法華經》〔六七〕，不禮《梁王懺》〔六八〕；颩了僧伽帽〔六九〕，袒下偏紅衫〔七〇〕。殺人心逗起英雄膽，兩隻手將烏龍尾鋼椽搯〔七一〕。

【滚綉球】非是我貪，不是我敢，知他怎生唤做打參〔七二〕，大踏步直殺出虎窟龍潭。非是我攙〔七三〕，不是我攙，這些時吃菜饅頭委實口淡，那五千人也不索炙䏝煎爁〔七四〕。腔子裏熱血權消渴，肺腑内生心且解饞，有甚腌臢〔七五〕。

【叨叨令】浮沙羹、寬片粉添些雜糝〔七六〕，酸黄虀、爛豆腐休調淡〔七七〕，萬餘斤黑面從教暗〔七八〕，我將五千人做一頓饅頭餡。是必休誤了也麼哥〔七九〕！休誤了也麼哥！飽餐餘肉把青鹽蘸。

（本）張秀才着你送書蒲關，敢去麽？

【倘秀才】（惠）你那裏問小僧敢也那不敢？我這裏啓大師用咱那不用咱。飛虎將聲名播斗南〔八〇〕。那廝能淫欲，會貪婪，誠何以堪〔八一〕！

（生）你是出家人，卻怎不看經禮懺，則要廝打？

【滾綉球】（惠）我經文也不會談，逃禪也懶去參〔八二〕。戒刀頭近新來將鋼蘸〔八三〕，鐵棒上無半星兒土漬塵緘。別的僧不僧、俗不俗，女不女、男不男，則會齋得飽去僧房中胡揜〔八四〕，那裏管焚燒了兜率也似伽藍。您那裏善文能武人千里，盡在這濟困扶危書一緘，有勇無慚。

（生）倘賊不放你過去，卻如何？（惠）他不放我呵，你寬心！

【白鶴子】着幾個小沙彌把幢幡寶蓋擎〔八五〕，壯行者將杆棒鑊叉擔〔八六〕。你排陣脚將衆僧安，我撞釘子把賊兵探〔八七〕。

【二煞】遠的破開步將鐵棒颩，近的順着手把戒刀釤〔八八〕；有小的提起來將脚尖踮〔八九〕，有大的扳下來把髑髏砍〔九〇〕。

【三煞】瞅一瞅骨都都翻了海波〔九一〕，滉一滉廝琅琅振動山巖。脚踏得赤力力地軸搖，手攀得忽剌剌天關撼〔九二〕。

【四煞】我從來駁駁劣劣〔九三〕，世不曾忐忐忑忑〔九四〕，打熬成不厭天生敢〔九五〕。我從來斬釘截鐵常居一〔九六〕，不似恁惹草拈花没掂三〔九七〕。劣性子人皆摻〔九八〕，舍着命提刀仗劍，更怕我勒馬停驂〔九九〕。

【五煞】我從來欺硬怕軟，吃苦不甘〔一〇〇〕，你休只因親事胡撲俺〔一〇一〕。若是杜將軍不把干戈退，張解元空將風月擔，我將不志誠的言詞賺〔一〇二〕。倘或紕謬〔一〇三〕，倒大羞慚〔一〇四〕！將書來，等我回音者。

【煞尾】您與我借神威擂幾聲鼓，仗佛力呐一聲喊。綉旗下遥見英雄俺，我教那半萬賊兵唬破膽！（下）

（生）老夫人長老都放心，此書到日，便有佳音。正是：眼觀旌捷旗，耳聽好消息。（並下）（杜將軍引卒上）林下曬衣嫌日淡，池中濯足恨魚腥〔一〇五〕。花根本艷公卿子〔一〇六〕，虎體鴛班將相孫。下官姓杜，名確，字君實，本貫西洛人也。自幼與張君瑞同學儒業，後棄文就武，遂得武舉及第。官拜征西大將軍，授管軍元帥，統十萬之衆，鎮守蒲關。近聞君瑞兄弟在普救寺中，未知安否？又聞丁文雅失政，不守國法，剽掠黎民。我爲不知虚實，未敢造次興師。孫子有曰〔一〇七〕：凡用兵之法，將受命於君，合軍聚衆。圮地無舍〔一〇八〕，衢地交合〔一〇九〕，絶地無留〔一一〇〕。圍地則謀〔一一一〕，死地則戰〔一一二〕。軍有所不擊〔一一三〕，城有所不攻，君命有所不受。能通於九變之利者，知用兵矣。吾今未疾進兵征討者，爲不知地利淺深出没之故也。昨日探聽去了，不見回報。今日升帳，看有甚軍情，來報我也。（惠明上）我離了普救寺，一日至蒲關，見杜將軍走一遭。（卒通報介）（杜云）着他過來！（惠見介）小僧是普救寺來的。今有孫飛虎作亂，將半萬兵圍住寺門，欲劫故臣崔相國女爲妻。有游客張君瑞奉書，令小僧報於麾下〔一一四〕，欲求將軍解危。（杜）將書過來。（惠遞書）（杜念介）珙頓首再拜大元帥將軍契兄纛下〔一一五〕：伏自洛中〔一一六〕，拜違犀表〔一一七〕，寒暄屢隔，仰德之私〔一一八〕，銘刻如也。憶昔聯床風雨〔一一九〕，嘆今天各一方。客況復生於肺腑，離愁無慰於羈懷〔一二〇〕。念貧處十年藜藿〔一二一〕，走困他鄉；羨威統百萬貔貅〔一二二〕，坐安邊境。威德播聞，寸心爲慰。小弟辭家以來，欲詣帳下，以叙間闊之情。奈至河中府普救寺，忽值採薪之憂〔一二三〕，未能如願。不期賊將孫飛虎領兵半萬，欲劫故臣崔相國之女，見圍本寺。弟命亦在逡巡〔一二四〕。將軍倘念舊交，興一旅之師，上以報國，下以救民。故相國雖在九泉〔一二五〕，亦不泯將軍之德矣。鵠俟佳報〔一二六〕，造次干瀆〔一二七〕，不勝慚愧！伏乞台照不宣〔一二八〕。張珙再拜。二月十六日書。（杜）既然如此，和尚先行，我便起兵來也。（惠）將軍是必疾來者！

【賞花時】那廝擄掠黎民德行短〔一二九〕，將軍鎮壓邊廷機變寬。他彌天罪有百千般。若將軍不管，縱賊寇騁無端。

【幺】便是你坐視朝廷將帝主瞞。若是掃蕩妖氛着百姓歡，干戈息，大功完。歌謡遍滿，傳名譽到金鑾〔一三〇〕。（下）

（杜出令介）雖無聖旨發兵，將在軍，君命有所不受。大小三軍，聽吾將令：速點五千人馬，人銜枚〔一三一〕，馬勒口，星夜起發。直至河中府普救寺，救張生走一遭。（飛虎引卒上，兩軍對陣，賊虛，下）（老、本、生同上）下書已兩日，尚不見回音。（生）山門外喊聲大舉，莫不是俺哥哥軍到了。（生引老拜見科）（杜）杜確有失防御，致令老夫人受驚，望勿見罪！（生拜杜介）自別兄長臺顔〔一三二〕，久失候教。今得一見，如撥雲睹日。（老）老身子母，皆將軍所賜之命，將何以報？（杜）不敢，此乃職分之所當爲。敢問賢弟，因甚不至小營？（生）小弟甚欲來拜，奈小疾偶作，不能動止〔一三三〕，所以失叩。今見夫人受困，言定退得賊兵者，以小姐妻之。因此愚弟奉書請兄。（杜）既然又有此姻緣，可賀，可賀！（老）安排茶飯者。（杜）下官不敢久離信地，即此告辭。但退軍之策，夫人面許結親；若不違前言，此誠淑女配君子也〔一三四〕。（老）恐小女有辱君子。請將軍筵席者！（杜）我不吃筵席了，我回營去；異日卻來慶賀。（生）不敢久留兄長，有妨閫政〔一三五〕。多勞臺駕〔一三六〕，没齒不忘〔一三七〕！（杜）馬離普救敲金鐙〔一三八〕，人望蒲東唱凱歌。（並下）

注釋

〔一〕擾攘（rǎng音壤）——混亂，不太平。《後漢書・馮衍傳下》：「遭擾攘之時，值兵革之際。」

〔二〕失政——未主管好軍中事務。

〔三〕彪統——統領着一支隊伍。彪，通「標」，舊小説、戲曲裏用作人馬隊伍的量名，如一彪人馬。

〔四〕西子太真——西施、楊貴妃。楊玉環初爲女道士，號太真。

〔五〕見在——現在。

〔六〕暮春天道——暮春，晚春。天道，天氣。

〔七〕懨（yān音淹）——精神不振的樣子。宋・韓琦《點絳脣》詞：「病起懨懨。」

〔八〕那（nuó音挪）——「奈何」的合音。李白《長干行》：「那作商人婦，愁水復愁風。」

〔九〕寬褪（tuì音退）——寬松，寬大。此句意爲因寬大而可褪動。宋・趙鼎《點絳脣》詞：「頓覺春衫褪。」

〔一〇〕能消句——宋・趙德麟〔清平樂〕詞：「斷送一生憔悴，只消幾個黄昏。」

〔一一〕篆烟——盤香的烟縷。

〔一二〕雨打句——宋・李重元〔憶王孫〕《春詞》：「杜宇聲聲不忍聞，欲黄昏，雨打梨花深閉門。」

〔一三〕無語句——孫光憲〔臨江仙〕詞：「含情無語，延佇倚欄干。」

〔一四〕目斷——即望斷，極目遠望。

〔一五〕落紅成陣——秦觀〔水龍吟〕詞：「賣花聲過盡，斜陽院，落紅成陣，飛鴛甃。」

〔一六〕風飄句——桂甫《曲江》詩：「一片花飛減卻春，風飄萬點正愁人。」

〔一七〕飛絮雪——如白雪飛舞一般的柳絮。

〔一八〕情短柳絲長——楊果〔越調・小桃紅〕曲：「美人笑道：『蓮花相似，情短藕絲長。』」

〔一九〕人遠天涯近——歐陽修〔千秋歲〕《春恨》：「夜長春夢短，人遠天涯近。」

〔二〇〕香消二句——金粉香消，精神清減。六朝，原指在建康建都的東吳、東晉和南朝的宋、齊、梁、陳。六朝風氣綺靡奢華，故稱六朝金粉。金粉，婦女妝飾用的鉛粉，常用以形容豪奢柔靡的生活。三楚，戰國時楚地有東西南三楚之分，楚人性格强悍，故稱三楚精神。

〔二一〕錦囊佳制——美妙的詩句。李商隱《李長吉小傳》：「（李賀）能苦吟疾詩」，「恒從小奚奴，騎距驢，背一古破錦囊，遇有所得，即書投囊中。」

〔二二〕玉堂人物——文士，學士，此指張生。玉堂，《三輔黃圖・漢宮》：「建章宮南有玉堂……階陛皆玉爲之。」漢侍中有玉堂署，唐宋以後翰林院亦稱玉堂。

〔二三〕不寧——「寧」字不叶韻，凌濛初本作「不穩」，是。

〔二四〕登臨——登山臨水，即游覽山水。

〔二五〕我則索句——我只能一直伏在枕頭上打眈。鮫綃（jiāoxiāo音交消），薄紗。《述異記》卷上：「南海出鮫綃紗，泉室（即蛟人）潛織，一名龍紗。其價百餘金。以爲服，入水不濡。」

〔二六〕直憑般——就這般。直，就。

〔二七〕折了氣分——輸了體面。

〔二八〕氳得——也作氳的、暈的、縵的、熅的，元時俗字，慌張、臉紅的樣子。

〔二九〕厭得——元雜劇中作「忽然」、「突然」解。

〔三〇〕兜的——也作斗的、陡的。陡然，立刻。

〔三一〕織錦回文——也稱《璇璣圖》，晉代蘇蕙所作回文詩，用五色絲織成。回文，縱横反復都可通讀的詩文。《晉書・竇滔妻蘇氏傳》：「竇滔妻蘇氏，始平人也。名蕙，字若蘭。善屬文。滔，符堅時爲秦州刺史，被徙流沙。蘇氏思之，織錦爲回文旋圖詩以贈滔，宛轉循環以讀之，詞甚淒婉，凡八百四十字。」

〔三二〕針兒引綫——陳眉公曰：「出《淮南子》。綫因針而入，如女因媒而成也。」

〔三三〕向東鄰句——東鄰，本指鄰家的多情美女。此指張生。宋玉《登徒子好色賦》：「臣里之美者，莫若臣東家之子……然此女登墻窺臣三年，至今未許也。」司馬相如《美人賦》：「臣之東鄰，有一女子，玄髮豐艷，蛾眉皓齒。」通殷勤，傳達懇切深厚的情意。《史記·司馬相如列傳》：「相如乃使人重賜文君侍者，通殷勤。」

〔三四〕温克——温和克制。《詩經·小雅·小宛》：「人之齊聖，飲酒温克。」謂喝醉了酒還能自加克制。

〔三五〕一天星斗煥文章——元劇中常用「萬里協霆驅號令，一天星斗煥文章」。謂文章如滿天星斗般有燦爛的光采。語出杜牧《華清宫》詩：「雷霆馳號令，星斗煥文章。」

〔三六〕十年窗下無人問——「十年窗下無人問，一舉成名天下知。」鶯鶯贊揚張生十年寒窗用功，有滿腹學問、文才。

〔三七〕征雲冉冉（rǎn 音染）——征，征伐。冉冉，慢慢地，漸進的樣子。

〔三八〕吐雨——一作「土雨」，塵土如雨飛揚。

〔三九〕風聞——傳聞，聽説。

〔四〇〕送——葬送，送了……的性命。

〔四一〕諸葛孔明——諸葛亮（一八一——二三四），字孔明，琅琊陽都（今山東沂南）人，隱居鄧縣隆中（今湖北襄陽西），一説隱居南陽（今屬河南）。後爲蜀漢丞相。

〔四二〕博望燒屯——《三國志·蜀書·先主傳》記載劉備「設伏兵，一旦自燒屯僞遁，惇等追之，爲伏兵所破」。戲曲小説移至諸葛亮身上，稱諸葛亮博望燒屯，以火攻破夏侯惇爲初出茅廬第一功，元·無名氏《諸葛亮博望燒屯》雜劇、《三國演義》三十九回「博望坡軍師初用兵」，描寫最詳。

〔四三〕卻不辱没句——辱没，玷辱，埋没。家譜，即家乘、族譜、宗譜，記載家族世系和族中人物事迹的譜籍。

〔四四〕咱每——咱們。

〔四五〕長策——長便，好辦法。

〔四六〕便——便利，有利。

〔四七〕後胤（yìn 音印）——後代。

〔四八〕伽（qié 音茄）藍——梵文音譯的簡稱，佛教寺院的通稱。

〔四九〕髫齔（tiáo chèn 音條趁）——指童年、兒童。髫，男童换齒；齔，女童换齒。

〔五〇〕尸櫬——尸櫬（chèn 音襯），棺材。

〔五一〕生忿——又作「生分」，元雜劇常用語，意爲忤逆不孝。

〔五二〕倒賠家門——不僅不要男方聘禮、財禮，反而倒送家私財産。

〔五三〕秦晉——春秋時，秦、晉兩國世爲婚姻，後因稱兩姓聯姻爲共結「秦晉之好」。

〔五四〕房奩（lián 音聯）——陪奩、奩資、妝奩，嫁女所備衣物的總稱。

〔五五〕斷送——賠送。元·無名氏《舉案齊眉》雜劇二折：「父親，多共少也與您孩兒些奩房斷送波。」

〔五六〕重賞二句——《黄石公書》：「香餌之下，必有死魚；重賞之下，必有勇夫。」

〔五七〕渾家——妻子。

〔五八〕横枝兒着緊——非親非故的人爲我着急出力。王伯良曰：「横枝，非正枝也。《傳燈録》：道信大師曰：『廬山紫雲如蓋，下有白氣，横分六道，汝等會否？』弘忍曰：『莫是和尚化後，横出一枝佛法否？』」諸僧伴既各自逃生，衆家眷又無人瞅問，張生非親非故，乃曰『我能退兵』，是所謂『横枝兒着緊』也。實甫《麗春堂》劇：『則我這家私上，横枝兒有一萬端。』馬致遠《陳摶高卧》劇：『索甚我横枝兒治國安民。』關漢卿詞：『怎當那横枝羅惹，不許提防。』」

〔五九〕玉石俱焚——不分好壞，同歸於盡。《尚書·胤征》：「火炎昆岡，玉石俱焚。」

〔六〇〕命在逡（qūn 音踆）巡——性命危在旦夕。逡巡，頃刻，須臾。

〔六一〕濟不濟句——盡（jǐn 音緊），任憑。將秀才盡，任憑秀才去辦。

〔六二〕出師表文——用諸葛亮《出師表》喻張生的退敵的書信。

〔六三〕嚇蠻書信——李白醉草嚇蠻書。唐·范傳正《唐左拾遺翰林學士李公新墓碑銘》：「天寶初，召見於金鑾殿，玄宗降輦步迎，如見園綺。論當世務，草答蕃書，辯如懸河，筆不停輟。」

〔六四〕本——自此以下，弘治本《西廂記》爲第二折，他本多爲楔子。「本」，他本多爲「老夫人」。

〔六五〕功德——佛教用語，指頌經、念佛、布施、做善事等。

〔六六〕打話——對話。

〔六七〕法華經——《妙法蓮華經》的簡稱。

〔六八〕梁王懺——《慈悲道場懺法》，據《釋氏稽古史略》，乃梁武帝爲超度亡婦而制訂。

〔六九〕颩（diū音丢）——丢。閔遇五曰：「颩，音丢，義同。」

〔七〇〕偏紅衫——僧衣。

〔七一〕烏龍尾鋼椽（chuán音船）楷——楷，一作揝。王伯良曰：「烏龍尾鋼椽，謂鐵裹頭棍也。北人以握爲揝。」揝，同攥（zuàn音鑽），握住。烏龍尾，爲鐵棍頭上所鑄之裝飾。

〔七二〕打参——打坐，参禪。

〔七三〕攙——搶，搶先。

〔七四〕炙煿煎爁（làn音爛）——烤、爆、煎、炖。煿，他本多作煿，同爆。都是烹調的方法。

〔七五〕腌臢（ān zān音安簪）——骯髒，不潔。

〔七六〕浮沙羹句——皆爲佛寺内供應的素食。糁（sǎn三上聲），以米和羹。

〔七七〕休調淡——它本多作「休調啖」，休調此等與我吃。

〔七八〕萬餘斤句——用萬餘斤黑面做饅頭，面粉暗黑就讓它暗黑吧。

〔七九〕也麽哥——表示强調、叮嚀的語助詞，元曲中的特定用語。

〔八〇〕聲名播斗南——名聲播揚天下。斗南，北斗星之南，天下。《新唐書·狄仁杰傳》：「藺仁基曰：『狄公之賢，北斗以南，一人而已』」。

〔八一〕誠何以堪——確實讓人無法忍受。

〔八二〕逃禪——逃出禪戒；又指逃出世事，參禪學佛。杜甫《飲中八仙歌》：「蘇晋長齋綉佛前，醉中往往愛逃禪。」

〔八三〕戒刀句——戒刀，僧人所用的月形之刀。鋼蘸（zhàn

音湛)，鋼，刀斧之類用鈍後再回火加鋼；蘸，回火加鋼時淬水，使刀刃堅剛鋒利。

〔八四〕則會齋句——齋，此作動詞用，吃齋。胡揜(yǎn音掩)，裝傻作痴。揜，掩蓋，遮蔽。它本多作「胡渰」，義同。

〔八五〕幢(chuáng音床)幡(fān音番)——幢爲佛像前立的竿，頂上有寶珠，飾以絲帛，幡，同旛，旗旛。寶蓋，佛菩薩像高座上的傘蓋。

〔八六〕鑊(huò音獲)——鐵鍋。

〔八七〕撞釘子——冲入敵陣。

〔八八〕釤(shān音汕)——砍，劈。

〔八九〕⿰足庄(zhuàng音壯)——蹴，踢。王伯良曰：「⿰足庄，蹴也。系俗字，字書無之。古本作『撞』。」

〔九〇〕髑髏(dú lóu音獨樓)——骷髏，死人的頭骨。

〔九一〕瞅(chǒu音丑)一瞅二句——瞅，原義看、望。毛西河曰：「瞅，怒目也；滉，猶蕩，即摇也。勿作『唾』。與《昊天塔》劇『瞅一瞅赤力力的天摧地塌，摇一摇廝琅琅振動了琉璃瓦』語義同。」骨(一作「古」)都都，水波翻滚聲；廝琅(lāng音郎)琅，山岩振動聲。與下二句「赤力力」、「忽剌剌」，皆爲象聲詞。

〔九二〕天闕——天門，天宫之門。

〔九三〕駁駁劣劣——王伯良曰：「莽憨好殺也。」

〔九四〕世不曾句——世不曾，從來不曾。世，人的一生。忐(tǎn音坦)忐忑(tè音忒)忑，原義爲心神不定，此處意爲恐懼。

〔九五〕打熬句——磨煉成不安分的天生勇敢性格。打熬，鍛煉、磨煉。《漁樵記》第一折：「打熬成這一副窮皮骨。」厭，足；不厭，不滿足，不安分。

〔九六〕斬釘截鐵——比喻果斷堅决，明快利落。

〔九七〕没掂(diān音顛)三——優柔寡斷，軟弱無能之意。

〔九八〕摻(chān音攙)——同「攙」，混和。它本多作「慘」，憂心，沮喪。

〔九九〕勒馬停驂(cān音餐)——勒馬，收住繮繩使馬停步。驂，三匹馬拉的車；拉車的三匹或四匹馬中的兩旁兩匹。此仍指馬，因照顧押韻而用此字。

〔一〇〇〕吃苦不甘——吃苦不吃甜。與欺硬怕軟，即吃軟不吃硬、怕軟不怕硬同義。

〔一〇一〕撲俺——猜測。王季思曰：「《樂府群玉》王日華《鳳引雛》曲：『滿懷冤，被馮魁掩撲了麗春園。』《聖藥王》曲：『一迷裏口似潑彡，怎撲揞。』撲揞、撲掩，並即博掩，博爲博塞，掩則意錢也。《後漢書・王符傳》：『或以游博持掩爲事。』注：『掩謂意錢也。』《梁冀傳》：『少爲蹴鞠意錢之戲。』注：『即擲錢也。』《纂文》：『撲掩，俗謂之射數，或云射意也。』撲掩者擲錢以射正反面之數而博勝負，故擲錢亦即射數、射意。本文以撲掩爲猜測，蓋其引申之義。」

〔一〇二〕賺（zhuàn音撰）——誑騙。無名氏《賺蒯通》三折：「不想差一使去，果然賺得韓信回朝。」

〔一〇三〕紕（pí音皮）謬——錯誤。紕，歪曲，不正。

〔一〇四〕倒大——絶大。《誤入桃源》：「倒大來福份。」

〔一〇五〕池中濯（zhuó音啄）足——洗足。《楚辭・漁父》：「滄浪之水清兮，可以濯吾纓；滄浪之水濁兮，可以濯吾足。」

〔一〇六〕花根本艷二句——杜確自言出身公卿將相，富貴全靠世襲。花根本艷，花之艷麗，本在其根。虎體鵷班，即「虎體原斑」，虎體美斑，天生自有。《雁門關》雜劇二折〔烏夜啼〕曲：「算什麽頂天立地男兒漢，枉了你厮聽使，相調慢，花根本艷，虎體元斑。」

〔一〇七〕孫子——名武，春秋時軍事家。齊國人，以兵法被吴王闔閭任爲將，率軍攻破楚國。所著《孫子兵法》十三篇，爲不朽名著。以下引文，出自《孫子・九變》篇。

〔一〇八〕圮（pǐ音匹）地無舍——圮塌或被水冲毁之地不能屯兵。圮，毁，絶，圮塌。

〔一〇九〕衢（qú音瞿）地交合——四通八達之地要與鄰軍、友軍互相呼應。

〔一一〇〕絶地無留——危絶之地不可停留。

〔一一一〕圍地則謀——處容易被圍困之地則必須預設計謀。

〔一一二〕死地則戰——處於不通達之地或必死之地必須奮戰。

〔一一三〕軍有所不擊五句——有些敵軍不去進攻，有的城池不能攻打，國君有的不切實際的命令可以不接受，能精通多種變化法則的人，才懂用兵之道。

〔一一四〕麾（huī音揮）下——在主帥的旌麾之下，即部下，用作對將帥的尊稱。

〔一一五〕珙頓首句——頓首，叩頭，頭叩地而拜。古代九拜之一。常用於書信中的起頭或末尾，作爲敬禮之語。契兄，猶言仁兄，對同輩友人的敬稱，常用於書信。契，意氣相合。纛（dào音道）下，義近「麾下」，敬稱。纛，古時軍隊的大旗。

〔一一六〕伏——舊時下對上的敬辭，用在信中，同「伏惟」。

〔一一七〕拜違犀表——拜，敬辭。違，離開，分別，如久違。犀表，頌辭，指武將的儀表。犀，犀首。《史記·張儀列傳》司馬彪集解：「犀首，魏官名，若今虎牙將軍。」表，儀表。

〔一一八〕仰德之私——仰，敬慕之辭。德，恩德。私，自己個人的心思。

〔一一九〕聯床風雨——風雨之夕，聯床徹夜傾心交談。表現知心朋友真心相聚的情誼。

〔一二〇〕羈（jī音積）懷——作客他鄉的思念之情。

〔一二一〕藜藿（lí huò音離獲）——粗劣的飯菜。《史記·太史公自序》：「糲粱之食，藜藿之羹。」張守節正義：「藜，似藿而表赤；藿，豆葉。」藜，野菜。

〔一二二〕貔貅（pí xiū音皮休）——古籍中的猛獸名，比喻勇猛的軍士。

〔一二三〕採薪之憂——生病的委婉語。採薪，打柴。《孟子·公孫丑下》：「昔者有王命，有採薪之憂不能造期。」朱熹注：「採薪之憂，言病不能採薪。」

〔一二四〕逡（qūn音群陰平）巡——頃刻，須臾。此句意爲命在旦夕。

〔一二五〕九泉——指地下，猶言黃泉。

〔一二六〕鵠（hú音胡）俟（sì音司）——鵠之延頸等待。鵠，天鵝。

〔一二七〕造次干瀆——魯莽，輕率。干瀆，冒犯。

〔一二八〕臺照——臺鑒，鑒察。臺，舊時對人的敬稱。

〔一二九〕黎民——即衆民。

〔一三〇〕金鑾——唐代大明宮內有金鑾殿（見《兩京記》），

又宋代亦有金鑾殿(見《宋史·地理志》),後借指皇宫。

〔一三一〕人銜枚二句——枚,形如箸,兩端有帶,可系於頸上。古代進軍襲擊敵人時,常令士兵銜在口中,以防喧嘩。馬勒口,進軍偷襲敵人時將馬口勒住,防其出聲,驚動敵人。

〔一三二〕臺顔——尊顔。

〔一三三〕動止——行動。

〔一三四〕淑女配君子——淑女,美好的女子。《詩經·周南·關雎》:「窈窕淑女,君子好逑。」

〔一三五〕閫(kǔn音捆)政——閫外之政,軍政。閫,部門即城門的門檻,也指閫外負軍事專責的人。

〔一三六〕臺駕——尊駕,大駕。

〔一三七〕没(mò音莫)齒——猶言没世,一輩子。

〔一三八〕金鐙——馬鞍兩旁的鐵踏脚。

短評

前面一齣輕松活潑，妙趣橫生，觀衆還沉浸在歡笑中，此齣一開場即平地一聲驚雷，孫飛虎領五千賊兵，惡狠狠圍寺，凶霸霸搶親，長老和老夫人聞訊，皆已驚慌失措。王實甫善於安排戲劇的節奏，調動觀衆的情緒，一弛一張，富於變化。

而鶯鶯尚不知惡運臨頭，仍沉浸在回味和相思之中。她自見張生之後，數日來「神魂蕩漾，情思難禁」，傷春傷情，只能「無語憑闌干，目斷行雲」。也許只有天上的雲彩，纔知道她愛上張生的心情。〔混江龍〕一曲，清詞麗句，「語妙古今」（吴梅語），充分體現王實甫「花間美人，鋪叙委婉，深得騷人之趣。極有佳句」（朱權《太和正音譜》）的藝術風格。「落紅成陣，風飄萬點正愁人」，巧妙引用杜甫《曲江》詩的千古名句，而前添秦觀〔水龍吟〕詞「落紅成陣」四字，形象寫出「愁來道是天來大」的開闊意境，不僅富於動感和立體感，而且具有歷史感，因爲年年落花，萬年景象，涵蓋了整個人類渴望愛情、留戀生命和青春年華的普遍性情感，堂廡特大。「落紅」二句又借用歐陽修〔蝶戀花〕詞：「淚眼問花花不語，亂紅飛過秋千去」的意境，用落紅的風飄萬點象征自己相思中的千愁萬緒，化抽象爲形象、萬象，真有萬鈞之力。以下數句亦皆引用或化用前人詩詞佳句，如謝靈運、歐陽修的名句，嫻熟運用「借古人之境界爲我之境界」（王國維《人間詞話》）的美學原理，在前人取得杰出成就的基礎上，自創新意，並將自己的難言心緒，用具體形象表出。如「繫春心情短柳絲長，隔花陰人遠天涯近」，形容青春短暫，難以挽留，而心愛之人雖在目前，卻可望而不可即，要想如願，前程茫茫，猶如「獨上高樓，望盡天涯路」，前景非常渺茫。可是不思念此人又不行，因爲往常見生人，都拒之千里之外，而「從見了那人，兜的便親」，因認準是有才有貌有情的理想情人，千載難逢。因此很想有人穿針引綫，通個殷勤。如此則「每日價情思睡昏昏」，坐卧不寧。這一段戲寫鶯鶯百無聊賴之間，紅娘勸其睡些兒，正如金聖歎所評，妙在：「紅娘請之睡，則不睡，及至無可奈何則仍睡，只一『睡』字，中間乃有如許裊娜，如許跌宕。」剛要睡，則敲門聲驚破睡意，老夫人和法本來通報搶親消息。

其間又描寫到紅娘不懂小姐情竇初開的少女天真純潔心理，內心自語自問：「姐姐，往常不曾如此無情無緒，自從見了那生，便覺心事不寧，卻是爲何？」既表現紅娘的靈慧細心，觀察力强，又顯示紅娘對小姐的關心、體貼和愛護，更補叙紅娘在初遇張生聽其自我介紹和張、鶯隔墻酬詩時，皆未懂青年男女的戀愛心理，天真純潔，不諳世事。鶯鶯一則因紅娘除早晚侍候外又是母親派來「行監坐守」即監視她行動的丫環，二則因少女的羞澀和相國千金的矜持，當然不肯將暗戀張生的內心秘密透露於她，於是紅娘的上述疑問只能以後續觀事態的發展而自作回答了。

孫飛虎的圍寺搶劫，橫生枝節，雖然雷聲大，卻連雨點小還來不及即被剪滅，此齣下面的戲即寫有驚無險的過程，從而突出鶯鶯感激「這生不相識橫枝兒着緊」的效果，張生這個着緊的「橫枝」戰勝孫飛虎的節外所生的橫枝從而化險爲夷，兩人的情愛歷程也發生重大轉折。

寺內衆人束手無策，鶯鶯主動提出犧牲自己，救全寺僧衆和全家性命，可見其舍己救人的高貴品質；她又申述五條理由，思路清晰，可見她有臨危不懼的非凡魄力和鎮定自如的心理素質，正因此，她又在母親拒絶之後再提良策：不揀何人，只要能殺退敵軍，情願倒賠家門，與這位英雄共結秦晉。張生獲此良機，應聲而出，獻計退敵。鶯鶯的鎮靜和智慧，使自己雖在難中卻仍能處於主動地位，並賜良機於張生，爲崔張之戀的有利轉折，抓到一個極爲珍貴的契機。

惠明挺身而出，願意爲張生殺出重圍，傳遞書信。王實甫爲惠明所寫的這幾曲唱詞，生動有力地描繪這位莽和尚見義勇爲、英勇善戰的剛正暴烈性格，極爲傳神，受到古今論者的一致贊賞。劇本又通過惠明的揭露，批判了隱藏在佛門中的敗類；還表達世俗對佛教戒葷戒婚、抑制人性的戒律之不滿。

《白馬解圍》是全戲關鍵的一齣。常言道「患難見真心」。張生在危難之時毫不猶豫地挺身而出，鶯鶯情不自禁地對紅娘説：「難得這生，一片好心！」紅娘通過此舉，也了解張生的品格和才華，又因鶯鶯的建議已挑明張生解難之後的張崔婚姻關係和鶯鶯愛戀張生的理由，紅娘便從警惕張生、不懂張生並盡力隔離張崔的立場轉變到理解、幫助的立場，至關重要。

此齣中的白馬將軍杜確，得張生之信而出兵平叛，是公私兼顧的一次軍事行動。消滅孫飛虎賊兵，爲國家除害，爲一方土地確保平安；又幫助張生救出鶯鶯全家，讓張崔戀情如願。杜確雖僅偶爾上場，卻是劇中不可或缺的人物。杜確是張生的好友，杜確的忠於職守和篤於友情，其優秀品格也反襯張生爲人的優秀。因爲物以類聚，人以群分，從一個人的朋友的品格之良莠，可看出此人的品格和爲人。偶爾一現的杜確這個藝術形象也是緊緊圍繞塑造張生形象而服務的。

第六齣　紅娘請宴

（老引貼上）紅娘，張先生大恩，一家難忘。你可收拾書房，就將張先生行李搬入内書院裏安歇。明日安排筵席，請來一會，别有商議。（下）（生上，對本云）長老，今日幸退賊兵，蒙夫人許下親事，都在長老身上。（本）鶯鶯擬定妻君〔一〕，料夫人必不負恩。正是：只因兵火至，引起雨雲心〔二〕。（下）（生）小子收拾行李去，花園裏去也。（下）（老上）今日安排小酌，單請張生酬勞。紅娘，快去請張先生來，休要推故〔三〕！（下）（生上）夜來老夫人説，着紅娘來請我，卻怎生不見來？我打扮着齊齊整整等他，皂角也使了兩三個〔四〕，水也换了兩三桶，烏紗帽刷得光挣挣的。怎麽不見紅娘來也？（貼上）老夫人使我請張生，我想若非張生妙計，俺一家兒性命難保也呵。

【粉蝶兒】半萬賊兵，卷浮雲片時掃盡，俺一家兒死裏逃生。舒心的列山靈〔五〕，陳水陸，張君瑞合當欽敬。當日所望無成，誰承望一緘書倒做了媒證〔六〕。

【醉春風】今日個東閣玳筵開〔七〕，煞强如西廂和月等。薄衾單枕有人温，早則不冷、冷。受用些寶鼎香濃〔八〕，綉簾風細，緑窗人静。

可早來到書房也。

【脱布衫】幽僻處可有人行〔九〕，點蒼苔白露泠泠。隔窗兒咳嗽了一聲，（貼敲門介）（生）是誰？（貼）是我。他啓朱脣急來答應。

（生）小娘子拜揖。

【小梁州】（貼）則見他叉手忙將禮數迎，我這裏萬福，先生。烏紗小帽耀人明，白襴净〔一〇〕，角帶傲黄鞓〔一一〕。

【幺】則見他衣冠濟楚龐兒俊〔一二〕，可知道引動俺鶯鶯。據相貌，憑才性，我從來心硬，一見了也留情。

（生）小娘子請書房内説話，不知此行爲何？（貼）賤妾奉夫人嚴命，特請先生小酌，勿卻是望！（生）便去便去！敢問席上有鶯鶯姐姐麽〔一三〕？

【上小樓】（貼）請字兒不曾出聲，去字兒連忙答應。可早鶯鶯跟前，姐姐呼之，喏喏連聲。秀才每聞道請，恰便似聽將軍嚴令，和那五臟神〔一四〕，願隨鞭鐙。

（生）今日夫人端的爲甚麽筵席？

【幺】（貼）第一來爲壓驚，第二來因謝承。不請街坊，不會親鄰，不受人情。避衆僧，請老兄，和鶯鶯匹聘。

（生）如此小生歡喜也。（貼）則見他歡天喜地，謹依來命。

（生）小生客中無鏡，敢煩小娘子，看小生一看如何？

【滿庭芳】（貼）來回顧影，文魔秀士〔一五〕，風欠酸丁〔一六〕。下工夫將額顱十分挣〔一七〕，遲和疾擦倒蒼蠅，光油油耀花人眼睛，酸溜溜螫得人牙疼。（生）夫人辦甚麽請我？（貼）茶飯已安排定〔一八〕，淘下陳倉米數升，煠下七八碗軟蔓菁。

（生）小子想來，自寺中見了小姐之後，不想今日得成姻眷，豈不爲前生分定〔一九〕？（貼）姻緣非人所爲，乃天意耳。

【快活三】（生）咱人一事精，百事精；一無成，百無成。世間草木本無情，自古云：地生連理樹〔二〇〕，水生並頭蓮。

猶有相肩並。

【朝天子】(貼)休道是這生，年紀後生，恰學害相思病。天生聰俊，打扮得素淨，奈夜夜成孤另。才子多情，佳人薄幸，兀的不擔閣了人性命。(生)你姐姐果有信行？(貼)誰無一個信行，誰無一個志誠，恁兩個今夜親折證〔二一〕。

張先生，我囑付你：

【四邊靜】今宵歡慶，軟弱鶯鶯何曾慣經！你須索款款輕輕〔二二〕，燈下交鴛頸。端詳了可憎〔二三〕，好煞人也無乾净〔二四〕！

(生)小娘子先行，小生收拾了書帙便來〔二五〕。且問小娘子，那裏有甚麼景致好看？

【耍孩兒】(貼)俺那裏落紅滿地胭脂冷，休孤負了良辰美景〔二六〕。夫人遣妾莫消停，請先生勿得推稱〔二七〕。俺那裏準備着鴛鴦夜月銷金帳〔二八〕，孔雀春風軟玉屏〔二九〕。樂奏合歡令〔三〇〕，有鳳簫象板〔三一〕，錦瑟鸞笙〔三二〕。

(生)小生書劍飄零，無以爲禮，卻怎生是好？

【四煞】(貼)聘財斷不爭，婚姻事有成，新婚燕爾安排慶〔三三〕。你明博得跨鳳乘鸞客〔三四〕，我到晚來卧看牽牛織女星〔三五〕。休傒幸，不要你半絲兒紅綫〔三六〕，成就了一世前程。

(生)小生有何德能！

【三煞】(貼)憑着你滅寇功，舉將能，兩般兒功效如紅定〔三七〕。爲甚俺鶯娘心下十分順，都則爲君瑞胸中百萬兵〔三八〕。越顯得文風盛，受用足，珠圍翠繞，結果了黄卷青燈〔三九〕。

（生）别有甚客在座？

【二煞】（貼）夫人只一家，老兄無伴等，爲嫌繁冗尋幽静。單請你個有恩有義閑中客，回避了無是無非廊下僧。夫人命，道足下莫教推托，和賤妾即便隨行。

（生）小娘子先行。小生隨後便來。

【煞尾】（貼）先生休作謙，夫人專意等。常言道恭敬不如從命〔四〇〕。休使得梅香再來請。（下）

（生）紅娘去了，小生拽上書房門者。我比及到得夫人那裏，夫人道：張生，你來了。飲數杯酒，去卧房内和鶯鶯做親。小生得到卧房内，和小姐解帶脱衣，顛鸞倒鳳；同諧魚水之歡〔四一〕，共效于飛之願〔四二〕。覷他雲鬟低墜〔四三〕，星眼微矇〔四四〕；被翻翡翠，襪褪鴛鴦。不知性命如何哩！（狂笑介）單羡法本好和尚也：只憑説法口，遂卻讀書心。（下）

注釋

〔一〕妻君——做你的妻子。妻，作動詞用。

〔二〕雨雲——男女歡合。宋玉《高唐賦序》：「旦爲行雲，暮爲行雨。」

〔三〕推故——借故推辭。

〔四〕皂角——即皂莢樹所結的皂莢，可以洗衣去污。

〔五〕舒心二句——凌濛初曰：「山靈水陸，猶山珍海錯。列山靈，陳水陸，言開筵也。」

〔六〕一緘（jiān音兼）書——一封書信。

〔七〕東閣玳（dài音代）筵——款待賢士的宴席。東閣，《漢書·公孫弘傳》：「於是起客館，開東閣以延賢人。」謂於庭東開小門，以迎賓客，給以優待。引申爲款待賓客的地方。閣，小門。玳筵，三國魏·劉楨《瓜賦序》：「布象牙之席，熏玳瑁之筵。」此指豐盛的筵席。

〔八〕受用三句——享受新婚寧靜安適的生活。

〔九〕幽僻處二句——描繪張生借居處的寂靜無人。可有人行，王伯良曰：「言無有也。」泠（líng音零）泠，形容露水清涼和露滴聲的清越。

〔一〇〕白襴（lán音蘭）——白色的襴衫。白細布制作的圓領大袖、上下衣相連的儒服。

〔一一〕角帶傲黄鞓（tīng音廳）——飾獸角、外裹黄絹的皮帶。傲，毛西河曰：「帶尾翹出曰傲。」鞓，皮帶。

〔一二〕衣冠濟楚——衣帽整齊光鮮。濟，美好的樣子。楚，齊整，鮮明，華美。

〔一三〕敢問——冒昧地請問。敢，自言冒昧之詞。

〔一四〕和那五臟神二句——五臟神，指心肺肝脾腎五個内臟。《黄庭内景經》稱五臟爲心神、肺神、肝神、脾神和腎神。邯鄲淳《笑林》：「有人常食蔬茹，忽食羊肉，夢五臟神曰：『羊踏破菜園矣！』」願隨鞭鐙，願意跟從。毛西河曰：「但元詞嘲趨飲食者多用此句，如《鴛鴦被》雜劇：『教灑酒，顧隨鞭鐙。』《東堂老》劇：『你則道顧隨鞭鐙，便闖一千席，也填不滿你窮坑。』」

〔一五〕文魔秀士——文魔，讀書入迷至如痴如魔的人。秀士，有德行道藝的優秀之士。

〔一六〕風欠酸丁——凌濛初曰：「風欠，方語，兼風流、風狂二意。」《蕭淑蘭》雜劇：「改不了强文憋醋饑寒臉，斷不了詩云子曰酸風欠。」王伯良曰：「風欠，獃也，痴也，北人方言，猶今俗語説人之獃者爲欠氣。欠氣，即獃氣之謂。風欠，言其如風狂而且獃痴也。《墨娥小録》載，秀才調侃爲酸丁。」張燕瑾曰：「意即咬文嚼字的書呆子。」「成年而能任賦役之男子爲丁，酸丁則專指讀書人。石子章《秦脩然竹塢聽琴》雜劇三折：『那秀才每謊後生……囑咐你女娘每休惹這樣酸丁。』蓋『酸』取二義：一取其寒素，故曰寒酸。韓愈《赴江陵途中》：『酸寒何足道，隨事生瘡疣。』二取其迂腐作態、咬文嚼字，今謂之酸溜溜。」焦循《劇説》卷一：「酸謂秀士。」

〔一七〕掙——王伯良曰：「掙，擦拭也。」

〔一八〕茶飯三句——招待張生的是陳米燒的飯和普通的蔬菜。這是紅娘與張生開玩笑的話。煠，通炸，一種烹飪方法，用較多的沸油將食品熬熟。蔓菁(mán jīng 蠻精)，蕪菁，一、二年生草本，直根肥大，質較蘿卜致密，有甜味，根和葉作蔬菜。

〔一九〕前生分定——前世决定的姻緣、緣分。

〔二〇〕地生二句——連理樹，班固《白虎通·封禪》：「德至草木，朱草生，木連理。」並頭蓮，即並蒂蓮，一莖開兩朵荷花。文學作品中皆比喻恩愛夫妻。

〔二一〕親折證——親自當面對證。折證，對質，當面對證。吴昌齡《辰勾月》雜劇三折：「封姨，你近前與他折證。」鄭德輝《倩女離魂》雜劇四折：「你且放我去，與夫人親折證。」

〔二二〕款款——徐緩，緩緩。杜甫《曲江》詩：「穿花蛺蝶深深見，點水蜻蜓款款飛。」

〔二三〕端詳——端相，細看，仔細審察。

〔二四〕好煞人句——好煞人，男女歡會的調侃語。關漢卿《裴度還帶》雜劇四折：「準備洞房花燭夜，則怕今夜好煞人。」無乾浄，不肯罷休。《紅梨花》二折：「佳期漏泄無乾浄。」

〔二五〕書帙（zhì音至）——書籍。帙，包書的套子，用布帛製成，因即謂書一套爲一帙。

〔二六〕良辰美景——美好的節令和景物。謝靈運《擬魏太子鄴中集詩序》：「天下良辰、美景、賞心、樂事，四者難並。」

〔二七〕推稱——借故推托。

〔二八〕銷金帳——用金綫綉的帳子。銷金，用金或金色絲綫作裝飾的。《續資治通鑒長編》：「宋陶谷爲學士，得黨太尉家姬，遇雪，取雪水烹茶，謂姬曰：『黨家有此風味否？』對曰：『彼粗人，安有此？但能於銷金帳中淺斟低唱，飲羊羔兒酒耳。』」

〔二九〕孔雀屏——《舊唐書·高祖太穆皇后竇氏傳》：「毅聞之，謂長公主曰：『此女才貌如此，不可妄以許人，當爲求賢夫。』乃於門屏畫二孔雀，諸公子求婚者，輒與兩箭射之，潛約中目者許之。前後數十輩莫能中。高祖後至，兩發各中一目。毅大悦，遂歸於我帝。」

〔三〇〕合歡令——婚禮上的喜慶樂曲。合歡，和合歡樂，多指男女相結合。令，唐、宋雜曲的一種體制。

〔三一〕鳳簫象板——鳳簫，《風俗通·聲音》：「《尚書》舜作《簫韶》九成，鳳凰來儀，其形參差，象鳳之翼。」後世因稱排簫爲鳳簫。象板，用象牙製的打節拍用的拍板。

〔三二〕錦瑟鸞笙——錦瑟，裝飾華美的瑟。瑟，撥絃樂器，春秋時已流行，爲二十五絃，而李商隱《錦瑟》則云：「錦瑟無端五十絃，一絃一柱思華年。」鸞笙，像鳳凰的笙。鸞，傳説中的鳳凰的一種。笙，簧管樂器。《詩經·小雅·鹿鳴》：「鼓瑟吹笙。」殷、周時已流行。《風俗通·聲音》：「《世本》：『隋（古代音樂家人名）作笙，長四寸，十二簧，像鳳之身，正月之音也。』」

〔三三〕燕爾——亦作「宴爾」，安樂，後作爲新婚的代稱。《詩經·邶風·谷風》：「宴爾新昏，如兄如弟。」

〔三四〕你明博得句——博得，换取，討取，贏得。跨鳳乘鸞客，做貴族家庭的佳婿。劉向《列仙傳》：「蕭史者，秦穆公時人也。善吹簫，能致孔雀、白鶴於庭。穆公有女字弄玉，好之，公遂以女妻焉。日教弄玉作鳳鳴。居數年，吹似鳳聲，鳳凰來止其屋，公爲作鳳臺。夫婦居其上不下，數年，一旦皆隨鳳凰飛去。」

〔三五〕牽牛織女星——杜牧《秋夕》詩：「天階夜色凉如水，卧看牽牛織女星。」牽牛、織女爲二顆星名，古代神話演化爲牛郎、織女七夕相會的著名故事。

〔三六〕紅綫——即赤繩，指維系婚姻的緣分。唐・李復言《續幽怪録・定婚店》叙韋固遇一老人在月下翻書，老人謂此書乃天下婚姻簿，囊中有赤繩，用以繫男女之足，便會結成婚姻。後即以「紅綫一絲牽」喻有婚姻的緣分。

〔三七〕紅定——指聘定之財禮。宋元時聘禮多以紅色布帛纏裹。

〔三八〕胸中百萬兵——指雖爲書生不能上陣作戰，卻有高明的用兵韜略。《宋史》、《五朝名臣言行録》等皆載范仲淹守延安，西夏人相戒曰：「勿以延州爲意，小范老子胸中有數萬甲兵。」

〔三九〕黄卷青燈——稱代讀書人的日常生活。黄卷，書籍。古人用辛味、黄蘗等物染紙以防蠹，紙色黄，故稱「黄卷」。寫錯還可用雌黄涂改。青燈，指油燈，其光青瑩，故名。

〔四〇〕恭敬不如從命——《通俗編・儀節》（卷九）引宋・贊寧《笋譜》：「昔有新婦不得舅姑意，其婦善承不違。一日歲暮，姑索笋羹，婦答：『即煮供上。』妯娌問之曰：『今臘中，何處求笋？』婦曰：『且應爲貴，以順攘逆責耳。其實何處求之？』姑聞而悔，後倍憐新婦。故諺曰：『恭敬不如從命，受訓莫如從順。』」

〔四一〕魚水之歡——喻夫婦恩愛和樂。《管子・小問》：「管仲曰：『然公使我求寧戚，寧戚應我曰：「浩浩乎！」吾不識。』婢子曰：『《詩》有之：浩浩者水，育育者魚。未有室家，而安召我居？寧子其欲室乎？』」尹知章注：「水浩浩然盛大，魚育育然相與而游其中，喻時人皆得配偶以居其室家。寧戚有伉儷之思，故陳此詩以見意。」伉儷，夫婦。育育，安適、歡樂的樣子。

〔四二〕于飛——本指雄鳳和雌凰相偕而飛，後用爲夫妻和諧歡樂的比喻。于，爲語助詞，無義。《詩經・大雅・卷阿》：「鳳皇于飛，翙翙其羽。」鄭玄箋：「翙（huì音穢）翔，羽聲也。」即鳥飛聲。《左傳·莊公二十二年》：「懿氏卜妻（嫁女給）敬仲，其妻占之曰：『吉，是謂鳳皇于飛，和鳴鏘鏘，有嬀之後，將育於姜。』」杜預注：「懿氏，陳大夫。雄曰鳳，雌曰皇，雌雄俱飛，相和而鳴鏘鏘然，猶敬仲夫妻相隨適齊，有聲譽。」

〔四三〕雲鬟——面頰兩旁近耳的頭髮濃密卷曲如烏雲堆積。

〔四四〕星眼微矇——眼睛微閉，視而不見，指鶯鶯害羞的眼神。星，形容細小。唐代崇尚的美人多爲細長的眼睛，明清仕女畫中的美人也如此，稱丹鳳眼。矇，又作蒙，《詩經·大雅·靈臺》毛傳：「有眸子而無見曰蒙。」即睁眼瞎子。張燕瑾曰：「星眼：明亮的眼睛。南朝宋·王韶之《太清記》：『華岳三夫人媚，李湜云：「笑開星眼，花媚玉顏。」』微蒙，這裏是微閉意。」此解也可參考。

短評

張生等待紅娘來邀請赴婚宴，極早起身，久等不來，十分焦急。自稱打扮得齊整，用兩三桶水、兩三個皂角，烏紗帽刷得光掙掙的，急着要做新郎官。凌蒙初評張生此白「酸得妙，自是元人賓白」。

張生修書請杜將軍消滅叛軍，救了鶯鶯全家，紅娘也感激不盡。紅娘一方面代鶯鶯感激，另一方面自己很感激，因爲孫飛虎如攻破寺門，寺中人衆便玉石俱焚，鶯鶯固然落入賊手，紅娘也必然要遭凌辱，否則只能自殺。所以首曲説「俺一家兒死裏逃生」，「張君瑞合當欽敬」，後〔二煞〕又贊他「有恩有義」；紅娘贊賞張生有才華，「天生聰俊」（〔朝天子〕），爲了張崔聯姻感到由衷的喜悦；另一方面也贊賞「他衣冠濟楚龐兒俊」，爲鶯鶯找到佳偶而慶幸之同時，竟説：「據相貌，憑才性，我從來心硬，一見了也留情。」與第三齣鶯鶯燒第三炷香時紅娘「願俺姐姐早尋一個姐夫，拖帶紅娘咱」此言相聯繫，紅娘如未自覺那麽至少在潛意識中也已看中張生，願意接受張生娶她爲小夫人。對鶯、紅來説，「死裏逃生」實尚有擺脱鄭恒的婚約、另擇佳配的意義在内，如果嫁了鄭恒這樣不學無術、凶狠無理的惡少，鶯鶯雖生猶死，甚至可能比死還難過，紅娘是深知此情的。

紅娘聰慧絶頂，故而出言尖刻，她用諷刺的目光端詳張生的打扮和興高采烈、洋洋得意的酸味：「來回顧影，文魔秀士，風欠酸丁。」給其的評價恰當和準確；「遲和疾擦到蒼蠅，光油油耀花人眼睛，酸溜溜螫得人牙疼」，形容得精確而傳神，難怪金聖歎贊美〔滿庭芳〕曲的描繪，「一時分明便將張生勾魂攝魄，召來紙上」。又認爲「寫張生人物也，然而必略寫人，多寫打扮者，蓋句句字字，都照定後篇賴婚，先作此滿心滿意之筆也」。指明這樣描寫的微妙效果。

張生急吼吼接受邀請赴宴，還問「夫人辦什麽請我」，紅娘開玩笑説：只有陳米蔬菜。觀衆聽張、紅對話必然大笑，哪有婚宴如此草率者？没想到下齣擺出宴來，果然菜肴簡單而隨便，引起鶯鶯强烈不滿。被紅娘講笑話言中。《西厢》中此類精微奥妙處甚多。這種巧妙精彩的方法，《三先生合評元本北西厢記》中湯顯祖在這齣戲的總批評道：「先將請宴一齣，虚描宴中情事，後齣停婚，只消盡摹乍喜乍驚之狀；有此齣，後齣便省多少支離，此詞家安頓法。」

此齣中諸曲也非常優美精巧，如「點窗苔白露泠泠」（〔脱布衫〕）寫幽僻環境；「我這裏『萬福，先生』」、「『請』字兒不曾出聲，『去』字兒連忙答應」（〔上小樓〕）等以白作曲；〔四煞〕中「『你明博得』二句對而意反承」（徐士範評），皆極見功力，令人贊嘆。

第七齣

夫人停婚

（老上）紅娘去請張生，如何不見來？（貼上見老）張生着紅娘先行，他隨後便來也。（生上見老施禮科）（老）前日若非先生，焉得有今日。我一家之命，皆先生所活也。聊置小酌，非爲報禮，勿嫌輕意。（生）一人有慶〔一〕，兆民賴之。此賊之敗，皆夫人之福。萬一杜元帥不至，我輩亦無免死之術。此皆往事，不必挂齒。（老）將酒來，先生滿飲此杯。（生）長者賜〔二〕，少者不敢辭。（生微飲酒科，把夫人盞科）（老）先生請坐。（生）小子侍立，焉敢與夫人對坐。（老）道不得個恭敬不如從命。（生謝，坐介）（老）紅娘去喚小姐來，與先生行禮者。（貼喚旦介）老夫人在後堂待客，請小姐出來哩！（旦應云）我身子有些不快，去不得。（貼）你道請誰哩？（旦）請誰？（貼）請張生哩。（旦）若請張生，扶病也索走一遭。（貼發科）（旦）免除崔氏全家禍，盡在張生半紙書。

【五供養】若不是張解元識人多，別一個怎退干戈。排着酒果，列着笙歌。篆烟微，花香細，散滿東風簾幕。救了咱全家禍，殷勤呵正禮，欽敬呵當合〔三〕。

【新水令】恰纔嚮碧紗窗下畫了雙蛾〔四〕，拂拭了羅衣上粉香浮污，將指尖兒輕輕的貼了鈿窩〔五〕。若不是驚覺人呵，猶壓着綉衾卧〔六〕。

（貼）覷俺姐姐這個臉兒，吹彈得破〔七〕，張生有福也。

【么】（旦）没查没利謊僂羅〔八〕，道我宜梳妝的臉兒吹彈的破。（貼）俺姐姐天生的一個夫人。（旦）你那裏休聒〔九〕，不當一個，信口開合知他命福是如何？做一個夫人也做得過。

（貼）往常兩個都害〔一〇〕，今日早則喜也。

【喬木查】（旦）我相思爲他，他相思爲我，從今後兩下裏相思都較可〔一一〕。酬賀間理當酬賀，俺母親也好心多。

（貼）今日小姐和張生結親，怎生不做大筵席，安排小酌爲何？（旦）你不知夫人意。

【攪箏琶】他怕我是陪錢貨〔一二〕，兩當一便成合〔一三〕。據着他舉將除賊，也消得家緣過〔一四〕。花費了甚一股那〔一五〕，便結絲蘿〔一六〕。休波，省人情的妳妳忒慮過〔一七〕，恐怕張羅〔一八〕。

（生）小子更衣咱。（見旦介）

【慶宣和】（生）門兒外，簾兒前，將小脚兒那〔一九〕。我只見目轉秋波，誰想那識空便的靈心兒早瞧破〔二〇〕。唬得我倒躲。

（老）小姐近前拜了哥哥者〔二一〕！（生背云）呀，聲息不好了！（旦）呀，俺娘變了卦也！（貼）這相思又索害也。

【雁兒落】（生）則見你荊棘列怎動那〔二二〕！死木藤的無回和〔二三〕！措支剌的不對答〔二四〕！軟兀剌的難存坐〔二五〕！

【得勝令】誰承望這即即世世老婆婆〔二六〕，着鶯鶯做妹妹拜哥哥。白茫茫溢起藍橋水〔二七〕，勃騰騰點着祆廟火〔二八〕。碧沉沉清波。撲剌剌將比目魚分破〔二九〕。急穰穰因何〔三〇〕，聽得夫人説罷呵。扢搭的把雙眉鎖納合〔三一〕。

（老）紅娘看熱酒來，小姐與哥哥把盞者。

【甜水令】（旦）我這裏粉頸低垂，蛾眉顰蹙，芳心無那〔三二〕，俺可甚，相見話偏多？ 星眼朦朧，檀口嗟咨〔三三〕，攧窨不過〔三四〕，這席面兒暢好是烏合〔三五〕。

（旦把酒介）（生）小生量窄。（老勸介）（旦）紅娘接了杯者。

【折桂令】他其實嚥不下玉液金波〔三六〕，誰承望月底西厢，變做了夢裏南柯〔三七〕。淚眼偷淹，酩子裏揾濕了香羅〔三八〕。他那裏眼倦開軟癱做一垜〔三九〕，我這裏手難抬稱不起肩窩。病染沉疴〔四〇〕，斷然難活。則被你送了人呵，當甚麽嘍羅〔四一〕。

（老）再把一盞者（貼又遞酒，生辭介）（貼背與旦云）姐姐，這煩惱怎生了！

【月上海棠】（旦）而今煩惱猶閑可〔四二〕，久後思量怎奈何？ 有意訴衷腸〔四三〕，怎奈母親側坐，成抛趓〔四四〕，咫尺間如間闊〔四五〕。

【幺】一杯悶酒尊前過，低首無言自摧挫〔四六〕。不堪醉顔酡〔四七〕，可早嫌玻璃盞大。從因我，酒上心來覺可。

（老）紅娘送小姐卧房裏去者。（旦辭生介）俺娘好口不應心也呵！

【喬牌兒】老夫人轉關兒没定奪〔四八〕，啞謎兒怎猜破。黑閣落甜話兒將人和〔四九〕，請將來着人不快活。

（貼）姐姐休怨别人。

【清江引】佳人自來多命薄，秀才每從來懦。悶殺没頭鵝〔五〇〕，撇下陪錢貨；若你不成親呵，下場頭那些兒發付我。

【殿前歡】（旦）恰纔個笑呵呵，都做了江州司馬淚痕多〔五一〕。若不是一封書將半萬賊兵破，俺一家兒怎得存活。他不想結姻緣想甚麼？到如今難捉摸。老夫人謊到天來大；當日成也是恁個母親〔五二〕，今日敗也是恁個蕭何。

【離亭宴帶歇拍煞】從今後玉容寂寞梨花朵〔五三〕，胭脂淺淡櫻桃顆，這相思何時是可？昏鄧鄧黑海來深，白茫茫陸地來厚，碧悠悠青天般闊；太行山般高仰望，東洋海般深思渴。毒害的恁麼〔五四〕。俺娘呵，將顫巍巍雙頭花蕊搓〔五五〕，香馥馥縷帶同心割〔五六〕，長攙攙連理瓊枝挫〔五七〕。白頭娘不負荷〔五八〕，青春女成擔閣，將俺那錦片也似前程蹬脱〔五九〕。俺娘把甜句兒落空了他，虛名兒誤賺了我〔六〇〕。（下）

（生）小生醉也，告退。夫人跟前，有一言以盡其意，未知可否？前者賊寇相迫，夫人言能退賊者，以鶯鶯妻之。小生挺身而出，作書與杜將軍，星夜前來，得免夫人全家之禍。今日命小生赴宴，將謂喜慶有期〔六一〕。不知夫人何見，以兄妹之禮相待？小生非爲餔啜而來〔六二〕，此事果若不諧〔六三〕，小生即當告退。（老）先生縱有活我之恩，奈小女先相國在日，曾許下老身侄兒鄭恒。即日有書赴京喚去了，此子不日至此，其事將如之何？莫若多以金帛相酬，先生另揀豪門貴宅之女，臺意若何〔六四〕？（生）既然夫人背盟，小生何慕金帛！卻不道書中有女顏如玉〔六五〕？今日便索告辭。（老）你且住者，今日有酒了〔六六〕。紅娘，扶將哥哥去書房中歇息。到明日咱別有話説。（下）（貼扶生介）（生）有分只熬蕭寺夜〔六七〕，無緣難遇洞房春。（貼）張生，少吃一盞卻不好。（生）我吃甚麼來！（對貼云）小生爲小姐晝夜忘餐廢寢，夢斷魂勞，常忽忽如有所失。自寺中一見，隔墻酬和，迎風帶月，受無限之苦楚。甫能得成就，不料夫人變了卦，使小生智竭思窮，此事幾時是了！小娘子，怎生可憐見小生。（跪貼介）將此意伸與小姐，使知小生之心。就小娘子前，解下腰間之帶，尋個自盡。可憐刺股懸梁志〔六八〕，竟作離鄉背井魂。（貼）街上好賤柴〔六九〕，燒你個傻角。你休慌，妾當與君謀之。（生）計將安在？小生當築壇拜將〔七〇〕。（貼）妾見先生有囊琴一張〔七一〕，必善於此。俺小姐素耽於琴〔七二〕。今夕妾與小姐同至花園内燒夜香，但聽咳嗽爲令，先生試操一曲〔七三〕。待小姐聽得時，説些甚麽，卻將先生之言達知。若有些話，明日妾來回報。這早晚怕夫人尋我〔七四〕，回去也。（下）（生）紅娘之言，深有意趣。天色晚也，月兒，你早些兒出麽！呀，卻早發擂也〔七五〕。呀，卻早撞鐘也。（生做理琴介）琴呵，小生與足下，湖海中相隨數年。今夜這一場大功，都在你這金徽、玉軫、冰絃、焦尾之上〔七六〕。天那！怎生借得一陣順風，將這琴聲，吹入那小姐玉琢成、粉捏就、知音、俊俏耳朵兒裏去〔七七〕。

注釋

〔一〕一人二句——《尚書·吕刑》：「一人有慶，兆民賴之，其寧惟水。」孔安國傳：「天子有善，則兆民安之，其乃安寧長久之道。」一人，原指天子，此借指老夫人。慶，善，福。引此二句，即説明以下二句：「此賊之敗，皆夫人之福。」

〔二〕長（zhǎng音漲）者二句——《礼記·曲禮》：「長者賜，少者賤者不敢辭。」長者，年紀大，輩份高的人；顯貴者。

〔三〕欽敬呵當合——合當欽敬。合當，應當。

〔四〕雙蛾（é音俄）——雙眉。蛾，蛾眉的省稱。蛾眉，也作「娥眉」，女子細長而美的眉毛。曹丕《答繁欽書》：「振袂徐進，揚蛾微眺。」

〔五〕鈿窩——王學奇曰：「《廣韻》：『鈿，金花。』即花勝也。鈿窩，是臉上貼花鈿的位置。」張燕瑾解曰：「衣服上的裝飾品。《元史·輿服志》，天子冕服：『緋白大帶一，銷金黄帶頭，鈿窠二十有四。』」參見第一齣注〔七六〕。

〔六〕猶壓句——柳永〔定風波〕詞：「日上花梢，鶯穿柳帶，猶壓香衾卧。」

〔七〕臉兒吹彈得破——形容臉皮的細嫩和嬌嫩，口吹指彈即要破碎。

〔八〕没查没利句——没查利，王伯良曰：「方言，無準繩也。」言語不實，即下文「信口開合」，信口開河。僂儸，明刻本多做「僂科」，閔遇五曰：「古注：僂科猶云小輩。宋時謂干辦者曰僂科。」干辦、僂儸即嘍羅，皆指能干、干練之人。顧學頡《元曲釋詞》則認爲「謊僂科」意爲「撒謊説溜、假意奉承的小科子也。」説溜，撒謊；科子，北人罵娼妓語。

〔九〕聒（guō音郭）——多言，喧擾。

〔一〇〕害——害病，指害下文所説的相思病。

〔一一〕較可——全愈。

〔一二〕賠錢貨——舊時重男輕女，認爲養女不能防老，女兒出嫁後成了外姓人媳婦，還要陪送嫁妝，故稱賠錢貨。「貨」，爲賤稱。

〔一三〕兩當一便成合——王伯良曰：「言夫人算慳，以酬謝、成親兩件事，並作一次酒席也。」

〔一四〕消得家緣過——消得，受用得、消受得。喬吉《金錢記》雜劇一折：「没福消軒車駟馬，大纛高牙。」家緣，家産，家業。李直夫《虎頭牌》雜劇二折：「我也曾有那往日的家緣，舊日的田莊。」

〔一五〕花費句——王季思曰：「那，問句助詞；『費了甚一股那』，猶云花費了什麽；與上文『兩當一便成合』句，皆怨夫人之草草成事也。趙章雲曰：『一股那即一股腦，一共之意。費了甚一股那，意即一共費了些什麽。』亦可通。」

〔一六〕結絲蘿——結婚姻。兔絲和女蘿都是蔓生植物，糾結在一起，難以分開，舊因用「絲蘿」比喻婚姻。《古詩十九首·冉冉孤生竹》：「與君爲新婚，兔絲附女蘿。」

〔一七〕省（xǐng 音醒）人情句——省人情，懂世故。另解爲省（shěng）人情，意爲節約。妳妳，即奶奶。忒，過甚。忒慮過，考慮過了頭。

〔一八〕張羅——料理，籌劃，操持。

〔一九〕那——即「挪」。

〔二〇〕識空便——能見機乘便而行事。空，間隙，没有被占有的空間，引申爲可乘的機會。便，方便，便利。

〔二一〕拜了哥哥——金元法令，中表兄妹不能成婚，即第十九齣所言「不合親上做親」。

〔二二〕荆棘列——即「驚辣列」，一作「驚棘勒」，驚恐，後兩字無義，爲元雜劇用語。

〔二三〕死木藤句——死木藤，一作「死没藤」，無生氣、獃板、痴獃。木藤，一作「没藤」無義，語助詞。無回和，没有反應。

〔二四〕措支刺——慌張失態，不知所措，束手無策。支刺，無義，爲語助詞。

〔二五〕軟兀刺——軟軟地。後兩字無義，語助詞。

〔二六〕即即世世——王季思曰：「狀言詞之甜蜜也。《誠齋樂府·小桃紅》劇：『他把那即即世世的甜話，引起你涎涎答答的興。』可證本曲此四字亦直貫下句『着鶯鶯做妹妹拜哥哥』，以此爲夫人之甜話兒也。」一作「積積世世」，閲世甚深，老於世故，此處隱含老奸巨滑之意。

〔二七〕藍橋水——藍橋，橋名，在陝西藍田縣東南藍溪之上，《太平廣記》卷五十《裴航》遇仙女雲英處。又，《戰國策·燕策》謂信如尾生，期而不來，抱樑柱而死。《漢書·東方朔傳》注謂尾生，古之信士，與女子期於(藍)橋下，待之不至，遇水而死。

〔二八〕勃騰騰點着祆（xiān音掀）廟火——祆，波斯拜火教神名，其教亦名祆教，廟稱祆廟。祆教於南北朝時傳入中國，唐代於長安建祆廟。《蜀志》：「昔蜀帝生公主，詔乳母陳氏乳養。陳氏携幼子與公主居禁中約十餘年，後以宫禁出外。六載，其子以思公主疾亟。陳氏入宫有憂色，公主詢其故，陰以實對。公主遂托幸祆廟爲名，期與子會。公主入廟，子睡沉，公主遂解幼時所弄玉環，附之子懷而去。子醒見之，怨氣成火，而廟焚也。」勃騰騰，形容火勢。一作「赤騰騰」，蔣星煜認爲更佳，既與「白茫茫」對仗，且顔色對顔色，水勢對火勢，於文理更通。

〔二九〕比目魚——比，並列，緊靠。《爾雅·釋地》：「東方有比目魚焉，不比不行，其名謂之鰈（dié音蝶）。」鰈，比目魚的一類，體側扁，不對稱，兩眼部在右側。有眼的一側暗褐色，無眼的一側白色。郭璞注：「狀似有脾，鱗細，紫黑色，一眼，兩片相合乃得行。今水中所在有之，江東又呼爲王余魚。」因此魚成雙結伴而游，用以比喻夫妻。

〔三〇〕急穰（rǎng音攘）穰——又急又忙亂。穰穰，同攘攘，亂的樣子。此處也可作語助詞解，無義。

〔三一〕扢（gē音格）搭句——扢搭，象聲詞，摹擬鎖雙眉的聲音；或解爲一下子，忽地。鎖雙眉，緊皺雙眉，也即下文之「蛾眉顰蹙。」王伯良曰：「『雙眉鎖』對『比目魚』，『納合』對『分破』。《酷寒亭》雜劇：『潤窗紙把兩個都瞧破，拽後門將三簧鎖納合。』《魯齋郎》雜劇：『把雙眉不鎖。』董詞：『頓不開眉尖上的悶鎖。』不可以『雙眉鎖』讀斷，把『鎖』字作活字看。『扢搭』，鎖聲；『納合』者，納而合之也。」

〔三二〕芳心無那三句——無那，無奈。相見話偏多，當時成語，此前加「俺可甚」作爲否定，意爲無話可說。

〔三三〕咨嗟（zī jiē 音資結）——嘆息。咨，嗟嘆。嗟，感嘆。杜甫《負薪行》：「更遭喪亂嫁不售，一生抱恨堪咨嗟。」

〔三四〕攧窨（diān yìn 音顛印）——也作跌窨，頓足忍氣。王伯良曰：「攧，頓足也。窨，怨悶而忍氣也。蓋失意之甚，攧弄其足，而窨氣自忍之謂。」

〔三五〕暢好是烏合——暢好，正好，完全。暢，甚，真是。烏合，原喻没有組織，如群鴉之暫時聚合。《後漢書·耿弇傳》：「歸發突騎，以轔烏合之衆，如摧枯折腐耳。」此指臨時湊合、敷衍。

〔三六〕玉液金渡——比喻美酒。

〔三七〕夢裏南柯——南柯一夢，一場美夢。唐·李公佐《南柯太守傳》叙淳於棼夢至槐安國，國王以女妻之，任南柯太守，榮華富貴，顯赫一時。後與敵戰敗，公主亡故，被遣回，隨即夢醒。醒後尋夢中舊迹，見槐樹南枝下有蟻穴，即夢中所歷之境。後人因稱夢境、美夢爲南柯。

〔三八〕酩（mǐng 音名上聲）子裏句——酩子裏，亦作瞑子裏、悶子裏，暗地裏。關漢卿《望江亭》雜劇三折：「酩子裏愁腸酩子裏焦，又不敢著旁人知道。」揾（wèn 音問），按，揩拭。辛棄疾〔水龍吟〕《登建康賞心亭》詞：「倩何人唤取，紅巾翠袖，揾英雄淚？」香羅，薰過香的絲織衣袖或手帕。羅，質地較薄，手感滑爽，比較透氣的一種絲織物。

〔三九〕一垜——一堆。垜，堆積；成堆的東西。

〔四〇〕病染沉疴——身患重病。

〔四一〕嘍（lóu 音樓）啰——又作嘍羅，本作僂儸，伶俐，能干，並含狡猾之意。

〔四二〕閑可——小事，不打緊。

〔四三〕衷腸——衷情，内心的情意。

〔四四〕抛趓——分離。抛，丢棄、撇開。趓，同躲。

〔四五〕間（jiàn 音建）闊——久别，遠隔。

〔四六〕摧挫——憂傷屈辱。

〔四七〕醉顔酡（tuó 音駝）——因酒醉而面紅耳赤。酡，飲酒臉紅。

〔四八〕轉關兒没定奪——轉關兒，變化多端。定奪，決定事情的可否和去取。定，準其如此；奪，不準如此。

〔四九〕黑閣落（lào音烙）句——黑閣落，暗地裏。王伯良曰：「黑閣落，北方鄉語，謂屋角暗處，今猶謂屋角爲閣落子。」和，允許。《後漢書·方術·徐登傳》：「嘗臨水求度，船人不和之。」李賢注：「和，猶許也。」

〔五〇〕没頭鵝——王伯良曰：「鵝，天鵝也。天鵝群飛，以首一隻爲引領，謂之頭鵝。如得頭鵝，則一群可致。」「『没』字當『無』字用，今鄉語猶然。鵝群中打去頭鵝，爲無頭之鵝也。」此指驚慌失措的張生。

〔五一〕江州司馬淚痕多——白居易《琵琶行》：「感我此言良久立，卻坐促絃絃轉急。淒淒不似向前聲，滿座重聞皆掩泣。座中泣下誰最多？江州司馬青衫濕。」江州，今江西省九江市。

〔五二〕當日二句——化用「成也蕭何，敗也蕭何」句式。原意謂世事難料，反覆無常，這裏批評老夫人出爾反爾，自食其言，没有信用。蕭何和張良、韓信同爲輔佐漢高祖劉邦統一天下的最重要人物。起先，蕭何月下追韓信，説服韓信留在漢營，又説服劉邦重用韓信，拜爲主將。劉邦統一天下後，懷疑韓信謀反，擬自立爲王，蕭何又爲呂后用計騙殺韓信。故後世諺云：「成也蕭何，敗也蕭何。」恁（rèn音飪）個，這個。

〔五三〕玉容句——白居易《長恨歌》：「玉容寂寞淚闌干，梨花一枝春帶雨。」

〔五四〕恁麽——這麽，這樣。恁，如此這樣。

〔五五〕雙頭花蕊搓——雙頭花，同一枝干，并開兩花，即并蒂花，喻夫妻、戀人。搓，搓碎。

〔五六〕馥（fù音腹）馥——香氣濃烈。同心縷帶，即同心結。古時用錦帶打成的連環回文樣式的結子，用作男女相愛的象徵。

〔五七〕長攙攙句——長攙攙，張燕瑾曰：「猶長長的。攙攙，長貌。」此言張崔愛情之久長。連理，不同根的草木，其枝干連生在一起。舊時看作吉祥的征兆。《後漢書·安帝紀》：「東平陸上言木連理。」（東平，縣名）《晉書·元帝紀》：「一角之獸，連理之木。」後又喻夫妻和戀人。瓊枝，玉樹，美樹。比喻才貌之美和才貌兼美之人。瓊，赤色玉，亦泛指美玉。《藝文類聚》卷九十引《莊子》（佚文）：「南方有鳥，其名爲鳳，所居積石千里，天爲生食，其樹名瓊枝，高百仞，以璆琳琅玕爲實。」連理瓊枝，喻才貌雙全之人婚姻愛情的珍貴美好。

〔五八〕負荷——擔負、負責、憂慮。此句批評老夫人對女兒的婚事不負責任。

〔五九〕蹬（dēng 音登）脱——踢開。蹬，腿、脚向脚底方向用力。

〔六〇〕賺（zhuàn 音篆）——誆騙。

〔六一〕將謂——以爲，表示推測之詞。將，抑或。謂，以爲。

〔六二〕餔啜（bū chuò 音哺輟）——吃喝。餔，食。啜，喝，吃。

〔六三〕不諧——不成。諧，和合。

〔六四〕臺意——尊意。臺，敬稱。

〔六五〕書中句——只要認真讀書，將來就會得到美麗的女子爲妻妾。宋真宗趙恒《勸學文》：「富家不用買良田，書中自有千鍾粟。安居不用架高堂，書中自有黄金屋。出門莫恨無人隨，書中車馬多如簇。娶妻莫恨無良媒，書中有女顔如玉。男兒欲遂平生志，六經勤向窗前讀。」

〔六六〕有酒——喝多了酒。《詩經·小雅·魚麗》：「君子有酒，旨且有。」朱熹集傳：「有，猶多也。」

〔六七〕蕭寺——佛寺。李賀《馬詩》：「蕭寺馱經馬，元從竺國來。」清·王琦匯解：「《釋氏要覽》：今多稱僧居爲蕭寺者，是用梁武造寺，以姓爲題也。」梁武帝，蕭衍，信奉佛教，大建寺院，并三次舍身同泰寺。

〔六八〕刺股懸樑——刻苦自學。《戰國策·秦策一》：蘇秦「讀書欲睡，以錐自刺其股，血流至足。」股，大腿。後以「刺股」形容勤學苦讀。《太平御覽》卷三六三引《漢書》（佚文）：「孫敬字文寶，好學，晨夕不休。及至眠睡疲寢，以繩系頭，懸屋樑。後爲當世大儒。」

〔六九〕街上二句——宋元時窮人只能火葬，此爲紅娘譏諷張生軟弱無能，只能自殺。

〔七〇〕築壇拜將——指邀請能人爲自己出謀劃策。《史記·淮陰侯列傳》：「蕭何曰：『王素慢無禮，今拜大將，如呼小兒耳，此乃信所以去也。王必欲拜之，擇良日，設壇場，具禮，乃可耳。』王許之。諸將皆喜，人人各以爲得大將。至拜大將，乃韓信也，一軍皆驚。」築壇，即設壇場，在廣場中築高臺，以便在衆軍前舉行拜將的隆重儀式。

〔七一〕囊琴——用囊套着的琴。囊，口袋，此指裝琴之袋。

〔七二〕耽——酷嗜。

〔七三〕操一曲——操琴，奏琴。操，琴曲的一種，又作動詞用。

〔七四〕這早晚——這時候。

〔七五〕卻早發擂三句——發擂，擊鼓，敲鼓。撞鐘，擊鐘，敲鐘。擊鼓、撞鐘，皆寺院内報時辰的日常儀式。

〔七六〕都在句——金徽，琴徽，琴面標志音階的識點。玉軫（zhěn音診），絃樂器上的軸轉動絃綫。冰絃，此指樂器上用以發音的白色絲綫。焦尾，即焦桐。《後漢書·蔡邕傳》：「吴人有燒桐以爨者，邕聞火烈之聲，知其良木，因請而裁爲琴，果有美音，而其尾猶焦，故時人名曰焦尾琴焉。」此指琴聲。

〔七七〕知音——懂音樂的人，後又指知己。此處則兩者兼指。

短評

此齣爲鶯鶯主唱，鶯鶯今日要喜當新娘，由她的視角來描寫婚宴的全過程，最爲確當。

鶯鶯第一曲開口即表揚：「若不是張解元識人多，别一個怎退干戈。」對夫婿的表現和才華（「識人多」乃社交能力强的結果）非常滿意。金聖歎説：「初落筆便先抬出『張解元』三字，表得此人已是雙文芳心繫定。作文最爭落筆，若落筆落得着，便通篇增氣力；如落筆落不着，便通篇減神彩。」鶯鶯按常理思忖，預計母親安排婚宴必然豐盛隆重，金聖歎指出：「先從雙文意中，分付是日華筵之盛，必須如此，以反剔後文之草草也。」

第二曲〔新水令〕寫鶯鶯平日嬌慵懶起，今日要當新娘，急起認真梳妝打扮，芳心自重，認爲張生「命福如何」？自己則「做一個夫人也做得過」。紅娘在旁取笑兩人久害相思，今日遂得如願，〔喬木查〕「皆折紅調己語，妙在一句不承認。蓋紅此時刻意調（調笑）新人，而新人刻意推撇，大妙。且正爲下文諱親（悔婚）作勢」。而「酬賀間理當酬賀」，「一語激上起下，且直與二曲照應，最妙。末句」「俺母親也好心多」，「帶起下曲，是元詞過遞法」（毛西河評語）。下曲〔攪箏琶〕叙鶯鶯看到宴席的菜肴辦得隨便草率，責怪母親「他怕我是賠錢貨」，「在上寫雙文快」之後，「此又忽寫雙文不快。寫快，所以反襯後文不快也；寫不快，所以反襯後文大不快也」（金聖歎語）。這段唱詞的描寫，毛西河稱爲「過遞法」，金聖歎又稱之爲「反襯法」，皆講出《西厢》在情節轉换方面的技巧高明之處。

正在此時，張生進來，撞見鶯鶯，〔慶宣和〕曲描寫「一對新人，兩雙俊眼，千般傳遞，萬種羞慚，一齊紙上，活靈生現」（金聖歎語）。「鶯甫覷而生已覺，生突至而鶯又不前，寫初見關目宛然。」（毛西河語）兩人今日初見，正在又驚又喜之時，老夫人一句「小姐近前拜了哥哥者！」兩人頓時猶如被冰水渾身澆濕，火熱的情緒被活生生撲滅。鶯鶯聞言，先看張生神態：人已呆木，一聲不出地癱坐桌旁；次怪老母，再訴自家心中之苦惱；接着又體貼張生因悲憤而「噤不下玉液金波」，又代他解説飲不下美酒之緣故；接着又抒發胸中怨氣，狠狠地責怪母親言而無信，「將俺那錦片也似前程蹬脱」，欺騙張生。「至篇終越用淋淋灕灕之墨，作拉拉雜雜之筆。蓋滿肚怨毒，撑喉拄頸而起；滿口謗訕，觸齒破唇而出。」（金聖歎語）鶯鶯柔中有剛、有反抗精神的性格已在這個戲劇場景中作了充分展示。這爲她以後的一系列行動顯示了思想基礎和性格基礎。

張生在酒宴上又氣又急，默然無語，顯出其老實忠厚、胸無城府的性格。鶯鶯離席後，張生在告退時並未嚴辭指責老夫人背信棄義的毁婚行爲，更進一步表現出忠厚純樸的性格。但他謝絶老夫人的金帛禮謝，表示「書中有女顔如玉」，今日便索告辭，維護自己受辱後的尊嚴和窮書生的骨氣。這一切都赢得紅娘的同情和尊敬，所以當紅娘扶他回書房時，他自訴冤苦，表白熱戀鶯鶯的志誠，並跪求紅娘時，紅娘立即安慰他並表態：「你休慌，妾當與君謀之。」願意全力相助。靈慧過人的紅娘還馬上心生一計，面授張生。紅娘的妙計綰起下齣情節，過渡自然而巧妙。

此齣曲文佳妙處也甚多。如〔殿前歡〕「不想姻緣」句乃「粗中精語」（徐士範評），將口語精巧地編入曲中。王伯良指出末曲「同心縷帶」與上「雙頭花蕊」及下「連理瓊枝」是三對法，聯句精妙。

第八齣

鶯鶯聽琴

(旦引貼上)(貼)小姐，燒香去來。好明月也呵！(旦)事已無成，燒香何濟！月兒，你團圓呵，咱卻怎生？

【鬥鵪鶉】雲斂晴空〔一〕，冰輪乍涌。風掃殘紅，香階亂擁。離恨千端，閑愁萬種。夫人那，靡不有初〔二〕，鮮克有終。他做了個影兒的情郎，我做了個畫兒裏的愛寵。

【紫花兒序】則落得心兒裏念想，口兒裏閑題，則索向夢兒中相逢。俺娘昨日個大開東閣，我則道怎生般炮鳳烹龍〔三〕？朦朧，可教我翠袖殷勤捧玉鍾〔四〕，卻不道主人情重〔五〕。則爲那兄妹排連，因此上魚水難同。

(貼)姐姐，看今夜月暈〔六〕，明日敢有風也。(旦)風月天邊有〔七〕，人間好事無。

【小桃紅】人間看波，玉容深鎖綉幃中，怕有人搬弄。想嫦娥，西没東生有誰共？怨天宮，裴航不作游仙夢〔八〕。這雲似我羅幃數重，只恐怕嫦娥心動，因此上圍住廣寒宮。

(貼咳嗽)(生理琴介)(旦)什麼響？(貼發科)

【天净沙】(旦)莫不是步摇得寶髻玲瓏〔九〕？莫不是裙拖得環珮玎玲〔一〇〕？莫不是鐵馬兒檐前驟風〔一一〕？莫不是金鈎雙控〔一二〕，吉玎珰敲響簾櫳？

【調笑令】莫不是梵王宮，夜撞鐘？莫不是疏竹瀟瀟曲檻中〔一三〕？莫不是牙尺剪刀聲相送〔一四〕？莫不是漏聲長滴響壺銅〔一五〕？潛身再聽在墻東，元來是近西廂誰理結絲桐〔一六〕。

【禿廝兒】其聲壯，似鐵騎刀槍冗冗〔一七〕。其聲幽，似落花流水溶溶〔一八〕。其聲高，似風清月朗鶴唳空〔一九〕。其聲低，似聽兒女語，小窗中，喁喁〔二〇〕。

【聖藥王】他那裏思不窮，我這裏意已通，嬌鸞雛鳳失雌雄〔二一〕。他曲未終，我意轉濃，爭奈伯勞飛燕各西東〔二二〕。盡在不言中。

我近書窗聽咱。（貼）姐姐，你這裏聽，我瞧夫人便來。（生）窗外有人，一定是小姐，將絃改過，彈一曲。就歌一篇，名曰《鳳求凰》〔二三〕。昔日相如以此曲成事，我雖不及司馬相如，願小姐有文君之意。（歌曰）有美人兮，見之不忘。一日不見兮，思之如狂。鳳飛翱翔兮，四海求凰。無奈佳人兮，不在東墻。張琴代語兮，聊寫微腸。何時見許兮，慰我徬徨？願言配德兮〔二四〕，携手相將〔二五〕。不得于飛兮，使我淪亡。（旦）是彈得好也呵！其詞哀，其意切，淒淒然如鶴唳天。使妾聞之，不覺淚下。

【麻郎兒】這的是令他人耳聰，訴自己情衷。知音者芳心自懂，感懷者斷腸悲痛〔二六〕。

【幺】這一篇與本宮、始終、不同〔二七〕。又不是清夜聞鐘〔二八〕，又不是黃鶴醉翁，又不是泣麟悲鳳。

【絡絲娘】一字字更長漏永〔二九〕，一聲聲衣寬帶松。別恨離愁，變做一弄〔三〇〕。張生呵，越教人知重〔三一〕。

（生）夫人且做忘恩，小姐，你也説謊呵。（旦）你差怨我也。

【東原樂】這的是俺娘的機變〔三二〕，非干是妾身脱空〔三三〕。若由得我呵，乞求得效鸞鳳〔三四〕。俺娘無夜無明並女工〔三五〕，我若得些兒閑空，張生呵，怎教你無人處把妾身作誦〔三六〕。

【綿搭絮】疏簾風細，幽室燈清，都則是一層紅紙，幾榥兒疏櫺，兀的不似隔着巫山幾萬重〔三七〕，怎得個人來信息通？便做道十二巫峰，他也曾赴高唐來夢中。

（貼）夫人尋小姐哩，快回去來。

【拙魯速】（旦）則見他走將來氣冲冲〔三八〕，怎不教人恨匆匆，唬得人來怕恐。早是不曾轉動，女孩兒家直恁響喉嚨！緊摩弄〔三九〕，索將他攔縱〔四〇〕，則恐怕夫人行把我來廝葬送。

（貼）姐姐，則管聽琴怎麼？張生着我對姐姐説，他回去也。（旦）好姐姐，你見他呵，是必再着他住一程兒〔四一〕。（貼）你留他有甚麼説？（旦）你去呵，

【尾聲】則説道夫人時下有些唧噥〔四二〕，好共歹不着你落空。休問俺口不應的狠毒娘，我則怕別離了志誠種。

（貼）張生且耐心者，小姐留你再住一程兒，畢竟有個好處。（生）無意謾勞終日想〔四三〕，有情誰怕隔年期。小生專待小娘子回話。

【絡絲娘煞尾】不爭惹恨牽情斗引〔四四〕，少不得廢寢忘餐病證。

注釋

〔一〕雲斂二句——雲斂，雲收。斂，收縮。冰輪，指月亮。

〔二〕靡（mǐ音迷）不二句——意謂有始無終。《詩經·大雅·蕩》：「天生烝民，其命匪諶。靡不有初，鮮克有終。」鄭玄箋：「鮮，寡；克，能也。」鮮，很少。靡，無。

〔三〕炮（páo音袍）鳳烹龍——形容菜肴的珍貴奇異和豐盛。李賀《將進酒》詩：「烹龍炮鳳玉脂泣，羅帽綉幕圍春風。」炮，涂燒，裹物而燒之。炮鳳，以泥涂雄雉（zhì音至，野鷄）置火中煨熟。烹，燒制。劉若愚《酌中志·内府衙門職掌》：「有所謂炮鳳烹龍者，鳳乃雄雉，龍則宰白馬代之耳。」

〔四〕翠袖句——晏幾道〔鷓鴣天〕詞：「彩袖殷勤捧玉鍾，當年拚卻醉顔紅。」

〔五〕主人情重——蘇軾〔滿庭芳〕詞：「主人情重，開宴出紅妝。」

〔六〕月暈——月亮周圍的白色光帶。

〔七〕風月——清風明月，指美好的景色。《南史·諸彦回傳》：「初秋涼夕，風月甚美。」

〔八〕裴航句——唐·裴鉶《傳奇·裴航》叙唐代秀才裴航落第出游，遇雲翹樊夫人，與詩云：「一飲瓊漿百感生，玄霜搗盡見雲英。藍橋便是神仙窟，何必馳驅上玉京。」後經藍橋驛，渴而求飲於老嫗，老嫗呼雲英，他果遇雲英，即求婚，他又果然在搗藥百日後與雲英成婚。後來夫婦俱入玉峰洞成仙。游仙夢，王仁裕《開元天寶遺事》卷上：「龜茲（qiū cí音丘詞）國進奉枕一枚，其色如瑪瑙，温温如玉，其製作甚樸素。若枕之，則十洲三島、四海五湖，盡在夢中所見。帝因立名爲游仙枕，後賜於楊國忠。」

〔九〕莫不是句——步摇，《釋名·釋首飾》：「步摇，上有垂珠，步則摇動也。」《後漢書·輿服志》：「步摇以黄金爲山題，貫白珠爲桂枝相繆。」髻（jì音計），挽束在頭頂的頭髮。寶髻指束髮的玉飾。玲瓏，玉聲，玉所發出的清越聲音。

〔一〇〕環珮玎玲——環珮，亦作環佩，古人衣帶上所繫的佩玉。珮，同「佩」。玎玲（dīng dōng音丁冬），佩玉的碰擊聲。

〔一一〕鐵馬——檐馬，懸於檐間的鐵片，風吹則相擊而發聲。

〔一二〕莫不是二句——金鈎，卷挂竹簾的銅鈎。控（qiāng音腔），打。玎珰，同「丁當」，象聲之詞。

〔一三〕莫不是句——曲檻（jiàn音鑒），彎狀的欄杆圈。檻，原指窗户下或長廊旁的欄杆，此指小竹林的欄杆。瀟瀟，形容風雨急驟或小雨的樣子，此指風吹竹叢發出的有時如下大雨有時如下小雨的聲音。

〔一四〕莫不是句——牙尺，鑲嵌着象牙或獸骨的尺子，此爲尺之美稱。聲相送，一聲緊接着一聲。送，追逐。

〔一五〕漏聲——銅壺滴漏的聲音。古代的計時器稱漏刻或刻漏，又稱銅壺滴漏，以銅斗盛水，底有小孔，斗中有刻着度數的漏箭，一晝夜有一百個刻度，隨着水的下漏，箭上刻度漸次顯露，顯示時間。

〔一六〕元來句——理結，張燕瑾曰：「撫弄」。絲桐，琴，因琴多用桐木製成，上安絲絃，故云。王粲《七哀詩》：「絲桐感人情，爲我發悲音。」桓譚《新論》：「神農氏始削桐爲琴，練絲爲絃。」

〔一七〕鐵騎（jì音計）句——形容琴聲壯烈，如無數騎兵奔馳的馬蹄聲和刀槍搏殺的金屬聲。鐵騎，穿鐵甲的騎兵。冗（rǒng音茸）冗，冗雜，繁雜。

〔一八〕溶溶——水流動的樣子，此指輕輕的流水聲。

〔一九〕鶴唳（lì音歷）空——鶴在空中的鳴叫。唳，鶴、鳥類高亢地鳴叫。《晉書·陸機傳》：「華亭鶴唳，豈可復聞乎？」徐夤《鴻》詩：「一聲歸唳楚天風。」

〔二〇〕喁（yú音於）喁——低聲細語。韓愈《聽穎師彈琴》詩：「昵昵兒女語。」兒女，少男少女。

〔二一〕嬌鸞句——配偶、戀人被拆開。李賀《湘妃》詩：「離鸞別鳳烟梧中。」王琦注：「舜葬蒼梧，二妃死湘水，故言離鸞別鳳。」李商隱《當句有對》：「但覺游峰繞舞蝶，豈知孤鳳憶離鸞。」嬌，嫵媚可愛。鸞，鳳之一種。雛（chú音除）鳳，小鳳。

〔二二〕爭奈句——即勞燕分飛，比喻離别。古樂府《東飛伯勞歌》：「東飛伯勞西飛燕，黄姑織女時相見。」王伯良曰：「伯勞，惡鳥，性好單棲；《埤雅》引《禽經》，謂燕常向宿背飛，故取以爲離别之喻。」

〔二三〕《鳳求凰》——司馬相如向卓文君表達愛慕之情時所彈之曲。

〔二四〕願言配德——願言，思念。《詩經·邶風·二子乘舟》：「願言思子，中心養養。」配德，德行可與匹配，舊時用以尊稱别人的妻子，此指可與自己相配的鶯鶯。

〔二五〕相將——相扶助。將，扶助。

〔二六〕斷腸——形容悲痛到極點。蔡琰《胡茄十八拍》：「空斷腸兮思愔愔。」《世説新語·黜免》：「桓公入蜀，至三峽中，部伍中有人得猿子者。其母緣岸哀號，行百餘里不去。遂跳上船，至便即絶。破視其腹中，腸皆寸寸斷。公聞之，怒，命黜其人。」

〔二七〕這一篇句——王伯良曰：「凡琴曲，各宮調自爲始終，初彈之宮調，爲本宮本調。張生先弄一曲，後改絃作《鳳求凰》，故言此曲與初彈『本宮』、『始終』改换不同也。」

〔二八〕又不是三句——閔遇五曰：「《清夜聞鐘）、《黄鶴醉翁》、《泣麟悲鳳》，皆古琴操名。」或以爲《黄鶴》、《醉翁》、《泣麟》、《悲鳳》爲四曲。

〔二九〕永——長。

〔三〇〕弄——王伯良曰：「弄，琴曲名。一弄猶云一曲。」

〔三一〕知重——相知敬重。

〔三二〕機變——謀詐，巧僞。《孟子·盡心上》：「爲機變之巧者，無所用耻焉。」

〔三三〕脱空——説謊。

〔三四〕乞求——希望，巴不得。元·陶宗儀《南村輟耕録》卷十二：「世之曰乞求。蓋謂正欲若是也。然唐詩已有此言。王建《宫詞》：『只恐它時身到此，乞求自在得還家。』又花蕊夫人《宫詞》：『種得梅柑纔結子，乞求自過與君王。』」

〔三五〕並女工——催逼着做針綫活。並，也作迸。《謝金吾》雜劇一折：「他催迸的來不放時刻。」

〔三六〕作誦——叨（dāo 音刀）念，因惦念一個人而常常談起。凌濛初曰：「作誦，猶作念。無人處作誦，猶言背地里説我也。」

〔三七〕巫山——下文又言「十二巫峰」，傳説巫山有十二峰。此段用宋玉《高唐賦》的典故，傳説楚襄王游高唐，夢見巫山神女。高唐，戰國時楚國臺館名，在雲夢澤中。

〔三八〕則見——只見。則，只。下文「則管」，則也同「只」。

〔三九〕摩弄——原意摸弄，此有調弄、哄弄之意。

〔四〇〕攔縱——攔、攔阻。

〔四一〕一程兒——一段時間，一些日子。

〔四二〕則説道二句——時下，眼下，目前。唧噥，小聲交語。又解作多言。王伯良曰：「唧噥，多言之謂。言親事不成，以有人在夫人處間阻之也。問，即『管』字意。」毛西河曰：「言夫人前目下有人爲你説，定不落空也。」

〔四三〕謾（mán音蠻）勞——空勞。

〔四四〕斗引——逗引，勾引。

短評

按照紅娘的安排，張生夜裏用琴聲打動鶯鶯。首曲前四句用扇面對的妙句描寫花園晚景：「雲斂晴空，冰輪乍涌；風掃殘紅，香階亂擁。」金聖歎曰：「只寫雲，只寫月，只寫紅，只寫階，並不寫雙文，而雙文已現。有時寫人，是人；有時寫景，是景；有時寫人卻是景，有時寫景卻是人。如此節，四句十六字，字字寫景，字字寫人。」第二曲〔紫花兒序〕補叙前事，卻能用空靈淡蕩之筆出之，接着〔小桃紅〕曲又將一肚哀怨「忽然借月闌，替換題目，翻洗筆墨。文章之能，於是極也！」（金聖歎評語）

此時紅娘以咳嗽爲號，張生琴聲悠然而起。毛西河分析：「〔〔天净沙〕、〔調笑令〕〕暗寫琴聲，後一曲明寫琴聲，至〔聖藥王〕則又寫琴意，漸轉入曲弄矣。此一步近一步法。」自〔天净沙〕至〔聖藥王〕四曲，王實甫用優美鏗鏘的語言比喻琴聲之美，用賞心悦目的文字寫出聽覺的審美效果，極有魅力。而徐文長又指出：「形容琴聲，徒美觀聽，不甚親切，而膚淺者顧爭賞之，此知琴而未識其意。」〔聖藥王〕描繪第一曲之結尾，餘音裊裊，無限深情「盡在不言中」。徐士範贊美：「此用六句排對，而結語關鎖有力。」其有力處在「此時無聲勝有聲」，充分體現道家「大音希聲」的美學原理。

張生知道鶯鶯已聽琴入神，第二曲便奏《鳳求凰》，追摹司馬相如琴挑卓文君的雅意，鶯鶯聽了，果然動情，不覺淚下，因爲「數曲皆深悲極怨之詞」（毛西河語）；鶯鶯和張生，「知音者芳心自懂，感懷者斷腸悲痛」。琴聲再變，鶯鶯將自己高山流水般深情密意的千言萬語轉换成一句話：「張生呵，越教人知重。」

優美的琴曲，正令鶯鶯陶醉於中，紅娘卻來唤她回去，她突然受此一驚，怪紅娘「女孩兒家直恁響喉嚨！」又怕紅娘去母親處告發，金聖歎曰：「寫雙文膽小，寫雙文心虛，寫雙文機變：色色寫到。」紅娘講張生要回去了，鶯鶯又懇求：「好姐姐，你見他呵，是必再着他住一程兒。」紅娘又盯問：「你留他有什麽説？」鶯鶯説：「則説道夫人時下有些唧噥，好共歹不着你落空。」此句擲地有金石之聲，表達鶯鶯「我則怕別離了志誠種」，準備採取切實步驟，擺脱母親羈絆，决心和張生聯姻的「獨立宣言」。

在第三齣《墻角聯吟》的短評中，我們已指出張、鶯通過隔墻酬詩，已互知互賞對方的才氣；此齣《鶯鶯聽琴》，通過高妙的琴聲來傳達張生的心聲，故而此齣又名《琴心》。鶯鶯聽後更進一步了解張生的才情，情意更濃。我國古代知識分子在先秦即以詩、樂作爲必需的基本的文化修養；後世除詩文外，又以琴棋書畫爲基本文化藝術修養。此齣描繪張鶯在琴樂方面的高深修養和愛好；第十八齣《尺素緘愁》中張生接鶯鶯回信後又贊嘆她的書法精好，「堪爲字史，當爲款識」；無名氏《圍棋闖局》鶯、紅對弈圍棋，都强調鶯鶯具有高深的文藝修養（古代將圍棋也作藝術看待）。張崔之戀除互相滿意對方的容貌體態外，更看重對方的才華。本齣在《隔墻聯吟》的基礎上，再次詳盡描繪張崔這對高智商、文化和藝術修養精深的男女青年的高雅戀愛方式和途徑；而且曲辭精巧、華麗、優美，與張鶯的氣質、才情完全相配。這不僅前無古人，在中國和世界文藝史上具有首創性；而且也鮮有來者，只有高濂《玉簪記・琴挑》顯然與《西廂記・琴心》此齣有意比美，其男女主角的深厚情意、動人場景與優美曲辭，也確可媲美。此後《紅樓夢》中寶玉和黛玉的戀愛，暗戀寶玉的寶釵與寶玉，也有詩歌往還，交往中都展現了高度的文化修養和藝術修養，這樣的描寫方式顯受《西廂記》的影響並作出了自己的獨特創造。

第九齣

錦字傳情

（旦上）自從昨夜聽琴後，更不復見張生。我今着紅娘去書院裏，看他說甚麽。（旦喚貼上）姐姐喚我，有何事干？（旦）這般身子不快呵，你怎麽不來看我？（貼）你想張……（旦）張甚麽？（貼）我張着姐姐哩〔一〕。（旦）我有一件事央及你。（貼）甚麽事？（旦）你與我去望張生走一遭，看他說甚麽，你來回我話者。（貼）我不去，夫人知道不是耍！（旦）好姐姐，我拜你兩拜，你與我走一遭。（貼）侍長請起〔二〕，我去便了。說道：張生，你好生病重，則俺姐姐也不弱。只因午夜調琴手，引起春閨愛月心。

【賞花時】俺姐姐針綫無心不待拈〔三〕，脂粉香銷懶去添。春恨壓眉尖〔四〕，若得靈犀一點〔五〕，敢醫可了病懨懨。

（旦）紅娘去了，看他回來說甚麽話，再做主意。（下）（生上）害殺小生也。自那夜弄琴之後，再不能够見俺那小姐〔六〕。我着長老說將去，道說張生好生病重，卻怎生又不見人看我？没奈何。我且睡些兒咱。（貼上）奉小姐言語，着我看張生，須索走一遭。我想來，咱每一家，若非張生呵，怎存俺一家兒性命也？

【點絳脣】相國行祠，寄居蕭寺。因喪事，幼女孤兒，將欲從軍死。

【混江龍】謝張生伸志〔七〕，一封書到便興師。顯得文章有用，足見天地無私。若不是剪草除根半萬賊，險些兒滅門絶户俺一家兒。鶯鶯君瑞，許配雄雌。夫人失信，推托别詞。將婚姻打滅，以兄妹爲之。如今都費卻成親事，一個糊突胸中錦綉〔八〕，一個淚流濕臉上胭脂。

【油葫蘆】憔悴潘郎鬢有絲〔九〕，杜韋娘不似舊時〔一〇〕，一個帶圍寬清減了瘦腰肢。一個睡昏昏不待要觀經史，一個意懸懸懶去拈針指〔一一〕。一個絲桐上調弄出離恨譜，一個花箋上删抹了斷腸詩。一個筆下寫幽情，一個絃上傳心事。兩下裏一樣害相思。

【天下樂】方信道才子佳人信有之，紅娘看時，到有些乖性兒〔一二〕，則怕有情人不遂心也似此。見他害的有些抹媚〔一三〕，我遭着没三思〔一四〕，一納頭安排着憔悴死〔一五〕。

卻早來到書院里，我把唾津兒潤破窗紙，看他在書房做甚麽。

【村里迓鼓】我將這紙窗兒濕破，悄聲兒窺視。多管是和衣兒睡起，羅衫上前襟褶衽〔一六〕。孤眠况味，凄凉情緒，無人伏侍。覷了他澀滯氣色〔一七〕，聽了他微弱聲息，看了他黃瘦臉兒。張生呵，你若不悶死，多應是害死。

我且把門敲一聲。

【元和令】金釵敲門扇兒。（生）是誰？（貼）我是個散相思的五瘟使〔一八〕。俺小姐想着風清月朗夜深時，使紅娘來探你。（生）既然小娘子來，小姐必定有言語。（貼）俺小姐至今胭粉未曾施，念到有一千番張殿試〔一九〕。

（生）小姐既有見憐之心，小生有一簡〔二〇〕，敢煩小娘子達知肺腑。（貼）只恐他反了面皮。

【上馬嬌】他若是見了這詩，看了這詞，他敢顛倒費神思。他拽扎起面皮〔二一〕，道：這是誰的言語？你將來，這妮子怎敢胡行事！敢嗤、嗤的撦做了紙條兒〔二二〕。

（生）小生久後，多以金帛拜酬小娘子。

【勝葫蘆】（貼）哎，你個窮酸倈没意兒〔二三〕，賣弄你有家私〔二四〕，莫不我圖謀你東西來到此！ 先生的錢物，與紅娘做賞賜，非是我愛你的金貲。

【幺】你看人似桃李春風墻外枝〔二五〕，又不比賣俏倚門兒〔二六〕，我雖是婆娘家有些氣志。 則合道可憐見小子，只身獨自！ 恁的呵，顛倒有個尋思〔二七〕。

（生）依着姐姐，可憐見小生隻身獨自！ （貼）兀的是不也。你寫，我與你將去。（生寫介）（貼）寫得好呵〔二八〕，讀與我聽。（生讀介）珙百拜，書奉鶯娘芳卿可人妝次〔二九〕：自别顏范〔三〇〕，鴻稀鱗絶，悲愴不勝。孰料夫人以恩成怨，遂易前因，豈得不爲失信乎？ 使小生目視墻東，恨不得腋翅於妝臺左右。患成思竭，垂命有日。因紅娘至，聊奉數字，以表寸心。萬一有見憐之心，乞惠好音示下，庶幾可保殘喘。造次不恭，伏乞情恕！ 又成五言一首，録呈於後：相思恨轉添，謾把瑤琴弄。樂事又逢春，芳心爾亦動。此情不可違，虛譽何須奉〔三一〕？ 莫負月華明，且憐花影重。

【後庭花】（貼）我則道拂花箋打稿兒，元來是染霜毫不勾思〔三二〕。 先寫下幾句寒温序，後題着五言八句詩。不移時，把花箋錦字，疊做個同心方勝兒〔三三〕。 忒風流，忒煞思〔三四〕，忒聰明，忒浪子。 雖然是假意兒，小可的難到此〔三五〕。

【青歌兒】顛倒寫鴛鴦鴛鴦兩字，方信道在心爲志〔三六〕。 看喜怒其間覷個意兒〔三七〕。 放心波學士！ 我願爲之，並不推辭，自有言詞。 則說道昨夜彈琴的那人兒，教傳示。

這簡貼兒我與你將去，先生當以功名爲念，休墮了志氣者！

【寄生草】你將那偷香手，準備着折桂枝〔三八〕。 休教那淫詞兒污了龍蛇字〔三九〕，藕絲兒縛定鵾鵬翅〔四〇〕，黄鶯兒奪了鴻鵠志〔四一〕。 休爲這翠幃錦帳一佳人，誤了你玉堂金馬三學士〔四二〕。

（生）姐姐在意者。（貼）你放心。

【尾聲】沈約病多般〔四三〕，宋玉愁無二〔四四〕，清減了相思樣子。咱眉眼傳情未了時〔四五〕，中心日夜藏之。怎敢因而〔四六〕。有美玉於斯〔四七〕。我須教有發落歸着這張紙〔四八〕。憑着我舌尖兒上説詞，更和這簡貼兒里心事，管教那人來探你一遭兒。（下）

（生）小娘子將簡帖兒去了。不是小生説口〔四九〕，則是一道會親的符篆〔五〇〕。他明日回話，必有個分曉。欲消心下恨，須索好音來。（下）

注釋

〔一〕張——看，望，張望。今江南方言仍有此語。

〔二〕侍長——奴僕對主人的稱呼。

〔三〕不待——不願意，懶得。

〔四〕春恨——指相思之愁苦。

〔五〕靈犀一點——兩情相通。李商隱《無題》詩：「身無彩鳳雙飛翼，心有靈犀一點通。」靈犀，犀牛角。《漢書・西域傳贊》顔師古注謂犀牛是靈異的獸，角中有白紋如綫，直通兩頭。

〔六〕不能勾——不能够。

〔七〕謝張生四句——王伯良引沈璟（詞隱生）云：「『伸志』，言張生伸己之意志而拯救其危也。『文章有用』，指興師之書。『天地無私』，言不容賊從之肆惡而亟殄滅之也，即下『剪草除根』之意。」

〔八〕糊突了胸中錦綉——本有滿腹才學，竟也頭腦不清，事理不明。糊突，又作胡突，糊涂，頭腦不清楚，不明事理。白樸《墻頭馬上》雜劇四折：「可怎生做事糊突?」錦綉，精致華麗的絲綉品，常用來形容美好的事物，此喻才學。

〔九〕憔悴句——潘郎即潘岳。《晉書・潘岳傳》：「岳美姿儀，詞藻艷麗。」後世因稱才貌雙全的夫婿或情人爲潘郎。鬢有絲，有白髮。潘岳《秋興賦》：「余春秋三十有二，始見二毛。」二毛，頭髮有黑、白二色。

〔一〇〕杜韋娘——唐代名妓，後爲美女之代稱。

〔一一〕懸懸——挂念，牽挂。

〔一二〕乖——背戾，反常。

〔一三〕抹媚——《雍熙樂府》本作「魔媚」。即魔魅之意，受迷惑。

〔一四〕没三思——魯莽，草率。三思，再三考慮。《論語・公冶長》：「季文子三思而後行。」張燕瑾曰：「元人稱心爲三思臺，没三思爲無心之謂，宋・王明清《揮麈後録》卷六：『小鬼頭没三思至此，何必窮治？』引伸爲不明白、没主意、困惑諸義。」

〔一五〕一納頭——埋頭，一心一意。

〔一六〕褶衽（zhězhì 音者至）——衣服上的折皺。褶，同「襵」，衣服上的折迭。衽，徐士範曰：「音至，直也，皺也。」

〔一七〕澀滯氣色——面容枯澀無光。澀，不滑潤，不滋潤。滯，不流通，血脉不和。

〔一八〕五瘟使——五瘟神，傳播瘟疫的瘟神。紅娘自稱是散布相思病的瘟神，這是她對張生的調侃語。

〔一九〕殿試——科舉制度中皇帝對會試取録的貢士在殿廷上親發策問的考試。也叫廷試。宋元間用作對書生的敬稱。關漢卿《蝴蝶夢》雜劇一折：「他本是太學中殿試，怎想他拳頭上便死。」《百花亭》雜劇二折：「他姓柳，叫做柳殿使。」

〔二〇〕簡——書簡，信件。

〔二一〕拽扎——綳緊、板起面孔。

〔二二〕撦——「扯」的異體字。

〔二三〕窮酸倈没意兒——窮酸倈，調侃貧寒書生的稱呼。倈，元雜劇中扮演兒童的角色，也稱「倈兒」。此處作語尾助詞，也帶有輕視對方爲小孩兒之意。没意兒，没意思。

〔二四〕家私——家産，家財。

〔二五〕桃李春風墻外枝——即墻外枝、出墻花、墻外桃花，喻妓女或妍婦。

〔二六〕賣俏倚門——指妓女生涯。《史記・貨殖列傳》：「刺綉文，不如倚市門。」馬致遠《青衫淚》雜劇二折：「你家是賣俏門庭，我來做一程子弟。」

〔二七〕顛倒——反倒，反面。毛西河曰：「顛倒，反也。」

〔二八〕寫得好啊——寫好之後，即寫完之後。好，完畢，完成。

〔二九〕書奉句——芳卿，對女子的既尊重又親昵的稱呼。可人，此指可意之人，即稱心如意之人。妝次，妝臺中間，妝臺之上，書信用語，對女子的尊稱。

〔三〇〕自别顔範三句——自别顔範，猶自别尊面。顔範，容貌，模樣。鴻稀鱗絶，斷絶音信。鴻，鴻雁傳書。鱗，指魚書。

古樂府《飲馬長城窟行》:「客從遠方來,遺我雙鯉魚。呼兒烹鯉魚,中有尺素書。」悲愴(chuàng 音創),悲傷,淒愴。

〔三一〕虛譽——虛名。譽,聲名,名譽。

〔三二〕元來句——霜毫,毛筆。勾思,構思。勾,畫出輪廓。

〔三三〕方勝——勝,古時婦女的首飾。方勝,用絲織品做成的方形彩結。此指折疊成方形的彩箋。

〔三四〕煞思——思路敏捷。煞,表示極甚之詞。弘治本作「敬思」。

〔三五〕小可的——尋常的,指平庸之人。《水滸傳》二十九回:「這是武松平生的真才實學,非同小可。」

〔三六〕在心爲志——《毛詩序》:「詩者,志之所之也,在心爲志,發言爲詩。」毛西河曰:「在心爲志,發之爲詩,此正嘉其能發爲詩,故引此一句作歇後語,猶下曲『有美玉於斯』一例。若《謝天香》劇:『聖人道,在心爲志,發言爲詩』。則全引之者。」

〔三七〕看喜怒句——意爲根據鶯鶯情緒,找一個機會。

〔三八〕折桂枝——即折桂,比喻科舉及第。《晉書·郤詵傳》:「武帝於東堂會送,問詵曰:『卿自以爲何如?』詵對曰:『臣舉賢良對策,爲天下第一,猶桂林之一枝,昆山之片玉。』」

〔三九〕龍蛇字——形容書法筆勢的蜿蜒盤曲。李白《草書歌行》:「時時只見龍蛇走,左盤右蹙如驚電。」

〔四〇〕藕絲——男女之間的戀情。

〔四一〕黄鶯句——黄鶯,借喻美人。鴻鵠(hú 音斛)志,鴻鵠即鵠,即天鵝,鴻鵠飛得很高,因常用來比喻志向高遠、志氣遠大的人。《史記·陳涉世家》:「陳涉太息曰:『嗟乎,燕雀安知鴻鵠之志哉!』」

〔四二〕玉堂金馬三學士——才華出衆、仕途通達之人。宋·王辟之《澠水燕談録》:「歐陽文忠公、趙少師、呂學士同燕集,作口號云:『金馬玉堂三學士,清風明月兩閑人。』」玉堂,官署名,漢侍中有玉堂署;宋以後翰林院也稱玉堂。金馬,漢代宫門名。漢代徵召來的人,都待詔公車(官署名),其中被認爲才能優異的令待詔金馬門。謝惠連《連珠》:「登金馬而名揚。」學士,官名,專司撰述。

〔四三〕沈約病多般——如沈約一般多病。沈約（四四一—五一三），南朝梁著名文學家，官至尚書令。

〔四四〕宋玉愁無二——與宋玉一樣善愁。宋玉，戰國時著名文學家，其流傳作品，《九辯》最爲可信，篇中叙述他在政治上不得志的憂傷，流露出抑鬱不滿的情緒：「多悲愁其傷人兮，馮（憑，憤懣）鬱鬱其何極！」

〔四五〕咱眉眼傳情二句——毛西河曰：「言只這眉眼傳情未了之時，便心中不忘也。」此紅娘自言窺破崔、張眉來眼去之狀。《詩經・小雅・隰桑》：「中心藏之，何日忘之。」

〔四六〕因而——隨便，草率。關漢卿《謝天香》雜劇一折：「初相見呼你爲學士，謹厚不因而。」

〔四七〕有美玉於斯——《論語・子罕》：「有美玉於斯，韞櫝而藏諸？」此用歇後語句式，取下句「韞櫝而藏諸」，與上文「中心日夜藏之」相應。王伯良曰：「以比珍重其書之意，卻借用下文『韞櫝而藏』語也。」

〔四八〕發落——處理，處置。《謝天香》雜劇一折：「今日升堂坐起早衙，張千！有該僉押的文書將來我發落。」

〔四九〕説口——自夸，説大話。

〔五〇〕則是句——會親，原指婚後兩家親屬會見之禮，此指成親。符籙（lù音録），道教的秘文秘録，用來驅病召神、治病延年的秘密文書或圖符。此處張生比喻自己的書簡猶如靈驗的文書神符。

短評

鶯鶯於聽琴時與張生又一次作深入的心靈交流之後，與張生的戀情更深，思念也更熱切。因此隔夜聽琴，次日不見張生，即已挂念，竟「央及」紅娘去探望。鶯紅對話喜劇性强，尤其是紅娘言辭調皮，還拒絶鶯鶯的央求：「我不去，夫人知道不是耍！」故意刁難鶯鶯，掀起戲劇波瀾。這一方面是紅娘與小姐開玩笑，故意急急小姐；另一方面平時鶯鶯小姐脾氣十足，頤指氣使，這次竟然軟語相求，她乘機搭搭架子，是少女活潑調皮的另一種表現；再一方面小姐有時出爾反爾，夫人又嚴厲蠻横，萬一一方賴賬，一方責怪，豈不遭殃？鶯鶯情急，連忙再懇求：「好姐姐，我拜你兩拜，你與我走一遭。」紅娘見好就收，立即應允。紅娘走後，鶯鶯説：「看他回來説甚麽話，再做主意。」可見鶯鶯現已採取主動態勢，把握着崔張之戀的進程。

紅娘去張生書院途中再次想到張生相救崔氏全家的情義，感慨夫人悔婚，同情崔張的苦悶和相思。〔油葫蘆〕體貼崔張兩人，「連寫無數『一個』字，如風吹落花，東西夾墮，最是好看，極整齊，卻極差脱；忽短忽長，忽續忽斷，板板對寫，中間又並不板板對寫故也」（金聖歎語）。這樣精彩的句式，是王實甫的獨特創造，蘇州評彈的《紅樓夢》「開篇」名曲《寶玉夜探》沿用這種句式，也取得出色的藝術效果。

來到書院門外，紅娘「將這紙窗兒濕（一作『潤』）破，悄聲兒窺視」，再見她的調皮靈慧；作者又巧借紅娘眼光，用〔村里迓鼓〕一曲寫出張生的苦惱和憔悴，真如金聖歎所説：「與其張生伸訴，何如紅娘覷出；與其入門後覷出，何如隔窗先覷出。蓋張生伸訴，便是惡筆；雖入門覷出，猶是庸筆也。今真是一片鏡花水月。」批出此曲的高明和精微。

張生一見紅娘，猶如看到救星，馬上懇求她傳書遞情。紅娘立即想到鶯鶯的反應，怕她翻臉斥罵、扯碎書信。徐士範評曰：「侍兒料驕主嬌羞情狀，犁然如契。」金聖歎則曰：「此分明是後篇鶯鶯見帖時情事，而忽於紅娘口中先復猜破者，所以深表紅娘靈慧過人，而又未嘗漏泄後篇，故妙。」張生怕紅娘不肯傳信，忙表態：「久後多以金帛拜酬小娘子。」紅娘唱〔勝葫蘆〕及〔么〕篇二曲痛斥之。徐文長評曰：「二曲妙在一氣急急數去，正與快口婢子動氣時傳神。」金聖歎分析：「世間有斤兩，可計算者，銀錢；世間無斤兩，不可計算者，情義也。如張生、鶯鶯，男貪女愛，此真無與紅娘之事，而紅娘便慨然千金一擔，兩肩獨挑，細思此情此義，真非稱之可得稱，斗之可得量也。顧張生急不擇音，遂欲以金帛輕相唐突。嗟乎！作者雖極寫張生急情，然實是別寓許伯哭世。蓋近日天地之間，真純是此一輩酬酢也。」張生轉變態度，真心哀求紅娘可憐自己，紅娘便立即答應幫助。張生動筆寫信，紅娘看他一揮而就，文思敏捷，十分贊賞。〔後庭花〕「寫張生拂箋、走筆、疊勝、署封，色色是張生照入紅娘眼中，色色是紅娘印入鶯鶯心里，一幅文字，便作三幅看也」（金聖歎語）。紅娘於〔青歌兒〕一曲要張生放心，保證將信傳到。末「二語以白作曲，淡而濃，簡而俊，俱屬妙境」（徐文長語）。〔寄生草〕則「忽作憐生語，因簡帖而惜其才也。兩『休』字懇切」（毛西河語）。紅娘一得意，〔尾聲〕一曲也咬文嚼字起來，王伯良曰：「記中紅娘諸曲，大都掉弄文詞，而文理每不甚妥貼，正以模寫婢子情態。用意如此，非妙手不能。」

紅娘認爲極有把握，「管教那人來探你一遭兒」。金聖歎指出：「此則滿心滿意，滿口滿語，反挑後文之不然也。」《西厢記》重要的關目都如此，其結局總是出乎人們意料之外，但細思之，則不得不佩服作者的情節變化完全合乎情理之中也。

第十齣

妝臺窺簡

（旦上）紅娘伏侍老夫人不得空便，偌早晚敢待來也。起得早了些兒，睏思上來，我再睡些兒咱。（貼上）奉小姐言語，去看張生。因伏侍夫人，未曾回小姐話去。不聽得聲音，敢又睡哩，我入去看一遭。

【粉蝶兒】風靜簾閑，透紗窗麝蘭香散〔一〕，啓朱扉搖響雙環〔二〕。絳臺高〔三〕，金荷小〔四〕，銀釭猶粲〔五〕。將這煖帳輕彈，先揭起這梅紅羅軟簾偷看〔六〕。

【醉春風】則見他釵嚲玉斜橫〔七〕，髻偏雲亂挽。日高猶自不明眸〔八〕，暢好是懶、懶。（旦起身嘆介）（貼）半晌擡身，幾回搔耳，一聲長嘆。

我待便將簡帖兒與他，恐俺小姐有許多假處哩。我則將這簡帖兒悄悄放在妝盒兒上，看他見了説甚麽。（旦起見帖介）

【普天樂】（貼）晚妝殘〔九〕，烏雲嚲〔一〇〕，輕勻了粉臉，亂挽起雲鬟。將簡帖兒拈，把妝盒兒按，拆開封皮孜孜看〔一一〕；顛來倒去，不害心煩。（下）（旦怒）叫紅娘！（貼慌上）呀，決撒了也〔一二〕！則見他厭的挖皺了黛眉〔一三〕，忽的低垂了粉頸，氲的呵改變了朱顏。

（旦）小賤人！這東西那裏將來的？我是相國的小姐，誰敢將這簡帖兒來戲弄我，我幾曾慣看這等東西？告過夫人，打下你個小賤人下截來！（貼）小姐使我去，他着我將來。我又不識字，知他寫着甚麽？

【快活三】分明是你過犯〔一四〕，没來由把我摧殘。使别人顛倒惡心煩，你不慣，誰曾慣？

姐姐休鬧，比及你對夫人説呵，我將這簡帖，去夫人行先出首來〔一五〕。（旦扯住介）我逗你耍來。（貼）放手，看打下下截來。（旦）紅娘，張生近日如何？（貼背介）我則不説。（旦）好姐姐，你説我聽咱！

【朝天子】（貼）張生近間、面顔，瘦得來實難看。不思量茶飯，怕見動憚〔一六〕。曉夜將佳期盼，廢寢忘餐。黄昏清旦，望東墻淹淚眼。（旦）喚個好太醫看他症候咱〔一七〕。（貼）他證候吃藥不濟。病患、要安，則除是出幾點風流汗。

【四邊静】怕人家調犯〔一八〕，若早共晚夫人見些破綻，你我何安。問甚麽遭危難？咱攛斷得上竿〔一九〕，掇了梯兒看。

（旦）紅娘，不看你面呵，我將與夫人看，他有甚麽面顔見夫人？雖然我着你看他，只是兄妹之情，焉有外事。紅娘，早是你口穩哩。若别人知呵，甚麽模樣。將紙筆過來，我寫將去回他，着他下次休是這般。（作寫介）紅娘，你將去説：小姐看望先生，兄妹之禮如此，非有他意。若再是這般呵，必告知夫人。和你小賤人都有話説。（擲書下）（貼拾書作怒指旦介）

【脱布衫】小孩兒家口没遮攔〔二〇〕，一味的言語摧殘。把似你使性子〔二一〕，休思量那秀才，做多少好人家風範〔二二〕。

【小梁州】他爲你夢裏成雙覺後單，廢寢忘餐。羅衣不奈五更寒〔二三〕，愁無限，寂寞淚闌干〔二四〕。

【幺】似這等辰勾空把佳期盼〔二五〕，我將這角門兒世不曾牢拴，則願你做夫妻無危難。我向筵席頭上整扮〔二六〕，做一個縫了口的撮合山。

我如今欲待不去，又道我違拗他，那生又等我回話，須索走一遭也。（下）（生上）那書倩紅娘將去〔二七〕，未見回話。我這封書去，必定成事，這早晚敢待來也。（貼上）須索回張生話去。小姐，你性兒忒慣的嬌了。既有前日的心，那得今日的心來？

【石榴花】當日個晚妝樓上杏花殘〔二八〕，猶自怯衣單，那一片聽琴心清露月明間。昨日個向晚，不怕春寒，幾乎險被先生賺，那其間豈不胡顏〔二九〕。爲一個不酸不醋風魔漢〔三〇〕，隔墻兒險化做望夫山〔三一〕。

【鬪鵪鶉】你用心兒撥雨撩雲，我好意兒與他傳書寄簡。不肯搜自己狂爲，則待要覓別人破綻。受艾焙權時忍這番〔三二〕，暢好是奸〔三三〕。道張生是兄妹之禮，焉敢如此。對人前巧語花言，背地里愁眉淚眼。

（見生介）（生）小娘子來了。擎天柱〔三四〕，大事如何？（貼）不濟事了，先生休傻。（生）小生簡帖兒，是一道會親的符籙。則是小娘子不肯用心，故意如此。（貼）我不用心？有天哩，你那簡貼兒到好聽！

【上小樓】這的是先生命慳〔三五〕，須不是紅娘違慢。那簡帖兒到做了你的招伏〔三六〕，他的勾頭〔三七〕，我的公案〔三八〕。若不覷面顏〔三九〕，厮顧盼，擔饒輕慢，先生受罪，禮之當然。我爲甚來？爭些兒把紅娘拖犯〔四〇〕。

（生）小姐幾時能勾一面。

【幺】（貼）從今後相會少，見面難。月暗西廂，鳳去秦樓，雲斂巫山。你也赸〔四一〕，我也赸，請先生休訕〔四二〕，早尋個酒闌人散。

再不必多說，怕夫人尋我，回去也。（生）小娘子此一遭去，更着誰與小生分剖肺腑？必索做個道理，方可救得小生一命。（跪扯住貼介）（貼）張生，你是讀書人，豈不知此意。

【滿庭芳】你休要呆里撒奸〔四三〕。你待要恩情美滿，卻教我骨肉摧殘。老夫人手執着棍兒摩娑看〔四四〕，粗麻綫怎透得針關〔四五〕。直待我挂着拐幫閑鑽懶〔四六〕，縫合脣送煖偷寒。待去呵，小姐性兒，撮鹽入火〔四七〕。消息兒踏着泛〔四八〕。待不去呵，（生跪哭介）小生這一個性命，都在小娘子身上。（貼）禁不得你甜話兒熱攛〔四九〕，好教我兩下裏做人難。

我没由分說，小姐回與你的書，你自看者。（生接書開讀介）呀！有這場喜事。早知小姐簡至，理合遠接。接待不及，勿令見罪。小娘子，和你也歡喜。（貼）怎麽？（生）小姐怪我都是假。書中之意，着我今夜花園裏來，和他哩也波〔五〇〕，哩也羅哩。（貼）你讀與我聽！（生讀介）待月西厢下，迎風户半開。拂墻花影動，疑是玉人來。（貼）怎見得他着你來？你解與我聽咱。（生）待月西厢下，教我月下來。迎風户半開，是門欲開未開。拂墻花影動，疑是玉人來，着我跳過墻來。（貼）張生，你做下來〔五一〕。端的有此話麽？（生）我是猜詩謎的杜家〔五二〕，風流隋何〔五三〕，浪子陸賈。我那裏有差的勾當！（貼）你看姐姐，在我行也使謊呵。

【耍孩兒】幾曾見寄書的瞞着魚雁，小則小心腸兒轉關。寫着道西厢待月等得更闌〔五四〕，着你跳過東墻女字邊干〔五五〕。元來那詩句兒里包籠着三更棗〔五六〕，簡帖兒里埋伏着九里山〔五七〕。着緊處將人慢〔五八〕，您會雲雨的鬧中取靜，我寄音書的忙里偷閑〔五九〕。

【四煞】紙光明玉板〔六〇〕，字香噴麝蘭，行兒邊湮透的非春汗〔六一〕？一緘情淚紅猶濕〔六二〕，滿紙春心墨未乾。從今後休疑難，放心你玉堂學士，穩倩取金雀丫鬟〔六三〕。

【三煞】他人行別樣親，俺跟前取次看〔六四〕，便做道孟光接了梁鴻案〔六五〕。别人行甜言美語三冬暖〔六六〕，我跟前惡語傷人六月寒。我回頭兒看〔六七〕：看你離魂倩女，怎發付擲果潘安〔六八〕？

（生）小生自小讀書的人，怎跳得那花園過？

【二煞】（貼）隔墻花又低，迎風户半拴，偷香手段今番按〔六九〕。怕墻高怎把龍門跳〔七〇〕，嫌花密難將仙桂攀。放心去，休辭憚。你若不去呵，望穿他盈盈秋水〔七一〕，蹙損了淡淡春山。

（生）小生曾到花園，已經兩遭，不曾得些好處。這一遭知他又如何？（貼）如今既有這詩，不比往常了。

【尾聲】你須是去兩遭，我敢道不如這番。隔墻酬和都胡侃〔七二〕，證果的是今番這一簡〔七三〕。（下）

(生)萬事自有分定，誰想小姐有此一場好處。小生是猜詩謎的杜家，風流隋何，浪子陸賈。到那裏扢扎幫便倒地〔七四〕。今日顛天百般的難得晚〔七五〕。天，你有萬物於人，何故爭此一日？疾下去者！讀書繼晷怕黃昏〔七六〕，不覺西沉强掩門；欲赴海棠花下約，太陽何苦又生根！呀，纔晌午也，再等一等。今日百般的難得下去也呵。碧天萬里無雲，空勞倦客身心〔七七〕。恨殺太陽貪戰〔七八〕，不覺紅日西沉。呀，卻早到西也。再等一等咱。無端三足烏〔七九〕，團團光爍爍〔八〇〕。安得后羿弓〔八一〕，射此一輪落。謝天地！卻早日下去也！卻早發擂也！呀，卻早撞鐘也！拽上書房門，到得那裏，手挽着垂楊，滴溜撲刺跳過墻去〔八二〕。(下)

注釋

〔一〕香散——香氣彌漫開來。

〔二〕朱扉（fēi音非）——朱門，紅漆之門。扉，門扇。

〔三〕絳（jiàng音降）臺——紅色的妝臺。絳，大紅色。

〔四〕金荷——燭臺上的荷花形的銅盤，承、存燭油之用。因是銅製，故又稱銅荷。

〔五〕銀缸（gāng音剛）猶粲——銀缸，燈。粲（càn音燦），燦爛。一作燦，光彩鮮明耀眼。

〔六〕梅紅羅軟簾——梅紅色綾羅所製的輕軟帳簾。孟稱舜《嬌紅記》傳奇：「我輕輕的揭起梅紅羅帳。」《元典章·禮部》：「上表者，表以紅羅夾復箋，以梅紅羅單復封裹。」王伯良曰：「《翰墨全書》載元時上表箋者，以梅紅羅單紱封裹，蓋當時所尚。」

〔七〕釵嚲（duǒ音朵）玉斜橫——玉釵橫斜。嚲，下垂。

〔八〕明眸（móu音謀）——張開眼睛。眸，眼珠。

〔九〕晚妝殘——王伯良曰：「晨而曰『晚妝』，宿妝未經梳洗也。」李後主《搗練子》詞：「雲鬟亂，晚妝殘。」

〔一〇〕烏雲嚲——「嚲」原音朵，爲歌羅韻，此爲押干寒韻，而讀如dǎn（音膽）。關漢卿《緋衣夢》雜劇一折：「則今番臨綉牀有些兒不耐煩，則我這睡起來雲髻兒覺偏嚲，插不定秋色玉連環。」一作「軃」，同嚲。

〔一一〕孜孜——原意努力不怠，此謂長時間地認真、仔細看信。

〔一二〕決撒——敗露，壞事。

〔一三〕則見他句——厭的，厭恨。扢（gē）皺黛（dài音代）眉，一下子皺起眉毛。扢，扢搭，一下子，忽地。黛眉，即眉毛。黛，青黑色的顏料，古代女子用以畫眉，引申爲婦女眉毛的代稱。

〔一四〕過犯——過失，過錯。

〔一五〕出首——告發。

〔一六〕動憚(dàn音但)——動彈煩勞。憚，通「癉」，勞。一作「動彈」。

〔一七〕喚個句——太醫，原指御醫，元時一般醫生也稱太醫。證候，證通「癥」，即癥候，指患病時出現的互有聯繫的一羣癥狀。證候反映了疾病的原因和病理變化，可以瞭解疾病的部位，是診斷疾病的重要依據。

〔一八〕調犯——凌濛初曰：「調犯，即調舌。」金聖歎曰：「調犯是鄉語，猶云做弄也。」嘲笑、嘲弄。

〔一九〕咱攛斷二句——慫恿别人登梯子爬上竿去，自己卻抽走梯子，看他不上不下的尷尬樣子。宋·釋曉瑩《羅湖野録》：「黄魯直與興化海老手帖云：『莫送人上樹，拔卻梯也。』」關漢卿《望江亭》雜劇一折：「我我我，攛斷的上了竿，你你你，掇梯兒着眼看。」此爲元雜劇常用語。攛斷，亦作「攛掇」，「攛頓」，意爲勸誘，慫恿。掇(duō音多)，用手端取、端走。此言批評鶯鶯惹得張生害相思病，卻又撒手不管。

〔二〇〕遮攔——遮住，阻當。此謂講話不顧後果，没分寸，隨便亂説。

〔二一〕把似——假如，與其。

〔二二〕好人家風範——好人家，官宦人家，禮義之家，書香門庭。風範，高雅的風度、品格。

〔二三〕羅衣句——不奈，即不耐，禁不起，忍受不住。李煜《浪淘沙》詞：「簾外雨潺潺，春意闌珊，羅衾不耐五更寒。」此言張生徹夜不眠，更難熬拂曉時的清寒和淒凉。

〔二四〕闌干——縱横散亂的樣子。白居易《長恨歌》：「玉容寂寞淚闌干，梨花一枝春帶雨。」《琵琶行》：「夜深忽夢少年事，夢啼妝淚紅闌干。」

〔二五〕似這等句——盼望佳期的到來，猶如等待辰勾星出來一樣的困難之極。佳期，男女的約會，也指結婚的日期，語出《楚辭·九歌·湘夫人》：「與佳期兮夕張。」王逸注：「佳，謂湘夫人也。」辰勾，王伯良曰：「辰勾，水星。其出雖有常度，然見之甚難。」「張衡云：『辰星，一名勾星。』《博雅》云：『辰星，謂之勾星。』故亦謂之辰勾。」「晉灼謂：『常以四仲之月，分見奎、婁、東井、角、亢、牽牛之度，然亦有終歲不一見者。』盼佳期如等辰勾之出，見無夜不候望也。馬致遠《青衫淚》雜劇：『恰便似盼辰勾，逢大赦。』」

〔二六〕我向二句——整扮，妝扮整齊，元時勾欄習語。關漢卿《五侯宴》雜劇四折：「李嗣源同四將整扮上。」撮合山，媒人之別稱。《通俗編・交際・撮合山》：「《元曲選》馬致遠《陳摶高卧》、喬孟符《揚州夢》、鄭德輝《㑳梅香》，俱用此語，俚俗以爲媒之別稱。」《京本通俗小説・西山一窟鬼》：「原來那婆子是個撮合山，專靠做媒爲生。」凌濛初曰：「婚姻筵席媒人與焉，故戲言筵席間整備，做不漏泄的媒人。」

〔二七〕倩——請，央求。

〔二八〕當日個五句——凌濛初曰：「言晚妝怕冷，聽琴就不怕冷。」

〔二九〕胡顔——羞愧無顔，無臉面之意。《詩經・相鼠》：「人而無禮，胡不遄死。」毛傳：「胡顔而不速死也。」三國・丁廙《蔡伯喈女賦》：「忍胡顔之重恥，恐終風之我瘁。」

〔三〇〕不酸不醋——即酸醋，酸溜溜。

〔三一〕隔墻句——言鶯鶯隔墻聽琴時長時間呆立不動，險些化作望夫山。望夫山，即望夫石，有多種傳説，著名的南朝宋・劉義慶《幽明録》：「武昌陽新縣北山上有望夫石，狀若人立。相傳昔有貞婦，其夫從役，遠赴國難，其婦携弱子餞送此山，立望夫而化爲石，因以爲名焉。」宋・樂史《太平寰宇記》：「當涂縣望夫石，昔有人往楚，累歲不還，其妻登此山望之，久之，乃化爲石。」

〔三二〕艾焙（bèi 音倍）——艾，蒼白色多年生草本植物，有香氣。葉可製艾絨，供針灸用。焙，用微火烘烤。此處「受艾焙」，指受責備、責怪。王伯良曰：「艾焙，灼艾之火也。『受艾焙權時忍這番』，猶俗言『忍炙只忍這一遭。』」意爲受責備、訓斥也權且忍受這一次吧。

〔三三〕暢好是奸——王伯良引沈璟曰：「言鶯之奸詐爲甚也。」閔遇五曰：「滿情滿意的奸詐也。」

〔三四〕擎天柱——比喻擔負重任的人。《宋史・劉永年傳》：「仁宗使賦《小山詩》，有『一柱擎天』之語。」

〔三五〕慳（qiān 音牽）——欠缺。

〔三六〕招伏——招供、招狀，原爲犯人招認罪行的供詞，此喻張生的書信，是紅娘的諷刺、調侃語。一作「招狀。」

〔三七〕勾頭——即「勾牒」，拘捕犯人的文書。古人拘捕犯人皆用鐵鏈或繩索套住頭頸，故云。關漢卿《魯齋郎》雜劇楔子：「那一個官司敢把勾頭押。」馬致遠《岳陽樓》雜劇三折：「我憑勾頭文書勾你！」

〔三八〕公案——案件，事件。

〔三九〕若不三句——張燕瑾曰：「如果不是看着彼此的面子，手下留情，容忍了你有失分寸的行爲。顧盼，本作看、視解，這裏是照顧、留情的意思。擔饒，也作耽饒，擔待寬恕之意。李致遠《都孔目風雨還牢末》雜劇二折：『展污了你衣服，便休嗔鬧，告兄弟可憐見，且耽饒。』」

〔四〇〕爭些兒——差些兒，差點兒。爭，差。辛棄疾〔江神子〕《博山道中書王氏壁》詞：「比著桃源溪上路，風景好，不爭多。」《古今小説・陳從善梅嶺失渾家》：「如春爭些個做了失鄉之鬼。」

〔四一〕赸（shàn音汕）——王伯良曰：「北人方語，謂走爲赸，見《墨娥小録》。劉時中小令：『馮魁破産，雙生緊趕，小姐先赸。』」赸，走開，射開。兩句謂你我都走開。

〔四二〕訕（shàn音汕）——毀謗，怨謗。閔遇五曰：「訕，怨謗也。」王伯良曰：「訕，謗也。言今事已無成，只大家走散，再不必怨訕留戀也。」

〔四三〕呆里撒奸——外表裝癡呆，而内里懷藏奸詐。

〔四四〕摩娑（suō音蓑）——亦作摩挲、摩莎，撫弄。《釋名・釋姿容》：「摩娑，猶末殺也，手上下之言。」

〔四五〕粗麻綫句——此言紅娘自己怎可能瞞得過老夫人這一關。針關，針眼，針上引綫的孔。

〔四六〕直待我二句——鶯鶯、老夫人動輒要將紅娘「打下下截來」，《董西厢》：「打折你大腿縫合你口。」紅娘故而有此二語，王伯良曰：「幫閑鑽懶，須手脚利便；送暖偷寒，須口舌無禁忌。又言你如今直待要我打得傷了，拄着拐去幫襯？禁得不説話，縫了脣去傳遞耶？」

〔四七〕撮鹽入火——鹽入火即爆，以喻脾氣急躁暴烈。《殺狗記》傳奇七出：「奈我官人心性急，似撮鹽入火内。」

〔四八〕消息兒踏着泛——消息，機關，機括。泛，泛子，機關中的樞紐、開關。此言謂撞進別人的圈套之中。石君寶《紫雲庭》雜劇：「咱正踏着他泛子消息。」

〔四九〕甜話兒熱趲（zǎn）——用好聽話緊逼。《集韻·姨二十九換》：「趲，音贊，逼使走也。」宋·無名氏戲文《張協狀元》：「長江後浪催前浪，一替新人趲舊人。」

〔五〇〕和他二句——王季思曰：「哩羅蓋歌曲結處腔聲。此處則男女合歡之諱詞也。」王伯良曰：「北人方言，猶言『如此如此』也。」張燕瑾曰：「北人方言無具體含義，用以代指不便明言的事，用法與『如此這般』相同。」

〔五一〕做下來——做出見不得人的事情來，尤指男女私通。白樸《墻頭馬上》雜劇二折：「是做下來也，怎見父母？」

〔五二〕猜詩謎的杜家——元·陶宗儀《南村輟耕録》有「杜大伯猜詩謎」。杜家，一作「社家」，凌濛初曰：「社家，猶言作家也。」猶言行家、專家。

〔五三〕風流隋何二句——隋何、陸賈皆爲漢初的智士，善於言説。元明清戲曲皆以隋陸爲風流浪子，於史無據。

〔五四〕更闌——夜闌更盡，夜深。闌，殘，盡，晚。

〔五五〕着你句——跳東墻，《孟子·告子》：「逾東家墻而摟其處子，則得妻；不摟，則弗得也。」「女」字邊「干」，拆字法，即「奸」字。

〔五六〕三更棗——弘治本：「出《高僧傳》。昔有一僧，謁六祖參問，六祖不答，但與粳米三粒，棗三枚，其僧遂去。人問其故，僧曰：師令我三更早來。」諸家注此則，多以《神僧傳》記此僧爲六祖慧能爲據，實則慧能《壇經》明言五祖見慧能腰石舂米，乃問曰：「米熟也未？」惠能曰：「米熟久矣，猶欠篩在。」（五）祖以杖擊碓三下而去。慧能即會祖意，三鼓入室。「三更棗」暗語「三更早」是附會之語，但以訛傳訛，已成典故。

〔五七〕埋伏着九里山——徐士範曰：「漢高祖、韓信與項羽戰，在徐州九里山前，與樊噲王陵亞夫等兵，排和八八六十四卦陣勢，十面埋伏以降羽，逼至烏江。」此亦於史無據，而戲曲小説則屢用爲典。無名氏《賺蒯通》雜劇一折：「韓信在九里山前只一陣，逼得項羽自刎烏江。」「九里山按形勢，八卦陣烈士卒。」四折：「九不合九里山七里埋伏。」此處意爲書信里暗藏着圈套。

〔五八〕着緊處將人慢——批評鶯鶯在緊要關頭怠慢人。

〔五九〕忙里偷閑——忙里抽空。

〔六〇〕玉板——即玉版、玉版紙、玉版箋。一種光潔匀厚的白棉紙，供書畫用。費著《箋紙譜》：「箋紙有玉板，有貢餘，有經屑，有表光。玉板、貢餘，雜以舊布破履亂麻爲之。」徐士範曰：玉板，「好紙之稱，出《詩學》。陳詩道詩云：『南朝官紙女兒膚，玉板雲英比不如。乞與張公無不稱，他年留與大蘇書。』」

〔六一〕行兒邊句——湮（yīn音因），亦作「洇」，墨水着紙而漾開。非春汗，反問句，即全是春汗，有嘲諷之意。

〔六二〕情淚紅猶濕——白居易《琵琶行》：「夢啼妝淚紅闌干。」即淚水打濕了臉上的紅色脂粉。又，王嘉《拾遺記·魏》：「文帝所愛美人姓薛，名靈芸，常山人也。」「靈芸聞別父母，歔欷累日，淚下沾衣。至升車就路之時，以玉唾壺承淚，壺則紅色。既發常山，及至京師，壺中淚凝如血。」後因泛稱女子的眼淚爲「紅淚」。

〔六三〕穩倩取句——穩倩取，穩請取。一作「穩情取」，準定能得到。穩，有把握。金雀丫鬟，指鶯鶯。李紳《鶯鶯歌》：「綠窗嬌女字鶯鶯，金雀丫鬟年十七。」金雀，婦女頭上插着的釵簪。丫鬟一作鴉鬟。鴉，顔色烏黑發亮；鬟，古代婦女的環形髮髻。

〔六四〕取次——任意，隨便。取次看，有輕視、小視之意。

〔六五〕便做道句——便做道，一作「更做到」。孟光接了梁鴻案，《後漢書·梁鴻傳》：「同縣孟氏有女，狀肥丑而黑，力舉石臼。擇對不嫁，至年三十。父母問其故，女曰：『欲得賢如梁伯鸞者。』鴻聞而聘之。」「字之曰德耀，名孟光。」（婚後）「遂至吴，依大家皋伯通，居廡下，爲人賃舂。每歸妻爲具食，不敢於鴻前仰視，舉案齊眉。」這裏反説孟光接了梁鴻案，妻接夫案，暗諷鶯鶯主動寫書信約張生幽會。

〔六六〕甜言美語二句——爲當時名言，文學作品中常用之。

〔六七〕我回頭兒看二句——王伯良曰：「爲頭看，猶言從頭看也。從此要仔細觀察鶯鶯。」離魂倩女，《太平廣記》載唐·陳玄祐《離魂記》，叙張倩娘因深愛王宙，在王宙赴京時，靈魂離體，追隨而去。兩人又同去蜀同居，並生二子。倩娘之軀則病卧在床，後倩娘與王宙回家，魂與身又合爲一體。元·

鄭德輝據此改編爲雜劇《迷青瑣倩女離魂》，也爲名作。

〔六八〕擲果潘安——潘岳，字安仁。《世説新語·容止》劉孝標注引裴啓《語林》：「安仁至美，每行，老嫗以果擲之滿車。」後爲美男子之代稱。

〔六九〕按——審察，研求，驗證。

〔七〇〕龍門——山名，在陝西省韓城縣與山西省河津縣之間。《文選·謝朓〈觀朝雨〉》李善注引《三秦記》：「河津，一名龍門，兩旁有山，水陸不通，龜魚莫能上。江海大魚薄集龍門下，上則爲龍，不得上曝鰓水次也。」唐·封演《封氏聞見記·貢舉》：「故當代以進士登科爲登龍門。」

〔七一〕望穿二句——宋·阮閲〔眼兒媚〕詞：「也應似舊，盈盈秋水，淡淡春山。」秋水，比喻清澈的眼波。盈盈，水清淺的樣子。春山，比喻婦女美麗的眉毛。

〔七二〕胡侃——信口胡説，胡調。

〔七三〕讓果——佛教用語，苦心修行可得成佛菩薩的正果（之位）。此借喻爲經苦心努力而成功姻緣之果。

〔七四〕扢扎幫——迅速，一下子。

〔七五〕頽——駡人的下流話。頽，陽具。頽天，猶「鳥（diǎo，音義同「屌」）天」。

〔七六〕繼晷（guǐ音軌）——日以繼夜。晷，日影。韓愈《進學解》：「焚膏油以繼晷，恒兀兀以窮年。」

〔七七〕倦客——厭倦於長年在外客游之人。此爲張生自指。

〔七八〕太陽貪戰——弘治本作「魯陽之戰」。《淮南子·覽冥訓》：「魯陽公與韓構難，戰酣，日暮，援戈而僞之，日爲之反三舍。」

〔七九〕三足烏——《春秋·元命苞》：「日中有三足烏者，陽精也。」後以「三足烏」爲太陽之代稱。

〔八〇〕爍（shuò音朔）爍——光芒閃耀的樣子。

〔八一〕后羿（yì音意）——傳説中射落九個太陽的英雄人物。《淮南子·本經訓》：「堯之時十日並出，焦禾稼，殺草木，而民無所食。」「堯乃使羿」「上射十日」，「中其九」。

〔八二〕滴溜撲刺——滴溜，形容跳墻的爽利、滑利。撲刺，象聲詞，跳墻後着地時的聲音。語中帶有得意的神態。

短評

紅娘拿回張生書簡，稱去伏侍老夫人再回小姐閨房，只見「風靜簾閑，透紗窗麝蘭香散」。〔粉蝶兒〕首二句凡十一字，寫出少女深閨神理，猶如一幅圖畫。鶯鶯在此間歇，小睡一會，此時剛起。毛西河評曰：「此一折絶大關鍵，首二曲寫鶯初起時，是曉閨之絶艷者。『風靜』二句相承語，惟風靜故簾閑，惟簾閑故香繞。」王伯良評曰：「首三曲秾艷婉麗，委曲如畫。周昉《仕女圖》故不過此。元・喬夢符論作詞之法曰『鳳頭、猪肚、豹尾』，謂『起要美麗，中要浩蕩，結要響亮』。《西廂》正得此體，每曲皆然。」第三曲〔普天樂〕精細描繪鶯鶯的動作和心理活動：「此言『烏雲嚲』，則髻解將理矣；又曰『亂挽起雲鬟』，則因見簡帖而又倉卒綰結也。此正模畫入阿堵處。」（毛西河評語）

紅娘進閨房時先撩帳偷看鶯鶯睡態，又見她懶洋洋地邊起身邊搔耳長嘆。調皮乖覺的紅娘深知「小姐有許多假處」，不能將簡帖直接與她，於是「悄悄放在妝盒兒上，看他見了説甚麽。」果然，鶯鶯「拆開封皮孜孜看，顛來倒去，不害心煩」——原來鶯鶯一面體味張生信中的情意，一面正在思考作何反應爲好，她終於决定發火，以攻爲守，反攻紅娘進房時不尊重自己：竟撩開羅帳偷看，又不報告張生來信，放在妝盒上毫不吭聲；現在還站在旁邊默觀自己的神色，分明紅娘已知信中内容，故而拿大。鶯鶯一連串念頭轉過，剛决定發火，乖巧的紅娘立刻捕捉住她的表情細微變化，在心中驚呼「呀，决撒了也！」湯顯祖評：「『只（則）見』三句遞伺其發怒次第也。皺眉，將欲决撒也；垂頸，又躊躇也；變朱顔，則决撒矣。」果然在紅娘的預料之中，所以紅娘仔細審視她動作和表情變化、發展的全過程，而且在鶯鶯一連串嚴厲訓斥之後，立即迎頭反擊，既辯護自己「不識字，知他寫着甚麽」，且咬住鶯鶯：是你「小姐使我去」；更抓住鶯鶯做禍首，説：「你不慣，誰曾慣？」金聖歎曰：「寫紅娘妙口，真是妙絶，輕輕只將其一個『慣』字劈面翻來，便成異樣撲跌。」最後竟以子之矛攻子之盾：「姐姐休鬧，比及你對夫人説呵，我將這簡帖，去夫人行先出首來。」徹底攻垮鶯鶯的反撲，急得鶯鶯一把「扯住」她，改口「我逗你耍來」，只好再次懇求：「好姐姐，你説我聽咱！」兩位少女的這番脣槍舌劍，極爲有趣，如小鳥斗口，啁啾動聽。妙在鶯鶯輸給紅娘，卻仍假意責怪張生；聽了紅娘介紹，知張生廢寢忘食，消瘦掉淚，寫了回信，竟丢在地下，拂袖而走。紅娘因此以爲鶯鶯之信怒斥張生，只好硬着頭皮去給張生，張生聽紅娘説「不濟事了」，情急中責怪紅娘「不肯用心，故意如此」。紅娘吃力不討好，竟然兩頭受氣，在小姐處她不敢發火，在張生面前可以不客氣，馬上指斥：「先生受罪，禮之當然，我爲甚來？爭些兒把紅娘拖犯。」并勸告張生罷了念頭，「早尋個酒闌人散」。張生急得跪在地上，也扯住紅娘不放，硬求她「救得小生一命」。紅娘這纔將小姐絶情的回信給他，讓他徹底斷了此念。金聖歎評曰：「行文如張勁弩，務盡其勢，至於幾幾欲絶，然後方可縱而舍之，真乃恣心恣意之筆也。」至此「始出袖中書，使自絶之，而不意峰回嶺變，又起奇觀」。

觀衆和紅娘一樣，以爲張生看了信必會急得昏過去，誰知張生竟喜出望外，大出人們意料之外。原來鶯鶯此信是約張生幽會，暢叙戀情。張生的兩大段説白，情緒反差極大：前面哀求紅娘救命，猶如追兵在後而面臨絶壁，金聖歎説：「《西厢》白其妙至此，讀之便如立千丈岡，臨不測溪。」此時得意忘形，喜氣洋洋，則酸氣又犯，凌濛初曰：「白之酸處，正是元人伎倆處，時本改削之，便失本色。」而紅娘猶怕張生剛纔急得眼花，是否看錯來信之意？故而盯着連發三言：「你讀與我聽！」「你解與我聽咱。」「端的有此話麽？」毛西河曰：「紅白三句，凡三轉，急急頂去，皆疑忌語氣。」張生被紅娘三問所逼，將書簡内容讀給她聽，並作解説，自詡是猜謎高手，絶對不錯。紅娘聞言大怒，鶯鶯當我面怒斥張生，卻於信中約張生幽會，又對自己發怒。這樣的欺騙行爲，已很可惡，結果仍讓我傳遞情書，「幾曾見寄書的瞞着魚雁，小則小心腸兒轉關」。紅娘全心全意幫助小姐和張生，小姐竟然完全不信任她，當她外人。紅娘大怒之餘，鼓勵張生跳墻赴約，她要在旁看看鶯鶯究竟如何表現。

紅娘走後，張生依舊沉浸在欣喜欲狂的亢奮狀態，對自己猜詩意的才能自鳴得意，只恨時間過得太慢，苦熬時光，巴望天黑下來，可以去應約會面。此段説白細膩描繪出焦急的等待心理，自然生動，「自是元人手筆」（凌濛初語）。

第十一齣

乘夜逾牆

（貼上）今日小姐着我寄書與張生，當面偌多般意兒，元來詩内暗約着他來。小姐既不對我說，我也不說破他，則請他燒香。今夜晚妝呵，比每日覺別，我看他到其間，怎的瞞我。（叫旦介）姐姐，俺燒香去來。（旦上）花香重疊和風細，庭院無人淡月明。（貼）姐姐，今夜月朗風清，好一派景致也呵！

【新水令】晚風寒峭透窗紗，控金鉤綉簾不挂。門闌凝暮靄〔一〕，樓閣斂殘霞。恰對菱花〔二〕，樓上晚妝罷。

【駐馬聽】不近喧嘩，嫩緑池塘藏睡鴨。自然幽雅，淡黄楊柳帶栖鴉〔三〕。金蓮蹴損牡丹芽〔四〕，玉簪抓住荼蘼架。夜凉苔徑滑，露珠兒濕透了凌波襪〔五〕。

我看那生，巴不得到晚。

【喬牌兒】自從那日初出時想月華〔六〕，捱一刻似一夏〔七〕。柳梢斜日遲遲下，好教賢聖打〔八〕。

俺那小姐呵，

【攪箏琶】打扮的身子兒乍〔九〕，準備着雲雨會巫峽。只爲這燕侶鶯儔〔一〇〕，鎖不住心猿意馬〔一一〕。俺那小姐害那生，水米不黏牙。因姐姐閉月羞花〔一二〕，真假、這其間性兒難按納，一地里胡拿。

姐姐，這湖山下立地，我開了寺里角門兒。怕有人聽俺說話，我且看一看來。（看介）偌早晚傻角卻不來，赫赫赤赤來〔一三〕，（生上）這其問正好去也。（貼）那鳥來了〔一四〕。

【沉醉東風】我則道槐影風摇暮鴉，元來是玉人帽側烏紗。一個潛身在曲檻邊，一個背立在湖山下。那裏叙寒温〔一五〕，並不曾打話。（生）小姐，你來也。（摟住貼介）（貼）禽獸！是我。你看得仔細着，若是老夫人怎了！（生）小生害得眼花繚亂，摟得慌了些兒，望乞恕罪！（貼）便做道摟得慌呵，你也索覷咱〔一六〕，多管是餓得你個窮酸眼花。

（生）小姐在那裏？（貼）在湖山下，我問你咱：真個着你來哩？（生）小生猜詩謎杜家，風流隋何，浪子陸賈，準定扢扎幫便倒地。（貼）你休從門里去，則道我使你來。你跳過這墻去，今夜這一弄兒〔一七〕，助你兩個成親。我説與你，你依着我者。

【喬牌兒】你看那淡雲籠月華，似紅紙護銀蠟。柳絲花朵垂簾下，緑莎茵鋪着綉榻〔一八〕。

【甜水令】良夜迢迢〔一九〕，閑庭寂靜，花枝低亞〔二〇〕。他是個女孩兒家，你索將性兒温存，話兒摩弄〔二一〕，意兒浹洽〔二二〕。休猜做敗柳殘花〔二三〕。

【折桂令】他是個嬌滴滴美玉無瑕，粉臉生春，雲鬢堆鴉。恁的般受怕擔驚，又不圖甚浪酒閑茶〔二四〕。則你那夾被兒時當奮發〔二五〕，指頭兒告了消乏。打疊起嗟呀〔二六〕，畢罷了牽挂，收拾了憂愁。準備着撑達〔二七〕。

（生跳墻介）（旦）是誰？（生）是小生。（旦怒介）張生，你是何等之人！我在這裏燒香，你無故至此。若夫人聞知，有何理説！（生）呀，變了卦也！

【錦上花】（貼）爲甚媒人，心無驚怕。赤緊的夫妻每，意不爭差〔二八〕。我這裏躡足潛蹤，悄地聽咱：一個羞慚，一個怒發。

【幺】張生無一言，鶯鶯變了卦。一個悄悄冥冥〔二九〕，一個絮絮答答〔三〇〕。卻早禁住隋何，迸住陸賈，叉手躬身，妝聾做啞。

（貼）張生背地里嘴那裏去了？向前摟住丢番，告到官司，怕羞了你！

【清江引】没人處則會閑嗑牙〔三一〕，就里空奸詐〔三二〕。怎想湖山邊，不記西廂下。香美娘處分破花木瓜〔三三〕。

（旦）紅娘，有賊！（貼）是誰？（生）是小生。（貼）張生，你來這裏有甚麽勾當？（旦）扯到夫人那裏去！（貼）到夫人那裏，恐壞了他行止〔三四〕。我與姐姐處分他一場。張生，你過來跪着！你既讀孔聖之書〔三五〕，必達周公之禮〔三六〕，夤夜來此何干〔三七〕？

【雁兒落】不是俺一家兒喬作衙〔三八〕，説幾句知情話。我則道你文學海樣深〔三九〕，誰知你色膽天來大。

張生，你知罪麽？（生）小生不知罪。

【得勝令】（貼）誰着你夤夜入人家，非奸做賊拿。你本是個折桂客，做了偷花漢。不想跳龍門，學騙馬〔四〇〕。姐姐，且看紅娘面，饒過這生者。（旦）若不看紅娘面，扯你到夫人那裏去，看你有何面目見江東父老〔四一〕？起來罷！（貼）謝姐姐賢達，看我面遂情罷〔四二〕。若到官司詳察，你既是秀才，只合苦志於寒窗之下，誰教你夤夜入人家花園，做得個非奸即盜。先生呵，準備着精皮膚吃頓打〔四三〕。

（旦）張生雖有活命之恩，恩則當報。既爲兄妹，何生此心？萬一夫人知之，先生何以自安？今後再勿如此，若更爲之，與足下決不干休。（下）（生背云）你着我來，卻怎麽有偌多説話。（貼扳過生云）羞也，羞也！怎不風流隋何，浪子陸賈？

【離亭宴帶歇拍煞】再休題春宵一刻千金價〔四四〕，準備着寒窗更守十年寡〔四五〕。猜詩謎的杜家，㑳拍了迎風户半開〔四六〕，山障了隔墻花影動，緑慘了待月西廂下。你將何郎傅粉搽，他自把張敞眉兒畫。强風情措大〔四七〕，晴干了尤雲殢雨心〔四八〕，悔過了竊玉偷香膽〔四九〕，删抹了倚翠偎紅話〔五〇〕。（生）小生再寫一簡，煩小娘子將去，以盡衷情如何？（貼）淫詞兒早則休，簡帖兒從今罷。尚兀自參不透風流調法〔五一〕，從今悔非波卓文君〔五二〕，你與我學去波漢司馬。（下）

（生）你這小姐送了人也！此一念小生再不敢舉，奈病體日篤〔五三〕，將如之奈何？夜來得簡方喜，今日强扶至此，又值這一場怨氣，眼見得休也。則索回書房中納悶去。桂子閑中客〔五四〕，槐花病裏看。

注釋

〔一〕門闌句——門闌，門口的横格栅門。杜甫《李監宅》詩：「門闌多喜色，女婿近乘龍。」暮靄（ǎi音藹），黄昏時的雲氣。

〔二〕菱花——即菱花鏡。古代用銅製鏡，映日則發光影如菱花，故名菱花鏡。宋・陸佃《埤雅・釋草》：「鏡謂之菱華（花），以其面平，光影所成如此。」《善齋吉金録》有唐代菱花鏡拓本，形圓，花紋作獸形，旁有五言詩一首，首句即云：「照日菱花出。」

〔三〕淡黄句——宋・賀鑄〔減字浣溪花〕詞：「樓角初銷一縷霞，淡黄楊柳岸栖鴉，玉人和月摘梅花。」

〔四〕金蓮二句——脚踏壞了牡丹幼芽，簪挂住了荼蘼（tú mí，音途迷）花架。金蓮，舊稱女子纏過的小脚爲金蓮。《南史・齊東昏侯紀》：「鑿金爲蓮華以帖地，令潘妃行其上，曰：『此步步生蓮華也。』」蹴（cù音促），踢；踩，踏。玉簪（zān音臢），玉製的插髻的首飾；原是古人用來插定髮髻或連冠於髮的一種長針。荼蘼，一種美麗的白花。

〔五〕凌波襪——美女所穿之襪。凌波，又作「陵波」，形容女子步履輕盈。曹植《洛神賦》：「陵波（一作凌波）微步，羅襪生塵。」凌、陵，亦作「淩」，逾越，超越。

〔六〕月華——月光，月色。

〔七〕捱（ái音挨）一刻句——形容度日如年。捱，延緩，苦度時光。一刻，古時以銅漏計時，將一晝夜分成一百刻。一夏，一季或一年，形容時間很長。

〔八〕聖賢——指羲和，她爲傳説中的太陽之母，又是爲日駕車之神。《楚辭・離騷》洪興祖補注：「日乘車駕以六龍，羲和御之。」閲遇五曰：「古語曰：『羲和鞭白日。』」此言意爲請羲和鞭打白日，逼太陽走得快些，也即時間過得快了。

〔九〕乍——即「詐」，他本多做「詐」，漂亮、俊俏。

〔一〇〕燕侶鶯儔（chóu音仇）——夫婦成雙。燕侶，燕子雙栖，猶人之有伴侶。蕭統《錦帶書·林鐘十月》：「九萬里之孤鵬，權潛燕侶。」後多用以喻夫婦。鶯儔，義同燕侶。儔，伴侶。關漢卿《緋衣夢》雜劇二折：「你則爲鸞交鳳友，燕侶鶯儔。」

〔一一〕心猿意馬——道家用語，比喻人的心思流蕩散亂，把握不定。關漢卿《望江亭》雜劇一折：「俺從今把心猿意馬緊牢拴，將繁華不挂眼。」

〔一二〕因姐姐四句——王伯良曰：「言我想小姐平日閉月羞花，深自珍重，由今日觀之，果真耶假耶。不意今日其風流之性，一旦難自按納，而遂一地里胡爲亂做至此也。」閔遇五曰：「言生因小姐閉月羞花，如此其美，而其留情處真假猝難猜料。只恐未必全假，所以性難按納而胡做也。」前者小姐爲主語，後者以張生爲主語。王伯良曰：「閉月羞花，借言其深藏密護，不易令人見之意，不得泥平常稱人之美説。此曲頗難解，若以『水米不粘牙』屬下文，遂以張生想鶯鶯言，便大聵聵矣！」按納，抑制。胡拿，胡鬧，胡作非爲。

〔一三〕赫赫赤赤——幽會之暗號。凌濛初曰：「暗號也，元人偷期號多用之。」

〔一四〕鳥（diǎo）——駡人語，同「屌」，指男性生殖器。

〔一五〕那裏叙寒温——那裏即「哪里」，疑問否定詞，徐士範曰：「言不曾叙寒温也。」

〔一六〕索——須，應，得。無名氏《凍蘇秦》雜劇三折：「點湯是逐客，我則索起身。」

〔一七〕一弄兒——這一次行動，這一下子。指下面紅娘教他的做法。弄，做、搞，此處作代詞或量詞用。

〔一八〕緑莎（suō音蓑）茵句——緑草如茵，猶如鋪着的綉床。莎，草。茵，墊子、褥子、毯子的總稱。綉，華麗的。榻，狹長而較矮的床。

〔一九〕迢迢——久長的樣子。一作「迢遥」，義同。此句謂良宵長夜漫漫。

〔二〇〕亞——通「壓」，低垂的樣子。

〔二一〕摩弄——安撫、發揮作用。

〔二二〕浹洽（jiā qià或xiá音夾恰或俠）——融洽、和洽。此句言情意浹洽。

〔二三〕敗柳殘花——破身、已遭蹂躪的妓女或女子。

〔二四〕浪酒閑茶——男女調情時吃的酒菜茶點。

〔二五〕則你那二句——爲紅娘譏諷張生之褻語。

〔二六〕打疊——收拾。

〔二七〕撑達——快意。撑，竪起，挺起。

〔二八〕爭差——差錯，指意外。張國賓《合汗衫》雜劇二折：「倘或間有些兒爭差，兒也，將您這一雙老爹娘，可便看過甚麽？」

〔二九〕悄悄冥冥——沉默不語，一聲不響。冥冥，指含含糊糊。

〔三〇〕絮絮答答——絮絮叨叨，不斷講話。絮絮，嘮嘮叨叨地講個不停。

〔三一〕閑嗑(ké音克)牙——閑扯，閑話。

〔三二〕就里——内里，内中，内幕。紀君祥《趙氏孤兒》雜劇四折：「那屠岸賈將我的孩兒十分見喜，他豈知就里的事？」

〔三三〕香美娘句——鶯鶯在處置張生。處分，處理、處置。花木瓜，指張生中看不中用。

〔三四〕行止——品行，名譽品德。

〔三五〕孔聖之書——孔子的《論語》和孔子整理的其他經典。

〔三六〕周公之禮——指禮義道德。周公，姬旦，因采邑在周(今陝西岐山東北)，稱爲周公。曾助武王滅商，武王死後，由他攝政，輔佐成王。並建立周朝典章制度，此即周公之禮。後指古代的社會規範和道德規範。

〔三七〕夤(yín音寅)夜——半夜，深夜。

〔三八〕喬作衙——假裝官員坐衙審案，處理事務。元雜劇常用語。喬，假裝，摹仿。作，一作「坐」。

〔三九〕文學——辭章修養，此指才學。

〔四〇〕騙馬——王伯良曰：「躍而上馬，謂之騙馬，今北人猶有此語。」「俗注謂哄婦人爲騙馬，不知何據。」此爲市井褻語，意爲欺騙婦女，騙色。

〔四一〕有何面目見江東父老——《史記·項羽本紀》叙項羽兵敗，逃到烏江邊，不肯渡江還江東故鄉：「天之亡我，我何渡爲！且籍與江東子弟八千人渡江而西，今無一人還，縱江東父兄憐而王我，我何面目見之！縱彼不言，籍獨不愧於心乎？」卒未渡而自刎江邊。後作爲功業失敗愧見親友的典故。

〔四二〕遂情——遂順人情，送人情，給面子。

〔四三〕精皮膚——光皮膚。

〔四四〕春宵一刻千金價——與鶯鶯共度極爲珍貴幸福之良宵。蘇軾《春夜》：「春宵一刻值千金，花有清香月有陰。」

〔四五〕寒窗更守十年寡——孤零零地再去過長年的清苦讀書生活。

〔四六〕亝(qí音歧)拍——亝，參差。亝拍，又作亝板，不合拍，錯了節奏。沈德符《顧曲雜言》：「絃索若多一彈少一彈，即亝板矣。」「亝拍」三句，紅娘譏諷這個自稱「猜詩謎的杜家」的張生，對鶯鶯的意思完全猜錯。

〔四七〕强(qiǎng音搶)風情的措大——硬裝作或自以爲對方與自己有戀情的酸秀才。强，勉强。風情，男女相愛的情懷。措大，亦作「醋大」，舊稱貧寒的讀書人，有輕慢意。王伯良曰：「措大，調侃秀才。」

〔四八〕尤雲殢(tì音替)雨——迷戀於男女情愛，纏綿繾綣的情愛。尤，特異、突出。殢，困擾，糾纏不清。

〔四九〕偷香竊玉——偷情。

〔五〇〕倚翠偎紅——與女子倚偎親昵，貼在一起。

〔五一〕兀自句——還未弄懂調情的手腕。兀自，尚，還。參，悟，領會。調法，手腕。

〔五二〕從今二句——鶯鶯已改變戀情，你還是依舊去讀書用功吧。

〔五三〕日篤(dǔ音堵)——病情一天比一天重。篤，病重。

〔五四〕桂子二句——只能在病中閑看花開花落了。意謂如花美女不能到手，只好與園中之花作伴。

短評

《乘夜逾墻》也即《賴簡》一齣，是《西厢》全戲的又一關鍵轉折，極盡優秀之作的曲折之妙。金聖歎曰：「文章之妙，無過曲折。天下百曲千曲萬曲，百折千折萬折之文，即孰有過於《西厢・賴簡》之一篇？」最爲確評。李卓吾評此出曰：「此時若便成交，則張非才子，鶯非佳人，是一對淫亂之人了。」「有此一阻，寫畫兩人光景，鶯之嬌態，張之怯狀，千古如見。何物文人，技至此乎！」毛西河又評此論：「李卓吾評《西厢》，了無是處，而獨於此折云『若便成合，則張非才子，鶯非佳人』，最爲曉暢。」陳眉公也首肯李評，並進而伸述：「中緊外寬，虧這美人做出模樣來，然亦理合如此，倘一逾即從，趣味便爾索然。」金評從寫作藝術角度着眼，李評自人物性格層面着筆，揭示此出妙處，皆巨眼照見《西厢》之曲折精妙之處。

此齣全爲紅娘所唱。第一曲〔新水令〕寫鶯鶯自閨房走出來，金聖歎指出前「四句皆寫景，然景中則有人」；末二句「寫人，然人中又有景也」。王伯良認爲「即入丹青，亦成妙手」。又認爲〔駐馬聽〕曲「對句景調俱稱」。金聖歎則稱譽此曲「是好園亭，是好夜色，是好女兒，是境中人，是人中境，是境中情。寫來色色都有，色色入妙」。〔沉醉東風〕描寫紅娘眼中的張生，金批爲：「此雖寫傻角急色，然是夜一片月色迷離，亦復如畫。」正因夜色迷離，張生急切中竟抱住紅娘，將她錯當作鶯鶯，極令觀衆好笑。紅娘不放心，再問張生「真個着你來」？張生依舊嘴硬，自稱猜謎高手。紅娘怕連累自己，不準他從園門入内，要他自己跳過墻去。她自己則躲過一旁，以脱干系。

張生跳墻落地，鶯鶯一見馬上發怒訓斥，毛西河評曰：「《會真》之奇亦只奇此一阻耳。忽然决絶，即倏然成就，是故奇耳。」紅娘躲在遠處，還認爲他們「赤緊的夫妻每，意不爭差。」金聖歎説：「上文雙文已來花園矣，紅娘猶不信其真肯也，不信得最妙。此文雙文已自發作矣，紅娘猶不信其真不肯也，不信得又最妙。」待發現真的是鶯鶯在發作，紅娘暗中鼓勵張生大膽上前，他不敢，紅娘禁不住嘲笑他只會背後嘴硬，現在則膽怯無用。鶯鶯叫道：「紅娘，有賊？」紅娘明知故問：「是誰？」張生答應得快：「是小生。」承認是「賊」，令人好笑。而且紅娘問的是小姐，而張生卻瞎起勁地搶答，更令人好笑。金聖歎評道：「三句，三人，三心，三樣，分明是三幅畫。」《西廂》中如此白，真是並不費筆墨，一何如花如鏡。看他雙文喚紅娘，紅娘喚小姐，張生喚紅娘，三個人各自胸前一片心事，各自口中一樣聲喚，真是寫來好看煞人也！」

鶯鶯、張生身臨此境，都已徹底弄僵，幸虧紅娘出來打圓場，喝令：「張生，你過來跪着！」審問、批判幾句後又對鶯鶯道：「且看紅娘面，饒過這生者。」金聖歎説：「寫紅娘既不失輕，又不失重，分明一位極滑脱問官，最是松快之筆。」又分析説：「紅娘此時，一邊出豁張生，正是一邊出豁雙文也。」最後放掉張生：「此結張生，犯人免供逐出，妙妙！」

張生面對鶯鶯賴帳還嚴厲訓斥、紅娘的審問和諷刺、批判，堅不咬出鶯鶯來簡相約的真相，一聲不吭，一方面表現他懦弱無用，臨事不知機變，驚慌失措，另一方面也顯示他忠厚老實，他回書齋後病勢更重，而鶯、紅也就更同情、疼愛他了。

關於鶯鶯爲何賴簡，古今論者共有三解。當代論者一般認爲鶯鶯由於受封建禮教束縛太深，性格上有軟弱之處，也因紅娘在旁，很是害羞，所以思想産生反復，張生跳墻過來，一驚之下，便翻臉賴簡。金聖歎認爲，鶯鶯明明約張生半夜前來，她怎會突然變卦？此乃張生「更未深，人未静，我方燒香，紅娘方在側」而突然跳墻過來，將兩人的秘密幽會向紅娘公開，此真「雙文之所决不料也」、「决不肯也」、「决不能以少耐也」、「蓋雙文之尊貴矜尚，其天性既有如此，則終不得而或以少貶損也。由斯以言，而鬧簡豈雙文之心，而賴簡尤豈雙文之心」。分析鶯鶯心理，極爲精辟入微。蔣星煜的分析則更進一層。一般認爲鶯鶯簡中「疑是玉人來」的「玉人」指張生，劇中張生本人也作此解。蔣先生論證「西廂」的地理、「玉人」是鶯鶯自指後，指出：「她告訴張生，叫他『待月西廂下』，不要把房門關閉，我這個玉人——鶯鶯會來和你幽會的。張生領會錯了意思，以爲要他翻越東墻，她當然爲之惱怒。因爲幽會既是背着老夫人的，在鶯鶯的閨房中進行必然風險大得多。假使是她有意暗示張生翻墻，她決不會讓紅娘躲在那裏，也不會如此嚴詞訓斥張生的。這番訓斥表面上是責備張生不能『以禮自持』，實際上是恨他太愚蠢，把詩的用意領會錯了。」故而鶯鶯後來酬簡時又重申前約，並未改變方案，「帶着被服鋪蓋到張生處作竟夜的幽會」。在此齣鶯鶯訓斥張生之時，「妙的是鶯鶯一字不提《明月三五夜》，張生面對鶯鶯的斥責，也不引據《明月三五夜》爲自己辯解。因此《明月三五夜》究竟包涵甚麽内容，『原作者』鶯鶯仍舊没有作一絲一毫透露。」蔣星煜先生解開這個千古之謎，真可謂崔鶯鶯（實可謂王實甫）的千古知音。《西厢》作者構思情節之嚴密、曲折、精細和精彩，令人嘆爲觀止。

又，對【攪箏琶】曲，王伯良特指出：「水米不粘牙」句，屬上文看。自前調【喬牌兒】「自從日初想月華」，至此調「水米不粘牙」九句，皆並指鶯、生二人言。觀上紅白「我看那生和俺小姐巴不得到晚」，及「争扯殺」三字可見。「水米不粘牙」承上句來，言大家都爲心猿意馬所牽繫，而飲食俱廢也。下又言我想小姐平日閉月羞花，深自珍重，由今日觀之，果真耶？假耶？不意今日風流之性，一旦難自按納，而遂一地裏胡爲亂做至此也。孫致文先生分析説：這段注釋的前半（指上述引文），主要串講全曲文意，後半（指注（一二）引文）則辨駁俗解之失當。王氏認爲，此處恨怨晝長、心猿意馬，以至茶飯不思，並非張生一人，而是「並指鶯、張二人言」。推想王氏此意，是爲展現張生與鶯鶯情投意合的情態；此處若只是描寫張生一人，則其後「逾墻」之舉便只是魯莽，而非韻事。然而，過度表現鶯鶯渴切之情，又畢竟不合她名門閨秀的身分，因此特别强調曲文中「閉月羞花」是藉張生的揣揣不安，表現鶯鶯平日「深藏密護，不易令人見」的教養。如此一來，曲文既表達男女情感的濃烈，又不違背戲劇人物應有的性格。（《王驥德〈西厢記〉校注研究——兼論王季思、周錫山校注之得失》）

第十二齣

倩紅問病

（老上）早間長老使人來說，張生病重。我着長老使人請個太醫去看了。一壁道與紅娘看去者，再問太醫下甚麽藥？證候如何？便來回話。（下）（貼上）老夫人說張生病重，卻怎知昨夜吃我那一場氣，越重了。小姐呵，你送了人也！（下）（旦上）我寫一簡，則說是藥方，着紅娘將去與他，證候自可。（喚貼介）（貼上）姐姐喚紅娘怎麽？（旦）聞張生病重，我有一個好藥方兒，與我將去咱。（貼）又來了！娘呵，休送了人的性命！（旦）好姐姐，救人一命，將去咱！（貼）不是你，一世也救他不得〔一〕。如今老夫人使我去哩，我就與你將去走一遭。（下）（旦）紅娘去了，我綉房裏等他回話。（下）（生上）自從昨夜花園中吃了這一場氣，正投着舊證候〔二〕，眼見得休了也。老夫人說，着長老喚太醫來看我。我這證候，非是太醫所治的。則除是那小姐美甘甘、香噴噴、凉滲滲、嬌滴滴一點唾津兒咽下去，這病便可。

（法本同太醫診脈下藥介）（本）用了藥了，我回夫人話去，少刻再來相望。（下）（貼上）俺小姐送得人如此，又着我去動問，送藥方兒去，越着他病沉了也〔三〕。我索走一遭，異鄉易得離愁病，妙藥難醫腸斷人。

【鬥鵪鶉】則爲你彩筆題詩〔四〕，回文織錦；送得人臥枕着床，忘餐廢寢；折倒得鬢似愁潘，腰如病沈。恨已深，病已沉，昨夜個熱臉兒對面搶白，今日個冷句兒將人厮侵〔五〕。

昨夜這般搶白他！

【紫花兒序】把似你休倚着櫳門兒待月〔六〕，依着韻脚兒聯詩，側着耳朵兒聽琴。見了他，撇假偌多話〔七〕：張生，我與你兄妹之禮，甚麽勾當。怒時節把一個書生來迭噉〔八〕，歡時節：紅娘，好姐姐，去望他一遭。將一個侍妾來逼臨〔九〕。難禁，好教我似綫脚兒般殷勤不離了針〔一〇〕。從今後教他一任〔一一〕，這也是俺老夫人的不是：將人的義海恩山，都做了遠水遥岑〔一二〕。

（見生介）哥哥病體若何？（生）害殺小生也！我若是死呵，小娘子，閻王殿前〔一三〕，少不得你做個干連人。（貼嘆介）普天下害相思的，不似你這傻角。

【天淨沙】心不存學海文林〔一四〕，夢不離柳影花陰，則去那竊玉偷香上用心。又不曾得甚，自從海棠開想到如今〔一五〕。

因甚的便病得這般了？（生）都因你行説的謊，回到書房一氣一個死。小生救了人，反被害了。自古云：癡心女子負心漢。今日反其事了！

【調笑令】（生）我這裏自審〔一六〕，這病爲邪淫。尸骨喦喦鬼病侵〔一七〕，更做道秀才每從來恁，似這般干相思的好撒吞〔一八〕！功名上早則不遂心，婚姻上更返吟復吟〔一九〕。

（貼）老夫人着我來看哥哥，要甚麽湯藥。小姐再三伸意，有一藥方送來與先生。（生作慌介）在那裏？（貼）用着幾般兒生藥，各有制度〔二〇〕，我説與聽咱。

【小桃紅】桂花摇影夜深沉〔二一〕，酸醋當歸浸。（生）桂花生温〔二二〕，當歸活血，怎生制度？（貼）面靠着湖山背陰里窨〔二三〕，這方兒最難尋。一服兩服令人恁。（生）忌甚麽物〔二四〕？（貼）忌的是知母未寢〔二五〕，怕的是紅娘撒心。吃了呵，穩倩取使君子一星兒參。

這藥方兒小姐親筆寫的。（生看藥方大笑介，云）早知姐姐書來，只合遠接。（貼）又怎麽？卻早兩遭兒也。（生）不知這首詩意，小姐待和小生里也波哩。(貼)不要又差了一些兒也！

【鬼三臺】足下共實咻〔二六〕，佯妝唔。笑你個風魔的翰林，無處問佳音，向簡帖兒上計稟〔二七〕。得了個紙條兒恁般綿里針〔二八〕，若見玉天仙怎生軟厮禁〔二九〕？俺那小姐忘恩，赤緊的僂人負心〔三〇〕。

書上如何說？你讀與我聽咱。(生讀介)休將閑事苦縈懷，取次摧殘天賦才。不意當時完妾行，豈防今日作君災？仰酬厚德難從禮，謹奉新詩可當媒。寄與高唐休咏賦〔三一〕，明宵端的雨雲來。此詩非前日之比，小姐必來。(貼)他來呵，看你怎生發付？

【秃厮兒】身臥着一條布衾，頭枕着三尺瑶琴。他來時怎生和你一處寢？凍得來戰戰兢兢，說甚知音？

【聖藥王】果若你有心，他有心，昨日秋千院宇夜深沉。花有陰，月有陰，春宵一刻抵千金，何須詩對會家吟〔三二〕？

(生)小生有花銀一錠，有鋪蓋賃與小生一副。

【東原樂】(貼)俺那鴛鴦枕，翡翠衾，便遂殺人心，如何肯賃？至如你不脱解和衣兒更怕甚？不强如手執定指尖兒恁。倘或成親，到大來福蔭。

(生)小生爲小姐如此瘦顔，莫不小姐爲小生也減些豐韻麽〔三三〕？

【綿搭絮】(貼)他眉黛遠山鋪翠〔三四〕，眼横秋水無塵，體若凝酥〔三五〕，腰如嫩柳，俊的是龐兒俏的是心，體態温柔性格兒沈〔三六〕。雖不會法灸神針，猶勝似救苦難觀世音。

(生)今夜成就了呵，小子不敢有忘。

【幺】(貼)口兒里慢沉吟，夢兒里苦追尋。往事已沉，只言目今，今夜相逢管教你恁。我不圖你白璧黄金，則要你滿頭花〔三七〕，拖地錦。

（生）只怕夫人拘繫，不能勾出來。（貼）則怕姐姐不肯，果有意呵。

【收尾】雖然是老夫人曉夜將門禁，好共歹須教你稱心。（生）休似昨夜。（貼）你掙揣咱〔三八〕，來時節肯不肯怎由他，見時節親不親盡在您。

【絡絲娘煞尾】因今宵傳言送語，看明日携雲握雨。

注釋

〔一〕一世——一生，一輩子。

〔二〕投着——正中，恰合。此處意謂擊中舊病使之加重。

〔三〕病沉——病情沉重。毛西河曰：「北人謂重爲沉。」

〔四〕彩筆——即五色筆。《南史·江淹傳》叙梁·江淹善詩，夜夢一男子，自稱郭璞，對淹説：「吾有筆在卿處多年，可以見還。」淹即從懷中取五色筆授之。此後作詩，遂無佳句，時人謂之才盡。又《宋史·范質傳》叙范質生時，其母夢神人授以五色筆，九歲即能屬文。後世即以彩筆喻文才、文採卓特。

〔五〕厮侵——接近。侵，漸近，迫近。

〔六〕把似——掌握、控制。毛西河曰：「把似，何如也。」

〔七〕撇假——假裝，和假。

〔八〕迭噷(yìn音印)——即「擷窨」，參見第七出注〔三四〕。

〔九〕逼臨——逼迫。

〔一〇〕好教我句——不斷傳遞書信，像綫兒跟着針一樣穿來穿去，奔波不停。

〔一一〕一任——一味放任，隨心所欲。

〔一二〕岑(cén音涔)——小而高的山。

〔一三〕閻王殿——閻王審理鬼魂的公堂。閻王，佛教中的陰間主宰，地獄之王。

〔一四〕學海文林——深奥淵博的文章學問。王嘉《拾遺記·後漢》謂：「何休木納多智，作《左氏膏肓》、《公羊廢疾》、《穀梁墨守》，謂之三闕。鄭康成蜂起而攻之。求學者不遠千里，嬴糧而至，京師謂康成爲『經神』，何休爲『學海』。」《後漢書·崔駰傳論》：「崔氏世有美才，兼以沉淪典籍，遂爲儒家文林。」

〔一五〕海棠開想到如今——言相思之久、已久。宋·孫夫人(鄭文妻)〔憶秦娥〕詞：「愁登臨，海棠開後，望到如今。」

〔一六〕自審——自己查究。審，詳查，細究。

〔一七〕嵒嵒——又寫作嵓嵓、岩岩，瘦削的樣子。

〔一八〕似這般句——乾相思，空相思。乾，徒然，白白地，如乾着急，乾瞪眼。撒唔（tūn音吞），假裝癡獃。撒，要出。唔，一作俉，癡獃的樣子。

〔一九〕返吟復吟——又稱「反吟復吟」，命相學術語，意謂婚姻無成（反吟）或不順利（包括分離、死偶之類）。王伯良曰：「反吟復吟，見沈括《筆談·六壬論》。又《命書》：『年頭爲優吟，對宮爲反吟。』」云：『伏吟反吟，涕淚淫淫。』術家占婚姻遇此，雖成，亦有遲留之恨。」張果《星宗·反吟伏吟》：「太歲宮爲反吟，歲破宮爲伏吟。經云：『反吟伏吟，悲哭淋淋。』又云：『反吟相見是絶滅，伏吟相見淚淋淋。』」

〔二〇〕制度——此處指中藥的配制法度和治病時的用法。

〔二一〕桂花二句——「桂花」在月夜深沉之時摇曳着枝影，窮酸秀才（醋酸）應「當歸」去就寢（浸）了。桂花、當歸，皆爲中藥藥名。

〔二二〕性温——桂花屬温性藥，故云。中藥分寒、凉、熱、温、平五類。

〔二三〕面靠二句——把配製好的藥，在太湖石背陰處埋在地下，所以這方子最難尋。指情人躲在隱秘之處。窨（yìn音音），窨藏，藏在地窨、地室裏。

〔二四〕忌甚麽物——中藥藥方中藥力有冲突、影響而不能一起配伍的藥物。

〔二五〕忌的是三句——違忌的是老夫人尚未就寢，紅娘用心計，飲用此藥方，穩讓張生病愈。知母，中藥名，暗指老夫人。紅娘，中藥名，與紅娘之名巧合，故不僅暗指而且兼指紅娘。蔣星煜曰：紅娘作爲中藥，是一種有毒的害蟲，故而下曰「撒沁」。使君子，中藥名，暗指張生。「一星兒參」，一般解爲「參」，即人參，中藥中的補藥。蔣星煜先生解爲「一星『兒參』」，「兒參」即孩兒參、太子參，兼稱「兒參」。其藥性與上文之藥名無冲突，而人參大補，不可與上述諸藥配伍。甚是。撒心，用心。心，心思，心意。古人認爲心是思維器官，故把思想的器官和思想情況、感情等都説做心。一作「撒沁（qìn音揿），凌濛初曰：「發潑也。又不同心之意。」王錤《詩詞曲語辭例釋》：「撒沁，嘴尖口快，隨意胡謅。」蔣星煜曰：「撒沁有潑辣與耍胡賴的含義。」

〔二六〕咻（xiū 音休）——亂説話，喧擾。一作「啉（lèng 音愣）」，獃的樣子。

〔二七〕計稟——王季思曰：「疑『訴廪』之誤。向簡帖兒訴稟，指張生『早知姐姐書來』一段白。」訴稟，訴説。

〔二八〕綿里針——比喻小心、珍護。

〔二九〕軟厮禁——王伯良曰：「言不硬挣也。」張相《詩詞曲語辭彙釋》：「軟厮禁，言用軟工夫相擺布，相牽纏。」

〔三〇〕僂（lóu 音樓，又讀 lǚ 音旅）人——曲背人。即老年人，指老夫人。

〔三一〕咏賦——吟咏誦讀。

〔三二〕詩對會家吟——《五燈會元》：「文準有『酒逢知己飲，詩向會人吟』語。」

〔三三〕豐韻——豐通「風」，即「風韻」，風度，韻致。多指婦女的神態韻雅。

〔三四〕他眉黛二句——鶯鶯雙眉之姣好猶如遠山上的遍地蒼翠，目光轉動猶如一塵不染的秋水似明亮閃光。《西京雜記》：「文君姣好，眉色如望遠山。」宋・王觀〔卜算子〕：「水是眼波横，山是眉峰聚。」

〔三五〕凝酥——如凝結的奶脂似的潔白、柔軟、細滑。

〔三六〕沈——即「沉」，沉穩，穩重。

〔三七〕滿頭花二句——指婚禮上的打扮和盛妝。

〔三八〕争揣——挣扎，振作。

短評

張生興冲冲跳墻赴約會，滿心滿意以爲得遂心願，誰知討得一場老大的没趣，還受盡紅娘的奚落，更且追求鶯鶯又陷入無望的絶境，又氣又急，病情自然加重。長老、夫人和鶯、紅皆知張生病重，鶯、紅更知張生即將危及生命，聰明靈秀的鶯鶯即「寫一簡，則説是藥方，着紅娘將去與他，證候自可」。紅娘怕她重弄故伎，豈非「越着他病沉了也」。她一路走，一路想。第一曲〔鬭鵪鶉〕批評鶯鶯「昨夜個熱臉兒對面搶白」，也是送簡引起，而「今日個冷句兒將人厮侵」，不知結果如何。金聖歎認爲：「此皆寫紅娘細心切脈，洞見臟腑處，非等閑下筆也。」王世貞《曲藻》認爲「北曲故當以《西厢》壓卷」，舉上引「熱臉」、「冷句」等爲例，贊賞其妙處「是駢儷中諢語」，爲「他傳奇所不能及」。第二曲〔紫花兒序〕歷數聯詩、聽琴往事，揭示鶯鶯「撇假偌多話」，但又思念張生，多次求自己去看望，最終歸結爲「也是俺老夫人的不是」，由悔婚造成現在的局面。凌濛初認爲此曲：「背地評跋，宛如話出，此等方是元劇中本色勝場。」

此齣前半紅、張之對話也甚見精彩。張生談病因時，自言救人反被害，一氣一個死；又引古言「癡心女子負心漢」，感嘆「今日反其事」了，金聖歎急批：「真是妙白，寫來便真是氣盡喘急，逐口斷續之聲。至於紅答之奇妙絶世，反不論矣。」紅娘馬上拿出鶯鶯的「藥方」，金聖歎又批：「前一簡，出之何其遲，遲得妙絶；此一簡，出之何其速，速得又妙絶。唐人作畫，多稱變相，以言番番不同。今如此兩篇出簡，真可謂之變相矣。」對比紅娘出簡動作的快慢，贊美情節的變化靈動。

更妙在出簡之前紅娘又賣關子不給，反而自己拿出一個「藥方」來治張之病。〔小桃紅〕曲巧妙地將六個藥名編織在内，王伯良曰：「六藥名借以寓意，猶古之有藥名詩也。」毛西河曰：「不急出藥方，先口傳藥方作波瀾，如六朝藥名詩，雙關見意，最妙。」蔣星煜先生具體評論其雙關的難度，說：「在六種藥名之中，除桂花外，余外五種藥名入詩詞曲者以當歸最普遍，但以醋酸指風欠酸丁的秀才張生，以『當歸浸』諧『當歸寢』卻有新意。前人未用之者。『知母』用得十分技巧自然，下連『未寢』語句固可成立。『知母』作藥物解，則根本不存在『未寢』與否的問題，因此不如『當時酸醋浸』那樣巧奪天工。王實甫用了『紅娘』作藥名，直接用到了劇中主要角色之一的紅娘的名字，也是出乎人們意料之外的神來之筆。」又指出「參」不是一般研究家所認爲的人參，而是「兒參」，甚確；並指出「參」因另一讀音而又有隱晦曲折的暗示性的雙關語義，也甚確。

張生讀罷此簡，再次判斷鶯鶯是真心相約，堅信「小姐必來」，紅娘即唱〔聖藥王〕一曲，再勸張生頭腦應該冷靜些。此爲名曲，妙在借用、化用名家名句，化神奇爲新妙。「昨日秋千院宇夜深沉，花有陰，春宵一刻抵千金。」乃檃栝蘇軾《春夜》詩：「春宵一刻抵千金，花有清香月有陰。歌管樓臺聲細細，秋千院宇夜沉沉。」「春宵」句照用，「夜沉沉」改爲「夜深沉」，則更顯僻靜幽深，成爲更適合男女幽會的典型環境、理想場所。蔣星煜先生認爲：「春宵」句，王實甫並不是單純歌頌春宵的可貴和可愛，而是間接地指責鶯鶯顧慮太多，沒有能果斷行事，沒有能下决心和張生成其好事，因此錯過了一刻值千金的春宵，辜負了一刻抵千金的良夜。蘇軾的詩本來是一般地謳歌春夜的景色，並沒有環繞男女愛情來寫，更沒有包含幽會的意思，王實甫卻借用成題咏愛情和幽會的名篇，將前人詩句化用得如此準確、貼切，毫無針綫斧鑿之痕，已臻天衣無縫的極境了。王驥德評此曲曰：「此紅猶疑鶯之許，未必然也。」言：設彼此有心，昨宵邂逅，便當成事，又何必今日之寄書以成約也。」閔遇五也認爲：「紅猶疑其未真情，若果真，則昨夜當成就，又何必今日寄詩以訂約耶？」他們說的雖有一定的道理，但只能認爲說對了一半。因爲紅娘此時的心情很複雜，對鶯鶯這次訂約，决不是僅僅只有懷疑而已，而是將信將疑。同時多少有點惋惜和感慨的意思。以上的蔣評是深入而細致的。

紅娘在爲張生出謀劃策之後，張生又表示牢記紅娘恩德；「小子不敢有忘」。紅娘回答：「我不圖你白璧黄金，則要人滿頭花，拖地錦。」一般認爲此語祝願張生與鶯鶯能早成良姻。吴曉鈴認爲：「滿頭花，拖地錦」，是金元時代的結婚禮服，紅娘向張珙提出的答謝條件是做個陪嫁的小夫人，從女婢變成妾，便成爲自由公民的「平人」了。關漢卿的名著《詐妮子調風月》雜劇里的燕燕不也是向小千户要「滿頭花，拖地錦」嗎？兩個小妮子的目的是等同的。蔣星煜也指出：「按照唐代社會風尚，按照故事發展的走向，這紅娘在鶯鶯未嫁時是夫人派在她身邊的行監坐守的貼身丫環，也是鶯鶯生活上最親密的伴侣。鶯鶯出嫁時紅娘十之八九將作爲侍妾陪嫁給張生；紅娘的前途如果没有重大的意外波瀾，她成爲張生的二夫人是勢所必至，理之當然。」吴、蔣兩論乃是確評。

第十三齣

月下佳期

(旦上)昨夜紅娘傳簡去與張生，約今夕與他相見，等紅娘來，做個商量。(貼上)姐姐着我送簡與張生，許他今宵赴約。俺那小姐，我怕你又説謊呵，送了人性命，不是耍處。我且見小姐，看他説甚麽。(旦)紅娘，收拾臥房，我睡去。(貼)不爭你要睡呵，那裏發付那生？(旦)甚麽那生？(貼)姐姐，你又來也，送了人性命，不是耍處〔一〕！你若又番悔，我出首與夫人，你着我將簡帖兒約下來。(旦)這小賤人到會放刁。羞人答答的，怎生去。(貼)有甚麽羞，到那裏則合着眼者。(作催介)去來！去來！老夫人睡了也。(旦走)(貼笑介)俺姐姐語言雖是强，脚步兒早先行了也。

【端正好】因姐姐玉精神，花模樣，無倒斷曉夜思量〔二〕。着一片志誠心，蓋抹了漫天謊〔三〕。出畫閣〔四〕，向書房；離楚岫〔五〕，赴高唐；學竊玉，試偷香；巫娥女，楚襄王；楚襄王敢先在陽臺上。(下)

(生上)昨夜紅娘所遺之簡〔六〕，約小生今夜成就。自日出熬到如今，卻早初更盡也。不見來呵，小姐休説謊咱！人間良夜靜不靜〔七〕，天上美人來不來。

【點絳脣】佇立閑階，夜深香靄、橫金界〔八〕。瀟灑書齋〔九〕，悶殺讀書客。

【混江龍】彩雲何在〔一〇〕，月明如水浸樓臺。僧居禪室，鴉噪庭槐。風弄竹聲，則道是金珮響；月移花影〔一一〕，疑是玉人來。意懸懸業眼，急攘攘情懷〔一二〕，身心一片，無處安排。則索獃打孩倚定門兒待〔一三〕。越越的青鸞信杳〔一四〕，黄犬音乖〔一五〕。

小生一日十二時，無一刻放下小姐，你那裏知道呵！

【油葫蘆】情思昏昏眼倦開，單枕側，夢魂飛入楚陽臺。早知道無明無夜因他害，想當初不如不遇傾城色〔一六〕。人有過，必自責，勿憚改〔一七〕。我卻待賢賢易色將心戒〔一八〕，怎禁他兜的上心來。

【天下樂】我則索倚定門兒手托腮〔一九〕，好着我難猜：來也那不來？夫人行料應難離側。望得人眼欲穿，想得人心欲窄，多管是寃家不自在〔二〇〕。

偌早晚不來，莫不又是謊麽？

【那吒令】他若是肯來，早離了貴宅。他若是到來，便春生敝齋。他若是不來，似石沉大海〔二一〕。數着他脚步兒行，倚定窗櫺兒待〔二二〕，寄語多才〔二三〕。

【鵲踏枝】恁的般惡搶白，並不曾記心懷。撥得個意轉心回〔二四〕，夜去明來。空調眼色〔二五〕，經今半載，這其間委實難捱。

小姐這一番若不來呵，

【寄生草】安排着害〔二六〕，準備着抬。想着這異鄉身强把茶湯捱，則爲這可憎才熬得心腸耐，辦一片志誠心留得形骸在〔二七〕。試着那司天臺打算半年愁〔二八〕，端的是太平車約有十余載〔二九〕。

（貼上）姐姐，我過去。你在這裏，（敲門介）（生）是誰？（貼）是你前世的娘。（生）小姐來麽？（貼）你接了衾枕者，小姐到來也。張生，你怎麽樣謝我？（生拜介）小生一言難盡，寸心相報〔三〇〕，惟天可表。（貼）你放輕者，休唬了他。（貼推旦介）姐姐，你入去，我在門外兒等着你。（生見旦跪迎介）張珙有何德能，有勞神仙下降，知他是睡裏夢裏？

【村里迓鼓】猛見他可憎模樣，小生那裏得病來！早醫可九分不快〔三一〕。先前見責，誰承望今宵歡愛！着小姐這般用心，不才張珙，合當跪拜。小生無宋玉般容〔三二〕，潘安般貌，子建般才〔三三〕。姐姐，你則是可憐見爲人在客！（挨着旦坐介）

【元和令】（生）綉鞋兒剛半折〔三四〕，柳腰兒恰一搦〔三五〕，羞答答不肯把頭抬，只將鴛枕捱。雲鬟仿佛墜金釵，偏宜鬏髻兒歪〔三六〕。

【上馬嬌】我將這鈕扣兒松，縷帶兒解〔三七〕。蘭麝散幽齋。不良會把人禁害〔三八〕，咳，怎不肯回過臉兒來。

【勝葫蘆】我這裏軟玉温香抱滿懷。呀，劉阮到天臺，春至人間花弄色。將柳腰款擺，花心輕折〔三九〕，露滴牡丹開。

【幺】但蘸着些兒麻上來，魚水得和諧，嫩蕊嬌香蝶恣採。半推半就，又驚又愛，檀口揾香腮〔四〇〕。

（跪介）謝小姐不棄張珙，今夕得就枕席，異日犬馬之報〔四一〕。（旦）妾千金之軀，一旦托於足下，勿以他日見棄，使妾有白頭之嘆〔四二〕！（生）小生焉敢如此！（看帕介）

【後庭花】春羅元瑩白〔四三〕，早見紅香點嫩色。（旦）羞人答答的，看做甚麽。（生）燈下偷睛覷，胸前着肉揣〔四四〕。暢奇哉，渾身通泰，不知春從何處來？無能的張秀才，孤身西洛客，自從逢稔色，思量的不下懷。憂愁因間隔，相思無擺劃〔四五〕。謝芳卿不見責。

【柳葉兒】我將你做心肝兒般看待，點污了小姐清白。忘餐廢寢舒心害，若不是真心耐，志誠捱，怎能够這相思苦盡甘來？

【青歌兒】成就了今宵今宵權愛，魂飛在九霄九霄雲外。投至得見你個多情小奶奶，憔悴形骸，瘦似麻秸〔四六〕。今夜和諧，猶自疑猜。露滴香埃〔四七〕，風靜閑階，月射書齋，雲鎖陽臺。審問明白，只疑是昨夜夢中來，愁無奈。

（旦）我回去也，怕夫人覺來尋我。（生）我送小姐去來。

【寄生草】多豐韻，忒稔色。乍時相見教人害，霎時不見教人怪，些兒得見教人愛。今宵同會碧紗厨〔四八〕，何時重解香羅帶。

（貼）來拜你娘。（生笑介）（貼）張生，你喜也。姐姐，咱家去來。

【煞尾】（生）春意透酥胸，春色横眉黛，賤卻人間玉帛。杏臉桃腮，襯着月色，嬌滴滴越顯紅白。下香街，懶步蒼苔，動人處弓鞋鳳頭窄〔四九〕。嘆鯫生不才〔五〇〕，謝多嬌錯愛。若小姐不棄小生，你是必破工夫明夜早些來。（下）

注釋

〔一〕不是耍處——不是玩耍的事情。處，地方，稱代詞。此「處」，指「送了人性命」這件事。張燕瑾曰：「處，語氣詞，啊、呢。」恐誤。其所舉之例，白居易《楊家南亭》：「此院好彈秋思處，」意謂此院是好彈秋思的地方，「處」即「此院」；賀鑄《青玉案》：「錦瑟華年誰與度？月臺花榭，瑣窗朱户，只有春知處。」「處」即指「月臺花榭，瑣窗朱户」。

〔二〕無倒斷——王伯良曰：「即無休歇之謂。」

〔三〕蓋抹——遮蓋、涂改。

〔四〕畫閣——華麗的樓閣。此指鶯鶯的閨房。

〔五〕楚岫（xiù音袖）——指巫山。岫，峰巒。

〔六〕遺（wèi音衛）——給予，贈送。

〔七〕靜不靜——王伯良、毛西河本作「靜復靜」，語似更妥。

〔八〕金界——佛地，佛寺。

〔九〕瀟灑——凄涼、凄清。

〔一〇〕彩雲——天空上的雲彩，又喻心中所愛的女子，此處爲雙關語。晏幾道〔臨江仙〕：「記得小蘋初見，兩重心字羅衣。琵琶絃上説相思。當時明月在，曾照彩雲歸。」

〔一一〕月移花影——王安石《夜直》詩：「春色惱人眠不得，月移花影上闌干。」

〔一二〕急攘攘情懷——焦急煩亂的心情。攘攘，亂的樣子。

〔一三〕獃打孩——又作「獃答孩」。獃木的樣子。打孩、答孩，無義。

〔一四〕越越的句——越越的，王季思曰：「越，字或作魆，狀寂靜之辭。」張燕瑾曰：「靜悄悄的。」似誤。越，通「愈」，愈加。青鸞，即青鳥。《藝文類聚》卷九十一引《漢武故事》：「七月七日，上於承華殿齋，日正中，忽有一青鳥從西方來，集殿前。上問東方朔，朔曰：『此西王母欲來也。』有頃，王母至，有二青鳥如烏，俠（夾）侍王母旁。」《山海經·大荒經》：

「西有王母之山……沃之野有三青鳥，赤首黑目。」郭璞注：「皆西王母所使也。」後因稱傳信的使者爲「青鳥」。信杳，杳無音訊。杳，深遠，見不到踪影。

〔一五〕黄犬音乖——意同「青鸞信杳」，毫無音訊。祖冲之《述異記》叙陸機在洛陽求官，多年與家鄉不通音訊，其愛犬黄耳攜盛信之竹筒，送到華亭（今爲上海市松江區）家中，來回半月，攜家信回到洛陽。後也以黄犬喻信使。乖，背戾，違背，此指不順，不達。

〔一六〕不如不遇傾城色——此是張生心裏非常着急時講的反話。白居易《李夫人》詩：「生亦惑，死亦惑，尤物害人忘不得。人非草木皆有情，不如不遇傾城色。」

〔一七〕勿憚（dàn 音單）改——《論語·學而》：「過，則勿憚改。」邢昺疏：「憚，猶難也。言人誰無過，過而不改是謂過矣。過而能改，善莫大焉。故苟有過，無得難於改也。」憚，怕，畏懼。

〔一八〕我卻待二句——張生自言愛戀鶯鶯之心揮之不去，時時縈懷。賢賢易色，語出《論語·學而》，邢昺疏曰：「能改易好色之心以好賢，則善矣，故曰『賢賢易色』也。」

〔一九〕倚定門兒手托腮——元雜劇常用語，描寫着急等人的樣子。白樸《墻頭馬上》雜劇二折：「我怎肯掩殘粉淚横眉黛，倚定門兒手托腮，山長水遠幾時來。」

〔二〇〕不自在——凌濛初曰：「北人稱病爲『不自在』。」王伯良曰：「不自在，又疑其病不能出也。」

〔二一〕石沉大海——比喻始終毫無消息，猶如石塊沉入大海而無處尋覓一樣。

〔二二〕倚定窗櫺兒待——毛西河曰：「前云『倚門』，此又云『倚窗』，漸反之内，不惟照應，兼爲下科白『敲門』作地步也。」

〔二三〕寄語多才——寄語，傳話，轉告。多才，指鶯鶯。

〔二四〕撥得個——撥，調撥。王季思曰：「印博得。」亦通。

〔二五〕調（diào 音吊）眼色——眉目傳情，眉來眼去。

〔二六〕安排二句——害，害病。抬，死了被抬走。

〔二七〕辦一片句——辦，具備，備有。此句意謂鶯鶯如有一片愛我的誠意，便可保我的性命。形骸（hái 音孩），人的形體。

〔二八〕試着那句——自己的憂愁又深又多，讓司天臺計算，也需半年時間。司天臺，《舊唐書·職官志》：「司天臺掌觀察天文，稽定歷數。」

〔二九〕端的是句——用太平車裝，約需十幾車。太平車，古代大型的載重車。

〔三〇〕寸心——區區之心。寸，區區，自稱的謙詞。

〔三一〕不快——疾病。陶宗儀《南村輟耕録》：「世謂有疾曰不快。」

〔三二〕宋玉般容——像宋玉一樣美的容貌。宋玉《登徒子好色賦》：「玉爲人體貌閑麗。」

〔三三〕子建般才——像曹植一樣的杰出才華。曹植爲曹操之子，字子建，著名文學家。

〔三四〕半折——一作「半拆」，「拆」，同扠（zhǎ音眨）指姆指與食指伸開時的長度。此句形容鶯鶯的脚之小。

〔三五〕一搦（nuò音諾）——一握。言腰之細。

〔三六〕髲（dí音狄）髻——小的髮髻。徐士範曰：「髲，音的，小髻也。」髻，挽束在頭頂的頭髮。

〔三七〕縷帶——一作「摟帶」，義同。毛西河曰：「摟帶，拴帶也。」

〔三八〕不良句——不良，狠心的，「善良的」反義詞。與「可憎」、「冤家」一樣，是愛極的反話。禁害，作弄。

〔三九〕折——王伯良本、張深之本、毛西河本皆作「拆」，義同。

〔四〇〕揾——按，揩拭。此處即吻。

〔四一〕犬馬——表示忠誠，甘願服勞奔走。

〔四二〕白頭之嘆——女子被遺棄的哀嘆。《西京雜記》卷三：「司馬相如將聘茂陵人女爲妾，卓文君作《白頭吟》以自絶，相如乃止。」《白頭吟》：「淒淒復淒淒，嫁娶不須啼。願得一人心，白頭不相離。」

〔四三〕春羅——此指用絲織品做的巾帕。

〔四四〕揣——藏在懷里。此句言將巾帕貼肉藏在胸前。

〔四五〕擺劃——同「擘劃」，籌劃，安排。

〔四六〕麻秸（jiē音階）——去皮之麻莖。秸，農作物的莖杆。

〔四七〕香埃——香塵。埃，塵，塵埃。

〔四八〕碧紗厨——緑紗蒙成的床帳。

〔四九〕弓鞋鳳頭窄——鳳頭弓鞋窄小。鳳頭，鞋頭綉鳳，或謂作鳳頭狀，此類鞋稱鳳頭鞋。弓鞋，纏足婦女所穿的鞋子。或謂此類鞋形狀如弓，故名。

〔五〇〕鯫（zōu音鄒）生不才——鯫生，卑小愚陋的人。古作駡人之詞。《史記·留侯世家》：「沛公曰：『鯫生教我距關，毋内（納）諸侯，秦地可盡王，故聽之。』」此爲謙詞，猶「小生」。不才，没有才能，也用爲自稱的謙詞。《左傳·成公三年》：「二國治戎，臣不才，不勝其任。」

短評

此齣簡稱《佳期》，描寫鶯鶯爲挽救張生生命和自己的愛情，毅然與張生同居；並具體描寫他們初次結合的過程，對此，古今評論家的評價有很大的分歧。衛道者斥之曰「誨淫」，一些成就卓著的《西廂》研究家也有否定性的批評，著名的觀點如王伯良曰：「此套全篇莽率俚淺，殊寡醞藉，記中諸曲此最稱殿。」全盤否定此齣，又具體指責：「（〔勝葫蘆〕之〔幺篇〕）首語大傷醞藉，次語較陳。」「（〔後庭花〕）『胸前』三句，亦少涉猥俗。」徐士範評〔柳葉兒〕曲：「此處語意稍露，殊無蘊藉，昔人有『濃鹽赤醬』之誚，信夫。」金聖歎則全面、有力地肯定此齣的情節描寫：「有人謂《西廂》此篇最鄙穢者，此三家村中冬烘先生之言也。」精辟指出：《西廂》描寫張崔之性愛，「意在於文，意不在於事也。意不在事，故不避鄙穢，意在於文，故吾真曾不見其鄙穢。」

此齣刻劃張生在書房等待的焦急心理和戲劇動作精細入微。而鶯鶯事到臨頭果真又在猶豫。鶯鶯在紅娘傳簡約張生今夕相見之後，竟還要繼續與紅娘「做個商量」，在紅娘的一再催促之下才羞人答答地啓步，紅娘起了關鍵的催化作用，故而陳眉公説：「紅娘是個牽頭，一發是個大座主。」毛聲山指出：「張生終得與鶯鶯配合，全賴紅娘之力。」（《第七才子書琵琶記・參論》）

鶯鶯在紅娘的「你若又翻悔，我出首與夫人，你着我將簡帖兒約下來」的催逼下，纔半推半就地挪動脚步。紅娘笑着説：「俺姐姐語言雖是强，脚步兒早先行了也。」這種善意的喜謔，有很强的喜劇性，舞臺效果甚佳。

張生一見鶯鶯，雖有預約，仍喜出望外。〔元和令〕曲用張生的視角描繪鶯鶯的優美體態和羞態；又因鶯鶯羞得不肯抬頭而略寫其害羞的臉容，都是高明的藝術處理。

鶯鶯最後敢於踏上張生的床笫，獻出少女最尊貴的貞操和情愛，是一個深思熟慮的行爲，在此之前，她走過了一條漫長的路程。她愛上張生的緩慢過程和思想上的反覆，皆出於她對張生的追求，用冷靜的理智進行實質性的有步驟和有效的考察和考驗：通過酬韻了解張生的才情和傾心自己的誠意，通過鬧齋親眼目睹張生的英俊和在自己面前賣力表現的情意，通過寺警看到張生在患難中見義勇爲、挺身而出的優秀品質和揮筆作書的敏捷，以及「識人多」、能交到有情有義的朋友的這種社交能力，在賴簡時又暗賞張生的憨厚老實、肯自己承擔責任的品格，並從他因此而病重意識到他對愛情的忠誠已到高於生命、不惜殉情的程度。鶯鶯不僅能慧眼識人，而且能隨機應變，用慧心探索到張生的靈魂深處，識人而知心。她早就宣布「自有主張」，此時她毅然與張生肉體結合，不僅是徹底了解信任張生，對戀情有必成不敗的把握，而且更是鶯鶯自定的一個戰略步驟——通過這一步，她挽救張生生命，挽救了自己的理想婚姻，給阻擋、破壞這樁美滿婚姻的老母以致命反擊。與鶯鶯相比較，《敦煌曲子詞》中受騙遭棄的少女只能哀嘆：「當初姐姐分明道，莫將真心過於他。」而輕信對方花言巧語的敫桂英、杜十娘，《警世通言·王嬌鸞百年長恨》中的女主角都受到負情男子的欺騙，都只能付出生命的代價。衆多少女輕信情人的山盟海誓或花言巧語，受到欺騙、凌辱或遺棄，演出種種悲劇，可以排出一串數千年的血淚史，皆因缺乏鶯鶯式的慧眼、慧心和耐性。鶯鶯性格的豐富性、複雜性和性格發展的有趣過程，皆由此而來，至此則完成了一次重大的總結。但是鶯鶯性格的豐富性、複雜性和發展過程還遠未完成，作者以後還有非常高明的描寫，文學巨匠的才力真是深不可測。

關於本齣中描寫張崔靈肉結合的優美唱詞和重大意義，古今評論家的恰當分析評價則全付闕如；有鑒於此，《西廂記》研究的權威蔣星煜先生特撰《〈西廂記〉對性禁區的衝激及其世界意義》名文（'90上海·「中國文化與世界」國際研討會論文）對本齣文辭的鑒賞作了精采的具體指導，又精辟指出：「王實甫用如此優美的情操、充滿詩情畫意的語言去寫張崔的初次幽會，説明了他毫無保留地歌頌這一對青年男女的愛情，認爲他倆的幽會是不應受到誹議的。」在認定「《佳期》部分是『中國無第二』的佳構」之同時，又認爲湯顯祖《牡丹亭》的「《驚夢》、《尋夢》等齣，用充滿激情的筆觸精雕細刻杜麗娘的青春覺醒的過程」的類似描寫，「説明此二劇異曲而同工，因此成了中國戲曲史先後輝映的雙璧」。極爲有見。

第十四齣

堂前巧辯

（老引歡郎上）這幾日竊見鶯鶯語言恍惚，顏色倍加，腰肢體態，比向日不同。莫不做下些事來？（歡）前日晚夕，奶奶睡了，我見姐姐和紅娘燒香，半晌不回來，我家去睡了。（老）這樁事都在紅娘身上。唤紅娘來！（歡叫紅介）（貼上）哥哥唤我怎麽？（歡）奶奶知道你和姐姐去花園裏去，如今要打着問你哩！（貼）呀，小姐帶累我也！小哥哥，你先去，我便來也。（對旦云）姐姐，事發了也！老夫人唤我哩，卻怎了？（旦）好姐姐，遮蓋咱！（貼）娘呵，你做得我隱秀者〔一〕，我道你做下來也。（旦）月圓便有陰雲蔽，花發須教急雨催。

【鬥鵪鶉】（貼）則着你夜去明來，到有個天長地久。不爭你握雨攜雲〔二〕，常使我提心在口〔三〕。則合你帶月披星，誰着你停眠整宿？老夫人心教多〔四〕，情性㤘。使不着我巧語花言，將没作有。

【紫花兒序】老夫人猜那窮酸做了新婿，小姐做了嬌妻，只小賤人做了牽頭〔五〕。俺小姐這些時春山低翠，秋水凝眸〔六〕。別樣的都休，試把你裙帶兒拴，紐門兒扣，比着你舊時肥瘦，出落的精神〔七〕，別樣的風流。

（旦）紅娘，你到那裏小心回話者！（貼）我若到夫人處，必問：這小賤人，

【金蕉葉】我着你但去處行監坐守〔八〕，誰着你迤逗的胡行亂走〔九〕？若問着此一節呵如何訴休〔一〇〕？你便索與他個知情的犯由〔一一〕。

姐姐，你受責理當，我圖甚麽來？

【調笑令】你綉幃里效綢繆〔一二〕，倒鳳顛鸞百事有。我卻在窗兒外幾曾敢輕咳嗽，立蒼苔將綉鞋兒湮透〔一三〕。今日個嫩皮膚到將粗棍抽，姐姐呵，俺這通殷勤的着甚來由？

姐姐在這裏等着，我過去。說得過呵，休歡喜；說不過，休煩惱。（見老介）（老）小賤人，爲甚麽不跪下！你知罪麽？（貼）紅娘不知罪。（跪介）（老）你還自口强哩！若實說呵，饒你；若不實說呵，我直打死你個賤人〔一四〕！誰着你和小姐半夜花園裏去來？（貼）不曾去，誰見來？（老）歡郎見你們去來，尚兀自推哩〔一五〕。（打介）（貼）夫人休閃了手〔一六〕，且息怒停嗔，聽紅娘說。

【鬼三臺】夜坐時停了針綉，共姐姐閑窮究〔一七〕，說張生哥哥病久。咱兩個背着夫人向書房里問候。（老）問候呵，他說甚麽？（貼）他說道：夫人事已休，將恩變爲仇，着小生半途喜變做憂。他道：紅娘你且先行，教小姐權時落後〔一八〕。

（老）他是女孩兒家，着他落後怎麽？

【禿廝兒】（貼）我則道神針法灸，誰承望燕侶鶯儔〔一九〕。他兩個經今月余，則是一處宿，何須一一問緣由。

【聖藥王】他每不識憂，不識愁，一雙心意兩相投。夫人，得好休〔二〇〕，便好休，這其間何必苦追求？常言道女大不終留〔二一〕。

（老）這椿事都是你個賤人。（貼）非是紅娘之罪，亦非張生小姐之罪，乃夫人之過也。（老）這賤人到指下我來。怎麽是我之過？（貼）信者人之根本。人而無信〔二二〕，不知其可也。大車無輗，小車無軏，其何以行之哉？當日軍圍普救，夫人所許，退軍者以女妻之。張生非慕小姐顔色，豈肯建退軍之策？兵退身安，夫人悔卻前言，豈得不爲失信乎？既然不肯成其事，只合酬之以金帛，令張生舍此而去。卻不當留請張生於書院，使怨女曠夫〔二三〕，各相窺視，所以有此一端。目下老夫人若不息其事，一來辱没相國家譜；二來張生日後名望不輕，施恩於人，忍令反受其辱？便至官司〔二四〕，夫人亦得治家不嚴之罪。官司若推其詳〔二五〕，亦知老夫人背義忘恩，豈得爲賢哉？紅娘不敢自專〔二六〕，伏望夫人臺鑒：莫若恕其小過，成就大事，撋之以去其污〔二七〕，豈不爲長便乎。

【麻郎兒】秀才是文章魁首〔二八〕，姐姐是仕女班頭〔二九〕。一個通徹三教九流，一個曉盡描鸞刺綉〔三〇〕。

【幺】世有、便休、罷手〔三一〕，大恩人怎做敵頭？啓白馬將軍故友〔三二〕，斬飛虎叛賊草寇〔三三〕。

【絡絲娘】不爭和張解元參辰卯酉〔三四〕，便是與崔相國出乖露醜〔三五〕。到底干連着自己骨肉，夫人索窮究〔三六〕。

（老）這小賤人也道得是。我不合養了這個不肖之女〔三七〕。待經官呵，玷辱家門。罷罷！俺家無犯法之男，再婚之女，與了這廝罷。紅娘喚那賤人來！（貼叫旦介）且喜那棍子兒滴溜溜在我身上，吃我直說過了〔三八〕。我也怕不得許多。如今喚你去，成合親事哩！

（旦）羞人答答的，怎麽見得夫人？（貼）娘跟前有甚麽羞？

【小桃紅】當夜個月明纔上柳梢頭〔三九〕，卻早人約黄昏後。羞的我腦背後將牙兒襯着衫兒袖。猛凝眸，看時節則見鞋底尖兒瘦。一個恣情的不休，一個啞聲兒厮耨〔四〇〕。呸！那其間可怎生不害半星兒羞？

（旦見老介）（老）鶯鶯，我怎生抬舉你來，今日做下這等的勾當。則是我的孽障〔四一〕，待怨誰來！我待經官來，辱没了你父親。這等事，不是俺相國人家有的。罷罷罷！誰似俺養女的〔四二〕，不氣殺也！紅娘，書房里喚將那禽獸來！（貼喚生介）（生）小娘子喚小生做甚麽？（貼）你的事發了也！如今老夫人喚你，將小姐配與你哩。小姐先招了也，你過去。（生）小生惶恐，如何見得老夫人？誰在老夫人行説來？（貼）你休佯小心，過去便了。

【小桃紅】既然泄漏怎干休？是我先投首〔四三〕。俺家里陪酒陪茶到撋就〔四四〕。你休愁，何須約定通媒媾〔四五〕？我拚了個部署不收〔四六〕，你元來苗而不秀〔四七〕。呸！你是個銀樣鑞槍頭〔四八〕。

（生見老介）（老）好秀才呵！豈不聞非先王之德行不敢行〔四九〕。我待送你官司裏去來，恐辱没了俺家譜。我如今將鶯鶯與你爲妻。則是俺三輩兒不招白衣女婿〔五〇〕，你明日便上朝取應去〔五一〕。我與你養着媳婦。得官呵，來見我；駁落呵〔五二〕，休來見我。（貼）張生早則喜也。

【東原樂】相思事一筆勾，早則展放從前眉兒皺，美愛幽歡恰動頭〔五三〕。既能彀，張生你覷，兀的般可喜娘龐兒要人消受。

（老）明日收拾行裝，安排酒果，請長老一同送張生到十里長亭去〔五四〕。（下）（旦）寄語西河堤畔柳〔五五〕，安排青眼送行人。

【收尾】（貼）來時節畫堂簫鼓鳴春晝，列着一對兒鸞交鳳友。那其間纔受你説媒紅〔五六〕，方吃你謝親酒〔五七〕。（下）

注釋

〔一〕隱秀——明刻本多作「穩秀」，即隱秀，隱秘，隱蔽。李玉《占花魁》十九齣：「如今丈夫出去，我雖無人拘管，但你出家人，往來須要隱秀些才好。」

〔二〕不爭——没想到。爭，力求獲得或達到。

〔三〕提心在口——毛西河曰：「提心在口，驚恐之意，猶言魂離了殼也。《朱砂擔》劇：『諕得我戰兢兢提心在口。』舊解挂念，非也。」

〔四〕老夫人二句——諸本多作「心教」，王伯良本作「心數」，即心計。㤘（zhòu音皺），固執，偏狹。董解元《西廂記諸宫調》：「乃老夫人情性㤘，非草草。」一作「㑳」，音義皆同「㤘」、「搊」。

〔五〕牽頭——牽合、拉攏雙方的人，猶言撮合山、拉皮條。《古今小説》卷一《珍珠衫》：「婆子只爲圖這些不義之財，所以肯做牽頭。」

〔六〕春山、秋水——指眉毛和眼睛。

〔七〕出落的二句——精神焕發，特别風流。出落，長成，出跳，出脱。《紅樓夢》十六回：「寶玉細看那黛玉時，越發出落的超逸了。」

〔八〕我着你句——我派你僅去那裏監視守望鶯鶯的行止。着，使，派遣。處，地方。

〔九〕迤（yǐ音以）逗——挑逗，勾引。湯顯祖《牡丹亭·驚夢》：「没揣菱花，偷人半面，迤逗的彩雲偏。」

〔一〇〕訴休——訴説啊。張相《詩詞曲語辭彙釋》：「休，語助辭……有可解爲呵字或啊字者。楊萬里《題子仁侄山莊小集》詩：『莫笑山林小集休！篇篇字字爽於秋。』此猶云莫笑呵。」

〔一一〕犯由——犯罪之因由、原由，罪狀。周密《武林舊事》：「元夕，京尹取獄囚數人，列荷校，大書犯由云：『某人爲搶撲釵環，挨搪婦女……』」

〔一二〕你綉幃里二句——指崔張合歡。綢繆（móu音謀），纏綿，謂男女合歡，情意深厚。《詩經·唐風·綢繆》：「綢繆束薪，三星在天。今夕何夕，見此良人。」百事有，樣樣有。

〔一三〕立蒼苔句——白樸〔仙呂·點絳唇〕：「深沈院宇朱扉扂，立蒼苔冷透凌波襪。湮（yīn音因），同洇，原指墨水着紙而漾開，此指打濕。綉鞋兒湮透，濕透了綉鞋。

〔一四〕我直打死你個賤人——陶宗儀《南村輟耕録》卷十一「金鎞剌肉」謂元有拷死婢女不受法之例。按封建社會中奴婢無人身權利，主人打死奴婢常不受追究。直，就。

〔一五〕兀自——尚，還。一作「故自」。

〔一六〕閃——因身體轉側、顛撲或用力不當而扭傷筋絡。閃了手，扭傷手筋。

〔一七〕窮究——徹底推求，追根問底。閑窮究，指閑聊時的無所不聊。

〔一八〕權時落後——暫時晚走一下。權時，暫時，暫且。

〔一九〕承望——指望，料到。

〔二〇〕得好休二句——宋元時成語，可以罷休、放手時便罷休、放手。劉逋翁《四塊玉》曲：「得好休時便好休。」

〔二一〕女大不終留——一作「不中留」，義同。康進之《李逵負荆》雜劇一折：「你曉的世上有『三不留』麼？……蠶老不中留，人老不中留……常言道：『女大不中留。』」不中留，不可留。不終留，不可終留。

〔二二〕人而無信五句——語出《論語·爲政》篇。輗（ní音尼），置於車杠（即轅）前端與車衡銜接處穿孔中的關鍵。軏（yuè音月），義同輗，用於大車謂之輗，用於小車謂之軏。宋·邢昺疏：「此爲無信之人作譬也。大車，牛車；輗，轅端横木，以縛軛駕牛領者也。小車，駟馬車；軏者，轅端上曲鉤衡以兩服馬領者也。大車無輗則不能駕牛，小車無軏則不能駕馬，其車何以得行之哉？言必不能行。以喻人而無信，亦不可行也。」

〔二三〕怨女曠夫——年長不能婚嫁的女子和無妻的成年男子。《後漢書·周舉傳》：「内積怨女，外有曠夫。」

〔二四〕官司——泛稱官吏或官司。舊稱訴訟爲「官司」，稱進行訴訟爲「打官司」。

〔二五〕推其詳——推究其詳情。推，推想，推求。

〔二六〕自專——按自己的意圖獨斷獨行。《禮記·中庸》：「愚而好自用，賤而好自專。」此指自作主張。

〔二七〕撋（ruán 音軟陽聲，又讀 nuó 音挪）——也作「挪（挼）」，以手揉摩。

〔二八〕文章魁首——文才出衆的頭等人物。文章，文辭，獨立成篇的、有組織的文字。魁首，頭等人物。

〔二九〕仕女班頭——女中第一。仕女，貴族婦女，班，排列等級，引申爲依次。頭，第一。

〔三〇〕描鸞——在衣物上描摹鸞鳥（鳳的一種）圖案，作爲刺綉的底樣。

〔三一〕世有、便休、罷手——王伯良曰：「首六字作三句，總之言世間自有宜便干休而罷手之事也。」毛西河謂：「言世固有便當休息而罷手之事，下文是也。」

〔三二〕啓——書啓，書札，書信。此用動名詞，謂「寫信給」。一作「起」，發動。

〔三三〕草寇——草澤之中的寇賊。《六部成語·刑部·草寇生發》注：「草野之中，盜賊發起也。」

〔三四〕參（shēn 音深）辰卯酉——徐士範曰：「參居卯地，辰居酉地，二星一出一沒，朝暮不能相見。」參辰，參星和辰星，又稱「參商」，二星此出則彼沒，兩不相見，因此比喻人分離不得相見。徐幹《室思一首》：「故如比目魚，今隔如參辰。」杜甫《贈衛八處士》詩：「人生不相見，動如參與商。」也比喻不和睦。卯，卯時，爲早晨五至七時。酉，酉時，爲傍晚五至七時。卯酉也比喻互不相見、對立不和。無名氏《陳州糶米》雜劇二折：「我偏和那有勢力的官人每卯酉。」

〔三五〕出乖露醜——講話不當或做出錯事丑事而丢人現眼。

〔三六〕索窮究——索，須，應，得。窮究，此指慎重周到的考慮。

〔三七〕不肖——不似；不賢。《説文·肉部》：「肖，骨肉相似也。」「不似其先；故曰不肖也。」

〔三八〕吃——表示被動。吃我，被我。關漢卿《金綫池》雜劇二折：「那一日吃你家媽媽趕逼我不過，只得忍了一口氣，走出你家門。」

〔三九〕當夜個二句——語出朱淑真（一作歐陽修）〔生查子〕詞：「去年元夜時，花市燈如畫。月上柳梢頭，人約黄昏後。」「當夜個」與詞中「元夜時」相應。一作「當日個」。

〔四〇〕廝耨（nòu音檽）——廝，互相。耨，徐渭《南詞叙録》：「北人謂相昵爲耨。」王季思曰：「案此字元明人劇中常見，大約狀男女交歡時動作狀態，蓋嬲字之假借，今温州方言尚如此。」

〔四一〕孽障——孽，妖孽；灾殃；不忠、不孝之人。障，指障礙、阻隔正道。

〔四二〕誰似俺養女的——明刻本此句後常有「不長進」或「不長俊」三字。不長俊，即不長進，没出息。

〔四三〕投首——自首。《六部成語補遺·刑部·投首》注：「言犯罪者不待告發或官拘拿，即自行赴官衙，投到自首也。」

〔四四〕俺家裏句——常禮是男家備茶酒求婚，崔家卻倒陪茶酒遷就婚姻。茶，訂婚聘禮之代稱，又稱茶禮。明·郎瑛《七修類稿》：「女子受聘，其禮曰下茶，亦曰吃茶。」明·許次紓《茶疏·考本》：「茶不移本，植必子生。古人結婚，必以茶爲禮，取其不移置子之意也。今人猶名其禮曰下茶。」撋就，温存，遷就。

〔四五〕媒媾（gòu音構）——媒人。媾，重疊交互爲婚姻；交合。

〔四六〕部署不收——即不做師父，不收你爲徒。意指張生爲無用無能的徒弟，我不再爲你幫忙、出主意。部署，宋元時的拳術、槍棒教師、師傅。

〔四七〕苗而不秀——莊稼苗雖長得好，卻不開花結實。比喻外表好看、聰明實則無用之人。《論語·子罕》：「苗而不秀者有矣夫！秀而不實者有矣夫！」秀，指禾類植物開花，引申爲草木開花的通稱；又指草類植物結實。

〔四八〕銀樣鑞（là音）槍頭——表面像銀質其實是焊錫做的槍頭，比喻中看不中用。鑞，錫與鉛的合金，用以焊接金屬，也可製器，稱鑞器。

〔四九〕非先王之德行不敢行——不敢做不符合先王道德標

準的事情、動作。語出《孝經·卿大夫章》：「非先王之法服不敢服，非先王之法言不敢道，非先王之德行不敢行。」

〔五〇〕白衣——古代平民着白衣，因以稱無功名的人。顧炎武《日知録·雜論·白衣》：「白衣者，庶人之服，然有以處士稱之者。」

〔五一〕取應——趕考，參加科舉考試。

〔五二〕駁落——即「剥落」，元時口語，謂應試落第。鄭德輝《倩女離魂》雜劇三折：「他得了官别就新婚，剥落呵羞歸故里。」

〔五三〕恰動頭——纔開始。

〔五四〕十里長亭——《白孔六帖》卷九：「十里一長亭，五里一短亭。」指古人在官路旁供行人休息、停宿和送别餞行的公用房舍、小型建築物。

〔五五〕寄語二句——金·元好問《中州集》稱高汝勵臨終留詩，有「寄謝東門千樹柳，安排青眼送行人」句。青眼，青即黑，以黑眼珠對人，是正視狀態。《晉書·阮籍傳》：「籍又能爲青白眼，見禮俗之士，以白眼對之。」以青眼對所器重的人。後因以「青眼」稱對人喜愛或器重。

〔五六〕説媒紅——賞、謝媒人的錢鈔花紅。

〔五七〕謝親酒——宋元之俗，婚後三日或七日、九日，新人去女家「行拜門禮，女親家設筵款待新婚」（宋·吴自牧《夢粱録·嫁娶》），即謝親酒，今稱回門酒。

短評

張崔兩人的私自結合，終於被老夫人察覺，這也是人們可以預料之事。老夫人首先提問紅娘，因爲紅娘是她派去照顧、服侍鶯鶯並監視她的。紅娘先怪「小姐帶累我也」，批評小姐不注意隱秘，故而走漏風聲；接着又猜想老夫人如何責問自己，還可能動用家法，粗棍抽打，不覺感嘆「我圖甚麼來」？金聖歎評曰：「此便忽然轉筆作深深埋怨語，而凡前篇所有不及用之筆，不及畫之畫，不覺都補出來。」以上爲第一段。

第二段描寫老夫人審問紅娘的經過。老夫人開口即稱「小賤人」，「你若不實説呵，我直打死你個賤人！」異常凶狠。紅娘仍不實説，聲稱「不知罪」，半夜和小姐「不曾去」花園裏，抵賴了兩句，老夫人馬上舉出人證，紅娘一看賴不過，便實告部分事實經過，如何與鶯鶯談起張生病久，一起去書房探望；回來時張生要紅娘先走，請小姐再留一留。末二語紅娘又在掉謊，徐文長評本則頗爲贊賞：「回話夫人，妙絶。末二語更俊，董詞此段微傷直致，須讓實甫數籌。」肯定這個調皮丫頭賴掉自己的穿針引綫和催化鼓動作用，以逃「罪」責。紅娘接着直接點出張崔結合並月余同宿，「作當廳招承語，而閑閑然只如叙情也，只如寫畫也，只如述一好事也，只如談一他人也」。「以上是招承，以下是排解，忽然過接，疾如鷹隼。」（金聖歎評語）紅娘講清事實後，未等老夫人開口，迅即反勸老夫人「得好休，便好休，這其間何必苦追求？常言道『女大不終留』」。意即萬事以息事寧人爲好，反正女兒大了終要嫁出去的。老夫人當然不肯善甘罷休，但責怪親生女兒，當然不肯；指責張生，自己悔親，也理由不硬，於是依然蠻横地認定都是紅娘的責任，還想治她的罪。紅娘立即反攻爲守，背水一戰，指出「乃老夫人之過」，而且具體指出兩條：一是言而無信，悔親大錯；二是悔親之後又不令張生及時離去，留下他與鶯鶯同處，給予可乘之機。她引經據典，分析批評，用大道理壓住老夫人的氣焰，徐士範評道：「此段白，以學究之談逞嬌娃之辯，亦自快人。」更高明的是，紅娘言辭鋒利，勢如破竹，不僅令老夫人喪失招架之力，還不讓老夫人有喘息機會，而且立即提出平息事端、求得長便的解决方案，並具體分析如不接受這個方案的兩個惡劣後果。這個方案兼顧老夫人和張崔兩方面的利益和名譽，理由充足，使處於盛怒但又束手無策的老夫人的頭腦冷靜下來，恢復了平時的聰明和理智，感到紅娘的建議的確是爲自己和小姐着想的萬全之策和唯一合理辦法，不得不當場心服口服地承認：「這小賤人也道得是。」

第三段寫紅娘奉老夫人之命，先後唤鶯鶯、張生前去聽訓，鶯鶯怕羞，張生惶恐，都被紅娘諷刺、搶白，尤其嘲諷張生是「銀樣鑞槍頭」，更爲入木三分。老夫人允婚之後，又責令張生上朝取應，否則不招白衣女婿，堅守自己門第的原則立場，顯得非常頑固保守，性格鮮明，又增强了戲劇衝突，迫使張崔在熱戀中離別。

本齣在情節設計上，與前幾齣重頭戲一樣，一波三折。先是紅娘被傳唤，觀衆多以爲她將受責罰遭拷打，爲她的命運而擔心；没想到經過巧辯，竟然説服老夫人，張崔婚姻再次成功，人們多以爲否極泰來，他倆即享幸福；誰知老夫人命張生立即上京赶考，明日動身。

紅娘在與夫人爭辯時，臨危不亂，智勇雙全，思路清晰，口齒伶俐，應對得當，是見義勇爲、美麗聰慧丫環的典型，難怪千古得享盛名。蔣星煜先生認爲：「《西厢記》爲戲劇文學的創作實踐與理論提供了一個罕見的成功的範例，那就是在主要人物張君瑞、崔鶯鶯二人基本上不出場的情况下，把《堂前巧辯》寫成爲全劇最使人驚心動魄的一個急轉直下的關目。」並且成爲全劇的高潮，「因爲這一場戲確是矛盾衝突最尖鋭最集中，而且也得到了解决」。

紅娘是戲中講道學最多的人，對四書五經和封建禮教頗爲熟悉。她對其中正確的觀點，既自己信奉，也用來要求别人。前曾據此指責過陌生青年張生打聽、盯梢良家女子的「輕薄」行爲；後又在鄭恒面前據此表揚張生的品行；這裏則義正辭嚴地教育老夫人，都屬引用恰當。可見其生活在有品行有修養的禮義之家，近朱者赤，受到有益的熏陶。但當封建禮節束縛人的天性，有礙張崔合理感情時，她又能敢作敢爲，摒棄如土，這又顯出勞動婦女的優秀品質。王實甫在《西厢記》中塑造的紅娘這個藝術形象，無論在思想意義和藝術描寫上都達到最高的成就，只有《紅樓夢》中的丫環藝術形象纔能與之前後輝映和互相媲美。有興趣的讀者可參閱拙著《漫話紅樓奴婢》（上海文化出版社，一九九五、一九九九、二〇〇〇、二〇〇一年和《紅樓夢的奴婢世界》（太原：北岳文藝出版社二〇〇六）。

第十五齣

長亭送別

（老、法本上）今日送張生赴京，就十里長亭安排下筵席。我和長老先行，不見張生小姐來到。（旦、生、貼同上）（旦）今日送張生上朝取應，早則離人傷感，況值着暮秋天氣，好煩惱人也呵！悲嘆聚散一杯酒，南北東西萬里程。

【端正好】碧雲天〔一〕，黃花地，西風緊，北雁南飛。曉來誰染霜林醉〔二〕？總是離人淚。

【滾綉球】恨相見得遲，怨歸去得疾。柳絲長玉驄難繫〔三〕，恨不得倩疏林挂住斜暉。馬兒迍迍行〔四〕，車兒快快隨，卻告了相思回避〔五〕，破題兒又早別離。聽得一聲去也，松了金釧〔六〕；遥望見十里長亭，減了玉肌〔七〕：此恨誰知〔八〕？

（貼）姐姐，今日怎麼不打扮？（旦）紅娘呵，你那知我的心哩。

【叨叨令】見安排着車兒、馬兒，不由人熬熬煎煎的氣。有甚心情花兒、靨兒〔九〕，打扮的嬌嬌滴滴媚。準備着被兒、枕兒，則索昏昏沈沈的睡。從今後衫兒、袖兒，都搵做重重疊疊的淚。兀的不悶殺人也麼歌！兀的不悶殺人也麼歌！今已後書兒、信兒，索與我恓恓惶惶的寄。

（同至長亭見老介）（老）張生和長老坐，小姐這壁坐。紅娘將酒來。張生，你向前來。是自家人，不要回避。此行努力，掙揣一個狀元回來〔一〇〕，休得辜負了俺孩兒。（生）小生托夫人餘蔭〔一一〕，憑着我胸中之才，覷官如拾芥耳〔一二〕。（本）夫人主張不差，張先生不是落

後的人。(把酒坐介)(旦長吁介)

【脱布衫】(旦)下西風黄葉紛飛，染寒烟衰草萋迷〔一三〕。酒席上斜簽着坐的〔一四〕，蹙愁眉死臨侵地〔一五〕。

【小梁州】(生)我見他閣淚汪汪不敢垂〔一六〕，恐怕人知。猛然見了把頭低，長吁氣，推整素羅衣〔一七〕。

【幺】(旦)雖然久後成佳配，這時節怎不悲啼。意似痴〔一八〕，心如醉，昨宵今日，清減了小腰圍。

(老)小姐把盞者。(貼遞酒，旦把盞，生嘆介)(旦)請酒。

【上小樓】(旦)合歡未已，離愁相繼。想着俺前暮私情，昨夜成親，今日别離。我諗這幾日相思滋味〔一九〕，卻原來比别離情更增十倍。

【幺】年少呵，輕遠别；情薄呵，易棄擲〔二〇〕。全不想腿兒相壓，臉兒相偎，手兒相攜。你與俺崔相國做女婿，夫榮妻貴〔二一〕，但得一個並頭蓮，索强似狀元及第。

(貼)姐姐不曾吃早飯，飲一口兒湯水。(旦)紅娘，甚麽湯水咽得下？

【滿庭芳】供食太急，須臾對面，頃刻别離。若不是酒席間子母每當回避，有心待與他舉案齊眉。

【幺】雖然是厮守得一時半刻，也合着俺夫妻每共桌而食。眼底空留意〔二二〕，尋思起就里〔二三〕，險化做望夫石。

(老)紅娘把盞者。(貼把酒介)

【快活三】(旦)將來的酒共食，嘗着似土和泥。假若便是土和泥，也有些土氣息，泥滋味。

【朝天子】暖溶溶玉醅〔二四〕，白冷冷似水，多半是相思淚。眼面前茶飯怕不待要吃〔二五〕，恨塞滿愁腸胃。蝸角虛名〔二六〕，蠅頭微利〔二七〕。拆鴛鴦在兩下裏。一個在這壁，一個在那壁，一遞一聲長吁氣〔二八〕。

（老）輛起車兒〔二九〕，我先回去，小姐和紅娘隨後來。（下）（本辭生介）此一行別無話說，貧僧準備買登科録〔三〇〕，拱候先生榮歸。做親的茶飯，少不得貧僧的。先生鞍馬上保重者！從今懺悔無心禮，專聽春雷第一聲〔三一〕。（下）

【四邊靜】（旦）霎時間杯盤狼藉，車兒投東，馬兒向西，兩意徘徊，落日山橫翠。知他今宵宿在那裏？有夢也難尋覓！

張生此去，得官不得官，須早辦歸期！（生）小生這一去，白奪一個狀元。正是：青雲有路終須到〔三二〕，金榜無名誓不歸。（旦）君行無所贈，口占一絶〔三三〕，爲君送行：棄擲今何在，當時且自親。還將舊來意，憐取眼前人。（生）小姐之意差矣！張珙更敢憐誰？謹賡一絶〔三四〕，以表寸心：人生長遠別，孰與最關親〔三五〕？不遇知音者，誰憐長嘆人。

【耍孩兒】（旦）淋漓襟袖啼紅淚〔三六〕，比司馬青衫更濕。伯勞東去燕西飛，未登程先問歸期。雖然眼底人千里，且盡生前酒一杯。未飲心先醉〔三七〕，眼中流血〔三八〕，心内成灰。

【五煞】到京師服水土〔三九〕，趁程途節飲食〔四〇〕，順時自保揣身體〔四一〕。荒村雨露宜眠早，野店風霜要起遲！鞍馬秋風裏，最難調護，最要扶持。

【四煞】這憂愁訴與誰？相思只自知，老天不管人憔悴。淚添九曲黄河溢〔四二〕，恨壓三峰華岳低。到晚來悶把西樓倚，見了些夕陽古道，衰柳長堤。

【三煞】笑吟吟一處來，哭啼啼獨自歸。歸家若到羅幃裏，昨日個綉衾香暖留春住，今夜個翠被生寒有夢知。留戀你別無意，見據鞍上馬〔四三〕，閣不住淚眼愁眉。

我有句話兒囑付你。（生）小姐有甚麼言語，敢不依從。

【二煞】（旦）你休憂文齊福不齊〔四四〕，我則怕你停妻再娶妻〔四五〕。你休要一春魚雁無消息〔四六〕！我這裏青鸞有信頻須寄，你休要金榜無名誓不歸。此一節君須記，若見了異鄉花草，再休似此處栖遲〔四七〕。

（生）再有誰似小姐的，小生怎肯又生此念。

【一煞】（旦）青山隔送行，疏林不做美，淡烟暮靄相遮蔽。夕陽古道無人語，禾黍秋風聽馬嘶〔四八〕。我爲甚懶上車兒内，來時甚急，去後何遲〔四九〕？

（貼）老夫人去好一會，姐姐，咱家去罷。

【收尾】（旦）四圍山色中〔五〇〕，一鞭殘照裏。遍人間煩惱填胸臆，量這些大小車兒如何載得起〔五一〕！（下）

（生）琴童，趕上一程兒，早尋個宿處。淚隨流水急，愁逐野雲飛。（下）

注釋

〔一〕碧雲天二句——語本范仲淹〔蘇幕遮〕詞：「碧雲天，黄葉地，秋色連波，波上寒烟翠。」黄花，指菊花，黄菊。菊花於秋天開放，故稱秋菊。

〔二〕曉來二句——句本董解元《西廂記諸宫調》卷六：「君不見滿川紅葉，盡是離人眼中血。」離人的血淚將秋晨的楓林的經霜樹葉染成一片紅色。唐人詩有云：「君看陌上梅花紅，盡是離人眼中血。」蘇軾〔水龍吟〕《和章質夫楊花詞》：「細看來不是楊花，點點是離人淚。」

〔三〕柳絲長句——柳絲雖長卻繫不住玉驄馬，比喻情雖長卻留不住張生。玉驄（cōng音匆），驄的美稱。驄，青白色的馬。也泛指馬。

〔四〕馬兒二句——毛西河曰：「馬在前，故行慢；車在後，故隨快，不欲離也。」迍（zhūn音準陰平）迍，此處或音tún（音屯），行動遲緩的樣子。凌濛初曰：「迍迍，即馬遲人意懶也。」閔遇五曰：「迍迍行、快快隨，馬是張騎，故欲其遲；車是崔坐，故欲其快。」《張生煮海》雜劇三折：「你慢迍迍好去商量。」迍迍又作「騰騰」。《群仙祝壽》雜劇二折：「更誰敢慢騰騰。」今江南方言猶言行動、講話、走路遲緩爲「慢騰騰」。

〔五〕卻告了二句——卻，元劇中與「恰」通用。毛西河曰：「回避，謂告退；破題，謂起頭。言相思才了，别離又起也。」破題，點破題意。唐宋以後考試詩賦及八股文的「破題」，比喻事情的開端或第一次。顧炎武《日知録·試文格式》：「發端二句或三四句謂之破題，今八股起二句曰破題，然破題不始於八股也。」

〔六〕松了金釧（chuàn音串）——因相思、别離之苦而人瘦了許多，金釧顯得松了。釧，古之臂環，今稱手鐲。

〔七〕減了玉肌——人瘦。玉肌，細膩、光滑、潔白和光澤如玉的肌膚。

〔八〕恨——悔恨，遺憾。秦觀〔畫堂春〕詞：「放花無語對斜暉，此恨誰知。」

〔九〕靨（yè音葉）——女子在面部的點搽裝飾。

〔一〇〕爭揣（chuāi音搋）——力爭取、拿。揣，同搋，藏。

〔一一〕餘蔭——先代庇護的恩德。此指老夫人。蔭，庇護，借指受人庇護的恩德。

〔一二〕覷官如拾芥——芥，小草。引申以指微不足道的事物。覷官如拾芥，《漢書·夏侯勝傳》：「勝每講授，常謂諸生曰：『士病不明經術，經術茍明，其取青紫，如俯拾地芥耳。』」顔師古注：「地芥，謂草芥之横在地上者。俯而拾之，言其易而必得也。青紫，卿大夫之服也。」

〔一三〕衰草萋迷——深秋的枯草之顔色黄黄緑緑，模糊不明。

〔一四〕斜簽着坐——側身半坐，此爲舊時代年輕人在長輩面前的禮節。簽，如竹簽般地插着，指半個屁股坐在凳椅上，上身筆直的樣子。

〔一五〕蹙（cù音促）愁眉句——蹙，皺，收縮。死臨侵地，㪍地，死樣怪氣地没精打采。臨侵，無義，語助詞。關漢卿《望江亭》雜劇二折：「轉過這影壁偷窺，可怎生獨自個死臨侵地？」

〔一六〕閣（gē音擱）淚汪汪不敢垂——忍住大量的眼淚不敢流下來。閣，通「擱」，承受，禁受，耐。汪汪，眼淚盈眶的樣子。此句語出宋·無名氏〔鷓鴣天〕詞：「尊前只恐傷郎意，閣淚汪汪不敢垂。」

〔一七〕推整素羅衣——托故整理衣服。推，借口，此指假裝。王伯良曰：「閣淚汪汪，鶯指己言；恐人之知，故閣淚而不敢垂。偶然被人看見，故把頭低，則推整素羅衣也。」

〔一八〕意如痴二句——《樂府新聲》無名氏《駡玉郎帶感皇恩採茶歌》：「心似燒，意似痴，情如醉。」徐士範曰：「出《群玉》：後漢劉寬見帝，帝令講經。寬於座間被酒睡伏。帝問太尉：醉耶？寬對曰：不敢醉，任大責重，憂心如醉。」

〔一九〕諗（shěn音審）——義同「審」，知悉。

〔二〇〕棄擲——拋棄，拋開。此指拋下鶯鶯而遠離。

〔二一〕夫榮妻貴——明刻諸本原作「妻榮夫貴」。

〔二二〕眼底空留意——不能互訴衷曲、依偎親昵，只能眉目傳情而已。眼底，眼睛跟前，眼裏。

〔二三〕就裏——内情。

〔二四〕暖溶溶二句——暖洋洋的美酒，像清凉的白開水淡而無味。溶溶，月光蕩漾，此指水光蕩漾。玉醅（pēi音胚），美酒。醅，未濾的酒。泠泠，清凉的樣子。《楚辭·七諫·初放》：「下泠泠而來風。」

〔二五〕怕不待要——難道不要，何嘗不想。石君寶《秋胡戲妻》雜劇二折：「怕不待要請太醫，看脉息，着甚麽做藥錢調治。」

〔二六〕蝸角虚名——《莊子·則陽》：「有國於蝸之左角者，曰觸氏；有國於蝸之右角者，曰蠻氏。時相與争地而戰，伏尸數萬，逐北旬有五日而後反（返）。」郭象注：「誠知所争者若此之細也，則天下無争矣。」蝸角，蝸牛角，比喻極微小的境地。此言極小的没有實際價值的名聲。蘇軾〔滿庭芳〕《警悟》：「蝸角虚名，蠅頭微利，算來着甚干忙？」

〔二七〕蠅頭微利——比喻微不足道的極小利益。《藝文類聚》卷九十七班固《難莊論》：「衆人之逐世利，如青蠅之赴肉汁也。青蠅嗜肉汁而忘溺死，衆人貪世利而陷罪禍。」

〔二八〕一遞一聲長吁氣——張生和鶯鶯相互交替一聲接一聲地長嘆氣。

〔二九〕輛——用作動詞，指駕。

〔三〇〕登科録——登載新科進士的姓名録。唐代稱進士登科記，宋代稱登科小録。

〔三一〕春雷第一聲——進士考試於春正、二月舉行，故比喻中第消息爲春雷第一聲。韋莊〔喜遷鶯〕詞：「街鼓動，禁城開，天上探人回。鳳銜金榜出門來，平地一聲雷。」

〔三二〕青雲二句——宋元時成語，元雜劇中常用。金榜，科舉時代殿試揭曉的榜，用黄紙書寫進士的名字，謂之「黄甲」，又稱金榜。

〔三三〕口占——作詩不起草稿，隨口吟誦而成。

〔三四〕謹賡（gēng音庚）——敬續。謹，表示鄭重和恭敬。賡，繼續，連續。

〔三五〕孰與——與誰。此爲倒裝句式。

〔三六〕紅淚——東晉・王嘉《拾遺記》：「（魏）文帝所愛美人姓薛，名靈芸。」「聞别父母，歔欷累日，淚下沾衣。至升車就路之時，以玉唾壺承淚，壺則紅色。既發常山，及至京師，壺中淚凝如血。」後因泛稱女子的眼淚爲「紅淚」。李郢《爲妻作生日寄意》詩：「應恨客程歸未得，緑窗紅淚冷涓涓。」

〔三七〕未飲心先醉——語出劉禹錫《酬令狐相公杏園花下飲有懷見寄》詩。

〔三八〕眼中二句——形容極度的悲傷。徐士範曰：「出《烟花録》：昔有一商，美姿容，泊舟於西河下。岸上高樓中一美女，相視月餘，兩情已契，弗遂所願。商貨盡而去，女思疾而亡。父遂焚之，獨心中一物如鐵不化，磨出，照見中有舟樓相對，隱隱如有人形。其父以爲奇，藏之。後商復來，訪其女，得所由，獻金求觀，不覺淚下成血，滴心上，心即成灰。」王驥德所見古本，此兩句作「眼將流血，心已成灰。」

〔三九〕服——適應，熟習。

〔四〇〕趁——趕。

〔四一〕順時句——身體，原作「身已」。王伯良曰：「順時自保揣身已，言須揣其身之勞苦，而因時保護之也。然語殊拙。」揣（chuǎi 音踹），估量，猜度。

〔四二〕淚添二句——比喻憂愁之多如黄河溢水，憂愁之重可將華山壓低。華岳，即西岳華山。在今陝西省華陰縣南。華岳三峰，一指蓮花峰、毛女峰、松檜峰；一指蓮花峰（中峰）、仙人峰（東峰）、落雁峰（南峰）。

〔四三〕據鞍上馬——憑依、依靠着馬鞍纔能上馬。指腿軟無力，不能輕松上馬。《三國志・魏書・滿寵傳》：「昔廉頗强食，馬援據鞍，今君未老而自謂已老，何與廉、馬之相背邪？」

〔四四〕文齊福不齊——元雜劇中常用語，指文才已齊備，福分卻不够，考不上進士。齊，全。

〔四五〕停妻再娶妻——遺棄原配妻子而另娶新妻。

〔四六〕一春句——宋・無名氏〔鷓鴣天〕《春閨》詞：「一春魚鳥無消息，千里關山勞夢魂。」

〔四七〕棲遲——游息。《詩經・陳風・衡門》：「衡門之下，可以棲遲。」此處意爲留連忘返。

〔四八〕禾黍句——禾黍，泛稱莊稼。禾，即粟，也作黍稷稻等糧食類作物的總稱。黍，子粒供食用或釀酒，杆、葉及子粒均可作飼料。嘶，馬鳴。温庭筠〔菩薩蠻〕詞：「門外草萋萋，送君聞馬嘶。」

〔四九〕去後何遲——去呵何等的遲緩。後，語助詞，即「呵」。

〔五〇〕四圍二句——馬致遠〔壽陽曲〕：「四圍一竿殘照裏，錦屏風又添鋪翠。」

〔五一〕量這些句——量，測量、估量。大小車兒，這樣小的車兒。大小爲偏義復詞。

短評

《長亭送别》叙老夫人在十里長亭設宴，與鶯鶯一起送張生上京趕考，劇情簡單。王實甫卻將一齣過場戲式的尾聲渲染發展成重場戲，用優美流暢的曲辭，鋪排出情景交融、精采動人的場面，感人至深，美不勝收。

全齣戲可分三段，毛西河指出：「此折凡三截，首至〔叨叨令〕，將赴長亭語；『下西風』至『長吁氣』，餞時語；『霎時間』至末，别時語。」脉絡甚清。

首曲〔端正好〕「碧雲天，黄花地，西風緊，北雁南飛」四句，妙用范仲淹千古名句起意，僅爲聲調和諧而將「葉」字改爲「花」字，渲染秋高氣爽，碧空萬里、落花遍地的寥闊蒼凉的典型氛圍，爲全齣定下基調，並以「離人淚」點題，次曲立即進入主題，手法簡捷明快。以下從首曲「曉來誰染霜林醉」中的「染」、「醉」二字蕩漾開來，籠罩全篇，寫出鶯鶯一片痴情。於是第二曲開首即怨「見遲歸疾」，恨不得挂住斜暉，要光陰變慢，可以和張生再多厮守一會。〔叨叨令〕寫鶯鶯惜别情濃，無心打扮，思及别後相思之痛，更感凄惶。全曲連用「兒」字，寫出北方少女聲口；又連用疊詞，前人認爲「語中每疊二字，正是嗚咽凄斷説不出處」。或認爲「連用重疊字，便見情深」（徐士範語）。她尚未與張生分别，已先想到「書兒、信兒，索與我恓恓惶惶的寄」，王伯良認爲此句「悲愴之極」。以上爲第一段，描繪將赴長亭時的情景與心態。

第二段，長亭餞别。把酒坐下後，鶯鶯長吁一聲，愁眉斜簽悶坐，〔脱布衫〕開首二句「下西風黄葉紛飛，染寒烟衰草凄迷」。徐士範指出：「此是發端，情緒便自凄然。」前面鶯唱「馬兒迍迍（一作慢慢）行，車兒快快隨」，金聖歎認爲：「二句十字，真正妙文，直從雙文當時又稚小，又憨痴，又苦惱又聰明，一片微細心地中，的的描畫出來。」「車兒既快快隨，馬兒仍慢慢行，於是車在馬右，馬在車左，男左女右，比肩並坐，疏林挂日，更不復夜，千秋萬歲，永在長亭。此真小兒女又稚小，又苦惱，又聰明，又憨痴，一片的的微細心地，不知作者如何寫出來也！」此時鶯張對坐，鶯鶯勸慰張生的話，也如以上金評：「你與俺崔相國做女婿，妻榮夫貴。但得一個並頭蓮，索强似狀元及第。」尤其是「妻榮夫貴」，一反妻以夫貴的陳套，竟教育張生夫以妻貴，寫出鶯鶯重感情、輕功名的微妙心理。可惜《六十種曲》本改爲「夫榮妻貴」，未免點金成鐵。接着鶯鶯正式宣告：並頭蓮强過狀元及第，後又怒斥「蝸角虚名，蠅頭微利，拆鴛鴦在兩下裏」，批評狀元及第爲虚名微利，有「糞土當年萬户侯」的氣概，在封建時代男女老少醉心科舉的普遍性名利意識彌漫之時，有震聾發聵的作用。鶯鶯爲甚麽會有這種觀念？這便是鶯鶯又一個聰明過人之處，第三段臨別贈言時她特地囑咐張生：你休憂文齊福不齊，我則怕你停妻再娶妻。你休要金榜無名誓不歸，不要留戀異鄉花草！青年時代有兩件大事，至關一生：事業，婚姻。但封建時代的女性受到歧視，無法擁有自己的事業，婚姻便成爲唯一人生大事，而且還要寄托在男方的忠誠和有出息，纔能獲得幸福。張生是有出息的男子，但他高中科舉後如果移情别戀，女方豈非一無所有了！而男子發迹後抛棄髮妻、初戀情人的，比比皆是，無怪鶯鶯此時，悠悠萬事，唯此爲大：只要永遠相愛，情願放棄功名。

第三段寫臨别情景，鶯鶯既作上述臨别贈言，又述離别之時，眼中流血、心内成灰的極度痛苦。「車兒投東，馬兒向西」，「語簡而俊」（王伯良語）；「有夢也難尋覓」一語，已暗中帶引後齣《草橋驚夢》。金聖歎指出：下面更作《耍孩兒》六煞，「蓋從來送别之曲，多作三疊唱之，最是變色動容之聲」。徐士範認爲數曲之美，與唐詩無異，故「多可入唐律」。毛西河擊節嘆賞曰：「諸曲皆絶妙好詞也，層見錯出，有緒無緒，俱臻妙境。」

第十六齣

草橋驚夢

（生引琴童上）離了蒲東，早三十里也。兀的那前面是草橋，店里宿一宵，明日趕早行。這馬也百般的不肯走呵。行色一鞭催去馬，羈愁萬斛引新詩〔一〕。

【新水令】望蒲東蕭寺暮雲遮，慘離情半林黄葉。馬遲人意懶〔二〕，風急雁行斜。離恨重疊，破題兒第一夜。

想着昨日受用，誰知今日淒涼。

【步步嬌】昨日個翠被香濃薰蘭麝，欹珊枕把身軀兒趄〔三〕。臉兒厮揾者〔四〕，仔細端詳可憎的别〔五〕。鋪雲鬢玉梳斜〔六〕，恰便似半吐初生月。

早至也，店小二哥那裏？（小二上）官人，俺這頭房裏下。（生）琴童接了馬者！點上燈，我諸般不要吃，則要睡些兒。（琴童）小人也辛苦，待歇息也，在床前打鋪。（睡介）（生）今夜甚睡得到我眼裏來也呵！

【落梅風】旅館欹單枕，秋蛩鳴四野，助人愁的是紙窗兒風裂。乍孤眠被兒薄又怯，冷清清幾時温熱！（睡介）

（旦上）長亭畔别了張生，好生放不下。老夫人和梅香都睡着了，我私奔出城，趕上和他同去。

【喬木查】走荒郊曠野，把不住心嬌怯，喘吁吁難將兩氣接。疾忙趕上者，打草驚蛇〔七〕。

【攪箏琶】他把我心腸扯〔八〕，因此上不避路途賒〔九〕。瞞過俺能拘管的夫人，穩住俺厮齊攢的侍妾〔一〇〕。

想着他臨上馬痛傷嗟，哭得也似痴獃。不是我心邪，自別離已後，到西日初斜，愁得來陡峻，瘦得來啿啿〔一一〕。卻早覺掩過翠裙三四摺〔一二〕，誰曾經這般磨滅〔一三〕？

【錦上花】有限姻緣〔一四〕，方纔寧貼；無奈功名，使人離別。害不了的愁懷〔一五〕，卻纔覺些〔一六〕；掉不下的思量，如今又也。

【幺】清霜淨碧波，白露下黃葉。下下高高，道路回折〔一七〕。四野風來，左右亂踅〔一八〕。我這裏奔馳，他何處困歇？

【清江引】（旦）呆打孩店房兒裏没話說，悶對如年夜。暮雨催寒蛩，曉風吹殘月〔一九〕。今宵酒醒何處也？

元來在這個店兒裏，不免敲門。（生）誰敲門哩？是個女子聲音，我且開門看咱，這早晚是誰？

【慶宣和】是人呵疾忙快分說〔二〇〕，是鬼呵合速滅。（旦）是我。老夫人睡了，想你去了呵，幾時再得見？特來和你同去。

（生）聽說罷將香羅袖兒拽〔二一〕，卻元來是小姐。難得小姐恁般心勤。

【喬牌兒】你爲人須爲徹〔二二〕，將衣袂不藉。綉鞋兒被露水泥沾惹，脚心兒管踏破也〔二三〕。

（旦）我爲你呵，顧不得迢遞了〔二四〕。

【甜水令】想着你廢寢忘餐，香消玉減。花開花謝，猶自較爭些〔二五〕；便枕冷衾寒，鳳隻鸞孤，月圓雲遮，尋思來有甚傷嗟。

【折桂令】想人生最苦是離別，可憐見千里關山〔二六〕，獨自跋涉。似這般割肚牽腸，到不如義斷恩絶。雖然是一時間花殘月缺〔二七〕，你呵，休猜做瓶墜簪折〔二八〕。不戀豪杰，不羨驕奢。生則同衾〔二九〕，死則同穴。

（卒子上）恰纔見一女子渡河，分明見他走在這店中去了。打起火把者，將出來〔三〇〕，將出來！（生）却怎了？（旦）你近後，我自與他說。

【水仙子】硬圍着普救寺下鍬撅〔三一〕，强當住咽喉仗劍鉞〔三二〕。賊心腸饞眼腦天生得劣。（生）我對他說。（旦）休言語，靠後些！（卒）你是誰家女子，夤夜渡河？（旦）你休胡說！ 杜將軍你知他是英杰，瞅一瞅着你爲了醢醬〔三三〕，指一指化做醬血〔三四〕。騎着一匹白馬來也。（卒搶旦下）

（生驚介）小姐，小姐！（摟住琴童介）小姐搶在那裏去了？（琴）相公怎麽？（生）哈，元來却是夢里。且將門兒推開看。呀，只見一天露氣，滿地霜華，曉星初上，殘月猶明。無端燕鵲高枝上，一枕鴛鴦夢不成。

【雁兒落】緑依依墻高柳半遮〔三五〕，静悄悄門掩清秋夜，疏刺刺林梢落葉風，昏慘慘雲際穿窗月。

【得勝令】驚覺我是顫巍巍竹影走龍蛇，原來是虚飄飄莊周夢蝴蝶〔三六〕，絮叨叨促織兒無休歇〔三七〕，韻悠悠砧聲兒不斷絶〔三八〕。痛煞煞傷别，急煎煎好夢兒應難舍；冷清清的咨嗟〔三九〕，嬌滴滴玉人兒何處也！

（琴）天明也。咱早行一程兒，前面打火去〔四〇〕。（生）店小二哥，算還你房錢，鞴了馬者〔四一〕。（童伺上馬介）（生）

【鴛鴦煞】柳絲長咫尺情牽惹，水聲幽仿佛人嗚咽。斜月殘燈，半明不滅。暢道是舊恨連綿，新愁鬱結；恨塞離愁，滿肺腑難淘瀉〔四二〕。除紙筆代喉舌〔四三〕，千種思量對誰說。

【絡絲娘煞】都則爲一官半職，阻隔得千山萬水。

注釋

〔一〕羈（jī音基）愁句——羈愁，旅愁。羈，通「覊」，在外作客。斛（hú音壺），容量單位。古代以十斗爲一斛，南宋末年改爲五斗。引，樂曲和詩歌的一種體裁。此作動詞用，作詩。

〔二〕馬遲人意懶——張燕瑾曰：「意謂馬之所以走得慢，是因爲人的心意懶散無聊。」也可解爲，馬走得慢，人也懶洋洋地提不起精神。

〔三〕趄（qiè音竊）——因不穩而歪斜不正。毛西河曰：「趄，仄也。《黑旋風》雜劇：『那婦人疊坐著鞍兒把身體趄。』」

〔四〕臉兒厮揾——毛西河引沈璟曰：「臉兒相偎，以臉着臉；臉兒厮揾，以手着臉仔細端詳，正揾臉之謂。」揾，一作「榅」。

〔五〕可憎的别——可愛得特别，特别的可愛。王伯良曰：「可憎的别，言可愛得異樣也。」

〔六〕鋪雲鬢二句——張生回想鶯鶯梳妝的情景。《陽春白雪》卷四元・商挺〔商調・潘妃曲〕：「包髻金釵翠荷葉，玉疏斜，似雲吐出生月。」

〔七〕打草驚蛇——唐・段成式《酉陽雜俎》：「王魯爲當涂令，頗以資産爲務。會部民連狀訴主簿貪賄，魯判曰：『汝雖打草，吾已驚蛇。』」徐士範曰：「打草驚蛇，只用見成語，以驚蛇喻己趕趁之疾速。」

〔八〕心腸扯——牽挂在心，牽肚挂腸。

〔九〕賒（shē音奢）——遠。王勃《滕王閣序》：「北海雖賒，扶摇可接。」

〔一〇〕穩住句——穩住，王伯良曰：「穩住，安頓也。」厮齊攢，王伯良曰：「即前影兒也似不離身也。」王季思解爲：「擾攪也。《鎖白猿》雜劇二折净曰：『不想被邪魔一伙齊攢。』《凍蘇秦》雜劇二折卜兒白：『怎當的一家兒齊攢聒噪。』用法并同。」兩説皆通。

〔一一〕唓嗻（chēzhē音車遮）——元時俗語，很，厲害。關漢卿《拜月亭》雜劇三折：「那一個爺娘不間疊，不似俺，忒啅嗻，劣缺。」

〔一二〕卻早覺句——承上句，形容人瘦得衣裙顯得非常寬大。摺，一作「褶」，衣服上的摺疊。

〔一三〕磨滅——此處意爲折磨，要使人消耗、消滅的折磨。

〔一四〕有限姻緣——王伯良曰：「有限姻緣，有分限之姻緣也。」分，情分；限，指定。

〔一五〕害不了的愁懷——生出没完没了的愁思。害，發生不安的情緒。不了的，無止境的。了，完畢，結束。

〔一六〕覺——通「較」，病愈。《雍熙樂府》本作「較」。

〔一七〕回折——曲折。

〔一八〕踅（xué 音學）——盤旋，來回亂轉。

〔一九〕曉風二句——語本柳永〔雨霖鈴〕詞：「今宵酒醒何處？楊柳岸曉風殘月。」王伯良解〔清江引〕全曲曰：「此皆言張生旅館淒涼之狀。董詞：『床上無眠，愁對如年夜。』末句亦代張生説：客程未免沽酒，醒看已非昨夜歡娱之處，驚疑不知身在何處也。」

〔二〇〕分説——分辯。

〔二一〕拽（yè 音業）——拖，用力拉。李商隱《韓碑》詩：「長繩百尺拽碑倒，粗砂大石相磨治。」

〔二二〕你爲人二句——爲人須爲徹，宋元俗語，幫人要幫到底。《五燈會元》卷二十《彦元》：「爲人須爲徹，殺人須見血。」將衣袂不藉，不顧惜衣衫。袂，衣袖。衣袂，代指衣服。

〔二三〕管——保證，包管。

〔二四〕迢遞——遠的樣子。

〔二五〕較爭些——一作「覺爭些」。意爲差些。覺、較、爭，都是「差」的意思。

〔二六〕關山——泛指關隘山川，指路途艱險。古樂府《木蘭辭》：「萬里赴戎機，關山度若飛。」

〔二七〕花殘月缺——比喻暫時分離。花好月圓爲團圓美滿，但花殘可以再開，月缺可以重圓，故比喻暫時分離終將團圓。

〔二八〕瓶墜簪折——比喻夫妻折散。白居易《井底引銀瓶》詩：「井底引銀瓶，銀瓶欲上絲繩絶。石上磨玉簪，玉簪欲成中央折。瓶墜簪折知奈何？似妾今朝與君絶！」

〔二九〕生則同衾二句——夫妻生死與共，永不分離。衾，被子。穴，墓穴，墓壙。

〔三〇〕將出來——帶出來。

〔三一〕下鍬（qiāo音悄）撅（juē音掘）——明刻本多作「下鍬钁」。鍬，用於開溝掘土的鐵器工具。撅，通「掘」，挖掘，穿。钁（jué音決），大鋤。

〔三二〕鉞（yuè音月）——古代兵器，圓刃可砍劈。

〔三三〕醯（xī音希）醬——原指以醋和醬主食物，此指肉醬。

〔三四〕醟（yōng音永）血——王季思曰：「疑即膿血。」醟之原義爲酗酒。一作膋（liáo音遼）血，脂血。膋，腸部的脂肪。

〔三五〕依依——輕柔的樣子。《詩經·小雅·采薇》：「昔我往矣，楊柳依依。」

〔三六〕莊周夢蝴蝶——《莊子·齊物論》：「昔者莊周夢爲胡蝶，栩栩然胡蝶也。自喻適志與，不知周也。俄然覺，則遽遽然周也。不知周之夢爲胡蝶與？胡蝶之夢爲周與？周與胡蝶必有分矣，此之謂物化。」

〔三七〕促織兒——蟋蟀的俗稱。《藝文類聚》卷九十七引《詩義疏》：「蟋蟀似蝗而小，正黑，目有光澤，如漆，有角翅。幽州人謂之趣織，督促之言也。里語：『趣織鳴，懶婦驚。』」趣織即促織。

〔三八〕韻悠悠句——悠長和諧的擣衣聲久久不絕。韻，和諧的聲音。悠悠，長久。砧（zhēn音珍）聲，擣農聲。砧，擣衣石。

〔三九〕咨嗟——嘆息。杜甫《負薪行》：「更遭喪亂嫁不售，一生抱恨堪咨嗟。」

〔四〇〕打火——即「打尖」，旅途中燒飯或吃飯。

〔四一〕鞲（gōu音溝）了馬——一作「鞴（bèi音備）了馬」。應爲「鞴」，指裝備車馬。

〔四二〕洶瀉——傾瀉，排遣，抒發。宋·戴復古〔大江西上曲〕《寄李實父提刑》詞：「一片憂國丹心，彈絲吹笛，未必能洶寫。」洶寫即洶瀉。

〔四三〕除紙筆二句——王伯良曰：「言今夜相思，非紙筆以記，則此恨無從説與他人，蓋爲下折寄書地也。」千種思量對誰説，句本柳永〔雨霖鈴〕：「便縱有千種風情，更與何人説。」

短評

《長亭送别》已將全戲推上高潮，將張崔離别之深情已寫到極致，而王實甫竟能緊接此齣之後又寫一齣《草橋驚夢》，重掀餘波，别開生面，再抒鶯鶯惜别之戀情，真有鬼斧神功之妙。故而明代著名戲曲家、著有《紅梨記》等名劇而富創作經驗的徐復祚甚至認爲：「《西厢》之妙，正在於草橋一夢，似假疑真，乍離乍合，情盡而意無窮。」毛西河則認爲：「元詞多以驚夢寫離思，如《梧桐雨》、《漢宫秋》類，原非創體，況此直本《董詞》，毫無增减，謂《西厢》之文青出於藍可也。」

張生辛苦趕路，上場首曲第一、二句：「望蒲東蕭寺暮雲遮，慘離情半林黄葉。」即佳絶之句，不僅寫出蕭瑟秋景，淒慘離情，更妙在「只用二句文字，便將上來一部《西厢》一十五篇，若干淚點血點，香痕粉痕，如風迅掃，隔成異域，最是慈悲文字也」（金聖歎評語）。

張生與鶯鶯在熱戀中被拆散，在旅館宿歇，慨嘆孤寂。剛睡着，鶯鶯私奔而來。湯顯祖稱道《董西厢》這裏的描寫：「一路説來，渾如其境，到此忽指破是夢，令觀者心魂俱絃。」《王西厢》也有這樣的藝術效果，所以初看此劇的讀者，尚以爲鶯鶯真的趕來。如要點明夢見鶯鶯，舞臺上必須採取一定方法，如當代便用烟霧從舞臺側邊飄出，漸漸彌漫，表示臺上角色已入夢境。

張生此夜夢見鶯鶯，是典型的日有所思，晚有所夢的佳例。爲使夢境顯得逼真，張生夢中的鶯鶯言語，皆由鶯唱。凌濛初指出：「此忽入旦唱者，入夢故，變體也。」這裏打破元雜劇由一個角色在一折中唱到底的體例，有獨創性。王伯良又指出〔攪筝琶〕「此曲比元調多『自别離以後』以下四句，變體也」。因内容豐富而增句，突破元調體例，也是一種獨創。金聖歎又賞嘆此曲中「『瞞過夫人，穩住侍妾』，最爲巧妙，最爲輕利，不然，幾於通本《西廂》若干等人，一齊入夢矣」。細微處，有時最見匠心。

〔錦上花〕之〔幺〕篇：「清霜淨碧波，白露下黄葉。下下高高，道路回折。四野風來，左右亂踅。」補寫起句「荒郊曠野」的景色和地形，必不可少；妙在既呼應本齣開首張生見到之景：暮雲濃遮，半林黄葉，風急雁行斜，秋蛩鳴四野，又寫出她秋夜奔馳的艱苦和迷茫，更用清詞麗句所描繪的歷歷蕭疏美景，替代舞臺美術中的實景，顯示中國戲曲寫意美學所蘊含的無窮表現力和藝術魅力。

張生見鶯鶯半夜趕來，心疼鶯鶯「綉鞋兒被露水泥沾惹，脚心兒管踏破也」。作者用張生的體貼之語寫出鶯鶯長途跋涉的艱辛。他感嘆：「想人生最苦是離别，可憐見千里關山，獨自跋涉。」唱出古代人因交通不便、生計艱難、戰亂頻仍而悲歡離合，離多會少，「别時容易見時難」的時代艱辛之心聲。「似這般割肚牽腸，到不如義斷恩絶」一段，誠如金聖歎揭示的：「此是夢中假自作悟語也」，「此是夢中加倍作夢語也」，更顯沉痛。毛西河分析：「『想人生最苦是離别，十餘句，俱元習語，似集詞然者。」「此正自疏其來意，抑揚頓折，妙不可言。」而張生夢覺時推門一看，「只見一天露氣，滿地霜華，曉星初上，殘月猶明」。接唱〔雁兒落〕「緑依依墻高柳半遮」三曲，「賦旅邸夢回之景，凄絶可念」（王伯良語）。「疊字對詞，奉之令人凄絶。」（徐士範語）

明代駱金鄉總結此齣三段戲的藝術特色説：「第一段如孤鴻别鶴，落寞凄愴」；「第二段如牛鬼蛇神，虚荒誕幻」；「第三段如夢蝶初回，晨鷄乍覺。不勝其驚、怨、悲、愁也。」劉麗華評曰：「旅舍魂驚，春閨夢斷，此篇隱語。」徐文長稱譽：「全篇皆夢中語，從天而降，模寫如畫。」毛西河則指出：「兩折内比較相思與離愁凡四見，各不相同，每轉每深，愈進愈勝。」

上齣《長亭送別》描繪清秋幽景，已臻藝術上的極境，而此齣寫景又別開生面；上齣寫情，已臻極致，此齣用夢境再抒鶯、張離情別緒，竟更沉痛。前後兩齣皆能用美不勝收的清詞麗句營造情景交融、虛實相生的境界，令人嘆爲觀止。

一般認爲，王實甫所著《西厢記》到此齣《草橋驚夢》結束，也即以悲劇結束；以下四齣爲關漢卿所續。的確，從藝術上講，《西厢》到驚夢結束，能造成戛然而止、余音裊裊的效果，祁彪佳《遠山堂曲品》説：「傳情者，須在想象之間，故别離之境，每多於合歡。實甫之以《驚夢》終《西厢》，不欲境之盡也。」另外，《西厢記》到《驚夢》結束，反映古代文人常有的「人生如夢」思想；也表現好事難成，有力批判封建專制制度扼殺美好事物的本質。「人生如夢」有消極的一面，也有深刻的一面。深刻處體現在作者目睹和親歷人生中衆多美好的願望和理想在黑暗的現實中被無情扼殺和撲滅，作家在歷經滄桑之後，於感到絶望的同時，對黑暗社會更其痛恨，感到此生等於白活，是「傷心人别有懷抱」的憤世之言。但這不符合觀衆讀者追求有頭有尾、悲歡離合的欣賞習慣。續書之作，即出於滿足欣賞者的這種心理，也體現了希望張崔感情美滿的良好願望和追求幸福的美好理想。因此，只要寫得好，這兩種結局都是可以的。

第十七齣

泥金報捷

（生引琴童上）自暮秋與小姐相別，已經半載。托賴祖宗之蔭，一舉得第，忝中探花郎〔一〕。如今聽候聖旨，御筆除授〔二〕。惟恐小姐掛念，先修一封書，着琴童回去，達知夫人小姐，以安其心。琴童過來。（童應介）（生）這一封書與我星夜到河中府去。見小姐時，説：「官人恐娘子憂憶，特地先着小人將書來報喜。」即忙取回書來者。

【賞花時】相見時紅雨紛紛點緑苔〔三〕，別離後黄葉蕭蕭凝暮靄。今日見梅開，恰離了半載。則説道特地寄書來。（下）

（童）領了這書，星夜望河中府走一遭。（下）（旦、貼上）（旦）自張生去京師，半年光景，杳無音信。這些時神思不快，妝鏡懶臨，腰肢消瘦，茜裙寬褪〔四〕，好生煩惱人也呵！

【集賢賓】雖離了這眼前〔五〕，悶卻又早心上有。甫能離了心上，又早在眉頭。忘了依然還又，惡思量無了無休〔六〕。大都來一寸眉峰〔七〕，怎當他許多顰皺。新愁近來接着舊愁，廝混了難分新舊。舊愁似太行山隱隱〔八〕，新愁似天塹水悠悠〔九〕。

（貼）姐姐往常也曾不快，將息便可〔一〇〕，不似這一番清減得十分利害也。

【逍遥樂】（旦）曾經消瘦，每遍猶閑〔一一〕，這番怎陡。（貼）姐姐心兒悶呵，那裏散心耍咱。（旦）何處忘憂？看時節獨上妝樓〔一二〕，手捲朱簾上玉鈎，空目斷山明水秀〔一三〕。見蒼煙迷樹，衰草連天，野渡横舟〔一四〕。

紅娘，我這衣裳這些時都不似我穿的。（貼）姐姐，正是腰細不勝衣〔一五〕。

【挂金索】裙染榴花〔一六〕，睡損胭脂皺。紐結丁香〔一七〕，掩過芙蓉扣。綫脱珍珠，淚濕香羅袖。楊柳眉顰〔一八〕，人比黄花瘦〔一九〕。

（童上）奉官人言語，特將書來與小姐。却纔前廳上見了老夫人，老夫人好生歡喜，着入來見小姐。早至後堂。（咳嗽介）（貼）誰在外廂？（童見貼笑介）（貼）你幾時來？可知道昨夜燈花爆〔二〇〕，今朝喜鵲噪。姐姐正煩惱哩。你自來，和哥哥來？（童）哥哥得了官也，着我寄書來。（貼）你則在這裏等着，我對姐姐説了呵，喚你進來。（笑見旦介）（旦）這小妮子怎麽？（貼）姐姐大喜大喜！咱姐夫得了官也。（旦）這妮子見我悶呵，特故哄我〔二一〕。（貼）琴童在門首，見了夫人，使他進來見姐姐，説道姐夫有書。（旦）慚愧〔二二〕，我也有盼着他的日頭。喚他入來。（童見介）（旦）琴童，你幾時離京師？（童）小人離京一月多了。（旦接書介）

【金菊香】早是我因他去減了風流，不爭你寄得書來又與我添些證候。説來的話兒不應口〔二三〕，無語低頭，書在手，淚凝眸。（開書看介）

【醋葫蘆】我這裏開時和淚開，他那裏修時和淚修，多管閣着筆尖兒未寫早淚先流〔二四〕，寄來書淚點兒兀自有〔二五〕。我將這新痕把舊痕湮透〔二六〕。正是一重愁番做了兩重愁〔二七〕。

（念書介）張珙百拜，奉啓芳卿可人妝次：自暮秋拜違，迨今半載。上賴祖宗之蔭，下托賢妻之德，幸中甲第〔二八〕。即今於招賢館寄迹，以伺御筆除授〔二九〕。惟恐夫人與賢妻憂念，特令琴童奉書馳報，恭候興居。小生身遥心邇，恨不得鶼鶼比翼〔三〇〕，邛邛並軀〔三一〕。重功名而薄恩愛者，誠有淺見貪饕之罪〔三二〕。他日面會，自當請謝不備〔三三〕。偶成一集，附奉清照〔三四〕：玉京仙府探花郎〔三五〕，寄與蒲東窈窕娘。指日拜恩衣晝錦〔三六〕，定須休作倚門妝〔三七〕。（旦）慚愧，探花郎是第三名也。

【幺】當日向西廂月底潛，今日呵瓊林宴上趨〔三八〕。誰承望跳東墻脚步兒占了鰲頭〔三九〕，怎想道惜花心養成了折桂手〔四〇〕，脂粉叢里包藏着錦綉！從今後晚妝樓改做了志公樓〔四一〕。

你吃飯不曾？（童）小人未曾吃飯。（旦）紅娘，快取飯與他吃。（童）感蒙賞賜，小人就此吃飯。夫人就寫下書。俺哥哥着小人取夫人回書，至緊，至緊！（旦）紅娘將筆硯來。（寫介）書却寫了，無可表意。只有汗衫一領〔四二〕，裹肚一條〔四三〕，絹襪一雙，瑤琴一張，玉簪一枚，斑管一枝。琴童，你收拾得好者。紅娘，取十兩銀子來，與他做盤纏〔四四〕。（貼）姐夫得了官，豈無這幾件兒東西，寄與他有甚緣故？（旦）你不知道。

【梧葉兒】這汗衫他若是和衣卧，便是和我一處宿。但黏着他皮肉，不信不想我温柔。（貼）這裹肚要怎麽？（旦）常不離了前後，守着他左右，緊緊的繫在心頭。（貼）這襪兒如何？（旦）拘管他胡行亂走。

（貼）這琴他那裏自有，又將去怎麽？

【後庭花】（旦）當時五言詩緊趁逐〔四五〕，後來因七絃琴成配偶〔四六〕。他怎肯冷落了詩中意，我則怕生疏了絃上手。（貼）玉簪有甚主意？（旦）我須索有個緣由，他如今功名成就，則怕他撇人在腦背後〔四七〕。（貼）斑管要怎的〔四八〕？（旦）湘江兩岸秋，當日娥皇因虞舜愁，今日鶯鶯爲君瑞憂。這九嶷山下竹，共香羅衫袖口，

【青歌兒】都一般啼痕啼痕湮透。似這等淚斑淚斑宛然依舊，萬古情緣一樣愁。涕淚交流，怨慕難收〔四九〕，對學士叮嚀説緣由，是必休忘舊。

這東西收拾好者。（童）理會得。

【醋葫蘆】（旦）你逐宵野店上宿，休將包袱做枕頭，怕油脂膩展污了恐難稠〔五〇〕。倘或水浸雨濕休便扭，我則怕乾時節熨不開褶皺。一樁樁一件件仔細收留。

【金菊香】書封雁足此時修，情係人心早晚休〔五一〕？長安望來天際頭，倚遍西樓，人不見〔五二〕，水空流。

（童）小人拜領回書，即便去也。（旦）琴童，你去見官人對他説。

【浪里來煞】他那裏爲我愁，我這裏因他瘦。臨行時啜賺人的巧舌頭〔五三〕，指歸期約定九月九，不覺的過了小春時候〔五四〕。到如今悔教夫婿覓封侯〔五六〕。

（童）得了回書，星夜回哥哥話去。（並下）

注釋

〔一〕忝中探花郎——忝，有愧於，常用作謙詞。探花，科舉制度中經過皇帝對會試取録的貢士在殿廷上親發策問的考試，一甲第三名稱探花。但唐時進士在杏園舉行「探花宴」，以少年俊秀者二三人爲探花使，亦稱探花郎，遍游名園，折取名花。南宋以後，纔專指第三名。《西厢記》爲金末元初之作，這裏的「探花郎」即用唐時的用法，所以明刻本《西厢記》此句也多作「得了頭名狀元」，而不是第三名。

〔二〕除授——拜官授職。

〔三〕紅雨——即落紅、落花。李賀《將進酒》：「况是青春日將暮，桃花亂落如紅雨。」

〔四〕茜（qiàn音倩）裙——大紅色的裙子。茜，即茜草，多年生攀援草本。根黄紅色，可作染料。舊時因茜草根可以作大紅色染料，故常用「茜」指大紅色。

〔五〕雖離了二句——明刻本「眼前悶」多作連讀，中華書局本校點者將此處「悶」字屬下句，文義較通。毛西河本則删此「悶」字。毛西河曰：「此懷遠詞也。『雖離了眼前』，指人，言其上眉頭，亦懷人之見於顰眉者也。俗以人上眉頭難解，遂於『眼前』下增一『悶』字，與下文『愁』字、『思量』字雜見，無理。不知此曲起調只宜七字一句，『離了眼前心上有』，此實七字也。豈有『悶』是實字，而填作襯字之理。况『眼前』、『心上』俱著人言，亦元詞襲語，如關漢卿《金綫池》劇：『這厮閑散了，雖離了眼底，忔憎着又上心頭。』可驗。」忔（yì音逸）憎，本爲可愛的反語，多用爲可愛之意。

〔六〕惡思量——相思得很厲害。

〔七〕大都來句——大都來，宋元時用語，只不過。趙長卿《賀新郎》詞：「大都來一寸心兒，萬般縈繫。」眉峰，指眉。王觀《卜算子》詞：「水是眼波横，山是眉峰聚。」

〔八〕隱隱——隱約，隱藏，形容山之高，聳入天際，高峰處隱約於煙雲之中，無法明見。杜牧《寄揚州韓綽判官》：「青山隱隱水迢迢，秋盡江南草木凋。」

〔九〕天塹（qiàn 音欠）水——長江水。天塹，天然的壕溝，比喻地形地勢的險要，一般即指長江。《南史·孔範傳》：「長江天塹，古來限隔，虜軍豈能飛度！」

〔一〇〕將息——即「將養」，養息，休養，休息和調養。將，養。王建《留别張廣文》詩：「千萬求方好將息，杏花寒食約同行。」

〔一一〕每遍猶閑——每次都還不打緊。閑，不常，不打緊。

〔一二〕看時節二句——語出李璟〔攤破浣溪沙〕詞：「手捲真珠上玉鈎，依前春恨鎖重樓。」

〔一三〕空目斷二句——意謂見景而不見人，有景色依舊而昔人不見之感嘆。蒼煙迷樹，灰白色的霧氣使樹影也被遮蔽得分辨不清。迷，分辨不清。煙，象煙一樣彌漫於空中的氣體或水氣。

〔一四〕野渡横舟——語出韋應物《滁州西澗》詩：「春潮帶雨晚來急，野渡無人舟自横。」

〔一五〕腰細不勝衣——腰肢細瘦得連衣服也嫌太重而支撑不起來了。李煜〔浣溪沙〕詞：「沈郎腰瘦不勝衣。」勝，勝任，禁得起。

〔一六〕裙染二句——和衣而睡，將紅裙也壓皺了。榴花，石榴花，有紅、白、黄三色。此指染成石榴花般的紅色。胭脂，也指染成紅色的裙子。

〔一七〕紐結丁香三句——指人瘦故而衣服顯得寬大，穿在身上時，要掩摺起來才行。淚滴如斷綫的珍珠般滾滾而下，衣袖因揩淚而濕透。丁香（紐）、芙蓉（扣），皆爲紐扣的裝飾和式樣。

〔一八〕楊柳眉——即「柳眉」，舊時形容女子細長秀美的眉毛。王衍《甘州曲》：「柳眉桃臉不勝春。」

〔一九〕人比黄花瘦——語本李清照〔醉花陰〕詞：「莫道不消魂，簾捲西風，人比黄花瘦。」

〔二〇〕可知道二句——燈花爆、喜鵲噪，舊時認爲是喜事到來的預兆。燈花，燈心余燼結成的花形。

〔二一〕特故——特意，故意。關漢卿《救風塵》雜劇三折：

「怎知我嫉妒呵，特故裏破親。」

〔二二〕慚愧——感幸之辭，猶多謝，僥幸，難得。

〔二三〕說來的話兒不應口——王伯良曰：「前賓白謂生『此一行得官不得官，疾早便回來。』今卻書至而人不至，故曰：『說來的話兒不應口』也。」

〔二四〕閣——通「擱」。

〔二五〕兀自——還自，尚自。

〔二六〕新痕把舊痕湮透——鶯鶯的淚水滴在張生信紙的淚痕之上。語本秦觀《鷓鴣天》詞：「枝上流鶯和淚聞，新啼痕間舊啼痕。」

〔二七〕番——此處意爲「翻」。

〔二八〕中甲第——在進士考試中考上了第一等。《新唐書・選舉志上》：「凡進士，試時務策五道、帖一大經，經策全通爲甲第。」

〔二九〕伺——此處意爲等候，候望。

〔三〇〕鶼（jiān 音兼）鶼——即比翼鳥。《爾雅・釋地》：「南方有比翼鳥焉，不比不飛，其名謂之鶼鶼。」郭璞注：「似鳧，青赤色，一目一翼，相得乃飛。」

〔三一〕邛（qióng 音瓊）——即邛邛岠虛，古代傳說中的獸名，見《爾雅・釋地》。邛邛岠虛與比肩獸蟨（jué 音厥）互相依賴。前者前足高，善走而不善覓食；後者前足短，善覓食而不善走，故平時後者供給前者甘草，遇難時前者背負後者而逃。另一說認爲邛邛與蟨虛爲二獸。

〔三二〕貪饕（tāo 音叨）——貪。饕，貪。《漢書・禮樂志》：「貪饕險詖。」顔師古注曰：「貪甚曰饕。」特指貪食。此指貪戀功名。

〔三三〕請謝不備——請謝，請罪。謝，認錯、道歉，謝罪。不備，不盡。

〔三四〕清照——書信中用的敬辭，意爲明鑒。

〔三五〕玉京——指帝都。盧儲《催妝》詩：「昔年將去玉京游，第一仙人許狀頭。」

〔三六〕衣晝錦——光天白日下衣錦還鄉。《史記・項羽本記》：「富貴不歸故鄉，如衣綉夜行，誰知之者？」衣綉，《漢書》作「衣錦」。宋・韓琦於相州故鄉作晝錦堂，歐陽修爲之作《晝錦堂記》。乃化用以上典故。

〔三七〕倚門妝——倚門期待的樣子。《戰國策・齊策六》：「王孫賈年十五，事閔王。王出走，失王之處。其母曰：『女(汝)朝出而晚來，則吾倚門而望；女暮出而不還，則吾倚閭而望。』」

〔三八〕瓊林宴——北宋時，「進士始分三甲，自是錫宴就瓊林宴」(《宋史・選舉制》)。《宋會要》卷一〇七：「(太平興國)八年四月，賜新及第進士宴於瓊林苑，自是遂爲定制。」瓊林苑在汴京城西。南宋時宴於貢院，亦沿稱瓊林宴。

〔三九〕占鰲頭——考中狀元稱獨占鰲頭。唐宋時皇帝殿前陛階上鐫有巨鰲，翰林學士、承旨等官朝見皇帝時立於陛階正中，故稱入翰林院爲「上鰲頭」。後亦稱狀元及第爲獨占鰲頭，洪亮吉《北江詩話》卷三：「臚傳畢，贊禮官引東班狀元、西班榜眼二人，前趨至殿陛下，迎殿試榜。抵陛，則狀元稍前進，立中陛石上，石中正鐫升龍及巨鰲，蓋禁蹕出入所由，即古所謂螭頭矣，俗語所本以此。」

〔四〇〕折桂——《晉書・郤詵傳》：「武帝於東堂會送，問詵曰：『卿自以爲何如？』詵對曰：『臣舉賢良對策，爲天下第一，猶桂林之一枝，昆山之片玉。』」後因以「折桂」比喻科舉及第。温庭筠《春日將欲東歸寄新及第苗紳先輩》詩：「猶喜故人先折桂，自憐羈客尚飄蓬。」

〔四一〕晚妝樓改做了志公樓——志公樓，指官衙。一作「至公樓」。凌濛初曰：「『晚妝樓改做至公樓』，猶言私宅今爲官衙也。唐人凡官宦所居，皆曰至公，如云公館、公廨。故既爲官，則晚妝樓可爲至公樓矣。」「舊本又有『志公』者，不知何義。」

〔四二〕汗衫——弘治本注：「出《炙轂子》：『燕朝衮冕有白紗中單。漢王與項羽戰，汗透中單，改名汗衫。』」中單，穿在朝服、祭服里面的中衣。

〔四三〕裹肚——宋元時男女皆可穿用的用帶繫着的緊身圍裙。古時穿在外面；今人則貼身而穿，再小一點的給嬰兒穿，稱兜肚。

〔四四〕盤纏——即盤川，旅費。無名氏雜劇《爭報恩》：「要回那梁山去，爭奈手中無盤纏。」

〔四五〕趁逐——追逐，追隨。趁，追逐，趕。

〔四六〕七絃琴——七絃爲宫、商、角、徵、羽，另加少宫、少商。少宫、少商又稱文絃、武絃。《禮記·樂記》：「昔者舜作五絃之琴，以歌《南風》。」孔穎達疏：「五絃，謂無文武二絃，唯宫商等之五絃也。」徐士範曰：「伏羲作琴以修身理性。舜彈五絃琴，歌《南風》之詩而天下治，五絃象五行也。文武王加二絃象七星，以合君臣之義；大絃爲君，小絃爲臣，因名七絃琴。」

〔四七〕撇人在腦背後——毛西河曰：「『撇人腦背後』，猶言撩在一邊也。北凡言僻處，皆稱腦背後。如《李逵負荆》雜劇：『把煩惱都丢在腦背後。』此以『腦』字關説耳。」

〔四八〕斑管及湘江數句——斑管，用斑竹製的筆管。斑竹，一種斑紋的竹子，又稱「湘妃竹」、「湘竹」，其斑如淚痕，故又稱「淚竹」。生在蒼梧山，即九嶷山中。蒼梧山在今湖南省寧遠縣。梁·任昉《述異記》卷上：「昔舜南巡而葬於蒼梧之野，堯之二女娥皇、女英追之不及，相與慟哭，淚下沾竹，竹上文爲之斑斑然，亦名湘妃竹。」九嶷山，也作九疑山。《水經注·湘水》：「西流經九疑山下，蟠基蒼梧之野，峰秀數郡之間。羅岩九舉，各導一溪，岫壑負阻，異嶺同勢，游者疑焉，故曰九疑山。山南有舜廟。」虞（yú音於）舜，即舜，因係遠古部落有虞氏的氏族領袖，故史稱虞舜。姚姓，名重華，後爲父係氏族社會後期部落聯盟領袖。後選拔治水有功的禹爲繼承人，禪讓於禹。一説舜爲禹所放逐，死在南方的蒼梧。

〔四九〕怨慕——怨恨而又思慕。《孟子·萬章上》：「萬章問曰：『舜往於田，號泣於旻天，何爲其號泣也？』孟子曰：『怨慕也。』」朱熹注：「怨己之不得其親而思慕也。」陸機《贈從兄車騎》詩：「感彼歸途艱，使我怨慕生。」

〔五〇〕恐難稠——稠，調。一作「酬」。王伯良曰：「『油脂展污恐難酬』，言展污則難以酬贈人也。」王季思曰：「蓋謂難酬張生遠道寄書之情意也。」

〔五一〕早晚——毛西河曰：「『早晚』，猶言多早晚，幾時也。」

〔五二〕人不見二句——語出秦觀〔江城子〕詞：「猶見多情，曾爲繫歸舟。碧野朱橋當日事，人不見，水空流。」

〔五三〕啜賺（chuò zhuàn 音輟轉）——哄弄，哄騙。無名氏《殺狗勸夫》第四折：「只待要與心啜賺俺潑家私，每日價哄的去花街酒肆，品竹調絲。」

〔五四〕小春——農曆十月。《歲時事要》：「十月天時和暖似春，花木重花，故曰小春。」又稱小陽春。

〔五五〕悔教句——王昌齡《閨怨》詩：「閨中少婦不知愁，春日凝妝上翠樓。忽見陌頭楊柳色，悔教夫婿覓封侯。」

短評

自第十七齣起至末，明刊本《西厢記》除《六十種曲》本外，皆歸爲第五本。一般認爲第五本四齣的藝術性較弱，如本齣第一曲「忽驚半載」，諸本作「别離半載」，王伯良批評「與上句重」，《六十種曲》本則改作「恰離了半載」。金聖歎的批評更激烈，僅對少數曲辭表示贊賞。毛西河的評價則較高。如〔集賢賓〕曲，金聖歎僅欣賞「大都來一寸眉峯，怎當他許多顰皺」經他改動後的二句，並仍認爲「此亦尋常好句耳」，對全曲多做否定。毛西河則認爲此曲爲「懷遠詞也」，「純以空筆掀翻，最妙」。又贊賞〔逍遥樂〕曲「『何處忘憂』七句，但一路填詞，而意見言外」。「『空』字内有只見此而不見人意，此正如昔人所稱王龍標詩，外極其象，内極其意，此填詞最高處」。不同意金批對此曲「『珠玉明秀』等字，皆隨手雜用」、「文情」不佳的批評。〔挂金索〕曲，王世貞（元美）贊賞説「俊語亦不減前」。王伯良則認爲：「俊詞也，惜下二語不對。」凌濛初更反駁説：「王元美獨賞此曲爲俊語，謂不減前。不知數語只似佳詞，曲中勝場不在此，前後曲中自有勁敵。」對於後四出，雖有好評者，但爭論很大，批評者很多，不如前十六齣（即前四本），古今論者衆口一詞，皆公認爲佳絶之作。的確，最後四齣的藝術水準遠不及前十六齣，盡管少數曲辭寫得較美。

此齣情節簡單，叙張生考中後立即寫信給鶯鶯報喜，鶯鶯正在苦苦相思和擔憂，拿到張生來信：「不爭你寄得書來又與我添些證候。説來的話兒不應口。」金聖歎批評她「捷書在手，猶不解憂」，他忘了鶯鶯在長亭送别時關照張生，她並不看重功名，怕的是「停妻再娶妻」，囑咐「得官不得官，須早辦歸期」！現在雖有信來，張生未回到她身邊，她總是憂慮難消的，故而後又言：「悔教夫婿覓封侯」也。

〔醋葫蘆〕曲描寫鶯鶯讀看張生的來信，不禁珠淚滚滚而下，又體貼張生，想到張生寫信時也必和着淚水書寫，多管是尚未動筆而淚水先下，所以信中淚漬熒然，現在我的淚水滴到原有的淚漬上，「將這新痕把舊痕湮透」。金聖歎稱贊「此是好句」，又稱譽此曲「筆態翩翻如舞，瀏湸如瀉」，藝術水準與前十六出「無二」。

接着鶯鶯讀張生來信，後齣張生又讀出她寫的回信，徐文長批評：「二書皆劣，詩亦多惡，睹《會真記》中崔與張書，何等秀雅悲感，而可如此草草耶？」金聖歎也一再批評張信「醜極」，槃薖碩人指出：「張生所寄書詞腐爛之氣，迂緩之調，不堪着目。」

另一個問題是，鶯鶯開書讀信，知張生高中「探花郎」，實爲狀元。《六十種曲》本編校者與一般明代評論家一樣，以爲是第三名。「探花」在明清是第三名，在唐代並不確指第三名，而僅指高中，讀者可參見本齣注〔一〕。

接着鶯鶯拿出數樣東西，讓琴童帶給張生，並向紅娘解釋給張生這幾樣東西的用意，所唱數曲，王伯良批爲「俱傷鍥鏤」，〔金菊香〕「倚遍西樓」則與前「獨上妝樓」犯重。

末曲〔浪里來煞〕「臨行時掇賺人的巧舌頭」，忽作詈駡張生語，金聖歎批爲「不通極也」！又指責套用王昌齡「悔教夫婿覓封侯」句，「遂令妙詩，一敗涂地」。毛西河反過來認爲「妙在全不及得官一句，且得出『悔』字，若反以得官爲恨者，一何俊也」。這需作具體分析。鶯鶯與張生在熱戀中分别，相思情苦，是自然的。但他們也只不過分别半載，張生也已來信報告喜訊和想念之情，全不似王昌齡《閨怨》詩中的女主人公，丈夫去前綫作戰，不知他的前程如何，歸期渺茫；又毫無音訊，連他的生死存亡也不知，這纔「悔教夫婿覓封侯」。鶯鶯雖與張生情深，她爲人大度且極有見識，怎會因相思男人而浪哭淫啼；長亭送别時也無「指歸期九月九」之約，張生不能馬上回來，相國千金當知朝廷法度，絶不會指斥他「臨行時啜賺人的巧舌頭」。這裏關於鶯鶯相思之情的描寫，無疑過了頭，没有掌握好分寸，從而貶損了鶯鶯的優美形象。

第十八齣

尺素緘愁

（生上）畫虎未成君莫笑〔一〕，安排牙爪始驚人。本是舉過的便除，奉着翰林院編修國史〔二〕，多住兩月。誰知我的心事，甚麼文章做得成？使琴童遞送佳音，又不見回來。這幾日睡卧不寧，飲食少進，給假在驛亭中將息。早間太醫院醫官來看視，下藥去了。我這病盧扁也醫不得〔三〕。自離了小姐，無一日心閑也呵。

【粉蝶兒】從到京師，思量心旦夕如是，向心頭橫倘着俺那鶯兒。請良醫，看診罷，一星星說是〔四〕。本意待推辭，則被他察虛實不須看視〔五〕。

【醉春風】他道是醫雜證有方術〔六〕，治相思無藥餌〔七〕。鶯鶯呵，你若是知我害相思，我甘心兒死、死。四海無家，一身客寄，半年將至。

（童上）我則道哥哥除了職，元來在驛中抱病，須索回書去咱。（童見生）（生笑介）你回來了也！

【迎仙客】疑怪這噪花枝靈鵲兒〔八〕，垂簾幕喜蛛兒，正應着短檠上夜來燈報時。若不是斷腸詞，決定是斷腸詩。（童）小夫人有書在此。（生接介）寫時節多管是淚如絲，既不呵，怎生淚點兒封皮上漬〔九〕。

（念書介）薄命妾崔氏斂衽拜覆〔一〇〕，君瑞才郎文几：別逾半載，奚啻三秋〔一一〕。思慕之心，未嘗少怠〔一二〕。昔云日近長安遠，妾今始信斯言矣。琴童至，得見翰墨〔一三〕，知君瑞置身青雲〔一四〕。且悉佳況，少慰離人沉思。有君如此，妾復何言。琴童促回，無以達意，聊具瑶琴一張〔一五〕，玉簪一枚，裹肚一條，汗衫一領，絹襪一雙。物雖微鄙，願君詳納。春風多麗，千萬珍重！珍重千萬！謹依來韻，敬書一絶，統乞清照：闌干倚遍盼才郎，莫戀宸京黄四娘〔一六〕。病裏得書知中甲，窗前覽鏡試新妝。我那風風流流的姐姐，似這等女子，張珙死也死得着了，且莫説别的。

【上小樓】這的是堪爲字史〔一七〕，當爲款識〔一八〕。有柳骨顔筋〔一九〕，張旭張顛，羲之獻之。此一時，彼一時，佳人才思，俺鶯鶯世間無二。

【幺】俺做經呪般持〔二〇〕，符籙般使。高似金章〔二一〕，重似金帛，貴似金貲。這上面若僉個押字〔二二〕，使個令史〔二三〕，差個勾使〔二四〕，則是一張忙不及印赴期的咨示〔二五〕。

休説文章，則看這汗衫兒上針指，人間少有。

【滿庭芳】怎不教張生愛你，堪與針工生色，女教爲師〔二六〕。幾千般用意針針是，可索尋思。長共短又没個樣子，窄和寬想像着腰肢，好共歹無人試。想當初做時，用煞那小心兒。

小姐寄來這幾件東西，都有緣故的，一件件我都猜着了。

【白鶴子】這琴，他教我閉門學禁指〔二七〕，留意譜聲詩〔二八〕，調養聖賢心〔二九〕，洗蕩巢由耳。

【二煞】這玉簪，纖長如竹笋，細白似葱枝，温潤有清香，瑩潔無瑕玼〔三〇〕。

【三煞】這斑管，霜枝栖鳳凰〔三一〕，淚點漬胭脂，當時舜帝慟娥皇，今日淑女思君子〔三二〕。

【四煞】這裹肚，手中一葉綿〔三三〕，燈下幾回絲，表出腹中愁，果稱心間事。

【五煞】這襪兒，針脚兒細似蟣子，絹帛兒膩似鵝脂，既知禮，不胡行，願足下，當如此。

琴童，你臨行，小夫人對你説甚麽？（童）着哥哥休忘舊意，别繼新姻。（生）小姐，你尚然不知我的心哩。

【快活三】冷清清客舍兒〔三四〕，風淅淅雨絲絲，雨兒零，風兒細，夢回時，多少傷心事。

【朝天子】四肢，不能動止，急切里盼不到蒲東寺。小夫人須是你見時，別有甚閑傳示？（童）再無他語。（生）我是個浪子官人〔三五〕，風流學士，怎肯去帶殘花折舊枝〔三六〕。自茲到此〔三七〕，不游閑街市〔三八〕。

【賀聖朝】少甚宰相人家，招婿的嬌姿。其間或有個人似你，那裏取那温柔，這般才思？鶯鶯意兒，怎不教人夢想眠思？

你來，將這衣裳東西收拾好者。

【耍孩兒】書房中傾倒個藤箱子，向箱子里面鋪着幾張紙。放時節用意取包袱〔三九〕，休教藤刺兒抓住綿絲。高抬在衣架上怕吹了顔色〔四〇〕，亂裹在包袱中恐錯了褶兒〔四一〕。當如此，切須愛護，勿得因而。

【二煞】恰新婚〔四二〕，纔燕爾，爲功名來到此。長安憶念蒲東寺。昨宵愛春風桃李花開夜〔四三〕，今日愁秋雨梧桐葉落時。愁如是，身遥心邇，坐想行思。

【三煞】這天高地厚情，直到海枯石爛時〔四四〕，此時作念何時止？直到燭灰眼下纔無淚〔四五〕，蠶老心中罷卻絲。我不比游蕩輕薄子，輕夫婦的琴瑟〔四六〕，拆鸞鳳的雄雌。

【四煞】不聞黄犬音，難傳紅葉詩〔四七〕，驛長不遇梅花使〔四八〕。孤身去國三千里〔四九〕，一日歸心十二時。憑闌視，聽江聲浩蕩，看山色參差〔五〇〕。

【尾聲】憂則憂我在病中，喜則喜你來到此。投至得引入魂卓氏音書至，險將這害鬼病的相如盼望死〔五一〕。（下）

注釋

〔一〕畫虎二句——當時成語,意指人未發達時不要取笑得罪他,一旦功成名就即有驚人之舉。白樸《梧桐雨》雜劇楔子也用此二語。

〔二〕翰林院——官署名。唐代初置,本爲各種文藝技術内廷供奉之處;宋代猶以翰林院勾當官總領天文、書藝、圖畫、醫官四局,以至御厨茶酒亦有翰林之稱;元代稱翰林兼國史院;明代始將修史、著作、圖書等事務并歸翰林院,正式成爲外朝官署。

〔三〕盧扁——即扁鵲,春秋時名醫。其事迹見《史記·扁鵲倉公列傳》,張守節正義引《黄帝八十一難序》曰:「秦越人與軒轅時扁鵲相類,仍號之爲扁鵲。又家於盧國,因名之曰盧醫也。」

〔四〕一星星説是——件件都説得對。是,一作「似」。王伯良曰:「『一星星説似』,即前白『太醫指下説明着我癥候』意,猶言説得着也。下言我待推辭不是此癥候,他卻察得虚實的確,不須再看視也。」一星星,一件件、一樁樁,暗含其中細微之處。王伯良所引之白,此本已删去。

〔五〕虚實——中醫指虚證和實證及其相互關係。虚證,指正氣衰弱的證候;實證,指病邪亢盛的證候。

〔六〕雜證——各種病癥。方術,指天文(包括占候、星占)、醫學(包括巫醫)、神仙術、占術、相術、命相、遁甲、堪輿等的總稱。

〔七〕藥餌——藥物。

〔八〕疑怪二句——靈鵲、喜蛛。陸賈文:「喜鵲噪而行人至,蜘蛛集而百事喜。」《爾雅》「蠨蛸長踦」注:「小蜘蛛長脚者,俗呼爲喜子。」陸璣《詩疏》:「荆州河内人謂之喜母,此蟲來着人衣,當有親客至。」

〔九〕漬(zì音字)——沾染,浸濕。

〔一〇〕薄命二句——薄命妾，女子自稱的謙詞。薄命，宿命論者謂命運不好，舊時常用以形容女子的痛苦遭遇。洪希文《書美人圖》詩：「可憐前代汗青史，薄命佳人類如此。」斂衽（rèn音任），猶斂袂，整一整衣袖。元代以後稱女子的禮拜爲「斂衽。」衽，衣襟，袖口。文几，文席。

〔一一〕奚啻（chì音翅）三秋——何止三年之長。比喻相思中的人，日子特別難熬，所以半年顯得比三年還長。奚，何，胡。啻，但，僅，止。三秋，三個季度，即九個月。《詩經·王風·採葛》：「一日不見，如三秋兮！」亦指三年。

〔一二〕怠（dài音代）——懈怠，懶怠。

〔一三〕翰墨——筆墨，也指文辭。翰，毛筆，引申爲文辭。

〔一四〕青雲——高空，比喻高官顯爵。

〔一五〕聊——姑且，略。

〔一六〕宸京黄四娘——宸京，帝京。宸，北辰所居，因以指帝王的宫殿，又引申爲王位、帝位的代稱。黄四娘，代指美女。杜甫《江畔獨步尋花七絶句》之六：「黄四娘家花滿蹊，千朵萬朵壓枝低。」

〔一七〕堪爲字史——王伯良曰：「字史，掌字之史也。」史，古代官佐之稱。《周禮·天官·宰夫》：「（八職）六曰史，掌官書以贊治。」鄭玄注：「贊治，若今起文書草也。」堪爲字史，意謂鶯鶯文辭好，字寫得好，足以擔當起草文書的官職。

〔一八〕款識（zhì音志）——古代鐘鼎彝器上鑄刻的文字。《漢書·郊祀志下》：「今此鼎細小，又有款識，不宜薦於宗廟。」顔師古注：「款，刻也；識，記也。」於此有關，《通雅》卷三十三還有三説：（一）款是陰字凹入者，識是陽文挺出者；（二）款在外，識在内；（三）花紋爲款，篆刻爲識。此外，後世在書、畫上題名，也叫「款識」。此承上句，謂其文才好、字好，可以銘刻在器物上。

〔一九〕有柳骨三句——形容鶯鶯的書法有功力，有學習書法名家的功底。柳，唐代書法家柳公權，其書稱爲柳體；骨，構架和筆力。顔，唐代書法家顔真卿，其書稱爲顔體；筋，運筆的堅韌有力。張旭即張顛，唐代草書名家。《新唐書·李白傳》附《張旭傳》：「旭，蘇州吴人。嗜酒，每大醉，呼叫狂走，乃下筆，或以頭濡墨而書。既醒，自視，以爲神，不可復得也。世呼『張顛』。」張顛，王伯良、張深之本改作「張芝」。張芝爲東漢草書名家。羲之獻之，爲晉代大書法家王羲之、王獻之父子，世稱「二王」，真行草隸，諸體皆精，爲後世書家之宗師。

〔二〇〕做經咒般持二句——將鶯鶯的信當作經文、咒語一般地恭敬對待。經咒是佛教法力的體現，總持佛法經咒的真言，可以保善滅惡。符篆，道士用來驅鬼召神、治病延年的秘密文書或文字符號。

〔二一〕高似金章三句——金章，官員的金印，黄金鑄造的官印。金帛，黄金和絲織品，古人認爲最貴重的禮物。金貲，即金資，金銀財寶。韓愈《送惠師》詩：「囊無一金資，翻謂富者貧。」

〔二二〕僉個押字——簽字畫押。僉，通「簽」。押字，即花押，花書，舊時文書上的草書簽名或代替簽名的特種符號。黄伯思《東觀餘論·記與劉無言論書》：「文皇（唐太宗）令群臣上奏，任用真草，惟名不得草。後人遂以草名爲花押，韋陟五朵雲是也。」宋·周密《癸辛雜識》：「古人押字，謂之花押印，是用名字稍花之。」

〔二三〕令史——漢代爲郎以下掌文史的官職，有蘭臺令史、尚書令史。隋唐以後，變爲三省、六部及御史臺低級事務員之稱。

〔二四〕勾使——衙門中拘捕、提取犯人的差役。這裏泛指差役。

〔二五〕則是句——就是一張匆忙未及蓋官印的令人赴約會的告示。印，蓋印章。咨（zī音資），舊時公文的一種，用於同級機關。

〔二六〕女教爲師——教育女子的師表。

〔二七〕閉門學禁指——閉門彈琴，學習禁淫邪、正心術的意旨。指，通「旨」，宗旨、意向、意旨。《白虎通·禮樂》：「琴者，禁也，所以禁止淫邪，正人心也。」

〔二八〕留意譜聲詩——用心譜寫像《詩經》一樣「思無邪」的詩歌。聲詩，《詩經》是周代經樂工配樂可以歌舞的民歌的總集。

〔二九〕調養二句——培養高尚的志向和高潔的情操。巢、由即巢父、許由，皆上古堯時的賢人。晉・皇甫謐《高士傳》：「巢父者，堯時隱人也。山居不營世利，年老，以樹爲巢，而寢其上，故時人號曰『巢父』。堯之讓許由也，由以告巢父，巢父曰：『汝何不隱汝形，藏汝光？ 若非吾友也。』擊其膺而下之。由悵然不自得，乃過清泠之水，洗其耳，拭其目，曰：『向聞貪言，負吾之友矣！』遂去，終身不相見。」「許由，字武仲。堯聞，致天下而讓焉，乃退而遁於中岳潁水之陽，箕山之下隱。堯又召許由爲九州長，由不欲聞之，洗耳於潁水濱。時其友巢父牽犢欲飲之，見由洗耳，問其故，對曰：『堯欲招我爲九州長，惡聞其聲，是故洗耳。』巢父曰：『子若處高岸深谷，人道不通，誰能見子？ 子故浮游，欲聞求其名譽。污吾犢口！』牽犢上流飲之。」

〔三〇〕瑩潔無瑕玼——瑩潔，光潔。瑩，珠玉的光採。瑕玼（xiácǐ音遐此），玉上的赤色斑點，玉的疵病。玼，通疵，玉的斑點。

〔三一〕霜枝栖鳳凰——《詩經・大雅・卷阿》鄭玄箋：「鳳凰之性，非梧桐不栖，非竹實不食。」霜，比喻高潔。霜枝，承上句，指竹枝。

〔三二〕淑女思君子——反用《詩經・周南・關雎》「窈窕淑女，君子好逑」、「求子不得，寤寐思服」所表達的君子思淑女之意。

〔三三〕手中數句——「一葉綿」諧音「一夜眠」，意指縫紝時一夜不眠。幾回絲，「絲」諧音「思」，指思念張生。「果」諧音「裹」，此句謂裹在張生身上，保佑他稱心如意。

〔三四〕冷清清至夢回——用李璟〔浣溪沙〕「細雨夢回鷄塞遠，小樓吹徹玉笙寒」的詞意。夢回，夢醒。

〔三五〕我是個二句——浪子，四處游蕩之人。風流，杰出的，英俊的。蘇軾〔念奴嬌〕：「大江東去，浪淘盡千古風流人物。」

〔三六〕殘花舊枝——指妓女。

〔三七〕自兹到此——王伯良本作「自從到此」，並曰：「『自從』，『到此』，當各二字成文，上下二字省一韻。今本作『自兹』，『到此』，即叶調，然句殊不妥。不從。詞隱生作『自始』。」

〔三八〕不游閑街市——一作「甚的是閑街市」。王伯良曰：「言從不曾胡行亂走也。」

〔三九〕放時節用意取包袱——王伯良本改作「須索用心思」，凌濛初曰：「『袱』字失韻，復與下重，當有誤。」

〔四〇〕高抬——高挂。毛西河曰：「北人稱挂曰抬。」

〔四一〕亂裹句——「裹」，一作「穰（rǎng音攘）」。「錯」，一作「剉（cuò音錯）」。張燕瑾曰：「《説文》段玉裁注：『謂之穰者，莖在皮中，如瓜瓤在瓜皮中也。』穰作動詞，即放在内之意。亂穰，即亂放在内。剉：《説文》：『剉，折傷也。』這裏是揉搓的意思。」穰，禾莖中白色柔軟的部分；亦指果類的肉，義同瓤。剉，「銼」的異體字，折傷。

〔四二〕新婚燕爾——謂新婚歡樂。元·賈固〔醉高歌過紅綉鞋寄金鶯兒〕曲：「樂心兒比目連枝，肯意兒新婚燕爾。」

〔四三〕昨宵二句——語出白居易《長恨歌》：「春風桃李花開日，秋雨梧桐葉落時。」毛西河曰：「『昨宵個春風桃李花開夜』，言昨新婚時秋夕也，而翻似春夜；『今日個秋雨梧桐葉落時』，言今客寄時正春候也，而翻似秋日，其愁如是。」

〔四四〕海枯石爛——極言歷時之久。多用作盟誓之詞。明·瞿佑《剪燈新話·緑衣人傳》：「海枯石爛，此恨難消；地老天荒，此情不泯。」

〔四五〕直到二句——語出李商隱《無題》詩：「春蠶到死絲方盡，蠟炬成灰淚始乾。」燭灰，燭燒成灰，此處「灰」作動詞用。淚，雙關燭淚與眼淚。燭淚，燭燃燒時淌下的燭油。蠶老，蠶死。老爲「死」之委婉語。絲，雙關蠶絲和相思，絲爲「思」之諧音。

〔四六〕琴瑟——又作「瑟琴」，兩種樂器名，比喻夫婦間感情和諧。《詩經·周南·關雎》：「窈窕淑女，琴瑟友之。」又《小雅·常棣》：「妻子好合，如鼓瑟琴。」

〔四七〕難傳紅葉詩——難通音訊。范攄《雲溪友議·題紅怨》、劉斧《青瑣高議》、王銍《補侍兒小名録》、孫光憲《北夢瑣言》及《本事詩》皆叙宫女紅葉題詩後，紅葉從御溝流出爲士人所得，後兩人因機緣凑合得以成婚的故事，但男女主人公的姓名與故事細節則多有不同。

〔四八〕驛長句——指無人傳遞書信。梅花使，傳送書信之驛使。《太平御覽》卷九七〇引南朝宋·盛弘之《荆州記》：「陸凱與范曄相善，自江南寄梅花一枝，詣長安與曄，并《贈花》詩，曰：『折梅逢驛使，寄與隴頭人。江南無所有，聊贈一枝春。』」

〔四九〕去國——離開故國，此指離鄉，指鶯鶯所在之處。國，指一個地域，猶「方」。王維《相思》詩：「紅豆生南國。」此句本唐·張祜《宫詞》：「故國三千里，深宫二十年。」

〔五〇〕山色參差（cēn cī 嵾嵳）——山高低遠近和光照、樹色不同而呈現出明暗深淺不同的顔色。

〔五一〕害鬼病的相如——《史記·司馬相如列傳》：「相如口吃而善書，常有消渴疾。」消渴疾，即糖尿病。此句「鬼病」指相思病。

短評

此齣開首二曲甚佳，「向心頭」句金聖歎稱許爲妙句，又認爲〔醉春風〕曲「曲曲折折，淋淋漓漓」，「真是妙文」。毛西河評曰：「此與前折作對偶，俱用虚寫。蓋未合以前，則以傳書遞簡爲微情，既合以後，又以寄物緘書爲餘思，皆作者阿堵也。」

張生接着所唱的〔迎仙客〕曲多爲重復詞句，而所讀鶯鶯回信，前已引徐文長語，判爲「二書皆劣，詩亦多惡」。徐士範曰：「鶯鶯有答微之書，文辭甚佳，何不節其略載之，而爲此腐語也。」開首竟自稱「薄命妾崔氏」，全不似鶯鶯「妻榮夫貴」、「做一個夫人也做得過」的嬌貴口氣。難怪槃薖碩人批評：「鶯所寄生之書，鄙俗庸淺，殊爲可笑。」

讀信之後所唱諸曲，明清評論家多頗爲贊賞，徐文長評〔上小樓〕及〔幺〕篇「没正經，卻有趣，填詞中之决不可少者」。徐士範認爲「首首應前，更翻新意」。王伯良認爲〔白鶴子〕「五曲，裹肚最勝，襪兒次之，斑管重前『湘江兩岸秋』意，玉簪塞白無謂」。有褒有貶。毛西河承其語意而稱贊：「裹肚四句似古《子夜歌》，雙關特俊。襪兒末句，代鶯語，俏甚。」又駁斥金聖歎除個别曲詞外，所持基本否定的觀點：「一曲只一意，反覆纏綿，此是元詞本色。第自草橋以前，微有不然，故如出二手，但不得明指爲何人作耳。若過爲升降，極皆續貂，則又豈知音者耶？」

明代研究家有認爲《西厢記》全爲王實甫一人所作的，但更有不少人認爲是王作關續，即第十七齣至第二十齣的第五本爲關漢卿所續。徐士範、王世貞、李卓吾、凌濛初、閔遇五、張深之等所評之本，皆認爲王作關續。金聖歎承之，更認爲第五本藝術性太差，乃「狗尾續貂」。毛西河主要駁斥金聖歎的全盤否定第五本即最後四出（除《六十種曲》本外，一般稱

「折」)的觀點。平心論之,後四齣雖有一些曲辭尚佳間或很精彩,但總體成就確遠不如前。即如第十七、十八兩齣,描寫張鶯書信往還,誠如金聖歎所指責的:「細思無此二回,亦有何害? 一通報書去,一通答書來,乾討琴童氣噓噓地,而於彼張、崔兩人,乃更不曾增得一毫顔色。」綜觀這兩齣戲,與前十六齣相比,以前每齣都有豐富精巧的戲劇衝突,在前後情節發展中不可或缺,皆有變化或推動作用,又有力地爲張、崔、紅三人的性格塑造和發展服務,而且曲辭優美生動,説白幽默靈動。而這兩齣戲,在情節發展上、人物性格塑造上,皆無必要,也未建功。説白平庸,書信和酬詩拙劣;唱詞亦多未見功力,即使唱詞寫好了,也不過是案頭之曲,絕非場上之曲,因爲缺乏戲劇性,勉强在舞臺上演唱,也是難以吸引觀衆的。

另外,此齣開頭又强調張生「自離了小姐,無一日心閑」,相思過頭又已成病。這樣的描寫也過頭了,貶損了張生的形象。張生胸懷大志,初到蒲州時以洶涌黄河自比;他上京趕考,一舉得中,如離鶯而一直心亂,怎麽可能寫好試卷?既已擔任官職,只有舒展才華、勤奮爲國,纔上對得起國家和黎民,下對得起自已和鶯鶯,從而能不斷升遷或勝任要職,爲自己和鶯鶯創造更好的前程。如果離開女人就一味悲戚苦惱,沉溺於兒女之情,甚至因此生病,是個實足的窩囊廢,鶯鶯會喜歡這樣没有出息的丈夫麽?

王實甫和關漢卿都是中國和世界戲劇史上的大家,但有時也顯才力不足;《西厢記》固然是經典性的巨著,但像許多著名作品一樣,最後一部分寫不好,也是一種「常見病」。

第十九齣 鄭恒求配

（鄭恒上）自家姓鄭，名恒，字伯常。先人拜禮部尚書，不幸早喪。後數年，又喪母。先人在時曾定下俺姑娘的女孩兒鶯鶯爲妻，不想姑夫亡化，鶯鶯孝服未滿，不曾成親。俺姑娘將着這靈櫬，引着鶯鶯回博陵下葬，爲因路阻，不能得去。數月前寫書來喚我同扶柩去，因家中無人，來得遲了。我離京師，來到河中府，打聽得孫飛虎欲擄鶯鶯爲妻，得一個張君瑞退了賊兵，俺姑娘復許了他。我如今到這裏，既聽得這個消息，不好便撞將去。這一件事都在紅娘身上，我着人去喚他。則説哥哥從京師來，不敢逕來見姑娘，着紅娘到下處來〔一〕，有話對姑娘行説知，方可去拜見。（貼上）鄭恒哥哥在下處，不來見夫人，卻與我説話。夫人着我來，看他説甚麽。（見鄭介）哥哥萬福！夫人道哥哥來到，怎麽不到家裏來？（鄭）我有甚麽顔色見姑娘〔二〕？我喚你來的緣故，是當日姑夫在時，曾許下這門親事；我今番到這裏，姑夫孝已滿了，特地央及你去夫人行説知，揀一個吉日，成合了這件事，好和小姐一搭裏扶柩去〔三〕。若不成合，一搭裏路上難厮見。若説的肯呵，我重重的相謝你。（貼）這一節話，再也休題！鶯鶯已與了張生也。（鄭）道不得一馬不跨雙鞍〔四〕，可怎生父在時曾許下我，父喪之後，母卻悔親？這個道理那裏有！（貼）卻非如此説。當日孫飛虎將半萬人馬來時，哥哥你在那裏？若不是那生呵，那裏得俺一家兒來？今日太平無事，卻來爭親；倘被賊人擄去，你往那裏去爭？（鄭）與了一個富家，也不枉了，卻與了這個窮酸餓醋。偏我不如他？我仁者能仁〔五〕，身裏出身的根脚，又是親上的親〔六〕，况兼他父命。（貼）他到不如你？噤聲〔七〕！

【鬥鵪鶉】賣弄你仁者能仁，倚仗你身裏出身；至如你官上加官，也不教你親上做親〔八〕。又不曾執羔雁邀媒〔九〕，獻幣帛問肯〔一〇〕。恰洗了塵〔一一〕，便待要過門。枉腌了他金屋銀屏〔一二〕，污了他錦衾綉裀〔一三〕。

【紫花兒序】枉蠢了他梳雲掠月，枉羞了他惜玉憐香〔一四〕，枉村了他殢雨尤雲〔一五〕。當日三才始判〔一六〕，二儀初分〔一七〕；乾坤：清者爲乾，濁者爲坤，人在中間相混。君瑞是君子清賢，鄭恒是小人濁民。

（鄭）賊來，他一個人怎的退得？卻是胡説！（貼）我説你聽。

【天淨沙】把橋梁飛虎將軍，叛蒲東擄掠人民。半萬賊屯合寺門〔一八〕，手橫着雙刃，高叫道要鶯鶯做壓寨夫人。

（鄭）半萬賊，他一個人濟甚麼事？（貼）賊圍甚迫，老夫人慌了，和長老商議，高叫：兩廊不問僧俗，如退得賊兵的，便將鶯鶯與他爲妻。時有游客張生，應聲而言：我有退兵之策，何不問我？夫人大喜，就問其計何在？那生道：我有故人白馬將軍，見統十萬大兵，鎮守蒲關。我修書一封，着人寄去，必來救我。果然書至兵來，其困即解。

【小桃紅】若不是洛陽才子善屬文〔一九〕，火急修書信。白馬將軍到時分，滅了煙塵〔二〇〕。夫人小姐都心順，則爲他威而不猛〔二一〕，言而有信，因此上不敢慢於人。

（鄭）我自來未嘗聞其名，你這個小妮子賣弄他偌多本事〔二二〕。（貼）怎麼便罵我？須索説你聽咱。

【金蕉葉】他憑着講性理齊論魯論〔二三〕，作賦詞韓文柳文。他識道理爲人敬人，俺家人有信行知恩報恩。

（鄭）就憑你説，也畢竟比不得我。

【調笑令】（貼）你值一分，他值百分。螢火焉能比月輪？高低遠近都休論，我且拆白道字〔二四〕，辯與你個清渾。（鄭）這小妮子省得甚麼拆白道字，你説與我聽。（貼）君瑞是個肖字邊着個立人，你是個寸木、馬戶、尸巾〔二五〕。

（鄭）寸木、馬戶、尸巾，你道我是個村驢屌。我祖代是相國之門，到不如那個白衣餓夫。窮士則是窮士，做官的則是做官。

【禿廝兒】（貼）他憑師友君子務本〔二六〕，你倚父兄仗勢欺人。齏鹽日月不嫌貧〔二七〕，治百姓新民、傳聞〔二八〕。

【聖藥王】這廝喬議論〔二九〕，有向順。你道是官人則合做官人，信口噴，不本分。你道窮民到老是窮民，卻不道將相出寒門〔三〇〕。

（鄭）這椿事都是那法本禿驢弟子孩兒〔三一〕，我明日慢慢的和他説話。

【麻郎兒】（貼）他出家兒慈悲爲本〔三二〕，方便爲門〔三三〕。横死眼不識好人〔三四〕，招禍口不知分寸。

（鄭）這是姑夫的遺留，我揀日牽羊擔酒上門去〔三五〕，看姑娘怎麽發落我。

【幺】（貼）訕觔〔三六〕，發村〔三七〕，使狠，甚的是軟款温存〔三八〕。硬打捱强爲眷姻〔三九〕，不睹事强諧秦晉。

（鄭）姑娘若不肯，着二三十個伴當抬上轎子〔四〇〕，到下處脱了衣裳，急趕將來，還你一個婆娘。

【絡絲娘】（貼）你須是鄭相國嫡親舍人〔四一〕，須不是孫飛虎家生的莽軍〔四二〕。喬嘴臉〔四三〕、腌軀老〔四四〕、死身份，少不得有家難奔。

（鄭）兀的那小妮子，眼見得受了招安了也〔四五〕。我也不對你説，明日我要娶，我要娶！（貼）不嫁你，不嫁你！

【收尾】佳人有意郎君俊〔四六〕，我待不嗑來其實怎忍。（鄭）你再嗑一聲我聽。（貼）你這般頹嘴臉〔四七〕，則好偷韓壽下風頭香〔四八〕，傅何郎左壁廂粉。

（鄭脱衣介）（貼下）（鄭）這妮子擬定都和酸丁演撒，我明日自上門見俺姑娘，則做不知。只説張生贅在衛尚書家做了女婿〔四九〕。俺姑娘最聽是非，他自小又愛我，必有好話。休説别的，則這一套衣服，也衝動他。自小京師同住，慣會尋章摘句〔五〇〕，姑夫許我成親，誰敢將言相拒。我若放起刁來，且看鶯鶯那裏去？且將壓善欺良意，權作尤雲殢雨心。（下）（老上）夜來鄭恒到下處，不來見我，喚紅娘去問親事。據我的心，還是與侄兒的是。況兼相國在時，已許下了，我便是違了先夫的言語。不料這廝每做下來，着我首鼠兩端〔五一〕，展轉不决。且待鄭恒來見我，再作區處〔五二〕。（鄭上）來到也，不索報覆〔五三〕，自入去。（見夫人拜，老哭介）（老）孩兒既來到這裏，怎麽不來見我？（鄭）孩兒有甚面顔，來見姑娘！（老）鶯鶯爲孫飛虎一節，等你不來，無可解危，許了張生也。（鄭）那個張生？敢便是中探花的張生。我在京師看榜來，年紀有二十四五歲，洛陽張珙，游街三日〔五四〕。第二日頭踏正到衛尚書家門首〔五五〕，尚書的小姐十八歲，人物標致〔五六〕，結着彩樓〔五七〕，在那御街上，一球正打着他。我也騎着馬看，險些打着我。他家粗使梅香十餘人，把那張生横拖倒拽入去〔五八〕。他口叫道：我自有妻，我是崔相國家女婿。那尚書是權豪勢要之家，那裏聽説，則管拖將入去了。他也是出於無奈。那尚書又説道：我女奉聖旨招女婿，聞説那崔小姐是先奸後娶的〔五九〕，法合離異。今且着他爲次妻〔六〇〕。鬧動京師，因此認得他。（老怒介）我道這秀才不中抬舉，今日果然負了俺家〔六一〕。俺相國之家，世無與人做次妻之理。既然張生奉聖旨娶了妻，孩兒，你揀個吉日良辰，依着姑夫的言語，依舊來我家做女婿者。（下）（鄭喜介）中了我的計策了！準備茶禮、花紅，克日過門者〔六二〕。（下）（本上）老僧昨日買登科録看來，張先生果然高第，除授河中府尹。誰想夫人没主張，又許了鄭恒。老夫人因此不肯去接，我將着肴饌〔六三〕，直至十里長亭接官走一遭。（下）（杜將軍上）奉聖旨，着下官主兵蒲關，提調河中府事〔六四〕，上馬管軍，下馬管民。且喜君瑞兄弟，一舉得第，正授河中府尹，擬定乘此機會成親。下官牽羊擔酒，直至老夫人宅上，一來慶賀登第，二來就主親事〔六五〕，與兄弟成此佳偶。左右那裏〔六六〕？將馬來！到河中府走一遭。（下）

注釋

〔一〕下處——歇宿的地方，客店。《西游記》二十八回：「天色晚了，此間不是個住處，須要尋一個下處纔好。」

〔二〕顔色——容貌、容顔，臉色。此指臉面、面子。

〔三〕一搭裏——一作「一答裏」。一處，一起。

〔四〕一馬不跨雙鞍——宋元時成語，一匹馬背上不能安兩副馬鞍，比喻一女不能嫁二個丈夫。

〔五〕仁者能仁二句——皆宋元時成語。仁者能仁，意謂有仁德之人才能施行仁義。《論語・里仁》：「仁者安仁，知者利仁。」邢昺曰：「『仁者安仁』者，謂天性仁者自然安而行之也。」《東墻記》雜劇一折：「都只爲美貌潘安，仁者能仁。」身裏出身，能繼承家傳之業或父業，如醫藥世家出身的醫生。根脚，根底。

〔六〕親上做親——中表爲婚，即表兄妹成婚。

〔七〕噤聲——閉口不言，此猶言「住口」。

〔八〕也不教你親上做親——此句非指不準親上做親，意謂没資格、没權利親上做親。教，一作「合」。

〔九〕執羔雁邀媒——羔，羊羔，小羊。古代有以羔、雁爲聘禮的習俗。《隋書・禮儀志》謂後齊聘禮「皆用羔羊一口，雁一隻。」《通典》：「羊則牽之，雁以籠盛。」關於聘禮用羔之因，徐士範釋曰：「羔取不失群而自潔。」聘禮用雁之習俗更古老，《儀禮・士昏禮》：「下達納采，用雁。」鄭玄注：「達，通也。將欲與彼合婚姻，必先使媒氏下通其言，女氏許之，乃後使人納其采擇之禮。用雁爲贄者，取其順陰陽往來。」賈公彦疏：「順陰陽往來者，雁木落南翔，冰律北徂，夫爲陽，婦爲陰，今用雁者，亦取婦人從夫之義，是以昏禮用焉。」《白虎通・嫁娶》篇：「用雁者，取其隨時南北，不失其節，明不奪女子之時也。又取飛成行，止成列也，明嫁娶之禮，長幼有序，不相逾越也。」

〔一〇〕獻幣帛——納財禮。《禮記·曲禮上》：「男女非有行媒，不相知名，非受幣，不交不親。」孔穎達疏：「非不受幣不交不親者，幣謂聘之玄纁束帛也，先須禮幣，然後可交親也。」

〔一一〕洗塵——《通俗編·儀節》「洗塵」：「凡公私值遠人初至，或設宴，或饋物，謂之洗塵。」一般多用設宴方式歡迎遠來之客，也叫「接風」。《儒林外史》一回：「（王冕）拜謝了秦老，秦老又備酒與他洗塵。」

〔一二〕金屋銀屏——金屋，極其華貴的房屋。《漢武故事》：「帝年四歲，立爲膠東王。數歲，長公主嫖抱置膝上，問曰：『兒欲得婦否？』膠東王曰：『欲得婦。』長公主指左右長御百餘人，皆云不用。末指其女問曰：『阿嬌好不？』於是乃笑對曰：『好。若得阿嬌作婦，當作金屋貯之也。』長公主大悦，乃苦要上，遂成婚姻。」銀屏，色白如銀、銀白色的屏風。白居易《長恨歌》：「攬衣推枕起徘徊，珠箔銀屏迤邐開。」

〔一三〕錦衾綉裀（yīn音因）——華麗的綢緞被褥和褥墊。衾，被子。裀，通「茵」，兩層床墊。

〔一四〕惜玉憐香——又作「憐香惜玉」，比喻對女子的珍愛和體貼入微。

〔一五〕殢（tì音替）雨尤雲——又作尤雲殢雨，殢，滯留。尤，特異的，突出的。比喻纏綿於男歡女愛。宋·杜安世《剔銀燈》詞：「尤雲殢雨，正繾綣朝朝暮暮。」

〔一六〕三才始判——三才，天、地、人。始判，才分。

〔一七〕二儀四句——二儀，指天和地。《藝文類聚》卷一引《三五歷紀》：「天地渾沌如鷄子，盤古生其中。萬八千歲，天地開辟，陽清爲天，陰濁爲地，盤古在其中，一日九變。」《易經·説卦》：「立天之道曰陰與陽，立地之道曰柔與剛，立人之道曰仁與義。」孔穎達曰：「天地既立，人生其間。」

〔一八〕屯合——聚合。

〔一九〕洛陽才子善屬（zhǔ音主）文——原指西漢賈誼，此借指張生。潘岳《西征賦》：「終童山東之英妙，賈生洛陽之才子。」《漢書·賈誼傳》：「賈誼，洛陽人。年十八，以能誦詩書屬文稱於郡中。」顏師古注：「屬，謂綴輯之也，言其能爲文也。」屬文，撰着文字。

〔二〇〕滅了烟塵——消滅了叛軍、平定了叛亂。煙，烽煙；塵，戰場上揚起的塵土。烟塵指戰爭。此指叛亂引起的戰火。高適《燕歌行》：「漢家煙塵在東北，漢將辭家破殘賊。」

〔二一〕威而不猛三句——威而不猛，語出《論語・述而》：「子温而厲，威而不猛，恭而安。」邢昺疏：「言孔子體貌温和而能嚴正，儼然人望而畏之而無剛暴。」言而有信，語出《論語・學而》：「與朋友交，言而有信。」謂説話誠實有信用。不敢慢於人，見《孝經・天子章》：「敬親者，不敢慢於人。」此處意謂不敢輕慢於張生。

〔二二〕賣弄——夸示，炫耀。《紅樓夢》十三回：「那鳳姐素日最喜攬事，好賣弄才幹。」

〔二三〕他憑着二句——性理，人性天理。《齊論》、《魯論》，即《齊論語》和《魯論語》。前者二十二篇，是齊國學者所傳的《論語》版本；後者二十篇，傳十幾篇，漢・安昌侯張禹將二書融合，成爲《論語》定本，留傳後世。此句言張生的學問好。韓文柳文，指韓愈和柳宗元之古文。韓、柳爲唐代古文運動的領袖。此句言張生的文章好。

〔二四〕我且二句——拆白道字，宋、元時代的一種文字游戲，把一個字拆開變成一句話。黄庭堅〔兩同心〕詞：「你共人女邊著子，爭知我門里挑心！」以「女邊著子」拆「好」字，以「門里挑心」拆「悶」字。關漢卿《救風塵》雜劇一折：「俺孩兒拆白道字，頂真續麻，無般不曉，無般不會。」清渾，即清濁，此指賢愚。《後漢書・酈炎傳》：「賢愚豈常類，稟性在清濁。」關漢卿《哭存孝》雜劇二折：「俺割股的倒做了生分，殺爹娘的無徒説他孝順，不辨清渾。」

〔二五〕君瑞句——譽張生俊俏。「肖」字邊着個立「人」，即「俏」字。

〔二六〕君子務本——語出《論語・學而》：「君子務本，本立而道生。孝弟也者，其爲仁之本與？」邢昺疏：「君子務修孝弟以爲道之基本，基本既立，而後道德生焉。」務，勉力從事。本，事物的根源或根基。儒家認爲行「孝悌」爲致力於「仁」的根本，也即治國做人之「道」的基本品德。孝，指善事父母。悌（tì音涕），指順從兄長。

〔二七〕齏（jī音幾）鹽日月——清苦貧困的讀書生活。齏，同

「齏」，切碎的腌菜和醬菜。韓愈《送窮文》：「太學四年，朝齏暮鹽。」

〔二八〕治百姓句——謂張生治理百姓有政績，有口皆碑。治百姓新民，《尚書·康誥》：「亦惟助王宅天命，作新民。」孔安國傳：「爲民日新之教。」孔穎達疏：「爲民日新之教，謂漸致太平，政教日日益新也。」傳聞，被傳誦而聞名。

〔二九〕喬議論——胡説八道，惡口胡言。喬，宋元口語詈詞，刁滑、惡劣，裝模作樣。

〔三〇〕將相出寒門——貧困卑微之家的子弟也照樣能出將入相。寒門，寒微之家。寒，貧困。

〔三一〕弟子孩兒——意謂婊子養的。弟子，唐時稱「梨園弟子」，即樂工，宋元時專指妓女。

〔三二〕出家——離家到寺院道觀修行，當僧尼道士，稱出家。《毗婆沙論》：「家者，是煩惱因緣，夫出家者，爲滅垢累故，宜遠離也。」

〔三三〕方便爲門——又作「方便之門」。梵語，謂用靈活的方式勸誘各種人信仰佛教。後用以指給予便利。

〔三四〕横死——遭遇意外灾禍而死。横，不測，意外。王建《空城雀》詩：「報言黄口莫啾啾，長爾得成無横死。」

〔三五〕牽羊擔酒——宋元時的定婚禮物。宋·吴自牧《夢粱録》卷二十：「伐柯人通好，議定禮，往女家報定。若豐富之家，以珠玉、首飾、金器、銷金裙褶，及緞匹茶餅，加以雙羊牽送，以金瓶酒四樽或八樽，裝以大花銀方勝，紅緑銷酒衣簇蓋酒上……酒擔以紅彩繳之。」

〔三六〕赸觔——一作「訕筋」。訕，羞慚的樣子。觔，同筋。陸澹安《戲曲詞語匯釋》：「因暴怒而頭面上筋脉僨張。」賈仲明《對玉梳》雜劇一折：「俺娘自做師婆自跳神，一會難禁，努目訕筋。」

〔三七〕發村——動粗，撒野。村，粗俗，鄙野。

〔三八〕軟款温存——軟款温柔疼愛。軟，温和，柔和。款，《廣雅·釋詁一》：「款，愛也。」温存，親切安慰、安撫。《醒世恒言·賣油郎獨占花魁》：「那匡你會温存，能軟款，知心知意。」

〔三九〕硬打捱——毛西河曰：「『硬打捱』，只是『硬』字，『打捱』，助辭，即『打頦』、『打孩』，隨聲立字，原無定旨，故亦隨地可襯甆，如『呆打孩』、『悶打孩』。」

〔四〇〕伴當——舊稱隨從的僕人。喬吉《金錢記》雜劇一折：「叫兩個老成伴當伏侍你去。」

〔四一〕舍人——宋元以來俗稱貴顯子弟爲舍人，猶稱公子。

〔四二〕須不是句——意謂你本不是孫飛虎叛軍所生的粗野匪兵。須，本。家生，舊稱奴婢的子女仍在主家服役者，也叫「家生子」、「家生孩兒」。

〔四三〕喬嘴臉——醜嘴臉。

〔四四〕腌（ān音安）軀老——髒身子。腌，髒。老，作詞助，常附在一個詞的後頭表示人體的某部分，如前已出現過的渌老（眼），另如嗅老（鼻）、聽老（耳）、爪老（手）等。

〔四五〕招安——招撫、招降，勸使歸順。

〔四六〕佳人二句——凌濛初曰：「此皆紅娘反語嘲恒也。」「紅反言覺恒之俊，忍不住要喝采，下二句正其喝采語。」按他本第二句多作「我待不喝采其實怎忍。」嗑（xiá音狎），笑。

〔四七〕頹嘴臉——丑惡嘴臉。頹，詈辭，惡劣之意。

〔四八〕則好二句——只好敗在張生之手。韓壽、何郎比喻張生，鄭恒只能居下風頭、左壁廂，猶言只能拜下風、居劣處。

〔四九〕贅——入贅，招女婿。無名氏《白兔記·成婚》：「我三娘今日贅劉智遠爲婿。」

〔五〇〕尋章摘句——搜求、摘取片斷辭句。指讀書或寫作只注意文字的推求。李賀《南園》詩之六：「尋章摘句老雕蟲，曉月當簾掛玉弓。」此指鄭恒慣於胡編亂造。

〔五一〕着我二句——首鼠兩端，瞻前顧後，遲疑不決。首鼠亦作「首施」，躊躇，進退不定。展轉，同「輾轉」，反復。

〔五二〕區處——分別處置。

〔五三〕不索報覆——不須通報。索，須。

〔五四〕游街——他本多作「夸官游街」。游街，許多人在街上游行，有時擁着英雄人物以示表揚，如「披紅游街」，「夸官游街」；有時押着犯罪分子以示懲戒，如「游街示衆」。

〔五五〕頭踏——也作「頭答」、「頭達」，元時稱官員出行時走在前面開道的儀仗。

〔五六〕標致——容貌出色。無名氏《鴛鴦被》雜劇一折：

「聞知他有個小姐生的十分標致。」

〔五七〕結着彩樓三句——富貴人家在宅第臨街之處搭起彩樓，由擇婿的小姐本人親抛彩球，抛中者即納爲夫婿。

〔五八〕把張生横拖倒拽入去——彩球抛中而不從者，搭彩樓的富貴人家便命僕從强行拉入府中，以成婚配。

〔五九〕先奸後娶——元代刑法規定：「諸先通奸，被斷，復娶以爲妻妾者，雖有所生男女，猶離之。」（《元史·刑法志》）

〔六〇〕次妻——小妻、妾。

〔六一〕負——背棄，背恩忘德。

〔六二〕克日——猶「克期」，也作「刻日」，約定或限定日期。

〔六三〕餚饌——豐盛的飯菜。肴，葷菜。饌，食物，飲食。曹植《七啓》：「此肴饌之妙也，子能從我而食之乎？」

〔六四〕提調——管理，指揮。提，率領。調，協調。

〔六五〕二來二句——就主親事，就主婚事。就，趨，從。佳偶，美好的婚姻。佳，美好。偶，配偶。

〔六六〕左右——在旁侍候的人，近侍，身邊的隨從。

短評

此齣描寫鄭恒聽說姑娘和表妹鶯鶯路阻河中府，又聽說張生因退兵而娶鶯，前來爭婚；他猜知紅娘從中起了關鍵作用，所以先找紅娘，於是兩人爭吵起來。鄭恒在爭吵中暴露出凶狠的流氓腔，聲稱如姑娘不允婚，他要將鶯鶯搶去，「到下處，脱了衣裳，（你們）急趕將來，還你個婆娘」。又看不起張生的貧寒身份，賣弄自己門第的驕人。鄭恒的凶横表現，使鶯鶯在與張生定情前因與鄭恒有婚約而萬般煩惱，易於讓讀者觀衆深入理解，起了照應作用，從而對封建時代只講門第的婚姻制度，批判更深。鄭恒不學無術，性格狠毒，品格很差（欺騙老夫人説張生已另攀高枝，抛棄鶯鶯），是一個實足的無賴，紈絝子弟的典型。他自己不才無能，又不信張生的才能，「我自來未嘗聞其名，你這個小妮子賣弄他偌多本事。」金聖歎批爲：「此是佳語，調侃不少。」「諸葛隆中不求聞達時，幾欲遭此人白眼。嗟乎！今日茫茫天涯，亦何處無眼淚哉！」因此而感慨無數被埋没或未遇機緣而得以脱穎而出的人才之痛苦，挖掘鄭恒狂言的多層次深廣意義。

紅娘向鄭恒擺事實講道理，爲張生的品行、才華作有力辯護，怒斥鄭恒的蠻横、下流和自恃門第的驕横。她直斥鄭恒：「你倚父兄仗勢欺人。」又針對鄭恒「窮士則是窮士，做官的則是做官」這種「老子英雄兒好漢」式的封建血統論，理直氣壯地駁斥：「你道是官人則合做官人，信口噴，不本分。你道是窮民到老是窮民，卻不道『將相出寒門』。」不僅爲張生，也爲天下寒士出氣。縱觀中國整個歷史，誠如趙翼《二十二史札記·漢初布衣將相之局》所指出的，出身貧寒而有才華者，出將入相者不少，更何况各級官吏。

鄭恒自信因「俺姑娘最聽是非，他自小又愛我」，必能成功。次日他騙老夫人，張生已入贅衛尚書家，老夫人馬上回答：「我道這秀才不中抬舉，今日果然負了俺家。」立即決定仍將鶯鶯嫁給侄子。這番話進一步完善了老夫人的性格刻畫：她偏聽偏信，暴露性格中昏庸糊涂的一面；對張生抱有厭惡的偏見，對娘家侄子又懷有偏心，反映其性格中的頑固不化。富貴人家的頑劣子弟，其長輩往往不易了解其品行劣迹，而只看其尊敬自己和裝出老實樣子的表面，這個人生經驗教訓，此齣戲的揭示也含蓄卻又有力。另外，唐代君主是少數民族，儒家文化中有些落後的意識之束縛相對較少，所以女子再嫁，既比較自由又無被人看作低人一等的社會壓力，所以老夫人雖説過俺家無再婚之女，現仍堂堂正正地要將鶯鶯重配給侄子。

此齣曲辭，良莠互見。有的曲子，評論家頗爲首肯，如徐士範評首曲〔斗鵪鶉〕：「俚雅互陳，便是當家。」毛西河曰：「(此曲内)『金屋銀屏』五句，由漸而入，最有步驟。」王伯良認爲〔收尾〕之「末二句俊甚」。毛西河稱頌末二句爲「打匹(意即打諢)之最雋者」。指摘批評者，徐文長認爲第二曲〔紫花兒序〕「『三才』以下數語，卻迂板，且不似婢子語」。金聖歎更認爲此齣諸曲平庸不可取，甚至認爲這齣戲没有必要寫，因爲鄭恒没有必要出場。爲甚麽？「只如鄭恒，此亦不過夫人賴婚，偶借爲辭耳。今必欲真有其人，出頭尋鬧，此爲點染鶯鶯，爲是發揮張生耶？既不爲彼二人，則是單寫鄭恒。」如果爲塑造鄭恒這個人物形象而寫，那麽，「若鄭恒，則今盈天下之學唱公鷄，吃虱猴孫，萬萬千千，知有何限，而煩先生特地寫之」？意爲此齣戲描寫鄭恒其人，於塑造主要人物鶯鶯、張生毫無用處；而鄭恒的醜惡語言，聖歎認爲還褻瀆鶯鶯不少，不利於維護鶯鶯優美的形象；如果單爲塑造鄭恒這個形象，亦不必作者浪費人才，因爲鄭恒的言行缺乏典型性，性格簡單而不複雜，事迹亦少開掘的餘地。

因此，肯定此齣戲對紅、鄭性格的描繪的觀點，和否定鄭恒形象描繪的金聖歎的觀點，都有一定道理，兩説可以並存。詩無達詁，文藝作品的評價没有統一、標準的答案，只要引之有據，言之成理，不同的觀點都可成立。

第二十齣

衣錦還鄉

（生上）下官奉聖旨正授河中府尹，今日衣錦還鄉。小姐金冠霞帔都將着〔一〕，若見呵，雙手索送過去〔二〕。誰想有今日也！文章舊冠乾坤内，姓字新聞日月邊〔三〕。

【新水令】玉鞭驕馬出皇都，暢風流玉堂人物。今朝三品職，昨日一寒儒。御筆親除，將姓名翰林注。

【駐馬聽】張珙如愚〔四〕，酬志了三尺龍泉萬卷書〔五〕；鶯鶯有福，穩請了五花官誥七香車〔六〕。身榮難忘借僧居，愁來猶記題詩處。從應舉，夢魂兒不離了蒲東路。

接了馬者。（見老介）新任河中府尹婿張珙參見。（老）你是奉聖旨的女婿，我怎消受得你拜！

【喬牌兒】（生）我謹躬身問起居〔七〕，夫人這慈色爲誰怒〔八〕？我則見丫鬟使數都厮覷〔九〕，莫不我身邊有甚事故？

小生去時，夫人親自餞行，喜不自勝。今日中選得官，夫人反行不悦，何也？（老）你如今那裏想着俺家？道不得個靡不有初，鮮克有終。我一個女孩兒，雖然妝殘貌陋，他父爲前朝相國。若非賊來，足下甚氣力到得俺家？今日一旦置之度外，卻與衛尚書家作贅，其理安在！（生）夫人聽誰説來？若有此事，天不蓋，地不載！

【雁兒落】若説着《絲鞭仕女圖》〔一〇〕，端的是塞滿章臺路〔一一〕。小生向此間懷舊恩，怎肯别處尋新配？

【得勝令】豈不聞君子斷其初〔一二〕，我怎肯忘得有恩處？那一個賊醜生行嫉妒，走將來夫人行厮見阻？不能够嬌姝〔一三〕，早共晚施心數；説來的無徒〔一四〕，遲和疾上木驢〔一五〕。

（老）是鄭恒説來：綉球兒打着你，就做了女婿也。你不信呵，唤紅娘來問。（貼）我巴不得見他，原來得官回來。慚愧，這是非對着也。（生背問）紅娘，小姐好麽？（貼）爲你别做了女婿，俺小姐依舊嫁了鄭恒也。（生）有這般蹺蹊事〔一六〕！

【慶東原】那裏有糞堆上長連枝樹，淤泥中生比目魚？不明白展污了姻緣簿〔一七〕？鶯鶯呵，你嫁個油煠猢猻的丈夫〔一八〕；紅娘呵，你伏侍個煙熏猫兒姐夫；張生呵，你撞着水浸老鼠的姨夫。這厮壞了風俗，傷了時務〔一九〕。

【喬木查】（貼）妾前來拜覆，省可裏心頭怒〔二〇〕！自别來安樂否？你那新夫人何處居？比俺姐姐是何如？

（生）和你也葫蘆提了〔二一〕。小生爲小姐受過的苦，諸人不知，須瞞不得你。

【攪筝琶】小生若求了媳婦，則目下便身殂。我怎肯忘得待月回廊，難撇下吹簫伴侶。受了些活地獄，下了些死工夫。甫能得做夫妻，見將着夫人誥敕〔二二〕，縣君名稱〔二三〕，怎生待歡天喜地，兩隻手兒分付與〔二四〕。剗地到把人贜誣〔二五〕。

（貼對老云）我道張生不是這般人，待小姐出來自問他。（叫旦介）姐姐快來，問張生其事，便知端的。我不信他直恁般薄情。（旦見介）（生）小姐，間别無恙〔二六〕？（旦）先生萬福！（貼）姐姐有言語和他説破。（旦長吁介）待説甚麽的是！

【沉醉東風】不見時準備着千言萬語，得相逢都變做短嘆長吁。他急攘攘卻纔來，我羞答答怎生覷。將腹中愁恰待申訴，及至相逢一句也無。剛道個先生萬福。

張生，俺家何負足下？足下竟棄妾身，去衛尚書家爲婿，於心何安！（生）誰説來？（旦）鄭恒在夫人行説來。（生）小姐如何聽這廝？張珙之心，惟天可表！

【落梅花】從離了蒲東郡，來到京兆府，見個佳人世不曾回顧。硬揣個衛尚書家女孩兒爲了眷屬〔二七〕，曾見他影兒的也教滅門絶户！

這一樁事，都在紅娘身上，我則將言語謗着他〔二八〕，看他説甚麽。紅娘，我聞人來説道，你與小姐將簡帖兒去唤鄭恒來。（貼）痴人！我不合與你作成，你便看得一般兒了。

【甜水令】君瑞先生，不索躊躇，何須憂慮。那廝本意糊突；俺家世清白，祖宗賢良，相國名譽。我怎肯他跟前寄簡傳書？

【折桂令】那吃敲才怕不口裏嚼蛆〔二九〕，那廝數黑論黄〔三〇〕，惡紫奪朱〔三一〕。俺姐姐更做道軟弱囊揣〔三二〕，怎嫁那不值錢人樣豭駒〔三三〕。你個俏東君索與鶯花做主〔三四〕，怎肯將嫩枝柯折與樵夫〔三五〕。那廝本意囂虚〔三六〕，將足下虧圖〔三七〕，有口難言，氣夯破胸脯〔三八〕。

張先生，你若端的不曾做女婿呵，我去夫人跟前一力保你。等那廝來，你和他對證。（貼見老介）張生並不曾招贅，都是鄭恒説謊。（老）既然他不曾呵，等鄭恒來對證了，再做話説。（本上）昨接張生不遇，今在老夫人宅中，老僧一徑到夫人那裏慶賀。這門親事，當初也有老僧來。老夫人没主張，聽人言語，便待要與鄭恒。今日張生來，卻怎生了？（本與生見介，本見老云）夫人，今日卻信老僧説的是，張先生決不是那等没行止的人！況兼杜將軍是盟證，如何悔得他這親事。（旦）張生此一事，必得杜將軍來方可。

【雁兒落】他曾笑孫龐真個愚〔三九〕，論賈馬非英物〔四〇〕；正授着征西元帥府，兼領着陝右河中路〔四一〕。

【得勝令】是咱前者護身符〔四二〕，今日有權術〔四三〕。來時節定把先生助，決將賊子誅〔四四〕。他不識親疏〔四五〕，啜賺良人婦〔四六〕；你不辯賢愚，無毒不丈夫〔四七〕。

（老）着小姐卧房去者。（杜上）下官離了蒲關，到普救寺。一來慶賀兄弟，二來就與兄弟成就親事。（見介）（生）小弟托兄長虎威，偶叨一第。今者回來，本待畢親。有夫人的侄兒鄭恒，來夫人行詭説小弟贅在衛尚書府内。夫人怒欲悔親，要將鶯鶯與鄭恒。焉有此理！（杜）此事夫人差矣。君瑞也是尚書之子，况兼又得高第。况夫人曾言世不招白衣人。今日反欲罷親，莫非理上不順？（老）當初夫主在時，曾許鄭恒。不想遇此一難，虧張生請將軍來殺退賊衆，老身不負前言，欲招他爲婿。不想鄭恒説道，他贅入衛尚書家裏。因此怒他，依舊許了鄭恒。（杜）他是賊心，可知道誹謗他，夫人如何便輕信？（鄭上）打扮得整整齊齊的，則等做女婿。今日好日，可牽羊擔酒過門去也。（生）鄭恒，你來怎麽？（鄭）苦也！聞知狀元回，特來賀喜。（杜）你這厮怎麽要誆騙人的妻子，行不仁之事？到我跟前，説甚麽話説？我奏聞朝廷，誅此賊子！

【落梅風】（生）你硬撞入桃源路〔四八〕，不言個誰是主，被東君把你個蜜蜂兒攔住。不信呵，去那緑楊影里聽杜宇，一聲聲道不如歸去〔四九〕。

（杜）那厮若不去呵，衹候拿下者〔五〇〕！（鄭）不必拿，小人自退親事與張生罷。（老）將軍息怒，趕他出去就是。（鄭怒介）罷罷罷！妻子被人要了，有何面目見江東父老〔五一〕，要這性命怎麽，不如觸樹身死。妻子空爭不到頭，風流自古戀風流。三寸氣在千般用〔五二〕，一旦無常萬事休。（下）（老）可憐，可憐！我是他親姑娘，他無父母，我做主葬了者。唤鶯鶯出來，今日做個慶賀的茶飯，看他兩口兒成合者。（旦、貼上，生、旦拜介）

【沽美酒】（生）門迎駟馬車〔五三〕，户列八椒圖〔五四〕，四德三從宰相女〔五五〕。平生願足〔五六〕，托賴衆親故。

【太平令】（合）若不是大恩人拔刀相助，怎能勾好夫妻似水如魚。得意也當時題柱〔五七〕，正酬了今生夫婦。

自古相女配夫〔五八〕，新狀元花生滿路〔五九〕。

【錦上花】（使臣上）四海無虞〔六〇〕，皆稱臣庶。諸國來朝，萬歲山呼〔六一〕。行邁羲軒〔六二〕，德過舜禹。聖策神機〔六三〕，仁文義武〔六四〕。朝中宰相賢，天下庶民富。萬里河清〔六五〕，五谷成熟。户户安居，處處樂土〔六六〕。鳳凰來儀〔六七〕，麒麟屢出〔六八〕。

下官，天朝使臣。今日奉聖旨敕賜張君瑞崔鶯鶯結爲夫婦。望闕謝恩〔六九〕！（生、旦謝恩介）

【清江引】謝當今盛明唐聖主〔七〇〕，敕賜爲夫婦。永老無别離，萬古常完聚，願普天下有情的都成了眷屬〔七一〕。

【隨尾】（衆）只因月底聯詩句，成就了怨女曠夫。顯得那有志的君瑞能，無情的鄭恒苦。

幾謝將軍成始終，還承老母阿誰翁。
夫榮妻貴今朝是，願效鴛鴦百歲同。

注釋

〔一〕金冠霞帔（pèi音配）——宋以後用作婦女命服名，隨品級高低而不同。皇帝給達官的母親或夫人以封號，稱爲命婦。官員和命婦按其等級所穿着的禮服，稱爲命服。金冠是以金釵爲飾之冠，另有以翠玉爲飾的翠冠，以鳳爲飾的鳳冠等。霞帔，形容服飾之美如霞形。帔，披肩。《釋名·釋衣服》：「帔，披也，披之肩背，不及下也。」《宋史·劉文裕傳》：「封其母清河郡太夫人，賜翠冠霞帔。」

〔二〕索送——應送。

〔三〕日月——比喻帝后。《禮記·昏義》：「故天子之與后，猶日之與月，陰之與陽，相須而後成者也。」

〔四〕如愚——言張生表面不露鋒芒而内藏智慧，即大智如愚。蘇軾《賀歐陽少師致仕啓》：「大勇若怯，大智如愚。」意本《老子》「大直若屈，大巧若拙」。

〔五〕酬志句——實現了博取功名的志向。酬，實現願望。龍泉，即三尺劍。三尺爲劍的長度。龍泉，名劍之名。《晉書·張華傳》：「（雷）焕到縣，掘獄屋基，入地四丈餘，得一石函，光氣非常，中有雙劍，並刻題，一曰龍泉，一曰太阿。」李頻《春日思歸》詩：「壯志未酬三尺劍，故鄉空隔萬重山。」書、劍代稱博取功名的文、武兩種途徑，故項羽學書不成，改學劍，學劍不成又學萬人敵，孟浩然《自洛之越》詩則曰：「遑遑三十載，書劍兩不成。」

〔六〕穩請句——請，敬辭，得到、接受。五花官誥（gào音告），用金花五色綾所制的册封文書（見《金史·百官志四》）。官誥，皇帝賜爵、授官或册封命婦的詔令。七香車，用多種有芳香味的木料製成或用各種香料飾置的華美之車。《魏武與楊彪書》：「今贈足下四望通幰七香車二乘。」（《太平御覽》卷七七五）

〔七〕躬身——彎身下去。《長生殿·覓魂》：「俺這裏靜悄悄壇上躬身等。」

〔八〕慈色——母親的臉色。慈，母親的尊稱，此指老夫人。

〔九〕使數都厮覷——使數，奴僕。王伯良曰：「使數，猶言使用人也，亦係方語，元詞屢用。」厮覷（qù音去），互相偷换眼色，面面相覷。厮。互相。覷，窺伺，窺視。

〔一〇〕絲鞭仕女圖——絲鞭，宋元戲曲小説描寫結彩樓抛綉球的招親形式中，許婚的小姐向被綉球抛中的男方遞送絲鞭，男方接了絲鞭，即表示同意這個婚事。仕女，封建社會中的貴族婦女。仕女圖，元曲中常以「圖」字形容女子之美，故此處意爲仕女如圖之美。

〔一一〕章臺路——章臺爲戰國時秦國渭南離宫的臺名；西漢長安章臺下的路，名章臺街，後又稱章臺路，成爲妓院和風流、游樂等地的代稱。歐陽修〔蝶戀花〕詞：「玉勒雕鞍游冶處，樓高不見章臺路。」

〔一二〕君子斷其初——宋元時成語，意謂君子在起初决定之事，事後不會食言或翻悔。斷，决斷。

〔一三〕不能够嬌姝（shū音書）二句——謂得不到美人，就日夜用心計破壞别人的婚姻。嬌姝，美女。嬌，嫵媚可愛。姝，美女。施心數，用心計。毛西河曰：「論心事也，北人稱心事爲『心數』，如前『老夫人心數多』類。」

〔一四〕説來的無徒——説起這個無賴來。無徒，無賴。

〔一五〕遲和疾上木驢——遲早總要上刑受剮。木驢，一種刑具，木製，形如驢。關漢卿《竇娥冤》雜劇四折：「張驢兒毒殺親爺，奸占寡婦，合擬凌遲。押赴市曹中，釘上木驢，剮一百二十刀處死。」

〔一六〕蹺蹊——亦作「蹊蹺」，奇怪，可疑。蕭德祥《殺狗勸夫》雜劇四折：「相公阿！你恩也波慈，從來不受私，早分解了這蹺蹊事。」

〔一七〕不明白句——毛西河曰：「『不明白』連『展污』讀，言豈不分明展污了耶。」展污，沾污。姻緣，舊時認爲男女結成夫婦是有一定的緣分，故謂之姻緣。姻緣簿，注定天下人婚姻的名册。關漢卿《魯齋郎》三折：「我一脚的出宅門，你待展污俺婚姻簿。」

〔一八〕你嫁個三句——油煠猢猻，形容輕狂。煠，同「炸」。

楊梓《霍光鬼諫》雜劇一折：「似這等油煠猢猻般性輕狂。」煙薫猫兒，形容面貌污穢粗黑。水浸老鼠，比喻身子猥瑣，歪斜不正。高文秀《趙元遇上皇》雜劇二折：「抬起頭似出窟頑蛇，縮着肩似水淹老鼠，躬着腰人樣蝦蛆。」姨夫，兩男共戀一女，故戲稱姨夫。

〔一九〕時務——此指時俗，風尚。

〔二〇〕省可裏——休要。省，省免。可裏，語助辭，無義。鄭德輝《倩女離魂》雜劇一折：「姐姐，你省可裏煩惱。」

〔二一〕葫蘆提——糊涂。

〔二二〕誥敕（chì音斥）——即「誥命」，皇帝賜爵、授官或册封的詔令。敕，皇帝的詔書。

〔二三〕縣君——此處泛稱古代婦女的封號。唐制五品官的母、妻封縣君，元・陶宗儀《輟耕録》亦謂「國朝品官母妻，四品贈郡君，五品贈縣君。」本出開首〔新水令〕張生自言「今朝三品職」，其妻應高於郡君。

〔二四〕兩隻手句——親手交與。分付，交付。白居易《題文集櫃》詩：「只應分付女，留與外孫傳。」

〔二五〕剗（chǎn音産）地——無端，平白地。盧祖皋〔夜飛鵲慢〕《别意》詞：「牽衣揾彈淚，問淒風愁露，剗地東西。」

〔二六〕間别無恙——間别，遠别。間，遠。無恙，問候語，没有疾病、灾禍等事。恙，憂。

〔二七〕硬揣——强加，硬塞。

〔二八〕謗——指責。

〔二九〕吃敲才——吃敲賊，該死的混蛋。敲，一種刑罰，即杖殺。

〔三〇〕數黑論黄——元時成語，搬弄是非。數，説，數説。

〔三一〕惡紫奪朱——《論語・陽貨》：「惡紫之奪朱也，惡鄭聲之亂雅樂也，惡利口之覆邦家也。」此以「惡紫」喻鄭恒，「朱」喻張生，指鄭恒要奪取張生的未婚夫地位，取而代之。

〔三二〕囊揣（tuān音團陰平）——一作「囊端」，軟弱無用。王伯良曰：「囊揣，不硬掙之意。」

〔三三〕人樣豭（jiā音加）駒——凌濛初曰：「詈之爲畜類也。」豭，公猪。駒，二歲以下的幼馬。

〔三四〕你個俏東君句——你要爲鶯鶯作主。東君，春神，日神。毛西河曰：「鶯花藉春，曰爲主人，此以鶯字借及之耳。」

〔三五〕枝柯——樹枝。柯，樹枝。

〔三六〕囂虛——虛僞不實。關漢卿《竇娥冤》雜劇二折：「說一會不明白打鳳的機關，使了些調虛囂撈龍的見識。」

〔三七〕虧圖——圖謀使人吃虧、倒楣。關漢卿《蝴蝶夢》雜劇二折：「他則會依經典，習禮義，那裏會定計策厮虧圖？」

〔三八〕夯（hāng音吭平）——衝，撞。

〔三九〕孫龐——孫臏，龐涓。兩人爲戰國時的著名軍事家。

〔四〇〕賈馬非英物——賈馬，賈誼，司馬相如。兩人爲西漢著名謀略家、辭賦家。英物，英俊的人物，此指英雄。

〔四一〕陝右——即陝西。古以右爲西，左爲東。

〔四二〕護身符——舊時道士和巫師等用朱筆或墨筆在紙上畫成似字非字的圖形，或寫上咒語，交人藏在身上，用來辟邪驅鬼消災。佛教也用。因認爲有保護人身安全的功用，故稱護身符。

〔四三〕權術——權宜機變的手段。

〔四四〕決——必定。《戰國策·秦策四》：「寡人決講矣。」高誘注：「決，必也。」

〔四五〕不識親疏——指鄭恒忘了鶯鶯母女是他的親戚，竟然欺騙到她們身上來了。

〔四六〕良人婦——良家婦女。良人，身家清白的人。舊以士農工商爲良，以奴婢、倡優、乞丐等爲賤。

〔四七〕無毒不丈夫——宋元時成語，意謂有作爲、有氣節的男子，做事應狠辣有決斷。丈夫，即大丈夫，舊指有大志、有作爲、有氣節的男子。

〔四八〕武陵路——用劉、阮入天臺事，參見第一齣注〔九九〕。

〔四九〕不如歸去——此處借杜宇的鳴聲，勸促鄭恒放棄鶯鶯，回歸故鄉。《本草·杜鵑》：「釋名：其鳴，若曰『不如歸去』。」柳永〔安公子〕詞：「聽杜宇聲聲，勸人不如歸去。」

〔五〇〕衹（zhī音知）候——供奔走差遣之差役。

〔五一〕江東父老——語出《史記·項羽本記》，項羽兵敗於垓下自殺前自稱：「且籍與江東子弟八千人渡江而西，今無一人還，縱江東父老憐而王我，我何面目見之。」後用以指故鄉年紀和輩份高的人。多用於有愧而無顔相見的情况之下。

〔五二〕三寸氣二句——宋元時成語，意謂只要活着甚麽事都可以辦，一旦死了就一切完了。三寸氣，一口氣。無常，舊時説人死時勾攝生魂的使者。此指死。

〔五三〕門迎句——祖上積德而子孫發達。《漢書·于定國傳》：「始定國父于公，共閭門壞，父老方共治之。于公謂曰：『少高大閭門，令容駟馬高蓋車。我治獄多陰德，子孫必有興者。』至定國爲丞相，（定國之子）永爲御史大夫，封侯傳世云。」又，張燕瑾曰：「贊揚張生才高志大，一舉成名，終爲顯貴。」《太平御覽》卷七十三引常璩《華陽國志》：「升遷（仙）橋在成都縣北十里，即司馬相如題橋柱曰：『不乘駟馬高車，不過此橋。』」駟馬車，達官貴人所乘的四匹馬拉的車。

〔五四〕椒圖——明·陸容《菽園雜記》卷二：「龍生九子不成龍，各有所好，贔屭、鴟吻之類也。椒圖，其形似螺螄，性好閉口，故立門上。詞曲『門迎駟馬車，户列八椒圖』，人皆不能曉，今觀椒圖之名，亦有出也。」閔遇五曰：「即銅環獸也，唯官署得用。」

〔五五〕四德三從——即三從四德，壓迫婦女的封建禮教。據《禮儀·喪服·子夏傳》，三從是：「未嫁從父，既嫁從夫，夫死從子。」據《周禮·天官·九嬪》，四德是：「婦德，婦言，婦容，婦功。」

〔五六〕平生——平素，往常。

〔五七〕題柱——用司馬相如題橋柱的典故，參見注〔五三〕《華陽國志》引文。

〔五八〕相女配夫——王伯良引沈璟（詞隱生）云：「相女配夫，蓋成語。相，猶視也，視其女而配夫，言佳人必配才子也。」意謂根據女兒的條件爲其擇配相稱的丈夫。

〔五九〕花生滿路——王季思曰：「《詐妮子》雜劇四折〔阿古令〕：『只得和丈夫、一處、對舞，便是燕燕花生滿路。』花生滿路，榮耀美滿之意。」

〔六〇〕四海二句——全國安定，臣民都服從管轄。四海，指全國各處。古以中國四境有海環繞，故云。臣庶（shù 音樹），臣民。庶，百姓，衆民。

〔六一〕山呼——即「嵩呼」，封建時代臣下祝頌皇帝的儀節。

〔六二〕行邁羲軒——德行超過伏羲、軒轅。

〔六三〕聖策神機——聖策，睿智的策略。神機，即神機妙算，形容智謀無窮，不可測度。機，靈巧。

〔六四〕仁文義武——文治武功皆符合孔孟的仁義原則。

〔六五〕河清——黄河變清。《後漢書·襄楷傳》：「京房《易傳》曰：『河水清，天下平。』」王嘉《拾遺記》卷一《高辛》：「黄河千年一清，至聖之君以爲大瑞。」黄河水濁，偶有清時，古人以爲是升平的預兆、瑞兆。

〔六六〕樂（lè）土——安樂的地方。《詩經·魏風·碩鼠》：「逝將去女，適彼樂土。樂土樂土，爰得我所。」

〔六七〕鳳凰來儀——鳳凰來舞而有容儀，古代相傳以爲瑞應。《尚書·益稷》：「《簫韶》九成，鳳凰來儀。」

〔六八〕麒麟屢出——《春秋公羊傳·哀公十四年》：「麟者，仁獸也。有王者則至，無王者則不至。」麒麟，簡稱「麟」，古代傳説中的一種動物。其狀如鹿，獨角，全身生鱗甲，尾象牛。多作爲吉祥的象徵。

〔六九〕闕——宫闕，宫殿前的高臺上之樓閣，因作爲宫門的代稱。

〔七〇〕謝當今句——爲當時戲曲中頌聖的例語，一般不指出具體朝代，此本則指出「唐」時，與一般元雜劇不同。

〔七一〕眷屬——家屬，親屬；也特指夫妻。

短評

此齣叙張生授官後衣錦還鄉，又向鶯鶯、老夫人等説明真相，但老夫人剛愎地堅信鄭恒的謊言，於是鶯鶯提議：「張生此一事，必得杜將軍來方可。」杜確一到，利用權勢支持張崔婚事，果然一舉成功。此又見鶯鶯的處事的冷靜和智慧。

此齣戲仍有一些明顯的庸筆、弱筆和敗筆。如王伯良批評首曲〔新水令〕「玉鞭」與下「玉堂」重。老夫人指責張生與衛尚書家作贅時，竟自謙女兒「妝殘貌陋」，不符合老夫人的地位與性格。張生爲自己的辯護空洞無力，竟用拙劣的賭咒：「若有此事，天不蓋，地不載，害老大小疔瘡！」金聖歎嘲笑爲：「《西游記》猪八戒語也。」《六十種曲》本只好删去末語，但遮掩不了原作的拙劣。鄭恒因騙婚失敗惱恨而死誠如吴梅《顧曲塵談》所批評的，作者未能將這個人物「安置妥貼，直至憤爭婚姻，觸階而死，殊於情理不合。」

曲辭寫得好的也不少。如〔慶東原〕曲，張生嘲笑鄭恒的獐頭鼠目形象和行徑，徐文長稱贊：「罵人語有趣，自别。」王伯良嘆賞：「三『夫』字，用得天然。」梁伯龍評〔喬木查〕曲紅娘譏刺張生的三個反問句：「一句一斷，咄咄逼人，真元人本色。」金聖歎也稱贊：「如聞香口，如見纖腰。」「其文一何妙哉。古語：『細骨輕肌，百緋珍珠。』真欲屬之矣。」「雖在《西廂》中，猶稱上上，不意於續中有之。」一篇之中，三致意焉。而張生的這段自辯，結合回憶與鶯鶯相戀的艱難歷程表白自己的至誠心意，聖歎更爲贊賞：「此一段更精妙絶人，又沉着，又悲凉，又頓挫，又爽宕，便使《西廂》爲之，亦不復毫釐得過也。」張生向鶯鶯表白自己忠誠時所唱的〔落梅風〕曲，「此又好，沉着頓挫兼有之」。杜確所唱的〔落梅風〕曲，徐士範評爲：「嘲訕之間，且婉且厲。」金聖歎三次稱賞「妙妙」，并賞嘆：「此惜又是杜將軍唱，真乃文秀之筆未可多得也。」但《六十種曲》本此曲已改爲張生唱。

此齣戲打破元雜劇一個角色在一折中唱到底的格式和體例，根據劇情的需要，張生、紅娘、鶯鶯，乃至杜確《六十種曲》本改爲張生唱）諸人都唱，敢於和善於「變體」，可見作者大膽探索的創新精神。個別處還打破調式，加上添句。如凌濛初指出〔攪箏琶〕「『夫人誥敕』以下二語，本調添句，故不必韻」。前面也有此類添句、變體情況，皆得到曲論家的首肯。

《西廂記》最後以金榜題名、張崔團圓結局，發展至明清戲曲、小説，形成「私訂終身後花園，落難公子中狀元」的模式，《牡丹亭》是其中的佼佼者。張生靠金榜題名，纔最後戰勝老夫人的阻撓，與鶯鶯終成連理。封建時代的知識分子參加科舉考試，並非全都爲個人名利出發，其中不少人抱有爲國爲民而施展自己才華的理想而有志於仕途。科舉制度在整個封建時代有其合理性和必要性，因爲考試制度是選拔人才的最必要途徑之一，其弊病如考試内容狹窄、將科舉考試作爲選拔人才的唯一方法、批卷和選拔中的營私舞弊等，必須糾正，今日亦然。通過考試，戲曲中的張生、柳夢梅和史實中的柳宗元、王安石、湯顯祖、林則徐、鄧世昌、蔡元培等優秀青年被識拔；不少貧寒子弟被録取，得到參政和舒展才華的機會，皆有史實爲證。故而科舉制度和金榜題名不可作籠統的否定。

劇終以「願普天下有情的都成了眷屬」這句名言震動和鼓舞了封建時代無數的觀衆讀者，有力傳達出封建時代男女青年共同的心聲。在封建時代，此話當然僅僅是一種理想，現實中很難達到，父母之命、媒妁之言依舊盛行，包辦婚姻直到二十世紀五十年代初新中國建立後頒布了婚姻法纔開始打破。《西廂記》的進步意義和民主精神，此言亦爲重要體現，得到多數研究家的高度肯定，至今猶然。

但也有少數研究家對此抱否定態度。王國維在其劃時代的名文《紅樓夢評論》中指出：「吾國人之精神，世間的也，樂天的也，故代表其精神之戲曲小説，無往而不著此樂天之色彩：始於悲者終於歡，始於離者終於合，始於困者終於亨；

非是而欲饜（滿足）閱者之心，難矣！若《牡丹亭》之返魂，《長生殿》之重圓，其最著之例也。《西廂記》之以《驚夢》終也，未成之作也，此書若成，吾烏知其不爲《續西廂》之淺陋也？」明確否定第十七至二十齣即《續西廂》之張崔「大團圓」的結局。當代不少研究家批評戲曲小説著作「大團圓」結局爲虛假、庸俗，有的還進而指出盲目樂觀並以此麻痹自己是中國國民性的弱點之一，魯迅先生顯持這種觀點。這種批判性的觀點，也是很有説服力的。

總之，對「終成眷屬」的大團圓結局，肯定與否定者都各有道理。文藝作品在欣賞上的複雜性，亦由此可見。

二、《西廂記》明清版本和評本目録

《西廂記》現存明刊本目録（六十一種）

新編校正西廂記（殘葉）（元末明初至成化，一三六八—一四八八）

新刊大字魁本全相參增奇妙注釋西廂記（五卷，明弘治十一年，一四九八）（金台岳家刻本）

西廂記（《雍熙樂府本》）（二十卷，明嘉靖十九年一五四〇）

西廂記（《雍熙樂府本》）（二十卷，明嘉靖四十五年，一五六六，安肅春山居士荊聚重刻本）（只有曲詞，無賓白）

碧筠齋古本北西廂（五卷，明嘉靖二十二年，一五四三）（清同治十年一八七一鈔本）

新刻考正古本大字出像釋義北西廂（二卷，明萬曆七年己卯，一五七九）（金陵胡少山少山堂刻本）

重刻元本題評音釋西廂記（二卷，明萬曆八年，一五八〇）（毗陵徐士範刊本）

重刻原本題評音釋西廂記（二卷，明萬曆二十年，一五九二）（書林熊龍峰忠正堂刊本）

重刻元本題評音釋西廂記（二卷，明萬曆三十六年前後，一六〇八）（劉龍田喬山堂刻，上饒餘瀘東校正）

全像注釋重校北西廂記（二卷，附録二卷，明萬曆二十五年，一五九七）（羅懋登注）

重校北西廂記（五卷，明萬曆二十六年，一五九八）（秣陵陳邦泰繼志齋刊本）

重校北西廂記（五卷，明萬曆間刻本）（日本無窮會藏本）

重校北西廂記（五卷，明萬曆間刻本）（中國社會科學院文學研究所藏本）

重校北西廂記（二卷，明萬曆間刻本）（王敬喬三槐堂刊本，李贄批評）

西廂記（不分卷，二十齣，明萬曆間金陵胡文焕輯《羣英類選》北腔類卷一）（只有曲詞，無賓白）

重校元本大板釋義全像音釋北西廂記（二卷，明萬曆間）（陳曉隆刊本）

新刊合併王實甫西廂記（二卷，明萬曆二十八年，一六〇〇）（明屠隆校正，周居易校梓）

北西廂記（二卷，明萬曆三十年，一六〇二）（李楩校，吳門殳氏畽畽齋刻本）

李卓吾先生批評北西廂記（二卷，明萬曆三十八年，一六一〇）（虎林容與堂刻本）

元本出相北西廂記（二卷，萬曆三十八年庚戌，一六一〇，武林曹以杜起鳳館刻本）

元本出相北西廂記（二卷，明萬曆間汪廷訥環翠堂刻本）

元本出相北西廂記（二卷，明萬曆間汪光華玩虎軒刻本）

元本出相北西廂記（二卷，明末據起鳳館本挖改重印本）

新校注古本西廂記（六卷，明萬曆四十二年甲寅，一六一四）（明王驥德校注，山陰朱朝鼎香雪居）

北西廂記（二卷，明萬曆四十四年，一六一六）（明渤海逋客何璧校梓本）

重刻訂正元本批點畫意北西廂（五卷，明萬曆三十九年辛亥，一六一一）（明徐文長批點）

田水月山房北西廂藏本（五卷，明萬曆間王起侯校刊本）（明徐文長批訂）

鼎鐫陳眉公先生批評西廂記（二卷，明萬曆四十六年，一六一八）（書林蕭騰鴻師儉堂）

鼎鐫西廂記（二卷，明後期）（書林蕭騰鴻師儉堂）

李卓吾批評合像北西廂記（二卷，明萬曆間）（書林遊敬泉刊本）

李卓吾先生批評西廂記（二卷，明萬曆間）（譚陽太華劉應襲刻）

袁了凡先生釋義西廂記（二卷，明萬曆間環翠堂刻）（袁了凡釋義，明汪廷訥校）

西廂記（明萬曆間黄正位尊生館刊本）（日本東洋大學東洋文化研究所創立二十周年紀念《雙紅堂文庫展覽目録》著録）

新刊考正全像評釋北西廂記（四卷，明萬曆間金陵文秀堂刻，明肩雲逸叟校）

新刻徐筆峒先生批點西廂記（二卷，明萬曆、天啟筆峒山房刻本）（明徐奮鵬評閲）

詞壇清玩槃薖碩人增改定本（西廂定本）（二卷，明天啟元年，一六二一暮春序刻本）

詞壇清玩槃薖碩人增改定本（西廂清玩定本）（二卷，明後期刻本）

西廂記（五卷，解證五卷，明天啟間烏程淩濛初刻朱墨套印本）

西廂記（五卷）（日本近鈔本，據明末淩氏刊本雙色影鈔本）

西廂會真傳（五卷，明天啟烏程閔氏刻朱墨藍三色套印本）（沈璟、湯顯祖評）

新鐫繡像批評音釋王實甫北西廂真本（五卷，明崇禎三年，一六三〇，文立堂刊本）

徐文長批評北西廂（五卷，明崇禎四年辛未序刻本，一六三一）（明延閣主人山陰李廷謨訂正）（吳門詞隱生評）

西廂記（明崇禎九年，一六三一，長洲吳長公、顧臣盧輯校《古今奏雅》卷四）

張深之先生正北西廂秘本（五卷，明崇禎十二年己卯暮冬序刻本，一六三九）（明張深之正）

西廂記（《弦所辨訛》本，三卷，明崇禎十二年，一六三九，沈寵綏自刻本）

校正北西廂譜（二卷，明崇禎十二年，一六三九，胡世定、唐雲客刻，婁梁山人輯）

王實父西廂記（四本）關漢卿續西廂記（一本）（會真六幻本）（明崇禎十三年庚辰，一六四〇）（烏程閔遇五［齊伋］刻）（明閔遇五《五劇箋

李卓吾先生批點西厢記真本（二卷，明崇禎十三年西陵天章閣刊本，一六四〇）（李卓吾批點）

李卓吾先生批點西厢記真本（二卷，明崇禎間）（李卓吾批點）（浙江圖書館藏本）

硃訂西厢記（二卷，明天啟、崇禎刻朱墨套印本）（明月峰孫鑛評點，明諸臣校閱）

徐文長批評北西厢（五卷，明後期刻本，明徐文長批訂）

湯海若先生批評西厢記（二卷，明崇禎間師儉堂刻）（明湯海若批評）

三先生合評元本北西厢（五卷，明崇禎間孔如氏匯錦堂刻）（明湯若士、李卓吾、徐文長合評）

重刻訂正元本批點畫意北西厢（五卷，明崇禎間刊本，徐渭批點、題識）

新刻魏仲雪先生批點西厢記（二卷，明崇禎間刻本）（明魏浣初批評，明李裔蕃注釋）

新刻魏仲雪先生批點西厢記（二卷，明崇禎間古吳陳長卿存誠堂刻）（明魏浣初批評，明李裔蕃注釋）

新刻徐文長公參訂西厢記（二卷，明崇禎間譚邑書林歲寒友刻，明羊城平陽郡佑卿甫評釋）

新訂徐文長先生批點音釋北西厢記（二卷，明崇禎間刻本）（明徐文長批點）

西厢記（二卷，六十種曲原刻初印本，明崇禎間，常熟汲古閣毛晉）

西厢記傳奇（二卷，明末刻本）

新鐫增定古本北西厢記線索譜（二卷，明末清初，查繼佐鑒定，袁於令參著、天花藏主人補）

疑》）

《西廂記》現存清刊本目録（一百零七種）

説明：《西廂記》的清刊本大多是金聖歎評批本，因此分《西廂記》和金聖歎評批《西廂記》兩類列出。

一、《西廂記》版本目録（十四種）

詳校元本西廂記（二卷，清順治間封岳含章館刻本）

校定北西廂弦索譜（二卷，清順治間刻本）

毛西河論定西廂記（五卷，清康熙十五年，一六七六，浙江學者堂刻本）

元本北西廂記（又名《西來意》、《夢覺關》）（四卷，前一卷，後一卷，清康熙十九年，一六八〇，潘廷章評潘氏渚山堂刊本）

元本北西廂（同上抄本）

雅趣藏書（清錢書撰，康熙四十二年，一七〇三序刊，朱墨套印本）

滿漢西廂記（四卷，清康熙四十九年，一七一〇，京都永魁齋刊本）

西廂記演劇（二卷，清康熙間刻本，揚州李書雲秘園）

太古傳宗琵琶調西廂記曲譜（二卷，清乾隆十四年，一七四九，内府允禄刻本）

元本北西廂（又名《西來意》、《夢覺關》乾隆四十三年，一七七八，任以治重刊本）

西廂記全譜（五卷，清乾隆四十九年，一七八四，長洲葉氏納書楹刻本）

西廂記（不分卷，清道光二年，一八二二，長白馮氏刊桐華閣校本）

汪鐵樵小楷西廂記（清咸豐間抄本，上海圖書館藏）

仇十洲畫文衡山寫西廂記合册（仇英繪圖，文徵明手書，清宣統三年，一九一一，上海文明書店影印本）

二、金聖歎評批《西廂記》目録（九十三種，附録民國刊本七種，共一百種）

貫華堂第六才子書西廂記（八卷，清順治十三年，一六五六，貫華堂原刻本）

貫華堂第六才子書（八卷，清康熙八年，一六六九，文苑堂刻本）

箋註繪像第六才子書西廂記（八卷末一卷，清康熙八年，一六六九，致和堂刻本）

貫華堂繪像第六才子書西廂記（八卷，清康熙八年，一六六九，傅惜華舊藏）

吴吴山三婦合評第六才子書西廂記（八卷，清康熙八年，一六六九，善美堂刻本）

貫華堂第六才子書西廂記（八卷，清康熙間蘇州文起堂刻本）

貫華堂第六才子書西廂記（八卷，清康熙間世德堂刻本）

貫華堂第六才子書（八卷，清康熙間四美堂刻本）

箋註繪像第六才子書西廂釋解（八卷，清康熙間刻本）

貫華堂繪像第六才子書（八卷，清康熙四十七年，一七〇八，古吴俞氏博雅堂刻本）

懷永堂繪像第六才子書（巾箱本八卷，清康熙五十九年，一七二〇，懷永堂刻本）

第六才子書西廂記（八卷，清康熙五十九年，一七二〇，學餘堂刻本）

貫華堂繪像第六合才子書（八卷，清康熙五十九年書業堂刻本）

貫華堂第六才子書西廂記（八卷，清康熙間楷體寫刻本，本衙藏版，日本天理圖書館藏）

箋註繪像第六才子書釋解（八卷，清康熙間郁郁堂刻本，清吳吳山三婦評箋）

聖歎六才子書删評（清康熙間余扶上評本）

朱景昭批評西廂記（清康熙間抄本）（評語基本摘抄金批）（本書録其序跋）

益智堂增補注典釋義第六才子書西廂（十卷，峭岑學者薛蔚讀箋，益智堂刻本）（日本天理大學圖書館藏）

綉像第六才子書（八卷，雍正四年，一七二六序，三槐堂刊巾箱本）（日本天理大學圖書館藏）

成裕堂繪像第六才子書（巾箱本八卷，清雍正十一年，一七三三，成裕堂刻本）

槐蔭堂繪像第六才子書（八卷，清雍正十一年，一七三三，槐蔭堂刻本）

舟山堂繪像第六才子書（八卷，清雍正十一年，一七三三，舟山堂刻本）

此宜閣增訂金批西廂記（四卷，末一卷，清乾隆十三年，一七四八，常熟此宜閣刻本）

綉像第六才子書（八卷，清乾隆十五年，一七五〇，刻本）

貫華堂注釋第六才子書（清乾隆間因百藏曲寫刻本）

貫華堂第六才子書（八卷，金谷園藏板）（日本天理大學圖書館藏）

貫華堂第六才子書（清乾隆間金谷園藏板重刻本）

貫華堂第六才子書西廂記（八卷，清乾隆間寶淳堂刻本）

靜軒合訂評釋第六才子西廂記文機合趣（八卷，鄧温書編，清乾隆十七年，一七五二，新德堂刻本）

琴香堂繪像第六才子書（八卷，清乾隆三十二年，一七六七，松陵周氏琴香堂刻本）

貫華堂注釋第六才子書（六卷，乾隆三十四年，一七六九，芸經堂刻巾箱本）

西廂記（八卷，清乾隆四十五年，一七八〇，文德堂刊本）

樓外樓訂正妥注第六才子書（六卷，首一卷，鄒聖脉妥注　清乾隆四十七年，一七八二，樓外樓刻本）
看西厢（六卷，清高國珍乾隆十九年序稿本）
雲林别墅繪像妥註第六才子書（七卷，清乾隆五十年，一七八五，末坊刻本）
西厢記（八卷，清乾隆五十六年，一七九一，金閶書業堂刻本）
綉像第六才子書（八卷，清乾隆五十六年，一七九一，金閶書業堂重鐫本）
綉像第六才子書（八卷，據金閶書業堂乾隆五十六年重刊本剜改重印，改署晉祁書業堂梓）（日本天理大學圖書館藏本）
綉像妥注第六才子書（六卷，鄒聖謨注，清乾隆六十年，一七九五，尚友堂刻本）
此宜閣增訂金批西厢（六卷，周昂增訂評批，清乾隆六十年，一七九五，此宜閣刻朱墨套印本）
第六才子書西厢記（清乾隆間三亦齋刻本）
增補箋注繪像第六才子西厢釋解（八卷，鄧汝寧注，清乾隆間致和堂刻本）
第六才子書（八卷，清乾隆間金陵五車樓刻本）
樓外樓訂本妥注第六才子書（六卷，鄒聖脉注，清乾隆間九如堂刻本）
雲林别墅繪像妥注第六才子書（六卷，附録，鄒聖脉注，清乾隆間刻本）
貫華堂第六才子書西厢記（八卷，清乾隆間《蘇州西厢》原刻影刻本）
貫華堂第六才子書西厢記（八卷，清嘉慶五年，一八〇〇，文盛堂刻本）
槐蔭堂第六才子書（八卷，附録，清嘉慶二十一年，一八一六，三槐堂刻本）
綉像第六才子書（八卷，清嘉慶二十二年，一八一七，裕文堂刻本）
妥注第六才子書（六卷，首一卷，鄒聖脉注，清嘉慶二十四年，一八一九，啓元堂刻本）

增補箋注繪像第六才子西厢釋解（八卷，附録，鄧汝寧注，清嘉慶間五雲樓刻本）
吳山三婦評箋注釋第六才子書（八卷，清嘉慶間致和堂刻本）
貫華堂第六才子書西厢記增補注釋（十卷，薛蔚箋，清嘉慶間益智堂刻本）
吳山三婦評箋注釋第六才子書（八卷，巾箱本，清嘉道間文苑堂刻本）
懷永堂繪像第六才子書（八卷，巾箱本，清嘉道間覆刻懷永堂本）
西厢記（八卷，清嘉道間會賢堂刻本）
西厢記（八卷，清嘉道間四義堂刻本）
西厢記（八卷，清道光二年，一八二二，金城西湖街簡書齋刻本）
綉像全圖西厢記（清道光十六年，一八三六，上海自强書局刊本）
第六才子書西厢記（八卷，清道光二十九年，一八四九，刊本）
第六才子書西厢記（八卷，附録，巾箱本，清道光二十九年，一八四九，味蘭軒刻本）
綉像妥註六才子書（六卷同治十二年，一八七三，刻本）
繪像第六才子書西厢記（八卷，清刻本，上海圖書館藏）
雲林别墅綉像妥注第六才子書（六卷，首一卷，清清露閣抄本，上海圖書館藏）
增像第六才子書（五卷，附録，清刻本）
第六才子書（不分卷，一册，清抄本，丁丑二月重裝，上海圖書館藏）
如是山房增訂西厢記（四卷，清光緒二年，一八七六，如是山房套印本）
繪像第六才子書（八卷，附録，清光緒十年甲申，一八八四，廣州刻朱墨套印巾箱本）

增像第六才子書（四卷，清光緒十三年，一八八七，插圖石印本）

增補箋注第六才子書西廂釋解（八卷，鄧汝寧注，清光緒十三年，一八八七，上海石印本）

繪像增注西廂記（八卷，附録，清光緒十三年乙亥，一八八七，上海石印本）

增像繪圖西廂記第六才子書（五卷，附録，清光緒十三年，一八八七，古越全城後裔校刊石印本）

增像第六才子書（五卷，附録，清光緒十五年，一八八九，潤寶齋石印本）

增像第六才子書（五卷，首一卷，清光緒十六年，一八九〇，上海檢古齋石印巾箱本）

增像第六才子書（五卷，首一卷，清光緒十八年，一八九二序石印本；金鵝山民署檢，夏誦芬主人識）

增像第六才子書（五卷，首一卷，光緒二十五年石印本，下澣吳縣朱文熊書）

增像（繪圖）第六才子書（五卷，首一卷，清光緒二十七年，一九〇一，上海書局石印巾箱本）

增像（繪圖）第六才子書（六卷，上海章福記書局石印本）

繪圖第六才子書（五卷，清光緒三十二年，一九〇六，善成堂刊本）

增批繪像第六才子書（八卷，清光緒三十四年，一九〇八，上海掃葉山房石印本）

增像第六才子書（四卷，清光緒三十四年，一九〇八，宏文閣鉛印本）

增像第六才子書（改良五彩繪圖第六才子書）（五卷，首一卷，上海醉經堂書莊石印本）

增像第六才子書（六卷，清光緒間石印巾箱本）

雲林別墅綉像妥注第六才子書（六卷，首一卷，清末清啟元堂刻本）

增像第六才子書（五卷，首一卷，清末石印本）

增像第六才子書（五卷，首一卷，清刊本）

繪像真本貫華堂第六才子書（八卷，清刊本）
綉像全本第六才子書（八卷，清刊本）
貫華堂第六才子書西厢記（八卷，清刊本）
貫華堂第六才子書西厢記（八卷，清刊本）
增補第六才子書釋解（六卷，鄧汝寧音釋，清辛文堂刊本）
文盛堂繪像第六才子書箋註（六卷，鄧汝寧音釋，清文盛堂巾箱本）
貫華堂第六才子書西厢記（八卷，清三亦齋刊本）

附録　民國刊本（七種）

增批繪像第六才子書（繪圖西厢記，八卷，附天才子西厢文、唐六如先生文韵，民國二年，掃葉書房石印本）
同上（民國五年，一九一六，石印本）
同上（民國十年，一九二一，石印本）
同上（民國十二年，一九二三，石印本）
增批繪像第六才子書（繪圖西厢記，八卷，四册，民國十三年，一九二四，啟新書局石印本）
增像第六才子書（五卷首一卷，六册，民國間鉛印本）
聖歎外書繪像增批六才子書（民國間商務印書館出版本）

《西厢記》評點本目録（四十一種，明刊本三十六種，清刊本三種、手稿二種）

明刻本（三十六種）

新刻考正古本大字出像釋義北西厢記（明萬曆七年，一五七九，金陵胡氏山堂刻本）

重刻元本題評音釋西厢記（明萬曆八年，一五八〇，徐士範評本）（本書全録）

重刻元本題評音釋西厢記（明萬曆八年，一五八〇，熊龍峰刊本）（眉批全同徐士範刊本）

重刻元本題評音釋西厢記（明萬曆八年，一五八〇，徐士範評本）（内容全同熊龍峰刊本）

重刻元本題評音釋西厢記（明書林喬山堂劉龍田刻本）（古本戲曲叢刊初編）

重刻訂正元本批點畫意北西厢（明刻本）

重校北西厢記（明萬曆二十六年，一五九八，繼志齋重刊本眉批）（日藏孤本）

重校北西厢記（明萬曆間三槐堂刊本，總評同繼志齋刊本）

重校元本大板釋義全像音釋北西厢記（明萬曆間陳曉隆刊本）（總評爲王世貞《藝苑卮言》二則）

李卓吾先生批評北西厢記（明萬曆三十八年容與堂刊本）（本書全録）

元本出相北西厢記（明萬曆三十八年，一六一〇，起鳳館刊本，李贄、王世貞評）（本書全録）

田水月山房北西厢藏本（明萬曆王起侯刻本，徐文長批訂）

新訂徐文長先生批點音釋北西厢（明後期刻本，徐文長批點）（出批，眉批與魏仲雪批本基本同）

新訂徐文長公批點音釋西厢記（徐渭評，崇禎刊本）

新刻徐文長公參訂西厢記（明後期譚邑書林歲寒友刻本）（《錢塘夢》《會真記》有眉批）

新校注古本西厢記（王驥德、徐渭注、沈璟評[眉批]，萬曆四十二年香雪居刻本）（本書全録）

鼎鐫陳眉公先生批評西厢記（萬曆四十六年，一六一八，師儉堂刊本）（有吴梅信劄）（本書全録）

鼎鐫西厢記（明後期師儉堂刊本，陳繼儒評）（爲《鼎鐫陳眉公先生批評西厢記》修補重印本）

李卓吾批評合像北西厢記（明萬曆間書林遊敬泉刻本）

李卓吾先生批評北西厢記（明萬曆間潭楊陽劉應襲刻本）（孤本，美國伯克萊加州大學東亞圖書館）

新刻魏仲雪先生批點西厢記（明崇禎刊本，魏浣初評，古吴陳長卿存誠堂）（抄徐奮鵬、容與堂、陳眉公、王李合評本等）

新刻魏仲雪先生批點西厢記（明末清初存誠堂刊本，魏浣初批評，李裔蕃注釋）（眉批有增删，總批有文字出入）

新刻徐筆峒先生批點西厢記（明萬曆天啟間筆峒山房刻本，徐奮鵬評）（出後總批、眉批）

詞壇清玩・槃邁碩人增改定本（西厢定本）（明天啟元年，一六二一，刻本）（眉批同《玩〈西厢〉評》）

詞壇清玩・槃邁碩人增改定本（西厢清玩定本）（明後期刻本）

西厢記（明天啟間烏程淩[濛初]氏原刻本、民國五年暖紅室重刻本）（本書全録）

西厢記會真傳（沈璟、湯顯祖評，烏程閔氏朱墨藍三色套印本，天啟刊本）（本書全録）

（會真六幻本）西厢記（附録之三《五本劇箋疑》）（明崇禎十三年，一六四〇，湖上閔遇五戲墨）（本書節録）

李卓吾先生批點西廂記真本（崇禎西陵天章閣刻本，無眉批）

李卓吾先生批點西廂記真本（崇禎十三年，一六四〇，中仲秋序刻本）（與西陵天章閣本［無眉批］不同）

硃訂西廂記（明後期朱墨套印本，孫鑛、湯顯祖評點，明天啟崇禎刊本）（抄容與堂、陳眉公本，手書眉批者未詳何人）

徐文長先生批評北西廂記（崇禎刊本，山陰延閣主人訂正）（本書全録）

三先生合評元本北西廂記（明崇禎間固陵孔氏滙錦堂刻本，湯若士李卓吾徐文長合評）（李評襲容與堂本）（國圖）

湯海若先生批評西廂記（明崇禎師儉堂刊本）（全抄容與堂本，字句略有相異，條目略有增損處，本書全録）

張深之先生正西廂記秘本（明崇禎刻本）

西廂記（《南北詞廣韻選》本，徐複祚評本）（本書全録）

清刻本（五種）

貫華堂第六才子書西廂記（順治十三年，一六五六，刻本，金聖歎評點）（本書全録）

毛西河論定西廂記（康熙十五年丙辰，一六七六，刻本）（本書全録）

元本北西廂（乾隆抄本和刻本）（又名《西來意》、《夢覺關》）

看西廂（六節，清乾隆十九年山東高國珍評本）（手寫原稿）（本書全録）

此宜閣增訂西廂記（《金批西廂》評批本，乾隆六十年刻本，周昂評點）（本書全録）

其他多種版本，參見金聖歎評批《西廂記》目録。

三、《西廂記》明、清版本序跋彙輯

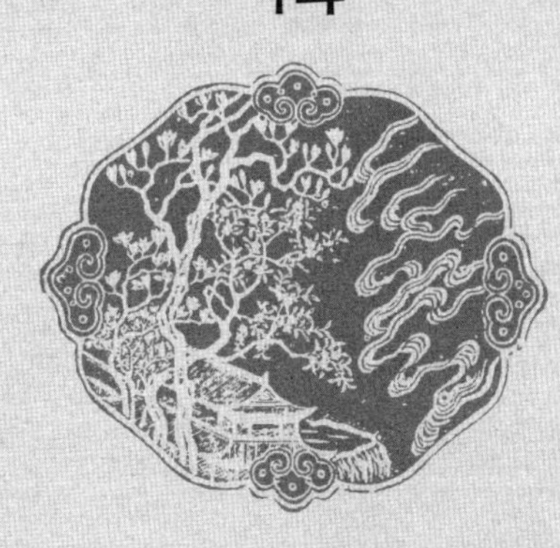

目録

目録

新刊大字魁本全相參增奇妙注釋西廂記（明弘治十一年戊午一四九八金臺岳家重刊印行刻本）

刊語（刻書牌記）（佚名）

嘗謂古人之歌詩，即今人之歌曲。歌曲雖所以唫詠人之性情，蕩滌人之心志，亦關於世道不淺矣。世治歌曲者猶多，若《西廂》，曲中之翹楚者也。況閭閻小巷，家傳人誦，作戲搬演，切須字句真正，唱與圖應，然後可。今市井刊行，錯綜無倫，是雖登壟之意，殊不便人之觀，反失古制。本坊謹依經書，重寫繪圖，參訂編次大字魁本，唱與圖合。使寓於客邸，行於舟中，閑遊坐客，得此一覽始終，歌唱了然，爽人心意。命鋟梓刊印，便於四方觀云。弘治戊午季冬，金臺岳家重刊印行。

口傳古本西廂記（嘉靖辛丑刻本）

題辭（明劉麗華）（據王驥德《新校注古本西廂記》所録）

長君嘗示余崔氏墓文，乃知崔氏卒屈爲鄭婦；又不書鄭諱氏，意張之高情雅致，非鄭可驂，明矣。崔業已委身，恐亦未必無悔。迨張之詭計以求見，此其宛轉慕戀，有足悲者，而崔乃謝絶之，竟不爲出，又何其忍情若是耶？不然，豈甘真心事鄭哉？彼蓋深於怨者也。董解元、關漢卿輩，盡反其事，爲《西廂》傳奇，大抵寫萬古不平之憤，亦發明崔氏本情，非果忘張生者耳。此其事或然或否，固不暇論之也。嘉靖辛丑歲上巳日，金陵劉氏麗華，書於凝香館。

按劉麗華，字桂紅，金陵富樂院妓也。刻有《口傳古本西廂記》，此其題辭。范子虛跋，稱麗華光艷無匹，性聰敏端慎。嘗稱説崔氏，心慕效之。又怪不能終始於張，每誦其書，未嘗不撫卷流涕也。范不知何許人。所云長君，則吴人張姓，蓋雅與麗華狎者。《題辭》中謂崔氏所適之鄭無諱字。及作傳奇不及實甫，皆未的。然第言崔氏蓋深於怨，非果忘情張生者，其詞淋漓悲愴，有女俠之致。又嘉靖辛丑，抵今七十餘年。想象其人，不無美人塵土之感。故採附末簡。（王驥德《新校注古本西廂記》附録）

新刻考正古本大字出像釋義北西廂（二卷，明萬曆七年己卯一五七九）金陵胡氏少山堂刻本

（日本御茶水圖書館成簣堂文庫，德富猪一郎［蘇峰］舊藏本）

刻出像釋義西廂記引（謝世吉）

坊間詞曲，不啻百家，而出奇拔萃，惟《西廂傳》絶唱。

余嘗病人之論詞曲者曰：詞可以冠世，詞可以快心，詞奇而新，詞深而奥。殊不知詞由心發，義由世傳，作者未必無勞於心，述者亦未必無補於世也。

《奇逢蒲救》固已逸而樂矣，《月下聽琴》得非婉而妙乎；《長亭送別》固已慘而切矣，《草橋驚夢》得非悲而戚乎？（中闕）實由元之王實甫所著，而世云關漢卿作者，何其謬焉。雖然，亦有由也，大抵《草橋驚夢》以前，乃王氏之所著，以後由漢卿之所續而成也。

《東閣筵開》、《妝臺柬至》，實甫之錦心寫於此矣，《尺素緘愁》、《鄭恒求配》漢卿之綉腸見於斯乎！

蓋此傳刻不厭煩，詞難革故，梓者已類數種，而貨者似不愜心。胡氏少山，深痛此弊，因懇余校録。不佞構求原本，并諸刻之復校閲，訂爲三帙。《蒲東雜録》録於首焉，補圖像於各折之前，附釋義於各折之末，是梓誠與諸刻迥异耳。鑒視他傳，奚以玉石之所混云。

重刻元本題評音釋西厢（二卷，明萬曆八年庚辰一五八〇徐士範刊本）

《崔氏春秋》序（程巨源）

余閲《太和正音譜》，載《西厢記》撰自王實甫，然至郵亭夢而止，其後則關漢卿爲之補成者也。二公皆勝國名手，咸富才情，兼喜聲律。今觀其所爲記，艷詞麗句，先後互出，離情幽思，哀樂相仍，遂擅一代之長，爲雜劇絶唱，良不虚也。而談者以此奇繁歌疊奏，語意重復，始終不出一「情」；又以露圭著跡，調脂弄粉病之。夫事關閨闈，自應穠艷；情鍾怨曠，寧廢三思。大雅之罪人，新聲之吉士也。遂使終場歌演，魂絶色飛，奏諸索絃，療饑忘倦，可謂辭曲之《關雎》，梨園之虞夏矣。以微瑕而類全璧，寧不冤也。近有嫌其導淫縱欲，而别爲《反西厢記》者，雖逃掩鼻，不免嘔喉。夫《三百篇》之中，不廢《鄭》、《衛》，桑間濮上，往往而是。阿谷援琴，東山攜塵，流映史册，以爲美談，惡謂非風教裨哉？曲士之拘拘，祇增達生一鼓掌耳。余宗仲仁，習歌詞曲，謂余金元人之詞，信多名家，然不易斯記也。乃搜諸家題詞，刻諸簡端，以示余。昔人評「王實甫如花間美人」，「關漢卿如瓊筵醉客」，今覽之信然。然語有之：「情辭易工。」蓋人生於情，所謂愚夫愚婦可以與知者。今元之詞人，無慮數百十，而二公爲最；二公之填詞，無慮數十種，而此記爲最。奏演既多，世皆快覩，豈非以其情哉！《西厢》之美則愛；愛則傳也有以夫！

萬曆上章執徐之歲如月哉生明泰滄程巨源著。

重刻西厢記序（企陶山人徐逢吉士範題）

古今之聲容色澤以姝麗稱者，豈特一崔氏哉。而崔、張之事，盛傳於世，得非以爲之記者，其詞艷而富也。崔記俑於元微之，宋王銍、趙德麟輩綢繆之，以爲其事出於微之，託張以自况，旁引曲證，遂成讞獄，此亦足償其志淫之罪。金有董解元者，演爲傳奇，然不甚著。至元王實甫，始以綉腸創爲艷詞，而《西厢記》始膾炙人口，然皆以爲關漢卿，而不知有實甫。關漢卿仕於金，金亡，不肯仕元，其節甚高。蓋《西厢記》自《草橋驚夢》以前，作於實甫，而其後則漢卿續成之者也。夫世之姝麗不獨一崔氏，而獨以其記傳。記作於王實甫不傳，而關漢卿以名傳，關漢卿以文掩其節，而獨以此記傳。元微之作崔、張記，遂身蒙其垢，而其記亦傳。嗚呼！天下事有若此，予覩之，竊有感焉，故爲之一刷之。企陶山人徐逢吉士範題

重校北西厢記（五卷，明萬曆二十六年戊戌1598秣陵繼志齋重刊本）

刻《重校北西厢記》自序（龍洞山農撰）

詞曲盛於金元，而北之《西厢》、南之《琵琶》，尤擅場絶代。第二書行於衆庶，所謂童兒牧竪，莫不眩耀，而妄庸者率姿意點竄，半失其舊，識者恨之。頃《琵琶記》刻於河間長君，其入學既該涉，復閑宫徵，故所讎校，號爲精愜，蓋詞林之一快矣！

北詞轉相摹梓，踳駁尤繁，唯顧玄緯、徐士範、金在衡三刻，庶幾善本，而詞句增損，互有得失。余園廬多暇，粗爲點定，其援據稍僻者，略加詮釋，題於卷額，合《琵琶記》刻之。風雨之辰，花月之夕，把卷自唫，亦可送日月而破窮愁。知者當勿謂我尚有童心也。萬曆壬申夏，龍洞山農撰。謝山樵隱重書於戊戌之夏日。

《重校北西厢記》凡例（陳邦泰校録）

一、諸本首列名目，今類作題目，但教坊雜劇並稱正名，今改正名二字，亦末泥家本色語。

一、舊本以外扮老夫人，末扮張生，淨扮法本作潔，扮紅娘曰旦倈，亦今貼旦之謂也。按由來雜劇院本，皆有正末，當場男子謂之末，末指事也。俗稱末泥。副末，古謂蒼鶻，故可以撲靚者，靚蓋孤也。如鶻之可以擊孤，若副末常執磕爪以撲靚是也。狚，當場妓女謂之狚。狚，猿之雌也。又曰猵狚，其性好淫，俗呼爲旦。孤，當場扮長官者。靚，傅粉墨者謂之靚，當場善顧盼獻笑者也。俗呼爲淨，非。鴇，妓之老者曰鴇。鴇似鴈而大，無後趾，身如虎文，性淫無厭，諸鳥就之即合。俗呼獨豹，今稱鴇者是也。猱，妓女總稱。猿屬，喜食虎肝腦。虎見而愛之，常負於背以取虱，輒溺其首，虎即死，隨求肝

腦食之。故古以虎喻少年，以猱喻妓也。捷譏，古謂之滑稽，即院本中便捷譏訕是也。俳優稱爲樂官。引戲，即院本中狚也。九色之名。但今名與人俱易，正之實難，姑從時尚。

一、《中原音韻》，有陰陽，有開合，不容混用。第八齣【綿搭絮】：「幽室燈清」、「幾榥兒疏櫺」，八庚入一東；十二出：「秋水無塵」，十一真入十二侵；俱屬白璧微瑕，恨無的本正之，姑仍其舊。

一、詞家間有襯葚字，善歌者緊搶帶疊用之，非其正也。《中原音韻》載【四邊靜】「今宵歡慶」一折，止三十一字，今諸本俱三十六字，則爲流俗妄增者多矣。又載【迎仙客】「雕檐紅日低，畫棟彩雲飛，十二玉闌天外倚；望中原，思故國，感嘆傷悲，一片鄉心碎。」七句三十二字。今十八出【迎仙客】俱作十句，五十八字，甚者，襯字視正腔，不啻倍蓰，豈理也哉。今有元本可據者，悉削之。

一、曲中多市語、謔語、方語；又有隱語、反語，有拆白，有調侃。不善讀者，率以己意妄解，或竄易舊句，今悉正之。

一、雜劇與南曲，各有體式，迥然不同。不知者於《西厢》賓白間傚南調，增【臨江仙】、【鷓鴣天】之類。又增偶語，欲雅反俗。今從元本一洗之。

一、沙、波、么，是助詞。俺、喒、咱，是我字。您是你字。恁是這般。唯您、恁二字，往往混謄，讀者切須分辨。

一、【絡絲娘煞尾】，隨尾用之，雙調、越調不唱。悉從元本刪之。

一、諸本釋義淺膚訛舛，不足多據。予以用事稍僻者，而銓釋之，題於卷額，余不復贅。

一、諸本句讀於詞義雖通，於調韻不協者，今皆一一正之。秣陵陳邦泰校録。

唐崔鶯鶯像跋（天台陶宗儀）

余向在武林日，於一友人處，見陳居中所畫《唐崔麗人圖》。其上有題云：「並燕鶯爲字，聯徽氏姓崔。非烟宜採畫，秀玉勝江梅。薄命千年恨，芳心一寸灰。西厢舊紅樹，曾與月徘徊。余丁卯春三月，銜命陜右。道出於蒲東普救之僧舍，所謂西厢者，有唐麗人崔氏女遺照在焉。因命畫師陳居中繪模真像，意非登徒子之用心，迨將勉情鍾終始之戒。仍綴四十言，使好事者知伯勞之歌以記云。泰和丁卯，林鐘吉日，十洲種玉宜之題。」延祐庚申，春二月，余傳命至東平，顧市鬻《雙鶯圖》，觀久之，弗見主人而歸。夜宿府治西軒，夢一麗人，綃裳玉質，逡巡而前曰：「君玩《雙鶯圖》，雖佳，非君几席間物。妾流落久矣，有雙鶯，名冠古今，原托君爲重」。覺而怪之，未卜何祥。遲明欲行，忽主人攜《鶯圖》來，且四軸。余意麗人雙鶯，符此數耳。繼出一小軸，乃夢所見，有詩四十字，跋語九十八。識曰：泰和丁卯，出蒲東普救僧舍，繪唐崔氏鶯鶯真。十洲種玉大志宜之題。畫、詩、書皆絶，神品也。余驚詫良久，時有司群官吏環視，因縮不目，托以跋語佳勝，贖之。吁！物理相感，果何如邪？豈法書名畫，自有靈耶？抑名不朽者隨神耶？遇合有定數耶？余嘗謂《關雎》、《碩人》，姿德兼備，君子之配也。琴心雪句，才艷聯芳，文士之偶也。自詩書道廢，丈夫弗學，况女流乎？故近世非無色秀，往往脂粉腥穢，鴉鳳莫辨，求其彷彿待月章之萬一，絶代無聞焉。此亦慨世降之一端也。因歸於我，義弗辭已。宜之者，蓋前金趙愚軒之字，曾爲鞏西簿。遺山謂泰和有詩名，五言平淡，他人未易造。信然。泰和丁卯，迨今百十四年云。其月二日，璧水見士思容題。右共五百九字，雖不知璧水見士爲何如人，然二君之風韻可想矣。因俾嘉禾繪工盛懋，臨寫一軸。適舅氏趙公待制邕，見而愛之，就爲録文於上。按元微之事云云，見《侯鯖録》中。（原名《崔麗人圖跋》，原收入元陶宗儀《南村輟耕録》，又見王驥德《新校注古本西厢記》附録和《硃訂西厢記》）

題元人寫《崔鶯鶯真像》（祝允明）

崔娘鶯鶯真像，乃舊傳本，非宋即元人名手之所得摹也。余向者都下曾從一見之，繼於郟城僧院中見一本，大約相類。妖妍宛約，嬌姿動人，第以微傷肥耳。陶南村説，曾於武林見《崔麗人遺照》，因命盛子照臨一本，且有趙宜之等題詠甚詳。此豈即其物耶，盛君之臨本歟？或好事重翻盛本，抑因陶説而想象之，以暗中模索而爲之者歟？既識蔑面遊藝之隙，漫書以記吾會云耳。噫！尤物移人，在微之猶不能當。余之德不足以勝妖孽，恐貽趙顔之戚，姑未暇引爾丹青也。

新刊合併王實甫西廂記（二卷，明萬曆二十八年庚子，一六〇〇序刻）（明屠隆校正，周居易校梓）

王實父西廂記叙（殘缺）

《西廂記》爲崔張傳奇，莫詳其始。説者謂有風流之士，沉思幽怨，托以自露焉爾。董解元者，取而演之，制爲北曲。至王實父乃更新之，始於鬧見，終於夢思，爲套數凡十有七。仍析而爲二，以條其支；會而爲一，以要其成。顧其委曲蘊藉，靡麗華藻，爲古今絶唱。既而關漢卿再續四折以係於末，詞雖不迨，而意自足，世遂并爲漢卿所製云。於是，薄海内外咸歌樂之，即其傳寫豈下千百。惜乎梓行者未免於亥豕，口授者莫辨乎黄王。甚有曲是而名則非，曲非而名則是。亦或迂儒附會，妄自援引，强爲臆説。因仍既久，牢不可破。故雖老於詞宗者，且將忽之，矧其它乎！其尤甚者，淮本是也。至吴本之出，號稱詳訂，自今觀之，得不補失。何也？蓋由南人不諳乎北律，風氣使之然耳。故求調於聲者，則協以和；求聲於調者，則舛以謬。然則是刻也，固可苟乎？且以一字之訛病及一句，一句之訛病及一篇。姑舉其大者而正之，如以【村里迓鼓】爲【節節高】，並【耍孩兒】爲【白鶴子】，引【後庭花】中段入【元和令】，分【滿庭芳】一曲而爲二，合【錦上花】二篇而爲一，【小桃紅】則竄附【么篇】，【攪箏琶】則混增五句。習故弊而不知，略大綱而不問，抑又何哉？下逮一字一句誤者，亦夥。今則緝其近似，删其繁衍，補其墜闕，亦庶幾乎全文矣。嗟乎！音律之學古以爲難，雖前輩極力模儗，僅達影響。至於排腔訂譜，自愧茫然。彼以不知强爲知者，非其罪人歟？余少即喜歌咏，旁搜遠紹積五十年，其所得者不過調分南北、字辨陰陽而已（下闕）。

新刻合併西厢序（張鳳翼撰）

詞家之有傳奇也，《詩》之流委也；而傳奇之有《西厢》也，變風之濫觴也。吾夫子與顔氏子斟酌禮樂，既矢口曰：「放鄭聲！」而《鄭》、《衛》之淫風，如所謂男悦女、女惑男之辭，較然布諸方策，與《三百篇》共著。余嘗覩逸《詩》之散見於雜帙中者，多微言警句，彼之是删，而顧此之久存，何無倫耶。自古載籍極博，皆爲君子之畏聖言者設，不爲小人之侮聖言者爲宣淫導欲之資也。蓋善者感發善心，惡者懲創逸志。然惟君子爲能感發，亦惟君子爲能懲創。如《易》之咸，初咸拇，二咸腓，三咸股，伍咸脥上，六乃咸其輔、頰、舌。咸之言，皆也，以人身取象。又少男少女，兩體相悦相應，自足至首無不與，皆明示人以交感之象。然惟君子，爲能觀象玩辭，知其如此則往吝，如此則居貞，如此則悔止。若小人，則想象其形容，而求與之皆焉耳，惡知悔，惡知吝，又惡知有吉而居之者！知此道者，可與口《西厢》，目《西厢》，雖日日而口之，而目之，亦何害已。《西厢》之記，爲崔、張交歡而作，然張爲惡有先生。據王性之《辨證》，其事爲元微之之事，而傳奇亦即微之所作。微之生於唐大歷己未，至貞元庚辰，年正廿二，既與記中所稱吻合；而楊阜公讀微之所作《姨母鄭氏墓誌》，則云喪夫遭亂，與其所保護周旋者無不備，其要皆微之自己實事，則其後之逾東家墻而適所欲者，其必微之無疑也。獨微之後自娶韋，而崔亦竟適他人，與記中成婚還鄉者不同。然悲歡離合，傳奇不可缺一，其誣而合也，亦多矣，亦久矣，何足深辨！余獨愛其詞旨婉麗，則開襟豁緒之傀儡也；音調諧適，則引商激羽之指南也；雅俗兼收，則援古證今之珠肆也；情興逸宕，則破拘摘攣之斧斤也。君子取節焉，可也。第其窮妍極態，則逾檢蕩制者則奮袂矣；鈎挑引攝，則穿穴隙窺者將攘臂矣；傳書遞簡，則驤蜂騾蝶者將塞途矣。此余所病其爲宣淫導欲之囮窟也。雖然，有説焉：蕭寺非孀嫠寄跡之處，僧寓非佳治藏身之所。臨圍無割愛之命，則領珠弭顗覦之端；飲盟無共席之觴，則窺香杜目成之竇。木朽而蛀生之，罅不窒而堤防隨之，自古記之矣。然則攬《西厢》者宜。奈何覩佛殿之相逢，則琳室梵宇，窈窕毋投足可也。或食言之啓釁，則知輕諾詭盟，非防微杜漸之道也。懲盃酒之釀奸，則男女之分，慎不可以中表戚屬而輕於聚會也。睇往來之情詞，則下婢之賤，慎不可以佻儇慧捷，而使得參貳於閨姝之側也。余謂惟君子爲能感發，亦惟君子爲能懲創，此之謂也。蓋以古人立教之意望人，而非直以傳奇爲傳奇也。江東洵美，鐘情歌曲，尤於《西厢》一集企慕之。一日手是編謂予曰：「崔、張奇傳，倡自元微之，宋王性之辨可證。然而是集有南北之分焉：董解元、王實甫演爲北調，李日華、陸天池演爲南調。此四君者，豁字束句，磨韻諧聲，能發微之所未發。其詞大都蹁躚婉麗，辭意含蓄，才藻高華，蓋缺一不可者。余見今之輕儇子弟，惟拾艷媚新詞，翼以炫耳目、娛心志，毫不諳作者勸懲大義。名流校正始末，徒以崔、張奇遇，傳爲美譚，詎知聖人刪詩不廢淫風，則古人立教常寓意於音聲之外也。以故赤水屠先生，義仍湯先生，均爲當世博洽宏覽君子，亦於《西厢》訂正批閱，蓋不以曲辭直視之也。然訂正者非一人，張雄飛得董本而校，又徐文長得實父本而較，梁少白得日華本而較。余以爲非真餖飣捕（補）掇，傳奇中之雅調也，觀者能會作者之意，則庶幾得古人立教之旨矣。此《西厢》合并也，校既成矣，子期爲我序之。」因書此以弁諸首。萬曆庚子仲秋十有六日吴郡冷然居士張鳳翼伯起撰。嚴材伯梁書。（明刊本《西厢記考》）

古本西厢記序（按，《合并西厢》本作「董解元西厢序」）（張羽）

張子曰：余嘗聞古之君子論樂云「絲不如竹，竹不如肉」，以音之漸近自然耳。又云「取將歌里唱，勝向曲中吹」，此非空言也。故其詞類多鴻儒碩士，騷人墨客，審音知樂者方能作之。豈不以聲律之妙，固難爲淺俗語哉？趙松雪謂之行家生活是矣。《西厢記》者，金董解元所著也。辭最古雅，爲後世北曲之祖。迨元關漢卿、王實甫諸名家**作**（按，黑體加粗者，爲《合并西厢》本所闕，下同）者，莫不宗焉。蓋金元立國并在幽燕之區，去河洛不遥，而音韻近之，故當此之時，北曲大行於世，猶唐之有詩，宋之有詞，各擅一時之聖，其勢使之然也。國初詞人仍尚北曲，累朝習用無所改更，至正德之間特盛，毅皇帝御製樂府率皆此調，京師長老尚能咏歌之。近時吴越間士人，乃棄古格、翻改新聲，若《南西廂記》及公余漫興等作，鄙俚特甚，而作者之意微矣。悲夫！豈惟作之者難，而知之者尤不易耳。是故子期既没，而伯牙輟弦，痛知音者之難也。余不敢自負知音，但舞象之年，即好聲律之學。而先輩滸西康公（余大父拙翁同年友也），明腔識譜，精解音律。時則有渼陂（黄）［王］公、石亭陳公、升庵楊公、中麓李公，相繼有作流傳樂府，心竊艷慕之。又，余所雅游者：謝湖袁君、丹厓楊君、射陂朱君、射陽吴君、大梅史君、茗山許君、石城許君、三橋文君、雉山邢君、青門沈君、十洲方君、質山黄君、柘湖何君、大壑何君、雲山唐君、小川顧君、小山陸君，一時交往，皆好古知音之士，乃相與（按，《合并西廂》本改此三字作「乃與好古知音之士相」）上下其議論，既知所取舍。余又嘗北至燕都，南游白下，歷四方佳麗之地，頗有善歌者，余低回聽之不能去，得其遺響聲律之事，不無所考焉。世异習殊，古音漸廢，而力弗能振，每嘆恨之。且今之縉紳先生既多南士，漸染流俗，異哉所聞，故率喜南調，而吴越之音靡靡乎不可止已。間聞北調縱不爲厭怪，然非心知其趣，亦莫能鑒賞其間，故信而好者不多有之。大抵新聲之易悦，而古調之難知，所從來遠矣。枝山祝公，博雅君子也，亦嘗謂四十年來接賓友無及此者。今日之事，惟樂爲大壞，無論雅俗，止（日）［曰］用十七宫調，知其美劣是非者幾何？數十年前尚有之，今殆絶矣。蓋未嘗不爲之浩嘆。夫歌曲一藝也，猶然以古雅難傳，况以詩賦文章之大業，而希望復古之隆乎？嗚呼，惜哉！《關氏春秋》，世所故有，余既校而刻之矣。而董記號爲最古，尤不可少者。乃廢格無傳，又爲之傷其不遇也。往歲三橋文君爲余言（按，《合并西廂》本「言」訛爲「君」），西山汪氏有元刻本，嘗借録之，然恨其手尾俱缺，舛誤殊甚，無從校補，每用病焉。柘湖何君晚得抄本，則南峰楊公所藏，末有題語，因賴以考訂异同，修補遺脱，而董氏之書於是復完。董解元不知爲何人，爵里事狀不可得而詳。要之，固當世之才士也。余既校董詞，乃序其説如此，若流傳振作，追復古音以俟同志，又安知世無子期哉？

明嘉靖丁巳秋八月黄鵠山人張羽雄飛序

北西厢記（二卷，明萬曆三十年壬寅，一六〇二）（李楩校，秋曄曄齋刻本）

西厢記考據節録：

按《西厢記》乃元王實甫撰。始於創見，終於夢思，其委曲藴藉，靡麗華藻，爲古今絶唱。既而關漢卿再續四折於末，詞雖不逮，而意自足。世并爲漢卿所製云，遂令實甫含冤地下。惜哉！查《太和正音譜》，實甫十三本，以《西厢》爲首；漢卿六十一首，不載《西厢》，蓋可據也。

北西厢記（二卷，明萬曆四十四年丙辰，一六一六）（明渤海逋客何璧校梓）

序（何璧撰）

（原缺半頁）梅羅綺，歌舞絲竹，皆天地種種情□（物）。天地若無此種種情物，便是一死灰世□（界），頃刻間地老天荒矣。白香山不云乎「人非土木終有情」。彼嬰兒至懞也，見瓦礫不顧，見蟬蝶則爭捉而嬉之，是知捨無情而逐有情也。《西厢》者，字字皆鑿開情竅，刮出情腸，故自邊會都，鄙及荒海窮壤，豈有不傳乎？自王侯士農，而商賈皂隸，豈有不知乎？然一登場，即耆耋婦孺，瘖聾疲癃，皆能拍掌，此豈有曉諭之耶？情也。予尚論情有四種焉：多情則爲才子佳人，情之剛處則爲俠，情之玄處則爲仙，情之空處則爲佛。進乎此，又可以論《西厢》□（矣）。客曰：「然則世之窈窕於枕席者，皆情□（乎）？」予曰：不。此禪家所謂觸也。夫倚翠偎紅者，知淫而不知好色；偷香竊玉者，知好色而不知風流，乃風流難言矣。名非司馬，豈許挑琴？才不陳思，豈堪留枕？此則可語風流。風流，固情也。世之論情者何瞶也！曰：「英雄氣少，兒女情多」，此不及情之語也。予謂天下有心人，便是情痴，便堪情死，惟有英雄氣，然後有兒女情。古今如劉、項，何等氣魄，而一戚一虞，不覺作嚅呢軟態，百煉剛化繞指柔矣。惟其爲百煉剛，方能作繞指柔，此固未易與羅幃錦瑟中人道也。每閲英雄記，上兼風□□（流神）彩者，予獨爲曹瞞佞一指斫，其朝破□（軍）陳，夜賦華屋·

上馬斫强賊，下馬擁妖姬，至殘魂剩魄，猶低回銅雀臺上，此真爲情痴情死者，然亦不失爲鍾情中一大奸雄。視世之淫而好色者，不過如花中蛺蝶，月下杜宇耳。客撫案曰：「是真論情也。然非所以論《西厢》也。《西厢》固劇也，其人其事固烏有也？」予曰：唯唯。予曾與諸客觀劇，予指劇曰：此假劇也，予與子乃真劇也。復指場曰：此小戲場也，予與子所處乃大戲場也。諸客茫然。噫！庸詎知《西厢》之果劇耶，果假耶？予之序《西厢》，果非劇耶，果真耶？萬曆丙辰夏日，渤海何璧撰。

凡例

一、《西厢》爲士林一部奇文字。如市刻用點板者，便是俳優唱本，今並不用。置之鄴簽蔡帳中，與麗賦艷文，何必有間。

一、坊本多用圈點，兼作批評，或污旁行，或題眉額，灑灑滿楮，終落穢道。夫會心者自有法眼，何至矮人觀場邪？故并不以灾木。

一、市刻皆有詩在後。如《鶯紅問答》諸句，調俚語腐，非唯添蛇，真是續狗，兹並芟去之，只附《會真記》而已，即元白《會真詩》，亦不贅入。

一、舊本有音釋，且有郢書鷰説之訛，殆似鄉（墪）[塾]訓詁者。今皆不刻，使開帙者，更覺瑩然。（萬曆四十四年刻）

元本出相北西厢記（二卷，明萬曆三十八年，一六一〇）起鳳館序刻本

刻李王二先生批評北西厢序（起鳳館主人）

勝國時，王實夫、關漢卿簸弄天孫五彩毫，爲崔張傳奇。雖事涉不經，要以跳宕滑稽、牢籠月露之態，直是詞曲中陳思、太白。□三□□有□吐氣、膾人口，代有評者，無足□（先）王□鳳□，□□弇□（州）王先生，楚有卓吾□（李）先

□(生),□□□□□□□(按,約七字)黄,虚室生白,□(品)□萬彙。雖《西厢》殘霞零露,亦謂得宇宙中一段光怪,劂精抉微,義所不廢。曾已大發其武庫之森森戈戟者,幻而施墨研朱,一點一綴,王、關譜之曲中,李、王評之曲外;皮髓神韵、濃淡有無之間,延壽之所不能臆寫,昭君之所不能色授也。自來《西厢》富於才情見豪,一得二公評後,更令千古色飛。浮屠頂上,助之風鈴一角,響不其遠與!朝品評、夕播傳,鷄林購求,千金不得,慕者遺憾。頃余挾篋吴楚之間,謁掌故,得二先生家藏遺草,歸以付之殺青,爲自嘆王關功臣。第恐二先生精神又騷動,今日之域中怪見洛陽紙貴也。藉以風化見垢,宋理儒腐氣,上士失笑矣。

庚戌冬月起鳳館主人叙

新校北西厢記考

一、考《西厢》事,唐人自有《鶯鶯傳》(《會真記》),《侯鯖録》尤詳,其爲微之中表無疑。

一、考王實甫,以詞手著名元代。關漢卿同時,亦高才風流人。王嘗以譏謔加之,關極意酬答,終不能勝王。忽坐逝,鼻垂雙涕尺餘,人皆嘆駭,以爲玉筯。關曰:「是嗓耳,何玉筯爲。蓋凡六畜勞傷,鼻中流膿,則謂之嗓也。」衆大笑曰:「若被王和卿輕薄半世,死後方還得一籌。」觀此,王先關卒,《西厢記》未成,故關續之。同時才人,成死後一功臣。

一、考宋世雜劇名號,每一甲有八人者,有五人者。八人有戲頭,有頭(一作引)戲,有次淨,有副末,有裝旦。五人第有前四色,而無裝旦。蓋旦之色目,自宋已有,而未盛。元(一作而盛於元。)外,院本止五人,一曰副淨,即古參軍。一曰副末,又名蒼鶻,可擊群鳥,猶副末可打副淨。一曰末泥,即正末。一曰孤裝,即當場扮官長者。而無生旦。元時雜劇,與院本不同,多用妓樂。旦有數色:所謂裝旦,即今正旦也,小旦即今副旦也,以墨點破其面,謂之花旦。以今憶之,所謂戲頭即生也,引戲即末也,副末即外也,副淨、裝旦即與今淨、旦同。關漢卿所撰雜戲(一作劇)《緋衣夢》等,悉不立生名。今《西廂記》以張珙爲生，當是國初所改，或元末《琵琶》等南戲出而易此名。（明萬曆間新安汪氏環翠堂刊本《元本出相西廂記》）

凡例

一、奇中有市語、方語、隱語、反語，又有折白、調侃等語，要皆金元一時之習音也。似無貴於洞曉，不諳者率以己意强解，或至妄易佳句，今盡依舊本正之。

一、雜劇與南北曲，賓白自有體調不同。坊本間效南曲增〔臨江仙〕、〔鷓鴣天〕之類，欲工而反悖，今盡從舊本一洗之。

一、諸本〔絡絲娘煞尾〕固互見媸妍，舊本亦或有或略，恨無的本可據，姑仍今刻。

一、沙、波、價、呵、麽，是助辭。俺、咱、喒，是我字。您，是你字。恁，是這般。唯您、恁二字，諸本往往混淆，讀者亦須分辨。

一、諸本所刊，率續以《秋波一轉論》、《金釧玉肌論》、《錢塘夢》、《林塘（一作園林）午夢》、《鶯紅奕棋》、《蒲東珠玉集》等語。此皆村學究所作，事不相涉，詞不雅訓，徒見令人嘔噦，今皆删去（一作之）不録。

一、坊本白盡訛，甚至增損攙入，不勝讎辯，意依古本改正，不復載其增損。

一、諸本釋義，有妄牽合故事，或又引述蔓衍，不能摘節明白，致觀者茫茫，今皆删正。

一、諸本圈句，於詞義亦通，但與牌名調韻不合，今皆一一定正。

一、鳳洲王先生批評

先生揚扢風雅，聲金振玉，《藝苑巵言》中點綴《西廂》百一，未張全錦。兹得之王氏家草（一作乘）。

一、卓吾李先生批評

先生品騭古今，一字足爲一史，具載《焚書》、《藏書》等編。《西廂》遺筆，乃其遊戲三昧，近得之雪堂在笥。

元本出相北西厢記（五卷，明末據起鳳館本原版挖改重印本）

跋（吴梅）（國圖所藏吴梅舊藏本所附跋）

《西厢》槧本最多。余舊藏王伯良注本、凌濛初即空本，皆出此本之上。嘗細校一過，詞句間竄改至多，疑坊間射利者所爲。凡句旁用套圈者，皆經改易處也，標名曰原本，不過易動人目而已。方諸生謂「今本動稱古本，皆呼鼠作樸，實未嘗見古本」云云。方諸生隆萬間其言已如此，可見古本之難求矣。惟圖畫精良，工槧亦佳，究勝於近時俗刻萬倍也。論《西厢》刊本，當以碧筠齋爲首，朱石津次之，金在衡、顧玄緯諸刻，亦有可取處。即空觀好與伯良操戈，局度太褊。此外坊刻，等諸自鄶。其有假托名人評校，如湯臨川、徐天池、陳眉公等，所見頗多，概非佳槧。

重刻訂正元本批點畫意北西厢（五卷，明萬曆三十九年辛亥，一六一一刻本）（徐文長批點）

自序（秦田水月文長）

世事莫不有本色，有相色（一作「折色」，下同）。本色，猶俗言正身也；相色，替身也。替身者，即書評中「婢作夫人，終覺羞」之謂也。婢作夫人者，欲塗抹成主母，而多插帶，反掩其素之也。故余於此本中賤相色，貴本色。衆人嘖嘖者，我呴呴（一作悠悠）也，豈惟劇哉？凡作者莫不如此，嗟哉！我誰與語？衆人所忽，我獨詳，衆人所旨，余獨唾，嗟哉，吾誰與語！

秦田水月文長。

叙（漱者，天池山人）

余於是帙諸解，并從碧筠齋本，非杜撰也。齋本所未備，余補釋之，不過十之一二耳。齋本乃從董解元之原稿，無一字差訛。余購得兩册，都被好事者偷竊（偷竊，一作竊去），今此本絶少，惜哉。本謂董（「崔」字之誤）張劇是王實甫撰，而《輟耕録》乃曰董解元。陶宗儀，元人也，宜信之。然董又有别本《西厢》，乃彈唱詞也，非打本。豈陶亦誤以彈唱爲打本也耶？

不然，董何有二本也？附記以俟知者。漱者，天池山人。

序（青藤道人）

余所改抹，悉依碧筠齋真正古本，亦微有記憶不的處，然真者十之九矣。白亦差訛甚，不通甚，卻都忘碧筠齋本之白矣，無由改正也。齋本於典故不大注釋，所注者，正在方言，調侃語，伶坊中語，拆白道字，與俚雅相雜，訕笑冷語，人奧而難解得。青藤道人。

序（諸葛元聲）

天地咽氣有自然之嚮，人觸之成聲，聲有自然之節奏，而歌謠出焉。觀《風》作樂，皆取諸此。歷漢而唐，馳騖聲律則爲詩，爲詞調，爲歌行。於是，鈎玄掞藻，月露風雲，敷俳萬狀，漸失真旨。以之諷詠則得，以之入金石弦管則難，宋人因之競趨樂府，易詩爲調，而梨園曲譜，實開端焉。嗣此寖盛域中至元而極矣。故古今較量藝文，賦宗漢，詩宗唐，詞調宗宋，而曲則遜元，各重其至處也。夫元人詞曲名家有關漢卿、馬致遠、鄭德輝、宮大用及夢符、可久諸人，王實甫亦擅聲其間，《西廂》傳奇乃其手筆，而漢卿續成之者也。然實甫在元人詞壇中未執牛耳，而《西廂》初出時亦不爲實甫第一義，要與嘗鼎一臠，僅供優弄耳。而迄今膾炙人口，户誦家傳之，即幽閨之貞，倚門之冶，皆能舉其詞，若他人單詞、小令、雜劇，往往蕪没無聞，詞固有幸有不幸哉！所以然者，微之擅唐季才名，故《會真》雙文一出，好事者翕然趨之，及實甫填詞襯語，又克宣泄其男女綢繆慕戀、曠怨抑鬱之至情，故其詞獨傳，傳而獨遠，遂爲一代絶唱耳。今茲刻遍天下，品騭之亦非一人，然率哺其糟，不咀其華，爬其膚，不抉其髓，其有禮法繩之若李卓吾者，此何異浴室譏裸、夢中詈人也。大抵本來戲劇總係情魔，種種色相寓言，亦亡是公、烏有之例，而必欲援文切理，按疵索瘢，反失之矣。且南北之人，情同而音則殊。北人之音，雄闊直截，内含雅騷；南人之音，優柔淒惋，難以律齊。今以南調釋北音，舍房闥態度而求以艱深，無怪乎愈遠愈失其真也。吾鄉徐文長則不然，不艷其鋪張綺麗，而務探其神情，即景會真，宛若身處，故微詞隱語，發所未發者，多得之燕趙俚諺謔浪之中，吾故謂實甫得遇文長，庶幾乎幾（千）載一知音哉。昔伯牙援徽叩絃，何與山水，而子期一俯仰間，盡得其意響，故伯牙惜子期知音，當代無兩。若文長之批評《西廂》，頗類於是。往時所製《四聲猿》，久傳播海內，識者取而匹之元劇可知已。苧蘿鄉王君起侯父，幼抱奇稟，擅華未露，誦讀之暇，一見文長手稿，即欣然命梓，其欣然有當於心者，亦唯是識見同，才情合也。梓成，問序於余，余既快文長能默契作者，又嘉王君能不吝之而公諸人人也，故樂爲之引其端云。東海澹仙諸葛元聲書於西湖之樓外樓。

凡例

《西廂》難解處，不在博洽，而在閑冷，故舊釋易曉者不贅，另載批釋其上，免混賓白，更入眼改觀，洗舊日見解。記中有疑難者，亦略疏附以便人。

曲中多市語、謔語、方語，又有隱語、反語，有拆白，有調侃，率以己意妄解，或竄易舊句，今悉正之。

腔調中俱有襯字葚眼，流俗類妄增之，俾正腔失體，今據古削之可仍者，別以細字，觀者瞭然。

「沙」、「波」、「麽」，俱語助；「俺」、「喒」、「咱」，俱我字。「咱」亦或作語助。「您」，是「你」字；「恁」，是「這般」。「您」、「恁」二字，往往混謄，茲爲分別。

本首列總目，即雜劇家開場本色。記分五折，折分四套，如木枝分而條析也，復列套内題目於每折下，曰正名，提綱挈領，悉古意。

〔絡絲娘煞尾〕、〔隨尾〕用之，從古，載每折末。

◎奇妙，古今不同字並用，○精華，成響，」分載，□古本多字，△古本不同字，—俚惡，胥分辨。

中刻「折」爲「卷」，取式類諸韋編耳。

田水月山房北西廂藏本（五卷，明萬曆間刻本）（明徐文長批訂）

序（諸葛元聲）（同《重刻訂正元本批點畫意北西廂》本）略

自序（同《重刻訂正元本批點畫意北西廂》本）略

自序（漱者）（同《重刻訂正元本批點畫意北西廂》本）略

自序（青藤道人）（同《重刻訂正元本批點畫意北西廂》本）略

新校注古本西廂記（六卷，明萬曆四十二年甲寅，一六一四）（明王驥德校注，香雪居梓）

《新校注古本西廂記》序（粲花室主人）（毛允遂）

《西廂》，桑間濮上之遺也，然幾與吾姬、孔之籍並傳不朽。李獻吉至謂：當直繼《離騷》。夫非以其辭藻濃至，即涉淫靡有不可得而屏斥者哉！顧其書三百年而傳，而是三百年之中，所爲鼠樸之竄，若金根之更者，已紛若列蝟。文人墨士，匪煞瞇目，輙操褊心，概津津稱艷弗置，不問魯鼎之多贋也。於是，其書存也，而其實不啻亡矣。吾友會稽王伯良氏，博雅君子也。於學無所不窺，而至聲律之閑，故屬夙悟，雅爲吾郡詞隱先生所推服，謂契解精密，大江以南一人。往先侍御令越，俾余二三伯仲，同伯良講業署中。鉛槧之暇，口及崔傳，每忼慨爲實甫稱冤。時援故不可解之文以質，而伯良倒囊以示，引據詳博，未嘗不犁然擊節，爲浮大白，一醉高榆叢桂間也。余數縱臾伯良，曷不更署爰書，爲實甫平反地乎！蓋抵今而始得絜令甲，以懸之國門矣。其書毋論，校讎之覈，令魯靈光不改舊觀，而疏語以折蜩螗之喙，考説以破笥梔之疑，鉅苞經史，瑣拾稗官，淺蕞康衢，精比黍龠，俾字無可奸之律，證有必信之文，破璧復完，群吠頓息。蓋詞隱夙有此志，而見伯良且先着鞭，輒閣筆自廢，作何平叔語曰：王輔嗣已注《老子》矣。汲冢仍新，風流不墜。實甫有靈，當頓穎九原一笑，懷環報之感耳。抑崔氏於王，故有夙緣，自實甫始倡艷辭，性之繼伸宏辯，至伯良以窮蒐冥解之力，踵成兩君子之緒，而又微之觀察，性之僑寄，咸於伯良氏之會稽。陵谷遞矣，事若有待，非宇壤間一大奇也哉！伯良時髦，兼修兩漢六代之業，結撰甚富，多勒琬琰。時遊戲爲今樂府，流布海內，久令洛陽紙貴。此第其牙後慧，然不妨爲才士之木屑也已。

萬曆歲在癸丑重陽日，吳郡粲花館主人書。

《新校注古本西廂記》自序（王驥德）

記崔氏不自實甫始也。微之既傳《會真》，入宋而秦少游、毛澤民兩君子，爰譜《調笑》，實始濫觴。安定之趙復次第傳語，寄詞鼓子，則節拍有加矣。迨完顏時，董解元始演爲北詞，比之絃索，命曰《西廂》，然第搊彈家言，而匪登場之具也。於是，實甫者起，沿用爨弄諸色，組織董記，倚之新聲。董詞初變詩餘，多椎樸而寡雅馴。實甫斟酌才情，緣飾藻艷，極其致於淺深濃淡之間，令前無作者，後掩來喆，遂擅千古絶調。自王公貴人，逮閨秀里孺，世無不知有所謂《西廂記》者。顧繇勝國抵今，流傳既久，其間爲俗子庸工之篡易而失其故步者，至不勝句讀。余自童年輒有聲律之癖，每讀其詞，便能拈所紕繆，復搤掔而恨。故爲盲瞽學究，妄夸箋釋，不啻嘔噦而欲付之烈炬也。既覓得碧筠齋若朱石津氏兩古本，序碧筠齋者，稱淮干逸史，首署疏注，僅數千言，頗多破的。朱石津，不知何許人。視碧筠齋，大較相同。關中杜逢霖序，言朱没而其友吳厚兵氏手書以刻者，並屬前元舊文，世不多見。餘刻紛紛，殆數十種，僅毗陵徐士範、秣陵金在衡、錫山顧玄緯三本稍稱彼善。徐本間詮數語，偶窺一斑；金本時更字句，亦寡中窾；獨顧本類輯他書，似較該洽，恨去取弗精，疵繆間出。然總之影響俗本，於古文無當也。故師徐文長先生，說曲大能解頤，亦嘗訂存別本，口授筆記，積有歲年。余往暨周生讀書湖上，攜一青衣，故善肉聲。鉛槧之暇，酒後耳熱時，令手紅牙，曼引一曲，桃花墮而堤柳若爲按拍也。輒手丹鉛，爲訂其訛者，芟其燕者，補其闕者，務割正以還故吾。余家藏元人雜劇，可數百種許，間有所會，時疏數語，又雜採他傳記，若諸劇語之足相印證者，漫署上方。久之，遂盈卷帙。既又並徵之本傳，若王性之氏辯證，及顧本所録諸引篇章，有繫本記者，別爲考正一卷，附之簡末，稍爲崔氏及實甫一伸沉冤。蓋實甫之詞稍難詮解者，在用意宛委，遺辭引帶，及隱語方言，不易强合。憶余入燕，故元大都，實甫枌榆鄉也，舉詢其人，已瘖不能解。故余爲釋句，其微辭隱義，類以意逆，而一二方言，不敢漫爲揣摩，必雜證諸劇，以當左契，大氐取碧筠齋古注十之二，取徐師新釋亦十之二。今之詞家，吴郡詞隱先生寔稱指南。復函請參訂，先生謬假賞與。凡再易稿，始克成編。頃周生嗤我，謂：「惜也！子志鵬翼而修鼠肝，曾是淫哇之靡，而摇其筆端也，謂《大雅》何？」余曰：蝼螘屎溺，何之非道！今風人學士，孰不爭口賞崔傳？而豕渡之疑，若耳食之陋，並塵阿堵，毋悵悵有詩亡之恨乎！余懼其以小道而日淪之澌滅也，故不惜猥一染指，豈敢稱實甫忠臣？聊以爲聽《折楊》、《皇華》者，下一鼓吹云爾。抑舊傳是記，爲關漢卿氏所作，邇始有歸之實甫者，則涵虚子之《正音譜》，故臚列在也。獨世謂漢卿續成，其後未見確證。然淄澠涇渭之辨，殊自不廢。兩君子他作，實甫以描寫，而漢卿以琱鏤。描寫者遠攝風神，而琱鏤者深次骨貌。持此以當兩君子三尺，思且過半。即有具眼者，或不以余言爲孟浪也。若編摩之概，與詮釋之指，并見《凡例》中，序不能悉。

萬曆甲寅春日，大越琅邪生方諸仙史伯良氏書。

(凡)例（三十六則）

一、記中，凡碧筠齋本，曰筠本；朱石津本，曰朱本；二文同，曰古本。天池先生本，曰徐本；金在衡本，曰金本；顧玄續本，曰顧本。古今本文同，曰舊本；各坊本，曰諸本，或曰今本、俗本。

一、碧筠齋本，刻嘉靖癸卯，序言係前元舊本。第謂是董解元作，則不知世更有董本耳。朱石津本，刻萬曆戊子，較筠本間有一二字異同，則朱稍以己意更易。然字畫精好可玩，古本惟此二刻爲的，餘皆訛本。今刻本動稱古本云云，皆呼鼠作樸，實未嘗見古本也，不得不辯。（《雍熙樂府》，全記皆散見各套中，然亦今本，不足憑也。）

一、訂正概從古本，間有宜從別本者，曰古作某，今從某本作某。其古今本兩義相等，不易去取者，曰某本作某，某本作某，今並存，俟觀者自裁。或古今本皆誤宜正者，直更定，或疏本注之下。

一、注與註通。古注疏之注，皆作注，今從注。

一、元劇體必四折；此記作五大折，以事實浩繁，故創體爲之，實南戲之祖。舊傳實甫作，至草橋夢止，直是四折。漢卿之補，自不可闕。然古本止列五大折，今本離爲二十，非復古意。又古本每折漫書，更不割截另作起止，或以爲稍刺俗眼。今每折從今本，仍析作四套，每套首，另署曰第一套、第二套云云，而於下方，則更總署曰：今本第一折、第二折，至二十折而止（此折與五大折之折不同），以取諧俗。折，取轉折之義。元人目長曲曰套數，皆本古注舊法。（《輟耕録》云：成文章，曰樂府；有尾聲，曰套數。）

一、元人從折，今或作齣，又或作出。出既非古，齣復杜撰，字書從無此字，亦無此音。今試舉以問人，輒漫應曰折。時戲往往取以標其節目，恬不知怪，是大可笑事。近《詅痴符傳》，以爲出，蓋齝字之誤，良是。其言謂，牛食已復出嚼曰齝，音笞，傳寫者誤以臺爲句。龍齝，出，聲相近，至以出易齝。又引元喬夢符云：「牛口爭先，鬼門讓道」語，遂終傳皆以齝代折。不知字書齝，本作⿰齒司，又作呞。以⿰齒司作齣，筆畫誤在毫釐。相去更近，非直臺句之混已也。即用閟，元劇亦不經見，又刺今人眼益甚。故標上方者，亦止作折。

一、古本，以外扮老夫人，署色止曰夫人。又店小二、法本、杜將軍，皆曰外，本又曰潔。張生曰末，鶯鶯曰旦，紅娘曰紅，歡郎曰倈，法聰、孫飛虎，及鄭恒，皆曰淨，惠明曰惠，琴童曰僕。今易末曰生，易潔曰本，易倈曰歡，店小二直曰小二，亦爲諧俗設也。

一、北詞以應絃索，宮調不容混用，惟楔子時不相蒙（謂引曲也）。記中凡宮調不倫，句字鄙陋，係後人僞增者，悉釐正删去。

一、記中用韻最嚴，悉協周德清《中原音韻》，終帙不借他韻一字。其有開閉不分，甲乙互押者，皆後人傳誤，今悉訂正。

一、古劇四折，必一人唱。記中第一折，四套皆生唱；第三折，四套皆紅唱，典刑具在。惟第二、四、五折，生旦紅間唱，稍屬變例。今每折首，總列各套宮調，并疏用某韻，及某唱於下，亦使人一覽而知作者之梗概也。

一、《中原音韻》凡十九韻，記中前四折，各套各用一韻。惟第二折第二套中吕曲，重用庚青一韻，稍稱遺恨。至第五折之重用尤侯、支思、真文三韻，補用魚模一韻，此亦他人續成之一驗也。

一、元劇，首折多用楔子引曲，折終必收以正名四語。記中第一、三、四、五折，皆有楔子，如【賞花時】、【端正好】等一二曲；每折後，皆有正名等語，古法可見。至諸本益以【絡絲娘】一尾，語既鄙俚，復入他韻，又竊後折意提醒爲之，似搊彈説詞家，所謂「且聽下回分解」等語，又止第二、三、四折有之，首折復闕，明係後人增入，但古本並存。又《太和正音譜》亦收入譜中，或篡入已久，相沿莫爲之正耳，今從秣陵本删去。正名四語，今本誤置折前，並正。

一、今本，每折有標目四字，如「佛殿奇逢」之類，殊非大雅，今削二字，稍爲更易，疏折下，以便省檢。第取近情，不求新異。

一、各調曲有限句，句有限字，世並襯菃搶帶等字漫書，致長短參差，不可遵守。今一從《太和正音譜》考定，其襯菃等字，悉從中細書，以便觀者。襯字以取諧聲，不泥文字，識曲者當自得之。

一、記中曲語，有爲俗子本不知曲，妄加雌黄（如謂「幽室燈青」等曲，爲失韻之類），字面妄加音釋者（如風欠，音作風要之類），悉緒正其枉，並詳載注中。

一、記中，有古今各本異同，義當兩存者。已疏注中。於本文復揭曰「某，古作某」，或「今作某」。第省一「字」字，及「本」字，恐觀者未遑檢注，故不避復。

一、唱曲字面，與讀經史不同。故記中字音，悉從《中原音韻》，與他韻書，時有異同。

一、各曲，平仄有法。其入聲字，元派入平、上、去三聲，不能字爲音切，用朱本例，每字加圈以識。惟遇葉韻處，有同聲者加音，無同聲而恐混他音者加反，或止曰葉某字某聲。值難識字面，間加音反。遇入聲亦派入三聲，云葉音某字。或一字再見，於前一字加音，後止加圈，以從省例。韻脚字有作他音者，雖易識字亦加音，後有仍押此韻者，曰後同，或不盡載，當以類推。賓白遇難識字面，間疏本白下，餘則止於轉借加圈。

一、記中，有一字而具二音、或三四音者，不能遍釋，須人自理會。其易識者，遵古發字例，止以圈代音，亦從省例（發字例，見《史記》）。二音，如朝（昭）朝（潮）、相（平聲）相（去聲）、著（張略反）著（直略反）、斷（平聲）斷（入聲）之類，止於後一字加圈（凡入聲之著，盡葉作平聲，斷，盡葉作去聲。）三音，如平聲强弱之强、上聲勉强之强、去聲倔强之强之類，止於後二字加圈，皆本古法，餘可類推。其易混字，如臉之（臉）或音作檢（如「臉兒淡淡妝」之臉，音檢）、或音作斂（上聲，如「把個發慈悲臉兒蒙著」之臉，音斂），用各不同，於斂音特加區別。俗音字，如的字本作上聲，今人盡讀作平聲，概不加音，俟人通融爲用。他如善惡之惡，《中原音韻》元葉作去聲，加圈則混於好惡之惡之類，更不著圈。又更字之平、去二聲加圈，那字之平、上、去三聲加圈之類，皆以便觀者。

一、記中，凡入聲字，俱準《中原音韻》，葉作平、上、去三聲，其中間有其字葉，而施於句中，與本調平仄不葉者，不得不還本聲，及借葉以取和聲（如第一折第一套〔賞花時〕曲，「人值殘春蒲東郡」，之值字，元以入葉平，然句中法宜用仄，卻加圈，借作去聲。第四套（錦上花）曲，「怎得到曉」之得字，元以入作上，然句中法宜用平，卻加圈，借作平聲之類），仍疏本曲下，觀者毋訾其失葉。

一、記中，每與們，時通用；得與的，時借用。惟恁之爲如此也，您之爲你也，俺、喒、咱之爲我也，咱又與波、沙、呵、偌、兀、地之爲助語也，皆當分別。

一、各調，句或一字、或二字、三字，以至七字，參錯不一。惟至八九字以外，係加襯字。自來歌者，於一二字句，多誤連上下文，致本調遂少一句；或斷一句爲兩，致本調遂多一韻。今於本文，悉加句讀，令可識別。其有句中字，必不可摘作襯書者，間從大書，亦《正音譜》例也（讀，音竇。意盡爲句，從傍斷；意未盡爲讀，從中略斷）。

一、記中，有成語（如「惺惺惜惺惺」之類）、有經語（如「靡不有初，鮮克有終」之類）、有方語（如「顛不剌」之類）、有調侃語（如「渌老」爲眼之類）、有隱語（如「四星」爲「下梢」之類）、有反語（如「與我那可憎才」之類）、有歇後語（如「不做周方」之類）、有掉文語（如「有美玉於斯」之類）、有拆白語（如木寸、馬户、尸巾之類），皆當以意理會。

一、俗本賓白，凡文理不通，及猥冗可厭，及調中多參白語者，悉係僞增，皆從古本删去。

一、注中，凡曲語襲用董記者，雖單言片詞，必曰董本云云。以印所自出，仍加長圍，恐其與注語前後文相混也。

一、凡注從語意難解。若方言、若故實稍僻、若引用古詩詞句，時一着筆，餘淺近事，概不瑣贅，非爲俗子設也。

一、凡引證諸劇，首一見，曰元某人某劇云云，後止曰某劇，亦從董例，以長圍圍之，若見他書者，止曰某書云云，更不著圍。

一、凡採用碧筠齋舊注，及天池先生新釋，並不更識別，時音揭一二。筠注曰古注，徐釋曰徐云，今本直曰俗注。凡詞隱先生筆，曰詞隱生云，蓋先生自稱也。

一、注中，詞隱先生評語，若參解煩繁，載僅什五。惟時著朱圈處，手澤尚新，今悉標入。

一、考正中，《鶯鶯本傳》，見《太平廣記》、《虞初志》、《侯鯖録》、《艷異編》，各文互有異同，俗本轉成訛謬。今悉本四書參定，即有未妥，亦仍舊文，不敢輒易。其彼此不同，宜並存者，間疏上方。

一、王性之，故宋博雅君子，《辯正》作，而千古疑事，爛在目睫。偶附所見，業爲性之補闕，非敢云猥乘其隙也。

一、顧本雜録唐宋以來詩詞，及題跋諸文，間有佳者，或鄙猥可嗤，或無係本傳事者，悉删去。其舊本未收，及各志銘宜採者，俱續補入。

一、逐套注，即附列曲後，一便披閱，亦懼漫置末簡，易作覆瓿資耳。

一、坊本有點板者，云傳自教坊，然終未確，不敢溷入。

一、本記正訛，共八千三百五十四字（曲，一千八百二十五字；白，六千五百二十九字）。其傳文，及各考正，共三百七十三字。

一、繪圖似非大雅，舊本手出俗工，益憎面目。計他日此刻傳布，必有循故事而附益之者。適友人吴郡毛生，出其内汝媛所臨錢叔寶《會真卷》索詩，余爲書《代崔娘解嘲四絶》，既復以賦命，曰：《千秋絶艷》，蓋其郡人周公瑕所題也。叔寶今代名筆，汝媛摹手精絶，楚楚出藍，足稱閨閫佳事。漫重摹入梓，所謂未能免俗，聊復爾爾。

王實甫關漢卿考

按元大梁鍾嗣成《録鬼簿》載，王實甫、關漢卿皆大都人。漢卿，號已齋叟，爲太醫院尹。或言漢卿嘗仕於金，金亡，不肯仕元，爲節甚高。實甫、漢卿，皆字，非名也。《藝苑巵言》謂，「《西厢》久傳爲關漢卿作，邇來乃有以爲王實甫者」，且引《太和正音譜》載實甫詞十三本，以《西厢》爲首；漢卿六（一）本，不載《西厢》。爲據。然《正音譜》係國朝寧藩臞仙所輯，實本之《録鬼簿》。二人生同時，居同里，或後先踵成不可考。特其詞較然兩手，略見前《序》及《例》中。《巵言》又謂，或言至「碧雲天」止。則不知元劇體必四折，記中明列五大折；折必四套，「碧雲天」斷屬第四折四套之一無疑。又，實甫之記，本始董解元。董詞終鄭恒觸階，而實甫顧闕之，以待漢卿之補，所不可解耳！

附劉麗華題辭（略）

附詞隱先生手札二通

頃來兩勤芳訊，僅能一致報柬。何乃又煩先生注念，重以佳集之貺耶？日盥洗莊誦，真使人作天際真人之想。豈直時輩不敢稱小巫，遂令元美先生難爲前矣。所寄《南曲全譜》，鄙意僻好本色，殊恐不稱先生意指，何至慨焉辱許敘首簡耶？翹首南鴻，日跂琳璧，爲望不淺耳。王實甫新釋，頃受教已有端緒，俟既脱藁，千乞寄示。或有千慮之一得，可備採擇也。小兒幸薦，至勤吕長公。動色相聞，而兹先生亦借齒牙，感矣，感矣！病後不能作字，又屬沍寒，呵凍草復，仰希有宥。嘉平望日。

其二

昨從瑶山丈所，得先生所致手札，并新詠二册，曠若復面，何先生之不吐棄不佞至此也，感且次骨矣。頃辱示《西廂考注》，業精詳矣，更無毫髮遺憾矣。真所謂繭絲牛毛，無微不舉者耶！既承下問，敢不盡其下肊？蓋作北詞者，難於南詞幾倍。而譜北詞，又難於南詞幾十倍。北詞去今益遠，漸失其真。而當時方言，及本色語，至今多不可解，即《正音譜》所收，亦或有未確處，誰復正之哉？今先生所正，誠至當矣。又以經史證故實，以元劇證方言，至千古之冤，舊爲群小所竄，若衆喙所訾者，具引據精博，洗發痛快，自有此傳以來，有此卓識否也？敬服敬服！承諭依《正音譜》，以襯字作細書，甚善。第更乞詳查，每調既以譜爲主，至於入聲字，更查《中原音韻》謂作平、作上、作去者，截然不可易乃妙。第如「俗人機」之「俗」字，生以其作平難合調，輒妄改作「世」字。而「玉石俱焚」之「石」字，周高安既以爲石葉作平，則此句第二字，用不得平聲。如此之類，須一一注明，不誤後學，乃盡善耳。注事會意處，偶題數語；若肯綮處，偶著丹鉛，變什中之一，未盡揚厲。至偶有鄙見，願與先生商略之者，悉署片紙上方，未知當否。如他日過焦先生，不識可以鄙人所標，並就其雌黄否也。生去冬幾死，今僅存視息，筆硯久塵，不能爲先生玆刻糠鍊。刻成，望惠一部。秋深見過之約，山靈實聞此言矣。儻能與吕勤之兄同此行，尤勝事也。近無拙刻，無可爲報，愧且奈何！鄴架有《魯齋郎》劇，敢借一録，不敢失污也。不具，夏五十有九日。

又別紙云

小柬封後，猶有〔越調〕【小絡絲娘・煞尾】二句體，先生皆已删之矣。然查《正音譜》，亦已收於〔越調〕中，且此等語，非實甫不能作。乞仍爲録入於四套後，使成全璧，何如？

又言

詞隱先生，姓沈，諱璟，字伯英，號寧庵，吳江人。第萬歷甲戌進士，仕由吏部郎，轉丞光禄。性酷好聲律，著述甚富。詞曲之學，至先生而大明於世。生平折簡，往復盈篋。兩書以余校注崔傳而致，手墨如新，人琴已化，録置後牘，聊存典刑。又先生以注本寄還，諄諄囑其人勿風雨渡江，恐致不虞。越三日而別書之踵問已至，其周慎如此。並識以紀先生之善。傳中評語，係先生自署，故止稱詞隱生云。（吾鄉先達、姚江孫比部先生，音律最精，兼工字學，蓋得之其諸父大司馬公者。往以質先生，先生欣然命管，標識滿帙，裨益不淺。是傳之成，徼詞隱及比部兩先生雅意良侈。又並識於此。）

崔娘遺照跋（明佚名撰）

右崔娘遺照，見諸家舊本，傳爲宋畫院待詔陳居中所摹。按陶宗儀《輟耕録》，謂於武林見此圖，命盛子昭重摹，不知正此本否？祝希哲跋語，謂曾兩見此圖，大略相類，妖妍宛約，故猶動人，第稍傷肥。此本殊清麗不爾。然往觀古周昉輩畫美人，亦多較豐，不似近代專尚瘦弱。吳本又有唐伯虎所摹一紙，則真傷痴肥，大損風韻。或摹刻屢易，致失本真。今不並載，稍存此圖，以寄虎賁典刑，俾覽者自得於驪黃牝牡之外云爾。客問：「舊謂居中之畫稍肥，近否？」余戲謂：「崔娘千古絶艷，然故不甚瘦。」客詰其故？余謂：「子不讀微之《會真詩》『膚潤玉肌豐』語乎？摹寫姿態，無過此君最真耳。」客大噱去。並識，以備譃資。

吴郡毛允遂公子，出其内所臨錢叔寶《會真卷》，周公瑕爲題曰「千秋絶艷」，命予作賦。卷中悉次金元人所爲傳奇，語稍波及。賦曰：

《千秋絶艷賦》（有序附）

美夫河中麗人，洛下書生，娵娟蕙質，繾綣蘭情。嫣然色授，睠矣目成。宛轉生前之恨，嬋媛身後之名。爾其漢皋春麗，蕭寺花濃，心勞金屋，人閉珠宫。托嫺辭於尺素，尋芳信於飛鴻。迨夫佼人月下，綺樹墻東，既械情於麗句，亦示赧於頩容。凄其良夜，黯彼回風。於是酹卓琴兮多露，薦韓香兮下陳。雲捧瑶釵，不負明星之約，妝留角枕，猶嬌在榻之春。乃至王孫之草方青，河橋之柳堪結。殢錦帶於新驪，愴羅巾於生别。投夜絃而留連，報春鴻而凄絶。環一解於中摧，鏡長分於永訣。愭紫玉之張羅，悵青陵之同穴。海填衛而難平，血啼鵑而不滅。則有南宫詞客，北里騷人，綉腸欲絶，彩筆如新。韻清商於《子夜》，度艷曲於《陽春》；亦有丹青點筆之工，盤薄含毫之史，肊彼多情，圖其有美，高唐片障，崔徽一紙，未若秦嘉之婦，張玄之妹。麗比舜英，才方錦字，抽烏絲之逸藻，聊試隃糜，榻粉本之餘妍，詑傳側理。夫其涂黄乍就，浮渲欲飛，頞瞬似語，態弱堪持；嫵然而狎，俯然而思，粲然而笑，蹙然而啼。神情綽約，芳澤陸離。洛水無聲之賦，金荃設色之詞。乃知凡理有窮，惟情無盡，感可決脰，愁堪凋鬢。楚楚短綃，茫茫長恨，俯仰今昔，我輩差近。噫嘻崔孃，窈窕天人，其儷張郎，才地則鈞。嗟紅顔之薄命，怨錦翼之離群，抱丹誠而不化，詠白首而難陳。即顛頷之見絶，仍撙抑而含辛，悲絶艷於既謝，寄麗辭於長顰。儻有情之披攬，當三嘅於斯文。

代崔孃解嘲四絶

紅牋密約逗西厢，杏子花深夜正長。恰見自禁羞不得，悔將嗔語惱檀郎。

金荷的的照殘妝，誰遣行雲出洞房？ 花底劉郎元有路，卻攜衾枕恨紅孃。

玉環遥結報雙金，錦字淋灕淚不禁。 不爲相思寄愁絶，可憐淒斷白頭吟。

紅樓消息斷長安，惆悵尋春已較殘。 不是羞郎真不起，見郎容易别郎難。

右方諸生舊作賦一首，詩四絶。 刻成，余謂：「曷不綴之簡尾，俾並崔孃以傳。」生曰：「贅，抑褻也。」余曰：「否。 廣平梅花，靖節閑情。 世不以是少二君子也。 輒命小史益之。」友人羅浮居士識。

附評語十六則

《西廂》，《風》之遺也；《琵琶》，《雅》之遺也。《西廂》似李，《琵琶》似杜，二家無大軒輊。 然《琵琶》工處可指，《西廂》無所不工。《琵琶》宫調不倫，平仄多舛；《西廂》繩削甚嚴，旗色不亂。《琵琶》之妙，以情以理；《西廂》之妙，以神以韻。《琵琶》以大，《西廂》以化，此二傳三尺。

《西廂》妙處，不當以字句求之。 其聯絡顧盼，斐亹疊發，如長河之流，率然之蛇，是一部片段好文字，他曲莫及。

《西廂》概言，無所不佳。 就中摘其尤者，則「相國行祠」、「風静簾閑」、「晚風寒峭」、「彩筆題詩」、「夜去明來」數曲，窮工極妙，更超越諸曲之上，巧有獨至，即實甫要亦不知所以然而然。

諸曲平仄，較正音譜，或時有出入，然自不妨諧葉。 試錯綜按之，無不皆然，所謂柳下惠則可也。

《中原音韻》所謂字别陰陽，曲中精髓。 然以繩《西廂》，亦不能皆合。 如〔點絳脣〕首句第四字，合用陰字，而「遊藝中原」之「原」，與「相國行祠」之「祠」，皆是陽字；〔寄生草〕末句第五字，合用陽字，而「海南水月觀音院」之「觀」，與「玉堂金馬三學士」之「三」，「何時再解香羅帶」之「香」，皆是陰字。 以是知求精於律，政自不易。

《西廂》用韻最嚴，終帙不借押一字。 其押處，雖至窄至險之韻，無一字不俊，亦無一字不妥。 若出天造，匪由人巧，抑何神也。

記中諸曲，生旦伯仲間耳。獨紅娘曲，婉麗艷絶，如明霞燭錦，爍人目眥，不可思議。

《西厢》諸曲，其妙處正不易摘。王元美《藝苑卮言》至類舉數十語，以爲白眉，殊未得解。又其旨，本《香奩》《金荃》之遺，語自不得不麗。何元朗《四友齋叢説》，至訾爲全帶脂粉。然則必銅將軍，持鐵綽板，唱「大江東去」而始可耶？

涵虚子品前元諸詞手，凡八十餘人，未必皆當。獨於實甫，謂「如花間美人」，故是確評。

董解元倡爲北詞，初變詩餘，用韻尚間浴詞體。獨以俚俗口語，譜入絃索，是詞家所謂本色當行之祖。實甫再變，粉飾婉媚，遂掩前人。大抵董質而俊，王雅而艷，千古而後，並稱兩絶。陸生傖父，復譜爲會真，寧直蛇足！故是螳臂，多見其不知量耳。

實甫要是讀書人，曲中使事，不見痕跡，益見爐錘之妙。今人胸中空洞，曾無數百字，便欲摇筆作曲，難矣哉！

元人稱「關、鄭、白、馬」，要非定論，四人漢卿稍殺一等。第之，當曰「王、馬、鄭、白」，有幸有不幸耳。

往聞凡北劇，皆時賢譜曲，而白則付優人填補，故率多俚鄙。至詩句益復可唾。《西厢》諸白，似出實甫一手，然亦不免猥淺。相沿而然，不無遺恨。

今曲以《西厢》、《琵琶》爲青鳳吉光，而二曲不幸，皆遭俗子竄易。又不幸，坊本一出，動稱古本云云，實不知古本爲何物。余嘗戲謂：時刻一新，是二曲更落一劫。客曰：「今寧必無更挾彈子後者耶？」余謂余固不爲此輩設也。

《西厢》，韻士而爲淫詞，第可供騷人俠客，賞心快目，抵掌娱耳之資耳。彼端人不道，腐儒不能道，假道學心賞慕之，而噤其口不敢道。李卓吾至目爲其人必有大不得意於君臣朋友之間，而借以發其端。又比之唐虞揖讓、湯武征誅，變亂是非，顛倒天理如此，豈講道學佛之人哉！異端之尤，不殺身何待？獨云「《西厢》化工，《琵琶》畫工」，二語似稍得解。

又以《拜月》居《西廂》之上，而究謂《琵琶》語盡而詞亦盡，詞竭而味索然亦隨以竭，此又竊何元朗殘沫，而大言以欺人者，死晚矣。（頃俗子復因《焚書》中，有評二傳，及《拜月》、《紅拂》、《玉合》諸語，遂演爲亂道，終帙點污，覓利瞽者。余戲謂客，是此老阿鼻之報。客爲一笑。）

天池先生解本不同，亦有任意率書，不必合竅者；有前解未當，別本更正者，大都先生之解，略以機趣洗發，逆志作者。至聲律故實，未必詳審。余注自先生口授而外，於徐公子本，採入較多，今暨陽刻本，蓋先生初年庢略之筆，解多未確。又其前題辭，傳寫多訛，觀者類能指摘。至以實甫本爲董解元本，又疑董本有二，此尤未定之論，蓋董解元爲金章宗朝學士，始創爲搊彈院本。實甫循董之緒，更爲演本。由元至今，三百餘年。由董至王，亦一百二數十年（董解元，蓋宋光、寧兩朝間人）。時代久遠，流傳失真，然其本故判然別也。陶宗儀《輟耕録》所稱董解元作，正指搊彈之本而非誤，誤之者自淮幹逸史始也。董本人間絶少，余往從友人劉生乞得，以呈先生，先生詫賞甚，評解滿帙。未及取還，爲人竊去。頃歙中及武林已有刻本。碧筠齋本間有存者。余初從廣陵購得一本，爲吾郡司理竟陵陳公取去。後復從武林購得一本，今存齋頭。而朱石津本尤秘，即先生存時，亦未之見，余爲友人方將軍誠甫所貽者。憶徐公子本，先生亦從世人，以〔綿搭絮〕二曲爲落韻；《聽琴》折，擬改「幽室燈青」爲「燈紅」；「下一層兒紅紙，幾榥兒疏欞」，爲「一匙兒糨刷，幾尺兒紗籠」。《問病》折，「眉黛遠山」二句，爲「眉黛山尖不翠，眼梢星影横參」等語，皆別本所無，蓋先生實不知此調故有中數句不韻一體。故余注本，皆棄去不録。暨本出，頗爲先生滋喙。余非故翹其失，特不得不爲先生一洗刷之耳。

《新校注古本西廂記》跋（朱朝鼎）

嘗觀古今典籍，百千其體，傳奇亦一體也。大都有事實，即有紀載。有紀載，即有校注。校以正之，使句字之蕪者芟，殘者補；注以解之，使意旨之迷者豁，絶者聯。古人觸疑於睫，莫不求辨於心，而況傳奇。夫傳奇，稱最善者，要在濃淡得體，而實不繇妝抹成。近世製劇，淡則嚼蠟無味，濃則堆綉不勻，斯亦無庸校注已。至如古本《西厢》，元劇也。劇尚元，元諸劇尚《西厢》，盡人知之。其辭鮮穠婉麗，識者評爲化工，洵矣。但元屬夷世，每雜用本色語，而《西厢》本人情描寫，此刺骨語，不特艷處沁人心髓，而其冷處着神，閑處寓趣，咀之更自雋永。一二俗子以本語難認，别而意竄易之，徒取艷調，形諸歌吟，而冷與肖，茫然未有會也。是不足爲《西厢》寃哉！且遇崔者，微之也。而《會真記》以張易元，此古來瀟灑之士，善隱現以俟自明，苟聽其移甲乙、混彩花，而不爲闡晰，則微之與崔娘一片映對心情，鬱勃不得達。昔人有靈，當必嘆百年無知己也。吾郡方諸生王伯良氏，受業徐文長公。文長解實甫本甚確，梓行於時。伯良宗其説，拓以己意，訂訛剖疑，極校注之妙。而累代諸名流，辯核贊詠，交口作元崔證者，伯良復彙考成集，且彙考中仍不遺校注焉。余參究之餘，見其整而有次，如苗就耨；井而有緒，如絲向理；詳而不漏，如圖輞川，種種具備，非靈心爲根，而敷以博雅者，寧有是耶！此真《西厢》善本也，付剞劂廣其傳，百世而下，欣慕往跡，不苦稽覽無地，其在斯編也夫！

萬曆癸丑歲嘉平月，山陰朱朝鼎書於香雪居。

鼎鐫陳眉公先生批評西厢記（二卷，明萬曆四十六年戊午，一六一八）（書林蕭騰鴻師儉堂梓）（陳繼儒評本）

六曲奇序（余文熙）：

（前闕）六曲小□□（按，因序文係草書題寫，故方框所示缺字爲估計之數，下同）有□□□□余既彙□□□（曰）「六合同春」，□（三）年□得數語弁其首，□□（木）成□□僧人持簿□□□□□中，忽觸一□（個）「緣」字，夫□（妻）父母，兩而或離，離而或合，悲歡萬狀，并□□□（濃）□。□□（張君）瑞於鶯鶯，其□儷不□□，□鄭生而西厢待月，歡□已極。蔡伯（皆）[喈]於真女，□□（其琴）瑟重諧也，以□（牛）氏□（而）□□□□，酸楚□多。李藥思（按，當作「師」）□（之）□□（紅）拂也，□□（關）千里克□□志，則由虬髯助其合。潘必□□（正之）失妙常也，□（參）商□（兩）地，竟□（續）前緣，則因姑尼□□和。□□（蔣世）隆之遇瑞蓮（按，當作「蘭」）也，邂逅途次，卒成佳偶，雖相國之父，無以奪其趣而離其交。鄭元和□（之）獲亞仙也，眷戀西室，終結絲羅，雖嫉妒之姥，無以携其志而□其好。彼其之子，係足於赤繩，訂盟於月老，兩情關切，□以往娉婷□□，俊雅才騷，□（傳）其奇者，自□錦綉心腸，風月韵度。千百□（年）來，水流□榭，而一種麗詞艷曲，猶令消遣逸興者不絶吟哦。余□□情痴於□□（諸傳），時爲婆娑，暇取而品評之。才月夫妻，何故而太師爲婚？緣之所合□，辭之而不能也。不然，何以萬里關山，游子欲歸不□（得），一介孝婦跋涉長途而有餘乎？崔氏女而既許鄭恒矣，飛虎之圍幾爲賊手中物，□張生遠游公子也，仲志一書，傳情一曲，□諧月下之盟。豈非無緣則咫尺千里，有緣則邂逅百年乎？《拜月亭》之緣則尤奇矣，幽閨相女，成婚邸店，逃亡窮子，並贅侯家。合而離，離而合，夫妻子母，兄妹朋友，共成一緣場焉。至若《紅拂》之奔、《玉簪》之合、《綉襦》之感，則又奇矣。故主也而莽男兒，新知也而願倡隨，類《琵琶》之局而異其情。玉簪猶存，新詩入手，本是結發人，對□（面）不相識，殊《西廂》之旨而同其趣。柔情固結，雖窮不悔，剔目殷思，至死不變。花柳叢中，閑看公子乞丐；脂分陌上，爭迎孤老狀元。無《幽閨》之婉變而有其骨。此六者皆以緣而合者也，書以付僧人，問諸剞劂家能成就若所化者乎，則授之殺青。

戊午孟冬余文熙書於一齋畢

西廂序

文章自正體、四六而外，有詩、賦、歌行、律絶諸體，曲特一剩技耳。然人不數作，作不數工。其描寫神情不露斧斤筆墨痕，莫如《西廂記》。以君瑞之俊俏，割不下崔氏女；以鶯鶯之嬌媚，意獨鍾一張生。第琴可挑，簡可傳，圍可解，隔墻之花未動也，迎風之户徒開也，叙其所以遇合，甚有奇致焉。若不會描寫，則鶯鶯一宣淫婦人耳，君瑞一放蕩俗子耳。其於崔張佳趣，不望若河漢哉！予嘗取而讀之，其文反反覆覆，重重叠叠，見精神而不見文字，即所稱千古第一神物，亶其然乎！問以膚意評題之，期與好事者同賞鑒。曰：可與水月景色天然妙致也！

雲間陳繼儒題

附吳梅致王欣夫書

欣夫老表兄大鑒奉

書誦悉。《太古傳宗》，弟在北平時見之，索價二百金，當時以校俸無着，不敢問津，至今悔之。陳評六種，弟有其五，獨少《西厢》耳。所謂六種，爲《西厢》、《琵琶》、《幽閨》、《紅拂》、《節俠》也。獨記白樸《錢唐夢》、李中麓《園林午夢》二種，是附在李卓吾評《西厢》後，豈陳評本亦附此二種耶？此二書足值三百金。請兄寄家報時(屬)轉告蔭兄，切勿交臂失之。吳中能出價者不多，或可稍廉也。弟《曲叢》底本，焚 至二十八種之多。富春堂(至)六種，墨憨齋八種，皆付劫灰。其他被毁亦皆精刊。《山水鄰》各種，亦少三種。即使如價賠償，何從購書耶？心灰意懶，當復何言！中大開學，電召多次，弟決計辭去，以三成生活，萬難支持也。前託正華弟爲弟父子謀一位置，(須不欠薪)，未知有眉目否？便中祈爲一探。遷居爲未成，所看諸屋多不合意，奈何！專復，即請大安。弟梅頓首。五月十一日。

正華弟暨諸同人前候安。

(按，此信附貼於上海圖書館藏本末頁。凡兩頁，用的是「湅青用箋」。)

新刊考正全像評釋北西厢記(四卷，明萬曆間金陵文秀堂刻，明肩雲逸叟校)

重刻北西厢記序

夫崔張往迹，元微之《傳》叙悉已。余不暇叙其有無真贋，特叙其詞。詞曰：《西厢》志遇合也。始遇則蒲關蕭寺，乃佳人才子之津梁；未合則西舍東墻，實怨女曠夫之天塹。釁除飛虎，盟締乘龍。皓月作良媒，五夜賽風流之咏；瑶琴通密約，七弦成露水之交。既合復違，魂逐郵亭夢寐；一違再合，心傾晝錦榮華。寫幽衷悲切，宛同猿鶴；鳴樂事優游，允協宮商。此誠樂府之奇音，詞場之絶調也。古本相傳北譜韵協《中原》，邇來雜以南腔，聲多鄙俚。是集也，櫛句沐字，呼陰吐陽，正訛於亥豕魯魚，比律於金和玉屑，視坊間諸刻大不侔矣。豪俊覽觀，庶可助其清興歟！有詩之興者，更毋曰是詞也，宣淫者也，漫土苴棄之乎？

文秀堂謹識

詞壇清玩・槃薖碩人增改本《西厢記》（又稱《西厢定本》，《玩西厢》）（二卷，明天啓元年辛酉，一六二一暮春序刻本）

《詞壇清玩西厢記》序（巢睫軒主人）

《西厢》一書，昉自唐《會真記》。《記》出元微之所著，大約俱微之之事，而託名於張，昔人辨之詳矣。元董解元，即其事而演爲歌調，風韻忒古，然逐段可歌，特案前之書，非臺上之曲也。王實甫截爲二十折，每折意婉詞飄，語灑神曠，梨園子弟據以登壇演弄，欣人耳目，迄今用之。逮陸天池、李日華，又從王本而裁綴焉。大約以王本係北調，而更之爲便南人用也。然陸尚庶幾，而李之短淺，殊失作者之旨，均之去正始之音邈矣。槃阿館中有無用先生，謂《西厢》之曲清遠綿麗，無庸改削，第其白語鄙棄，不與曲稱，可改也。其每折多一人始終□唱，或有當背唱者，而亦當面敷陳，不免失體，可改也。且被傳襲既久，優人不通意，插白作態，皆非本旨，至入惡道，可改也。後附四折，出關漢卿所續，詞氣卑陋，不及王氏遠甚，可改也。曲中虚字斡旋。京本、閩本、徽本、北本，以及元本，於各句應接不同，或通或礙，可改也。無用先生於是曲仍其舊，間有累句，即出自王氏原手者，不憚更換，然亦百中之二三耳。至於虚字斡旋者，則遍查各坊本，而酌其通順者從之。又或坊本皆礙，則不憚以己意點掇，然亦十中之二三耳。白語，原本俱無足觀，則止用其意，而大變其詞。至於作法悖謬，或當背唱，或當面敷，或當先演，或當後及，則舉從來諸本之悮，及近日優人之陋，俱不憚變通；後附四折，較前改易尤多，蓋由欲成其全美，以與前稱也，故不憚裁剪。如是，而《西厢》始成全璧也。邇者，諸名家多有批點圈評《西厢》者，然於是書亦無所短長。昔徐文長獨自改訂字面，增釋意旨，其增釋處，果解人所未解。而字面改訂者，亦有當有不當也，孰與無用先生之善哉。先生於原本二十折中，加爲三十折。其各折調停，圓映不礙；其加折，雅暢清明，即以兄實甫而弟漢卿可也。先生雖曰：游戲之筆，坡仙云：「嬉笑怒罵，皆成文章。」巢睫軒主人叙

刻《西厢定本》凡例（詞壇主人）

一、是本曲皆從王、關二氏之舊。王之曲無可改，特其段中或字句重復，前後語意相戾者微换易之，然亦十中之一二耳。關所續後四折，其曲多鄙陋穢蕪，不整不韻，則所改者十之四五矣。總之，求其義通而詞雅。

一、從來元本，皆分二十折。兹從前後文事想玩，欲求其事圓而意接，則或從元折内分段，或另爲新增，演爲三十折。

一、元本實甫創調頗高，但間有未體貼處。如《鬧道場》一折，合宅哀慘，而張生獨於老夫人前，直以私情之詞始終唱之。此果人情乎？果禮體乎？又如餞别之時，鶯、生共於夫人、僧人之前，直唱出許多綣戀私情，其於禮體安在？今皆另立機局，巧爲脱活，而曲則依其原韻，善之善矣。至各折中如此類者，皆如此正之，以成全雅。

一、元本白語，類皆詞陋味短，且帶穢俗之氣，蓋實甫亦工於曲，而因略於此耳。今並易以新卓之詞，整雅之調，綽有風味。至其關會情致處，間注以擔帶語。且諸所增間，又不失之於艱深，而皆明顯，可便於觀場者。

一、其中詞曲各句，只在打頭一二虚字，或轉接處一二虚字，斡旋文意。倘一字有礙，即一句難通；一句不通，即數語皆戾。即京本、閩本、徽本、元本、俗本，於此處各相矛盾。兹則遍查諸本，用其文意之通透無礙者。間有諸本字意皆礙，難以適從，則以意增裁，求爲各協。

一、是書自董解元填詞，王實甫注本，逮至陸天池、李日華，各各裁截實甫之本，而漸失作者之旨。邇來海内競宗徐

文長碧筠齋本，試詳觀文長所解，果能解人所不及解處。至其所改詞中字面，亦有當，有不當，兹從其當者，間録其所解。

一、此中詞調原極清麗，且多含有神趣。特近來刻本，錯以陶陰豖亥，大失其初。而梨園家優人，不通文義，其登臺演習，妄於曲中插入諢語，且諸醜態雜出。如念「小生隻身獨自處」，捏爲紅教生跪見形狀。並不想曲中是如何唱來意義，而且惡濁難觀。至於佳期之會，作生跪迎態，何等陋惡！兹一换而空之，庶成雅局。

一、它本傳奇，唱依曲牌名轉腔，獨此書不然。故每段雖列牌名，而唱則北人北體，南人南體。大都北則未失元音，而南則多方變易矣。

一、《中原音韻》，有陰陽，有開闔，不容混用。第八折，【綿答絮】：「幽室燈清，幾愰疏櫺」，八庚入一東；十二折「秋水無塵」，十一真入十二侵，俱屬白璧之瑕。恨無的本正之，姑仍。

一、歌《西厢》者，不得一一拘曲中常牌名。玩《西厢》者，亦不可以常牌名拘其字句之長短，律其語調之多寡。如【攪箏琶】、【四邊静】，其前後不同，可見。

一、詩曲必論平仄，此正律也。然如晉陶元亮詩，唐駱賓王詩，平仄多有不協處，而詩卻高於今古，徑之平仄，整然不爭毫末，而風味皆不逮焉，則《西厢》内之詞曲，當亦作是觀。

一、通部乃千古稱美之書，而首以「禄命終」一語，煞以「鄭恒苦」一語，則俱不協人意，兹皆爲更掇。

一、是傳每折開場俱白，然原白多陋。兹多增有調語，皆雅致有韻。

一、鶯、生相寄書詞，原記及見於各集中者，皆清婉妙麗。如元本所載，一何陋也。今考入古者，《會真詩》乃屬一部中精神命脉所貫，必宜吊人。特鶯無和韻，則不免孤寂。兹以杜牧之所和詩，改爲鶯和詞，亦肖。

一、優人宜習琴。如《聽琴》一折，即當實實操弄五絃，一一按詞鼓之。玆集增以琴詞，俱雅當。

一、詞内「沙」、「波」、「么」是助詞，「兀的不」是方語。「俺」、「喒」、「咱」，俱是「我」字；「您」是「你」字，「恁」是「這般」。「您」、「恁」二字，諸本往往混謄，今皆正之。至有用「地」字，則即「的」字也；用「每」字，則即「們」字也，皆不可不知。

一、【絡絲娘煞尾】用之，舊本俱覺贅，【雙調】、【越調】不唱。今或用或删，俱看上文來勢何如。

上巳日詞壇主人詳書於芝蘭一丈石室深處

詞壇清玩小引（邁中碩人漫語）

善讀書者，即治詞艷曲可作五經讀也。何也？在悟之耳。如《西厢》一曲，説者等之鄭、衛。然而鄭、衛諸咏，聖人不鏟也，則以待人之悟也。人生世上，離合悲愉，在男女之情態極多，尤極變，難以筆舌罄。總之乎，宇宙是人生一大戲場也。觀場者或撫掌而笑，或點首而思，或感念而泣，均爲戲場迷也。鶯生迷於場中，是居夢境，至草橋一宿夢而醒焉。歐陽公云：「開户視之，不見其處，則醒矣。」夢之時見是色，醒之時見是空，空空色色，色色空空，鶯生之情蓋如此。人生即情態極變者，皆如此，知其如此則悟也。悟宇宙中爲一大戲場，又何事戀戀營營於其間？讀《西厢》能作是觀，則雖以冶詞艷曲，即以作之經讀也可。

邁中碩人漫語

《玩西厢記》評

夫《西厢》傳奇，不過詞臺一曲耳。而至與《四書》、《五經》，并流天壤不朽，何哉？大凡物有臻其極者，則其精神，即可以貫宇宙。曲而至此，則亦云極矣。百代兒女家之精神，總揭於此中，是以傳也。

子有《南華》，詞有《西厢》，可曰自然内兩奇，然兩者局雖不同，而其神氣則頗相似。昔人稱《南華》每篇段中，絖中引綫，草裏眠蛇。試詳味《西厢》每篇段中，變幻斷續，倏然傳换，倏然搎映，令人觀其奇情，不可捉摹，則見真與《南華》似。

拘儒者謂《西厢》第婬詞而已。然依優人口吻歌詠，妄肆增減，臺上備極諸醜態，以博傖父頑童之一笑，如是，則謂之淫也亦宜。誠於明窗淨几，琴床燭影之間，與良朋知音者細按是曲，則風味固飄飄乎欲仙也，婬也乎哉！

《西厢》曲中，實有難解處，學不博則不解，趣不活則不解。惟博則知其援引之所自來，惟活則不爲虛字轉境之所礙。看《西厢》者，人但知觀生鶯，但不知觀紅娘。紅固女中之俠也。生、鶯開合難易之際，實操於紅手，而生、鶯不知也。倘紅而帶冠佩劍之士，則不爲荆諸，即爲儀秦。

王實甫著《西厢》，至「草橋驚夢」而止，其旨微矣。蓋從前迷戀，皆其心未醒處，是夢中也。逮至覺而曰：「嬌滴滴玉人何處也？」則大夢一夕喚醒。空是色而色是空，天下事皆如此矣。關漢卿紐於俗套，必欲終以晝錦完娶，則王醒而關猶夢。

讀《會真記》，及白樂天所賡《會真詩百韻》，俱是始迷終悟，夢而覺也。《玩西厢》至《草橋驚夢》，即可以悟從前情致，皆屬夢境，河愛海欲，一朝拔而登岸無難者。不然。則是書真導欲之媒，即以付之秦焰也可。

有伉儷嬌美，其相愛之情，不減鶯、生，而又以迓輪正合，則遇猶善而德猶完也。但其中便不見許多媚景婉情，即無《西厢》之麗，而有《關雎》之雅。

嘗謂男子堂堂七尺之軀，只一個婦人可以斷送。匹夫溺之，顱趾不保；英雄豪杰溺之，喪心術，喪名節。即不然，温柔卿老，此生漫漫宇宙，竟於衾枕中虛去了，言及於此，可爲痛省。樂天贈元稹詩云：「塵應甘露灑，垢得醍醐浴。障要智燈燒，魔須慧刀戳。」旨者斯言，可爲之三覆。

居士獨處槃阿館，蓋取「考槃在阿，碩人之薖。獨寐寤歌，永矢弗過。」所改著《詞壇清玩》，蓋寤歌也，乃悟而歌咏及之也。因録此數條，爲知者覽。

西廂記（五本，明天啟間）（凌濛初刻朱墨套印本）

西廂記・凡例十則（即空觀主人）

一、《北西廂》相沿以爲王實甫撰，《太和正音譜》於王實甫名下首載之。王元美《卮言》則云：「《西廂》久傳爲關漢卿撰，邇來乃有以爲王實甫者，謂至『郵亭夢』而止，又云至『碧雲天』而止，此後乃漢卿所補也。」徐士範《重刻西廂》則云：「人皆以爲關漢卿，而不知有實甫，蓋自『草橋夢』以前，作於實甫，而其後則漢卿續成之者也。」俱不知何據。元人詠《西廂》詞〔煞尾〕云：「董解元古詞章，關漢卿新腔韻。參訂《西廂》的本，晚進王生多議論，把《圍碁》增。」則似謂漢卿翻董彈詞而爲此記，實甫止《圍碁》一折耳，於五本無涉也。又【滿庭芳】云：「王家好忙，沽名釣譽，續短添長，別人肉貼在你腮頰上。」又似乎王續關者，蓋當時關之名盛於王也，亦無從考定矣。但細味實甫別本，如《麗春堂》、《芙蓉亭》，頗與前四本氣韻相似，大約都冶纖麗。至漢卿諸本，則老筆紛披，時見本色。此第五本亦然。與前自是二手。俗眸見其稍質，便謂續本不及前，此不知觀曲者也。兹從周本，以前四本屬王，後一本屬關。

一、評語及解證，無非以疏疑滯、正訛謬爲主，而間及其文字之入神者，至如兜率宮、武陵源、九里山、天臺、藍橋之類，雖俱有原始，恐非博雅所須，故不備。近又有注「孤孀」二字云：孤謂子，孀謂母，此三尺童子所不屑訓詁也。諸如此類，急汰之。

一、近有改竄本二：一稱徐文長，一稱方諸生，徐贋筆也。方諸生，王伯良之別稱。觀其本所引徐語，與徐本時時異同。王即徐鄉人，益徵徐之爲譌矣。徐解牽强迂僻，令人勃勃。王伯良盡留心於此道者，其辨析有確當處，十亦時得二三。但其胸中有痼，（如認紅娘定爲幫丁，崔氏一貧如洗之類。）故阿其所好，悍然筆削，而又大似村學究訓詁《四書》，（如首某句貫下，後某句承上，某句連上看，某句屬下看之類。）爲可惜耳。然堪采者一一録上方。伯良云：其復有操戈者，原不爲此輩設也。第此刻爲表章《西廂》，未嘗操戈伯良，具眼自能陽秋者，此輩也歟哉。

一、北曲每本止四折。其情事長而非四折所能竟者，則又另分爲一本。如吴昌齡《西遊記》，則有六本。王實甫《破窑記》、《麗春園》、《販茶船》、《進梅諫》、《于公高門》，各有二本。關漢卿《破窑記》、《澆花旦》，亦各有二本，可證。故周王本分爲五本，本各四折，折各有題目正名四句，始爲得體。時本從一折直遞至二十折，又復不敢去題目正名，遂使南北之體，淆雜不辨矣。

一、北體脚色，有正末、付末、狚、狐、靚、鴇、猱、捷譏、引戲，共九色。然實末、旦、外、淨四人换妝，其更須多人者，則增付末，（亦稱冲末）。旦倈，（亦稱冲旦）。副淨，（女妝者曰花旦）。總之不出四名色。故周王本，外扮老夫人，正末扮張生，正旦扮鶯鶯，旦倈扮紅娘，自是古體，確然可愛。自時本悉易以南戲稱呼，竟蔑北體，急拈出以竢知者，耳食輩勿反生疑也。

一、北曲襯字，每多於正文，與南曲襯字少者不同。而元之老作家，益喜多用襯字，且偏於襯字中着神作儁語，極爲難辨。時本多混刻之，使觀者不知本調實字。徐王本亦分别出，然閑有誤處。兹以《太和正音譜》細覈之，而襯字實字了然矣。

一、北體每本止有題目、正名四句，而以末句作本劇之總名，别無每折之名。不知始自何人，妄以南戲律之，概加名目（如《佛殿奇逢》、《僧房假寓》之類），王伯良復易以二字名目（如《遇艷》、《投禪》之類），皆係紫之亂朱，不思北曲非止一《西廂》，可能一一爲之立名乎？

一、此刻止欲爲是曲洗冤，非欲窮崔張真面目也。故止存《會真記》，若《年譜辨證》及詩詞題詠之類，皆不録。其《對弈》一折（時本所無），不詳何人所增，然大有元人老手。亦非近筆所能。且即鶯紅事，棄之可惜，故特附録之，以公好事。

一、是刻實供博雅之助，當作文章觀，不當作戲曲相也。自可不必圖畫，但世人重脂粉，恐反有嫌無像之爲缺事者，故以每本題目正名四句，句繪一幅，亦獵較之意云爾。

一、此刻悉遵周憲王元本，一字不易置增損。即有一二鑿然當改者，亦但明注上方，以備參考。至本文，不敢不仍舊也。

自贋本盛行，覽之每爲髮指，恨不起九原而問之。及得此本，始爲灑然。久欲公之同好，乃揚扢未備。兹幸而竣事，精力雖殫，管窺有限，間猶有一二未决之疑（如「病染」非韻，「心忙」宜仄，「打參」宜仄之類），或是本元有註誤，海内藏書家，倘有善本在此本前者，不惜指迷，亦藝林一快，余必不敢强然自信也。即空觀主人識。

凡例（凌初成撰）

院本止四折，其中有餘情，難概入四折者，則又有楔子。楔子止一二小令，非長套也。其牌名，止有【賞花時】、【端正好】耳。四折首，必〔仙吕〕，末必〔雙調〕，中二折雜用，此一定之規也。亦有二三折，先用〔雙調〕，而末用別調者，其變耳，十不得一也。人有見餘雜劇，而疑餘折數少者。余曰：「此元體，不可多也。」又或有詰之者，曰：「《西廂》何以二十折？」不知《西廂》是五本，正是四折之體。故每四折完，則有題目正名四句，如：「老夫人閑春院，崔鶯鶯燒夜香，小紅娘傳好事，張君瑞鬧道場」是也。是一本之體已完，故亦小具首尾。前有【賞花時】二段，楔子也。「遊藝中原」，首折〔仙吕〕「也。「梵王宫殿月輪高」，末折〔雙調〕也。而尾聲終則又別取一韻，以【絡絲娘·煞尾】結之，多爲承上接下之詞，以引起下本。如：「只因閉月羞花容貌，幾致得翦草除根大小。」爲下飛虎張本是也。考元劇有一事而各爲數本者，則情同而本異，如《李亞仙》、《陳琳》、《崔護》之類，余《紅拂》亦然；有數本而共衍一事者，則情聯而本分，如《西廂》之類，余所未脱稿《吳保安》亦然。人自目前草草忽過，不知其體，而妄作妄議，止可爲識者一笑。新坊刻以題目正名及【絡絲娘・煞尾】爲贅而删之，則尤可笑。又，不識何物，而有存有去，則更可笑。又，北曲無别脚，止末、旦、外、淨。末即南曲之所謂生也。有副之者，則曰冲末，即南曲之小生也。末妝秀士，或稱細酸，或稱酸丑。有冲旦，即南之貼旦。有外旦，是外所扮，即南老旦。至今，《西廂》舊本，首折猶有「外扮老夫人」可考也。外妝官人，則稱孤；妝老母，則稱卜；妝村老，則稱孛。而淨妝旦，則稱花旦，或稱茶旦；妝盗賊，則稱邦。總之。止是四脚色而異其名。唱者止一人，非末即旦。其有前後，另是人名，而亦唱者。是即以末、旦脚色换扮之易名，而不易人也。餘人不唱一句，即冲末、冲旦，亦無唱者。此自北曲之體如此。今填詞家以南名入北本，有生有丑等字，既已非倫。而一折之中，更唱迭和，悉失北本一人爲椿之法，使深於演北之優人，固知其不可當場也，反有疑余所度者，若何止四折？若何止一人唱？若何無生而止末？若何有孤卜等爲何物？刺刺問余，余安能人辨之而人解之。先輩云：「王敬夫習三年唱曲乃度曲。」余謂猶少習三年做戲詳。書此，以俟觀者自理會。

（暖紅室重刻凌濛初校本）

跋（明佚名）

按《野談》，近内黄野中，掘得《鄭恒墓誌》，乃給事郎秦貫撰。其叙恒妻，則博陵崔氏。世遂以崔爲鶯鶯。余按《會真記》，雖謂鶯鶯委身於人，而不著名氏。鄭恒之名，特始見於《西廂》傳奇，蓋烏有之辭也。世以墓誌之名偶與烏有之辭合，而鄭恒之配，又適與鶯鶯之氏同。遂以墓誌之崔爲鶯鶯，誤矣。（版本同上）

西廂會真傳（五卷，明後期刻朱墨藍三色套印本）

跋（《崔鶯鶯像》及詩文之跋）（閔振聲）

閲傳奇多矣，乃《西廂》尤爲膾炙人口，蓋亦情文兩絶。若《崔娘遺照》，則其亦辨真贋也。予素有情癖，譚及輒復心醉。曾於數年前題《鶯鶯像》云：「翠鈿雲髻内家妝，嬌怯春風舞袖長。爲説畫眉人不遠，莫將愁緒對兒郎」。又一絶云：「修娥粉黛暗生香，淚眼盈盈向海棠。倚到月斜藥影散，一番春思斷人腸。」今觀陳居中所圖，於當日崔娘，肖乎不肖乎？予復有情痴之感，因録其名人手筆於像之後，以見佳人艶質，芳魂千載如昨，而予之癖，今昔不異云。花月郎閔振聲跋。

北西厢（五卷，明崇禎四年辛未，一六三一序刻本）（明延閣主人訂正）

題辭（青藤道人）（同《重刻訂正元本批點畫意北西厢》）略

題辭（陳洪綬）

今人讀書，不唯不及古人之窮思極慮，即讀古人所評注之書亦然。古人讀書，必有傳授，至於箋注疏釋，考訂句讀，殫一生之力而讀之。經、子以降，雖稗官、歌曲，皆然也。今人讀一書，無有傳授，箋注疏釋，考訂句讀，淺躐焉而已。稗官、歌曲與經、子，皆然也者，無他，古人視道無巨細，皆有至理，不明，苟且嘗之。今人於道無巨細，率苟且嘗之，罕得其理，入理不深。故讀贋本、原本不能辨，往往贋本行而原本没矣。其如文長先生所評《北西厢》，贋本反先行於世。今之真本出，人未必不鷲石題之者，李子告辰有憂之。予以爲今人中果無古人之窮思極慮者乎？子憂過矣。庚午清秋，洪綬書於靈鷲之五松閣。

西厢序（董玄）

冬景蕭條，攜酒坐偎紅爐，中（堵）[覩]雪花片片，撲人衣裾，自謂不勝之喜。况千山烟寂，諸鴉出没寒粉中，詎敢作人間想耶。於是急抽架上新編，聿得李刻《西厢》，妙劇爾！時細一翻閱，只覺竹石藤木，美人魚鳥，直如桃源洞底；水流花開，界絶人間，別有天地，豈僅僅以雕琢爲工也。且《西厢》落筆之際，實實有一鬼神呵護其間，恍如風雨摽（飄）摇，淋灕襟袖，即作者亦不自知耳。故每每從一二句中，而咀詠吟嘯之餘，真有不禁黯然（䰟）[魂]消，陟然神化，鳥爲悲鳴，水爲嗚咽，月爲慘光，木爲落葉而後已也。值今江山黯淡，故國淒淇，萬井烟愁，千村鬼哭，而余僅以一盃消之，此余所以倍多泫然耳。噫嘻！聲音之道，將爾中絶。故夫振起其響者，則惟湯若士、徐文長；羽翼其哀（一作衰）者，則惟祁幼文先生、李告辰兄而已。夫告辰以風流之才，合崔、張風流之事，果爾相當，則刻之義存焉矣。而兼以陳章侯風流之筆，此誠葩綉相映，翠玉相臨，我煩余贅也。忽一日，謁告辰兄，告辰與余素以豪興相契，而亦以見余，托以《西廂》序事。余以首肯而序之。然則世人不具告辰風流之骨、風流之眼者，則斷斷不可刻，亦斷斷不可讀也。

時（一作歲）在辛未春初，盟弟董玄天孫山人題於醉月樓。

西廂序（魯濬）

天地間自有絶調神遇、斷不容人再睨者，文如子長之《史記》，經如《楞嚴》，小説家如羅貫中之《水滸傳》，曲則王實甫之《西廂》是也。實甫之先，有董解元，亦猶《史記》之（先）有《國策》。北地生謂其直接《離騷》，而温陵至比之於化工，殆亦心知其解者矣。吾鄉徐文長氏，舊有批解，余向曾一覯於王驥德所，與今刻小有同異，然大都不隨衆觀場，是其勝也。顧不佞非解中人，獨以詞曲之妙，痛癢着人，政於最淺最俗處會，而《西廂》其尤近者。倘令費解索解，縱工極巧極，穩妥斗合之極，猶於天然恰好，隔一塵耳。史家班、范，已不稱，邇所行《西遊記》、《金瓶梅》，更足嘔噦。而三百餘年，詞曲一道，乃有臨川湯若士者，起而與之敵也，然而他詩文工力，皆以委謝無餘，蓋其技巧精華，皆亦已竭於此矣。昔有高僧觀《西廂》，人問：「何許最妙？」答曰：「『臨去秋波那一轉』最妙。」此别一解也。然禪機道情，於曲行家無涉。告辰李子，茲以初刻多贋，復爲精鋟，貌圖恰如身在《西廂》者，亦何竢解人乎！文長《四聲猿》最奇辣，其《青霞忠孝記》未行世。東海步兵魯濬阿逸氏題。

跋語（李廷謨）

予每見文人一詩一文一語言之妙者，恨不即時傳遍天下，誦之歌之而後已，故喜刻書。猶惜書之訛僞者惑世，故喜刻原本，雖千百金不惜。惜耳目不廣，不能盡天下之書而刻之；必將盡天下之書而刻之焉。或有人誚予曰：「經術文章顧不刻，何刻此淫邪語爲？」予則應之曰：「要於善用善悟耳，子不覩夫學書而得力於擔夫爭道者乎？」庚午仲秋，李廷謨題於虎林邸中。

使是人當道，人文可大盛矣。晁仲鄰云：「嘻笑怒罵，可以觀用世之才。」予用其言有以觀李告辰矣。洪綬書於寄園。

《北西厢記跋》（范石鳴）

雲痴子秋宵元緒，月冷風顛，似不勝情。因思選花茵片地，羅古今佳麗於其中，自署風流僉判，司花籍而評跋之。忽崔娘應聲而出。延閣主人曰：唐案久崩，毋乃老緣作奸，糊涂不律乎？雲痴曰：「否否。《會真記》熟人牙吻，是其一生公狀也。吾且以墨圄筆梏，嚇醒草橋夢魄矣。痴煞鶯娘，琴媒詩妁，偷奔花營，惹動蒲東小寇，夢骨猶驚。呆傍張子，投禪薦佛，勾情蓮館，虧殺西厢一宿，病魔即療。飛虎失策，白馬帥成就白衣郎，折卻全軍，辱没夫人變臉，半紙書賢於半萬賊，竟思盃酒消除。俏紅娘，錦隊幫丁，綉窩説客，戰書兩下，二次親征，女蕭何合當跪拜。戇惠明，殺性參禪，血心浴佛，戒刀一指，萬馬烟屯，秃先鋒將何犒勞。外而傍閑鑽縫之法本，舌破重圍，以須彌當撮合之山。吸海排山之杜將，兵結佳姻，以刀頭納百年之采。獨惜鄭子，寸木馬户，蹉跎風月，脂粉無緣，觸階尋盡。數傳之後，聞與崔家娘齊眉偕好，托浪子而寄語人間：安知非其情報也耶！」花衙初放，公案昭然，以王實甫除芙蓉院主，以徐文長領評花録事，以延閣主人典醉紅仙史。掃淨情塵，打翻魔劫。崔娘有靈，當銜情泉下，思何以酬我？雲痴道人范石鳴天鼓氏走筆於西湖蓮舫。

李雲爐曰：「好一位精明判官，但未免有登徒子之病，驚動玉皇帝子，囚之春檻，又坐一番風流罪過也。」

徐文長先生批評北西厢記凡例（延閣主人）

一、刻本迭出，皆鼠樸未辨，殊失真本。甚至硬入襯書，令歌者氣咽。即文長暨本，傳寫差訛，反爲先生長喙；校讎嚴確，無如方諸生本。所謂繭絲牛毛，無微不舉，故本閣祖之。

一、評以人貴。吾越文長先生，長於北曲，能排突元人方語、隱語、調侃語，無不洞曉。批點之中，間有注釋。鏤自己之心肝，臨他人之腑臟，開後學之盲瞽。《西厢》之有徐評，猶《南華》之有郭注也。

一、坊刻有點板者，便歌唱也。然字句涂抹，觀者眼穢。矧《西厢》、《牡丹》，當與孔、孟諸書，永鎮齋頭。扳腔按調，自是教坊者流，不敢溷入，且以清目障也。

一、摹繪原非雅相，今更闊圖大像，惡山水，醜人物，殊令嘔唾。兹刻名畫名工，兩拔其最。畫有一筆不精必裂，工有一絲不細必毀。内附寫意二十圍，俱案頭雅賞，以公同好。良費苦心，珍此作譜。

一、俗刻《蒲東詩》，諸家題詠，深可厭恨。况兹刻一新，崔娘形神俱現，不必以歪詩惡句，反滋唐突也。故本閣自《會真》外，並不濫刻，捍木灾也。

一、梓人弋利，省工簡費，每多聊略。本閣不刻則已，刻則未嘗不精。家藏諸本，皆紙貴洛陽。翻板難禁，賈者須認延閣原板，他本自然形穢。

一、坊刻首推武林閶門，然剞劂之工，考覈之嚴，無出越人之右，獨恨不能鼎盛。何也？本閣素耽書癖，有志未逮。告諸同調，以藏金移，而藏板奇書雲集，亦一大都會也，渴候。

延閣主人謹識。

張深之先生正北西厢記秘本（五卷，明崇禎十二年己卯暮冬序刻本一六三九）

叙（馬權奇）

此深老愛惜古人也。深老今日者，得晞髮踏歌於湖海間，又得遠收太原薄田租，以税粟飯客。老自苦風，無天涯淪落之感。呼門人鼓箏，侍兒斟酒，以得成此書者，非天子浩蕩恩乎！聞深老着左右射擘此書時，自不宜醉卧紫簫紅友之間，詞客伶倌之隊，當張侯蘇公堤上，與虎頭健兒戟射焉，圖所以報天子爾。己卯暮冬雪中，馬權奇題於定香橋。

秘本西厢略則（張道濬）

一、詞有正譜，合絃索也，其習俗訛煩者，删。

一、字義錯謬，諸本莫考者，改。

一、曲白混淆者，正。

一、襯字宛轉偕聲不礙本調者，辨。

一、方言調侃不通曉者，釋。

一、圈句旁者，不同俗句；圈字者，不同俗字。

王實父西厢記（四本）關漢卿續西厢記（一本）（會真六幻本）（明崇禎十三年庚辰，一六四〇）（烏程閔遇五［齊伋］刻）（明閔遇五校注）

會真六幻序（閔遇五）

云何是一切世出世法？曰真曰幻；云何是一切非法非非法？曰即真即幻，非真非幻。元才子《記》得千真萬真，可可會在幻境。董、王、關、李、陸，窮描極寫，攧翻簸弄，洵幻矣。那知個中倒有真在耶！曰微之《記》真得幻，即不問且道個中，落在甚地。昔有老禪，篤愛斯劇。人問佳境安在？曰：「怎當他臨去秋波那一轉。」此老可謂善入戲場者矣。第猶是句中玄，尚隔玄中玄也。我則曰：及至「相逢」一句也，無舉似《西來意》有無差別。古德有言：「頻呼小玉元無事，只要檀郎認得聲。」「不數德山歌，壓倒雲門曲。」會得此意，逢場作戲可也，袖手旁觀可也。黄童白叟，朝夕把玩，都無不可也。不然，鶯鶯老去矣，詩人安在哉？眈眈熱眼，獃矣。與汝説《會真六幻》竟。

幻因：元才子《會真記》、圖、詩、賦、説、夢。

搊幻：董解元《西厢記》。

劇幻：王實父《西厢記》。

賡幻：關漢卿《續西厢記》，附《圍碁闖局》、《箋疑》。

更幻：李日華《南西厢記》。

幻住：陸天池《南西厢記》，附《園林午夢》。 三山謏客。

題西厢（閔遇五）

方金元氏之暴興也，非但不通文，亦未嘗識字；非但不識字，並未嘗有字。其後假他國番書，用以勾稽期會，悉南士之仕彼者教之云云。况聯章累牘，斗巧獻奇，起無地之樓臺，變立時之寒燠。虜雖黠，其遽能然乎？此非予之言也，史言之，史具在也。然則今之所爲「千秋絶艷」者，安得動稱金元云乎哉？使其升關、閩、濂、洛之堂，聰明膽識不下某某輩，成一家言，黼黻六經，即廟祀血食，寧異人任，不得用彼顯而以此聞，夫豈其才之罪哉？嗟乎！道器命性，徵角宫商，究竟亦無异。獨以三倉不律作蒙古皮盧，是可惜耳！然孰驅之乎？孰驅之乎？誰爲了此者？予將進而問焉。 三山謏客閔寓五

《續西厢記》識語（閔遇五）

前四爲王實父，後一爲關漢卿，《太和正音譜》明載，王弇洲、徐士範諸公已有論矣。乃元人咏《西厢》詞有云：「董解元古詞章，關漢卿新腔韵，參訂《西厢》的本，晚進王生多議論，把《圍棋》增。」豈實父之後，又出一晚進王生耶？抑其人意

在左闕右王而爲是也，耳食者因此便有關前王續之説。然《圍棋》之詞，板直淡澀，不唯遠遜實父，亦大不逮漢卿，其爲另一晚進無疑。姑附諸此，用博詞家彈射。

《五劇箋疑》識語（閔遇五）

舊本原有注釋，諸家頗多異同，强半迂疏，十九聚訟，將爲破疑乎？適以滋疑也。至有大可商者，漫不置辭。更於大紕繆處，迄無駁正，訛以承訛，錯上多錯，無或乎其不智也。世界原是疑局，古今共處疑團，不疑何從起信？信體仍是疑根。我今所疑，孰非前人之確信也；我今所信，孰非來者之大疑也。疑者不箋，箋者不疑。以疑箋疑，疑有了期乎？

湖上閔遇五識。

跋

跋（民國盧冀野）

實甫，名德信，大都人。《太和正音譜》評其曲「如花間美人。鋪叙委婉，深得騷人之趣。極有佳句，若玉環之出浴華清，緑珠之採蓮洛浦。」所作計十四種，僅存《四丞相高會麗春堂》與《西廂記》二種。《麗春堂》見《元曲選》巳集上。鐘嗣成《録鬼簿》作《四天王歌舞麗春堂》。《西廂記》傳本至多。經徐文長、王伯良、陳眉公、李卓吾、王思任、金聖歎諸家評點，幾失原書面目。兹刊據明閔遇五本，當較可信。《貶茶船》、《芙蓉亭》皆殘帙，姑附及之。前按：實甫生平無考。《麗春堂》譜金章宗時事。末云：「齊仰賀當今聖上。」王國維遂疑爲作於金代。蓋實甫亦由金入元者。諸劇究成於何時，要未敢貿然斷定耳。乙亥秋月，盧前記於柴室。（暖紅室重刻閔遇五會真六幻本）

李卓吾先生批評西廂記真本（二卷，明崇禎十三年庚辰一六四〇仲秋序刻本）

序

《拜月》、《西廂》，化工也；《琵琶》，畫工也。夫所謂畫工者，以其能奪天地之化工，而其孰知天地之無工乎？今夫天之所生之所長，百卉具在，人見而愛之矣。至覓其工，了不可得，豈其智固不能得之與！要之，造化無工，雖有神聖亦不能識知化工之所在，而其誰能得之？由此觀之，畫工雖巧，已落第二義矣。文章之事，寸心千古，可悲也夫。且吾聞之，追風逐電之足，决不在於牝牡驪黄之間；聲應氣求之夫，决不在於尋行數墨之士；風行水上之文，决不在於一字一句之奇。若夫結構之密，偶對之切，依於理道，合乎法度，首尾相應，虚實相生，雅雅禪病，皆所以語文，而皆不可以語於天下之至文也。雜劇院本，此遊戲之上乘也。《西厢》、《拜月》，何工之有？蓋工於《琵琶》矣。彼高生者，固已殫其力之所能工，而極吾才於既竭，唯作者窮巧極工，不遺余力。是故，語盡而意亦盡，詞竭而味索然亦隨以竭。吾嘗攬琵琶而彈之矣，一彈而嘆，再彈而怨，三彈而向之，怨嘆無復存者。此其故何耶？豈其似真非真，所以入人之心者不深耶？蓋雖工巧之極，其氣力限量，只可達於皮膚血骨之間，則其感人，僅僅如是，何足怪哉？《西厢》、《拜月》乃不如是。意者宇宙之内，本自有如此可喜之人，如化工之於物，其工巧自不可思議爾。且夫世之真能文者，比其初，皆非有意於爲文也，其胸中有如許無狀可怪之事，其喉間有如許欲吐而不敢吐之物，其口頭又時時有許多欲語而莫可所以告語之處，蓄極積久，勢不能遏，一旦見景生情，觸目興嘆，奪他人之酒盃，澆自己之壘塊，訴心中之不平，感數奇於千載，既已噴玉唾珠，昭回雲漢，爲章於天矣，遂亦自負發狂，大叫流涕，慟哭不能自正，寧使見者聞者切齒咬牙，欲殺欲割，而終不忍藏於名山，投之水火。予覽斯記，想見其爲人，當其時，必有大不得意於君臣、朋友之間者，故借夫婦離合因緣以發其端。於是焉喜佳人之難得，羨張生之奇遇，比雲雨之翻覆，嘆今人之如出，其才可笑者，小小風流一事耳。至比之張旭、張顛、羲之、獻之，而又過之。堯夫云：唐虞揖讓三盃酒，湯武征誅一局碁。夫征誅、揖讓，何等也，而以一盃一局覷之，至渺小矣。嗚呼，今古豪傑，大抵皆然。小中見大，大中見小，舉一毛端，建寶王刹，坐微塵裏，轉大法輪，此至理，非於戲論。倘爾不信中不信中（衍「不信中」三字）木落秋空，寂寞書齋，獨自無賴，試取《琴心》一彈再鼓，其無盡藏，不可思議，工巧固可思也。嗚呼！若彼作者，吾安能見之與！溫陵李贄卓吾子讚，三生石孫樸漫書。

題卓老批點西廂記（醉香主人）

看書不從生動處看，不從關鍵處看，不從照應處看，猶如相人不以骨氣，不以神色，不以眉目，雖指點之工，言驗之切，下焉者矣，烏得名相。語曰：「傳神在阿堵間。」嗚呼！此處著眼，正不易易。吾獨怪夫世之耳食者，不辨真贋，但藉名色，便爾稱佳。如假卓老、假文長、假眉公，種種諸刻，盛行不諱。及覩真本，反生疑詫，揜我心靈，隨人嗔喜，舉世已盡然矣，吾亦奚辨。往陶不退語余：家藏卓老《西廂》，爲世所未見。因舉「風流隨何，浪子陸賈」二語，疊用照應，呼吸生動，乃評之曰：「一用妙，二用妙妙，三用以至五用，皆稱妙絶、妙趣。」又如「用頭巾語甚趣」，「帶酸腐氣可愛。」往往點出，皆人所絶不着意者，一經道破，煞有關情。在彼作者，亦不知技之至此極也。卓老嘗言：「凡我批點，如長康點睛，他人不能代。」識此而後知卓老之書，無有不切中關鍵，開豁心胸，發我慧性者矣。夫《西廂》爲千古傳神之祖，卓老所批，又爲《西廂》傳神之祖。世不乏具眼，應有取證在，毋曰劇本也，當從李氏之書讀之矣。崇禎歲庚辰仲秋之朔，醉香主人書於快閣。

書十美圖後

夫惟生香難學，曠代所稀，是以繪畫偶精，一時共賞。顧虎頭戲圖鄰女，不聞擅譽風流；吳道子妙絶鬼神，未見標名窈窕。至於傳奇模肖，更屬優孟衣冠。乃斯册也，命旨絶去蹊畦，傳神不事筆墨。彼姝者子，眉宇間都有情思；匪直也人，湘素中盡堪晤對。若如代王之夢，依約韶華；苟居吳子之宫，宛然輕霧。我方涉是耶非耶之想，君無作婉兮孌兮之觀。

庚辰陽月望日書十美圖后，西湖古狂生。

徐文長批評北西廂（五卷，明後期刻本，明徐文長批訂）

徐文長先生批評西廂叙（澂園主人）

《西廂》單行之書也。其和雅温純，則《國風》之亞；幽奇委婉，則屈、宋之儔；儁逸清新，則參軍、開府；悠閑秀麗，則彭澤、宣城。至其筆幻心靈，情真景肖，令人詠之躍然，思之未罄。世人無目，猥駕《琵琶》於其上。余謂東嘉摭實，實甫凌虚。如苧蘿麗質，較姑射仙姿，自有邢尹之别。或云：「《琵琶》厲俗，《西廂》導淫，子何譽此而抑彼？」是則然矣，抑誠有説。余讀《國風》，知惟聖人而後能好色；讀《西廂》，知惟才人而後能好色。世無聖人，並乏才人，區區俗輩，敢云好色乎哉！然則非以導之，實以懲之也。評《西廂》者不一人，或摘字句，或攬膚色，獨青藤道人别出心手，略其辭華，表其神理，使世真知《西廂》之妙，共目爲古今第一奇書者，道人之功也。則道人評語，亦自單行矣。澂園主人書。

墨濤生曰：文長評，已如愷之畫鄰女，刺心而顰矣。若澂公序，更如秦鏡照人，肝膽畢現。《國風》好色一段，足令人下才人吐氣，俗子低眉。其有關世教甚大，不只《西廂》功臣而已。

跋語（佚名）

徐痴此本《西廂》，極好改舊本，而所改之字，無一通者。但中亦有八九分悖謬，一二分强賴者。吾亦委曲將就恕之，然此不能多見者，非余刻也，非余偏惡也，但每過目時，笑一番，哭一番，恨一番，其奈之何？俗語有云：這一張人皮端的是閻王打盹。恰恰爲徐駮生此句也。甲辰中秋前三日識。

明王思任《王實甫〈西廂〉序》（已佚王思任評本序，據王思任《王季重十種》）

《詩三百》而蔽之以思，何也？思起於心，而心不能出，夫其有所憤悱焉，有所感嘆焉，有所呻吟焉，而各隨其思之到，欠以爲聲之工拙，故曰思則得之。《國風》，精於思者也，忽一語焉，創之曰「窈窕」。「窈」何解也？「窕」何解也？聞之乎？見之乎？抑有所本乎？嗣後屈原得之曰「要眇」，宋玉得之曰「嫣然」，武帝得之曰「遺世」，太史公得之曰「放誕」，淵明得之曰「閑情」，太白得之曰「擲心賣眼」，少陵得之曰「意遠濃態」，而思路如岷觴漸濫矣。《西厢》譜元微之事，凡數本，俱可觀。而王實甫獨峰造極。凡曲皆生首，《西厢》獨首鄭及鶯，以爲有天姥之教，而後發涂山之歌，誨子夜之造也。不從老陰少陰生耦，則無以起奇也。兒女之情，千曲萬曲，非厭襲可嘔，即戾幻不情，間有文章綜錯，不過山異海肴，斷不能出樑肉之上。蓋味至樑肉，所謂無以尚之，是造物者設味之極思也。此書何從異此，思起於佛殿，終於草橋；既至草橋，亦可罷得，而無異之求，實甫實有以侈之。然觀其詞章變化高妙，入聖通神，上至九天，下至九淵，而終不出其位。或者實甫身有此事，而借微之以極其思，未可知也。雖然，思之既得，又不如其未得就歡，而後賴有夢思。善讀《西厢》者，把臂入林，只當以酒澆之，躍起三尺曰：「天壤之間，乃有實甫！」

三先生合評元本西厢記（五卷，明崇禎間孔如氏刻）（明湯若士、李卓吾、徐文長合評）

合評北西厢序（王思任）

傳奇一書，真海内奇觀也。事不奇不傳，傳其奇而詞不能肖其奇，傳亦不傳。必繪景摹情，泠提忙點之際，每奏一語，幾欲起當場之骨，一一呵活眼前，而毫無遺憾，此非牙室利靈，筆巔老秀，才情俊逸者，不能道隻字也。實甫、漢卿，胡元絶代雋才。其描摹崔張情事，絶處逢生，無中造有。本一俚語，經之即韻；本一常境，經之即奇；本一泠情，經之即熱。人人靡不膾炙之而尸祝之，良由詞與事各擅其奇，故傳之世者永久不絶。固陵孔如氏，敏慎士也，非聖賢之書，正大之文不讀。此刻《會真》傳奇，請序於予。余以孔如氏不悦此等奇書，今不惟好之，而且壽之木焉，或者證道於性，虛靜而難守；證道於情，靈而善入耶。然合刻三先生之評語者又謂何？大抵湯評玄箸超上，小摘短拈，可以立地證果；李評解悟英達，微詞緩語，可以當下解頤；徐評學識淵邃，辨謬疏玄，令人雅俗共賞。合行之，則庶乎人無不摯之情，詞無不豁之旨，道亦無不虞之性矣。故盡性之書，木鐸海内，而聾聵者茫然不醒；導情之書，挑逗吾儕，而頑冥者亦將點頭微笑。噫！兹刊之有功名教，豈淺尠者而可遽以淫戲之具目之也哉！ 笑庵居士王思任題。

秦田水月叙（同《重刻訂正元本批點畫意北西厢》本和《田水月山房本》）略

漱者叙（同《重刻訂正元本批點畫意北西厢》本和《田水月山房本》）略

青藤道人叙（同《重刻訂正元本批點畫意北西厢》本和《田水月山房本》）略

湯若士先生叙

病鬼依人，宦情索寞。余守病家園，傲骨日峭。朝語官箴，輒漱松風吹去；高人韻士，忙開竹户迎來。兼喜穠文艶史，時時遊戲眼前，或點或評，不知不識。今日得意價，塗朱潑墨，春風撲面撩人；明日拂意價，挾矢操戈，怒氣滿腔唐突。此皆一時無聊病況，而非有意於某爲善而善之，某爲惡而惡之者也。兹崔張一傳，微之造業於前，實甫、漢卿續業於後，人靡不信其事爲實事。余讀之，隨評之，人信亦信，茫不解其事之有無。好事者，輒以旦暮不能自必之語，直欲公行海内，冤哉！毒哉！陷余以無間罪獄也。嗟乎！事之所無，安知非情之所有？情之所有，又安知非事之所有？余評是傳，惟在有有無無之間，讀者試作如是觀，則無聊點綴之言，庶可不坐以無間罪獄，而有有無無之相，亦可與病鬼宦情而俱化矣。

（按此叙，阿傍序袁才子批評《牡丹亭》嘗引用之，但文字頗有出入。）

李卓吾先生讀《西厢記》類語

《西厢》文字，一味以摹索爲工。如鶯張情事，則從紅口中摹索之。老夫人乃鶯意中事，則從張生口中摹索之。且鶯張及老夫人，未必實有此事也，的是鏡花水月神品。

白易直，《西厢》之白能婉；曲易婉，《西厢》之曲能直。

《西厢》曲文字，如喉中退出來一般，不見斧鑿痕、筆墨跡也。

《西厢》、《拜月》，化工也；《琵琶》，畫工也。

作《西厢》者，妙在竭力描寫鶯之嬌痴，張之呆趣，方爲傳神。若寫作淫婦人、風浪子模樣，便河漢矣。在紅則一味滑利機巧，不失使女家風。讀此記者，當作如是觀。

讀《水滸傳》，不知其假；讀《西厢記》不厭其煩。文人從此悟入，思過半矣。

讀别樣文字，精神尚在文字裏。讀至《西厢》曲，便只見精神，並不見文字。咦！異矣哉。

嘗讀短文字，卻厭其多。一讀《西厢》曲，反反覆覆，重重疊疊，又嫌其少，何也？

《西厢》，記耶，曲耶，白耶，文章耶！紅耶，鶯耶，張耶？讀之者李卓吾耶，俱不能知；倘有知之者耶？

湯海若先生批評西厢記（二卷，明後期師儉堂刻）

西厢序（海若明湯顯祖）

文章自正體、四六外，有詩、賦、歌行、律、絶諸體，曲特一剩技耳。然人不數作，作不數工，其描寫神情，不露斧巾筆墨痕，莫如《西厢記》。以君瑞之俊俏，割不下崔氏女；以鶯鶯之嬌媚，意獨鐘一張生，第琴可挑，簡可傳，圍可解，隔墻之花未動也，迎風之户待開也，叙其所以遇合，甚有奇致焉。若不會描寫，則鶯鶯一宣淫婦人耳，君瑞一放蕩俗子耳，其於崔、張佳趣，不望若河漢哉！予嘗取而讀之，其文反反覆覆，重重疊疊，見精神而不見文字，即所稱千古第一神物，亶其然乎。間以膚意評題之，期與好事者同賞鑒，得可與水月景色天然妙致也。

詳校元本西厢記

序（封岳）

王實甫、關漢卿《西厢記》，千秋不刊之奇書也。歷年既久，或經俗筆增減，迂僻點竄，或伶人便於諸俗，遂到日訛日甚。予留心殆二十年，惟周憲王及李卓吾本差善。崇禎辛巳乃於朱成國邸見古本二册，時維至正丙戌三月，其精工可侔宋版，蓋不啻獲琛寶焉。借校盡五日始畢，批發刻未遑，而歲月逝矣。不永其傳，究將湮廢，萬事已矣，亦復何所逝哉！謹壽諸棗梨，期垂久遠，俾見真鑒者，不爲時本所亂，亦大快事。噫！是亦摩詰之所謂空門云爾。有謂北曲每門止四折，其情事長而非四折所能竟，則另分爲一本。故周本作五本，本首各有題目正名四句，末以〔絡絲娘〕煞尾結之，爲承上接下之詞。察每本四折，雜劇體耳。全本或未然得覩，元刻益悉偏之隘，故拈出之。凡曲中時本錯誤字略注於上，其易鑒别與白中字句不盡及。含章館主人封岳識。（清順治間含章館刻本）

毛西河論定西厢記（五卷，清康熙十五年，一六七六，浙江學者堂刻本）

自序（毛奇齡）

《西厢記》者，填詞家領要也。夫元詞亦多矣，獨《西厢記》以院本爲北詞之宗，且傳其事者，似乎有異數存其間焉。昔元稹爲《會真記》，彼偶有托耳；杜牧、李紳輩，即爲詩傳之；逮宋而秦觀、毛澤民即又創爲詞，作〔調笑令〕焉。暨乎趙安定郡王撰成〔商調鼓子詞〕凡一十二章，俾謳師唱演，謂之傳奇。至金章宗朝，有所爲董解元者，不傳其名氏，實始填北曲，名曰《西厢記》，然猶是搊彈家唱本也。嗣後元人作《西厢》院本，凡幾本以後，乃是本以傳。繼此則又有陸天池、李日華輩，復疊演南詞，導揚未備。天下有演之博、傳之通如《西厢》者哉！或曰：《西厢》，艷體詞，其詞比之《詩》之《風》、《騷》之《九歌》、賦之《高唐》，美人詩之同聲定情董嬌嬈，宋子侯以下，其在詞則江南龍笛等也。雖不必盡然，然絶妙詞也，特繁板滮，魯魚亥豕。舊時得古本《西厢記》，爲元末明初所刻，曲真而白清，爲何人攫取久矣。萬曆中，會稽王伯良作《校注古本西厢記》，音釋考據尚稱通核，然義多拘葸，解饒博會，揆厥所由，以其所據本爲碧筠齋、朱石津、金在衡諸訛本，而謬加新訂，反乖舊文，雖妄題曰「古」，實鼠璞耳，然猶孔陽丑頊之間也。今則家爲改竄，户爲删抹，拗曲成伸，强就狂肊，漫（下缺）。

序（伯成）

古樂之失傳久矣。《皇華》四篇亡於晉，《樂安世》軼於魏，六季三唐，凡詩歌之播樂者，五調相沿，盡遺其契注拍序之法。而宋樂引慢變爲搊彈，金元樂院本雜劇又變爲道念、筋斗、科泛，然猶雜劇之遺也。今南曲興而北音衰，院本雜劇又亡矣。舊傳院本只《西廂記》耳，雖不能歌，猶幸宮譜未滅，伊羊令吾，庶幾鐸音灰綫，可以尋其派而會其義。而今則僞本盛行，竄易任意，朱紫混列，淄繩莫辨。宜西河之奮而起，起而爲之論也。顧西河善音律，嘗欲考定樂章，編輯宮徵而蹉跎，有待洪鐘之響發於寸莛，豈其志與。嘗按元制以填詞十二科取士，其間所溥遺劇，如東籬、漢卿、德輝、仁甫，彬彬稱盛。然欲如《西廂》之經文緯質，出風入雅，粹然一歸於美善，仍亦罕有。蓋一代之文所傳有幾，而今俗人以竄易亡之可乎？世有以《西廂》爲艷曲者，吾不得知。若以謂才子之書唯才子能解之，則世不乏才，毋亦慎爲其真者而已矣。時康熙丙辰仲春，延陵興祚伯成氏清泉主人題。（誦芬室重校本）

考實（毛西河）

《西廂記》三字，目標也，元曲未必有。正名題目四句，而標取末句。如雜劇有《城南柳》，因題目末句曰「呂洞賓三度城南柳」也。此名《西廂記》，因題目末句曰「崔鶯鶯待月西廂記」也。推此，則明曲之訛，如徐天池《漁陽三弄》，而題目末句曰「曹丞相神仙八洞」者，不知凡幾矣。特目列卷末，今誤列卷首，如南曲間演例，非是。

原本不列作者姓氏，今妄列若著若續，皆非也。說見左。或稱《西廂》爲王實甫作，此本函虛子《太和正音譜》也。涵虛子爲明寧王臞仙，其譜又本之元時大梁鍾嗣成《録鬼簿》。故王元美《巵言》亦云：「《西廂》久傳爲關漢卿作，邇來乃有以爲王實甫者。」

明隆萬以前，刻《西廂》者皆稱《西廂》爲關漢卿作。雖不明列所著名，然序語悉歸漢卿。如金陵富樂院妓劉麗華，刻口授古本《西厢》在嘉靖辛丑，尚云：「董解元、關漢卿爲《西厢》傳奇。」而海陽黄嘉惠，刻《董西厢》在嘉隆後，尚云：「《董西厢》爲關漢卿本所從出。」且引「竹索纜浮橋」等語，爲漢卿襲句。則久以今本屬關矣。但《正音譜》載元曲名目，其於漢卿名下，凡載六十本，而不及《西厢》，不可解也。

或稱《西厢》是關漢卿作王實甫續，也不可考，嘗見元人咏《西厢》詞，其【滿庭芳】有云：「王家好忙，沽名吊譽，續短添長，别人肉貼在你腮頰上。」又【煞尾】云：「董解元古詞章，關漢卿新腔韻。參訂西厢有的本，晚進王生多議論，把《圍棋》增。」則是在元時，已有稱王續關者。但今按《西厢》二十折，照董解元本填演，其在由歷，不容增《圍棋》一關目；而在套數，又不容於五本之外，特多此一折也。且《圍棋》一折，久傳人間，亦殊與實甫所傳雜劇手筆不類。則意漢卿亦曾爲《西厢記》，有何人王生者，增《圍棋》一折，故有此嘲。實則漢卿《西厢》，非今所傳本，王生非實甫，增一折亦非續四折也。故詞隱生云：「向之所謂有王續關者，則據元詞王增關之説，而傅會之者也。今之所謂關續王者，則即向時王續關之説而顛倒之者也。」此確論也。

或稱《西厢記》爲王實甫作，後四折爲關漢卿續。此見明周憲王所傳本。又《點鬼簿》目，標王實甫名，則云：張君瑞鬧道場，崔鶯鶯夜聽琴，張君瑞害相思，草橋店夢鶯鶯。標關漢卿名則云：張君瑞慶團圞。故徐士範重刻《西厢》則云：「人皆以爲關漢卿，而不知有王實甫，蓋自《草橋》以前作於實甫，而其後則漢卿續成之者也。」且《巵言》亦云：「或言實甫作至『草橋夢』止，或言至『碧雲天』止。」於是，向以爲王續關者，今又以爲關續王，真不可解。

《西厢》作法，斷不得止「碧雲天」者。元曲有院本，有雜劇。雜劇限四折；院本則合雜劇爲之，或四劇，或五劇，無所不可。故四折稱一劇，亦稱一本。「碧雲天」者，第四本之第三折也。而謂劇與本有止於三折者乎？若其不得止「草橋」者，《西厢》關目，皆本董解元《西厢》，「草橋」以後，原有《寄贈》、《爭婚》，以至《團圞》，此董詞藍本也。元例傳演，皆有由歷。由歷一定，即李白嚇蠻本傳所無，張儀激秦與史乖反，亦不得不照由歷。所謂主司授題者授此耳。今由歷在董，董未止，何敢輒止焉？且院本雖合雜劇，然仍分爲劇，如《西廂》仍作五本是也。但每本之末，必作【絡絲娘·煞尾】，二語繳前啓後，以爲關鎖此作法也，今《西廂》第一本[煞尾]已亡，第二、第三、第四本猶在也。第四本【煞尾】云：「都則爲一官半職，阻隔得千山萬水。」此正起末劇得官報喜之意。而謂「夢覺」即止，作者閣筆耶。且《西廂》閨詞也，亦離合詞也。不特董詞由歷，不可更易，即元詞十二科中，有所謂悲歡離合者，雖《白司馬青衫淚》劇，亦必至完配而後已。公然院本，而離而不合科例謂何？

《西廂》果屬王作，則必非關續。按關與王皆大都人，而關最有名，嘗仕金，金亡，不肯仕元。雖與王同時，而關爲先進。關向曾爲《西廂》矣，惡晚進者增一折，而紛紛有詞，豈肯復爲後進續四折乎？且今之據爲王作者，以《正音譜》也。若據《正音譜》，則并無可爲續者。按譜所列，每一劇必注曰一本。一本者，四折也。今實甫《西廂記》下，明注曰五本，則明明實甫已全有二十折矣。且兩人成一本，元嘗有之，如馬東籬《岳陽樓》劇，第三折花李郎，第四折紅字第二。範冰壺《鸝鷫裘》劇，第二折施君美，第三折黃德潤，第四折沈拱之類。然皆有明注，此未嘗注曰後一本爲何人也。凡此皆所當存疑，以俟世之淹雅有卓識者。今不深考古而妄肆褒彈，任情删抹。且曰若編若續，若佳若惡，若是若否，嗟乎！吾不知之矣。

參釋曰：董解元《西廂》爲搊彈家詞，其人仕金章宗朝，爲學士，去關、王百有餘年，而時之爲《西廂》者宗之。今董本俱在也。碧筠齋、徐天池輩，不經見董詞，初指今所傳本爲《董西廂》，則尤謬誤之甚者。古之不易考每如此。

跋（毛奇齡）

從來賦《西廂》辭，自唐人數詩後，宋有詞，金、元有曲。金爲董解元《西廂》，元即是本也。《董西廂》爲是本由歷，本宜並觀，今卷繁不能載矣。且其中相同處，亦約略引證入《論定》內，無可贅者。特舊刻卷末，有無名氏詩，凡百餘首，從夫人自叙借居寄柩，以至張生衣錦，皆紀一律，其詞最俚淺，明系俗子譜入。且徒費梨棗，無裨考覈，概從删去，只附唐宋迄今詩詞二十四首，以備餘覽。尚有唐伯虎題像一首，並徐文長和題一首，以本闕二句，不便補録。西河氏識。

繡像西厢（又名《雅趣藏書》，錢西山八股文改本）（清康熙四十二年，一七〇三朱墨套印本）

自序（錢西山）

昔聖人言，心性之功，而終之以游於藝。蓋以藝雖末務，而沉潛反覆，亦足以發天真之趣，而適性情之安。自六經四子之書垂訓而外，而琴瑟詩歌以及博奕，音樂嬉戲之事，古人一一創之，流播人間。學者苟能留心尋繹，則其中之曲折原委，自可通神達化，而其詣因之益純，而其養因之益密。誰謂典謨經傳，呫嗶謳吟，把卷兀坐，死煞句下，而遂可云學者哉？《西厢》傳奇一書，不識元稹何所感而爲此，而句雕字琢，傳神寫照，膾炙人口，由來久矣。彼執拘墟之見者，以爲淫詞艷曲，詼諧謔浪，屏不涉目。嗚乎！天下情文交至者，孰如《西厢》？况游戲神通，爲兩教之妙用，而游藝工夫，又吾儒之精義耶。余嘗於花朝月夕、酒後燈前，取所謂《西厢》者，恬吟蜜咏，而探索其所以然。因嘆古之才人，觸乎心，動乎情，發而爲文章，其變幻離奇，不可方物，儼若天造地設，鬼斧神工。就此一時之妙境，撰成絶世之奇書，俾學者讀之，心醉神怡，縱有錦心綉口，亦爲之閣筆，而不能贊一詞。余何如人，而復多贅乎哉！然捧讀之下，覺隱隱然情不自禁，有若或迫之而然者，故不揣譾陋，而偶洩乎意中之所欲言，時而爲詩歌，時而爲詞調，時而爲八股制體。余非敢謂以此益《西厢》之艷，而傳《西厢》之神，且亦極知勞筆費墨，放誕不稽，無關正理。第以才子佳人，未能多覯，風流佳話，亦足賞心。聊借此一時逸興，爲藝林另開生面耳。至文詞之工拙與否，則未敢計也。既又竊自揆曰：「偶爾游戲，以之自娱則可，敢質之世，而爲當代所誹笑！」乃二三同人見而戲之，曰：「子奈何以錦囊佳句，爲枕中秘乎？蓋一人之情，天下人之情也。以《西厢》之妙文妙事，繪《西厢》之妙情妙景。子好之，天下獨不共好之耶？」遂强登諸梨棗，甘爲人笑而不辭。吾不知海内之士，見余之爲此也，將以余爲好事乎，抑以余爲游戲乎？然其粗疏淺略，終無當於《西厢》之萬一，其不至爲東施之效顰也者幾希。癸未桂秋，吴門錢書西山氏題。（錢西山改本，名《雅趣藏書》，又《綉像西厢》）

序（徐鵬）

昔者，牋飛雪苑，寧無梁客之才？酒熟江樓，遂有秦川之作。半臂卻於荒野，憐惜爲多；一覺醒於揚州，纏綿不少。華燈綺席，狂言驚紅粉之回；風雪旗亭，妙句入雙鬟之口。斯蓋天花在手，着處可以成春，竿木隨身，逢場因之作戲者也。吾友錢子西山，以一劍霜寒之後，擅數峰江上之名。風流則衛玠扶輪，文采則江淹夢筆；半生結客，幾傾金錯之囊，千里探奇，屢整青絲之騎。擬以醇醪百斛，方之垂柳三春。翠徑微唫，花多含笑，紅燈雙映，夢亦生香。誠今日之文人，固一時之詩伯也。間用狡獪伎倆，散爲游戲神通，爰以綉像之《西厢》，創作逢時之八股。先之以畫，而畫皆工妙，飄飄如睹仙容；綴之以詩，而詩必清新，撲撲渾聞香氣。若夫詞濤怒卷，疑經灧滪之堆，筆陣雄驅，直震長平之瓦。爲秋娘而着句，旖旎驚心，借錦瑟以命題，温柔入骨。語其音節，冰絃與玉管爭調；論其光芒，趙璧共隋珠競勝。奏於内府，便成菊部之音，流入蠻天，定滿鷄林之價。僕也未改雕蟲之好，難窺全豹之斑，而君謬以雷音，委諸布鼓。每披佳製，不啻珠玉在前；試綴蕪言，自笑秕穅無謂。譬如秦繆觀《鈞天》之奏，目眩依稀；趙武聽孟姚之歌，心醉蕩漾而已矣。歲在昭陽協洽秋日，年家眷弟徐鵬拜鳴九氏題於南州草堂。

序（鄭鵬舉）

天下惟有情之人，能爲有情之事，能撰有情之書，能作有情之文章、詩歌。爲有情之事者，莫如張君瑞、崔雙文一段奇緣；而撮合有情之事，則小紅真妙婢也。撰有情之書者，莫如《西厢記》，而其中勝境奇觀，令人目不給。賞者則元公輩，真曠世才也。作有情之文章、詩歌者，莫如兹《綉像西厢》，而其間開豁心胸，發越聰慧，令睹之而觸處生景者，則錢子西山是也。夫天下惟情之真者，堪垂不朽耳。嘗思天地之大，日月星辰，隱現出没，仰觀者無已焉。名山大瀆，曲折浩渺，登臨者忘倦焉。以及名花妙樹，異草奇葩，芬芳踈秀，輪困離奇，玩賞者觀覽而不絶焉。夫天地之日月星辰，山川草木亦有何奇？而古往今來名人才士，往往寓意其間者，非以日月星辰、山川草木爲天地之妙文妙景，而爲情之最真者耶。故《西厢》一编，崔張悲歡離合，與紅娘針穿綫引，其事爲古今才子佳人所樂聞者，蓋以情深兒女，沉鬱頓挫，披閲之下，幾不知文生情，情生文。於是此讀之，彼聽之，並坐而歡笑之。豈非以其情之最真，實爲天地古今之所必不可少，而賞心快目如是哉。然則西山於此，以《西厢》成文成詩而兼成詞，其致杳然而深其味，幽然而長其思，飄飄然而欲仙。以錦綉心腸，吐出葷麝香氣，令人展卷捧讀，喜而忘卧，樂而忘餐，而戀戀不忍釋手者。其與天地之日月星辰、山川草木，變態奇幻，真景真情者，復何以異？特是作者有情，識者亦必有情。余固情人也，於崔張之事，嘗憶而羡之；於《西厢》之書，嘗吟而咏之。所以於西山之文章、詩歌，嘗伏而誦之，嘆賞而嘉善之，而不能以稍輟。雖然，天下有情人獨余與西山乎哉？風流才士，俊雅名人，料鍾情多在吾輩，必不肯以佳話讓君瑞、雙文，以及元公輩，又何肯以知情讓余與西山耶？因取其文其詩與詞，付諸棗梨，以公諸天下有情人。願天下有情人，共賞《西厢》之文，識《西厢》之情，而因以賞西山之文章詩歌，爲性情之所發，而非徒作游戲已也。年家弟鄭鵬舉霞軒頓首書。

序（陳玉）

《西厢》一编，傳奇之祖也。其作者不知何人，而説者以爲唐元微之所撰。考其姻譜，與《會真詩》話及鶯鶯燕燕之句，似乎確鑿可據。且其文詞風流俊雅，時鳴其愀苦之音，時發其歡娱之意，皆哀而不怨，樂而不淫，麗而不靡，倩而不纖，猶有《三百篇》、古樂府之遺韻，自非五季後人之所能及者。則是此編即非微之親撰，而亦慧業文人，錦綉才子輩筆墨也。自浪蕩好事之徒，演爲優俳雜劇，遂使人並疑此爲淫詞，爲浪曲，有誤少年情性，群相戒勿復寓目。而不知讀其文，游戲神通，可以發胸中之慧思，舒筆下之靈趣。余素性最鄙拙拘迂，亦嘗披而閱之，不禁爲之擊節稱快。如謂淫邪好色，污穢不正之辭，有誤子弟，不可觀覽，何以古昔盛時，《桑間》、《溱洧》諸詩，聖人不删；而《大易》、《春秋》，亦載見金夫之象，姜氏會齊侯之文？且《子夜》、《吳歌》，又胡爲譜入宫商，而謳吟弗置乎？審是，則《西廂記》雖非大有益於人，而不足以誤人也明甚。適癸未秋，石城有錢子酉山《綉像西廂》藏本，余展卷玩味，不禁爲之傾倒，曰：噫嘻！《西廂》一書，已足醉心。況錦綉在前，更加珠玉乎！」見其摘題作八股也，寫張生，則字裏行間，依然一風魔解元；寫雙文，則筆尖紙上，宛然一千金嬌女；寫紅娘，則楮頭墨迹，隱然一慧心婢子。梵刹院宇僻静地，都是相思處；月色林陰幽雅間，皆成風流景。極意摹擬，曲盡形容。《湘妃騷》、《洛神賦》，不是過矣。見其賦詩填詞也，詩韻清新俊逸，克兼庾鮑之長；詞華藻麗繽紛，恍聞紅雪之歌。悠悠香韻，與翠粉紅妝而氤氲；疊上新聲，因蛾眉雲鬟以飄颻。即令元白復起於今日，亦必有觸目賞心者。而《西廂》書，賴以抽揚不廢。天下之錦心綉口，才子佳人，能不傾倒於是選乎哉？是爲序。時康熙癸未秋九月望日，雲間陳玉珍侯氏題於石城書院。

貫華堂繪像第六才子書（八卷，附醉心篇）（康熙四十七年，一七〇八博雅堂刻本）

題聖歎批點西廂序（汪溥勳）（同《吳吳山三婦》合評西廂記）略

醉心篇序（范濱）

今夫日往月來，歷萬古而常新者，天地之景象也。水流户轉，運動而不可窮竭者，文人之心胸也。蓋惟天地，有常新之景象，而飛潛動植，莫不因時各呈其奇，而見者不以爲陳迹也。亦惟文人有不竭之心胸，而耳聞目睹，偶有觸發，而不能自止焉，而覽者皆以爲妙文也。一二老師宿儒，專守一經，謂此外皆勿寓目而庶免於騖外有情焉。果爾則宇宙間亦當平平無奇，而春不必有春光之爛熳，夏不必有夏雲之奇峰矣。然豈有是理乎哉。昔蘇子瞻嬉笑怒罵，皆成文章，歐陽公撰《唐書·藝文志》稱作者不盡合道，然皆怪偉宏麗，要使好奇愛博者不能忘焉，故其書並存而不廢也。凡世間稗官小説，詞場曲部，每足以發明經史子集之緒餘而經常不易之説，又須以才子之筆出之。嗚呼！此《西廂》之所以作也。此聖歎之所以評也。此又余之所以往復於其文而有《醉心編》也。世有知此編者，豈曰《西廂》之文哉，亦曰天地之景象而已矣，文人之心胸而已矣。

青溪釣者范濱題。

（按此書《金批西廂》部分爲貫華堂之仿刻本。字體、異體字和版式、版心等，皆仿貫華堂原刻本，唯版心無貫華堂三字。每頁九行，每行十九字。按原刻本爲每頁八行。）

西廂記演劇（二卷，清康熙間）（揚州李書雲秘園刻本）（廣陵李書樓參酌，吴門朱素臣校訂）

序（李書雲）

天下有人才相若，而所遇有幸有不幸者：一則膾炙人口，一則塗抹面目。借名混俗，而真本《蘭亭》，反置高閣。如傳奇中《琵琶》、《西廂》，其彰明較著者矣。彼時兩人所作，豈上下哉。《琵琶》真率白□（描），無敢增損隻字，而梨園於音律中又復細爲推敲，吐文人之氣，省觀者之聽，誠盡善矣。《西廂》風華流麗，實爲填詞家開山。自南曲興而北音衰，北詞漸次失傳；又每折一人獨唱，繞梁之聲不繼，遂爲案頭之書。坊本又多□錯，本來鈎畫，不可復睹，而好□者必不能舍，釀成諸害。李日華擅易南曲，但諧音韻，竄其好詞，湯若士所謂「卻愧王維舊雪圖」，害一。至逢場插科打諢，俗惡不堪，又李本之所不載，害二。弋陽腔雖唱本文，而舉動乖張，傷風敗俗，令人噴飯，害三。坊刻四種，董、王合璧，當矣；以陸、李混珠，何哉？害四。《西廂印》、《鴛鴦扇》、《後西廂》，若類不可勝述。人各有才思，何不自辟丹章，而必以《西廂》爲名，□爲可厭，害五。間中偶有分晰，俾生、旦、淨、丑，得以各擅其長，元本一字不更。於意不背汪子蛟門，每折批評，相與鼓掌，思得佳麗，問答合拍，吟得句匀，念得字真，間以絲竹，一洗排場惡習，耳目可以一新，實甫亦可含笑九淵。不數月而蛟門作古人矣，予能無挂劍之義哉！付之梓人，應有□心者。然有説焉：《琵琶》則趙女之孝思，《西厢》爲崔氏之淫奔，文人立意，相去本自雲泥。則《西厢》爲俗筆顛倒，足爲文人無行者之戒。至男女幽期，不待父母，不通媒妁，只合付之草橋一夢耳。而續貂者，必欲夫榮妻貴，予以完美，豈所以訓世哉？故後四折不録。廣陵李書雲題於秘園。

懷永堂繪像第六才子書（巾箱本八卷，清康熙五十九年，一七二〇懷永堂刻本）

序（吕世鏞）

原夫鏤月裁雲，卓吾興化工之嘆；驚心動魄，聖歎有才子之稱。發作者之巧，睛點僧繇；傳崔衙之真，毫添顧愷。豈殊講學，不言性而言情；若共論文，亦中規而中矩。訾綺語閑情之賦，寧識風詩；悟秋波臨去之詞，方知禪義。是不獨緑麽小部，聲聲花外之傳；紅豆妖姬，粒粒酒邊之記而已。茲因以三余縮之短本，珍藏懷袖，敢云徑寸之珠，佐以文房。還共吉光之羽，扁舟選勝，載同文蛤香螺；蠟屐探幽。攜并錦囊奇句，娱騷人之目，底須略略頻彈；醉韻士之心，不啻堂堂低唱。幸等之《左》、《國》、《莊》、《史》，觀其掀天蓋地之才；毋徒因月露風雲，求之减字偷聲之末。康熙庚子歲仲冬，上浣豐溪吕世鏞題於西郊之懷永堂。（清康熙庚子刻巾箱本《懷永堂繪像第六才子書西厢記》）

聖歎六才子書删評（康熙刻本《十松文集》）

序

聖歎先生評點才子書七，余知其四：《孟子》、《左傳》、《水滸》、《西厢》。然《孟子》板焚不得見，即《左傳》亦僅從諸選本領其大略。所得全讀者，《水滸》、《西厢》二本，惜卷帙繁多，累月日不能竟，而《西厢》尤甚。山居無事，取其評删之，繕寫得四十餘葉，因讀而序之，曰：先生真異人哉！自有書以來，批點之者無慮數十百家，字爲釋，句爲解，莫不自謂有造後學。自先生起，不必解之釋之，而無不解無不釋也，且亦覺不解不釋之勝于解之釋之也。人謂先生天分優甚，然以意逆志，不輕放過一字，亦若大費研索，而探喉而出，絶無分毫囁嚅，又似不得以學力加之，先生其異人哉！夫今之與古，相去幾何時矣！前後異代，彼我異情，自敵以下且覿面如秦越，況遥遥隔世如古人。其言語之無端無緒，其情事之或即或離，舉不自知，而不能以告人者。自先生批之，覺古人鬚眉欲活，古人肺腸若揭，兩人若一人，兩心若一心。何也？紫陽云：昔有盜發霍光家奴之冢，其奴猶生，出語廢立時事，較《漢書》尤悉。吾不知先生批點時，作者曾出自家中，親爲告語否？抑亦世間真有轉劫輪回，如佛氏所謂再來者，批者人即作者人與？語云：腐草化螢，又有見箏弦化龍者。先生未批以前，《水滸》賊書，《西廂》淫書。今而知《水滸》之變幻離奇，直進于《易》；《西廂》之纏綿濃鬱，直進于《詩》：倘亦先生之有以化之與？且虚虚實實，正正奇奇，反側變化，極文章之樂事者，在當日則如砂之蒙金，璞之錮玉，闇淡而不言。一旦從批點中跳躍而出，令三尺童子亦約略能言其概，則先生之嘉惠來學，功倍作者，其足俎豆于不祧，又奚疑耶？以予服膺先生而復有所删，非刺謬也，正欲便于觀覽，使目中無時不見有先生之書，是亦俎豆先生之一端也。太史公曰：「假令晏子而在，執鞭亦所欣慕。」余于先生亦云。

西來意（又名《元本北西廂》、《夢覺關》）（清康熙十九年潘廷章評本、清抄本《西來意》和任以治刊本）

序（任以治）

以《西廂》爲淫詞，此固正論。然觀《詩經》中，如《鄭》、《衛》之變風不必論已，而《風》始《關雎》，予以不淫不傷，示學者以善讀之法，故《鄭》、《衛》可以不删。《西廂》其即尼山録《鄭》、《衛》以示懲創之意歟。何以見其示懲創之意？曰：讀其開首一齣，固已提挈了然矣。普救爲何人敕建？老夫人云：則天娘娘命夫主蓋造。以崔委身女主，且職居宰輔，不能匡正其淫惡，而又逢君佞佛，釁血涂膏，况復侵國課之餘脂，私蓋别院，豈真能出堂俸爲避賢地哉！ 故生此不貞之女，即於此地顯示報應。此西厢待月所由來，而佛法之所以有靈也。 他日，夫人云：「這等事不是我相國人家做出來的。」嗚呼，亦知相國自作之孽歟！ 此意予得之方外人評本，而竊以爲《西厢》之意，在懲惡而勸善，可與尼山録《鄭》、《衛》之旨參觀也。 至金評，不特大旨失卻，并曲調亦不知坊間盛行，殊屬可笑。 爰梓原本以覺世云。 乾隆戊戌夏日，於越任以治雁城題。（任以治刊本）

序（金評西厢正錯）

貫華堂主人金聖歎，名人瑞，吳縣諸生。 時吳俗多逋賦，巡撫朱公昌祚上聞得嚴旨，一時大嘩，禍不測，金挺身自承，死西市。 其生平用筆大榷，規仿《華嚴》，所評以《莊》、《騷》、《史記》、杜詩，及《西厢》、《水滸》，爲六才子書，號外篇，《西厢》尤盛行，惜其不解曲本關目，動輒改换，又强作解事，竄易字句，更且横分枝節，種種謬誤，不勝枚舉，全失天然之致。 今略附條辨於後。 夫以天造地設之《西厢》，而妄庸人亂之？ 歌曲雖小道，不可謂非文字之厄也。 兹悉從田水月、碧筠軒北曲原本點定，絶不竄易一字，庶廬山真面復存，願與天下知音者共正之。 乾隆戊戌仲夏下浣，於越任以治雁城氏書於怡草堂。

清佚名同上叙

《西厢》，歌曲也，實即古之樂府。 自院本盛行，碩儒輒同爲淫哇，而實甫之奇文，遂不堪與秦漢後作者比列矣。 不知天運與文運，必趨而日新，斯因歷朝後殤，不得不另辟一徑途，而自臻其極至者。 是書向有玉茗堂、延訂閣，及碧筠軒諸本，雖手眼各出，而廬山真面幸存。 自金（聖）嘆書出，而割裂改换，音調全乖，曲白皆非，文理頓塞，坊間之盛行，以無人出原本，而一一指示之也。 斯豈欲與聖歎爲難哉？ 亦曰復實甫之舊觀，使奇文不謬埋没於穢朽中云爾。

清潘廷章《西厢説意》

《西厢》何意？ 意在西來也。 以佛殿始，以旅夢終，於空生即於空滅，全爲西來示意也。 生自西來，滅亦從西去，來前去後，烏容一字，而其中所構諸緣，俱在西厢，故即以「西厢」名之。西厢者何？普救佛殿之西偏也。佛殿爲大乘，其偏則爲小乘。繫之佛殿以西，是雖小乘，猶不失西來之意云爾。大乘者，無上覺也。其法不由緣覺聲聞而得，曾何有乎悲思聚散？提倡衍演，作諸勞塵幻影，礙彼虛空乎，而無明作勞，無由斷滅，因於有生滅心，求無生滅義，遂以悲思聚散，提倡衍演，極諸勞塵幻影，而總歸無有。蓋從緣覺覺，從聲聞聞，以彼小乘，通於大乘云爾。其俱系之普救者，愍彼一切世間，魔女魔民，無明作勞，欲海茫茫，愛河浮溢，顛倒沉溺，莫能超脱，特爲現象覺聲，聞身説法，而使皆得度，故以普救爲義救之。如何？世尊曾言之，觀彼世間解結之人，不見所結云何能解？便當諦審，煩惱根本，何生何滅？不知生滅，云何知有不生滅性？因於六結而現六塵，因於六塵而得六人，因於六人而返六根，何意《西厢》也，揭示此旨？

佛殿撚花，空王示艷，則色人也（入一）。於時明暗相發，結爲狂華（結一）。名爲見知，則有蓉面柳腰，鬢雲眉月，來何所從，去猶未遠，爲嗔爲喜，爲笑爲顰，流逸奔目。若彼虛空，曾何色相？當其無相，而入有相；當其有相，而入變相，眼亂魂飛，不可撲滅，得一妄塵（塵一），非真覺性。

聯詩送意，聞琴感心，則聲入也（入二）。於時動靜相擊，結爲幻音（結二）。名爲聞知，則有鶯聲燕語，别鵠離鸞，贈怨無端，寫愁難已。非肉非絲，非金非竹，流逸奔耳。若彼虛空，曾何音響？當其此響，而感彼響，當其後響，而續前響。錐耳裂腸，不可鎖歇，得一妄塵（塵二），非真覺性。

園夜焚燒，齋壇拈爇，則香入也（入三）。於時吹息相感，結爲幻臭（結三）。名爲齅知，則有金爐寶鼎，結雲成蓋，因心動摇，隨風縹緲。非霧非烟，非蘭非麝，流逸奔鼻，若彼虛空，曾何氣息？當其無息，而成有息，當其滅息，而復生息。展幽達冥，不可斷絶，得一妄塵（塵三），非真覺性。

東閣酬勞，長亭宴别，則味入也（入四）。於時恬變相參，結爲妄味（結四）。一名爲賞知，則有鳳膏龍炙，玉液金波，臟神失驚，輪腸塞滿；爲土爲泥，爲愁爲淚，流逸奔口。若彼虛空，曾何滋味？當其無滋，而後有滋，當其有滋，而若無滋。飲苦茹酸，無能辨別。得一妄塵（塵四），非真覺性。

明月佳期，幽歡定愛，則觸入也（入五）。於時離合相摩，結爲妄體（結五）。名爲覺知，則有羅襦薌澤，墜珥開襟，愛戀無已，驚魂難定；疑雨疑風，疑雲疑月，流逸奔身。若彼虛空，曾何體受？當其無體，而至有體，當其異體，而至合體。魄並魂交，不可離遏。得一妄塵（塵五），非真覺性。

草橋旅夢，曠野幽尋，則法入也（入六）。於時寤寐相感，結爲妄因（結六）。名爲意知，則有馭風奔月，打草驚蛇，城不能閫，水不能限；疑鬼疑人，疑兵疑馬，流逸奔意。若彼虛空，曾何憶想？當其是想，而入非想，當其非想，入非非想。離無造有，生有滅無，不可億量，得一妄塵（塵六），非真覺性。

忽焉曉鐘初動，荒鷄非惡，遽然寐成然覺，猛醒回顧，昭昭大夢。非覺而惡知其夢，非大覺而又惡知其大夢。因念前者，種種勞塵，無邊幻影，皆屬流根，非本根出。一旦業盡緣空，愛消幻滅，煩惱破除，識想何有？即色滅色，色空真見（根一）；即聲滅聲，聲空真聞（根二）；即香滅香，香空真齅（根三）；即味滅味，味空真嘗（根四）；即觸滅觸，觸空真覺（根五）；即意滅意，意空真知（根六）。流根既淨，本根乃現，乃始得以真覺性，證無上覺路也已。

夫《西廂》，始於佛空，終於夢覺，除是空則忽夢，夢則未覺耳。當其空前五色也，覺後無緣也，則其間之爲色與緣者，曾幾何時，而忘色與緣者，無窮期矣。然則，有生滅者暫，而無生滅者常也。以有生滅心，求諸無生滅義，而使夢者皆覺之不復夢，咸登大覺焉，此固西來之本意，而命西廂者所由托始也。是雖小乘，詎不終歸於大乘乎？故曰：《西廂》可以入藏。

渚山恒忍雪鎧道人，本名潘廷章，號梅岩氏，述於渚山樓。時康熙十八年孟秋七夕。

《西厢》三大作法：

一、用大起落。大起處，在「正撞着五百年風流業冤」一句；大落處，在「嬌滴滴玉人何處也」一句。前一句陡然而入，後一句嗒然而盡。未有前一句時，無《西厢》也。自有此一句，而凡自《假寓》以至《驚夢》，皆自空中撰出，所謂五百年業冤，自生煩惱；既有後一句時，又無《西厢》也。自有此一句，而凡自《長亭》以上，至《佛殿》，又皆從空中滅去，所謂嬌滴滴玉人，原無實相，花從空生，即從空滅，業冤不盡，大覺不開。觀其一起一落，作書者俱何等心眼也！

一、具大體段。合全部爲十六折，其意止有八折。因而重之爲十六折，猶夫《易》理止有八卦，因而重之爲六十四卦焉。

如《奇逢》一折，因而重之有《鬧會》一折。《奇逢》，崔張初會於佛殿也；《鬧會》，崔張再會於佛殿也。初會無心，再會有心，無心妄緣，有心緣妄。皆佛殿之業也，作一遥對。《假寓》一折，因而重之有《請宴》一折。《假寓》，紅娘奉夫人之命而來也；《請宴》，紅娘又奉夫人之命而來也。前命請僧，後命請張。請僧而藉寇，請張而揖盜。皆夫人之疏也，作一遥對。《聯吟》一折，因而重之有《聽琴》之一折。《聯吟》，雙文月下至花園也；《聽琴》，雙文月下再至花園也。初至而賡句，再至而聞琴，詩以送志，琴受心挑。皆雙文之不戒也，作一遥對。《逾墻》一折，因而重之有《佳期》之一折。《逾墻》，雙文召張生也；《佳期》，雙文就張生也。召張生以詩，就張生亦以詩，彼詩何以忽厲其色，此詩何以忽昵其情？此雙文之不測也，作一遥對。《停婚》一折，因而重之有《送别》之一折。《停婚》，夫人宴張生也；《送别》，夫人又宴張生也。前宴而盟解，後宴而交離，彼亦一把盞，此亦一把盞，皆張生之勞塵也，作一遥對。《解圍》一折，因而重之有《驚夢》之一折。《解圍》，掠雙文也；《驚夢》，又掠雙文也。初掠之而形存，終掠之而影滅。存亦非真，滅亦非幻，皆張生之見妄也，作一遥對。《傳情》一折，因而重之有《問病》之一折。《傳情》，雙文遣紅過張生也；《問病》，雙文又遣紅過張生也。前過而以柬來，後過而以方去，東以誠投，方從假使，紅之所由受顛倒也，作一遥對。《窺簡》一折，因而重之有《巧辯》之一折。《窺簡》，雙文詰紅也；《巧辯》，夫人詰紅也。雙文詰而雙文之假破，夫人詰而夫人之怒降。假破而始成，怒降而姻定。紅之所由稱敏辯也，作一遥對。此皆作者顯然相犯，隱然相生，立一以定體，兼兩以致用，而與《大易》十六卦反對之用，同其變化者也。至若以佛殿始，以草橋終，則又乾父坤母，孕藏六字，雖與互對，而不爲互對者矣。此《西厢》之至奇也。

一、作大開闔。凡文字必先開而後合，傳奇尤必始開而終合。而《西厢》不然，先合後開，始合終開，小合則小開，大合則大開，蓋直以合爲開，以開爲合者也。通本有四開合，而崔也、張也、紅也，皆求爲合者也；法本也、惠明也、白馬將也、孫飛虎也，亦皆爲合之人也。不爲合者，止一夫人耳，而亦終爲合者也。當張生至逆旅，不過一宿，乃急求閑散而走寺中。小姐之在居停，諒已有日。適又思閑散而游殿上。瞥然一見，臨去回顧，何其不謀而同，無端而合，此即從合爲入手者也。及偶寓東墻，托憑青鳥，忽得峻拒之詞，幾疑昨所見人，隔在巫山，遠在天上，視之若近，圖之甚難。遂借紅娘作一閃，以逆起向後之勢也，此一小開合也。乃未幾而墻陰贈答，未幾而花宫目成，又未幾而退賊壘門，許婚堂上，公私相協，旦夕乘龍，浸浸乎其合矣。忽而夫人敗盟，大勢盡去，此借夫人作一閃，以斷前後之勢也，是又一開合也。幸而侍兒善誘，書生至誠，挑之以琴而心動，達之以簡而心益動。崔雖善假，終於報章，明月三五，昭昭彤管，此非母氏所得禁當，而侍妾所能慫恿者也，又浸浸乎其合矣。及玉人飛渡，金宵頓失，如江如漢而不可求，胡帝胡天而不可即，而張始氣盡於此也已，此就雙文作一閃，以卷起從前之勢也，是又一開合也。逮靈藥偷傳，秘辛顯授，兩人之真心假意，一時折證，半年之萬想千思，一筆勾除，勢固已大合矣。況乎鴆媒舌巧，抵節爭盟，夫人因而悔心，予婚雖有誠議，勢固已大合而無不合矣。乃贈策求名，星言夙駕，攬袪道路，把酒離筵，向以爲室邇而人遐者，今且人遐而室更遠矣。迨陽關暮出，故國雲迷，旅舍青燈，不堪回首，而邯鄲一枕，遽然夢破。於是，歡愉悲戚，綢繆繾綣，一時都盡，此又就張生作一閃，以放散通前通後之勢也，是一大開合也。蓋不合則不開，不大合則不大開。他書段段以合作結，《西廂》段段以開作結；他書煞尾以大合作大結，《西廂》煞尾以大開作大結。《易》傳曰：「物不可窮也，故受之以未濟終焉。」而不謂作《西廂》者，竟悟其旨，此不可於傳奇中求之，尤不易於著書中求之，此《西廂》之至奇也。

《西廂》只有三人

《西廂》只有三人，張生、雙文、紅娘也。三人有三副性情，三種作用。雙文性情，即張生所道「多情」二字；其作用，即紅娘所稱「撒假」二字。觸處看來多情，撒處看來撒假。張生性情，即雙文所稱「志誠」二字；其作用，即雙文所謂「懦」字。一味志誠，所以成得事來；一味懦，所以急成不得事來。紅娘性情，即張生所云「鶻伶」二字；其作用，即紅娘自「殷勤」二字。惟鶻伶則心眼尖利，事事瞞他不得；惟殷勤則意思周密，事事缺他不得。一個多情，一個志誠，兩相遇也。一個撒假，一個懦，又兩相制也。中間放着一個鶻伶殷勤的，一邊去憐懦，一邊去捉假，一邊爲懦用，一邊爲假用。

《西廂》只有三人，故只有三人唱。唱者，與其有辭也，有情而後有辭，欲盡其情，而後能盡其辭。張生有詞，所以寫張生之情，尤以寫崔之情；崔之有詞，所以寫崔之情，尤以寫張之情。而崔之情，有崔之詞所不能盡；張之情，有張之詞所不能盡者，紅則爲之旁寫之。而崔之情，有張之詞所不能盡；張之情，有崔之詞所不能盡者，紅則爲之參寫之。而紅之詞盡，而紅之情亦盡，而崔張之情，亦遂無不盡。是故夫人，家家督也，而不必有詞也。法本居停主也，亦不必有詞也。白馬將大功臣也，亦不必有辭也。何也？情不與存焉也。獨其間惠明之得唱，則與惠明有詞矣。惠明寧有情乎？然惠明不去，則白馬不來；白馬不來，則山門不守；山門不守，則崔張必死。崔張必死，則情緣不盡。情緣不盡，則劫業不銷。故特與之高唱獨喝，作獅子吼聲，爲《西廂記》說法也，非夫人、法本、白馬之所得例也。

《西廂》有三人，其實只爲兩人而設。然無紅，則崔張之事必不成，崔張之情亦不出。夫崔張之事，不過男女之事，亦不過男女之情，然其間之或喜或悲，或怨或慕，或迎或距，或合或離，非此一人，則挑逗不靈，亦旋轉不捷，故必有此一人，而後兩人之情出，兩人之事亦成。譬如天地之理，不外陰陽，陰陽之體，成於對待。其間或盈或虚，或消或息，則成於參互錯綜之用。是故，崔張對待之體也，紅娘參互錯綜之用也。紅爲之參互錯綜，有以極情之變，而生其文。不然，崔張便如奇偶兩體，扳扳對待，即陡然作合，不過如村老爲兒女完姻，拜堂已畢，生事都盡，惡知男女情中，有如許消息盈虚之致，足以成變化而行鬼神哉！然則，《西廂》爲二人而設，又未必不爲一人而用也。

讀《西廂》須其人：

讀《西廂》當别其心眼，非尋章摘句可求也，非舞文弄筆可學也，當於坐雪窮源處得之，當於鏡花水月中遇之。樸直人讀不得，雕巧人尤讀不得；優俳家讀不得，稗乘家尤讀不得；跳浪子讀不得，冬烘先生尤讀不得。須《騷》賦名家讀，須良史才讀，須伶俐聰明人讀，須真正風流才子讀，須蓋世英雄讀，須理學純儒讀，須大善智識讀。

《西廂》一書，昔人稱爲化工，一字一句，都有天然節奏。其旨温厚，一些尖纖用不着；其氣和雅，一些叫囂用不着；其味沉凝，一些浮滑用不着；其思深曲，一些經遂用不着。卻亦委實難讀，驚彩絶艷有之，佶屈聱牙有之，婉細和柔有之。其婉細和柔，似《古詩十九首》；驚彩絶藺，似《離騷》；佶屈聱牙，則似《左傳》。宇宙自有文字來，《十三經》外，凡子史騷賦、樂府律詩，以及填詞歌曲，繁然並興，每一格中，必有一至極者，冠絶群流。如歌曲中《西廂》，允爲方員之至，譬猶時鳥變聲，水風成縠，偶然神會所成，非擬議思維可到，極耐人尋思，極耐人咀味，當如獨藺抽絲，漫尋端絮，雪竇烹茶，辨之色味之外可也。

朱景昭批評西廂記

《西廂記》序（易水錢錀季平氏譔）

予讀《漢書》，知甘脆爲腐腸之藥，設以爲引年之昌陽，則矯矣。詞學爲雕蟲之技，設以爲文字之總持，則誤矣。而不知非然也。蓋甘脆而和以沆瀣，尚何腐腸之足憂？詞學而參以名理，又何雕蟲之可限？即以《西厢》論，《西厢》者，才子佳人之書也。世不察之，而以氍毹上扮演之其藝也。固矣，間有賞識之者，不過於誦讀之餘，行歌散咏，適其清興而已。至名理所寓，舉皆習矣，而不察察焉而不精也。予友朱君景昭，凡周秦兩漢晉唐宋明諸書，無不博綜淹貫。當振觚染翰，洋洋纚纚，數千言立就，要必矩矱，先型未嘗稍越。於玉部玉趨之外，予每覽著述，知其必有秘笈存焉。辛亥秋日，出其手録《西厢記》一編示予。大都采輯諸家評論，而參附以己意焉者。凡讀書行文之法，條分縷析，綱舉目張，靡不燦然具備。令人讀之，耳目爲之一新，胸襟爲之一曠。不必博驚汗牛，遠求充棟，而文章軌範悉準。於是予因佩服景昭之用心甚深，竊窺秘笈之即在是也。昔杜當陽癖愛《左傳》而注疏詳明，梁昭明雅喜陶集而選評精切。雖前人好尚各有異同，而名理淵源，要歸於正珍。是編也，即羽翼左史，表裏《莊》、《騷》，可目小技云乎哉！

釋《西厢記》序（齡江張珩楚材氏譔）

天下之文一，至理之所爲也。得其理者，惟上自六經，下逮子史已耳。《西厢》之作，雖以佳人才子之書，男女慕悦之詞，其中大而深沉敦厚，細而淵源曲折，無美不具，無微不燭，其殆本六經子史而統其至理者乎。故是編之成，愚者固失其愚，即智者亦失其智。吾不知實甫當日何以有此錦心繡口，一吐其胸中之奇藴。余自幼心焉篤好，第僅知其文章之工雅，情意之綢繆，初未知經天緯地，張皇幽眇，邁千古而首出，冠曠代而獨隆，一至於此也。今甲子歲，舌耕於居易齋中。朱景昭先生者，胸藏二酉，學富五車。出其珍藏《西厢》一本，以己意而合衆人之説，以衆説而參一己之意。丹黄評定，巨細精粗，幽深曲折，開卷展讀，靡不了然。第覺其文情精者愈精，曲者愈曲，洵非淺鮮者之比。吾因是而有感於今之讀書者焉。大則名登天府，出其手著以傳誦於一時；小則皓首蓬窗，亦挾其一編，以愉快於一己。彼泯泯無聞，空老於他人之章句，亦何可勝道哉。昔范曄手録《漢書》，删繁就簡，成一家言，亦深有見於此也。今涵泳是編，六經、子史，精微深奥，固可遊刃而解，凡肆意倡酬，汪洋浩瀚，無不可染翰而成。若謂義屬填詞，以雕蟲小技目之者，皆門外漢耳。因特手録，置之几案，焚香默誦，非曰陶情，亦欲得其至理之所在云。是爲序。

《西厢記》序（山陰朱璐景昭氏譔）

六經之文，如日月經天，如江河行地，昭垂來許，千載尚已。降迨《左》、《國》、子、史，其言皆自成一家，宏深奥衍，意不相襲，亦足傳耳。惟《楚騷》爲詞賦創體，文章之道，至此一變。乃千百年傳誦之者，與《左》、《國》、子、史無有低昂者，何歟？以其托意深厚，情文兼至，神而明之，不僅尚其辭也。吾以爲《西厢》之妙，亦有然者。蓋填詞雖屬小技，立言不擇伶倫。昔王遂東序之先生曰：「登峰造極，俱在第一層尖上取舌。此書成後，千古人學問盡呆，資質俱鈍。」可謂論之當矣。今細爲紬繹，其摇筆灑墨，時有仙氣廻翔紙上。故其爲文，無非雪痕鴻爪，鏡花水月，若蜃樓海市，憑空結撰而成。使人讀之，如遇若耶佳艶，一種天然雅澹，悉在脂塗粉捏、香團玉削之外。近閲吴中改本一帙，逐段注解，逐篇評論，立意命詞，大都宗《南華御寇》，而才分有未逮焉者。使得良師友磨礱陶鑄之，幾登作者之壇。惜其任以己意，盡將原本割裂改塗，每一展看，腸欲爲嘔，目欲爲眩。試舉一節言之。《琴心》篇云：「疏簾風細，幽室燈清，壹層紅紙，幾眼疏欞。」乃添改云：「外邊疏簾風細，裡邊幽室燈清，中間幾眼疏欞。」類而推之，較是有甚者。夫文章之妙，全在引而不發，令人會晤而得，此作者之苦心，讀者之樂事也。使過節之痕畢露，則森秀之致盡失。若牙儈較斗量升，數一數二，何可聽聞？今有仙子臨凡，而欲以澗草溪花，朦朧插戴者，固不可得也；即欲以翠翘金鳳，莊嚴致飾者，亦不可得也。改《西厢》者，改之而當，不過翠翹金鳳，所謂刻鵠不成；改之而不當，流爲澗草溪花，是謂畫虎不成矣。夫《莊》之後，不可作《廣莊》；《史》之後，不可作《後史》；唐之後，不可作「擬唐」，寧《厢》之後，而可作「改厢」者，是亦多見其不知量也。然其一翻評注苦心，議論風生，煞有可觀，不容泯没。予因特檢原本，取其評注之得當者，另録一編。

間有缺略散漫者，附以臆見，稍爲增損，使覽之者，如疏決河堤，悉遵故道；如擺設棋枰，復安成局。又取明季諸先正各本，凡評論之有裨於文藝者，彙録焉。如宋儒注疏《論》、《孟》，單心射的，人懸正鵠，紫陽從而裒集之。夫今而後讀是編者，庶幾張洞庭之樂，焚迷迭之香，白玉爲案，珊胡爲管，夷光挹露，鄭袖研硃，没讀一過，暢浮大白。竟一日讀之可也，竟千百年讀之可也；作《西厢》讀之可也，作《左》、《史》、子、史讀之，無不可也。彼不知讀《西厢》者，即不能讀《左》、《國》、子、史，即不能讀《左》、《國》、子、史者也，善讀《左》、《國》、子、史者，必能取《西厢》一倡三嘆者也。

鍾氏原序

間閲韓柳歐蘇之文，與夫《西厢》之文，知天地間都是文章，惟轉移作用之權，摻之自人耳。如有餓夫於此，使投以珠玉，則僵仆傴偻之下，必塊然而無用；若進之以膏粱葡萄三咽，飽騰生色矣。又有貴介於此，使進以膏粱，則剥烹燔炙之餘，或攢眉而相向；若投之以珠玉，緹巾十襲，珍藏無數矣。夫餓夫貴介，非不知膏粱之與珠玉同，其鄭重而喜好不同者，物貴適用也。然自造物者而言，二者總屬天地之精華，彼視爲膏粱，視爲珠玉，不過轉移作用之妙耳。故韓柳歐蘇之文，餓夫之膏粱也；《西厢》之文，貴介之珠玉也。自解人視之，神理才情，同歸一轍，未嘗以優劣論也。

景昭氏曰：此序精切詳明，固無間然矣。昔王季重序《西厢記》云：兒女之情，千曲萬曲，非厭襲可嘔，即幻戾不情，間有文章綜錯，不過山異海肴，斷不能出粱肉之上。蓋味至粱肉，所謂無以尚之，是造物者設味之極思也。《西厢》登峰造極，何以異此。參於此言，則《西厢》又珠玉而兼膏粱者也。焦弱侯有曰：讀人好文章，如喫飯，八珍雖美，而易厭；至於飯，一日不可無，一生喫不厭。蓋八珍，乃奇味；飯，乃正味也。吾謂《西厢記》，亦有然也。

題跋（蕭山陳正治綺函氏譔）

余於庚戌之秋，自懷旋里，與天台袁君孝廉，萍逢途次。攬轡交譚，歡然浹洽。及盤桓逾旬，知其宿學高才，愧莫之及。尤長於古文辭詩歌。余降心求教，袁君云：子專舉子業，苟於是道精一分，究於製藝減一分。余深佩此言，自茲以往，凡一切無益之書，擯置弗讀。惟《西廂》一書，未免戀戀，不能忘情。然不過愛其虛圓爽秀，初未知其有裨於藝壇運用也。壬子仲冬，復至覃懷，見景昭先生案頭，手録《西廂記》一編，逐段注評，逐字校正，細爲尋繹。凡讀書行文，至理妙境，燦然俱備。其脈絡條貫，大都與《左》、《國》、《莊》、《騷》，相位表裏。填詞至此，洵未可作小道觀也。楊子雲嘗謂：雕蟲小技，壯夫不爲。蘇長公論之曰：文之爲物，如繫風捕影，能使是物了然於心者，蓋千萬人而不一遇也。況能使之了然於口於手乎！雄好爲艱深之詞，以文淺易之説，其《太玄》、《法言》言，皆是物也。終身雕蟲，但變其音節，便謂之經可乎？屈子作《離騷》，益風雅之再變者，雖與日月爭光可也。可以其類詞賦，而謂之雕蟲乎？余謂長公此論，雖由其識見高深，實善啓千古讀書法門者爾。士君子凡有著述，苟能行乎所當行，止乎所不可不止，使姿態橫生，機神曲暢，即途歌巷語，隻字單詞，神而明之，無非妙諦。始信文章一道，古也今也，文也詞也，無二理也。景昭先生不以臆説爲鄙，另録一編，欣然付余，贈貽雅愛，豈亦陳主授麈，吕虔解佩之意乎。特跋數言，以志弗諼。

劉夢得嘗愛終南太華，以爲此外無奇；幾荆山，以爲此外無秀。及見九華，始悔前言之失。昔有友人，狂蕩自負，生平癖愛《史記》。一日謂人曰：「日者讀《史記》將竟，無書以消永晝，奈何？」彼時惜不以《西廂》一編示之。若使其細爲紬繹，應亦悔出言之謬。

蘇子由曰：太史公行天下，周覽名山大川，與燕、趙間豪俊交游，故其文疏蕩，頗有奇氣，豈常執筆學爲如此之文哉。其氣充乎其中，而溢乎其貌，動乎其言，而不自知也。方正學嘗論：《西廂》行文，時有仙氣繚繞筆端。王季重論《西廂》：文情蕩漾，隨其意興。二公之論，正與子由論《史記》之語適爲相合。

古來文字好者，都不見安排字迹，一似信口説出，自然妙也。其間體制非一，但本於自然，不安排者，便覺好，如柳子厚比韓退之不及，只爲太安排也。《西廂》一書，全在心口説出，不見安排爲妙爾。

世路中人，或圖功名，或治生產，或憂子孫，儘是正經。爭奈天地間好風月、好山水、好書籍、好花木，了不相涉，豈非枉却一生？人于經書子史研究者固多，若《西廂》，往往忽略輕看，蹉過好書籍，亦是一生缺然處。

（錫山按：後又有兩頁，第一頁共四段，文字摘録和評論史事；第二頁僅一段，評論讀書人最宜理會與作書人「一鼻孔出氣」一語，皆與《西廂記》無關，顯然是從他處竄入之文字，非此書的内容，故不録。）

讀《西廂記》法（山陰朱璐識）

作文最忌手拈一題，前半是此意，後半亦是此意也；手拈兩題，前篇是此意，後篇亦是此意也。如摻執歌板，捱門彈唱，總不脱【駐雲飛】一套，極爲可厭矣。《西廂》必變幻莫測，不使重複雷同，如《傳書》、《訂約》等篇，可類推也。

作文最忌題是此意，而文亦止此一意也；題有此意，而文反失此一意也。如膠柱鼓瑟，如刻舟求劍，牽纏粘滯，讀之徒增煩悶。《西廂》必翻騰開拓，另闢生面，而如《投禪》、《解圍》等篇，可類推也。

作文最忌字句鄙俚也。如月露風雲，固屬浮靡可厭，若杜撰牽强，亦足貽笑大方。《西廂》必出語矜貴，落筆典重，雄偉蒼秀之氣，迥異諸書，如《遇艷》、《解圍》等篇，可類推也。

作文最忌起勢不張也。如韓淮陰之登壇對，如鄧高密之仗策言，如諸葛忠武之隴中計，矢口而談，便探驪珠。故起勢得，則通篇覺增神彩；起勢失，則通篇便減氣色。《西廂》每於起處必有怒濤峻嶺之勢，如《背盟》、《巧辯》等篇，可類推也。

作文最忌餘勇不勁也。如千巖必拱，絶巘如群川，畢赴大海，將閣筆時，而能恣意飛翔，斯爲文家妙境。《西廂》每於篇終，曲盡淋漓之致，使筆酣墨舞，如《踰墻》、《旅夢》等篇，可類推也。

作文最忌中氣不充也。如山游者，轉入谷口，而劃然天開；如溪行者，適逢水盡，而蔚然雲起，若首尾結構而中無縱横穿插之妙，如潢汙坑阜，復何可觀。《西廂》每中一篇，務令峰回路轉，使人應接不暇，如《投禪》、《省簡》等篇，可類推也。

劍掃云：《西廂記》興致流麗，情思逶迤，學他描神寫景，必先細味沉吟，如曰寄趣本頭，空博風流種子。

槐蔭堂繪像六才子書（八卷，清雍正十一年，一七三三槐蔭堂刻本）

序（程士任）

觀夫鳳吹流聲，嵓雲寸管，月華呈彩，必籍微雲。故綺語艷思，恒因端於往蹟；秉簡贈芍，亦共著於風詩。研極賦情，不過托爲揮灑；戲游翰墨，無非假作筌蹄。寔父才埒班、楊，學闚東壁；情深温、李，意寓《西廂》。加以貫華之品評，益使菁英之如揭。曲從天上，不待被諸管絃；文到妙來，足以濬兹神智。爰申鏤繪，裁作袖珍，巧類棘猴，光侔照乘。俾夫能文才士，契彼靈心作賦；騷人挹斯，絶艷芳詞在譜。適供玩月評花，好句如仙雅稱；驅愁破寂，至於會真待月。不殊有美之詞，蕭寺留雲；詎外無邪之旨，存乎玄覽，别有會心。

時雍正癸丑歲仲春，耕埜程士任自莘甫題於槐蔭堂。（按，另有成裕堂本，則改爲「題於成裕堂」。）

樓外樓訂正妥注第六才子書（六卷，首一卷，清鄒聖脈妥注，清乾隆四十七年，一七八二，樓外樓刻本）

序（鄒聖脈）（略）

按此序抄襲明醉香主人《題卓老批點〈西廂記〉》附録。

凡例（盧見曾撰）

一、貫華堂原本字句，不拘譜法多寡。余得即空觀主人日新堂本，將襯字細一分，不與本調實字相混，今依之。後之作詞曲者，庶知遵循矣。

一、原本字句精妙，傍用○，讀者往往不知句數。今改用止於每句之下，用一「○」，則雅俗皆得而讀之矣。

一、叶切字音，彙載句首，讀者苦難查對。今復補於各折之上層。

一、記中有方語、市語、隱語、反語，又有折白、調侃等語。要皆金元一時之習音也，盡有昔然而今不然者矣。讀者固不能洞曉，亦無貴於洞曉，以意得之可也。

一、沙、波、價、呵、吆，是助語辭；俺、咱、喒，是我字；您是你字；恁是這般，然亦有當作思念解者。

一、看填詞與他書不同，填詞多借用成語，若字櫛而句比，寸積而銖累，鮮有不死句下者。昔靖節先生讀書不求甚解，貴在會意，豈真不解之謂哉。謂不死句下，只求大意之所在也。《西廂》文，方言俗語，錯見紛出，矧南北異地，古今異宜，可强爲解乎。所賴讀者神而明之，得其意之所在，即以己地之方言代爲解之，無不可者。譬之嗳喲二字，此亦俗言之常，無難解也。苟思有以解之，則其義隨聲而異：卒然起者，爲警聲、惜聲；歛而伸之，爲忍痛之聲；急暴大呼，則爲毒痛之聲；軟語微蹙，則又爲兒女子快活之聲。豈一端所可盡乎。只在脣吻間，審其輕重緩急，以意會之而已。世之評釋《西廂》者，揣意摹情，莫妙於聖歎，其間事迹方言，則有所未及，在博雅固非其所須，而淺學實範無所入。因取徐文長、王伯良、袁了凡、即空觀主人諸先生所輯，妥而注之，附以音義，去其謬誤，可解者解之，或從而兩存之；不可解者，存以俟之，非敢藉口靖節，不求甚解，亦無幾異於不求解云爾。

一、他本注釋有妄牽合故事，删之；有用其成語非用其事者，亦載其事，使知本語之來歷。其事有雅訓者，録之頗詳，觀者亦有因此而得彼之樂與。

一、金批中引用内典，衰朽之夫，未之學也。觀者但以意會，亦得。（清乾隆間樓外樓刻本《樓外樓訂正妥注第六才子書》）

金聖歎先生評點綉像第六才子書（八卷，乾隆五十六年，一七九一金閶書業堂重鐫）

序（佚名）

凡書不從生動處看，不從關鍵與照應處看，猶如相人不以骨氣，不以神色，不以眉目，雖指點之工，言驗之切，下焉者也，烏足名高。語曰：傳神在阿堵間。嗟夫！此處着眼正不易易。吾竊怪夫世之耳食者，不辨真贋，但聽名色，便爾稱佳。如卓老、文長，周公種種諸刻，盛行於世，亦非真本，及睹真本，反生疑詫。掩我心靈，隨人嗔喜，舉世盡然矣，吾亦奚辨。

今睹聖歎所批《西厢》秘本，實爲世所未見。因舉風流隋何，浪子陸賈二語，疊用照應，呼吸生動，乃一評曰妙，再評曰妙妙，三評以至五評，皆稱妙絶趣絶。又如用頭巾語甚趣，帶酸腐氣可愛，往往點出，皆人所絶不着意者，一經道破，煞有關情。在彼作者，亦不知技之至此極也。聖歎嘗言：凡我批點，如長康點睛，他人不能代。識此而後知聖歎之書，無有不切中關鍵，開割心胸，發人慧性者矣。夫《西厢》，爲千古傳奇之祖，聖歎所批，又爲《西厢》傳神之祖。世不乏具眼，應有如揚子雲者，幸毋作稗官野史讀之，當從《史記》、《左》、《國》諸書讀之，可也。

蘇州西厢（《貫華堂第六才子書西厢記》影刻本，八卷，乾隆間文起堂刻本）（此宜閣本翻刻本）

識語

沈旭輪先生云：古人遠遊者，歸必以彼中土産珍奇之物餉其親暱。如俞安期見檳榔樹，陸平原登銅雀臺，輒皆以不得相致爲恨也。今若有人從蘇州來，而不惠我虎丘社一瓶、聖歎書一部，我真不能無憾於爾也。　蘇州文起堂識。

雲林別墅繡像妥注第六才子書（清嘉慶二十四年，一八一九啓元堂刻本）

例言

一、看填詞與他書不同，填詞多借用成語，若字櫛而句比，寸積而銖累，鮮有不死句下者。昔靖節先生讀書不求甚解，貴在會意，豈真「不解」之謂哉，謂不死句下，只求大意之所在也。《西厢》文，方言俗語，錯見紛出，矧南北異地，古今異宜，可强爲解乎？所賴讀者神而明之，得其意之所在，即以己地之方言，代而解之無不可者。譬之「噯喲」二字，此亦俗言之常，無難解也。苟思有以解之，則其義隨聲而異，卒然起者爲驚聲惜聲，斂而伸之爲忍痛之聲，急暴大呼則爲毒痛之聲，軟語微蹙則又爲兒女子快活之聲，豈一端所可盡乎？只在脣吻間，審其輕重緩急，以意會之而已。世之評釋《西厢》者，揣意摹情，莫妙於聖歎，其間事迹方言，則有所未及。在博雅，固非其所須，而淺學，實茫無所入。因取徐文長、王伯良、袁了凡、即空觀主人諸先生所輯，爰而注之，附以音義，去其謬誤，可解者解之，或從而兩存之，不可解者存以俟之。非敢藉口靖節「不求甚解」，亦庶幾異於不求解云爾。

一、他本注釋有妄牽合故事，删之。有用其成語，非用其事者，亦載其事，使之本語之來歷。其事有雅馴者，録之頗詳。觀者亦有因此而得彼之樂與。

一、金批中引用内典，衰朽之夫未知學也。觀者但以意會亦得。

一、記中有方語、市語、隱語、反語，又有拆白、調侃等語，要皆金元一時之習音也。儘有昔然而今不然者矣。讀者固不能洞曉，亦無貴於洞曉，以意得之可也。

一、沙、波、價、呵、麽，是助語辭。俺、咱、喒，是我字。您，是你字。怎，是這般，然亦有當作思念解者。

一、釋義，叶、切字音，俱彙載於各折之上層。

一、原本字句精妙，傍用磊○，讀者往往不知句數。今改用止，於每句之下用一「○」，則雅俗皆得而讀之矣。

雲林別墅主人識。

吴山三婦評箋注釋第六才子書（清嘉慶間致和堂刻本、嘉道間文苑堂刻巾箱本）

凡例

一、《西廂記》一書，刻者無慮數十家，大都增改原文十之四五，惟第六才子書爲正。但其批，繁於文，音義未備，連篇累牘，折數未分。今合參諸本，上層注以參釋，下層悉依金批，支分節解，每折標明，是書稱全璧矣。間有曲白中易一二字者，皆出古本。評語中删一二句者，取便抄寫，非敢妄自增删也，曉人當自領之。

一、《西廂記》一書，大抵多北方鄉語，南人率敢任意改竄，以未得解故耳。若不注之參釋，有不可以意會者。今悉依諸本參入，庶無脱略之虞。讀者諒余之苦心可也。

一、《西廂記》一書，引用故事，及引用元詞甚多，若不注明出自何人事實，用自何人詩詞，非啓後生以不求甚解之病乎。程子曰：得於辭而不達其意者，有矣。未有不得於辭，而能通其意者也。故集中參評釋義，不憚瑣瑣置解，雖或哂其迂而拙，弗恤也。

一、《西廂記》一書，正者十六折之文，語語化工，堪與《莊子》《史記》並垂不朽。續者四折之文，語多痕迹，俚而未化，但亦是元詞，可玩而不可忽也。若必隨聲附和，痛訾爲不成文理，則妄極矣。今正者曲白，悉依聖歎原本；續者曲白，參以西河古本。參釋詳明，予止恐世之耳食者，借爲口實故耳。

一、《西厢記》中參釋，大約得力於有明諸名公者居多。而毛西河解者頗中肯綮，聖歎評者則稱全構。故集中另單備志評，釋名家姓氏，不敢忘所自也。

一、《西厢記》是北詞，故每折止標二字。至如《佛殿奇逢》之類，是南曲科例，非北曲科例也。今止標二字於每折之中，而附南曲科例於目録之下，俾閲者一見了然云爾。

一、《西厢記》繪像，昉自趙宜之跋《雙鴛圖》以及陳居中、唐伯虎，皆有之也。是集每折必繪圖像於首，列詩詞於後。世謂譜俗，不知正復古也。其畫譜皆仿元筆，詩詞亦雋妙可人。洵足備案頭珍玩也。

一、《續西厢記》後，他本尚有王生《圍棋》一折，《錢塘夢》、《園林午夢》二篇，批評蒲東詩數十首，雜出不倫，蓋必是後人所添，非元人作者本色也。所謂魚目，恐其混珠，本不欲列之，以眩閲者心目。間有博雅好事者，不妨録之以備覽可也。至外附佳文二十首，足見才人狡獪伎倆，無所不可。讀是集者，尤不可不讀是文。

一、毛西河《西厢》古本，曲白多與聖歎本不符，且嘗有駁聖歎批者。今取其解與聖歎合者從之，其解與聖歎悖者去之。或有駁聖歎説雖未甚當，而引證確切可參者，亦必附之存參，以廣才識，幸無訾雜説之矛盾也。

一、《西厢記》原本不列作者姓氏，乃《北西厢記》，竟列元大都王實父著。何也？今參諸本，亦不敢妄以姓名列之，但姑仍原本之舊云爾。

一、《西厢記》顔曰「文機活趣」，何也？乃所以涉趣也。邇來士子攻舉子業，研心經史，精楛神敝，最是困人。人一困，則意趣便不森發，文焉得工？學者誠取是書，細玩而吟咏之，則描神寫景處，自有一種仙風道骨，如生龍活虎之不可捉摸矣。孰謂涉趣無補於文哉？涉者言乎博而不有也。

一、《西廂記》乃寄情消遣之書，非導淫蕩志之書。讀者不可作無是事觀，亦不可作有是事觀。但細玩其行文之關鍵照應，闔辟抑揚，斯得之矣。聖歎云：「文者見之謂之文，淫者見之謂之淫。」亶其然乎。

一、《西廂記》，妙在有生情，貴乎能悟入。昔李九我發解後，參拜畢松波先生，師密語曰：「禪家在悟，文家亦在悟。子今不必專讀書，但靜坐三數月後，再將理齋先生《賢哉回也》全章題文，諷咏數遍，所得多矣。」由是觀之，可見讀書不能悟入，便生龍活虎，皆成土木；作文若有生情，則落花水面，盡是文章。指點須要機鋒，領受必須夙慧，豈不然哉。今聖歎所評《西廂》，便是指點機鋒也。熟讀之，何患不能發人慧性耶？

一、正《西廂記》十六折筆法，如化工之肖物，真人巧極天工，錯窈冥變幻，而莫知其端倪也。昔王元美評古文有云：「《檀弓》《考工》《孟子》《史》《國》聖於文；班氏賢於文；《莊》《列》《楞嚴》《維摩詰》鬼神於文。」今觀《西廂記》，其洵聖於文者乎，賢於文者乎，鬼神於文者乎？然天之繫星漢也，山之尚草木烟雲也，水之承風也，皆至文也。自非得達觀先覺者，以爲之指點其機鋒，又孰從而知其技之至斯極哉。

一、鄙見每斥讀書不求甚解之説，非斥靖節先生不求甚解之言也。蓋先生所言，每有會意，便欣然忘食，則所謂不求甚解者，正不穿鑿附會之謂也，何斥之有？所斥者，在今之鹵莽滅烈者耳。所以邵氏《皇極經世書》有曰：「天下言讀書者不少，能讀書者少。若得天理真樂，何書不可讀，何堅不可破，何理不可精！」

一、鄙見以讀書用功宜活，窮通順逆，遭境不一，憤鬱憂愁，諸情易擾，安可不善自排解，尋一出路？予生艱苦備嘗，病難畢閲，幸得偷生至今者，以胸中時挾一編無字書，自唱自咏，不復計有人世險阻故耳。此一編之助我救我，功良多矣。辛丑歲，周游江右諸郡，通都大邑，得廣接夫賢人君子，親其緒論；復好買未見新書，恣所覽擇，遂彙成是編。

夫吾輩搦三寸管，宜舒千古眼，不有奇書一卷，何由掃盡十丈紅塵，躋身霄外？況鹿有蘋，呼群而共食，子又曷敢自私乎哉。

一、《西廂記》名家無慮數十種，今略舉所知者姓氏開列於後。

董解元詞（爲是記所本），王實甫、關漢卿（俱元時作《西廂》者），徐文長先生（諱渭），汪然明，李卓吾先生（諱贄），李日華先生（諱去華），徐天池先生（即文長），湯若士先生（諱顯祖），陳眉公先生（諱繼儒），孫月峰先生（諱鑛），徐士範先生，王伯良先生（諱驥德），邱瓊山先生（諱濬），唐伯虎先生（諱寅），蕭孟昉先生，董華亭先生（諱其昌），金在衡先生，梁伯龍先生，焦漪園先生，詞隱生（即沈璟），薖軸碩人，何元朗（良俊），黃嘉惠，劉麗華（金陵富樂院妓），李笠翁（諱漁），尤展成（諱侗），金聖歎先生（第六才子書出），王斲山先生（文恪公之文孫也），毛西河先生（諱甡，字大可），錢西山先生，沈君徵先生（諱寵綏，明崇禎人）。

聖歎先生批評《西廂記》文法，多有補前賢所未發者。今略摘一二，附録於首，以便觀覽。

烘雲托月（《驚艷》篇首評語）。用筆在未用筆前、排蕩之法（《借廂》篇首評語）。明攻棧道、暗度陳倉（《借廂》篇中評語）。淺深恰妙之法、設身處地、龍王掉尾（《酬韻》篇中評語）。文章家無實寫之法（《鬧齋》篇中評語）。移堂就樹、月度回廊、羯鼓解穢（《寺警》篇首評語）。正反婉激盡半（《賴婚》篇首評語）。作文最爭落筆（《賴婚》篇中評語）。寫景是人（《琴心》篇中評語）。那輾（《前候》篇首評語）。筆墨加一倍法、鏡花水月、一幅作三幅看（《前候》篇中評語）。得過便過、空中樓閣（《鬧簡》篇中評語）。曲折（《賴簡》篇首評語）。生葉生花、掃花掃葉、三漸三得、二近三縱，而不得不然、起倒變動之法、實寫一篇、空寫一篇（俱是《後候》篇首評語）。抑揚頓挫之法（《後候》篇尾總批中語）。妙事妙文（《酬簡》篇首評語）。用一層有兩層筆墨、應接連處不接連、不應重沓處又重沓（《酬簡》篇中評語）。快事快文（《拷艷》篇首評語）。補筆、沉鬱頓挫（《拷艷》篇中評語）。【端正好】寫別景、【脱布衫】寫坐景（《哭宴》篇中評語）。入夢狀元坊、出夢草橋店、入夢之因、入夢之緣、入夢所借（《驚夢》篇中評語）。

讀《西廂記》法

毛西河曰：詞有詞例，不撿詞例，雖引經據史，都無是處。以詞中義類事實，句調語調各不同也。董詞爲是記所本，元劇爲是記所通。以曲辨曲，以詞定詞，何不得者？故其中論次，多引曲文以著詞例云。

每折中，調有限曲，曲有限句，句有限字，此正所謂宫調出入章句通限，字音死生也。凡於中通宫换調，並曲文襯茈搶帶等事，字例宜分別，但舊本一概混書。且凡宫譜所列，與元詞按之，每有參錯，借加務頭標十七宫調，不標出入，元劇則有出入矣。然不標何宫何調，譜則既標出入宫調，而又不詳，如〔中吕〕用〔南吕〕，乾荷葉譜及之。〔雙調〕用之，譜未及之也。且舊有轉用宫調例，如〔正宫〕道合，可出入〔中吕〕宫，遂以行道合，並轉用〔中吕〕宫之【賣花聲煞】，此最微妙，義今不詳。〔正宫〕章句通限，雖有一定，而元詞襯字每倍句，茈句每倍章，即務頭所定字句不拘者，一十四章。考元詞每不止此，如【中宫〔宜爲「吕」〕・六么序】【雙調・收江南】【梅花酒】【川撥棹】等，皆在一十四章之外。即名同律異，如【端正好】一目，而〔正宫〕〔仙吕〕，各有不同，務頭明辨之。然往見元劇楔子，或標〔仙吕〕，實〔正宫〕，或標〔正宫〕，實〔仙吕〕。且有本正〔正宫〕，么〔仙吕〕，兩宫并見，何所定據？且更有變體，如【仙吕・混江龍】、【雙調・攪箏琶】、【越調・綿搭絮】等，間雜無韻，排語一二十句，名曰帶唱，而譜皆無有此。無怪乎第十三折楔子，王伯良疑〔正宫〕爲誤。而「幽室燈青」，「眉似遠山」諸曲，何元朗至訾爲失韻而不之察也。蓋譜既難據，而元詞又急難辨晰，不能取準。誠恐照譜律曲，照宫律調，分別襯茈，標明通換，反多紕繆。況世多妄人，每好刪舊文以就私臆。幸正襯混列，彼猶忌平仄短長之或有礙，若明明別出，則凡襯茈字，恣爲刪改，不可底矣。且是書重文章，其爲宫調長短，則聽之元劇，與宫調舊譜。以俟知者。

北音備《中原音韻》，與經史讀例不同。若逐字音注，則凡入聲俱分隸三聲，無不當轉押者，不勝注矣。故只注難字，兩讀字，並借葉字。其他字畫煩省，義類通假，概不拘限。蓋曲字不同，有從便者，如「裏」爲「里」，「著」爲「着」類；有從通者，如「們」爲「每」，「得」爲「的」類；有從異者，如「磋」爲「彫」，「蹴」爲「跐」類；有從變者，如「朘」讀「梭」類。使必較古字，正古音，盡失之矣。至若陰陽死生，則雖元詞，亦罕有合者。茲但略摘其所知者，於卷中餘任自然，無容深論。鹵略者，以不求解而存《西厢》；敏悟者，以好解而反亡《西厢》，何也？以解之不得，則改竄從此生也。《西厢》猶近古正，惟其耐由繹耳。今請翻《西厢》者勿先翻論釋，只就本曲字句尋求指歸，志意相逆，文詞不害。徐而罔然，又徐而涣然。然後，知以我定詞而詞亡，不如以詞定詞而詞存也。

第六才子書桐華閣校本西厢記（不分卷，道光二年，一八二二長白馮氏刊）

敘（吴蘭修）

壬午秋夜，與客論詞，有舉王實甫《西厢記》者，余曰：「字字沉着，筆筆超脱，元人院本無以過之。惜後人互有删改，至金氏則割截破碎，幾失本來面目耳。」客究其説，悉臚答之。次日，秀子璞請别著録，乃出六十家本、六幻本、琵琶本、葉氏本（以上互有異同，今皆謂之舊本）、金聖歎本，重勘之。大抵曲用舊本十之七八，科用金本十之四五，雖非實甫之舊，而首尾略完善矣。子璞解人，其視此爲何如也？桐花閣主吴蘭修序。

附論十則

客曰：金氏分節無當乎？曰：曲有宫律，〔仙吕〕之與〔中吕〕，〔雙調〕之與〔越調〕，不相犯也；曲有節奏，起調之與尾聲，换頭之與歇拍，不相亂也。今使歌者截一曲之半，以爲前曲之歇拍；又截一曲之半，以爲後曲之换頭，則聽者皆知其失調矣。

客曰：以文義按之，金氏所分亦有未盡非者。曰：曲之帶白者，其詞多斷；曲之接板者，其意相連。金氏强作解事，可云鹵莽。至「待颺下教人怎颺」，本七字句，乃分「待颺下」三字爲一節，是何説也？

客曰：金氏妄改可得聞歟？曰：如《驚艷》云：「你道是河中開府相公家，我道是南海水月觀音院。」（改云：「這邊是河中開府相公家，那邊是南海水月觀音院。」）《借厢》云：「我若共你多情小姐同鴛帳，怎捨得你疊被鋪床？」（改云：我若與你多情小姐同鴛帳，我不教你疊被鋪床。）「你撇下半天風韻，我捨得萬種思量」。（改云：你也掉下半天風韻，我也颩去萬種思量。）《酬韻》云：「隔墻兒酬和到天明，方信道惺惺自古惜惺惺。」（改云：便是惺惺惜惺惺。）「便是鐵石人，鐵石人也動情。」（删去疊鐵石人三字。）《寺警》云：「便將蘭麝熏盡，只索自温存。」（改云：我不解自温存。）「果若有出師的表文，嚇蠻的書信，但願你筆尖兒横掃了五千人」。（改云：他真有出師的表文，下燕的書信。只他這筆尖兒敢横掃五千人。）《請宴》云：「受用此寶鼎香濃，綉簾風細，緑窗人靜。」（改云：你好寶鼎香濃云云。）「請字兒不曾出聲，去字兒連忙答應」。（改云：我不曾出聲，他連忙答應。）《賴婚》云：「誰承望你即即世世老婆婆，教鶯鶯做妹妹拜哥哥」。（改云：真是積世老婆婆，甚妹妹拜哥哥。）《前候》云：「一納頭安排着憔悴死。」（改云：一納頭只去憔悴死。）《鬧簡》云：「我也回頭看，看你個離魂倩女，怎發付擲果潘安？」（改云：今日爲頭看，看你那良魂倩女，怎生的擲果潘安。）《拷艷》云：「我只道鍼法灸，誰承望燕侣鶯儔？」（改云：定然是神鍼法灸，難道是燕侣鶯儔。）「猛凝眸只見你鞋底尖兒瘦」。（改云：怎凝眸。）「那時間，可怎生不害半星兒羞」？（改云：那時間不曾害半星兒羞。）《哭宴》云：「兩意徘徊，落日山横翠。」（改云：兩處徘徊，大家是落日山横翠。）《驚夢》云：「愁得陡峻，瘦得嘽嚥，卻早掩過翠裙三四褶。」（改云：愁得陡峻，瘦得嘽嚥，半個日頭早掩過翠裙三四褶。）此類不可枚舉。至如《借厢》云：「過了主廊，引入洞房，你好事從天降。」（改云：曲廊洞房。）「軟玉温香，休道是相偎傍」。（改云：休言偎傍。）《請宴》云：「聘財斷不爭，婚姻立便成。」（改云：聘不見爭，親立便成。）《琴心》云：「靡不有初，鮮克有終。」（改云：靡不初，鮮有終。）《驚夢》云：「瞅一瞅着你化爲醯醬，指一指教你變做醬血，騎着一匹白馬來也。」（删去三「一」字。）過爲減字，幾不成語。大凡曲之委折，拍之緩緊，全在襯字。金氏以論文之法繩之，宜其左也。

客曰：然則，金本皆非歟？曰：金本科白簡淨，書札尤雅，舊本所不及也。改曲亦有佳者。如《借廂》云：「若今生不做並頭蓮，難道前世燒了斷頭香？」（舊本云：若今生難得有情人，則除是前世燒了斷頭香。）《寺警》云：「我便知你一天星斗焕文章，誰可憐你十年窗下無人問。」（舊本云：學得來一天星斗焕文章，不枉了十年窻下無人問。）「你休問小僧敢去也那不敢，我要問大師真個用僧也不用僧？」（舊本云：你那裏問小僧敢也那不敢，我這裏啓大師用僧那不用僧。）「就死也無憾，我便提刀仗劍，誰還勒馬停驂」。（舊本云：劣性子人皆慘，舍着命提刀仗劍，更怕我勒馬停驂。）「便是言詞賺，一時紕繆，半世羞慚」。（舊本云：我將不志誠的言詞賺，倘或紕繆，倒大羞慚。）《琴心》云：「將我雁字排，連着他魚水難同。」（舊本云：則爲那兄妹排連，因此上魚水難同。）《賴簡》云：「我也不去受怕擔驚，我也不圖浪酒閑茶。」（舊本云：恁的般受怕擔驚，又不圖甚浪酒閑茶。）「小姐你息怒回波俊文君，張生你游學去波渴司馬。」（舊本云：從今悔非波卓文君，你與我學去波，漢司馬。）《後候》云：「甚麼義海恩山，無非遠水遥岑。」（舊本云：將人的義海恩山，都做了遠水遥岑。）「他不用法灸神鍼，他是一尊救苦觀世音」。（舊本云：雖不會法灸神鍼，猶勝似救苦難觀世音。）《哭宴》云：「留戀應無計，一個據鞍上馬，兩個淚眼愁眉。」（舊本云：留戀別無意，見據鞍上馬，閣不住淚眼愁眉。）凡此，皆勝舊本。取長棄短，分别觀之可也。

客曰：六十家本，《鬧齋》之【錦上花】二曲，《寺警》之【賞花時】二曲，《酬簡》之【後庭花】一曲，金氏删之，當歟？曰：五曲鄙俚，亘出二手，删之是也。然尚有後人妄增者，如《驚艷》起調之【賞花時】二曲，《前候》起調之【賞花時】一曲，《酬簡》起調之【端正好】一曲，雖是楔子，可别自爲韻。然另用一人唱，究礙本例。且其詞淺薄，斷非實甫之舊，六幻本删之是也，今從之。

客曰：六十家本《請宴》之【快活三】一曲，《賴婚》之【慶宣和】【雁兒落】二曲，《後候》之【調笑令】一曲，《哭宴》之【小梁州】一曲，皆攙生唱，何也？曰：此妄人所亂，金氏正之，是已。

客曰：舊本《驚夢》之【鴛木查】（鴛，爲喬字之誤，下同）五曲，作旦上場唱，【甜水令】、【折桂令】二曲，旦問唱。金本以【鴛木查】四曲作旦内唱，餘皆生唱。孰是？曰：金本是也。

客曰：舊本《哭宴》闌入老僧，何也？曰：舊白可笑，無逾此者。然亦足見舊本爲俗人竄改，多非實甫之舊矣。

客曰：金氏評語何如？曰：猥瑣支離，此文字中野狐禪也。

客曰：金氏淫書之辯非歟？曰：作傳奇者，兒女恩怨，十常七八，大抵文人寓言。若以禮法繩之，迂矣。然金氏必文其名曰才子書，至欲並其人其事而曲護之，則悖甚。

客曰：然則傳奇僅爲兒女作乎？曰：其言情也，柔而善入，其立辭也，婉而多諷。「言者無罪，聞者足戒」。是亦詩人之旨也。至於表揚節義，可歌可泣，是在作者善於擇題矣。

客曰：毛西河評本何如？曰：求之數年，迄未得見。聞其辯别詞例甚精，它日得之，當再訂此本也。

附石華先生書（二通）

子璞大使足下：頃在揚州，聞黄修存明經云：某氏藏《西厢記》至八十餘種。余所見僅十之一。淹通不易，詞曲且然，愧何如也！前所定本，聞足下已鏤板，甚悔之。如可中止，幸甚！日間與伯恬、竹吾、修存諸子，探梅湖上，甚樂，惜畫中樓閣，零落殆盡，惟桃花庵無恙耳。謹報。伏惟珍愛，不宣。癸未燈節後五日，邗江舟次，吴蘭修頓首。

又

頃者歸次杭州，得董解元《西厢記》二卷，乃楊升庵定本，圖像精好，則唐伯虎所爲也。董解元，金人，失其名。此記即王實甫所本，有青出於藍之嘆。然其佳者，實甫莫能過之，漢卿以下無論矣。余尤愛其「愁何似？似一川煙草黄梅雨」二語，乃南唐人絶妙好詞，王元美《曲藻》竟不之及，何也？節録十餘調，奉寄若見。芝房學博，幸與觀之，他日南歸，當以元本持贈耳。伏候起居不備。六月十三日，桐廬舟次，蘭修頓首。

芝房師書

子璞賢弟足下：前接手師，並石華所鈔董解元《西厢記》，讀之一快。頃又寄到元本，與王本互勘。如「露著龐兒半面，宫樣眉兒山勢遠」（王云：「宫樣眉兒新月偃侵入鬢雲邊。」）「櫻桃小口嬌聲顫，不防花下有人腸斷。」（王云：「櫻桃紅綻瓠犀白露半晌恰方言，聽嚦嚦鶯聲花外囀。」）「一刻兒没巴避似一夏，不當道你個日光菩薩没轉移，好教聖賢打。」（王云：「捱一刻似一夏，見柳梢斜日遲遲下，道好教聖賢打。」）「莫道男兒心如鐵，君不見滿川紅葉，盡是離人眼中血。」（王云：「曉來誰染霜林醉，總是離人淚。」）「滿斟離杯長出口兒氣，剛道得一聲將息，一盞酒裏白泠泠滴彀半盞兒淚。」（王云：「煖溶溶玉醅，白泠泠似水多半是相思淚。」）覺元本字字參話天然妙相，惜其妍媸互見，不及實甫竟體芳蘭耳。石華所録，頗有潤色，如「燈兒一點被風吹滅」，（元本作「燈兒一點甫能吹滅。」）「披衣獨步冷清清看那斷橋月色」，（元本作「披皮獨步在月明中凝睛看天色。」）「待趕上個夢兒睡也再睡不著」，（元本作「媚媚的不干抑也抑着著」）之類，足令董解元心折。石華平昔痛絶明人改書之弊，於董、王院本，破例爲之。余謂孫夫人頰上獺，髓痕去之，亦良佳。但恐庸醫效尤，則美人之頰危矣。石華聞此，當一噱也。原鈔加墨奉復，可并石華札，附刻王本後。朔風漸厲，諸惟珍重，不宣。友生邵詠拜復。

邵咏跋

吾友吴石華學博，擅淹通之名，尤工詞曲。有井水處，無不識柳屯田也。嘗謂元曲以《西厢記》爲最，惜金氏改本盛行百餘年，無敢議一字者。乃集諸家舊本，校而正之。今秋北上，以稿付子璞，子璞亦精於此事者也，擊節稱快，亟付梓人。余鈍甚無記曲之能，而旅館挑燈恬吟竟夕，覺金氏饒舌都有傖氣，亦足見石華善讀古人書。家藏三萬卷，皆未嘗草草忽過也。電白邵咏跋。

秀琨跋

石華先生辟守經堂，藏書三萬卷，寢食以之。余與先生游數年，隨舉一書，皆能徹其原委，究其得失，浩乎莫能窮其奥也。一日，論王實甫院本，琨爲擊節，因請録之，三日而畢。以稿授余，乃知讀書不可鹵莽，院本且然，況其他哉！今秋，先生北行。琨恐失此稿，遂刻之。正如昆山片玉，已足珍玩。異日，先生哂我，所不顧也。道光二年十月，長白秀琨跋。

四明范浚素庵校字。

聖歎先生評點西厢詮注（清道光己酉味蘭軒刊本）

序（味蘭軒主人）

《西厢》爲千古傳奇之祖，聖歎所批，又爲《西厢》傳神之祖。此二語，原序中殆包括盡之矣，汝何言哉！顧刊是書者，不乏數十家，而典故詮釋，有失之太繁者，有失之太簡者，甚至議論雜出，紛然聚訌於其間，幾莫辨其孰非而孰是。凡此種種，若不重加釐定，不惟閲者不能了然於心目，即作批者之妙，不亦與之俱隱乎。余不揣固陋，每於茶半香初，取諸善本，謬爲參訂，删其繁，補其簡，又附以管見，辯論其是非。書成，名之曰：《西厢詮注》。噫嘻！注而曰詮，無非翼閲者一目了然，共徵明晰耳。雖然，萬物之理無窮，一人之識有限。以今視昔，覺諸家之繁簡是非尚未折衷於至當；而以後視今，又安知余之删之、補之、辯論之者，果能一一盡善否耶。漫付剞劂，希得當代名流摘其疵謬，而加郢正焉。斯又余之深本也夫。道光己酉年仲冬月望日，味蘭軒主人自述。（清道光己酉味蘭軒刊本）

例言

一、《西厢》一書，前代名家諸本各異，惟以金聖歎先生所批《第六才子書》爲正。此本悉依金批，復參諸本評解注典，集刊上層，其間偶有新增，亦皆本諸經籍，以備參考。

一、《西厢》曲韻，多有葉音，今依鄒梧岡先生妥注原本而注切之。至書字音義有不易曉者，亦皆切音釋義，俾閲者一目了然。間有與鄒本不同者，則因介在疑似，考之字典，酌更數處耳。

一、《醉心篇》雖非《西厢記》内正文，然才人之綉口錦心，靈思妙緒，洵屬奇可共賞。附於集中，願讀《西厢記》者，並讀此文，寓且會心，當獲益不淺也。

一、《西厢》綉像，前人刊本有只爲稗官小説家惡習而删之。按是書繪像昉自趙宜之跋《雙鶯圖》，以及陳居中、唐伯虎皆有之也。今繪雙女小像於首卷，而復於每折前爲繪圖像，其畫譜皆仿元筆，既系意遵古法，而又格樣翻新，眉目較清，諒無妨諧俗也。

汪鐵樵小楷西厢記（汪鑲本并跋，不分卷）（咸豐間抄本三册）

題記

《趙次閑書漢隷縮本》及（按，與抄本《西厢記》裝在一函中，爲第四册）《汪鐵樵小楷西厢記》，乃顧君巨六所藏，余愛其精妙，遂蒙見贈，爰付裝池，誌而藏之。　淳齋壬申冬月上浣。

又

《西厢記》爲誨淫之作，即以辭藻論，不如《牡丹亭》、《桃花扇》遠甚。元微之乃薄幸狂且，不知情爲何物，其人尤無足取。特以鐵樵小楷精工，可供摩挲，存之，姑備一格，此真所謂玩物也已矣。　淳又記。

又

此數册，乃顧巨六兄之貽，然余所費亦巨，不亞於所謂松生者。　戊寅秋，漢卿記於淳齋。

封套題簽

此册爲松生所藏，甲辰春得於錢唐蕭氏，爰記於此以誌快。　寶石齋主。

松生成此兩種書，用去白金數百，始得到手，物故後爲賈人購去，可慨也。　周兆之。

跋

傳奇佳構林立，惟《牡丹亭》，意境空靈，詞華婉縟，爲古今獨步之作。次則《四聲猿》、《桃花扇》、《長生殿》，各有所長，而《燕子》、《春燈》，亦復當行出色。至《西廂記》，則等諸目，自鄶以下，存而不論可矣。此乃平情之論，閱者幸勿以方頭幅巾哂之。　淳齋漫識。（按此爲抄本第二册最後襯頁上藏書者之跋）

又

右《會真記》一册，吾鄉汪君鐵樵爲松生書。楷法嚴謹，行次整齊，絶似平原《麻姑仙壇記》，所謂神妙欲到秋毫顛也。丙申春，鏡溪董鋆觀並識。（文後有朱文印章：許氏漢卿珍藏）（第三册正文最後一頁）

又

據鐵樵自跋，作於丁亥，應爲道光年間作。董鋆跋於丙申年，是帙距今百餘歲矣。鐵樵自跋謂此記書成，幾近匝歲。古人於一事之微，不肯苟且如此，非近今學者可及也。

淳齋讀盡又識（書於第三册最後襯頁上）

又

作細書如作大字，觀其字裏行間，綽有餘裕，可見功力之深。況筆致得歐、顏之髓，工整而不失古趣，非院體書所可比擬，宜松生以厚直酬之。

繪像增注第六才子書釋解（《吴吴山三婦合評西廂記》）（八卷，清光緒十三年丁亥，一八八七上海石印本）

序

丁亥花誕，輕寒薄暖，鎮日垂簾，偶諧賓江閣内史讀《西青散記》，至雙卿諸小詩，不禁喟然而嘆曰：「嗟乎哉！古今來才子無媒，名媛失路，竟如是哉！夫天之生一佳人，非若生凡鱗常介、雜花細草之無足重輕也；亦非若生庸夫俗子、販商市儈之無關得失也。既有色矣，尤必賦以才，俾咏絮頌樹，遥傳佳話；既有才矣，尤必鍾以情，俾吟風弄月，獨抒綺思；既有情矣，尤必與以德，俾懷冰履棘，永矢芳心。宜乎靈秀所鍾，碧翁之特破八萬年前之成例矣，而乃囚鸞笯鳳，叱燕嗔鶯，既有色偏不使以色稱，既有才偏不使以才顯，既有情偏不使以情傳，既有德偏不使以德著，身埋蓬伙，伊鬱終身，千古有心人夫亦當同聲一哭矣。」內史曰：「以卿所云，則與爲《西青》之雙卿，何若爲《西厢》之雙文乎？夫以雙文之色之才之情，幾何不可與雙卿媲，而乃蕭館聽琴，良宵拜月，士兮耽色，女也兜情。艷迹流傳，藉藉詞人之口，則竊以爲樹中之女貞，固不若花中之夜合矣。」予曰：「子無然，子無然。公有上清仙子，謫下塵寰。才思泉流，千言立就，而又發情止禮，如辟持躬，錦綉其才，金玉其品。迹其之才之情之德，固宛乎一雙卿也，而世之愛其才慕其情者，惟以譽雙文者譽之，嗚呼，冤已！然前既有玉鈎詞客，舍千萬億有色有才有情之佳人，而獨乎雙卿之德，則後豈無因重其德而色以稱，才以顯，情以傳，俾不負碧翁之特破八萬年前成例者，而何羨乎雙文，而何羨乎雙文之僅以色稱、以才顯、以情傳，而獨不以德重歟？」言未既，小婢以浣花箋進，則碧梧館主方匯録《西厢》文、《西厢》詩、《西厢》酒籌諸小品，而丐叙於余。內史屑麝拂箋，請記今日之語，爰就水精簾下，抽穎而綴諸簡端。光緒歲次丁亥，孟春之月，申左夢畹生戲述。

繪像跋

《會真記》一書，非僅緣情而作，皆係文士寓言，備抒胸臆，爲千古有心人痛哭之場，而繪色繪聲，各臻其妙，能令百世下閱者爲之拍案驚奇。兹復各繪一圖，弁諸卷首，不特卷中人之意態摹寫畢真，即當日之離合悲歡，無不活現紙上，按圖披覽，朗若列眉，而筆法之精妙，尤爲活虎生龍，有令人不可思議者也。噫！雙文遠矣，而雙文之才之情之色，固賴是書以傳，即其逸事艷跡，亦將籍是圖以俱傳。

光緒歲次著雍困敦且月雙蓮節，東武惜紅生跋於涵碧樓之南窗。

《園林午夢》跋

聖歎評曰：「即此觀之，莫説人彼利名牽，神魂不安，即儒者閉窗評論今古，亦是一種機心未淨處，讀漁翁《午夢》，可以豁然猛醒。」

暖紅室刊本西厢記（清末民初劉世珩暖紅室刊本）

西厢記題識（劉世珩）

《西厢》本唐元稹《會真記》。宋安定郡王趙令畤，始作鼓子詞，填（商調・蝶戀花）十二闋述其事。金章宗時，董解元率以方言復譜成曲，乃優人絃索彈唱者。元王實甫又成雜劇四本，每本四折。關漢卿續一本，亦四折，所謂《西厢五劇》已，一變而爲搬演者。《西厢》實翻董曲，有云漢卿撰實甫續成之，終無定論。王、關皆由金入元，關之名盛於王，或王爲關掩。諸本皆以王撰關續，當仍從其歸也。庚子、辛丑間，從繆藝風丈，得閔刻本董解元《西厢》，刊之江寧旅第，覓王關五劇竟不可得。嗣在金君拱北許，得閔遇五刻《會真六幻》，亦非五劇本。其名「六幻」者：曰幻因，元才子《會真記》，圖、詩、賦、説、《錢塘夢》；曰㨿幻，董解元《西厢記》；曰劇幻，王實甫《西厢記》；曰賡幻，關漢卿《續西厢記》，附《圍棋闖局》、《五劇箋疑》；曰更幻，李日華《南西厢記》；曰幻住，陸采《南西厢記》，附《園林午夢》。後又得顧玄緯《增補會真記實録》、徐渭虚受齋《重刻訂正元本批點畫意北西厢》、王驥德《校注古本西厢記》、徐逢吉《重刻元本題評音釋西厢記》、陳繼儒《批評音釋西厢記》、羅懋登《全像注釋重校北西厢記》、《張深之先生正北西厢秘本》、西河毛甡《論定參釋西厢記》。正擬合校鍥行，適六弟蘧陸，在江寧寓中獲得王關《西厢五劇》，於客冬寄至京邸，喜不自勝。翻閲一過，惜間有涂抹蠹蝕處。聞文石李君藏有一本，亟假之來，即是《五劇》。印本既精，無一殘缺，尤屬過望。前録舊目，並載凡例。題即空觀主人識，不署姓名。末一行鈐濛初之印、初成氏白文兩方印，知爲淩濛初所校刻。考訂詳審，悉遵元本。如「東閣玳筵開」，「玳筵」不作「帶烟」；「馬兒迍迍行」，「迍迍」不作「逆逆」。一字不易置增損，與别本多所改竄者不同。首列圖畫，亦極古雅。上列眉批，每折後又附解證。用朱墨套印，至爲工致。王實甫四本，第一本目作《張君瑞鬧道場雜劇》，第二本目作《崔鶯鶯夜聽琴雜劇》，第三本目作《張君瑞害相思雜劇》，第四本目作《草橋店夢鶯鶯雜劇》，關漢卿續一本目作《張君瑞慶團圞雜劇》。每目爲一本，每本分四折。考元人造曲，入場以四折爲度，謂之雜劇。其有連數雜劇而通譜一事，或一劇，或二劇，或三、四、五劇，名爲院本。此合五劇譜一事，是元人本色，洵善本也。至如徐文長、徐士範、王伯良、陳眉公、羅懋登、張深之、閔遇五諸本，瞠乎後矣。毛西河未見淩初本，雖有佳處，亦不能過，全謝山深譏之。汲古閣所刻乃别是一本。大業堂、懷永堂、芥子園各家所刻金聖歎批《第六才子西厢》，此宜閣《增訂金批西厢》，又皆坊間俗本，更不具論。王伯良序有云：「僅毗陵徐士範、秣陵金在衡、錫山顧玄緯三本，稍稱彼善。徐本間詮數語，偶窺一班。金本時更字句，亦寡中窾。獨顧本類輯他書，似較賅洽，恨去取弗精，疵謬間出。」余於金在衡本，雖未得見，而世所謂佳本，搜羅幾無不備。伯良於金在衡本，頗有包彈，亦何足重。顧玄緯本，多記載崔、張，兼及題咏，無關詞曲。徐士範本、陳眉公本，與張深之、閔遇五本，賓白關目，間有異同；與徐文長虚受齋本、毛西河本，賓白多有不同。汲古閣本系後人改訂，直是傳奇體裁，出目分析，與各本迥異。徐士範本前有首引《西江月》詞説白開場詩，一如傳奇家積習，全失雜劇本來。《白馬解圍》折内，均加入周憲王【仙吕・賞花時】二曲，只王伯良本、張深之本俱無此二曲，較勝於文長、士範、眉公、懋登、遇五、西河六本，然終遜此五劇本。士範、伯良兩本，淩初成並取以參校，其凡例中已曾述及。此五劇，劇目曲白，無不以古本爲據，尤在士範、伯良兩本之上，宜其以村學究笑伯良者。惟是伯良校注，頗具苦心。即初成此本，亦時有推重伯良處，要未可厚非也。

跋（劉世珩）

唐元微之《會真記》，文人韻事，傳播藝林。宋趙德麟令畤曾譜商調《蝶戀花》十闋，以述其事。金章宗時，董解元演之爲《西厢記》，《傳是樓書目》載之，無出句關目，行間全載宫調引子尾聲，尚是搊彈家本色。元人音韻漸變，多改古本，别創新詞。王實甫有四本，每本四折；關漢卿續一本，亦四折；所謂《西厢》五劇也。往歲辛丑，從繆藝風得閔刻本《董解元西厢》，分四卷，刻於江寧，覓王、關本未得也。戊申在京師，於歸安金鞏伯城所，假來《會真六幻》。曰幻，因元才子《會真記》，搊幻董解元《西厢記》，劇幻王實甫《西厢記》，賡幻關漢卿《續西厢記》，附《圍棋闖局》五劇，箋疑更幻李日華《南西厢記》，幻住陸天池《南西厢記》，附《園林午夢》。正擬付刊，六弟蘧陸自江寧得閔刻本王、關《西厢記》。王實甫四本目云：張君瑞閙道場，崔鶯鶯夜聽琴，張君瑞害相思，草橋店夢鶯鶯。關漢卿本目云：張君瑞慶團（欒）[圞]。均與《點鬼簿》合，元曲之本色也。每本後載有解證，至曲白關目，與六幻本間異，而詞曲多同。惟王實甫本白馬解圍内已加入周憲王【賞花時】二折，此本削去，可謂謹慎。惜憲王《群英雜劇》及黄序所謂《四西厢》兩本，俱未之見焉。懷永堂本目録，每本分爲四章。第一，《驚艷》、《借厢》、《酬韻》、《閙齋》。第二，《寺驚》、《請宴》、《賴婚》、《琴心》。第三，《前候》、《閙簡》、《賴簡》、《後候》。第四，《酬簡》、《拷艷》、《哭宴》、《驚夢》。續本，《泥金》、《報捷》、《錦字》、《緘愁》、《鄭恒求配》、《衣錦榮歸》。六幻本作《泥金捷報》、《尺素緘愁》、《詭謀求配》、《錦衣還鄉》，亦復微異。「聖歎外書」題目總名：張君瑞巧做東床婿，法本師住持南禪地，老夫人開宴北堂春，崔鶯鶯待月《西厢記》。題目正名亦分四章：第一，老夫人開春院，崔鶯鶯燒夜香，小紅娘傳好事，張君瑞閙道場。第二，張君瑞解賊圍，小紅娘晝請客，老夫人賴婚事，崔鶯鶯夜聽琴。第三，張君瑞寄情詩，小紅娘遞密約，崔鶯鶯喬坐衙，老夫人問醫藥。第四，小紅娘成好事，老夫人問由情，短長亭斟别酒，草橋店夢鶯鶯。續之四章：小琴童傳捷報，崔鶯鶯寄汗衫，鄭伯常干捨命，張君瑞慶團圓。此本每劇後亦附題目正名。第一本作老夫人閑春院，第二本作張君瑞破賊計，莽和尚生殺心。第三本作老夫人命醫士，崔鶯鶯寄情詩，小紅娘問湯藥，張君瑞害相思。較懷永堂本，其佳處又判若天淵矣。與日新堂本目録：第一本焚香拜月，第二本冰絃寫恨，第三本詩句傳情，第四本雲雨幽會，第五本天賜團圓，既異，更與六幻本目不同。六幻本每本亦作四目：第一，佛殿奇逢，僧寮假館，花陰唱和，清醮目成；第二，白馬解圍，東閣邀賓，杯酒違盟，琴心挑引；第三，錦字傳情，妝臺窺簡，乘夜逾墻，倩紅問病；第四，月下佳期，堂前巧辯，長亭送別，草橋驚夢；第五本關漢卿目云：泥金捷報，尺素緘愁，詭謀求配，錦衣還鄉。又，元無名氏《圍棋闖局》，閔遇五《五劇箋疑》。《五劇箋疑》，即今所得之閔刻本五劇焉。旋北研《董西厢・跋》云：不知實甫五本，即董曲否？北研未見此書，故有是模糊語。余先刻董曲，再刻此五本，及元人對奕，五本解證，五劇箋疑，以成全璧。李日華、陸天池之兩《南西厢》，詞曲雖多不類，並仍合六幻本之《園林午夢》，《會真記》詩歌賦説，暨閔寓五跋以刻之，藉存六幻舊觀。復從《侯鯖録》中，録趙德麟詞，附諸卷尾。但《錢塘夢》一篇，前人置諸《會真》後，誠不可解。錢塘、博陵，風馬牛也，何緣埋玉於此？君亦渡南耶？置之可矣。聖歎批六才子，謂續編《西厢記》不知出何人之手？益悟前十六篇之獨天仙化人，永非螺螄蚌蛤之所得而暫近也者。草橋一夢，正是結構，續編造無爲有，自是蛇足。可見讀書之難，雖聖歎如此淵博，尚未見董曲及此五劇，宜其有續貂之譏，要知王、關蓋本於董耳。時宣統二年庚戌端五，夢鳳樓主識於京師雙鐵如意館。

精刊陳眉公批西厢記原本（清宣統三年，一九一一，國學扶輪社石印本）

跋（黄人）

金元樂府，運用成語多食而不化，反爲本色語累。獨實父顓歙收北宋南唐詩餘之精華，如蠭釀春髓，鮫抒霞絲，渾成無迹，人巧極而天工錯。玉茗好勝，欲以奇巧過之，終入晦澀。明璫翠羽，不及一倩盼，此事自關天才，非可腹笥競也。貫華武斷，喧賓敚主，折衡敗律，搯撏無餘，花間美人，横受昭平之刑，爲之眦裂。今得此本，如漢殿傳呼，忽睹王嬙真面，快

甚！昭文黄人識。（清宣統三年國學扶輪社石印本）

王大錯校點西廂記（民國文淵書局出版）

序（民國王大錯）

《西廂》一書，以文筆勝，更以情勝。語所謂「文生於情，情生於文」者，即《西廂》之的評也。金聖歎氏謂：爲盡天下古今文人才士之錦心繡口，皆不能造此妙文妙語，洵然頃《西廂》之詞章。既如是其佳妙，復何庸標點爲？曰：正以其詞章之高尚優美，故而不忍不爲之標點，且不能不爲用新式之標點。其意云何，曰《西廂》者，以兒女香艷之文情，寓禪宗覺悟之至理，寄托深遠，意在懲勸，本吾人不可不一寓目之書也。惟以其高尚優美，讀之不易了解，是用反致晦澀，非加以標識，使晦者顯，澀者通，不能普及。故標點者，乃介紹此高尚優美之妙文妙語於讀者之前也，且爲之用新式之標點者，乃更欲介紹此高尚優美之妙文妙語於新青年之前也。此文淵書局所以標點是書，及乞序於不佞之微意。不佞頗贊同其意旨，爰爲述其概略如右序。中華民國太歲第次纏甲子三年，元宵燈下吳門王大錯識。

四、《西厢記》評論彙輯

（各種著作中的評論彙編）

目録

目録

《西廂記》評論彙輯（各種著作中的評論彙編）

元周德清《中原音韻》

序節録：

樂府之盛，之備，之難，莫如今時。其盛，則自搢紳及閭閻，歌咏者衆。其備，則自關、鄭、白、馬，一新製作，韻共守自然之音，字能通天下之語，字暢語俊，韻促音調；觀其所述，曰忠，曰孝，有補於世。其難，則有六字三韻：「忽聽、一聲、猛驚」是也。

造語・作詞十法節録：

六字三韻語：前輩《周公攝政》傳奇【太平令】云：「口來、豁開、兩腮」，《西廂記》【麻郎么】云：「忽聽、一聲、猛驚」，「本宮、始終、不同」，韻脚俱用平聲，若雜一上聲，便屬第二着，皆於務頭上使。

元虞集《道園學古録・題會真記後》全文：

右傳者，元微之之所作也。或者謂微之自叙特假他姓以避就耳。按樂天作《微之母鄭夫人之志》言鄭濟女，而唐氏譜永寧尉鵬亦娶鄭濟女，此爲微之自叙決無疑者。余觀是傳，行言簡潔，叙事宛然，則非尋常小説家者所能及也，而前之辨證信昭昭矣。夫崔之才華，備見於所載緘書，而其艷麗之志雖未得拭目焉，然觀其傳文亦足以想象容儀之彷彿矣。樂天能道人意中語，信哉！

元彭元《會真記・跋》全文：

余嘗聞世俗論《西厢》者，往往以張生私結之崔氏，永成姻好之禮。及觀是傳，然後知微之自作，特假他姓以避就耳。何初見之際，緘書往來，模情寫意，至懇至切，鳳友鸞交，似有山海之誓者；一旦離懷别緒形於言表，若秋風隻雁棄置天涯之遠。吁，微之寡情有甚於釣者負魚，獵者負獸矣。

元末明初賈仲明《録鬼簿・挽王實甫》全文：

風月營，密匝匝列旌旗。鶯花寨，明颩颩排劍戟。翠紅鄉，雄赳赳（一作糾糾）施謀智。作詞章，風韻美，士林中等輩伏低。新雜劇，舊傳奇，《西厢記》天下奪魁。

明朱權《太和正音譜・古今群英樂府格勢》節録：

王實甫之詞，如花間美人。鋪叙委婉，深得騷人之趣。極有佳句，若玉環之出浴華清，緑珠之採蓮洛浦。

明朱有燉《〈繼母大賢〉傳奇引》節録：

予觀近代文人才士，若喬夢符、馬致遠、宫大用、王實甫之輩，皆其天才俊逸，文學富贍，故作傳奇，清新可喜，又其關目詳細，用韻穩當，音律和暢，對偶整齊，韻少重復，爲識者珍。國朝唯谷子敬所作傳奇，尤爲精妙，誠可望而不可及者也。故爲傳奇，當若此數人，始可與之言樂府矣。

明朱有燉《誠齋樂府・〔白鶴子〕詠秋景有引》全文：

唐末宋初以來，歌曲則全以詞體爲主，今世則呼爲南曲者是也。自金、元以胡俗行乎中國，乃有女真體之作。又有董介元、關漢卿輩知音之士，體南曲而更以北腔，然後歌曲出自北方，中原盛行之，今呼爲北曲者是也。因此分而爲二：南人歌南曲，北人唱北曲。若其吟咏情性，宣暢湮鬱，和樂賓友，與古之詩又何異焉？或曰：「古詩爲正音，今曲乃鄭、衛之聲，何可同日而語耶？」予曰：「不然。鄭、衛之聲，乃其立意不正，聲句淫泆，非其體格音響，比之雅、頌有不同也。今時但見詞曲中有《西厢記》、《黑旋風》等戲謔之編爲褻狎，遂一概以鄭、衛之聲目之，豈不冤哉！……」

明單宇《菊坡叢話》節録：

《西厢記》，人稱爲《春秋》。或云曲止有春秋，而無冬夏，故名。

明都穆《南濠詩話》節録：

近時北詞以《西厢記》爲首，俗傳作於關漢卿，或以爲漢卿不竟其詞，王實甫足之。予閱《點鬼簿》，乃王實甫作，非漢卿也。實甫，元大都人，所編傳奇，有《芙蓉亭》、《雙蕖怨》等，與《西厢記》凡十種，然惟《西厢》盛行於時。

明李開先《詞謔》節録：

《西厢記》謂之「春秋」，以會合以春，别離以秋云耳。或者以爲如《春秋經》筆法之嚴者，妄也。尹太學士直輿中望見書鋪標貼有「崔氏春秋」，笑曰：「吾止知《吕氏春秋》，乃崔氏亦有《春秋》乎？」亟買一册，至家讀之，始知爲崔氏鶯鶯事。（中略）又一事亦甚可笑。一貢士過關，把關指揮止之曰：「據汝舉止，不似讀書人。」因問治何經，答以「春秋」。復問《春秋》首句，答以「春王正月」。指揮駡曰：「《春秋》首句乃『游藝中原』，尚然不知，果是詐僞要冒渡關津者。」責十下而譴之。貢士泣訴於巡撫臺下，令軍牢拖泛責打。指揮不肯輸伏，團轉求免。巡撫笑曰：「脚跟無綫如蓬轉。」又仰首聲冤，巡撫又笑曰：「望眼連天。」知不可免，請問責數，曰：「『先受了雪窗螢火二十年』，須痛責二十。」責已，指揮出而謝天謝地曰：「幸哉！幸哉！若是『雲路鵬程九萬里』，性命合休矣！」

明李開先《李中麓閑居集·〈改定元賢傳奇〉序》節録：

夫漢、唐詩文，布滿天下；宋之理學諸書，亦已沛然傳世；而元詞鮮有見之者。見者多尋常之作，胭粉之餘。如王實甫，在元人非其至者，《西厢記》在其平生所作亦非首出者，今雖婦人女子皆能舉其詞，非人生有幸不幸耶？

明何良俊《四友齋叢説》卷三十七《詞曲》節録：

金元人呼北戲爲雜劇，南戲爲戲文。近代人雜劇以王實甫之《西厢記》、戲文以高則誠之《琵琶記》爲絶唱，大不然。夫詩變而爲詞，詞變而爲歌曲，則歌曲乃詩之流別；今二家之辭，即譬之李、杜，若謂李、杜之詩謂不工，固不可，若以爲詩必李、杜爲極致，亦豈然哉。祖宗開國，尊崇儒術，士大夫耻留心辭曲，雜劇與舊戲文本皆不傳，世人不得盡見，雖教坊有能搬演者，然古調既不諧於俗耳，南人又不知北音，聽者即不喜，則習者亦漸少。而《西厢》、《琵琶記》傳刻偶多，世皆快睹，故其所知者，獨此二家。余秘藏雜劇本幾三百種，舊戲本雖無刻本，然每見於詞家之書，乃知今元人之詞，往往有出於二家之上者。蓋《西厢》全帶脂粉，《琵琶》專尚學問，其本色語少。蓋填詞須用本色語，方是作家。苟詩家獨取李、杜，則沈、宋、王、孟、韋、柳、元、白，將盡廢之耶？

大抵情辭易工。蓋人生於情，所謂「愚夫愚婦可以與知者」。觀十五國《風》，大半皆發於情，可以知矣。是以作者既易工，聞者亦易動聽。即《西厢記》與今所唱時曲，大率皆情詞也。至如《王粲登樓》第二折，摹寫羈懷壯志，語多慷慨，而氣亦爽烈，至後【堯民歌】、【十二月】，托物寓意，尤爲妙絶，豈作調脂弄粉語者可得窺其堂廡哉！

王實甫才情富麗，真辭家之雄；但《西厢》首尾五卷，曲二十一套，終始不出一「情」字，亦何怪其意之重複，語之蕪纇耶！乃知元人雜劇止是四折，未爲無見。

王實甫《西厢》，其妙處亦何可掩？如第二卷【混江龍】内：「蝶粉輕沾飛絮雪，燕泥香惹落花塵。繫春心情短柳絲長，隔花陰人遠天涯近。香消了六朝金粉，清減了三楚精神。」如此數語，雖李供奉復生，亦豈能有以加之哉！

《西厢》内如「魂靈兒飛在半天」，「我將你做心肝兒看待」，「魂飛在九霄雲外」，「少可有一萬聲長吁短嘆，五千遍搗枕椎床」，語意皆露，殊無蘊籍。如「太行山高仰望，東洋海深思渴」，則全不成語。此真務多之病。余謂：鄭詞淡而淨，王詞濃而蕪。

王實甫《絲竹芙蓉亭》雜劇【仙吕】一套，通篇皆本色，語殊簡淡可喜。其間如【混江龍】內「想着我懷兒中受用，怕甚麽臉兒上搶白！」〔元和令〕內「他有曹子建七步才，還不了龐居士一分債。」【勝葫蘆】內「兀的般月斜風細，更闌人靜，天上巧安排。」【寄生草】內「你莫不一家兒受了康禪戒？」此等皆俊語也。夫語關閨閣，已是秾艷，須得以冷言剩句出之，雜以詼笑，方才有趣；若既着相，辭復濃艷，則豈畫家所謂「濃鹽赤醬」者乎？畫家以重設色爲「濃鹽赤醬」，若女子施朱傅粉，刻畫太過，豈如靚妝素服，天然妙麗者之爲勝耶！

王實甫不但長於情辭，有《歌舞麗春堂》雜劇，其十三换頭【落梅風】內「對青銅猛然間兩鬢霜，全不似舊時模樣。」此句甚簡淡。

明駱金卿與徐文長論《草橋驚夢》全文：

金卿子云：「第一段如孤鴻別鶴，落寞凄愴。第二段如牛鬼蛇神，虛荒誕幻。第三段如夢蝶初回，晨鷄乍覺，不勝其驚怨悲愁也。」文長公復書云：「向來尋常看過，今拈出旅、夢、覺三字，所謂鼓不捊不鳴，今而後當作一篇絕奇文字看。」（第四折四套《草橋驚夢》後批文）

明王世貞《藝苑卮言》節録：

曲者，詞之變。自金、元人主中國，所用胡樂，嘈雜凄緊，緩急之間，詞不能按，乃更爲新聲以媚之。而諸君如貫酸齋、馬東籬、王實甫、關漢卿、張可久、喬夢符、鄭德輝、宮大用、白仁甫輩，咸富有才情，兼喜音律，以故遂擅一代之長。所謂宋詞、元曲，殆不虛也。

北曲（一作詞）故當以《西廂》壓卷。如曲中語：「雪浪拍長空，天際秋雲卷，竹索攬浮橋，水上蒼龍偃。」「滋洛陽千種花，潤梁園萬頃田。」「東風摇曳垂楊綫，游絲牽惹桃花片，珠簾掩映芙蓉面。」「法鼓金鐃，二月春雷響殿角；鐘聲佛號，半天風雨灑松梢。」「不近喧嘩，嫩緑池塘睡鴨；自然幽雅，淡黄楊柳帶栖鴉。」是駢儷中景語。「手掌裏奇擎，心坎兒裏温存，眼皮兒上供養。」「哭聲兒似鶯轉百林，淚珠兒似露滴花梢。」「繫春心情短柳絲長，隔花陰人遠天涯近。」「香消了六朝金粉，瘦減了三楚精神。」「玉蓉寂寞梨花朵，胭脂淺淡櫻桃顆。」是駢中情語。「他做了影兒裏的情郎，我做了畫兒裏愛寵。」「拄着拐幫閑鑽懶，縫合脣送暖偷寒。」「昨夜個熱臉兒對面搶白，今日個冷句兒將人厮侵。」「半推半就，又驚又愛。」是駢中渾語。「落江滿地胭脂冷。」「夢裏成雙覺後單。」是單語中佳語。只此數條，他傳奇不能及。

《西廂》久傳爲關漢卿撰，邇來乃有以爲王實甫者，謂：「至郵亭夢而止。」又云「至『碧雲天，黄花地』而止，此後乃漢卿所補也。」初以爲好事者傳之妄，及閲《太和正音譜》，王實甫十三本，以《西廂》爲首；漢卿六十一本，不載《西廂》，則亦可據。第漢卿所補〔商調・集賢賓〕及〔挂金索〕：「裙染榴花，睡損胭脂皺；紐結丁香，掩過芙蓉扣；綫脱珍珠，淚濕香羅袖；楊柳眉顰，人比黄花瘦。」俊語亦不減前。

何元朗極稱鄭德輝《㑳梅香》、《倩女離魂》、《王粲登樓》，以爲出《西廂》之上。《㑳梅香》雖有佳處，而中多陳腐措大語，且套數、出没、賓白，全剽《西廂》。《王粲登樓》事實可笑，毋亦厭常喜新之病歟？

賀方回〔浣溪沙〕有云：「淡黄楊柳帶栖鴉。」關漢卿演作四句云：「不近喧嘩，嫩緑池塘藏睡鴨。自然幽雅，淡黄楊柳帶栖鴉。」青出於藍，無妨並美。

明李贄《焚書・雜説》節録：

《拜月》、《西廂》，化工也；《琵琶》，畫工也。夫所謂畫工者，以其能天地之無工，而其孰知天地之無工乎？今夫天天之所生，地之所長，百卉具在，人見而愛之矣，至覓其工，了不可得，豈其智固不能得之歟！要知造化無工，雖有神聖，亦不能識知化工之所在，而其誰能得之？由此觀之，畫工雖巧，已落二義矣。文章之事，寸心千古，可悲也夫！

且吾聞之：追風逐電之足，決不在牝牡驪黄之間；聲應氣求之夫，決不在於尋行數墨之士；風行水上之文，決不在於一字一句之奇。若夫結構之密，偶對之切；依於理道，合乎法度；首尾相應，虛實相生；種種禪病皆所以語文，而皆不可以語於天下之至文也。雜劇院本，游戲之上乘也，《西廂》、《拜月》，何工之有！

蓋工莫工於《琵琶》矣。彼高生者，固已殫其力之所能工，而極吾才於既竭。惟作者窮極工巧，不遺餘力，是故語盡而意亦盡，詞竭而味索然亦隨以竭。吾嘗覽《琵琶》而彈之矣：一彈而嘆，再彈而怨，三彈而向之怨嘆無復存者。此其故何耶？豈其似真未真，所以入人之心者不深耶！蓋雖工巧之極，其氣力限量只可達於皮膚骨血之間，則其感人僅僅如是，何足怪哉！《西廂》、《拜月》，乃不如是。意者宇宙之内，本自有如此可喜之人，如化工之於物，其工巧自不可思議爾。

且夫世之真能文者，比其初皆非有意於文也。其胸中有如許無狀可怪之事，其喉間有如許欲吐而不敢吐之物，其口頭又時時有許多欲語而莫可所以告語之處，蓄極積久，勢不能遏。一旦見景生情，觸目興嘆；奪他人之酒杯，澆自己之壘塊；訴心中之不平，感數奇於千載。既已噴玉唾珠，昭回雲漢，爲章於天矣，遂亦自負，發狂大叫，流涕慟哭，不能自止。寧使見聞者切齒咬牙，欲殺欲割，而終不忍藏於名山，投之水火。余覽斯記，想見其爲人，當其時必有大不得意於君臣朋友之間者，故借夫婦離合因緣以發其端。於是焉喜佳人之難得，羡張生之奇遇，比雲雨之翻覆，嘆今人之如土。其尤可笑者：小小風流一事耳，至比之張旭、張顛、羲之、獻之而又過之。堯夫云：「唐虞揖讓三杯酒，湯武征誅一局棋。」夫征誅揖讓何等也，而以一杯一局覷之，至渺小矣！

嗚呼！今古豪杰，大抵皆然。小中見大，大中見小，舉一毛端建寶王剎，坐微塵裏轉大法輪。此自至理，非干戲論。

倘爾不信，中庭月下，木落秋空，寂寞書齋，獨自無賴，試取《琴心》一彈則鼓，其無盡藏不可思議，工巧固可思也。嗚呼！若彼作者，吾安能見之歟！

明李贄《焚書・童心説》節録：

龍洞山農叙《西厢》末語云：「知者勿謂我尚有童心可也。」夫童心者，真心也，若以童心爲不可，是以真心爲不可也。夫童心者，絶假純真，最初一念之本心也。若失卻童心，便失卻真心；失卻真心，便失卻真人。人而非真，全不復有初矣。童子者，人之初也；童心者，心之初也。夫心之初曷可失了，然童心胡然而遽失也？蓋方其始也，有聞見從耳目入，而以爲主於其内而童心失。其長也，有道理從聞見而入，而以爲主於其内而童心失。其久也，道理聞見日以益多，則所知所覺日以益廣，於是焉又知美名之可好也，而務欲以揚之而童心失；知不美之名可以醜也，而務欲以掩之而童心失。夫道理聞見，皆自多讀書識義理而來也。古之聖人，曷嘗不讀書哉！然縱不讀書，童心固自在也，縱多讀書，亦以護此童心而使之勿失焉耳，非若學者反以多讀書識義理而反障之也。夫學者既以多讀書識義理障其童心矣，聖人又何用多著書立言以障學人爲耶？童心既障，于是發而爲言語，則言語不由衷；見而爲政事，則政事無根柢；著而爲文辭，則文辭不能達。非内含以章美也，非篤實生輝光也，欲求一句有德之言，卒不可得。所以者何？以童心既障，而以從外入者聞見道理爲之心也。

夫既以聞見道理爲心矣，則所言者皆聞見道理之言，非童心自出之言也。言雖工，於我何與，豈非以假人言假言，而事假事假文乎？蓋其人既假，則無所不假矣。由是而以假言與假人言，則假人喜；以假事與假人道，則假人喜；以假文與假人談，則假人喜。無所不假，則無所不喜。滿場是假，矮人何不辯也？然則雖有天下之至文，其湮滅於假人而不盡見於後世者，又豈少哉！何也？

天下之至文，未有不出於童心焉者也。苟童心常存，則道理不行，聞見不立，無時不文，無人不文，無一樣創製格文字而非文者。詩何必古選，文何必先秦。降而爲六朝，變而爲近體；又變而爲傳奇，變而爲院本，爲雜劇，爲《西廂》曲，爲《水滸傳》，爲今之舉子業，皆古今至文，不可得而時勢先後論也。

明《李卓吾批評幽閨記》（明容與堂刻本）序節録：

此劇關目極好，説得好，曲亦好，真元人手筆也。首似散漫，終至奇絶。以配《西廂》，不妨相追逐也。自當與天地相終始，有此世界，即離不得此傳奇。

明王驥德《曲律》節録：

古詞惟王實甫《西廂記》，終帙不出入一字，今之偶有一二字失韻，皆後人傳訛；至「眼横秋水塵」數語，原不用韻，元人故有此體，以其偶與侵尋本韻相近，何元朗遂訾爲失韻，世遂群然和之。（《論韻》）

詞曲雖小道哉，然非多讀書，以博其見聞，發其旨趣，終非大雅。須自《國風》、《離騷》、古樂府及漢、魏、六朝、三唐諸詩，下迨《花間》、《草堂》諸詞，金、元雜劇諸曲，又至古今諸説部類書，俱博搜精採，蓄之胸中，於抽毫時，掇取其神情標韻，寫之律吕，令聲樂自肥腸滿腦中流出，自然縱横核洽，與勦襲口耳者不同。勝國諸賢，及實甫、則誠輩，皆讀書人，其下筆有許多典故，許多好語襯副，所以其製作千古不磨；至賣弄學問，堆垛陳腐，以嚇三家村人，又是種種惡道！古云：「作詩原是讀書人，不用書中一個字。」吾於詞曲亦云。（《論須讀書》）

曲之佳處，不在用事，亦不在不用事。好用事，失之堆積；無事可用，失之枯寂。要在多讀書，多識故實，引得的確，用得恰好，明事暗使，隱事顯使，務使唱去人人都曉，不須解説。又有一等事，用在句中，令人不覺，如禪家所謂撮鹽水中，飲水乃知咸味，方是妙手。《西廂》、《琵琶》用事甚富，然無不恰好，所以動人。《玉玦》句句用事，如盛書櫃子，翻使人厭

惡，故不如《拜月》一味清空，自成一家之爲愈也。（《論用事》）

大略作長套曲，只是打成一片，將各調臚列，待他來湊我機軸；不可做了一調，又尋一調意思。《西廂記》每套只是一個頭腦，有前調末句牽搭後調做者，有後調首居補足前調做者，單槍匹馬，横冲直撞，無不可人，他調殊未能如此竅竅也。（《論套數》）

作曲好用險韻，亦是一僻。須韻險而語則極俊，又極穩妥，方妙。《西廂》之「不念《法華經》，不禮《梁王懺》」及「彩筆題詩，回文織錦」，何語不俊，何韻不妥！（《論險韻》）

人之賦才，各有所近，馬東籬、王實甫，皆勝國名手。馬於《黄粱夢》、《岳陽樓》諸劇，種種妙絶，而一遇麗情，便傷雄勁；王於《西廂》、《絲竹芙蓉亭》之外，作他劇多草草不稱。尺有所短，信然。（《雜論上》）

古戲必以《西廂》、《琵琶》稱首，遞爲桓、文。然《琵琶》終以法讓《西廂》，故當離爲雙美，不得合爲聯璧。《琵琶》遺意嘔心，造語刺骨，似非以漫得之者，顧多蕪語、累字，何耶？（同上）

《西廂》組艷，《琵琶》修質，其體固然。何元朗並訾之，以爲「《西廂》全帶脂粉，《琵琶》專弄學問，殊寡本色。」夫本色尚有勝二氏者哉？過矣！（同上）

李中麓序刻元喬夢符、張小山二家小令，以方唐之李、杜。夫李則實甫，杜則東籬，始當；喬、張蓋長吉、義山之流。（《雜論下》）

嘗戲以傳奇配部色，則《西廂》如正旦，色聲俱絶，不可思議；《琵琶》如正生，或峨冠博帶，或敝巾敗衫，俱嘖嘖動人；《拜月》如小醜，曉得一二調笑語，令人絶倒；《還魂》、二夢如新出小旦，妖冶風流，令人魂銷腸斷，第未免有誤字錯步；《荆釵》、《破窑》等如淨，不係物色，然不可廢；吴江諸傳如老教師登場，板眼場步，略無破綻，然不能使人喝采。《浣紗》、

《紅拂》等如老旦、貼生，看人原不苛責；其餘卑下諸戲，如雜脚備員，第可供把盞執旗而已。（同上）

夫勤之《曲品》所載，搜羅頗博，而門户太多。舊曲列品有四：曰神，曰妙，曰能，曰具。而神品以屬《琵琶》、《拜月》。夫曰神品，必法與詞兩擅其極，惟實甫《西廂》可當之耳。《琵琶》尚多拗字類句，可列妙品；《拜月》稍見俊語，原非大家，可列能品，不得言神。《荆釵》、《牧羊》、《孤兒》、《金印》，可列具品，不得言妙。（同上）

明臧懋循《元曲選・序》節録：

世稱宋詞元曲。夫詞在唐，李白、（陳）［李］後主皆已優爲之，何必稱宋？惟曲自元始有。南北各十七宮調，而《北西廂》諸雜劇，亡慮數百種，南則《幽閨》、《琵琶》二記已耳。或謂元取士有填詞科，若今括帖然，取給風檐寸晷之下，故一時名士，雖馬致遠、喬孟符輩，至第四折往往强弩之末矣。或又謂主司所定題目外，止曲名及韻耳，其賓白則演劇時伶人自爲之，故多鄙俚蹈襲之語。或又謂《西廂》亦五雜劇，皆出詞人手裁，不可增減一字，故爲諸曲之冠。此皆余所不辯。

明臧懋循《負苞堂集・荆釵記引》節録：

今樂府盛行於世，皆知王大都《西廂》、高東嘉《琵琶》爲元曲，無敢置左右袒。然予觀《琵琶》，多學究語耳，瑕瑜各半，於曲中三昧，尚隔一頭地，而得與《西廂》並稱者何也？

明胡應麟《少室山房筆叢・莊岳委談》節録：

今世俗搬演戲文，蓋元人雜劇之變；而元人雜劇之類戲文者，又金人詞説之變也。雜劇自唐、宋、金、元迄明皆有之，獨戲文《西廂》作祖。《西廂》出金董解元，然實絃唱小戲之類，至元王、關所撰，乃可登場搬演。高氏一變而爲元曲，承平日久，作者迭興，古昔所謂雜劇院本，幾於盡廢，僅教坊中存十二三耳。

侵淫勝國，崔、蔡二傳奇迭出，才情既富，節奏彌工，演習梨園，幾半天下。上距都邑，下迄閭閻，每奏一劇，窮夕徹旦，雖有衆樂，無暇雜陳。

《西厢記》雖出唐人《鶯鶯傳》，實本金董解元。董曲今尚行世，精工巧麗，備極才情，而字字本色，言言古意，當是今古傳奇鼻祖。金人一代文獻盡此矣。然其曲乃優人絃索彈唱者，非搬演雜劇也。

今王實甫《西厢記》爲傳奇冠，北人以並司馬子長，固可笑，不妨作詞曲中思王、太白也。關漢卿自有《城南柳》、《緋衣夢》、《竇娥寃》諸劇，聲調絶與鄭恒問答語類，郵亭夢後，或當是其所補，雖字字本色，藻麗神俊大不及王。然元世習尚頗殊，所推關下即鄭，何元朗亟稱第一。今《倩女離魂》四折，大概與關出入，豈元人以此當行耶？要之，公論百年後定，若顧、陸之畫耳。

近時左祖《琵琶》者，或至品王、關上。余以《琵琶》雖極天工人巧，終是傳奇一家語。當今家喻户習，故易於動人，異時俗尚懸殊，戲劇一變，後世徒據紙上，以文義摸索之，不幾於齊東、下里乎？《西厢》雖饒本色，然才情逸發處，自是盧、駱艷歌，温、韋麗句，恐將來永傳竟在彼不在此。金董解元世幾不聞，而《花間》、《草堂》人口膾炙，是其驗也。

《西厢》主韻度風神，太白之詩也；《琵琶》主名理倫教，少陵之作也。《西厢》本金元世習，而《琵琶》特創規距，無古無今，似尤難至。才情雖《琵琶》大備，故當讓彼一籌也。

明陳繼儒《西厢記》有關評語摘録：

《西厢》、《琵琶》，俱是傳神文字，然讀《西厢》令人解頤，讀《琵琶》令人酔鼻（一作鼻酸。）（《陳眉公批評音釋琵琶記》全劇總評）

《西厢》、《琵琶》譬之圖畫，《西厢》是一幅着色牡丹，《琵琶》是一幅水墨梅花；《西厢》是一幅艷妝美人，《琵琶》是一幅白衣大士。（毛聲山《第七才子書琵琶記・前賢評語》）

科套似散，而夫婦會合甚奇，母女相逢更奇。但傳情不及《西廂》，妝景不及《拜月》，而傳情、妝景又不離《西廂》、《拜月》。（《六合同春》本《陳眉公先生批評玉簪記》總評）

《西廂》、《幽閨》、《紅拂》、《玉簪》、《金印》，拜月保佑丈夫，但此篇祝願更爽朗些。（《陳眉公批評紅拂記》第二十九齣《拜月同祈》總批）

《西廂》風流，《琵琶》離憂，大抵都作兒（應爲「女」）子態耳。《紅拂》以立談而物色英雄，半局而坐定江山，奇腸落落，雄氣勃勃，翻傳奇之局如掀乾坤之猷。不有斯文，何伸豪興？信乎黄鐘大吕之奏，天地放膽文章也。（同上，全劇總評）

明徐復祚《三家村老委談》節録：

馬東籬、張小山自應自冠，而王實甫之《西廂》，直欲超而上之。蓋諸公所作，止於四折，而《西廂》則十六折，多寡不同，骨力更陡，此其所以勝也。昔人評者，謂「玉環之出浴華清，緑珠之採蓮洛浦」，信不誣也。實甫之傳，本於董解元，解元爲説唱本，與實甫本可稱雙璧。實甫《麗春堂》劇，不及《西廂》。

《西廂》後四齣，定爲關漢卿所補，其筆力迥出二手，且雅語、俗語、措大語、白撰語層見疊出，至於「馬户」、「尸巾」云云，則真馬户尸巾矣！且《西廂》之妙，正在於《草橋》一夢，似假疑真，乍離乍合，情盡而意無窮，何必金榜題名、洞房花燭而後乃愉快也？丹邱評漢卿曰：「觀其詞語，乃在可上可下之間，蓋所以取者，初爲雜劇之始，故卓以前列。」則王、關之聲價，在當時亦自有低昂矣。

王弇州取《西廂》「雪浪排長空」諸語，亦直取其華艷耳，神髓不在是也。語其神，則字字當行，言言本色，可謂南北之冠。（下略）

明袁宏道評語二則全文：

袁石公曰：唐詩外即宋詞、元曲絶今古，而雙文一劇，尤推勝國冠軍。要其妙只在流麗曉暢，使觀之目與聽之耳，歌若誦之口，俱作歡喜緣。此便出人多許。耳食者數以駢縟相求，如《藝苑》所稱舉已盡，而「淡黄」、「嫩緑」等業久載詩餘，何如「影郎」、「畫寵」之爲風流本色也？（録自脱士《歌代嘯序》）

袁中郎曰：（上略）凡傳奇，詞是肉，介是筋骨，白、渾是顔色。《紫釵》止有曲耳，白殊可厭也，諢間有之，不能開人笑口，若所謂介，作者尚未夢見，此卻不是肉尸而何？或曰：子謂《紫釵》有曲、白，而無介、諢，大非元人妙伎，嘗見董解元《西厢》亦有曲、白，而無介、諢者也，此又何説？曰：不可概論。如董解元《西厢》恣態横生，風情迭出，《紫釵》有之不？不過詩詞富麗，俗眼遂爲其所瞞耳。曾讀過江曲子，知辨臨川與董解元天淵處也。（録自《沈際飛評點牡丹亭還魂記・集諸家評語》）

明王思任評語一則全文：

王季重先生曰：《西厢》易學，《琵琶》不易學。蓋傳佳人才子之事，其文香艷，易於悦目；傳孝子賢妻之事，其文質樸，難於動人。故《西厢》之後有《牡丹亭》繼之，《琵琶》之後，難乎其爲繼矣。是不得不讓東嘉獨步。（毛綸《第七才子書琵琶記・前賢評語》）

明馮夢龍評論一則全文：

傳奇中插科打諢，俗眼所樂觀，名手所不屑。今之演《西厢》者，添出無數科諢，殊覺傷雅，而實則原本未嘗有也。《西厢》且然，況《琵琶》乎。（下略）（出處同上）

明楊繼益《澹齋外言》節録：

詞曲艷麗，首推《西厢》。其好處全有無端倪見生出無限愁情，而末結以夢，明諸境皆幻也。夢中暗應杜將軍，尤奇。昔人嘗言《齊物論》之奇在蝶夢作結，而後人不知此意，妄續奇書、得第等事，大晦初旨，只成蛇足。

明沈德符《顧曲雜言》節録：

元人周德清評《西厢》，云六字中三用韻，如「玉宇無塵」内「忽聽、一聲、猛驚」，及「玉驄嬌馬」内「自古、相女、配夫」，此皆三韻爲難。予謂：「古」、「女」仄聲，「夫」字平聲，未爲奇也，不如「雲斂晴空」内「本宫、始終、不同」，俱平聲，乃佳耳。然此類凡元人皆能之，不獨《西厢》爲然，如《春景》時曲云「柳綿、滿天、無旋」，《冬景》云「臂中、緊封、守宫」，又云「醉烘、玉容、微紅」，《重會》時曲云「女郎、兩相、對當」，《私情》時曲云「玉娘、粉妝、生香」，《㑇梅香》雜劇云「不妨、莫慌、我當」，《兩世姻緣》云「怎麽、性大、便罵」，《歌舞麗春堂》云「四方、八荒、萬邦」，俱六字三韻，穩貼圓美。他尚未易枚舉。蓋勝國詞家，高處自有，在此特其剩技耳。（《西厢》）

湯義仍《牡丹亭夢》一出，家傳户誦，幾令《西厢》減價；奈不諳曲譜，用韻多任意處，乃才情自足不朽也。（《填詞名手》）

何元朗謂《拜月亭》勝《琵琶記》，而王弇州力爭，以爲不然，此是王識見未到處。《琵琶》無論襲舊太多，與《西厢》同病，且其曲無一句可入絃索者；《拜月》則字字穩貼，與彈搊膠粘，蓋南詞全本可上絃索者惟此耳。至於《走雨》、《錯認》、《拜月》諸折，俱問答往來，不用賓白，固爲高手；即旦兒「髻雲堆」小曲，模擬閨秀嬌憨情態，活托逼真，《琵琶·咽糠》、《描真》亦佳，終不及也。（中略）若《西厢》，才華富贍，北詞大本未有能繼之者，終是肉勝於骨，所以讓《拜月》一頭地。元人以鄭、馬、關、白爲四大家而不及王實甫，有以也。（《拜月亭》）

自北有《西厢》，南有《拜月》，雜劇變爲戲文，以至《琵琶》遂演爲四十餘折，幾十倍雜劇。然《西厢》到底不過描寫情感，余觀北劇，盡有高出其上者，世人未曾遍觀，逐隊吠聲，吒爲絶唱，真井蛙之見耳。（中略）雜劇如《王粲登樓》、《韓信胯下》、《關大王單刀會》、《趙太祖風雲會》之屬，不特命詞之高秀，而意象悲壯，自足籠蓋一時；至若《㑇梅香》、《倩女離魂》、《墻頭馬上》等曲，非不輕俊，然不出房幃窠臼，以《西厢》例之可也。（《雜劇院本》）

明《琵琶記·序》（明玩虎軒主人萬曆間玩虎軒刊本）全文：

不佞偶讀皖城胡伯玉先生《尚書義序》，自謂生平爲文，得《西厢記》微趣耳，犂然與不佞有同嗜焉。時業已探討漢卿、實甫，暨諸名家之詞，而傳諸棗木矣。論者稍稍曰：自《三百篇》之變爲律、爲絶、爲歌、爲行、爲詞曲，詞曲之於金元，尤稱長技哉。太抵立意在聽者不厭，言者無罪，故巧爲靡曼，惟其滑稽，雖去古益遠，要亦一代之精神也。若東嘉高氏南曲之《琵琶》，與之王、關二氏北曲之《西厢》，即如虞音有擊以拊，唐詩有李有杜，宜庚並舉，詎謂不可無一，不可有二已乎。不佞既聞而嘻曰：論亦休矣。遂檢笥中藏本，亦按節想象而付之剞劂，庶俾攬者子孝妻賢則思勵，見私昵暗約則思懲，而卧者鮮矣，於大道未必無少助云。丁酉蠟日，玩虎軒主人叙並書。

明藴空居士《楊東來先生批評西游記·總論》節録：

昌齡嘗擬作《西厢記》，已而王實甫先成。昌齡見之，知無以勝也，遂作是編以敵之。幽艷恢奇，該博立隽，固非陷井之蛙所能揆測也。其於《西厢》，允稱魯衛。

《西厢》乃一段風情佳話，是編合天人神佛妖鬼而並舉之，滔滔莽莽，遂成大觀。

北調僅《西厢》二十折，餘俱四折而止，且事實有極冷淡者，結撰有極疏漏者。獨是編至二十四折，富有才情，最堪吟咀。

明張琦《衡曲麈譚·作家偶評》節録：

今麗曲之最勝者，以王實甫《西厢》壓卷，日華翻之爲南，時論頗弗取，不知其翻變之巧，頓能洗盡北習，調協自然，筆墨中之爐冶，非人官所易及也。

明凌濛初《譚曲雜劄》節録：

改北調爲南曲者，有李日華《西厢》。增損句字以就腔，已覺截鶴繼鳧，如「秀才們聞道請」下，增「先生」二字等是也。

更有不能改者，亂其腔以就字句，如「來回顧影，文魔秀士欠酸丁」是也。無論原曲爲「風欠」而删其「風」字爲不通，即〔玉抱肚〕首二句而强欲以句字平仄叶，亦須云「來回顧影，秀文魔風酸欠丁。」蓋第二句乃三字一節、四字一句，而四字又須平平仄平者；今四字一節，三字一節如一句七言詩，豈本調耶？今唱者恬不知怪，亦可笑也。至《西廂》尾聲，無一不妙，首折煞尾，豈無情語、佳句可採，以隱括南尾，使之悠然有餘韻，而直取「東風摇曳垂楊綫，游絲牽惹桃花片」兩詞語填入耶？真是點金成鐵手！乃《西廂》爲情詞之宗，而不便吳人清唱，欲歌南音，不得不取之李本，亦無可奈何耳。陸天池亦作《南西廂》，悉以己意自創，不襲北劇一語，志可謂悍矣。然元詞在前，豈易角勝，况本不及。

明祁彪佳《遠山堂劇品·崔氏春秋補傳》節録：

傳情者，須在想象間，故别離之境，每多於合歡。實甫之以《驚夢》終《西廂》，不欲境之盡也。至漢卿補五曲，已虞其盡矣，田叔再補《出閣》、《催妝》、《迎奩》、《歸寧》四曲，俱是合歡之境，故曲雖逼元人之神，而情致終遜於譜别離者。

明蹢浡子《鴛鴦夢·叙》節録：

傳奇之與填詞家有異乎？曰：有。詞以慕情，傳奇以諭俗，意亦頗主勸懲，固《三百篇》之支裔也。自忠孝節烈，一變而爲柔情曼聲，而俠骨剛腸，化同繞指，議者不無誨淫之慮。而銅將軍、鐵綽板，唱「大江東去」，蘇學士亦以貽譏。二者聚訟，余有以平之曰：發乎情，止乎禮義；好色不淫，怨誹不亂，兼《風》、《雅》而爲騷，即放遺騷而爲歌曲，斯莫尚矣。昔人以《西廂》化工，《琵琶》畫工，二書至今，幾與貝葉同珍，蘭臺同壽。而命意各殊，俱臻絶頂。如《琵琶》之繪真婦孝子，固矣。崔張會冥，妖艷絶世。而李秃翁讀之，以爲是必有大不得意於君臣朋友之際，乃始奪他人之酒杯，澆自己之塊壘，信斯言也。是將與香草懷君，笙醴悟主，同一思致。噫！安在柔情曼聲，而不足以揚忠孝、旌節烈也哉？

清張岱《琅嬛文集・答袁籜庵》

清李漁《閑情偶寄・詞曲部》節録：

一部《西廂》，止爲張君瑞一人，而張君瑞一人，又止爲白馬解圍一事。其餘枝節，皆從此一事而生——夫人之許婚，張生之望配，紅娘之勇於作合，鶯鶯之敢於失身，與鄭恒之力爭原配而不得，皆由於此。是「白馬解圍」四字，即作《西廂》之主腦也。（《結構第一・立主腦》）

傳奇無實，大半皆寓言耳。欲勸人爲孝，則舉一孝子出名，但有一行可紀，則不必盡有其事，凡屬孝親所應有者，悉取而加之；亦猶紂之不善不如是之甚也，一居下流，天下之惡皆歸焉。其餘表忠、表節，與種種勸人爲善之劇，率同於此。若謂古事皆實，則《西廂》、《琵琶》推爲曲中之祖，鶯鶯果嫁君瑞乎？蔡邕之餓莩其親，五娘之干蠱其夫，見於何書？果有實據否？孟子云「盡信書不如無書」，蓋指武、成而言也，經史且然，矧雜劇乎？凡閱傳奇而必考其事從何來，人居何地者，皆説夢之痴，人可以不答者也。（《結構第一・審虚實》）

曲文最長，每折必須數曲，每部必須數十折，非八斗長才，不能始終如一。微疵偶見者有之，瑕瑜並陳者有之，尚有踴躍於前，懈弛於後，不得已而爲狗尾續貂者亦有之。（中略）吾於古曲之中，取其全本不懈，多瑜鮮瑕者，惟《西廂》能之。（《詞采第二》）

能於淺處見才，方是文章高手。施耐庵之《水滸》、王實甫之《西廂》，世人盡作戲文、小説看，金聖歎特標其名曰「五才子書」、「六才子書」者，其意何居？蓋憤天下之小視其道，不知爲古今來絶大文章，故作此等驚人語以標其目。（《詞采第二・忌填塞》）

詞曲中音律之壞，壞在《南西廂》。凡有作者，當以之爲戒，不當取之爲法。非止音律，文藝亦然，請詳言之。填詞除雜劇不論，止論全本，其文字之佳、音律之妙，未有過於《北西廂》者。自南本一出，遂變極佳者爲極不佳，極妙者爲極不妙。推其初意，亦有可原，不過因北本爲詞曲之豪，人人贊羡，但可被之管絃，不便奏諸場上，但宜於弋陽、四平等俗優，不便强施於昆調，以係北曲而非南曲也。兹請先言其故。北曲一折，止隸一人，雖有數人在場，其曲止出一口，從無互歌、迭咏之事。弋陽、四平等腔，字多音少，一泄而盡；又有一人啓口，數人接腔者，名爲一人，實出衆口，故演《北西廂》甚易。昆調悠長，一字可抵數字；每唱一曲，又必一人始之，一人終之，無可助一臂者。以長江、大河之全曲，而專責一人，即有銅喉鐵齒，其能勝此重任乎？此北本雖佳，吴音不能奏也。作《南西廂》者，意在補此缺陷，遂割裂其詞，增添其白，易北爲南，撰成此劇，亦可爲善用古人，喜傳佳事者矣。然自予論之，此人之於作者，可謂功之首而罪之魁矣。所謂功之首者，非得此人，則俗優競演，雅調無聞，作者苦心，雖傳實没。所謂罪之魁者，千金狐腋，剪作鴻毛，一片精金，點成頑鐵，若是者，何以其有用古之心而無其具也。今之觀演此劇者，但知關目動人，詞曲悦耳，亦曾細嘗其味，深繹其詞乎？使讀書作古之人，取《西廂》南本一閲，句櫛字比，未有不廢卷掩鼻而怪穢氣薰人者也。若曰詞曲情文不浹，以其就北本增删，割彼凑此，自難貼合，雖有才力無所施也；然則賓白之文，皆由己作，并未依傍原本，何以有才不用，有力不施，而爲俗口鄙惡之談以穢聽者之耳乎？且曲文之中，盡有不就原本增删，或自填一折以補原本之缺略，自撰一曲以作諸曲之過文者，此則束縛無人，操縱有我，何以有才不用，有力不施，亦作勉强支吾之句以混觀者之目乎？使王實甫復生，看演此劇，非狂叫怒駡，索改本而付之祝融，即痛哭流涕，對原本而悲其不幸矣！嘻，續《西廂》者之才，去作《西廂》者止爭一間，觀其群加非議，謂：《驚夢》以後諸曲，有如狗尾續貂。以彼之才，較之作《南西廂》者，豈特奴婢之於郎主，直帝王之視乞丐。乃今之觀者，彼施責備，而此獨包容，已不可解；且令家户户祝，居然一配饗《琵琶》，非特實甫呼冤，且使則誠號屈也。予生平最惡弋陽、四平等劇，見則趨而避之，但聞其搬演《西廂》，則樂觀恐後，何也？以其腔調雖惡，而曲文未改，仍是完全不破之《西廂》，非改頭換面，折手跛足之《西廂》也。南本則聾瞽喑啞、馱背折腰諸惡狀，無一不備於身矣。（《音律第三》）

向在都門，魏貞庵相國取《崔鄭合葬墓誌銘》示予，命予作《北西廂》翻本，以正從前之謬。予謝不敏，謂：天下已傳之書，無認是非可否，悉宜聽之，不當奮其死力，與較短長。較之而非，舉世起而非我；即較之而是，舉世亦起而非我。何也？貴遠賤近，慕古薄今，天下之通情也。誰肯以千古不朽之名人，抑之使出時流下？彼文足以傳世，業有明徵；我力足以降人，尚無實據。以無據敵有徵，其敗可立見也。時龔芝麓先生亦在座，與貞庵相國均以予言爲然。向有一人欲改《北西廂》，又有一人欲續《水滸傳》，同商於余。余曰：「《西廂》非不可改，《水滸》非不可續。然無奈二書已傳，萬口交贊，其高踞詞壇之正位，業如泰山之穩，磐石之固，欲遽叱之使起，而讓席於余，此萬不可得之數也。無論所改之《西廂》，所續之《水滸》，無必可繼後塵，即使高出前人數倍，吾知舉世之人，不約而同，皆以『續貂、蛇足』四字爲新作之定評矣。」二人唯唯而去。（同上）

侵尋、監咸、廉纖三韻，同屬閉口之音，而侵尋一韻，較之監咸、廉纖，獨覺稍異。每至收音處，侵尋閉口，而其音獨帶清亮。至監咸、廉纖二韻，則微有不同。此二韻者，以作急板小曲則可，若填悠揚大套之詞，則宜避之。《西廂》「不念《法華經》，不理梁王懺」一折用之者，以出惠明口中，聲口恰相合耳。此二韻宜避者，不止單爲聲音，以其一韻之中，可用者不過數字，餘皆險僻艱生，備而不用者也。若惠明曲中之「揝」字、「攙」字，亦惟大才如天之王實甫能用。以第二人作《西廂》，即不敢用此險韻矣。（《音律第三·廉監易避》）

若填北曲，則莫妙於此，一用入聲，即是天然北調。然入聲韻脚，最易見才，而又最難藏拙。工於入韻，即是詞壇祭酒。以入韻之字，雅馴自然者少，粗俗倔强者多。填詞老手，用慣此等字樣，始能點鐵成金；淺乎此者，運用不來，熔鑄不出，非失之太生，則失之太鄙。但以《西廂》、《琵琶》二劇較其短長：作《西廂》者工於北調，用入韻是其所長，如《鬧會》曲中「二月春雷響殿角」，「早成就幽期密約」，「内性兒聰明，冠世才學，扭捏着身子百般做作」，「角」字、「約」字、「學」字，何等馴雅，何等自然。《琵琶》工於南曲，用入韻是其所短，如《描容》中「兩處堪悲，萬愁怎摸」，愁是何等物，而可摸乎？（《音律第三·少填入韻》）

填詞中方言之多，莫過於《西厢》一種。其餘今詞、古曲，在在有之。（《賓白第四·少用方言》）

讀金聖歎所評《西厢記》，能令千古才人心死。（中略）但云千古傳奇，當推西厢第一，而不明言其所以爲第一之故，是西施之美，不特有目者贊之，盲人亦能贊之矣。自有《西厢》以迄於今，四百餘載，推《西厢》爲填詞第一者，不知幾千萬人，而能歷指其所以爲第一之故者，獨出一金聖歎。是作《西厢》者之心，四百餘年未死，而今死矣。不特作《西厢》者心死，凡千古上下，操觚立言者之心，無不死矣。人患不爲王實甫耳，焉知數百年後不復有金聖歎其人哉。

聖歎之評《西厢》，可謂晰毛辨髮，窮幽晰微，無復有遺議於其間矣。然以予論之，聖歎所評，乃文人把玩之《西厢》，非優人搬弄之《西厢》也。文字之三昧，聖歎已得之；優人搬弄之三昧，聖歎猶有待焉。（下略）

聖歎之評《西厢》，其長在密，其短在拘。拘即密之已甚者也。無一句一字不逆溯其源而求命意之所在，是則密矣；然亦知作者於此，有出於有心，有不必盡出於有心者乎？心之所至，筆亦至焉，是人之所能爲也。若夫筆之所至，心亦至焉，則人不能盡主之矣。且有心不欲然而筆使之然，若有鬼物主持其間者，此等文字，尚可謂之有意乎哉。文章一道，實實通神，非欺人語。千古奇文，非人爲之，神爲之、鬼爲之也。人則鬼、神所附者耳。（《填詞餘論》）

清李玉《南音三籟·序》節録：

迨至金元，詞變爲曲。實甫、漢卿、東籬諸君子，以灝瀚天才，寄傳律吕，即事爲曲，即曲命名，開五音六律之秘藏，考九宫十三調之正始，或爲全本，或爲雜劇，各立赤幟，旗鼓相當，盡是騷壇飛將。

清黄宗羲《黄梨洲文集・靳熊封詩序》節録：

從來豪杰之精神，不能無所寓。老、莊之道德，申、韓之刑名；左、遷之史，鄭、服之經，韓、歐之文，李、杜之詩，下至師曠之音聲，郭守敬之律曆，王實甫、關漢卿之院本，皆其一生之精神所寓也。苟不得寓，則若龍攣虎跛，壯士囚縛，擁勇鬱遏，坌憤激汗，溢而四出，天地爲之動色，而况於其他乎。

清歸莊《歸莊集・誅邪鬼》節録：

蘇州有金聖歎者，其人貪戾放僻，不知有禮義廉耻，又粗有文筆，足以濟其邪惡。嘗批《水滸傳》，名之曰「第五才子書」，鏤板精巧，盛行於世。余見之曰：「是倡亂之書也！」未幾又批《西廂記》行世，名之曰「第六才子書」。余見之曰：「是誨淫之書也。」又以《左傳》、《史記》、《莊子》、《離騷》、杜詩與前二種書並列爲七才子，以小説、傳奇躋之於經史子集，固已失倫，乃其惑人心，壞風俗，亂學術，其罪不可勝誅矣！有聖王者出，此必誅而不以聽者也。

清毛先舒《詩辨坻》節録：

陳仲醇《品外録》載《唐鄭府君夫人崔氏合祔墓誌銘》，秦貫所撰也。陳因據此辨《會真》之誣，用意可謂長者。後余見此拓本，楷書微兼隸體，筆意遒古，而詞亦質雅。第志稱府君諱遇，不諱恒，而眉山黄恪復以《會真》年月參之，此碑所謂崔氏者，其生平尚長雙文四歲。蓋滎陽、博陵，世通婚姻，志中崔、鄭不必便爲鶯、恒，仲醇但欲爲雪崔之地而弗深考耳。

清毛綸《第七才子書》（清雍正間經綸堂刊本）

序（尤侗）節録：

或問於予曰：六才子書何以名哉？曰：吾惡乎知之。蓋吾聞之，爲莊周、屈原、司馬遷、杜甫、施耐庵、王實甫之書也。舍莊周、屈原、司馬遷、杜甫、施耐庵、王實甫，無才子乎？曰：有之。舍《（黄）〔南〕華》、《離騷》、《史記》、杜詩、《水滸》、《西廂》，無才子書乎？ 曰：有之。天地生才，吾不知其幾也，屈指而數，豈惟六哉。然則曷爲乎獨名六才子？曰：凡吾所謂才者，必其本乎性，發乎情，止乎禮義，而非一往縱横，靡靡怪怪之爲也。莊之放也而達，屈子怨也而忠，史之矯也而直，杜之愚也而正，皆言至性存焉。《水滸》盜矣，而近於義；《西廂》淫矣，而深於情。彼各有所長，以是名曰才焉，誰不可也。才人之作，至傳奇末矣。然元人雜劇五百餘本，明之南詞，乃不可更仆數，大半街談巷説，荒唐乎鬼神，纏綿乎男女，使人目摇心蕩，隨波而溺，求其情文曲致，哀樂移人，風以動之，教以化之者，萬不獲一也。（中略）夫古之才人未有不窮者也，莊之隱，屈之沉，司馬之腐，杜之餓，施、王、高三子俱無一命。悲夫！才之必至於窮也。窮而不失爲才也，未可謂不幸也。（下略）康熙乙巳秋七夕後五日，吳依悔庵題於看雲草堂。

自序全文：

太史公作《屈原傳》曰：「《國風》好色而不淫，《小雅》怨悱而不亂，若《離騷》者，可謂兼之。」予嘗以此分評王、高兩先生之書。王實甫之《西廂》，其好色而不淫者乎；高東嘉之《琵琶》，其怨悱而不亂者乎。《西廂》近於風，而《琵琶》近於雅，雅視風而加醇焉。故元人詞曲之佳者，雖《西廂》與《琵琶》並傳，而《琵琶》之勝《西廂》也有二：一曰情深，一曰文勝。所謂情深者何也？曰：《西廂》言情，《琵琶》亦言情。然《西廂》之情，則佳人才子，花前月下，私期密約之情也。《琵琶》之情，則孝子賢妻，敦倫重誼，纏綿悱惻之情也。亦有似乎風之爲風，多採蘭贈芍之詞；而雅之爲雅，則唯忠孝廉貞之旨。是以同一情也，而《西廂》之情而情者，不善讀之，而情或累性；《琵琶》之情而性者，善讀之，而性見乎情，夫是之謂情勝也。所謂文勝者何也？曰：《西廂》爲妙文，《琵琶》亦爲妙文，然《西廂》文中，往往雜用方言土語，如呼美人爲顛不剌，呼僧人爲老潔郎之類，而《琵琶》無之。亦有似乎采風，則言不遺乎里巷，而歌雅則語多出於薦紳。是以同一文也，而《西廂》之文艷，乃艷不離野者，讀之反覺其文不勝質；《琵琶》之文真，乃真而能典者，讀之自覺其質極而文，夫是之謂文勝也。

有此二勝，而今之人但取《西厢》而批之刻之，而《琵琶》獨置而不論。然則《詩三百篇》，竟可登風而廢雅，有是理與？予既樂此書之有裨風化，且復文情交至如此，因於病廢無聊之餘，出笥中所藏原本，謬爲評論，口授兒曹，使從旁筆記之，更使稍加參校，付之梓人。梓人請所以名此書者，予曰：「《西厢》有第六才子之名，今以《琵琶》爲之繼。其即名之以第七才子也可。」名既定，客有詰予者曰：「此評《西厢》者之以第六才子名其書也，彼固儼然以施耐庵《水滸》一書，與《莊》、《騷》、馬、杜並列，爲第五才子書，而因以《西厢》配之者也，以彼意中所謂第七才子，正不知便屬誰氏，先生又何所見，而當之以高東嘉？」予笑曰：「才亦何定名之有？客不記序《水滸》者之言耶？序中蓋嘗論列六才子矣。而至於《西厢》，則稱是董解元之書，不聞其爲王實甫也。特以所批董解元之《西厢》，爲友人携去，失其原稿，不能復記憶。又見世俗所傳誦者，皆王實甫《西厢》，而董解元之《西厢》人多不經見，於是遂以王實甫代之。夫以施耐庵爲才，而繼耐庵者未必爲王實甫，乃不難六之以實甫。然則以王實甫爲才郎，繼實甫者不止一高東嘉，而又何妨七之以東嘉哉。且夫才之爲物也，鬱而爲情，達而爲文，有情所至，而文至焉者矣；有情所不至，而文亦至焉者矣；有文所至，而情至焉者矣；有文所不至，而情亦至焉者矣。情所不至，而文亦至焉者，文餘於情也；文所不至，而情亦至焉者，情餘於文也。情餘於文，而才以情傳；文餘於情，而才亦以文顯。夫文與情，即未必其交至而猶足以見其才，又乃况於文與情之交至焉者乎。苟文與情交至，而尚不得以才名，則將更以何者而名才也乎？昔我先師孔子之删詩也，頌登魯，雅登衛，風不遺秦，而楚獨無詩。越數百年以後，而司馬子長以《離騷》比諸風，又比諸雅，自是而江離杜若之辭，得續《三百篇》之末，不讓車鄰駟鐵之響，獨列十五國之中。嗚呼！由斯觀之，才若靈均，不幸而不生孔子之時，不克見收於孔子也；猶幸而生司馬之前，卒獲見賞於司馬也。情不可没，文不可掩，而才亦不可以終遏。自古迄今，才人未始不接踵而出，而特恨世無知才之人。故才嘗爲不知己者屈，然屈於不知己者，而終當伸於知己；屈於一時之無知己，而終當伸於數百年以後之知己。則予今日之以才許東嘉，亦竊附於史公之論屈平也云爾。

總論節録：

凡作傳奇者，類多取前人缺陷之事，而以文人之筆補之。如元微之之於雙文，既亂之不能終之，乃託張生以自寓，反以負心爲善補過，此事之大可恨者也。故作《西廂》者，特寫一不負心之張生，以銷其恨。（下略）

《琵琶》用筆之難，難於《西廂》。何也？《西廂》寫佳人才子之事，則風月之詞易好；《琵琶》寫孝子義夫之事，則菽粟之詞難工也。不特此也，《西廂》純用北曲，每折自始至末，止是一人所唱，則其章法次第，井然不亂，猶易易耳。若《琵琶》則純用南曲，每套必用衆人分唱，而其章法次第，亦自井然不亂，若出一口，真大難事。試看李日華改《西廂》曲爲南調，雖便於梨園之唱演，然將原曲顛倒前後，畢竟不免支離錯亂，然後嘆《琵琶》之妙爲不可及。

最可怪者，人以《西廂》之十六折爲少，而欲續之；以《琵琶》之四十二齣爲多，而欲删之。夫誠知《西廂》之不必續，則知《琵琶》之不可删矣。鳧脛雖短，續之則傷；鶴頸雖長，斷之則悲。文之妙者，一句包得數篇，則短亦非短，數篇只如一句，則長亦非長。（中略）續《西廂》者於《草橋驚夢》之後，補寫鄭恒逼婚，張生被謗，雙文信讒，見之欲嘔，固不如勿續也。不如勿續，則其所續者删之可也。（下略）

作文命題，最是要緊。題目若好，便使文章添一倍光采；若題目不甚好，則文章雖極佳，畢竟還有可議處。如批評《水滸傳》者，雖極罵宋江之權詐，而人猶或以爲誨盜。批評《西廂記》者，雖極表雙文之矜貴，而人猶或以爲誨淫。蓋因其題目不甚正大也。（下略）

評語節録：

（上略）至於文章之妙，妙在反跌。嘗讀《西廂》有崔夫人《賴婚》一段文字在後，則先有《請宴》一篇，兩口相同，欣欣然以爲姻之必就，以反跌之。今讀《琵琶》，有蔡狀元《却婚》一段文字在後，則先有《招婿》一篇，三口相同，欣欣然以爲媒之必成，以反跌之。蓋作文之法，不正伏，則下文不現；不反跌，則下文不奇；正處用實，反處用虛。今人但能於實處寫，東嘉却偏於虛處寫。（第十二齣《奉旨招婿》前評）

《琵琶》寫月，《西厢》亦寫月。然《西厢》之寫月也，曰「花陰寂寂春」，曰「隔墻花影動」，是春月，非秋月也。寫會合，則宜於春寫之；寫離愁，則宜於秋寫之。猶是月也，而託興不同，爲時亦異，然欲求一字之相類，不可得已。（第二十八齣《中秋望月》前評）

讀《西厢》者，讀至《堂前力（一作巧）辨（辯）》之文，未有不拍案稱快者也。讀《琵琶》者，讀至《幾言諫父》之文，亦未有不拍案稱快者也。然紅娘之對夫人，折辯只一兩言，文妙於簡。小姐之對丞相，往復至十餘遍，文又妙於詳。夫人之聽紅娘，當下即便回嗔，文妙於速。丞相之聽小姐，一時不肯遽納，文又妙於遲。求其分毫之相似，不可得已。大約才子用筆，必使人猜不着，必不使人猜得着。以侍婢觸主母，宜其難入也，而反易從；以愛女勸親父，宜其易從也，而反難入。此其所以爲奇耳。若令東嘉於此，亦學《西厢》之簡且速，則一人順口説之，一人順口應之，此以數語了之，彼以數語悟之，將見波瀾不生，一覽而盡，又何以見才子之才哉。（第三十一齣《幾言諫父》前評）

《西厢》寫一普救寺，《琵琶》亦寫一彌陀寺。而《西厢》則始於隨喜到僧房古殿，終於望蒲東蕭寺暮雲遮，以佛寺始，以佛寺終，是全有取乎佛寺者也。《琵琶》之佛寺，前乎此者無有，後乎此者無有，而於此偶見，是意不存乎佛寺者也。何也？《西厢》以男女風流之事，不可以訓，故不於他處寫之，偏於空門寫之，蓋色即是空，空即是色，此秋波一轉，老僧所以悟禪也。若夫事關節孝，道重倫常，既無悖於聖人，又何取乎釋氏，故曰意不存焉耳。夫既意不存乎佛寺，而又必寫一佛寺者何居？曰東嘉特欲於此作一波折。（中略）雖然，《西厢》全寫一佛寺，而適足爲婦人入寺之戒；

《琵琶》偶寫一佛寺，而反似爲婦人入寺之勸。將奈何？曰無傷也。以佛寺爲男女窺覘之地，則決不當入寺。惟以佛寺爲子婦致孝之地，則庶乎不妨入佛寺。然則《琵琶》之寫佛寺，殆非所以爲勸，而實所以爲戒與。（第三十四齣《寺中遺像》前評）

神龍見首不見尾。文章之妙，何獨不然。以有結尾爲結尾，不若以無結尾爲結尾也。《西廂》至《草橋驚夢》不容再續矣。《琵琶》則於《書館悲逢》之後，既繼之以廬墓，又結之以旌門，抑又何也？曰：作《西廂》者，非有所託諷而著書，不過因窗明几淨，筆精硯良，又值身閑手暇，於是自寫其錦心綉腸，以爲娱樂，故其書至《草橋驚夢》，而遂可以止也。（下略）（第四十二齣《一門旌獎》前評）

參論（毛宗崗）節録：

文章不曲折則不妙。《西廂記》張生終得與鶯鶯配合，全賴紅娘之力，乃妙在鶯鶯偏要瞞着紅娘。《琵琶記》趙氏再得與伯喈團圓，全賴牛氏之賢，乃妙在伯喈偏要瞞着牛氏。其曲折處，正是一樣筆墨。然鶯鶯瞞紅娘，紅娘不曾猜破，卻是張生道破；伯喈瞞牛氏，伯喈不曾當面説破，卻被牛氏背地聽破。一樣筆墨，又是兩樣文法。

吾友蔣新又嘗云：「文章但有順而無逆，便不成文章；傳奇但有歡而無悲，亦不成傳奇。」誠哉是言也。然所以有逆有悲者，必有一人從中作鯁以爲波瀾。如《西廂》有崔夫人作鯁，《琵琶》有牛丞相作鯁。乃夫人作鯁是賴婚，丞相作鯁是逼婚。夫人賴婚，到底賴不成，丞相逼婚竟逼成了。同一波瀾，而《琵琶》文法又變。

清吴陳琰《曠園雜志》節録：

唐鄭太常恒暨崔夫人鶯鶯合祔墓，在淇水之西北五十里，曰舊魏縣，蓋古之淇澳也。明成化間，淇水横溢，土崩石出，秦給事貫所撰誌銘在焉。犁人得之，礱諸崔氏，爲中亭香案石。久之，尋得其家有胥吏名吉者識之，遂白於縣令邢某，置之邑治。志中盛稱夫人四德咸備，乃一辱於元微之《會真記》，再辱於王實甫、關漢卿《西厢記》。歷久而誌銘顯出，爲崔氏洗冰玉之耻，亦奇矣。或傳此誌銘又出於康熙初年，崔氏見夢於臨清守。守往學宫，自穢土中清出。夫臨清與淇邑，道理遼遠，何以墓石又在臨清耶？存以備考。

清王士禛《池北偶談·談藝·元詩》節録：

《雙文詩》，世以爲元微之自寓，然吾觀元氏《長慶集》中誨侄等詩云：「吾生長京城，朋從不少，然而未嘗識倡優之門。」然小説未必真微之事也。

清王士禛《池北偶談·談異·普救寺》全文：

《西厢》傳奇，河中有普救寺。《畫墁録》：「郭威帥河中，逾年，登蒲阪以望城中。憤蒲民固守，曰：『城開日，當盡誅之。』幕府曰：『若然，守愈固矣。』第告之曰：『誅守城者，餘皆免。』城既開，乃即其地爲普救寺。」《蒲志》云：「舊名永清院，院僧與郭威約，城克之日，不戮一人，因改名普救寺。」二書大同小異，然寺名實始五代，傳奇假以成文耳。

清劉廷璣《在園雜志》節録：

董解元彈詞《西厢》，王實甫師其意，作《北西厢》傳奇。然董之彈詞冗長太文，反不若王之傳奇情文益美，可歌可誦也。大抵彈詞元時最上，一代風氣使然。今則競勝傳奇，縱有好絃索者，亦不足悦人耳目。

清王應奎《柳南隨筆》節録：

王實甫《西厢記》、湯若士《還魂記》，詞曲之最工者。

清吴儀一《長生殿·序》節録：

南北曲之工者，莫如《西厢》、《琵琶》矣。世既目《西厢》爲淫書，而《堯山堂雜記》又謂《琵琶》寓刺王四、不花，重誣蔡氏。此皆伎刻之論。（中略）稗畦取《長生殿》而演之，爲詞場一新耳目，其詞之工，與《西厢》、《琵琶》相掩映矣。

清黄圖珌《看山閣集閑筆·文學部》節録：

《琵琶》爲南曲之宗，《西厢》乃北調之祖，調高辭美，各極其妙。雖《琵琶》之諧聲、協律，南曲未有過於此者，而行文布置之間，未嘗盡善。學者惟取其調暢音和，便於歌唱，較之《西厢》，則恐陳腐之氣尚有未銷，情景之思猶然不及。噫，所謂畫工，非化工也。

清愛新覺羅·弘歷《大清高宗純皇帝聖訓·原風俗》節録：

乾隆十八年癸酉七月壬午，上諭内閣：滿洲習俗純樸，忠義禀乎天性，原不識所謂書籍。自我朝一統以來，始學漢文。皇祖、聖祖、仁皇帝欲俾不識漢文之人，通曉古事，於品行有益，曾將《五經》及《四子》、《通鑒》等書，翻譯刊行。近有不肖之徒，並不翻譯正傳，反將《水滸》、《西厢記》等小説翻譯，使人閲看，誘以爲惡。甚至以滿洲等習俗之偷，皆由於此。如愚民之惑於邪教；親近匪人者，概由看此惡書所致，於滿洲舊習，所關甚重，不可不嚴行禁止。

清佚名《曲海總目提要》節録：

《西厢記》，元王實甫撰，《草橋驚夢》後四齣，關漢卿補。事據《會真傳》「待月西厢」而作，乃元稹實事，而嫁名於張生也。按稹所作《姨母鄭氏墓誌》云：「其既喪夫遭軍亂，微之爲保護其家備至。」與傳奇所叙正合。又白居易作《稹墓誌》，以太和五年薨，年五十三。則當以大曆十四年己未生，至貞元十六年庚辰，正二十二歲，與傳奇生年二十二合。又韓愈作《稹妻韋叢誌》文：「婿韋氏，微之始以選爲校書郎。」按貞元十八年，微之始中書判拔萃，授校書郎，年二十四，正傳奇所謂後歲餘生亦有所娶者也。又稹作《陸氏姊誌》云：「予外祖父授睦州刺史鄭濟。」白居易作《稹母鄭夫人誌》亦言「鄭濟女」，而唐《崔氏譜》：「永寧尉鵬亦娶鄭濟女」。則鶯鶯者，乃崔鵬之女，於稹爲中表，正傳奇所謂鄭氏爲異派之從母者也。又稹《春詞》二首，其間皆隱鶯字，且傳奇亦言立綴《春詞》二首。又有《鶯鶯詩》、《雜憶詩》，則每首皆用雙文，意謂二鶯字爲雙文也。鶯嫁鄭恒，則據恒墓誌云：「娶博陵崔氏」，本傳但云委身於人也。蘇軾《贈張子野詩》云：「詩人老去鶯鶯在」，注言所謂張生，乃張籍也。按稹所作會真事，在貞元十六年春；又言「生明年文戰不利」，乃是十七年。而唐《登科記》，張籍於貞元十五年登科，既先二年，則非張籍明矣。

按稹有《夢游春》古詩七十韻，雖不點出姓名，而所叙則《會真記》中事實也。白居易和之，廣爲百韻，前七十韻皆直叙稹事；而後三十韻，則欲其返真祛妄，三復乎法句心王。蓋鶯鶯之與元遇，的然無疑也。李紳、楊巨源輩，亦皆有詩艷其事，所謂人多聞之以爲異也。其後杜牧之亦有和會真韻之詩。自元人作《西廂記》，人盡以爲張珙，忘其假託矣。珙之名，君瑞之字，《會真》皆無。杜確戢軍，據《會真》似非稹力。稹與蒲將善，非確也。孫飛虎，當即《會真》所謂丁文雅者。崔本非相國之語，恐作者别有所寓。法本、法聰、慧明，皆因普救寺揣摩結撰名字。琴童，則以生善琴，故謂其童曰琴童也。鄭恒，據恒墓誌。《請宴》、《寄柬》、《跳墻》、《佳期》等折，皆據《會真》。餘則增飾點綴居多。按元人《傷梅香》諸折，亦仿此意，而以生爲白敏中，旦爲小蠻，與此各異。據《會真記》，張爲崔卻亂兵，崔母乃俾鶯見張，事以仁兄之禮，張見而不能定情，於是懇紅爲蜂蝶。劇中遊殿相逢，秋波微轉，孫飛虎圍寺，老夫人許退兵者不論僧俗即以鶯婚，張生乃踴躍修書，激慧明請兵，杜確解圍之後，改婚姻爲兄妹，於是張怨而紅亦忿，寄柬探病以就佳期，至被拷而甘心無怨，蓋巧作波瀾，以飾鶯、紅之過也。跳墻、燒香，亦是點綴。長亭送别、草橋驚夢，亦非記中所有。關漢卿又添登第歸家，蓋收局必然之勢；而鄭恒求親不得，至於身殉，似覺過情。《記》云委身於人，則鶯實歸鄭也。

《南西廂》，明李日華改王實甫本也。實甫劇本北曲，日華點竄之爲南詞，前後情節，皆仍其舊。

南北曲之各異，不獨北調鏗鏘，南調宛折，南兼四韻，北并三聲；凡元人雜劇，每折皆一人獨唱到底，《西廂》要緊人物，惟張生與鶯、紅，而紅曲尤多，若不稍爲變通，則勢不能給，雖善歌舞者難繼其聲，故不得不易元曲爲明，易北曲而爲南也。近時演唱關目，有欠雅者，亦非日華本色。又按元以前有董解元《西厢》。董乃大金時人，其曲宛轉纏綿，極盡情致，大抵是一人彈唱到底，恐是專用絃索者。覽其文筆，足稱才士。流傳既久，存其姓而遺名。《歸潛志》及《中州集》，亦皆無從稽考，良可惜也。

《錦西厢》，周公魯撰。據《會真記》，鶯鶯委身於人，張生往訪鶯鶯，作詩以絶之云：「自從消瘦減容光，萬轉千回懶下床；不爲旁人羞不起，爲郎憔悴卻羞郎。」他書又有云鶯鶯所嫁即鄭恒者。乃截《草橋》以後數折不用，言紅娘代鶯鶯以嫁於恒，其詩以紅所作，而嫁名於鶯鶯者。翻改面目，錦簇花攢，故曰《錦西厢》也。

《續西厢》，近時人查繼佐撰。王實甫《西厢》，有關漢卿續四齣，此蓋仿佛其意爲之。〔尾聲〕云：「靠得會作賦的楊巨源，笑煞那續《西厢》的關漢卿淺。」其意似薄漢卿，欲駕而上之，時論未之許也。齣中云：張生中後，有旨命張題詩，題是《明月三五夜》，張即將鶯鶯所贈詩寫入。朝廷詰問，張具奏其事，且乞河中府尹，以便成婚。以作者撮撰新異處，其餘與漢卿關目多同。

《西厢印》，近時人程瑞所作也。原本王實甫、李日華二劇，而情節則其所自撰者居多。《遞簡》齣，以「待月西厢下」詩爲夢中所作，而紅娘私與張生。《佳期》齣，以紅娘代鶯鶯假合。此皆與本傳異。《停喪》齣，增一老院子，易法聰爲法充。《寺警》齣，紅娘請代，及張生自往蒲關，不用惠明。《設詭》齣，以爲鄭恒殺寄書之使而套其書。此皆與王實甫、李日華二劇異。按程端《自叙》云：「《西厢》，有生來第一神物也。嗣有演本，便失本來面目。嘗縱覽排場、關節、科諢，種種陋惡；一日讀《會真記》，至終夕無一語，忽拋書狂叫曰：『是矣，是矣』。録成，題曰《西厢印》」。

《不了緣》，未詳誰作。所載鶯鶯事，據《會真記》後段，崔已委身於人，張生以外兄求見，崔賦詩與張云：「棄置今何道，當時且自親。還將舊來意，憐取眼前人。」由是張生志絕。作者以爲此不了之緣也，故名曰《不了緣》云。劇中崔所嫁即鄭恒，是據《西廂記》中姓名，非《會真》所有。鄭恒墓誌取崔氏，應即是鶯。《西廂》各種，皆取與鶯完配，蓋據《會真》前半而翻易其後半也。作者以後半乃實迹，而《西廂》面目全改，遂成此數折，以鶯歸鄭恒，而崔張爲不了之緣。觀「棄置」一詩，有「憐取眼前人」之句，則是元稹已娶韋氏之後。其詞雖怨，而相戀之意殆猶有之。《不了緣》之名，蓋佛法所謂招因帶果，又添一重公案也。

清袁棟《書隱叢説》節録：

昔人臨歧握別，戀戀不忍舍，形於詩歌。《邶風》云：「瞻望弗及，泣涕如雨。」王摩詰云：「車徒望不見，時見起行塵。」歐陽詹云：「高城已不見，况復城中人。」東坡云：「登高回首坡隴隔，時見烏帽出復没。」各極其致。而王實甫《西廂》曲云：「四圍山色中，一鞭殘照裏。」尤爲遒麗得神也。

清李調元《雨村曲話》節録：

《嘯餘譜》有新定樂府十五體名目，（中略）按：此十五體，不過綜其大概而言；其實視詞人之手筆，各自成家，如馬致遠之「朝陽鳴鳳」則豪爽一路，王實甫之「花間美人」則細膩一路，各成自體，不必拘也。

曲白不欲多。惟雜劇以四折寫傳奇故事，其白有累千言者。觀《西廂》二十一折，則白少見。

清陳棟《北涇草堂曲論》節録：

自化工、畫工之論出，而《西廂》、《琵琶》之品始定。然《琵琶》究不及《西廂》。實甫香艷豪邁，無所不可；東嘉一作典貴語，便筋怒面赤。蓋文章一道，均可以學力勝，惟曲子必須從天分帶來。明嘉隆中，王弇州以詩文爲七子弁冕，而所著《鳴鳳記》淺率頽唐，一似全無學識者，何况他人。世之左袒東嘉，不過曰《西廂》誨淫，《琵琶》教孝。夫既置其文於不論，則固非余所敢知耳。

清焦循《劇説》節録：

《西廂記》始於董解元，固矣；乃《武林舊事》雜劇中有《鶯鶯六幺》，則在董解元之前。《録鬼簿》王實甫有《崔鶯鶯待月西廂記》，同時睢景臣有《鶯鶯牡丹記》。王實甫止有四卷，至《草橋店夢鶯鶯》而止，其後乃關漢卿所續（詳見《曲藻》及《南濠詩話》）。李日華改實甫北曲爲南曲，所謂《南西廂》，今梨園演唱者是也。王實甫全依董解元，惟董以敵賊下書者爲法聰，實甫改爲惠明。關所續亦依於董，惟董以張珙用法聰之謀，携鶯鶯奔於杜太守處；關所續則杜來普救寺也。日華南曲則一沿王、關耳。傖父漫譏漢卿所續之非，蓋未見董詞也。查伊璜以關所續未善，更作《續西廂》四折，大概仍用董、關，而增以應制、賦詩，即用「待月西廂」之句；又夫人欲以紅娘配鄭恒，紅娘不許而欲自縊。事皆蛇足，曲亦村拙，遠不及漢卿矣。碧蕉軒主人作《不了緣》四折，則本「自從別後減容光」一詩而作也：崔已嫁鄭恒，張生落魄歸來，復尋蕭寺訪鶯鶯，不可復見。情詞悽楚，意境蒼涼，勝於查氏所續遠甚。董、關而外，固不可少此別調也。明人又有《續西廂升仙記》，序稱「盱江韻客」所撰，謂紅娘成佛，而寫鶯鶯之妒；鄭恒訴於陰官，鬼使擒鶯、紅來救之；小意在懲淫勸善，但詞意未能雅妙耳。卓珂且有《新西廂》，其自序云：「崔鶯鶯之事以悲終，霍小玉之事以死終：小説中如此者，不可勝記，乃何以王實甫、湯若士不能脱傳奇之窠臼耶？余讀其傳而慨然動世外之想，讀其劇而靡然興俗内之懷，其爲風與否，可知也。《紫釵記》猶與傳合，其不合者止復蘇一段耳，然猶存其意。《西廂》全不合傳，若王實甫所作，猶存其意，至關漢卿續之，則全意全失矣。余所以更作《新西廂》也，段落悉本《會真》，而合之以崔鄭墓碣，又旁證之以《微之年譜》，不敢與董、王、陸、李諸家爭衡，亦不敢蹈襲諸家片字，言之者無飾，聞之者足以嘆息。蓋崔之自言曰：『始亂之，終棄之，固其宜也。』而微之自言曰：『天下尤物，不妖其身，必妖於人。』合二語可以蔽斯傳也。」

湯來賀云：「先年樂府如《五福》、《百順》、《四德》、《十義》、《躍鯉》、《卧冰》之類，皆古人之善行譜爲傳奇，播諸聲容，使兒童婦女見而樂之，皆有所向慕而思爲善事，則是飲食歌舞，俱有益於風化。古人之用心，何其厚也！自元人王實甫、關漢卿作俑爲《西廂》，其字句音節，足以動人，而後世淫詞紛紛繼作。然聞萬曆年中，家庭之間相戒演此。近日若《紅梅》、《桃花》、《玉簪》、《緑袍》等記，不啻百種，皆杜撰詭名，絶無古事可考，且意俱相同，毫無可喜，徒創此以導邪，予不識其何心也。」説見《内省齋文集》。

劇之有所原本，名手所不禁也。王實甫之本董解元，尚矣。（中略）惟《夢釵緣》一劇，直襲《西廂》、《西樓》而合之，已爲傖父，可笑。

清焦循《易餘龠餘》節録：

王實甫《西廂記》，全藍本於董解元，談者未見董書，遂極口稱道實甫耳。如《長亭送别》一折，董解元云：「莫道男兒心如鐵，君不見滿川紅葉，盡是離人眼中血。」實甫則云：「曉來誰染霜林醉？總是離人淚。」「淚」與「霜林」，不及「血」字之貫矣。又董云：「且休上馬，苦無多淚與君垂，此際情緒你爭知。」王云：「閣淚汪汪不敢垂，恐怕人知。」董云：「馬兒登程，坐車兒歸舍，馬兒往西行，坐車兒往東拽，兩口兒一步兒離得遠如一步也。」王云：「車兒投東，馬兒向西，兩意徘徊，落日山横翠。」董云：「我郎休怪强牽衣，問你西行幾日歸。着路裏小心呵且須在意：省可裏晚眠早起，冷茶飯莫吃，好將息。我專倚着門兒專望你。」王云：「到京師服水土，趁程途節飲食，順時自保揣身體。荒村雨露宜眠早，野店風霜要起遲。鞍馬秋風裏，最難調護，須要扶持。」董云：「驢鞭半裊，吟肩雙聳。休問離愁輕重，向個馬兒上駝也駝不動。」王云：「四圍山色中，一鞭殘照裏。人間煩惱填胸臆，量這些大小車兒如何載得起！」董云：「帝里酒釃花濃，萬般景媚，休取次共别人便學連理。少飲酒，省遊戲。記取奴言語，必登高第。妾守空閨，把門兒緊閉，不拈絲管，罷了梳洗。你咱是必把音書頻寄！」王云：「你休憂文齊福不齊，我只怕你停妻再娶妻，一春魚雁無消息。我這裏青鸞有信頻頻寄，你切莫金榜無名誓不歸。君須記：若見異鄉花草，休再似此處棲遲。」董云：「一個止不定長吁，一個頓不開眉黛；兩邊的心緒，一樣的愁懷。」王云：「他在那壁，我在這壁，一遞一聲長吁氣。」兩相參玩，王之遜董遠矣。若董之寫景語，有云：「聽塞鴻，啞啞的飛過暮雲重」；有云「回首孤城，依約青山擁」；又云：「柳堤兒上把瘦馬兒連忙解」；有云「一徑入天涯，荒凉古岸，衰草帶霜滑」；有云「駝腰的柳樹上有漁槎，一竿風旆茅檐上挂，淡煙瀟灑，横鎖着兩三家」；有云「淅零零地雨打芭蕉葉，急煎煎的促織兒聲相接」；有云「燈兒一點甫能吹滅，雨兒歇，閃出昏慘慘的半窗月」；有云「披衣獨步月明中，凝睛看天色」；又云「野水連天天竟白」；有云「東風兩岸緑楊摇，馬頭西接着長安道。正是黄河津要，用寸金竹索，纜着浮橋。」前人比王實甫爲詞曲中思王、太白，實甫何敢當？當用以擬董解元。

清昭槤《嘯亭續録·翻書房》節録：

崇德初，文皇帝患國人不識漢字，罔知治體，乃命達文成公海，翻譯國語《四書》及《三國志》各一部，頒賜耆舊，以爲臨政規範。及鼎定後，設翻書房於太和門西廊下，揀擇旗員中諳習清文者充之。（中略）有户曹郎中和素者，翻譯絶精，其翻《西厢記》、《金瓶梅》諸書，疏節字句，咸中綮肯，人皆爭誦焉。

清凌廷堪《校禮堂詩集·論曲絶句》全文：

誰鑿人間曲海源，詩餘一變更銷魂。倘從五字求蘇李，憶否完顏董解元。

二甫才名世並夸，自然蘭谷擅芳華。紅牙按到《梧桐雨》，可是王家遜白家？

清鐵橋仙人、石坪居士、問津漁者《消寒新咏》節録：

《題李玉齡戲〈佳期〉》：《佳期》一曲太風騷，人自揚稱我不褒。須識爭奇成節外，何如淡淡反爲高。

《題徐才官戲〈寺警〉》：戲有從淡中取致者，非妙伶摹仿不真。如《寺警》全爲君瑞寫生，紅娘等不過作驚慌狀。獨才官雋致可人，極恁張皇，轉多靈敏。其妙處，詩中達之。

清顧公燮《消夏閑記摘抄・陳眉公學問人品》全文：

雲間陳眉公入泮，即告給衣頂，自矜高致。其實日奔走於太倉相王錫爵長子緱山（名衡）之門。適臨川孝廉湯若士在座，陳輕其年少，以新構小築命湯題額，湯書「可以棲遲」，蓋譏其在衡門下也。陳銜之。自是王相主試，湯總落孫山，王歿後始中進士。其所作《還魂記》傳奇，憑空結撰，污蔑閨閫；内有陳齋長即指眉公。與唐元微之所著《會真記》，元王實甫演爲《西厢》曲本，俱稱填詞絶唱。但口孽深重，罪干陰譴。昔有人游冥府，見阿鼻獄中拘系二人甚苦楚，問爲誰，鬼卒曰：「此即陽世所作《還魂記》、《西厢記》者，永不超生也。」宜哉！

清王宏撰《山志・傳奇》節録：

崔鶯鶯，鄭恒夫人也。恒字行甫，有子六人，曰頊、珮、瑾、玘、璇、琬，女一，適盧損。崔年七十六，與鄭合葬。此見《崔夫人埋誌碑》，成化間出於舊魏縣廢冢。蓋恒祖世斌爲磁、隰二州刺史，碑衛州參軍秦貫纂述，大中十二年立也。今世所傳《西厢記》悉誣。獨怪作者不别立姓氏，如烏有、亡是之類，乃點名節，至使兒童婦女，皆知其事，雖百喙莫能白矣。佛家言拔舌地獄，果有之，則王實甫、關漢卿固當不見。然作俑於元微之《會真記》。或云，微之通於其從母之女，借以自表。若是，尤可惡也。

清祁駿佳《遁翁隨筆》節録：

崔氏鶯鶯，一辱於元微之《會真記》，再辱於董、關之傳奇，而伶優污褻者數百載矣。不意明成化間魏縣居民於廢冢中得誌銘石一方（冢居縣之西北五十里），鬻於崔氏，爲中亭香案石。久之，有胥吏崔吉者，識其文，遂白於縣令邢公，邢公乃置之邑治前，爲鶯鶯白數（百）年之冤。其誌明書《唐故滎陽鄭府君夫人博陵崔氏合祔墓誌銘》，誌中歷叙：「府君諱恒，字行甫，官太常寺，久著文業，宿飾禮義，中外模範，友朋宗師；夫人博陵崔氏，四德兼備，母儀《内則》，禮行詩風，與鄭府君白首相莊，生六子一女，享年七十六歲，以大中二年二月二十七日合祔於府君之墓。」嗚呼！崔夫人之冤，自此銘而洗之矣。然但可以洗於讀書學士之目，而愚夫俗子習見於伶優之褻穢者，焉得人人而告之哉？以斯知傳虚者，真當以千劫泥犁報之也。後世以元微之因私憾而作《會真記》，又假其名而作《答微之書》。予謂此書此記亦未必真出微之手也。或後有小才而浮薄者，又託微之之名以惑世，未可知也。要知泥犁中自有真造此口業者承當之也。

清楊復吉《夢闌瑣筆・識物》節録：

元微之《會真記》，止有「崔已委身於人」及「因其夫言於崔」二語，崔之夫，未知何氏也。鄭恒二字，乃數百年後元人傳奇鑿空撰出者，何足爲據？唐人最重門第，李、鄭、崔、盧、王、楊、裴、柳，獨推右族，世相婚姻。夫鄭妻崔，不知凡幾，若得一墓碑，遽援爲左券，以證傳奇不根之談，將不值有識者一笑矣。

清徐守愚《紅梨記序》（清乾隆五十年環翠山房刻巾箱本）**節録：**

予嘗讀《西厢》矣，竊觀君瑞與雙文於《驚艷》一篇彼此鍾情也。又嘗讀《牡丹亭》矣，竊觀夢梅與麗娘於《幽媾》一篇彼此鍾情也。天下有從未嘗《驚艷》、未嘗《幽媾》，而多情纏綿、離而後合者，則莫如《紅梨記》之趙汝洲與謝素秋。夫《驚艷》者，文雖隱怪而情亦不奇，至絶不相關，彼此鍾情如《紅梨記》，則奇矣。《紅梨》非《紅葉》之爲媒而作之合，亦非始緣紅梨而起其端，彼趙解元落於貧士，謝素秋落於教坊，以絶不相蒙之人，而訂百年連理之好，其間將聚而散，即合仍離，前後間一段曲折文字，止伏一老婆即《西厢記》之紅娘也，撮合一錢孟博，即《牡丹亭》之花神也。（下略）乾隆乙巳新春錫山蓉溏徐守愚書并題。

清孫藹春《〈夢花影〉傳奇·序》節録：

予自幼籍縱金粉，凡宋玉《招魂》，揚雄《反騷》，及漢魏六朝之有聲調色澤者，莫不畢覽。迨長，南登祝融，行之吊屈；中尋少室，舒嘯嵩顛；西涉太行，服車致慨；以經燕趙，擊築悲歌；復東歷岱宗，洋洋觀止，足跡幾遍天下。於此登臨無以自遣，則以樂府、詩餘、傳奇，雜作叢語，探討涉獵，以當窮愁，著作未敢作一家言也。嘗愛李賀歌行諸詩，古艷削冷，可飫調饑。又喜李清照、秦少游詞，所謂國風、小雅，惟騷可兼，藉解焦渴。曲則元稹（應爲王實甫）《西厢記》、湯若士《牡丹亭》，華贍典麗，足賞心目，不計諧絲，以譬淺近，必老婢知也。至院本之變南詞，昆山始之。予産昆崗，而素不之眩然其歸宿，總《三百篇》之源而已。惟傳奇咸以色目爲宰，悲歡離合爲佐，即《邯鄲》、《南柯》，亦皆如是。欲洗盡前人壘壁，而悉脱窠臼者無之。（下略）嘉慶庚申中和月杏林孫藹春書。

清採荷老人《三星圓·例言》（清嘉慶庚午尺木堂刊本）節録：

凡傳奇家，主情者麗而易，主理者樸而難。故《西厢》之月下，《牡丹亭》之香夢，千古稱爲艷曲；近世《長生殿》之摹繪太真，《桃花扇》之借香君以寫南都泡影，亦並有哀艷，推爲絶唱。惟高東嘉《琵琶記》，意在忠孝節義四字，畢竟難於出色，然其有裨於世道人心，迥非諸家所及也。

清梁廷柟《曲話》節録：

《傷梅香》如一本《小西厢》，前後關目、插科、打諢，皆一一照本模擬：張生以白馬解圍而訂婚，白生亦因挺身赴戰而預聯媚好，一同也；鄭夫人使鶯鶯拜張生爲兄，裴亦使小蠻見白而改稱兄妹，二同也；張生假館於崔，而白亦借寓於裴，三同也；鶯鶯動春心，不使紅娘知而紅娘自知，樊素亦逆揣主意而勸使游園，四同也；張生琴訴衷曲，白亦琴心挑逗，五同也；張生積思成病，白亦病眠孤館，六同也；張生向紅娘訴情，白亦於樊素前盡傾肺腑，七同也；張生跪求紅娘，白亦向樊素折腰，八同也；張生倩紅傳寄錦字，素亦與白密遞情詞，九同也；鶯鶯窺簡佯怒，小蠻亦見詞罪婢，十同也；紅娘佯以不識字自解，樊素亦反問詞中所語云何，十一同也；紅見責而戲言將告夫人，樊亦被詰而詐爲出首，十二同也；鶯鶯答詩自訂佳期，小蠻亦答詩私約夜會，十三同也；張生誤以紅娘爲鶯鶯，白亦誤將樊素作小蠻，十四同也；鶯鶯燒香，小蠻亦燒香，十五同也；崔夫人拷紅，裴亦打問樊素，十六同也；紅娘堂前巧辯而歸罪於崔，樊素亦據理直權而諉過於裴，十七同也；崔夫人促張應試，裴亦使白赴京，十八同也；鶯鶯私以汗衫、裹肚寄張，小蠻亦有玉簪、金鳳贈白，十九同也；張衣錦還鄉，白亦狀元及第，二十同也。不得謂無心之偶合矣。（卷二）

金聖歎强作解事，取《西廂記》而割裂之，《西廂》至此爲一大厄；又以意爲更改，尤屬鹵莽。《驚艷》云「你道是河中開府相公家，我道是南海水月觀音院。」改爲：「這邊是河中開府相公家，那邊是南海觀音院。」《借廂》云：「我若共你多情小姐同鴛帳，怎捨得你疊被鋪床。」改爲：「我若與你多情小姐同鴛帳，我不教你疊被鋪床。」又：「你撇下半天風韻，我捨得萬種思量。」改爲：「你也掉下半天風韻，我也颩去萬種思量。」《酬韻》云：「隔墻兒酬和到天明，方信道惺惺自古惜惺惺。」改爲：「便是惺惺惜惺惺。」又：「便是鐵石人，鐵石人也動情。」删去「鐵石人」三字。《寺警》云：「便將蘭麝熏盡，只索自温存。」改爲：「我不解自温存。」又：「果若有出師的表文，嚇蠻的書信，但願你筆尖兒横掃了五千人。」改爲：「他真有出師的表文，下燕的書信，只他這筆尖兒敢横掃五千人。」《請宴》云：「受用些寶鼎香濃，綉簾風細，緑窗人靜。」改爲：「你好寶鼎香濃。」又：「請字兒不曾出聲，去字兒連忙答應。」改爲：「我不曾出聲，他連忙答應。」《賴婚》云：「誰承望你即即世世老婆婆，教鶯鶯做妹妹拜哥哥。」改爲：「真是即世老婆婆，甚妹妹拜哥哥。」《前候》云：「一納頭安排着憔悴死。」改爲：「一納頭只去憔悴死。」《鬧簡》云：「我也回頭看，看你個離魂倩女，怎發付擲果潘安。」改爲：「今日爲頭看，看你那離魂倩女，怎生的擲果潘安。」《拷艷》云：「我只神針法炙，誰承望燕侶鶯儔。」改爲：「定然是神針法炙，難道是燕侶鶯儔？」「猛凝眸，只見你鞋底尖兒瘦。」改爲：「怎凝眸。」又：「那時間可怎生不害半星羞。」改爲：「那時間不曾害半星兒羞。」《哭宴》云：「兩意徘徊，落日山横翠。」改爲：「兩處徘徊，大家是落日山横翠。」《驚夢》云：「愁得陡峻，瘦得嗹嚥，卻早掩過翠裙三四褶。」改爲：「愁得陡峻，瘦得嗹嚥，半個日頭早掩過翠裙三四褶。」此類皆以意爲更易。又有過爲删减者。《借厢》云：「過了主厢，引入洞房，你好事從天降。」删爲：「曲厢洞房。」又：「軟玉温香，休道是相偎傍。」删爲：「休言偎傍。」《請宴》云：「聘財斷不爭，婚姻立便成。」删爲：「聘不見爭，親立便成。」《琴心》云：「靡不有初，鮮克有終。」删爲：「靡不初，鮮有終。」《驚夢》云：「瞅一瞅着你化爲醯醬，指一指教你變做醬血，騎着一匹白馬來也。」删去三「一」字。近日嘉應吴日華學博，以六十家本、六幻本、琵琶本、葉氏本與金本重勘之，科白多用金本，曲多用舊本。（原序以六十家以下爲舊本。）取金本所改，録其佳者。如《借厢》云：「若今生難得有情人，則除是前世燒了斷頭香。」改爲：「若今生不做並頭蓮，難道前世燒了斷頭香。」《寺警》云：「學得來一天星斗焕文章，不枉了十年窗下無人問。」改爲：「我便知你一天星斗焕文章，誰可憐你十年窗下無人問。」又：「你那裏問小僧敢也那不敢，我這裏啓大師用咱那不用咱。」改爲：「你休問小僧敢去也那不敢，我要問大師真個用咱那不用咱。」又：「劣性子人皆慘，捨着命提刀仗劍，更怕我勒馬停驂。」改爲：「就死也無憾，我便提刀仗劍，誰還勒馬停驂。」又：「我將不志誠的言詞賺，倘或紕繆，倒大羞慚。」改爲：「便是言詞賺，一時紕繆，半世羞慚。」《琴心》云：「則爲那兄妹排連，因此上魚水難同。」改爲：「將我雁字排連，着他魚水難同。」《賴簡》云：「恁的般受怕擔驚，又不圖甚浪酒閑茶。」改爲：「我也不去受怕擔驚，我也不圖浪酒閑茶。」又：「從今悔非波卓文君，你與我學去波漢司馬。」

改爲：「小姐你息怒回波俊文君，張生你遊學去波渴司馬。」《後候》云：「將人的義海恩山，都做了遠水遥岑。」改爲：「甚麽義海恩山，無非遠水遥岑。」又：「雖不會法炙神針，猶勝似救苦難觀世音。」改爲：「他不用法炙神針，他是一尊救苦觀世音。」《哭宴》云：「留戀别無意，見據鞍上馬，閣不住淚眼愁眉。」改爲：「留戀應無計，一個據鞍上馬，兩個淚眼愁眉。」其實聖歎以文律曲，故每於襯字删繁就簡，而不知其腔拍之不協。至一牌畫分數節，拘腐最爲可厭。所改縱有妥適，存而不論可也。李笠翁從而稱之，過矣。

董解元《西厢》，今傳者爲楊升庵定本，繪像則唐伯虎筆，刻極工致。石華最賞其「愁何似，似一川烟草黄梅雨」二語，謂「似南唐人絶妙好詞」，可謂擬於其倫。其後王實甫所作，蓋探源於此，然未免瑜瑕不掩，不如董解元之玉璧全完也。石革手録佳音十餘調，附刻所定《西厢記》後，較元本詞字，略有增損。如「燈兒一點被風吹滅」，元作「……甫能吹滅」；又「披衣獨步冷清清，看那斷橋月色」，元作「披衣獨步在月明中，凝（晴）［睛］看天色」；又「待趕上個夢兒，睡也再睡不着」，元作「媚媚的不乾，抑也抑得着」。所改特饒神韻，電白邵子言學博亦亟稱之。

世傳實甫作《西厢》，至「碧雲天，黄花地，西風緊，北雁南飛」，構想甚苦，思竭，扑地遂死。平心論之，四語非不佳妙，然此等句法，元人所不尚，故元曲中亦少見，今則以爲小家取巧矣。（卷五）

清湯世瀠《東厢記·自序》全文：

余編《東厢記》甫脱稿，客見而問曰：「《西厢》一書，近世文人奉爲拱璧，續者曾遭物議矣。子工於填詞，曷不憑空另撰？」余應之曰：「唯唯，否否。仆於填詞不特不工，且不甚諳然，所以作此者，蓋亦有故。今天下好閲《西厢》者多矣。不知者喜其傳冶容苟合之神，其知者夸其得禪理文訣之妙，而仆獨取其以警夢結之，良工心苦也。夫張生本元稹託名，文人無行，見色而迷，不足深究。顧我既不德，淫人處子，倘遂終爲夫婦，問心或少可自安。乃一朝富貴，厭故喜新，而詭言德不足以勝妖孽，其將誰欺？且縱不終與之配，隱絶之可也。而奈何傳之友朋，播之詩紀，使天下後世盡知之哉。當其談笑作詩，自鳴得意，備詳巔末，託名張生而記之，只憑自己興豪，不計他人名穢，其將何以處鶯耶！幸而鶯亦别適，從前恩愛一如夢裏陽臺，設以人盡知之之故，羞愧而死，則因奸而斃命，實名教之罪人。作《西厢》者，殆亦鄙其後之不義，故極寫其之多情，以爲如獸斯交，如鳥斯尾，此後不足言，歸之一夢云爾。續者妄添四齣，强爲收科，惡知夫作者之意哉。仆惡《西厢》之誨淫，而惜其夢結之猶有可取也，爰另作十六齣。以張生留京候試，寓大覺寺之東厢爲題，叙其悔過潛修，悲沉倫於既往，辭婚拒色，堅操守於方來。鶯鶯則風聞别贅，誤信訛傳，嘆紅顔薄命，惟之死而靡他，念白髮高堂，暫皈空而留養。庶凡失之東隅，收之桑榆，不甚憾於人心，即不大違乎天理。然後與以作合，與以成雙，仆之不知而作職是故耳。若夫曲詞賓白，偶然摹仿，果否合於宫商，所不計也，工拙云乎哉。」客曰：「是則然矣。然不曰《續西厢》，而曰《東厢記》，何也？」曰：「《西厢》結局，意在驚夢，續之則畫蛇添足。且《東厢》之人，雖與《西厢》相同，《東厢》之事，實與《西厢》相反。東者，西之反，故目之以東，不必目之以續也。」客肅然起，喟然嘆曰：「思深哉！《東厢》之作，固若此乎。子之詞不必工，子之心亦良苦矣。」請書之以質後之閲斯記者，乃握筆而弁之簡端。道光辛卯春月，書於琴城之是亦居。鶴汀主人自識。

清梁恭辰《勸戒録》節録：

汪棣香曰：「施耐庵成《水滸傳》，奸盜之事，描寫如畫，子孫三世皆啞。金聖歎評而刻之，復評刻《西厢記》等書，卒陷大辟，並無子孫。蓋《水滸傳》誨盜，《西厢記》誨淫，皆邪書之最可恨者。而《西厢記》以極靈巧之文筆，誘極聰俊之文人，又爲淫書之尤者，不可不毁。」又曰：「《西厢》一書，成於兩人之手。當時作者，編至『碧雲天，黄花地，西風緊，北雁南飛』之句，忽然僕地，嚼食而死。後半部，乃另一人續成之。」（中略）按乾隆己酉科會試，試題爲「草色遥看近卻無」，吾鄉有一孝廉，卷已中矣，因詩中有「一鞭殘照裏」句，主司指爲引用《西廂記》語，斥不録。其實此孝廉並不記得是《西廂記》語，特平日風流自賞，口吻自與暗合。暗合尚受其累，況沉溺於是書者耶？

清趙惠甫《能靜居筆記》節録：

閲《南西廂》一過。友人好《西廂》者，爭以爲《牡丹亭》勝《西廂》，是真不讀書人語，是真不解世情人語。夫情上文，文生情，情不致則文不成；其爲文雖絶麗之作，而其言無所附麗，譬如摶沙作飯，無有是處。雙文之於張生，其始相愛悦而已，中則患難之交，終則有性命之感，然後逾禮越義，以有斯文。其情淳摯深厚，至不可解，淪肌浹髓，耐人曲折尋味。故夫雙文之於張生，不得已也，發於情之至者也。情至而不得遂，將有生死之憂，人實生我，百我乃死之，死之仍不獲於義也，於是有行權之道焉，君子之所寬也。若《牡丹亭》則何爲哉！陡然一夢，而即情移意奪，隨之以死，是則懷春蕩婦之行檢，安有清淨閨閣如是者？其情易感，則亦易消，入之不深，則去之亦速，拈題結意，先已淺薄，如此雖使徐、庾操筆，豈能作一好語。今見其艷詞麗句，而以爲彼勝於此，是尚未知人情，安足以言讀書！

清俞樾《小浮梅閑話》節録：

嘗縱論傳奇，因及崔、張事。余曰：此本唐人《會真記》，夫人知之矣。惟所謂鄭恒者，據《唐宰相世系表》，鄭氏二房允伯後，實有名恒之人。今濬縣有一碑，云《唐故滎陽鄭府君夫人博陵崔氏合祔墓誌銘》，給事郎試太常寺奉禮郎攝衛州司法參軍秦貫撰。碑稱「府君諱恒」，則即其人也。其云「高祖世斌，曾祖元嘉，祖有常，烈考探賢。」按《世系表》，世斌、元嘉實有之。然恒則敬道之後，世斌、元嘉則敬德之後，與碑固不符也。據碑，恒享年六十，夫人以大中九年正月十七日病終，年七十有六；女一人，適範陽盧損之；嗣子六人，頊、珮、瑾、玘、璇、琬。考金石者，謂足辨《會真記》之誣。然此有二碑：一碑云「府君諱恒」，一碑云「府君會遇」，文皆相同。疑好事者得鄭遇碑，而易其名以欺世耳，未足據也。

清俞樾《九九消夏録》節録：

沈起評點《西厢記》，言十六闋立名，上下相對，猶乾與坤對，屯與蒙對，以大《易》之體，行《左傳》之法。是其所見，更出金聖歎上，夫以浪費筆墨已。

清《梅花夢傳奇》（清光緒甲申成都龔氏刊本）

序（吉唐道士）**節録：**

元人以詞曲取士，凡百種詞盛行於世。其中《西厢》、《琵琶》最爲杰出，至讀其詞者，以化工、畫工喻之。嗣是《祝髮》、《幽閨》、臨川《四夢》、《燕子》、《春燈》雖間有警策，究不能通體完善。我朝李笠翁、袁于令，稱詞曲高手，而《十種曲》、《西樓記》，亦未克盡善盡美，至插科打諢，賓白坦率，又卑卑不足論矣。蔣苕生太史掃除一切，獨標新穎，《九種曲》出，高樹詞壇一幟，然音律之間，尚多舛錯，求其諧聲合拍，無乖音律。孔雲亭、洪昉思，庶乎近之。（下略）光緒癸未嘉平月，成都吉唐道人叙。（清光緒甲申成都龔氏刊本《梅花夢》）

又（鳳仙博士）**節録：**

自《西厢記》以《草橋驚夢》終篇，傳奇家輒效之，無目者輒賞之無論，數見不鮮也。言盡而意亦止，是夢不如醒也。臨川四種，皆夢也，而皆不以夢終，何害其爲古今絶唱乎？（所據版本同上）

清平步青《霞外捃屑·小棲霞説稗·鄭恒墓誌崔氏非雙文》全文：

《景船齋雜記》（卷下）張鯢淵跋《滎陽鄭府君夫人博陵崔氏合祔墓誌銘》曰：「此誌傳以爲崔、鄭同穴之驗。吾鄉董玄宰、陳眉公兩先生皆未深考，亦復傳訛，語具《品外録》、《容台集》中。余宰濬，訪得原刻，初猶以諛墓薄之。眉山王恪，好古士也，共余以《會真》年月參之此碑，即此崔夫人者，計其平生，尚長雙文四歲，然後一破此疑。王君謂：『博陵、滎陽，世爲婚媾，何必鶯、恒？』斯論篤矣。而予復謂：『鄭君姓名，本傳不載，豈實甫、漢卿輩其言不足徵信耶？況鄭又諱遇，不諱恒也。第此碑入地千餘年而始出，出又百餘年而予兩人爲之辨其誣，文之行世，固有幸有不幸哉！』」庸按：《曠園雜志》謂鄭太常恒墓石出在成化間，眉公《古文品外録》載其文，爲《會真記》辨誣，陳大士《已吾集》卷十四《鄭恒古誌後跋》、亭林《金石文字記》皆從之。《夜談》則云：「近内黄野中（按：内黄屬彰德，濬屬衛輝，雖鄰縣而地異。）掘得鄭恒墓誌，乃給事中（顧記作衡州司法參軍）秦貫撰。其叙恒妻，則博陵崔氏，世遂以崔爲鶯鶯。余按：《會真記》雖謂鶯鶯委身於人，而不著名氏。鄭恒之名，特始見於《西厢》傳奇，蓋烏有之辭也。世以墓誌之名偶與烏有之辭合，而鄭恒之配又適與鶯鶯之氏同，遂以墓誌之名爲鶯鶯，誤矣。」是秦志之名偶與傳奇合，崔夫人不必即《會真記》所亂之鶯鶯，忠穆之前已有辨之者。錢竹汀氏《金石文字目録》卷三云：「又一本，文字與此同，惟鄭名遇，疑好事者爲之。」《中州金石記》則云：「恐後人得鄭遇碑，改爲鄭恒以炫世者。」二碑俱在濬縣，皆與忠穆跋合。

清楊恩壽《詞餘叢話・原文》節録：

昔人謂：「文最忌參死句。」余覺文章中有以死句見妙者。《會真記》夫人拷問紅娘，紅娘直認：「紅娘你請先行，小姐權落後。」此十成死語也。接云：「自然是神針法灸，難道是燕侶鶯儔？」字字跳脱，讀之躍然。

清末民初浴血生《小説叢話》節録：

中國韻文小説，當以《西厢》爲巨擘；吾讀之，真無一句一字是浪費筆墨者也。梁任公最崇拜《桃花扇》，其實《桃花扇》之所長，「寄託遥深」，「爲當日腐敗之人心寫照」二語，已足盡之。填詞演白，頗有一二草草處，蓋云亭意本不在此也。

清末民初姚華《菉猗室曲話》摘録：

劉燕哥《太常引》詞末句云：「第一夜相思淚彈。」徐云：「王實甫曲『破題兒第一夜。』即此意。」

溪堂《柳梢青》詞云：「昨夜濃歡，今宵別酒，明朝行客。」徐云：「《西廂》『前暮私情，昨夜歡娛，今日別離。』殆仿此邪。」

東坡《南歌子・有感》云：「何物與儂，歸去有殘妝。」徐云：「即《會真記》『靚妝在臂』之意。」按本詞又云：「美人依約在西廂。」王實甫曲題目蓋本諸此。

易安《怨王孫》詞云：「又是寒食也。」徐云：「元詞多以『也』字叶成妙句，殆祖此。」按元曲凡用「也」字處，蓋有一定，音律如此，與文章無關，徐殆未深考耳。僅論文章，不論曲律，此金人瑞之所以敢於改《西廂》也。明人習氣，多如此類。

山谷《鷓鴣天》詞云：「覷得羞時整玉梭。」徐云：「王實甫『推整素羅衣』之句，與『整玉梭』相類。」

柳耆卿詞「今宵酒醒何處，楊柳岸曉風殘月。」上六字爲王實甫所本，謂「今宵酒醒何處也。」卓注引沈無羽云：「『今宵』二句，耆卿爲詞宗，實父爲曲祖。求而似之，秦少游『酒醒處殘陽亂鴉』，魏承班『簾外曉鶯殘月』」。（以上《卓徐余慧》）

明人論曲，嘗以《琵琶》、《西廂》並稱，亦曰「崔、蔡二家。」（亦見《莊岳委談》）嗜好不同，强爲左右，其實於高、王之作，一無所得，由不明曲家流別故也。夫《西廂》北曲，《琵琶》南曲，南北既分，作法自異。不特此也，元明之際，所爲南曲與明中葉以後諸本殊科，夷考其故，殆緣弋、昆兩調所用不同。昆曲行腔，特多委婉，文章語意，因曲轉折，故其氣味，往往異致。中晚士人，每以所見爲繩墨，批評雖多，又何當乎！（《毛刻箋目・琵琶記》）

胡應麟又必以元人《西廂》爲戲文之祖，意謂其變雜劇之妙舞清歌而傳奇之繁文縟節。且謂高氏又一變而爲南曲，直以《西廂》爲傳奇北曲之祖，《琵琶》爲南曲傳奇之祖，誤認《琵琶》之變出於《西廂》。不知《西廂》五本，亦稱五劇，每劇四折，各爲一本，猶是雜劇體裁，與其他元人之作，全無乖異。後人合爲二十齣，上下兩卷，混稱一本，置之傳奇體裁之中，始毛刻《北西廂記》本，而《西廂》始爲不類。胡之所見，殆即此本，故其說如此，倘見周憲王古本，當爲爽然矣。夫《西廂》之必爲雜劇，元人之舊也。《西厢》之忽爲戲文（即傳奇意），在《琵琶》既行以後，後人援例而變之；若謂《琵琶》變出《西厢》，抑何顛倒如是乎！五劇本《西厢》，明人殆不常見，故其時論曲諸家，率據二十齣本爲説。沈德符《顧曲雜言》亦云：「元曲總只四折，自北有《西厢》，南有《拜月》，雜劇變爲戲文，以至《琵琶》遂演爲四十餘折，幾十倍於雜劇。」其見亦於胡同。（同上）

北調《西厢》，自成血脈；李翻入南曲，又别爲李之血脈。如必執關、王以議李，又何解於關、王之翻董也。況宋元詞曲，隱括古人遺篇者，不知凡幾，未聞有譏其非者。君實斯作，亦由其例，而議者不息，殆緣明人剽竊成習，羨夫李之居先，以享盛名也。因妒其遇，遂騰口説，後人相沿，無復爲之辯者。須知李作雖採舊詞，實多創新調，如【漁鐙兒】六曲聯套，古無此體，李實創作，爲後人開路。其音曲之妙，舊譜所稱（《南詞定律》七，《小石調》過曲之二），夫豈無功於詞場？特文章之家，僅騖詞華，不管音律，埋没古人，大半由此。能不爲之訟冤耶！（《毛刻箋目·南西厢》）

《太古傳宗》附《絃索調時劇新譜上》及《納書楹曲譜補遺四》收《崔鶯鶯》一篇，是【山坡羊】、【挂真兒】二闋，不知何人所作，而風調頗近元曲。「六幻」本北劇附《對弈》，南傳奇附《園林午夢》，獨不收此篇。以其南曲，姑存彙之。古詞流傳，日少一日，此亦古詞，豈可以時劇爲疑，而棄去耶！

《崔鶯鶯》舊詞（但云漢卿而不及實甫，故知其詞甚古也）：

〔山坡羊〕崔鶯鶯怨天恨阿呀地，衆賓朋，請坐下，聽奴家訴一番的情緒。咱父親也曾在當朝爲相國，也曾在翰林院内爲學士。昔日有一個關漢卿，他來應舉。只因他才疏學淺，咱父親不曾把他名題。誰想那奸賊將没作有，把奴家編成了一本甚麽《西厢記》。幾曾有寄棺椁在普救寺裏，幾曾有孫飛虎興兵來掠娶，幾曾有白馬將軍把半萬賊兵剪除，幾曾有老夫人使紅娘請君瑞來結爲兄妹，幾曾在太湖石畔去聽琴，幾曾與他暗裏偷情，寄柬書，幾曾有送張生在十里長亭而來也，幾曾爲他松了金釧，減了玉肌。聽知阿呀，枉口白舌，自有天知。

〔挂真兒〕一家埋怨看這一本《西厢記》，恨一恨關漢卿狠心的賊，將没作有編成戲。張生乃是讀書客，紅娘怎敢亂傳書，奴是崔相國家鶯鶯也，怎敢辱没了先君的體。（同上）

民國王國維《宋元戲曲考》節録：

此外與漢卿同時者，尚有王實甫。《西厢記》五劇，《録鬼簿》屬之實甫，後世或謂王作而關續之（都穆《南濠詩話》、王世貞《藝苑卮言》），或謂關作而王續之者（《雍熙樂府》卷十九，載無名氏《西厢十咏》）。然元人一劇，如《黄粱夢》、《驌驦裘》等，恒以數人合作，况五劇之多乎？且合作者，自不能以作者與續作者定時代之先後也。則實甫生年，固不後於漢卿。又漢卿有《閨怨佳人拜月亭》一劇，實甫亦有《才子佳人拜月亭》劇，其所譜者乃金南遷時事，事在宣宗貞祐之初，距金亡二十年。或二人均及見此事，故各有此本歟。（第九章《元劇之時地》）

元劇以一宫調之曲一套爲一折。普通雜劇，大抵四折，或加楔子。案《説文》（六）：「楔，櫼也。」今木工於兩木間有不固處，則斫木札入之，謂之楔子，亦謂之櫼。雜劇之楔子亦然。四折之外，意有未盡，則以楔子足之。昔人謂北曲之楔子，即南曲之引子，其實不然。元劇楔子，或在前，或在各折之間，大抵用〔仙吕·賞花時〕或〔端正好〕二曲。唯《西厢記》第二劇中之楔子，用〔正宫·端正好〕全套，與一折等，其實亦楔子也。除楔子計之，仍爲四折。唯紀君祥之《趙氏孤兒》，則有五折又有楔子，此爲元劇變例。又張時起之《賽花月秋千記》，今雖不存，然據《録鬼簿》所記，則有六折。此外無聞焉。若《西厢記》之二十折，則自五劇構成，合之爲一，分之則仍五。此在元劇中，亦非僅見之作。如吴昌齡之《西游記》，其書至國初尚存，其著録於《也是園書目》者云四卷，見於曹寅《楝亭書目》者云六卷。明凌濛初《西廂序》云：「吴昌齡《西游記》有六本」，則每本爲一卷矣。凌氏又云：「王實甫《破窑記》、《麗春園》、《販茶船》、《進梅諫》、《于公高門》，各有二本。關漢卿《破窑記》、《澆花旦》，亦有二本。」此必與《西廂記》同一體例。（第十一章《元劇之結構》）

元劇每折唱者，止限一人，若末若旦；他色則有白無唱，若唱則限於楔子中；至四折中之唱者，則非末若旦不可；而末若旦所扮者，不必皆爲劇中主要之人物；苟劇中主要之人物，於折不唱，則亦退居他色，而以末若旦扮唱者，此一定之例也。然亦有出於例外者，（中略）蓋但以供點綴之用，不足破元劇之例也。唯《西廂記》第一、第四、第五劇之第四折，皆以二人唱。今《西廂》只有明人所刊，其爲原本如此，抑由後人竄入，則不可考矣。（同上）

古代文學之形容事物也，率用古語，其用俗語者絶無。又所用之字數亦不甚多。獨元曲以許多襯字故，故輒以許多俗語或以自然之聲音形容之。此自古文學上所未有也。兹舉其例。如《西廂記》第四劇第四折：

〔雁兒落〕緑依依墻高柳半遮，静悄悄門掩清秋夜，疏剌剌林梢落葉風，昏慘慘雲際穿窗月。

〔得勝令〕驚覺我的是顫巍巍竹影走龍蛇，虚飄飄莊周夢蝴蝶，絮叨叨促織兒無休歇，韻悠悠砧聲兒不斷絶。痛煞煞傷别，急煎煎好夢兒應難舍；冷清清咨嗟，嬌滴滴玉人何處也？

此猶僅用三字也。（第十二章《元劇之文章》）

民國王國維《録曲餘談》節録：

元初名公，喜作小令套數，如劉仲晦（秉忠）、杜善夫（仁杰）、楊正卿（果）、姚牧庵（燧）、盧疏齋（摯）、馮海粟（子振）、貫酸齋

（小雲石海涯）等，皆稱擅長，然不作雜劇。士大夫之作雜劇者，唯白蘭谷（樸）耳。此外雜劇大家，如關、王、馬、鄭等，皆名位不著，在士人與倡優之間，故其文字誠有獨絕千古者，然學問之弇陋與胸襟之卑鄙，亦獨絕千古。戲曲之所以不得與於文學之士者，未始不由此。至明，而士大夫亦多染指戲曲，前之東嘉，後之臨川，皆博雅君子也。至國朝孔季重、洪昉思出，始一掃數百年之蕪穢，然生氣亦略盡矣。

戲曲之存於今者，以《西厢》爲最古，亦以《西厢》爲最富。宋趙德麟（令畤）始以〔商調·蝶戀花〕十二闋譜《會真記》事。南宋官本雜劇段數有《鶯鶯六幺》一本。金則有董解元之《絃索西厢》。元則有王實父、關漢卿之《北西厢》。明則陸天池（采）、李君實（日華）均有《南西厢》，周公望（公魯）有《翻西厢》。國朝則查伊璜（繼佐）有《續西厢》，周果庵（坦綸）有《錦西厢》，又有研雪子之《翻西厢》。疊床架屋，殊不可解。

民國蔣瑞藻《小説考證·闕名筆記》節録：

今石印《西厢記》，每一折前，必有制義一篇，謂是唐六如所著，其實不然。《西厢記》時文共有三十二篇，十六篇爲吾邑諸生何倬雲作，十六篇爲太倉鄒西池作。何作嫁名祝允明，鄒作嫁名唐子畏。洪、楊以前，何作尚有刊版流行者，不知於何時失去，殆亦有幸不幸耳。西池名錢斌，頗有文名。尤西堂《雜俎》中，曾載其《三江考》一首。

民國王季烈《螾廬曲談·論作曲》節録：

王實夫《西厢》（即《北西厢》），才華富贍，北曲巨製。其疊四本以成一部，已開傳奇之先聲，且其詞藻，亦都有近於南詞之處，如《鶯艷》折之【寄生草】云：「蘭麝香仍在，佩環聲漸遠。東風搖曳垂楊綫，游絲牽惹桃花片，珠簾掩映芙蓉面。你道是河中開府相公家，我道是南海水月觀音現。」《寺驚》折之【八聲甘州】云：「懨懨瘦損，早是傷神，那值殘春。羅衣寬褪，能消幾度黄昏？風裊篆煙不卷簾，雨打梨花深閉門；無語憑欄干，目斷行雲。」【混江龍】云：「落紅成陣，風飄萬點正愁人。池塘夢曉，闌檻(辭)[生]春；蝶粉輕沾飛絮雪，燕泥香惹落花塵，繫春心情短柳絲長，隔花陰人遠天涯近。香消了六朝金粉，清減了三楚精神。」皆詞旨纏綿，風光旖旎，置之南曲中，洵是妙詞。然按之元劇尚本色語，卻非當行文字。至《驚艷》折之【元和令】云：「顛不剌的見了萬千，似這般可喜娘的龐兒罕曾見。則著人眼花繚亂口難言，魂靈兒飛在半天。他那裏盡人調戲，嚲著香肩，只將花笑拈。」《借廂》折【小梁州】云：「可喜娘的龐兒淺淡妝，穿一套縞素衣裳；，鶻伶淥老不尋常，偷睛望，眼挫裏抹張郎。」《賴婚》折之【江兒水】云：「佳人自來多命薄，秀才們從來懦。悶殺沒頭鵝，撇下賠錢貨；下場頭那答兒發付我？」《前候》折之【勝葫蘆】云：「你個饞窮酸倈沒意兒，賣弄你有家私，莫不是圖謀你東西來到此？先生的錢物，與紅娘作賞賜，是我愛你的金資？」此等白描語句，轉爲元時出色當行之作。關漢卿之《續西廂》四折，不用詞藻，事(一作專)事白描，正是元人本色處。金聖歎大肆譏評，實則金氏於此，乃門外漢也。且其所評《王西廂》，頗多强作解事，更改原文之處。如《借廂》折【小梁州】第二支云：「怎捨得你疊被鋪床。」金改爲：「我不教你疊被鋪床。」又【耍孩兒三煞】云：「你撇下半天風韻，我捨得萬種思量。」金改爲：「你亦掉下半天風韻，我也颩去萬種思量。」《酬韻》折【聖藥王】云：「方信道惺惺的自古惜惺惺。」金改爲：「便是惺惺惜惺惺。」《請宴》折【醉春風】云：「受用此寶鼎香濃。」金改爲：「你好寶鼎香濃。」又【上小樓】云：「請字兒不曾出聲，去字兒連忙答應。」金改爲：「我不曾出聲，他連忙答應。」諸如此類，皆意爲更易，使原本雋永之詞旨，變爲率直，實《西廂》之大厄也。

元人於劇情，某事宜虛寫，某節宜實演，亦每欠斟酌。即如《北西廂》之《酬簡》折，若依其曲文搬演之，幾與一幅橫陳圖無異。李日華《南西廂》之《佳期》折，即用其曲文，而張、崔先下，紅娘在門外窺伺，將此等詞句，出諸紅娘之口，便不覺淫褻矣。

民國許之衡《作曲法·劇曲之文學》節録：

徐徐引起法　如元王實甫《西廂記·寺警》折云：「〔八聲甘州〕懨懨瘦損，早是多愁，那更殘春。羅衣寬褪，能消幾個黄昏？ 風裊香煙不卷簾，雨打梨花深閉門；莫去倚闌干，極目行雲。」此曲只是空空露出一愁字。至第二支曲「隔花人遠天涯近」句，輕輕逗出一隔花之人。至第三支曲「分明錦囊佳句來勾引，爲何玉堂人物難親近」二句，始將《酬韻》一節略略一逗，皆深得題前盤旋之法。至「前夜詩，依前韻，酬和他清新」等句，始全説出酬韻之人。蓋至第六、七支曲，乃是正面文字，以前數曲，逐漸入題，層次井然。

反筆起法　如元王實甫《西廂記·賴婚》折云：「【五供養】若不是張解元識人多，别一個怎退干戈。」此用反筆起，用筆甚爲跳脱，且甚新穎，更寫出鶯鶯此時心目中推重張生，不覺脱口而出也。若改云：「都只爲張解元識人多，因此上退卻干戈。」便是庸筆、俗筆矣。

重疊譬喻法　元人凡用譬喻之筆，必用重疊之句，以見奇崛。如《西廂》之「白茫茫溢起藍橋水，撲騰騰點着祅廟火，碧澄澄清波，撲剌剌把比目魚分破。」數句，亦是一樣作法。（中略）蓋情之所至，長言之不足，更重言之。重疊譬喻，固增文氣之厚，更見言情之摯也。

一意翻兩意法　如元關漢卿《續西廂·捷報》折云：「【醋葫蘆】我這裏開時和淚開，他那裏修時和淚修，多管是擱着筆兒未寫淚先流，寄將來淚點兒兀自有。我這新痕把舊痕湮透，這的是一重愁翻做兩重愁。」但説書上有淚痕，是一意；卻因此一邊之淚痕，憶及彼一邊之淚痕，是一意翻兩意。若單寫一邊之淚痕，斷無此警動之筆也。

民國張行《小説閑話》節録：

《桃花扇》以氣概雄厚勝，《西廂》以字句精細勝，其長處自不可同日語。讀《桃花扇》者，當取其氣概，而略其字句；讀《西廂》者，當取其字句，而略其氣概。此讀兩書之公論也。

《西廂》一字不苟，而一字不俗；意雖極褻，而字面卻極雅，此其佳處。

民國吴梅《中國戲曲概論・元人雜劇》節録：

至論文字，則止有本色一家，無所謂詞藻繽紛、纂組縝密也。王實甫作《西廂》，以研煉濃麗爲能，此是詞中異軍，非曲家出色當行之作。觀其《麗春堂》劇【滿庭芳】云：「這都是託賴着大人虎勢，贏的他急難措手，打的他馬不停蹄。」又云：「則你那赤瓦不剌强嘴，猶自説兵機。」【耍孩兒】云：「這潑徒怎敢將人戲，你託賴着誰人氣力，睁開你那驢眼可便覷着阿誰，我便歹殺者波，是將相的苗裔。」（節録原曲）可云絶無文氣，而氣焰自不可及。即如《西廂》，亦不盡作綺語，如【四邊静】（錫山案：應爲【攪箏琶】）云：「怕我是陪錢貨，兩當一便成合。憑着他舉將除賊，消得個家緣過活。費了甚麽，古那便結絲蘿。休波，省人情的奶奶忒慮過，恐怕張羅。」【滿庭芳】云：「你休要呆裏撒奸。您待恩情美滿，教我骨肉摧殘。他手搭着檀棍摩娑看，粗麻綫怎過針關。直待教我拄着拐幫閑鑽懶，縫合脣送暖偷寒。待去呵，消息兒踏着犯。待不去，教甜話兒熱攢。教我左右作人難。」（據古本，與通行金批本異。）諸曲文字，亦非雅人吐屬，顧亦令黠可喜。王元美以【挂金索】一支爲佳，殊非公允。（詞云：「裙染榴花，睡損胭脂皺。鈕結丁香，掩過芙蓉扣。綫脱珍珠，淚濕香羅袖。長柳眉顰，人比黄花瘦。」）仍不脱七子高華之習。是故知元人以本色見長，方可追論流别也。（中略）大抵元劇之盛，首推大都，自實甫繼解元之後，創爲研煉艷冶之詞，而關漢卿以雄肆易其赤幟，所作《救風塵》、《玉鏡臺》、《謝天香》諸劇（見《元曲選》），類皆雄奇排奡，無搔頭弄姿之態。東籬則以清俊開宗，《漢宫孤雁》，臧晉叔以爲元劇之冠，論其風格，卓爾大家。自是三家鼎盛，矜式群英。

民國吴梅《顧曲麈談》節録：

自董解元作《西廂》，以方言俗語堆砌成文，世多誦習，于是雜劇作者，大率以諧俗之詞實之。如《天寶遺事》、《王焕》、《樂昌分鏡》、《王魁》等，今所傳者，皆道路悠謬之語。故雜劇之始，僅有本色一家，無所謂詞藻繽紛、纂組縝密也。王實甫作《西廂》，始以研鍊濃麗爲能。此是詞中異軍，非曲家出色當行之作。觀其《麗春堂》一劇，【耍孩兒】云：「睁開你那驢眼可便覷着阿誰，我便更歹殺者波，是將相的苗裔。」可知元人曲，本無藻飾之功，即如《西廂》中「鶻伶淥老不尋常」，及「老的少的，村的俏的，没顛没倒」，亦非雅人口吻。是故知元人以本色見長。

《西廂》「繫春心情短柳絲長，隔花陰人遠無涯近。」語妙今古。顧在當時，不甚以此等艷語爲然，謂之「行家生活」，即明人謂案頭之曲，非場中之曲也。實甫曲如「顛不剌的見了萬千，似這般可喜娘罕曾見。」及「鶻伶淥老不尋常」等語，卻是當行出色。關漢卿《續西廂》，人瑞大肆譏彈，實皆元人本色處，聖歎不之知耳。（第一章原曲第四節論北曲作法）

惟文人好作狡獪，老於音律者，往往别出心裁，争奇好勝，北曲有借宫之法，南曲有集曲之法。所謂借宫者，就本調聯絡數牌後，不用古人舊套，别就他宫剪取數曲（但必須管色相同者）接續成套是也。如王實甫《西廂記》用【正宫・端正好】、【滚綉球】、【叨叨令】、【倘秀才】、【滚綉球】後，忽借用【般涉調・耍孩兒】，以聯成套數。此惟神於曲律者能之，元人中似此者正多。（第一章原曲第一節論宫調）

立主腦　傳奇主腦，總在生旦，一切他色，止爲此一生一旦之供給。一部劇中，有無數人名，究竟都是陪客。原其初心，止爲一人而設，即其一人之身，自始至終，又有無限情由，無窮關目，究竟都是衍文。原其初心，又止爲一事而設。此一人一事，即所謂傳奇之主腦也。然必此一人一事，果然奇特，確有可傳，則不愧傳奇之目，而其人其事，與作者姓名，皆堪千古矣。如實甫《西廂記》，止爲張君瑞一人而設，而張君瑞一人，又止爲白馬解圍一事，其餘枝節，皆從此事而生：夫人許婚，張生望配，紅娘勇於作合，鶯鶯敢於失身，皆由於此。是則「白馬解圍」四字，即作《西廂》之主腦也。（下略）（第二章製曲第一節論作法）

密針綫　傳奇全本，統計不下數十折，此數十折中，關目孔多，事實頗煩，而於起伏照應之處，須如草蛇灰綫，令人無罅隙之可尋，無縫天衣，不着一針綫痕迹，方是妙文。昔人謂作劇如作衣，其初則以完全者剪碎，其後則以剪碎者使之合

成，此真至理名言也。即如《西廂》，不先將鄭恒安置妥帖，直至憤爭昏（婚）姻，觸階而死，殊於情理不合。（下略）（出處同上）

詞采宜超妙　填詞一道，本是詞章家事，詞采一事，無不優爲之，顧亦有所難言者。詞之與詩，其所用典雅之語，尚有可以通用之處，試閱五季兩宋之詞，雖有工拙之殊，一言以蔽之曰：雅而已矣。曲則不然，有雅有俗；雅非若詩餘之雅也，書卷典故，無一不可運用，而無一不可以堆垛。（中略）至於俗則非一味俚俗也，俗中尤須帶雅。蓋淨丑口吻，最難摹寫，非若生旦之可以文言見長，身不讀書，何必以才語相問乎？唯出語十分粗鄙，又不登大雅之堂，若《西廂》中之游殿鬧齋，若《紅梨》之皂隸請宴，但顧坐客之哄堂，不顧雅人之唾棄，則又不然也。（下略）（出處同上）

民國吴梅《奢摩他室曲話·王實甫〈西廂記〉》全文：

《西廂》之所以工者，就詞藻論之，則以蘊藉婉麗，易元人粗鄙之風，一也。（如「碧雲天，黄花地，西風緊，北雁南飛」及「繫春心情短柳絲長，隔花陰人遠天涯近」之類，一洗胡語「古魯兀剌」之習者。）以襯字靈蕩易元人板滯呆塞之習，二也。（《西廂》襯字，爲元曲中絶無僅有者，如「看你個離魂倩女，怎發付擲果潘安」之類，在元人中無如是襯法者。其它甚多，不能備録。但爲金采改抹以後，而情韻殺矣。「怎發付」三字，改爲「怎生的」，原本之神全失，聾者固不可與之論樂也。）以出語工艷，易元人直率鄙倍之觀，三也。（如「你將何郎粉兒搽，他自把張敞眉兒畫」之類，及「果若你有心他有心」一支等，皆舊曲中所不多見者。）

《西厢記》注釋彙評

中

〔元〕王實甫 原著
周錫山 編著

上海人民出版社

五、《西厢記》評點本評語彙録

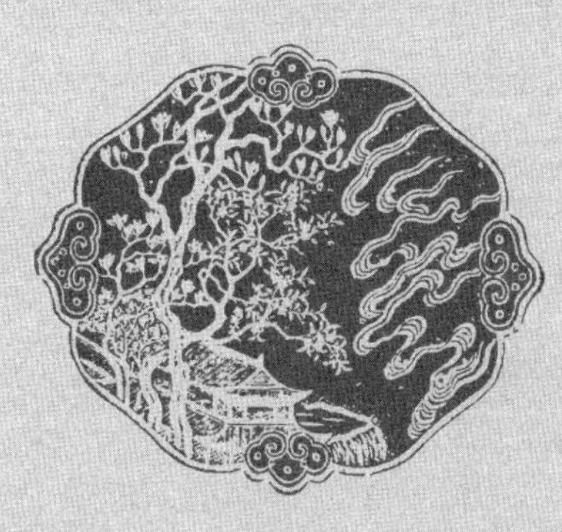

目録

目録

看西厢（六卷，山東濟南府齊河縣高國珍注解）（日本天理圖書館藏稿本）（全録） ·一二四五

此宜閣增訂金批西厢 ·一二八一

按，另有《貫華堂第六才子書西厢記》的各種翻刻本九十二種，見《西厢記》現存清刊本目録二、金聖歎評批《西厢記》目録，玆不重複。

重刻元本題評音釋西厢記（明萬曆八年［一五八〇］徐逢吉［士範］評本）（全録）

卷上　第一齣　佛殿奇逢

博陵崔氏，唐著姓。文皇以天子之貴敵之而不可得。（【仙吕·賞花時】「盼不到博陵舊塚」眉批）

開卷便見情語。（同上之【幺】篇眉批）

駢儷中景語。（【油葫蘆】眉批）

張生慢世之情，更作高世之語。（【天下樂】眉批）

釋家謂閑要爲隨喜。（【節節高】「隨喜了上方佛殿」眉批）

無心處驀然相遇。（同上「呀，正撞着五百年風流業冤」旁批）

「顛不剌」，外方所貢美女名。又，元人以不花爲□（牛），不剌爲犬，於此義不相涉，亦可以備考。（【元和令】眉批）

離恨天在諸天之上。（【上馬嬌】眉批）

佛院。（同上「兜率宫」旁注）

洞天。（同上「離恨天」旁注）

緊翻上句公案。（同上「誰想着寺裏遇神仙」旁批）

「宜嗔宜喜」與「半晌卻方言」（按「卻」，曲文中作「恰」），描繪神手。（【勝葫蘆】眉批）

色色傾人。（同上「則見他宮樣眉兒新月偃」旁批）

「殘紅芳徑軟」，鋪輕襯，故鞵底樣淺。惟回頭一顧，則脚底微施，故知其傳情。（【後庭花】前半曲眉批）

脚踪。（同上「剛那了一步遠」旁注）

眼角。（同上「剛剛的打個照面」旁注）

與前「寺裏遇神仙」句相應。（同上「似神仙歸洞天」句眉批）

有情處忽然相失。（同上旁批）

前已云「門掩梨花」，此卻云「簾映芙蓉」，真是眼花撩亂。（【寄生草】眉批）

「水月觀音」，飾皆縞素，鶯時扶櫬，故以爲比。（同上「我則道是南海水月觀音現」眉批）

與佛殿有情。（同上旁批）

「秋波」一句是一部《西厢》關竅。（【賺煞】「怎當他臨去秋波那一轉」眉批）

收煞了剛剛打個照面一句。（同上旁批）

情中點景，緊處着慢。（同上「近廷軒花柳爭妍」旁批）

又翻「寺裏遇神仙」句公案。（同上後半曲眉批）

佛院。（同上「一座梵王宮」旁注）

仙境。（同上「武陵源」旁批）

第二齣　僧房假寓

「周方」，猶云周旋方便。（【中吕·粉蝶兒】眉批）

「打當」，猶言打迭。（同上眉批）

疊「㾕㾕」二字，果見風魔。（【醉春風】眉批）

僧伽太師，西域。（【迎仙客】末句眉批）

「四海一空囊」，其留多矣。（【石榴花】末句眉批）

「衠」，奴丁切。（【鬥鵪鶉】眉注）

「衠」，音諄。（同上尾注）

七青八黄，掂斤播兩，俱鄉語，今南中亦有之。（同上眉注）

有情語灑灑然。（【上小樓】之【么】篇眉批）

眼爲「渌老」，今教坊中猶有此語。董解元傳奇云：「一雙渌老。」（【小梁州】「胡伶渌老不尋常」眉批）

連下三眼字。（同上旁批）

妄想。（【么】「若共他多情的小姐同鴛帳」旁批）

「演撒」，元時鄉語。「潔郎」是嘲僧。「沙」字是襯語。「睃」，音梭，邪視曰睃。（【快活三】眉注）

唐玄宗時，僧無畏號「三藏」。「偌」，亦鄉語。（【朝天子】眉批）

「湯」，韻書亦有作去聲者。（【四邊静】眉注）

果是五百年前業緣。（【哨遍】首兩句眉批）

與「臨去秋波一轉」相應。（同上「你不合臨去也回頭兒望」旁批）

駢麗中情語。（同上後半曲眉批）

妄想。（同上「手掌兒裏奇擎」旁批）

歐陽公詞：「平蕪盡處是春山，行人更在春山外。」（【耍孩兒】首句眉注）

黄鶯性好雙飛。（同上「怪黄鶯兒作對」眉注）

傅粉，何晏故事。韓壽、張敞、阮郎，俱見舊解。（【五煞】眉注）

自忖自笑。（【四煞】「小生空妄想」旁批）

「撇」、「拾」二字，描寫撇者丢情，拾者落得。（【三煞】末兩句眉批）

此白語却自真境。（生云：「若在店中人鬧，……」眉批）

此處微見痕疵。（【二煞】末兩句眉批）

此時要記真嬌模樣，何不初見時莫眼花撩亂。（【尾】眉批）

第三（原誤作「四」）齣　牆角聯吟

夜月清絶，春情豐贍，具見此曲。（【越調・鬥鵪鶉】眉批）

「没揣的」，猶云不言中。（【紫花兒序】眉注）

翻上「記不真嬌模樣」句。（【金蕉葉】「比我那初見時龐兒越整」旁批）

「撑」，音稱，去聲。（【調笑令】眉注。）

娉婷。（同上「遮遮掩掩」旁批）

幽思致語。（【小桃紅】眉批）

翻宋人詩。（【么】上半曲眉注）

「埋没」句，下字入神。（【禿厮兒】眉批）

繾綣、貪羨，三復更奇。（【聖藥王】眉批）

「忽聽、一聲、猛驚」，所謂六聲三韻，詞家以此見奇。人言《西厢》意重復而語蕪纇，乃知金元雜劇，止於四折，未爲無見。然如此十六套，觀之不厭，唯恐終場，海錯此珍，固不嫌其多。（【麻郎兒】之【么】篇眉批）

古人以二分半爲一星，「凄凉有四星」，言十分也。舊解鬥柄六横，掩其三星，故有四星。如元人樂府有所謂「愁煩迭萬埃，凄凉有四星。」上無「鬥柄雲横」，當作何解？（【綿搭絮】眉注）

如此則前所云「笑相迎」、「低低應」，俱是妄臆。（同上「他不偢人」二句旁批）

北人以我爲喒們。（同上末句「喒兩個」旁注）

無可奈何。（【拙魯速】之【么】篇首二句旁批）

又妄想。（同上「霧障雲屏」旁批）

第四齣　齋壇鬧會

僧稱施主曰「檀越」。（【雙調·新水令】末句眉注）

鳩摩什有生二子故事。幽期密約，佛天故不惜爲結良緣也。（【沉醉東風】末句眉批）

又翻寺裏遇神仙意。（【雁兒落】首句旁批）

古詩：「一笑傾（人）城，再笑傾人國。」（同上末句眉注）

到此際入定，禪師定情不住。（【喬牌兒】眉批）

「呆傍」，是鄉語。（同上眉注）

駢麗中諢語。（【折桂令】眉批）

「獲鐸」，往來貌。（【錦上花】之【么】篇眉注）

東坡詞：「多情卻被無情惱。」（【鴛鴦煞】眉注）

「酩子裏」，猶云昏黑。「葫蘆提」，猶云不明白。俱北方鄉語。「酩」，一作「冥」。「提」，一作「蹄」。（同上眉注）

第五齣　白馬解圍

閨怨幽趣，偲偲逼人。（【仙呂・八聲甘州】眉批）

秦少游：「雨打梨花深閉門。」（同上眉注）

【混江龍】一曲起，李供奉「爛醉操觚」，未能遠過。（【混江龍】眉批）

與前「怨不能」四句對貼。（【油葫蘆】「我慾待登臨又不快」旁批）

「價」字是北方鄉語。（同上「每日價」眉注）

「盹」，亦北方言。此間怨尤之語，微見直突。（【天下樂】眉批）

《西厢》詞，多用「兒」字，於情近，於事諧，故是當家。（【寄生草】眉批）

首句亦六聲三韻。（【六么序】之【么】眉批）

此鶯鶯自怨自艾之辭，可入神品。評者以此折比明妃自請嫁胡人，所謂盲人觀場，可盜嗢笑。（【後庭花】眉批）

「齠齔」，音條襯。（【柳葉兒】眉注）

「家門」，搬演家語。（同上眉注）

此愈見鶯鶯貞潔之操。（【青歌兒】眉批）

二白語亦自關鍵。（生云：「賞罰若明，其計必成。」之眉批）

「嚇蠻書」，舊解謬。（【賺煞】眉批）

此自工部「筆陣獨掃千人軍」來，可謂化腐爲新矣。（同上末句眉批）

「颩」，音丢，或音准。（【正宫・端正好】「颩了僧伽帽」眉注）

「打參」，猶云放參，釋家語。（【滚綉球】眉注）

「腌臢」，是鄉語，不潔貌。（同上眉注）

禪家豪俠之狀，形容都盡。（【叨叨令】眉批）

「閂南」，言北閂以南，唐人詩：「聲名過北閂。」（【倘秀才】眉注）

杜《八仙歌》：「醉中往往愛逃禪。」（【滚綉球】眉注）

「胡渰」，是鄉語。（同上眉注）

「撞釘子」，即今所謂探子。（【白鶴子】眉注）

轉見雄豪，法藏中故自有此教也。（【白鶴子】之【三】眉批）

「忐」音袒，「忑」音秃。（【四】眉注）

「常居一」、「没掂三」，俱鄉語。（同上眉注）

「唬破膽」，契丹軍中之謡。（【收尾】末句眉注）

「鄭重」，乃恭敬稠疊之意，此賣弄學問處。（將軍云：「不索鄭重，倘有餘黨未盡，」眉批）

第六齣　紅娘請宴

「只因兵火」二句，卻自天然。（本云：「鶯鶯親事，理合擬定。只因兵火至，引起雨雲心。」之眉批）

「受用足」四句，所謂人生清福。（【醉春風】眉批）

灼見風情如此，阿婆子寧能不愛。（【小梁州】眉批）

「鞓」，音汀。（同上末句眉注）

一躬措大，爲小妮子嘲哂如此，良可笑也。然亦無奈其貪婪何。（【上小樓】眉批）

「來回顧影」，整妝貌。（【滿庭芳】眉批）

「欠」，當作「欠」，音耍。（同上眉批）

此「草木」出羅浮山，乃男寵所致祥異，世人多不識之。（【快活三】眉批）

紅娘之善謔如此。（【朝天子】眉批）

「合歡令」，是排兒名，元樂府也。（【要孩兒】「樂奏合歡令」眉注）

「你明博得」二句，對而意反承，妙甚。（【四煞】眉批）

「紅定」即牽紅。（【三煞】眉注）

第七齣　母氏停婚

嬌養喬態，不覺自名。（【新水令】眉批）

「吹彈得破」，是喝采語。（【新水令】之【幺】篇眉批）

此忖夫人停婚，自是聰惠女子。然望合憂離之思，轉逼迫甚矣。（【查木喬】眉批）

「波」字，是襯語。（【攪箏琶】眉注）

「張羅」，猶云羅列。（同上眉注）

趙本作「我卻待目轉秋波。」（【慶宣和】「我只見目轉秋波」眉注）

「空」，音控。（同上「誰想那識空便的靈心兒早瞧破」眉注）

俱鄉語。（【雁兒落】眉批）

「藍橋水」，白公事。「祆廟火」，陳氏子事。（【得勝令】眉注）

「圪搭地」，猶云霎時。（同上眉注）

「合」，音何。（同上眉注）

「擲窨」是鄉語。《琵琶記》云：「終朝擲窨。」又，小兒啼曰喑。（【甜水令】眉注）

「烏合」，聚而易散。易散，又恐是烏有之意。（同上眉注）

猶云無奈我何。（同上「芳心無那，俺可甚麽」旁批）

此間親親之情，下於卿卿，正鶯鶯所自云兒女之情，不能自固者也。（【月上海棠】眉批）

説擔兩頭。（同上「久後思量怎奈何」旁批）

「大」，音惰，韻書亦有葉此聲音者。（【么】篇眉注）

「黑閣落裏」，猶云背地。「和」，去聲。（【喬牌兒】眉注）

「没頭鵝」，舊解：或是諺云「鵝寒插翅，鴨寒下水。」（【江兒水】眉注）

應前語。（同上「撇下陪錢貨」旁批）

「江州司馬」，白樂天。（【殿前歡】眉注）

「不想姻緣」句，粗中精語。（同上眉批）

語云：「成蕭何，敗蕭何。」亦因韓信事而遺此語。

久後相思。（【離亭宴帶歇拍煞】首句旁批）

前云「相思較可」，此則「何時是可」。（同上眉批）

「太行山高處」，評者謂全不成語。覽之信然，豈有務多之病歟。（同上「太行山般高仰望」眉批）

倒裝句。（同上旁批）

白頭吟，卓文君事。（同上「白頭娘不負荷」眉批）

第八齣　琴心寫懷

駢麗中情語。（【越調・鬥鵪鶉】眉批）

此三句應「影兒」、「畫兒」二句。（【紫花兒序】眉批）

與「淘下陳倉米」二句相應。（同上「炮鳳烹龍」句眉批）

裴航遇雲翹，大人後詩，後仙去。（【小桃紅】眉批）

虚擬。（【天淨沙】眉批）

一二折，狀其似，三折狀其聲，四五折狀其情，六折狀其調。一聽琴，而曲盡其妙若此。（【天淨沙】和【調笑令】之間之眉批）

以上二折，想象模擬，皆有憑處。（【調笑令】開首旁批）

實擬。（【秃厮兒】眉批）

以上皆句句實擬，惟此初句自受驚賊兵得來，愈見作者苦心處。（同上眉批）

東坡聽琴詩。（同上「似聽兒女語，小窻中喁喁。」之旁注）

此用六句排對，而結語關鎖有力。（同上眉批）

伯勞性好單棲，燕出飛即相背，故詩人以「燕燕于飛」爲别離之比。（【聖藥王】眉註）

「本宫」句亦六聲三韻。（【麻郎兒】之【么】篇眉批）

「清夜聞鐘」、「黄鶴醉翁」、「泣麟悲鳳」，具古琴操。（同上眉註）

此與文君夜奔之意同出一轍。（【東原樂】眉批）

高唐，楚襄王事。（【綿搭絮】眉注）

第九齣　錦字傳情

古曲云：「身無彩鳳雙身翼，心有靈犀一點通。」（【仙吕・賞花時】眉注）

「指」，一作「繭」。（【油葫蘆】「一個意懸懸懶去拈針指」眉注）

結句千鈞之力。（同上眉批）

「一納頭」，是鄉語。（【天下樂】眉注）

侍兒料驕主嬌羞情狀，犁然如契。（【上馬嬌】眉批）

《史記》：「刺綉文，不如倚市門。」（【勝葫蘆】之【么】篇眉注）

第十齣　玉臺窺簡

模寫困鬱之狀宛然。（【醉春風】眉批）

大是嬌淫半度。（【普天樂】眉批）

所謂冷語剩言，傳情篤至。（【朝天子】眉批）

「調泛」是鄉語，猶云不穩貼。（【四邊靜】眉注）

單語中佳語。（【小梁州】眉批）

「辰勾月」，是院本傳奇，元人吳昌齡撰，托陳世英感月精事。舊解附會，謬甚。近《西廂正訛》作「辰勾」，遺去「月」字，

又爲可笑。解《西廂》當以意會。如「撮合山」，即兩下説合意，亦是鄉語，舊解謬甚。（同上之【幺】篇眉批）

不脱聽琴。（【石榴花】「聽琴心」旁注。）

「趄」，教坊中語。（【上小樓】之【幺】篇眉注）

元人樂府，半雅半俗，俱從老宿參禪中打出來。（【滿庭芳】眉批）

「三更棗」，高僧參五祖事，是隱語。（【耍孩兒】眉注）

「離魂倩女」，出《虞初志》。（【三煞】眉注）

秦少游詞也，應似舊「盈盈秋水，淡淡春山。」（【二煞】眉注）

卷下　第十一齣　乘夜踰牆

駢（欐）［儷］中景語。（【駐馬聽】眉批）

「淡黄楊柳帶栖（鴉）」，賀方回詞。此演出四句，可謂青出於藍，無方並美。（同上眉批）

「聖賢打」，舊解或是。（【喬牌兒】眉注）

「燕侶鶯儔」二句的對，又自一法。（【攪箏琶】眉批）

偷香能事畢此。（【甜水令】眉批）

「香美娘」，是排兒名。「處分」（按曲文中漏印「處」字），猶云發付，「花木瓜」，搬演者。云看見吃不得。（【清江引】眉注）

北人謂假爲喬，「喬坐衙」猶云假裝家意。（【雁兒落】眉注）

北人謂哄婦人爲騙馬。（【得勝令】眉注）

「⿱人⿰个个」，音欺，或音水。（【離亭宴帶歇拍煞】眉注）

「措大」，北人謂酸丁爲窮措大。（同上眉注）

第十二齣　倩紅問病

駢儷中諢語。（【越調・鬥鵪鶉】眉批）

「腰如病沈」，乃衰老之態，辭家往往舉爲風流之症，良可笑也。（【越調・鬥鵪鶉】眉批）

事將成，把前事歷數，的的良心。（【紫花兒序】眉批）

打覷張生，與前「空妄想」相應。孫夫人詞：「海棠開後，想到如今。」（【天淨紗（沙）】眉批）

年頭爲伏吟，對宫爲返吟。星命家云：「返吟伏吟，涕泣漣漣。」（【調笑令】「返吟復吟」句眉注）

地窨曰窨，所以藏酒。（【小桃紅】眉注）

隱藏藥名。（同上眉批）

口閉爲「休妝」，「唔」是鄉語。（【鬼三臺眉注）

「綿裏針」，是教坊中語。（同上眉注）

此折【越調】用侵尋韻，本閉口，而此間誤入真文，乃知全璧之難也。（【綿搭絮】眉批）

與首折相應。（同上「更勝似救苦難觀世音」旁批）

第十三齣　月下佳期

秦少游詞：「風摇翠竹，疑是故人來。」（【混江龍】眉注）

「青鸞」，漢武事。「黄犬」，陸機事。（同上眉注）

白樂天云：「人非木石皆有情，不如不遇傾城色。」（【油葫蘆】眉注）

無聊延佇，至此極矣。（【那吒令】眉批）

「司天臺」句，可謂狹邪中慢語。（【寄生草】眉批）

人生情欲之會，大都相似。（【元和令】眉批）

駢麗中諢語。（【勝葫蘆】眉批）

此處語意稍露，殊無蘊藉，昔人有濃鹽赤醬之稍（誚），信夫。（【柳葉兒】眉批）

旅況寒酸，得此亦是天生之福。（【寄生草】眉批）

第十四齣　堂前巧辯

［傳］奇中詞多反對，多如此類。（【越調・鬥鵪鶉】眉批）

模寫殆盡。（【紫花兒序】眉批）

淫妒、忸怩、咎悔之情，三者備矣。（【調笑令】眉批）

此段白，以學究之談，逞嬌娃之辨，亦自快人。（紅娘與夫人對辯之眉批）

既炫能，而復歸功，撮合神手。（【麻郎兒】之【幺】篇眉批）

參居酉，辰居卯，兩不相見。（【絡絲娘】眉注）

炫能、歸功之後，又一段情話。（【小桃紅】眉批）

秦少游詞：「月在柳梢頭，人約黄昏後。」（同上眉注）

駢言（剩）［對］句，雜以訕語，侍兒之情，曲盡矣。（同上眉批）

「銀樣蠟槍頭」，中看不中用。（【小桃紅】眉批）

第十五齣　秋暮離懷

此折叙離合情緒，客路景物，可稱辭曲中賦。（「夫人上云」眉批）

范希文詞：「碧雲天，黄葉地。」（【正宮·端正好】眉批）

李太白恨不得掛長繩於青天，繫西飛之白日。（【滚綉球】眉批）

連句用重疊字，便見情深。（【叨叨令】眉批）

此是發端，情緒便自凄然。（【脱布衫】眉批）

上云「都（按曲文作「卻」）告了相思回避，破題兒又早是别離」，此又轉深一層。（【上小樓】之【幺】篇眉批）

舉案齊眉，用梁鴻故事。（【滿庭芳】眉注）

此處哀而近傷，然自是體驗中語。（【快活三】眉批）

將酒食兩字帶映離愁分數。（【朝天子】首兩句旁批）

鴛鴦與蝸角、蠅頭相關。（同上「鴛鴦」句旁批）

先埋下草橋根字。（【四邊靜】末兩句旁批）

翻案。（【耍孩兒】「比司馬青衫更濕」旁批）

「眼中流血，心裏成灰」，亦商人故事。（同上末兩句眉批）

此下多可入唐律。（【四煞】眉批）

[秦]少游詞：「一春魚雁無消息。」（【二煞】眉注）

「大」字宜略讀。（【收尾】「大小車兒」眉注）

第十六齣　草橋驚夢

一部《西廂》，少這一段不得。此意本樂天《長恨歌》來。（「生引僕上云」眉批）

羈旅初情，尤堪淒楚。（【步步嬌】眉批）

「打草驚蛇」，王魯事。（【喬木查】眉注）

「撦」，音者，今教坊中猶有此語。又韻書：「撦」，猶云裂開。（【攪箏琶】「他把我心腸兒撦」眉注）

「嗹嗻」，今廟中守門鬼，東曰嗹，西曰嗻。（同上眉注）

柳耆卿詞：「今宵酒醒何處！楊柳岸曉風殘月。」（【清江引】眉注）

山行曰跋，水行曰涉。（【折桂令】眉注）

「瓶墜簪折」，本白樂天歌。（同上眉注）

入神。（【水仙子】眉批）

宛如夢中事，錦心繡口如此。（同上後半曲眉批）

疊字對詞，奏之令人淒絶。（【雁兒落】眉批）

題目　小琴僮傳捷報　崔鶯鶯寄汗衫

正名　鄭伯常干捨命　張君瑞慶團圞

關漢卿續《西厢記》極力模擬，然比之王本，終自鈞銖。（題目、正名之眉批）

第十七齣　泥金捷報

元人樂府稱四大家，而漢卿與焉。獨以激厲勝，少遜實甫耳，故自不失爲兄弟也。（「生上云」眉批）

宋詞：今朝眼底，明朝心上，後日眉頭。又李易安詞：「才下眉頭，起上心頭。」（【商調・集賢賓】眉批）

李景詞：「手捲真珠上玉鈎。」王和甫詞：「憑高不見，芳草連天遠。」（【逍遥樂】眉注）

李易安詞：「人似黄花瘦。」（【掛金索】眉注）

怨曠伎倆，無過此折。（鶯、紅、僕云之眉批）

秦少游詞：「新啼痕間舊啼痕。」（【醋葫蘆】眉注）

即事數對，亦自斐然。（同上之【幺】篇眉批）

此意本鄒長倩《遺公孫賢良書》來。（【梧葉兒】眉批）

收拾前意。（【後庭花】「當初五言詩緊趁逐」旁批）

繾綣馳戀之思，疊生錯出。（【醋葫蘆】眉批）

觀此詞，安得少艾之慕奪於摹君，人由情慾中來，固自不可磨滅。（【浪裏來煞】眉批）

第十八齣　尺素緘愁

鶯鶯有答微之書，文辭甚佳，何不節其略載之，而爲此腐語也。（「生讀書科」眉批）

首首應前，更翻新意。古詩裁縫，無此等以意忖情量。（【滿庭芳】眉批）

忖度件件，兩心如契。（【白鶴子】眉批）

人言《西厢》後卷不及前卷，自是情盡才盡，何優劣論也。（【快活三】眉批）

應前囑琴僮語。（【耍孩兒】眉批）

李義山詩：「春□（蠶）到死絲方盡，燭炬成灰淚始乾。」（【三煞】眉批）

此可入律。（【四煞】眉批）

第十九齣　詭謀求配

俚野互陳，便是當家。（【越調・鬥鵪鶉】眉批）

「三才」以下是小兒嗄號，然不妨作鄭家侍婢本色語。（【紫花兒序】眉批）

三學究語，一段天成。（【小桃紅】眉批）

仲原諺語。（【麻郎兒】之【么】篇眉注）

「下風」、「左壁」，新甚。（【收尾】眉批）

第二十齣　衣錦還鄉

收煞一篇，關鑰在此兩句。（【駐馬聽】眉批）

士女圖，出煙花傳。（【雁兒落】眉注）

章臺，張敞事。（同上眉注）

嘲訕三丈夫，成聯的對。（【慶東原】眉批）

古詩曰：「腦中辟積千般事，到得相逢一語無。」（【沉醉東風】「及至相逢一句也無」眉批）

心熱如此。（【落梅風】眉批）

「囂」，今樂院中亦有此語。（【折桂令】「那厮本意囂虛」眉批）

嘲訕之間，且婉且厲。（【落梅風】眉批）

「普天下」三句，大王公好之量。（【清江引】眉批）

重校北西厢記（明萬曆二十六年〔一五九八〕繼志齋重刊本）（全録）

第一齣　佛殿奇逢

博陵崔氏，唐著姓。（【賞花時】「盼不到博陵舊塚」眉批）

「顛不剌」，美玉名。又，外方所貢美女名。又，元人以「不花」爲牛，「不剌」爲犬，於此義不相涉，亦可以備考。（【元和令】「顛不剌的見了萬千」眉批）

離恨天在諸天之上。（【上馬嬌】「休猜做離恨天」眉批）

回頭一顧，則腳蹤微旋，故知其傳情。（【後庭花】「則這腳蹤兒將心事傳」眉批）

《西京雜記》：卓文君臉際常若芙蓉。（【寄生草】「珠簾掩映芙蓉面」眉批）

「秋波」一句是一部《西厢》關竅。「近庭軒」等句，「近庭軒」數語，情中點景，緊處著慢。「爭奈玉人不見」句，《世説》：裴楷，字叔則，容儀端美，時人謂之玉人。又稱近叔則，如玉山映照人也。（【賺煞】「怎當他臨去秋波那一轉」眉批）

第二齣　僧寮假館

「周方」，猶言周旋方便。（【粉蝶兒】「不做周方」眉批）

僧伽大師，西域人。（【迎仙客】「揑塑來的僧伽像」眉批）

《老子》：和光同塵。「又没甚七青八黄」句：格古論金成色，七青八黄，九紫十赤。（【鬥鵪鶉】「甚的是渾俗和光」眉批）

「睩老」，謂眼也。今教坊中猶有此語。董解元傳奇云：「一雙睩老……」。按，《楚辭》（按，原缺「辭」字）：「蛾眉曼睩，目騰光些。」王逸注：「睩，視貌。言美女好目，曼則睩睩。然視精光騰馳，精惑人心也。」觀此，則元人謂「眼」爲「睩老」，抑亦古矣。（【小梁州】「胡伶睩老不尋常」眉批）

「演撒」，元時鄉語；「潔郎」，是嘲僧。「睃趁著你頭上放毫光」句：睃，音梭，邪視曰「睃」。（【快活三】「莫不是演撒你個老潔郎」眉批）

唐玄宗時，僧無畏號「三藏」。（【朝天子】「煩惱怎麽那唐三藏」眉批）

「偌」字是鄉語。（「偌大一個宅堂」眉批）

「你不合」句與「臨去秋波那一轉」相應。（【哨遍】「你不合臨去也回頭望」眉批）

歐陽公詞：「平蕪近處是春山，行人更在春山外。」「漏泄春光與乃堂」句：杜詩：「漏泄春光有柳條。」「怪黄鶯兒作對」句：黄鶯性好雙飛。（【耍孩兒】「當初那……，聽説罷……」二句眉批）

魏略：何晏性自喜動静，粉帛不去手，行步顧影。「看邂逅偷將韓壽香」句：韓壽事，見《世説》。（【五煞】「乍相逢厭見何郎粉」眉批）

張敞常爲妻畫眉，長安傳張京兆眉憮。「春色飄零憶阮郎」句：「阮郎」，用阮肇人天臺事。（【四煞】「眉兒淡了思張敞」眉批）

「撇」、「拾」二字，描寫入畫。（【三煞】「你撇下……，我拾得……」二句眉批）

第三齣　花陰倡和

「没揣的」，猶雲「不意中」。（【紫花兒序】「若是回廊下没揣的見俺可憎」眉批）

「比我」句，翻上「記不真嬌模様」句。（【金蕉葉】「比我那初見時龐兒越整」眉批）

劉禹錫詩：「一方明月可中庭。」古本無「一輪明月」一折，姑存之。（【么】眉批）（按，此曲爲：「一輪明月可中庭，似對鸞台鏡。長恨團圓照孤另，轉傷情，恰萬里長天淨。忽的風雲亂生，暈的清光掩映，顛的人作喟愁聲。」因多數刊本均無，疑屬摻入。）

「埋没」句，下字入神。（一作「『埋没』句下，字字入神。」）（【禿廝兒】「心兒裏埋没著聰明」眉批）

元樂府：「葫蘆提憐懵懂，惺惺的惜惺惺。」（【聖藥王】「惺惺的自古惜惺惺」眉批）

「忽聽一聲猛驚」，所謂六聲三韻，詞家以此見奇。（【么】「我忽聽一聲猛驚」眉批）

古人以二分半爲一星，「凄涼有四星」，言十分也。舊解「斗柄雲横，掩其三星，故云四星」，如元人樂府有所謂「愁煩疊萬埃，凄涼有四星」，上無「斗柄雲横」，當作何解？（【綿搭絮】「今夜凄涼有四星」句眉批）

凄涼時想快樂境界。（【么】「恁時節風流嘉慶」等句眉批）

第四齣　清醮目成

僧稱施主曰「檀越」。（【新水令】「諸檀越盡來到」句眉批）

古詩：「一笑傾人城，再笑傾人國。」（【雁兒落】「怎當他傾國傾城貌」眉批）

撲，一作「鋪」。（【得勝令】「滿面兒撲著俏」眉批）

傍，一作「了」。（【喬牌兒】「舉名的班首癡呆傍」眉批）

獲鐸，往來貌。（【么】「窗兒外那一會獲鐸」眉批）

東坡詞：「多情卻被無情惱」。「勞攘了一宵」句：勞，一作「鬧」。（【鴛鴦煞】「多情卻被無情惱」眉批）

「酩子裏」，猶云昏黑；「葫蘆提」，猶云不明白。俱方言。（【鴛鴦煞】「酩子裏各歸家，葫蘆提鬧到曉」二句眉批）

一本有：「【絡絲娘煞尾】則爲你閉月羞花相貌，少不得剪草除根大小。」此意不合先説出，且複用「煞尾」，今删去。（齣後批註）

第五齣　白馬解圍

趙德麟詞：「斷送一生憔悴，能消幾個黃昏。」「雨打梨花深閉門」句：秦少遊詞「雨打梨花深閉門」。（【八聲甘州】「能消幾個黃昏」眉批）

杜子美詩「風飄萬點正愁人」。（【混江龍】「風飄萬點正愁人」眉批）

李賀每出，小奴背古錦囊以隨，得句寫投其中。暮歸，母探之，見詩多，輒曰：「是兒嘔出心肝乃已耳！」（【油葫蘆】「錦囊佳製明勾引」眉注）

晉竇滔爲秦州刺史，被徙流沙。妻蘇若蘭思之，爲織錦回文以寄，名曰「璿璣圖」，宛轉迴圈，文意淒切。又，範陽盧母王氏撰天寶回文詩，凡八百十二字。「誰肯把針兒將線引」句：《淮南子》：線因針而入，不因而急，如女因媒而成也。（【鵲踏枝】「煞强似織錦回文」眉批）

吐雨，一作「妒雨」。（【六幺序】「吐雨紛紛」眉批）

首句亦六聲三韻。「一霎時敢剪草除根」句：時，一作「兒」。（【么】「那廝每風聞胡雲」眉批）

齠齔，音條櫬，始毀齒也。（【柳葉兒】「將俺一家兒不留一個齠齔」眉注）

先有【後庭花】一折，到此方露正意，多少委曲。（【青歌兒】眉批）

世傳李白醉草嚇蠻書，然亦無練證。舊解則謬甚矣。「筆尖兒橫掃了五千人」句：杜工部詩「筆陣獨掃千人軍。」（【賺煞】「嚇蠻書信」眉批）

覃監，詞家謂爲啞韻，今用之瑰壯乃爾。曩見吳水部爲文，輒先朗誦此詞一過；與崔延伯臨陣，則召田僧超爲壯士歌，何異！「打參」，猶云「放參」，釋家語。「醃臢」，穢惡不潔貌。（【滚繡球】眉批）

門南，言北斗以南。唐人詩：「聲名遏北斗。」「成何以堪」句：「成」字指鶯鶯事，作「誠」，非。（【倘秀才】「飛虎將聲名播門南」眉注）

杜子美《飲中八仙歌》：「醉中往往愛逃禪。」（【滚繡球】「逃禪也懶去參」眉批）

第六齣　東閣邀賓

一本作「啟朱唇」，與「隔窗兒」不叶。（【脱布衫】「他啟朱扉急來答應」眉批）

傲黄鞓，「傲」當作「鬧」。白樂天詩：「貴柱冠浮動，親王帶鬧裝。」薛田詩：「九包綰就佳人髻，三鬧裝成子弟韉。」今京師有鬧裝帶。（【小梁州】「角帶傲黄鞓」眉批）

《周亞夫傳》：「軍中聞將軍令，不聞天子詔。」（【上小樓】「恰便似聽將軍嚴令」眉注）

「來回顧影」，整裝貌。「光油油耀花人眼睛」句，一本無「花」字，對下句更工。（【滿庭芳】「來回顧影」眉批）

兼併，一作「肩並」。（【快活三】「猶有相兼併」眉批）

【四邊靜】一折收入《中原音韻》，周德清曰：「務頭在第二句及尾，『可曾』，俊語也。」（指【四邊靜】中「可曾慣經」一句）（【四邊靜】眉批）

《杜陽編》云：興國貢軟玉，可以曲直。「樂奏合歡令」句：「合歡令」，是元樂府排兒名。（【耍孩兒】「孔雀春風軟玉屏」眉批）

「跨鳳」，蕭史弄玉故事。「我到晚來卧看牽牛織女星」句：「卧看牽牛織女星」，杜牧之詩。一作王建詩，二集中俱載。（【四煞】「你明博得跨鳳乘鸞客」眉批）

紅定，即牽紅。（【三煞】「兩般兒功效如紅定」眉批）

梅香，一作紅娘，亦是本來面目。（【收尾】「休使得梅香再來請」眉批）

憑，今本作「因」。（白語「只憑説法口」眉批）

第七齣　杯酒違盟

一本作「我只見目轉秋波」，與下句不相應，今從古本改定。（【慶宣和】「我卻待目轉秋波」眉批）

「藍橋水」，白公事；「襖廟火」，陳氏子事。「圪搭地把雙眉鎖納合」句：「圪搭地」，猶云「霎時」。（【得勝令】「白茫茫溢起藍橋水，赤騰騰點著襖廟火」二句眉批）

「攧窨」，《琵琶記》：「終朝攧窨。」『暢好是烏合』句：烏合，聚而易散。（【甜水令】「攧窨不過」眉批）

「大」，古音「惰」。今韻書收入廿一個，無一駕切者。（【么】「卻早嫌玻璃盞大」眉注）

「黑閣落」，猶云「背地裏」。「和」，去聲。（【喬牌兒】「黑閣落甜話兒將人和」眉注）

「没頭鵝」，舊解或是。諺云：「鵝寒插翅，鴨寒下水。」（【江水兒】「悶殺没頭鵝」眉批）

「江州司馬」，白居易事，見《琵琶行》。「今日敗也是恁個蕭何」句：語云：「成蕭何，敗蕭何。」亦因韓信事遺此語。（【殿前歡】「江州司馬淚痕多」眉注）

前云「相思較可」，此則「何時是可」。（【離亭宴帶歇拍煞】「這相思何時是可」句眉批）（按，指本出【喬木查】曲的「兩下裏相思都較可」句）

「竟」，今本作「險」，不通。（白語「競作離鄉背井魂」眉批）

第八齣　琴心挑引

古本「影兒裏」，今本作「鏡兒裏」，便板樣了。（【鬥鵪鶉】「他做了個影兒裏情郎」眉批）

晏叔原詞：「彩袖殷勤捧玉鐘。」（【紫花兒序】「翠袖殷勤捧玉鐘」眉注）

裴航遇雲翹夫人後，仙去。（【小桃紅】「裴航不作遊仙夢」眉注）

虚擬。一折、二折狀其似，三折狀其聲，四折、五折狀其情，六折狀其調。一聽琴，而曲盡其妙。（【天淨沙】眉批）（按，這則批語涵蓋【天淨沙】至【麻郎兒】之【么】篇，共六支曲。）

實擬。「似聽兒女語，小窗中喁喁」二句：「兒女」句，東坡《聽琴詩》。（【禿廝兒】眉批）

伯勞性好單棲，燕出飛即相背，故詩人以「燕燕于飛」爲别離之比。（【聖藥王】「爭奈伯勞飛燕各西東」眉注）

「本宫」句亦六聲三韻。《清夜》、《聞鐘》、《黄鶴》、《醉翁》、《泣麟》、《悲鳳》，俱古琴操。（【么】眉批）

「幽室燈清」、「幾榥兒疏欞」二句：「清」、「欞」旁出庚韻，於東冬韻不叶。「榥」，窗光，去聲。（【綿搭絮】眉批）

一本有「【絡絲娘煞尾】不爭惹恨牽情鬥引（按，原缺「鬥引」兩字），少不得廢寢忘餐病症」，今删去。（齣後批註）

第九齣　錦字傳情

古曲云：「身無彩鳳雙飛翼，心有靈犀一點通。」（【賞花時】「若得靈犀一點」眉批）

「一個價」作白，是。（【混江龍】「一個價……，一個價……」二句眉批）

潘安仁《秋興賦》：「春秋三十有二，始見二毛。」「杜韋娘不似舊時」句，劉禹錫詩：「浮揎梳頭宫樣妝，春風一曲杜韋娘。」（按指劉禹錫的《贈李司空妓》：「高髻雲鬟宫樣妝，春風一曲杜韋娘。司空見慣渾閒事，斷盡蘇州刺史腸。」）（【油葫蘆】「憔悴潘郎鬢有絲」眉批）

「一納頭」，是鄉語。（【天下樂】「一納頭安排著憔悴死」眉批）

「五瘟使」，當是「氤氳使」之誤。朱起慕女伎寵寵，精神恍惚。一日，郊外逢青巾杖藥鋤者，熟視起曰：「郎君幸遇貧道，否則危矣。君有急，直言，吾能濟汝。」起再拜，以寵事訴。青巾笑曰：「世人陰陽之契，有繾綣司統之，其長名『氤氳大使』。諸夙緣當合者，須鴛鴦牒下乃成。我即爲子囑之。」疑是此。（【元和令】「散相思的五瘟使」眉批）

《史記》：刺繡文不如倚市門。（【幺】「又不比賣俏倚門兒」眉注）

煞，音廈，大甚曰「殺」，今京師猶有此語。白樂天詩：「西日憑輕照，東風莫殺吹。」自注：「殺，去聲，俗書作『傻』。平水韻，傻俏不仁，一日不慧也。」（【後庭花】「忒煞思」眉注）

沈約求外補，不許，陳情于徐勉曰：「老病百日瘦損，不堪金帶垂腰。」「宋玉愁無二」句，宋玉作《九辯》有云：「獨悲愁其傷人兮，馮鬱鬱其何極。」（【尾聲】「沈約病多般」眉批）

第十齣　妝台窺簡

晏叔原詞「今宵剩把銀缸照」，「缸」，古亦作「虹」。李長吉詩：「飛燕上簾鉤，曉虹屏中碧。」亦謂貴人晏眠，而曉燈猶在缸也。（【粉蝶兒】「銀缸猶燦」眉批）

嚲，音朵，下垂貌。（【普天樂】「烏雲嚲」眉注）

調犯，是鄉語，猶云「不穩貼」。（【四邊靜】「怕人家調犯」眉注）

此枝一本作鶯唱者，謬甚！（按，繼志齋刊本此曲系紅娘唱）（【脱布衫】眉批）

《辰勾月》是院本傳奇，元人吳昌齡撰，托陳世英感月精事，舊解附會謬甚。近《西厢正訛》作「辰勾」，去「月」字，尤爲可笑。解《西厢》當以意會，如「撮合山」，即「兩下裏説合」意，亦是鄉語，舊解謬甚。（【么】眉批）

「不肯搜自己狂爲」句：狂，一作「明」。（【鬥鵪鶉】眉注）

伏，一作「狀」。「爭些兒把紅娘拖犯」句：紅娘，一作「你娘」，非。（【上小樓】「那簡帖兒到做了你的招伏」眉批）

訕，音疝，戲謔也。（【么】「請先生休訕」句眉注）

幫，一作「棒」，非。「消息兒踏著泛」句：「踏著泛」，一作「踏定泛」。（【滿庭芳】「拄著拐幫閒鑽懶」眉批）

坊本「瞞」字上增「顛倒」二字，便覺纏繞。「詩句兒裏包籠著三更棗」句：高僧參五祖，祖與粳米三粒，棗一枚，僧悟曰：「令我三更早來。」（【耍孩兒】「幾曾見寄書的瞞著魚雁」眉批）

陳師道詩：「南朝官紙女兒膚，玉板雲英比不如。」「行兒邊湮透的非春汗」句：今本「非」字下增一「是」字，句便羞澀。（【四煞】「紙光明玉板」眉批）

「離魂倩女」，出《虞初志》。潘安仁妙有姿容，少時挾彈出洛陽，婦人遇者，莫不聯手共縈之，或以果擲之滿車。（【三煞】「看你個離魂倩女，怎發付擲果潘安」二句眉注）

秦少游詞：「也應似舊，盈盈秋水，淡淡春山。」（【二煞】「望穿他盈盈秋水，蹙損了淡淡春山」二句眉注）

第十一齣　乘夜踰牆

「淡黃楊柳帶棲鴉」，賀方回詞。此演出四句，可謂青出於藍，無妨並美。「露珠兒濕透淩波襪」句：《洛神賦》：「淩波微步，羅襪生塵。」（【駐馬聽】眉批）

「二三日來水米不粘牙」，一本作白，則【攪箏琶】缺一句。粘，音拈。（【攪箏琶】「兩三日來水米不粘牙」眉注）

酸，今本作「神」。（【沉醉東風】「餓得你個窮酸眼花」眉注）

【甜水令】，今本誤作【新水令】。（【甜水令】眉批）

一本無「起」字。「準備著撐達」句：撐達，音鐺塔，往來相遇貌。（【折桂令】「打疊起嗟呀」眉注）

「隋何」、「陸賈」應前語（按，指上一齣張生在紅娘面前誇口自己是「猜詩謎的社家，風流隋何，浪子陸賈」）。（【么】「禁住隋何，迸住陸賈」二句眉批）

「香美娘」，是牌兒名；「花木瓜」，看得吃不得。（【清江引】「香美娘處分破花木瓜」眉注）

北人謂「假」爲「喬」，「喬作衙」，猶云「假裝家」意。（【雁兒落】「不是俺一家兒喬作衙」眉注）

北人謂哄婦人爲「騙馬」。「看我面遂情罷」句：遂，今本訛作「逐」。（【得勝令】「學騙馬」眉注）（按，繼志齋刊本此處正文也作「逐」，但據此批註應作「遂」）

傅粉，今本作「膩粉」，太鑿。「强風情措大」句：措大，宋太祖與趙普論桑維翰，帝曰：「措大！賜與千萬貫，則塞破屋了。」（【離亭宴帶歇拍煞】「你將何郎傅粉搽」眉批）

第十二齣　倩紅問病

「腰如病沈」，本衰老之態，詞家往往舉爲風流話柄，亦沿襲之誤。（【鬥鵪鶉】「腰如病沈」眉批）

鄭文妻孫夫人詞：「海棠開後望到如今。」（【天淨沙】「自從海棠開想到如今」眉批）

吟，一作「聯」。（【紫花兒序】「依著韻腳兒吟詩」眉批）

年頭爲複吟，對宫爲返吟。星命家云：「返吟複吟，涕泣漣漣。」（【調笑令】「婚姻上更返吟複吟」眉批）

地窖曰「窨」，所以藏酒。古有藥名詩。（【小桃紅】眉批）

「足下其實啉，休妝」二句：開口爲「啉」，「妝」是鄉語。啉，音禁。（【鬼三台】眉注）

明宵，一作「今宵」，非。（白語「明宵端的雨雲來」眉批）

唐天寶時，宫中呼秋千之樂，爲半仙之戲。「秋千」四句，蘇東坡《春宵詩》。（【聖藥王】「昨日秋千院宇深沉」等句眉注）

飛燕妹合德召入宫中，爲薄眉，號「遠山眉」。「體態温柔性格兒沉」句：成帝謂合德觸體皆靡，名爲「温柔鄉」，曰：「吾老是鄉矣，不能效武皇求白雲鄉也。」「眼横秋水無塵」句：此支【越調】用侵尋韻，本閉口字，而「秋水無塵」句誤入真文韻。白璧微瑕，政自不免。（【綿搭絮】「他眉黛遠山鋪翠」眉批）

一本有「【絡絲娘煞尾】因今宵傳言送語，看明日攜雲握雨」，今删去。（齣後批註）

第十三齣　月下佳期

秦少游詞：「風摇翠竹，疑是故人來。」（【混江龍】「風弄竹聲」等句眉批）

「青鸞」，漢武事；「黄犬」，陸機事。（「越越的青鸞信杳，黄犬音乖」二句眉注）

窄，音責，狹也。（【天下樂】「想得人心越窄」眉注）

「早身離」，一作「早離了」。（【那吒令】「早身離貴宅」眉注）

勾，一作「恰」。（【元和令】「柳腰兒勾一搦」眉注）

拆，音跐，今本誤作「折」。（【勝葫蘆】「花心輕拆」眉注）

「斷不」句，坊本去「斷不」二字，讀之輒令人意惡。（【柳葉兒】「斷不點汙了小姐清白」眉批）

乘，一作「襯」。（【煞尾】「乘著月色」眉注）

第十四齣　堂前巧辯

只，今本或作「這」，或遺，殊無短長。「出洛的精神」句：洛的，今本皆誤作「落得」。（【紫花兒序】「只小賤人做了牽頭」眉批）

我，一作「他」。（【金蕉葉】「你便索與我個知情的犯由」眉批）

麤，俗作「麄」。（【調笑令】「今日個嫩皮膚倒將麤棍抽」眉批）

九流：陰陽家、法家、名家、墨家、縱横家、雜家、農家、兵家、儒家。（【麻郎兒】「一個通徹三教九流」眉注）

啟，今本作「起」，非。（【么】「啟白馬將軍故友」眉批）

參居酉，辰居卯，兩不相見。揚子《法言》：「吾不觀參辰之相比也。」（【絡絲娘】「不爭和張解元參辰卯酉」眉注）

秦少游詞：「月在柳梢頭，人約黃昏後。」（【小桃紅】「當日個月明才上柳梢頭，卻早人約黃昏後」二句眉注）

「銀樣蠟槍頭」，中看不中用。（【小桃紅】「你是個銀樣蠟槍頭」眉注）

「那其間」，一作「那時節」。（【收尾】「那其間纔受你説媒紅」眉批）

第十五齣　長亭送別

「碧雲」二句，范希文詞。（【端正好】眉注）

李太白《惜餘春賦》：「恨不得掛長繩于青天，系西飛之白日。」（【滾繡球】「恨不得倩疏林掛住斜暉」眉注）

「今已後」，坊本作「久已後」，非。（【叨叨令】「今已後書兒信兒」眉批）

漢劉寬曰：「任大責中，憂心如醉。」（【么】「心如醉」眉注）

「舉案齊眉」，梁鴻事。（【滿庭芳】「有心待與他舉案齊眉」眉注）

「風流意」，今本作「空留意」。（【么】「眼底風流意」眉批）

將「酒」、「食」二字映帶離愁分數。（【快活三】「將來的酒共食」眉批）

范希文詞：「酒入愁腸，化作相思淚。」「蝸角虛名，蠅頭微利，拆鴛鴦在兩下裏」三句：鴛鴦與蝸角、蠅頭作類。拆，音跐。（【朝天子】「多半是相思淚」眉批）

「知他」二句，先埋下草橋根子。（【四邊靜】「知他今宵宿在那裏」二句眉批）

「司馬」句，翻案用事。「且盡生前酒一杯」句：「且盡生前酒一杯」，韓愈詩。（【耍孩兒】「比司馬青衫更濕」眉批）

第十六齣　草橋驚夢

一部《西厢》少這一段不得，此意本白樂天《長恨歌》來。（【新水令】眉批）

乍，一作「複」，亦有斟酌。（【落梅風】「乍孤眠被兒薄又怯」眉批）

「打草驚蛇」，王魯事。（【喬木查】「打草驚蛇」眉注）

一本「到日初斜」、「瘦得來唓嗻」以下俱無之，大都【攪箏琶】一調，字句可以增損，故多寡不倫。唓嗻，今廟中守門鬼，東曰唓，西曰嗻。（【攪箏琶】眉注）

柳耆卿詞：「今宵酒醒何處，楊柳岸、曉風殘月。」（【清江引】「今宵酒醒何處也」眉注）

藉，一作「惜」。（【喬牌兒】「將衣袂不藉」眉批）

覺，一作「較」，非。（【甜水令】「猶自覺爭些」眉批）

山行曰「跋」，水行曰「涉」。「生則同衾，死則同穴」二句：「同衾」二句，《毛詩·大車》篇。（【折桂令】「獨自跋涉」句眉注）

「休言語」二句，不但應前，正見崔張魂夢鍾愛處。一本遺生白，作鶯對卒唱，大謬！（【水仙子】「休言語，靠後些」二句眉批）

疊字絶妙，從古詩《青青河畔柳》脱胎。（【雁兒落】眉批）

一本有「【絡絲娘煞】都則爲一官半職，阻隔得千山萬水」，今删去。（齣後批註）

第十七齣　泥金報捷

坊本作「得了頭名狀元」，與後詩白相背。（白語「忝中探花郎」眉批）

李賀詩：「桃花亂落如紅雨。」（【賞花時】「相見時紅雨紛紛點緑苔」眉注）

詩餘：「今朝眼底，明朝心上，後日眉頭。」又，李易安詞：「才下眉頭，又上心頭。」（【集賢賓】眉注）

李璟詞：「手卷真珠上玉鉤。」「衰草連天」句，王和甫詞：「憑高不見，芳草連天遠。」「野渡橫舟」句，韋蘇州詩：「野渡無人舟自橫。」（【逍遥樂】「手卷朱簾上玉鉤」眉注）

萬楚詩：「紅裙妒殺石榴花。」「人比黄花瘦」句：李易安詞：「人似黄花瘦。」（【掛金索】「裙染榴花」眉注）

兀，一作「猶」。「我將這新痕把舊痕湮透」句：秦少遊詞：「新啼痕間舊啼痕。」（【醋葫蘆】「寄來書淚點兒兀自有」眉注）

《會真記》：「玉環一枚，寄充君子下體所佩。玉取其堅潔不渝，環取其終使不絕。兼亂絲一絇，文竹茶碾子一枚。數物不足見珍意者，欲君子如玉之貞，俾志如環不解，淚痕在竹，愁緒縈絲。」此卻衍之成一段佳話，真一莖草可化丈六金身。（白語「只有汗衫一領，裹肚一條」等句眉批）

劉夢得樂府：「斑竹枝，斑竹枝，淚痕點點寄相思。楚客欲聽瑶瑟怨，瀟湘深夜月明時。」（【青哥兒】眉注）

侵，今本作「浸」。（【醋葫蘆】「倘或水侵雨濕休便扭」眉批）

「悔教夫婿覓封侯」，王昌齡詩。（【浪裏來煞】「到如今悔教夫婿覓封侯」眉注）

第十八齣　尺素緘愁

楊補之詞：「你還知麽你知後，我也甘心受摧挫。」（【醉春風】「你若是知我害相思，我甘心兒死、死」二句眉注）

「鶯鶯書」坊本訛傳日甚，今依元本正之。（白語「薄命妾崔氏拜覆」等句眉批）

使，一作「侍」。（【么】「符籙般使」眉批）

首首應前，更翻新意。「堪與針工生色」句：生色，今作「出色」，非。「長共短又没個樣子」等句：古詩：「裁縫無處

等，以意忖情量。」(【滿庭芳】、【白鶴子】等六支曲眉批)

此支坊本訛錯不堪，今依元本正之。(按，繼志齋刊本此曲：「這斑管，霜枝棲鳳凰，淚點漬胭脂。當時舜帝慟娥皇，今日淑女思君子。」)(【三煞】眉批)

舍，今作「店」，非。(【快活三】「冷清清客舍兒」眉批)

應前【醋葫蘆】一支。(按，指上一齣鶯鶯所唱【醋葫蘆】「你逐宵野店上宿」一支)(【耍孩兒】眉批)

「春風」二句，白樂天詩。(【二煞】「昨宵愛春風桃李花開夜，今日愁秋雨梧桐葉落時」二句眉注)

李義山詩：「春蠶到死絲方盡，蠟炬成灰淚始幹。」「棄夫婦的琴瑟」句：棄，一作「輕」。(【三煞】「直到燭灰眼下纔無淚，蠶老心中卻有絲」二句眉批)

韓夫人詩：「殷勤謝紅葉，好去到人間。」「驛長不遇梅花使」句，陸凱詩：「折梅逢驛使，寄與隴頭人。」(【四煞】「難傳紅葉詩」眉注)

《史記》：司馬相如常有消渴疾。(【尾聲】「險將這害鬼病的相如盼望死」眉注)

第十九齣　詭謀求配

此後二齣以俚語、書語揑合成腔，半雅半俗，故自當行。(按，這則批語是對第十九、二十兩齣的評論。)(【鬥鵪鶉】眉批)

刃，今作「刀」，非韻。(【天淨沙】「手橫著霜刃」眉批)

《禮記》：曾子曰，居此能敬其親，而不敢慢於人。(【小桃紅】「因此上不敢慢於人」眉注)

「俺家人」，今本作「俺家裏」，非。(【金蕉葉】「俺家人有信行」眉批)

有，一作「無」。(【聖藥王】「有向順」眉批)

古謂「人」爲「兒」，如《陶靖節傳》「見鄉裏小兒」之類。（【麻郎兒】「他出家兒慈悲爲本」眉注）

詘，音疝，毁誹也。（【么】「詘筋」眉注）

「飛虎」句有照應。（【絡絲娘】「孫飛虎家生莽軍」眉批）

嗑，音合，口合也。「則好偷韓壽下風頭香，傳何郎左壁廂粉」二句：「下風」、「左壁」，新甚。（【收尾】「我待不嗑來」眉批）

第二十齣　衣錦還鄉

「一鞭嬌馬出皇都」，自是俊語，别作「玉鞭驄馬」，非。（【新水令】「一鞭嬌馬出皇都」眉批）

「身榮」二句有顧盼。（【駐馬聽】「身榮難忘借僧居，愁來猶記題詩處」二句眉批）

「仕女圖」，出《煙花記》。「端的是塞滿章台路」句：張敞罷朝會，過走馬章台街，使禦吏驅，自以便面拊馬。（【雁兒落】「若説著絲鞭仕女圖」眉注）

古詩：「胸中辟積千般恨，到得相逢一語無。」（【沉醉東風】「及至相逢一句也無」眉注）

硬揑，作「硬揣」，非。（【落梅花】「硬揑個衛尚書家女孩兒爲了眷屬」眉批）

豭，音加，牡豕也。（【折桂令】「怎嫁那不值錢人樣豭駒」眉注）

《菽園雜記》云：「龍生九子，屓贔、螭吻之類。椒圖，其一也，形如螺螄，性好閉，故立門上，即今之銅環獸面也。」（【沽美酒】「户列八椒圖」眉注）

先主曰：「孤之有孔明，如魚之有水也。」（【太平令】「怎能勾好夫妻似水如魚」眉注）

【錦上花】，今作侍臣唱，非。（【錦上花】眉批）

李卓吾先生批評北西廂記（明萬曆三十八年［一六一〇］容與堂刊本，李贄評）（全録）

（附）湯海若先生批評西廂記（明崇禎間師儉堂刊本）[一]（全録）

編者按：

《湯海若先生批評西廂記》全抄容與堂刊本《李卓吾先生批評北西廂記》，文字偶有不同。本書僅在容與堂本相應處，鈔録此本與容與堂本字句略有相異、評批條目略有增損處，本書皆已注明。本書收録此書，以見僞作之一斑。

第一齣　佛殿奇逢

既説「只生得這個小姐，」後面不合説「歡郎是崔家後代子孫。」（夫人云之眉批）

老夫人原大膽，和尚房裏可是（往）［住］的？（同上）

便有態。（鶯唱【賞花時】之【么】篇眉批）

老婆子家教先不好了。（夫人云「和姐姐閑散心要一遭去」眉批）

不獨你一個。（張生云「學成滿腹文章，……何日得遂大志也呵」旁批）

如今姓張、姓李的都如此。（【混江龍】後半曲眉批）

早些。（生云「這裏有甚麼閑散心處」旁批）

好。（湯批本【元和令】眉批）

好。（【上馬嬌】眉批）

冷絶妙絶，要死要死。（鶯云「寂寂僧房人不到」生云「我死也」眉批）

是個人。（生云「我死也」旁批）

妙。（生唱【上馬嬌】之【么】篇眉批）

俗和尚。（聰云「他在那壁，你在這壁……」旁批）

妙妙。（【後庭花】眉批）

是個中人。（同上「且休題眼角留情處，……將心事傳」旁批）

妙。（生云「未去遠哩」夾批）

有餘不盡無限妙處。（【賺煞】曲後夾批）

（總批）張生也不是個俗人，賞鑒家，賞鑒家！

第二齣　僧房假寓

自有人來犯他們。（法本云「夫人處事，……人莫敢犯」眉批）

看雖飽，然到底不能救饑。（生云「若遇小姐出來呵，飽看一會兒」眉批）

妙妙。（【粉蝶兒】眉批）

妙。（同上「居止處門兒相向」旁批）（湯批本缺此條。）

畫畫。（【醉春風】眉批）

妙。（同上「心兒裏癢、癢」旁批）（湯批本作「好。」）

言不由衷。（【鬥鵪鶉】「無意去求官」二句旁批）

秀才出此一兩銀子，只爲那個人耳，不然，好不肉痛，安得有此大汗。（生云「聊具白金一兩」眉批）

他不説上自家，倒説上你，痴痴。（【上小樓】「將言詞説上，我將你衆和尚，死生難忘」眉批）

妙。（【么】篇眉批）

老和尚到（倒）看上小張了。（本云「就與老僧同榻如何」眉批）

知趣。（同上旁批）

你後來看他輕狂。（【脱布衫】「全没那半點兒輕狂」眉批）

窮秀才專會算未來帳。（【小梁州】之【么】篇眉批）

假志誠。（生云「着小娘子先行，俺近後些」旁批）（湯本批語前有「批」字。）

不合便謔。（【快活三】眉批）

也不必。（本怒云「老僧偌大年紀，焉有此等妄念」旁批）

多疑，然亦不得不疑。（生云「怪不得小生疑你」眉批）

那得這副淚來。（生哀哭科「哀哀父母，……」眉批）

有此段至誠言語，前面一發不該戲了。（同上「小姐是一女子，尚然有報父母之心」眉批）

與聽戲可，與本戲不可。（生背云「這五千錢使得着也」夾批）

妙妙。（【四邊靜】眉批）（湯批本缺此條）

老面皮。（生云「年方二十三歲，……並不曾娶妻」眉批）

紅娘也講道學。（紅怒云「先生習先王之道」眉批）

大凡口裏講得停當的，身上做得決不停當。如紅爲老馬泊六、精撮合山，不在他時，則在此時已定之矣。道學先生也，紅娘也。紅娘也，道學先生也。（紅云後（下）之夾批）（湯批本批語前有「評」字）

妙妙。（【哨遍】「你不合臨去也」眉批）

妙妙。（【耍孩兒】眉批）

好。（【五煞】末三句眉批）

妙。（【三煞】末三句眉批）（湯批本上半曲有眉批「好」。）

妙。（生云「若在店中人鬧，到可消遣。搬至寺中……」眉批）

妙妙。（【尾聲】後半曲眉批）

（總批）無端一見，瞥爾生情（湯批本缺此四字），便打下許多預先帳，卻是無謂，卻是可笑。秀才們窮饞餓想，種種如此，到底做上了（湯批本缺「了」字），所謂「有志者，事竟成」也。

第三齣　牆角聯吟

嬌態。（鶯上云「這小賤人怎麽不來」旁批）

嬌態。（鶯云「如何不來回我」旁批）

你道想甚麼？（紅笑云「我不知他想甚麼哩」眉批）

畫。（【鬥鵪鶉】眉批）

妙妙。（【紫花兒序】眉批）

餓極。（同上「將他來緊緊的摟定」眉批）（湯批本作「餓極了。」）

畫。（【金蕉葉】眉批）

好。（【調笑令】眉批）

關目好。（鶯祝告語，又「做不語科」眉批）

妙。（鶯云「無限傷心事」……，生云「小姐倚欄長嘆……」眉批）

妙妙。（【小桃紅】眉批）

妙。（紅云「這聲音便是那二十三歲不曾娶妻的那傻角」旁批）

妙妙。（【聖藥王】眉批）

妙。（【麻郎兒】眉批）

好關目。（紅云「姐姐有人，喒家去來，怕夫人嗔責。」「鶯回顧，並下」眉批）

好關目。（同上「鶯回顧，並下」後夾批）（湯批本無）

還說鶯紅娘之言，更妙。（【麻郎兒】之【么】篇眉批）（「還說」，湯批本作「還是」。）

妙妙。(【東原樂】眉批)

妙妙。(【綿搭絮】眉批)

畫,畫。(【拙骨速】眉批)

秀才大都如此過了日子。(同上【幺】篇眉批)

(總批)如見,如見;妙甚,妙甚。

第四齣　齋壇鬧會

還是夫人的親麽。(本云「怕夫人問呵,則說道是貧僧親者」眉批)

好個志誠檀越。(【沉醉東風】眉批)(「志誠」,湯批本作「至誠」。)

淡得好。(【雁兒落】眉批)

鶯鶯小像。(【得勝令】眉批)

好一班志誠和尚。(【喬牌兒】眉批)

妙。(【甜水令】眉批)

好。(【折桂令】末兩句和本云、生云眉批)

好。(【錦上花】眉批)

(總批)做好事的看樣。

第五齣　白馬解圍

有理。（孫飛虎上云「主將尚然不正，我獨廉何哉！」旁批）

嬌甚。（【八聲甘州】眉批）

好。（【混江龍】眉批）

畫。（【油葫蘆】眉批）

入神。（同上末四句眉批）

妙甚。（【天下樂】眉批）

便是這些時要隄防。（同上「這些時直憑般隄防着人」眉批）

隨你理會。（紅云「自曾見了那生，便覺心事不寧，卻是如何」眉批）

妙妙。（【那吒令】眉批）

那人與外人、客人不同。（同上眉批）

妙妙。（【鵲踏枝】眉批）（湯批本此則眉批移位至上曲。）

妙妙。（【寄生草】眉批）

老孫來替老張作伐了。（夫人云：「如今孫飛虎將領半萬賊兵，……」眉批）

第六來自家又早嫁人了。（【後庭花】眉批）

傳歡神處，奇。（同上夾「歡云：俺呵，打甚麼不緊。」眉批）

妙。（同上夾批）（湯批本缺）

他要你尸櫬做甚麽。（【柳葉兒】眉批）

鬬目好。（【青哥兒】眉批）

方説出本心來，但不知那人手段何如耳。（同上）

鬬目好。（同上曲後尾批）

老面皮。（生云「既是恁的，休唬了我渾家」旁批）

妙。（鶯對紅云「難得這生一片好心。」旁批）

此時高叫兩廊僧俗，萬一有個和尚能遏兵，如何，如何？（同上尾批）（湯批本前有「批」字，「遏兵」作「退兵。」）

妙。（湯批本【賺煞】後半曲眉批）

活佛。（惠唱【滾綉球】眉批）

你何不退了兵，得了鶯鶯？（同上眉批）

活佛。（湯批本【叨叨令】眉批）

淫欲貪婪，原來不濟事。佛語，佛語。（【倘秀才】眉批）

時勢甚急，不宜閑話。（上曲後「生云」眉批）（湯批本前有「批」字。）

好和尚，説得是。（【滾綉球】眉批）

這和尚也是個烈漢子，何難立地成佛。（【白鶴子】之【三】、【四】眉批）

真。（同上【五】眉批）

好和尚。（【收尾】眉批）

書柬可厭。（「惠遞書，將軍念科：……」眉批）

好了。（夫人上云：「張先生大恩，……」眉批）

淡得妙。（生云：「小子收拾行李，去花園裏去也。」夾批）

（總批）描寫惠明處，令人色壯。

第六齣　紅娘請宴

有味。（【醉春風】眉批）

腐。（湯批本同上【么】篇眉批）

説謊。（湯批本同上「我從來心硬」之旁批）

妙。（【小梁州】眉批）

是好。（生云「敢問席上有鶯鶯姐姐麽」眉批）

苦惱秀才，有誰人請他？（【上小樓】眉批）

曲甚自然，好，好。（同上【么】篇眉批）

他未必着你在眼裏。（生云「煩小娘子看小生一看，如何」眉批）

原來是吃飯秀才。（【滿庭芳】後半曲眉批）

正未定。（湯批本「生云：……不想今日得成其婚姻，豈不爲前生分定。」之眉批）

如此等曲，已如家常茶飯，不作意，不經心，信手拈來，無不是矣。我所以謂之化工也。（【耍孩兒】眉批）

窮神。（生云「小生書劍飄零，無以爲聘，怎生是好？」尾批）（湯批本前有「批」字。）

凡秀才受用，都在口裏説過，心上想過，身邊並無半分也。覷此可見。（生云「飲數杯酒，去卧房内和鶯鶯做親去。小生到得卧房内，……」眉批）

丑甚，妙甚。（同上旁批）

（總批）文已到自在地步矣。

第七齣　夫人停婚

有甚麽未來事？（湯批本生云：「……此皆往事，不必掛齒」之眉批）

空奉承了。（生云「小子侍立座下，尚然越禮，焉敢與夫人對坐。」尾批）

鬬目好。（紅云：「你道請誰哩？」鶯云：「請誰？」……眉批）

嬌態如畫，妙。（【新水令】眉批）（湯批本作「妙妙」。）

且不要忒作準了。（【喬木查】眉批）（「且」，湯批本作「俱」。）

聰明到聰明。（【攪箏琶】眉批）

好鬬目。（「生撞見鶯科」眉批）

畫。（夫人云「小姐近前拜了哥哥者」一段説白之眉批）

只哥哥二字，便這樣不好。（同上末尾夾批）（湯批本前有一「批」字。）

畫。（【雁兒落】眉批）

傳神至此。（【得勝令】眉批）

傳神至此。一語便傳神至此，神，神。（【甜水令】及鶯云「紅娘接了臺盞者」眉批）

畫，畫。（【折桂令】眉批）

好關目。（紅背與鶯云「姐姐這煩惱怎生了？」眉批）

妙妙。（【月上海棠】眉批）

怎麽便快活？（【喬牌兒】「請將來着人不快活」眉批）

妙。（【離亭宴帶歇拍煞】末兩句之眉批）

爲何而來？（生云「小生非圖餔啜而來」眉批）

由他去了，便了，又留他做恁。做出來，都是這個老虔婆。（夫人云：「紅娘扶將哥哥去書房中歇，到明日咱别有話説。」之眉批）

好方法。（生跪紅科「……就小娘子前，解下腰間之帶，尋個自盡。」之旁批）

這丫頭是個老馬泊六。（紅云：「……你休謊，妾當與君謀之。」眉批）

畫。（「生做理琴科，生云……」眉批）

煩得妙。（同上「今夜這一場大功，都在你這神品金徽玉軫，蛇腹斷紋，嶧陽焦尾冰絃之上。」之旁批）

（總批）我慾贊一辭也不得。

第八齣　鶯鶯聽琴

好。（【鬥鵪鶉】眉批）

連那酒席也不盛了，卻不道人心若好吃水也。（【紫花兒序】眉批）

處處傷情。（湯批本鶯云「風月天邊有，人間好事無。」之眉批）

好琴，好琴！ 真是個不是知音不與彈。（【天淨沙】眉批）

有態致。（【調笑令】眉批）

知音。（【禿厮兒】眉批）

關目好。（湯批本，紅云：「姐姐，你這裏聽，我瞧夫人一瞧便來。」……之眉批）

你懂也不懂，痛也不痛。（【麻郎兒】眉批）

是甚麼？（同上【么】篇眉批）

待如何？（【東原樂】「我若得些兒閑空，……」眉批）

妙妙。（【綿搭絮】眉批）

真，真。（【拙魯速】眉批）

（總批）無處不似畫。

第九齣　錦字傳情

關目好。（紅云「你想張」，鶯云「張甚麼」……眉批）

妙。（紅云：「我張着姐姐哩。」之旁批）

敘事如見。（【點絳唇】眉批）

妙。（【元和令】紅唱「俺小姐至今胭粉未曾施，怎到有一個番張殿試。」之眉批）

妙妙。（【上馬嬌】紅唱「這（尼）[妮]子怎敢胡行事，他敢胡行事，他可嗤嗤的撦做了紙條兒。」眉批）

愛他甚麽？（【勝葫蘆】「非是我愛你的金貲」之眉批）

妙。（同上【么】篇眉批）

也妙。（同上，曲後之夾批）（湯批本作眉批。）

書柬甚不風流。（生讀科：「珙百拜，書奉鶯娘芳卿可人……」眉批）

詩稱之。（「相思恨轉添，……且憐花影重。」之眉批）

難得賞鑒如此。（【後庭花】後半曲眉批）（湯批本無。）

好。（【青歌兒】眉批）

紅娘也道學起來。（【寄生草】眉批）

批：忒饞。（湯批本「生下」後之夾批。）

（總批）曲白妙處，盡在紅口中摹索兩家，兩家反不有實際。神矣！（「不有」，湯批本作「没有」。）

第十齣　妝臺窺簡

嬌態。（鶯上云「……起得早了些兒，困思上來，……」眉批）

闕目好。（紅上云「……不聽得聲音，敢又睡哩，我入去看一遭。」之眉批）

好。（【粉蝶兒】「先揭起這梅紅羅軟簾偷看」之眉批）

畫。（【醉春風】眉批）

關目好。（紅云「……將這簡帖兒悄悄放在妝盒兒上」……眉批）

也要如此做一做。（鶯云：「小賤人，這東西那裏將來的？ ……」之眉批）

推到他身上，高！（紅云：「小姐使將我去，……」之眉批）（湯批本此則眉批僅一「妙」字。）

没得説。（【快活三】曲後夾批）

露出本來面目。（鶯揪住紅科：「我逗你要來，」之夾批）（湯批本前有「批」字。）

妙。（紅云：「放手，看打下下截來。」旁批）

妙。（紅背云：「我則不説。」旁批）

關目好。（同上鶯紅對話之眉批）

説得可憐。（【朝天子】「黄昏清旦，望東墻淹淚眼。」句後夾批）（湯批本無。）

你便是大藥王。（同上，曲中夾鶯云：「喚個好太醫看他證後咱。」夾批）（湯批本前有「評」字。）

怎麽様出？（同上「則除是出幾點風流汗」夾批）（湯批本前有「批」字。）

老世事。（鶯云：「紅娘，不看你面呵，……」眉批）

畫。（「鶯寫科……」，「鶯擲書下。」之眉批）

好關目。（「鶯擲書下」，「紅拾書，作怒指鶯科」之眉批）

那裏瞞得他過。（【石榴紅】後半曲眉批）

自己早已破綻多了。（【鬥鵪鶉】眉批）

妙。（紅云：「再不多説，怕夫人尋我回去也。」之旁批）

忒極。（紅云「待不去呵」，「生跪哭云」之夾批）

好關目。（紅云：「我來由分説，小姐回與你的書，你自看者！」之眉批）

老張不濟，不如鶯鶯多矣。（生云：「……書中之意，着我今夜花園裏來和他哩也波，哩也啰哩！」之眉批）

不濟，不濟！ 如何都説出來。（生云：「待月西廂下，……着我跳過墻來。」之眉批）

不干你事。（【三煞】曲後夾批）（湯批本作末句之旁批）

腐甚，滯甚，實亦喜甚。（生云「小生自小讀書的人，怎跳得那花園過？」之夾批）（湯批本前有「批」字。）

俗。（【二煞】眉批）

一發滯極了。（生云：「小生曾到花園已經兩遭，不曾得些好處。這一遭知他又如何？」夾批）（湯批本前有「批」字）

妙。（湯批本，生云「今日頹天，百般的難得晚……」之眉批）

畫，畫。 畫亦不到此。（生云「嘆萬事自有分定，誰想小姐有此一場好處。……」之眉批）（「畫，畫。」湯批本作「畫」。）

一幅相思畫。（同上「生云……」後之夾批。）

（總批）嘗言吳道子、顧虎頭只畫得有形象的；至如相思情狀，無形無象，《西廂記》畫來的的逼真，躍躍慾有，吳道子、顧虎頭又退數十舍矣。千古來第一神物，千古來第一神物！（「至如」，湯批本作「至此」。）

白易直，《西廂》之白能婉；曲易婉，《西廂》之曲能直。所以不可及，所以不可及。（末兩句，湯批本僅一句「此所以不可及。」）

《西廂記》耶？曲耶？白耶？文章耶？紅娘耶？鶯鶯耶？張生耶？讀之者，李卓吾耶？俱不能知也。倘有知之者耶？（「李卓吾耶」，湯批本改作「湯海如耶」。）

《西廂》曲文字，如喉中褪出來一般，不見有斧鑿痕、筆墨跡也。（湯批本無此條。）

《西廂》文字，一味以摹索爲工。如鶯、張情事，則從紅口中摹索之；老夫人及鶯意中事，則從張口中摹索之；且鶯、張及老夫人，未必實有此事也，的是鏡水花月。神品，神品！（此條，湯批本放在最後。）

作《西廂》者，妙在竭力描寫鶯之嬌癡，張之笨趣，方爲傳神。若寫作淫婦人、風浪子模樣，便河漢矣。在紅則一味滑便機巧，乃不失使女家風。讀此記者，當作是觀。（「是觀」，湯批木作「此觀」。）

李卓吾先生批評北西廂記卷之下

第十一齣　乘夜踰牆

淡中有滋味。（鶯上云「……庭院無人淡月明」眉批）

好。（【新水令】眉批）

只在紅口中模擬，好。（【駐馬聽】曲後及紅云「俺那小姐呵」夾批）（「妙」，湯批本作「妙妙」，又前有「批」字。）

妙。（【沉醉東風】眉批）

好關目。（紅云：「赫赫，那鳥來了。」生云：「小姐，你來也。」「摟住紅科」之夾批）

妙。（紅云：「……我問你咱，真個着你來哩。」生云：「小生猜詩謎杜家，……」之眉批）

亦巧。（【喬牌兒】眉批）

不要你管，漢家自有制度。（【甜水令】眉批）

爲他人作嫁衣裳。（【折桂令】曲後夾批）

畫。（【錦上花】眉批）

真滯貨。（同上【么】篇眉批）

這丫頭倒通得。（紅云：「……向前摟住丢番，告到官司，怕羞了你？」眉批）

看你兩個，如何處分？（紅云：「……我與姐姐處分他一場」之夾批）

妙。（湯批本【雁兒落】眉批）

老面皮。（紅云：「姐姐，且看紅娘面，饒過這生者。」之眉批）

也妙。（鶯云：「若不看紅娘面，扯你到夫人那裏去，看你有何面目見江東父老。起來罷！」之眉批）

何不當面説？（生背云：「你着我來，卻怎麽有偌説話。」眉批）

畫。（同上旁批）（湯批本作眉批）

（總批）此時若便成交，則張非才子，鶯非佳人，是一對淫亂之人了，與紅何異？有此一阻，寫盡兩人光景。鶯之嬌態，張之怯狀，千古如見。何物文人，技至此乎！

第十二齣　倩紅問病

此藥宜廣施。（生云：「……我則頹症候，非是太醫所治的，則除是那小姐美甘甘香噴噴涼滲滲嬌滴滴一點唾津兒嚥下去，這病便可。」）

之眉批）

述他一語，無限光景，妙絶妙絶。白甚妙。（湯批本【紫花兒序】及紅云之眉批）

妙。（湯批本同上紅云之旁批）

妙。（湯批本【天淨沙】眉批）

傷巧，可厭。（生云：「忌甚麽物？」眉批）

多此白，反失光景。（同上夾批）（湯批本前有「批」字。）

妙。（【鬼三臺】眉批）

要死。（生讀鶯詩：「……明宵端的雨雲來」眉批）

你那知？（【聖藥王】末句「何須詩對會家吟」眉批）

賃鋪蓋，奇妙。（生云：「小生有花銀一錠，有鋪蓋賃與小生一副。」之夾批）

妙。（【綿搭絮】「猶勝似那救苦難觀世音」眉批）

（總批）妙在白中述鶯語。

第十三齣　月下佳期

你就發付他便了。（紅云：「不爭你要睡呵，那裏發付那生？」之夾批）

不是他放刁，還是你生事。（鶯云：「這小賤人，到會放刁，……」之眉批）

傳授心法，是第一好計策。（紅云：「有甚麽羞？到那裏則合着眼者。」之夾批）（湯批本前有「批」字。）

妙妙。（【混江龍】眉批）

曲盡形容。妙妙。（【油葫蘆】眉批）

到此真要急。（湯批本，同上眉批）

畫，畫。（【天下樂】眉批）

到此真要急。（生云：「偌早晚不來，莫不又是謊麽！」之夾批）

妙。（【那吒令】眉批）

妙。（同上「數着他脚步兒行」旁批）（湯批本無。）

如何不開門待？（「敲門科」夾批）（「待」，湯批本作「等」。）

癡人，還要問。（生問云：「是誰？」之夾批）

酸東西。（生見鶯跪迎科：「張珙有德能，有勞神仙下降，……」之眉批）

酸得觳了。（【村裏迓鼓】後半曲眉批）

妙妙。（【元和令】眉批）

妙。（【上馬嬌】眉批）

畫。（【勝葫蘆】之【么】篇眉批）（湯批本作「畫，畫。」）

腐！（生跪云：「……異日犬馬之報」旁批）

酸人不宜有此奇遇。（【後庭花】眉批）

酸！（同上「……渾身通泰，……」旁批）

「斷不」句妙甚。（【柳葉兒】眉批）

畫。（【青歌兒】眉批）

畫。（同上「由自疑猜」旁批）

畫。（同上「問明白，……」旁批）

教人害，教人怪，教人愛，三語酷盡形容。（【寄生草】眉批）

（總批）極盡驚喜之狀。

第十四齣　堂前巧辯

須問過來人。（夫人歡郎上云：「這幾日竊見鶯鶯語言恍惚，……」眉批）

畫。（夫人云：「這椿事都在紅娘身上，……」眉批）

畫。（紅云：「呀，小姐你帶累我也，……」眉批）

只是忒發些。（鶯念：「月圓便隱雲蔽花發，」眉批）

難道一些沒有。（紅云：「姐姐，你受責理當，我圖甚麼來？」眉批）（「道」，湯批本作「説」。）

妙。（湯批本，紅云：「紅娘不知罪。」眉批）

妙。（【鬼三臺】「紅娘你且先行，教小姐權時落後。」眉批）

你自想。（夫人云「他是個女孩兒家，着他落後怎麼？」之眉批）

索性説明，老夫人有何話説，妙妙。（【禿廝兒】眉批）

紅娘真有二十分才，二十分識，二十分膽。有此軍師，何攻不破，何戰不克，宜乎鶯鶯城下乞盟也哉。（紅娘與老夫人辯論之眉批）

妙。（紅云：「……乃夫人之過也。」）

這丫頭是個大妙人。（紅云：「……莫若恕其小過，成就大事，擱之以去其污，豈不爲長便乎？」夾批）（湯批本前有「批」字。）

老夫人亦不得不是了。（夫人云：「這小賤人也道得是，……」眉批）

妙人妙人。（【小桃紅】眉批）

（總批）紅娘是個牽頭，一發是個大座主。

第十五齣　長亭送别

夫人，夫人、長老是同行不得的。（夫人、長老上，云：「……我和長老先行，……」之眉批）

妙妙。（【滚綉球】眉批）

妙妙。（【叨叨令】眉批）

妙。（【小梁州】眉批）

妙。（【上小樓】眉批）

和尚前説不得如此話。（同上【么】篇之眉批）

淡絶，妙妙。（【快活三】眉批）

和尚也知趣。（本辭生科：「……貧僧準備買登科録，供候先生……」之眉批）

蠢蟲，不知趣極了。（生云：「……金榜無名誓不歸」之夾批）

妙妙。（【五煞】眉批）（湯批本作「妙絶。」）

妙。（【四煞】眉批）

妙。（【三煞】眉批）

妙。（【二煞】眉批）

（總批）描寫盡情。

第十六齣　草橋驚夢

是想。（齣名「草橋驚夢」之眉批）

受用甚來。（生云：「想着昨日受用，……」眉批）

妙妙。（【步步嬌】眉批）

象冬夜了。（【落梅風】曲後夾批）（湯批本作眉批）

這樣想頭，文人從何處得來？（【喬木查】眉批）

妙妙。（【攪箏琶】眉批）

妙。（同上「則離得半個日頭，卻早寬掩過翠裙三四摺」褶之眉批）（湯批本無。）

亦曾經來。（同上「誰曾經這般磨滅」之眉批）

妙妙。（【錦上花】眉批）

妙。（湯批本【折桂令】眉批）

妙，妙。逼真夢裏光景。（湯批本【水仙子】及生、鶯、卒科白眉批）

復拈着杜將軍、普救寺，非夢而何。（湯批本同上曲後夾批）

妙妙，入神。（湯批本【雁兒落】眉批）

妙妙。妙。（湯批本【得勝令】眉批）

（總批）文章至此，更無文矣。

第十七齣　泥金報捷

相思晝。（【集賢賓】「……舊愁似太行山隱隱，新愁似天塹水悠悠。」之旁批）

妙妙。（【逍遥樂】眉批）

妙妙。（【金菊香】眉批）（湯批本作【金菊花】）

妙妙。（【醋葫蘆】眉批）

妙。（同上，前半曲之旁批）（湯批本作眉批，「好」，無旁批。）

妙。（同上，後半曲之旁批）（湯批本無。）

奉承。（鶯念書科：「張珙百拜」旁批）（湯批本作眉批：「奉承忒過。」）

映帶相思處，妙。（同上【么】篇眉批）

妙。（湯批本【梧葉兒】前半曲眉批）

更妙，更切。（同上後半曲眉批）

物去，人亦去矣。（【青歌兒】「是必休忘舊。」鶯云：「這東西收拾好者。」之眉批）

不是愛那東西。（【醋葫蘆】後半曲眉批）

妙。（【浪裏來煞】上半曲旁批）

（總批）寄物都是寄人去，妙妙。（「妙妙」，湯批本作「妙畫」。）

第十八齣　尺素緘愁

妙。（湯批本【粉蝶兒】眉批）

妙。（【醉春風】「你若是知我害相思」旁批）

妙。（同上「我甘兒死、死」旁批）（湯批本兩「妙」字連成「妙妙」。）

妙。（琴童見生科。生笑云：「你回來了也。」夾批）

或者不是字好。（【上小樓】眉批）

妙妙。（同上【么】篇眉批）

妙妙。或者不是汗衫好。（【滿庭芳】眉批）

妙。（同上「幾千般用意，針針是可索尋思長共短」之旁批）（湯批本無。）

鶯鶯又與琴俱來了。（【白鶴子】眉批）

鶯鶯又與玉簪俱來了。（【二煞】眉批）

斑管裏也有鶯鶯。（【三煞】眉批）

裹肚裏也有鶯鶯。（【四煞】眉批）

不見襪，卻見鶯鶯。（【五煞】眉批）

妙。（同上「既知禮，不胡行」之旁批）（湯批本無。）

妙。（同上「願足下，當如此」之旁批）

妙妙。（【耍孩兒】眉批）

都是不能描寫的，卻描寫到此，更妙在不了。（同上眉批）

妙在不了。（【四煞】後半曲眉批）

是那個至？（【尾聲】「投至得引魂靈，卓氏音書至。」眉批）

（總批）妙妙，見物都是見人來。

第十九齣　鄭恒求配

那丫頭也狠。（湯批本，紅云：「倘被賊人擄去呵，你往那裏去爭。」之眉批）

枉得有趣。（【紫花兒序】眉批）（湯批本作「有趣。」）

狠。（同上「鄭恒是小人濁民」旁批）

畫。（【天淨沙】「手橫着雙刃，高叫道：要鶯鶯做壓寨夫人」之旁批）

腐得妙。到得你聞名時，都不好了。（恒云：「我自來未嘗聞其名，……」之眉批）（湯批本無「腐得妙」。）

曲好。(【金蕉葉】眉批)

丑。(恒云:「就恁你説也畢竟比不得我。」之眉批)

異想。(【調笑令】「君瑞是個肖字這壁着個立人,你是個寸木馬户寸巾。」之旁批)(湯批本作眉批)

聰明。(同上旁批)(湯批本作眉批)

丑。(恒云:「我祖代是相國之門,到不如那個白衣餓夫? 窮士則是窮士,做官的則是做官的。」之眉批)

這個丫頭也辨牽强。(【禿厮兒】眉批)

大是。(【聖藥王】「你道窮民到老是窮民,卻不道將相出寒門。」之眉批)

紅娘又護和尚了。(【麻郎兒】眉批)

妙。(同上【么】篇「趄勈發村」旁批)(湯批本無。)

妙。(同上「使狠甚的」旁批)(湯批本無。)

好計較。(恒云:「姑娘若不肯,着二三十個伴當,……還你一個婆娘。」之夾批)

聰明。(恒云:「兀的那小妮子,眼見得受了招安也。……」之眉批)

妙。(恒云:「……我要娶,我要娶。」紅云:「不嫁你,不嫁你。」之眉批)

既知,何必問?(恒云:「這妮子擬定都和酸丁演撒。」之夾批)(湯批本無。)

丑。(湯批本,恒云:「這一套衣服也衝動他」之旁批。)

丑。(恒云:「我也騎着馬看,險些打着我。」之夾批)(湯批本作眉批)

妙。(同上「他也是出於無奈,……」之旁批)(湯批本作眉批。)

小人偏會妝點是非，婆子偏會聽是非。（同上「……聞説那崔小姐是先姦後娶的，法合離異，今且着他爲次妻，……」夫人怒道：「我道這秀才不中擡舉，……」之眉批）

（總批）紅娘爲何如此護着張生？ 疑心，疑心。

第二十齣　衣錦還鄉

妙。（生上云：「……若見呵，雙手索送過去。……」之旁批）

映帶相思處有情。（【駐馬聽】眉批）

謔。（湯批本，生云：「……天不蓋，地不載，害個老大的疔瘡。」之眉批）

忒謊。（【得勝令】「不能勾嬌姝早共晚施心數」旁批）（湯批本作眉批。）

吃醋。（【慶東原】眉批）

妙。（鶯云「先生萬福」旁批）

畫。窮神極態，妙絶妙絶。（【沉醉東風】眉批）

真。（湯批本，【落梅花】之眉批）

只爲你曾寄柬傳書來。（【甜水令】眉批）

原來有一等没行止的秀才。（本對夫人云：「……張先生決不是那一等没行止的秀才，」眉批）

急得狠。（鶯云：「張生，此一事必得杜將軍來方可。」之眉批）（湯批本作旁批。）

也是令表兄如何這樣毒。（【得勝令】眉批）

便是不是個烈女麽？（生見杜云：「……道不得個烈女不更二夫。」夾批）

好貨。（鄭恒上云：「打扮得整整齊齊的，則等做女婿。」旁批）

老面皮。（同上「今日好日，可牽羊擔酒，過門走一遭。」夾批）

也通得。（恒云：「苦也！聞知大人回，特來賀喜。」之夾批）（湯批本作旁批。）

謊那個？（杜云：「……到我跟前，有甚麽話説？」之眉批）

好個杜，硬幫！（同上「我聞奏朝廷，誅此賊子。」眉批）（湯批本作夾批。）

曲不好。（【落梅風】眉批）

不濟。（恒云：「不必拿，小人自退親事與張生罷。」之旁批）

也勢利。（夫人云：「相公息怒，趕他出去罷。」之旁批）

也是個大妙人。（恒怒云：「……妻子空爭不到頭，風流自古戀風流。三寸氣在千般用，一旦無常萬事休。」之眉批）

做官的，就説做官話了，丑也不丑！（【錦上花】眉批）

忒久些。（【清江引】「萬古常完娶」旁批。）

公道。（同上「願普天下有情的都成了眷屬」眉批）

（總批）不得鄭恒來一攪，反覺得没興趣。

讀《水滸傳》，不知其假；讀《西廂記》，不厭其煩。

文人從此悟入，思過半矣。（《西廂記》，湯批本誤作《西廂傳》。）

嘗讀短文字，卻厭其多；一讀《西廂》曲，反反覆覆，重重疊疊，又嫌其少，何也，何也！（湯批本此則與下則倒置。）

讀他文字，精神尚在文字裏面；讀至《西廂》曲、《水滸傳》，便只見精神，並不見文字耳。咦，異矣哉！

或曰：「作《西廂》者，鄭恒置之死地，毋乃太毒？」我謂：説謊、學是非的，不死要他何用？又曰：「鶯原屬鄭。」獨不思張乃得之孫飛虎之手，非得之鄭恒也。若非杜將軍來救，鶯定爲孫飛虎渾家矣。鄭恒去向飛虎討老婆，少不得也是一個死。

錫山案：此書無序跋。正文及評批後，又附有：

李卓吾先生批評蒲東詩（張楷著）

李卓吾先生批評會真記（唐元慎微之譔）。

《會真記》之總批：嘗言大奸似忠，大詐似信。今又知大妖似貞矣。

又批：這便是鶯鶯像，又有甚麽鶯鶯像？俗哉，祝允明也！陋哉，陶宗儀也！

又批：末段只爲要文章正氣，勉强説道理，可恨，可恨！元微之的是負心人也。豈獨負郎已哉，亦負《會真記》矣！

元本出相北西厢記（明萬曆三十八年庚戌［一六一〇］起鳳館刊本，李贄、王世貞評）（全録）

第一齣　佛殿奇逢

李曰：開筆處，便不許俗人問津。（【混江龍】「才高難入俗人機」眉批）

王曰：駢儷中景語，聽之中倫，睇之成色。（【油葫蘆】眉批）

李曰：是詞曲中大地史。半入魏武《東臨碣石》篇，云「日月之行，若出其中」的語致。（【天下樂】眉批）

王曰：傲世的人，出世的語。（同上眉批）

李曰：「宜嗔宜喜春風面」，「半晌卻方言」，此畫史從贏坐中想來者。（【上馬嬌】、【勝葫蘆】眉批）

王曰：「未語人前先靦覥，嚦嚦鶯聲花外囀。」皆情意上描空作有，口塑個出現的觀音。（【勝葫蘆】、【么】眉批）

坊本「恨天」下或接一「天」字，「怎」字下或增一「生」字，大都歌人不審中州音律，故相增減，以便其聲耳。（【柳葉兒】眉批）

王曰：「垂楊綫」、「桃花片」、「芙蓉面」，舌底吐五色紋，恍然天孫織成雲錦，卻不從機上來，梭上得。（【寄生草】眉批）

李曰：「日午當庭塔影圓」，直出浮屠頂上，獨立横睨，飄飄天姿。

王曰：「將一座梵王宮，疑是武陵源。」影在目前，神離世外。（【賺煞】眉批）

第二齣　僧房假寓

李曰：「不能勾竊玉偷香，且將這盼行雲眼睛兒打當。」（按曲文無「兒」字）字面玲玲瓏瓏，包藏許多機巧處。一部《西厢》，都從此根上抽出枝葉。（【粉蝶兒】眉批）

「一個」，今本間無。（【迎仙客】「頭直上衹少一個圓光」句眉注）

王曰：單句中巧語，隋園剪刀下碎錦。（【石榴花】曲末眉批）

「有主張」，一作「把小張」，亦有意見。（【上小樓】眉批）

「胡伶渌老」，今教坊中猶有此語。董解元傳奇云：「一雙渌老。」説雙眼光也。（【小梁州】眉注）

「耶」，今本作「那」，訛。（【朝天子】「煩惱怎麼耶唐三藏」眉注）

「堂」字，葉韻。一作「司」，一作「子」，均非。（同上「偌大一個宅堂」眉注）

王曰：駢麗中情語，横睨六朝以上，把《洛妃》、《高唐》並呑出。（【哨遍】眉批）

「行」，一作「傍」。（【耍孩兒】「魂靈兒已在他行」眉注）

「我則怕」，今本或作「休得要」，謬甚！（同上「我則怕漏泄春光與乃堂」句眉批）

「兒」，今本多作「氣」，非。（【五煞】「小姐年紀小，性兒剛。」眉注）

「豈」，今本盡作「空」，遂與下文矛盾。「淡了」，一作「淺淡」，腐語。（【四煞】「小生豈妄想」、「直待眉兒淡了思張敞」句眉注）

一作「德行容貌」，一作「德言容貌」，皆非。（同上「德言工貌」眉注）

李曰：予少習本業，每屏去《西厢》不見，非不慾見，見便不忍釋手。「你撇下半天風韻，我捨得萬種思量。」一字一態，

使人那得不愛。（【三煞】眉批）

王曰：「記不真嬌模樣」（按曲文作「記不盡」），不索之想外，亦不束之想中，轉從九回腸裏抉出慢慢的妙竅，入一解，深一解。（【尾聲】眉批）

李曰：「索手抵着牙兒慢慢的想」，渠想不了，人聽之亦想不了。（同上眉批）

第三齣　牆角聯吟

李曰：自警芳心，就於花月生寒，寫出花弄色弄陰。（【鬥鵪鶉】眉批）

王曰：意中境，影中情。（【紫花兒序】眉批）

王曰：就前「記不真模樣」句，透出一層。（【金蕉葉】眉批）

李曰：「埋没」句，下字入神。（【禿厮兒】「埋没着聰明」眉批）

「正」，今本多作「輕」，非。歌有輕重抑揚，豈有偏輕之賞。（【聖藥王】「音律正」眉批）

今本「衫」下添一「待」字，似便於唱。（【麻郎兒】「我拽起羅衫慾行」眉注）

李曰：又弄巧。（【尾聲】眉批）

第四齣　齋壇鬧會

王曰：「二月春風響殿角」（按曲文中作「二月春雷」）、「半天風雨灑松梢」，信口道出，自俳自偶，一片焰光撲人。好似煙花，煙花還有凋落，此卻不凋落。（【駐馬聽】眉批）

李曰：「可意種」三字，賣俏的話又來了。（【雁兒落】眉批）

李曰：到此際，入定禪師定情不住。（【喬牌兒】眉批）

王曰：一片諢語，賣弄出許多騈麗，如華袿飛綃，而雜纖羅。（【折桂令】眉批）

第五齣　白馬解圍

李曰：王實夫作《西厢》，韓苑洛以當司馬子長，固是猛諢；「香消了六朝金粉，清減了三楚精神」，自當盧駱艷歌，温韋麗調。（【混江龍】眉批）

王曰：此間恨着紅娘之語，真情無嫌直突。（【天下樂】眉批）

「這些時」句，今或作白，大謬。（同上眉批）

王曰：眼前事，口頭語，信筆連用「兒」字，不妝不飾，使人自識爲旖旎人，豈真人旖旎也，旖旎在中山兔穎耳。（【寄生草】眉批）

「住」，一作「處」。（【六麽序】「將袖梢兒揾住啼痕」眉注）

「吐」，一作「妬」。（同上「吐雨紛紛」眉注）

一作「半霎兒」，一作「一霎時間」，均可。（同上【么】篇「一霎兒敢剪草除根」眉注）

王曰：一段自怨自艾之辭，僂指而數，道真卻假，道假卻真。使人皆落其籠絡中，政這輩調弄喉舌處。或以比之明妃請嫁胡人，盲子觀場耳。（【後庭花】眉批）

王曰：番上又作一轉語，正見半吞不了。（【柳葉兒】眉批）

王曰：僧家豪杰之狀，舌底調來，驃騎、灌陰尤在不屑。（【叨叨令】眉批）

「暗」，一作「蹟」。（【滚綉毬】「無半星兒土暗塵緘」眉注）

王曰：雄豪法藏中自有此教；乃其押闔操縱，自是才子筆陣，勢如楚霸王叱咤千人。（【白鶴子】之【三】眉批）

王曰：「常居一」、「没掂三」，俱鄉語，自成俏語。（同上之【四】眉批）

李曰：「仗佛力」字，亦齒齦中餘瀋。（【收尾】眉批）

第六齣　紅娘請宴

王曰：「受用足」三句，正這妮子哆口情態，詞曲高處。（【醉春風】眉批）

李曰：『請』字兒不曾出聲，『去』字兒連忙答應。」甚淺甚俚，卻甚天然，更百良工，無所庸其雕琢。（【上小樓】眉批）

李曰：那一字不錚錚稜稜？（【滿庭芳】眉批）

「肩并」，今本作「兼併」。（【快活三】「猶有相肩並」眉注）

「親」，坊本間作「新」，非。（【朝天子】「今夜親折證」眉注）

王曰：「落花滿地胭脂冷」，情語中富麗語，能令人艷，能令人消。（【要孩兒】「落紅滿地胭脂冷」句眉批）

「軟」，今本或作「欺」，非。《杜陽編》：興國貢軟玉，可以曲直。（同上「孔雀春風軟玉屏」眉注）

今本「晚」字下，增一「來」字。（【四煞】「晚卧看牽牛織女星」眉注）

李曰：「結果了」三字，足當屠門大嚼。（【三煞】「結果了黄卷青燈」之眉批）

「梅香」，一作「紅娘」，亦是本來面目。（【收尾】「休使得梅香再來」眉批）

第七齣　夫人停婚

王曰：畫出嬌養喬態，便是楊貴妃睡醒海棠。（【新水令】眉批）

王曰：此先襯度夫人恐有悔心，顯得鶯鶯聰惠，更見得望合憂離，轉生逼迫。（【喬木查】眉批）

「花」，今本盡作「活」，音似之誤，一至於此。（【攪筝琶】「花費了甚一股」眉批）

今本「便」字下或加一「待」字，不通。（同上「那便結絲蘿」眉批）

「我只見」，一作「我卻待」，不通。（【慶宣和】「我只見目轉秋波」之眉批）

此金元時語，每折間有，觀者貴在會意，不必求其盡解也。（【雁兒落】眉批）

李曰：一部《西廂》，往往逗漏出重重疊疊字面，見短處，政見長處。觀之自不厭，惟恐終場，譬入賈胡航上，珍寶堆落，不嫌其爲渾雜。（【得勝令】眉批）

「烏」，或作「鳴」，非。（【甜水令】「暢好是烏合」眉注）

王曰：「成也恁個母親，敗也恁個蕭何」，横以口舌翻弄，聽之者心折，言之者無罪。（【殿前歡】「當日成也是恁個母親，今日敗也是恁個蕭何。」之眉批）

王曰：「梨花朵」、「櫻桃顆」，寂寞的情，熱鬧的語。（【離亭宴帶歇拍煞】眉批）

第八齣　鶯鶯聽琴

王曰：駢麗中情語，實從水中月、鏡中花變化來的句法。（【鬥鵪鶉】眉批）

王曰：此又應上「影兒」、「畫兒」二句。（【紫花兒序】眉批）

李曰：此是唐詩「天爲素娥孀怨苦，故教西北起浮雲」翻案法也，略得「思而不淫，怨而不怒」的意趣。（【小桃紅】眉批）

一作「在墻角東」，只多一字，便成累句。（【調笑令】「潛身再聽在墻東」眉批）

李曰：如怨如慕，如泣如訴。「傷心」，今本或作「斷腸」。（【麻郎兒】眉批）

王曰：「無人處把妾身偁」，奪得王孫女夜奔衣鉢也。太史公作《相如傳》，插入卓文君聽琴事，成千載奇談；王實夫爲鶯傳奇，亦設琴一段，豈無亦從太史法傳來。（【東原樂】眉批）

第九齣　錦字傳情

「瘦」，一作「小」，文見勝。（【油葫蘆】「清減了瘦腰肢」眉批）

王曰：「散相思五瘟使」，單語中雕琢於法者。平人巧極天工錯。（【元和令】眉批）

李曰：紅娘料鶯鶯嬌羞情狀，犂然如舟。（【上馬嬌】及中間「紅云：他拽扎起面皮，……」之眉批）

今本無「家」、「此」二字。（【么】篇「我雖是婆娘家有些氣志」眉注）

「尋」，一作「意」。（同上「顛倒有個尋思」之眉批）

李曰：「不勾思」三字，細入冰蠶絲口。（【後庭花】「元來他染霜毫不勾思」眉批）

李曰：淫蕩中不忘箴規之意，字字眼目，色色神采，《滑稽傳》無此象，柏梁體無此韻。（【寄生草】眉批）

「心事」，一作「才思」，殊不妥。（【尾聲】「更和這簡帖兒裏心事」句眉注）

第十齣　妝臺窺簡

李曰：大是嬌淫丰度，本自《離騷》「既含睇兮又宜笑，子慕余兮善窈窕」變化而調成之者也，妙在意，不在象。（【醉春風】眉批）

王曰：冷語刺人，透入心骨。（【朝天子】眉批）

王曰：單語中佳語，一黍米煉成丹頭，餘皆靈光照映耳。（【小梁州】眉批）

王曰：「不肯搜自己狂爲，則待要覓別人破綻」，點破鶯鶯肝竅，雖不如化工肖物，自是顧愷之、陸探微寫生。（【鬥鵪鶉】眉批）

李曰：「受艾焙」也，「權時忍這番」，似穉卻蒼，似浮卻俏，金谷園中那一些小物，不爲珍寶。（同上眉批）

「紅」，今作「你」。按本奇紅呼張生則有云云者，既稱張「先生」，則不應突有「你娘」之戲。何今本之多戾也。（【上小樓】「怎此兒把紅娘掩犯」之眉批）

王曰：「拄着拐幫閑鑽懶，縫合唇送暖偷寒」，打諢中別出駢麗語也。（【滿庭芳】眉批）

「待去呵」，「待不去呵」，描寫進退維谷。女中英雄，弄丸解兩家之難，何事共人生活語，令我喉中嚄唶。（同上曲中所夾紅白：「紅云：待去呵，小姐性兒撮鹽入火。」「紅云：待不去呵」之眉批）（按此則眉批可與上連。）

李曰：「寄書的瞞着魚雁」，句句折倒鶯鶯公案。「小心腸兒轉關」，又得宗門轉語，乃爲入妙。（【耍孩兒】眉批）

今本「非」字下增一「是」字，句便羞澀。（【四煞】「行兒邊湮透的非春汗」之眉批）

一作「放心波玉堂學士」，辭則工，而意索然矣。（同上「放心波學士」之眉批）

李曰：一刀截斷衆流，不着枝枝蔓蔓語。舌尖兒自倒斷，自甘軟。（【尾聲】眉批）

第十一齣　乘夜踰牆

王曰：「嫩緑、睡鴨」，「淡黄、栖鴉」，「蹴損牡丹」，「抓住荼蘼」，字字有色有韻，半疑濃妝，半疑淡掃，華麗中自然大雅，予故稱「《西厢》(比)[北]曲壓卷」。（【駐馬聽】眉批）

「二三日」句，坊本間作唱。若謂牽合牌名，而於此記責之，是猶騁龍媒而慾計數其蹬蹀也。（【攪箏琶】曲中所夾紅白：「紅云：則不俺那小姐害，那生二三日水米不粘牙哩。」之眉批）

□□字下多□□字。（【喬牌兒】眉注）

王曰：恒語、淺語，拈成北語。（【沉醉東風】「便做道摟得慌呵」等句之眉批）

【甜水令】，今或作【新水令】。這是誰。「浹」，一作「謙」。（【甜水令】「意兒浹洽」眉注）

今本間作「赤緊的夫人意不差」，便與上「無驚怕」字、下「呀」字不應。（【錦上花】「赤緊的夫妻每意不爭差」眉注）

「傅粉」，一作「粉面」，不通；一作「膩粉」，又鑿了。「措大」，一作「醋」，非。昔宋(大)[太]宗與趙普論桑維翰，帝曰：「措大，賜與十萬貫，則塞破屋了。」（【離亭宴帶歇拍煞】「你將何郎傅粉搽」，「强風情措大」之眉注）

第十二齣　倩紅問病

王曰：「熱臉兒搶白，冷句兒厮浸」，本是諢語，不是莊語，卻自諢，卻自壯，卻自治。（【鬥鵪鶉】「昨夜個熱臉兒對面搶白，今日個冷句兒將人厮浸。」之眉批）

李曰：「（竊）玉偷（香上用）心，又（不曾）得甚」，堪人咀嚼，「自從海棠想到如今」，又把孫大人詞變換出，餘味津津不了。（【天淨沙】眉批）

□（「明」），今本皆作「今」，豈不失十三折次第。（生讀鶯書「明宵端的雲雨來」之眉批）

王曰：警語。（【幺】篇眉批）

王曰：甚淺甚俗，卻真卻後。（【煞尾】眉批）

第十三齣　月下佳期

李曰：「着一片志誠心，蓋抹了瞞天謊。」（按曲文作「漫天謊」）有籠罩千古的口氣。（【端正好】眉批）

李曰：委委曲曲，藕斷絲連，詞場中連環手。（【油葫蘆】眉批）

王曰：「數着脚步兒行」句，極有思想。（【那吒令】「數着他脚步兒行」句眉批）

「語」，坊本或作「與」，非。（同上末句「寄語多才」眉注）

王曰：「司天臺」句，狹邪中謾語。（【寄生草】「司天臺打算半年愁」句眉批）

「恰」，諸本作「勾」。（【元和令】「柳腰兒恰一搦」眉注）

一作「把人忒禁會」。（【上馬嬌】「不良會把人禁害」眉注）

王曰：又是駢麗中諢語。「朗吟飛過洞庭湖」，諢是龍，諢是鶴。（【勝葫蘆】之【幺】篇眉批）

「斷不」句，諸本無「斷不」二字，讀之輒令人意惡。（【柳葉兒】「斷不點污了小姐請白」句眉批）

李曰：「審問明白」，愈顯得猜疑；「愁無奈」，愈顯得歡愛。（【青歌兒】眉批）

王曰：「教人害」、「教人怪」、「教人愛」，三句三轉，足入三昧。（【寄生草】眉批）

「覷」，今多作「乘」，無味。（【煞尾】「覷着月色」眉批）

第十四齣　堂前巧辯

王曰：一句一字，紐一折，快心爽骨。（【紫花兒序】眉批）

李曰：「提心在口」四字，誰人能下得。（【鬥鵪鶉】「常使我提心在口」句眉批）

「洛的」，今本盡作「落得」，誤至此耶，可笑！（同上「出洛的精神」之眉批）

「我卻在」，今作「着我」，亦可。（【調笑令】「我卻在窗兒外幾曾敢輕咳嗽」之眉批）

李曰：【麻兒郎】至【絡絲娘】，一折叙其能，一折叙其功，一折激其「到底干連着自己骨肉」，有范雎諫秦王口吻，參破便是蘇長公一篇諫論。（【麻郎兒】眉批）

王曰：駢語，剩語，雜以詘語。（【小桃紅】眉批）

李曰：「也要人消受」句堪思量。（【東原樂】「兀的般可喜娘龐兒要人消受」句眉批）

「那其間」，一作「那時節」。（【煞尾】眉注）

第十五齣　長亭送別

王曰：碧雲、黄花、西風、北雁，聲聲色色之間，離離合合之情，便是一篇賦，縱着《離騷》卷中不得，亦自《陽關》曲以上。（【端正好】眉批）

李曰：「遲」字中，便是恨；「疾」字中，便是怨。着字著句，一段哽噎處，似喉中作鬨。（【滚綉毬】眉批）

一作「强如你狀元及第」，不妥。（【上小樓】之【么】篇「强似狀元及第」之眉批）

今本無「每」字。（【滿庭芳】之【么】篇「也合着俺夫妻每共桌而食」之眉注）

「風流意」下接「尋思」句，是尋思舊日風流，何等蘊藉。而今本多做「空留意」者，何哉？（同上之眉批）

一本「鴛鴦」下無「在」字，「個」字兩接「在」字。（【朝天子】「拆鴛鴦在兩下裏，一個這壁，一個那壁」之眉注）

此枝，今本盡作生唱，豈有張生不知鶯鶯宿在那裏之理？第十六折，鶯唱：「知他何處困歇」，是明驗也。（【四邊靜】眉批）

「生」，一作「身」。（【耍孩兒】「且盡生前酒一盃」之眉注）

「悶」，一作「怕」，似妥。（【四煞】「到晚來悶把西樓倚」眉注）

「添」，或作「填」，非。（同上「淚添九曲黄河溢」眉注）

「松金釧」、「減玉肌」，「那得笑吟吟」，亦是記中微疵。（【三煞】眉批）

「别」，今有作「非」者，是削圜方竹杖類也。（同上「留戀你别無意，見據鞍上馬」之眉批）

「閣不住」三字，一本只以一「各」字代之，亦佳。（同上「閣不住淚眼愁眉」眉批）

李曰：前云「見安排着車兒馬兒」，【煞尾】又翻云「煩惱填胸臆」，「這些大小車兒如何載得起」，令人遠行時讀之之，極有思量不得處。（【收尾】眉批）

第十六齣　草橋驚夢

王曰：「慘離情半林黃葉」，景外觀景，情外傷情。（【新水令】眉批）

坊本「的」字下添「模樣」二字，便覺小樣。（【步步嬌】「仔細端詳，可憎的别」之眉批）

「乍」，一作「復」，亦有斟酌處。（【落梅風】「助人愁的是紙窗兒風裂，乍孤眠」之眉批）

今本「到」字下多一「西」字，自朝至中則斜，非西耶！ 坊刻妄意信縮，大轍蹈北。（【攪箏琶】）

王曰：「害不了愁懷」四句，雖晉語無此品□□。（【錦上花】）

「卻元來是」，一作「真個是」，似妥。（【慶宣和】「卻元來是小姐」眉批）

「覺」，一作「較」，非。（【甜水令】「猶自覺真爭些」眉批）

坊本間遺「你呵」二字，句便突然。（【折桂令】：「你呵，休猜做瓶墜簪折」眉批）

坊本首句添「當日個」三字，若謂分辨今昔，不知此處偏宜作恍惚語。（【水仙子】眉批）

「休言語」二句不但應前，正見崔張魂夢鍾愛處。 一本遺生白，作鶯對卒子唱，大謬。 醬一作「膿」，非。今本皆失琴童白，則後「天明」白無因。（同上眉批）

第十七齣　泥金報捷

王曰：人傳王（實夫）至郵亭夢而止；又云「碧雲天，黃花地」而止，漢卿所補（【商調·集賢賓】、【掛金索】，俊語殊不減前。王固北曲大宗，關亦不北曲衰宗。）（【集賢賓】眉批）

李曰：「離了心上，又早眉頭」（按曲文作「又早在眉頭」），把古詞融鑄。分「新」、「舊」二字，又説「厮混了難分新舊」，使人顛倒費思，聽之顰眉（雛）[皺]眼。（同上眉批）

王曰：「裙染」、「紐結」、「淚濕」、「眉顰」，本描消瘦情（意，或「態」），乃點妝出許多顏色，翻疑入錦綉叢中，了不盡的閑熱。（【掛金索】眉批）

「早」，一作「只」，非。（【金菊香（花）】「早是我只因他去」眉注）

「兀」，今作「猶」，亦可。（【醋葫蘆】「寄來的書淚點兒兀自有」之眉批）

張生書與諸本稍異同，但「邛邛」作「鶯鶯」，可笑。（鶯念書科：「……恨不得鶼鶼比翼，邛邛並軀」之眉批）

諸本妄作「頭名狀元」等語者，亦曾讀至此不？（「玉京仙府探花郎」之眉批）

「志」，今本作「至」，亦可。（同上之【么】篇眉批）

「皮」，一作「肌」，覺雅。（【梧葉兒】「但粘着他皮肉」之眉批）

李曰：不肯認一「喜」字，卻「悔教夫婿覓封侯」，正得這輩人賣弄情態。（【浪裏來煞】眉批）

第十八齣　尺素緘愁

「死死」，一作「爲你（無）[死]」，便不活潑了。（【醉春風】「我甘心兒死，死。」之眉批）

「多管」句，今本作「情淚如絲」，腐甚。（【迎仙客】眉批）

鶯鶯書元失真，而坊本訛傳日甚，今照舊本删正，庶幾可觀。（同上曲後眉批）

王曰：俗語、謔語、經史語，裁爲奇語，如天衣通身無縫。（【上小樓】眉批）

李曰：人言《西廂》後卷不及前卷，自是情盡才盡，何優劣論。

王曰：「昨宵」二句不入唐律，也應入六朝。（【二煞】眉批）

第十九齣　鄭恒求配

王曰：蕢桴土鼓，不妨從朔。（【鬥鵪鶉】眉批）

李曰：這（仵）[忤]鄭恒處，絶是小兒嘎號，卻不妨侍婢本色語。（【紫花兒序】眉批）

「橋梁」，一作「河東」，悖甚。（【天淨沙】「把橋梁飛虎將軍」眉注）

「刃」，一作「刀」，非韻。（同上「手横着雙刃」眉注）

「家人」，今本作「家里」，非。（【金蕉葉】眉批）

今本遺「且」字，讀之便覺閒强。（【調笑令】「我且拆白道字」眉批）

王曰：關漢卿自有《城南柳》、《緋衣夢》、《竇娥冤》雜劇，聲調絶與鄭恒問答語類，亦剩技也。使王實夫不死，恐到此只亦不酸不醋的話。（【收尾】中夾鄭、紅對白及曲後之鄭、紅對白之眉批）

第二十齣　衣錦還鄉

「玉鞭嬌馬」對起，是描寫錦歸境界。今或以「一鞭驄馬」自誇俊巧者，是弄巧而忘拙也。（【新水令】「玉鞭嬌馬出皇都」眉批）

王曰：「張珙如愚」四句，收煞了一部《西廂》關鑰。（【駐馬聽】「張珙如愚」眉批）

「見將」二句，今或作白，不識何解。（【攪箏琶】「見將着夫人誥勅」眉批）

李曰：古詩云：「胸中辟積千般事，到得相逢一語無。」此轉添一語曰：「剛道個先生萬福，湍盡頭更着一波舒舒婉婉，無餘法，有餘味。（【沉醉東風】眉批）

坊本「的」作「呵」，「教」字下增一「他」字，何等費力累口。（【落梅風】「曾見他影兒的也教滅門絶户」眉批）

李曰：「是咱前者護身符」，恁般的句巧。下截覺古本閒强難說，非情盡才盡。（【得勝令】眉批）

王曰：一部煙花本子，到此卻覺淡，政爾不得不淡。（【錦上花】眉批）

田水月山房北西廂記藏本（明萬曆間王起侯刻本，徐文長批訂）

第一折第一套

曲大好大妙，可謂到八九分矣。中有俚語太鑿鑿，太露白者，是亦小疵，而第一折中尤甚，令人有皇汗處。（【賞花時】曲前眉批）

崔家富貴，文王以天子之貴敵之而不可得，但此際亦似寥落矣。況曰「母子孤霜途路窮」，而中間有「軟玉屏」、「珠鐮」、「玉鉤」等句，亦當避忌者。（【賞花時】眉批）

開卷便見情語。（【幺】眉批）

一部《西廂》關竅。（【賺煞】「臨去秋波那一轉」夾批）

第一折第二套

此一套，枝枝似常語，卻何等真率、迢遞有趣。（【粉蝶兒】眉批）

此亦見紅娘穩重而不輕佻，與前「顛不剌」曲全同。（【脱布衫】眉批）

第一折第三套

「埋没」句下字入神，言但知其色之美，今又驚其能詩也。（【禿廝兒】眉批）

第二折第一套

情本長，柳本短；人本近，天涯本遠。今日無成，與張生無會期，則是情反短於柳絲，人反遠於天涯矣。此怨恨之詞。（【混江龍】眉批）

第二折第二套

一作「啟朱唇」，與「隔窗」句不葉。一作「啟蓬門」，是生唱，豈一大套俱是紅唱，而此句獨張唱耶？夫曰蓬門乃張生謙辭，而紅可代謙耶？的是「啟朱扉」。（【脱布衫】「啟朱扉急來答應」眉批）

人以爲大好，予亦然之，然能詞者大抵可辨。（【耍孩兒】眉批）

第二折第三套

上支末句是啟下支首句。（【喬木查】【攪箏琶】二曲之間之眉批）

第二折第四套

「雲斂」四句扇面對法。（【鬥鵪鶉】眉批）

擬琴聲。詞雖麗，卻不甚切，然亦不得不如此。（【調笑令】眉批）

形容紅娘不作美，妙！（【拙魯速】眉批）

第三折第一套

三詞鋪叙，迢遞明顯，事事不亂。（【混江龍】眉批）

此一支絶妙好詞，而解者盡昧。蓋言常人牽情，不過常態，而崔張二人，如上文云云，是其害相思有些害得喬樣也。看來才子佳人害相思，亦與常人不同，故曰「信有之」。既又言或者有一種有情人，不遂心時容亦有如此者，但説使是我遭著，決没許多喬樣，只一納頭憔悴死而已，是何等風趣！「抹眉」，方言，喬樣也。「乖性兒」，亦即喬樣意。言看來此等乖性，此等喬樣，惟才子佳人有之也，即他人容或有之，然一如我遭著，決没此喬樣做出來也。此入骨入髓之妙語。凡紅言崔、張，必將己插入，否則冷淡無味。此詞僅五十字，分作五段，有許多轉折情思，句法錯綜而理則調貫，妙極妙極！（【天下樂】眉批）

二曲正以快口婢子動氣時傳神。（【勝葫蘆】【幺】眉批）

記中紅娘諸曲大都掉弄文詞，而文理雖不甚妥貼，正以模寫婢子情態，用意如此，非妙手不能。（【後庭花】【青哥兒】等曲後眉批）

第三折第二套

此下五套，曲盡人情，妙！（【四邊靜】眉批）

第三折第三套

是隔句對，妙！（【駐馬聽】眉批）

先謝小姐而卻爲求饒，正是紅娘狡獪；　下又云「官司詳察」，云云，又代鶯鶯收落，皆是妙處。（【得勝令】眉批）

第三折第四套

一詞從真假性兒難按上來，議論鋪叙俱妙。前詞説張，後詞説崔，與相國行祠結構敷演，統不相類，二序乎則一也。

（【鬥鵪鶉】眉批）

第四折第一套

此套全篇莽率俚淺，□寡藴藉，記中諸曲，此最稱殿。（【點絳唇】眉批）

第四折第二套

紅擬夫人責己之語逼真。（【金蕉葉】眉批）

紅怨己之失二詞雖曰真情，卻亦將己插入。（【調笑令】眉批）

勸爲成親處一句緊一句，詞意特妙。（【麻郎兒】眉批）

褻而雅，妙手。「怎凝眸」，即俗云看不得；　則見「鞋底」句，是寫情態而能極其形容，又不涉於俚俗，此西廂所以有畫

筆之工也。(【小桃紅】眉批)

第四折第三套

一大支中並是平鋪好語，卻無甚警語。(【么】「雖然久後成佳配」諸句眉批)

第四折第四套

與三套同是好語，亦無警句。天下事原是夢。《西厢》、《會真》，敘事固奇，實甫既傳其奇，而以夢結之，甚當。漢卿紐於俗套，必欲以榮歸爲美，續成一套，其才華雖不及實甫，而猶有可顧；闕後複被人拾鄭恒求配處插入五曲，如吃瘡痂，臭不可言，惜乎漢卿欲附驥尾，反坐續貂，冤哉！(套首眉批)

此架子(按指夢中鶯鶯被捉)搭得甚妙。全篇是夢中語，從天而降，模寫如畫。(【水仙子】眉批)

第五折第一套

太倉大王首可此折，亦未必盡然耶？此雖不及前四折，以後評之當以此爲最。(【掛金索】眉批)

得書不以爲喜，誠重恩愛而薄功名也。(【金菊花】眉批)

第五折第二套

此後三套備數而已。(【三煞】眉批)

第五折第三套

迂板不似婢子語。（【紫花兒序】眉批）

「憑著」四句卻用得迂，非丫鬟語，但丫鬟硬調文袋，人情往往如此，反有趣。（【金蕉葉】眉批）

第五折第四套

敘得雅而妥。（【雁兒落】眉批）

此倒跌法也，有意趣。（【甜水令】曲前張生白眉批）

（朱萬曙選録校點）

新校注古本西厢記（明萬曆四十二年[一六一四]王驥德香雪居刻本，王驥德、徐渭注，沈璟評[眉批]）（全録）

一套（今本第一折） 遇艷 注一十四條

【賞花時】【幺】

博陵，今屬真定府。蒲郡，即今山西蒲州，唐爲河中府。鶯鶯，唐永寧尉崔鵬之女。永寧，今屬河南府。傳言崔氏孀婦，將歸長安。長安，今陝西西安府，唐所都也。博陵之崔，唐名族，鵬或徙居長安。又鵬妻鄭氏墓誌，謂其既喪夫，遭亂軍，則鄭之歸，鵬當以官卒於永寧，不當言京師。由永寧至長安差近，不當復至河中。言歸長安，又不當復葬博陵。記中所謂相國崔珏，及此曲「夫主京師禄命終」，及「望不見博陵舊冢」，頗與誌、傳不合，皆詞家烏有之語耳。【賞花時】及第四折【端正好】二調，元人皆謂之楔兒，又謂楔子。北之楔兒，猶南之引曲也。「孤」，謂子。「孀」，謂母。「門掩重關蕭寺中」，系本傳李公垂《鶯鶯歌》語。幺，音妖，俗作「么」，非。凡北詞第二曲，皆謂之「幺」，猶南詞之前腔也。（陸采云：二曲周憲王所增。）

【點絳唇】

「脚跟無綫」，言無系定也。蓬，蒿屬，《碑雅》云：其葉散生如蓬，遇風輒拔而旋。古者觀轉蓬而知爲車。古本「醉眼」，本杜詩：「弟妹悲歌里，朝廷醉眼中。」又元喬夢符《金錢記》：「空着我烘烘醉眼迷芳草。」蓋元人多用此語，謂功名未遂，而客游長醉也。今本俱作「望眼」，非。

【混江龍】

「雲路鵬程」四句，《中原音韻》所謂逢雙對也。凡他曲逢雙者，皆仿此。此調字句可增減，故與他折時有異同。「蠹魚似」，猶言似蠹魚，倒句法也。「投至得」，猶言待到得也。末「空雕蟲篆刻，綴斷簡殘編」，與首「向詩書經傳，蠹魚似不出費鑽研」，似復。詞隱生云：「俗人機」，「俗」字，《中原音韻》叶作平聲，似不如改「世」字爲妥。

【油葫蘆】

曲中直咏黄河甚奇，然亦本董解元詞意。董詞：「黄流滚滚，時復起波濤」，及「千金竹索，纜着浮橋」，皆俊語也。「九曲黄河」，古有時語，故言此語從何處顯得，唯「此地偏」也。不然，着一「顯」字，是趁韻矣。「顯」，諸本訛作「險」，入廉纖閉口韻，非。「這河」二字，係白，讀斷。直貫至「泛浮槎到日月邊」，總來形容此河。徐云：張之行騎，一路沿河而來也。「帶齊梁分秦晉隘幽燕」，九字成文，勿斷；原七字句，襯二字。

【天下樂】

「疑是銀河落九天」，係李太白詩句「黄河之水天上來」，故云。「高源」，二字作句；「雲外懸」，又句，調法如此。杜工部詩：「高尋白帝問真源。」俗本作「淵泉」，謬。末句直頂上文「這河」二字來，謂河流通天漢，故泛浮槎可到。海客乘槎事，見《博物志》及《蜀異志》，不言張騫，唯《荆楚歲時記》，直以屬騫。及杜詩，有「乘槎消息近，無處問張騫」句，然殊未確。俗本益「張騫」二字，於本調多二字，從古本去之。（慎於、河下龍門、流駛、竹箭，駟馬追不可及。）

【村裏迓鼓】

此調舊作【節節高】，誤。【節節高】系黄鐘宫曲，字句亦稍不同。「厨房近西」，與「法堂北，鐘樓前面」，參差相對。董詞：「隨喜塔位轉，過回廊，見個竹簾挂起，到經藏北，厨房南面，鐘樓東里。」北人凡神佛，皆稱「聖賢」，如關神，稱關聖賢之類。「五百年」句，用董語，董白：「與那五百年疾憎的冤家，正打個照面。」

【元和令】

「顛不剌」句，反起下「可喜娘」句。「顛」，輕佻也。「不剌」，方言助語詞。元詞用之最多，不必着「顛」字。如《舉案齊眉》劇：「破不剌碗内，喫了些淡不淡白粥」之類。董詞：「教普天下顛不剌的浪兒每許。」言輕佻之甚者，見了萬千，似鶯鶯之凝重可喜者罕。下「儘人調戲」三句，正見凝重意。「儘人調戲」，勿斷，七字句，襯一「着」字。董詞：「儘人顧盼，手把花枝撚。」徐云：「眼花」及下「魂靈」二句，殊俚。（眉批）詞隱生評：始覺俗解可恨。

【上馬嬌】

首三句，自驚疑駭咤之詞。藏經：三十三天已上一倍，夜摩天宫殿。夜摩天上又一倍，兜率陀天宫殿，向上重重皆倍。「宜嗔」、「宜喜」二句，屬下【勝葫蘆】曲看。「偏」字，作一字句，本調如此，自來並「宜貼翠花鈿」一句下，誤。

【勝葫蘆】

董詞：「宫樣眉兒山勢遠。」古本作「弓樣」，殊新。但下既言「月偃」，又曰「弓樣」，兩譬喻似重。今從「宫」。「靦」，他典切，音腆，注：慚也。「面靦」，言羞澀面慚也。詩有「靦面目」，彼作面見，又一義。俗本誤作緬字音，又益一「覥」字，不知字書並無此字，訛傳已久，無一識字者，可笑。「玉粳」，齒也。元楊顯之《曲江池》劇：「玉粳牙，休兜上野狐涎。」《雍熙樂府》散曲：「櫻桃微綻玉粳齒。」綻字，原不用韻。

【幺】

「嚦嚦鶯聲」，屬上「半晌恰方言」句看。「行一步可人憐」，又貫下四句。諸本首句有「恰便似」三字，與下「似垂柳晚風前」，兩「似」字，重。古本無。徐云：「解舞」以下四句，形容略似妓人，與前「顛不剌」數語相戾。且與前「未語人前」數語，又自不類。

【後庭花】

徐云：「襯殘紅」二句，只應上白「怎生便知他脚小」意。「休提眼角」以下，又推出一層意。「慢俄延」以下四句，正「脚蹤兒將心事傳」也。「剛剛打個照面」，正「眼角兒留情處」也。「櫳門」，指鶯鶯進去之門，言其行之紆徐繫戀，及門而舉步差遠，復打個照面而傳情無已也。董詞：「忽聽得櫳門兒啞地開。」元《墻頭馬上》劇：「小業種把櫳門掩上些。」其爲門明甚。作「檻」訓，非。「眼角傳情，打個照面」，即後所謂「臨去秋波那一轉」也。此調句字亦可增減，與他折不同。徐云：至此方是妙語。

【柳葉兒】

「天天」，連讀，勿斷。與董詞「天天悶得人來彀」、《琵琶記》「問天天怎生結果」一例。「恨」字，係襯字，俗以「恨天」作句，謬甚。然此句亦俚，徐云：末〔句〕〔白〕並近凑插。（眉批，詞隱生評：）傳中如此洗發者，益不少。

【寄生草】

此總形容鶯鶯去後之景，不必如古注以「東風」二句起下「珠簾」句看。徐云：「觀音院」對「相公家」，天成妙語。「花柳」與「簾」，正形容院中景也。此「院」字，即上之「洞天」、下之「武陵源」。諸本俱作「現」，唯朱氏古本作「院」，今改正。董詞：「我恰纔見水月觀音現。」蓋用其語而稍易一「院」字耳。中三句，鼎足對法也。後仿此。「掩映」，古本作「遮映」，今並存。

【賺煞】

諸本俱作「透骨髓相思病染」，「染」字屬廉纖閉口韻，非。朱本作「相思病蹇」，「蹇」字，亦生造，不妥。金本作「相思怎消遺」，又與前「難消遺」、「怎留連」，下「怎當他」，重甚。蓋仙呂宫【賺煞】，第三句，末四字，法當用平平上去，此本調也。亦有間用平平去平者，如元關漢卿《玉鏡臺》劇：「把我雙送入愁鄉醉鄉。」鄭德輝《王粲登樓》劇：「夢先到襄陽峴山。」賈仲名《對玉梳》劇：「好痛苦也荆郎楚臣。」白仁甫《墻頭馬上》劇：「與你個在客的劉郎得知。」又他如《虎頭牌》、《單鞭奪槊》、《漁樵記》、《蕭淑蘭》、《後庭花》、《符金錠》、《射柳捶丸》等劇，及諸散套，凡數十曲皆然。故此曲斷爲平聲「病纏」之誤，無疑。俗子本不識此格，欲求合上聲，則爲「染」，而不知失韻。朱本明知其誤，卻求上聲韻中，無可易者，則强爲「蹇」，而不知語不雅馴。金本易「怎遣」，於義稍安，而不知重復之非體。蓋北詞平仄，往往有不妨互用者，即如下「臨去秋波那一轉」之轉，係上聲。後第三折，「眉眼傳情未了時」之「時」，又易平聲。諸凡如此，記中甚多。此一字，去聲既不可用，上聲又無可易，則求之平聲韻中，無過「纏」字爲穩者。又「病纏」二字，見白樂天《長慶集》中，亦本詩語，今直更定，然總之非妙語也。「怎不教」，今本作「空着我」，亦非。乍見而即云病，本自不妥，曰「空着我」，則直似已然，故不如「怎不教」之猶爲虚活話頭。然亦與下「怎當他」，亦稍礙。或更有誤字。「意惹情牽」，古本作「恨惹」，似「意」字勝。「花柳依然」以下數語，謂花柳依然如故，塔影春光在眼，玉人則已去不得見也。俗本作「爭妍」，非。此當用「天台」、「桃源」，用「武陵」，亦漫；以聲不叶，故耳。

詞隱生評：北詞要入絃索，極拘平仄，然每句注頭字，則不必拘。凡南北詞皆然。此「纏」字改得絕妙。（眉批）

二套（今本第二折）　投禪　注二十二條（錫山案：實僅二十一條）

【粉蝶兒】

首二句，反詞。「周方」，即周旋方便之意。北人歇後隱語。關漢卿《謝天香》劇：「想着俺用不當，不作周方。」《唐三藏》劇：「恨韋郎不作周方。」董詞：「見了可憎的千萬。」不曰可愛，而曰可憎，反詞見意，猶「業冤」、「冤家」之謂，愛之極也。元白仁甫《喜春來》詞：「向前摟住可憎娘。」關漢卿《玉鏡臺》劇：「穩坐的有那穩坐人堪愛，但舉動有那舉動可人憎。」喬夢符《金錢記》：「龐兒俊俏可人憎。」可證。「你則借與我」以下，正「做周方」意。「盼行雲眼睛打當」，周高安所謂俊語也。

【醉春風】

古本，「寡情人一見了有情娘」，今本作「多情」。「寡情人」二句，與後折「我從來心硬，一見了也留情，」一例。又與上文：「往常時聽得説傳粉的委實羞」二句，文氣正接。及《會真傳》中，稱張生「内秉孤貞」數語皆合。又【醉春風】譜，第三句第一字，當用仄聲，似當從古本。兩「癢」字，後一「癢」字另唱。「心漾」，即狂蕩不自由之謂。元詞：「花柳鄉中，綺羅叢裏，才見使人心漾。」俗本作「心忙」，謬。然「惹」字得平聲，方叶。

【迎仙客】

「面如童少年得内養」，一句下，勿斷，原七字句，襯一字。言老而面尚如童，以少年得内養故也。「頭直上」，猶言頭兒上，北語也。董詞：「衹少個圓光，便似聖僧模樣。」

【石榴花】

「大師」，僧家尊稱，如云僧伽大師之類，勿作「泰」音。後同。「行」，輩也。《史記》大父行、丈人行，皆音去聲；記中多作平聲用。張生不應有「宦游四方」語，因下「先人拜禮部尚書」句，故云。唐都陝，咸陽關中地也。張生以應舉道經於蒲，此不宜更有「寄居咸陽」之語，稍戾。「四海空囊」及下「風清月朗」，將言所酬輕鮮，故先叙其家世清苦如此。

【斗鵪鶉】

「和光」，用老子語。「衒」，正也，真也。「風清月朗」以下二句，當屬上【石榴花】調看。上皆説先人事，「小生」兩字以下，皆説己事。「窮秀才」勿斷，七字成文，襯一字。《格古要論》謂：「金品，七青八黄，九紫十赤。」末四句，蓋自家商量私語之詞，非直對長老説也。觀用一他字，及下白，「逕禀老和尚」數語可見，言秀才人情，從來甚薄，儘教我訴説清苦，他定自掂斤估兩，而議論我之輕鮮也。

【上小樓】

「把小張對艷妝，着言詞説上」，是央及和尚之詞，故曰「小張」。俗本改作「有主張」，謬。

【幺】

湖廣瀏陽縣石霜山，有崇勝寺，僧普會居之，名其堂，曰「枯木」。張生所不欲者，厨堂、方丈；其所欲者，「離南軒」以下數句。「怎生」二字，貫下。

【脱布衫】

此亦見紅娘穩重而不輕佻，與前「顛不剌」曲意同。

【小梁州】

「可喜娘」，勿斷。董詞：「穿一套兒白衣裳，直許多韻相。」時居崔相之喪，故曰「淺淡妝」，又曰「縞素衣裳」。「鶻伶」，「伶俐」之意。「鶻」，《中原音韻》讀作胡；憐，音零，了慧貌。俗作「憐」字通用，非。董詞作「鶻鴒」，他詞或作「胡伶」。古本「六老」，董詞作「渌老」，今從董。北人調侃謂眼，見《墨娥小録》。「鶻憐渌老不尋常」，稱紅娘之眼，乖俊異常。下「偷睛望，眼挫里抹張郎」，正見其眼之乖也。董詞：「那鶻鴒渌老兒難道不清雅，見人不住偷睛抹。」（叶罵。）大都北語，元無正音，故字多通用。「鶻鴒」，概言伶俐，而帶言「渌老」，則指眼耳。元宋方壺詞：「懵懵的憐磕睡，鶻伶的惜惺惺。」王和卿詞：「假胡伶，騁聰明。」可徵其不專爲眼也。

【幺】

愛惜紅娘之至，故不欲其疊被鋪床。奴婢贖身，妓女落籍，皆曰從良。「央」，央及也。諸本兩「央」字，重。又下一句，法當用仄聲，「央」字不叶。古本作「夫人怏」，復難解。怏字，擬以勉强之「强」易之。下言即夫人、小姐不肯，我亦硬做主張，自寫與個契券，而使他從良耳。古注云：蓋得隴望蜀之妄想。

【快活三】

「女艷妝」三字連讀，猶言艷妝女也。「演撒」，謂有。「潔郎」，謂僧。「睃巡」，謂看。俱調侃詞也，見《墨娥小録》。「既不沙」，勿斷，「既」字襯，「沙」助語詞。下七字成文。「特來」，猶後「別樣」，出落之謂，甚之詞也。「晃」，炫耀之意。言崔家艷妝之女，莫不有你老僧之意，不然，你非佛菩薩，既非爲看你能顯毫光而來，何故打扮得十分炫耀如此也。董詞：「諸僧與看人驚晃。」「晃」字，正此意。古注謂「顯毫光」，嘲其禿首，杜撰無據。及解，於義似近，實非本旨。何元朗云：曲至緊板，即古樂府所謂「趨」。「趨」者，促也。絃索中大和絃，是慢板，至花和絃，則緊板矣。北曲，如中吕，至【快活三】臨了一句，放慢來，接唱【朝天子】。正宫至【呆骨都】，雙調至【甜水令】，仙吕至【後庭花】，越調至【小桃紅】，商調至【梧葉兒】，皆大和絃，又慢板矣。南人少解此者，並附。

詞隱生評：傳中諸解，皆證據的確，所以解頤。（眉批）

【朝天子】

「好模好樣」句，俱生唱。俗本作法本唱，非。因上白，本云「先生是何言語」數語，故言你何必裝此「好模好樣」，以莽撞於我。我既以此謔，煩惱了甚麼唐三藏，而便怪我耶。然你亦無怪我説，許大人家，不使兒郎來，而使梅香來，迹自可疑。你不過在我跟前，一時口强，硬抵頭皮，爲此倔强之態，不知背後有許多輕薄處也。「我行」、「口强」，各二字，與上「主廊」、「洞房」一例。兩「强」字，一如字，一去聲，各音，見本曲下。徐云：「則麽耶」，亦古僧名。然無考。又此句調法須五字，「則麽耶」係襯字，若作古僧名，則多三字矣，不敢從。

（白）「禫」，除服祭名也。《禮記》注，二十七日而禫。「禫事」，别本或作「禫日」。

【四邊靜】

「湯」，偶一近身之謂。「相依傍」，以長久言也；「湯」，以暫言也，即後「看邂逅偷將韓壽香」之意。鄭德輝《㑳梅香》劇：「誰敢湯着你那小蠻腰。」《玉鏡臺》劇：「我不曾將你玉笋湯。」《金綫池》劇：「休想我指甲兒湯着你皮肉。」俗本作去聲，非。徐云：凡人禮佛，以祈求消灾長福。今鶯之軟玉温香，不必偎傍，若得一湯着其身，便可消除灾障矣，何必禮物以求之耶。

（白）「年方二十三歲」，當從本傳，以二十二歲爲正。

【哨遍】

董詞：「百千般悶和愁，盡揔撮在眉尖上。」「待颺下教人怎颺」，古注：即俗云欲丢丢不下也。「颺」，董作「漾」。

【耍孩兒】

前三曲一意相屬。【三煞】追思鶯鶯之艷麗。【二煞】摹寫旅館之淒涼。「游客」，張生自謂。言鶯本欲將心事傳我，但畏懼老夫人知之，故不敢耳。「怨黄鶯」二句，指鶯鶯說，謂夫人恐其女春心之蕩，「怨黄鶯作對，恨粉蝶成雙」，而自尋配偶也。曰怨，曰恨，便着夫人說不得。

【五煞】

「乍相逢厭見何粉郎」，應「年紀小性氣剛」句。「看邂逅偷將韓壽香」，應「張郎倘得相親傍」句。大約言鶯鶯年小性剛，未得風流之情况，故尚厭畏於我，看我得親傍而一竊其香之後，彼自然愛我温存不暇，而尚肯懼夫人之拘束耶。

【四煞】

「彷」，彷彿也。筠本作「訪」，非。「當合彷」，謂己與鶯才貌相當，正宜配合，而夫人過慮不肯，直待誤其時節，眉淡而尋張敞，春去而憶阮郎耶。「非是自夸獎」以下三句，正所謂才貌之相彷也。《禮記》婦人四德：德、言、容、功。舊俱作德言容貌，容與貌重，且四德缺一。顧玄緯本作「工貌」，今從之。工，本作功，今更正。徐云：恭儉温良，此男子四德也。

【三煞】

「咽項」二字相連，「搓」字當虚活字用。蘇長公詞「膩玉圓搓素頸」，實甫本此。俗本作「搽胭項」，謬甚。徐云：言粉玉搓成一條咽項也。

【二煞】

中二句，言後雖成就，此時此夜，殆難爲情耳。「睡不着」，如翻掌，系董詞。「少呵」，略讀作白。諸本作「少可」，非。「倒枕」，顛倒其枕也。徐云：一萬聲兩句，猥俗，何孔目譏之，良是。

【尾】

古本首有「誰想」二字。「花解語」，「玉有香」，古有是語，今於鶯鶯始信，故曰「誰想」，言不想真有這樣人也。詞隱生云：有此二字反滯，不若從今本删去。

三套（今本第三折）　賡句　注一十五條

【斗鵪鶉】

首句「塵」字，原不用韻。董白：「玉宇無塵，銀河瀉露。」「警」，警醒之意。「悄悄冥冥」，應「側着耳朵聽」句。「潛潛等等」，「應躡着脚步兒行」句。「潛潛等等」，亦見成語，元《蘇小卿》劇：「怎和他等等潛潛。」《蕭淑蘭》劇：「抵多少等等潛潛。」

【紫花兒序】

接上曲看，「萬籟」，指風聲也，此皆商量預擬之詞。「没揣的」，猶言不着意、猛然間也。董詞：「張生微步，漸至鶯庭。」

【金蕉葉】

至此方是實景。董詞：「聽得啞地門開，襲襲香至，瞥見鶯鶯。」又，後聽琴：「朱扉半開啞地響，風過處，惟聞蘭麝香。」又：「眼睛兒不轉，仔細把鶯鶯偷看。」

【調笑令】

「甫能」，二字作句，「甫能，見娉婷」，言我纔見有這樣美麗人也。「撑」，方言，謂美也。喬夢符《兩世姻緣》劇：「容貌實是撑。」白仁甫《秋夜梧桐雨》劇：「生的一件件撑。」可證。「月殿裏嫦娥不恁撑，」言嫦娥未必如此之美也。古本作「不您（爭）〔撑〕」，蓋不解「撑」字義耳。董詞：「遮遮掩掩衫兒窄。」又：「臉兒稔色百媚生，出得門來慢慢行，便是月殿裏嫦娥，也没恁般撑。」當從董本爲的。中二句，言其遮遮掩掩，緩步而來，以小脚之難行故也。「可喜」二語不接，衹凑句數。

（眉批，詞隱生評：）解「撑」字灑然。

【小桃紅】

始也月如懸鏡，因香烟人氣之氤氳，月遂不明，見怨氣之多也。董詞：「對碧天晴，清夜月如懸鏡。」又：「覷着剔團圞的明月，伽伽地拜。」全篇俊甚。俗本此後僞增一曲，兩古本所無。前既曰「剔團圞明月如懸鏡」，又曰「一輪明月」，又曰

「似對鸞鏡臺」，又曰「常恨團圞」。前既曰「玉宇無塵」，又曰「萬里長天淨」。前既有「輕雲薄霧」二語，又曰「風雲亂生」。前既曰「長吁了兩三聲」，又曰「喟愁聲」。重疊如此，又皆張打油語，鄙猥可恨。知決爲貧子竄入無疑，今直删去。

【禿厮兒】

「早是」與「那更」相應。「埋没」，是以色而掩其聰質之謂，言向但知其色之美，今又驚見其能詩也。「心兒裏」句，貫下數句。「真情」句斷。「堪聽」，另唱。

【聖藥王】

爲聲清而輕，吟詩如鶯之囀，故曰「小名兒不枉了唤做鶯鶯」也。董詞：「那更堪小字兒叫得愜人意，蟲蟻兒裏，多情的鶯兒第一(叶倚)，偏稱金縷衣。」「惺惺惜惺惺」，古語也，元詞多用之。上惺惺，指鶯鶯，下惺惺，張生自謂。

【麻郎兒】

「不當」，調侃不該，見《墨娥小録》。「不當個謹依來命」，言紅娘不該如此謹依夫人之命，而促之去也。

【幺】

此與下曲，皆鶯去後之景。「忽聽、一聲、猛驚」，只指「宿鳥飛騰」句。下「花梢弄影」，因「宿鳥飛騰」來。「落紅滿徑」，又因「花梢弄影」來。首六字，本調所謂務頭，連用三韻，詞家以此見巧。然須韻脚俱用平聲。《中原音韻》引《周公攝政》傳奇【太平令】云「口來、豁開、兩腮」，正此例。記中如「本宫、始終、不同」，皆用三平韻。後「世有、便休、罷手」，及「訕觔、發村、使狠」。間用仄韻，蓋其次也。

【絡絲娘】

「向日相思枉躭病」二句，謂向日相思不見他意思，是枉躭了疾病。今夜酬和間已見真情，是相思得着了。故曰「把相思投正」。董詞：「便做了受這恓惶也正本」，即此意。諸本作「白日淒涼枉躭病，今夜把相思再整」，語亦俊，第「淒涼」二字，稍似贅耳。今並存之。「花篩月影」與前「月色横空」、「花陰滿庭」，似復。

【東原樂】

首二句，言與鶯隔絶之意，下卻追言前事，而又嘆其不遇也。「恰纔悄悄相問他低低應」，係七字句，襯二字。「傒倖」，戲弄之意。《梧桐葉》劇：「兀的不傒倖殺斷腸人。」《羅李郎》劇：「則被你將人傒倖倒。」《陳摶高卧》劇，白：「又教這個大王傒倖我也。」言今日他既無緣，我又薄命，真戲弄殺我也。

【棉搭絮】

「今夜淒涼有四星」，「四星」調侃謂下梢也。製秤之法，梢用四星，故云。元喬夢符《兩世姻緣》劇：「我比卓文君有了上梢，没了四星。」足爲證明。又馬東籬《青衫淚》劇：「直到夢撒撩丁，也才子四星歸天。」石君寶《曲江池》劇：「倒它計抗的他四星。」《玉鏡臺》劇：「折莫發作半生，我也忍得四星。」《雲窗秋夢》劇：「瘦得那俊龐兒没了四星。」皆可證。舊解「十分」，謬甚。張生蓋言今夜雖説淒涼，然隔墻酬和，似後來尚有美意，是有下梢矣。下皆有下梢意，正與上「相思投正」相照應。「他不偢人」句，反詞也。謂：如何見得有下梢，他若不偢保人而不與我相酬和，你便待怎生了他。下「眉眼傳情」三語，正偢保人意，正見有下梢也。

【拙魯速】

筠本作「燈兒又不滅」，似不如諸本作「不明」，正與上「碧熒熒」相應。董詞：「淅零零的夜雨兒擊破窗，牌兒破處風吹着忒飄飄響，不許愁人不斷腸。」「飄飄」，筠本作「嘌嘌」，無節度貌。朱本作「幖幖」，非。末「鐵石人也感動情」，徐云：「感」作「敢」，更勝。

【幺】

恨之又不可，怨之又不可，正前所謂「待颺下教人怎颺」也。叙淒凉後，復爾痴想一番，故是人情。「障」字，「屏」字，皆作活字用，與上「遮映」字一例看。「夜闌人静」，古本作「夜凉」，並存。

【尾】

「青瑣闥」二句，語俊甚。言從今非夢想而可，即真境也。凡北詞佳者，煞尾必用俊語收之，不獨《西廂》爲然。世人作南詞，似少有知此竅者。

四套（今本第四折）　附齋　注一十二條（錫山按：實爲一十一條）

【新水令】

「碧琉璃」，謂殿瓦也。「諷」，誦也。筠本作唪呪。唪，音捧，又音邊孔反，《説文》：大聲也，又多實貌。《詩》：「瓜瓞唪唪」，於經聲不侔。今從「諷」。《楞嚴經》：「佛興慈悲，發海潮音，遍告同會。」謂諷呪之聲，如海潮之聲也。兩「烟」字重，以「香烟」對「諷呪」，亦不的。似有誤字。

【駐馬聽】

首四句，隔句對法，後仿此。「侯門」二句，因鶯未到，想象之辭，謂長老不可去問消息，算來紅娘好歹必來回覆長老也。「眼腦」，即眼也。近一俗本，「佛號」改爲「沸號」，又與序中盛夸獨見，可笑。佛號，佛之名號，即今緇流所誦阿彌陀佛之類。「佛號」與「鐘聲」相對，全句又與「法鼓金鐸」相對，自然之理，精通文義者，當自識也。

【沈醉東風】

以「人間壽考」，對「天上消遥」，不惟字面親切，而本調首句末字，法當用上聲。諸本作「壽高」，非。「曾祖父」，朱本作「曾祖禰」，良是。但不諧俗，今并存。「曾祖父」，是謂三代；佛法僧，是謂「三寶」。以三寶對三代，亦一的對。「存在」二句，可以明言。「梅香」四句，是私情難以明言，故曰「暗中禱告」。「回施」者，主人醮畢謝僧，僧亦懺福回答，此俗至今相沿。張生所欲者，幽期密約耳，故以此祈和尚每也。俗本不知，添一「佛」字，謬甚。

（白）法聰曰「卻早兩遭兒」者，以前寺中初見，有「遇神仙」之説。此又云「爲你志誠，神仙下降」，故云「兩遭」。

【雁兒落】

「玉天仙」，又應上白「神仙下降」語。「清醮」對「碧霄」，借字對也。

【得勝令】

「苗」與「條」，皆嬌嫩之物，故借以形容其面目之俏。「妖嬈」，正與「嬌」字相屬，俗本倒轉，非。

【喬牌兒】

「呆傍」，方言也，猶言痴呆、懵懂之意，古本作「勞」，音義並同。董詞：「諸人與看人驚晃，瞥見一齊都望。住了念經，罷了隨喜，忘了上香。」

【甜水令】

「鬧元宵」以上四句，屬上曲看。「稔色」，美色也。稔色人兒，指鶯鶯。「他家」，張生自謂，代鶯言也。言鶯之有意於己，而又怕人窺破，故着淚眼偷瞧之也。董詞：「老的小的，村的俏的，滿壇裏熱荒。老和尚也眼狂心癢，小和尚每援頭縮項。」

【折桂令】

首二句，又屬上曲看。「迷留没亂」，即迷亂之意。董詞：「迷亂没留没處看。」「心癢難猱」之「猱」，諸本作「撓」。朱本及元人諸劇，用此語者，皆作「猱」。「撓」本上、去二音，平聲，諸韻書無此字，唯周德清《中原音韻》有之，蓋亦元人相沿之誤。「猱」，本音柔，又皆「猱」字字形相近之誤。猱，猴屬，能爲虎猱癢而食其腦。故世謂妓女爲猱。今改正。「哭聲兒」二句，起下意。「喬林」，古本作「林喬」，語生，不從。「慈悲臉兒蒙着」，正大師之難學處。大師，音義見前注。臉，音斂（上聲），不音檢。張生迷亂，頭陀、行者又都貪看，皆已不能强制。大師雖凝眺動情，他卻以慈悲遮臉，假裝志誠，所以難學也。此段與上【喬牌兒】意稍復。董詞：「添香侍者似風狂，執磬的頭陀呆了半晌，作法的闍黎神魂蕩颺，不顧那本師和尚。聒起那法堂，怎遮當，貪看鶯鶯，鬧了道場。」

【錦上花】

自來北詞唯一人唱，此參旦唱；且「黄昏這一回」後，詞意太露，不宜鶯鶯遽爲此語，殊屬可疑。金本作紅唱，較是，今並存之。「黄昏」對「白日」，「窗兒外」對「書幃裏」，「鑊鐸」對「長吁」，皆想象張生自苦。凡夜，凡日，凡行，凡卧，無處非無聊之境也。「窗兒外」與「書幃裏」四句，參差相對。總之二項事，與上「黄昏」、「白日」二句又相對。「鑊鐸」，喧鬧之意。董詞：「譬如這裏鬧鑊鐸，把似書房裏睡取一覺，」關漢卿《魯齋郎》劇：「不索你鬧鑊鐸，磕頭禮拜我。」鄭廷玉《後庭花》劇：「這壁厢鑊鐸殺五臟神。」石君寶《曲江池》劇：「階垓下鬧鑊鐸，鬧火火爲甚麽。」《百花亭》劇：「他那裏笑鑊鐸，我去那窗兒外瞧破。」可證，舊解真作鑊鐸之聲，非。兩「那」字，俱去聲。「那會鑊鐸」，那一會鑊鐸也。此調有分「黄昏這一回」以下作【幺】篇者，古本不分，《正音譜》亦祇作一調。後仿此。

【碧玉簫】

「暢」，甚辭。「噱」，與號同（平聲）。「哨哫」，喧鬧之意。行者、沙彌擾嚷其間，張生不得致其私款，故曰「奪人之好」。「眉稍」、「心苗」，對巧。

【鴛鴦煞】

「多情卻被無情惱」，東坡詞句。無心無情，俱指行者、沙彌等，承上曲來，董詞：「瞑子裏歸去，又一夜葫蘆提鬧到曉。」「瞑子」，亦作酩子。瞑子，調侃暗地也。「葫蘆提」，方言糊涂之意。俗本每折後各有僞增【絡絲娘煞尾】二句，皆俗工搊彈引帶之詞，今悉削去。

一套（今本第五折） 解圍 注二十五條

【八聲甘州】

此調第三句起韻。《正音譜》，鮮於伯機詞：「江天暮雪，最可愛青簾，摇曳長杠。」可證。此曲首句偶用「損」字作韻，次句不用，至第三句「春」字，始復用韻。俗本改「多愁」作「傷神」，强叶，非。言本以多愁瘦，又因傷春而增益其瘦也。趙德麟詞：「斷送一生憔悴，祇消幾個黄昏。」秦少游詞：「雨打梨花深閉門。」董詞：「怕黄昏忽地又黄昏，月憔花悴羅衣褪，生怕傍人問。寂寥書舍掩重門，手捲珠簾雙目送行雲。」又有「銀葉龍香爐」，語俊甚。

【混江龍】

首句，古本作「落花成陣」，與下「燕泥」句，兩「落花」矣。秦淮海詞：「落紅萬點愁如海。」又，「落紅萬點」，亦董語也。從今本作「落紅」，是。「風飄」句，係杜詩。丘豫見庭中落花曰：「飛卻一片，減卻春色。」「池塘夢曉」，用謝惠連事，稍不切。「夢」作活字，連下「曉」字看，與「辭春」相對。「繫春心」二句，即「日近長安遠」之意。李易安詞：「遥想楚雲深，人遠天涯近。」「金粉」，徐本作「胭粉」，「清減」作「玉減」。六朝三楚多麗人，故云云。用「金粉」，無謂，不若從「胭粉」爲俊。上文自「池塘夢曉」以下，對仗精整，不應以「清減」與「香消」作對。「香消」、「玉減」分對，復近學究，且與上「香惹」兩「香」字，亦礙。「香消」蓋消疏之誤耳，今正。即「香惹」對「輕沾」，亦不的，終有誤字。總之二曲皆絶麗之詞，王元美謂駢儷中情語，何元朗謂雖李供奉復生豈能加之哉。但二調中用三「春」字，三「花」字，兩「風」字，兩「香」字，兩「粉」字；既曰「落紅」，又曰「落花」，未免重疊過甚，爲足恨耳。

眉批：「消疏」妙甚，美人面上減去一痣。

【油葫蘆】

薰蘭麝而無人温存，所以不欲薰也。「睡又不穩」，諸本作「不寧」，「寧」字係庚青韻，非。「登臨不快」，勿斷，七字句，襯二字。董詞：「待登臨又不快，閑行又悶，坐地又昏沉睡不穩，只倚着個鮫綃枕頭盹。」朱本作「閑行又困」，較俊，似勝「悶」字。第董本作「悶」，今並存之。

【天下樂】

首句承上接下之詞，上言「情思睡昏昏」，故則「索榻伏定鮫綃枕頭兒盹」耳。「盹」，小睡也。又謂除我打睡之時則已，但出閨門又如此提防着人，不得自由也。「折了氣分」，猶言輸了聲勢也。關漢卿《金綫池》劇：「年紀小呵，須是有氣分。」

【那吒令】

「倒褪」，有羞意。「早嗔」，有怒意。「兜的便親」，反上二意。末二句，屬下曲看。

【鵲踏枝】

次句金本謂元作：「咏得句兒新」，作「匀」字，非。於理自可。但上云「酬和得清新」，下又云「咏月新詩」，三「新」字復甚，殊非。古本元作「誰肯把針兒將綫引」，「將」字與上「把」字礙。且於本調反多一字。今去之。「東鄰」，用宋玉東家之子事。

【寄生草】

「臉兒清秀身兒韻」，「韻」謂有風韻也。古注引吳昌齡詞：「海棠標格紅霞韻，宫額芙蓉印。」謂此調「韻」、「印」二押，從此曲來。則實甫之生似先昌齡，未必爾也。徐云：「十年」句，鶯鶯自語，此只用見成語。「十年窗下」四字，俱不着緊，言此人又俊雅，又着人，又有文學，不由我不愛之也，非以功名顯達期之也。

【六么序】

《演繁露》云：「唐有新翻羽調『緑腰』。白樂天詩注：即六么也。」《青箱雜記》又謂：「『六要』（平聲），言霓裳羽衣之要拍也。」「堝」，從筠本，諸本皆訛作「窩」，非。《冤家債主》劇：「倘有些好歹，可着我那堝裏發付。」《王魁負桂英》劇：「哎耶耶也，這堝兒是俺那送行的田地。」可證。「堝兒裏」，斷，「人急偎親」，四字另句，調法如此，「堝兒裏」，猶今俗言這所在、那所在之謂。「人急偎親」者，人急迫而相偎傍也。「赤緊」，猶要緊。「有福之人」，指崔相國也。董詞：「驀聞人道森森地，諕得魂離殼（叶巧），孤霜子母没處投告。」又：「滿空紛紛土雨」，徐云：北方塵土如雨，故曰「土雨」。

【幺】

「風聞」、「胡雲」，四字二韻，首「那厮每」三字，係襯字，元不用韻，與前後【麻郎兒】三句各叶不同。首六句，一直下，謙言賊軍風聞人言説我之美而欲虜我，且貽累僧人及寺宇也。古本及今本俱作「半萬賊兵」，「兵」字入庚青韻，當作「軍」字無疑，今改正。此句意帶下句看，言半萬賊軍敢半合兒便要剪草除根此三百僧人耶。戰陣有一合、二合之説，「半合兒」

者，不待其合之畢，言易也。兩「來」字，俱助語辭。末言飛虎是甚麼諸葛孔明而便欲博望燒屯也。古注泥諸葛孔明四字，欲反從俗本，非是。然此言燒寺，前日中宜先着此意。董詞元有「更一個時辰打不破，屯着山門便點火」之語，似缺。

【元和令】

此及下曲，今本合作一調，併名【後庭花】，筠本前調作【元和令】，後調作【帶後庭花】。金本亦併作【後庭花】，且謂第六句「後代孫」，「孫」字元誤，宜作去聲。舊因平韻難唱，以腔就字，扭入【元和令】。至第七句，又入本腔。後入楚，遇有易作：「他也是崔家後胤者」，遂改絃和入本調，始叶。不知此元是【元和令】，與【後庭花】兩調犁然自別；特句字稍似，遂起俗工之誤。蓋【元和令】末句末字，《正音譜》元作平韻，他曲間有用仄韻者，渠卻疑作【後庭花】，遂欲以「孫」字易作去聲。又【後庭花】，句字元可增減，故益附會其說，遂沿無窮之誤，即筠本亦作【帶後庭花】，亦緣舊有以【元和令帶後庭花】冠調首者。覺其非是，遂厘爲二。後調卻不去「帶」字，不知元人作單題小令，有以二調並填一詞，而曰帶某調者，如【雁兒落帶德勝令】、【水仙子帶折桂令】之類，全套中不當復言「帶」也。蓋由俗士謂此二調，語勢必須接去，遂妄自併而爲一，不知記中兩調而意卻接搭者，不可勝數。彼分之者，亦非透徹之識，遂不去「帶」字，均之誤也。前調言獻與賊，其便有五，下言不從亂軍，其害有五，與此正相反。「安存」，古本作「安寧」，亦入庚青韻，非。從今本爲是。末言歡郎雖小，然我既獻與賊，須不害及他，而得爲崔家子孫矣。與上對看。董詞：「若惜奴一個，有大禍三條：第一我母難再保，第二諸僧須索命夭，第三把兜率般伽籃枉火內燒。」

（拆）[析]骨還父，（拆）[析]肉還母。（「特句字稍似，遂起俗工之誤」之眉批）

【後庭花】

「伽藍火內焚」四句，應上「免堂殿作灰燼」五句；「隔開慈母恩」，應上「免摧殘你個老太君」句。俗本作「伽籃」、「諸僧」二句倒轉，與上次序不相應，今從古本改定。此調句字，俱屬增減，與前折不同。

【柳葉兒】

「將俺一家兒」句，屬上曲看。下又言「待從軍又怕辱莫家門」，故意爲此危詞，爲下曲「不揀何人」數語張本。末「你」字泛指衆人，總結上意。

【青歌兒】

元賈仲名《對玉梳》劇：「則爲你娘狠毒兒生分。」「生分」，猶言出位，不守女兒之本分而出位言之也，暗指下「不揀何人」數語。先委曲其詞，言非我有他心生分，事出不得已也，此分明有意於張生矣。此調句字亦可增減，與本譜不同。

【賺煞】

「横枝」，非正枝也。《傳燈録》：「道信大師曰：『廬山紫雲如蓋，下有白氣，横分六道，汝等會否？』弘忍曰：『莫是和尚化後，横出一枝佛法否？』」諸僧伴既各自逃生，衆家眷又無人偢問，張生非親非故，乃曰「我能退兵」，是所謂横枝兒着緊也。實甫《麗春堂》劇：「則我這家私上，横枝兒有一萬端。」馬致遠《陳摶高卧》劇：「索甚我横枝兒治國安民。」關漢卿詞：「怎當那横枝羅惹，不許提防。」「玉石俱焚」，則已意張生之有意於己矣。「濟不濟權將這個秀才儘」，俊語也。「下燕書信」，魯仲連遺燕將書事，俗本作「嚇蠻書信」，緣元詞多用此語，如「嚇蠻書」、「醉墨雲飄」之類。然杜撰無據。古注謂「下燕」是李左車事，亦謬。

【端正好】

全套字字皆本色語，視諸曲更一機軸，故是妙手。烏龍尾鋼椽，謂鐵裹頭棍也。北人以握爲揝。董詞：「不會看經，不會禮懺，不清不淨，衹有天來大膽。」此調句字亦可增減，故首二句，與【碧雲天】調不同。董本賫書無惠明，即前法聰。

記中惠明、法聰及前法本，辭雖烏有，然皆借古神僧爲戲。《壇經》，僧惠明，曾與六祖爭衣鉢。又劉宋《釋老志》：「大明中，丹陽中興寺設齋，一沙門來投，曰：『我惠明，從天安寺來。』然天下無此寺，言訖不見。」《神僧傳》：梁僧法聰，能入水定火，帶有二虎及雌、雄龍侍坐。法本，梁天福中，與一僧期會相州竹林寺。僧至無寺，以杖擊石柱，風雲四起，樓臺聳峙，本自内出。此無與本記，亦以記作者之非鑿空也。

【滚綉毬】

「攙」者，攙先。「攬」者，兜攬。非是我「攙」與「攬」而要去。「我平生不曉打參」，祇曉得厮殺。非是我「貪」與「敢」，而要殺人，以「口淡」思食肉耳。「炙煿煎爊」之「爊」，元作「爁」，爁音覽，不叶，今正。「腌臢」，不潔之謂。後四句，皆足上「口淡」句意。

【叨叨令】

「寬片粉」，對「浮餡羹」，古本作「寬粉片」，誤。元《藍采和》劇：「俺吃的是大饅頭、闊片粉。」可證。「休調淡」，欲其調和得好也。羹粉、齏腐，皆僧家本等素食，又承上「口淡」來。故要添雜粉，又囑令「休調淡」。又要將人肉做饅頭餡，又要將餘肉把青鹽蘸，極狀己不管葷素，能大餐之意。「黯」，亦黑也，舊作「暗」，誤。言不擇精物也。董詞：「做齋時做一頓饅頭餡。」「休誤了」二句，承上文接下末句，并是丁寧厨人語也。「雖然是黯」，金本作「從教俺」，以己意易之耳。

【倘秀才】

朱本：「用俺也不用俺」，諸本俱作「喒」。「喒」，《中原音韻》作平聲，調法須用仄聲，今從俺。「能」者，甚詞，猶言着實也。「誠何以堪」，言人不堪之也。惠明言：你每不須看得孫飛虎是件大事，便如此謊張。你怕我不去，我只怕你不用我耳。你聞得孫飛虎之名，便自畏縮，不知他貪淫之甚，人皆不堪其毒而欲剗除他，即甚猖獗，何足懼哉。

【滚綉毬】

首二句，與上「怎生喚做打參」意復。杜子美《飲中八仙歌》：「醉中往往愛逃禪。」朱本作「道禪」，無出。古本「怎生教土漬塵含」，「含」不如「衘」較妥，今易。俗作「塵緘」，與下「書一緘」重，非。言鐵棒使得滑熟，無纖毫塵翳也。「憨」，痴也。「波」，語詞。首誇己之勇，即笑僧伴之無用。末又謔張生，言你所仗者杜將軍，不知還仗我寄書之人要緊耳。你莫道我徒勇而痴，我非痴者也。

【白鶴子】

【白鶴子】後二調，俗本次序顛倒，今從古本更定。「幡幢寶蓋」，「杆杖火叉」及後「綉幡開」句，寺中無兵仗，故各執所有，正作者用意處。俗本改爲「杆棒钁叉」，「綉旗」等，俱非。董詞：「或拿着切菜刀、(杆)[扞]面杖，着綾幡做甲，把鉢盂做頭盔戴着頭上。」正本色語也。

【二煞】

瞅，音丑，北人謂怒目相視爲瞅。

【一煞】

「釤」，斬去之謂，作活字用。古注作大鐮解，非。今本作「脚尖跐」。跐，蹴也，係俗字，字書無之。古本作「撞」，撞亦可叶作平聲。韓退之詩：「文章自娱戲，金石日擊撞。」歐陽永叔《廬山高》篇：「洪濤巨浪，日夕相衝撞。」是也。今並存之。「撒髏」，本作「撒樓」，調侃謂頭也，猶《説文》之諧聲，見《墨娥小録》。諸本作「髑髏」，非。髑髏，死人之頭骨耳。「勘」，校也，於文亦甚用力之意。《輟耕録》：「元院本有大勘刀。」言以刀相勘比也。言小的則提起來，以己之脚而撞之。大的則攀下來，以己之頭而勘之，非言他人之頭也。俗作「砍」，謬甚。

眉批：此等解，非大雅之士卻不能識。

【二煞】

「瞅」，音丑，北人謂怒目相視爲瞅。

【煞孩兒】

【耍孩兒】二曲，今本俱混作【白鶴子煞】。諸本首「駁駁劣劣」一調，而古本首「欺硬怕軟」一調。以上文【白鶴子】資序觀之，當接言己之悍劣喜殺，而後及戲張之詞。如古本則文勢顛倒矣，不若從今本爲是。「駁」，馬色不純。又「驕駁」之謂，言己之莽憨好殺也。古本作「剥」，亦非。「忑忐」，俗字，恐懼意。本作忐忑，心或上或下也，此從韻倒用。朱本作「忒惔」，音義並同。然「惔」亦字書不載。「打熬成不厭天生敢」，謂打熬成的不厭，天生的勇敢也。「没掂三」，不着緊要之意。賈仲名《蕭淑蘭》劇：「柳下惠等閑没掂三。」「怕勒馬停驂，」言不肯勒馬停驂，而以去爲快也。

【二煞】

此皆謊張之詞，言你莫道我憨劣好殺，可激以成你之親事也。蓋我雖欺硬，而遇軟則柔，寧受苦口，而不好甘詞。你今日但當以真情求我，不可貪圖親事而僥倖萬一以誤我也。若書去而杜將軍不來，你不干擔風月，而爲此無益之妄舉哉。又謊言：你若爲親事而僥倖戲我，則我此去亦將戲你，且把你不志誠的言詞，對將軍以賺你，致將軍不來，而你之計策差謬，則親事斷然不成，不亦大羞慚哉。「胡撲俺」，筠本作「胡撲掩」。「掩」字，入廉纖韻，非。「倒大」，北人語詞，與後「倒大福蔭」一例。

【收尾】

「綉幡開」句，語甚俊，押「俺」字，甚奇。董詞：「開門但助我一聲喊。」

二套（今本第六折） 邀謝 注一十五條

【粉蝶兒】

自來諸本俱作「捲浮雲片時掃盡」，「盡」字，屬真文韻，非。蓋「淨」「盡」聲近之誤。下又作「列山靈」，殊無謂，蓋「仙」、「山」，字形相近之誤。「舒心」，放心也。初從徐説，言賊兵既退，可放心列仙靈之像，而陳水陸道場。然較寬一步，《酉陽雜俎》：「邢和璞謂其徒曰：『三五日，有一異客，可辨一味。』數日備諸水陸，張筵一亭。」李昌齡《因話録》：「孫承祐，吴越王妃之兄。召諸帥食，水陸咸備。」蓋紅言今日可舒展其心，列仙靈之畫，備水陸之珍，以酬謝張生而致其欽敬。即後折「殷勤呵於禮，欽敬呵當合」之謂。此與上下文似更近情耳。「一緘書」，古本作「半緘」，與上「半萬賊兵」，兩「半」字重，非。

【醉春風】

諸本作「東閣玳筵開」，即筠本亦然。朱本作「帶烟開」，「帶烟」對「和月」，似整，然亦好奇之過。徐云：言早早開門以待客也。今並存之。「那冷」，謂不冷，猶言那裏冷也。

【脱布衫】

「可有人行」，言無有也。與「可曾慣經」一例，古本「啓蓬門」或作「啓朱唇」，遂以張生唱，誤。詞隱生云：寺中不必言蓬門，不若從夏本作「朱扉」，今並存。

【小梁州】

董詞：「暮見紅娘歡喜煞，叉手奉迎他。」「萬福先生」句，以白作曲。俗本添「剛道個」便贅。「白襴」，唐士子皆着白，故客譏宋濟有「白袍子何太紛紛」之語。楊用修《秇林代山》云：「角帶鬧黄鞓。」今作「傲黄鞓」，非。京師有鬧裝帶，其名始於唐白樂天詩：「貴王冠浮動，親王帶鬧裝。」薛田詩：「九包綰就佳人髻，三鬧裝成子弟鞓。」今按元微之詩：「鬧裝轡頭觿，淨試腰帶斑。」蓋「鬧裝」猶朵裝之謂，不獨帶爲然也，用修只指帶言耳。古本亦作「傲」，古注謂：傲，整勁之意。第入曲不雅耳，今從楊。「烏紗」、「白襴」、「黄鞓」，參差對也。

眉批：舊「傲」字元不成語。（「今作傲黄鞓」之眉批）

【上小樓】

言我未説「請」字，便連忙答應，若鶯鶯呼之，當如何「喏喏」連聲以應耶。董詞：「再見紅娘，五臟神兒都歡喜。請來後，何曾推避。」唐開元中，有鄭嬰齊者，見五色衣神，曰五臟神。臟腑賴飲食以養，故聞請則喜而欲往，大家願隨秀才之鞭鐙也。徐云：陸云《笑林》：有人常食蔬茹，忽食羊肉，夢五臟神曰：羊踏破菜園。實甫當用此成紅娘之謔耳。亦見《啓顔録》。

【滿庭芳】

此曲及上白，古本次【四邊静】曲後。然詳文勢，張生既諾赴席，便當有整飭衣冠之事。下紅娘既稱贊其打扮之俏麗，然後有「一事精，百事精」之語，當從今本爲是。「文魔」，猶今言書痴。《㑳梅香》白：「似此文魔了，可怎生奈何」，亦用此語。古本作「神魔」，猶言降神而魔，如巫者跳神之類。但不見他出，或系傳誤，今亦存之。「風欠」，呆也，痴也，北人方言，猶今俗語，説人之呆者爲「欠氣」。欠氣，即呆氣之謂。「風欠」，言其如瘋狂而且呆痴也。《墨娥小録》載秀才調侃爲酸丁，言張生往來自顧其影，如文魔風欠的人也。《蕭淑蘭》劇：「改不了强（去聲）文撇酣饑寒臉（音斂），斷不了詩曰子云酸風欠。」正此意。以「風欠」押韻，其無他音可知。又楊景賢《劉行首》劇：「醉猱兒磨障欠先生。」亦自可證。自俗本作要字音，遂紛然起庸愚之信。至崔時佩《南西廂》，（俗作李日華，非，日華校增之耳。）改作「文魔秀才欠酸丁」，並文埋亦不通矣。蓋字書從無此字，不知是何盲瞽倡爲此說。金在衡又載入正訛，讀者猥自不察，群爲吠聲之助，正須寸磔以謝實甫耳。「掙」，擦拭也。董詞：「把臉兒掙得光瑩。」「遲和疾擦到蒼蠅」，言其額顱拭得光滑之甚也。「光油油」句，譏其油。「酸溜溜」句，譏其酸。倉米酸虀，皆秀才受用，當時呼秀才爲「酸虀甕」，用「甕」字有意，俗改作「碗」字，非。董詞：「我見春了幾升陳米，煮下半甕黃虀。」「蜇」，諸本作「螫」。螫，音釋注：蟲毒也。當從「蜇」。

眉批：千古卓見，不隨人觀場者。

【快活三】

此承上承諸曲來。「喒」，北人你我之通稱，猶言我和你之謂。言你這樣人，自才能之美，及瑣至衣冠打扮，真是一精百精的。若今日婚姻一件不成，則他日功名諸事，件件不成了。所以汲汲於親事之就，如上文所云也。然亦莫怪你如此，世間草木，本無知之物，然又有如此連理並頭而相兼并者，況你千伶百俐之人，而能不思配偶乎？此調頗難解，古注亦未爽。

【朝天子】

紅娘譴生，言你些小年紀就害相思病了，你倒也真個生得聰俊，真個打扮得俏麗，其奈尚無家室，如夜夜獨宿何。你如今一見我每小姐，便恁地痴想。然設使你個才子縱然多情，俺那小姐若是薄倖，前日兵圍普救之時，不說能退賊軍者情願嫁他，不開這條門路，你卻枉自相思成病，不擔擱了你性命耶。兩「誰無」，俱紅娘自謂。又言你前日央及了我，我也曾再三替你慫恿玉成。你平日道我無信行、無志誠，你今既成親，見俺小姐，你親自問他，便知之耳。徐云：「佳人薄倖」及無信行志誠，俱不得實指鶯鶯說，蓋此施於踰墻搶白之後則可，此時鶯初無背盟之意也。「天生聰俊」，勿斷。「俊」字元不用韻。七字句，襯二字。

眉批：得作者之髓。

【四邊靜】

「可曾」，言不曾也。「可憎」，可愛也。俱反詞。「好殺人無乾淨」，言好之甚，無盡極也。《陳摶高卧》劇：「但卧呵一年半載没乾淨。」《黑旋風》劇：「這一場雪冤報恨無乾淨。」《㑳梅香》劇：「只恐怕夫人知道無乾淨。」可證。古注謂：人死便成乾淨。謬甚。此曲元有襯字，《中原音韻》所載，蓋削去襯字，獨存本調，世遂謂皆後人增入，非也。末句止載「好殺無乾淨。」

【耍孩兒】

「美景」，古作「媚景」。然良辰美景，賞心樂事，謂之四美，古有是語，作「媚景」，當誤。「夫人」二句一直下，教我速來而且教先生莫推辭也。「玉簫象板」，「錦瑟鸞笙」，是的對。俗本作「風簫」，非。

【四煞】

諸本「明博得跨鳳乘鸞客」，「博得」，用仄聲，不叶。「休傒倖」，言你莫作等閑戲謔看，蓋已不要你半絲之聘禮，而成就你一生前程之大事矣。

【三煞】

聘定之禮必以紅，即上紅綫之謂。關漢卿《風月救風塵》劇白：「你受我的紅定來。」石君寶《秋胡戲妻》劇：「這個是紅定。」《鴛鴦被》劇：「當初也無紅定，可也無媒證。」蓋北人鄉語也。

【二煞】

「夫人只一家」，言夫人家無別人。「老兄無伴等」，言張生又無他伴侶也。

【收尾】

北劇凡婢皆曰梅香，俗本作「紅娘」，非。

（白）「談羨」二字，未詳。疑有誤字。

三套（今本第七折）　負盟　注一十六條

【五供養】

「串烟」、「串香」，元詞用之最多。《秋夜梧桐雨》劇：「淡氤氳串烟裊。」《漢宮秋》劇：「再添黄串餅。」散套：「火半温串香香。」又「寶串焚金鼎。」又「寂寞羅幃冷串香。」之類。俗本作「篆烟」，非。末二句，言殷勤欽敬，於禮當合也。董詞：「落花薰砌，香滿東風簾幙。」

【新水令】

「鶯覺人呵」，以紅娘唤之也。此段董詞【出隊子】佳甚，中「眉上新愁壓秋愁」，及「背面相思對面羞」等句，與實甫可稱雙美。【新水令】句字可增減，故此調與他折不同，下【幺】篇又與此調不同。金本欲於「指尖兒」下益一「呵」字，與下【幺】篇「聒」字對，可笑。

【幺】

古注「僂科」，猶云小輩。「没查没立」，方言無準誠也，襯貼「謊」字之意。蓋此曲首二句，自謙之詞，下因紅娘「天生就一個夫人」之語，鶯時真以爲婚事已成，謙言中又稍帶欣幸自誇之意。徐云：「他我」，猶言你我。北人鄉語多連搭説，猶今説己而曰我和你也。言你且莫信口多説，不知我之福分如何，若論容貌，便做個夫人亦不忝耳。然「他」字即指張生亦得，恐不必以你我說也。

【喬木查】

「較可」，可也。末句屬下曲看。「酬和」，今本作「酬賀」。徐云：此唱和之和，非慶賀之賀。舉將除賊，張生之以恩而倡也。今日結親以報其恩，正酬和之理當如此也。

【攪箏琶】

此正說母親多心處。今鄉語謂人家女子爲賠錢貨。言夫人算慳，以酬謝、成親兩件事，並作一次酒席也。「古」、「波」，皆語詞。「張羅」，張排羅列之謂。元楊顯之《酷寒亭》劇：「他將那醉仙高掛，酒器張羅。」古本「費了甚麽」作句，「古那便結絲羅」又作句。俗本訛「古」作「股」，又訛屬上句，遂既不叶韻，並文理亦復不通。今改正。

【慶宣和】

此曲諸本俱作生唱，即古本亦然。然「目轉秋波」語，殊不類，斷作鶯唱無疑。「識空便」句，語俊甚。末「倒躲，倒躲」，與馬東籬詞：「魏耶，晉耶」一例，各二字成文，實二句也。俗本有去下二字者，非。古本亦如上句增「諕得我」三字者，亦非。

【雁兒落】

各上三字，襯貼下三字，俱鄉語也。「回和」，亦酬答之意。馬東籬【黄粱夢】：「禁聲的休回和。」

【德勝令】

董詞：「被這個積世的老虔婆瞞過我。」舊作「即即世世」，於本調多二字，不叶。「教鶯鶯做妹妹拜哥哥」，上四字是襯字，古本作「教鶯鶯妹妹，拜做哥哥」，如此，則似【折桂令】，非【德勝令】矣。「藍橋」，裴航遇雲英事，俗解謂女子與尾生相期死此，可笑。《抱樸子》止言橋下，不言藍橋也。「祆廟」，舊言蜀帝公主事，出小説。然《酉陽雜俎》載《釋老志》，言祆神從波斯國來，常著靈異。人不信，將壞其祠，忽火燒，有兵，遂不敢毁。似以此證更雅。「雙眉鎖」對「比目魚」，「納合」對「分破」。《酷寒亭》劇：「潤紙窗把兩個都瞧破，拽後門將三簧鎖納合。」《魯齋郎》劇：「把雙眉不鎖。」董詞：「頓不開眉尖上的悶鎖。」不可以「雙眉鎖」讀斷，把「鎖」字作活字看。「扢搭」，鎖聲。「納合」者，納而合之也。「撲刺」，舊作「撲剌剌」，當去一字，與「扢搭」相對。「雙眉鎖」，不若即用「雙簧鎖」妙。恐誤。

眉批：剖析精的，那得不醒人鼾睡。

【甜水令】

「都甚相見話偏多」，怪夫人之悔親，徒多其辭説。猶言有甚許多話也。「無那」，無奈何也。「攧窨」，方言。《琵琶記》：「怪得你終朝攧暗。」當從此作「攧窨」。「攧」，頓足也；「窨」，怨悶而忍氣也。蓋失意之甚，攧弄其足，而窨氣自忍之謂。董詞：「攧頓金蓮，搓損葱枝手。」又：「吞聲窨氣埋冤。」可證。《史》：「烏合之衆。」言烏之易合而易散也。「暢」，見前解。「好」，是好生之意。鶯初意是結婚之席，爲久長會合之計，而不意聚散倏忽，故爲此悵恨之辭。猶言這酒席，着實好一場烏合也。古本「暢」作「常」。及解，言此等席面，不過尋常衆會之席，非酬謝之禮也。語氣較懈，且與前「省人情」二句似復，非是。古本「星眼朦朧」上，多「則見」兩字，如此則似他人見之，非鶯鶯口氣矣。今不從。然總之星眼、檀口之稱，俱不妥也。

【折桂令】

「軟癱」，董詞作「軟攤」。「一垛」，猶言一堆。「勾不着肩窩」，俊語也。「斷復難活」，諸本作「斷然」，筠本作「斷後」，俱謬。「後」，蓋「復」字之誤也，從朱本更定。《五代史》漢臣傳，劉銖謂李鄴等曰：「諸臣可謂僂儸兒矣。」「僂儸」，蘇氏演義謂：干辦集事之稱。此借作狡獪之意。鶯鶯意謂夫人悔親，則己與張生俱有死之理，是夫人實送人性命，忘恩背德，當甚狡獪而忍爲之哉。《曲江池》劇：「使不着你僂儸。」小令：「逞甚麽僂儸。」正此意。

【月上海棠】

「抛趓」，猶言抛閃。下「咫尺間如間闊」，正抛趓之謂。此句一連唱下，「間」字勿斷，調法如此。

【幺】

此曲俱指張生，言生不堪其醉。豈真嫌玻璃盞大之故，蓋只爲我也。若真酒醉固猶較可，而不至如此之摧挫耳。

【喬牌兒】

「轉關兒没定奪」，言其無準誠也。「啞謎兒怎猜破」，言其術之狡也。暗地裏以結婚姻許人，是「黑閣落甜話兒將人和」也。今日席上命拜兄妹，是「請將來教人不快活」也。「黑閣落」，北人鄉語，謂屋角暗處，今猶謂屋角爲閣落子。古本作「老落」，與「老」聲相似。馬東籬《薦福碑》劇：「則索各剌里韞匵藏諸。」北音初無正字也。

【江兒水】

「懦」，弱也，言張生懦弱無用，不能於夫人之前堅執前盟也。「鵝」，天鵝也，天鵝群飛，以首一隻爲引領，謂之頭鵝。如得頭鵝，則一群可致。《輟耕録》載：「元鷹房，每歲以所養海青，獲頭鵝者，賞黄金一錠。以首得之，又重三十餘斤，且以進御膳，故曰『頭』。」元人亦常用此語，劉靜修《咏海青》詩：「平蕪未灑頭鵝血。」近王元美詩亦云：「奪取頭鵝任衆嗔。」「没」字當「無」字用，今鄉語猶然。群鵝中打去頭鵝，爲無頭之鵝也。鶯鶯因母悔親，卻思其父，言父在决不爲此失信之事。今既死矣，徒使我悶殺人，如無頭的天鵝一般，撇下我這賠錢貨在此。今日不嫁張生，不知久後欲怎生着落我也。關漢卿詞：「我便似没頭鵝，熱地上蚰蜒。」亦用此語。俗解可笑。

眉批：天壤間有如此快心之解。

【殿前歡】

白樂天《琵琶行》：「就中泣下誰最多？江州司馬青衫濕。」「難着莫」，猶言難撈摸也。末用俗語成敗蕭何之説，元劉時中小令：「女蕭何，成敗了風流漢。」

【離亭宴帶歇拍煞】

「玉容」，自當對「脂脣」，俗本作「胭脂」，誤。「縷帶同心」，與上「雙頭花蕊」，及下「連理瓊枝」，是三對法。然對的而於調不合，此句當用仄仄平平，後摺「竊玉偷香膽」句可證。古本作「壽帶同心」，良是，然對復不整。唐駱賓王《帝京篇》：「同心結縷帶。」「壽帶」亦無出。今並存。「毒害的恁麽」，言夫人毒害得怎生，下「嫩巍巍」三句正是也。「似」，猶言一般。何元朗云：「太行山」二句，全不成語。

四套（今本第八折）　寫怨　注一十五條

【斗鵪鶉】

「雲斂」四句，扇面對法也。引《詩》二句，總見夫人之有始無終也。末二句，指昨日開宴時，未拜兄妹之前，猶是夫妻，是做一會兒情郎愛寵也，語俊。

【紫花兒序】

「早是他主人情重」，指「翠袖殷勤」一句，言令我一奉酒於生，便與做許大人情也。本晏叔原詞句。「東閣」，用公孫弘事。《内典》言飲食之侈，曰「炮鳳烹龍」，「雕蚶鏤蛤」。李白詩：「烹龍炮鳳玉脂粒。」（白）「月闌」，月暈也。語新。

【小桃紅】

首「人間看波」四字，係襯字。「玉容」，勿斷，一句下，七字句。此曲從前白「月闌」二字生來，言人間玉容，怕有人搬弄，故深鎖繡幃之中。嫦娥卻有誰共，不過自怨天宮，縱有裴航，亦不能作游仙之夢以搬弄之也。何必慮其動心而以月暈遮之，亦似我之羅幃數重而圍住廣寒宮耶？此以嫦娥比説，實怨其母拘束之辭。俗本添「這雲」二字，謬甚。裴航祇會云翹夫人，不曾有游仙夢事，借用耳。《開元遺事》：龜兹國進瑪瑙枕，寤則十洲三島，盡在夢中，因號游仙枕。（龜兹，音丘慈。）

【天淨沙】

「步摇」，作虚字用，與下「裙拖相對」，不得泥古皇后首飾名爲解。「金鈎雙鳳」，語俊。俗改作「雙控」，非。鈎上有雙鳳，故能敲響。若止金鈎，何緣有雙控成聲之理，渠自不深思耳。

【調笑令】

「梵宫」，二字作句。「夜聲鐘」，三字作句。俗本上增一「王」字，下句改「聲鐘」爲「撞鐘」，不知下句第二字，當用平聲，用不得去聲。《神僧·惠祥傳》：聲鐘告衆。又《僧一行傳》：普寥禪師命弟子云：遺聲鐘，一行和尚滅度矣。實甫蓋用此語，非無出也。「理結」，撫弄之意。徐云：此上未知是琴。

【禿厮兒】

白樂天《長恨歌》：「鐵騎突出刀槍鳴。」古本作「鐵馬」，非。「聽兒女小窗中」，作句；「喁喁」，又句。韓退之《聽穎師彈琴》詩：「昵昵兒女語，恩怨相爾汝。」徐云：形容琴聲，徒美觀聽，不甚親切，而膚淺者，顧爭賞之。此知琴而未識其意。

【聖藥王】

董詞：「恰似嬌鸞配雛鳳。」又：「雛鳳嬌鸞乍相見。」古樂府：「東飛伯勞西飛燕。」李公垂《鶯鶯歌》：「伯勞飛遲燕飛疾。」伯勞，惡鳥，性好單棲。《卑雅》引《禽經》，謂燕常相宿背飛。故取以爲離别之前。兩段各三句爲對。「嬌鸞雛鳳」句，言其怨親事之不成。「伯勞飛燕」句，言其有離别之恨。蓋因前白，生對夫人有「此事果若不成，小生即當告退」之語也。末句謂不必其言，而此情已盡見琴聲中矣。「嬌鸞雛鳳失雌雄」，以意言，故曰思；「伯勞飛燕各西東」，以詞言，故曰曲。作者苦心，非細味之不能知也。古本作「嬌鳳雛鸞」，於本調不叶，今不從。徐云：此得生琴中之情意矣。

【麻郎兒】

無心者聽之，則動其芳心；感懷者聽之，則令其傷心也。「融」，俗本作「懂」。懂字，懵懂之外無他訓。調法亦當用平聲，從「融」字爲是。然北人常以「董」字作「曉」字用，曰「董得」，猶言曉得。俗本不解「融」字義，遂改作「董」，又訛作「懂」耳。董詞：「令知音者暗許，感懷者自痛。」「斷腸」，古本作「傷心」，並存。

【幺】

凡琴曲，各宫調自爲始終，初彈之宫調爲本宫本調。張生先弄一曲，後改絃《鳳求凰》，故言此曲與初彈「本宫」、「始終」，改换不同也。「清夜聞鐘」三句，皆琴曲名。

【絡絲娘】

此接上曲看，弄琴曲名。古有蔡邕五弄，楚調四弄，如陽春弄、悦人弄、連珠弄之類。一弄猶云一曲，言變做别恨離情之一弄也。「變」字，正應上「與本宫、始終，不同」意。更長漏永，即俗言寂寞恨更長。「衣寬帶松」，言頓成消瘦也。

【東原樂】

歸罪夫人，亦人情宜爾。「乞求的學鸞鳳」，較率而俚，下以夫人「併女工」而不能相就自釋，意既宛委，而詞亦姿媚可念。

【錦搭絮】

何元朗謂後第三折「眉黛遠山不翠」四句爲失韻，此四句亦然。俗本遂群然疵之，致有欲私爲改易者，不知北詞故有此法。元諸劇中，如【混江龍】調，有中段全不用韻，三字或四字成文，至一二十句許；【攪箏琶】調，末段不韻，至六七句許者。實甫守法故嚴，且兩曲俱【綿搭絮】，前卻【尋歸路】一調，又復不爾，故知此屬變體，特庸人未考耳。陳石亭《苦海回頭記》，第二折用先天韻，其【綿搭絮】一調：「你聽那移商刻羽，流徵旋宫，心隨流水，志在高山，端的是没了知音絶了絃。」亦第五句才押「絃」字，正與此曲一格，足爲明證。實甫受抑良久，特爲一雪之。「幽室燈青，疏簾風細」，係董語；「榥」，俗作「棍」，誤甚。「賦高唐」，古作「赴」，「以」與「來」字重。

眉批：山字屬寒山韻，與絃字屬先天韻，故是二韻。（「志在高山」句眉批）

【拙魯速】

「氣衝衝」，言紅娘來之急也。「恨匆匆」，言己別之速也。「早是不曾轉動」，言幸無他故也。「響喉嚨」，「緊摩弄」，皆言摧促之甚也。「摩弄」，猶言搏弄，亦製縛之意。徐云：「攔縱」，猶言搓挼也。言紅之促己，事屬可恨，然衹得搓挼曲從而不敢譴怒之者，恐夫人處搬説是非而葬送我也。

【尾】

此爲夫人諱過，而又以己意留張也。「唧噥」，多言之謂。言親事不成，以有人在夫人處間阻之也。「問」，即管字意。「口不應」，心口不相應之意。「志誠種」，鶯鶯自謂。言夫人即以人間阻而負你，我决不負你也。下二句分應上二句，言不須管夫人肯不肯，捨得夫人，捨不得我，尚有志誠待你之心也。王子一《誤入桃源》劇：「成就了風流志誠種。」蓋亦見成語也。然語殊不俊。

一套（今本第九折） 傳書 注一十三條

【賞花時】

俊詞也。《遊宦紀聞》：通天犀有白星徹端。古詩：「心有靈犀一點通。」古本「胭粉」，較今本作「脂粉」似俊。「消香」，今本作「香消」，與上「無心」不對，今正。徐云：此極褻之詞，郤用得免俗。

【點絳脣】

「行祠」，猶言行宮、行臺之謂。相國之寄居祠中，以值喪事也。幼女孤兒之欲死，以又值兵亂也。

【混江龍】

詞隱生云：「伸志」，言張生伸己之意志而拯救其危也。「文章有用」，指興師之書。「天地無私」，言不容賊從之肆惡而亟殄滅之也，即下「剪草除根」之意。「糊突」，即「糊涂」，北人「涂」、「突」元同音。然「糊突了」與下「流淚濕」作對不整，疑有誤。

【油葫蘆】

「憔悴潘郎鬢有絲」與「杜韋娘不似舊時，帶圍寬減了瘦腰肢」句，參差相對。「杜韋娘」對「潘郎」，「不似舊時」對「憔悴」；「帶圍」係七字句，襯一字，對「鬢有絲」。「寬減」二字相連讀，勿斷，調法如此。下六句自相對偶。俗本於「杜韋娘」句下添「一個」二字，謬甚。「筆下寫幽情」，頂「花牋」句。「絃上傳心事」，頂「絲桐」句。末句總承上文。「筆下寫幽情」二句，法當用七字句，以對偶，稍變。

俗本之訛，往往如此。（「俗本於『杜韋娘』句下……」之眉批）

【天下樂】

承上曲來，言張生、鶯鶯二人，如此情致，如此聰明，所謂才子佳人，世間信有，便害相思亦與他人不同。看來我紅娘倒也是個乖巧伶俐的人，或者遇着有情之人，不得遂心，也要如此害相思。但他每害得有些喬樣，我若遭着時，不暇如此三思，但一直頭安排個憔悴死而已。「抹媚」，猶言妝喬，即下之「三思」，上之絲桐傳恨，花牋寄詩等事也。「他害的有抹媚」，與「我遭着没三思」，二語正相對。今本「有」字下添一「些」字，遂爾不整，意亦後人誤增。今第削去，便自瞭然。「媚」字，原不用韻。古注謂紅娘説自己性乖，故不像二人之憔悴至死。徐謂紅娘不能爲上文「三思」之事，反言己之呆，倒是乖。而皆以「有情人不遂心」句，泛指天下人，俱覺纏擾不妥耳。今並存之。

逕削去「些」字，更爽，此等之疑不闕可也。（「下添一些字，遂爾不整。」之眉批）

【村裏迓鼓】

董詞：「把紙窗兒微潤破，見君瑞披衣坐。」又鄭德輝《翰林風月》劇：「門掩蒼苔書院悄，潤破紙窗偷瞧。」古本作「濕破」，並前白亦然；「潤」字佳，當是傳寫之誤，今從「潤」。「睡起」、「况味」、「活計」、「聲息」，俱元不用韻。各三句，鼎足對法也。

【元和令】

董詞：「手取釵把門打。」「散相思」，以相思散與人也。俗本謂「五瘟使」，是「氤氲使」之誤，渠自不識調，「五瘟」之「五」字，當用仄聲，用不得平聲也。「探爾」之「爾」，俗本作「你」，便非韻；蓋元省作「爾」，又「爾」、「你」，字形相近之誤耳。

董詞：「起來梳裹，脂粉未曾試。」「張殿使」，猶言張狀元也。

【上馬嬌】

「這妮子」下，替鶯鶯口氣説。「妮子」，勿斷，七字成文。「嗤」，笑聲，笑其扯做紙條也。《倩女離魂》劇：「被我都嗤嗤扯做紙條兒」，正用此語。「嗤」字另唱，與首摺「偏，宜貼翠花鈿」，「偏」字另唱，一例。

【勝葫蘆】

此因張生金帛相酬之言而發怒也。二曲一氣連看下，勿斷。張、章二姓，俗有挽弓、立早之别。「挽弓」，拆白「張」字也。「酸來」，調侃秀才也。言你個張秀才好没意思，你説多以金帛酬我，慾賣弄自家有家私焉？我之此來爲圖謀你的東西而來耶？若你把錢物賞賜，而我受了你，是看我做墻花路柳，賣笑依門，而爲娼妓等人也。我雖婢子，卻有志氣而不重錢物。你只下個小心求我，我倒有個尋思，而替你寄去不辭耳。「可憐見小子」作句，「一身獨自」作句。徐云：二曲妙在一氣急急數去，正與快口婢子動氣時傳神。俗本添許多「甚」字，口氣便緩而懈矣，此可與智者道耳。「賣笑」，今本作「賣俏」。《史記》：「刺繡紋，不如倚市門。」

暢甚。（眉批）

【後庭花】

董詞：「也不打草，不勾思，先序幾句俺傳示，一揮揮就一篇詩。」「勾」，從古本作「搆」。然元詞俱止作「勾」。「風流浪子」，皆稱人美詞。鮮于伯機詞：「元來則是賣弄他風流浪子。」《倩女離魂》劇曰：「那王秀才生的一表人物，聰明浪子。」顧君澤詞：「風流浪子怎教貧。」可證。末「小可的難辦此」，「辦」，猶言優爲也。言上文作柬題詩，雖是弄聰明而爲此假意，然使小可之人，亦不能優爲之也。「辦」，諸本作「到」，筠本作「辨」字解，俱非。「辦」、「辨」，古字元通用。朱本只作「辨」。

【青哥兒】

董詞：「須臾和淚一齊封了，上面顛倒寫一對鴛鴦字。」「在心爲志」，小心在意之謂。有俗解，謂娼家封書，於交縫處作一「志」字，拆開則成「心干」二字，殊非大雅。紅娘言我此行，看他意思喜怒，然後投柬。你自放心，我既應承了你，决不推辭而誤你也。我見小姐，何以措辭，則說昨夜彈琴之人，教我傳示於你，而待他自尋思之也。「喜怒」，其間勿斷，七字句，「那」字係襯字。徐云：「道甚言辭」二語，以白作曲，淡而濃，簡而俊，俱屬妙境。

【寄生草】

此調句句皆對。筠本「淫詞兒污了龍蛇字」，作「誤了」。下「誤了玉堂金馬三學士」，作「送了」。今從朱本。《澠水燕談録》：歐文忠公與趙少師概、吕學士公著同宴，作口號有「玉堂金馬三學士，清風明月兩閑人」之句。

【煞尾】

如「沈約之病多般」與「宋玉之愁無二」，「相思樣子」，語甚俊，極言其瘦之甚也。董詞：「沈約一般，潘安無二。」「怎敢因而」作句。「因而」，方言輕慢之意。《謝無香》劇：「初相見呼你爲學士，謹厚不因而。」及後寄書折，「勿得因而」，可證。「有美玉於斯」，以此珍重其書之意，卻借用下文「韞匵而藏」語也。因賓白張生有「姐姐在意」之囑，故言你二人向日眉眼傳情未了之時，我已心中藏之而不敢忘矣。你之書，與重價之美玉一般，我怎敢輕慢而沉匿了你。我須教此去，定有發落，歸着這一張紙也。記中紅娘諸曲，大都掉弄文詞，而文理每不甚妥貼，正以模寫婢子情態。用意如此，非妙手不能。「那人兒」勿斷，斷則兩「兒」字矣。元七字句。

三昧語。（「正以模寫婢子情態用意，情態用意如此。」之眉批）

二套（今本第十折） 省簡 注二十條

【粉蝶兒】

首三曲，秾艷婉麗，委曲如畫，周昉仕女圖，不過如此。元喬夢符論作詞之法，曰：鳳頭，豬肚，豹尾。謂起要美麗，中要浩蕩，結要響亮。《西厢》正得此體，每曲皆然。《翰墨全書》載：元時上表牋者，以梅紅羅單裌封裹，蓋當時所尚。徐云：香繞窗紗，以無風而簾不動也。

【醉春風】

朱本，「玉斜橫」，諸本俱作「玉橫斜」。但對下「雲亂挽」，則當從「玉科橫」爲的。諸本「日高猶自不明眸」，語頗費力。朱本作「凝眸」，謂注視也，言日高而目尚矇矓未開也。詞隱生引《洛神賦》：「明眸善睞。」謂語非無出。今並存之。然似終有誤字。

【普天樂】

朱本「烏雲散」，諸本作「軃」，軃音朵，見上文然。關漢卿《緋衣夢》劇：「則今番臨綉床有些兒不耐煩，則我這睡起來雲鬢兒亸偏軃，插不定秋色玉連環。」則「軃」或又可作「彈」音耶。第此曲止宜作散字耳。晨而曰「晚妝」，宿妝未經梳洗也。前「雲亂挽」，此「烏雲散」，及「亂挽起雲髻」，稍重。董詞：「把柬貼兒拈抬目視，是一幅花牋寫着三五行字兒，是一首斷腸詩。低頭了一晌，讀了又尋思。」

【快活三】

言招惹張生寄簡，分明是你過犯，卻緣何罵我，把我摧我。你使我去而顛倒作惱，此何理也。你因不慣，誰人又曾慣耶？言你不曾看慣，我亦不曾寄慣也，因上曰：「我幾曾慣看這東西」而言。俗解你不慣，卻誰慣耶，直指鶯説，謬甚，鶯何嘗真慣耶？「惡心煩」之惡，去聲。《切鱠旦》劇：「你卻便引得人來心惡煩。」可證。俗作如字音，非。

眉批：看得委西(細)。

【朝天子】

第四句元七字，此作四字二句，係變法。「病患，要安」與上「近間，面顔」，各二字爲句；「黄昏清旦」與「曉夜」字似重。

【四邊靜】

此反詞以激鶯也。「人家」，指張生，猶他家、伊家之類，今北人鄉語猶然。言我今日非爲張生，怕他日逐在此調戲，萬一老夫人見出些破綻，則你與我將如之何，是大家不好看也。故今日我汲汲於你二人之成就者，亦爲你我自身計也。若張生病勢危難，我那裏管他，正要哄他上竿，掇了梯兒閑看之耳。徐云：言掇梯賺人，此等本事，本來能做，只爲你計較利害，故如此委曲爲他傳遞，你如何反怪我耶。「攛斷」，即斷送之意。石子章《竹窗雨》劇：「攛掇了人生有限身。」陳大聲詞：「雨雨風風，攛斷的病兒重。」

眉批：攛斷上竿，作指鶯説，未爲不可，與問甚句，便不相蒙，必如此看，方巧俊動人。

【脱布衫】

此鶯鶯已去，背後駡之之詞。「小孩兒」，正指鶯也，俗本改作鶯唱，非是。「一謎」(去聲)，鄉語，今吴越間亦有之，即前「一納頭」之意。

【小梁州】

此二曲一直下。「我爲你」三字，直管到「佳期盼」句。「我」，紅娘自謂；「你」，鶯鶯也。言爲你如此想他，故不憚勤勞，替你傳消問息，而如今倒做嘴臉（音斂）罵我耶。俗本作「他爲你」，則他字謂張生矣，於上下文全無謂，謬甚。「羅衣不耐五更寒」，謂起得早也。「闌干」，縱横貌。白樂天《長恨歌》：「玉容寂寞淚闌干。」「廢寢忘餐」，與前【朝天子】重。「寂寞淚闌干」，亦與「望東墻淹淚眼」重。

【幺】

「辰勾」，水星。其出雖有常度，然見之甚難。西漢《天文志》及《淮南子》，謂一時不出，其時不和；四時不出，天下大饑。張衡云：辰星，一名勾星。《博雅》云：辰星，謂之鈎星，故亦謂之辰勾。李尋曰：四時失序，則辰星作異，政絶不行，則伏不見而爲彗字。晉灼謂：常以四仲之月，分見奎婁東井角亢牽牛之度，然亦有終歲不一見者。盼佳期如等辰勾之出，見無夜不候望也。《青衫淚》劇：「恰便似盼辰勾，逢大赦。」俗本添一「月」字，俗注又引吳昌齡《勾辰月》劇爲證。可笑之甚。「撮合山」，世以比稱媒人，元劇用之最多。如喬夢符《揚州夢》劇：「將你這個撮合山，慢慢酬答。」王焕《百花亭》劇：「索那撮合山花博士。」《陳摶高卧》劇：「撮合山錯了眼光。」《鴛鴦被》劇：「當初是那撮合的姑姑，送了這望夫石的玉英。」《傷梅香》劇：「那時將撮合山，恁時節賞。」等可證。古注謂是荷包上壓口，杜撰無據。言我爲你如此盼望佳期，着我夤夜奔走，不曾牢關角門，今反如此摧殘我耶。又猜你既如此思想張生，而又佯怪我之傳書送簡，意或怕我之漏洩言語而然耳。你何用如此疑我，我只願你安穩做了夫妻，向筵席頭上打扮去做新人，我做個縫了口的媒人，决不漏洩此事也。

【石榴花】

「不怕春寒」，正應「猶自怯衣單」句。「撰」，戲弄之意，俗本改作「賺」，便落閉口韻，非。「胡顔」，羞也，此皆極形容以嘲鶯之意。「猶自怯衣單」及「不怕春寒」二語，與前【小梁州】「羅衣不耐五更寒」，又重。「向晚」上，古本無「昨日個」三字。然調法當五字作句。「晚」字宜韻，若「向晚」與「不怕春寒」一句下，本調更少一句，今從諸本存之。但「日」字須作平聲唱，乃叶耳。「晚」字，與上「晚妝樓」亦重。「望夫山」，《寰宇記》謂夫行役，妻每登高而望，故名。《路史》謂是望敷之訛，以望敷淺原也。

【斗鵪鶉】

此承上曲意來。艾焙，灼艾之火也。受艾焙權時忍這番，猶俗言忍炙只忍這遭。言此後再不爲之傳送也。古本「暢好干」，今本作「奸」。徐云：「暢好干」，干之甚也。「巧語花言」，即上覓人破綻之意。謂我着甚要緊，管你這事，你今日對我有許多巧語花言，傷犯着人，到背地裏卻又愁眉淚眼，不能自持也。詞隱生云：「干」，似不如「奸」字明白，言鶯之奸詐爲甚也。然接上「受艾焙」句語氣，則「干」字就紅娘言，又似較勝耳，今並存。

【上小樓】

「那的」，謂簡帖也。「招伏」，謂供招。張仲章《勘頭巾》劇白：「掌刑名者有十個字，是原法、事頭、正犯、招伏、結案。」鄭廷玉《後庭花》劇：「若是有證見，便招伏。」「勾頭」，即勾牒。馬東籬《岳陽樓》劇：「將勾頭來吊你。」《百花亭》劇：「追人命的勾頭。」《魯齋郎》劇：「那一個官司敢把勾頭押。」古本作「勾當」，語既與招伏公案不倫，而此句下二字，法當用平聲，若「勾當」，則去聲矣。今不從。下言鶯鶯若不看我的面顏，有顧盼我的意思，而擔饒你書辭之輕慢，他險些打及我，而把你娘拖犯矣。「你娘」，紅娘自稱，以謔張生也。「擔饒」，情恕之意。董詞：「官人每更做擔饒。」

【幺】

此直以危詞絶生，亦戲生而故窮之也。北人方語謂走爲「趄」，見《墨娥小録》。劉時中小令：「馮魁破産，雙生緊趄，小姐先趄。」「訕」，謗也。言今日事已無成，只大家走散，不必再怨訕留戀之也。「秦樓」，筠本作「秦臺」。徐云：不如樓字。

【滿庭芳】

「撤奸」，使乖之意。「呆裏撤奸」，亦方言，謂事勢如此，用不得乖也。「他」字，指鶯。「掿」，按也。「怎透針關」，古本作「縱過」，似費力。紅娘言：你如今休再痴想，你要恩情美滿，卻做我着，教我骨肉摧殘。小姐手按着檀棍，只要打人，譬粗麻綫怎透得過針關耶。「幫閑鑽懶」，須手脚利便；「送暖偷寒」，須口舌無禁忌。又言你如今直待要我打得傷了，拄着拐去幫襯；禁得不説話，縫了脣，去傳遞耶？下又形容其心軟，不能拒絶之意。「犯」，諸本作「泛」，非。言去則傳遞消息，踏着罪犯，不去，又難爲張生熱意催趲，是左右做人難也。「他」字，俗本改作老夫人，謬。渠不通上下文理耳。董詞：「打折你大腿縫合你口。」

（白）哩也波，哩也囉，北人方言，猶言如此如此也。

本文元是直截，俗本誤人多矣。（本則開頭之眉批）

【耍孩兒】

「小則小」，謂鶯鶯年紀雖小，卻揣摩不定，如轉關然。「女字邊干」，拆白「奸」字。「三更棗」，六祖事。「九里山」，項羽事。「鬧中取静」，言使他人奔走，而自處安逸也。

【四煞】

「玉版」，牋名。宋陳後山詩：「南朝官紙女兒膚，玉版雲英比不如。」「金雀鴉鬟」，指鶯鶯也。李公垂《鶯鶯歌》：「金雀鴉鬟年十七。」俗本以爲是紅娘，遂改作「丫鬟」，謬甚。

【三煞】

「他人」、「别人」，俱指張生。「更做道孟光接了梁鴻案」，言其既以夫婦之情待之矣。「甜言媚你」，諸本俱作「甜言美語」，一本作「甜言浼汝」。「美女」與下「傷人」不對，又與惡語犯重。「浼汝」對整而太文，蓋皆聲近之誤。古本「爲頭看」，今本作「回頭」。「爲頭看」，猶言從頭看也。謂鶯約你偷期，而又以惡言傷我，我且從頭看你這離魂倩女，與擲果潘安兩個，到其間如何做事，如何瞞我也。「離魂」、「擲果」，俱不作用力看，只借言倩女、潘安，而帶言之耳。如此解，庶與上下文勢相貫。古注謂：起初就看見你倩女，慫投果潘安，言鶯先去調戲張生，語氣既懈。徐說：紅恨鶯瞞己，又辱己，而擬慫管束之。謂我且看這倩女，如何離魂，如何擲果，猶言決瞞我不得也。此又與上下意不屬。詞隱生云：「爲」字難解，不如「回頭」明白。今並存。

天成之語，天然之對。（此則開首之眉批）

【二煞】

朱本及諸本，作「隔墻花又低」，筠本作「隔花階又低」，並存。「嫌花密」，古本作「嫌花鬧」。似不如「密」字勝。「盈盈秋水」，「淡淡春山」，用秦少游詞句，兩「他」字用在句上，更俊。俗本作「望穿他」，「蹙損了」，便俗。徐云：後二煞，紅雖攛掇張去，亦稍露功不由己意，在冷言冷語中，據下折張事敗而紅多訕辭，可見。

【煞尾】

「胡侃」，無準實之意。「證果」，見佛書，釋氏得道，謂之證果。元詞：「證果了風流少年子。」

三套（今本第十一折）　踰垣　注十五條

（白）今本「花香重疊和風細，庭院深沉淡月明。」古本作「庭院無人」，語佳。然上句「花香重疊」，即「庭院深沉」，似對較整耳。

【新水令】

即入丹青，亦成妙手。「樓閣斂殘霞」，古本「樓角」。上曰「門闌」，對則須從「樓閣」耳。兩「晚」字，兩「樓」字，重。

【駐馬聽】

「淡黃楊柳帶棲鴉」，賀方回詞，對句景調俱稱。「我則怕」三字，管至末。

【喬牌兒】

北人稱菩薩神祇，不曰聖賢，則曰賢聖。前遊寺折，「拜了聖賢」可證。此因日之不下，而欲令賢聖打之也。董詞：「一刻兒没巴臂抵一夏，不當道你個日光菩薩，没轉移好教賢聖打。」

【攪箏琶】

「身子詐」，古本作「乍」。打扮的詐，猶言打扮得喬也。董詞：「不苦詐打扮，不甚豔梳掠。」可證。「乍」字無據，今不從。「水米不粘牙」句，屬上文看。自前調「自從日初想月華」，至此調「水米不粘牙」九句，皆並指鶯生二人言。觀上紅白：「我看那生和俺小姐巴不得到晚」，及「爭扯殺」三字可見。「水米不粘牙」，承上句來，言大家都爲心猿意馬所牽繫，而飲食俱廢也。下又言我想小姐平日閉月羞花，深自珍重，由今日觀之，果真耶假耶。不意今日其風流之性，一旦難自按納，而遂一地裏胡爲亂做至此也。「閉月羞花」，借言其深藏密護，不易令人見之意，不得泥平常稱人之美説。此曲頗難解，若以「水米不粘牙」屬下文，遂以張生想鶯鶯言，便不瞶瞶矣。元張小山詞：「燕子鶯兒，蜂媒蝶使。」蓋已見成語。金本謂「真假」是「直家」，可噦。朱本作「直加」，亦大無謂。

「詐」字無證，便不可解。（開首「身子詐」之眉批）

此調意本曲折，解得妙絶。（「自從日初想月華至此調……」之眉批）

【沉醉東風】

徐云：「風揺暮鴉」，思巧甚。「那裏」之「那」，作上聲讀，言其不曾叙寒温也，與下「並不曾打話」相對。董詞：「女孩兒謔得一團兒聲顫，低聲道解元聽分辨，你便做摟謊敢不開眼。」亦佳。

【喬牌兒】

「淡雲籠月，似紅紙護燭；柳絲花朵，似簾幙下垂；緑莎如茵，似鋪繡榻。」正應賓白「今日這一弄兒助你兩個成親」意。「下」字，作活字用。

【甜水令】

「良夜迢遥」，三句相對。「迢遥」，元作「迢迢」，不應一句獨用疊字，今直更定。言夜長人静，工夫有餘，正須緩性温存，莫作敗柳殘花，造次摧挫之也。

曲中誤字類比甚多，賴具眼拈出甚快。（眉批）

【折桂令】

首三句，屬上曲看，正見不可摧殘之意。「夾被兒時當奮發，指頭兒告了消乏」，即後折「手勢指頭兒恁」之意，褻詞也。董詞：「十個指頭兒，自來不孤你。孤眠了一世，不閑了一日。今夜裏彈琴，不同恁地，還彈到斷腸聲，得姐姐學連理。指頭兒，我也有福囉，你也須得替。」即此意。言我爲你成就此事，不圖你謝，只憐你夾被奮發之時，指頭已告消乏，故不辭受怕膽驚，替你説合。你從今儘可打疊起舊時之嗟呀云云，以省你指頭之勞苦，但須準備撑達以快其事也。「打迭」，或作「打疊」，義同。「撑達」，解事之謂。《揚州夢》劇：「禮數暢達。」《紅梨花》劇：「這秀才暢撑達，將我問根芽。」《琵琶記》：「不撑達害羞的喬相識。」古注謂夾被獨宿清寒，今有伴侶，乃是奮發指頭預辦偷春。剪落指甲，乃是消乏。過爲求文，非作者本色，謬甚。又解撑達爲支撑了達，亦無據。

正爾不必過爲求文。（眉批）

【錦上花】

言今夜踰墻，我何爲放膾，祇道鶯鶯真許張生做夫妻，而意不爭差耳，卻緣來如此變卦也。「悄悄冥冥」，正張生之無言。「絮絮答答」，正鶯鶯之變卦而饒舌也。「隋何、陸賈」，亦不過取其舌辯能哄動人，二人未嘗有風流浪子實事。《史記》隋何，只紀其説英布事。陸生自説尉佗之外，又言其安車駟馬，從歌舞琴瑟，侍者數十人爲娱。其所著《南中行紀》，謂雲南中百花，惟素馨香特酷烈，彼中女子，以綵絲穿花心，繞髻爲飾。楊用修詩有「曾把風流惱陸郎」之句，他無所見也。

（白）「張生背地裏嘴那裏去了」數句，紅娘見張生無用，故教唆他，言何不向前摟住丢番，便告到官司，亦羞他而不羞你也。若作替鶯鶯數落張生口氣，便失作者之意。

【清江引】

此即前白意，且以嘲笑張生也。言其只爲背後誇口，當場没用。卻何故湖山相遇之時，忘卻垂楊下凖備之語，而令香美娘得處分你這個花木瓜也。「香美娘」，指鶯鶯，蓋亦見成方語。「處分」，發落之謂。徐云：此隱語也。舊解「花木瓜」，言其好看不中吃。《本草》：木瓜味酸。以酸丁嘲張生。《方輿勝覽》云：宣州人種瓜始成，則鏃紙花以貼其上，夜露日曝而變紅，花文如生可愛，故曰花木瓜。又見《爾雅·翼》。《兩世姻緣》劇：「有那等花木瓜長安少年。」《誤入桃源》劇：「空結實花木瓜」，皆用此語。又《舉案齊眉》劇：「則你那花木瓜兒外看好。」則舊解似亦可據。

【雁兒落】

凡官員坐衙鞫事，謂之坐衙。「喬坐衙」，假意尊大之謂。馬致遠《青衫淚》劇：「俺那愛錢娘，一日坐八番衙。」古本

「中長話」，今本作「衷腸」。「中長話」，猶言有道理好説話也。言非是我每妄自尊大，待説幾句中長好話以教訓你，你讀書人，緣何不用心文學，而如此大膽好色也。古注以「中長話」無出，慫從今本作「衷腸」。詞隱生亦云：「中長」二字似太生澀，然安知非當時常用方語也。今並存。「海樣深」，古作「海量寬」，似上語勝。

【德勝令】

「做得個」，猶言入得你這個罪也。諸本舊作「非奸做賊拿」，於本調不叶，今更定。周挺齋極譏《陽春白雪集》【德勝令】「沉煙裊綉簾」，應唱作「沉宴裊羞簾」，正此句也。詞隱生云：《中原音韻》「賊」字，叶平聲，易作「盜」字佳，今從。躍而上馬，謂之騙馬，今北人猶有此語。《雍熙樂府》詠西廂【小桃紅】詞：「騙上如龍馬。」馬東籬《任風子》劇：「我騙上墻騰的跳過來。」可證。以「騙馬」對「跳龍門」，正猶上句以「偷花漢」對「折桂客」，上有「漢」字，其旨甚明。下止言「騙馬」，不過借字義以形容，謂大才而小用之耳。俗注謂哄婦人爲騙馬，不知何據。紅求鐃之白，置此曲後，先謝小姐而卻爲求鐃，正是紅娘狡猾。下又云：「若官司詳察」，云云，又代鶯鶯發落，皆是妙處。俗本移在「謝姐姐」前，正不達詞人深意耳。今從古本更正。

眉批：俗注之可恨以此。（「俗注謂哄婦人爲騙馬，不知何據。」之眉批）

【離亭宴帶歇拍煞】

「猜詩謎的杜家」，《輟耕録》雜劇名目，有《杜大伯猜詩謎》。即古本亦訛作「社家」，今改正。「㐺拍」，是拍搀不中節之謂。「山障」，隔絶之謂。「緑慘」，陰暗之謂。張生前説是猜詩謎的杜家，紅娘笑他一件件都猜不着。説「迎風户半開」，是開門等你，今「㐺拍」了也；説「拂墻花影動」，是着你跳過墻來，今「山障」了也；説「待月西廂下」，是鶯鶯等你，今「緑慘」了也。「膩粉」，或作「傳粉」，則「傳」字與「搽」字相犯；或作「粉面」，又與下「眉兒」不對。元人呼粉曰「膩粉」。《輟耕録》：製漆方，用黄丹膩粉。無名異，可見。又樂天詩：「素艷風吹膩粉開。」又元《舉案齊眉》劇：「重整頓布襖荆釵，打迭起胭脂膩粉。」《百花亭》劇：「花費了些精銀響鈔，收買了膩粉胭脂。」《後庭花》劇：「白膩粉輕施點翠顰。」皆用此語，其爲「膩粉」無疑。二句，言一任你如何郎之傅粉，强自妝飾以哄動他，他卻不來采你，不要你這張敞來替他畫眉也。「措大」，調侃秀才。宋太祖謂桑維翰措大，賜於十萬貫，則塞破屋子矣。「强風情」，勉强風情也。「晴干」，猶言曬干。董詞：「情詩兒自後休吟，簡帖兒從今莫寫。」「猶古」，北語古，與兀同，猶今俗言還固也。董詞：「尚古子不曾梳裹。」亦此意。「調發」，戲弄哄誘之意。石子章《竹塢聽琴》劇：「出家人休調發我。」喬夢符詞：「休把這紙鷂兒厮調發。」鄭德輝《王粲登樓》劇白：「是丞相數次將書，調發小生來到京師。」徐云：末二句，一句勸其休怪鶯鶯，一句勉其再去讀書。言其於風流家數，尚參不透，何可怪得鶯鶯，你還用再去遊學讀書，以長見識也。古注謂上句勸解鶯鶯，下句勸解張生，便索然非本旨矣。

直是透頂之針。（徐云：「末二句，一句……」之眉批）

曲中用「膩粉」，亦方言也。（眉批）

向來誤作「社家」，非此證，終瞶瞶矣。（眉批）

四套（今本第十二折）　訂約　注一十四條

（白）老夫人説「張生病沉」，北人謂重爲沉。《團圓夢》劇白：「妾的擔兒沉，怎生放得下。」可證。

【鬥鵪鶉】

「綵筆題詩」二句，指前日寄詩而言。「熱劫兒對面搶白」，指跳墻時説。「冷句將人厮侵」，指寄藥方説。「厮侵」，亦做弄之意。《蕭淑蘭》劇：「誰想你夢里也將人冷侵。」徐云：「昨夜」、「今日」須活看，言昨夜如此，今日又如此，句冷句熱以調弄之也。蓋紅娘不知是情詩訂約，真以爲送藥方，又哄之也。

【紫花兒序】

朱本「迭窨」，筠本作「迭害」。「迭」與顛通。「迭窨」，見前「張解元識人多」折解。「迭害」，不見他詞，必字形相似之誤。「把似你」，直管至「侍妾逼臨」。「綫脚殷勤不離針」，言終日傳書寄簡也。「從今後教他一任」，言今後你祇管是這樣忘恩負義也，蓋怨鶯負張之詞。

【天净沙】

「不曾得恁」，正下文所謂「乾相思」也。「海棠開」，勿斷，一直下，六字句，「開」係襯字。孫夫人詞：「海棠開後，想到如今。」

【調笑令】

「喑」，泣不止貌。「沉」，言病之重也。今本「撒唔」，「唔」字義見後【鬼三臺】注，古本作「掇浸」，注謂全無滋潤之謂，未知何據。元王元鼎詞：「走將來乜斜豆撒㑽。」或「撒㑽」與「掇浸」字形相近之誤，或直是「撒唔」，亦未可知。詞隱生云：當從「撒唔」。今並存之。「好教」，猶言好唤做也。言張生病之喑沉，非正項症候，蓋爲邪淫所致，所以尸骨岩岩，成了鬼病也。便做道秀才家從來如此邪淫，但似他乾相思，好唤做乾之甚耳。「返吟伏吟」，見沈括《筆談》「六壬論」，又命書：年頭爲復吟，對宫爲反吟。云：復吟返吟，涕淚淫淫。術家占婚姻遇此，雖成，亦有遲留之恨。言前日功名不遂，今日又婚姻不成，蓋憐之也。

【小桃紅】

「桂」、「當歸」、「知母」、「紅娘子」、「使君子」、「人參」，六藥名，借以寓意，猶古之有藥名詩也。「醋酸」，又以嘲張生爲酸丁也。「恁」，猶言這樣，詞隱謂好也。「撒沁」，不睬采之意。《蕭淑蘭》劇：「爲我自己輕浮，不能管束，正好教他撒沁。」「知母」，借指夫人。「(使)君子」，借指張生。「一星」，以分兩借言。「參」，借言病可，滲滲(平聲)然也。總言此方能使君子之病，有一星之痊可也。《本草》使君子之「使」，本作去聲。有郭使君者，其子病，服此藥而愈，故遂名曰使君子。此卻借上聲，作役使之使用。

(白)紅云：「又早兩遭兒也」，指前猜詩謎說，猶言你又如此也。下云：「不差了一些兒」，猶言你說小姐書中許你如何如何，果然認得真切，不差錯乎。紅蓋疑張詐己，如下曲所云也。

【鬼三臺】

「啉」、「唔」二字，俱係閉口音，鄉語俗字也。筠注謂「啉」，貪也，誤。「啉」，古又與婪通用，渠見作婪之啉，注作貪，遂並此「啉」字，亦以貪字解耳。《石林燕語》，謂「啉」爲「懍」，即聲相近，殊非。「唔」，筠注作欲吐復吞解，亦意會之說，非本義也。蓋「啉」，愚也，見王文璧本韻注。又王元鼎詞：「笑吟吟妝呆妝啉。」元人小令：「妝啉妝呆瞞過咱。」可證。「唔」，亦見王注，謂撒也。北語「撒唔」，徐云：是哄人之意。元劉庭信詞：「不提防幾場兒撒唔。」可證。「綿裏藏針」，有心計之意。「軟廝噤」，言不硬掙也。紅蓋不知鶯書中實有詩以約張，見張之見書大哭，及欣幸之詞，疑張爲用計餂己，欲得其實，故云。足下其實愚，乃佯妝伶俐，以哄套我實話，是無處審問佳音，特從簡帖中行計稟，而希圖得之也。又嘲而挫之云：你得一紙書，有許多綿裏藏針的計較，何故前番正要緊時，遇着鶯鶯，卻軟了而不能硬掙佈擺之耶。又詭你如今還痴想他如此如此，而撒唔以套我消息，不知小姐他偏會忘恩，赤緊的負心，固小人之常事也。「風魔翰林」，猶俗言呆先生之謂。「行計稟」，「稟」字，音筆錦反，亦屬閉口，在庚清韻。別作丙音。下「忘恩」之「恩」，元不用韻。

訓字稍不精博，便爾誤人，賴此洗發。(「筠注作欲吐復吞解……」之眉批)

眉批：解得俊。（「又謔你如今還痴想他如此如此……」之眉批）

【秃厮兒】

「身卧着」三句，指張生。「凍得」二句，指鶯鶯。古本及諸本俱作「戰戰兢兢」，於【秃厮兒】調多一字，今去一「戰」字。此五字句，當韻。下二字句，又韻，「兢」字入庚青韻，不叶。馬東籬《薦福碑》劇：「我戰欽欽撥盡寒爐。」元《風雪漁樵記》：「戰欽欽凍得我話難言。」近周獻王《曲江池》劇：「送的我戰欽欽忍冷擔饑。」「兢兢」，蓋「欽欽」之誤無疑，今直改正。「不煞知音」，謂此時凍得没甚高興也。

從來無人究解至此。（此則前半之眉批）

【聖藥王】

此紅猶疑鶯之許，未必然也。言設若彼此有心，則昨良宵邂逅，便當成事了，又何必今日之寄詩以訂約耶。古注謂紅追惜昨夜之可惜，亦通，第稍邂耳。「詩對會家吟」，古語也。徐本以此曲置【東原樂】後，觀上下語勢，良是。但自來【聖藥王】曲必與【秃厮兒】相次，今並存之。

【東原樂】

言我家衾枕自有，你倒便遂殺人心，卻如何肯賃與你耶。你便不解脱，和衣得與鶯鶯寢，亦幸矣，更待甚衾枕。不强你平常無妻之時，常用手勢指頭，作那樣事耶。倘得真個成就，便大是福蔭矣，又何必忒要肆意爲也。《五代史·史弘肇傳》：酒酣爲手勢令。「倒大」，語詞。《竇娥冤》劇：「倒大來喜。」《曲江池》劇：「倒大來冷。」今本有「來」字。「遂殺人心，如何肯賃」，一句下。

【綿搭絮】

「眉彎遠山不翠」四句，俱係董白，言眉能使遠山不翠，眼能使秋水無光也。「眉彎」，原對「眼橫」，「彎」字作活字用。俗作「眉黛」；下「無光」，作「無塵」；「弱柳」，作「嫩柳」，俱非。即古本亦然，從董本改正。四句全不用韻，説見前「疏簾風細」條。即「無光」作「無塵」，亦俗子强取叶韻，而易此一字，然不知入真文韻，非侵尋閉口本韻也。舊上文白作「小生爲小姐如此容色，莫不小姐爲小生也減動豐韻麼？」與此曲全不相蒙，今從金本參正。「厖兒」及下「温柔」，俱勿斷，七字句。

眉批：洗盡冤枉。

【幺】

言你把今夜景象，子（仔）細想象，往事休題，今番管教成事也。古注謂梅香好帶滿頭花，長裙可遮大脚，故曰「則要滿頭花，拖地錦」，謔言本等服飾也。然「拖地錦」，元劇屢用，不專以梅香言。蓋紅娘只要妝飾之物爲謝，故云不要白璧黄金，則要「滿頭花，拖地錦」也。

【收尾】

末二句，慫恿張生，須着實下手，不可如前日之再放過也。徐云：言魚入網，本没逃處，卻在漁翁手脚利鈍耳。

十一套（今本第十三折）　就歡　注一十八條

【端正好】

此調有二，此屬【仙呂】宮，古本及今本俱誤作【正宮】，今改正。「因姐姐」四句，俱指張生。「無倒斷」，即無休歇之謂。「今夜着個志誠心」，指鶯鶯。「喒」，紅娘謂己，平常若似紅娘代爲説謊，今始得改抹之也。

【點絳脣】

此套，全篇莽率俚淺，殊寡醞藉。記中諸曲，此最稱殿。然實甫《絲竹芙蓉亭》劇內，有【仙呂】曲一套，亦與此曲同韻，殊綺麗濃秀，大是妙絶，若出兩手，何耶。

誠然。（眉批）

【混江龍】

「僧歸禪室」，語稍不倫。李後主所謂「風乍起，吹皺一池春水」，干卿何事耳。唐李君虞詩：「開簾風動竹，疑是故人來。」「打孩」，助語詞。董詞：「合不定這一雙業眼，又勞勞穰穰，身心一片，無處安排，又悶打孩地愁滿懷。」

【油葫蘆】

此調又追叙平日之思慕，與上曲不相蒙。白樂天詩：「人非木石皆有情，不如不遇傾城色。」徐云：「人有過」以下數語，不免頭巾。

【天下樂】

此調又接前【混江龍】調意來。「又早」，正與「則索」相應。「倚定門兒手托腮」，系董詞。「倚門」，犯重。「不自在」，又疑其病不能出也。

【那吒令】

揣摩故是人情。「石沉大海」，不稱。

【鵲踏枝】

上「寄語多才」一句，當屬此曲看，直管至【寄生草】曲末，皆對紅娘説，欲其達至鶯鶯也。古本「頻去頻來」，今本作「夜去明來」，亦佳，但與後【斗鵪鶉】曲重耳。「空調眼色」二句，本調變體。

【寄生草】

首二語，言拚個害死也。董詞：「欲問俺心頭悶打孩，太平車兒難載。」太平車，大車也。《邵氏聞見録》沈括對神宗曰：「今民間輜車，重大椎撲，以牛挽之，日不能行三十里，少雨雪則跬步不進，故俗謂之太平車。可施於無事之日，兵間不可用也。」

【村裏迓鼓】

「可憎」，見前。董詞：「張珙殊無潘、沈才，輒把梅犀點污。」

【元和令】

「半拆」，猶言半開。董詞：「穿對兒曲彎彎的半拆來大弓鞋。」諸本俱作「折」，非。「一搦」，一捻也。「鬏髻」，筠本作「鬄髻」，非。「鬄」，與剃同，剪髮也。

【上馬嬌】

董詞：「好教我禁不過這不良的下賤人。」白仁甫《流紅葉》劇：「不良才，歹兒頭。」本駡人語。此言「不良」，猶言可憎，反詞也，言你不良，卻這樣把人禁害也。此是平日想慕之極，既乍得親近而問嘴之詞。鶯鶯不面他回答，故又曰「終不肯回過臉兒來」也。「咍」，笑聲，一字句，例見前。

【勝葫蘆】

古本作「阮肇到天臺」，不若今本「劉、阮」勝，然二句殊俚。

【幺】

首語大傷醞藉，次語較陳。「半推半就」，「又驚又愛」，卻入妙諦。二語俱就鶯鶯説。丘汝晦《月下聽琴》詞：「半羞半肯，又喜又驚。」正祖此語。董詞：「那孩兒，怕子個，怯子個，閃子個。」亦俊。《清異録》：唐昭、僖時，宫中點脣，有聖檀心等名。「檀口香腮」，亦俱指鶯説，謂搵檀口於香腮也。

眉批：「檀口」，亦只言其香也。

【後庭花】

「春羅」二句，言手帕也。「胸前」三句，亦少涉猥俗。「暢奇哉」，奇之甚也，與前「暢好干」一例。既云「思量不下懷」，又云「相思無擺劃」，兩「思」字重，有誤字。

【柳葉兒】

連上曲看，首三語亦墮惡境。舒心害，放心受害也。

【青哥兒】

首二句，「今宵」及「九宵」二字，舊俱雙疊，此搊彈家所增，非本調也，從朱本去之。「投至得」二句，言比及見得你時，已自形骸瘦盡也。「只疑是昨宵夢中來」，正猶自疑猜處，猶詩「今夕何夕」之意。董詞：「猶疑慮，實曾相見，是夢裏相逢。」徐云：謂昨宵夢與鶯鶯會合，醒後成空，今疑其又如昨夜，故愁無奈。雖云愁，實喜之之辭也，此調字句可增減，與前搊不同。「魂飛在九霄雲外」句，又近周高安所稱張打油，惡語也。

【煞尾】

徐云：女子經男，則眉偃而乳緩。董詞：「春色褪花梢，春恨侵眉黛。」下「香階」二句，形容其會合之後，倦態難勝也。

此時將及天曉，故曰「今夜早些來。」董詞：「囑付你那可人的姐姐，教今夜早些來。」俗本作「明夜」，非。

此「今夜」，正與上「昨宵」相照應。（眉批）

二套（今本第十四折） 説合　注一十四條

【斗鵪鶉】

「夜去明來」，與「天長地久」對。「握雨携雲」、「提心在口」，與「帶月披星」、「停眠整宿」對。「提心在口」，時時掛念之謂。「誰教他」，指張生也。「心數」，猶言心事。「㑳」，僑㑳小人之貌。諸本俱作「㥏」，非。本音上聲，粗叟反，字書並無作平聲音者。關漢卿《謝天香》劇，【醉春風】第四疊字句：「我今日個好㑳，㑳。」可證。董詞：「不提防夫人性情㑳。」「巧語花言」二句，指夫人説，言夫人能爲巧語花言，將没尚要作有，况實有之事，其能掩乎。俗本添「使不着」三字，卻屬紅娘身上，謬甚。徐云：全套俱稱妙絶。

眉批：「着夫人説」，方與上下文氣相接。

【紫花兒序】

此正夫人之巧語花言，將没作有處。「猜」字，總管三語。「鐃頭」，妙甚。今本作「牽頭」，謬。「你這些時」，「你」字，亦替夫人口氣説，直管至末，言夫人已見得你容態較别也。應夫人賓白「腰肢體態，比向日不同」意。「出落」，猶言出類，正對「别樣」，皆形容其甚之詞。董詞：「陡恁地精神偏出跳轉添嬌，渾不似舊時了，舊時做下的衣服一件小，眼矇眉低胸乳高。」

【金蕉葉】

此亦體夫人口氣説。「迤逗」，有引誘之意。董詞：「迤逗得鶯鶯去，推探張生病。」詞隱生云：當作「迤逗」。然元詞多作迤逗。《武林舊事》載：元夕，京尹取獄囚數人，列荷校，大書犯由，云某人爲搶撲釵鐶，挨搪婦女。蓋「犯由」者，犯罪之由，即今供招之類。元羅貫中《龍虎風雲會》劇：「元來這犯由牌，先把我混身罩。」

【調笑令】

董詞：「綉幃深處效綢繆。」「綉鞋冰透」，「冰」字俊甚。實甫《芙蓉亭》劇：「露華凉，冰透綉羅鞋。」又：「要你只温和我浸泠的羅鞋。」更俊。俗改作「湮透」，非。「通殷勤的」，紅娘自指，言鶯向日受用，即今日夫人嗔責，亦所甘心。我不過是爲你通殷勤的人，前日如此淒凉自忍，今又受責，何所利而連累我也。首句當二字句，當韻，觀前後曲可見。

【鬼三臺】

徐云：回話夫人妙絶，末二語更俊。董詞此段微傷直致，須讓實甫數籌。「夫人事已休，恩變做仇」，元是一句，「休」字不必作韻，調法如此。

【秃厮兒】

董詞：「經今半載，雙雙每夜書幃裏宿（音羞，上聲），已恁地出乖弄醜。」此調尾須用五字句，次二字句收，前後諸調可見。「何須一一問緣由」下，少二字一句。

眉批：少句誠然，但不易補耳。

【聖藥王】

董詞：「一雙兒心意兩相投，夫人白甚閑疙皺，常言道女大不中留。」「女大不中留」，蓋古語也。

【麻郎兒】

董詞：「君瑞又多才藝，姐姐又風流」，及【般涉調】，凡十一對偶，實甫省而爲四。

【幺】

首六字作三句，總之言世間自有宜便干休而罷手之事也。叙他退兵之恩，亦拿倒夫人喫緊語，更不可少。記中凡「乾休」，或作「干休」，朱本作「甘休」。詞隱生云：「甘休」、「乾休」皆可，「干休」則傳訛耳。

【絡絲娘】

參、辰二星，分居卯、酉，常不相見。言今日發露其事，不是離拆得張生，是辱莫了先相國耳。董詞：「夫人休出口，怕旁人知道，到頭贏得自家羞。」

【小桃紅】

秦少游詞：「月在柳梢頭，人約黄昏後。」「腦背後」勿斷，一直下至「衫袖」，元係七字句，不然，與上「黄昏後」押兩「後」字矣。「怎凝眸」，言羞而不堪看也。「鞋底尖兒瘦」，語俊甚。「啀」，作聲貌。徐云：北人謂相昵曰「耨」。關漢卿《金綫池》劇：「有耨處散誕松寬着耨。」又散套：「不記得低低耨。」「那時不害半星兒羞」，正應賓白「娘跟前有甚羞」意。徐云：褻而雅，真妙手也。

眉批：看曲要如此看。（此則開首眉批）

【幺】

「撋」，捋挐之謂。「撋就」，摧物而就之也。「把定」，謂下聘也。董詞：「不須把定，不用通媒媾。」《風光好》劇：「我等駟馬車爲把定物，五花誥是撞門羊。」「部署不周」，夫人托紅娘管束鶯鶯，如部署軍旅然也。紅言如今此事既然漏洩，夫人如何就肯甘休，我只得從實投首。他如今亦無可奈何，倒索賠酒賠茶，搓挼你去成這親事矣。你卻何須愁，説惶恐怎去見他，如前白所云。又何須執定要下聘定，通媒媾，而不將錯就錯成就之耶。況我尚不辭管束不周之罪，你反有頭無尾，不成結果，如蠟槍頭之不中用然，又何爲耶。徐云：蓋往往見其臨機不決，以致失事，故極口慫恿之也。筠本「人樣蠟槍頭」，注謂：與後「人樣蝦駒」一例，謂具人之樣，而實與蠟槍頭無異，見其無用也。諸本作「銀樣蠟槍頭」。朱本又作「鑞槍頭」。元劉廷信詞：「蠟打槍頭軟廝禁。」《百花亭》劇：「我是個百花亭，墜了榜的蠟槍頭。」則當從「蠟」，今並存之。

畢竟只「銀樣蠟槍頭」爲是。（眉批）

【東原樂】

「展放從前眉兒雛」，俊語也。前時歡愛，猶帶憂懼，今始無所顧憚，故曰「恰動頭」。徐云：「可喜娘」等句，看着只似等閑，卻剛合此處語，非苦心不能，下一「勾」字，猶言到手也。此二句，重「要」字，及「人」字看，言如此美麗之人，須是張生這樣人，纔能受用之也。

【收尾】

此以功名成就遠大之事期之，言待你及第後成親之時，才受你謝也。應曰「你怎生謝我的是」兩句。

三套（今本第十五折）　傷離　注一十九條

【端正好】

范希文詞：「碧雲天，黃葉地。」「葉」字易「花」字，平聲，從調耳。董詞：「君不見滿川紅葉，盡是離人眼中血。」

【滾綉球】

徐本「怨別去的疾，」諸本作「歸去」，似「別」字勝。「運運」，音隕隕，緩行之意，北人鄉語也，亦見字書。張生之馬，有逡巡留戀之意，故曰「運運」；鶯鶯之車，有倥傯趁逐之意，故曰「怏怏」。舊諸本或作「逆逆」，或作「迍迍」，或作「慢慢」。下「怏怏」，或作「怏怏」，或作「慢慢」。「逆逆」，語既不通，「迍」字，本音平聲。「慢慢」，復傷俚鄙。上既云「運運」，則下當以「怏怏」爲對。蓋「逆逆」、「迍迍」、「怏怏」，皆字形相似之誤，今直改正。「破題兒」，猶言起頭也。言昨夜成親，恰才迴避得個相思，今又增個别離之恨也。徐云：「松釧」二句，與聽琴折「一字字更長漏永」二句，俱傷過狠。

眉批：字義瞭然，一洗魯魚之障。

【叨叨令】

董詞：「衫袖上盈盈揾淚不絕。」「書兒信兒」句，悲愴之極，言日後即寄書與張，亦不免恓惶不堪也。詞隱生謂：望張生寄書於己。不知此對紅娘之詞，非面生語，且云望生，則與上文語氣全不相接。又古本元作「索與他」，「他」字明指張生。今本訛作「我」，不足憑也。

【脱布衫】

「簽」，朱本作「僉」。「斜簽着坐」，傷離恨别，坐不能正也。「臨侵」，語詞。《蕭淑蘭》劇：「害得我瘦骨岩岩死臨侵。」關漢卿《望江亭中秋切鱠旦》劇：「可怎生獨自個死臨侵地。」兩「地」字，皆助詞，然重用殊疵，徐云：上「地」字當删去。《玉鏡臺》劇：「我幾曾穩穩安安坐地。」則「坐地」係現成口語，似不可去。金本作「坐的」，亦後人避「地」字而强易之者，然似不成語耳。

【小梁州】

古詞：「尊前只恐傷郎意，閣淚汪汪不敢垂。」閣淚汪汪，鶯指己言，恐人之知，故閣淚而不敢垂。偶然被人看見，故把頭低，而推整素羅衣也。

【幺】

「清減了小腰圍」，與前「松釧」、「減肌」重。

【上小樓】

前夜私情，指未成親時言，我恰知相思滋味之苦，今別離之苦，覺比相思，更增十倍也。番上「恰告了相思迴避」兩句意。俗本作「比別離情更增十倍」，謬。

【幺】

惟年少，所以輕遠別；惟情薄，所以易拋擲。「全不想」三句，俚而率，大不成語，此怨張生之重功名而輕別離。言你爲相國女壻，便是夫榮妻貴了，但得長相守爲並頭之蓮，足矣，何必狀元及第，而去應舉爲耶。「並頭蓮」，同枕諢語也。關漢卿《謝天香》劇：「咱又得這一夜並頭蓮。」

【滿庭芳】

此調，俗本自「俺則斷守得一時半刻」以下，作【幺】篇，非。此怨夫人令己與張生異席，而不得親近之詞。「供養太急」，以紅娘勸飲口湯水，言不要趲急，我與生不過須臾聚首也。「眼底空留意」，古本作「風流意」。徐云：言前日風流況味，只在眼前。今便如此間隔，如此別離，尋思到此，幾於化石也。然與上文語不蒙，意亦稍遠。不若從今本，謂面前間隔如此，即今日席間，便幾化石爲妥耳。

【快活三】

董詞：「喫下酒，没滋味似泥土。」

【朝天子】

「玉醅」，古本作「玉杯」。詞隱生云：「玉醅」勝。古詞：「莫恨銀瓶酒盡，但將妾淚添杯。」董詞：「一盞酒裏，白泠泠的滴夠半盞來淚。」「茶飯」勿斷。「怕不待喫」，徐云：只是「不喫」二字。蘇子瞻詞：「蝸角虛名，蠅頭微利，算來着甚干忙。」「一遞一聲」，謂己與張生也。

【四邊靜】

董詞：「頭西下控着馬，東回馱坐車兒。」較拙。又：「馬兒向西行，車兒往東拽」，故不如「車兒投東，馬兒向西」，語簡而俊也。「有夢也難尋覓」，朱本作「有夢夢兒尋覓」，亦通。

眉批：夢也作去上，妙。

【耍孩兒】

董詞：「我郎休怪强牽衣，問你西行幾日歸？」又：「未飲心先醉。」古本「眼將流血，心已成灰」，似不如從今本爲妥，二語虛説。俗注以商人事爲證，可笑。

【五煞】

「順時自保揣身己」，言須揣其身之勞苦，而因時保護之也。然語殊拙。

【四煞】

「老夫人不管人憔悴」，及下「淚添九曲黄河溢」二句，俱屬欠雅。徐云：黄河、華山，並張生之去所經山水，故引之耶，不爾，似涉泛。「到晚來定把西樓倚」，俗本改作「悶把」，正可與「一方明月可中庭」，改作「滿中庭」作對。

「定」字未然之詞，含畜不盡，作「悶」字，便頭巾矣。（眉批）

【三煞】

董詞：「離筵已散，再留戀應無計。」「各淚眼愁眉」，指己與張生，欲留戀而無計可留，所以當據鞍上馬而各淚眼愁眉也。俗本作「閣」，非。

【二煞】

「金榜無名誓不歸」，應前白語。秦少游詞：「一春魚雁無消息，千里關山勞夢魂。」董詞：「囑咐情郎，若到帝里，帝里酒釅花穠，萬般景媚，休取次共別人便學連理。」

【一煞】

送來之時，不覺其速；歸去之後，卻恨其遲。又與前「恨相見得遲，怨別去得疾」，及「車兒運運行，馬兒快快隨」翻案。

「夕陽古道」，重前。

【收尾】

「大小」，北人鄉語謂多少。詞隱生云：猶言偌大也。徐云：宋儒語録多用之。邵康節謂「程明道兄弟，大小聰明。」董詞：「大小身心，時下打疊不過。」又：「悶打孩地倚着窗臺兒盹，你尋思大小鬱悶。」又《藍采和》劇：「出來的偌大小年紀。」又馬東籬《薦福碑》劇：「他那年紀兒是大小。」可證。俗本卻改云：「量着這些大小車兒。」而釋之者，於「大」字下一斷，謂這些大的小車兒如何載得起，以爲獨得之見。俗士復群然賞之。勿論元本元意，元不如此，即如此作句，寧得成語也。蓋鶯從荒郊衆旅中，見往來之車甚多，其形容己之離愁，無可比擬，故言舉目之間，量着這多少車兒可載得起耶？非大小之謂也。

解「大小」作多少，妙甚。引證的確，能令俗子咋舌。（眉批）

四套（今本第十六折） 入夢　注一十四條

【新水令】

董詞：「動是經年，少是半載，恰第一夜。」「破題兒」，見前，言愁恨纔起頭也。

（白）「想昨夜的受用，便是今日的凄凉。」言不想昨夜那樣受用，便變做今日這樣的凄凉，見容易離闊也。

【步步嬌】

此正追想昨夜之受用。「可憎的別」，言可愛得異樣也。

【喬木查】

徐云：打草驚蛇，只用見成語，以驚蛇喻己趕趁之疾速。「打草」二字，元不要緊，特不可削去之耳，卻用不得王魯事爲解。又云：大抵詞曲引成句，如摘花不揀枝葉，如此處不揀出「打草」二字。前「怎生教十年窗下無人問」句，只言其人之可愛。「十年窗下」四字，本無緊要，而亦不揀去。又紅娘責教張生所取者，只「人散」二字，而不揀出「酒闌」二字，皆此類。又有取渾成一句而拆爲兩用者，如鴛拜兄妹處，本是「殷勤欽敬」，「於禮當合」，而兩用之曰「殷勤於禮」，「欽敬當合」，使板漢讀之，必成削圜方竹矣。如此戲用，自是作家一種別趣。然「打草驚蛇」語，元詞常用。《百花亭》劇：「任從些打草驚蛇。」大略亦疾忙驚動之意，似不必只以「驚蛇」二字，喻行之疾速也。

【攪箏琶】

此曲比元調，多「自別離已後」以下四句，變體也。「搘」，裂開也。「穩下」，安頓也。「斯齊攢」，即前「影兒也似不離身」也。董詞：「哭得俏似痴呆。」「陡峻」，高貌。「嘽嚥」，形容其瘦甚之意。董詞：「那一和煩惱嘽嚥。」此調多句，元譜不載，然亦不能備載。元詞諸調增減，他曲類可考見。白仁甫《秋夜梧桐雨》劇，【攪箏琶】曲，較元譜亦多數句，正此格也。金本不知，遂妄以己意削去，「愁得來陡峻」及末「翠裙」二句，止以「瘦得來啅嗻」收調。且訾「掩翠裙」句與「瘦得來」句意重，不知「掩過翠裙三四摺」，正俊語可賞，而謂翠裙之掩過，正以足「瘦得來啅嗻」意也。蘇長公謂小兒强作解事，正此。

眉批：又洗□（一）番冤屈

【錦上花】

董詞：「正美滿，被功名，使人離缺。」「有限姻緣」，有分限之姻緣也。「害不到」，猶言害不了。「覺些〻」，略可些也，言向時之愁懷，以成親而較可；向時之思量，以別離而又掉不下也。「趄」，風吹盤旋之貌。元詞：「羊角風，趄地趄天。」「回折」，或作「凹折」，《雍熙樂府》作「曲折」。「曲」字聲不叶，皆字形相近之誤。

【清江引】

此皆言張生旅館淒涼之狀。董詞：「床上無眠，愁對如年夜。」末句，亦代張生說，客程未免沽酒，醒看已非昨夜歡娛之處，驚疑不知身在何處也。柳耆卿詞：「今朝酒醒何處，楊柳岸曉風殘月。」

【慶宣和】

末「卻元來是俺姐姐，姐姐。」係疊句。見前「張解元識人多」折。俗本去下「姐姐」二字，及古本下句，亦有「卻元來是俺」五字，俱非。董詞：「是人後，疾忙快分說。是鬼後，應速滅。」云云。「卻是姐姐，那姐姐。」兩「後」字，及「那」字，俱助語詞。

【喬牌兒】

「爲人須爲徹」，是有始有終之意。「不藉」，丢棄之意，言衣服都不顧，繡鞋都沾濕也。董詞：「事到而今已不藉。」

又：「幾番待撇了不藉。」可證。

【甜水令】

此下三調，皆爲鶯唱曲也，古注以爲張生代鶯之詞，殊謬。第謂俱作別後説，不必以前四句爲追憶往事，較是。蓋賓白言我爲足下顧不得迢遞，故言今日之別離，便離思縈牽。捱過時日，花開花謝，猶爲較可。但就影隻形孤，纔團圓而忽分散，其何以堪！所以尋思來又傷嗟，而今來追及你，欲同去也。舊「月圓雲遮」，「遮」字平聲，不叶。《墻頭馬上》劇：「方信道花髮風篩，月滿雲遮。」或「滿」字之誤。蓋第二字仄，則第四字平，不妨矣，今更。然前云：「半吐初生月。」又云：「曉風吹殘月。」後又云：「花殘月缺。」又云：「雲際穿窗月。」又云：「斜月殘燈，半明不滅。」並此凡六見，不免重疊。

眉批：的是「滿」字之誤。（「或滿字之誤」眉批）

【折桂令】

張生蓋言今日離別，不久相會。故鶯鶯言你固以此言勸我，但我只慮你做瓶墜簪折，半路抛棄，如「使妾有白頭之嘆」等語。若我則一意從君，不羨他人之豪杰嬌奢，而生死以之也。豪杰驕奢，只泛語，俗本作「只戀豪傑」，反墮俗境。「瓶墜簪折」，用白樂天詩語。《詩》：「谷則異室，死則同穴。」

【水仙子】

「硬圍普救」三句，指孫飛虎。「休言語，靠後些」，指卒子。下又舉杜將軍以懼之也。顧本「醢醬」，醢，音海，肉醬也。《禮記》有醢人。《史記》，漢誅彭越，盛其醢，遍賜諸侯。諸本俱作「醢」，不倫，以字形相近而誤。然據譜得平聲，乃叶，或當作「臡醬」耳，臡，音尼，亦肉醬也。「臡」與「醢」，或音相近之誤，膋，音遼，腸間脂膜也。《詩》：「取其血膋」。一本作「醬血」，醟，音與營同，酗酒之外無他解。古本作「膿血」，語殊不雅。董本作「都教化醟血」，實甫語本出此，恐亦「膋」、「醟」字形相近之誤。徐云：全篇皆夢中語，從天而降，模寫如畫。

【雁兒落】

三曲賦旅邸夢回之景，淒絶可念。董詞：「閃出昏慘慘半窗月。」

【德勝令】

爲竹聲驚覺，始知是夢。「莊子」，元作「莊周」，不葉，説見第三折。董詞：「急煎煎的促織兒聲相接。」

眉批：「莊子」，改得極是。

【鴛鴦煞】

柳絲之長，將情牽惹；水聲之幽，似人嗚咽。崔娘書所謂「觸緒牽情」也。「咫尺」，猶云近似。古本「千種風流對誰説」，「風流」，今本作「相思」。徐云：「風流」是稱述鶯之情況，然上文皆説旅邸淒涼，此結語不應突稱鶯之風流，當從今本。言今夜相思，非紙筆以紀，則此恨無從説與他人，蓋爲下折寄書地也。

一套（今本第十七折）　報第　注一十三條

【賞花時】

「紅雨」，謂落花也。李賀詩：「桃花亂落如紅雨。」「忽驚半載」，諸本作「別離半載」，與上句重，誤。

【集賢賓】

「雖離了這眼前」，謂下文之愁悶，非謂人也。直至「心上」，有作一句讀，襯七字。首三句，大略以「眼前」、「心上」、「眉頭」之愁悶，錯綜成文耳。元詞：「忽的眼前無，依然心上有。」「不甫能」，猶云未曾得也。李易安詞：「此情無計可消除，才下眉頭，又上心頭。」范希文詞：「都來此事，眉間心上，無計相迴避。」「隱隱」，古本作「穩穩」，入曲，語殊不雅。

【逍遥樂】

「陡」，猶俗言陵陡之意，李璟詞：「手捲真珠上玉鈎。」王和甫詞：「憑高不見，芳草連天遠。」欲忘憂而上妝樓，所見如此，又增其憂也。

【掛金索】

俊詞也，惜下二語不對。李易安詞：「簾捲西風，人比黄花瘦。」

【金菊香】

前賓白，謂生此一行，得官不得官，疾早便回來。今卻書至而人不至，故曰「説來的話兒不應口」也。徐云：「無語低頭」，只尋常扯湊。自他人旁觀而狀之則可，不應鶯之自稱。「書在手淚盈眸」，一句下，勿斷。「手」字，元不作韻。

【醋葫蘆】

古本「淚點兒固自有」，猶言兀自有也。詞隱生欲作「兀自」，「固」、「兀」，聲相近，北人元無正音也。秦少游詞：「新啼痕間舊啼痕。」

（白）徐云：二字皆劣，詩亦多惡。睹《會真記》中，崔與張書，何等秀雅悲觀，而可如此草草耶。

【幺】

「搊」，手搊也，以手扶攙人也，言宴之醉而人扶攙之也。「跳東墻」二句，即連用「誰承望」三字，然元不相對。唐王保定《摭言》載：劉虚白與太平裴公，早同研席，及公主文，虚白猶舉進士，簾前獻詩曰：「二十年前此夜中，一般燈燭一般風。不知歲月能多少，猶着麻衣待至公。」至公樓，猶今言至公堂，元詞亦常用此語。崔蓋夸己識人，故曰晚妝樓今可改做至公堂矣。

【梧葉兒】

董本，鶯鶯寄生，有衣一襲，瑶琴一張，玉簪一枝，斑管一枚，及白羅袴、汗衫、裹肚、綿襪、藍直系（疑即所謂衣一襲者）、絨絲、青衫袲兒諸物。「袲」，音院，佩絞也。每物俱有囑付之詞。然不如此詞爲俊。

【後庭花】

「趁逐」，追隨之謂。《蘇小卿》劇：「馮員外怕人相趁逐。」「撇人腦背後」，俊語也。簪、管、琴，董【疊字玉臺】三曲，俱繁而率，此言琴而及詩，似屬請客。斑管亦多繁辭，以娥皇自比亦不倫，不如「玉簪」三語爲簡而俊，元詞有：「怎肯孤負了有疼熱的惜花心，生疏了没褒彈的畫眉手。」更勝。

【青哥兒】

「都一般啼痕湮透」二句，屬上曲。「萬古情緣」以下，又總囑付之也。

【醋葫蘆】

「油脂展污恐難酬」，言展污則難以酬贈人也。大都此曲，俱傷鏤鑿。「浸」，舊訛作「浸」，「水浸雨濕休便扭」等，皆不成語。「油脂」上元有「怕」字，與下「恐」字礙，今去之。

【金菊香】

前此常望其歸，今既不至，故但修書爲寄，而盼望其來歸之情，牽繫人心者，早晚且休也。「倚遍西樓」，與前「獨上妝樓」犯重。「人不見，水空流」，用秦少游詞句。

【浪裏來煞】

「掇賺」，哄人也。古本作「啜賺」，無據，姑從今本。王昌齡詩：「忽見陌頭楊柳色，悔教夫壻覓封侯。」

二套（今本第十八折） 酬柬　注一十五條

【粉蝶兒】

董詞：「我心頭横着這鶯鶯。」「一星星説似」，即前白「太醫指下説明着我證候」意，猶言説得着也。下言我待推辭不是此證候，他卻察得虚實的確，不須再看視也。古本作「其意推辭」，不妥。

【醉春風】

董詞：「鶯鶯你還知道我相思，甘心爲你相思死。」又：「四海無家，一身客寄。」古本「甘心爲你相思死」，下句多五字，今删去。兩「死」字，係疊句，與前「早瘵、瘵」，「那冷、冷」，一例，不容更着襯字也。俗本去一「死」字，是本調少一句矣，更謬。

【迎仙客】

古本「燈爆時」，今本作「報」，似「爆」字勝。元詞多用「燈爆」，馬致遠《漢宫秋》劇：「管喜信爆燈花。」「沙」，助語詞。古本作「血點兒封皮上漬」，避上句「淚」字耳，然不若「淚點」較妥，今從「淚」。

【上小樓】

「字史」，掌字之史也。「款識」，古鍾鼎銘也。張旭即張顛，舊重用，定誤。「彼一時」，指顔、柳諸人。「此一時」，指鶯鶯。言鶯之才思，僅古昔數人可比，今世無與爲伍也。

眉批：自來無人道破。

【幺】

徐云：没正經，卻有趣，填詞中之决不可少者。董詞：「若使顆硃砂印，便是偷期帖兒，私期會子。」

【滿庭芳】

「張郎愛爾」，俗本作「張郎愛你」，入齊微韻，非。「幾千般用意般般是」，作句，「可索尋思」，又句，調法如此。而「般般是」三字，意實與下句相屬，言其做時曾費尋思，即下「長共短」數句意。「用煞那小心兒」，正可索尋思也。朱本作「用盡了」，俱佳。徐云：自是趣況可拾。

【白鶴子】

五曲，「裏肚」最勝，「襪兒」次之。「斑管」重前「湘江兩岸秋」意。「玉簪」塞白無謂。琴詞「學禁指」，語生。「識聲詩」，或作「聲詩」。徐云：識，當音志，言記憶而不忘也。似太文，更詳。「調養聖賢心」，屬措大腐語。「箏笛」，舊作「巢由」，蓋字形相近之誤。東坡《聽杭僧惟賢彈琴》詩：「歸家且覓千斛水，洗盡從來箏笛耳。」

眉批：此等誤，寧獨字形，蓋俗子不解文義，不讀書之故耳！

【三煞】

「霜枝栖鳳凰」，筠本作「雙枝」，注又謂並兩管而吹之也，謬甚。此斑管，是筆管，非簫管也。董詞：「紫毫管未曾有。」可證。「霜枝」，經霜之枝，即今所謂霜管、霜毫之意也。

【一煞】（按他本作「五煞」）

末二句，代鶯言也。

【快活三】

「雨兒零，風兒細，夢回時」，九字作句，兩「兒」字襯字，勿以「風兒細」作句。「細」字元非押韻也。

【朝天子】

「甚的是閑街市」，言從不曾胡亂行走也。「自從」，「到此」，當各二字成文，上下二字省一韻。今本作「自茲」，「到此」，即叶調，然句殊不妥，不從。詞隱生作「自始」。舊諸本【快活三】調上，有生云「臨行時夫人對你説甚麽來」白一段，於「冷清清客店兒」數語，意既不接，且此調有「小夫人何似，見時別有甚閑傳示」，則上白復犯重。凡記中多以曲代白，有「小夫人」二句，即並白「夫人説甚麽來」一句，亦不必用，與第二折「萬福先生」句一例，今删去。又【白鶴子】五曲後，當即接【耍孩兒】諸曲，收拾簪管等物，今間【快活三】一調。總之上下文義殊不相蒙，似置前「四海無家，一身客寄，半年將至」之下，次序乃當耳。舊本【朝天子】後，又有【賀聖朝】一調。【賀聖朝】，係黄鍾宫曲，此曲於本調復句字不叶。金在衡以宫調不倫，疑爲竄入。「不知少甚宰相人家，招甚嬌姿」，語既不通，「其間或有個人兒似你」，「你」字入齊微韻，不叶。「那裏去温柔，這般才思」，又與前「彼一時，此一時，佳人才思」，語重。「鶯鶯意兒，怎不教人夢裏眠思」，是窮乞兒湊插作句，全不成語。首「宰相人家」二語，又與末套【雁兒落】「若説起《絲鞭仕女圖》」二語，前後重復。且工拙不啻天淵，其爲小人竄入無疑，非直宫調之不協已也。今直删去。

【耍孩兒】

「頓倒」，整頓之意。舊第三句，作「放時節用意取包袱」。「袱」字失韻，復與下兩「包袱」重，非。古本「怕風吹了顔色」，但對下「怕錯了衩兒」，多一字。今本無「風」字。「因而」，見第三折，言當如此愛護，勿得因而輕易損壞之也。漢卿之不逮實甫，無論才情遠近，實甫真以自然爲勝場，漢卿極力刻畫，遂損天成，去之更遠。

確論。（眉批）

【四煞】（按他本作【二煞】）

白樂天《長恨歌》：「春風桃李花開夜，秋雨梧桐葉落時。」

【三煞】

李義山詩：「春蠶到死絲方盡，蠟燭成灰淚始乾。」

【二煞】（按他本作【四煞】）

今本「驛長不遇梅花使」，古本作「路長」。《南史》陸凱寄范曄詩：「折梅逢驛使，寄與隴頭人。」則當從「驛」爲古，而「路長」亦不若「驛長」語俊，今從「驛」。「江聲浩蕩」，古本作「浩大」，似不如「浩蕩」較妥。

【尾】

【尾】語俊甚。「引人魂卓氏音書至」，古本脱「人」字。

三套（今本第十九折）　拒婚　注一十三條

（白）「他倒不如你」，作句，「噤聲」另讀。俗本作一句讀，卻喚「倒」字作「道」字，非。

【鬬鵪鶉】

「仁者能仁」，夸己行止。「身裏出身」，夸己門弟。今本「執羔雁邀媒」，古本去一「羔」字，婚禮只有雁，羔，士贄也。去「羔」字，於義似順，而與下「獻幣帛謝肯」對不整，從今本。「謝肯」，舊有是語。《舉案齊眉》劇：「想當初許了的親，他不曾來謝肯。」俗本作「問肯」，非。「洗塵」即今洗泥之謂。「過門」，成親也。「金屋銀屏」六句，俱指鶯鶯。「腌」，腌臢不潔也。

【紫花兒序】

接上曲來。三「他」字，俱指鶯鶯。「枉紂了他惜玉憐香」，「紂」字，即「村」字之意。元詞：「你桂英性子實村紂。」「二儀」「儀」字，得仄聲乃叶。徐云：「三才」以下數語，卻迂板，且不似婢子語。

【天淨沙】

「半萬兵屯合寺門」，六字句，「合」字襯。「兵屯」，連讀勿斷，調法如此。

【小桃紅】

古本及諸本，調首有「若不是」三字，遂並全調文理不通，惟秣陵本無之，今從。「俺」字，猶言我家，指夫人言也。「威而不猛」，指張生之能退賊兵，猶所謂不戰而屈人之兵也。「言而有信」，退兵能副其言也。末句，言我家因此不敢慢他，而以親事酬謝之也。「猛」字，元不用韻。

【金蕉葉】

古本「爲人做人」，於義似重，然婢子口，正自不妨。今本作「爲人敬人」，則「敬」字反無下落矣。下「有信行知恩報恩」，俱是説張生好處，觀文勢自見。俗本添「俺家裏」三字，卻屬老夫人，非。

【調笑令】

「拆白道字」，頂真續麻，皆元時語也。肖字着立人，「俏」字也。「木寸」，古本作「寸木」。「尸巾」爲「屌」，古「豕」字，此卻音彫，□(仄)聲，韻書無，俗字也，褻詞也。前第三摺末套，張生白：「這屌病就可。」董詞：「諕得紅娘忙扯着，道休厮合造，您兩個死後不爭，怎結束這禿屌。」

頂真續麻，見元劇，今訛作頂針。（眉批）

【秃厮兒】

大是腐爛。「韲鹽」三句，更大湊插。

【聖藥王】

首六句，兩段相對，末句總承。「有向順」，反言其不識相順也。「官人只合做官人」，正「喬議論」也。「窮民到了是窮民」，正「信口噴」也。古本作「信口嗔」，「嗔」字，於「信口」不倫。《藍采和》劇：「都做了枉言詐語，信口胡噴。」

【麻郎兒】

古謂和尚爲出家兒。《冷齋夜話》：安和尚云：出家兒塚間樹下，辦那事如救頭然。上二句，説長老，下二句，説鄭恒。

【幺】

徐云：「軟款」，古語本是「頋款」，誤沿作「軟」。「硬打强」，斷。「奪爲眷姻」作句，與下句對。「打强」之「强」，去聲，係方語。

【絡絲娘】

奴婢所生子，謂之「家生」。元詞有「家生哨。」「喬嘴臉腌軀老死身分」，九字作句，比元調增二字，各三字爲對。「軀老」，調侃身也。北人鄉語，多以「老」作襯字，如眼爲睩老，鼻爲嗅老，牙爲柴老，耳爲聽老，手爲爪老，拳爲扣老，肚爲菴老之類。董詞：「煞憋憋地做些腌軀老」。「有家難奔」，駡其不得還鄉也。

【收尾】

「我則知佳人有意郎君俊」，言我祇曉得佳人之有意，必待郎君之俊者，鄭恒之村蠢，何以動鶯鶯也。故下云：「不喝采其實怎忍。」「喝采」，喝恒之決配不得鶯鶯也。末二語俊甚。徐云：蓋嘲恒縱得鶯鶯，亦不過拾人之殘，言其先已婚張，非處子也。香由風送，故着一「風」字。「左壁厢」，猶言左邊。古人尚右而卑左，故曰「左壁厢」。

（白）鄭恒云：這妮子擬定都和那酸丁演撒。「演撒」，調侃謂「有」，見前注。言紅娘一定與張生有了。前張生寄詩於鶯鶯，只言探花郎，後白又言得了探花郎。董詞亦言：明年張珙殿試中第三人及第。此後白，鄭恒言張生敢是狀元。法本亦云：張生頭名狀元。張亦自稱新狀元河中府尹。後曲又言新狀元花生滿路。殊自矛盾。

四套（今本第二十折）　完配　注二十一條

【新水令】

「一鞭驕馬出皇都」，舊作「玉鞭」，與下「玉堂」重。及「驕」作「嬌」，俱非。

【駐馬聽】

當初迷戀鶯鶯，抛棄功名，如無意求官，有心聽講之類，似痴呆懵懂一般，故曰「如愚」。如今纔得了正項功名，酬得平日讀書之志也。「蒲東路」，古本作「蒲東語」，似不妥。

【喬牌兒】

「使數」，猶言使用人也，亦係方語，元詞屢用。末句，《雍熙樂府》作「有些事故」，以「甚」字仄聲不叶耳。然此句譜只五字，以「有」字作襯字，自叶矣。

【雁兒落】

唐周昉善仕女圖。徐云：敘得雅而妥。

【德勝令】

「君子斷其初」，是當時現成語，謂君子當决斷於起初也，元詞屢用此語。北人方語，謂牛爲丑生。《魔合羅》劇：「老丑生，無端忒下的。」《曲江池》劇白：「打這小丑生。」又《緋衣夢》劇：「殺了這賊醜生，天平地平。」《鴛鴦被》劇：「去了那個醜生，撞着這個短命。」丑、醜，聲同通用。「賊醜生」，蓋罵鄭恒爲賊牛也。「無徒」，謂無稽之徒。「木驢」，剮人刑具也。

【慶東原】

「不明白展污了婚姻簿」，七字句，襯二字。「不明白」，連下讀，勿斷，反詞，猶言可不明白也。「明白」，即分明之謂，言鴛鴦决無配鄭恒之理。若如此，是連理之樹生於糞堆，比目之魚生於淤泥，豈非分明展污了婚姻之簿耶。三「夫」字，用得天然，以鴛配恒是殺風景的事，而人品又不相當，是村了風俗，傷了人物也。「人物」，今本作「時務」，並存。徐云：罵人語有趣，自別。

舊以「不明白」斷，遂不可解。（首行眉批）

【喬木查】

「省可裏心頭怒」，猶言減省些煩惱也。

【攪箏琶】

「息婦」，古作「新婦」，然北人鄉語，類呼妻爲息婦子，不若從今本。今本「不甫能得做夫妻」，「妻」字不韻，誤。古本作「妻夫」，良是。但與上句「下了些死工夫」，押兩末字重。秣陵本作「夫婦」，「婦」字復仄聲，不叶。今並存。金本以「至如夫人誥勑，縣君名稱」二句，作白，渠以較元譜多此兩語，且俱不韻故耳。朱本亦遂因之，不知此調末段增減句字，與句不必韻，元有此體。白仁甫《秋夜梧桐雨》劇：「他不如吕太后般弄權，武則天似篡位，周褒姒舉火取笑，紂妲己敲脛觀人。

早間把他哥哥壞了，貴妃有千般不是，看寡人也合繞過他一面擒拿。」上六句全不用韻，直至末句，以一韻收之，正此體也。「剗地」，猶言平白地也。「賍誣」，古本作「賍語」，誤。

眉批：大抵爲人出罪，必證見的確，始能服人。吾謂論詞亦然。

【沉醉東風】

董詞：「比及夫妻每重相遇，各自準備下千言萬語，及至相逢，卻没一句。」

【落梅風】

「蒲東郡」，今本作「蒲東路」，然首句元不押韻。言自蒲東至京兆，一路見婦人，即回顧尚不曾，焉有入贅衛尚書家之事乎。

【甜水令】

言張生不必疑慮，鄭恒這樣人，我決不替他寄簡傳書也。

【折桂令】

「喫敲才」，駡鄭之詞。《曲江池》劇：「那其間梅去也喫敲賊。」《酷寒亭》劇：「喫劍敲才。」羅貫中《龍虎風雲》劇：「一個個該剮該敲。」古本作「敲頭」，無據。「敲」，亦刑也。詞隱生云：南曲所謂喬才，乃敲才之省文、訛字也。孫繼昌散套：「寄與你個三負心的敲才自思省。」「數黑論黄」，謂其言之不實，正嚼蛆之意。「惡紫奪朱」，斷章取義，惡張生形己之短也。「囊揣」，不硬掙之意。馬東籬《黄粱夢》劇：「俺如今鬢髮蒼白，身體囊揣。」鄭德輝《㑳梅香》劇：「往常時病體囊揣。」《玉壺春》劇：「那裏怕邏惹着這囊揣的秀才，我則怕兀良殺軟弱的裙釵。」「人樣蝦駒」，古注謂猶俗言蝦兒樣人。不能偃仰，戚施之疾也。《太平樂府》高安道詞：「靠棚頭的先蝦着脊背。」言鶯鶯便極軟弱不長進，亦不嫁鄭恒這等人樣蝦駒的人也。「愛你個俏東君與鶯花做主」，以向日退兵活命之恩言也。「囂虛」，挾詐也。「虧圖」，謀害也。關漢卿《竇娥冤》劇：「使了些不着調虛囂的見識。」《後庭花》劇：「教把誰虧圖。」「夯」，大用力之謂，謂氣之甚而至破胸脯也。

【雁兒落】

董詞：「文章賈馬，豈是大儒；智略孫庞，是真下愚。英武笑韓彭不丈夫。」末二句，言正管得鄭恒着也。

【德勝令】

前日能退孫飛虎，今日必有權術退鄭恒也。「不識親疏」，只以情愛言，張生是親，鄭恒是疏也。

【落梅風】

「東君」，指杜將軍，古本作「東風」。「咱」，語詞，不作「我」字用。舊「緑楊柳裏聽杜宇」，與上「你聽咱」之「聽」重，非。

（白）舊作孤云：「着喚鶯鶯出來，」云云。將軍不當云「喚」，亦不當稱鶯鶯。若作夫人説，又非作者以將軍玉成其婚之意，從今本作「請小姐出來。」餘從古本。

【沽美酒】

「八椒圖」，楊用修《秇林代山》引《菽園雜記》，謂龍生九子不成龍，各有所好。如贔屭、鴟（吻）［蚴］之類。「椒圖」，形如螺螄，性好閉，故立於門上。又《尸子》云：「法螺蚌而閉户。」《後漢・禮儀志》：「殷以水德王，故以螺着户。」今門上銅環獸面，一名椒圖。元詞所謂：「户列八椒圖。」以此。（《菽園雜記》原文，謂出《山海經》、《博物志》，今二書皆不載。）

【太平令】

「當時題目」，指退賊兵言，此張生好意，今生既成夫婦，正足以酬之而無恨也。「自古，相女，配夫，」各二字成句。詞隱生云：相女配夫，蓋成語，猶視也，視其女而配夫。言佳人必配才子也。

【隨尾】

「無緣」，諸本俱作「無情」，誤甚。

諸本曲後，有「感謝將軍成始終」一詩，此皆盲瞽説場詩也。筠本總目後有「蒲東蕭寺景荒凉」一詩，亦後人詠《西厢》之作。本記五折，每折後有「正名」四語，末，簡以總目四語終之，此外不容更加一字矣。今並删去。「東床婿」，舊作「東窗」；「南贍地」，舊作「南禪」。今佛家南贍部州之「贍」，皆讀作平聲，蓋「贍」、「禪」，聲相近之。俱誤，今改正。

鼎鐫陳眉公先生批評西廂記（明萬曆四十六年［一六一八］師儉堂刊本）（全録）

雲間眉公陳繼儒評

潭陽儆韋蕭鳴盛校，一齋敬止余文熙閲，書林慶雲蕭騰鴻梓

卷之上　第一齣　佛殿奇逢

則天娘娘香火院，原是來頭不好。（夫人云「是則天娘娘香火院」眉批）

一聲鶯囀出墻來，惹起無限春色。（【賞花時】之【么】篇眉批）

老阿婆一發放出大膽來。（夫人云：「如今春間天道好生困人，紅娘佛殿上……」旁批）

客景客韻俱飄然欲仙。（【油葫蘆】眉批）

走一遭恐便回來不得。（生云「俺到那裏走一遭，便回來也。」眉批）

鶻目妙絶。（【節節高】眉批）

果是。（同上「正撞着五百年風流業冤」旁批）

冤仙只在一轉間。（【上馬嬌】眉批）

見了更死不得。（【勝葫蘆】中夾生云：「我死也。」眉批）

果是鶯。（同上【么】篇「恰似嚦嚦鶯聲花外囀」旁批）

有個鑽入長裙的眼睛。（聰云：「若遠地，他在這壁，你在這壁，繫着長裙兒，你便怎知他小脚兒？」眉批）

若言他是佛，自己卻是魔。（【後庭花】後半曲眉批）

春色滿園關不住。（【柳葉兒】「門掩着梨花深園」眉批）

總是。（【寄生草】後半曲眉批）

至今遍身酥麻起來。（【賺煞】前半曲眉批）

（總批）摹出多嬌態度，點出狂痴行模，令人恍然親睹。

第二齣　僧房假寓

不要輕看這和尚，有大來頭。（法本上云：「貧僧法本，在這普救寺内做長老，……貧僧乃相國崔珏的令尊剃度的。……」之眉批）

看雖飽，然到底不能救饑。（生上云：「……若遇小姐出來呵，飽看一回兒。」之眉批）

雖生得好，總不及那尊活佛。（【迎仙客】眉批）

今世爲官，渾俗更好。（【石榴花】「……四海一空囊。」本云：「老相公在官時，可也渾俗和光麽？」眉批）

果會做官，宜多名望。（【斗鵪鶉】首兩句眉批）

言不由衷。（同上「小生無意去求官」兩句之眉批）

老張出此一兩銀子，只爲那人耳。不然，好不肉痛，安得有此大汗。若不爲那人，便是個大施主。（生云：「小生聊具白金一兩，……」眉批）

窮秀才專會算未來帳。（【上小樓】之【么】篇眉批）

引魂使者又來了。（紅上云……眉批）

輕狂奸意在後。（【脱布衫】「全沒那半點兒輕狂」旁批）

假志誠。（生云：「着小娘子先行，俺近後些。」本云：「一個有道理的秀才。」之眉批）

謔得不雅。（【朝天子】首兩句眉批）

與你有甚相關。（同上後半曲眉批）

虧他做出這勾當。（生哀哭科：「哀哀父母，……」眉批）

就要寫庚貼了，虧殺老面皮。（生云：「小生姓張名珙，……」眉批）

何緣出個女道學。（紅云：「……道不得個非禮勿視，……」之眉批）

珍重處恐成灰棄。（【哨遍】「若今生難得有情人，則除是前世燒了斷頭香」之眉批）

鶯也不是怕娘的。（【五煞】「怕甚麼能拘束的親娘」眉批）

中他機謀八九分。（生云「小生敢問長老房舍如何？」本云……之眉批）

數不盡相思情態。（【二煞】眉批）

（總批）一見如許生情，極盡風流雅致。

第三齣　牆角吟詩

好媒婆。（紅笑云：「我對你説一件好笑的勾當，……」眉批）

你道想甚麼？（紅云「……姐姐，我不知他想甚麼哩」眉批）

描景正趣。（【斗鵪鶉】眉批）

想來快活。（【紫花兒序】後半曲眉批）

不語處，情更真切。（鶯云：「……此一炷香」，「做不語科」眉批）

妙甚。（【小桃紅】眉批）

兩俱不亞。（生云：「我雖不及司馬相如，我則看小姐頗有文君之意」，之眉批）

果認得真。（紅云：「這聲音便是那……」眉批）

銷魂喪魄之句。（鶯和云：「蘭閨久寂寞，……」之眉批）

妙。（【聖藥王】眉批）

關目甚好。（【麻郎兒】眉批）

還是鶯紅娘之言，更妙。（【麻郎兒】之【幺】篇眉批）

好運將來了。（【東原樂】眉批）

一幅相思景。（【拙魯速】眉批）

（總批）今夜看燒香，明朝做功德，到虧此生勞神。

第四齣　齋壇鬧會

還是夫人的親麼？（本云：「怕夫人問呵，則說道是貧僧親者。」之眉批）

眼飽心不飽。（【駐馬聽】「見他時須看過十分飽」眉批）

好個至誠檀越。（【沉醉東風】眉批）

更能「傾」命否？（【雁兒落】「怎當他傾國傾城貌」眉批）

和尚都是如此。（【喬牌兒】眉批）

嬌極。（【甜水令】「怕人知道，看時節淚眼偷瞧。」之眉批）

卻忙幾夜了？（鶯對紅云：「那生忙了一夜。」眉批）

豈嘗竊窺來與？（【錦上花】之【么】篇眉批）

討些貼饒。（生云：「再做一會也好，……」眉批）

覺語。（【鴛鴦煞】眉批）

（總批）鬧熱極，莊嚴極，不可思議功德。

第五齣　白馬解圍

説得極是。（孫飛虎上云：「……主將尚然不正，我獨廉何哉！」之眉批）

嬌媚可人。（鶯紅上云：「……有情憐夜月，落花無語怨東風。」之眉批）

又想着老張了。（【混江龍】眉批）

知趣。（紅云：「姐姐情思不快，我將這被兒薰得香香的睡些兒。」之旁批）

你思睡，他卻睡不得。（【油葫蘆】「每日價情思睡昏昏」眉批）

越提防，越疏略。（【天下樂】「老夫人拘束得緊」眉批）

那人與外人、客人不同。（【那吒令】眉批）

針綫明明在眼前。（【鵲踏枝】後半曲眉批）

張生的媒人消息到了。（夫人云：「……如今孫飛虎將領半萬賊兵，圍住寺門，……」之眉批）

果好妙策。（鶯云：「孩兒有一計，……」眉批）

弟六來，自家又早嫁了人。（【後庭花】眉批）

肯死到好，只怕死不得。（【柳葉兒】眉批）

僧人退得，如何？（夫人云：「……兩廊僧俗，但有退兵計策的，……」之眉批）

關目絶妙。（……生云：「既是恁的，休諕了我渾家，……」之眉批）

趣。忒穩。（同上旁批）

更是大慈悲長老。（【端正好】眉批）

禪髓。（【滾綉球】眉批）

時勢甚急，勿閑話罷。（生云：「你是出家人，卻怎不禮經懺，……」之眉批）

句句真宗。（【滾綉球】眉批）

已證阿羅漢果。（【白鶴子】之【二】眉批）

金剛圈裏打觔斗。（同上之【四】眉批）

筆下亦有戈兵。（惠遞書，將軍念科：「……羡威統百萬貔貅……」眉批）

真病。（生云：「小弟甚欲來，乃小疾偶作，不能動止，……」之眉批）

長老不是管這事的。（生云：「這事都在長老身上。」問本科：「小子親事未知何如？」……之眉批）

（總批）如許着手，便不落莫。

第六齣　紅娘請宴

舌頭已在酒筵上了。（生上云：「夜來老夫人説，着紅娘來請我，……」之眉批）

還要媒婆傳了那封書。（【粉蝶兒】眉批）

不敢。（紅云：「……特請先生小酌數杯，勿卻是望。」之末句旁批）

何須問。（生云：「便去便去，敢問席上有鶯鶯姐姐麽？」之眉批）

世上大半慷慨人。（【上小樓】眉批）

討個端的。（生云：「今日夫人端爲甚麽筵席？」末四字之旁批）

紅娘眼中有鏡。（生云：「客中無鏡，敢煩小娘子看小生一看如何？」之眉批）

只要一味，餘具不必辦。（【滿庭芳】後半曲眉批）

好話。（【朝天子】眉批）

這妮子哄殺人。（【要孩兒】眉批）

決不。（同上「請先生勿得推稱」旁批）

也要一個月老傳言。（【四煞】後半曲眉批）

恐日子不吉利。(生云:「……小生到得卧房内,和小姐……」之眉批)

(總批)行雲流水,悠然自在之文。

第七齣　夫人停婚

還有未來事在。(生云:「……此皆往事,不必挂齒。」眉批)

難道請别人也叫你出來相陪不成。(鶯云:「若請張生,扶病也索走一遭。」之眉批)

關目好。(同上對話之眉批)

嬌態如畫,妙甚妙甚。(【新水令】眉批)

恐未必然,錯了相法。(同上【么】篇「我做一個夫人也做得過」之眉批)

聰明到底。(【攪筝琶】上半曲眉批)

好事將成,不消贊賞。(【慶宣和】上半曲眉批)

家人變睽。(鶯云:「呀,俺娘變了卦也。」眉批)

哥妹相呼,更好圖後一着。(【得勝令】眉批)

轉神至語。(鶯把酒科,生云:「小生量窄。」之眉批)

關目妙。(夫人云:「再把一盞者。」……紅背鶯云:「姐姐,這煩惱怎生了。」之眉批)

後來丑惡,全是這個老乞婆。(【月上海棠】之【么】篇眉批)

真個是懦。(【江兒水】「秀才每從來懦」眉批)

前日該早對孫飛虎說。（夫人云：「……奈小女先相國在日，曾許下老身侄兒鄭恒，……」之眉批）

由他去便了，又留他做恁？ 做出來都是這個老阿婆。（夫人云：「……紅娘扶將哥哥去書房中歇息，到明日咱別有話說。」……之眉批）

死不得。（生跪紅科：「……解下腰間之帶，尋個自盡。」之旁批）

這丫頭是個老馬泊老。（紅云：「……但聽咳嗽爲令，先生動操，看小姐聽得說甚麽，……」之眉批）

從計如流。（生云：「……今夜這場大功，都在你這神品，金徽玉軫，蛇腹斷紋，嶧陽焦尾，冰絃之上。……」之眉批）

（總批）若不變了面皮，如何做出一本《西廂》。

第八齣　鶯鶯聽琴

燒香本意，一一漏出。（鶯云：「事已無成，燒香何濟？……」之眉批）

媚殺。（【斗鵪鶉】末句眉批）

終有。（鶯云：「風月天邊有，人間好事無。」之眉批）

春心動也，粉墻圍他不住。（【小桃紅】後半曲眉批）

假不知處，有致。（【調笑令】眉批）

子期今是卓文君。（【聖藥王】眉批）

千古眼淚，至今不乾。（生云：「歌曰……」鶯云：「其詞哀，其言切，淒淒然，如鶴唳天，故使妾聞之，不覺淚下。」之眉批）

真怨差了人。（生自云：「……小姐你也說謊呵。」鶯自云：「你差怨了我。」之眉批）

令人愛死。（【東原樂】眉批）

醒來也得。（【錦搭絮】眉批）

此景必真。（【拙魯速】眉批）

明日有意抱琴來。（鶯云：「好姐姐，你見他呵，是必再着他住一程兒。」紅云：「再説甚麼？」之眉批）

（總批）纔拜幾拜月，便有好新郎至，豈天道從願如響乎？

第九（原誤作「八」）齣　錦衣傳情

你的病症，和他一般。（鶯上云「聞説道張生有病」之眉批）

説真方。（【賞花時】「若得靈犀一點，敢醫可了病懨懨。」之眉批）

説來可恨。（【混江龍】後半曲眉批）

真郎中看出一病兩症。（【油葫蘆】後半曲眉批）

到處唾津用。（紅云「我把唾津兒潤破窻紙」眉批）

望聞問切。（【村裏迓鼓】下半曲眉批）

使乎？使呼？（生云「小生有一簡敢煩小娘子達知肺腑咱」眉批）

果有志氣。（【勝葫蘆】之【么】篇眉批）

書乏風流意味，詩卻稱之。（生讀科……之眉批）

這丫頭也笨講道學。（【寄生草】眉批）

（總批）不妝病景，不極相思滋味。

第十齣　妝臺窺簡

便是個會真像。（【醉春風】眉批）

鬬目好。（紅云：「我待將簡帖兒與他，恐俺小姐有許多假處哩。我則將……」之眉批）

料得出。（同上旁批）

那也是張尚書的公子。（鶯云「我是相國小姐，誰敢……」之眉批）

一轉語，便將鶯兒玩弄掌股之上。（【快活三】眉批）

妙。（【朝天子】眉批）

郎中藥包内恐無這一味妙藥。（鶯云：「喚個好（大）〔太〕醫看他證候咱。」紅云：「他症候喫藥不濟。」之眉批）

鶯果有老世事。（鶯云：「紅娘你早是口穩哩，……將紙筆過來，……」之眉批）

好。千錢難買此段話。（【小梁州】眉批）

還該去一去。（紅云：「我如今欲待不去來，……須索走一遭。」之眉批）

自己早已破綻多了。（【斗鵪鶉】「則待要覓別人破綻」眉批）

那裏就打奸情。（【上小樓】眉批）

又恐人命牽連了。（生云「必索做一個道理，方可救得小生一命。」之眉批）

可憐。（「生跪哭云」眉批）

赦書到。（生接書開讀科……之眉批）

似淺。（生云：「待月西厢下，……」之眉批）

也難直對魚雁說。（【耍孩兒】「幾曾見寄書的瞞着魚雁」眉批）

豈不曾讀《孟子》「不摟則不得妻」句。（生云「小生自小讀書的人，怎跳那花園過？」之眉批）

俗。（【二煞】眉批）

一幅相思畫。（生云「恨殺太陽貪戰，不覺紅日西沉。……」之眉批）

（總批）胸中如鏡，筆下如刀，千古傳神文章。

鶯鶯喜處成嗔，紅娘回嗔作喜，千種翻覆，萬般風流。（《六合同春》本第十齣《妝臺窺簡》總批）

卷之下　第十一齣　乘夜踰牆

果瞞不得。（紅上云、鶯上云、紅云之眉批）

妙。（【新水令】眉批）

紅娘口中有筆，一一描寫極真。（「我看那生巴不到晚」眉批）

即飽秀才，更多眼花的。（生云：「小姐你來也。摟住紅科」眉批）

亦巧。（【喬牌兒】眉批）

不要你管，漢家自有制度。（【甜水令】眉批）

丹青難及，舌頭巧。（【錦上花】眉批）

虧了這丫頭咬破牙。（紅云：「……告到官司，怕羞了你！」眉批）

鶯鶯捉得賊，紅娘不放贜。（鶯云：「紅娘有賊」……鶯云「撦到夫人那裏去。」紅云「……」之眉批）

粉墻把做龍門，跳樹精權做仙桂攀。（【得勝令】眉批）

誰敢凌辱斯文。（同上「準備着精皮膚喫頓打」眉批）

没趣，没趣。（【離亭宴帶歇拍煞】「淫詞兒早則休」以下五句之眉批）

（總批）中緊外寬，虧這美人做出模樣來，然亦理合如此。倘一踰即從，趣味便爾索然。

第十二齣　倩紅問病

便是雅謔。（紅云：「又來了，娘呵，休送了人的性命！」鶯云：「好姐姐，救人一命，將去咱。」之眉批）

此藥宜廣施。（生上云：「……則除是那小姐美甘甘香噴噴涼滲滲嬌滴滴一點唾津兒嚥下去，這病便可。」眉批）

雪上加霜，如何不重。（【鬥鵪鶉】後半曲眉批）

閻王殿前奸情人命干證好難做。（紅嘆云：「普天下害相思的，不似你這傻角。」眉批）

妙。（【天淨沙】眉批）

妙藥，妙方，國手，國手。（【小桃紅】「這方兒最難尋」眉批）

禱雨卦得水天需。（生讀科「仰圖厚德難從禮，謹奉新詩可當媒」之眉批）

自然。（生云：「小生爲小姐如此瘦顏，莫不小姐爲小生也減些豐韻麽？」眉批）

真妙。(【錦搭絮】眉批)

多謝,多謝(原作「謝多」)。(同上【么】篇眉批)

(總批)真病遇良醫,良藥雖未曾服,而十病減九矣。

第十三齣　月下佳期

傳授心法。(紅云:「有甚麽羞,到那裏則合着眼者。」之眉批)

真是難過日子。(生上云:「……自日出熬到如今,……不見來呵,小姐休説謊咱。」之眉批)

妙妙。(【混江龍】眉批)

曉得了。(生云:「小生一日十二時,無一刻放下小姐,你那裏知道呵。」之眉批)

曲盡形容。(【油葫蘆】眉批)

畫出相思骨。(【天下樂】眉批)

逼真欲死。(【那吒令】眉批)

不消分付。(紅云:「你放輕者,休諕了他。」之眉批)

酸得够了。(【村裏迓鼓】下半曲眉批)

都是妙畫。(【元和令】眉批)

嬌態可憐殺。(【勝葫蘆】之【么】篇眉批)

天孫巧成相逢錦。(【青歌兒】眉批)

教人害，教人怪，教人愛，三語酷盡形容。（【寄生草】眉批）

總批：千里來龍，穴從此結；萬種相思，盡從此處撇。真令看《西厢》者，熱腸冷氣，一時快活殺。

第十四齣　堂前巧辯

善相法。（夫人歡郎上云：「這幾日竊見鶯鶯……」之眉批）

知趣，知趣。（【調笑令】前半曲眉批）

忠臣，忠臣。（同上後半曲眉批）

認處高甚。（【鬼三臺】前半曲眉批）

蘇、張舌，孫、吳籌。（同上後半曲眉批）

一一供狀，看他怎麽發落。（【禿厮兒】眉批）

一本《西厢》，全由這女胸中搬演出，口中描寫出，大才，大膽，大忠，大識。（紅云：「信者人之根本，……豈不爲長便乎？」之眉批）

難道不怕。（紅叫鶯云：「……我直説過了，我也怕不得許，……」之眉批）

夫人不會辱了。（夫人云：「……我待經官來，辱没了你父親，……」之眉批）

鶯殺。（紅云：「你的事發了也，如今夫人唤你來，……」之眉批）

難道又肯招禽獸。（夫人云：「……我如今將鶯鶯與你爲妻。……」之眉批）

（總批）紅娘是個牽頭，一發是個大座主。

第十五齣　長亭送別

點出秋景甚真。（【端正好】眉批）

無限離情，一一畫出。（【叨叨令】眉批）

岳母面前説大話。（生云：「小生托夫人餘蔭，……覷官如拾草芥耳。」之眉批）

四語欠雅。（【上小樓】之【么】篇前半曲眉批）

不妨。（【滿庭芳】眉批）

話頭甚有意味。（【快活三】眉批）

也該討些補洗庵門。（本辭生科云「……做親的茶飯少不得貧僧的。」眉批）

不離酸味。（生云：「小生這一去，……」眉批）

江湖要訣。曲妙。（【五煞】眉批）

描寫光景入畫。妙。（【四煞】眉批）

盟訂分袂，曉得記得。（生云：「小姐有甚麼言語囑付小生咱。」之眉批）

畫，畫。（【一煞】眉批）

（總批）日暮鄉關何處是，烟波江上使人愁。

第十六齣　草橋驚夢

畫盡旅況。（【新水令】眉批）

快死。（【步步嬌】眉批）

總是開眼夢。（生睡科。鶯上云：「……我私奔出城，趕上和他同去。」之眉批）

夢魂已逐故人去。（【攪箏琶】後半曲眉批）

奇思突出。（卒子上云：「恰才見一女子渡河，分明見他走在這店中去。打起火把者。將出來，將出來！」之眉批）

夢中猶記杜將軍。（【水仙子】後半曲眉批）

光影必真，妙甚。（同上「騎着一匹白馬來也。」卒搶鶯下。生云……，之眉批）

明月蘆花何處尋。（【雁兒落】眉批）

說夢多韻。（【得勝令】後半曲眉批）

（總批）翻空揭出夢景，的是相思畫譜。

第十七齣　泥金報捷

脱去考試事，甚超卓。（生引琴童上云……之眉批）

態度堪憐。（【集賢賓】眉批）

曲入畫影。（【逍遥樂】眉批）

得這一帖解鬱湯。（紅云：「……説道姐夫有書。」鶯云：「我也有盼着他的日頭，……」之眉批）

知心哉！（【醋葫蘆】眉批）

終是成就一個探花郎。（同上【么】篇眉批）

説得親切題目。（【梧葉兒】眉批）

總是這句着力。（【青歌兒】眉批）

物去人亦去。（同上「怨慕難收，對學士叮嚀説緣由」之旁批）

諄諄叮嚀有深味。（【醋葫蘆】眉批）

不是愛那東西。（同上前半曲旁批）

度日如年。（【浪裏來煞】眉批）

總批：看書處摹盡喜憂情，回書處訴盡相思味，一轉一折，步步生情。

第十八齣　尺素緘愁

舊病又發了。（生上云：「……早間太醫院醫官來看視，下藥去了。……」之眉批）

這樣好明醫。（【粉蝶兒】眉批）

俱有之。（【迎仙客】眉批）

直書處無限情味。（開書讀科：……之眉批）

字好，文章好，針指好，都只是情好，意好，顏色好。（【上小樓】之【么】篇眉批）

極畫贊詞。(【滿庭芳】眉批)

鶯鶯又與琴俱來了。(【白鶴子】眉批)

鶯鶯又與玉簪俱來了。(【二煞】眉批)

(班)[斑]管裏也有鶯鶯。(【三煞】眉批)

裹肚裏也有鶯鶯。(【四煞】眉批)

不見襪,卻見鶯鶯。(【五煞】眉批)

口頭語,人卻指點不出。(【耍孩兒】眉批)

餘音不絶。(【四煞】眉批)

(總批)見物如見鶯,描畫得遠書景趣。

第十九齣　鄭恒求配

原來也是公子。(鄭恒上云:……之眉批)

紅娘難做兩國軍師。(同上「這一件事都在紅娘身上,……」之眉批)

一刀兩斷。(紅云:「……當日孫飛虎將半萬人馬來時,哥哥你在那裏……」之眉批)

從這裏講貧富,千古特見。(【紫花兒序】眉批)

當時若是僧退兵去,鶯卻做尼姑也,那裏到你來。(【天淨沙】眉批)

卻早知名了。(鄭恒云:「我自來未嘗聞其名,……」之眉批)

若非紅娘，恩也難報，信也難全。（【金蕉葉】眉批）

巧語奇思。（【調笑令】後半曲眉批）

罵得毒狠。（同上旁批）

他也不是白衣。（鄭恒云：「……到不如那個白衣餓夫？」之眉批）

大是。（【聖藥王】眉批）

這計大妙。（鄭恒云：「……到下處，脱(子)[了]衣裳，……」之眉批）

妙。（鄭恒云：「……我要娶，我要娶！」紅云：「不嫁你，不嫁你！」之眉批）

有趣極。（【收尾】，「恒脱衣科，紅下。」之眉批）

説來得人怕。（鄭恒云：「……我若放起刁來，且看鶯鶯那裏去！……」之眉批）

小人偏會妝點是非，婆子偏會聽是非。（「恒云」、「夫人云」眉批）

（總批）護張生甚尖利，罵鄭恒忒狠毒。

第二十齣　衣錦還鄉

胸中早定。（生上云：「……誰想有今日也。文章舊冠乾坤内，姓字新聞日月邊。」之眉批）

酒醒人遠意味。（【駐馬聽】眉批）

令人驚疑。（【喬牌兒】「莫不我身邊有甚事故。」生云：「今日中選得官，夫人反行不悦，何也」之眉批）

説鄭恒便不足信了。（【得勝令】眉批）

驚殺人。（紅云：「爲你别做了女婿，俺小姐依舊嫁了鄭恒也。」生云：「有這般蹺蹊事。」之眉批）

趣。（【慶東原】「……鶯鶯呵你嫁個油煠猢猻的丈夫，紅娘呵你伏侍個烟熏猫兒的姐夫，張生呵你撞着水浸老鼠的姨夫，……」之眉批）

耍得極妙。（【喬木查】眉批）

無上妙諦。（【沉醉東風】眉批）

一之謂甚，其可再乎。（【甜水令】後半曲眉批）

全仗你遮蓋。（紅云：「張先生，你若端的不曾做女婿呵，我去夫人眼前一力保你。……」之眉批）

始終得和尚力。（本上云：「昨接張生不遇，……」之眉批）

也是令表兄如何這樣狠。（【得勝令】眉批）

卻也一個半丈夫了。（生見杜云：「……夫人怒欲悔親，依舊要將鶯鶯與鄭恒，道不得烈女不更二夫。」之眉批）

也通得。（恒云：「苦也！聞知大人回，特來賀喜。」之旁批）

好個硬幫手。（杜云：「……我聞奏朝廷，誅此賊子。」之眉批）

曲稚俗。（【落梅化】眉批）

做官的就説做官的話。（【錦上花】眉批）

丑。（同上後半曲眉批）

（總批）總結處精密工緻，出鄭恒來更有興趣。

全在紅娘口中描寫鶯鶯嬌痴，張生狂興。人謂一本《西廂》，予謂是一軸風流畫。

前半本合處妝病，後半本離處妝夢，相思腔調，全在此中，逼真。

卓老謂《西厢記》是化工筆，以人力不及。而其巧至也，付物肖形，奇花萬狀，摹情布景，風流萬端。空庭月下，葉落秋空，反復歌詠，不覺凡塵都死，神魂莫知所之（一作若不知之）。卓老果會讀書。

（附）　陳繼儒《西厢記》零星評語（節録）

《西厢》、《琵琶》，俱是傳神文字，然讀《西厢》令人解頤，讀《琵琶》令人醉（酸）鼻（一作「鼻酸」。）（《陳眉公批評音釋琵琶記》全劇總評）

《西厢》、《琵琶》譬之圖畫，《西厢》是一幅着色牡丹，《琵琶》是一幅水墨梅花；《西厢》是一幅艷妝美人，《琵琶》是一幅白衣大士。（毛聲山《第七才子書琵琶記·前賢評語》）

科套似散，而夫婦會合甚奇，母女相逢更奇，但傳情不及西厢，妝景不及《拜月》，而傳情、妝景又不離《西厢》、《拜月》。（《六合同春》本《陳眉公先生批評玉簪記》總評）

《西厢》、《幽閨》、《紅拂》、《玉簪》、《金印》，拜月保佑丈夫，但此篇祝願更爽朗些。（《陳眉公批評紅拂記》第二十九齣《拜月同祈》總批）

《西厢》風流，《琵琶》離憂，大抵都作兒（女）子態耳。《紅拂》以立談而物色英雄，半局而坐定江山，奇腸落落，雄氣勃勃，翻傳奇之局如掀乾坤之猷。不有斯文，何伸豪興？信乎黃鐘大吕之奏，天地放膽文章也。（同上，全劇總評）

西厢記（明天啟間烏程凌［濛初］氏原刻本、民國五年［一九一六］暖紅室重刻本）（全録）

《西厢記》凡例（十則）

《西厢記》舊目

《太和正音譜》目録

王實甫

《西厢記》

《點鬼簿》目録（與周憲王本合）

王實甫

張君瑞鬧道場

崔鶯鶯夜聽琴

張君瑞害相思

《西廂記》第一本　張君瑞鬧道場雜劇

楔　子

院本體止四折，其有情多用白而不可唱者以一二小令爲之，非【賞花時】即【端正好】，如墊桌以木楔（暖紅本作楔），其取義也。今人不知其解，妄去之，而合之於第一折，殊謬。王伯良謂猶南之引曲，亦未是。（眉批）

劇體止末旦外淨四脚色，故老夫人以外扮。今人妄以南體律之，易以老旦者，誤，詳凡例中。（「外扮老夫人上」眉批）

凡楔子不宜同唱，故夫人獨上、獨唱、先下，而鶯自上、自唱，始爲得體。時本亦有從此者，乃他本竟作夫人、鶯、紅同上、同唱、同下，殊失北體矣。（【仙吕】【賞花時】眉批）

此曲終竟下，亦是北體。時本有落場詩四句，則是南戲矣。（【么篇】眉批）

第一折

院本皆供應内用，故當場須稱曩時廟號，以爲别考，劇戲中無不如此者，蓋其體也。近有譏其稱廟號於即位之日，其言似是，然實學究家見耳。若《高祖還鄉》劇云白：「甚麽改姓更名唤做漢高祖。」《子陵還詔》劇云：「誰識你那中興漢光武。」學究家不更駭倒乎！夏蟲豈可與語冰。（張生白之眉批）

「才高」二句止用「男兒願」三字亦可，蓋是其本調。「二十年」以下添四字排句，不拘多寡，及不用韻皆可，但須以平、平、去三字——如此「男兒願」，及《琵琶記》「休嗟嘆」——一韻句接之耳。非此調字句可增減也，作者知之。（【混江龍】眉批）

「顯」，諸本訛作「險」，犯廉纖閉口韻，非。「何處顯」，言風濤何處顯得，故以「則除是此地偏」接之，語意自明。（【油葫蘆】眉批）

王元美以「滋洛陽」二語、「雪浪拍長空」四句、「東風摇曳」二句、「法鼓金鐸」、「不近喧嘩」二對，爲駢儷中景語。元美「七子」之習，喜尚高華，不知實未是其勝場。（【天下樂】眉批）

王伯良曰：此調舊作【節節高】，誤。【節節高】系【黄鐘宫】，字句亦稍不同。（【村裏迓鼓】眉注）

按元本原作【村裏迓鼓】。（同上）

「偏」，一字韻句，所謂曲中短柱。以後「嗤、嗤的扯做紙條兒」，亦「嗤」字爲句；「哈，怎不肯回過臉兒來，」亦然。【上馬嬌】本調如此，凡劇皆然，勿誤認「偏宜」、「嗤嗤」連讀。（【上馬嬌】眉批）

「腼腆」，時作「靦靦」，誤。（【勝葫蘆】批語）

王伯良曰：「玉粳」，齒也。《曲江池》劇云：「玉粳牙休兜上野狐涎。」（同上之【幺篇】眉注）

「風魔了」以下多演數語，亦得，但俱須三字節，亦非可以妄增減短長，如徐、王所謂。（【後庭花】眉批）

正指上回顧。（同上「打個照面」旁批）

王伯良曰：「天天」連讀勿斷。董詞「天天悶得人」、「來個琵琶問，天天怎生結果？」（【柳葉兒】眉注）

俗本「仍下」多「還」字，「漸」下多「去」字，非。（【寄生草】眉批）

「病染」，「染」字犯廉纖韻，必有誤。朱石津（暖紅室本誤作「律」）本作「蹇」，金白嶼本作「怎遣」，王伯良改爲「病纏」，以爲獨得。蓋此字原可平聲，三字皆可，未知誰爲本字耳。（【賺煞】眉批）

「爭妍」，徐改「依然」，不知「春光在眼前」，正即「依然」之意，不必先竄之。（同上）

第二折

「潔」，老僧之渾名，後「老潔郎」是也。

「周方」，舊解周旋方便。（【中吕】【粉蝶兒】眉注）

不曰「可愛」，而曰「可憎」，反詞也，猶寃家之意。（同上）

徐士範曰：「打當」，猶云「打迭」。（同上）

「多情人」，徐、王俱言古本是「寡情人」，與本文語意及傳意俱合，且仄字起，又合調，然不見其本，不敢更。（【醉春風】眉批）

「心忙」，王改「心癢」。此句自宜仄聲住，然恐與「心癢癢」復。（同上）

北詞曲中間（暖紅室本作「閑」）白之問答甚少，時本混增問語，至云「老相公棄世，必有所遺」，止欲引起下句，遂使老僧忽發無端俗問。（【石榴花】眉批）

「待」字，襯字，時本混刻，徐、王直删去之。（【斗鵪鶉】眉批）

「儘著你」二句，俱恐其嫌輕之意，徐改爲「儘教咱」、「他則待」，並下語俱不白矣。（同上）

「有主張」以下，以意中事私心作謔也，徐改作「把小張」，無是理。元人謔語自雅，决無如此酸氣。王反謂「有主張」爲謬，可謂阿所好矣。（【上小樓】眉批）

徐本「遠着（暖紅室本作「著」）」上有「怎生」二字，亦可，然下有「都皆停當」而「遠」、「離」、「靠」、「近」、「過」數字，語意俱明，無二字亦無礙。（【幺篇】眉批）

「胡伶」，董詞作「鶻鴒」，伶俐也。眼爲「渌老」，今教坊中猶有此語。董詞：「一雙渌老。」（【小梁州】眉批）

「怏」字，舊本如此。蓋此字宜仄聲，「夫人怏」，即不令許放之意，時本誤作「央」，王擬改爲「强」。（【幺篇】眉批）

「演撒」，教坊市語。「沙」，襯語，猶南曲之「呵」字。「睃」，音梭，邪視曰「睃」。（【快活三】眉批）

「好模好樣」句，俗作本唱，大謬。本無唱體。（【朝天子】眉批）

「宅堂」，用韻，一作「院」，王作「司」，皆非。（同上眉批）

「治家嚴肅」等話，非生所樂聞，故猶疑本之一時强口耳。王謂跟前崛强，皆没有（暖紅本作「背後有」）許多輕薄處，殊失生爾時語意。（同上）

「湯」，猶俗言「擦着」（暖紅本作「著」），元人多用之。（【四邊静】眉批）

自是當行語，徐文長不以爲好，何足以知之。（【哨遍】「手掌兒裏奇擎」等三句之眉批）

「怪黄鶯」二句，誚夫人，不韻，見物類之雙對者，而亦猜忌耳。王伯良謂指鶯「春心蕩」處，則宜言羡言慕，不宜言怨怪也，且解亦甚費添補。（【耍孩兒】眉批）

「工貌」，俗本作「容貌」，非。（【四煞】眉批）

王伯良曰：「咽項」二字連。（【三煞】眉批）

徐文長曰：言粉玉搓成一條咽項也。（同上眉注）

王本去此一段白，將《西厢》根據盡抹殺矣。况法本復在何時下場耶？（【三煞】後之潔、末對白眉批）

徐士範曰：此白語卻自真境。（同上眉批）

徐士範曰：此處微見痕疵。（【二煞】眉批）

二語，何元朗所摘，以其太著相也，只易「一萬聲」、「五千遍」，二襯語，便妙矣。（同上眉批）

第三折

徐文長曰：「傻」音灑，輕慧貌。宋人謂風流蘊藉爲「角」，故有「角妓」之名。「傻角」是排調語。（鶯、紅對白之眉批）

【鬥鵪鶉】首句元不用韻，如後綵筆題詩，夜去明來，皆不用韻，故用「塵」字，非以「真文」誤入「庚青」也。（【斗鵪鶉】眉批）

徐士範曰：「没揣的」，猶云不意中。（【紫花兒序】眉批）

無非謂鶯難得等閑見面，妄擬以此詰之，徐云「有影」句張自況，不通。（同上）

此白全用董解元語。（【金蕉葉】後張生科白眉注）

王伯良曰：「甫能」，二字作句。（【調笑令】眉注）

此後有增一【么篇】者，語重復支離，古本所無。（【小桃紅】眉批）

徐士範曰：「埋没」，下字入神。（【禿厮兒】眉注）

元樂府：「葫蘆的㦬懵懂，惺惺的惜惺惺」，言人各有臭味也。（【聖藥王】眉注）

生欲行，鶯欲迎，而紅在側，故謂「淺情不做美」。「便做道謹依來命」，言何不更依了我們意也。「謹依來命」是成語，故用之，所取只一「依」字，猶願隨鞭鐙之類，此曲家法。徐改爲「不當箇」，而王强解云：不當依夫人之命而促之去。何啻千里！（【麻郎兒】批語）

「白日裏枉躭凄凉」，「夜裏再整相思」，本明白，徐扭殺「一天好事」二語，竄改紛紛，以「白日」爲「向日」，以「再整」爲「投正」，而硬解「四星」爲有下梢，總之胸中有僻也。（【絡絲娘】眉批）

徐士範曰：古人以二分半爲一星，四星言十分也。（【綿搭絮】眉注）

我淒涼，而彼已進去，即所謂「不倈人」，非與「笑相迎」戾也。（同上）

「燈不明」，也是孤眠一慘景，徐改爲「不滅」。夫要滅亦何難。（【拙魯速】批語）

王伯良曰：凡北詞佳者必用俊語收之，不獨《西厢》爲然。世人作南詞，似少有知此竅者。（【尾】曲眉批）

第四折

王伯良曰：兩「烟」字重，以「香烟」對「諷咒」，亦不的，似有誤字。（【雙調】【新水令】批語）

王謂「壽高」宜作「壽考」，此無不可，但言本調首末字當用上聲，則未確也。本傳「槐影風摇暮鴉」，《王魁負桂英》劇云：「人間語天聞若雷。」《追韓信》劇云：「干功名千難萬難。」《王妙妙哭秦少游》劇云：「虚飄飄拔著短籌。」《武陵春》詞云：「瑶華細分明舞裀。」《人月重圓》劇云：「同宿在紗厨絳綃。」用平聲者不可勝舉，豈皆無法者耶。（【沈醉東風】眉批）

妖嬈面龐冶麗，苗條身體嬝娜，各相配，故自妥。徐、王顛轉之，且爲之説，不敢以爲然。（【得勝令】眉批）

徐士範曰：「呆傍」，是鄉語。（【喬牌兒】眉批）

「稔色」二句，疊呼鶯之詞。「怕人知道」，與下句意連，惟怕人知，故偷瞧也。（【甜水令】批語）

「撓」字，王以爲上、去二音，平聲無此字，反以周德清韻中有之，爲元人相沿之誤，竟改爲「猱」，且云世謂妓女爲「猱兒」。夫妓女之解，自如此。「撓癢」之「撓」，非「猱」也。《看錢奴》（劇）[據]云：「撓不著心上癢。」亦此「撓」字。韻書在下平四豪，何以云無韻；中注：又奴巧切，則上聲者耳。（【折桂令】眉批）

北詞唯一人唱，忽參二旦每唱一曲，非體，疑後人妄添入耳。【折桂令】竟接入【碧玉簫】，亦是合調，但不敢遽删。（【折

桂令】、【碧玉簫】眉批）

因大家動火而喧嚷，故張曰：此乃我所好也。「恁須不奪人之好」，因古有「君子不奪人之好」語，故以此爲謔。元人機局多如此。王謂「張生不得致其私款，故云」，殊未得。（【碧玉簫】眉批）

「唱道是」三字，是【鴛鴦煞】本色。《追韓信》劇：「唱道是惆悵功名。」《漢宮秋》劇：「唱道是佇立多時。」可證。徐、王本删之，緣不解耳。（【鴛鴦煞】眉批）

此有【絡絲娘尾】者，因四折之體已完，故復爲引下之詞結之，見尚有第二本也。此非復扮色人口中語，乃自爲衆伶人打散語，猶説詞家「有分交」以下之類，是其打院本家數。王謂是搊彈引帶之詞而削去，大無識矣。（【絡絲娘煞尾】眉批）

《西厢記》第二本　崔鶯鶯夜聽琴雜劇

第一折

元曲時用白中語作曲，以爲照應，因此飛虎口中有「眉黛」等語，故後夫人亦云，然後鶯曲遂述之耳。時本删去，則後來夫人之語何所自，又有並夫人亦無白者，則鶯奈何忽自贊耶？（孫飛虎白之眉批）

首二句不用韻亦可，然首居儘多用韻者。《雍熙樂府》中「花遮翠擁，香靄飄，霞燭影搖紅。」《明皇望長安》劇云：「中秋夜闌，寶篆烟消，玉漏聲殘。」《天寶遺事》引：「開元至尊，舞按《霓裳》，政失君臣。」又：「中華大唐，四海衣冠，萬里梯航。」是也。至《咏蝶詞》：「春光艷陽，人意徊徨，花柳濃妝。」則兩句俱用韻矣。此曲亦然。王謂不用韻，而從徐本之「多愁」，雖不妨，然舊本卻是「傷神」。（【仙吕・八聲甘州】眉批）

一作「花」。（【混江龍】「落紅成陣」，「紅」字旁注）

王伯良欲易「香消」爲「消」，「金粉」爲「烟粉」，不爲無見。（同上「三楚精神」後夾批）

「蘭麝薰盡」句連，非「薰」字句，而「盡」字連下也。（【油葫蘆】眉批）

王伯良曰：「穩」，諸本作「寧」，係庚青韻，非。「登臨」句，七字句，襯二字。（同上）

一作「困」。（「登臨」句中「悶」字旁批）

「登臨又不快，閑行又悶」數語（明刻本無「數語」二字），乃道張生者，移爲鶯語，覺非女人本色。（「閑行又悶」後夾批）

首句宜「仄（可平）仄平平仄（可平）仄平（可仄）」，乃襯「頭兒」二字者，王本謂襯「兒」字而反去上字，便不合調。（【天下樂】眉批）

「氣分」猶言「氣餒」，《金綫池》劇：「年紀小須是有氣分，年紀老無人問。」《羅李郎》劇：「顯耀男兒氣分。」其意可想。王作「聲勢」解，猶近，徐以爲「名分」之「分」，酸甚。（同上）

一本無「把」字。（【鵲踏枝】「把鍼兒」「把」字旁注）

「把鍼兒」句，言把鍼兒將綫引過去，本自不礙。王謂「將」字與「把」字礙而去之，則須言「把鍼兒引綫」乃可「綫引」，便不通矣。（同上眉批）

「文章士」，徐改爲「風流客」。「旖旎」即風流也，仍舊本爲是。（【寄生草】首二句旁批）

「不由人」即「不覺的」一意，言連身子做不得主也。今人常於「人」下添「不」字，不惟不知其本，而襯字用四，亦非體。（同上曲末夾批）

徐士範曰：《西廂》詞，多用「兒」字，於情近，於事諧，故是當家。（【鵲踏枝】、【寄生草】眉注）

今本去此「卒子高叫」一段白，後來「將伽藍火内焚」及「博望燒屯」等語，俱無著矣。（「卒子内高叫雲」眉批）

此下可以疊四字句，不拘多少。（【六么序】「好教我」旁注）

一作「心」。（同上「那堝兒」「那」字旁注）

「那堝兒裏」，「那」，所在也。「人急偎親」是成語。「土雨」，董解元記中語：「滿空紛紛土雨。」言人馬沓來而塵土紛起如雨也。《戰英布》劇亦有「紛紛濺土雨」句。俗作「吐」，謬。（同上曲，眉批）

一本無「每」字。（【么篇】「那廝每」，「每」字旁注）

此下亦可以疊四字句，不拘多少。（同上「道我」旁注）

王伯良曰：「風聞，胡雲」，四字二韻。「那廝每」三字係襯字，元不用韻，與前後【麻郎兒】三句各叶者不同。（同上曲眉注）

「則没那諸葛孔明」，言單得没那諸葛孔明，他卻要做出博望燒屯事來。元人下語每如此。王去「則没那」，而易以「則麽」，言甚麽孔明，牽强，非作者意。徐易以「那裏也」，亦不必。（同上）

此調若作【後庭花】，則「後代孫」「孫」字不宜平韻；宜爲後謪者，是王定「後代孫」以上爲【元和令】，調自叶，但以下爲【後庭花】，則本調不全。乃謂【後庭花】可增減，不知【後庭花】亦止「斷絶了愛弟親」以下三字爲節者，可多演數語，非可任意增減也。金白嶼作【元和令】帶【後庭花】，不爲無見。（【後庭花】眉批）

徐文長曰：「不行從亂軍」，言不從軍，其害如此。（同注）

若【後庭花】本調，此句止「未成人」是正字。（同上曲「未成人」旁注）

王以此二句與上次序不相應而倒轉之，不思前首言「老（暖紅本作『之』）太君」，而此末言「慈母恩」，何嘗一一照序耶？（同上「諸僧」二句旁批）

「生忿」，與「生分」同，猶劣懒也，詳解證中。（【青歌兒】眉注）

此句「休愛惜」便含下意，非復如前欲獻賊人也。俗人不解，而添一「好歹將我獻與賊人罷」一句白，便與「辱家門而尋自盡」戾矣。（同上）

「不揀何人」以下四字疊句，可以添多首尾之調，自不可易。王謂此調字句亦可增減，與本譜不同，未知其深者。（同上）

徐士範曰：白語亦自關鍵。（白語眉批）

王伯良曰：「横枝」，非正枝也，非親非故，乃曰：「我能退兵。」是所謂「横枝着（暖紅本作著）緊」也。（【賺煞】眉批）

「嚇蠻書信」，蓋小説家有《李翰林醉草嚇蠻書》，以爲李太白有是事，故往往用之。元劇用事，正不必正史有也。徐以爲「下燕」以舊解「李左車教韓信下燕」爲證，可謂《信傳》疑經矣。即果爲「下燕」，何不道魯仲連聊城書乎？（同上）

楔子

首二句襯「不念」、「不禮」二字，元曲甚有襯作七字者。然三字是本調。王謂與「碧雲天」調不同，非也。（【正宫】【端正好】眉批）

音丢。（同上「颩」字旁注）

俗作「偏紅衫」，非。（同上「偏衫」旁批）

「爁」，羅檐切，平聲，陽韻。王以爲音不葉，而改爲「燂」，豈未考韻耶。（【滚綉球】眉批）

「參」字宜去聲。（同上「打參」旁注）

「休調啖」，言休調此等與我吃，我待將吃人肉饅頭也。俗本俱作「淡」，誤。（【叨叨令】眉批）

「昝」字上聲，我也。此句宜反韻，而諸本作「喒」，則平聲矣。王從朱本，爲「俺」，亦疑其仄耳，不知仄韻自有「昝」字

也。（【倘秀才】眉批）

「有勇無慚」，惠明自負之言甚明。徐改爲「憨」，注云：謂杜帥勇且智也。何謂！只看上下文，此時何與推許杜帥耶？（【滾綉毬】眉批）

「捍棒鑊叉」，徐作「桿杖火叉」，言寺中無兵杖，故各執所有，猶夫擎幢幡也。亦有議論蓋本董解元「或拏著切菜刀捍面杖」等語來，然「捍棒鑊叉」亦是寺中所有，非軍器也，不改亦可。（【白鶴子】眉批）

音衫，去聲。（【二】「釤」字旁注）

「跓」，字書所無，宜作「撞」。（同上「跓」字旁批）

俗本無二「有」字。（按，原文爲「有上的提起來將脚尖跓，有大的扳下來把髑髏勘。」）〇「髑髏」，今人詈人之頭猶云然，王謂是死人之頭骨，以爲非，而改作「撒樓」，謂方言「頭」也，亦多事矣。（同上曲後夾批）

「勘」即「砍」，元人每用之。王謂扳下來，以己之頭而勘之。不知己之頭如何勘。（同上眉批）

「常居一」，猶言常美我第一也。（【耍孩兒】眉注）

音忒。（同上「忑」字旁注）

吐膽切。（同上「忐」字旁注）

「綉旗下」，徐改爲「綉旛開」，謂即上「擎幢旛」之「旛」也，亦可。然既曰「遥見」，則此「綉旗」乃飛虎軍中者，故亦不必改。（【收尾】眉批）

此處俗本有惠明唱【賞花時】二段，金白嶼謂周憲王增《西厢》【賞花時】，是意似謂不止此。臧晉叔謂止此是其筆，然憲王所撰，儘可遇，元不學究庸俗乃爾。其本，原無故不載，聊附之解證中。（楔子惠明白眉批）

第二折

酸得妙，自是元人賓白。（「末上雲」眉批）

「淨」，俗本作「盡」，是真文韻，非。（【中呂】【粉蝶兒】眉批）

「玳筵」，朱石津本改爲「帶烟」，與「和月」對。徐解云：早開閤以待客也。亦有致，然恐不如「玳筵」之自然，作者正未必如是字字比對耳。（【醉春風】眉批）

「不冷，冷」，上「冷」字句，下「冷」字一字成句。此曲本調此句當用韻，中疊字，餘仿此。（同上曲後夾注）

楊用修曰：「角帶鬧黄鞓」，俗作「傲黄鞓」，非。京師有「鬧裝帶」，白樂天詩：「親王帶鬧裝。」薛田詩：「三鬧裝成子弟鞓。」（【小梁州】眉注）

「整」，俗作「俊」，犯真文，非。（【么篇】「龐兒整」旁批）

「可早鶯鶯」三句，正指上白「席上有鶯鶯姐姐麽」一問。乃王謂我請而忙應，若鶯鶯呼之當如何喏喏連聲耶，則「可早」、「根前」等字如何著落？牽强可笑。（【么篇】眉批）

「欠」，如字不讀，要詳解證中。（【滿庭芳】眉注）

無非贊其過於打扮，王謂譏其酸與油，又說夢矣。（同上眉批）

此調即「有緣千里能相會，無緣對面不相逢」之大意也。徐、王皆支離分疏，不必。（【快活三】眉批）

「才子」二句是私念其美，而評之若此，極自明白，王注葛藤可笑。（【朝天子】眉批）

「誰無信行、志誠」，因問鶯信行而謾詞以答耳。徐謂紅自述己德，而王又曲爲之解，皆可笑。（同上眉批）

王伯良曰：「無乾淨」，無盡極也。《陳摶高卧》劇：「但卧時一年半載無乾淨。」《黑旋風》劇：「這一場雪寃報恨無乾淨。」可證。（【四邊静】眉批）

「摶」，入聲作平。王以爲仄聲不叶，而改作「明爲」，何謬也。（【四煞】眉批）

「紅定」，「聘定」之禮，元劇多有之。《鴛鴦被》劇：「當初也無紅定，可也無媒證。」（【三煞】眉注）

「梅香」，俗作「紅娘」，非。（【收尾】眉批）

「下回分解」，時本作「去時怎麽」，毫無意味。王多直删之。（「末云」説白眉批）

「單羡」，王本作「譚羡」，而云「未詳」，不知彼自見誤刻者耳。

第三折

「篆烟」，徐本妄改「串烟」，前一折解證中已有辨。王前亦作「篆烟」，而此忽從「串烟」，且引《梧桐雨》、《漢宫秋》諸劇爲證。及查彼本，乃是「篆」字，不知何僻而必欲强更之，以申徐説。（【雙調·五供養】眉批）

徐士範曰：嬌養喬態，不覺自名。（【幺篇】眉注）

「僂科」，今本俱作「僂儸」。（同上眉注）

「知他命福如何」，「知他」，略斷，本自明白，徐增一「我」字，而曰：「『他我』，猶言『你我』。」何解！且言北人鄉語，説「己」而曰「我和你」。北人亦未嘗然，不知何見。（同上眉批）

「一股那」爲句用韻，「那」即「耶」字解，曲中多有此句法，猶《世説》：「公是韓伯休那？」「汝欲作沐德信那？」俗本「股」字句，便非韻。徐、王疑之，而改爲「甚麽」，以就韻，且云下句是「古那」，故俗訛爲「古」。然元曲只有大古里，猶古，自

無「古那」之語。（【攪箏琶】眉批）

「張羅」，元語，即「多羅」，猶俗言「扯闊了」、「弄大了」之謂，詞中有「圖甚苦張羅」，可證，正與上「省人情」意反。（同上曲後夾批）

此乃鶯自言：「我那動了脚，打點轉眼看他，誰想他已瞧破，唬得我倒趓。」極自明白，時本作生唱，改「恰待」作「只見」，其意謂「秋波」不宜鶯自稱，不知「秋波」是詞家語，只當得「眼」字。若是生，則正要撞見，豈怕其瞧破而倒躲耶？查舊惟趙本同，今徐、王一本，皆是荆棘列等語，諸解詳解證中。（【慶宣和】眉批）

「即即世世婆婆」、「鶯鶯妹妹」、「哥哥」，正以疊字暗對，此自可襯字。王伯良謂於本調多二字，非也。本傳【得勝令】七字、八字、九字者，正自不少。（【得勝令】眉批）

王伯良曰：「雙眉鎖」，對「比目魚」，「納合」對「分破」。《酷寒亭》劇：「拽後門將三簧鎖納合。」（同上眉批）

「相見話偏多」，成語，今反言之，故曰「俺可甚」。王解爲夫人之多辭說，便與上下文何干？（【甜水令】眉批）

徐士範曰：「攧窨」，鄉語。《琵琶記》：「終朝攧窨。」（同上眉批）

「稱不起肩窩」，亦「軟」意。王改「勾不著」，無解。（【折桂令】眉批）

「嘍啰」，即花言巧語之意，亦「要」字之意，詳解證。（同上眉批）

王伯良曰：「咫尺」句一連唱下，「間」字勿斷，調法如此。（【月上海棠】眉批）

「不甚醉」，正與「卻早嫌」相應，俗本俱作「不堪」，不思此句第二字須仄聲，乃合調。（【么篇】眉批）

「黑閣落」，北人鄉語，今猶然。（【喬牌兒】眉注）

「没頭之鵝」，「陪錢之貨」，語意自對。王伯良證「頭鵝」非不搏要，未免飾經從傳，詳解證中。（【江兒水】眉批）

「笑呵呵都做了淚痕」，何等妙語，徐改爲「變做」，便如嚼蠟。（《殿前歡》眉批）

「胭脂」，徐、王俱作「脂脣」。（【離亭宴帶歇拍煞】眉批）

「鄧鄧」，俗作「澄」，誤。（同上眉批）

「太行山般高」，「東洋海般深」，猶夫「蟲魚似不出」，一樣句法也。舊評謂全不成語，不知曲家調法耳。（同上眉批）

「前程」，元劇中語，即「姻緣」。（同上眉批）

「終身」，即結果之義。「錦片也似前程」，言錦片一樣的前程，即「好姻緣」之謂。徐解曰：前程，向前光景也。豈不呆殺！（同上眉批）

第四折

本調止是「影里情郎，畫兒愛寵」，餘俱襯字。王謂末白襯「兒」字者非。（【越調】【鬭鵪鶉】眉批）

按王改爲「鳳」，且曰「雙鳳」，故響。雙鈎敲簾，獨不能響耶？（【天淨沙】眉批）

王以「夜撞鐘」句第二字當用平聲，用不得去聲，而從徐本妄改爲「聲鐘」。不思「撞」字從童者，鋤霜切，本平聲也，惟從重者則去聲耳，豈未考韻書耶。（【調笑令】眉批）

「兒女語，小窗中」，皆三字句，本調也。徐增「私」字，王去「語」字，皆不合。（【禿厮兒】眉批）

「懂」，北語「省得」也。然此字宜平聲而改，舊本皆作「懂」，王改爲「融」，雖叶，不敢從，疑是「憧」字之誤耳。（【麻郎兒】眉批）

「懂」，一古本作「撞」，注：感貌。未知的否。（同上曲後夾批）

此俱鶯聽其言而意中自語，非與生言也。俗本添出生白，似相問答者，大謬。（【絡絲娘】眉批）

「作誦」，猶「作念」，「無人處作誦」，猶言背地里説我也。俗作「俑」，謬。（【東原樂】眉批）

「請」字，「檽」字，本調原不用韻，非失韻也。何元朗譏之，亦大憒憒。《苦海回頭》劇：「移商刻羽，流徵旋宮。心隨流水，志在高山，没了知音絶了紘。知機詞門迎童稚，架滿琴書困盈倉。積水色山光，被俺閑人每結攬絶。」皆然。後眉黛遠山四句亦此法，即用韻者自不少，然非必用韻者也。（【綿搭絮】眉批）

因其「響喉嚨」，故欲「將他攔縱」，恐使夫人覺而怒也。徐、王謂恐紅於夫人處搬是非，恐非鶯意。（【拙魯速】眉批）

「唧噥」，亦似攛掇之意，故以「好歹不落空」緊接，欲生之住而權詞以緩之也。舊辭解「唧噥」爲多言不中，未識確否。（【尾】眉批）

「志誠種」，指張生，意自明。王謂鶯自指，無是理。（同上眉批）

《西厢記》第三本　張君瑞害相思雜劇

楔子

第一折

「鶯鶯、君瑞」俱四字疊句，可有可無，可多可少，並可不用韻，直至「成親事」三字，始入本調正句耳。（【混江龍】眉批）

王伯良曰：「潘郎」、「杜韋娘」二句，參差相對；「帶圍」句對「鬢有絲」，俗本添一個「二」字，謬甚。（【油葫蘆】眉批）

此等正不必瑣解，以意得之可也。（【天下樂】眉批）

睡起况味、情緒、聲息俱。元不用韻。（【村里迓鼓】眉批）

王伯良曰：俗本謂「五瘟使」是「氤氳使」之誤，渠自不識調，「五」字當用仄聲，用不得平聲也。（【元和令】眉批）

「唵」字用韻，一字句。下「唵」字乃襯下句者。（【上馬嬌】眉批）

「饞窮」，徐、王改爲「挽弓」，以爲(折)拆白「張」字。後《對奕》中亦有「姓挽弓」語，然舊本不然。（【勝葫蘆】眉批）

徐文長曰：二曲妙在一氣急急數去，正與快口婢子動氣時傳神。（【勝葫蘆】、【么篇】眉批）

徐士範曰：「不勾思」，三字句，可登詞場神品。（【後庭花】眉批）

「不勾思」猶言「不消思量得」，言「才有餘，不勾他思索」也。董詞「不打草，不勾思」，可證。徐、王俱改爲「搆」，便索然。（同上）

「煞思」者，有意思之思，非思量之思也。（同上「煞思」旁批）

太甚曰「煞」，今京師猶有此語，徐、王俱改爲「三」，無謂。（同上眉批）

「顛倒」至「意兒」，俗作生唱，謬甚。（【青歌兒】眉批）

「那人兒」，「兒」字用韻，非襯字也。【青歌兒】本調，末句宜三字。本傳：「成秦晉」，「愁無奈」。《悟真如》劇：「瀉向紅蓮葉兒中，菩薩種。」《千里獨行》劇：「漢室江山漸漸消，兵傾倒。」馬東籬小令云：「翡翠坡前那人家，鰲山下。」皆可證。徐、王皆以「兒」字爲襯，而去「教」字，非調矣。（同上眉批）

「有美玉於斯」，以成語泛贊生耳。徐謂調文袋，以爲韞匵而藏之歇後；王謂珍重其書，皆牽强。（【煞尾】眉批）

第二折

「明眸」，開目也，本無可疑，王謂語費力，而改爲「凝」，何謂？且既以「注視」解「凝」，而又曰朦朧未開，不注視與朦朧亦遠。（【醉春風】眉批）

朱本作「斜橫」。（同上「横斜」旁批）

「䩞」字是歌戈，非寒山，然舊本皆然，豈亦可借音「殫」耶？寒山中多「殫」、「憚」等字。古字偏旁同者皆可叶，如「旂」字叶「斤」，「煇」字叶「軍」之類。然詞家未聞有之。王改爲「散」，是韻，非舊本不敢從。（【普天樂】眉批）

王伯良曰：《緋衣夢》：「睡起來雲髻兒覺偏䩞，播不定秋色玉連環。」則「䩞」或又作「殫」音耶？（同上眉批）

「拈」字元不用韻，非犯廉纖也。（同上「將簡帖兒拈」旁批）

俗作「拆開」，非也，第二字宜仄。（同上「開拆」眉批）

「別人」，紅自指，今俗猶有此語。「顛倒惡心煩」，即無頭惱、不耐煩之意。王謂使我去而顛倒作惱，恐未是。（【快活三】眉批）

「你不慣」二句即以鶯白語而反詰之，非直言鶯慣也，極明白。王謂鶯原不真慣，而解爲「你不慣看，我不慣寄」，穿鑿甚。（同上眉批）

「思量」句，王謂連下七字句，而此四字二句爲變體，非也，乃襯一字耳。（【朝天子】眉批）

作平。（同上「病患」旁注）

即把鶯白中意敷演幾句，言如此怕人，怕夫人又問他危難，怎的哄人上了竿，去了梯兒便是。蓋恨鶯拿班，而反言

以誚之也。「早晚」二句亦體鶯意中語，如白所云，將與老夫人看看他有甚面顔之謂也。徐、王之解，俱費力甚。（【四邊靜】眉批）

調犯，即調舌。攛斷，即攛掇。（同上眉注）

去聲。（【脱布衫】「迷」字旁注）

【脱布衫】、【小梁州】係正宮調，【哨遍】、【耍孩兒】係般涉調，本傳前後皆入中呂，至中呂之【滿庭芳】、【快活三】、【上小樓】、【朝天子】、【四邊靜】又入正宮，即元曲多有然者，意此數調可互用耶？（【脱布衫】、【小梁州】眉批）

一本「勾」下有「月般」二字。（【么篇】「辰勾」旁注）

「辰勾」有三説，皆載解證中。（同上眉注）

「角門不牢拴」，以便私出入做夫妻也，意本明。王解多費轉折，多費過文。徐謂中有爲鶯忌己而怨之之意，益遠。（同上曲眉批）

「撮合山」，媒人也。婚姻筵席，媒人與焉，故戲言筵席間整備做不漏洩的媒人。王改轉你我字，而强解之，甚拙。（同上眉批）

言晚妝怕冷，聽琴就不怕冷。「先生饌調」，成語也，言聽琴時幾乎被他到了手也。俗作「賺」，閉口韻，固非，徐、王作「撰」，以爲戲弄，亦造。（【石榴花】眉批）

「胡顔」，羞也。曹植《責躬應詔表》云：「詩人胡顔之譏。」甚明。徐云：「胡顔」是及於亂，不通。（同上眉批）

古、今是「奸」字，下二句正言甚奸處，徐、王作「乾」，無謂。（【鬥鵪鶉】眉批）

「你娘」，元劇用字之常，一作「紅娘」，一作「咱」，無味。（【上小樓】眉批）

一作「伏」。（同上「招狀」「狀」字旁注）

「趄」，教坊中語，今猶然。「趄臉兒」，即厚顔之意，則此「趄」字可想。王謂北人謂走爲趄，舊注亦曰「奔走也」，恐未是。徐謂冷淡無指望，亦近之。（【么篇】眉批）

鶯每言「告過夫人，打下截」，故紅亦只言老夫人。徐、王改爲「他」，意指鶯，不思鶯實未嘗自言打之也。（【滿庭芳】眉批）

白之酸處，正是元人伎倆處，時本改削之，便失本色。（末跪哭云、接科、開讀科之眉批）

「社家」，猶言作家也。俗本作「杜」，徐引《輟耕録》有「杜大伯猜謎詩」，證其爲「杜」，非古本，不敢從。（張生「末云」之眉批）

「道兒」，方語，元白中多有「休著了道兒」等語。《水滸傳》李逵云「著了兩遭道兒」，可證。王增一「乖」字，贅。（「紅云」夾批）

「女字邊干」，折（拆）白「奸」字。（【要孩兒】眉批）

王伯良曰：李公垂《鶯鶯歌》云：「金雀鵶鬟年十七。」今改「丫鬟」，謬甚。（【四煞】眉批）

「甜言」二句，諺語也，故對不整。徐本作「媚你」，以對「傷人」，則整矣，然元人用此二句又有作「甜言與我」者，不知竟當何從。（【三煞】眉批）

「爲頭看」，從頭看也，今本作「回頭」，非。（同上眉批）

一作「九夏寒」，亦妙。（同上「六月寒」旁批）

只此一段白，自是元人手筆。（張生「末云」眉批）

第三折

一作「閣」。（【雙調】【新水令】「樓角」「角」字旁批）

「賢聖打」，羲和鞭日爲是，必非魯陽揮戈。（【喬牌兒】眉批）

王伯良曰：北人稱菩薩神，不曰聖賢，則曰賢聖。「前拜了聖賢」，可證。（同上）

王伯良曰：詐，喬也。董詞：「不苦詐打扮，不甚艷梳掠。」可據。（【攪箏琶】眉批）

「赫赫赤赤」，暗號也。元人偷期，號多用之，《燕青博魚》劇可證。（「末云」眉批）

「窮神」，嘲酸子之常語。一本作「窮酸」，無味。（【神醉東風】眉批）

「迢迢」，王易以「迢遥」，似是。（【甜水令】眉批）

「夾被兒時當奮發」，言被裏亦及時興頭也。「指頭兒告了消乏」，玩董詞只是因彈琴以挑之之故，故云。徐謂採春者剪爪，王謂褻詞，皆陋甚。（【折桂令】眉批）

隋何、陸賈，即以前生白語調之也。（【錦上花】眉批）

王伯良謂此教張生語，非替鶯數落張生也。看後【清江引】一曲，良然。（同上曲和紅娘白之眉批）

「花木瓜」，言中看不中喫，非調酸子也，詳解證。（【清江引】眉批）

一作「坐」。（【雁兒落】「喬作衙」「作」字旁注）

王伯良以次句拗，而易爲「非盗做奸拿」，且引周挺齋識「沉煙裊綉簾」，宜「沉宴裊修簾」乃叶，不知第四字不可不平，第二字用平者極多。即如本傳：「莊周夢蝴蝶」，「難忘有恩處。」《抱妝盒》劇：「得推辭且推辭。」慶賀詞：「諸邦盡朝獻。」

皆然。况「非奸即盜」是成語，亦無「非盜做奸」之説。「賊」字入聲，叶平非仄也。（【得勝令】眉批）

「猶古自」，即「尚兀自」，曲中常語，猶言猶復爾也。徐不知，而解曰：古助語字，猶「沙」字、「波」字之類。但看合用平用仄耳，不思此襯字豈深論平仄，即宜用平，而曰猶「沙」猶「波」，亦不通。（【離亭宴帶歇拍煞】眉批）

「學去波漢司馬」，譏其不能及相如，言這樣漢司馬還須再學學去也。即前白調其隋何、陸賈一例。俗本作「游學去波」，不通。王解爲勉其再去讀書，酸甚。（同上）

音祈。（同上「⿱人介」字旁批）

第四折

「屌」，「吊」上聲，詈語也。（張生白眉注）

「雙鬥醫」，元劇名，見《太和正音譜》。必有科諢可仿，故古本如此，猶今南戲中所謂「考試照常」之類。（「潔引太醫上，《雙鬥醫》科範了，下」眉批）

此謂鶯以待月一詩哄生致病也。徐云説張，誤。（【越調】【斗鵪鶉】眉批）

背地評跋，宛如話出，此等方是元劇中本色勝場。今人但知賞其俊麗處者，皆未識真面目者也。（【紫花兒序】眉批）

「撒唔」，猶含忍也。詞中有「低著頭，凡事兒撒唔。」與妝憨推聾並用。（【調笑令】眉注）

徐士範曰：年頭爲伏吟，對宮爲返吟。星命家云：「返吟伏吟，涕泣連連。」（同上眉注）

徐士範曰：地窨曰窨，所以藏酒。（【小桃紅】眉注）

又曰：隱藏六藥名。（同上）

「撒沁」，放潑也。又，不同心之意。《菩薩蠻》劇：「有正好教他撒沁。」（同上眉注）

王伯良曰：「啉」，愚也，唔撒也。見王文璧本韻注。「稟」，筆。「錦」及「恩」字，元不用韻。（【鬼三臺】眉批）

王伯良曰：此紅猶疑鶯之許未必然，言設若有心，昨宵便當成事，何必今日又寄詩耶？古注追惜昨宵，稍懈。（【聖藥王】眉注）

「遂殺了人心」，猶言像意煞也。（【東原樂】眉注）

「手執定指尖兒恁」，疑不過握拳忍耐之意。徐、王皆從手勢，云是極褻之詞，恐度詞者未必陋惡之想至此。至引史弘肇《手勢令》爲證，益無干。（同上眉批）

「眉彎」四句本董解元本白，言眉則使遠山不翠，眼則使秋水無光也。四句不用韻故然，已詳第二本末折中。俗本强叶韻，而易以「無塵」，且又有譏其犯真文者，皆憒憒。（【綿搭絮】眉批）

「來時節」二句，語意明白，時刻多作「怎由他盡在恁，夫來時節肯不肯如何不由他耶」，所謂肯否，正謂肯來與否，如白中所云：「只怕小姐不肯」之説耳。若説來後之肯不肯，既已來矣，豈同生之往而有不肯耶？正不必商（確）［榷］矣。（【煞尾】眉批）

《西廂記》第四本　草橋店夢鶯鶯雜劇

楔　子

此在【仙呂】宫之【端正好】，時作【正宫】，誤。然考【正宫】調，此止多「出畫閣」至「楚襄王」數疊句耳。凡疊句，皆可增，不礙本調，如【混江龍】之六句以後，【新水令】五句以後，【後庭花】之十一句以後，【六幺令】、【青歌兒】之三句以後，皆是類也。但首尾須合本調字句，不可移易。則此與【正宮】「《法華經》」、「碧雲天」毫無異也。而《太和正音》載，字句可增減。止及【正宮・端正好】反不及【仙吕】，豈可通用耶？（【仙吕】【端正好】眉批）

第一折

「意懸懸」，可四字作數疊句，止「門兒待」三字入本調，正句見前。（【混江龍】眉批）

徐文長謂「人有過」以下數語不免頭巾，不知元人慣掉四書以爲當行也。（【油葫蘆】眉批）

「空調」二句，王伯良謂本調變體，非也。二句本一句，多襯一「空」字耳，乃三字一節、四字一節者。（【鵲踏枝】眉批）

叶「奈」。（【元和令】「搦」字旁注）

「不良」與「可憎」一樣，喜極而反言，猶稱「冤家」之類也。「哈」字句例見前。（【上馬嬌】眉注）

今作「劉阮」。（【勝葫蘆】「阮肇」旁注）

王伯良曰：首語大傷蘊藉，次語較陳，「半推」二句卻入妙諦。（【么篇】眉批）

王伯良曰：「胸前」三句。少（暖紅本作「稍」）涉俚俗。（【後庭花】眉批）

徐士範曰：此處語意少露，殊無蘊藉。昔人有「濃鹽赤醬」之誚，信夫。（同上眉批）

王伯良曰：「舒心害」，放心受害也。（【柳葉兒】眉注）

王伯良謂：此調字句可增減，又非也。止「憔悴」以下，四字疊句可多用耳；前後須合本調。（【青哥兒】眉批）

一舊本此白下有末念「上（明刻本作『止』）堂已了各西東」之詩，此王播詩也，與此無涉。想因引以解「碧紗」二字，而誤混白中耳，不從。（【寄生草】後「紅云：來拜你娘，張生你喜也。姐姐，喒家去來。」眉批）

「明夜」，徐、王作「今夜」。以董詞正之，然舊本不然，且上有兩「今宵」，此自應爲「明夜」矣。（【煞尾】眉批）

第二折

「提心在口」，擔干系、小心謹闞之意，此亦方言之常。徐解云：苦思慮者，心近咽喉，如欲嘔出。何謂！（【越調】【斗鵪鶉】眉批）

「教」，疑爲「較」。王本作數。（同上「老夫人心教多」，「教」字旁注）

此字宜平。（同上「情性㑳」，「㑳」字旁注）

俱以成語疊來成曲，足見當家手。（同上曲後夾批）

「使不着」二句，不過言遮飾不過也。徐、王删「使不着我」，而言「巧語花言」二句指夫人，覺反隔一重。（同上曲眉批）

「捧頭」，本自妥當，徐、王皆改爲「饒頭」，且曰妙甚，不知越人苦認紅娘爲「幫丁」，何謂！如前「寫與從良」及「那裏發付我」，俱作是解，可笑！不思《會真》本記張生內秉堅孤，終不及亂，未嘗近女色，止留連尤物，僅惑於鶯，此豈易沾染者，而必以饞目酸態扭煞，亂紅娘耶！即玩全劇中曲白，張惟注意鶯爾，曾有一語面調紅者否？紅亦止欲成就二人耳，別無自衒之意也。（【紫花兒序】眉批）

弋陽梨園，作生先與紅亂，丑態不一而足，無怪越人有「饒頭」之癖矣！（同上曲後夾批）

王伯良曰：「首當」二字句，「當」韻。（【金蕉葉】眉批。按曲文中無此句。）

「冰透」，俗作「湮透」，謬。（【調笑令】眉批）

觀紅娘口語如此，豈曾作「饒頭」者耶。（紅辯白之眉批）

【鬼三臺】一調九句，用八韻，「事已休」自應爲句，「喒兩個背着夫人」句，係襯字耳。但「將恩變爲讎」二句宜對，而此少不整，亦少襯字故。（【鬼三臺】眉批）

此調末宜有二字一韻句，舊本皆無，必是脱落，或者「問」字是「究」字之誤，亦未可知。然舊冬景詞《秃廝兒》：「布四野滿長空，天涯。」用家麻，而「空」字非韻。嘲伎好睡詞《秃廝兒》：「纔燭滅早魂魄，昏迷。」用齊微，而「魄」字非韻。即本傳第三本末折【秃廝兒】：「凍得來戰兢兢，説甚知音。」用侵尋，而「兢」字非韻，或此亦可不用韻耳。（【秃廝兒】眉批）

徐士範曰：參居酉，辰居卯，兩不相見。（【絡絲娘】眉批）

俗本二句「一個」下有「揾香腮，摟腰肢」二語，便俗氣熏人。（【小桃紅】「一個恣情的不休，一個啞聲兒廝耨」眉批）

「棄了部署不收」，言不管束得也，俗本俱作「擦了個少」，費解。徐、王改爲「擔著個部署不周」，亦因「擦」字誤之耳。

（後一曲【小桃紅】眉批）

「相」，今本俱作「先」。（同上「我相投首」「相」字旁注）

「鑞」，一作「蠟」。（同上「銀樣鑞槍頭」「鑞」字旁注）

徐士範曰：「銀樣蠟槍頭」，中看不中用。（同上眉注）

《氣英布》劇有：「英布也，你是銀樣鑞槍頭。」徐改「銀」爲「人」，而曰「與人樣猴駒」一例，無謂。《李逵負荆》劇有：「翻做了鑞槍頭。」俱從「鑞」。（同上夾批）

第三折

「迍迍」，即馬遲人意懶也，舊本有作「逆逆」者，要亦不過遲意。徐從之，而解曰：不向前途去，而倒走回。夫倒走回，亦止一霎耳，豈不煩牽轉而竟行耶，於義不通。然「迍」字平聲，調不合，王直改「運運」，未經見，不敢從。非「逆逆」即「逗逗」，字形誤耳。（【滚綉毬】眉批）

「奈時間」，俗本作「那其間」，徐、王本作「這時節」，俱無味。（【（么）［幺］篇】眉批）

「我諗知，這幾日，相思滋味」，三字二句，四字一句，【幺篇】同。王伯良以以（明刻本缺一「以」字）上三字作襯字，則本調實字缺。（【上小樓】眉批）

言別離情更甚於相思也。時本以此作比，是相思味重於別離情矣，失當下語意。一本無「此」字，亦可。（同上眉批）

「雖然」以下，俗本作【幺篇】，非也，【滿庭芳】本調如此。（【滿庭芳】眉批）

此正形容別情，當行至語，舊有譏其哀而近傷者，非説夢耶。（【快活三】眉批）

徐改「悶把」爲「定把」，而王大譏「悶」字，然舊本無作「定」字者。（【四煞】眉批）

徐改「別無意」爲「因無計」，王引董詞作「應無計」，「閣不住淚眼」爲「各淚眼」，意俱佳。（【三煞】眉批）

「這些大小」言「不多大小」也，非如舊解「大」字略讀，詳見解證。（【收尾】眉批）

第四折

此忽入旦唱者，入夢故變體也。（【喬木查】眉批）

王伯良曰：「打草驚蛇」，只用，見成語用不得。王魯事爲解大略，急忙驚動意，亦不必喻行之疾速也。（同上眉批）

此「自別離已後」四句，非常調，乃二字句。下之可增四字疊句者，本傳第五本「夫人的官誥，縣君的名稱」是也。金白嶼削去「愁得來陡峻」及末「翠裙」二句，竟以「瘦得來嗶嗻」止，不知末二句正添句後之入本調者，亦妄涂沫矣。（【攪箏琶】

眉批）

「穩住」，安頓也。徐以紅乃腹心婢，改爲「説過」，不知此是夢中語，何爲必慾照顧微細乃爾。（同上曲後夾批）

「姐姐」是疊句，前「倒躲，倒躲」，《蟠桃會》劇「壽齊，壽齊」是也。俗本少二字，非調。（【慶宣和】眉批）

此曲只爲【折桂令】之首一句，言「想著害相思猶可，便孤單尋思來亦不苦，而最苦是離别」，即前「諗知這幾日相思」數句一意也。王伯良訓「便」爲「就」，改「有甚」爲「又甚」，强解無味。（【甜水令】眉批）

俗本作「不羡驕奢，只戀豪杰」，王伯良謂：反墮俗境。（【折桂令】「不戀豪杰，不羡驕奢」眉批）

「休言語，靠後些」，鶯叱卒子之辭。「靠後些」之語，元人賓白亦時有，叱之令其退後，猶今叱人云：還不走也！時本有刻「休言語」一句爲生唱，以止鶯；「靠後些」一句爲鶯唱，以止生，且批云：夢中兩人猶相愛如此。真所謂痴人前不堪説夢也。（【水仙子】眉批）

一作「醢」。（同上「醢醬」「醢」字旁批）

一作「背」。（同上「脊血」「脊」字旁批）

王伯良因認第二句第二字宜仄，竟改「周」爲「子」，非也。説已見前。（【得勝令】「虚飄飄莊周夢蝴蝶」眉批）

此處「唱道是」徐、王亦皆删之，猶前見也。（【鴛鴦煞】眉批）

一作「思量」。（同上「相思」旁批）

「相思」，一舊本作「風流」，蓋此乃王實甫之筆已完，故以「除紙筆」二句結之。「千種風流」，統言《西廂》一記而寓自譬也，要知下本爲續筆無疑矣。（同上眉批）

「相思」二字仍周本，不敢改作「風流」，然「風流」爲是。（同上曲後夾批）

此【煞尾】必是欲續者所增，應非實甫筆。（【(給)[絡]絲娘煞尾】眉批）

《西廂記》第五本　張君瑞慶團圞雜劇

楔　子

第一折

王元美獨賞此曲爲俊語，謂不減前，不知數語止似佳詞，曲中勝場不在此。前後曲中自有勍（暖紅本作「勁」）敵。（【掛金索】眉批）

「此」下宜有「時」字，古本脱落。（旦引紅娘上開云「這些神思不快」眉批）

徐文長云：三書皆劣，詩亦多惡。睹《會真記》中崔與張書，何等秀雅悲觀，而可如此草草耶！（「旦念書科」眉批）

《秦中雜記》曰：「進士及第後，爲探花宴，以少俊二人爲探花使。」《詩話》曰：「進士杏園，初曰探花郎。少俊二人爲探花使，遍游名園。若他人先折得名花，則被罰。」故此詩言探花郎，正言其得第耳，非如今世之第三名，俗本不解，而誤添第三名，遂有謂其前後曲白稱狀元之自相矛盾者，正未夢見也。（【么篇】眉批）

「晚妝樓」改作「至公樓」，猶言私宅，今爲官衙也。唐人凡官宦所居，皆曰至公，如云公館、公廨。故既爲官，則晚妝樓可爲至公樓矣。徐、王皆云：崔夸己識人，故云晚妝樓可改作至公堂矣。意亦通。但唐時校士處，亦如本朝稱至公堂耶？況原言樓，不言堂也。舊本又有作「誌公」者，不知何義。（同上眉批）

「搊」，搊弄也。王注謂醉而人扶攙之，非。（同上曲後夾批）

如此煞尾詞，豈嫩筆所辦？從來世眼皆取濃麗，不識當行，故「珠簾掩映」等句，便爲絕倒，而此等法，皆抹殺矣。（【浪

里來煞】眉批）

第二折

俗本作「爲你死」，少一「死」字，便失調矣。（【醉春風】「我甘心兒死，死。」眉批）

「爆」，今本作「報」，不如「爆」字勝。《漢宫秋》劇：「管喜信，爆燈花。」末句一本作「淚珠兒滴濕了封皮上字」，較此尤俊。（【迎仙客】眉批）

一作「雨」。（同上「情淚」「情」字旁批）

末句一本作「淚珠兒滴濕了封皮上」，字較此尤俊。（同上「淚點兒封皮上漬」眉批）

張旭，即張顛。王伯良改爲「張芝」。然此句不宜用韻。（【上小樓】眉批）

音志。（同上「欵識」「識」字旁注）

「爾」，時本作「你」，非韻。（【滿庭芳】眉批）

巢由，王伯良以爲「箏笛」之誤。東坡《聽杭僧維賢彈琴詩》：「歸家且覓千斛水，洗盡從來箏笛耳。」大是，然不敢改舊本。（【白鶴子】眉批）

與「疵」同。（【二煞】「無瑕玼」「玼」字旁注）

此調係【黄鍾】，金在衡疑爲竄入，王伯良以語句不倫，前後重復，工拙天淵，直删去，良是。然舊本悉有，姑存之。（【賀聖朝】眉批）

「袱」字失韻，復與下重，當有誤。王伯良改爲「須索用心思。」（【耍孩兒】「放時節用意取包袱」眉批）

第三折

徐士範曰：俚雅互陳，便是當家。（【越調】【斗鵪鶉】眉批）

「問肯」，王作「謝肯」。（同上眉注）

王伯良曰：「兩儀」「儀」字，得仄聲乃妙。（【紫花兒序】眉批）

「三才」以下，自是本色，則人以爲學究，王元美譏《㑳梅香》劇，正以此等語。（同上眉批）

「爲人敬人」，無非譽生語；「知恩報恩」，自然説將鶯謝張。王改爲「爲人做人」，而又言「知恩報恩」，説張生好處，則無謂矣。（【金蕉葉】眉批）

「（折）［拆］白道字」，頂真續麻，皆元劇中語。（【調笑令】眉批）

徐士範曰：中原諺語。（【么篇】眉注）

元人謂身爲「軀老」，謂錢爲「鏝老」，蓋市語。今人亦猶有以老爲市語者。惟「腌」與「死」乃詈語，徐謂「軀老」爲鄙賤人語，未考。（【絡絲娘】眉批）

言其非韓、何一流中人，猶俗云「只好做（地）［他］脚下泥」之謂。「下風」、「左壁」語，甚俊。他解甚舛，詳解證。（【收尾】眉批）

第四折

去聲。（【駐馬聽】「難忘」「忘」字旁注）

徐改「此間」爲「故國」，夫「路」豈故國乎？且字太文，與「別處」對，非當行也，況字宜用平，用仄則拗矣。（【雁兒落】眉批）

「畜生」，元曲有作「丑生」、「醜生」者，一義。北無「畜」字正音耳。（【得勝令】眉批）

《雍熙樂府》作「我難忘有恩處。」（同上「我怎肯忘得有恩處」旁批）

此忽雜入鶯、紅俱唱，北劇之變體也。《雍熙樂府》此曲在【慶東原】前。（以下，明刻本無）「省可里」猶「猛可里」也。王謂減省些，則下數語何謂？（【喬木查】眉批）

「夫人誥勅」以下二語，本調添句，故不必韻，詳前第四本第四折。（【攪箏琶】眉批）

「人樣豭駒」即「馬牛襟裾」之意，詈之爲畜類也。「豭」音加，即猪，《左傳》「輿豭從巳」是也。徐注：豭駒，是豭（明刻本作「蝦」）樣人也。此不能仰之疾是爲戚施，蓋見煮熟之蝦駝背而妄意之，並「豭」字亦不識矣。王伯良直改爲「蝦」，而亦從其說，蓋俗本亦有刻「蝦」字者耳。（【折桂令】眉批）

音響。（同上末句「夯」字旁注）

王伯良曰：末二句言正管得鄭恒着也。（【雁兒落】眉批）

一作「常記得當時題目」，尤（梭）[俊]。（【太平令】「得意也當時題柱」旁批）

舊本有「使臣上科」四字，此必有勅賜常套科分，故後【清江引】云然。以常套故止言「科」而不詳耳，猶前云「發科了」、「雙斗醫科範了」之類。俗本以「四海無虞」爲使臣上唱，大非。（同上曲後「使臣上科」、「末唱」【錦上花】眉批）

「無情」，王改「無緣」，意亦佳。（【隨尾】眉批）

明凌濛初《西厢記五本解證》

第一本

楔　子

子母孤霜途路窮。 徐文長云：既云「窮」，則中間「軟玉屏」、「珠簾、玉鉤」等句亦當避忌。夫所謂「窮」，只此遭喪旅櫬便是「窮」處，賓白中「路途有阻」是也，豈相公家資一無所携而言「窮」耶！吴越語自以「貧」爲「窮」耳，古人何嘗以「窮」字訓「貧」字。阮籍車迹所窮輒慟哭而返，豈亦以囊無錢耶？可笑！

第一折

望眼， 一作「醉眼」，亦可。然王伯良引杜詩及他劇，確證其爲「醉眼」，彼「望眼」獨無出處耶？

蠹魚似， 猶言蠹魚般也，後「錦片也似」亦然。

顛不剌， 舊解爲美人名，固非，徐及王解云：顛，輕狂也。不剌，方言，助語。「顛不剌」句，反起「可喜」句，言輕狂者見了萬千，似鶯鶯之凝重可喜者少，「儘人調戲」三句正見凝重處。考之「不剌」爲北方助語則是，而其解則非也。「顛不剌」，詞中用之不少，如「顛不剌情理是難甘」，「顛不剌喬症侯」等語，豈以「顛」爲輕狂而反起「可喜」耶？繹其言似没頭腦、没正經之意，如「葫蘆提」、「酩子里」之類，可解不可解之間。湯臨川《邯鄲記》中「顛不剌自裁刮用得合」，依徐解則下解「舞腰肢」四語，豈亦贊其凝重耶！即嚲香肩而笑撚花，亦非凝重氣象矣。

腼腆， 上忙扁切，下他竱切，《中原音韻》並載先天韻中，元曲多有之。《金綫池》劇：「使不著撒腼腆。」可證。今俗謂羞澀軟膩者，猶有此聲。王伯良易以「面腆」，引《詩》「有靦面目」爲證，而謂字書無「靦」字，不知曲中元不用「靦」字，時本自誤刻耳。若作「面」，則從去，竟無此二字音矣。

南海水月觀音現。徐本以朱氏本作「院」，以爲對「家」字工而改之，並改「南海」爲「海南」，以對「河中」。工則工矣，然自來無「海南水月」之語，況實甫慣用董解元詞，董云：「我恰才見水月觀音現」，正直取其句，不以屬對爲工耳。舊本作「現」，不敢喜新而從徐也。

第二折

小姐央，即央及也，與紅娘討分上也。倘其不肯，我自寫與之，甚明，而徐解云：商量得中。不知何謂。

從良：奴婢贖身爲「從良」，今世猶有行此法者。倡家小侑亦皆然。「寫與從良」，便是惜其爲侍女，故云，即欲善嫁之之意。徐解云：未免有得隴望蜀之意，則張乃自認收幸之爲「從良」耶？若自用，亦復何須寫。

睃趁著你頭上放毫光。猶俗云眼裏放得火出也。徐與王伯良各有解，皆迂拙。

煩惱則麽耶唐三藏。舊本元自如此。蓋元人「則麽」、「子麽」、「怎麽」，皆一樣解，今本不知其解，而改爲「怎麽」，固不必，爲徐解者偶見舊爲「則麽耶」，遂妄謂亦是僧名，而曰言大師非則麽耶、唐三藏之比，淫欲在所不免，何用嗔己之戲謔，更可笑！「煩惱則麽耶」，正言：何用煩惱。唐三藏，即調稱法本。「煩惱則麽耶唐三藏」，猶「息怒波卓文君」，「學去波漢司馬」，與別本「免禮波雙通叔」，「熱忙也沈東陽」之類一樣句法也。今如徐解，則「煩惱」二字如何連接？且云「何用嗔己之戲謔」，仍是「煩惱則麽」之解矣，或果有僧名「則麽耶」，亦決不如是用也，況無考者乎。皆好爲異説而不通者，王伯良不從，有見。

第三折

不恁般撑：言恒娥亦未必如此撑達也。元本時有此語，《兩世姻緣》雜劇云：「看了他容顏兒實是撑。」此句蓋用董解元「便是月殿嫦娥也没恁地撑」也。徐本改爲「不恁般爭」，注曰：不爭差也。又曰：「你爭」言不與你爭，如云不我欺也。謬其義而强爲之解，自相支離。

四星：舊解爲十分，未知何據。然揣其義，不過言其甚也。徐解乃曰：古人釘秤，末稍用四星，四星謂下稍也。《兩世姻緣》雜劇云：「此卓文君有了下稍，没了四星。」是言有上稍没下稍也。今夜雖凄凉，然隔墻酬和，是有下稍矣。其説如此。玩本折尾聲語氣，此説近似，然詞中有「卻遮了北斗杓兒柄，這凄凉有四星。」樂府：「愁煩迭萬埃，凄凉有四星。」《玉鏡臺》劇云：「折莫你發作我半生，我也忍得四星。」又當作何解？恐又非有「下稍」之説可通耳。要之，「十分」之意爲是。或曰天南地北，參辰卯酉四星，蓋此星朝暮不得相見，詞家往往用爲阻隔之義，意或少近耳。

第四折

犬兒休惡。此本無可疑，徐本「犬兒」上添「崔家的」三字，評云：有此方妥。可笑之甚！犬之警吠，礙人幽期，故禱之耳。此時張初至寺中，未到崔家書院，豈止崔家者休惡，而寺中餘犬皆可任其嗥吼耶？況崔家止寓寺中耳，豈別有一種崔家犬非寺中犬耶？前謂其途路窮，玉鈎、珠簾皆非所携，而獨牽相府中舊犬豢養之耶？穿鑿鄙陋，可爲粟肌！

稔色人兒，可意冤家，怕人知道，看時節淚眼偷瞧。上二句，連呼鶯，言鶯欲看己而怕人知道，故淚眼偷瞧。意本明白，但以腔調所限，倒此「看時節」三字在下耳。徐改「冤家」爲「他家」，而曰生指自己，言可意我又怕人知道，故瞧我只偷瞧。夫以張生自指，而代鶯鶯稱他家，恐世無此等文理。乃反以「冤家」爲没理，謂與下文無干。夫稱中稱所歡爲冤家，其常也，是豈詈語而與下不相接耶？又一占本無「可意」二字，直作「他家怕人知道」，《雍熙樂府》亦作「他怕人知道」，亦自直截，但【甜水令】本調一少二字、一少三字耳。

鑊鐸：方言，猶言啰唣、鬧攘之類。燈詞有：「聽的社火鑊鐸。」《後庭花》雜劇有「鑊鐸殺了五臟神。」《曲江池》雜劇：「階垓下鬧鑊鐸。」元人用之，不一而足。舊解爲「往來」，固非，徐解爲「寺中鈴鐸」，謬甚。

第二本

第一折

篆煙：香煙之文，屈曲如篆，與「裊」字合。《竹塢聽琴》劇：「寶篆氤氳爇金鼎。」《連環計》劇：「爐焚着寶篆香。」《誤入桃源》劇：「焚盡金爐寶篆空。」《赤壁賦》劇：「雕盤靄篆香。」《明皇望長安》劇：「寶篆煙消。」元曲篆煙、篆香、篆餅、寶篆之類，用篆字者不少。而徐本改爲「串煙」，注曰：挂香也，後「篆煙微」亦然。其意只爲寄居蕭寺，止是佛前盤香串，陋視崔家，如前所云「途路窮」之見不化耳。不思本曲有「寶鼎香濃」，《會真詩》有「衣香染麝」，豈亦可謂挂香耶？

也是崔家後代孫。此是未盡之詞，直貫下後二段者，言歡郎雖小，也是崔家後代，若不獻出，便有不留齠齔之禍。王伯良解謂：我既獻與賊，須不害及他而得爲崔家子孫，迂拙牽强。

生忿：即俗所謂「生煞煞」之意。謂如上獻賊、自盡等語，疑我使性劣撇，不知我有難言表曲也。下數語亦是女孩兒難啓齒者，故耳。元詞中「生忿」亦是「戾氣」之解。《金錢池》劇白中云：「有你這般生忿忤逆的。」曲即云：「非是我偏生忿，還是你不關親。」《對玉梳》劇白云：「别人家兒女孝順，便我家這等生分。」曲即云：「常言道母慈悲兒孝順，則爲你娘狠毒兒生分。」要知是孝順之反，忤逆之類矣。或曰生分，忤逆也，禍始於鶩，故自言「都做了是我的忤逆」，猶言孩兒不孝之意，亦得。徐解爲出爲既無干，又曰與前「氣分」之「分」同，更不知何謂。

楔子：歷考諸劇楔子，止用【仙呂・賞花時】或一或二，及【仙呂・端正好】一曲耳。此獨竟以【正宮】諸曲演而成套若另爲一折然者，此因欲寫惠明之壯勇，難以一調盡，而爲此變體耳。近本竟去「楔子」二字，則此劇多一折，若併前【八聲甘州】爲一，則一折二調，尤非體矣。

【仙呂・賞花時】那厮擄掠黎民德行短，將軍鎮壓邊庭機變寬。他彌天罪有百千般，若將軍不管，縱賊寇騁無端。

【幺】便是你坐視朝廷將帝王瞞，若是掃蕩妖氛着百姓歡。干戈息，大功完，歌謠遍滿名譽到金鑾。此亦楔子也。楔子無重見，且一人之口必無再唱楔子之體。周憲王故是當家手，必不出此，定係俗筆。徐以前後白多去之，覺冷淡而姑存之。不知劇體正套前後，原不妨白多者。王伯良去之爲是。

第二折

舒心的列山靈陳水陸，張君瑞合當欽敬。 山靈水陸，猶山珍海錯也。「列山靈、陳水陸」，言開筵也。「舒心」，猶暢懷也。爲其恩重，暢懷排設，皆是該的，故曰「合當欽敬」，意本一貫。徐本改「山」爲「仙」，而曰賊兵掃盡，寺里暢心，可以列仙靈而陳水陸道場也，豈不噴飯！前時道場已完，崔家豈日日做道場耶？寺本禪門，即作道場，豈列仙靈？總認「水陸」二字誤，而見有刻「仙」字者，遂傅會耳。即果爲仙靈，要亦謂開筵擺設，如今用仙糖之類。詞中筵宴，亦有用「仙獅」等語者，必非道場也。王伯良謂「列仙靈」之畫「陳水陸」之珍，較是。《菩薩蠻》劇白中云：「圖畫張挂百味，珍羞水陸俱備。」便與此合。

啓朱脣：徐本改爲「朱扉」，言朱脣與「隔窗」句不叶。夫「啓朱脣」不過言其啓口耳，「朱脣」自是詞家語，豈必面見而後知其脣之朱，隔窗遂不可彷彿以爲有黑有白耶？ 其議論拘而可笑至有謂「啓蓬門而爲張生唱」者，此弋陽游腔丑態，元非正音，復何足駁。

風欠酸丁。「欠」字，俗傳以爲「欠」字音耍，此杜撰也。唯「傻角」「傻」字宜如是讀耳。詞中有「本性謙謙，到處干風欠。」《蕭淑蘭》劇：「改不了强文憿醋饑寒臉，斷不了詩云子曰酸風欠。」原押廉纖韻。「風欠」，方語，兼風流、風狂二意，猶「文魔」之義。自李日華《南西厢》妄去「風」字，而徐本亦遂去之，且爲「欠酸丁」之解，竟不思【滿庭芳】首三句皆用四字耶？ 即南五、供養二句，亦須四字，(節)[即]如「公公可憐，俺的爹娘，望你周全」是也。日華不宜昧律至此，應是盲伶誤沿之，而並流禍及《北》矣。

第三折

荆棘列、怎動那、死没騰、無回豁、措支刺、不對答、欽兀刺、難存坐：皆當時慣用方語。詞中有「顫篤速過嶺穿崖，荆棘列登天下井」。總是驚恐意。《妓乘馬詞》有「死没騰暗付，呆打孩嗟吁」。總是諕呆了、看呆了之意。詞中又有「干支刺瘦肌膚」。咏蚊云：「薄支刺翅似葭灰。」皆以「支刺」爲助語。則措支刺、不對答亦是措不得詞之意。《馬踐楊妃詞》云：「把娘娘軟兀刺諕倒。」《辰鈎月》劇：「軟兀刺身體無絲力。」總之軟意，而「兀刺」，助語也。然則「怎動那」三字，即上「荆棘列」。方言之注脚，正不必另解矣。徐本改「死没騰」爲「死木藤」，而解云：荆棘列，皮破也；死木藤，不動也；措支刺，被刺也；軟兀刺，不安也。不動、不安，意猶相近，至皮破被刺，更不知作何囈語矣。且刺作辣音，乃是刺耶？ 皆驚狀生爾時光景如此，突作生唱，亦謬。

當甚麽嘍囉：《藍採和》劇：「吏典每也逞不得嘍囉。」《對玉梳》劇：「拽大拳人面前逞囉嘍。」《鄭孔目》劇：「那孩兒靈便口嘍囉。」《摭言》載沈亞之嘗客游，爲小輩所試曰：「某改令書俗各兩句：伐木丁丁，鳥鳴嚶嚶。東行西行，遇飯遇羹。」亞之答曰：「如切如磋，如琢如磨。欺客打婦，不當嘍囉。」觀此，則其爲方言也久矣，徐解爲「狡猾」，亦差近。

佳人自來多命薄，秀才每從來懦。悶殺没頭鵝，撇下陪錢貨，下場頭那答兒發付我。 此鶯自怨命薄，而恨張生不出一語相爭，故言「悶殺没頭鵝」，正見得秀才懦也。舊解云：諺云：鵝寒插翅，鴨寒下水。余謂鵝没頭於毛中，則不鳴一聲，故以爲不敢出一語者之喻。上「措支刺不對答」是也。陪錢貨，鶯自指。悶殺了他，撇下了我，爾時光景如此，不知如何是我下場頭也，總是怨憾之語。徐本作紅唱，而解「没頭鵝」云：「『頭鵝』比人家之有家長。鶯早喪其父，故使雜亂無定向，如没頭鵝也。『撇下』，即父死，撇其女也。」不知此時如何説得到喪父，豈紅娘孝心陡發耶？牽强可笑。又曰：「『那裏發付我』，見紅娘亦失望。」更可笑。紅娘異日豈別無所配，定是鶯鶯幫身耶。此一折俱鶯唱，正不得雜以生、紅。時本亦多有誤者，以古本一人唱者，賓白之下不復注所唱之人，不知者遂以屬説白者，而私意添注之耳。

第三本

第二折

辰勾： 舊注云：「出《天文志》，辰是星名，居於卯地；月是陰精，晝夜行天，俱照下土。辰星勾月，最難得也。不勾平平，若勾之，主年豐國泰，慶云見，賢人出。」徐逢吉本舊評：「《辰勾月》是院本傳奇，元人吳昌齡撰，托陳世英感月精事，舊解附會，謬甚。近《西厢正訛》作『辰勾』，遺去『月』字，可笑。」王伯良曰：「『辰勾』，水星，其出雖有常度，見之甚難。張衡云：『辰星，一名勾星。』《博雅》云：『辰星，謂之鉤星，故亦謂之辰勾。』晉灼謂：『常以四仲之月分見奎婁東井角亢牛度，然亦有終歲不一見者。盼佳期如等辰勾之出，見無夜不候望也。』」三説似王爲確，然詞中有「勾辰就月，總是難成。」「就」

意則舊解亦非無據。

三更棗：舊注：《高僧傳》：「一僧參五祖，五祖與粳米三粒，棗三枚，僧遂去。人問故，僧曰：『師令我三更早來。』」

第三折

花木瓜：謂中看不中用也，亦有游花奸滑之意。舊詞云：「那回期今番，約花木瓜兒看好。」又有：「外頭花木瓜，裏頭鐵豌豆。」《誤入桃花》劇云：「不似你猱兒每狡猾似宣州花木瓜。」《李逵負荆》劇：「元來是花木瓜兒外看好。」《水滸傳》亦有「花木瓜，空好看。」其意可想而見。徐解云：「木瓜酸，嘲措大也。」他詞豈亦皆爲措大發耶？

騙馬：王伯良云：「躍而上馬，謂之騙。今北人猶有此語。」《雍熙樂府・咏西廂・小桃紅詞》：「騙上如龍馬。」《任風子》劇：「騙土墻騰的跳過來。」可證。不過借字義以形容，謂大才而小用之耳。俗注謂：「哄婦人爲騙馬。」不知何劇。按唐人有「蜀馬臨階騙」之嘲句，則其來已遠矣。

看我面，遂情罷。因賓白鶯言：「若不看紅娘之面，扯到夫人那裏去。」故紅云然。「遂情罷」者，遂爾情恕也。坊本刻爲「逐情」，便不可解。徐本又去『我』字，作「看面逐情」，更不知何語矣。

第四本

第二折

出落：猶今俗言「出脱」也。元曲有「出退得全別」，自是出落意。舊評音律精熟，詞有：「寫你新詞，出落着風流幸。」義可想見，大略「更新洗發」之意。徐解：「盡也，太也，越人俗言和扇也。」不知何義。王解：「出類，以對别樣。」亦影響。

量這些大小車兒如何載得起。甚言其愁多而車小難載也。「這些大小」，言不多大小也。元人有「些娘大」，「些個大（暖紅本作『娘小』）」，皆言小。今人言「物小者」，亦言「有得偌多大小」，明白可證。向解爲隨行大小之車。夫車不過夫人與鶯耳，夫人前白已云「輛起車兒先回去，小姐隨後和紅娘來。（暖紅本僅此句，而結束。明刻本無此句）」此時只有鶯車，有何大小之車在？況鶯只言自己車小，載不起滿胸煩惱耳，豈凡車皆在内耶？固自非是。徐解云：大小，即多少。言眼前所見之車，能有多少，而能載得許多離愁？以大小爲多少，更悖謬不通。又有謂「大」字下宜讀，而言這些大的小車兒，意是而亦不必如此瑣屑。

第五本

第三折

佳人有意郎君（暖紅本有「俊」字），我詩不喝采其實怎忍。則好偷韓壽下風香，傅紅郎左壁粉。此皆紅娘反語嘲恒也。「佳人有意郎君俊，紅粉無情浪子村。」元人諺語，紅反言「覺恒之俊，忍不住要喝采。」下二句正其喝采語。元劇中如此類甚多。如《范張鷄黍》劇中云：「首陽山殷夷齊撐的肥胖，汨羅江楚三閭咊的醉也。」《匹配金錢》劇中云：「五湖内撐翻了范蠡船，東陵門鋤荒了邵平瓜。」《舞翠盤》云：「過來波齊管仲鄭子産，假忠孝龍逄比干。」今曲有：「碎磚兒砌不起陽臺，破船兒撐不到藍橋。」總是反語，一樣機括。今人見「俊」字與「喝采」字，以爲贊張生佳語，不知其嘲恒。王伯良解爲：「佳人之有意，必待郎君之俊者。而鄭恒村蠢，何以動鶯鶯。」此不知所謂而强爲之辭。又言：「喝恒之配不得鶯鶯，則『采』字無謂。」徐本又注云：「縱得了，是『下風香』、『傅過粉』，隱語嘲其拾敗殘。」更爲謬陋。紅娘方極口罵鄭恒小人、濁民、村驢、屌、喬嘴臉、腌軀老、死身分、有家難奔，而暇念及於拾殘香耶。且紅以爲「杻蠢了他梳雲掠月」等語，皆是惜鶯，以爲非恒配，而暇譏恒拾殘香耶。紅爲鶯心腹婢，其護張者，皆護鶯也，而自爲此敗興之語以作嘲耶？措大管窺之見，貽笑大方。

西厢會真傳（烏程閔氏朱墨藍三色套印本，天啟刊本，沈璟、湯顯祖評）（全録）

卷一　第一齣　佛殿奇逢

既説「只生得這個小姐」，後面不合説「歡郎是崔家後代子孫。」（夫人上云眉批）

「鋮凿」，故「針指」字。（同上）

博陵崔氏，唐著姓。（【仙吕・賞花時】眉注）

【么】，方本改作【幺】。凡北詞第二曲，皆謂之【么】，猶南詞之【前腔】也。（【么】篇眉注）

開卷便見情語。（同上眉批）

無限含情。（同上「無語怨東風」旁批）

廟號何得稱於即位之日。（生云：「即今貞元十七年，二月上旬，唐德宗即位。」眉批）

「望眼連天」，正道中遥望前途，渺若連天，而長安爲遠。描寫如畫，方本改作「醉眼」，甚無意味。（【仙吕・點絳脣】眉批）

開筆處便不許俗人問津。（【混江龍】眉批）

「雪窗」，孫康故事。（同上眉注）

「這河」，宜讀斷。直貫至「浮槎到日月邊」，總來形容此河。張之行騎，一路沿河而來，寓目成感者也。（【油葫蘆】眉批）

王元美謂「雪浪」四句，駢麗中景語。（同上曲後夾批）

「銀河」二句即「黄河之水天上來」意。「淵泉」，徐本作「高源」，二字作句。「雲外懸」，又句，調法如此。（【天下樂】眉批）

「泛槎」，言河能泛，非指張騫。（同上「也曾泛浮槎到日月邊」眉批）

張生慢世之情，更作高世之語。（同上曲後夾批）

敘入境條遞。（【節節高】眉批）

一見，喝一句起，陡絶有神，包着一部西廂。（同上「呀，正撞着五百年風流業冤。」眉批）

忽然且驚且喜。（同上旁批）

即可憎意。（同上「業冤」旁批）

「顛不刺」，外方所貢美女名。（【元和令】眉注）

「顛」，輕佻也。「不刺」，方言，助語詞。「不」音餔，「刺」音辣。言輕佻者見得多，似崔之凝重可喜者少。下「儘人調喜」三句，正見不輕佻意。（同上）

一本作「引的」。（同上「則着人」旁注）

音朵。肖神如生。（同上「嚲着香肩」兩句旁批）

「離恨天」，在諸天之上。（【上馬嬌】眉注）

宜嗔喜，即西子顰笑皆工。（同上眉批）

翻然似真似假。（同上「呀，誰想這寺裏遇神仙」旁批）

「玉粳」，齒也。「白露」，一作「脂凝」，非。（【勝葫蘆】眉注）

色色傾人。（同上「則見他宫樣眉兒新月偃」旁批）

「鶯聲」句，從其方言形容之。（同上【么】眉注）

「旖旎」，音倚你，猶窈窕也。（同上眉注）

回頭一顧則脚踪微旋，故知其傳情。（【後庭花】眉批）

「慢俄延」以下四句，正「脚踪兒將心事傳」，剛剛打個照面，正眼角兒留情處，即後所謂「臨去秋波那一轉」也。「櫳門」，指崔進去之門，言其行之紆徐，係戀及門而舉步差遠，復打個照面而傳情無已也。（同上眉批）

與前「寺裏遇神僊」句相應。（同上「似神仙歸洞天」句旁批）

「東風」二句，興意。「珠簾」句，言崔芙蓉之面則爲珠簾所遮映耳。此皆想象其櫳門裏面景色如此。《西京雜記》：卓文君臉際常若芙蓉。（【寄生草】眉批）

一本作「仍還在玉佩環」。（同上「蘭麝香仍在，珮環聲漸遠」旁注）

一作「輕」。（同上「東風搖曳」「東」字旁注）

「現」，徐本「院」。（同上「水月觀音現」「現」字旁注）

何便起借寓他腸。（生白「有僧房借半間」旁批）

古本有「必」字。（同上「小生明日自來也」「明日」之旁注）

此總叙前因以致悵望之意。（【賺煞】眉批）

「染」，方本改「纏」，亦未妥。（同上「相思病染」眉批）

一收煞了。（同上旁批）

「秋波」一句是一部《西廂》關竅。（同上「他臨去秋波那一轉」眉批）

「近庭軒」數語，情中點景，緊處着慢。（同上「近庭軒花柳爭妍」眉批）

以下數語，即物在人不在之意。（同上旁批）

「爭妍」，亦不妨。徐本改作「依然」，復呆。（同上眉批）

末二句又翻「寺裏遇神仙」句公案。（同上眉批）

一作「似」，非。（同上「疑是武陵源」，「是」字旁注）

第二齣　僧寮假館

崔老夫人寓寺根由。（法本上云「貧僧乃相國崔珏的令尊剃度的」眉批）

先埋伏。（同上「夜來老僧赴齋，不知曾有人來望老僧否」眉批）

首二句倒喝起意。「周方」猶云周旋方便。（【中吕·粉蝶兒】眉批）

一部《西廂》，多從此段中生出。（同上「借與我半間兒客舍僧房，與我那可憎才……」旁批）

不曰可愛，而曰可憎，反詞見意，猶「業冤家」之謂愛之極也。（同上眉批）

「打當」，猶言準備。雖不能勾實受用，且備辦眼睛飽看。（同上末兩句眉批）

首二句，張説已不容易慕人。「多」，徐改「寡」，然「多」字更韻。「癢，癢」，疊用，是【醉春風】之腔調如此。兩「癢」字，後一「癢」字另唱。（【醉春風】眉批）

來得有致。（同上首句旁批）

只少個圓光，便似聖僧模樣。

僧伽太師，西域人。（【迎仙客】眉批）

「太師」（按曲文作「大師」），僧家尊稱，如云「僧伽大師」之類，勿作「泰」音，後同。（【石榴花】首句眉批）

「四海一空囊」，其留多矣。（同上末句眉批）

《老子》：「和光同塵。」（【鬥鵪鶉】眉注）

「衠」，音諄，正也，真也。（同上眉注）

《格古要論》：金成色七青八黄，九紫十赤。（同上）

末四句，自家私語云：我秀才人情甚薄，儘教你説論長短，掂估斤兩耳。「掂斤播兩」，俱鄉語，今南人亦有之。（同上眉批）

「估」意。（同上「播兩」旁注）

「你若」三句，是張冷誂，口與心語之言，非真實語也。「有主張」，方本作「把小張」，蓋是央及和尚之詞。（【上小樓】眉批）

「主」，撮合成好事意。（同上「有主張」旁批）

徐本「遠着南軒」上有「怎生」二字貫下。「怎生」，即如何設法處置之意，覺趣甚。（【么】眉批）

非張本意了。（同上「你是必休題着長老方丈」旁批）

「胡伶」，一作「鶻憐」，伶俐之意。「渌老」，謂眼。言紅娘好雙乖眼也。下「偷眼望」二句，正見其眼之乖。董詞：「那鶻鴒渌老兒難道不清雅，見人不住偷睛抹。」（【小梁州】眉批）

紅亦看上張郎了。（同上末句旁批）

妄情。（【么】首句旁批）

何勞張恁的用情。（同上「將小姐央，夫人央」旁批）

古法：放出奴婢，等齊民，爲「從良」。張愛惜紅之至，此中未免有得隴望蜀之意。（同上眉批）

「演撒」，謂有。「潔郎」，謂僧。「睃趁」，謂看。俱調侃詞。「頭上放毫光」，嘲其禿首之詞。意謂：既無演撒上的事，何紅娘看着你光頭，打扮齊整，特來晃你也。「晃」，炫耀之意。「睃」，音梭。邪視曰睃。「趁」，音(疢)[疛]。徐本無「頭上」二字。「放」，徐作「顯」。（【快活三】眉批）

「忒」，徐本作「待」。（【朝天子】「好模好樣忒莽撞」眉注）

唐玄宗時，僧無畏號三藏。（同上「煩惱怎麼那唐三藏」眉注）

「偌」字，鄉語。「堂」，徐作「司」。「撞」，徐作「强」，連用兩「强」字，未妥。（同上「偌大一個宅堂」，「口强硬抵着頭皮撞」眉注）

首因本怒云云，故言你何粧此好模好樣以莽撞我，我亦煩惱了甚麼唐三藏而便怪我耶？彼許大人家，而使梅香來，迹自可疑，你不過在我跟前口强硬抵頭皮撞，不知背後如何輕薄處也。（同上眉批）

「禫」，除服，祭名。二十七月而禫。音袒。（本云「又是老相公禫事脱服」眉注）

那有這副急淚。（「生哭科」旁批）

「親」，徐作「偎」。（【四邊静】「休道是相親傍」旁注）

「湯」，讀如字，一作「蕩」。（同上「若能够湯他一湯，到與人消災障」旁注）

「湯」，偶一近身之謂。「親傍」，言長久，「湯」，言暫。凡人禮佛，不過消灾。今崔之温軟，休道親傍，若得一湯着其身，便可消灾消障矣。此欣慕之極意。（同上眉批）

問亦突然。（生云：「小娘子莫非鶯鶯小姐的侍妾麼？」旁批）

突然説起鄉貫、姓名、妻室，可駭可笑。（生云眉批）

假惺惺。（「紅怒云」一段眉批）

危詞厲害，足喪張膽矣。（紅云「若夫人知其事呵，……」眉批）

「你不合」句，與「臨去秋波那一轉」相應。「待颺下」句，古注：即俗云欲丢丢不下也。（【哨遍】眉批）

一本多「則除」二字。（同上「是前世」旁注）

打點得太早些。（同上「我得時節」三句眉批）

歐陽公詞：「平蕪盡處是春山，行人更在春山外。」杜詩：「漏泄春光有柳條。」（【耍孩兒】前半曲眉注）

鶯鶯性好雙飛。曰怪曰怨，指鶯説，皆春心蕩意，着夫人説不得。（同上後半曲眉批）

一作「傍」。（同上「魂靈兒已在他行」「行」字旁注）

指鶯言。（同上「本待要安排心事傳幽客」「本待要」旁批）

「幽」，徐作「游」。（同上「幽」字旁注）

「倘」，未必之詞，言鶯年小性剛，倘與親傍，恐乍逢未免厭畏，看這邂逅偷香，如何便得風流況味耶？若果成就，會温存嬌婿，那時無厭，且得況味矣。怕甚麽娘親拘束乎？此是無端轉念，方解未合。（【五煞】眉批）

一作「兒」。（同上「性氣剛」「性」字旁批）（按文意，應是「氣」字旁批）

一轉。（同上「看邂逅偷將韓壽香」旁批）

又一轉。（同上「纔道是未得風流況」旁批）

又一轉。（同上「成就了會温存的嬌婿」旁批）

一作「束」。（同上「能拘管的親娘」「管」字旁注）

一作「豈」。（【四煞】「小生空妄想」，「空」字旁注）

「彷」，「彷彿」也，作「訪」，非。「休直待」二句，因夫人慮過，恐誤其時節。（同上「郎才女貌合相彷，休直待……」眉批）

二句正「相彷」意。（同上「他有德言功貌，小生有恭儉温良」旁批）

《禮記》：婦人有四德，德言容功。諸本作「工」，非。（同上夾批）

蘇長公詞：「膩玉圓搓素頸。」俗本作「搽胭項」，非。（【三煞】「粉香膩玉搓咽項」眉批）

佳對。（同上「他翠裙鴛綉」二句眉批）

「撇」、「拾」二字，描寫撇者丢情，拾者落得。（【三煞】末兩句眉批）

「縱然酬得」二句，言後雖成就此時此夜，殆難爲情耳。（眉批）

一作「可」。（同上「少呵有一萬聲……」「呵」字旁注）

想極反復模糊。（【尾聲】「我和他乍相逢，記不真嬌模様」旁批）

「真」字，俗本作「得」，非。（同上眉注）

第三齣　花陰倡和

説起梱外所見事情，乃人家婦女常事。（紅笑曰「我對你説一件好笑的勾當」眉批）

「傻」，音灑。傻俏不仁，曰輕慧貌。此句甚有意，宋人謂風流藴藉爲「角」，故有「角妓」之名。「傻角」，是排調語。（同上「世上有這等傻角」眉批）

「休對夫人説」，便是有心人了，隨説去燒香，其意云何。（「鶯笑云……」眉批）

此多是虚妄想。（【紫花兒序】眉批）

「没揣的」，猶云不意中。（同上眉注）

「會少」句，擬對崔語；「有影」句，張自况也。（同上末兩句眉批）

此方是實景。（【金蕉葉】眉批）

此「我」句，翻上「記不真嬌模樣」句。（同上「比我那初見時龐兒越整」眉批）

鍾情處的真如此。（同上旁批）

「甫能見娉婷」，言我纔見有這樣美麗人。「撑」，方言謂美也。不恁撑，言嫦娥未必如此之美。古本作「不您爭」，以不解「撑」字義耳。（【調笑令】眉批）

一作「那」。（同上「料應來小脚兒難行」，「來」字旁注）

幽思致語。（【小桃紅】眉批）

今本有「一輪明月」一折，古本無，不載。（同上曲後眉批）

「早是」與「那」更相應。「埋没」，下字入神，言初但知其色之美，今又驚其能詩也。「衷情」句，斷，「堪聽」另唱。（【禿厮兒】眉批）

繾綣貪羨，三復更奇。（【聖藥王】眉批）

一作「正」。（同上「音律輕」，「輕」字旁注）

以吟詩如鶯之囀。（同上「小名兒不枉了唤做鶯鶯」旁批）

指鶯。（同上「方信道惺惺」「惺惺」旁批）

張自謂。（同上「自古惜惺惺」「惺惺」旁注）

元樂府：「葫蘆提憐懵懂，惺惺的惜惺惺。」（同上眉注）

他本把「姐姐有人」以下白，載在【麻郎兒】下，倒了，多與曲意不合。（「紅云……」眉批）

「便做道」句，言方與鶯見紅，何便做道謹依夫人之命而促之去也。「便做道」，徐本改作「不當個」。（【麻郎兒】末句眉批）

「忽聽」三句，所謂六聲三韻，然須韻脚俱用平聲。（【幺】眉批）

「白日」與「今夜」相映。徐本作「向日」，「再整」作「投正」。「投正」，語似未俊。（【絡絲娘】眉批）

有味。（同上末句「再整」旁批）

此下追言前事，而嘆其不遇。（【東原樂】「卻纔個悄悄的相問」旁批）

應「笑臉相迎」。（同上「他那裏低低應」旁批）

「傒倖」，戲弄之意。言紅不肯做美，忽來打散，真戲弄殺我也，是他無緣，我又薄命。（同上末兩句眉批）

「四星」，調侃謂下梢也。古人釘秤，每斤處用五星，唯末梢用四星。故往往諱言下梢爲四星。今夜雖淒涼，卻可卜其有下梢，何也？使他不偢倸，我將奈之何哉。而今聯詩相迎，是偢倸人有下梢矣。「眼角」三句，正偢人見有下稍也。（【綿搭絮】眉批）

一轉。（同上「他不偢人」「他」字旁批）

反語。（同上「不偢人」旁批）

又一轉。（同上「雖然是眼角傳情」「雖然」旁批）

徐本作「眉眼」。（同上「眼角」旁注）

此即「有下梢」意。（【么】「有一日柳遮花映」句旁批）

無聊之極時，想快樂境界，《世説》所謂情痴。（同上「霧障雲屏，夜闌人静」旁批）

此亦見「有下梢」。（【尾聲】「一天好事」句旁批）

「青瑣闥」二語俊甚。（同上末兩句眉批）

第四齣　清醮目成

「碧琉璃」，殿瓦也。「諷」，誦也。謂誦呪之聲，如海潮之聲。兩「烟」字重。（【雙調・新水令】眉批）

僧稱施主曰「檀越」。（同上眉注）

首四句，隔句對法。「佛號」與「鐘聲」相對，全句又與「法鼓金鐸」相對。（【駐馬聽】眉批）

一作「鐃」。（同上「法鼓金鐸」「鐸」字旁注）

詞中有畫。（同上「二月」句旁批）

一作「惱」。（同上「害相思的饞眼腦」「腦」字旁注）

「人間壽考」，對「天上逍遥」，親切工致。而本調首句末字，法當用上聲，諸本作「壽高」，非。（【沉醉東風】「惟願存在的人間壽考」眉批）

一本「惟願存人間壽高」。（同上旁注）

佛、法、僧，是謂三寶。「梅香」等語，乃私情，故曰「暗中禱告」稱佛，乃張祝願佛助之意。説到和尚懺福上去，便與暗

中禱告之旨悖矣。至徐本云「崔家的大兒」，尤爲可笑。（同上後半曲眉批）

「焚」，徐作「爇」。（同上「焚茗香」旁注）

方改「和尚每回施些」。（同上「佛啰早成就了」旁注）

前寺中初見，有「遇神仙」語，故云「兩遭」。（聽云「這生卻早兩遭兒也」夾批）

應白「神仙下降」語。（【鴈兒落】「我則道玉天仙離了碧霄。」旁批）

「離碧宵」對「來清醮」，豈容填「了」字，合去之。（同上眉批）

且慢勞慮。（同上「小子多愁多病身」旁批）

一作「膩」。（【得勝令】「粉鼻兒倚瓊瑶」「倚」字旁批）

「苗條」，正是「俏妖嬈」，正是「嬌」，俗本倒轉，非。（同上後半曲眉批）

方本無「撲」字。（同「滿面兒撲着俏」旁注）

一作「身」。（同上「一團兒衠是嬌」「團」字旁注）

誚看鶯。（【喬牌兒】「凝眺」旁批）

「痴」，徐作「真」。（同上「痴呆僗」旁注）

北人罵人，長帶「僗」字，如囚僗、饞僗之類。（同上眉注）

董詞：諸人與看人，驚晃瞥見，一齊都望住了念經，罷了隨喜，忘了上香。

「稔色」，美色也。「冤家」，徐改「他家」，未妥。（【甜水令】「稔色人兒」眉批）

一本「可意」四字改「他家」。（同上「可意冤家」旁注）

且淚且瞧。（同上末句旁批）

「撓」，方作「猱」。（【折桂令】「心癢難撓」「撓」字旁注）

下二句，駢麗中情語。（同上「哭聲兒似鶯囀喬林」旁批）

「哭聲」二句起下，意慈悲臉兒朦看，正大師之難學處，蓋其假裝志誠，將慈悲臉皮朦着那凝眺偷看之意，這也難學得他嘴臉也。（同上眉批）

「懊」，一作「意。」（同上「擊磬的頭陀懊惱」旁注）

洵是一國之人皆若狂。（同上曲後眉批）

自來北詞唯一人唱，此參且唱未解，今本作紅唱。（【錦上花】鶯唱眉批）

「黄昏」對「白日」，「窻兒外」對「書幃裏」，「鑊鐸」對「長吁」，參差相對。「一覺」，謂睡也。「鑊」，想亦「鈴鐸」之類。睡而卻爲窗外之鈴鐸攪醒，則其相思客况益無聊之甚。夜復「長吁」，則日夜難捱矣。此紅想象其苦如此。（【么】眉批）

「鑊」一作「獲」，無解。（同上「鑊鐸」旁注）

方作「怎得」。（同上末句「捱不到曉」「捱不得」旁注）

「暢」，甚詞。「嚎」，號同，平聲。「哨」，「喧鬧」，意多人擾嚷，張不得致其私款，故曰奪人之好。「眉梢」、「心苗」對。（【碧玉簫】眉批）

「酩子裏」猶云昏黑，「葫蘆提」猶云不明白，俱方言。（【鴛鴦煞】眉注）

俗本有【絡絲娘】【煞尾】「則爲你閉月羞花相貌，少不得剪草除根大小」。皆俗工搊彈引帶之詞，今删去。（同上曲後眉批）

第五齣　白馬解圍

此調第三句起韻，首句偶用「損」字作韻，次句不用，第三句「春」字復用韻。俗本將「多愁」改作「傷神」，强叶，非。（【仙呂八聲甘州】眉批）

趙德麟詞。（同上「能消幾個黄昏」旁注）

杜子美詩。（【混江龍】「落紅成陣」二句旁注）

「池塘曉夢」，用謝惠連詞，稍不功。「夢」作活字。春心條繫，情反短於柳絲；花陰所隔，人反遠於天涯。此思張難會，極其怨恨之詞。六朝三楚多麗人，故云。二曲皆絶麗之詞，王弇州謂駢麗中情語。（同上眉批）

李賀每出，小奴背古錦囊以隨，得句寫投其中。暮歸，母探之，見詩多，輒曰是兒嘔出心肝乃已耳。（【油葫蘆】後半曲眉注）

「穩」，諸本作「寧」。「寧」字係庚（請）［清］韻，非。（同上「坐又不穩」旁注）

真情真態。（同上「每日價」句旁批）

「盹」，小睡意，一云曰欲出也，言其枕上晏眠，情有所鍾也。（【天下樂】「我則索」句眉批）

「折了氣分」，猶言輸了聲勢體面之謂。（同上末句眉注）

「倒褪」，有羞意。（【那吒令】眉注）

「早嗔」，有怒意。（同上眉注）

晉竇滔爲秦州刺史，被徙流沙。妻蘇若蘭思之，爲織綿回文以寄，名曰《璇璣圖》，宛轉循環，文意淒切。（【鵲踏枝】眉注）

一作「將」。（同上「誰肯把鍼兒將綫引」「把」字旁注）

一作「做」。（同上「將」字旁注）

「東鄰」，用宋玉「東家之子」事。（同上末句旁注）

一作「文章士」。（【寄生草】「想着風流客」、「風流客」旁注）

《西厢》辭，多用「兒」字，於情近，於事諧，故是當家。（【六么序】眉批）

「堝兒裏」，斷，「人急偎親」，另句。「堝兒裏」，猶言這所在、那所在之謂。「人急偎親」者，人急迫而相偎傍也。「有福之人」謂崔相國。北方塵土如雨，故曰「土雨」。（【六么序】眉注）

一作「吐」，又作「垢」。（同上末句「土」字旁注）

首句亦六聲三韻。（【么】旁注）

古本及今本俱作「賊兵」，「兵」字入庚清韻，方本作「軍」字，亦可。（同上「半萬賊兵」眉批）

一作「半會兒」。（同上「一霎時」旁注）

末句言飛虎是甚麽「孔明」，而便欲博望燒屯也。（同上末句眉批）

是鶯倒跌法。（鶯云「將我與賊漢爲妻」眉批）

方本「第一來」起，至「後代孫」，作【元和令】；「鶯鶯若惜己身」至末，作【後庭花】。（【後庭花】眉注）

一轉。（同上首句「第一來」旁批）

忽認歡郎爲後代孫。（同上「第五來」二句眉批）

一作「爲」。（同上「鶯鶯若惜己身」「若」字旁注）

一作「不幸去」。（同上「不行從着亂軍」「不行從」旁注）

「行」，即行成之意。如不行成而從亂軍，則如下面之禍不可言矣。（同上眉批）

俗本「伽藍諸僧」二句倒轉，與上次序不相應，從古本改定。（同上眉批）

此鶯娘自怨自艾之詞，可入神品。（同上曲後夾批）

「齠齔」，音條襯。（【柳葉兒】首句眉注）

又一轉。（同上「待從軍」旁批）

「生忿」，方本作「生分」，難解。（【青歌兒】首句眉批）

又一轉。（同上「母親休愛惜」句旁批）

到此方露鶯本懷，前語皆開場好話耳。多少委曲，此《西廂》之所以爲妙。（同上後半曲眉批）

二白語亦自關鍵。（鶯背云「只願這生退了賊者。」夫人云：「……但有退得賊兵的，將小姐與他爲妻。」之眉批）

有味。（【賺煞】眉批）

「不偢問」，言衆家眷不偢倸相問。這生非親非故，乃曰我能退兵是「横枝兒着緊」也。（同上眉批）

徐文長改爲「下燕書信」，謬甚矣。杜工部詩：「筆陣獨掃千人軍。」（同上眉批）

一作「則願得」。（同上末句「敢教那筆尖兒」「敢教」旁注）

全套字字皆本色語，視諸曲更一機軸，故是妙手。「颩」，音丟，去也。「烏龍尾鋼椽」，謂鐵裹頭棍。北人以握爲「揞」。（【正宮・端正好】眉批）

「攙」，謂攙先。「攬」謂兜攬。（【滚綉毬】眉注）

「打參」，猶云放參。（同上）

「腌臢」，不潔貌，音庵簪。（同上）

羹、粉、虀、腐，皆僧家本寺素食，乃要添囑休要人肉餡，要蘸餘肉，極狀己不管葷素能大餐之意。（【叨叨令】眉注）

徐作「埇」。（同上「浮沙羹」「羹」字旁注）

徐作「碎」。（同上「酸黄虀」「酸」字旁注）

一作「餘」。（同上「包殘魚肉」句「魚」字旁注）

「斗南」，言北斗以南。唐人詩「聲名過北斗。」（【倘秀才】「聲名播斗南」眉注）

一作「成」，指鶯鶯事。（同上「誠何以堪」「成」字眉注）

一作「蹟」。（【滚綉毬】「土暗塵含」「暗」字旁注）

「憨」音酣，痴也。言我非徒勇而痴者也，俗本作「慚」，「慚」字淺。（同上「有勇無憨」眉批）

董詞：「或拿着切菜刀、擀面杖，著綾幡，做把鉢盂做頭盔戴着頭上。」正本色語。（【白鶴子】曲後夾批）

【白鶴子】後二調，方本與徐本次序顛倒，更乏幡幢等，及後「綉幡開」句。寺中無兵仗，故各執所有，正作者用意處，俗本改者，非。（同上眉批）

「釤」，音山。斬去之謂「橦」，俗本作「踫」，係俗字，字書無之，古本作「撞」。（同上之【二】眉注）

一作「鍖」。（同上末句「把髑髏勘」「勘」字旁注）

目斜視而瞵曰瞅。（同上之【三】眉注）

方諸生云：駁駁劣劣二曲，原是【耍孩兒】，今本俱混作【白鶴子煞】。（同上之【四】眉批）

別書讀懇倒。（同上「打熬成不厭」「打熬」旁注）

忐忑，俗字，恐懼意。「打熬」，自謂打熬成的不厭，天生的勇敢也。「没掂三」，不着緊要之意。末句言不肯勒馬停驂而以去爲快也。（同上後半曲眉注）

此惠慎重之意。（同上之【五】「你休只因親事胡撲俺」旁批）

方以此曲爲戲謔張，非。「紕繆」，俗本作「綢繆」，謬於千里矣。（同上曲後夾批）

一作「借」。（【收尾】「我助威風」「助」字旁注）

「綉幡開」句，語俊甚，押「掩」（按曲文作「俺」）字，甚奇。「唬破膽」，契丹軍中之謠。（同上眉批）

方本云「俗本有【賞花時】二曲，鄙惡，從古本削去。徐本云：此二套古本無，但前後白多恐去覺冷淡了，姑存之。（【仙呂賞花時】眉批）

爲此一句，後邊做出許多事來。（夫人云「是必來家内書院裏安歇」眉批）

「只因兵火」二句，卻自天然。（本云「……只因兵火至，引起雨雲心。」眉批）

第六齣　東閣邀賓

此套總妙。（【中呂・粉蝶兒】眉批）

「片時掃淨」，自來諸本俱作「掃盡」，「盡」字屬貞文韻，非，蓋「淨」、「盡」聲相近之誤。（同上眉批）

唯張筵，故列山靈之物，並水陸之味。方以仙靈爲畫，徐以「水陸」爲道場，殊可笑。「水陸」，出《禮記》。（同上眉批）

「玳筵」，朱本作「帶烟」，徐釋以帶烟早早開閣待客，真堪捧腹。（【醉春風】首句眉批）

「可有人行」，言無有之意，疑詞也，與「可曾慣經」一例。（【脱布衫】首句眉批）

一本作「啓朱脣」，與「隔窗兒」不對。（同上「他啓朱扉」眉批）

「白襴」，唐時士子皆着白襴袍類。「鬧」，俗本作「傲」，非。白樂天詩「貴主冠浮動，親王帶鬧裝。」薛田詩：「九包綰就佳人髻，三鬧裝成子弟鞾。」「鬧裝」，猶襍裝之謂，不獨帶爲然。烏紗、白襴、黄鞓，參差對。（【小梁州】眉批）

一作「俊」。（首句「龐兒整」「整」字旁注）

一作「住。」（【上小樓】首句「不曾出聲」「出」字旁注）

唐開元中有鄭嬰齊者，見五色衣神曰五臟神，臟腑類飲食以養，故聞請則喜而欲往，大家願隨秀才之鞭鐙也。（【上小樓】眉注）

整粧貌。（【滿庭芳】「來回顧影」二句旁注）

「文魔」，猶今言書痴。「風」，猶風狂。「欠」，猶呆痴。「風欠」，言其如風狂，而且呆痴也。秀才調侃爲「酸丁」。「掙」，擦拭也。「鏊」，方作「鏊」。「碗」，方作「甕」。（同上眉注）

一本無「花」字，於下句對更工。（同上「光油油耀花人眼睛」旁批）

菜也。（同上「蔓青」旁注）

一作「肩並」。（【快活三】末句「兼併」旁注）

四段整然，妙妙。（【朝天子】眉批）

一作「學」。（同上「恰早害相思病」「早」字旁注）

「天生聰俊」，勿斷。「俊」字元不用韻，七字句襯二字。（同上眉注）

「親」，一作「新」，非。（同上「今夜親折證」眉注）

【四邊静】一折，收入《中原音韻》。（【四邊静】眉批）

言不曾。（同上「可曾慣經」旁批）

「合歡令」是排兒名元樂府。「鳳簫」，方作「玉簫」。

一作「媚」。（【耍孩兒】「良辰美景」「美」字旁注）（同上「樂奏」二句眉注）

方云「明博得」句，「博得」用仄聲，不叶。「跨鳳」，蕭史弄玉故事。「卧看牽牛織女星」，杜牧之詩。「休傒倖」，言你莫作等閑戲謔看。（【四煞】眉批）

「紅定」，言聘定之禮必用紅。（【三煞】眉注）

「梅香」，一作「紅娘」，亦是本來面目。（【收尾】眉批）

多是夢裏説夢。（生云眉批）

謝法本也想到了。（同上「法本好和尚也」眉批）

第七齣　杯酒違盟

「篆」，徐作「串」。（【雙調五供養】「篆烟微花」眉注）

喬粧做親如畫。（【新水令】眉批）

古注：「僂科」猶云小輩。「没查利」，方言，無準誠也，襯貼「謊」字之意。（同上之【么】篇首句眉注）

是喝綵語。（同上「吹彈得破」旁批）

「酬和」，今本作「酬賀」，非。蓋除賊是唱，結親是和，皆理也。末句便有不是母親之意。（【喬木查】眉批）

此正説母親心多處。（【攪箏琶】眉批）

「古」、「波」，皆助語詞。「張羅」，猶言羅列。古本「費了甚麽」作句，「古那便結絲蘿」又作句，俗本訛。「古」作「股」，又訛，屬上句，不叶韻，文理亦不通。（【攪箏琶】眉批）

一作「股」。（同上「古」字旁注）

應前「心多」句。（同上「省人情的你你忒慮過」旁批）

此曲古本、諸本俱作生唱，然「目轉秋波」，語殊不類。斷作鶯唱無疑。「識空便」句，語甚俊。「倒躲，倒躲」（按曲文爲「倒趓，倒趓」），各二字成句。（【慶宣和】眉批）

一作「我只見」。（同上「我卻待」旁注）

各上三字襯貼下三字。「回和」，亦酬答之意。「荆棘列」，皮破也。「死木藤」，不動也。「措支刺」，被刺也。「軟兀刺」，不安也。並胡語。（【鴈兒落】眉批）

形容失意景態宛然。（同上「荆棘列」旁批）

舊作「即即世世」，於本調多二字，不叶。「雙眉鎖」，對「比目魚」，「納合」對「分破」。「扢搭」即打結。「納合」者，納而合之也。（【得勝令】眉批）

方作「不鄧鄧」。（同上「赤騰騰點着祆廟火」旁注）

蓋「□打」猶言霎時。（同上末句「扢搭地」旁批）

言「無那何」。（【甜水令】「無那」旁注）

「可甚」句，怪夫人之悔親，相見徒多其詞說。「擷」，頊足。「窨」，怨悶。「烏」是易合而易散，的言這席面聚散倏忽，故致悵恨。「暢好」，言着實好一場烏合也。（【甜水令】眉批）

「一垛」，猶言一堆。「斷復」，諸本作「斷然」。「僂儸」，幹辦集事之稱。（【折桂令】眉批）

怨□（懣？）不堪。（【月上海棠】「爭奈母親側坐」旁批）

「抛趓」，猶言抛閃。下句正抛閃之謂。（同上「成抛趓」眉注）

二字一作「天河」。（同上末句「間濶」旁注）

此曲俱指張生言。張悶而厭酒，豈真「嫌玻璃盞大」哉，只爲我也。若真酒醉，固猶較可，而不至如此之摧挫耳。（【么】篇眉批）

「轉關」句，言無準誠。「啞謎」句，言術之狡。「黑閣落」，謂屋角暗處。背地裏許人結親，是「黑閣落」云云；今席上拜兄妹，是「請將來」云云。（【喬牌兒】眉批）

天鵝群飛，首一隻爲引領，謂之「頭鵝」。此以頭鵝比人家之有家長。今鶯喪父而母悔親，如無頭的鵝一般，而留下我這賠錢貨在耳。（【江兒水】眉注）

鶯自謂。（同上「陪錢貨」旁批）

怨母使己之無適從。（同上末句旁批）

白樂天《琵琶行》：「就中泣下誰最多，江州司馬青衫濕。」「難着摸」，猶言難撈模也。（【殿前歡】眉注）

粗中精語。（同上「不想結姻緣」旁批）

語云：「成蕭何，敗蕭何。」亦因韓信事而遺此語。（同上曲後夾批）

「玉容」，自當對「脂脣」，俗作「胭脂」，誤。前云「相思較可」，此則「何時是可」。（【離亭宴帶歇拍煞】眉批）

「同心縷帶」對「雙頭花蕊」，世本「縷帶同心」，非也。似句猶云：設果成親，則向前光景如錦片然，有無窮之好，今則蹬脱之矣。「也」字是助語。（同上眉批）

此數語説得不緊要。（生云「既然夫人不與……」眉批）

書房中是難歇的。（夫人云「……紅娘扶將哥哥去書房中歇息」眉批）

「險」，一作「竟」。（小生跪紅科「……險作離鄉背井魂」眉注）

第八齣　琴心挑引

真切有味。（生理琴云：「……將小生這琴聲，吹入那小姐玉琢成、粉捏就、知音俊俏耳朵兒裏去者。」眉批）

二語猶言只是虛名非實。（【越調・鬥鵪鶉】「他做了個影兒裏的情郎」二句眉批）

一作「鏡」。（同上「影」字旁注）

「東閣」，用公孫弘事。（【紫花兒序】眉注）

「月闌」，月暈也。（紅云「你看那月闌」眉注）

首句襯字從「月闌」生來，言人間玉容怕人搬弄，故綉幃深鎖，彼嫦娥誰與共，又無遊仙夢搬弄之，天公何怕其心動而遮以月闌耶？所以怨之。此以嫦娥比説，實怨母拘束之詞。（【小桃紅】「人間春波」與全曲眉批）

助語。（同上「波」字旁注）

裴遇雲翹夫人仙去。（同上「裴航不作遊仙夢」旁注）

俗本添「這云」二字，謬。（同上「則似我」句旁注）

虚擬。（【天浄沙】眉批）

「步摇」與「裙拖」對。「金鈎雙鳳」，語俊，俗改「雙控」，非。鈎上有雙鳳，故能敲響。（同上眉批）

「撞鐘」，方作「聲鍾」。「理結」，撫弄之意。（【調笑令】眉注）

一本無「角」字。（同上「在墻角東」「角」字旁注）

「兒女」句，東坡《聽琴》詩。「聽兒女（語）小窗中」，作句。「喁喁」，又句。

「嬌鸞」句言其怨親事之不成。伯勞性好單棲，燕出飛即相背，故詩人以「燕燕于飛」爲别離之比。兩段各三句對。

「失雌雄」，以「意」言，故曰「思」。「各西東」，以詞言，故曰「曲」。徐云：「此得生琴中之情意矣。」（【聖藥王】眉批）

「懂」，一本作「融」。（【麻郎兒】曲後夾注）

「本宫」句，亦六聲三韻。凡琴曲，各宫調自爲始終。張先弄一曲後，改絃作《鳳求凰》，故言此曲與初彈「本宫、始終」改换「不同」也。「清夜聞鐘」等語，俱古琴操名。（同上之【么】篇眉批）

語語着琴。（同上「清夜聞鐘」旁批）

「一弄」，猶一曲，古有蔡邕《五弄》。言「變做」「别恨離愁」之「一弄」也。「變」字正應「不同」意。（【絡絲娘】眉批）

到此不由不推娘身上來。（【東原樂】眉批）

此曲意既委婉，而詞亦姿媚可念。（同上眉批）

此曲元非失韻，方辨之甚確。「榥」字，作「棍」，誤甚。（【綿搭絮】眉批）

一作「似」。（同上「兀的不是隔着」一句「是」字旁注）

形容紅不做美妙。（【拙魯速】眉批）

「摩弄」，猶言「搏弄」，亦制縛之意。「攔縱」，徐言搓挼也，意紅雖可恨，只得搓挼曲從，不敢譴怒之者，恐在夫人處葬送我耳。（同上後半曲眉批）

「唧噥」，不決裂意。到底不空，指親事言。「志誠種」，鶯自謂，言捨得夫人，捨不得我這志誠待你之心之人也。（【尾聲】眉批）

一本亦有【絡絲娘煞尾】「不爭惹恨牽情鬬引，少不得廢寢忘飡病損。」今並刪去。（同上曲後眉批）

第九齣　錦字傳情

此曲語甚俊。（【仙呂·賞花時】眉批）

「膩粉」，今本作「脂粉」。「消香」，今本作「香消」，與上「針綫無心」不對。（同上眉批）

三詞鋪敘迢遞不亂。（【仙呂·點絳脣】眉批）

殄滅賊徒，是其無私。（【混江龍】眉批）

「憔悴潘郎」句，與「杜韋娘」二句參差相對。「寬減」二字相連，讀勿斷，調法如此。下六句自相對偶。（【油葫蘆】眉批）

結句千鈞之力。（同上眉批）

此一枝，絶妙之詞。（【天下樂】眉批）

「方信道」與「信有之」重，去之。言害相思的常有，自紅看來，倒有乖性兒。「（乘）［乖］性兒」即「抹媚」喬樣之謂，或有一種多情人，不遂心時也。如此害相思，但他有些喬樣，我若遭着，不暇三思，如上絲桐、傳恨花箋、寄詩事也，只一直頭安

排個憔悴死而已。（【天下樂】眉批）

紅原極有韻致的。「一納頭」，鄉語。（同上「一納頭安排着憔悴死」旁批）

方作「潤」。（【村裏迓鼓】「我將這紙窗兒濕破」，「濕」字旁注）

方作「活計」。（同上「淒涼情緒」，「情緒」旁注）

俗本「五瘟」，「瘟」字平聲失韻，當是「氤氳」。昔朱起慕女使寵愛，逢一青巾問之，青巾笑曰：世人陰陽之契，有繾綣司統之，其長名氤氳大使。諸夙緣當合者，須鴛鴦牒下，乃成。我即爲子囑之。「探爾」，俗作「你」，非韻。紅娘早已窺破鶯心事。（【元和令】眉批）

「嗤」，音痴。「撦」，音者，猶言裂開。（【上馬嬌】眉批）

此因張金帛相酬之言發怒也。「饞窮」，方本作「挽月弓」。「酸倈」，調侃秀才也云云。二曲正與快口婢子動氣時傳神。（【勝葫蘆】眉批）

紅娘的是個女俠。（【么】篇後半曲眉批）

一本添出「家」、「些」二字。（同上「我雖是個婆娘有氣志」旁注）

一作「意」。（同上「有個尋思」，「尋」字旁注）

一作「煞」。（【後庭花】「忒三思」，「三」字旁注）

「風流」、「浪子」，皆稱人美詞。（同上「忒風流」、「忒浪子」眉批）

「在心爲志」，小心在意之謂。紅言我此行須看他喜怒意思，方投東，你自放心。「波」，助語。「學士」，稱張之謂。我既應承了你，願爲之，而不必推辭也。我見時亦何以措詞哉，則說道云云。（【青歌兒】眉批）

一作「是」。（同上「在心爲志」「志」字旁注）

「那」字，與後「那」字相掩映，妙甚。（同上「昨夜彈琴的那人兒教傳示」旁批）

此詞句句皆對。歐文忠公與趙概、吕公著同宴，作口號有「玉堂金馬三學士，清風明月兩閑人」之句。（【寄生草】眉批）

沈約求外補曰：「老病百日瘦損，不堪金帶垂腰。」宋玉云：「獨悲愁其傷人兮，馮欝欝其何極！」首三句俊甚，極言其瘦之甚。「怎改（按曲文作「敢」）因而」，作句。「因而」，方言，輕慢之意。「有美玉」句，以此珍重其書之意。（【尾聲】眉批）

第十齣　粧臺窺簡

首三曲秾艷婉麗，委曲如畫，周昉《仕女圖》亦不過此。（【中吕・粉蝶兒】眉批）

「釭」，古亦作「虹」。李長吉詩「飛燕上簾鈎，曉虹屏中碧」。亦謂貴人晏眠而曉燈猶在釭也。（同上眉批）

「嚲」，音朵，下垂貌。「横斜」，徐作「斜横」。「明眸」，方作「凝眸」。「暢好」字，見前注。（【醉春風】眉注）

「嚲」，朱本作「散」。「臉」，方作「面」。晨而曰「晚粧」，宿粧未經梳洗也。前云「亂挽」，此「烏雲嚲」及「亂挽起雲鬟」稍重。（【普天樂】眉批）

喬舌。（鶯云「我幾曾慣看這等東西，……」眉批）

利口。（紅云「小姐使將我去，他着我將來，我不識字，知他寫着甚麽。」之眉批）

「惡」，去聲。「慣」，應白「幾曾慣」來。（【快活三】眉批）

此下五套，曲盡人情，妙妙。（【四邊静】眉批）

「人家」，指張生言。「調犯」，鄉語，猶言調戲也。「攧斷」，即斷送之意。（同上眉批）

一作「泛」。（同上「怕人家調犯」，「犯」字旁注）

此曲今本作鶯唱，大謬。（紅唱【脱布衫】眉批）

「我」，紅自謂。「你」，鶯也。言爲你如此如此想他。「羅」句謂起得早也。「闌干」，縱横貌，俗作「欄杆」，非。（【小梁州】眉批）

「辰」，星名。辰星勾月最難得，「勾」之主年豐國泰。「撮合山」，稱媒人，謂其兩下說合耳。（【幺】篇眉注）

一本無「月」字。（同上「似這等辰勾月」，「月」字旁注）

一作「世」。（同上「我將這角門兒是不曾牢拴」「是」字旁注）

此曲笑鶯前系情於張，今何粧喬如此。（【石榴花】眉批）

一作「遍」。（同上「那一片聽琴心」，「片」字旁注）

一作「時」。（同上「心」字旁注）

音暫，方作「撰」，非。（同上「幾乎險被先生賺」，「賺」字旁注）

羞也。（同上「那其間豈不胡顏」，「胡顏」旁注）

一作「胡」。（同上「不肯搜自己狂爲」「狂」字旁注）

「艾焙」，灼艾之火也。「受艾培（也）權時」句，猶俗言忍炙只忍這遭，此後再不爲之傳送也。「暢好是奸」，言鶯滿情滿意的奸詐，徐本作「乾」，亦趣甚。

文有波闌，語亦甚俊。（【上小樓】眉批）

徐作「限」。（同上「這的是先生命慳」，「慳」字旁注）

「招伏」，謂供招。「勾頭」即勾牒，言鶯若不看我面皮，不顧盼，我不擔饒，你書詞之輕慢他，險些打我，而把你娘拖犯矣。「你娘」，紅自稱，以詆張也。「擔饒」，情恕之意。（同上後半曲眉評）

此直以危詞絶生，還是信鶯不真處。北人方語謂走爲「趄」。「訕」，謗也。言今事已無成，只大家走散，不必再怨訕留戀之也。「趄」字諸本多作「訕」，非。（【么】篇全曲和「你也趄，我也趄，請先生休訕。」眉批）

「摧殘」，即執棍意。「他」字指鶯，「掿」，按也。言你痴想好事，卻教我骨肉相殘，按着棍兒打，譬粗麻綫思透鍼關耶？直待打傷了，教我拄着拐，幫襯你縫了口，爲你傳送耶？言去則幫傳消息，踏着罪犯，不去又爲張熱意催趲，是左右做人難也。（【滿庭芳】眉批）

一作「定」。（同上「消息兒踏着犯」，「着」字旁注）

「哩也波，哩也囉」，北人方言，猶言如此如此也。（生云眉注）

「轉關」，言揣摩不定。「女字邊干」是「奸」字，所謂（折）［拆］白道字也。「三更棗」，高僧參五祖，與粳米三粒、棗一枚，僧悟曰：令我三更早來。九里山，韓信伏兵折楚事，以其瞞人也借用，故又有鬧中取靜云云。（【耍孩兒】眉評）

此句舊本所無。（同上「女字邊干」旁注）

「玉板」，箋召。「金雀鴉鬢」指鶯，俗本以爲紅娘，改作「丫鬟」，謬甚。（【四煞】眉批）

「他人」、「別人」，俱指張。「媚你」，諸本作「美語」，與「傷人」不對。「回頭」作「爲頭」，非。「怎發付」，言如何瞞我也。（【三煞】首句和「別人行甜言媚你」眉批）

一本「拂花墻又低」，筠本作「隔花階又低」。（【二煞】「隔花墻又低」眉注）

「胡侃」，無準實之意。（【尾聲】「隔墻酬和都胡侃」眉注）

第十一齣　乘夜踰牆

古本作「庭院無人」，語佳，然「無人」對不過「重疊」。（鶯上云「花香重疊和風細，庭院深沉淡月明」眉批）

即入丹青，亦成妙手。（【雙調・新水令】眉批）

「樓角」，方作「樓閣」。（同上「樓角斂殘霞」眉注）

「不近喧」四句，王元美謂駢麗中景語。（【駐馬聽】眉批）

一本「初出時」。（【喬牌兒】「自從那日初時想月華」，「初時」旁注）

北人稱菩薩神祇曰「聖賢」。此因日之不下，欲令聖賢打之。（同上末句眉注）

「詐」，古本作「乍」，無解。「詐」者，猶言打扮得喬也。想小姐兒雖美，而情意或真或假，捉他不着，則這色性越難按納，一迷里胡爲亂做也，還着張説。（【攪箏琶】「打扮的身子兒詐」及後半曲眉批）

「風搖暮鴉」，思甚巧。（【沉醉東風】眉批）

一作「神」。（同上末句「窮酸眼花」「酸」字旁注）

偷香能事畢此。（【新水令】眉批）

一作「謙」。（同上「性兒浹洽」「浹」字旁注）

古法探春者剪瓜，故曰指頭消乏。「撐達」，解事之謂，音鐺塔。（【折桂令】眉注）

一本無「起」字。（同上「打疊起嗟呀」，「起」字旁注）

「疊」一作「迭」。（同上「疊」字曲後補注）

兩言相協，故爲媒者無驚怕。（【錦上花】眉評）

隋何、陸賈，應前語二人善於舌辯，謂其風流浪子無事實也。（【么】篇眉評）

此嘲笑張生當場没用處。「香美娘」指鶯鶯，亦見成語。「木瓜」，味酸，嘲其爲措大也。「分破」，方本作「處分」，難解。（【清江引】眉評及「香美娘分破花木瓜」眉注）

「喬作衙」，猶云假裝家。（【雁兒落】眉注）

「騙馬」，躍而上馬之謂，借字樣以形容，言大才而小用之耳，俗注謂哄婦人，非。（【得勝令】眉注）

一作「遂」。（同上「看我面逐情罷」「逐」字旁注）

「[illegible]」，音祁，亦音欺。「[illegible]拍」，不中節之謂。「山障」，隔絶也。「緑慘」，陰暗也。都是不濟事意。紅笑張猜詩謎，卻一件件猜不着。「措大」，調侃秀才，即「酸丁」之謂。「調法」，戲弄也，一作「調發」。徐云：末上句勸其休怪鶯鶯，下句勉其再去讀書，真透頂之針。（【離亭宴帶歇拍煞】眉評）

一作「波」。（同上「從今後悔罪了卓文君」「了」字旁注）

助語。（同上「你與我學去波漢司馬」「波」字旁注）

第十二齣　倩紅問病

「腰如」句，衰老之態，往往舉爲風流話柄，亦沿襲之誤。末二句，王元美謂駢麗中諢語。「廝侵」，做弄之意。（【越調·鬥鵪鶉】眉評）

言若依昨日搶白之情，則再休提前事矣。「迭窨」即攧窨意，一作「迭噷」。「從今後」三句，怨鶯負張之詞。（【紫花兒序】

眉評）

打覷張生，與前空妄想相應。（【天淨沙】眉評）

孫夫人詞。（同上「自從海棠開，想到如今」旁注）

「撒呑」，猶言扯淡，或作「掇浸」。「返吟復吟」，術家占婚姻，遇此不成。（【調笑令】眉注）

「一服兩服」句，趣甚。「恁」，謂好也。「撒沁」，不偢採之謂。「參」，借言病可滲滲然也。「使」，借作上聲。（【小桃紅】眉批）

「啉」，愚也，作貪解。非。「唔」即撒唔，哄人之意。「綿里鍼」，猶言軟尖刀也。「軟厮禁」，不能硬掙佈擺之謂。（【鬼三臺】眉注）

此紅嘲生寒寂之狀。（【禿厮兒】眉批）

紅猶疑其未真情，若果真，則昨夜當成就，又何必今日寄詩以訂約耶？ 末句，古語也。（【聖藥王】眉批）

言縱不脱解，即和衣與鶯共卧亦自好，更待甚翠衾鴛枕也。（【東原樂】眉批）

徐作「勢」。（同上「手執定指尖兒恁」「執」字旁注）

「心」字勿斷。（同上「便遂殺人心如何肯賃」曲後補注）

飛燕妹合德，召入宫中，爲薄眉，號「遠山眉」。（【綿搭絮】首句「他眉彎遠山」眉注）

一作「黛」。（同上「彎」字旁注）

一作「鋪」。（同上「不翠」「不」字旁注）

篇中上幾段語法有數個「恁」字韻脚，皆涵蓄有味。（【么】篇眉批）

末二句慫恿張生着實下手，不可如前日再放過也。（【煞尾】眉評）

一本有〔絡絲娘煞尾〕：「因今宵傳言送語，看明日携雲握雨。」今删去。（篇末眉批）

卷四　第十三齣　月下佳期

此曲莽率俚淺，殊寡醞藉。（【仙吕·點絳脣】眉批）

僧居禪室，語稍不倫。（【混江龍】眉批）

青鸞，漢武事。黄犬，陸機事。（同上眉注）

此張生怨已怨人，到此慾罷不能了，方云「人有過」以下數語，不免頭巾。（【油葫蘆】眉批）

「夜去」句，别本作「頻去頻來」。「空調」二句，本調變體。（【鵲踏枝】「夜去明來」和末兩句眉注）

「太平車」，重大推樸，不能速行，緩急難濟，故俗謂云云。（【寄生草】眉注）

「不良」，猶曰「可憎」，反詞也。「哈」，笑聲，一字句。（【上馬嬌】眉注）

不應如此形容。（【勝葫蘆】後半曲眉批）

首語俚穢，次語較陳。「半推」二句，王元美謂駢麗中諢語。「檀口」，言香也。（【么】篇眉批）

「胸前」三句，亦涉猥俗。（【後庭花】眉批）

首三句亦墮惡境。（【柳葉兒】眉批）

「審問」以下，謂昨宵夢與會合，醒後成空，今疑其又如昨夜，故愁無奈，然實喜之詞。（【青歌兒】眉批）

此處見馀嬌馀情，無限風光，妙妙。（【煞尾】眉批）

第十四齣　堂前强辯

全套具稱妙絕。（【越調·鬥鵪鶉】眉批）

一作「緒」。（同上「老夫人心較多」「較」字旁注）

一作「㑇」。（同上「情性㑇」「㑇」字旁注）

徐本無「使不着」三字，以「巧語」二句作老夫人身上看，與上下文氣相接。（同上「末兩句」眉評）

此正夫人「巧語花言，將没作有」處。「這些時」以下幾句，見小姐容態較別，果啟人疑，妙妙。「出落」，猶言盡也，太也；一本作「洛的」。（【紫花兒序】眉評）

紅擬夫人責己之語逼真。（【金蕉葉】眉評）

「我卻在」，一本作「卻着我」。「湮透」，方本作「冰透」。（【調笑令】「我卻在窗兒外……」、「……將綉鞋兒湮透」眉注）

回話夫人妙絕。（【鬼三臺】眉批）

「道夫人」二語，方本作一句讀。（同上眉注）

一本無「則是」二字。（【禿厮兒】「則是一處宿」眉注）

紅勸成親處，一句緊一句，詞意妙甚。（【麻郎兒】眉批）

參、辰二星，分居卯酉，常不相見。董詞云：「到頭贏得自家羞。」（【絡絲娘】眉注）

秦少游詞：「月在柳梢頭，人約黄昏後。」「腦背兒」勿斷，一直至下「衫袖」，元系七字句。「怎凝眸」，言羞而不堪看也。

「則見鞋底」句，寫態逼真，又不涉俚。北人謂相昵曰「耨」。（【小桃紅】眉批）

「橍」音純，搓那成就之意，言曲處親事也。「部署」是軍中將卒管束之樣，言夫人托我管束，而今疏漏如此，今既擔當矣，而爾惡縮不進，是猶苗而不秀也。「鑞槍頭」，不中用之謂。（【小桃紅】眉批）

一作「周」。（同上「我拚了個部署不收」，「收」字旁注）

「早則」句，語俊。「勾」，言到手也。此二句重「要」字及「人」字看，言如此美麗之人，須是張生纔能受用之。「消受」，一作「消瘦」，大謬。（【東原樂】眉批）

此詞紅以遠大之事期之，言待你名成做親之事，才受你謝也，應前白「你怎生謝我」句。（【收尾】眉批）

第十五齣　長亭送別

此折叙離合情緒，客路景物，可稱辭曲中賦。（齣首眉評）

一本無「北」字。（【正宫·端正好】眉注）

一本無「我」字。（【滚綉毬】「我恨相見的遲」，「我」字旁注）

「迍迍」，徐本作「逆逆」，方作「運運」，俱未妥。（同上「馬兒迍迍行」眉注）

「破題兒」，猶言起頭也，言方纔脱卻相思，今又增别離之恨也。（同上「破題兒又早别離」眉注）

連句用重疊字，俱是情深。（【叨叨令】眉評）

「書兒」二句，此對紅之詞，非面生語。（同上眉注）

一作「今」。（同上「久已後書兒信兒」「久」字旁注）

如此分坐法，老夫人終始是隄防之嫌。（「夫人云」眉批）

此是法端處，情緒便自淒然。（【脱布衫】眉批）

「臨浸」，語詞，方言也。「地」字即「的」字，亦助詞。（同上末句「蹙愁眉死臨浸地」眉注）

徐本「清減上有「則是」二字，贅。此句與前「松釧減肌」重。」（【小梁州】之【么】篇末句「清減了小腰圍」眉批）

一作「諗」。（【上小樓】「我惗知這幾日相思滋味」「惗」字旁注）

一作「卻元來」。（同上「誰想這比別離情更增十倍」「誰想」旁注）

一本無「情」字。（同上「情」字旁注）

「他」字，一作「你」。（【滿庭芳】「有心待與他舉案齊眉」眉注）

「厮守」二句因夫人着生、鶯分坐而言，亦怨詞也。「空留意」，徐作「風流意」，似與上文語不蒙。（【么】篇眉批）

此曲見飲不得別酒之意。（【快活三】眉批）

「玉醅」，酒也，俗本作「玉杯」，與「白泠泠」句不應。（【朝天子】眉注）

「落日」句言晚景。遮隔，故夢難尋，此中意最微，又伏下「草橋驚夢」張本，妙妙。（【四邊靜】眉批）

「先問歸期」，夫婦分別真切語。「眼中」二句，俗注以商人事爲證，可笑。（【耍孩兒】眉評）

客邊最着緊事，數語盡矣。（【五煞】眉批）

此下都可入唐律。（【四煞】眉批）

末二語正是見景不見人之意。（同上眉批）

一作「怕」，徐本作「定」。（同上「到晚來悶把西樓倚」「悶」字旁注）

松金釧、減玉肌，那得「笑吟吟」，亦記中微疵。（【三煞】眉評）

秦少游詞。（【二煞】「一春魚雁無消息」旁注）

「大小」，北人鄉語，謂多少，鶯自謂己之離愁無可比擬，故舉目所見之車能有多少，而載得許多耶？非真大小之謂。（【收尾】眉批）

第十六齣　草橋驚夢

唐伯虎云：此折是一部《西厢》。（齣前眉評）

徐作「愁恨」。（【雙調·新水令】「離恨重疊」「離恨」旁注）

「可憎的別」，「可愛得異樣」之謂。（【步步嬌】眉注）

一作「復」。（【落梅風】「乍孤眠」「乍」字旁注。）

末語不必貼王魯事，大略亦疾忙驚動之意。（【喬木查】「打草驚蛇」眉評）

此曲比元調多「自别離已後」以下四句，變體也。「穩住」，安頓也。「廝齊攢」，即前影兒也似不離身也。「啅嚽」，形容其瘦甚之意。（【攪箏琶】眉評）

一本無「西」字。（同上「到西日初」「西」字旁注）

「較些」，略可些也。「凹折」，《雍熙樂府》作「曲折」，「曲」字聲不叶，皆字形相近之誤。「踅」，風吹盤旋之貌。（【錦上花】「卻纔較些」，「道路凹折」，「四野風來左右亂踅」眉注。）

此曲崔擬張旅邸淒凉之狀。（【清江引】眉批）

首語説崔有始有終處，下三句足此句。「不藉」，不顧之意，一作「惜」。（【喬牌兒】眉批）

此下三調，皆鶯唱也，古注作張生代鶯之詞，殊謬。全曲俱作別後説，不必以前四句爲追憶往事也。末句言不堪分散，所以尋思來又重傷嗟，而今來追你同去也。（【甜水令】眉批）

一作「覺」。（同上「猶自較爭些」「較」字旁注）

「瓶墜簪折」，白樂天歌，即半途抛棄之意。（【折桂令】眉注）

全篇皆夢中語，從天而降，模寫如畫。（【水仙子】眉評）

「休言你」（按原文作「休言語」）二語，不但應前，正見崔張魂夢鍾愛處。（同上眉批）

三曲賦旅邸夢回之景，淒絶可念。（【雁兒落】眉評）

一作「相思」。（【鴛鴦煞】「千種思量對誰説」「思量」旁注）

一本有【絡絲娘】「都則爲一官半職，阻隔得千山萬水。」（齣後眉批）

第十七齣　泥金報捷

「紅雨」，謂落花也。（【仙呂・賞花時】眉注）

當於「悶」字爲句，指昨日成親言也。「卻在」幾句，自今日離別言也。「不甫能」，猶云未曾得也。末二句，是狀其多愁也。

「隱隱」，徐本作「穩穩」，語殊不雅。（【商調・集賢賓】眉批）

「空目斷」數語，是見景不見人之意，妙甚。（【逍遥樂】眉評）

此詞俊甚，惜下二語不對。李易安詞：「簾卷西風，人似黃花瘦。」（【掛金索】眉評）

「説來的」句，言今書至而人不早回來之意。（【金菊花】眉批）

似他人語。（同上後半曲眉批）

秦少游詞："「新啼痕間舊啼痕。」"（【酣葫蘆】「自有我這新痕把舊痕湮透」眉注）

二書皆劣詩，亦多惡，睹《會真記》中崔與張書，何等秀雅悲感，而可如此草率耶？（「鶯念書科」眉批）

「搊」，以手攙人之謂。（同上之〔幺篇〕眉注）

「至公樓」，猶今言「至公堂」。元詞亦常用此語，崔誇己識人，故云云。（同上眉批）

一作「誌」。（同上末句「至公樓」「至」字旁注）

「九嶷山下竹」，是淚所染；「香羅衫袖口」，亦是淚所漬，故此處用一「共」字，而下隨繼云「都一般啼痕湮透」，方得其趣。（【後庭花】眉批）

「萬古情緣」，蓋根上娥皇之淚而煞之曰「一樣愁」也。（【青歌兒】眉批）

徐本無「是必」二字。（同上「是必休忘舊」旁注）

真率語。（【醋葫蘆】眉評）

一作「侵」。（同上「倘或水浸雨濕」「浸」字旁注）

末語用秦少游詞句。（【金菊花】眉注）

哄弄之意。（【浪裏來煞】「臨行時啜賺人的巧舌頭」「啜賺」旁注）

第十八齣　尺素緘愁

兩「死」字，系疊句，與前「早癢，癢」、「那冷，冷」一例，不容更着襯字也。一作「爲你死」，非但失調，且不活潑了。（【醉

春風】眉批）

一作「爆」。（【迎仙客】末句「燈報時」「報」字旁注）

音志。（【上小樓】「當爲款識」「識」字旁注）

「款識」，古鐘鼎銘也。「張旭」，即「張顛」，舊重用是誤。「彼一時」，指顔、柳諸人；「此一時」指鶯鶯，言鶯之才思與昔人無二之謂。（同上眉批）

一作「生色」。（【滿庭芳】「堪與鍼工出色」「出色」旁注）

一作「悄」。（同上「用煞那小心兒」「小」字旁注）

五曲，「裏肚」最勝，「襪兒」次之。「斑管」重湘江兩岸秋意，「玉簪」塞白無謂。「巢由」，方作「箏笛」。東坡詩云：「洗盡從來箏笛耳。」（【白鶴子】眉批）

「疵」同。（【二煞】末句「無瑕玼」「玼」字旁注）

「霜枝」，經霜之枝。「淚點漬」句，見其爲「斑管」。（【三煞】眉批）

「雨兒零」九字作一句讀，兩「兒」字襯字，「細」字元非押韻。（【快活三】「雨兒零風兒細夢回時」眉批）

語欠調妥。（【朝天子】眉評）

此曲，方本不載。（【賀聖朝】眉注）

應前【醋葫蘆】一枝囑付語，果真率。（【耍孩兒】眉批）

「春風」二句，白樂天詩。（【二煞】眉注）

李義山詩「春蠶到死絲方盡，蠟炬成灰淚始乾。」（【三煞】眉注）

一作「攙」。（同上「輕夫婦的琴瑟」「輕」字旁注）

陸凱詩：「折梅逢驛使，寄與隴頭人。」（【四煞】眉注）

「憑闌視」，似於下「聽」字「看」字不妥，查元本，作「處」字。（同上眉批）

尾語俊。（【尾聲】眉評）

第十九齣　詭謀求配

徐作「謝」。（【越調·鬥鵪鶉】「獻幣帛問肯」「問」字旁注）

不潔意。（同上「枉腌了他金屋銀屏」「腌」字旁注）

徐作「紂」。（同上「枉村了他殢雨尤雲」「村」字旁注）

「三才」以下數語卻迂板，且不似婢子語。（同上「三才」句眉批）

一作「橋梁」。（【天淨沙】「把河橋飛虎將軍」「河橋」旁注）

「猛」字不用韻。（【小桃紅】「則爲他威而不猛」眉批）

丫鬟未必如此通徹，反涉於腐。「有信行」，俱是説張生好處，添出「俺家里」三字，卻屬老夫人，非。（【金蕉葉】眉評）

一作「做」。（同上「爲人敬人」「敬」字旁注）

「拆白道字」，頂真續麻，皆元時語。（【調笑令】眉批）

大是腐爛。「虀鹽」一語更凑插。（【禿廝兒】眉批）

一作「人」。（【麻郎兒】「他出家兒慈悲爲本」「兒」字旁注）

「軀老」，北人鄉語多以「老」作襯字，雜劇往往用此，爲鄙賤人之語。（【絡絲娘】眉注）

「嗑」，煩稱也，徐本作「喝來」，非。（【收尾】「我待不嗑來」「嗑來」旁注）

末二語俊甚，嘲恒縱得了，不過拾人之殘，是即下風香、傅過粉也。（同上末兩句眉批）

「我也騎着馬」三句，非古本，而酷肖小人口吻，綽有《水滸》家風。（「恒雲」眉批）

第二十齣　衣錦還鄉

當初迷戀鶯鶯，抛棄功名，似痴獃懵懂一般，故曰「如愚」。「身榮」二語有顧盼。（【駐馬聽】眉評）

徐作「受」。（同上「鶯鶯有福，穩請了五花官誥」「請」字旁注）

一作「辭」。（【喬牌兒】「夫人這慈色爲誰怒」「慈」字旁注）

「使數」，猶言使用人也，亦方語，元詞屢用。末句，譜只五字句，以「有」字作襯字，自叶矣。（同上後半曲眉批）

叙得妥雅。唐周昉善仕女圖。（【雁兒落】眉批）

一作「親配」。（同上「怎肯別處尋親去」「親去」旁注）

一作「醜」。（【得勝令】「那一個賊畜生」「畜」字旁注）

「施心數」，猶言計較也。「無徒」，無籍之謂。（同上後半曲眉注）

舊以「不明白」斷，遂不可解。三「夫」字用得天然罵人語，有趣。（【慶東原】眉批）

「見將」二句，今本作白，不識何解。（【攪箏琶】眉批）

窮神極態，妙絶。（【沉醉東風】眉批）

一作「世」。（【落梅風】「見個佳人是不曾回顧」「是」字旁注）

此倒跌法，也有意趣。（紅云「痴人，我不合與你作成……」眉批）

「敲才」，南曲所謂「喬才」也。「囊揣」，不硬挣之意。「豭駒」，猶言蝦兒樣的人，不能偃仰戚施之疾也。「囂虛」，挾詐也。（【折桂令】眉注）

徐作「夯」。（同上末句「氣破胸脯」「氣」字旁注）

曲稚俗。（【雁兒落】眉批）

《菽園雜記》云：龍生九子：贔屓、鴟（吻）〔蚴〕之類，椒圖其一也，形如螺螄，性好閉（應作閉口），故立門上，即今銅環獸面也。（【沽美酒】眉批）（据《菽園雜記》卷二校改，見中華書局一九八五年版第一五至一六頁。）

「相女」句，蓋成語，猶視也。稱君瑞，盡作「狀元」，直訛到底。（【太平令】眉批）

一作「力」。（同上「拔刀相助」「刀」字旁注）

【錦上花】一作「使臣上唱」，亦涉常套。（「生唱」【錦上花】眉批）

五劇箋疑·西厢記（會真六幻本附録第三）（明崇禎十三年［一六四〇］湖上閔遇五戲墨）（全録）

楔子：元曲每本止四折，其有餘情難入四折者，另爲楔子，止一、二小令，非長套也。楔，音屑，墊卓小木謂之楔；木器筍松而以木砧之，亦謂之楔。吳音讀如撒。

夫人鶯紅歡郎上：舊本相沿，稱謂各異。有外扮老夫人，旦倈扮紅娘，正旦扮鶯鶯，正末扮張生者；有生、旦、丑、淨、老旦、末外者；有狚、孤、靚、鶻、捷、譏、引戲者；有如上云者。家誇善本，户信真傳，亦安所適從者，取其長而已矣。《記》中異同，悉從此例。

鍼黹：鍼，古針字。黹，音指，晉人呼縫衣爲黹，今俗作指。

梵王宮：梵，梵唄也，誦經聲。佛爲空王，又曰法王，亦曰仁王，故佛寺爲梵王宮。

么：北詞第二曲謂之么，猶南詞云前腔也，或作么篇。

蕭寺：南朝齊、梁皆蕭姓，好造佛寺，因名焉。

一之一 佛殿奇逢

一作第一折，一作第一套，一作第一齣；一無「佛殿奇逢」字。

蓬轉：陳長方《步裏客談》云：「十人多用『轉蓬』，竟不知爲何物。外祖林公使遼，見蓬花枝葉相屬，團圞在地，遇風即轉。問之，云『轉蓬』也。」轉，去聲。

日近長安遠：晉明帝幼聰敏，元帝愛之。長安使來，元帝問曰：「日與長安孰近？」對曰：「長安近，不聞人從日邊來。」明日宴群臣，又問之，對曰：「日近。」帝失色，曰：「舉頭見日，不見長安。」帝益奇之。

鐵硯：桑惟翰讀書不第，人或勸其改業。惟翰鑄鐵硯示之曰：「硯穿則易他業。」卒進士及第。

投至得：巴得到也。

只疑是銀河落九天：陳江總詩：「織女今夕渡銀河，當見清波停玉梭。」言天河也。《孫子》：「善攻者，動於九天之上。」此但形容其高。俗本引「東西南北中央」等，無謂。

梁園：《西京雜記》：漢梁孝王好士，有兔園。相如、枚生等悉延居其中。萬頃田不可解多，士不可以無食耶。

浮槎：《博物志》：張騫居海上，每年八月見浮槎從水漂來，遂具衣糧乘之。到一處，見城郭屋宇，婦人織機，丈夫牽牛飲，問曰：「此是何處？」曰：「君至蜀，可訪嚴君平。」張還如其言，君平曰：「某年月日，有客星犯牛渚。」即張騫到天河時也。及得石歸，君平曰：此織女支機石也。

羅漢：梵語也，華言應供，亦云殺賤，亦云無生。

翠花鈿：韋固旅處戎城，遇異人何澄撿書，因問曰：「何書？」曰：「《天下婚牘》。」固曰：「吾娶潘昉女，可成乎？」曰：「未也。君婦適三歲，十七入君門。」固曰：「安在？」曰：「店北賣菜陳嫗之女。」固見抱三歲女，咂刺損眉。閒後十四年，王泰以女妻之，容貌端麗，眉貼花鈿。逼問之，曰：「幼時爲賊所損，痕尚在。」宋城宰聞之，名其店曰：「此定婚店也。」

行一步可人憐：憐，愛也。可，猶言恰恰也。生公虎邱講經，宋文帝大會沙門，親御地筵，食至良久，僧疑過中。以僧律，日過中即不食也。帝曰：始可中耳。生公曰：「白日麗天，天言可中，何得非中？」即舉箸食。劉禹錫詩曰：「一輪明月可中庭。」皆言恰恰正好。此云不但容貌聲音，色色堪愛，便走一步兒也可可爲人憐愛也。下四句正是「可人憐」處。

怎顯得步香塵底樣兒淺：「得」，一作「這」。石崇以沈香末布於席上，令姬妾行，無迹者賜珠百顆，有迹者節其飲食令體輕。閨中相戲曰：「若非細骨輕軀，那得百顆珍珠。」

芙蓉面：《西京雜記》：「卓文君臉際長若芙蓉。」

玉人：裴楷儀容端美，時號爲玉人。

一之二僧寮假館

恰便似捏塑來的僧伽像：恰便似，一作「卻是」，一作「卻便似」。僧伽，即西竺祖師也。然梵語謂僧衆曰僧，「伽」，華言衆也。今但云「僧」者，亦省文。

香積厨：《維摩詰經》：「上方有國，號香積，以鉢盛滿香飯，悉飽衆僧。」故今僧舍厨名香積。

你是必休題著長老方丈：「你是必」，一作「再無著字」。毘耶城有維摩居士石室，以手板縱横量之有十笏，故曰方丈。

胡伶渌老：胡伶即鶻鴒。徐文長本作「鶻鴒」。鶻鳥眼最伶俐，董詞有「這一雙鶻鴒眼渌老。」調侃云「眼」也。或作「睩老」。只是贊紅娘好雙垂眼。方言有音無字，不妨通用，正不必拘泥也。渌，音慮。

眼挫里抹張郎：抹，上聲，涂抹也。亂曰涂，長曰抹，謂作一長圈也。楊億在翰林日草制，爲宰相勾抹如鞋底樣。楊不平之，因就缺處補足，書其上曰：舊業楊家鞋底是也。今人以布轉桌亦曰抹。謂紅娘偷睛在張郎身上抹一轉也。

我親自寫與從良：一作「我獨自寫與個從良」。古法：放出奴婢等齊民，爲從良。

莫不是演撒你個老潔郎：一作「莫不演撒上老潔郎。」「演撒」，有也。「潔郎」，僧也。俱教坊、市語。撒，上聲。

既不沙卻怎睃趁著你頭上放毫光，打扮的特來晃。 沙，襯語，猶南曲「呵」字。一本作「既不呵睃趁顯毫光，打扮著特來晃」。睃，音梭，邪視曰睃。趁放毫光，嘲其禿也。

怎麼耶： 一作「則麼耶」，是不必煩惱之意。或以爲僧名，不知何據。

何郎粉： 魏何晏美姿容，面至白，文帝疑其傅粉。夏月令食湯餅，汗出，以巾拭之而愈白。

韓壽香： 晉賈充爲相，每宴賓僚，充女輒於青瑣中窺見韓壽而悦之，形於夢寐，使婢通其意。壽聞而心動，女令夕入與通。時西域貢異香，著人經月不散，韓壽燕處馥鬱。充計武帝唯賜己，疑女與壽私，詰左右，以狀對，充祕之，竟以女妻焉。

小生豈妄想，郎才女貌合相訪。 「豈」，一作「空」。「訪」，尋訪。「合」，合該也。言如此女貌，正合訪配才郎也。俗本作「彷」，義悖。合，上聲。

休直待眉兒淡了思張敞： 「休」，一作「您」。「思」，一作「尋」。張敞爲京兆尹，爲婦畫眉，長安中傳張京兆眉嫵。有司以奏，上問之，敞對曰：「閨房之内，夫婦之私，有過於畫眉者。」上愛其能，弗責也。

阮郎： 漢永平中，剡縣有劉晨、阮肇入天台山採藥。迷路糧盡，望見山頭有桃，共取食之。下山飲於澗水，忽見蔓草從山後出。次一杯流至，中有胡麻、飯屑、山羊脯，食之甚美，相謂曰：「去人不遠矣。」過一水又過一山，見二女容貌絶美，便呼劉、阮姓名：「郎君來何晚也！」因邀至家，設旨酒，數仙持三五桃來慶女婿，各出樂器，歌調爲樂。日暮，盡夫婦之禮。天氣和暖，長如二、三月，百鳥和鳴。久之，求歸甚切。女曰：罪根未滅，使君等如此，更喚諸女仙作樂以送。劉、阮出洞口還歸，驗得七代子孫，傳聞上祖入山不出。二公欲返於女家，不復得路矣。至晉太康八年，失二公所在。

粉香膩玉搓咽項： 言似粉香膩玉捏成一個咽項也。或作「搽胭項」，誤。（頂）[項]，一作「晃」。

金蓮：齊東昏用金爲蓮花貼地，令潘妃行其上，曰：「此步步生蓮花也。」

玉筍：唐張祐客淮南，日暮赴宴。杜紫微爲中書舍人，南坐，有妓女無由見其手，故索骰子賭酒。妓以袖包手而拈骰，紫（微）竟不得見。紫微詩曰：「骰子巡巡裹手拈，無由得見玉纖纖。但應報道金釵墜，彷彿還應露指尖。」

花解語：太液池開千葉蓮，帝與妃子共賞，謂左右曰：「何似我解語花也。」解，去聲。

玉有香：唐肅宗賜李輔國玉辟邪香各長一尺五寸，奇巧非人間所有，其香可聞數百步，雖金函玉匱，不能淹其氣。或衣裾誤拂，滌浣數次，亦不消歇。

一之三花陰倡和

傻角：傻，音灑。徐文長云：「輕慧貌。宋人謂風流蘊藉爲『角』，故有角妓之名也。」按今中州、齊魯之間，以詈騃者曰傻瓜，乃傻角之遺音也，直是罵詞，絶無風流蘊藉之意，徐解非是。聞諸彼中縉紳云。

萬籟：風聲爲天籟，木竅爲地籟，笙竽爲人籟。

没揣的：猶云不意中。

比著那月殿里嫦娥也不恁般撑。 羿得不死之藥於西王母，其妻嫦娥竊以奔月，將往枚筮之於有黄。有黄占之曰：「吉。翩翩歸妹，獨將西行。逢天晦芒，毋恐毋驚，後且大昌。」嫦娥遂託身於月，是爲蟾蜍。撑，音峥，方言，美也。言嫦娥未必如此撑達。一本無「比著那」三字，一本無「裏」字。一無「也」字。「恁般撑」，一作「您般爭」。

有四星：「四星」，調侃下稍也。古人釘秤，每近處用五星，唯到稍末爲四星，故往往諱言下稍曰四星。《兩世姻緣》雜劇云：「我比卓文君有上稍没了四星。」是言没下稍也。今夜雖凄凉矣，卻是有下稍的凄凉。何者？比如他不偢不倸，我亦無可奈何，今隔墻酬和，笑臉相迎，低聲答應，是不但倈倸，而且傳情，足可卜其有下梢也。或云：四星，十分也。古二分半爲一星。

一之四清醮目成

櫻桃口，楊柳腰。白樂天二姬，樊素善歌，小蠻善舞。詩云：「櫻桃樊素口，楊柳小蠻腰。」

痴呆僗：「呆」，字書不載，詞中讀「兀」，上聲，俗讀如「孩」。「僗」，勞，去聲。北方罵人多帶「僗」字，如云「囚僗」、「饞僗」之類，不知何義。「痴」，一作「真」。

稔色：「稔」，音飪，谷熟也。稔色，言美得豐足。

窗兒外那會鑊鐸。一本「窗」上有「來」字。「鑊鐸」，是方言彳亍、踟蹰、無聊之音。今吴音亦謂慢行曰鐸鑊。解謂爲窗外鈴鐸驚醒，殊謬。董解元本《鬧會》詞有「譬如這裏鬧鑊鐸，把似書房睡取一覺。」鐸，音刀。

玉人歸去得疾：一本「玉人」上有「唱道是」三字，此是收場語。如四卷曲情已完，則宜用此，尚有第二本在，未得用此。兹從諸本。

絡絲娘煞尾：此因四折已完，故爲引起下文之詞以結之，盡而不盡，見有第二本在也，非復扮色人口中語，乃自爲衆伶人打散語，猶演義小説每回説盡，有「有分教」云云之類，是宋元院本家數。或删去者，非矣。

二之一白馬解圍

篆煙：《香譜》：「近世作香，篆其文爲十二辰，分百刻，然一晝夜乃矣。」「篆」，一作「串」。

池塘夢曉：謝惠連幼有奇才，從兄靈運云：「每有篇章，對惠連輒得佳句。」嘗於永嘉西堂思詩，竟日不就，夢見惠連，即得「池塘生春草」。曰「此語有神助，非吾語也。」飛絮雪：謝安石與兒女内集，俄而雪驟，公欣然曰：「白雪紛紛何所似？」兄子胡兒曰：「撒鹽空中差可擬。」兄女道韞曰：「未若柳絮因風起。」公大笑樂。

香消了六朝金粉，清減了三楚精神。 六朝之文香艷，多金碧脂粉之辭。屈、宋之文清苦，多枯槁憔悴之語。皆借文辭以喻其瘦損也。或云六朝三楚多麗人故云，豈别朝别處少麗人耶？舊注引《貨（值）〔殖〕傳》「孰爲南楚，孰爲東楚，孰爲西楚」，尤堪捧腹。

錦囊佳句：唐李長吉每出，令小奚奴背古錦囊以隨，得句即投其中。

紅娘呵，我則索搭伏定鮫綃枕頭兒上盹。《北夢瑣言》：鮫人泉客，織於冰室，賣於人間。昔張建章爲幽州司馬，嘗以府命行渤海，遇水仙遺鮫綃帕云：夏月溽暑展之，滿堂凛然。《瑯環記》：沈休文夜坐，風開竹扉，一女子攜絡絲具，入門便坐。風飄細雨如絲，女隨風引絡，燭未及跋，得數兩，起贈沈曰：「此謂冰絲，贈君造以爲冰紈。」忽不見，沈後織成紈，鮮潔明淨，不異於冰。製扇，當夏日甫攜在手，不摇而自凉。

則怕俺女孩兒折了氣分。 舊解云：猶俗語「輸了體面」。一云氣分猶氣燄也。詳生「小梅香」二句，似作「折了福」意。一本無「俺」字。一本「兒」下有「家」字。

織（綿）〔錦〕回文：竇滔爲秦州刺史，被徙流沙。妻蘇若蘭思之，爲織錦回文以寄，旋轉循環，文意淒切。

東鄰：按司馬相如《美人賦》云：「臣之東鄰有一女子，恒翹翹以西顧，欲留臣而共止，登垣而望臣三年於兹矣。」

堝兒裏人急偎親。「堝兒裏」，猶曰「這所塊」。「急偎親」，言人方急迫時更相親傍也。堝、窩，同。

博望燒屯：孔明與夏侯惇戰，計燒於博望坡，夏侯惇軍十萬，敗而還。初出茅廬第一功也。

齠齔：音條襯，小兒初毁齒也。

都做了鶯鶯生忿。 一本上有「母親」二字。「生忿」，與生分同，猶言劣撇也。謂如上獻賊、自盡等語，母親疑我使性劣撇，不知我實有難言者如下云云是也。元詞多用「生忿」，或用「生分」，皆是戾氣之意。或云：生忿，忤逆也，禍始於鶯，而及於母，故自引爲己之忤逆，亦得。「忿」，一作分。

玉石俱焚：《尚書》：「火炎昆岡，玉石俱焚。」

楔子

梁皇懺：梁武帝后郗氏殂後數日，帝夢寢殿一大蟒，駭曰：「朕宫殿嚴密，非爾類可得入也。」蟒爲人言曰：「吾郗氏之化身也。因在世嫉妒，損物虐人，謫爲[莽]（蟒）。感帝眷愛之厚，故爾現形，願帝憐憫，乞令高僧作大功德，可得超升。」帝命志公作懺，選高僧，建大齋七晝夜。齋畢，郗復見夢曰：「以功德力，脱去蟒身矣。」言訖不見。

烏龍尾鋼椽揝：「烏龍尾鋼椽」，是鐵裹頭棍，北方以把握爲「揝」，音塹。

飛虎將聲名播斗南：一本「飛虎」上有「你道是」三字。長史藺仁基謂狄仁杰「北斗以南，一人而已。」

誠何以堪：「誠」，一作「成」，言擄鶯鶯若成，何以堪乎！

我經文也不會談，逃禪也懶去參。 一作「法空我不會談，逃禪我不會參。」杜詩：「醉中往往愛逃禪。」

矁：醜，平聲。斜視而瞬曰矁。

馺馺劣劣：馺，上聲。一作「剥劣」，去聲。一本「馺馺劣劣，一枝在後；欺硬怕軟，一枝在前。」

没揣三：非鄉語也，調侃「不著緊」意。

【賞花時】：二曲古本無，云是後人增入。

二之二東閣邀賓

舒心的列山靈陳水陸。山靈之物，水陸之珍，是張筵席也。坊本「山」作「仙」，似「仙靈」爲畫；徐本以「水陸」爲道場，誤矣。「舒心」，猶甘心情願。

玳筵開：朱本作「帶煙開」，釋以「帶煙早早開閣待客」，徒以「帶煙」、「和月」對偶之工，而不顧上句之不通也。豈東閣在厨竈之間耶？

受用些：「些」，一作「足」，非是，且與【三煞】重疊。

啓朱扉：一作「啓朱唇」。「朱唇」字，可以張稱紅，非紅稱張語也。

萬福：宋太祖嘗問趙普：「拜禮，何以男子跪，夫人不跪？」禮官無有知者。王貽孫曰：「古詩云『長跪問故夫』，即婦人亦跪也。唐武後朝，欲尊婦人，以屈膝爲拜，稱『萬福』，見孫甫《唐書》及張建國《渤海圖記》。」

白襴淨：唐士子俱著白襴袍。

鬧黄鞓：樂天詩：「貴主冠浮動，親王帶鬧裝。」薛田詩：「九包綰就佳人髻，三鬧裝成子弟韉。」今京師有「鬧裝帶」，猶「雜裝」之謂。俗本作「傲裝」，非鞓帶韋也。

和那五臟神：「和那」，一作「和他那」，一作「我和那」。開元中有鄭嬰齊者，見五色衣神，曰：「吾五臟神也。」

風欠酸丁：風，風狂。欠，如字，俗音耍，非。「欠酸丁」，調侃秀才話，即今諺云欠氣之謂。

煠下七八碗軟蔓青。「煠」，音閘。蔓，音瞞，陳宋謂之「葑」，齊魯謂之「蕘」，關西曰「蔓青」，趙魏曰「大芥。」諸葛孔明所止之地，令軍士種之，號「諸葛菜」。是菜有五美：可以煮食，久居隨以滋長，根充饑能消食化氣，多食不厭。碗，一作甕。

交鴛頸：司馬相如以琴挑文君曰：「鳳兮鳳兮歸故鄉，遨游四海求其凰。時未遇兮無所將，何期今日升斯堂。有美淑女在此方，適爾從游愁我腸，何緣交頸與鴛鴦。」

孔雀屏：竇毅仕周爲柱國，有女聰慧，毅曰：「此女有奇相，不妄許人。」因畫二孔雀於屏，求婚者令射二矢，陰約中目者許之。射者數十，皆不合。唐高祖最後射，各中一目，遂歸於帝。雀，上聲。

新婚燕爾：《詩》：「宴爾新婚，如兄如弟。」宴、燕通，樂也。

跨鳳乘鸞：蕭史，秦人，秦穆公以女弄玉妻焉。教弄玉吹簫作鳳鳴，一日吹簫，鳳集，乘之仙去。乘鸞，見二之四，廣寒宫下。

兩般兒功效如紅定：一作「兩椿兒功效勝如紅定。」納聘之禮，例用紅綃。

胸中百萬兵：宋范仲淹代范雍鎮延安，夏人聞之，相戒曰：「毋以延州爲意，今小范老子胸中有數萬甲兵，不比大范老子可欺也。」

黄卷：《遯齋閑語》：「古人寫書皆用黄紙，以辟蠹，有誤則以雌黄涂之。」

二之三杯酒違盟

没查没利謊僂科：「没查利」，方言「無準繩」也。古注：僂科，猶云小輩。宋時謂干辦者曰「僂科」。「利」，徐本作「立」。徐本「没查」上有「你看這個」四字。「科」，一作「儸」。

費了甚麼古那便結絲蘿休波。古、波，皆北地鄉音，助語詞。「古那」，猶云「忽地」也。《踰墻》有「猶古自」，及董詞中用「古」字甚多。麽字句、蘿字句、波字句，一本作「費了甚一股那」句，一本「費了甚麽股」句。「那便結絲蘿」句，一本作「花費了甚一股」。古詩：「與君爲婚姻，兔絲附女蘿。」

張羅：元吳昌齡《西游記》有：「潑毛團怎敢張羅，賣弄他銅筋鐵骨自開合。」又元詞有：「圖甚苦張羅。」皆夸張羅得意。

小脚兒那我卻待目轉秋波。「卻」，一作「恰」。我卻待鶯目，謂一作我只見是見生也，言但見生目轉動，誰知他正瞧我的脚兒也，亦是一解。那，平聲。

荆棘列、死没騰、措支刺、軟兀刺：皆方言也，總是謔得木篤、氣得軟攤之貌，不必下解。甚有逐字體認者，以江南耳目作燕趙訓詁，徒爲識者笑。

誰承望這即即世世老婆婆：鶯雖怨母，不應有如此語，是以有作生唱之説，然記中從無生、鶯雜唱者。此語出董詞，董詞是旁人不平語，可用很詈。此處用之，不免累卻全璧。誰承望，一作「誰想這」。

藍橋水：尾生與女子期於橋下，女子不來，水渰藍橋，尾生抱柱而死。

赤騰騰點著祅廟火。祅，音軒。《蜀志》：蜀帝生女，詔陳氏乳養。陳攜幼子居禁中，後十餘年，陳子出，以思公主，故疾亟。陳入宮有憂色，公主詢其故，以實對，公主遂托幸祅廟，期與子會。既公主入廟，子沈睡，公子遂解幼時所弄玉環附之子懷而去。子醒，見之，怨氣成火而廟焚矣。祅廟，胡神也。「赤騰騰」，一作「赤鄧鄧」，一作「不鄧鄧」。

比目魚：東方有魚，其名曰鰈，一魚一目，狀似牛脾，細鱗，紫黑色，兩片相合，乃可游行，人呼爲鞋底魚也。

扢搭：即打結也。

俺可甚相見話偏多。相見話偏多，是成語，今反言要話不得話也，故云。「俺可甚」，王伯良解作「夫人話多」，非。

攧窨：攧，本音跌，此去聲。窨，上聲。攧窨，鄉語也。《琵琶記》：「終朝攧窨。」

暢好是烏合。烏合，易散，言初意此會合而不散，那知渾似烏合也。合，平聲。一無「是」字。

僂儸：狡猾也。又千辦集事之稱，言夫人忘恩悔親，徒落得送了我與張生性命耳，當甚麽狡猾能事也！一云花言巧語之意，亦「要」字之意。

成抛趓：言似個抛閃趓避者。

没頭鵝：天鵝群飛，有頭鵝領之則其行次整然不亂，如失頭鵝，則亂矣。故以頭鵝比人家之家長。今婚姻大事，昌昌如此，皆因喪父，如没頭鵝然。「撇下」句即恨父死撇其女也。或云恨生不出一語相爭，如鵝寒插翅，没頭於毛中，不鳴一聲。

雙頭花：《天寶遺事》：沈香亭牡丹盛開，一枝兩頭，朝則深碧，暮則深黄，夜則粉白，晝夜之間，香艷各異。

二之四琴心挑引

他做了會二句：指昨日開宴時未命拜兄妹之前猶是夫妻，故云會言一霎兒也。一本作「個」。

東閣：漢公孫弘六十餘舉賢良，天子擢爲第一。數年至宰相，封侯，於是開東閣，以延天下賢士。

裴航：裴航遇雲翹夫人，與詩曰：「一飲瓊漿百感生，玄霜擣盡見雲英。藍橋便是神仙宅，何必崎嶇上玉京。」後過藍橋渴，茅舍中有一老嫗，揖之求漿。嫗令雲英以一甌漿水飲之，航欲求娶英。嫗曰：「得玉杵臼當與。」後裴航得玉杵臼，遂娶而仙去。

圍住了廣寒宫：唐明皇與申天師八月十五夜游於月宫，有榜曰「廣寒清虚之府」，見素娥皆乘白鸞，舞於桂樹之下，極寒，不可久留也。此曲是因月闌生日，言人間玉容女子，著綉幃深瑣，爲怕人搬弄也。嫦娥在天上，又無裴航游仙之夢升騰而犯之，天公何必怕其心動而用月闌以圍住耶？以嫦娥比興，作怨母拘禁之辭。一本無「了」字。

金鈎雙鳳：鈎上有鳳，故能敲響。「鳳」，一作「控」。

兒女語小窗中喁喁。韓退之《聽琴》詩曰：「昵昵兒女語，恩怨相爾汝。畫然變軒昂，勇士赴敵場。」然「恩怨相爾汝」，無限意味，不止「小窗喁喁」也。歐公謂此詩最奇麗，然是聽琵琶詩，非聽琴詩，此論亦似太苛。喁，尼容切。一本「（話）［語］」上有「私」字，一本無「語」字。

伯勞飛燕各西東：伯勞性好單棲，燕出飛即兩相背，故「燕燕於飛」爲別離之比。伯，上聲。一本「伯」上有「爭奈」二字。

本宮：凡琴操，各宮調自爲始終。張先弄一曲，後改《鳳求凰》，故言這篇與初彈改換不同也。

黄鶴醉翁：江夏郡辛氏賣酒，一先生身雖（藍）［襤］褸，人物魁偉，入坐，謂辛曰：「有好酒與飲。」辛以巨觥連奉三杯，明日復來，辛不待索又與之，如此半載，辛未嘗怠。一日謂辛曰：「多負酒錢，無物可酬，遂取黄桔皮畫一鶴於壁上。每有沽客，拍手歌之，其鶴自下，舞其後，四方之士來飲者皆留金帛以觀。鶴舞十年之間，辛氏巨富，鶴乃飛去。今黄鶴樓存焉。先生者，呂仙也。清夜聞鐘、黄鶴醉翁、泣麟悲鳳，皆古琴操名。」鶴，去聲。

一曲：猶一弄。

這的是俺娘的機變，非干妾脱身空。一作「那的是俺娘的機見，非干妾的脱空。」此詞是鶯聽生言而獨語，非與生言也。一本「生白：夫人且做忘恩」，上有「生自云」三字；「鶯白：你差怨了我也，」上有「鶯自云」三字。下「唱」字作「低唱」，頗爲得解。

摩弄攔縱：「摩弄」，猶云博弄，亦制縛之意。攔縱，徐云搓挼也，意紅雖可恨，只得搓挼曲從，不敢譴怒之者，恐在夫人處葬送我耳。一云因其響喉嚨，故將他攔縱，恐使夫人覺而怒也。

夫人時下有些唧噥：「些」，諸本俱作「人唧噥」，作攛掇解；或作多言不中解。每看至此，時爲費思。崔門一行家眷，夫人而外，止鶯、紅、歡三人，鶯、紅已在此矣，所謂「有人」者，豈謂歡郎耶？可笑！頃於南都買得一本，乃作「些」字，且注云：「唧噥，不決裂意。」及簡舊本，見上有「細」字，云：「人或作『些』。」始爲釋然。

不著你落空：言這親事到底不落空。

怎肯著別離了志誠種：「怎肯著」，一作「我則怕」。志誠種，指張生也，王伯良謂是鶯自謂。「別離」，一作「心離」。

楔　子

靈犀一點：犀角之根有一點白理，直通至尖，謂之通天犀。杜紫微《題會真詩》有：「密約千金值，靈犀一點通。」又古曲云：「身無彩鳳雙飛翼，心有靈犀一點通。」董詞作「梅犀子」，謂此乃水火既濟之丹，非指坎位宜中之實，《易》曰：「天地絪緼，萬物化醇。」「絪緼」者，靈犀通也。「點」字勿作「點水」之「點」解。

將婚姻打滅，以兄妹爲之。一本無「將」字、「以」字。鶯鶯、君瑞以下，俱四字疊句，皆調外襯句也，可有可無，可多可少，亦可以不用韻，直至「如今都廢卻成親事」句，始入本調。

糊突了胸中錦綉：一本「糊」上有「愁」字。李白《送仲弟令》：「聞曰爾兄心肝五臟皆錦綉耶？不然，何開口成文也。」

憔悴潘郎鬢有絲：潘安仁《秋興賦》：「春秋三十有二，始見二毛。」一本「悴」下有「了」字。

杜韋娘：劉禹錫詩：「浮楦梳頭宫樣妝，春風一曲杜韋娘。」

帶圍寬減了瘦腰肢：俗本「帶圍」上有「一個」二字，徐文長云：鬢絲、腰瘦二句，長短錯對，不得添一個「二」字，下文六句「一個」，方是對。一本「寬」下有「清」字，一本「瘦」作「小」。

【天下樂】：徐云：此詞解者盡昧，言別人相思無甚奇異，崔、張二人，一個如此，一個如彼，其害相思，害得喬樣也。佳人才子，雖是害相思，與庸人不同，故曰「信有之」。或者有一種有情人不遂心時，容亦有如此者，但設使我遭著，决没許多喬樣，只一納頭準備憔悴死而已。抹媚，方言，喬樣也。乖性，亦即喬樣意。凡紅言崔張，必將己插入，否則冷淡無味。一本無「方信道」三字，一本無「倒」字。

氤氲使：昔朱起慕女妓寵愛，逢一青巾問之，青巾笑曰：「世人陰陽之契，有繾綣司統之，其長名氤氲使。夙緣當合者，須鴛鴦牒下乃成，我即爲子囑之。」俗本作「五瘟使」，恐散相思的差使，用不著這位尊神也。

哎你個饞窮酸倈没意兒：「酸倈」，調侃秀才也。「倈」，郎爹切。一本作「你個挽弓酸倈没意思」，無「哎」字。

不構思：一作「不勾思」，云才有餘不勾他思量也。又云「不勾思」三字可登詞場神品。此解非不佳，但可作文士鈎深尖巧之語，以加紅娘，或未稱。

忒風流：一本上有「你也」二字。風流作聰明，聰明作風流。

忒煞思：太甚曰「煞」。白樂天詩：「西日憑輕照，東風莫殺吹。」自注：「殺，去聲，俗本作傻。」按殺、煞二字，古通用。一本作「忒三思」。

龍蛇字：李太白《贈懷素草書歌》：「恍恍如聞神鬼驚，時時只見龍蛇走。」

鴻鵠志：陳勝少時同人耕於壟上，悵然曰：「苟富貴，無相忘。」傭者笑之，勝曰：「燕雀安知鴻鵠志哉！」

玉堂金馬三學士：楊雄《解嘲》：「歷金門，上玉堂。」然《谷永傳》：「陛下抑損椒房玉堂之盛寵。」是宮禁矣，其謂翰林爲玉堂，不知何始。宋學士院玉堂，太宗親幸，後唯學士上日許正坐，他日皆不敢。玉堂東，承旨閣子窗格上有火然處，太宗嘗夜幸，蘇易簡爲學士，已寢，遽起，無燭具衣冠，宮嬪自窗格引燭入照之。至今不欲易以爲玉堂一盛事。《三輔皇圖》：「漢武帝得大宛馬，以銅鑄像立於署門，因名金馬門。」歐文忠與趙槩、吕公著同宴，口號有「玉堂金馬三學士，清風明月兩閑人」句，此用歐詩也。

沈約病：休文《與徐勉書》有「外觀傍覽，尚似全人，形體力用，不相綜攝。常須過自束持，方可僶俛解衣，一卧支體，不復相關。上熱下冷，月增日篤，取暖則煩，加寒必利。後差不及前差，後劇必甚前劇。百日數旬，革帶嘗應移孔；以手握臂，率計月減半分。以此推算，豈能支久？」此沈自狀老病也。後人率爲少年引用，殊不思。

宋玉愁：宋玉《九辯》：「悲哉，秋之爲氣也！（中略）生惆悵兮而私自憐秋之爲悲如此也。」宋玉之愁，悲秋也。

怎敢因而：「因而」，方言，怠緩也。於而字句，《尺素緘愁》折亦有「勿得因而」，意同。

有美玉於斯：珍重簡帖之語，是紅娘調文袋謎語也，謔詞也。記中紅娘諸曲，大都掉弄文詞，而文理故作不甚妥帖，模寫婢子通文情態。

三之二妝臺窺簡

梅紅羅：元時上表箋，以梅紅羅單絃封里，蓋當時所尚，故云。

釵嚲玉横斜：「嚲」，音朵，下垂貌。「横斜」，一作「斜横」。

調犯：方言，猶云調戲。「犯」，一作「泛」。

咯攛斷得上竿：「攛斷」，即斷送之意。一云：猶「攛掇」也。一本無「咯」字，一本「咯」下有「則」字。

一迷的：迷，去聲，猶「一味」也。一作「一味的」。

我爲你：「我」，紅自謂。「你」，指鶯。一作「他爲你」。

闌干：《長恨歌》：「玉容寂寞淚闌干，梨花一枝春帶雨。」又《琵琶行》：「夜深忽夢少年事，醒啼妝淚紅闌干。」闌干，縱橫貌。

似這等辰勾月：院本、傳奇名，元人吳昌齡撰，托陳世夢感月精事。舊解：「辰，星名。辰星、勾月最難遇，勾之，主年豐國泰。」亦有正作「辰勾」，而去「月」字者矣。一作「似等辰勾」。

您向筵席頭上整扮，我做個縫了口的撮合山。「您向」，一作「我向」，「我做個」作「做一個」。謂婚姻筵席，媒人與焉，故云。撮合山，自來媒人別號，或解作荷包上壓口，以比不洩漏意，恐非。

先生饌：用成語，言幾被他到手也。俗本作「賺」，誤。一作「撰」，亦不可解。

胡顏：羞也。曹植《責躬應詔表》云：「詩人胡顏之譏。」

受艾焙：灼艾之火也，猶俗言：忍炙只忍這一遭。

暢好是奸：滿情滿意的奸詐也。徐本「好」作「干」，亦趣，言乾乾受這番艾焙。但下文説不去。

擔饒：情恕意。

秦樓：李太白詩：「簫聲咽，秦娥夢斷秦樓月。」詳二之二。

你也趄：北方謂走曰「趄」，未知何據。徐文長謂冷淡之義。一本「趄」作「訕」，下句同。

休訕：訕，怨謗也。言今事已無成，只索大家走散，再不必怨訕也。或通作「趄」字，非。

直待要拄著拐幫閑鑽懶，縫合脣送暖偷寒。 幫閑鑽懶者，須手脚伶俐；送暖偷寒者，須(目)[口]舌無忌。紅娘慮捶楚之事，故爲此説拄拐，是撻之已傷，可幫閑鑽懶乎？縫脣是制之不得言，可送暖偷寒乎？「直待要」，一作「直待教」。「我幫」，一作「挪」，一作「捧」。

哩也波，哩也囉： 方言，如此如此。

魚雁： 《古詩》：「客從遠方來，遺我雙鯉魚。呼童烹鯉魚，中有尺素書。長跪讀素書，書中竟如何。上有加餐飯，下有長相憶。」舊注引陳勝以帛書置魚腹中，令賣之，買者烹之，得書曰：「陳勝王。」然與此無涉。蘇武使匈奴，匈奴留之十九年，詭言武死。後漢使至，彼常惠教，使者謂单于言天子射上林中，得雁，雁足係書，言武等在大澤中牧羊。使者如惠言以語单于，单于大驚，乃歸武。

三更棗： 六祖黄梅園傳法事，五祖與粳米、棗(一)[三]枚。六祖悟曰：「令我三更早來也。」

九里山： 在徐州，韓信與項羽戰九里山前，十面埋伏以敗羽。

金雀鵶鬟： 李紳《鶯鶯歌》：「金雀鵶鬟年十七。」謂鶯也。俗本認爲紅娘，遂改作「鵶鬟」，而「情」字改作「倩」字，謬甚。

隔牆酬和都胡侃： 「胡侃」，無佳實之意。一本「隔墻」上有「你那」二字，一本「墻」下有「兒」字。

三之三乘夜踰牆

凌波襪： 《洛神賦》：「凌波微步，羅襪生塵。」

好教聖賢打： 北方稱神祇曰賢聖。此因日之不下，欲教聖賢打之也。古語曰「羲和鞭白日。」一本「好教」上有「早道」

二字。

身子兒詐：「詐」，喬也。董詞亦有：「不苦詐打扮，不甚艷梳掠」語。一本作「乍」。

因小姐閉月羞花，真假，這其間性兒難按納，一地里胡拿。 言生因小姐閉月羞花如此其美，而其留情處，真假猝難猜料，只恐未必全假，所以性難按納而胡做也。一本「因小姐」作「想小姐」，言小姐平日閉月羞花，深自珍重，繇今觀之，真耶假耶？不意今日一旦性難按納，而胡做至此。觀上文脉，此解不爲無見。

赫赫赤赤： 暗號也。元詞幽期劇多用之，恐只是黑洞洞、寂魆魆之意，非有深義。

一弄兒： 猶言一段。

夾被兒時當奮發： 雖是夾被，目下常有春意。

指頭兒告了消乏： 即後折「手勢指頭恁」之意。董詞《彈琴》云：「十個指頭自來不孤，你這一回看你把戲。孤眠了塵世，不閑了一日。今夜里彈琴，不同恁地。還彈到斷腸聲，得姐姐學連理，指頭兒我也有福囉你也須得替。」此語本董詞，原非求雅。古注謂指頭預辦偷春，剪落指甲，乃是消乏。過爲文語，非作者本色。

撐達： 解事之謂，準擬支撐了達以快此大欲也。

香美娘處分俺那花木瓜： 香美娘指鶯，花木瓜指生，皆現成諢語。花木瓜，言中看不中用也。處分，猶言發落也。「處分俺那」，一作「分破」，一作「處分破」。

喬坐衙： 坐衙，升堂也。喬坐衙，假意尊大之謂。

騙馬： 躍而上馬謂之「騙上」。然此引用不切，當是「扁馬」耳，言學做騙子也。扁旁之馬，疑多。

看我面遂情罷： 遂，即後「遂殺人心」之「遂」，言即處分得暢快，丟開手罷也。一本作「逐情」，無「我」字。

吒：火角切，北地助語辭。

㐺拍：㐺，音祈，又音欺。㐺拍，不中節之謂，猶人不停當。

措大：調侃秀才。

猶古自：即「尚兀自」意，元曲多有之。俗本改「尚兀自」，不必。

我學去波漢司馬：譏其不能及相如。言這樣漢司馬，還須再學學去也！一作「你則索與游學去波漢司馬。」

三之四倩紅問病

雙斗醫：元劇名，見《太和正音譜》，必有科諢可仿，猶他劇考試照嘗之類，故不備載。

則爲你彩筆題詩：此謂鶯以待月一詩哄生致病也。一本「你」作「那」，「題詩」指生詩。

干相思：「干」，一作「乾」。記中「乾」、「干」通用。

好撒唔：猶云扯淡也。唔，他禁切。

軟廝禁：不硬掙也。廝，去聲。禁，平聲。

詩對會家吟：舊諺：「酒逢知己飲，詩向會人吟。」

手勢指頭兒恁：《五代史·史弘肇傳》有「手勢令指頭兒恁。」言借指頭兒如此也，謔甚矣。此本董詞「指頭兒得替來，非解者誤也。一作「手執定指尖兒恁。」

他眉彎遠山鋪翠，眼横秋水無塵。趙飛燕妹合德入宫，爲薄眉，號「遠山眉」。「鋪」，一作「不」。「塵」，一作「光」。

滿頭花，拖地錦。滿頭花，雜妝。拖地錦，裙長，掩足之不纖也。並婢子餙。

四之一月下佳期

金甲：須達多長者白佛言：「弟子欲營精舍，請佛居住。唯有祇陀太子園，廣八十頃，林木盛茂，可佛居住。」太子戲曰：「滿以金布便當相與。」須達出金布滿八十頃，精舍告成，故佛地曰金界。

呆打孩：只是懵懵之意，董詞用之最多。「打」，一作「答」。

青鸞：漢武帝元封元年四月戊辰，帝居承華殿。東方朔、董仲舒侍，見青鸞自空而下，忽爲女子曰：「我王母使者也，從昆山來。」語帝曰：「聞子輕四海之尊，尋道求生勤哉，有似可教者也。從今百日清齋，不聞人事，至七月七日，王母暫來也。」言訖不見。七月七日，王母至。

黃犬音：《述異記》：陸機，吳人，仕洛，有犬名黃耳。家絶無書報，機謂：「犬，汝能馳書往家否？」犬搖尾作聲，似應之。機爲書，盛以竹筒，系犬項，出驛路，走到機家，取筒有書。看畢，犬作聲如有所求者，家作書，納筒，馳還洛。後犬死，葬之，呼爲黃耳塚。

端的是太平車約有十餘載：一作「端的太平車取道十餘載」。太平車，車之任重者。載，音在。

子建才：魏曹子建，名植，十歲善文。太祖嘗視其文曰：「汝倩人耶？」植跪曰：「言出爲論，筆下成章，願當面試，奈何倩人？」時銅雀臺新成，太祖悉將諸子登臺，使各爲賦。植受詔立成，文不加點。文帝即位，頗有宿憾，又令七步成詩，如不成，刑以大法。植即應聲曰：「煮豆燃豆萁，豆在釜中泣：本是同根生，相煎何大急！」文帝感而釋之。

不良：亦愛極之反詞，如云「可憎」。

鯫生：《留侯世家》：「沛公曰：『鯫生教我距關，無納諸侯。』」注：鯫生，小人也。

四之二堂前巧辯

小賤人做了牽頭：「小賤人」，一作「這小賤人」，一作「猜俺那小賤人」，一作「只小賤人牽頭」，一作「捧頭」，一作「鐃頭」。

你便索與他知情的犯繇。犯繇，供招也。「你」，一作「我」。

參辰卯酉：參、辰，二星，分居卯、酉，長不相見。

夫人索體究：體，事情；究，情理也。俗本作「索窮究」，紅意正言不當窮究，殊悖。

啞聲兒厮耨：「啞」，本或作「啀」。北人謂「相昵」曰「耨」。今吴中小兒以衣物相夸亦曰「耨」。

倒撋就：撋，音純，搓那成就之意，言曲成親事也。

我拚了個部署不收：部署，是軍中將卒管束之義，言夫人托我管束而今疎漏如此，是我没收攝也。一作「我擔著個部署不周。」

銀樣蠟槍頭。「銀」，一作「人」。「蠟」，一作「鑞」。

四之三長亭送别

迍迍行，快快隨。馬是張騎，故欲其遲；車是崔坐，故欲其快。「迍」，徐本作「運」，音允。一本「迍」作「逆」，一本「迍迍」下有「的」字，下句同。

破題兒：起頭也。

兀的不悶殺人也麽哥：一本無「兀的不」三字，「哥」作「歌」。元詞「哥」、「歌」通用。

死臨侵地：「臨侵」，方言也。二之三「死没騰」，意同。「地」，助語，即「的」字意。

我諗知那幾日相思滋味。「諗」，音審，謀也。相思，念也，亦與審同。一作「恰那」，一作「這」。

誰想這別離情更增十倍。俗本作「卻元來比別離情更增十倍」，是言別離易也，謬。十，平聲。

但得一個並頭蓮。羅隱詩曰：「兩枝相倚更風流，照映幽池意未休。桃葉桃根雙姊妹，斜眠青蓋各含羞。」一本無「一」字。

雖然是：一本以下至「望夫石」作【么篇】。

望夫石：《神異記》：「武昌北山上有望夫石，狀如人立。相傳云：昔有貞婦，其夫從役，攜弱子送至此山，立望其夫，而化爲石，因名焉。」石，繩至切。

蝸角虛名：有國於蝸牛之角，左角曰蠻氏，右角曰觸氏，爭地而戰，伏尸數里，逐北旬有五日而後返。出《莊子》。一本上有「只爲」二字。

蠅頭微利：班固曰：「青蠅嗜肉汁而忘溺死，愚者貪世利而陷罪禍。」

淋漓襟袖啼紅淚。《拾遺記》：「魏文帝時美人入官，別父母，淚下沾衣皆紅。」「紅」，一作「情」。

眼中流血，心内成灰。《煙花録》：「昔有一商人子，美咨容，泊舟於西河下。岸上高樓，樓中一女，相視月余，兩情相契，弗遂所願。商貨盡而去，女思念成疾，死。父焚之，獨心中一物，如鐵不化。磨出，照見中有舟樓相對，隱隱有人形，其父以爲奇，藏之。後商復來，訪其女，得所由，獻金求觀，不覺淚下成血，滴心上，心即灰。」「中」，一作「將」。「内」，一作「已」，一作「裏」。

淚添九曲黄河溢：黄河千里一曲，九千里入於海。「添」，一作「填」。

恨壓三峰華嶽低。 西嶽山頂有三峰：曰蓮華峰，毛女峰，松檜峰。壓、華俱去聲。

留戀你別無意： 我所以留戀你者，別無他意，止有一句話耳，即下文此一節也。因此話未曾可囑，所以見據鞍上馬，閣不住淚眼愁眉也。生緊接云：「還有甚麼語囑咐小生？」真是知心湊拍，文意絶妙。或作「應無計」，此際豈復有留戀計耶？一作「留戀因無計」。

【二煞】、【收尾】二曲。 文長評解多有得失，不謂盡然。至其所評之本，實古善本也。如餞行祖道，行者登程，居者旋返，古今通禮。所以此詞「再有誰似小姐」之後，生即上馬而去，鶯徘徊目送，不忍遽歸。「青山隔送行」，言生轉過上坡也。「疎林不做美」，言生出疎林之外也。「淡煙暮靄相遮蔽」，在煙靄中也。「夕陽古道無人語」，悲己獨立也。「禾黍秋風聽馬嘶」，不見所歡，但聞馬嘶也。「爲甚麼懶上車兒内，」言己宜歸而不歸也。「一鞭殘照里」，生已過前山，適因殘照而見其揚鞭也。賓白、填詞，的的無爽，而諸本俱作生、鶯同在之詞，豈復成文理耶？且俟曲終，鶯紅並下，而後生方上馬，何其悖也！王實父斷不如此不通。徐本於禮則合，於文則順。耳食者競吹其疵，獨不於此原之乎。

量這些大小車兒： 今俗言器物之小者曰「能有許多大小」，揶揄之詞也。或解作多少，殊不當。或於「大」字略斷，尤非。「量這些」，一作「量著這」。

四之四草橋驚夢

打草驚蛇： 王魯爲當塗令，黷貨爲務，會稽民連狀訴其主簿賄賂，魯判曰：「汝雖打草，我已驚蛇。」懲此驚彼之意，即諺云「打水魚頭痛」之謂也。此曲引用，但借其文，不泥其意，只是黑夜獨行，疾忙驚動意。一本「打」上有「做個」二字。

穩住俺厮齊攢的侍妾。 穩住，安頓也。一作「說過」。「厮齊攢」，影兒般不離身意。妾，音且。

哭得我也似痴呆。一本「和我也哭的似痴呆。」呆，音耶。

啍嚍：廟中守門鬼，東曰啍，西曰嚍，音車、遮。

卻才較些。較些，略可些也。一作「覺些」。

清霜淨碧波：一本自此起至「何處困歇」作【么篇】。

趄：寺絶切，叶徐靴切，風吹盤桓之貌。今人云走來走去，亦曰趄來趄去。

你是爲人須爲徹：一本無「是」字。似責備之詞，非感激語氣。徹，音扯。

脚心兒敢踏破也。但言「敢」字，多是疑詞，猶曰「倘」也，「或者」也，俗言「七八」也。一本作「管」字。

唧唧：北方創瘡甚者，口作「唧唧」聲，勞苦疲極者亦「唧唧」。

你呵休猜做瓶墜簪折。白樂天詩：「井底銀瓶墜，銀瓶欲上絲繩絶。石上磨玉簪，玉簪欲成終久折。瓶墜簪折擬何如？似妾今朝與君別。」「你呵休猜做」，一作「你休做」。一無「你呵」二字。折，平聲。

教你化作膂血：一無「教你」二字。膂，音遼，一作「膋」。一作「膿血」。希也切。

【絡絲娘煞尾】都則爲一官半職，阻隔得千山萬水。前三本俱有【絡絲娘煞尾】二句，爲結上起下之辭也。至此，實父之文情已完，故云：「除紙筆，代喉舌，千種相思對誰說。」是了語也，復作不了語，可乎？明屬後人妄增，不復録。

楔　子

紅雨紛紛點緑苔。唐詩：「桃花亂落如紅雨。」「點」，一作「滿」。

續之一 泥金報捷

天塹：《陳史》孔範曰：「長江天塹，虜豈能飛渡？」

今日呵在瓊林宴上搊。宋太宗太平興國八年，宋郊等及第，賜宴始就瓊林苑，遂爲制。一本無「呵」字，一本無「在」字，一本「呵在」二字作「向」。搊，音義收切，以手攙人也。

至公樓：即今言「至公堂」。元詞嘗用，蓋自誇識人才也。「至」，一作「誌」。

娥皇：《湘川記》：娥皇、女英，舜之二妃。舜南巡，殂於蒼梧之野，二妃追之，至於洞庭，淚下染竹，竹爲之斑死，爲湘水神。

九嶷山下竹：在道州營道縣北，山有九峰，行者難辨，故曰九嶷。竹，音帚。

啜賺人的巧舌頭。「啜賺」，哄弄也。「人的」，一作「我」。

續之二 尺素緘愁

盧扁：春秋時齊人秦緩，字越人，著《八十一難經》。當黄帝時，有扁鵲者，神醫也。越人與扁鵲，術相類，故人號曰「扁鵲」焉，家於盧，因名盧醫。楊雄《法言》曰：「扁鵲，盧人也，而盧多醫。」今盧東有扁鵲墓。

靈鵲喜蛛：樊噲問陸賈曰：「人君受命於天，有瑞應乎？」曰：「目瞤得酒食，燈花得錢財，喜鵲噪而行人至，蜘蛛集而百事喜。小而有微，大亦宜然。故目瞤而祝之，燈花則拜之，鵲噪則餵之，蜘蛛集則獲之。天下大寶，人君重位，非天命，何以得之！」

斷腸詞：宋朱淑真，姿容端麗，善屬文。不幸父母失審，下配庸夫，孤負此生，所作詩詞皆斷腸。

當爲欵識：三代鐘鼎，撥蠟爲欵，鏤刻爲識。欵謂陰字，是凹入者，識者誌謂陽文，是凸出者。

柳骨顔觔：唐柳公權書，筆勢勁媚；顔真卿書，筆勢遒婉。範文正公《祭石曼卿文》云：「曼卿之筆，柳骨顔觔。」

張旭張顛：張旭，吴人也，善草書，每大醉，叫呼狂走，乃下筆，或以髮濡墨而書。既醒，自視以爲神，不可復得，故稱「張顛」焉。《記》誤爲二人矣。

巢由：《逸士傳》：巢父者，因年老，以樹爲巢寢。堯以天下讓焉，巢父曰：「君之牧天下，亦猶予之牧孤犢焉，予無用天下爲也。」牽犢而去。又聞堯命許由爲九州長，由避之，洗耳於水濱，巢父責之曰：「子若處高崖深谷，誰能見乎？今浮游若閑，苟求名譽，污吾犢口。」乃牽犢於上流飲之。

小夫人何似你見時，別有甚閑傳示。 以上俱想象書物中意，以下始訊及口授之詞，所以琴白雲著「哥哥休忘舊意，別繼良姻。」生乃表白心事，「我是個」云云也。此乃是鶯極緊切處，生最問心處，不容草草。俗本乃以生問、琴答之白，置於【五煞】之下，既已問答在前，豈俟再問再答而始表白耶？殊失緩急次第，於文情大不通。一本作「小夫人須是你見時別有甚閑傳示。」

【賀聖朝】：王伯良以此調語句不倫，删去。

紅葉詩：明皇時顧況與友人游苑中坐，流水得大梧葉題詩曰：「一入深宫里，年年不記春，聊題一片葉，將寄接流人。」況和之云：「愁見鶯啼柳絮飛，上陽宫女斷腸時。帝城不禁東流水，葉上題詩欲寄誰？」亦題葉放上流波中。後十餘日，有人從苑中又於葉上得詩以示況曰：「一葉題詩出禁城，誰人酬和獨含情？自嗟不及波中葉，蕩漾乘春取次行。」又宣宗時盧渥舍人應舉之歲，偶臨御溝，見一紅葉，葉上乃有一絶，異之。及宣宗省宫人，詔許從百官司吏，時渥任范陽，獲其一焉。睹紅葉而吁怨久之，曰：「當時偶題隨流，不謂郎君收卻。」驗其書，無不訝焉。詩曰：「水流何太急，深宫盡日閑。殷勤謝紅葉，好去到人間。」又唐僖宗時，宮女韓夫人題詩紅葉，御溝流出，士人于祐拾之，亦題一葉，放水中流入，韓得之。後帝放出宮女三千，韓與焉。韓泳爲媒嫁祐，及禮成，各出紅葉，殆天合也！韓於詩正與盧事同，則不可知矣。總之深宮閑寂，曰有題紅，當不止三人也。難得佳句，是以不盡傳。

續之三詭謀求配

金屋：漢武帝幼時，景帝問曰：「兒欲得婦否？」長公主指其女曰：「阿嬌好否？」武帝曰：「若得阿嬌，當以金屋貯之。」寸木馬户尸巾：村驢屌也。按《篇韻》：屌音鳥，弔上聲，男音也。字從尸從弔。別有「屌」字，音北，又音豕，與屌無涉。此言村驢屌，其爲屌字無疑。疑當時如此寫耳。且以馬户爲驢，豈胡虜既無同文之書，而漢卿亦欠問奇之功乎？紅娘折了別字煩人，白日弄屌。

訕觔：中原諺語，毀誹也。「訕」，一作「赸」。一本「訕」上有「你看」二字。

腌軀老：雜劇往往以此爲鄙賤之稱，北人鄉語多以「老」字爲襯。

續之四衣錦還鄉

七香車：《杜陽雜編》：唐公主下降，乘七香步輦，四面綴以香囊，貯辟邪瑞龍等香，皆外國所貢異香也。

使數：使用人也，亦方言。

剗地：平白地也。剗，音産。

喫敲才：猶諺云「打殺柸」也。或云即喬才焠。「才」，一作「頭」。

囊揣：不硬掙之意。「揣」，平聲，一作「湍」。

怎嫁那不值錢人樣猳駒。《左傳》公豬曰艾猳，今曰猳駒，是嘲爲小公豬耳。或作「蝦」，云蝦兒様的不能偃仰戚施之疾，殊無意義。一本「嫁」下有「兀」字。

那廝本意囂虛：一無「本意」二字，囂虛，挾詐也。

夯：壑上聲，呼朗切。大用力，以肩舉物也。一本無此字。

門迎駟馬車：成都有昇仙橋，司馬相如題其柱曰：「不乘駟馬車，不復過此橋。」一本「迎」下有「著」字。

列八椒圖：龍生九子，一曰椒圖，形如螺螄，性好閑，故置門上，即銅環獸也，唯官署得用。一本「列」下有「著」字。

四德：婦言，婦容，婦工，婦德。一本「四」上有「娶了個」三字。

三從：孔子曰：「婦人伏於人也，是故無專制之義，有三從之道焉：在家從父，出嫁從夫，夫死從子。」

好意也當時題目：舉將除賊，許以鶯妻，當時題目，原是好意，今日夫婦完美，正以酬之也。俗本作「得意也當時題柱」，詳上下文意，與「題柱」事無涉。目，音暮。一作「嘗記得當時題目」。

【錦上花】：此曲一作「使臣上唱」，一作「使臣上科，生唱」。使臣科範，必有舊套，如考試、鬥醫之類，即下勑賜爲夫婦是也。以俗套，故不録，非以下皆使臣唱也。

山呼：漢武帝有事華山，至中嶽，親登崇山，御史乘馬在廟旁，聞呼萬歲者三，至今呼萬歲者曰山呼云。

舊本原有注釋，諸家頗多異同，强半迂疎，十九聚訟。將爲破疑乎？適以滋疑也！至有大可商者，漫不置辭；更於大紕繆處，迄無駁正。訛以承訛，錯上多錯，無或乎其不智也。世界原是疑局，古今共處疑團。不疑何從起信，信體仍是疑根。我今所疑，孰非前人之確信也；我今所信，孰非來者之大疑也。疑者不箋，箋者不疑，以疑箋疑，有了期乎？湖上閔遇五識。

徐文長先生批評北西廂記（明崇禎刊本，山陰延閣主人訂正）（全録）

卷一　楔子、第一折

雜本相沿，十差其九，可以正是者，惟碧筠齋所刻耳。今坊中少見，惜哉！埋没此等妙詞也。（開首眉批）

本既沿訛，解復杜撰，然而無有乎爾，則亦無有乎爾？（開首眉批）

曲大好大妙，可謂到八九分矣。中有俚俗者，語太鑿鑿發露者，是亦小疵，而第四摺中尤甚，令人有皇汗處。（第一頁下至第二頁上之眉批）

崔家富貴，文王以天子之貴敵之，而不可得。但此際亦似寥落矣，況首曰「母子孤霜途路窮」，而中間有「軟玉屏珠簾玉鈎」等句，亦當避忌者。（【仙吕賞花時】眉批）

開卷便見情語。（【么】篇眉批）

嘆己好學未成，志有待。（【混江龍】眉批）

此折專狀河之險，「這河」二字當作句豆。（【油葫蘆】眉批）

「高源」猶言「黄河之水天上來」也，作「淵泉」者非。（【天下樂】眉批）

「泛槎」言河能泛，非指張騫也。（同上）

凑語。（【村裏迓鼓】末句「正逢着五百年風流業冤」之「正逢着」旁批）

「不刺」，北方助語也。「不」，音鋪，「刺」音辣，我親聞人説：怕人必帶曰「怕不刺」，唬人必曰「唬人不刺」。凡可墊助語處，皆帶此二字。「顛」者，輕狂也，言閨態美矣，而所犯者，輕狂耳。今崔既美而不輕狂，何以見之下「儘人調」三句，是不輕狂處。別説俱不是。「顛不刺」句，起下「可喜」句；「可喜」處於「儘人調戲」三句見之。「宜嗔喜」，即西子顰笑皆工。（【元和令】、【上馬嬌】眉批）

凑語。俗。（【元和令】「眼花撩亂口難言」旁批）

不成話。（同上「靈魂兒飛在半天」旁批）

可辨。（【上馬嬌】「這的是兜率宮」旁批）

此等語非不好，但能詞者皆可辨。（同上眉批）

在諸天之上。（同「離恨天」旁注）

緊翻上句，説「遇」之幸。（同上「誰想寺裏遇神仙」旁批）

「淺」與深對，是形容其體輕盈，故脚踪不重，非言短也。回頭不見傳情，反求諸脚踪回轉，大誤，大誤。「慢俄延」三句，是什脚踪傳心事，不是脚踪回轉傳心事也。「慢俄延」，不肯急走，非留戀張生而何慢？「慢俄延」，將到櫳門，只得舉步跨入，剛剛惟此一步那得遠些，其他步皆「俄延」而不肯那遠，非傳心事而何，言「心事」於此可卜矣。多少妙趣！與俗解以脚踪回轉者，不可同日而語。（【後庭花】眉批）

與前「寺裏遇神仙」句相應。（同上「神仙歸洞天」旁批）

「天天」，勿斷。（【柳葉兒】尾注「恨天天，不與人方便」句）

「東風」三句，謂垂楊綫猶爲東風摇曳，桃花片猶爲游絲所牽惹，但鶯鶯芙蓉之面，則爲珠簾所遮映耳。上二句即【賺煞】「花柳依然」意，下句即「玉人不見」句意，但【賺煞】總叙前因，以致悵望之意，不嫌重復也。（【寄生草】眉批）

此皆既去之形容。（同上「蘭麝香仍在」旁批）

「掩」，古作「遮」。（同上曲後尾注「珠簾掩映芙容面」句）

「家」與「院」對，二字正指閨中，是想象其已到閨中之景如此，故古本「現」作「院」，大妙語也。今解者求其説而不得，妄解希中，成何文理。（同上「河中開府相公家，我則道海南水月觀音院。」眉批）

「花柳依然」二句，謂花柳依然如故，塔影春光在眼前，玉人則已去，不得見也。俗改「爭妍」，便覺無味。（【賺煞】眉批）

「纏」，舊本作「染」，不叶。（同上曲後尾注「透骨髓相思病纏」「纏」字）

第二折

此一套枝枝似常話，卻何等真率迢遞有趣。（此折開首説白之眉批）

「可憎才」，愛之極，不曰可愛，而曰可憎，反詞也。（【中吕·粉蝶兒】眉批）

「打當」，猶云準備也。雖不能勾實受用，且備眼睛飽看。（同上眉批）

首二句，張生誇己不容易慕人。「寡情人」句，「心兒裏」句，與第六折「從來心硬，一見了也留情」，意一樣。俗本改「寡」作「多」者，非。「癢癢」疊用，是【醉春風】之腔調必宜如此，下文歷歷可按。俗解云：果見風魔，則「早不冷冷」，「你好懶懶」，皆【醉春風】也，當作何解？不過疊「冷」與「懶」字，其體格宜然耳。（【醉春風】眉批）

「寡」，今作「多」。（同上曲後尾注）

「童」字勿斷。（【迎仙客】曲後注「面如童，少年得内養」，「童」字）

「大」，讀如字，不作「太」。（【石榴花】「大師一一問行藏」眉批）

「四海一空囊」，其留多矣。（同上「止留下四海一空囊」眉批）

「大」，如字，勿音泰。「直」，借叶，聲音。（同上曲後尾注）

《格古論》：金成色七青八黄，九紫十赤。（【鬥鵪鶉】眉批）

「掂斤播兩」，俱鄉語，今南中亦有之。（同上眉批）

衠，音諄，俗借叶，去聲。（同上尾注）

「這錢」，當斷，與前「這河」同。（【上小樓】眉批）

「你若是把小張」三句，是張生冷謔口，與心語之言，非真實語也。（同上眉批）

「把小張」，蓋是央及法聰之詞，故以「小」自謙也。（同上眉批）

「怎生」二字，極用得妙，即設法之意，處置之意。（【么】篇眉批）

「鶻憐」句，是説紅娘好雙乖眼也。「鶻憐」，俗用「胡伶」字。鶻眼最明慧，「伶」字，韻書：是心了慧貌，讀爲零字音。作憐字、愛字用，非也。「渌老」，調侃，説眼也。《太平樂府》顧君澤詞，有「懵懂的憐嗑睡，鶻伶的惜惺惺。」（【小梁州】眉批）

「鶻憐」，音胡靈。（同上尾注）

雖不見好詞，卻句句真率有味。（【么】篇旁批）

古法：放出奴婢，等齊民，爲從良。「我獨寫與」句（按曲中爲「我獨自寫與個從良」）：奴婢是賤人，張生慾紅娘不爲奴婢，寫與從良，惜之至也。此中未免有得隴望蜀之意。（同上眉批）

「央」，商議得中也。（同上「將小姐央」之旁注）

「演撒」、「潔郎」，俱坊中調侃，非鄉語也。樂坊中有刊本，自有解。京師禮部門前街，有夢者。（【快活三】眉批）

「既不沙」三句，「睃趂」二字，調侃説看「顯毫光」三字，嘲其秃首之詞，意謂既無「掩撒」上的事，何紅娘看着你光頭，打扮齊整，「特來晃」你也。（同上眉批）

「則麼耶」，也是僧名。今誤作「怎麼耶」，笑殺，笑殺。此言「大師非『則麼耶』、唐三僧之比，淫慾或所不免，何用嗔己」之戲謔也。「硬抵着頭皮强」，不過重疊上句，俗改作「撞」，惡俗之甚。（【朝天子】眉批）

真率有味。（【四邊静】眉批）

「待颩下」二句，即俗云「慾丢，丢不下」也。「赤緊」者，打緊之意。唐時大縣名赤縣，緊縣古亦稱赤縣。赤緊者，要緊之謂，打緊之謂。（【哨遍】眉批）

此等，人以爲大好，我則不然。（同上「心坎兒上温存」二句之旁批）

「恰待要安排」二句，指鶯言。「游客」，張生自謂。説鶯鶯慾以心事授我，但恐老夫人知也。（【耍孩兒】眉批）

「看邂逅」三句，僥倖一遇，不敢期必之意。蓋以鶯鶯年小性剛，未得風流况味故也。（【五煞】眉批）

「訪」，即尋訪（按曲中則爲「當合彷」，用「彷」字），言如此女貌，正宜訪配如此之才郎也。（【四煞】眉批）

此正是合相訪。（同上「小生更恭儉温良」，「小生更」之旁批）

「尋」，一作「思」。（同上尾注）

言粉玉搓成一條項頸。「搓噍項」，俗作「搽噍項」，可笑，可笑！

第三折

傻，音灑。傻俏不仁，曰輕慧貌。此句甚有意。宋人謂風流蘊藉爲「角」，故有「角妓」之名。今雜劇尚有「外角」，其遺語也。傻角，是排調語。（紅笑云：「……世上有這等傻子」眉批。按：評者之意，原文似應是「傻角」，而非「傻子」。）

自好。（【越調・鬥鵪鶉】眉批）

「會少」句，擬對鶯語。「有影」句，張自況也。好。（【金蕉葉】眉批）

「月殿」句，言鶯鶯與嫦娥一般不爭差也。（【調笑令】眉批）

此句塞白，凑插而已。（同上「兀的不引了人魂靈」旁批）

本中如此凑數句，亦不可。（旦云「將香來」，祝云……之眉批）

好。（【禿厮兒】眉批）

「埋没」句，下字入神，言但知其色之美，今又驚其能詩。（同上眉批）

也好。（【聖藥王】眉批）

大差，大凝血脈。（【麻郎兒】之【幺】篇眉批）

言枉日干相思，枉得病，今夜卻幸得與之酬和，又（倍）[陪]着哭臉相迎，於一向之相思爲不枉，故曰「把相思投正」也。（【絡絲娘】眉批）

「投正」，今作「再整」。（同上尾注）

非分而得之，曰「倖」。以倖薄，故不得謂之「薄倖」。「傒倖」，候巧之謂，言既已候巧矣，而不做美之紅娘，忽來打散，故曰你無緣，小生薄倖。斷者，相也，即你我之謂。（【東原樂】眉批）

此數句，俱狀「傒倖」。（同上旁批）

扃，音京。傒，平聲。（同上尾注）

古人釘秤，每斤處用五星，惟到稍之末，用四星。故往往諱言下梢爲「四星」。故《兩世姻緣》雜劇云：「我比卓文君有上梢，没了四星。」是言有上梢，没下梢也。「今夜凄凉」，雖凄凉矣，卻可卜其有下梢也。何者使他不偢倸，我將奈之何哉！而今酬詩又陪笑相迎，是偢倸人也。是雖凄凉，而今夜有下梢矣。即上文把「相思投正」之意，何等貫串，何等傒倖喜羡。下文又云：雖然「眉眼留情」卻「口不言」，而「心」可「自省」其如此云云也，亦是傒倖之意。（【綿搭絮】眉批）

泠，音靈。嘌，音飄。（【拙魯速】尾注）

此即有下梢意。（【幺】篇「有一日柳遮花映，……」之旁批）

此句解，見第七折。（同上「錦片也似前程」旁批）

「闌」，古作「凉」。（同上尾注「夜闌人靜」句）

此尤見有下梢的確之甚。（【尾】「一天好事從今定」旁批）

第四折

「惟願」二句，可以明言，「梅香」四句是私情，難以明言，故暗禱告也。（【沉醉樂風】眉批）

「曾、祖、父」三代，對「佛、法、僧」三寶，亦是用意處。（同上眉批）

「父」，朱本作「爾」，「惡」，叶豪，去聲，似好惡之惡，不加圈。「約」，叶杳。（同上尾注）

「離碧霄」，對「來清醮」，豈容填字。（【雁兒落】眉批）

北人罵人，長帶「傍」字。如因則曰因傍，饞則曰饞傍，但不知何義。（【喬牌兒】眉批）

「大」，音見前。「傍」，去聲。（同上眉注）

「稔色」，指崔。「他家」，生指自己也。言可意我，又怕別人知道，故瞧我只偷瞧也。何等妙。如云寃家，非特没理，與下文何相干。（【甜水令】眉批）

「難學」，言人難學大師之嘴臉也，下句是也。（【折桂令】眉批）

「喬林」，古作「林喬」。（同上尾注）

「日日那一覺」，「一覺」謂睡也，而卻爲窗外之鈴鐸攪醒，則其相思客况，益無聊之甚，故下文云云。解往來者誤，此是體量其日夜過不得之意。（【錦上花】眉批）

「獲」作「鑊」，豈亦鈴鐸之類耶。（同上眉批）

無心無情，指行者沙彌等。（【鴛鴦煞】眉批）

「葫蘆提」，是方言，猶越諺鹿糟兒。（同上眉批）

卷二 第一折

松江何孔目，首可此套，恐未必然。（【仙呂・八聲甘州】眉批）

情本長，柳絲本短；人本近，天涯本遠。今日事已無成，與張無會期，則是情反短於柳絲，人反遠於天涯也。此怨恨

之詞。(【混江龍】眉批)

「悶」，朱作「困」。(【油葫蘆】尾注「閑行又悶」句)

氣分(分去聲)，猶體面之謂。 地步，崖岸之謂。「折氣」，猶云「折口氣與他也」。「分」即名分之分。 女子爲人所移，是折倒名分也。「氣分」，北方有此語，非杜撰也。(【天下樂】「則怕女孩兒家折了氣分」眉批)

此即是不折氣分之證。(【那吒令】「我往常但見個客人」旁批)

此即是折氣分，而所以折氣分者，以下文云云然也。(同上「從見了那人，兜的便親」之旁批)

北方多雨，塵土如霧。(【六么序】「土雨紛紛」眉批)

「(堝)[撾]」，或作「窩」。(同上尾注「教俺那(堝)[撾]心裏」句)

亦六聲三韻。(同上【么】篇首三句眉批)

鋪序得有條理。(【元和令】眉批)

「不行從亂軍，」言不從軍，其害如此；倘然從軍，其辱如此。 此「不行從亂軍」，對下文「待從軍」二策俱不可，故尋死。(【後庭花】眉批)

有條理。(【柳葉兒】眉批)

「齠齔」，音條襯。(同上尾注)

「分」，音奮。「生分」，猶云出位，與上文「氣分」之「分」同。(【青哥兒】「都做了鶯鶯生分」之眉批)

條理。(同上旁批)

「下燕」，俗作「嚇蠻」，便淺了。 以李左車教韓信下燕事爲證，得之。

總好。（【正宮·端正好】眉批）

北人謂把握爲「搯」。（同上「烏龍尾鋼椽搯」眉批）

「煿」，音愽。「燂」，音談，原作「爁」，音覽，不叶。腌臢，音庵簪。（【滾綉球】尾注）

「憨」，愚也，音酣，言杜帥既勇又智也。（【滾綉球】「有勇波無憨」眉批）

「把幢幡」，「將桿杖」，及後「綉幡開」句，寺中原無兵器、桿杖；又「綉幡」，卻是有的，急時將此作戰代具，本有意味。俗改「桿杖」爲「桿棒」，「火」又爲「鑊」，又「綉幡」爲「綉旗」，殊失作者意。（【白鶴子】眉批）

「撞」，平聲，今作「踨」。（【一煞】尾注「將脚尖撞」句）

「忐忑」，見《三官經》。當「忑」字在上，押韻。（【耍孩兒】「忑忑忐忐打煞成」眉批）

「常居一」，猶言有我分也，非鄉語。「没掂三」，亦非鄉語，乃調侃語也。（同上眉批）

末二句難解，便做戲謔張生，亦不通，此際可戲謔耶？（【二煞】眉批）

「俺」字，押得巧。（【收尾】「遥見英雄俺」眉批）

第二折

此套總妙。（本折眉批）

賊兵掃盡，寺裏暢心，可以列仙靈而陳水陸道場也。（【中呂·粉蝶兒】眉批）

三句言寺裏敬心好做道場。（同上「舒心的列仙靈，……」旁批）

「淨」，舊作「盡」，「仙」作「山」，俱非。（同上尾注）

「受用足」四句，或指爲人生清福，乃艷福也，豈清福耶。（【醉春風】眉批）

「玳筵」，朱作「帶煙」。（同上「東閣玳筵開」句尾注）

一作「啓朱脣」，與「隔窗」句不叶。一作「啓蓬門」，是生唱，豈一大套俱是紅唱，而此句獨張唱耶？夫曰「蓬門」，乃張生謙詞，而紅可代謙耶？况寺裏豈得云蓬門耶？的是「啓朱扉」而紅唱穩。（【脱布衫】眉批）

今京師有鬧裝帶，凡帶必以骨鑲，故從角，俗改「鬧」爲「傲」者不通。（【小梁州】眉批。按原本以兩則眉批相連，本書分作二段。）

「鬧」，舊作「傲」，非。「鞓」，音汀。（同上尾注「白襴淨角帶鬧黄鞓」句）

「兄」，音興。（【上小樓】之【么】篇尾注「請老兄」句）

「文魔」，猶云書痴也。「欠酸丁」，乃調侃秀才話，即南諺云「欠氣」之謂。「酸溜」句，猶俗言「牙齒骨頭痛」也。「淘下」二句，乃嘲之之詞。倉米酸虀，秀才家受用。煠蔓青，所以作虀。當時呼秀才爲「酸虀瓮」，用「瓮」字有意，俗人不知，因「七八瓮」太多，改「瓮」爲碗，竟失作者之意。（【滿庭芳】眉批）

音要。（同上「欠」字旁注）

「文」，古作「神」。「欠」，如字，俗音要，非。「哎」，呼蓋反。「溜」，平聲。「蜇」，音哲。「煠」，音閘。「蔓」，音瞞。（同上尾注）

首句言其才學如此，二句言萬一親事無成，則因此而悞彼，總有才學，亦百無成矣。三句、四句，俱言無怪其然，恕之也，言人情大抵然也，雖草木亦然。解者引羅浮，迂矣。（【快活三】眉批）

四段整然，妙妙。上三段，言張生之如此；末一段，言已助成之如此，矜功也。「信行」、「志誠」，紅自述己德。「您今

夜」句，言今夜而證便知也。（【朝天子】眉批）

「俊」，勿斷。「行」，去聲。（同上尾注）

人死，方得「乾淨」，今「好煞」（按曲文作「好殺人無乾淨」）而猶不得「乾淨」，如業緣未盡，死而還「好」，甚言其「好」之至也。言纏綿之極，他解甚誤。（【四邊靜】眉批）

【耍孩兒】，人以爲大好，予亦然之，然能詞者大抵可辨。（【耍孩兒】眉批）

聘「定」之禮必用「紅」。「滅寇」、「舉將」二大功，婚姻即此可諧，勝似以紅定之也。（【三煞】眉批）

第三折

妙。（【雙調·五供養】眉批）

妙。（【新水令】眉批）

「没查没立」，猶云無準誠也，襯貼「謊」字之音。「僂科」，猶云小輩也。宋人謂干辦者曰「僂儸」，小説家多有之。（同上【幺】篇眉注）

「他」，音拖。「和」一作「賀」。（【喬木查】尾注「我相思爲他，他相思爲我」、「這酬和間理當酬和」句）

上枝末一句，是啓下枝首句。（同上曲后眉批）

心多爲此，妙妙。（【攪箏琶】首句眉批）

「波」，是襯語。「張羅」，猶云張列。（同上後半曲眉注）

「荆棘列」，皮破也。「死没藤」，不動也。「措支剌」，被刺也。「軟兀剌」，不安也。並方言。「兀剌」，胡語，是靴。（【雁

兒落】眉批）

「扢搭」，即打結。（【德（得）勝令】「因何扢搭的把雙眉鎖納合」眉注）

「無那」是無奈何。（【甜水令】「芳心無那」句眉注）

「俺這席面」句，言只是尋常會衆之席，見其非做親酒饌也。（同上眉批）

「烏合」，重易散意，初意合而不散也。（同上「俺這席面兒暢好烏合」句眉批）

「僂儸」，狡猾也。鶯鶯意謂夫人改悔親事，則己與張生决無俱生之理，送了人性命，則是忘恩悖德，當你是甚「僂儸」而可爲哉。（【折桂令】「斷復難活，斷送了人呵當甚僂儸」句眉批）

言凡此悶而厭酒，非真爲酒所苦，皆因我而然也。然酒可解愁，則又賴以醉，故曰「酒上心來略較可」耳。（按曲文無「略」字。）（【月上海棠】之【么】篇眉批）

好。（【喬牌兒】眉批）

好。（同上旁批）

背地裏許人結姻緣，是「黑閣落」之云；今日席上命拜兄妹，是「請將來」云云。（同上眉批）

天鵝群飛，有頭鵝領之，則其行次整然不亂，如失頭鵝，則亂矣。故以頭鵝比人家之有家長。今崔早喪其父，故使其雜亂無定向也，即婚姻大事亦冒冒如此，如「没頭鵝」然。「撇下」句，即父死，撇其女也。「下場頭」句，猶云日後且看他着落在何處也，見紅娘亦失望，與前請生【么】篇相照應。（【江兒水】眉批）

「也似」猶言「一般」也。「前程」猶言設果成親，則向前光景如錦片然，有無窮之妙，而今則蹬脱之矣。「也」字是助語。（【煞亭宴帶歇拍煞】眉批）

第四折

「他做了」三句，指昨日開宴時未命拜兄妹之前，猶是夫妻，故云云。「影裏」、「畫裏」又見其非真。（【越調·鬥鵪鶉】眉批）

「人間」、「玉容」，着「綉幃」「深鎖」，是怕人搬弄，此則有理矣。嫦娥在天上，裴航又未必作遊仙之夢，升騰以犯之也。天公何用怕其心動，而用月闌以圍嫦娥於廣寒之内，亦若人間之繡圍深鎖之耶？此所以怨天公也。蓋以受母拘禁而並爲嫦娥伸冤，此深得懷春之情也，俗本於則（此）以「喒」上添「這云」二字，卻不知是「月闌」，未常熟看賓白故也。（【小桃紅】眉批）

擬琴聲詞雖麗，卻不甚切，然亦不得不如此也。（【天淨沙】眉批）

鐘聲，猶鳴也，古人俱如此用字。（【調笑令】眉批）

此上未知是琴。（同上眉批）

「梵宮」，斷。「聲鐘」，俗作「撞鐘」，誤。（同上尾注「莫不是梵宮夜聲鐘」句）

此兼韓、蘇二詞。（【禿厮兒】眉批）

此知琴，而未識其意。（同上後半曲眉批）

「嬌鸞」句與「伯勞」句字字相對，俗本於「伯勞」上添「爭奈」二字，大大誤誤（大誤大誤）。（【聖藥王】眉批）

此得其情意矣。（同上眉批）

承上二句。（同上「嬌鸞雛鳳」旁批）

承上二句。（同上「伯勞飛燕各西東」旁批）

「耳聰」，堪聽意。（【麻郎兒】首句眉批）

「斷腸」，一作「傷心」。（同上尾注「斷腸悲痛」句）

上枝「嬌鸞」與「伯勞」二句，是琴中間隔意。「間隔」，即離別之謂也。此一弄「更長」、「衣寬」二句，是愁恨意，言琴前調是離別，而此調又變作愁恨一弄，故曰「別恨離情，變作一弄」，何等貫串。言一字字一聲聲，皆愁恨也。「更長」，捱不過夜也；「衣寬帶鬆」，病也，非愁恨而何？（【絡絲娘】眉批）

形容紅娘不做美妙。（【拙魯速】眉批）

「響喉嚨」二句，並形容紅之粗糙。下三句，言己恨其然而欲攔禁之、驅縱之，然又恐葬送於夫人也。結末二句，言萬不得已，則已當自爲之矣。即暗赴約之謂。不問娘，即不管娘也。「不應口」，即不信也。（【拙魯速】與【尾】眉批）

時下雖不决裂，到底不空，指親事也。（【尾】眉批）

卷三　第一折

犀角之根，有一點白，直通至尖，謂之駭鷄犀。古詞有「靈犀一點通」，極褻之詞也。如此用，卻亦免俗。（【仙呂・賞花時】「若得靈犀一點」句眉批）

杜韋娘之腰瘦，對潘郎之鬢絲；「不似舊時」，乃助語，過到「瘦腰肢」，不得添「一個」二字。下文六個「一個」，方是對。俗本「帶圍」上有「一個」二字。（【油葫蘆】眉批）

俗本「才子」上，有「方信道」三字。即有「信有之」，又贅以「方信道」，可笑。故删之。此一枝，絶妙之詞，而解者盡味。

蓋言常人彼此牽情，不過常態，而崔、張二人，一個如此，一個如彼，如上文云云，是其害相思，有些害得喬樣也。看來才子佳人，雖是害相思，亦與常人不同，故曰「信有之」。既又言或者有一種有情人，不遂心時，容亦有如此者，但說使是我遭着，決没許多喬樣，只一納頭準備憔悴死而已，是何等風趣。「抹媚」，方言喬樣也。「乖性兒」，亦即喬樣意，言：看來此等乖性，此等喬樣，惟才子佳人有之也。即使他人容或有之，然如我遭着，決没此喬樣做出來也。此入骨入髓之妙語，凡紅言崔、張，必將己插入，否則冷淡無味。此詞僅五十字，分作五段，有許多轉折情思，句法錯綜，而理則調貫，妙極！妙極！（【天下樂】眉批）

「嗤」，音參差之差，一字句。（【上馬嬌】尾注）

「挽弓」，折（拆）白「張」字也。「酸倈」，調侃秀才也。（【勝葫蘆】眉批）

「莫不我圖謀」至「金資」，是與張生相詈之辭，一口數去；若「受」字上着「非是我」三字，便懶散不成片段。（同上眉批）

「你看人」句，與「賣笑倚門」句，皆數落張生輕己之意。如「賣俏」句上着「又不比」三字，亦緩卻口氣。此所以貴古本之真也。（同上【么】篇眉批。按原文爲「看人似桃李春風墻外枝，賣笑倚門兒。」）

「雖是些」三字，意謂上文作簡、題詩，恭敬的意兒，雖是假小可人兒，亦難辨其真假也。俗改「辨」爲到，殊謬。（【後庭花】眉批。按原文作「雖是些假意兒小可的難辨此。」）

「在心」，是已作簡。「在心爲志」，是以作簡爲志，言其專心致志也。（【青歌兒】眉批）

人情然也。（【寄生草】眉批）

「因而」，方言怠緩也。「美玉」句，是言不敢韞櫝而藏，此帖不達，是紅娘調文袋、作謎語也。謔詞也，甚有趣。此下數句，俱申言此一句。（【煞尾】眉批）

第二折

妙。（【中吕·粉蝶兒】眉批）

妙。（【醉春風】眉批）

「曉妝殘」三句，以昨晚之妝已殘，而梳洗亂挽。起句是見書而罷也。「不害心煩」，言不以費心爲害也。「厭的」句，是見書不悦。「忽的」句，是想此事明與紅言耶，抑瞞紅耶！「氳日」句，畢竟自不認錯。（【普天樂】眉批）

妙，妙。（【快活三】眉批）

妙，妙。（【朝天子】眉批）

「人家」，即伊家、他家之謂。「問甚」，是管字意。言你執吝不成就，恐怕他家調犯不已，萬一夫人見些破綻，則必累及他張矣，而你我何安哉。苟有此事，皆你拿班做勢，以至此也。我之要你與他成就，省得他犯出此様，累及你我，豈是管張之危難耶？今你既不肯矣，卻叨叨在此問他甚病勢之危難也。「攛掇」二句，又言鶯不管張危難而弄他意，危難即上文所云病患。（【四邊静】眉批）

「我爲你」云云，是鑽鶯之心也。五句一氣讀下，亦是二意。（【小梁州】眉批）

「似此等」云云，亦是鑽鶯之心，中有爲鶯之忌己而怨之之意。言己只要成就此事完全，兩邊並不泄漏，不勞忌己也。「辰勾」，水星，其出雖有常度，見之甚難。盼佳期如等辰勾，以見無夜不候望也。「撮合山」，荷包上壓口，取以比己不泄漏意。（【小梁州】之【幺】篇眉批）

「喬」，舊作「嬌」。（紅上云：「……小姐，你性兒忒慣得喬了。……」之夾注）

「撰」，做弄之宜。（【石榴花】眉批）

「胡顔」，是及於亂也。（同上）

「暢好是乾」（按曲文爲「暢好乾」），言乾乾受這一番艾焙也。是上枝受鶯鶯一場摧殘折挫也。「艾焙」，艾火也，以譬喻受苦。（【鬥鵪鶉】眉批）

「焙」，音貝。「乾」，音干，一作「姦」。（同上曲後尾注）

「招伏」，猶供招。「伏」作「狀」字，誤。（【上小樓】眉批）

紅自己稱「娘」，詭詞。（同上「爭些兒把你娘拖犯」眉批）

「赸」，冷淡之義，言你我大家冷淡，再無指望矣。「訕」，怨謗也，言張生亦不得怨謗己，但丢手走散而已。（【幺】篇眉批）

「樓」，一作「臺」。「赸」，音盞，平聲。（同上曲後尾注）

「骨肉摧殘」，即鶯之執棍要打之意。「幫閑鑽懶」者，須手脚伶俐。「送暖偷寒」者，須口舌無忌。今紅娘慮小姐箠楚之嚴，故爲此説。拄拐，是撻之有所傷，可幫閑贊懶乎？縫脣，是制之不得，言可送暖偷寒乎？言傳送不已，其禍必至於此，其後不欲傳送，亦必至此，故「消息兒」以下，又有回心爲計之意。摸擬婦人之心軟，絶妙。（【滿庭芳】眉批）

「掿」，音鬧，又音糯，一作「搦」合，借叶，去聲。（同上尾注「手掿着檀棍摩挲看」句）

《輟耕録》載雜劇目，有《杜大伯猜詩謎》一題，但不見其有本耳。（生云「我是個猜詩謎的杜家」眉批）

「小自小」句，謂鶯鶯年紀雖小，卻揣摩不定，如「轉關」然。「三更棗」，六祖黄梅園傳佛事。（【耍孩兒】眉批）

「九里山」，韓淮陰徐州伏兵折楚事，以其瞞人也借用，故下文有「鬧中取靜」云云。（同上眉批）

「女字邊」，着「干」字，是「奸（姦）」字。所謂拆白道字也。末折有「肖字邊着個立人」，「木寸、馬户、尸巾」，同此。（同上

眉注）

「爲頭」，猶言打頭也，從頭也。言我且從頭看這倩女，卻怎生擲果與潘安比。紅言看他怎生瞞過己也。（【三煞】眉批）

「花階」，一作「墻花」。（【二煞】尾注「隔花階」句）

釋氏收成云證果。（【尾】「都胡侃證果」眉注）

第三折

妙。（【雙調・新水令】眉批）

是隔句對。（【駐馬聽】眉批）

妙。（同上眉批）

「真假」二字極難解，古本解亦未及此。愚意顔色既「閉月羞花」矣，如此其美而又獨留情於生，一時若假，而一時若真，猝難猜料，然未必不真也，因此惑人，故色性難按，一地胡拿耳。萬一拿着，亦未見得。（【攪箏琶】眉批）

「一弄兒」即一番之謂，下「淡雲籠月」，「似」字通貫一曲纔是。（紅云：「今夜一弄兒助你兩個成親也」及【喬牌兒】眉批）

俱以花草比鋪蓋、供帳，以雲月比燈籠。「下」是放下之下，即挂字意。（【喬牌兒】眉批）

「亞」，襯貼也。（【甜水令】「花枝低亞」眉注）

夾被奮發，言被窩中亦有春意也。古法，探春者剪爪，故曰「指頭消乏」，非褻詞也。後篇「不强如手勢指尖兒恁」，乃是褻詞也。準擬支撐了達，以快此大慾也。（【折桂令】眉批）

「疊」，一作「迭」。（同上尾注「打疊起」句）

兩言相協，故爲媒者無驚怕。（【錦上花】眉批）

妙。（【清江引】眉批）

「處分」，猶言打發也，發落也。木瓜，酸，嘲其爲措大也。（同上眉批）

「喬坐衙」，自據其聽而自大意，猶俗云「七石缸，門裏大」也。（【雁兒落】眉批）

「中長」，今作「衷腸」。「大」，唐乍反，與前折音墮不同。（同上尾注「説幾句中長話」、「誰想你色膽天來大」眉批）

如此蹤跡，可以入姦盗條律，故曰「做得個」。此北方常語，雜劇每用之。（【德勝令】首句眉批）

北人謂哄婦人爲「騙馬」。（同上「學騙馬」眉批）

《輟耕録》載雜劇目録有《杜大伯猜詩謎》一題，但不見其本耳。（紅扳過生云：「……得罪波杜家」眉批）

男人守寡。（【離亭宴帶歇拍煞】「寒窗更受十年寡」旁批）

「⿱人⿰亻亻拍」、「山障」、「録慘」（按曲文作「緑慘」），皆方言。「⿱人⿰亻亻拍」，不中節之謂，猶俗云不停當也。「山障」，隔絶之謂。「緑慘」，陰暗之謂，并是不濟事意。紅娘謂張生自稱猜詩云云，卻一件件都猜不着。（同上眉批）

妙，妙。（同上「……他待自己把張敞眉兒畫，……」旁批）

「古」，助語字，猶「沙」字、「波」字之類，但看合用亥用平耳。（同上「猶古自參不透風流調發」眉注）

嘲他。（同上旁批）

「你早則」二句，上句勸解鶯，下句勸解張。（同上末兩句眉批）

「⿱人⿰亻亻」，音祁，俗音欺，非。「學」，借叶，聲。（同上尾注）

第四折

二詞從「真假性兒難按」上來，議論、鋪序俱妙。（【越調・鬥鵪鶉】、【紫花兒序】眉批）

前詞説張，後詞説崔，與相國行祠，結構、敷演絶不相類，而序事則一也。（同上眉批）

妙。（【紫花兒序】眉批）

不管他。（同上「從今後教他一任」旁批）

就使秀才每宜犯此病，然不應於「乾相思」中如此着意也。（【調笑令】眉批）

自然好。（同上「功名早」旁批）

「撒呑」，猶言扯淡。六壬課有：「反唫伏唫，並不成事。」（同上後半曲眉批）

「唔」，他禁反。「撒呑」，古作「掇浸」。（同上尾注）

「撒沁」，北人謂不用心、怠慢也。（【小桃紅】「紅娘撒沁」眉注）

此詞因張生白中有「待和小生哩也波」一句，乃是不明説出而含胡言鶯鶯許己成就意，故紅疑其無處討真實佳音，而就此柬帖中行計，以套取之也。此即綿裏藏針之計也。「綿里針」，軟纏人也，猶言軟尖刀也。既又言得一個柬帖不過紙條耳，亦綿綿軟軟相纏不已如此，倘見得鶯鶯，怎當其軟綿哉。但不知鶯鶯打緊是個負心之人，未必柬帖中許你也。「禁」，當也。「厮禁」，猶言當不得你纏也。右一折，紅自謂參透張生姦滑，又量得鶯鶯爲人亦是忘恩之輩，而不知鶯之柬帖中實約之成就也。（【鬼三臺】眉批）

「不煞」，方言，猶云不怎麽也。「身卧着」云云，謔其寒寂，若鶯鶯真來，何以待之。（【秃厮兒】眉批）

紅娘因張讀詩，鶯鶯真意，恨昨夜之可惜，若肯成就，真是一刻千金，何必今日唫其詩也。（【聖藥王】眉批）

妙。此尚疑其未真。（同上「果若你有心，他有心」旁批）

「至如」以下，如云縱不脱解，和衣與鶯共卧，更要甚翠衾鸞枕也。卻勝如手勢之多也。「手勢指頭兒」（按曲文一般作「手執定指尖兒」），極褻之詞，意會可也。倘或成親，君瑞福蔭豈小小哉。手勢，今出《五代史·史肇弘傳》。（【東原樂】眉批）

小看。（同上「至如不脱解」旁批）

大妙語。（同上「和衣兒」旁批）

謔甚。（同上「不强如手勢指頭兒恁」旁批）

「心」字勿斷。（同上尾注「便遂殺人心如何肯賃」句）

「秋水無光」，原作「秋水無塵」，解者謂「塵」字非閉口字，以爲誤入真韻。不知古韻有轉用、通用二等出入寬甚，非誤也。唯中州韻乃嚴其禁耳。不必甚拘拘也。（【綿搭絮】眉批）

首四句不韻。（同上尾注）

古本注云：「滿頭花」，妝雜；「拖地錦」，裙長，掩足之不纖也，並婢子妝也。此亦太鑿。（同上【么】篇眉批）

懲前事戒之也。（【煞尾】「來時節肯不肯怎由他，見時節親不親盡在您。」之旁批）

卷四　第一折

「呆打孩」，北方語，言如呆子與孩兒打做一隊也。（【混江龍】眉批）

此張生怨己、怨人，到此欲罷不能了。（【油葫蘆】眉批）

「咍」，音海，平聲。（【上馬嬌】眉注）

此等，人以爲好。（【勝葫蘆】之【么】篇眉批）

俚俗，且凑插。（【後庭花】眉批）

更俚惡。（【柳葉兒】眉批）

惡俗。（【青歌兒】眉批）

「審問」以下，謂昨宵夢與會合，醒後成空。今疑其又如此，以此愁無奈，實然而喜。（【青歌兒】眉批）

「稔」，豐也，言豐其色也。（【寄生草】眉批）

五更別去，如云明夜乃黄昏矣。此見作者用心。（【煞尾】后半曲眉批）

第二折

妙。（【越調・鬥鵪鶉】眉批）

苦思慮者，心近咽喉，如欲嘔出。「巧語」二句，正道「夫人心數多，情性㑇」也，如云夫人能爲巧語云云。（同上眉批）

「將没」尚要「作有」，况實有的事，豈可欺乎？俗本「巧語」上添「使不着」三字，屬紅娘身上，非作者意也。（同上眉批）

妙甚。（【紫花兒序】眉批）

此巧語花言，將没作有之實。（同上首句旁批）

「鐃頭」二字絶妙。（同上眉批）

「出落」，猶言盡也，太也。越人俗言和扇也。（同上眉批）

紅擬夫人責己之語，逼真。「我便索與他知情的犯由」，供招也。（【金蕉葉】眉批）

供招。（同上末句旁批）

妙。（【調笑令】旁批）

紅怨己之失。（同上眉批）

二詞雖曰真情，卻亦將己插入。（同上眉批）

紅訴己無心犯法。（【鬼三臺】眉批）

妙。（同上眉批）

「宿」，音修。（【禿厮兒】「月餘一處宿」眉注）

「緣由」下，缺二字一句。（同上末句「何須你一一問緣由，○○。」之尾注）

妙。（【聖藥王】眉批）

勸當成親處，一句緊一句，詞意特妙。（【麻郎兒】眉批）

「參」居「酉」，「辰」居「卯」，兩不相見。（【絡絲娘】眉批）

罷。（同上末句旁批）

「怎凝眸」，即俗云看不得。「則見鞋底」句，是等情態，而能極其形容，又不涉於俚俗，此《西廂》所以有畫筆之工也。

北人謂相泥曰「㨹」。（【小桃紅】眉批）

「㨹」，音純，搓那之意。言搓那成就此親也。猶言曲處部署，是軍中將卒之管束義也。夫人托紅以管束，而今疏漏如此，是部署不周之干系。紅既爲之擔當矣，今請其成親，而生反恧縮不進，如白中云云，則是你倒「苗而不秀」者。「何須把

定通媒媾」，言只如此成就婚姻，亦自不妨，不必做定要先通媒妁也。（【么】篇眉批）

「首」，去聲。「撋」，音軟，平聲。「銀」，鈎作人。「蠟」，朱作「鑞」。（同上尾注）

「勾」，到手也。「要人消受」，言如此美貌，須如此妙人受用也。「要」字，作「用」字看。「人」字重，猶言非張生不可受用此等渾家也。（【東原樂】眉批）

第三折

「運運行」，不向前途去，倒走回也。馬逆行，則車自然不向前去矣，正利「快快隨」，始稱鶯鶯之心也。馬是生騎，故欲其遲；車是崔坐，故欲其快。「破題兒」，起頭也。如云昨夜成親，卻迴避了相思，又早別離相思纔起也。（【滚綉球】眉批）

「斜簽坐」，即簽坐不正。「死臨侵」，是方言，今南方亦有此語，即使臨枕也。枕字，「侵」字之語。「地」，語助，方言。（【脱布衫】眉批）

一大枝中，並是平鋪好語，卻無甚警語。（【小桃紅】之【么】篇眉批）

俗而俗。（【小上樓】之【么】篇「腿兒相壓」旁批）

「厮守得」二句，因夫人着生和長老坐，小姐這壁坐而言，亦怨詞也。便是一刻亦不欲相隔。（【滿庭芳】眉批）

「空留」，一作「風流」。（同上尾注）

「玉醅」，酒也，俗本作「玉杯」，與「白泠泠似水」句不應。玉質溫，故冬不凍，況別有一種暖玉。（【朝天子】眉批）

「醅」，音坏，鈎作杯。（同上尾注）

「落日」句，言晚景遮隔。（【四邊靜】眉批）

「先問歸期」，夫婦分別真切景句。（【耍孩兒】眉批）

「中」，古作「將」。「內」古作「已」。（同上尾注）

俗本改「應無計」爲「別無意」；改「各」爲「閣不住」，謬甚。鶯與生尚豈有「別無意」之話耶？「別無意」，成何語。「各淚眼」，言彼此皆淚，所以然者，正因留戀無計也。（【三煞】眉批）

河南言「大小」，猶言多少也。邵康節謂「程明道兄弟，大小聰明。」凡以大小作多少者，見他書儘有。「這大小車兒」，言眼前所見之車，能有多少，而載得許多離愁耶。（【收尾】眉批）

第四折

即太平本「端的有十餘載」之意。（「生引僕童騎馬上開」云之眉批）

與十五枝同，是好語，亦同無警句。（【雙調·新水令】前之眉批）

「打草」句，不必帖王魯事，只是狀疾忙意。（【喬木查】末句眉批）

北人耑用「較」字，作稍可之意，猶言比較將來稍可也，是歇後語。（【錦上花】「恰才較些」眉批）

舉盡日光景，故曰暮雨、曉風、今宵云云。（按曲文作「晚風」。）正見夢中恍惚尋覓也。這一段是旅景。（【清江引】眉批）

「你是爲人」句，說鶯鶯盡心處。下三句，足此句。（【快活三】眉批）

張生謂想那離愁消愁，雖對景興懷，猶爲可也。便就形單影隻，方團圓而忽分散，其何以堪，所以「尋思來又重傷嗟也。」（按曲文作「又甚」。）俱作別後說，不必以前四句爲追憶往事。（【甜水令】眉批）

「不羨驕奢」四句，乃張生代鶯之言，諒其意如此。（【折桂令】眉批）

「咫尺」，猶云近似，謂柳絲之長，牽惹之物，近似人情之牽惹也。（【鴛鴦煞】眉批）

「水聲」之「幽嗚咽」難扣，彷彿人聲之嗚咽也。是風人比真意。（同上眉批）

駱金鄉《與徐文長論草橋驚夢》一篇

金鄉子云：第一段如孤鴻別鶴，落寞悽愴；第二段如牛鬼蛇神，虛荒誕幻；第三段如夢蝶初回，晨鷄乍覺：不勝其驚怨悲愁也。

文長公複書云：向來尋常看過，今拈出「旅、夢、覺」三字，所謂鼓不桴不鳴，今而後當作一篇絶奇文字看矣。

卷五　第一折

當「悶」字爲句。昨日成親，是眼前之悶少離；今日別離是悶又有於心上也。（【商調・集賢賓】眉批）

「忘了依然還」（按曲文原作「忘了時依然還」），又句，總了得前四句。（同上眉批）

末二句是狀其多愁也：「舊愁」略無減，「新愁」日有增。「隱隱」，是微茫意未盡形容。（同上眉批）

「眼前」，勿斷。（同上尾注）

太倉大王，首可此折，亦未必盡然耶。此雖不及前四折，以後評之，當以此爲最。（【掛金索】眉批）

得書不以爲喜，而反添證候，誠重恩愛而薄功名也。（【金菊香】眉批）

似他人語。（同上末兩句眉批）

妥而溜亮，調亦堂堂。（【醋葫蘆】之【么】篇眉批）

崔誇己識人，故曰「晚妝樓可改做至公樓」矣。（同上眉批）

亦可。（【梧葉兒】眉批）

真率。（【醋葫蘆】眉批）

「掇」，古作「啜」。（【浪里來煞】尾注「臨行時掇賺我」句）

第二折

此后三枝，甚切事情。以后三枝，雖無甚警語，卻鋪叙真撲。化俗語爲雅調，則時時有之。前曲鬣情易動人，後題切事，其措詞更難於前也。世謂關漢卿續者，便甲乙次品之，予未敢信其品也。（開首「生上云」眉批）

「爆」，今作「報」。「淚」，古作「皿」。（【迎仙客】尾注「夜來燈爆時」、「既不沙怎生淚點兒封皮上漬」句）

「識」，音志。（【上小樓】尾注「當爲款識」句）

花字。（同上之【么】篇「若僉個押字」旁注）

圖書。（同上「使個令史」旁注）

「煞那」，朱作「盡了」。（【滿庭芳】尾注「想當初做時用煞那小心兒」句）

亦並通。（【白鶴子】眉批）

「玼」與「疵」同。（【四煞】尾注末句「無瑕玼」）

人品《西厢》後卷不及前卷，自是情盡才盡，何優劣論也。（【快活三】眉批）

語欠調妥。（【朝天子】眉批）

何等真率。（【耍孩兒】眉批）

此後三套，備數而已。（【四煞】眉批）

此等易爲。（【二煞】眉批）

第三折

紂，村蠢之意。（【紫花兒序】「枉紂了他惜玉憐香」句眉注）

卻不好。（同上「當日三才」句「三才」之旁批）

丫鬟硬調文袋。人情往往如此，反有趣。（【小桃紅】眉批）

湊插。（同上「火急修書」句「火急」之旁批）

此四句卻用得迂，非丫鬟語。（【金蕉葉】首句旁批）

「有信行」，俱說張生好處，添「俺家裏」三字，便非作者之意。（同上「有信行」句眉批）

太調文矣，一之已甚。（【禿廝兒】眉批）

塞句。（同上「他虀鹽日月不嫌貧」旁批）

「軀老」，雜劇往往用此，爲鄙賤人之語。（【絡絲娘】「腌軀老，死身分」眉注）

末二句拾殘敗之意，隱語嘲之：縱得了，是下風香、傅過粉也。（【收尾】「你則是韓壽下風頭的香，何郎左壁廂的粉。」之眉批）

第四折

「施心數」，設計較也，指擲恒也。（【德勝令】「早共晚施心數」句眉批）

此指行姤畜生也。（同上旁批）

湊。（【慶東原】末句「傷了人物」旁批）

「夫人」二句，時本作白。（【攪箏琶】「至如夫人誥敕，縣君名稱」眉注）

「夫婦」，古作「妻夫」。（同上尾注「不甫能得做夫婦」句）

此倒跌法，有意趣。（生云：「這一樁事都在紅娘身上，……」紅云：「我不合與你作成，你便看得我一般了也。」之眉批）

囊揣。（【折桂令】「俺姐姐更做道軟弱囊揣」之眉注）

舉將除賊，「當時題目」卻是「好意」。佳兒佳婦，「今生夫婦」，「正」足以「酬」之而無恨也。（【太平令】眉批）

三先生合評元本北西廂記（明崇禎間固陵孔氏彙錦堂刻本，明湯若士、李卓吾、徐文長合評）（总批）

卷一　第一折

第一套　《奇遇》（一作奇逢）

湯若士總評：鶯也，紅也，張也，都是積世情種子，故佛地乍逢，各各關情入火。若聰和尚，便是門外漢。

李卓吾總評：張生也不是個俗人，鑒賞家，鑒賞家。

徐文長總評：只鄭氏「叫小姐閑耍散心」一語，做出許多色、聲、香、味搯子來。

第二套　《假寓》

湯若士總評：老和尚智慧僧也，亦參不徹，跳不出小張圈套裏，卻被小張算定全局。

李卓吾總評：無端一見，瞥爾生情，便打下許多預先賬，卻是可笑。秀才們窮饞餓想，種種如是，到底也做得上，只是「有志者，事竟成」也。

徐文長總評：假寓蕭寺，乃張生無聊極思（一作一段痴情）。及見紅娘，不覺驚喜，遽而涉謔，法本不解此情，便鑿鑿認真。既而要紅娘私語，亦是無聊情緒，不能已已，猶冀（一作亦是痴情，至於無可奈何，指望）紅娘見憐，反遭搶白，而此心終不灰冷(終不灰冷一作愈不能已)，張生因是情癡(一作情种)。

第三套 《酬韻》(一作聯吟)

湯若士總評：張生癡絶，鶯娘媚絶，紅娘慧絶，全憑著王生巧絶之舌，描摹幾絶。

李卓吾總評：非但能言人不可得，正索解人，亦不可得。

徐文長總評：崔家情思，不減張家。張則隨地撒潑，崔獨付之長歎(一作吁)者。純是女孩(一作此女孩家)嬌羞態，不似秀才們老面皮也，情則一般深種。

第四套 《鬧齋》(一作鬧會)

湯若士總評：中篝之醜，十有八九從佛境僧房做來。良繇佛法慈悲，以方便爲第一善事也，故呵護最靈。今欲清閨閣之風，須先塞此徑竇。

李卓吾總評：做好事的看樣。

徐文長總評：且看糶的糶，糴的糴，大是熱鬧。單則夫人、法本被「老」字板殺，不作此態，卻也曾打從這熱鬧場裏走過(一作過來)。

卷二 第二折

第一套 《解圍》

湯若士總評：兩下只一味寡思，到此便没有趣味。突忽地孫彪出頭一攪，惠明當場一轟，便助崔張幾十分情興。

李卓吾總評：描寫惠明處，令人色壯。

徐文長總評：杜將軍、惠和尚都是護法善神，飛虎將亦是越客猛虎。

第二套 《初筵》

湯若士總評：先將《請宴》一齣虛描宴中情事，後出「停婚」只消盡描（一作盡摹）乍驚乍喜（一作乍喜乍驚）之狀。有此齣，後齣便省卻多少支離。此詞家安頓之法，不可不知。

李卓吾總評：此齣曲如家常茶飯，不作意、不經心，信手拈來，無句不妙，所以爲「化」。

徐文長總評：諸人以爲佳，吾從衆。

第三套 《停婚》

湯若士總評：此齣夫人不變一卦，締婚後趣味渾如嚼蠟，安能譜出許多佳況哉？故知文章不變不奇，不宕不逸。

李卓吾總評：我欲贊一辭不得。

徐文長總評：讀此乍喜乍怨之詞，如和風甘雨、淒風苦雨，忽忽從山窗相繼而至。

第四套 《琴挑》

湯若士總評：一曲瑶琴，一聲「回去」，愁慘慘牽動崔娘百種情窩，若無好姐姐樹此奇勳，幾乎埋怨殺老娘狠毒。

李卓吾總評：無處不似畫，無處不如畫（一作無語不入化）。

徐文長總評：這琴定是神物，不然那得感動人心乃爾！

卷三　第三折

第一套　《傳書》

湯若士總評：紅娘委是大座主，張生合該稱紅娘爲老老師，自稱小門生。恐今之稱老師稱門生者，未必如紅娘拳拳（一作惓惓）接引，白白無私也。

李卓吾總評：曲白妙處，盡在紅口中摹索兩家，兩家反不有實際，神矣！

徐文長總評：讀「靈犀一點」，紅是大國手；讀「剪草除根」，紅是公直人；讀「賣弄家私」，紅是清廉使客；讀「可憐見小子」，又是慈悲教主；讀「忒聰明」數語，又是鑒賞家；讀「偷香手」數語，又是道學先生。總之是維摩、天女，隨地説法，隨處懲（一作證）心。今而後，余不敢以侍兒身目紅娘矣。

第二套　《窺簡》

湯若士總評：崔家娘風流蘊藉，至誠種參透了一緘詩謎。張解元狂魔癡潑，可喜娘賺得來半户花魂。哎，若不是撮合山受些摧殘言語，則這道會親符險些兒人散酒闌。

李卓吾總評：吴道子、顧虎頭只畫得有形象的，至如相思情狀，無形無象，《西廂記》畫來的的逼真，躍躍欲有，吴道子、顧虎頭又退數十舍矣。千古來第一神物！

徐文長總評：痛喝熱罵，美言甜語（一作美語甜言），都是皮裏陽秋，藥中甘草。

第三套《踰牆》

湯若士總評：看這慉秀才做事，俾我黯然悶殺，恨不得將紅娘充作張生，把嬌滴滴的香美娘「圪紮幫便倒地」也。

李卓吾總評：此事即便成合，則崔張是一幫（一作一對）淫亂之人，非佳人才子矣。有此一阻，寫出張生怯狀，崔子嬌態，千古如生。何物文人，技至此乎！

徐文長總評：須看張之熱，崔之媚，紅之冷。熱令人豪，媚令人憐，冷令人達。

第四套《問病》

湯若士總評：紅娘的是個精細人，只因昨夜虛套，賺煞窮神，故今日當場，並不敢下一實信語。

李卓吾總評：妙在白中述鶯語。

徐文長總評：張生受過，多許（一作許多）摧挫，只是一味癡癡顛顛，到底也被他括上了。故知没頭情事，越是癡人，越做得出來。

卷四　第四折

第一套《佳期》

湯若士總評：讀至崔娘入來，張生捱坐，我亦狂喜雀躍。諒風酸漢霍然奇暢，不必索之枯魚之肆。

李卓吾總評：極盡驚喜之狀。

徐文長總評：疑真疑假，憂思描摹入聖；乍驚乍喜，情詩刻畫傷雅。

第二套 《巧辯》

湯若士總評：清白家風，都是這乞婆弄壞，更説那個「辱没家譜」！恨不撲殺老狐。

李卓吾總評：好事多磨。

徐文長總評：當時那得此俊婢，我生不復見此俊婢！

第三套 《送别》

湯若士總評：丈夫面目，兒女肝腸，描摹不漏針芥，自是神手。

李卓吾總評：盡情描寫，故描寫盡情。

徐文長總評：樂盡則悲，萬事皆然。

第四套 《驚夢》

湯若士總評：天下事原是夢，《會真》叙事固奇，實甫既傳其奇，而以夢結之，甚當。漢卿紐於俗套，必欲以「榮歸」爲美，續成一套，其才華雖不及實甫，猶有可觀；闕後複有人拾「鄭恒求配」處，插入五曲，如乞兒癰疽，臭不可言。惜乎漢卿，欲附驥尾，反坐續貂，冤哉！

李卓吾總評：文章至此，更無文矣！

徐文長總評：駱金卿云：「第一段如孤鴻別鶴，落寞悽愴；第二段如牛鬼蛇神，虚荒誕幻；第三段如春蝶初回，晨雞乍覺，不勝其驚怨悲愁也。」余向來尋常看過，今拈出「旅、夢、覺」三字，所謂「鼓不桴不鳴」，人（一作今）而後當作一篇奇絶文章看矣。

卷五　第五折

第一套　《捷報》

湯若士總評：愁怨動人。

李卓吾總評：寄物都是寄人去。

徐文長總評：太倉大王，首可此套。此雖不及前四折，以後當以此套爲最。

第二套　《緘愁》

湯若士總評：極力摹畫處，不乏人工，終傷天巧。此關所以不如王也。

李卓吾總評：見物都是見人來。

徐文長總評：前套因物達誠之意，與此套睹物懷人之思，鬬合不差，是極得「相思」二字深旨而摹之者。

第三套　《永配》

湯若士總評：險些兒「嬌滴滴玉人」去也，又虧殺白馬將軍來也。

李卓吾總評：紅娘爲何如此護著張生？怪不得鄭恒心疑（一作疑心）。

徐文長總評：鄭恒是個勢利中刻薄人。

第四套《榮歸》

湯若士總評：鶯原屬鄭，獨不思張乃得之孫飛虎之手，非得之鄭恒也。若非杜將軍來救，鶯定爲孫飛虎渾家矣。鄭恒去向孫飛虎討老婆，少不得也是一個死。

李卓吾總評：不得鄭恒來一攪，反覺得没興趣。

徐文長總評：作《西厢》者，置鄭恒於死地，毋乃太毒。我謂：說謊學是非的，不死要他何用。

西厢記(《南北詞廣韻選》本,明徐復祚評語)全録

說明:

《南北詞廣韻選》的選曲有眉批或眉注,偶有小字單行夾批或夾註。選曲後有批語。

原本不標出第幾本第幾折,編者在標題中補加,以便讀者查閱。

徐複祚《南北詞廣韻選》的《西厢記》評語,按照韻語的次序排列,本書則按照《西厢記》各折的次序排列抄録。

第一本第一折 佛殿奇逢

【仙吕】【點絳唇】套(原文略)(第四帙卷十先天)

「雪浪」四句,應作二句讀。(【油葫蘆】眉批)

「高源」,坊本作「淵泉」。(【天下樂】「高源雲外懸」眉批)

「顛不剌」,一云美玉,一云美寶,一又云美人名,未知孰是。「不刺」二字,北人説話多帶,用作語助辭。(【元和令】眉批)

去一「行」字,雅俗自别。(【柳葉兒】眉批)

此折爲《西厢》首倡,如衣裳之有要領,時文之有破題,策表之有冒頭也。故篇中處處埋伏後十五折情節,如「粉牆」句便爲跳牆張本,「透骨髓」句便爲問病送方張本。總之,從「正撞著五百年風流業冤」生出來,故此一句爲本折片言居要句,

亦通本之喫緊句也。「寥天之一」，不知從何處生出來，謂之頂門一針可，謂之單槍直入亦可，謂之開口見咽亦可。佛家所謂方丈室供諸天寶相，諸天寶相不多，方丈不小，此文章家極妙法門，而覽者不賞。至坊本概評之曰「淒語」，至「鐵石」句亦作此評，不知「秋波一轉」下，捨此句更當如何承起？所謂求解人不可得也。

若論通折，首四闋豪邁之極，而「雪浪」二句，「滋洛陽」二句，尤極瑰瑋。【元和令】以下，描寫容姿，千古以下，宛宛鶯在目；而「儘人調戲」三句，宜嗔宜喜；「未語人前」句，「半晌却纔言」句，「解舞腰肢」四句，尤登神品；【後庭花】以下，「眼角留情」、「脚踪傳心」、「神仙歸洞天」三語，「東風搖曳」，「臨去秋波」等句，至矣哉，其情景之悉合也，其趣之橫溢而不可遏也。昔人見弱柳依風，便思張緒、玄度，余每讀此記，亦輒思實甫當年風流，當亦不減。

王弇州於此折知賞「雪浪」、「滋洛陽」、「東風搖曳」數語，終是得其皮毛。

弇州此道實有未解，觀其論務頭數語可見（上句末之紅筆小字夾批）。

第一本第二折　僧房假寓

【北中呂】【粉蝶兒】套（原文略）（第一帙卷二江陽）

【脱布衫】【小梁州】二調在【正宮】。（【脱布衫】眉批）

連下三眼字而不覺其複，奇之。（【小梁州】「鶻伶睩老不尋常，偷睛望，眼挫裏抹張郎」旁批）

此又入【中呂】。（【本宮・快活三】眉批）

【耍孩兒】惟【般涉調】有，他調俱轉人，須另起腔。（【般涉・耍孩兒】眉注）

撇、拾二字如畫。（【二煞】「你撇下半天風韻，我拾得萬種思量」眉批）

此闋多用措謔渾語，捏合入腔，處處精神，言言本色，非大手筆不能作，亦非俗眼所能賞。至於【哨遍】末三句，與【二煞】、【一煞】末二句，排偶藻麗極矣，然是注情語耳，若夫「臨去」、「回頭」與「乍相逢」三語，非有萬斛才情不能爲，自是絕代之語。後縱不乏作者，誰能模寫至是？

第一本第三折　牆角聯吟

【北越調】【鬥鵪鶉】套（原文略）（第六帙卷十五庚青）

「沒揣」，猶云不意中。（【紫花兒序】「沒揣的見俺可憎」眉注）

【鬥鵪鶉】首句該用韻，「塵」字非韻。

語景，則「玉宇無塵」四句，「夜深香靄」二句，「撲刺刺」三句，「碧澄澄」二句，又「拙魯速」一闋。語致，則「風過處」三句，「遮遮掩掩穿芳徑」二句，「拜罷也」二句。語態，則「臉兒上撲堆著可憎」二句。語情，則「香煙人氣」二句；俱精絕。「蒼苔露冷」，頗稱淒切。「相思再整」，亦有照應。「酬和天明」、「繾綣貪羨」，三複更奇。

「怨不能」闋，淒涼時想快樂境界，人情類然。

第一本第四折　齋壇鬧會

【北雙調】【新水令】套（原文略）（第四帙卷十一蕭豪）

「梅香」三（字）［句］，止該八字，多四字。（【沉醉東風】「只願得梅香休劣、夫人休焦、犬兒休惡」眉注）

「睡著」下少四字一句。（【錦上花】「比及睡著」眉注）

「猜」字下少三字一句；「敲」字下少三字一句。（【碧玉簫】「情思你猜著，暢懊惱，響擋擋雲板敲」眉批）

詞曲中唯詼諧語最難入，唯實甫處處以詼諧語解紛，真口吐鳳而筆生花。此折如【喬牌兒】等三闋，無中生有，讀其詞而追想當日光景，不堪令人絕倒乎？至於首闋「香煙」二句，次闋「法鼓」四句，對既精工，詞復雄陡，「暗中禱告」之挑剔，「鶯囀喬林」之模寫，「怕人知道」之揣摩，神來矣，神來矣，伎至是乎！

第二本第一折　白馬解圍

【仙呂】【八聲甘州】套（原文略）（第三帙卷七真文）

首句六字三韻，但與本調欠合。（【六麼序・麼】「那廝每風聞胡雲」眉批）

「一䁖裏」，坊本作「便待要」，非。（同上「一䁖裏博望燒屯」眉注）

「主分」，坊本作「生忿」，不明。一作「生分」，音奮，亦欠明，從古改。（【青哥兒】「母親且與我鶯鶯主分」眉注）

徐文長欲改「嚇蠻」爲「下燕」，甚佳。（【賺尾煞】「果若有出師的表文嚇蠻的書信」眉批）

世傳太白醉書嚇蠻書。（同上夾注）

雲間何孔目元朗首賞此折，謂是《西廂》之冠。徐文長不謂爲然。然通篇入得閒冷，接得緊峭，敘得完整。首二闋如初花媚日，弱柳梳風，自有一種依約態度。而「系春心」四句，秀異之色，侵人眉宇。「翠被」下歷歷寫出心事，糊塗不糊塗，明白不明白。［六麼序］以下，敘事中忽入議論，議論中又忽入敘事，自設自難，且迷且悟，亦信亦疑，層見疊出，宛如互答章法，從白傅《琵琶引》中來。雖未必冠十六折，然亦未易是關君所能仿佛也。

「風飄」句，成語也，而先之以「落紅成陣」；第十三折中「月明如水」，成句也，而先之以「彩雲何在」。益見此老錘爐之工。

關漢卿補第十九齣（眉注《鄭恒求配》），亦是本韻，然多引措大語，意淺詞俚，幾於罵坐，無甚可采，實開後人鄙俗門户，宜爲金在衡、顧玄緯所棄去也。

玄緯又云：記、尾二篇，多不雅馴，覺犁牛群虎，武夫混玉，偷韓壽下風頭香，何郎右壁廂粉，不妨排調之妙。

第二本第二折　白馬解圍

【正宫】【端正好】套（原文略）（第六帙卷十八閉口韻　監鹹）

「燂」，音淡。（【滚繡球】「煿煎燂」句眉注）

惠明此氣概，堪與戰鉅鹿之西楚王，撞鴻門之樊將軍而三之。實甫此文，亦比爲鉅鹿、鴻門二段《史記》之續。其勇往直前之氣，直令河可馮，虎可暴，千載而下，讀之凛凛有生氣。且通篇以險韻成文，無一不妥。其構詞也，不襲前喆一語、往藉一字，純以本色獨運，真奇觀也！嘗疑實甫風流蘊藉士，能爲軟語，當必不能爲壯語，讀此，豈不令人心折？安得銅將軍鐵綽板，奏之酒酣耳熱之際，一鼓我衰颯之氣，而舒我塊磊不平之憤也。

【白鶴子】内「壯行者」句，極是佳謔。【耍孩兒・一煞】内，末三句甚難解，蓋因坊本以「你休將」三字，訛作「我將你」，遂至不通，今從古本。

此詞前後俱元詞，置之中間，可謂前慚實甫，後愧君寶、仲名。（同卷《紅蕖記》選曲後之批語）

第二本第三折　紅娘請宴

【中吕】【粉蝶兒】套（原文略）（第六帙卷十五庚青）

「温」字元不用韻，非借押。（【醉春風】「薄衾單枕有人温」眉注）

【脱布衫】【小梁州】二調在【正宮】。（【脱布衫】眉注）

「令」字下，少四字一句。（【上小樓】「將軍嚴令」眉注）

「鄰」字不用韻。（【上小樓·么】「不會親鄰」眉注）

「避衆僧」句該四字。（曲末小字批註）

何曾，一作可曾，佳。（【四邊靜】「何曾慣經」眉批）

「順」字不用韻。（【二煞】「心下十分順」眉批）

此折極好生發。夫人欲悔盟，不直教人去辭，或贈以金帛，乃請來赴宴，癡心男子，豈不喜出望外！故篇中極力摹寫，如「寶鼎香濃」三句，【四邊靜】闋，【耍孩兒】四闋，言今日之歡慶，正爲下文觖望張本。處處科諢，言言俊雅，【上小樓】闋詼諧極矣。「來回」闋，分明寫出一傻角兒顧影自好情狀。「今曉歡慶」闋，周德清云：「務頭在第二句及尾。」「可曾」，俊語也，落句亦收得住。此下有生白數語，亦極可觀。

「勿得推稱」，與後「莫須推託」，稍重複。

第二本第四折　夫人停婚

【雙調兒】【五供養】套（原文略）（第五帙卷十二歌戈）

「謔」，吁嫁切。（【慶宣和】「謔得我」眉注）

「扢搊搊」，一作骨篘篘。（【得勝令】「扢搊搊」眉注）

「黑閣落」，猶口地無人處。（【喬牌兒】「黑閣落甜話兒將人和」眉注）

此折俱用襯墊虛詞作結構，點綴提掇，靈通圓妙。如「兩下裏相思都較可」，則以「從今後」三字領之。斯時意興匆匆，自謂婚姻萬無一失，不意做妹妹哥哥也，故以「誰承望」三字領之。姻緣既無望，則相思當再起，故以「而今久後」四字點醒，而以「恰才個笑呵呵，都做了淚痕多」結之，仍用「從今後」三字喚起相思模樣，處處著力，處處針線，正如天馬行空，神龍戲海，無從而睹其蹤跡也。若夫【碧紗窗】一曲，描寫嬌養喬態，「粉頸低垂」及「眼倦開」，曲罊幽情。「門兒外」句俏極飄舉，「玉容寂莫（寞）」二句，偏工麗對，尤一篇之警策。

第二本第五折　鶯鶯聽琴

【北越調】【鬥鵪鶉】套（原文略）（第一帙卷一東鐘）

只四句興起便入題，佳。（【鬥鵪鶉】首四句旁批）

此二段虛擬。（【天淨沙】「莫不是步搖」旁批）

此段實擬。（【禿廝兒】「其聲壯似鐵騎」旁批）

唱，魚容切，口口。（同上「小窗中隅隅」眉注）

六字三韻。（【麻郎兒・么】「本宮始終不同」眉注）

鶴，局各切，杭入聲。（同上「黃鶴醉翁」句眉注）

首章及三章後半首，情真而語俊，雖使温、韋學創，美成、少遊潤色，未必能過。［天淨沙］以下，「鐵馬」、「疏竹」、「落花」等，俱佳句。【聖藥王】結句妙絶。【麻郎兒】以下，情極婉篤。

「翠袖殷勤」句，晏叔厚（原）詞。「翠」字作「彩」字。「兒女」句，子瞻《聽琴》詩。

【錦搭絮】中，「虛窗」，今本作「疏簾」，「燈紅」作「燈清」，「幾棍」作「幾掍」，「梳櫳」作「疏櫨」，並非。況清、櫨旁出庚青韻，於東冬不叶，悉從古本改正。

第三本第一折　錦字傳情

【北仙呂】【點絳唇】套（原文略）（第二帙卷三支思）

五瘟使，一本作氤氳使，非。（【元和令】「散相思五瘟使」眉批）

爾，坊本作你，非韻。（同上「使紅娘來探爾」眉批）

嚴儀卿論詩云：「須是本色，須是當行。」詞曲亦然。故涵虛子有所謂「宗匠體」。「紙窗濕破」一闋，相思情事景況，無所不有，可稱當行極矣。「金釵門扇」闋，讀之令人神飛魂絶，【上馬嬌】以下，語語滑稽。至於「隻身獨自」、「昨夜彈琴」二語，縱令淳於鼓吻，東方摇舌，未便到此。

「憔悴」一闋，佳致在小對，得力在結語。「筆下」、「弦上」二語若犯重。

第三本第二折　妝台窺簡

【北中吕】【粉蝶兒】套（原文略）（第三帙卷八寒山）

「忽的」句，自想此事，明言之邪，抑瞞卻也。「氳的」句，畢竟自不認錯。（【普天樂】眉批）

王實甫常以【正宮】內【脱布衫】【小梁州】入【中吕】。（【脱布衫】眉批）

《辰勾月》是院本傳奇，元人吴昌齡撰，托陳世英感月精事，舊解謬。（【小梁州・幺】眉批）

「嫚」，坊本作「賺」、作「撰」，俱非。（【石榴花】「險被先生嫚」眉批）。

起冷淡意。（【上小樓・幺】眉批）

「著泛」，坊本作「定犯」，欠明。（【滿庭芳】「消息兒踏著泛」眉批）

此折首三闋寫困鬱之狀，宛然春愁模樣。【快活三】以下，正是深閨兒女子媟褻之詞。【上小樓】以下三闋，謔浪甚妙。【耍孩兒】五闋，駢言偶語，雜以訕笑，正自斐然。「日高猶自不明眸」五句，又「出幾點風流汗」，又【小梁州】一闋，非詞家之俊語乎？又「你不慣誰曾慣」，又「你的招伏」三句，又「拄拐」、「合唇」二句，又「牆高」、「花密」二句，非滑稽之妙境乎？又「二緘」、「滿紙」二句，非詩家之麗對乎？始極言傳書之危苦，好事之難諧，令人觖望無措，然後示以答柬，而輕輕以「幾曾見寄書的瞞著魚雁」一句承之，不疾不徐，似喜似愕，文章至此，真有化工在手之妙。斲輪削堊。胡能喻此？

第三本第三折　乘夜逾牆

【雙調】【新水令】套（原文略）（第五帙卷十三家麻）

此折妙在放。首三闋以綴景婉麗爲工。【駐馬聽】闋尤爲佳勝，其前四句與賀方回詞不妨並傳。而「不近喧嘩」與「自然幽雅」八字，尤爲賀詞襯起，妙不可言。至於一闋中，曰楊柳，曰牡丹，曰荼蘼，曰苔徑，使他人爲之，不勝堆垛矣。此老不覺，是化工也，非畫筆也。【沈醉東風】闋，可謂景中人、人中景，「摟得慌」三句，情趣盈溢。【喬牌兒】「紅紙緑莎茵」，兩喻俱工。「性兒温存」四句，幫襯語入個中三昧矣。【錦上花】一闋，嬉笑怒駡，儘是文章乎？【清江引】「香美娘」是排兒名；「花木瓜」，木瓜之花者，看得喫不得也。即如諺所謂描金石炮，好看而無所用。【雁兒落】闋，一面責備，一面出脱；

「文學海樣深」五字，暗暗聳動鶯鶯。總之，爲生解圍。餘戲謂極善説分上者也。「騙馬」，或謂北人以哄女人爲騙馬，未知是否？「精皮膚」句，妙謔。文勢至此，情詞兩竭矣。而【離亭煞】「再休題」二句，陡健突起，真有萬鈞力。且句句就生語番出。「猜詩謎」句，是呼生之詞；因生以杜家自命，故以杜家謔之。𠆤拍下一連十四句，一句緊一句，氣味沉雄，絶類魏武樂府。

第三本第四折　倩紅問病

【越調】【鬥鵪鶉】套（原文略）（第六帙卷十七閉口韻，侵尋）

「啉」，唔唔切。「唔」，他口切。（【鬼三台】「足下其實啉休妝唔笑」眉注）

「管教恁」下，少前「體態温柔」七字一句。（【綿搭絮·么】「管教恁」眉注）

崔家紅娘，原非盧家赤腳，嘴尖舌快，頭頂上安眼。張先生不合與他賃鋪蓋，撥動他嘲謔念頭。既曰：「布衾瑶琴」，又曰「鴛央（鴦）翡翠」，已足相形矣，而猶未也。至「凍得來戰戰鷩鷩」，又不解脱「和衣兒更怕甚」，窮措大寒酸景象，被他一口説盡。

【調笑令】末句，星家以年頭爲伏吟，對宮爲返吟，云：返吟伏吟，涕淚淫淫，干相思，好撒唔，古本作「撒哏」，猶言使狠也。「干」字還該作「乾」。【鬼三台】内「啉」訓貪。或云開口爲啉，欠通。唔，訓「撒」，「休妝（裝）唔」，猶云勿決撒也。「得了個紙條兒當做回文錦」，下五字坊本作「恁般綿裹針」，不若古本佳，獨犯首闋第二句，姑兩存之。【綿搭絮】，坊本作「眉黛遠山鋪翠，眼横秋水無塵」，「塵」字出韻，從古本訂正。

第四本第一折　月下佳期

【北仙吕】【點絳唇】套（原文略）（第三帙卷六皆來）

按譜，「勿憚改」上少三字一句。（【油葫蘆】「人有過必自責勿憚改」眉批）

「子建才」下少三字三句。（【村裏迓鼓】「子建般才」眉批）

「禁害」下少三字一句。（【上馬嬌】「把人禁害」眉批）

此折多峭筆，多俊調，而其精采焕發，處處似片霞散錦，勺水興波。至於見成語信口吐出，輕描淡抹，靡不入神，真詞場中射雕手也。【那吒令】一闋，描寫密約時揣摩沉吟情事，無一語不入骨。而「數著腳步兒行」，尤爲奇絶。他如「彩雲何在」六句，景語之極佳者。又「身心一片」二句，又「兜的上心來」，又「夫人行料應難離揣」（按所引曲文作「夫人行料應難離側」），又「可憐見爲人在客」，又「羞答答不肯把頭抬，」又「怎的不回過臉兒來」，又「半推半就，又驚又愛，不知喜從何處來」，又「只疑是昨夜夢中來，愁無奈」，又「乍時」三句，又「下香階」三句，又結句，俱情語之極佳者。點綴呼應，亂墜天花，令人不暇應接，直亦令人無能名狀其神駿。

第四本第二折　堂前巧辯

【越調】【鬥鵪鶉】套（原文略）（第六帙卷十六尤侯）

每讀《西厢》至此出（原文如此），未嘗不爲生、鶯兩人危之，謂此事定決撒了矣。及讀至「夜坐時」闋，不覺頤爲之解。「先行」、「落後」兩語，是姦情事極佳招狀。【秃厮兒】二闋，斬截痛快。「文章魁首」，著其才使之相匹，利誘之也。「世有便休」，追其恩誼之當報，理諭之也。「參辰卯酉」，見事勢決當遂成之，勢禁之也。至「到底干連自己骨肉」句，則不能不竦然動容，剔然改慮，而爲之心折矣。譚言微中。可以解紛，信然歟？「月明纔上」闋，文勢如決溜，是埋冤（怨），是調戲。至「那其間」句，詼諧極矣。【調笑令】中「窗兒外」二句，亦極盡當時景況。而首闋純用常語入腔，殊覺斐然。

第四本第三折　長亭送别

【北正宫】【端正好】套（原文略）（第二帙卷四齊微）

【上小樓】以下至【四邊静】，俱【中吕】調。【耍孩兒】又【般涉調】。（【中吕】【上小樓】「合歡未已」眉批）

「日」字口。（同上「這幾日相思深」夾批）

别離，離字句，情字屬下。（同上「却元來比别離」句眉注）

「（却原來）比别離」，切不可作七字讀。（同上夾批）

杯，一作醅。（【朝天子】「暖溶溶玉杯」眉注）

意，一作計，佳。（【三煞】「别離意」眉批）

大字下略讀。（【煞尾】「大小車兒」眉批）

實甫《西厢》十六折，無一折不精工。而此折尤瑰瑋精特，麗彩逼人。前二闋以賦體作詞曲，中九首用論體，【耍孩兒】以下，複用賦體。平平實實，奇奇峭峭，泛覽一過，毛髮俱開。如「曉來誰染」二句，「下西風」二句，又「落日横翠」，又「青山隔送行」五句，又「四圍山色」二句，俱景語之極佳者。如「一聲去也」四句，「柳絲長」五句，「長吁氣」二句，「合歡未已」一闋，又「須臾對面」二句，又【快活三】一闋，又「未登程先問歸期」，又【五煞】、【三煞】，又「異鄉花草」二句，俱情語極佳者。

如「蝸角」三句，「眼中流血」二句，「來時甚急」二句，「量這些大」二句，俱俊語之極佳者。奇絶處如登泰嶽觀日出，光芒射目；又如登峨眉觀積雪，門壁摩崖，插天而上，而靈光照澈，砭人肺拊（腑）。如此伎倆，那得不千古！

「年少呵」一闋，徐文長批云：「俗而俗」。是真癡人前説夢。此何等事，何等時，而講道學乎！或曰文長能爲《四聲猿》，乃不能賞此闋，何也？余笑曰：文長之《四聲猿》，劉孔昭之《六合賦》也。有《四聲猿》，便當不識王實甫矣。雖然，坊間所刻文長《西廂》，實是贋筆，乃闐關内書肆中老學究專以批抹搏酒食者所爲，奈何冤我文長也。

第四本第四折　草橋驚夢

【北雙調】【新水令】套（原文略）（第五帙卷十四車遮）

趄，千口切，音且，去聲，身斜也。（【步步嬌】「欹珊枕把身軀趄」眉注）

磨，入聲。（【攪箏琶】「經這般磨滅」眉注）

掉，徒口切，音口。（【錦上花】「掉不下的思量」眉注）

趄，寺口切。音口，入聲。（同上「左右亂趄」眉注）

拽，延結切。（【慶宣和】「將香羅袖兒拽」眉注）

藉，音寂。（【喬牌兒】「將衣袂不藉」眉注）

管一作敢，亦可。（同上「脚心兒管踏破也」句後小字注）

些，寫，平聲。（【甜水令】「猶自較爭些」眉注）

鍬，此遥切，悄，平聲。鐝，其月切，音掘。（【水仙子】「硬圍著普救寺下鍬鐝」眉注）

膋，音聊，腸開口。（同上「指一指化作膋血」眉注）

膋，俗本作「醟」，非。醟有二，音詠，酌酒也；音邕，酗酒也。了不相涉。（同上夾註）

此折是一部小《西廂》，亦是一部小《莊子》。其關節曾不足爲通傳有無輕重，然不得此，則已前十五折便索然矣。畫家能畫形，不能畫影，終非神筆。此則畫影手也。顧長康畫裴叔則，頰上益三毛，曰：裴有識具，正此是其識具者。畫者尋之，定覺益三毛如有神明，殊勝未安時。頰不必有毛也，益之而反勝，知此而後可以語文。《草橋驚夢》，益毛手也。寧非千載傑思乎？首闋叙旅人景況，「暮雲遮」三字最有味。「馬遲」二句尤俊爽可喜。【步步嬌】闋叙昨宵歡愛，【落梅風】闋寫今夜淒涼，兩處相形，大堪淚下。「助人愁」三句，奇麗刺目。【喬木查】二闋，純是空中布景，而寫情益真益盡。獨【攪箏琶】闋，按譜既不同，即以本傳第七出之「他怕我是陪錢貨」，與第十一出之「打扮的身子兒詐」較之，亦不合，斷然是兩闋，而失去一排（牌）名也。金白嶼求其説而不得，便欲截去「愁得來陡峻」四句，成何文氣？矧去之亦不合譜乎？「寬掩翠裙」句，奇逸可賞。【錦上花】一闋，字字奇絶。前八句，每四句一對，譜中所謂連璧對也。亂而不亂，整而不整，是直以文爲遊戲矣。【清江引】「暮雨曉風」，舉盡日之光景；「今宵」句，柳耆卿詞。此一段是旅景。【慶宣和】四闋，宛似夢中模糊之語；「却原來是姐姐」，尤妙入神。凡夢多由因愛而來。普救之圍，杜將軍之救，皆往事也，亦心事也，即夢中亦不能忘，故以【水仙子】一闋演入之，可謂奇幻之極。且恍惚搶攘之狀，描寫無遺。此一段是夢境。【雁兒落】二闋，摹寫夢覺亡聊之景，令人淒斷。下疊字無一不響。「玉人何處」一結，尤是老手。譬之廟堂之上，衆樂齊舉，翕如競奏，而玉磬一擊，繁聲盡斂。此第三段是覺境。尾中「舊根新愁」，又爲後日張本。總之，此一折也，謂之空中景可也，謂之隔牆花亦可也，已無不盡之情，區區及第，何與人毛髮事，而漢卿必欲爲蛇足，爲狗尾乎？讀《西廂》至此，不能不斂衽服膺吾實甫。

嘗戲謂董解元之有王實甫，文、武之有姬旦也；王實甫之有李日華，司馬子長之有褚先生也。

《西厢》之草橋，《拜月》之拜月，二記之精神，悉萃於此。其才力鈞，結構鈞，用韻亦鈞。然亦有不同者，草橋折如蜃氣結樓，高華絢目，而不能覈其起滅；又如天馬脱羈，横絶四海。拜月如孤猿嘯月，澈人心膽。總之，非食煙火人所能作也。（同上卷《拜月亭》批語）

李生日華，取北《西厢》改爲南《西厢》，雖便於唱，而强扭入腔，往往齲牙棘吻，長句不能約之使短，雖數十字必欲攙搶以赴板；短句不能演之使長，必欲促板以應字，而曲之體幾壞盡矣。俗師反欲歌之，可笑。（同上卷馬東籬《警世》批語）

第五本第一折　泥金報捷

【雙調】【集賢賓】套（原文略）（第六帙卷十六尤侯）

【後庭花】二闋入【仙吕】。（【後庭花】曲眉注）

首二闋俊俏婉麗，善寫怨女心曲。「心上」、「眉頭」，「這番最陡」，即情語之妙；「山明水秀」，「蒼煙」、「衰草」，即景語之妙。【掛金索】一闋，於描情之中，務裁豔句，雖爲王元美所賞，然是餖飣之詞，殊欠自然。「西厢月底」以下，悉是湊砌語，底裏易竭，邊幅亦窘。大抵這一闋也，漢卿非不竭蹶撫擬實甫，而愈擬愈失，愈近愈遠，愈似愈非，不但學問之淺深，亦由天資之利頓。蓋實甫秀而麗，漢卿質而俗；實甫握珠吐璣，滔滔莽莽，漢卿搏沙弄泥，復傷率易。王元美評邊庭實詩，謂如五陵裘馬，千金少年，吾借以評實甫。其評楊用修文，如綃彩作花，無種種生氣，吾借以評漢卿。然元美於此道殊憒憒，故【掛金索】一曲，遂能博賞，不知此但睹其皮毛耳。試咀之，神理索然，如摇鞞鐸。故漢卿所補四折，止録其二，餘悉爲彼藏拙。不知我者以我爲詞家之商君，知我者以我爲九方歅也。

【醋葫蘆·么篇】内「晚妝樓」改作「至公樓」，是成何語？可笑。

眉頭、心上，詩餘：「今朝眼底，明朝心上，後日肩頭」，李易安詞；「纔下眉頭，又上心頭，人比黄花瘦」，亦易安詞。「新啼痕間舊啼痕」，秦少遊詞。「悔叫夫婿覓封侯」，王龍標詩。董玄宰評書云：「右軍如龍，北海如象。」書畢，不覺失笑。

總之，《西厢》止該至「草橋驚夢」折止。作一過牆枝看可也，惡用引繩批根乎？

第五本第二折　尺素緘怨

【北中吕】【粉蝶兒】套（原文略）（第二帙卷三支思）

巢由比擬，何關本題，曷不用牧犢、子高、相如琴事較切乎？（【白鶴子】眉批）

「從」字該用韻。（【朝天子】「自從到此」眉批）

此與上闋【朝天子】俱欠調妥。「其間」（按指「其間或有個人兒似爾」句）云云，尤是累句。（【賀聖朝】眉批）

此下俱草草欠整，概關生才盡乎？（【耍孩兒】眉批）

此折詞，大都應轉前十七齣，然頗少情至語。通前徹後，纔得「心頭横躺」（按指「粉蝶兒」曲）一語耳。或愛其「春風秋雨」句，然是白傅詩。「孤身」、「一日」二句亦是成語。「雨零風細」語亦有韻。其餘無足採。

此折詞，元在可選不可選之間。第支思一韻，聲近齊微、魚模。《琵琶》諸記，靡不犯之。此折不借一韻，是以收之。

王實甫、關漢卿，俱詞林宗匠。今觀《西厢》後四齣，係關所補，其才情學問，曾不堪與王作衙官。設在饗廟，當不免堂廡之隔，惡得並稱曰王關？丹丘先生之評王也，曰：「如花間美人。」又曰：「鋪敘委婉，深得騷人之致，極有佳句。若玉環之出浴華清，緑珠之采蓮洛浦。」其評關也，曰：「如瓊筵醉客。」又曰：「觀其詞語，乃可上可下之才，蓋所以取者，初爲雜劇之始，故卓冠前列」。然則在當時已自有軒輊矣，豈曰王關乎？

關漢卿有《温太真玉鏡臺》雜劇，甚佳。《金線池》、《謝天香》亦並可觀。視王實甫之《麗春堂》，難爲伯仲矣。

元人製作之多，無如關漢卿，雜劇有六十餘本。實甫止十二本。《西廂》一記，已獲驪珠矣，又安用多乎？（山按：此條與《三家村老委談》部分重複）

《琵琶》、《拜月》、《荆釵》，俱無純用支思韻者。

康德（得）涵云：「世稱詩頭曲尾，又稱豹尾必須急並響亮，含有餘不盡之意。作詞者安得豹尾？滿目皆狗尾耳。況所續者又非貂邪？」德（得）涵所取佳尾十二闋内，劉廷信【南呂・尾】一闋是本韻：「雲雁兒」「寫西風亂似蒼頡字，對南浦愁如宋玉詞。正春陽又秋至，多寒温少傳示，惱人腸、聒入耳，醉人心、墮人志，則被你攙斷出無限相思，偏怎生不寄俺有情分故人書半紙。」此尾固佳，至於前録《西廂》中「沈約病多般」闋，何嘗不絶？（同上卷，無名氏《閨思》批語）

第五本第三折　《鄭恒求配》（第二帙卷五魚模）

本韻在《西廂記》中第二十齣（旁注：《衣錦還鄉》）「一鞭嬌馬出皇都」闋，漢卿所補，通闋意味索然，故不録。

貫華堂第六才子書西廂記（清順治十三年［一六五六］刻本，清金聖歎評點）

目録

貫華堂第六才子書西廂記卷之一

聖歎外書

序一曰慟哭古人

或問於聖歎曰：《西廂記》何爲而批之刻之也？聖歎悄然動容，起立而對曰：嗟乎！我亦不知其然，然而於我心則誠不能以自已也。今夫浩蕩大劫，自初迄今，我則不知其有幾萬萬年月也。幾萬萬年月，皆如水逝雲卷，風馳電掣，無不盡去，而至於今年今月，而暫有我。此暫有之我，又未嘗不水逝雲卷，風馳電掣而疾去也，然而幸而猶尚暫有於此。幸而猶尚暫有於此，則我將以何等消遣而消遣之？我比者亦嘗欲有所爲，既而思之，且未論我之果得爲與不得爲，亦未論爲之果得成與不得成；就使爲之而果得爲，乃至爲之而果得成，是其所爲與所成，則有不水逝雲卷，風馳電掣而盡去耶？夫未爲之而欲爲，既爲之而盡去，我甚矣，嘆欲有所爲之無益也！然則我殆無所欲爲也？夫我誠無所欲爲，則又何不疾作水逝雲卷，風馳電掣，頃刻盡去，而又自以猶尚暫有爲大幸甚也？甚矣，我之無法而作消遣也！細思我今日之如是無奈，彼古之人獨不曾先我而如是無奈哉？我今日所坐之地，古之人其先坐之；我今日所立之地，古之人之立之者，不可以數計矣。夫古之人之坐於斯，立於斯，必猶如我之今日也。而今日已徒見有我，不見古人。彼古人之在時，豈不默然知之？然而又自知其無奈，故遂不復言之也。此真不得不致憾於天地也！何其甚不仁也！既已生我，便應永在；脱不能爾，便應勿生。如之何本無有我，我又未嘗哀哀然丐之曰：「爾必生我」，而無端而忽然生我？無端而忽然生者，又正是我；無端而忽然生一正是之我，又不容之少住。無端而忽然生之，又不容少住者，又最能聞聲感心，多有悲涼。嗟乎，嗟乎！我真不知何處爲九原，云何起古人。如使真有九原，真起古人，豈不同此一副眼淚，同欲失聲大哭乎哉！乃古人則且有大過於我十倍之才與識矣。彼謂天地非有不仁，天地亦真無奈也。欲其無生，或非天地；既爲天地，安得不生？夫天地之不得不生，是則誠然有之，而遂謂天地乃適生我，此豈理之當哉？天地之生此芸芸也，天地殊不能知其爲誰也；芸芸之被天地生也，芸芸亦皆不必自知其爲誰也。必謂天地今日所生之是我，則夫天地明日所生之固非我也。然而天地明日所生，又各各自以爲我，則是天地反當茫然，不知其罪之果誰屬也。夫天地真未嘗生我，而生而適然是我，是則我亦聽其生而已矣。天地生而適然是我，而天地終亦未嘗生我，是則我亦聽其水逝雲卷，風馳電掣而去而已矣。我既前聽其生，後聽其去，而無所於惜；是則於其中間幸而猶尚暫在，我亦於無法作消遣中，隨意自作消遣而已矣。得如諸葛公之「躬耕南陽，苟全性命」，可也，此一消遣法也；既而又因感激三顧，許人驅馳，食少事煩，至死方已，亦可也，亦一消遣法也。或如陶先生之不願折腰，飄然歸來，可也，亦一消遣法也；既而又爲三旬九食，饑寒所驅，叩門無辭，至圖冥報，亦可也，又一消遣法也。天子約爲婚姻，百官出其門下，堂下建牙吹角，堂後品竹彈絲，可也，又一消遣法也。日中麻麥一餐，樹下冰霜一宿，說經四萬八千，度人恒河沙數，可也，亦一消遣法也。何也？我固非我也：未生已前，非我也；既去已後，又非我也。然則今雖猶尚暫在，實非我也。既已非我，我欲云何？抑既已非我，我何不云何？且我而猶望其是我也，我決不可以有少誤。我而既已決非我矣，我如之何不聽其或誤，乃至或大誤耶？誤而欲以非我者爲我，此固誤也，然而非我者則自誤也，非我之誤也；又誤而欲以此我，作諸鄭重，極盡寶護，至於不免呻吟啼哭，此固大誤也，然而非我者則自大誤也，非我之大誤也。又誤而至欲以此我，窮思極慮，長留痕跡，千秋萬世，傳道不歇，此固大誤之大誤也。然而總之：非我者則自大誤大誤也，非我之大誤大誤也。既已悟其如此，於是而以非我者之日月，誤而任我之唐喪，可也；以非我者之才情，誤而供我之揮霍，可也。以非我者之左手，誤爲我摩非我者之腹；以非我者之右手，誤爲我撚非我者之鬚，可也。非我者撰之，我吟之；非我者吟之，我聽之；非我者聽之，我足之蹈之，手之舞之；非我者足蹈而手舞之，我思有以不朽之，皆可也。硯，我不知其爲何物也；既已固謂之硯矣，我亦謂之硯，可也。墨，我不知其爲何物也；筆，我不知其爲何物也；紙，我不知其爲何物也；手，我不知其爲何物也；心思，我不知其爲何物也；既已同謂之云云矣，我亦謂之云云，可也。窗明几淨，此何處也？人曰此處，我亦謂之此處也。風清日朗，此何日也？人曰今日，我亦謂之今日也。蜂穿窗而忽至，蟻緣檻而徐行，我不能知蜂蟻，蜂蟻亦不知我；我今日而暫在，斯蜂蟻亦暫在；我倏忽而爲古人，則是此蜂亦遂爲古蜂，此蟻亦遂爲古蟻也。我今日天清日朗，窗明几淨，筆良硯精，心撰手寫，伏承蜂蟻來相照證，此不世之奇緣，難得之勝樂也。若後之人之讀我今日之文，則真未必知我今日之作此文時，又有此蜂與此蟻也。夫後之人而不能知我今日之有此蜂與此蟻，然則後之人竟不能知我之今日之有此我也。後之人之讀我之文者，我則已知之耳，其亦無奈水逝雲卷，風馳電掣，因不得已而取我之文，自作消遣云爾。後之人之讀我之文，即使其心無所不得已，不用作消遣，然而我則終知之耳，是其終亦無奈水逝雲卷，風馳電掣者耳。我自深悟夫誤亦消遣法也，不誤亦消遣法也，不誤不妨仍誤，亦消遣法也。是以如是其刻苦也。刻苦也者，欲其精妙也。欲其精妙也者，我之孟浪也。我之孟浪也者，我既了悟也。我既了悟也者，我本無謂也。我本無謂也者，仍即我之消遣也。我安計後之人之知有我與不知有我也？嗟乎！是則古人十倍於我之才識也，我欲慟哭之，我又不知其爲誰也，我是以與之批之刻之也。我與之批之刻之，以代慟哭之也。夫我之慟哭古人，則非慟哭古人，此又一我之消遣法也。

序二曰留贈後人

前乎我者爲古人，後乎我者爲後人。古人之與後人，則皆同乎？曰：皆同。古之人不見我，後之人亦不見我；既已皆不見，則皆屬無親，是以謂之皆同也。然而我又忽然念之：古之人不見我矣，我乃無日而不思之；後之人亦不見我，我則殊未嘗或一思之也；觀於我之無日不思古人，則知後之人之思我必也。觀於我之殊未嘗或一思及後人，則知古之人之不我思，此其明驗也。如是，則古人與後人，又不皆同。蓋古之人，非惟不見，又復不思，是則真可謂之無親。若夫後之人之雖不見我，而大思我，其不見我，非後人之罪也，不可奈何也。若其大思我，此真後人之情也，如之何其謂之無親也？是不可以無所贈之，而我則將如之何其贈之？後之人必好讀書。讀書者，必仗光明。光明者，照耀其書所以得讀者也。我請得爲光明，以照耀其書而以爲贈之；則如日月，天既有之，而我又不能以其身爲之膏油也，可奈何！後之人既好讀書，讀書者必好友生。友生者，忽然而來，忽然而去；忽然而不來，忽然而不去。此讀書而喜，則此讀之，令彼聽之；此讀書而疑，則彼讀之，令此聽之。既而並讀之，並聽之；既而並坐不讀，又大歡笑之者也。我請得爲友生並坐並讀，並聽並笑，而以爲贈之。則如我之在時，後人既未及來；至於後人來時，我又不復還在也，可奈何！後之人既好讀書，又好友生，則必好彼名山大河，奇樹妙花。名山大河、奇樹妙花者，其胸中所讀之萬卷之書之副本也。於讀書之時，如入名山，如泛大河，如對奇樹，如拈妙花焉。於入名山、泛大河、對奇樹、拈妙花之時，如又讀其胸中之書焉。後之人，既好讀書，又好友生，則必好於好香、好茶、好酒、好藥。好香、好茶、好酒、好藥者，讀書之暇，隨意消息，用以宣導沉滯、發越清明、鼓盪中和、補助榮華之必資也。我請得化身百億，既爲名山大河、奇樹妙花，又爲好香、好茶、好酒、好藥，而以爲贈之，則如我自化身於後人之前，而後人乃初不知此之爲我之所化也，可奈何！後之人，既好讀書，必又好其知心青衣。知心青衣者，所以霜晨雨夜，侍立於側，異身同室，並興齊住者也。我請得轉我後身便爲知心青衣，霜晨雨夜，侍立於側，而以爲贈之。則如可以鼠肝，又可以蟲臂。偉哉造化，且不知彼將我其奚適也，可奈何！無已，則請有説於此：擇世間之一物，其力必能至於後世者；擇世間之一物，其力必能至於後世，而世至今猶未能以知之者；擇世間之一物，其力必能至於後世，而世至今猶未能以知之，而我適能盡智竭力，絲毫可以得當於其間者。夫世間之一物，其力必能至於後世者，則必書也。夫世間之書，其力必能至於後世，而世至今猶未能以知之者，則必書中之《西廂記》也。夫世間之書，其力必能至於後世，而世至今猶未能以知之，而我適能盡智竭力，絲毫可以得當於其間者，則必我比日所批之《西廂記》也。夫我比日所批之《西廂記》，我則真爲後之人思我，而我無以贈之，故不得已而出於斯也。我真不知作《西廂記》者之初心，其果如是，其果不如是也。設其果如是，謂之今日始見《西廂記》可；設其果不如是，謂之前日久見《西廂記》，今日又別見聖歎《西廂記》可。總之，我自欲與後人少作周旋，我實何曾爲彼古人致其矻矻之力也哉！

貫華堂第六才子書西厢記卷之二

聖歎外書

讀第六才子書《西厢記》法

一、有人來説《西厢記》是淫書，此人後日定墮拔舌地獄。何也？《西厢記》不同小可，乃是天地妙文。自從有此天地，他中間便定然有此妙文。不是何人做得出來，是他天地直會自己劈空結撰而出。若定要説是一個人做出來，聖歎便説，此一個人，即是天地現身。

二、《西厢記》斷斷不是淫書，斷斷是妙文。今後若有人説是妙文，有人説是淫書，聖歎都不與做理會。文者見之謂之文，淫者見之謂之淫耳。

三、人説《西厢記》是淫書，他止爲中間有此一事耳。細思此一事，何日無之，何地無之？不成天地中間有此一事，便廢却天地耶！細思此身自何而來，便廢却此身耶？一部書，有如許纚纚洋洋、無數文字，便須看其如許纚纚洋洋，是何文字，從何處來，到何處去，如何直行，如何打曲，如何放開，如何捏聚，何處公行，何處偷過，何處慢摇，何處飛渡。至於此一事，直須高閣起不復道。

四、若説《西厢記》是淫書，此人只須撲，不必教。何也？他也只是從幼學一冬烘先生之言，一入於耳，便牢在心；他其實不曾眼見《西廂記》，朴之還是寃苦。

五、若眼見《西廂記》了，又説是淫書，此人則應朴乎？ 曰：朴之亦是寃苦，此便是冬烘先生耳。當初造《西廂記》時，原發願不肯與他讀，他今日果然不讀。

六、若説《西廂記》是淫書，此人有大功德。何也？ 當初造《西廂記》時，發願只與後世錦繡才子共讀，曾不許販夫皂隸也來讀。今若不是此人揎拳捋臂，拍凳捶牀，罵是淫書時，其勢必至無人不讀，洩盡天地妙秘，聖歎大不歡喜。

七、《世説新語》云：「《莊子·逍遥游》一篇，舊是難處。」開春無事，不自揣度，私與陳子瑞躬，風雨聯牀，香爐酒杯，縱心縱意，處得一上。自今以後，普天下錦繡才子，同聲相應，領異拔新，我二人便做支公許史去也。

八、聖歎《西廂記》，只貴眼照古人，不敢多讓，至於前後著語，悉是口授小史，任其自寫，並不更曾點竄一遍，所以文字多有不當意處。蓋一來，雖是聖歎天性貪懶，二來，實是《西廂》本文，珠玉在上，便教聖歎點竄殺，終復成何用？ 普天下後世，幸恕僕不當意處，看僕眼照古人處。

九、聖歎本有「才子書」六部，《西廂記》乃是其一。然其實六部書，聖歎只是用一副手眼讀得。如讀《西廂記》，實是用讀《莊子》、《史記》手眼讀得；便讀《莊子》、《史記》，亦只用讀《西廂記》手眼讀得。如信僕此語時，便可將《西廂記》與子弟作《莊子》、《史記》讀。

十、子弟至十四、五歲，如日在東，何書不見？ 必無獨不見《西廂記》之事。今若不急將聖歎此本與讀，便是真被他偷看了《西廂記》也。他若得讀聖歎《西廂記》，他分明讀了《莊子》、《史記》。

十一、子弟欲看《西廂記》，須教其先看《國風》。蓋《西廂記》所寫事，便全是《國風》所寫事。然《西廂記》寫事，曾無一筆不雅馴，便全學《國風》寫事，曾無一筆不雅馴；《西廂記》寫事，曾無一筆不透脱，便全學《國風》寫事，曾無一筆不透脱：敢療子弟筆下雅馴不透脱、透脱不雅馴之病。

十二、沉潛子弟，文必雅馴，苦不透脱。高明子弟，文必透脱，苦不雅馴。極似分道揚鑣，然實同病别發。何謂同病？只是不换筆。蓋不换筆，便道其不透脱；不换筆，便道其不雅馴也。何謂别發？一是停而不换筆，一是走而不换筆。蓋停而不换筆，便有似於雅馴，而實非雅馴；走而不换筆，便有似於透脱，而實非透脱也。夫真雅馴者，必定透脱；真透脱者，必定雅馴。問誰則能之？曰《西廂記》能之。夫《西廂記》之所以能之，只是换筆也。

十三、子弟讀得此本《西廂記》後，必能自放異樣手眼，另去讀出别部奇書。遥計一二百年之後，天地間書，無有一本不似十日並出，此時則彼一切不必讀、不足讀、不耐讀等書，亦既廢盡矣，真一大快事也！然實是此本《西廂記》爲始。

十四、僕昔因兒子及甥侄輩，要他做得好文字，曾將《左傳》、《國策》、《莊》、《騷》、《公》、《穀》、《史》、《漢》、韓、柳、三蘇等書，雜撰一百餘篇，依張侗初先生《必讀古文》舊名，只加「才子」二字，名曰《才子必讀書》。蓋致望讀之者之必爲才子也。久欲刻布請正，苦因喪亂，家貧無資，至今未就。今既呈得《西廂記》，便亦不復更念之矣。

十五、文章最妙，是目注彼處，手寫此處。若有時必欲目注此處，則必手寫彼處。一部《左傳》，便十六都用此法。若不解其意，而目亦注此處，手亦寫此處，便一覽已盡。《西廂記》最是解此意。

十六、文章最妙，是目注此處，却不便寫，却去遠遠處發來，迤邐寫到將至時，便且住；却重去遠遠處更端再發來，再迤邐又寫到將至時，便又且住；如是更端數番，皆去遠遠處發來，迤邐寫到將至時，即便住，更不復寫出目所注處，使人自於文外瞥然親見，《西廂記》純是此一方法。《左傳》、《史記》亦純是此一方法。最恨是《左傳》、《史記》急不得呈教。

十七、文章最妙，是先覷定阿堵一處，已却於阿堵一處之四面，將筆來左盤右旋，右盤左旋，再不放脱，却不擒住。分明如師子滚毬相似，本只是一個毬，却教師子放出通身解數，一時滿棚人看師子，眼都看花了，師子却是並没交涉。人眼自射師子，師子眼自射毬。蓋滚者是師子，而師子之所以如此滚，如彼滚，實都爲毬也。《左傳》、《史記》便純是此一方法，《西廂記》亦純是此一方法。

十八、文章最妙，是此一刻被靈眼覷見，便於此一刻放靈手捉住。蓋於略前一刻，亦不見，略後一刻，便亦不見，恰恰不知何故，却於此一刻忽然覷見，若不捉住，便更尋不出。今《西廂記》若干字文，皆是作者於不知何一刻中，靈眼忽然覷見，便疾捉住，因而直傳到如今。細思萬千年以來，知他有何限妙文，已被覷見，却不曾捉得住，遂總付之泥牛入海，永無消息。

十九、今後任憑是絶代才子，切不可云：此本《西廂記》，我亦做得出也。便教當時作者而在，要他燒了此本，重做一本，已是不可復得。縱使當時作者，他却是天人，偏又會做得一本出來，然既是别一刻所覷見，便用别樣捉住，便是别樣文心，别樣手法，便别是一本，不復是此本也。

二十、僕今言靈眼覷見，靈手捉住，却思人家子弟，何曾不覷見，只是不捉住。蓋覷見是天付，捉住須人工也。今《西廂記》，實是又會覷見，又會捉住。然子弟讀時，不必又學其覷見，一味只學其捉住。聖歎深恨前此萬千年，無限妙文，已是覷見，却捉不住，遂成泥牛入海，永無消息。今刻此《西廂記》遍行天下，大家一齊學得捉住。僕實遥計一二百年後，世間必得平添無限妙文，真乃一大快事！

二十一、僕嘗粥時欲作一文，偶以他緣不得便作，至於飯後方補作之，僕便可惜粥時之一篇也。此譬如擲骰相似，略早、略遲，略輕、略重，略東、略西，便不是此六色，而愚之夫尚欲争之，真是可發一笑！

二十二、僕之爲此言，何也？僕嘗思萬萬年來，天無日無雲，然决無今日雲，與某日雲曾同之事。何也？雲只是山川所出之氣，升到空中，却遭微風，蕩作縷縷。既是風無成心，便是雲無定規，都是互不相知，便乃偶爾如此。《西廂記》正然，並無成心之與定規，無非此日，佳日閒窗，妙腕良筆，忽然無端，如風蕩雲。若使異時更作，亦不妨另自有其絶妙。然而無奈此番已是絶妙也，不必云異時不能更妙於此，然亦不必云異時尚將更妙於此也。

二十三、僕幼年最恨「鴛鴦繡出從君看，不把金針度與君」之二句，謂此必是貧漢自稱王夷甫，口不道阿堵物計耳。若果知得金針，何妨與我略度。今日見《西廂記》，鴛鴦既繡出，金針亦盡度，益信作彼語者，真是脱空謾語漢。

二十四、僕幼年曾聞人説一笑話云：昔一人苦貧特甚，而生平虔奉吕祖。感其至心，忽降其家，見其赤貧，不勝憫之，念當有以濟之。因伸一指，指其庭中磐石，粲然化爲黄金，曰：「汝欲之乎？」其人再拜曰：「不欲也。」吕祖大喜，謂：「子誠如此，便可授子大道。」其人曰：「不然，我心欲汝此指頭耳。」僕當時私謂此固戲論耳，若真是吕祖，必當便以指頭與之。今此《西廂記》，便是吕祖指頭，得之者處處遍指，皆作黄金。

二十五、僕思文字不在題前，必在題後，若題之正位，決定無有文字。不信，但看《西廂記》之一十六章，每章只用一句兩句寫題正位，其餘便都是前後摇之曳之，可見。

二十六、知文在題之前，便須恣意摇之曳之，不得便到題；知文在題之後，便索性將題拽過了，却重與之摇之曳之。若不解此法，而誤向正位，多寫作一行或兩行，便如畫死人坐像，無非印板衣褶，縱復費盡渲染，我見之，早向新宅中哭鍾太傅矣。

二十七、横、直、波、點、聚，謂之字；字相連，謂之句；句相雜，謂之章。兒子五六歲了，必須教其識字。識得字了，必須教其連字爲句。連得五六七字爲句了，必須教其布句爲章。布句爲章者，先教其布五六七句爲一章，次教其布十來多句爲一章；布得十來多句爲一章時，又反教其只布四句爲一章，三句爲一章，二句乃至一句爲一章。直到解得布一句爲一章時，然後與他《西廂記》讀。

二十八、子弟讀《西厢記》後，忽解得三個字亦能爲一章，二個字亦能爲一章，一個字亦能爲一章，無字亦能爲一章。子弟忽解得無字亦能爲一章時，渠回思初布之十來多句爲一章，真成撒呑耳。

二十九、子弟解得無字亦能爲一章，因而回思初布之十來多句爲一章，盡成撒呑，則其體氣便自然異樣高妙，其方法便自然異樣變換，其氣色便自然異樣姿媚，其避忌便自然異樣滑脱。《西厢記》之點化子弟不小。

三十、若是字，便只是字；若是句，便不是字；若是章，便不是句。何但不是字，一部《西厢記》，真乃並無一字；豈但並無一字，真乃並無一句。一部《西厢記》，只是一章。

三十一、若是章，便應有若干句；若是句，便應有若干字。今《西厢記》不是一章，只是一句，故並無若干句；乃至不是一句，只是一字，故並無若干字。《西厢記》其實只是一字。

三十二、《西厢記》是何一字？《西厢記》是一「無」字。趙州和尚，人問：「狗子還有佛性也無？」曰：「無。」是此一「無」字。

三十三、人問趙州和尚：「一切含靈具有佛性，何得狗子却無？」趙州曰：「無。」《西厢記》是此一「無」字。

三十四、人若問趙州和尚：「露柱還有佛性也無？」趙州曰：「無。」《西厢記》是此一「無」字。

三十五、若又問：「釋迦牟尼還有佛性也無？」趙州曰：「無。」《西厢記》是此一「無」字。

三十六、人若又問：「無字還有佛性也無？」趙州曰：「無。」《西厢記》是此一「無」字。

三十七、人若又問：「無字還有『無』字也無？」趙州曰：「無。」《西厢記》是此一「無」字。

三十八、人若又問：「某甲不會？」趙州曰：「你是不會，老僧是無。」《西厢記》是此一「無」字。

三十九、何故《西厢記》是此一「無」字？此一「無」字是一部《西厢記》故。

四十、最苦是人家子弟，未取筆，胸中先已有了文字。若未取筆，胸中先已有了文字，必是不會做文字人。《西廂記》無有此事。

四十一、最苦是人家子弟，提了筆，胸中尚自無有文字。若提了筆，胸中尚自無有文字，必是不會做文字人。《西廂記》無有此事。

四十二、趙州和尚，人不問「狗子還有佛性也無」，他不知道有個「無」字。

四十三、趙州和尚，人問過「狗子還有佛性也無」，他亦不記道有個「無」字。

四十四、《西廂記》正寫《驚艷》一篇時，他不知道《借廂》一篇應如何。正寫《借廂》一篇時，他不知道《酬韻》一篇應如何。總是寫前一篇時，他不知道後一篇應如何。用煞二十分心思，二十分氣力，他只顧寫前一篇。

四十五、《西廂記》寫到《借廂》一篇時，他不記道《驚艷》一篇是如何；寫到《酬韻》一篇時，他不記道《借廂》一篇是如何。總是寫到後一篇時，他不記道前一篇是如何。用煞二十分心思，二十分氣力，他又只顧寫後一篇。

四十六、聖歎舉趙州「無」字說《西廂記》，此真是《西廂記》之真才實學，不是禪語，不是有無之「無」字。須知趙州和尚「無」字，先不是禪語，先不是有無之「無」字，真是趙州和尚之真才實學。

四十七、《西廂記》止寫得三個人：一個是雙文，一個是張生，一個是紅娘。其餘，如夫人，如法本，如白馬將軍，如歡郎，如法聰，如孫飛虎，如琴童，如店小二，他俱不曾着一筆半筆寫，俱是寫三個人時，所忽然應用之家伙耳。

四十八、譬如文字，則雙文是題目，張生是文字，紅娘是文字之起承轉合。有此許多起承轉合，便令題目透出文字，文字透入題目也。其餘如夫人等，算只是文字中間所用之乎者也等字。

四十九、譬如藥，則張生是病，雙文是藥，紅娘是藥之炮製。有此許多炮製，便令藥往就病，病來就藥也。其餘如夫人等，算只是炮製時所用之薑、醋、酒、蜜等物。

五十、若更仔細算時，《西廂記》亦止爲寫得一個人。一個人者，雙文是也。若使心頭無有雙文，爲何筆下却有《西廂記》？《西廂記》不止爲寫雙文，止爲寫誰？然則《西廂記》寫了雙文，還要寫誰？

五十一、《西廂記》止爲要寫此一個人，便不得不又寫一個人。一個人者，紅娘是也。若使不寫紅娘，却如何寫雙文？然則《西廂記》寫紅娘，當知正是出力寫雙文。

五十二、《西廂記》所以寫此一個人者，爲有一個人，要寫此一個人也。有一個人者，張生是也。若使張生不要寫雙文，又何故寫雙文？然則《西廂記》又有時寫張生者，當知正是寫其所以要寫雙文之故也。

五十三、誠悟《西廂記》寫紅娘，止爲寫雙文，寫張生，亦止爲寫雙文，便應悟《西廂記》決無暇寫他夫人、法本、杜將軍等人。

五十四、誠悟《西廂記》止是爲寫雙文，便應悟《西廂記》決是不許寫到鄭恒。

五十五、《西廂記》寫張生，便真是相府子弟，便真是孔門子弟。異樣高才，又異樣苦學；異樣豪邁，又異樣淳厚。相其通體自内至外，並無半點輕狂，一毫奸詐。年雖二十有餘，却從不知裙帶之下，有何緣故。雖自説顛不剌的見過萬千，他亦只是曾不動心。寫張生直寫到此田地時，須悟全不是寫張生，須悟全是寫雙文。錦繡才子必知其故。

五十六、《西廂記》寫紅娘，凡三用加意之筆：其一，於《借廂》篇中，峻拒張生；其二，於《琴心》篇中，過尊雙文；其三，於《拷艷》篇中，切責夫人。一時便似周公制禮，乃盡在紅娘一片心地中，凛凛然，侃侃然，曾不可得而少假借者。寫紅娘直寫到此田地時，須悟全不是寫紅娘，須悟全是寫雙文。錦繡才子必知其故。

五十七、《西廂記》，亦是偶爾寫他佳人才子。我曾細相其眼法、手法、筆法、墨法，固不單會寫佳人才子也，任憑换却題，教他寫，他俱會寫。

五十八、若教他寫諸葛公，白帝受托，五丈出師，他便寫出普天下萬萬世，無數孤忠老臣滿肚皮眼淚來。我何以知之？我讀《西厢記》知之。

五十九、若教他寫王明君，慷慨請行，琵琶出塞，他便寫出普天下萬萬世，無數高才被屈人滿肚皮眼淚來。我讀《西厢記》知之。

六十、若教他寫伯牙入海，成連徑去，他便寫出普天下萬萬世，無數苦心力學人滿肚皮眼淚來。我讀《西厢記》知之。

六十一、《西厢記》，必須掃地讀之。掃地讀之者，不得存一點塵於胸中也。

六十二、《西厢記》，必須焚香讀之。焚香讀之者，致其恭敬，以期鬼神之通之也。

六十三、《西厢記》，必須對雪讀之。對雪讀之者，資其潔清也。

六十四、《西厢記》，必須對花讀之。對花讀之者，助其娟麗也。

六十五、《西厢記》，必須盡一日一夜之力，一氣讀之。一氣讀之者，總攬其起盡也。

六十六、《西厢記》，必須展半月一月之功，精切讀之。精切讀之者，細尋其膚寸也。

六十七、《西厢記》，必須與美人並坐讀之。與美人並坐讀之者，驗其纏綿多情也。

六十八、《西厢記》，必須與道人對坐讀之。與道人對坐讀之者，嘆其解脱無方也。

六十九、《西厢記》，前半是張生文字，後半是雙文文字，中間是紅娘文字。

七十、《西厢記》，是《西厢記》文字，不是《會真記》文字。

七十一、聖歎批《西厢記》，是聖歎文字，不是《西厢記》文字。

七十二、天下萬世錦繡才子，讀聖歎所批《西廂記》，是天下萬世才子文字，不是聖歎文字。

七十三、《西廂記》，不是姓王、字實父，此一人所造，但自平心斂氣讀之，便是我適來自造。親見其一字一句，都是我心裏恰正欲如此寫，《西廂記》便如此寫。

七十四、想來姓王字實父，此一人，亦安能造《西廂記》？他亦只是平心斂氣，向天下人心裏，偷取出來。

七十五、總之世間妙文，原是天下萬世人人心裏公共之寶，决不是此一人自己文集。

七十六、若世間又有不妙之文，此則非天下萬世人人心裏之所曾有也，便可聽其爲一人自己文集也。

七十七、《西廂記》，便可名之曰《西廂記》。舊時見人名之曰《北西廂記》，此大過也。

七十八、讀《西廂記》，便可告人曰：讀《西廂記》。舊時見人諱之曰「看閒書」，此大過也。

七十九、《西廂記》乃是如此神理，舊時見人教諸忤奴於紅氍毹上扮演之，此大過也。

八十、讀《西廂記》畢，不取大白，(酬)[酹]地賞作者，此大過也。

八十一、讀《西廂記》畢，不取大白自賞，此大過也。

聖歎外書

會真記

（唐）元　稹

唐貞元中，有張生者，性温茂，美豐容，内秉堅孤，非禮不可入。或朋從游宴，擾雜其間，他人或洶洶拳拳，若將不及，張生容順而已，終不能亂。以是年二十二，未嘗近女色。知者詰之，謝而言曰：「登徒子非好色者，是有淫行耳。余真好色者，而適不我值。何以言之？大凡物之尤者，未嘗不留連於心，是知其非忘情者也。」詰者哂之。

無幾何，張生游於蒲。蒲之東十餘里，有僧舍，曰普救寺，張生寓焉。適有崔氏孀婦將歸長安，路出於蒲，亦止茲寺。崔氏婦，鄭女也。張出於鄭，緒其親，乃異派之從母。是歲，渾瑊薨於蒲。有中人丁文雅不善於軍，軍人因喪而擾，大掠蒲人。崔氏之家，財産甚厚，多奴僕；旅寓惶駭，不知所託。先是張與蒲將之黨友善，請吏護之，遂不及於難。十餘日，廉使杜確，將天子命，以統戎節，令於軍，軍由是戢。鄭厚張之德甚，因飭饌以命張，中堂宴之。復謂張曰：「姨之孤嫠未亡，提携幼稚，不幸屬師徒大潰，實不保其身。弱子幼女，猶君之生也，豈可比常恩哉！今俾以仁兄禮奉見，冀所以報恩也。」命其子曰歡郎，可十餘歲，容甚温美。次命女鶯鶯：「出拜爾兄，爾兄活爾。」久之，辭疾。鄭怒曰：「張兄活爾之命，不然，爾且擄矣，能復遠嫌乎？」久之，乃至。常服睟容，不加新飾，鬟垂黛接，雙臉銷紅而已。顔色艷異，光輝動人。張驚，爲之禮。因坐鄭旁，以鄭之抑而見也。凝睇怨絶，若不勝其體者。問其年紀，鄭曰：「今天子甲子歲之七月，於貞元庚辰，生年十七矣。」張生稍以辭導之，不對。終席而罷。

張自是惑之，願致其情，無由得也。崔之婢曰紅娘，生私爲之禮者數四，乘間，遂道其衷。婢果驚沮，潰然而奔。張生悔之。翼日，婢復至，張生乃羞而謝之，不復云所求矣。婢因謂張曰：「郎之言，所不敢言，亦不敢泄。然而崔之族姻，君所詳也，何不因其德而求娶焉？」張曰：「予始自孩提，性不苟合。或時紈綺閒居，曾莫留盼，不謂當年，終有所蔽。昨日一席間，幾不自持。數日來，行忘止，食忘飽，恐不能逾旦暮。若因媒氏而娶，納采問名，則三數月間，索我於枯魚之肆矣。爾其謂我何？」婢曰：「崔之貞順自保，雖所尊，不可以非語犯之；下人之謀，固難入矣。然而善屬文，往往沉吟章句，怨慕者久之。君試爲喻情詩以亂之。不然，則無由也。」張大喜，立綴春詞二首，以授之。是夕，紅娘復至，持采箋以授張，曰：「崔所命也。」題其篇曰《明月三五夜》。其詞曰：「待月西廂下，迎風户半開；拂牆花影動，疑是玉人來。」張亦微喻其旨。

是夕，歲二月旬有四日矣。崔之東牆，有杏花一樹，攀援可逾。既望之夕，張因梯其樹而逾焉。達於西廂，則户半開矣。紅娘寢於牀，生因驚之。紅娘駭曰：「郎何以至？」張因紿之曰：「崔氏之箋召我也。爾爲我告之。」無幾，紅娘復來，連曰：「至矣！至矣！」張生且喜且駭，謂必獲濟。及崔至，則端服儼容，大數張曰：「兄之恩，活我之家，厚矣。是以慈母以弱子幼女見託。奈何因不令之婢，致淫佚之詞，始以護人之亂爲義，而終掠亂以求之，是以亂易亂，其去幾何！誠欲寢其詞，則保人之奸，不義；明之於母，則背人之惠，不祥；將寄與婢妾，又懼不得發其真誠。是用託短章，願自陳啓；猶懼兄之見難，是用鄙靡之詞，以求其必至。非禮之動，能不愧心；特願以禮自持，毋及於亂！」言畢，翻然而逝。張自失者久之，復逾而出，於是絶望。

數夕，張生臨軒獨寢，忽有人覺之。驚欻而起，則紅娘斂衾携枕而至，撫張曰：「至矣，至矣！睡何爲哉！」設衾枕而去。張生拭目危坐，久之，猶疑夢寐，然修謹以俟。俄而紅娘捧崔氏而至，至，則嬌羞融冶，力不能運肢體，曩時端莊，不復同矣。是夕，旬有八日也。斜月晶熒，幽輝半牀。張生飄飄然，且疑神仙之徒，不謂從人間至矣。有頃，寺鐘鳴，天將曉，紅娘促去。崔氏嬌啼宛轉，紅娘又捧之而去，終夕無一言。張生辨色而興，自疑曰：「豈其夢邪？」及明，靚妝在臂，香在衣，淚光熒熒然，猶瑩於裀席而已。

是後，又十餘日，杳不復知。張生賦《會真詩》三十韻，未畢，而紅娘適至，因授之以貽崔氏。自是復容之。朝隱而出，暮隱而入，同安於曩所謂西廂者，幾一月矣。張生常詰鄭氏之情，則曰：「知不可奈何矣，因欲就成之。」

無何，張生將之長安，先以情諭之。崔氏宛無難辭，然而愁怨之容動人矣。將行之再夕，不復可見，而張生遂西。不數月，復游於蒲，舍於崔氏者又累月。崔氏甚工刀劄，善屬文。求索再三，終不可見。張生往往自以文挑之，亦不甚觀覽。大略崔之出人者，藝必窮極，而貌若不知；言則敏辯，而寡於酬對。待張之意甚厚，然未嘗以詞繼之。時愁艷幽邃，恒若不識；喜愠之容，亦罕形見。異時獨夜操琴，愁弄凄惻，張竊聽之；求之，則終不復鼓矣。以是愈惑之。張生俄以文調及期，又當西去。當去之夕，不復自言其情，愁嘆於崔氏之側。崔已陰知將訣矣，恭貌怡聲，徐謂張曰：「始亂之，終棄之，固其宜矣，愚不敢恨。必也君亂之，君終之，君之惠也；則没身之誓，其有終矣，又何必深憾於此行？然而君既不懌，無以奉寧。君嘗謂我善鼓琴，向時羞顔，所不能及，今且往矣，既君此誠。」因命拂琴，鼓《霓裳羽衣序》，不數聲，哀音怨亂，不復知其是曲也。左右皆歔欷，崔亦遽止之，投琴，泣下流漣，趨歸鄭所，遂不復至。明旦而張行。

明年，文戰不勝，遂止於京。因貽書於崔，以廣其意。崔氏緘報之詞，粗載於此，曰：「捧覽來問，撫愛過深。兒女之情，悲喜交集。兼惠花勝一合，口脂五寸，致耀首膏唇之飾。雖荷殊恩，誰復爲容？睹物增懷，但積悲嘆耳！伏承使於京中就業，進修之道，固在便安；但恨僻陋之人，永以遐棄。命也如此，知復何言！自去秋以來，嘗忽忽如有所失。於喧嘩之下，或勉爲笑語；閑宵自處，無不淚零。乃至夢寐之間，亦多叙感咽離憂之思，綢繆繾綣，暫若尋常。幽會未終，驚魂已斷；雖半衾如暖，而思之甚遥。一昨拜辭，倏逾舊歲。長安行樂之地，觸緒牽情；何幸不忘幽微，眷念無斁！鄙薄之志，無以奉酬。至於終始之盟，則固不忒。鄙昔中表相因，或同宴處；婢僕見誘，遂至私誠；兒女之情，不能自固。君子有援琴之挑，鄙人無投梭之拒。及薦枕席，義盛意深，愚幼之心，永謂終託。豈期既見君子，而不能（以禮）定情，致有自獻之羞，不復明侍巾櫛。没身永恨，含嘆何言！倘仁人用心，俯遂幽劣；雖死之日，猶生之年。如或達士略情，捨小從大，以先配爲醜行，謂要盟之可欺，則當骨化形銷，丹誠不泯，因風委露，猶託清塵。存没之情，言盡於此。臨紙嗚咽，情不能申。千萬珍重！珍重千萬！玉環一枚，是兒嬰年所弄，寄充君子下體之佩。玉取其堅潔不渝，環取其終始不絶。兼彩絲一絇，文竹茶碾子一枚。此數物不足見珍，意者欲君子如玉之貞，俾志如環不解；淚痕在竹，愁緒縈絲，因物達誠，永以爲好耳。心邇身遐，拜會無期，幽憤所鍾，千里神合。千萬珍重！春風多厲，强飯爲佳。慎言自保，無以鄙爲深念。」

張生發其書於所知，由是時人多聞之。所善楊巨源，好屬詞，因爲賦《崔娘詩》一絶云：「清潤潘郎玉不如，中庭蕙草雪銷初。風流才子多春思，腸斷蕭娘一紙書。」河南元稹，亦續生《會真詩》三十韻，曰：「微月透簾櫳，螢光度碧空。遥天初縹緲，低樹漸葱蘢。龍吹過庭竹，鸞歌拂井桐。羅綃垂薄霧，環珮響輕風。絳節隨金母，雲心捧玉童。更深人悄悄，晨會雨濛濛。珠瑩光文履，花明隱繡龍。瑶釵行彩鳳，羅帔掩丹虹。言自瑶華圃，將朝碧玉宫。因游洛城北，偶向宋家東。戲調初微拒，柔情已暗通。低鬟蟬影動，回步玉塵蒙。轉面流花雪，登牀抱綺叢。鴛鴦交頸舞，翡翠合歡籠。眉黛羞頻聚，脣朱暖更融。氣清蘭蕊馥，膚潤玉肌豐。無力慵移腕，多嬌愛斂躬。汗光珠點點，髮亂緑鬆鬆。方喜千年會，俄聞五夜窮。留連時有限，繾綣意難終。慢臉含愁態，芳詞誓素衷。贈環明遇合，留結表心同。啼粉流清鏡，殘燈繞暗蟲。華光猶冉冉，旭日漸曈曈。乘鶩還歸洛，吹簫亦上嵩。衣香猶染麝，枕膩尚殘紅。幕幕臨塘草，飄飄思渚蓬。素琴鳴怨鶴，清漢望歸鴻。海闊誠難渡，天高不易沖。行雲無定所，蕭史在樓中。」張之友聞之者，莫不聳異之；然而張亦志絶矣。稹特與張厚，因徵其詞，張曰：「大凡天之所命尤物也，不妖其身，必妖於人。使崔氏子遇合富貴，乘嬌寵，不爲雲爲雨，則爲蛟爲螭，吾不知其變化矣。昔殷之辛，周之幽，據萬乘之國，其勢甚厚；然而一女子敗之，潰其衆，屠其身，至今爲天下僇笑。予之德不足以勝妖孽，是用忍情。」於時坐者皆爲深嘆。

後歲餘，崔已委身於人，張亦有所娶。適經其所居，乃因其夫言於崔，求以外兄見。夫語之，而崔終不爲出。張怨念之誠，動於顔色。崔知之，潛賦一章，詞曰：「自從消瘦減容光，萬轉千迴懶下牀。不爲旁人羞不起，爲郎憔悴却羞郎。」竟不之見。後數日，張生將行，又賦一章以謝絶之曰：「棄置今何道，當時且自親。還將舊來意，憐取眼前人。」自是絶不復知矣。時人多許張爲善補過者矣。予嘗於朋會之中，往往及此，意者欲使知之者不爲，爲之者不惑。

貞元歲九月，執事李公垂，宿於予靖安里第，語及於是。公垂卓然稱異，遂爲歌以傳之。歌載李集中。

宋王銍云：「嘗讀蘇内翰《贈張子野》詩云：『詩人老去鶯鶯在。』注言所謂張生，乃張籍也。僕按：微之所作傳奇鶯鶯事，在貞元十六年春。又言『明年，生文戰不利』，乃在十七年。而唐《登科記》：『張籍以貞元十五年高郢下登科。』既先二年，決非張籍明矣。每觀斯文，撫卷嘆息，未知張生男爲何人，意其非微之一等人，不可當也。會清源莊季裕，爲僕言，友人楊阜公，嘗讀微之所作《姨母鄭氏墓誌》云：『其既喪夫，遭亂軍，微之爲保護其家備至。』則所謂傳奇者，蓋微之自叙，特假他姓以避就耳。僕退而考微之《長慶集》，不見所謂鄭氏誌文，豈僕家所收未完，或别有他本。然細味微之所叙，及考於他書，則與季裕之所説皆合。蓋昔人事有悖於義者，多託之鬼神夢寐，或假之他人，或云見别書，後世猶可考也。微之心不自抑，既出之翰墨，姑易其姓氏耳。不然，爲人叙事，安能委曲詳盡如此？按樂天作微之墓誌：以太和五年薨，年五十三。則當以大曆十四年己未生，至貞元十六年庚辰，正二十二歲。又韓退之作微之妻韋叢墓誌文：作婿韋氏時，微之始以選爲校書郎。又微之作陸氏姊誌云：予外祖父授睦州刺史鄭濟。白樂天作微之母鄭夫人誌，亦言『鄭濟女』。則鶯鶯者，乃崔鵬之女，於微之爲中表。非特此而已，僕家有微之作元氏《古艷詩》百餘篇，中有《春詞》二首，其間皆隱『鶯』字。及自有《鶯鶯詩》、《離思詩》、《雜憶詩》，與傳奇所載，猶一家説也。又有《古決絶詞》、《夢游春詞》，前叙所遇，後言捨之以義，及叙娶韋氏之年，與此無少異者。其詩多隱雙文，意謂二鶯字爲雙文也。並書於後，使覽者可考焉。又意《古艷詩》，多微之專因鶯鶯而作無疑。又微之《百韻詩寄樂天》云：『山岫當階翠，牆花拂面枝。鶯聲愛嬌小，燕翼玩逶迤。』又云：『幼年與蒲中詩人楊巨源友善，日課詩。』凡是數端，有一於此，可驗決爲微之無疑，況於如是之衆耶？然必更以張生，豈元與張，受姓命氏，本同所自出耶？僕性喜討論，考合同異。每聞一事，隱而未見，及可見而不同，如瓦礫之在懷，必欲討閲歸於一説而後已。嘗謂讀千載之書，而探千載之迹，必須盡見當時事理，如身履其間，絲分縷解，終始備盡，乃可以置議論。若略執一言一事，未見其餘，則事之相戾者多矣。又謂前世之事，無不可考者，特學者觀書少而未見耳。微之所遇合，雖涉於流宕自放，不中禮義，然名輩流風餘韻，照映後世，亦人間可喜事，而士之臻此者特鮮矣。雖巧爲避就，然意微而顯，見於微之其他文辭者，彰著又如此。故反復抑揚，張而明之，以信其説。他時見所謂姨母鄭氏誌文，當詳載於後云。」

唐范攄云：「元公初娶京兆韋氏，字蕙蘩，官未達而苦貧。繼室河東裴氏，字柔之。二夫人俱有才思，時彦以為佳偶。初，韋蕙蘩卒，不勝其悲，爲詩悼之曰：『謝家最小偏憐汝，嫁與黔婁百事乖。顧我無衣搜畫篋，浼他沽酒拔金釵。野蔬充膳甘長藿，落葉添薪仰古槐。今日贈錢過百萬，為君營葬復營齋。』又曰：『曾經滄海難爲水，除却巫山不是雲。』後自會稽，拜尚書右丞，到京未逾月，出鎮武昌。是時，中門外構緹幕，候天使送節次，忽聞宅内慟哭。侍者曰：『夫人也。』乃傳聞：『節鉞將至，何長慟焉？』裴氏曰：『歲杪到家鄉，先春又赴任。寄情未半，相見，所以如此。』立贈柔之詩曰：『窮冬至鄉國，正歲别京華。自恨風塵異，常看遠地花。碧幢還照耀，紅粉莫咨嗟。嫁得浮雲婿，相隨却是家。』裴氏柔之答曰：『侯門初擁節，御苑柳絲新。不是悲殊命，惟愁别是親。黄鶯遷古木，朱履陟清塵。想到千山外，滄江正暮春。』元公與裴氏琴瑟和諧，亦房帷之美也。余故手編録之，與好事者共焉。」

王楙云：「《石林詩話》謂『開簾風動竹，疑是故人來』與『徘徊花上月，空度可憐宵』此兩句，雖小説，實佳句。僕謂上聯在李君虞集中，此即古詞『風吹窗簾動，疑是所歡來』之意。梁費昶亦曰『簾動意君來』。柳惲曰：『颯颯秋枝響，非君趁夜來？』《麗情集》曰：『待月西廂下，迎風户半開。隔牆花影動，疑是玉人來。』齊謝脁《懷故人》詩：『離居方歲月，故人不在兹。清風動簾夜，明月照窗時。』皆一意也。」

王楙又云：「張先郎中子野能爲詩，年已八十，家猶畜聲妓。子瞻贈詩云：『詩人老去鶯鶯在，公子歸來燕燕忙。』正均用當家故事也。按唐有張君瑞，遇崔氏女於蒲。崔小名鶯鶯，元稹與李紳語其事，作《鶯鶯歌》。漢童謡曰『燕燕尾涎涎，張公子時相見。』又曰：『張祐妾，名燕燕。』其事迹與夫對偶，精切如此。鶯鶯對燕燕，已見於杜牧之詩曰：『緑樹鶯鶯語，平沙燕燕飛。』前輩用者，皆有所祖。南唐馮延巳詞：『燕燕巢時羅幕捲，鶯鶯啼處燕棲空。』亦以鶯鶯、飛燕作對。」

按《野談》：「近内黄野中掘得鄭恒墓誌，乃給事郎秦貫撰。其叙恒妻，則博陵崔氏。世遂以崔爲鶯鶯。余按《會真記》，雖謂鶯鶯委身於人，而不著名氏。鄭恒之名，特始見於《西廂》傳奇，蓋烏有之辭也。世以墓誌之名，偶與烏有之辭合；而鄭恒之配，又適與鶯鶯之氏同，遂以墓誌之崔爲鶯鶯，誤矣。」

陶宗儀云：「余向在武林日，於一友人處，見陳居中所畫唐崔麗人圖。其上有題云：『並燕鶯爲字，聯徽氏姓崔。非烟宜采畫，秀玉勝江梅。薄命千年恨，芳心一寸灰。西廂舊紅樹，曾與日徘徊。』余丁卯春三月，銜命陝右，道出於蒲東，普救之僧舍，所謂「西廂」者，有唐麗人崔氏女遺照在焉，因命畫師陳居中繪模真像。意非登徒子之用心，迨將勉情鍾終始之戒。仍綴四十言，使好事者知伯勞之歌以記云。泰和丁卯林鍾吉日，十洲種玉（大誌）宜之題。』延祐庚申春二月，余傳命至東平，顧市鬻《雙鶯圖》，觀久之，弗見主人而歸。夜宿府治西軒，夢一麗人，綃裳玉質，逡巡而前曰：『君玩《雙鶯圖》雖佳，非君几席間物。妾流落久矣，有雙鶯名冠古今，願託君爲重。』覺而怪之，未卜其何祥。遲明欲行，忽主人携鶯圖來，且四軸，余意麗人雙鶯，符此數耳。繼出一小軸，乃夢所見，有詩四十字，跋語九十八。識曰：『泰和丁卯，出蒲東，普救僧舍，繪唐崔氏鶯鶯真，十洲種玉大誌宜之題。畫、詩、書，皆絶神品也。余驚詫良久。時有司羣官吏環視，因縮不目，託以跋語佳勝，贈之。吁！物理相感，果何如邪？豈法書名畫，目有靈邪？抑名不朽者隨神邪？遇合有定數邪？余嘗謂《關雎》、《碩人》，姿德兼備，君子之配也。琴心、雪句，才艶聯芳，文士之偶也。自詩書道廢，丈夫弗學，况女流邪。故近世非無秀色，往往脂粉腥穢，鴉鳳莫辨，求其彷彿《待月》章之萬一，絶代無聞焉。此亦慨世降之一端也。因歸於我，義弗辭已。宜之者，蓋前金趙愚軒之字，曾爲鞏西簿。遺山謂泰和有詩名，五言平淡，他人未易造，信然。泰和丁卯，迨今百四十年云。其月二日，璧水見士思容題。』右共一百五十九字，雖不知『璧水見士』

爲何如人，然二君之風韻，可想見矣！因俾嘉禾繪工盛懋臨寫一軸，適舅氏趙公（侍）［待］制雝，見而愛之，就爲録文於上。」

附　古艷詩二首　元稹

春來頻到宋家東，垂袖開懷待好風。鶯藏柳暗無人語，惟有牆花滿樹紅。

深院無人草樹光，嬌鶯不語趁陰藏。等閑弄水浮花片，流出門前賺阮郎。

鶯鶯詩　元稹

殷紅淺碧舊衣裳，取次梳頭暗淡妝。夜合帶煙籠曉日，牡丹經雨泣殘陽。依稀似笑還非笑，彷彿聞香不是香。頻動横波嬌不語，等閑教見小兒郎。

離思詩五首　元稹

自愛殘妝曉鏡中，環釵謾篸緑絲叢。須臾日射胭脂頰，一朵紅酥旋欲融。

山泉散漫繞階流，萬樹桃花映小樓。閑讀道書慵未起，水晶簾下看梳頭。

紅羅着壓逐時新，杏子花紗嫩麴塵。第一莫嫌才地弱，些些紕縵最宜人。

曾經滄海難爲水，除却巫山不是雲。取次花叢懶回顧，半緣修道半緣君。

尋常百種花齊發，偏摘梨花與白人。今日江頭兩三樹，可憐葉底度殘春。

春曉　元稹

半欲天明半未明，醉聞花氣睡聞鶯。狌兒撼起鐘聲動，二十年來曉寺情。

古决絶詞　元稹

乍可爲天上牽牛織女星，不願爲庭前紅槿枝。七月七日一相見，[相見]故心終不移。那能朝開莫飛去，一任東西南北吹。分不兩相守，恨不兩相思。對面且如此，背面當何如？春風撩亂伯勞語，况是此時抛去時。握手苦相問，竟不言後期。君情既决絶，妾意亦參差。借如死生别，安得長苦悲！一解

噫春冰之將泮，何予懷之獨結？有美一人，於焉曠絶。一日不見，比一日於三年；况三年之曠别。水得風兮小而已波，筍在籜兮高不見節。矧桃李之當春，競衆人之攀折。我自顧悠悠而若雲，又安能保君皚皚之如雪？感破鏡之分明，睹淚痕之餘血。幸他人之既不我先，又安能使他人之終不我奪？已焉哉！織女别黄姑，一年一度暫相見，彼此隔河何事無？二解

夜夜相抱眠，幽懷尚沉結。那堪一年事，長遣一宵説。但感人相思，何暇暫相悦？虹橋薄夜成，龍駕侵晨别。生憎野鶴性遲回，死恨天鷄識時節。曙色漸曈曨，華星欲明滅。一去又一年，一年何時徹？有此迢遞期，不如生死别。天公隔是妒相憐，何不便教相决絶。三解

雜憶詩五首　元稹

今年寒食月無光，夜色才侵已上牀。憶得雙文通内裏，玉櫳深處暗聞香。

花籠微月竹籠煙，百尺絲繩拂地懸。憶得雙文人靜後，潛教桃葉送鞦韆。
寒輕夜淺繞迴廊，不辨花叢暗辨香。憶得雙文籠月下，小樓前後捉迷藏。
山榴似火葉相兼，半拂低牆半拂檐。憶得雙文獨披掩，滿頭花草倚新簾。
春冰消盡碧波湖，漾影殘霞似有無。憶得雙文衫子薄，鈿頭雲映褪紅酥。

贈雙文 元 稹

艷極翻含態，憐多轉自嬌。有時還自笑，閑坐更無聊。曉月行看墮，春酥見欲銷。何因肯《垂手》，不敢望《迴腰》。

感事詩 元 稹

富貴年皆長，風塵舊轉稀。白頭方見絶，遥爲一沾衣。

憶事詩 元 稹

夜深閒到戟門邊，却遶行廊又獨眠。明月滿庭池水緑，桐花垂在翠簾前。

夢游春詞 元 稹

昔君夢游春，夢游何所遇？夢入深洞中，果遂平生趣。清泠淺漫溪，畫舫蘭篙渡。過盡萬株桃，盤旋竹林路。長廊抱小樓，門牖相回互。樓下雜花叢，叢邊繞鴛鷺。池水漾彩霞，曉日初明煦。未敢上階行，頻移曲池步。烏龍不作聲，碧玉曾相慕。漸到簾幕間，徘徊意猶懼。閑窺東西閤，奇玩參差布。格子碧油糊，駝鈎紫金鍍。逡巡日漸高，影響人將寤。鸚鵡饑亂鳴，嬌猩睡猶怒。簾開侍兒起，見我遥相諭。鋪設繡紅茵，弛張鈿妝具。潛褰翡翠帷，瞥見珊瑚樹。不辨花貌人，空驚香若霧。身回夜合偏，態斂晨霞聚。睡臉桃破風，汗妝蓮委露。叢梳百葉髻，金蹙重臺履。紕軟殿頭裙，玲瓏合歡袴。鮮妍脂粉薄，暗淡衣裳故。最是紅牡丹，雨來春欲暮。夢魂良易驚，靈境難久寓。夜夜望天河，無由重沿泝。結念心所期，反如禪頓悟。覺來八九年，不向花回顧。雜洽兩京春，喧闐衆禽護。我到看花時，但作懷仙句。浮生轉經歷，道性尤堅固。近作《夢仙》詩，亦知勞肺腑。一夢何足云，良時自婚娶。當年二紀初，嘉節三星度。朝蕣玉珮迎，高松女蘿附。韋門正全盛，出入多歡裕。甲第漲清池，鳴騶引朱輅。廣樹舞葳蕤，長筵賓雜厝。青春詎幾日，華實潛幽蠹。秋月照潘郎，空山懷謝傅。紅樓嗟壞壁，金谷迷荒戍。石壓破欄杆，門摧舊梐枑。雖云覺夢殊，同是終難駐。悰緒竟何如？棼紗不成絢。卓女《白頭吟》，阿嬌《金屋賦》。重璧盛姬台，青塚明妃墓。盡委窮塵骨，皆隨流波注。幸有古如今，何勞縑比素。況余當盛時，早歲諳時務。詔册冠賢良，諫垣陳好惡。三十再登朝，一登還一僕。寵榮非不早，邅回亦云屢。直氣在膏肓，氛氳日沉痼。不盡意不快，快意言多忤。忤誠人所賊，性亦天之付。乍可沉爲香，不能浮作瓠。誠爲堅所守，未爲朋所措。事事身已經，營營計何誤。美玉琢文壇，良金填武庫。徒謂自堅貞，安知受礱鑄。長絲羈野馬，密網羅陰兔。物外各迢迢，誰能遠相顧。時來既若飛，禍速當如鶩。曩意自未精，此行何所訴？努力去江陵，笑言誰與晤。江花綻可憐，奈非心所慕。石竹逞奸黠，蔓菁誇畝數。一種薄地生，淺深何足妬。荷葉水上生，團團水中住。瀉水注葉中，君看不相污。

和微之夢游春詩百韻　白居易

微之既到江陵，又以《夢游春》詩七十韻寄予。且題其序曰：「斯言也，不可使不知吾者知，知吾者亦不可使不知。樂天，知吾者，吾不敢不使吾子知。」予辱斯言，三復其旨，大抵悔既往而悟將來也。然予以爲苟不悔不寤則已，若悔於此，則宜悟於彼也。反於彼而悔於妄，則宜歸於真也。況與足下外服儒風，内宗梵行者有日矣，而今而後，非覺路之反也，非空門之歸也，將安返乎？將安歸乎？今所和者，其章指卒歸於此。夫感不甚，則悔不熟，感不至，則悟不深。故廣足下七十韻爲一百韻，重爲足下陳夢游之中，所以甚感者；叙婚仕之際，所以至感者：欲使曲盡其妄，周知其非，然後返乎真，歸乎實。亦猶《法華經》叙火宅、偈化城，《維摩經》入淫舍、過酒肆之義也。微之，微之，予斯文也，尤不可使不知吾者知，幸藏之爾云。

昔君夢游春，夢游仙山曲。恍若有所遇，以愜平生欲。因尋菖蒲水，漸入桃花谷。到一紅樓家，愛之看不足。池流渡清泚，草嫩蹋緑蓐。門柳暗全低，檐櫻紅半熟。轉行深深院，過盡重重屋。烏龍卧不驚，青鳥飛相逐。漸聞玉珮響，始辨朱履躅。遥見窗下人，娉婷十五六。霞光抱明月，蓮艷開初旭。縹渺雲雨仙，氛氲蘭麝馥。風流薄梳洗，時世寬妝束。袖軟異文綾，裙輕單絲縠。裙腰銀緑壓，梳掌金筐蹙。帶纈紫葡萄，袴花紅石竹。凝情都未語，付意微相矚。眉斂遠山青，鬟低片雲緑。帳牽翡翠帶，被解鴛鴦襆。秀色似堪餐，穠華如可掬。半捲錦頭席，斜鋪繡腰褥。朱唇素指勾，粉汗紅綿撲。心驚夢易覺，夢斷魂難續。籠委獨棲禽，劍分連理木。存誠期有感，誓志貞無黷。京雒八九春，未曾花裏宿。壯年徒自棄，佳會應無復。鸞歌不重聞，鳳兆從兹卜。韋門女清貴，裴氏甥賢淑。羅扇夾花燈，金鞍攢繡轂。既傾南國貌，遂坦東牀腹。劉阮心漸忘，潘楊意方睦。新修履信第，初食尚書禄。九醖備聖賢，八珍窮水陸。秦家重蕭史，彦輔憐衛叔。朝饌饋獨盤，夜醪傾百斛。親賓盛輝赫，妓樂紛曄煜。宿醉才解醒，朝歡俄枕麴。飲過君子爭，令甚將軍酷。酩酊歌鷓鴣，顛狂舞鴝鵒。月流春夜短，日下秋天速。謝傅隙過駒，蕭娘風送燭。全凋蕣花折，半死梧桐禿。闇鏡對孤鸞，哀猿留寡鵠。凄凄隔幽顯，冉冉移寒燠。萬事此時休，百身何處贖？提携小兒女，將領舊姻族。再入朱門行，一傍青樓哭。櫪空無厩馬，水涸失池鶩。摇落廢井梧，荒凉故籬菊。莓苔上幾閤，塵土生琴築。舞榭綴蟏蛸，歌梁聚蝙蝠。嫁分紅粉妾，賣散蒼頭僕。門客思徬徨，家人哭咿噢。心期正蕭索，宦序仍拘跼。懷策入崤函，驅車辭郟鄏。逢時念既濟，聚學思大畜。端詳筮仕著，磨拭穿楊鏃。始從讎校職，首中賢良目。一拔侍瑶池，再升紆繡服。誓酬君王寵，願使朝廷肅。密勿奏封章，清明操憲牘。鷹韝中病下，豸角當邪觸。糾謬静東周，申冤動南蜀。危言詆閽寺，直氣忤鈞軸。不忍曲作鈎，乍能折爲玉。捫心無愧畏，騰口有謗讟。只要明是非，何曾虞禍福？車摧太行路，劍落酆城獄。襄漢問修途，荆蠻指殊俗。謫爲江府掾，遣事荆州牧。趨走謁麾幢，喧煩視鞭撲。簿書長自領，縲囚每親鞫。竟日坐官曹，經旬曠休沐。宅荒渚宫草，馬瘦畬田粟。薄俸等涓毫，微官同桎梏。月中照形影，天際辭骨肉。鶴病翅羽垂，獸窮爪牙縮。行看鬢間白，誰勸杯中緑？時傷大野麟，命問長沙鵩。夏梅山雨漬，秋瘴海雲毒。巴水白茫茫，楚山青簇簇。吟君七十韻，是我心所蓄。既去誠莫追，將來幸前勖。欲除憂惱病，當取禪經讀。須悟事皆空，無令念將屬。請思游春夢，此夢何閃倏！艷色即空花，浮生乃焦穀。良姻在佳偶，頃刻爲單獨。入仕欲榮身，須臾成黜辱。合者離之始，樂兮憂所伏。愁恨僧只長，歡榮刹那促。覺悟因旁喻，迷執由當局。膏明誘闇蛾，陽燄奔痴鹿。貪爲苦聚落，愛是悲林麓。水蕩無明波，輪廻死生輻。塵應甘露灑，垢待醍醐浴。障要智燈燒，魔須慧刀戮。外熏性易染，内戰心難衄。法句與心王，期君日三復。

題會真詩三十韻　杜　牧

鸚鵡出深籠，麒麟步遠空。拂牆花颯颯，透户月朧朧。暗度飛龍竹，潛挨舞鳳桐。松篁摇夜影，錦繡動春風。遠信傳青鳥，私期避玉童。柳烟輕漠漠，花氣淡濛濛。小小釵簪鳳，盤盤髻綰龍。無言欹寶枕，赧面對銀釭。姑射離仙闕，姮娥降月宫。精神絶趙北，顔色冠蒲東。密約千金值，靈犀一點通。修眉蛾緑掃，媚臉粉香蒙。燕隱凝香壘，蜂藏芍藥叢。留燈垂繡幕，和月簌簾櫳。弱體花枝顫，嬌顔汗顆融。筍抽纖玉軟，蓮襯朵頤豐。笑吐丁香舌，輕摇楊柳躬。未酬前恨足，肯放此情鬆。幽會愁難載，通宵意未窮。錦衾温未暖，玉漏滴將終。密語重言約，深盟各訴衷。樹交連理並，帶結合歡同。烟篆消金獸，燈花落玉蟲。殘星光閃閃，曙色影曈曈，别淚傾江海，行雲蔽華嵩。花鈿留寶靨，羅帕記新紅。有夢思春草，無因繫短篷。傷心怨别鶴，停目送歸鴻。厚德難酬報，高天可徑冲。寸誠言不已，封在錦箋中。

春詞酬元微之　沈亞之

黄鶯啼時春日高，紅芳發盡井邊桃。美人手暖裁衣易，片片輕花落剪刀。

鶯鶯歌　李紳

伯勞飛遲燕飛疾，垂楊綻金花笑日。緑窗嬌女字鶯鶯，金雀鴉鬟年十七。黄姑上天阿母在，寂寞霜姿素蓮質。門掩重關蕭寺中，芳草花時不曾出。

河橋上將亡官軍，虎旗長戟交壘門。鳳凰詔書猶未到，滿城戈甲如雲屯。家家玉貌棄泥土，少女嬌妻愁被虜。出門走馬皆健兒，紅粉潛藏欲何處？嗚嗚阿母啼向天，窗中抱女投金鈿。鉛華不顧欲藏艷，玉顔轉瑩如神仙。

此時潘郎未相識，偶住蓮館對南北。潛嘆悽惶阿母心，爲求白馬將軍力。明明飛詔五雲下，將選金門兵悉罷。阿母深居鷄犬安，八珍玉食邀郎餐。千言萬語對生意，小女初笄爲姊妹。

丹誠寸心難自比，寫在紅箋方寸紙。寄與春風伴落花，彷彿隨風緑楊裏。窗中暗讀人不知，剪破紅綃裁作詩。還怕香風易飄蕩，自令青鳥口銜之。詩中報郎含隱語，郎知暗到花深處。三五月明當户時，與郎相見花間路。

貫華堂第六才子書西廂記卷之四

聖歎外書

《西廂》者何？書名也。書曷爲乎名曰《西廂》也？書以紀事，有其事，故有其書也；無其事，必無其書也。今其書有事，事在西廂，故名之曰《西廂》也。西廂者，普救寺之西偏屋也。普救寺，則武周金輪皇帝所造之大功德林也。普救寺有西廂，而是西廂之西又有别院。别院不隸普救，而附於普救，蓋是崔相國出其堂俸之所建也。先是，法本者，相國之所剃度，是即相國之門徒也。相國因念：誠得一日，避賢罷相，而芒鞋竹杖，舍佛安適矣。然身願爲倉卒客，不願門徒爲倉卒主人，而於是特占此一袈裟，以爲老人菟裘。而不虞落成之日，不善頌禱，不聞歌，乃聞哭，不得以玉帶賭鎮山門，而竟以丹旐將諸煢獨，此老夫人所以停喪得於寺中之故也。故西廂者，普救寺之西偏屋也。西廂之西，又有别院，則老夫人之停喪所也。乃喪停而艷停，艷停而才子停矣。夫才子之停於西廂也，艷停於西廂之西故也。艷之停於西廂之西也，喪停故也。乃喪之停於西廂之西也，則實爲相國有自營菟裘故也。夫相國營菟裘於西廂之西，而普救寺之西廂遂以有事，乃至因事有書，而令萬萬世人傳道無窮。然則出堂俸建别院，又可不慎乎哉！

聖歎之爲是言也，有二故焉：其一，教天下以慎諸因緣也。佛言：一切世間皆從因生。有因者則得生，無因者終竟不生。不見有因而不生，無因而反忽生；亦不見瓜因而豆生，豆因而反瓜生。是故如來，教諸健兒，慎勿造因。嗚呼！胡可不畏哉！語云：「其父報仇，子乃行劫。」蓋言報仇必殺人也，而其子者不見(負)[報]仇，但見殺人，則亦戲學殺人。

殺人而國且以法繩之，子畏抵法也，遂逃命萑蒲中；萑蒲中又無所得食也，則不得已仍即以殺人爲業矣。若是乎仇亦慎勿報也。蓋聖歎現見其事已數數矣。現見其父中年無歡，聊借絲竹，陶寫情抱也。不眴眼而其子手執歌板，沿門唱曲。若是乎謝太傅亦慎勿學也。現見其父憂來傷人，頗引聖人，托於沈冥也。不眴眼而其子罵座被驅，墜車折脅。若是乎阮嗣宗亦慎勿學也。現見其父家居多累，竹院尋僧，略商古德也。不眴眼而其子引諸髠奴，污亂中冓。若是乎張無垢亦慎勿學也。現見其父希心避世，物外田園，方春勸耕也。不眴眼而其子擔糞服牛，面目黧黑。若是乎陶泉明亦慎勿學也。如彼崔相國，當時出堂俸，建別院，一時座上賓客，夫孰不嘖嘖賢者？是真謂之内秘菩薩，外現宰官，而已不覺不知親爲身後之西廂月下遠遠作因，不然，而豈其委諸曰雙文爲之乎？委諸曰才子爲之乎？委之雙文，雙文無因；委之才子，才子無因。然則西廂月下之事，非相國爲因，又誰爲之？嗚呼！人生世間，舉手動足，又有一毫可以漫然遂爲乎哉！

其一，教天下以立言之體也。夫老夫人，守禮謹嚴，一品國太君也。雙文，千金國艷也。即阿紅，亦一時上流姿首也。普救寺者，河中大刹，則其堂内堂外，僧徒何止千計，又況八部海湧，十方雲集？此其目視、手指、心動、口説，豈復人意之所能料乎哉！今以老猶未老，幼已不幼，雖在斬然衰絰之中，而其縱縱扈扈，終非外人習見之恒儀也。而儼然不施幨幕而逼處此，爲老夫人者，豈三家村燒香念佛嫗乎？不然，胡爲無禮至此！聖歎詳睹作者，實於西廂之西，別有別院。此院必附於寺中者，爲挽弓逗緣；而此院不混於寺中者，爲雙文遠嫌也。君子立言，雖在傳奇，必有體焉，可不敬與！

題目總名

張君瑞巧做東牀婿，法本師住持南禪地。老夫人開宴北堂春，崔鶯鶯待月西廂記。

率爾一題，亦必成文。觀其請「東」「南」「北」三，陪「西」字焉。

第一之四章題目正名

老夫人開春院
崔鶯鶯燒夜香
小紅娘傳好事
張君瑞鬧道場

一部書，十六章，而其第一章，大筆特書曰：「老夫人開春院。」罪老夫人也。雖在别院，終爲客居，乃親口自命紅娘引小姐於前庭閒散心。一念禽犢之恩，遂至逗漏無邊春色，良賈深藏，當如是乎？厥後詐許兩廊退賊願婚，乃又悔之，而又不遣去之，而留之書房，而因以失事，猶未減焉。

一之一　驚豔

今夫提筆所寫者古人，而提筆寫古人之人爲誰乎？有應之者曰：我也。聖歎曰：然，我也。則吾欲問此提筆所寫之古人，其人乃在十百千年之前，而今提筆寫之之我，爲信能知十百千年之前，真曾有其事乎，不乎？乃至真曾有其人乎，不乎？曰：不能知。不知，而今方且提筆曲曲寫之，彼古人於冥冥之中，爲將受之乎，不乎？曰：古人實未曾有其事也。乃至古亦實未曾有其人也。即使古或曾有其人，古人或曾有其事，而彼古人既未嘗知十百千年之後，乃當有我將與寫之，而因以告我。我又無從排神御氣，上追至於十百千年之前，問諸古人。然則今日提筆而曲曲所寫，蓋皆我自欲寫，而於古人無與。與古人無與，則古人又安所復論受之與不受哉。曰：古人不受，然則誰受之？曰：我寫之，則我受之矣。夫我寫之，即我受之，而於提筆將寫未寫之頃，命意吐詞，其又胡可漫然也耶？《論語》傳曰：「一言智，一言不智。言不可以不慎。」蓋言我必愛我，則我必宜自愛其言；我而不自愛其言者，是直不愛我也。我見近今填詞之家，其於生旦出場第一引中，類皆肆然早作狂蕩無禮之言，生必爲狂且，旦必爲倡女，夫然後愉快於心，以爲「情之所鍾，在於我輩」也如此。夫天下後世之讀我書者，彼豈不悟此一書中，所撰爲古人名色，如君瑞、鶯鶯、紅娘、白馬，皆是我一人心頭口頭，吞之不能，吐之不可，搔爬無極，醉夢恐漏，而至是終竟不得已，而忽然巧借古之人之事以自傳，道其胸中若干日月以來，七曲八曲之委折乎？其中如徑斯曲，如夜斯黑，如緒斯多，如蘖斯苦，如痛斯忍，如病斯諱。設使古人昔者真有其事，是我今日之所決不與知，則今日我有其事，亦是昔者古人之所決不與知者也。夫天下後世之讀我書者，彼則深悟君瑞非他君瑞，殆即著書之人焉是也；鶯鶯非他鶯鶯，殆即著書之人之心頭之人焉是也；紅娘、白馬悉復非他，殆即爲著書之人力作周旋之人焉是也。如是而提筆之時，不能自愛，而竟肆然自作狂蕩無禮之言，以自愉快其心，是則豈非身自願爲狂且，而以其心頭之人爲倡女乎？讀《西廂》第一折，觀其寫君瑞也如彼，夫亦可以大悟古人寄托筆墨之法也矣。

亦嘗觀於烘雲托月之法乎？欲畫月也，月不可畫，因而畫雲。畫雲者，意不在於雲也；意不在於雲者，意固在於月也。然而意必在於雲焉，於雲略失則重，或略失則輕，是雲病也。雲病，即月病也。於雲輕重均停矣，或微不慎，漬少痕，如微塵焉，是雲病也。雲病，即月病也。於雲輕重均停，又無纖痕漬如微塵，望之如有，攬之如無，即之如去，吹之如蕩，斯雲妙矣。雲妙而明日觀者沓至，咸曰：「良哉月與！」初無一人嘆及於雲。此雖極負作者昨日慘淡旁皇畫雲之心，然試實究作者之本情，豈非獨爲月，全不爲雲。雲之與月，正是一幅神理。合之固不可得而合，而分之乃決不可得而分乎！《西廂》第一折之寫張生也是已。《西廂》之作也，專爲雙文也。然雙文，國艷也。國艷，則非多買胭脂之所得而塗澤也。抑雙文，天人也。天人，則非下土螻蟻工匠之所得而增減雕塑也。將寫雙文，而寫之不得，因置雙文勿寫，而先寫張生者，所謂畫家烘雲托月之秘法。然則寫張生必如第一折之文云云者，所謂輕重均停，不得纖痕漬如微塵也。設使不然，而於寫張生時，釐毫夾帶狂且身分，則後文唐突雙文乃極不小。讀者於此，胡可以不加意哉？

（夫人引鶯鶯、紅娘、歡郎上云）老身姓鄭，夫主姓崔，官拜當朝相國，不幸病薨。只生這個女兒，小字鶯鶯，年方一十九歲，針黹女工，詩詞書算，無有不能。相公在日，曾許下老身侄兒、鄭尚書長子鄭恒爲妻，因喪服未滿，不曾成合。這小妮子，是自幼伏侍女兒的，喚做紅娘。這小厮兒，喚做歡郎，是俺相公討來壓子息的。相公棄世，老身與女兒，扶柩往博陵安葬，因途路有阻，不能前進，來到河中府，將靈柩寄在普救寺內。這寺乃是天册金輪武則天娘娘敕賜蓋造的功德院。長老法本，是俺相公剃度的和尚。因此上有這寺西邊一座另造宅子，足可安下。一壁寫書附京師，喚鄭恒來，相扶回博陵去。俺想相公在日，食前方丈，從者數百。今日至親只這三四口兒，好生傷感人也呵！

【仙呂】【賞花時】（夫人唱）夫主京師祿命終，子母孤孀途路窮。旅櫬在梵王宮。盼不到博陵舊塚，血淚灑杜鵑紅。

今日暮春天氣，好生困人。紅娘，你看前邊庭院無人，和小姐閑散心，立一回去。（紅娘云）曉得。

於第一章大書曰：「老夫人開春院。」雖曰罪老夫人之辭，然其實作者乃是巧護雙文。蓋雙文不到前庭，即何故爲游客誤見？然雙文到前庭而非奉慈母暫解，既何以解於「女子不出閨門」之明訓乎？故此處閑閑一白，乃是生出一部書來之根。即伏解元所以得見鶯艷之由，又明雙文真是相府千金秉禮小姐，蓋作者之用意苦到如此。近世忤奴，乃云雙文直至佛殿，我睹之而恨恨焉！

【後】（鶯鶯唱）可正是人值殘春蒲郡東，門掩重關蕭寺中；花落水流紅，閑愁萬種，無語怨東風。已上【賞花時】二曲，不是《西廂》一色筆墨，想是後人所添也。

（夫人引鶯鶯、紅娘、歡郎下）

（張生引琴童上云）小生姓張，名珙，字君瑞，本貫西洛人也。先人拜禮部尚書。周公之禮，盡在張矣。妙！小生功名未遂，游於四方。即今貞元十七年二月上旬，欲往上朝取應，路經河中府。有一故人，姓杜，名確。字君實，與小生同郡同學，曾爲八拜之交。後棄文就武，遂得武舉狀元，官拜征西大元帥，統領十萬大軍，現今鎮守蒲關。小生就探望哥哥一遭，却往京師未遲。暗想小生，螢窗雪案，學成滿腹文章，尚在湖海飄零，未知何日得遂大志也呵！看其中心如焚，止爲滿腹文章，有志未就，其他更無一言有所及。正是：萬金寶劍藏秋水，滿馬春愁壓繡鞍。别樣麗句，一氣説下，不對讀，質言之，只是不得見用，故悶人也。却將寶劍、繡鞍、秋水、春愁互得好。

【仙呂】【點絳唇】（張生唱）游藝中原，言游藝，則其志道可知也。開口便説志道游藝，則張生之爲人可知也。脚根無綫，如蓬轉。其至中原也，不獨至中原也。不獨至中原，而今蹔至中原，則其於别院中人，真如風馬牛也。望眼連天，日近長安遠。中心如焚，止爲長安，豈有他哉！看他一部書，無限偷香傍玉，其起手乃作如是筆法。

右第一節。言張生之至河中，正爲上京取應，初無暫留一日二日之心。

【混江龍】向詩書經傳，蠹魚似不出費鑽研。棘圍呵守暖，鐵硯可磨穿。投至得雲路鵬程九萬里，先受了雪窗螢火十餘年。才高難入俗人機，時乖不遂男兒願。怕你不雕蟲篆刻，斷簡殘編。哀哉此言，普天下萬萬世才子，同聲一哭！○看張生寫來是如此人物，真好筆法。

右第二節。寫張生滿胸前刺刺促促，只是一色高才未遇説話，其餘更無一字有所及。

行路之間，早到黄河這邊，你看好形勢也呵！

張生之志，張生得自言之；張生之品，張生不得自言之也。張生不得自言，則將誰代之言，而法又决不得不言，於是順便反借黄河，快然一吐其胸中隱隱嶽嶽之無數奇事。嗚呼！真奇文大文也。

【油葫蘆】九曲風濤何處險，正是此地偏。帶齊梁，分秦晋，隘幽燕。雪浪拍長空，天際秋雲捲。便是曹公亂世奸雄語。竹索纜浮橋，水上蒼龍偃。便是治世能臣言也。東西貫九州，南北串百川。言其學之富。歸舟緊不緊如何見？似弩箭離弦。言其才之敏也。【天下樂】疑是銀河落九天，高源雲外懸。言其所本者高。入東洋不離此徑穿。言其所到者大。滋洛陽千種花，言其潤色帝圖。潤梁園萬頃田，言其霖雨萬物。我便要浮槎到日月邊。又結至上京取應也。

右第三節。借黄河以快比張生之品量。試看其意思如此，是豈偷香傍玉之人乎哉！用筆之法，便如擘五石勁弩，其勢急不可就，而入下斗然轉出事來，是爲奇筆。

説話間，早到城中。這裏好一座店兒。琴童，接了馬者！店小二哥那裏？（店小二云）自家是狀元坊店小二哥。官人要下呵，俺這裏有乾淨店房。（張生云）便在頭房裏下。小二哥，你來，這裏有甚麼閑散心處？（小二云）俺這裏有座普救寺，是天册金輪武則天娘娘敕建的功德院，蓋造非常。南北往來過者，無不瞻仰。只此處可以游玩。（張生云）琴童，安頓行李，撒和了馬，我到那裏走一遭。（琴童云）理會得。（俱下）

（法聰上云）小僧法聰，是這普救寺法本長老的徒弟。今日，師父赴齋去了，着俺在寺中，但有探望的，便記着，待師父回來報知。山門下立地，看有甚麽人來。（張生上云）曲徑通幽處，禪房花木深。却早來到也。（相見科，聰云）先生從何處來？（張生云）小生西洛至此，聞上刹清幽，一來瞻禮佛像，二來拜謁長老。（聰云）俺師父不在，小僧是弟子法聰的便是。請先生方丈拜茶。（張生云）既然長老不在呵，不必賜茶。敢煩和尚相引，瞻仰一遭。（聰云）理會得。（張生云）是蓋造得好也！

【村里迓鼓】隨喜了上方佛殿，只一「了」字，便是游過佛殿也。而後之忤奴，必謂張、鶯同在佛殿，一何悖哉！○每曲一句，是游一處。又來到下方僧院。又游一處。○如忤奴之意，不成張、鶯厮趕僧院耶！厨房近西，又游一處。法堂北，又游一處。鐘樓前面。又游一處。游洞房，又游一處。登寶塔，又游一處。將回廊繞遍。又游一處。○已上，於寺中已到處游遍，更無餘剩矣，便直逼到崔相國西偏別院。筆法真如東海霞起，總射天台也。我數畢羅漢，參過菩薩，拜罷聖賢。此三句，不接上文之下，乃重申上文處處所見。蓋上文以佛殿、僧院、厨房、法堂、鐘樓、洞房、寶塔、回廊，襯出崔氏別院，而此又以羅漢、菩薩、聖賢，一切好相，襯出鶯艷也。其文如宋刻玉玩，雙層浮起。那裏又好一座大院子，却是何處？待小生一發隨喜去。（聰拖住云）那裏須去不得，先生請住者，裏面是崔相國家眷寓宅。（張生見鶯鶯、紅娘科）

驀然見五百年風流業冤。此即雙文奉老夫人慈命，暫至前庭閑散心，小立片時也。忤奴必云：蕩然游寺，被人撞見。

右第四節。寫張生游寺已畢，幾幾欲去，而意外出奇，憑空逗巧。○如此一段文字，便與《左傳》何異？凡用佛殿、僧院、厨房、法堂、鐘樓、洞房、寶塔、回廊，無數字，都是虚字；又用羅漢、菩薩、聖賢無數字，又都是虚字。相其眼覷何處，手寫何處，蓋《左傳》每用此法。我於《左傳》中說，子弟皆謂理之當然。今試看傳奇亦必用此法，可見臨文無法，便成狗嗥，而法莫備於《左傳》。甚矣，《左傳》不可不細讀也。我批《西廂》，以爲讀《左傳》例也。

【元和令】顛不刺的見了萬千，這般可喜娘罕曾見。言所見萬千，亦皆絶艷，然非今日之謂也。看他用第一筆乃如此，便先將普天下蛾眉推倒。我眼花撩亂口難言，魂靈兒飛去半天。看他用第二筆又如此，偏不便寫，偏只空寫，此真用筆入神處。忤奴又謂張生少年涎臉。

右第五節。寫張生驚見雙文，目定魂攝，不能遽語。若遽語，即成何文理。

儘人調戲，嚲着香肩，只將花笑拈。「儘人調戲」者，天仙化人，目無下土，人自調戲，曾不知也。彼小家十五六女兒，初至門前，便解不可儘人調戲，於是如藏似閃，作盡醜態，又豈知郭汾陽王愛女，晨興梳頭，其執櫛進巾，捧盤瀉水，悉用偏裨牙將哉？《西廂記》只此四字，便是吃烟火人道殺不到。千載徒傳「臨去秋波」，不知已是第二句。【上馬嬌】是兜率宮？是離恨天？我誰想這裏遇神仙！純寫儘人調戲神韻。看他用第三筆又如此，只是空寫。

右第六節。寫雙文不曾久立，張生瞥然驚見。此一頃刻，真如妙喜於阿閦佛國一現，不可再現。今乃欲於頃刻一現中，寫盡眼中無邊妙麗，可知着筆最是難事，因不得已而窮思極算，算出「儘人調戲」四字來。蓋下文寫雙文見客即走入者，此是千金閨女自然之常理，而此處先下「儘人調戲」四字，寫雙文雖見客走入，而不必如驚弦脱兔者，此是天仙化人，其一片清淨心田中，初不曾有下土人民半星齷齪也。看他寫相府小姐，便斷然不是小家兒女。筆墨之事，至於此極，真神化無方。

宜嗔宜喜春風面，

右第七節。只此七字，是雙文正面，下便側轉身來也。○須自知「顛不剌」起，至「晚風前」止，描畫雙文，凡用若干語，而其實雙文止是阿閦佛國瞥然一現，蓋只此七字是也。此七字已上，皆是空寫；已下，則皆寫雙文入去。我不知雙文此日亦見張生與否。若張生之見之，則止於此七字而已也。後之忤奴，必謂雙文於爾頃，已作目挑心招種種醜態，豈知《西廂記》妙文，原來如此。

偏、【上馬嬌】有此一字句，此恰用着，言雙文側轉身來也。宜貼翠花鈿。是側轉來所見也。【勝葫蘆】宮樣眉兒新月偃，侵入鬢雲邊。是側轉來所見也。

右第八節。寫雙文側轉身來。聖歎遂於紙上，親見其翩若驚鴻，即日我將以此妙文，持贈普天下才子，亦願一齊於紙上同見雙文翩若驚鴻也。普天下才子，讀至此處，愛殺雙文，安能不愛殺聖歎耶！然世間或有不愛殺聖歎者，聖歎乃無憾。何則？渠固不知文心之苦者也。○此方是活雙文，非死雙文也。傖乃不解，遂謂面是面、鈿是鈿、眉是眉、鬢是鬢，則是泥塑雙文也。

未語人前先靦腆，一。櫻桃紅破，二。玉粳白露，三。半晌，四。恰方言，五。【後】似嚦嚦鶯聲花外囀，一句破作五六句，幾於筆尖不肯着紙。

（鶯鶯云）紅娘，我看母親去。

右第九節。雙文才見客來，便側轉身，云：「我看母親去。」此是一晌眼間事，看他偏有本事，將「我看母親」一聲，寫出如許章法。

行一步上「偏」字，便是側轉身來，行此一步也。可人憐。解舞腰肢嬌又軟，千般嫋娜，萬般旖旎，似垂柳在晚風前。此只是側轉身來之第一步也，再一步，便入去了也。而張生此時未知也，遂極嘆之也。

右第十節。自「偏」字至此，止是一晌眼間事，蓋側轉身來，便移步入去也。

（鶯鶯引紅娘下）

雙文去矣，水已窮，山已盡矣。文心至此，如劃然弦斷，更無可續矣。看他下文，憑空又駕出妙搆來。

【後庭花】你看襯殘紅，芳徑軟，步香塵，底印兒淺。下將憑空從脚痕上揣摹雙文留情，故此特指芳徑淺印，以令人看也。傖父强作解事，多添襯字，謂是嘆其小，嘆其輕，彼豈知文法生起哉！休題眼角留情處，只這脚踪兒將心事傳。强生從何說起？作者從何入想？且又不便於脚痕上見鬼，又先於眼角上掉謊，行文可謂千伶百俐，七穿八跳矣！慢俄延，投至到櫳門前面，只有那一步遠。誰曾俄延？先生謊也。如此文字，真乃十分是精靈，十二分是鬼怪矣！◯上云「你看」，看底印也。看底印何也？看其將心事傳也。底印何見其將心事傳？看其步步慢，故步步近，即步步不忍舍我入去也。分明打個照面，自誇所揣如見也。寫出活張生來，真不是死張生也。風魔了張解元。

右第十一節。上文張生瞥然驚見，雙文翩然深逝，其間眼見並無半絲一綫，然則過此以往，真乃如鴻飛冥冥，弋者其奚慕哉。忽然於極無情處，生扭出情來，並不曾以點墨唐突雙文，而張生已自如蠶吐絲，自縛自悶。蓋下文無數借廂附齋，皆以此一節爲根也。○忤怒必欲於此一折中，謂雙文售奸，以致張生心亂，我得而知其母、其妻、其女之事焉！○此一折中，雙文豈惟心中無張生，乃至眼中未曾有張生也。不惟實事如此，夫男先乎女，固亦世之恒禮也。人但知此節爲行文妙筆，又豈知其爲立言大體哉？

神仙歸洞天，空餘楊柳烟，只聞鳥雀喧。【柳葉兒】門掩了梨花深院，粉牆兒高似青天。恨天不與人方便，難消遣，怎留連。有幾個意馬心猿？

右第十二節。正寫雙文已入去也。易解。

【寄生草】蘭麝香仍在，雙文既入，門便閉矣。門既閉，雙文便更不見矣。看他偏要逞好手，從門外張生，再寫出門裏雙文來。真是鏡花水月，全用光影邊事。此一句，是向門外寫也。佩環聲漸遠。此一句，便向門内寫也。東風摇曳垂楊綫，是從門外，仰望牆頭也。游絲牽惹桃花片，是魂隨游絲，飛過牆去也。珠簾掩映芙蓉面。是魂在牆内，逢神見鬼也。這邊是河中開府相公家，牆外也。那邊是南海水月觀音院。牆内也。【賺煞尾】望將穿，牆外也。涎空咽，牆内也。

右第十三節。雙文已入，門已閉，却寫張生於牆外洞垣，直透見牆内雙文，又是一樣憑空妙搆，真正活張生，非死張生也。

我明日透骨髓相思病纏，我當他臨去秋波那一轉！我便鐵石人也意惹情牽。妙！眼如轉，實未轉也。在張生必爭云「轉」，在我必爲雙文爭曰「不曾轉」也。忤奴乃欲效雙文轉。

右第十四節。至此，遂放聲言之也。

近庭軒，花柳依然，日午當天塔影圓。春光在眼前，「依然」，妙！半日迷魂，忽然睜眼。奈玉人不見，將一座梵王宮化作武陵源。

右第十五節。寫張生從別院門前覆身入寺，見寺中庭軒、花柳、日影、春光依然如故，與上第四節文字作呼應，所謂第四節入三昧，此節出三昧也。入得去，出得來，謂之好文字；殺得入去，殺得出來，謂之好健兒；入得定去，出得定來，謂之好菩薩。若前不知入去，後不知出來者，禪家謂之肚皮中鼓粥飯氣也。雙文不到佛殿，豈不信哉？

一之二　借廂

吾嘗遍觀古今人之文矣，有用筆而其筆不到者，有用筆而其筆到者，有用筆而其筆之前、筆之後、不用筆處無不到者。

夫用筆而其筆不到，則用一筆而一筆不到，雖用十百千乃至萬筆，而十百千萬筆皆不到也，兹若人毋寧不用筆可也。用筆而其筆到，則用一筆，斯一筆到，再用一筆，斯一筆又到，因而用十百千乃至萬筆，斯萬筆並到，如先生是真用筆人也。若夫用筆而其筆之前、筆之後、不用筆處無處不到，此人以鴻鈞爲心，造化爲手，陰陽爲筆，萬象爲墨。心之所不得至，筆已至焉；筆之所不得至，心已至焉；筆所已至，心遂不必至焉；心所已至，筆遂不必至焉。讀其文，其文如可得而讀也，然而能讀者，讀之而讀矣；不能讀者，讀之而未曾讀也。何也？其文則在其文之前、之後、之四面，而其文反非也。故用筆而其筆不到者，如今世間横災梨棗之一切文集是也。用筆而其筆到者，如世傳韓、柳、歐、王、三蘇之文，是也。若用筆而其筆之前後、不用筆處無不到者，捨《左傳》吾更無與歸也！《左傳》之文，莊生有其駘宕，《孟子》七篇有其奇峭，《國策》有其匝緻，聖歎别有《批〈孟子〉》、《批〈國策〉》欲呈教。太史公有其龍嵸。夫莊生、《孟子》、《國策》、太史公又何足多道，吾獨不意《西廂記》，傳奇也，而亦用其法。然則作《西廂記》者，其人真以鴻鈞爲心，造化爲手，陰陽爲筆，萬象爲墨者也。

何也？如夜來張生之瞥見鶯艶也，如天邊月，如佛上華，近之固不可得而近，而去之乃決不可得而去也。決不可得而去，則務必近之，而近之之道，其將從何而造端乎？通夜無眠，通夜思量，夫張生絶世之聰明才子也，彼且忽然而得算矣。謂天下之事，有鬥筍，有合縫。鬥筍，其始也；合縫，其終也。今日之事，不圖合縫，且圖鬥筍。夫鶯艶之在深深别院中也，此縫未易合也；而相國别院之在無遮大刹中也，此筍或可鬥也。天明已乎？胡天正未明也。雞唱矣乎？胡雞正未唱也。鼓終矣乎？胡鼓正未終也。我不圖合縫，我且圖鬥筍。夫他日縫之終合與不合，事則在他日，我不敢料也。若夫今日筍之必鬥而不可不鬥，乃至必宜急鬥而不可遲鬥，事則在今日矣，我安得雞唱鼓終，天明入寺，而一問法聰乎？雞不唱，鼓不終，天不明，則不得入寺而問聰，此其心亂如麻可知也。設也倏忽之間而雞唱矣，鼓終矣，天明矣，乃入寺問聰，而聰不我應，此又當奈之何哉？夫聰之必我應而不不我應，固也；然聰之雖必我應，而萬一竟不我應，亦或然之事也。

再思量之，則聽之或我應，或不我應，皆有之道也。再思量之，則聽之不我應也，其數多，其我應，乃數之少者也。再思量之，則聽必不我應者也，於是事急矣，心死矣，神散亂矣，發言無次矣，入寺見聽便發極云：不做周方，我必埋怨殺你。蓋聽聞之而斗然驚焉。何則？張生固未嘗先云借房，則聽殊不知其「不做周方」之爲何語也。張生未嘗先云借房，而便發極云「不做周方」者，此其一夜心問口、口問心，既經百千萬遍，則更不計他人之知與不知也。只此起頭一筆二句，十三字，便將張生一夜無眠，盡根極底，生描活現。所謂用筆在未用筆前，其妙則至於此，是惟《左傳》往往有之。借曰不然，而或順文寫之曰：你借我半間客舍僧房。然後乃繼之曰：不做周方。只略倒轉，便成惡札。嗟乎！文章之事，通於造化。當世不少青蓮花人，吾知必於千里萬里外，遥呼聖歎，酹酒於地曰：汝言是也！汝言是也！則聖歎亦於千里萬里外，遥呼青蓮花人，酹酒於地曰：先生，汝是作得《西廂記》出人也。已上，皆是「不做周方」一筆前，故意藏下之文。聖歎歎地代之寫出來，以明「不做周方」之一筆，其手法神妙，至於如此。試思「不做周方」二句，十三字耳，其前乃有如許一篇大文，豈不奇絶！

紅娘切責後，張生良久良久，此時最難措語。今看其【哨遍】一篇，極盡文章排蕩之法，是已爲奇事矣，偏有本事，又排蕩出【耍孩兒】五篇。忽然從世間男長女大，風勾月引一段關竅，硬作差派，先坐煞小姐，以深明適者我並非失言，然後云：「紅娘而肯做周旋耶，則我亦不過兩得其便；若紅娘畢竟不做周旋耶，則小姐自失便宜。」已又云：「既已不做周旋，則我亦決計便不思量。」已又云：「汝自不做周旋，我自終不得不思量。」凡五煞，俱是大起大落之筆，皆所以切怨紅娘也。切怨紅娘者，一題自有一題之文。若此篇則是切怨紅娘之文也，不知者，悉以爲慕鶯之文。不成一部《西廂》，篇篇皆慕鶯之文，又有何異同耶！

（夫人上云）紅娘，你傳着我的言語，去寺裏問他長老：幾時好與老相公做好事？問的當了，來回我話者。（紅娘云）理會得。（下）

（法本上云）老僧法本，在這普救寺内住持做長老。夜來老僧赴個村齋，不知曾有何人來探望？（喚法聽問科）（法聽云）夜來有一秀才，自西洛而來，特謁我師，不遇而返。（法本云）山門外覷者，倘再來時，報我知道。（法聰云）理會得。

（張生上云）自夜來見了那小姐，着小生一夜無眠。今日再到寺中訪他長老，小生别有話語。（與法聰拱手科）

【中吕】【粉蝶兒】（張生唱）不做周方，埋怨殺你個法聰和尚！

右第一節。無序無由，斗然叫此一句，是爲何所指耶？身自通夜無眠，千思萬算，已成熟話。若法聰者，又不曾做蛆，向驢胃中度夏，渠安所得知先生心中何事，要人「做周方」耶！豈非極不成文，極無理可笑語！然却是異様神變之筆，便將張生一夜中，車輪腸肚，總掇出來。使低手爲之，當云：來借僧房，敬求你個法聰和尚，你與我用心兒做個周方，云云，亦誰云不是【粉蝶兒】？然只是今朝張生，不復有昨夜張生。聖歎每云，不會用筆者，一筆只作一筆用，會用筆者，一筆作百十來筆用，正謂此也。

（聰云）先生來了，小僧不解先生話哩。

你借與我半間兒客舍僧房，與我那可憎才居止處門兒相向。「可憎」者，愛極之反辭也。王摩詰詩云「洛陽女兒對門居」。嘗嘆其「對門」二字，淫艷非常，不意本色道人胸中，乃有如此設想。今此「門兒相向」四字，便是一副錦心繡手，不必定是青藍，而自然視之欲笑也。雖不得竊玉偷香，且將這盼行雲眼睛打當。筆皆起伏。

右第二節。後文至【上小樓】之後闋，始向長老借房者，借房之次第也。此文才上場，便向法聰借房者，借房之心事也。借房不可不次第，則必待至【上小樓】之後闋也。借房之心事，刻不可忍，則必於此上場之一刻也。

（聰云）小僧不解先生話。

【醉春風】我往常見傅粉的委實羞，畫眉的敢是謊。不但是筆之起伏，此正是與張生爭殺身分。夫與張生爭殺身分者，正是與雙文爭殺身分也。若張生平生，但見一眉一眼，一裙一襪，便連路喪節者，今日所見，乃不足又道也。今番不是在先，人心兒裏早癢、句。癢。句。○【醉春風】有此一重字作一句，最要用得恰妙。撩撥得心慌，斷送得眼亂，輪轉得腸忙。

右第三節。文自明。

（聰云）小僧不解先生話也。師父久待，小僧通報去。（張生見法本科）

【迎仙客】我只見頭似雪，鬢如霜，面如少年得內養。貌堂堂，聲朗朗，只少個圓光，便是捏塑的僧伽像。

右第四節。乃不可少。

（法本上）請先生方丈內坐。夜來老僧不在，有失迎迓，望先生恕罪！（張生云）小生久聞清譽，欲來座下聽講，不期昨日相左。今得一見，三生有幸矣。（本云）敢問先生，世家何郡，上姓大名，因甚至此？（張生云）小生西洛人氏，姓張，名珙，字君瑞。因上京應舉，經過此處。

【石榴花】大師一一問行藏，小生仔細訴衷腸。自來西洛是吾鄉，宦游在四方，寄居在咸陽。先人禮部尚書多名望，五旬上因病身亡。平生正直無偏向，至今留四海一空囊。

右第五節。乃不可少。○雖不可少，然無事人向有事人作寒暄，彼有事人又不得不應。此景真可一噱也。○如送秧人被看鴨奴問話，緊急報船，誤行入木筏路中，皆何足道。莫苦於貧士，一屋兒女，傍午無烟，不得不向鮑叔告乞升斗。乃入門相揖，不可便語，而彼鮑叔則且睇目看天，緩緩言「節序佳哉」，又緩緩言「某物應時矣，已得嘗新否」，殊不覺來客心頭淚落如豆。我願普天下菩薩鮑叔，於彼二三貧賤兄弟無故忽然早來之時，善須察言觀色，慰勞無故，而後即安。此亦天地自然之常理，不足爲奇節也。聖歎此語，守錢奴見之而怨怒焉。此亦大不解事矣！聖歎此語，豈向守錢奴作説客耶！或曰：聖歎亦大不解事，彼守錢奴胡爲得見聖歎此書耶！

【鬭鵪鶉】聞你渾俗和光，句法是嘆，字法是嘲。果是風清月朗。小生呵，無意求官，有心聽講。

右第六節。此借廂之破題也，看其行文次第。

小生途路，無可申意，聊具白金一兩，與常住公用，伏望笑留。

秀才人情從來是紙半張，他不曉七青八黃，銀色也。任憑人説短論長，他不怕惦斤播兩。**【上小樓】**我是特來參訪，你竟無須推讓。這錢也難買柴薪，不够齋糧，略備茶湯。寫秀才入畫。○作《西廂記》，忽然畫秀才，不怕普天下秀才，具公呈，告官府耶？

右第七節。此借廂之入題也。

你若有主張，對艷妝，將言辭説上，還要把你來生死難忘。

右第八節。反透過借廂一筆，令文字有跳脱之勢。上來作諸般勤，本爲借廂也。然理之所必無，或是事之所忽有，如「言辭説上」，「生死難忘」，則是廂亦反不必借也，心頭亦明明知其必無此事，而口頭不覺忽忽定要説出來，癡人身分中，真有此景況，又不特作文勢跳脱而已。

(本云)先生客中，何故如此，先生必有甚見教。從來是禿厮乖。(張生云)小生不揣，有懇：因惡旅邸繁冗，難以温習經史，欲暫借一室，晨昏聽講。房金按月，任憑多少。(本云)敝寺頗有空房，任憑揀擇。不呵，就與老僧同榻何如？李陵所謂「不入耳」之言，隨筆寫作一笑。

【後】不要香積厨，不要枯木堂。不要南軒，不要東牆，只近西廂。靠主廊，過耳房，方纔停當。快休題長老方丈。誦之如蕉葉雨聲，何其爽哉！又如鼓聲撒豆點動，何其快活哉！

右第九節。借廂正文也。

(紅娘上云)俺夫人着俺問長老：幾時好與老相公做好事？問的當了，回話。(見本科)長老萬福！夫人使侍妾來問：幾時可與老相公做好事？(張生云)好個女子也呵！

【脱布衫】大人家舉止端詳，全不見半點輕狂。臨濟見牧牛嫂有抽釘拔楔之意，使知住山人真是大善知識。杜子美咏北方佳人，天寒修竹，則雖其侍婢，必云「摘花不插髮」也。語云：「不知其人，但觀所使。」今寫侍妾尚無半點輕狂，即雙文之嚴重可知也。大師行深深拜子，一。啓朱唇語言的當。二。【小梁州】可喜龐兒淺淡妝，三。穿一套縞素衣裳。四。○「縞素衣裳」，四字精細，是扶喪服也。

右第十節。〇昔有二人，於玄元皇帝殿中，賭畫東西兩壁。相戒互不許竊窺。至幾日，各畫最前旛幢畢，則易而一視之。又至幾日，又畫中間旌鉞畢，又易而一視之。又至幾日，又畫近身纓笏畢，又易而一視之。又至幾日，又畫陪輦諸天畢，又易而共視。西人忽向東壁啞然一笑，東人殊不計也。殆明並畫天尊已畢，又易而共視，而後西人始投筆大哭，拜不敢起。蓋東壁所畫最前人物，便作西壁中間人物，中間人物，却作近身人物，近身人物，竟作陪輦人物。西人計之，彼今不得不將天尊人物作陪輦人物矣，已後又將何等人物作天尊人物耶？謂其必至技窮，故不覺失笑。却不謂東人胸中，乃別自有其日角月表、龍章鳳姿，超於塵壒之外煌煌然一天尊。於是便自後至前，一路人物盡高一層。今被作《西廂記》人偷得此法，亦將他人欲寫雙文之筆，先寫却阿紅，後來雙文自不愁不出異樣筆墨，別成妙麗。嗚呼！此真非倉父所得夢見之事也。

鶻伶渌老不尋常，偷睛望，眼挫裏抹張郎。【後】我共你多情小姐同鴛帳，我不教你疊被鋪牀。將小姐央，夫人央，他不令許放，我自寫與你從良。寫紅娘「鶻伶渌老不尋常」，乃張生之鶻伶渌老，亦不尋常也。紅娘渌老不尋常，故趕眼挫偷抹張郎；乃張生渌老又不尋常，便早偷睛見其抹我也。一筆下，寫四只渌老，好看煞人。

右第十一節。又用別樣空靈之筆，重寫阿紅一遍也。抹，抹倒也，抹殺也，不以爲意也。將欲寫阿紅不是疊被鋪牀人物，以明侍妾早是一位小姐矣，其小姐又當何如哉？却先寫阿紅眼中，全然抹倒張生，並不以張生爲意，作一翻跌之筆，然後自云：你自抹殺我，我定不敢抹殺你。此真非已下人物也。文之靈幻，全是一片神工鬼斧，從天心月窟雕鏤出來。

傖父不知，乃謂寫阿紅眼好。夫上文之下，下文之上，有何關應，須於此處寫阿紅好眼耶？蓋言你抹我，你不應抹我也。

（本云）先生少坐，待老僧同小娘子到佛殿上一看便來。（張生云）小生便同行何如？（本云）使得。（張生云）着小娘子先行，我靠後些。

【快活三】崔家女艷妝，莫不演撒上老潔郎？既不是睃趁放毫光，爲甚打扮着特來晃。【朝天子】曲廊，洞房，你好事從天降。異樣鬼斧神工之筆。

右第十二節。張生靈心慧眼，早窺阿紅從那人邊來，便欲深問之，而無奈身爲生客，未好與人閨閤，因而眉頭一皺，計上心來，忽作醜語，牴突長老，使長老發極，然後輕輕轉出下文云。然則何爲不使兒郎，而使梅香？便問得不覺不知，此所謂「明攻棧道，暗度陳倉」之法也。傖父又不知，以爲張生忽作風話。斲山云：怪哉，聖歎，其眼至此！我疑此書便是聖歎自製。

（本發怒云）先生好模好樣，說那裏話！（張生云）你須怪不得我說。

好模好樣忒莽戇，煩惱耶唐三藏？妙句。便勘破普天下禪和子。偌大個宅堂，豈没個兒郎？要梅香來說勾當！一片閒心，火熱熱地，止要問此一語，却駡起如此奇文。你在我行、口强，你硬着頭皮上。言欲於其腦袋上，鑿一百栗暴。蓋定欲其告我真話也。

右第十三節。二節，真乃希世奇文，聖歎不惟今生做不出，雖他生猶做不出。

（本云）這是崔相國小姐孝心，與他父親亡過老相國追薦做好事，一點志誠，不遣别人，特遣自己貼身的侍妾紅娘，來問日期。（本對紅娘云）這齋供道場都完備了，十五日，是佛受供日，請老夫人、小姐拈香。（張生哭云）「哀哀父母，生我劬勞，欲報深恩，昊天罔極。」小姐是一女子，尚思報本。望和尚慈悲，小生亦備錢五千，怎生帶得一分兒齋，追薦我父母，以盡人子之心。便夫人知道，料也不妨。（本云）不妨。法聰，與先生帶一分齋者。（張生私問聰云）那小姐是必來麼？（聰云）小姐是他父親的事，如何不來。（張生喜云）這五千錢使得着也。

斗然借廂，斗然抵突長老，斗然哭，後又斗然推更衣先出去。寫張生通身靈變，通身滑脱，讀之如於普救寺中，親看此小後生。

右第十四節。又恐世間善男信女，及道學先生，讀至此處，謂張生真要薦親，故用正文説明之。

【四邊靜】人間天上，看鶯鶯强如做道場。軟玉温香，休言偎傍；若能够湯他一湯，早與人消災障。南無消災障菩薩摩訶薩。

○絶世奇文。

（本云）都到方丈吃茶。（張生云）小生更衣咱。（張生先出云）那小娘子一定出來也，我只在這裏等候他者。（紅娘辭本云）我不吃茶了，恐夫人怪遲，我回話去也。（紅出）（張生迎揖云）小娘子拜揖！（紅云）先生萬福！（張生云）小娘子，莫非鶯鶯小姐的侍妾紅娘乎？（紅云）我便是，何勞動問？（張生云）小生有句話，敢説麼？（紅云）言出如箭，不可亂發；一入人耳，有力難拔。有話，但説不妨！（張生云）小生姓張，名珙，字君瑞，本貫西洛人氏，年方二十三歲，正月十七日子時建生，並不曾娶妻。千載奇文！（紅云）誰問你來！我又不是算命先生，要你那生年月日何用？千載奇文！（張生云）再問紅娘，小姐常出來麼？（紅怒云）出來便怎麼？妙！先生是讀書君子，道不得個非禮勿言，非禮勿動。俺老夫人治家嚴肅，凜若冰霜。即三尺童子，非奉呼喚，不敢輒入中堂。先生絶無瓜葛，何得

如此！早是妾前，可以容恕；若夫人知道，豈便干休！今後當問的便問，不當問的，何得胡問！（紅娘下）

（張生良久良久云）這相思索是害殺我也！

【哨遍】聽説罷心懷悒怏，把一天愁都撮在眉尖上。説夫人節操凜冰霜，不召呼，不可輒入中堂。自思量，假如你心中畏懼老母威嚴，你不合臨去也回頭望。

右第十五節。寫張生被紅娘切責，一時脚插不進，頭鑽不入，無搔無爬，不上不落。於是不怨自己，不怨紅娘，忽然反怨鶯鶯。真是魂神顛倒之筆。

待颺下，承上文紅娘切責，救無路矣。定應如此措心，定應如此措筆也。

右第十六節。忽然作此一縱。筆如鶯鷹撇去；然只是三字，下便疾收轉來。世間有如此神俊之筆！若真颺下，豈非世間第一有力丈夫？抑若真颺下，豈非世間終身不長進活死人哉！座間忽一客云：「若真颺下，《西厢記》便止於此矣。」聖歎不覺大笑。

教人怎颺？赤緊的深沾了肺腑，牢染在肝腸。若今生你不是並頭蓮，難道前世我燒了斷頭香。用兩「頭」字起色，便爲玉茗堂開山。我定要手掌兒上奇擎，心坎兒上温存，眼皮兒上供養。

右第十七節。寫其一片志誠，雖死不變也如此。

【耍孩兒】只聞巫山遠隔如天樣，聽説罷又在巫山那廂。〔唐詩〕〔歐陽修《踏莎行》〕云：「平蕪盡處是〔青〕〔春〕山，行人更在〔青〕〔春〕山外。」此用其句法。我這業身雖是立回廊，魂靈兒實在他行。莫不他安排心事正要傳幽客，也只怕是漏洩春光與乃堂。春心蕩，他見黄鶯作對，粉蝶成雙。春心之蕩，乃硬派之耶？奇文奇情。

右第十八節。將深怨紅娘，而先硬差官派小姐春心之必蕩，以見己傾間之纖無差誤，而甚矣紅娘之謬也。

【五煞】紅娘你自年紀小，性氣剛。張郎倘去相偎傍，他遭逢一見何郎粉，我邂逅偷將韓壽香。風流況，成就我温存嬌婿，管甚麽拘束親娘！

右第十九節。望紅娘肯通一綫，則有如是之美滿也。

【四煞】紅娘，你忒慮過，空算長，郎才女貌年相仿。定要到眉兒淺淡思張敞，春色飄零憶阮郎。非誇獎，他正德言工貌，小生正恭儉温良。此二節，反覆言之，以盡其事也。

右第二十節。諷紅娘不通一綫，則有如是之懊悔也。

【三煞】紅娘他眉兒是淺淺描，他臉兒是淡淡妝，他粉香膩玉搓咽項。下邊是翠裙鴛繡金蓮小，上邊是紅袖鸞銷玉筍長。不想呵其實强，你也掉下半天風韻，我也颩去萬種思量。絶世奇談。自欲不思量，乃先欲人不風韻，豈非謊哉！昔有人過嗜蟹者，人或戒之，遂發願云：「我有大願，願我來世，蟹亦不生，我亦不食。」相傳以爲奇談，豈知是《西厢記》妙文，被他抄去。

右第二十一節。又作奇筆一縱，欲不思量也。

却忘了辭長老。（張生轉身見本云）小生故問長老，房舍何如？（本云）塔院西厢，有一間房，甚是瀟灑，正可先生安下。隨先生早晚來。（張生云）小生便回店中，搬行李來。（本云）先生是必來者。（法本下）（張生云）搬則搬來，怎麽捱這凄凉也呵！

【二煞】紅娘我院宅深，枕簟凉，一燈孤影摇書幌。縱然酬得今生志，着甚支吾此夜長？睡不着如翻掌，少呵有一萬聲長吁短嘆，五千遍搗枕搥牀。

右第二十二節。至此節，方寫「相思害殺我也」之正文。

【尾聲】嬌羞花解語，温柔玉有香。乍相逢記不真嬌模樣，儘無眠手抵着牙兒慢慢地想。

右第二十三節。輕飄一綫，遞過下節。人謂其不復結上，豈悟其早已襯後耶？益信前者之爲瞥見。

一之三　酬韻

曼殊室利菩薩好論極微，昔者聖歎聞之而甚樂焉。夫娑婆世界，大至無量由延，而其故乃起於極微。以至娑婆世界中間之一切所有，其故無不一一起於極微。此其事甚大，非今所得論。今者止借菩薩極微之一言，以觀行文之人之心。今夫清秋傍晚，天澄地澈，輕雲鱗鱗，其細若縠，此真天下之至妙也。野鴨成羣空飛，漁者羅而致之，觀其腹毛，作淺墨色，鱗鱗然，猶如天雲，其細若縠，此又天下之至妙也。草木之花，於跗萼中，展而成瓣，苟以閒心諦視其瓣，則自根至末，光色不定，此一天下之至妙也。燈火之焰，自下達上，其近穗也，乃作淡碧色；稍上，作淡白色；又上，作淡赤色；又上，作乾紅色；後乃作黑烟，噴若細沫，此一天下之至妙也。今世人之心，竪高横闊，不計道里；浩浩蕩蕩，不辨牛馬。設復有人，語以此事，則且開胸大笑，以爲人生一世，貴是衣食豐盈，其何暇費爾許心計哉？不知此固非不必費之閒心計也。秋雲之鱗鱗，其細若縠者，縠以有無相間成文，今此鱗鱗之間，則僅是有無相間而已也耶？人自下望之，去雲不知幾十百里，則見其鱗鱗者，其間不必曾至於寸，若果就雲量之，誠未知其爲尋爲丈者也。今試思：以爲尋爲丈之相去，而僅曰有無相間焉而已，則我自下望之，其爲妙也，决不能以至是。今自下望之而其妙至是，此其一鱗之與一鱗，其間則有無限層折，如相委焉，如相屬焉。所謂極微，於是乎存，不可以不察也。天雲之鱗鱗，其去也尋丈，故於中間有多層折，此猶不足論也。若夫野鴨腹毛之鱗鱗，其相去乃至爲逼迮，不啻如粟米焉也。今試觀其輕妙若縠，爲是止於有無相間而已也耶？如誠止於有無相間焉而已，則我試取纖筆，染彼淡墨，縷縷畫之，胡爲三尺童子，猶大笑以爲甚不似也，則誠不得離朱其人，諦審熟睹焉耳。誠諦審而熟睹之，此其中間之層折，如相委焉，如相屬焉，必也一鱗之與一鱗真亦如有尋丈之相去。所謂極微者，此不可以不察也。草木之花，於跗萼中，展而成瓣，人曰：凡若干瓣，斯一花矣。人固不知昨日者，殊未有此花也；更昨日焉，乃至殊未有此萼與跗也。於無跗無萼無花之中，而欻然有跗，而欻然有萼，而欻然有花，此有極微於其中間，如人徐行，漸漸至遠。然則一瓣雖微，其自瓣根，行而至於瓣末，其起此盡彼，筋轉脈摇，朝淺暮深，粉稺香老。人自視之，一瓣之大，如指頂耳；自花計焉，烏知其道里，不且有越陌度阡之遠也。人自視之，初開至今，如眴眼耳；自花計焉，烏知其壽命，不且有累生積劫之久也。此一極微，不可以不察也。燈火之焰也，淡淡焉，此不知於世間五色爲何色也。吾嘗相其自穗而上，訖於烟盡，由淡碧入淡白，此如之何其相際也；又由淡白入淡赤，此如之何其相際也；又由淡赤入乾紅，由乾紅入黑烟，此如之何其相際也。必有極微，於其中間，分焉而得分，又徐徐分焉，而使人不得分，此一又不可以不察也。人誠推此心也以往，則操筆而書鄉黨餽壺漿之一辭，必有文也；書人婦姑勃谿之一聲，必有文也；書途之人一揖遂别，必有文也。何也？其間皆有極微。他人以粗心處之，則無如何，因遂廢然以閣筆耳。我既適向曼殊室利菩薩大智門下學得此法矣，是雖於路旁，拾取蔗滓，尚將涓涓焉，壓得其漿，滿於一石，彼天下更有何逼迮題，能縛我腕使不動也哉？讀《西廂記》至《借廂》後、《鬧齋》前，《酬韻》之一章，不覺深感於菩薩焉。尚願普天才錦繡才子，皆細細讀之。上文《借廂》一章，凡張生所欲説者，皆已説盡。下文《鬧齋》一章，凡張生所未説者，至此後方纔得説。今忽將於如是中間，寫隔牆酬韻，亦必欲洋洋自爲一章。斯其筆拳墨渴，真乃雖有巧媳，不可以無米煑粥者也。忽然想到張、鶯聯詩，是夜則爲何二人悉在月中露下，因憑空造出每夜燒香一段事，而於看燒香上，生情布景，别出異樣花樣。粗心人不解此苦，讀之只謂又是一通好曲，殊不知一字一句一節，都從一黍米中剥出來也。

（鶯鶯上云）母親使紅娘問長老修齋日期，去了多時，不見來回話。（紅娘上云）回夫人話了，去回小姐話去。（鶯鶯云）使你問長老：幾時做好事？（紅云）恰回夫人話也，正待回小姐話：二月十五，佛什麽供日，請夫人、小姐拈香。（紅笑云）小姐，我對你説一件好笑的事。喒前日庭院前瞥見的秀才，今日也在方丈裏坐地。他先出門外，等着紅娘，深深唱喏，道：「小娘子莫非鶯鶯小姐侍妾紅娘乎？」又道：「小生姓張，名珙，字君瑞，本貫西洛人氏，年方二十三歲，正月十七日子時建生，並不曾娶妻。」（鶯鶯云）誰着你去問他？妙筆！幾乎屈殺紅娘。（紅云）却是誰問他來？本是一氣述下，中間略作間隔，以爲波折。他還呼着小姐名字，説：「常出來麽？」被紅娘一頓搶白，回來了。（鶯鶯云）你不搶白他也罷。（紅云）小姐，我不知他想甚麽哩，世間有這等傻角，我不搶白他？（鶯鶯云）你曾告夫人知道也不？（紅云）我不曾告夫人知道。（鶯鶯云）你已後不告夫人知道罷。一路如憐不憐，如置不置，有意無意，寫來恰妙。天色晚也，

安排香案，啗花園裏燒香去來。正是：無端春色關心事。閑倚熏籠待月華。（鶯鶯、紅娘下）

（張生上云）搬至寺中，正得西廂居住。我問和尚，知道小姐，每夜花園内燒香。恰好花園便是隔牆。比及小姐出來，我先在太湖石畔，牆角兒頭等待，飽看他一回，却不是好。且喜夜深人靜，月朗風清，是好天氣也呵！閑尋方丈高僧坐，悶對西廂皓月吟。

【越調】【鬬鵪鶉】（張生唱）玉宇無塵，銀河瀉影，月色横空，花陰滿庭；四句，妙月。羅袂生寒，芳心自警。二句，妙人。○上四句，亦非妙月；下二句，亦非妙人；六句，總是張生等人性急，度刻如年，一片妙心。

右第一節。○禪門《寶鏡三昧》，有「銀碗盛雪、明月藏鷺」之二言，吾便欲移以贊此以下三節文。○張生聞雙文每夜燒香，正在隔牆，又有太湖石可以墊脚，此那能忍而不看？那能忍而不急看耶？此真日未西，便望日落，日乍落，便望月升。那能月明如是，猶尚不到牆角耶？若雙文則殊不然：或晚妝，或添衣，或侍坐夫人，或殘針未了，皆可以遲遲吾行，而至於黄昏，而至於初更，正不必着甚死急，亦復匆匆早至也。然張生則心急如火，刻不可待，窮思極算，忽然算到夜深，其袂必寒；袂寒，其心必動；心動，則必悟燒香大遲，不可不急去矣。此謂之「芳心自警」也。看他寫一片等人性急，度刻如年，真乃手搦妙筆，心存妙境，身代妙人，天賜妙想。既有此文以後，尚不望人看得，安望未有此文以前，乃曾有人想得耶！

側着耳朵兒聽，躡着脚步兒行：悄悄冥冥，潛潛等等，**【紫花兒序】**等着我那齊齊整整，嬝嬝婷婷，姐姐鶯鶯。人愛殺是「嬝嬝婷婷」，我愛殺是「齊齊整整」。夫「齊齊整整」者，千金小姐也。

右第二節。上是等之第一層，此是等之第二層也。質言之，止是「等鶯鶯」三字，却因鶯鶯是疊字，便連用十數疊字倒襯於上，纍纍然如綫貫珠垂。看他妙文，止是隨手拈得也。

一更之後，萬籟無聲，不文人讀之，謂是寫景；文人讀之，悟是寫情。蓋一更之後，猶言一更後了；萬籟無聲，猶言不聽見開角門聲也，可想。我便直至鶯庭。到回廊下没揣的見你那可憎，定要我緊緊摟定；問你個會少離多，有影無形。恨其遲來，故謔之，非真有其事，亦非真欲爲其事，只是恨恨之辭。

右第三節。等之第三層也。言一更之後矣，猶萬籟無聲，既已如此，便大家無禮，我亦更不等也，我竟過來也。心忙意促，見神搗鬼，文章寫到如此田地，真乃錐心取血，補接化工。

（鶯鶯上云）紅娘，開了角門，將香案出去者。

【金蕉葉】猛聽得角門兒呀的一聲，猛聽得者，不復聽中，忽然聽得也。自初夜至此，專心靜聽，杳不聽得，因而心斷意絶，反不復聽矣。則忽然「呀」的聽得，謂之「猛聽得」也。風過處衣香細生。角門開後。不便寫出鶯鶯，且更向暗中又空寫一句。吾適言天雲之鱗鱗，其間則有委委屬屬，正謂此等筆法也。○第一句，鶯鶯在聲音中出現；第二句，鶯鶯在衣香中出現；下第三、四句，鶯鶯方向月明中出現。踮着脚尖兒仔細定睛，比那初見時龐兒越整。【調笑令】我今夜甫能、句。○只此「甫能」二字，便是張生親口供云：前瞥見未的。其文極明，而傖父必云：前張、鶯四目互睹，何耶？見娉婷，便是月殿姮娥不恁般撐。在月下，因便借月夫人比之。文只是隨手拈得。

右第四節。寫張生第二次見鶯鶯。與前春院瞥見，與後附齋再見，俱宜仔細相其淺深恰妙之法。我嘗謂吾子弟，凡一題到手，必有一題之難動手處。但相得其難動手在何處，便是易動手之秘訣也。時賢於一切題，只是容易動手，便更動手不得。

料想春嬌厭拘束，等閒飛出廣寒宫。佳句。容分一臉，體露半襟；軃長袖以無言，垂湘裙而不動。似湘陵妃子，斜偎舜廟朱扉；如洛水神人，欲入陳王麗賦。是好女子也呵！

遮遮掩掩穿芳徑，料應他小脚兒難行。行近前來百媚生，兀的不引了人魂靈！

右第五節。小脚難行，非寫早便憐惜之也，是寫漸漸行近來也。上第四節只是出角門，此第五節方是來至牆邊。

（鶯鶯云）將香來！（張生云）我聽小姐祝告甚麽。（鶯鶯云）此一炷香，願亡過父親，早生天界！此一炷香，願中堂老母，百年長壽！此一炷香……（鶯鶯良久不語科）（紅云）小姐，爲何此一炷香每夜無語？紅娘替小姐禱告咱：願配得姐夫，冠世才華、狀元及第，風流人物、温柔性格，與小姐百年成對波！（鶯鶯添香拜科）心間無限傷心事，盡在深深一拜中。（長吁科）（張生云）小姐，你心中如何有此倚欄長嘆也！好筆。

【小桃紅】夜深香靄散空庭，簾幕東風静。凡作文，必須一篇之中，並無一句一字，是雜湊入來。即如此「簾幕東風静」之五字，是言是夜無風，便留得香烟，與下人氣作氤氲，所謂有時寫風是風，有時寫風是無風，真正不是雜湊一句入來也。拜罷也斜將曲欄憑，長吁了兩三聲。上是寫香煙，此是寫人氣。剔團圞明月如圓鏡。雙承上文，斗接此句。用筆何其透脱！又不見輕雲薄霧，都只是香煙人氣，兩般兒氤氲得不分明。曾見海外奇器，名曰鬼工。此等文，亦真是鬼工。

右第六節。不過雙文長嘆，若不寫，則下文不可斗然吟詩耳。乃並不於雙文嘆上寫，亦不於雙文心中寫，却向明月上看他陪一香煙，便寫得雙文一嘆，如許濃至。絶世奇文，絶世妙文！

小生存細想來，小姐此嘆必有所感。我雖不及司馬相如，小姐，你莫非倒是一位文君。小生試高吟一絶，看他説甚的。吟詩必如此寫來，方不唐突人。

月色溶溶夜，花陰寂寂春；如何臨皓魄，不見月中人。真是好詩！

（鶯鶯云）有人在牆角吟詩？（紅云）這聲音便是那二十三歲不曾娶妻的那傻角。一文凡三見，一見一回妙。

（鶯鶯云）好清新之詩。紅娘，我依韻和一首。（紅云）小姐試和一首，紅娘聽波。（鶯鶯吟云）

蘭閨深寂寞，無計度芳春；料得高吟者，應憐長嘆人。也真是好詩！

（張生驚喜云）是好應酬得快也呵！

【禿厮兒】早是那臉兒上撲堆着可憎，更堪那心兒裏埋没着聰明。他把我新詩和得忒應聲，一字字，訴衷情，堪聽。【聖藥王】語句又輕，音律又清，你小名兒真不枉喚做鶯鶯。

右第七節。「早是」二語，寫鶯喜意，如欲於紙上跳動。◯欲贊雙文快酬，雖千言不可盡也，輕輕反借雙文小名，只於筆尖一點，早已活靈生現，抵過無數拖筆墜墨，所謂隨手拈得。

你若共小生、厮覷定，隔牆兒酬和到天明。妙人癡語，驟不可講。便是惺惺惜惺惺。

右第八節。雙文此酬，真乃意外。若使略遲一刻，張生實將不顧唐突矣。今反因驟然接得，正來不及，於是只圖再共酬和，便已心滿志足，更不算到別事。此真設心處地，將一時神理都寫出來。

我撞過去，看小姐怎麼。

【麻郎兒】我拽起羅衫欲行，他可陪着笑臉相迎。不做美的紅娘莫淺情，你便道謹依來命……【後】忽聽、一聲、猛驚。關角門聲也。

（紅云）小姐，咱家去來，怕夫人嗔責。（鶯鶯、紅娘關角門下）

右第九節。上寫因驟然，故不及；此寫略遲，却算出來也。乃張生略遲，鶯鶯早疾。一邊尚在徘徊，一邊撇然已颺。寫一遲一疾之間，恰好驚鴻雪爪，有影無痕，真妙絶無比！

撲刺刺宿鳥飛騰，顫巍巍花梢弄影，亂紛紛落紅滿徑。【絡絲娘】碧澄澄蒼苔露冷，明皎皎花篩月影。

右第十節。凡下宿鳥、花梢、落紅、蒼苔、花影，無數字，却是妙手空空。蓋一二三句，只是一句，四五句，亦只是一句。一二三句只是一句者，因鳥飛故花動，因花動故紅落。第三句便是第二句，第二句便是第一句也。蓋因雙文去，故鳥飛而花動而紅落也，而偏不明寫雙文去也。四五句亦只是一句者，一片蒼苔，但見花影。第四句只是第五句也，蓋因不見雙文，故見花影也，而偏不明寫不見雙文也。一二三句是雙文去，四五句是雙文去矣。看他必用如此筆，真使吃煙火人，何處着想。

白日相思枉躭病，今夜我去把相思投正。【東原樂】簾垂下，户已扃，我試悄悄相問，你便低低應。月朗風清恰二更，厮傒倖：又見神搗鬼，妙妙。如今是你無緣，小生薄命。

右第十一節。來時怨其來遲，因欲直至鶯庭；去時恨其去疾，又向垂簾悄問。身軀不知幾何，弱魂真欲先離矣。未來之前，已去之後，兩作見神搗鬼之筆，以爲章法。

【綿搭絮】恰尋歸路，佇立空庭，竹梢風擺，斗柄雲横。呀！今夜凄涼有四星，他不偢人待怎生！何須眉眼傳情，你不言我已省。「恰尋」二句者，張生歸到西厢也。「竹梢」二句者，歸又不便入户，猶仰頭思之也。「今夜」五句者，仰頭之所思得也。「四星」者，造稱人每至一斤，則用五星，獨至梢盡一斤，乃用四星。「四星」之爲言下梢也。甚言雙文快酬，非本所望。

右第十二節。筆態七曲八曲，煞是寫絶。記得聖歎幼年初讀《西厢》時，見「他不偢人待怎生」之七字，悄然廢書而卧者三四日。此真活人於此可死，死人於此可活，悟人於此又迷，迷人於此又悟者也！不知此日聖歎是死，是活，是迷，是悟，總之悄然一卧至三四日，不茶不飯，不言不語，如石沉海，如火滅盡者，皆此七字勾魂攝魄之氣力也。先師徐叔良先生，見而驚問，聖歎當時恃愛不諱，便直告之。先師不惟不嗔，乃反嘆曰：孺子異日，真是世間讀書種子！此又不知先師是何道理也。◯看「何須眉眼傳情」之六字，想作《西厢記》人，其胸中矜貴如此。蓋雙文之不合，則止是酬詩一節耳，自起至此，其於張生，真乃天下男子，全不與其事也，直至「鬧齋」已後，始入眼關心耳。天下才子，必能同辨。自今以往，慎毋教諸忤奴，於紅氍毹上，做盡醜態，唐突古今佳人才子哉。

只是今夜甚麽睡魔到得我眼裏呵！

【拙魯速】碧熒熒是短檠燈，冷清清是舊圍屏。燈兒是不明，夢兒是不成；淅泠泠是風透疎櫺，忒楞楞是紙條兒鳴；枕頭是孤零，被窩是寂静，便是鐵石人，不動情。【後】也坐不成，睡不能。亦是奇語。

右第十三節。至此始放筆正寫苦況也。讀之覺其一片迷離，一片悲凉。蓋爲數「是」字，下得如檐前雨滴聲，便摇動人魂魄也。

有一日柳遮花映，霧障雲屏，夜闌人静，海誓山盟，風流嘉慶，錦片前程，美滿恩情，咱兩個畫堂春自生。

右第十四節。上已正寫苦况，則一篇文字已畢。然自嫌筆勢直塌下來，因更掉起此一節，謂之龍王掉尾法。文家最重是此法。

【尾】我一天好事今宵定，兩首詩分明互證；再不要青瑣闥夢兒中尋，只索去碧桃花樹兒下等。猶言取之如寄矣，并相思亦可以不必矣。

右第十五節。躊躇滿志，有此快文。想見其提筆時通身本事，閣筆時通身快樂。

一之四　鬧齋

吾友斵山先生，嘗謂吾言：「匡盧真天下之奇也。江行連日，初不在意，忽然於晴空中劈插翠嶂，平分其中，倒挂疋練，舟人驚告，此即所謂廬山也者，而殊未得至廬山也。更行兩日，而漸乃不見，則反已至廬山矣。」吾聞而甚樂之，便欲往看之，而遷延未得也。蓋貧無行資，一也；苦到彼中，無東道主人，二也；又賤性懶散，略閒坐便復是一年，三也。然中心則殊無一日曾置不念，以至夜必形諸夢寐，常不一日二日，必夢見江行如駛，仰睹青芙蓉上插空中，一一如斵山言。寤而自覺遍身皆暢然焉。後適有人自西江來，把袖急叩之，則曰：「無有是也。」吾怒曰：「傖固不解也。」後又有人自西江來，又把袖急叩之，又曰：「無有是也。」吾又怒曰：「此又一傖也。」既而人苟自西江來，皆叩之，則言然、不然各半焉。吾疑，復問斵山，斵山啞然失笑，言：「吾亦未嘗親見。昔者多有人自西江來，或言如是云，或亦言不如是云。然吾於言如是者，即信之；言不如是者，置不足道焉。何則？夫使廬山而誠如是，則是吾之信其人之言爲真不虚也；設苟廬山而不如是，則是天地之過也。誠以天地之大力，天地之大慧，天地之大學問，天地之大游戲，即亦何難設此一奇以樂我後人，而顧吝不出此乎哉！」吾聞而又樂之，中心忻忻，直至於今，不惟夜必夢之，蓋日亦往往遇之。何謂日亦往往遇之？吾於讀《左傳》往往遇之，吾於讀《孟子》往往遇之，吾於讀《史記》、《漢書》往往遇之，吾今於讀《西廂》亦往往遇之。何謂於讀《西廂》亦往往遇之？如此篇之初，【新水令】之第一句云「梵王宫殿月輪高」，不過七字也，然吾以爲真乃江行初不在意也，真乃晴空劈插奇翠也，真乃殊未至於廬山也，真乃至廬山即反不見也；真大力也，真大慧也，真大游戲也，真大學問也。蓋吾友斵山之所教也，吾此生亦已不必真至西江也。吾此生雖終亦不到西江，而吾之熟睹廬山亦既厭也，廬山真天下之奇也。

其所以奇絶之故，詳後批中。

蓋至是而張生已三見鶯鶯矣。然而春院，乃瞥見也，瞥見則未成乎其爲見也。牆角，乃遥見也，遥見，則亦未成乎其爲見也。夫兩見而皆未成乎其爲見，然則至是而張生爲始見鶯鶯矣。是故作者於此，其用筆皆必致慎焉。其瞥見之文，則曰：「儘人調戲」，「將花笑拈」、「兜率院」、「離恨天」，「這裏遇神仙」，都作天女三昧，忽然一現之辭。其遥見之文，則曰「遮遮掩掩，小脚難行，行近前來」，「我甫能見娉婷」，真是「百媚生」，都作前殿夫人，是耶何遲之辭。若至是則始親見矣，快見矣，飽見矣，竟一日夜見矣。故其文曰「檀口點櫻桃，粉鼻倚瓊瑶，淡白梨花面，輕盈楊柳腰，滿面堆着俏，一團衠是嬌」。方作清水觀魚，數鱗數鬛之辭。人或不解者，謂此是實寫。夫彼真不悟從來妙文，决無實寫一法。夫實寫，乃是堆垛土墼子，雖鄉裏人，猶過而不顧者也。

忽然巧借大師、班首、行者、沙彌皆顛倒於鶯鶯，以極襯千金鶯艷，固是行文必然之事。然今日，正值佛末法中，一切比丘，惡乃不啻，自非龜鱉蛇蟲，亦宜稍稍禁戢，清淨閨閣，莫入彼中。蓋邇來惡比丘之淫毒，真不止於燭滅香消而已。彼龜鱉蛇蟲，乃方合掌云：「阿彌陀佛，罪過！」渠是真正千二百五十人善知識。吾妻、吾媳、吾女，方將傾箱倒篋，作竭盡布施，而爲供養。事非小可，汝勿造拔舌地獄業也。嗟乎！今天下龜鱉蛇蟲之愚，而好與人用如是哉？亦大可哀也已！

（張生上云）今日二月十五日，和尚請拈香，須索走一遭。如此閒事，温習經史人，何必去哉。一笑。雲晴雨濕天花亂，海湧風翻貝葉輕。

【雙調】【新水令】（張生唱）梵王宫殿月輪高，如此落筆，真是奇絶！庶幾昊天上帝，能想至此，世間第二、第三輩，便已無處追捕也。記聖歎幼時初讀《西廂》，驚睹此七字，曾焚香拜伏於地，不敢起立焉。◯普天下錦繡才子，二十八宿在其胸中，試掩卷思此七字，是何神理！不妨遲至一日一夜，以爲快樂焉。碧琉璃瑞煙籠罩。又加此七字一句，使上句失笑。

右第一節。寫張生用五千錢看鶯鶯，心急如火，不能待至明日，真乃「天遣風雲作君骨，世人不復知其故」。蓋月之行天，凡三十夜，逐夜漸漸，自西而東，故初之十夜，即初昏已斜；廿之十夜，必更闌乃上。獨於十四、五、六，望之三夜，乃正與日之行天，起没相等。今修齋本是十五日，則必待十四夜之月落盡，衆僧方可開殿啓建。即甚虔誠，亦必待月已斜；乃至更極虔誠，半夜斯起，亦必待月正中，然而已嫌其太早也。今張生親口唱云「月輪高」，則是從東而起，初過殿鴟，殆還是十四日之初更未盡也。已又唱云「碧琉璃瑞煙籠罩」，可見殿槅正閉，悄無所睹，徬徨露下，遥夜如年，但見瓦上煙光迷漫。本意欲看鶯鶯，托之乎云看道場，今且獨自一人先看月也，看琉璃瓦也，真絶倒吾普天下才子！ 斵山云：聖歎腸肚如何生！

（法本引僧衆上云）今日是二月十五，釋迦牟尼佛入大涅槃日，純陀長者，與文殊菩薩，修齋供佛。若是善男信女，今日做好事，必獲大福利。張先生早已在也，大衆動法器者，待天明了，請夫人、小姐拈香。

行香雲蓋結，諷咒海波潮。幡影飄飖，諸檀越盡來到。 和尚眼中發財，解元眼中添刺。

右第二節。正寫道場也。「諸檀越盡來到」，則無一人不到矣，而殊不知有三人未到也。然我亦數之謂是三人耳，實則止有一人未到也。昌黎有云：「伯樂一過冀北，而其野無馬。」解之者曰：「非無馬也，無良馬也。」今云「諸檀越盡到」，無一人到也。非無一人到也，非此一人到也。妙筆。

【駐馬聽】法鼓金鐃，二月春雷響殿角；鐘聲佛號，半天風雨灑松梢。 便如老杜悲凉之作。

右第三節。此非寫道場也，乃寫道場之震動如此。鶯鶯孝女，追薦父親，而豈不聞之乎！

侯門不許老僧敲，寫張生，如熱熬盤上蟻子。紗窗也没有紅娘報。如熱熬盤上蟻子。我是饞眼腦，見他時要看個十分飽。

右第四節。心急如火，更不能待，欲遣一僧請之，又似於禮不可，因而怨到紅娘。如此妙筆，真恐紙上有一張生直走下來。

（本見張生科）（本云）先生先拈香，若夫人問呵，只説是老僧的親。只圖自家免罪耳。是和尚親，便怎麽耶？（張生拈香拜科）

【沉醉東風】惟願存在的人間壽高，亡過的天上逍遥。我真正爲先靈禮三寶。再焚香暗中禱告：只願紅娘休劣，夫人休覺，犬兒休惡！佛囉，成就了幽期密約！紅娘、夫人，已無倫次，再入犬兒，一發無禮。所謂觸手成趣也。○斵山云：於三寶前，一切衆生，普皆平等，猶如一子，正宜犬兒、夫人一齊入疏。

右第五節。附齋正文。

（夫人引鶯鶯、紅娘上云）長老請拈香，咱走一遭。

【雁兒落】我只道玉天仙離碧霄，原來是可意種來清醮。我是個多愁多病身，怎當你傾國傾城貌。不是張生放刁，須知實有如此神理。【得勝令】你看檀口點櫻桃，粉鼻倚瓊瑤，淡白梨花面，輕盈楊柳腰。妖嬈，滿面兒堆着俏；苗條，一團兒衠是嬌。

右第六節。正寫鶯鶯。○世之不知文者，謂此是實寫，不知此非實寫也，乃是寫張生直至第三遍見鶯鶯，方得仔細，以反襯前之兩遍全不分明也。或問：必欲寫前之兩遍不得分明者，何也？曰：鶯鶯千金貴人也，非十五左右之對門女兒也，若一遍便看得仔細，兩遍便看得仔細，豈復成相國小姐之體統乎哉？○從來文章家無實寫之法。吾見文之最實者，無如左氏《周鄭交惡》傳中，「澗溪沼沚之毛，蘋蘩薀藻之菜，筐筥錡釜之器，潢汙行潦之水」，板板四句，凡下四四一十六字，可稱大厭。而實則止爲要反挑王子狐、公子忽，兩家俱用所愛子弟爲質，乃是不必。故言不過只採那澗溪沼沚中間之毛，喚作蘋蘩薀藻尋常之菜，盛於筐筥錡釜野人之器，注以潢汙行潦不清之水，只要明信無欺，便可薦鬼神而羞王公。四句不意乃是一句，四四一十六字，不意乃是一字，正是異樣空靈排宕之筆。然後諦信自古至今無限妙文，必無一字是實寫，此言爲更不誣也。附見。

老僧一句話，敬稟夫人：有敝親，是上京秀才。父母亡後，無可相報，央老僧帶一分齋。老僧一時應允了，恐夫人見責。（夫人云）追薦父母，有何見責？請來相見咱。（張生見夫人畢）

【喬牌兒】大師年紀老，高座上也凝眺；舉名的班首真呆傍，將法聰頭做磬敲。

右第七節。不惟寫國艷一時傾倒大衆，且益明鶯鶯自入寺停喪以來，曾未嘗略露春妍。何世之忤奴，必云小姐游佛殿哉？

【甜水令】老的少的，村的俏的，没顛没倒，勝似鬧元宵。稔色人兒，可意冤家，怕人知道，看人將淚眼偷瞧。寫女兒心性，不甚分明。正爾入妙，正不以不偷瞧爲佳耳。【折桂令】着小生心癢難撓。

右第八節。「老的少的，村的俏的」者，即諸檀越也。夫鶯鶯不看人，可也；若鶯鶯看人，則獨看張生可也。今張生則雖自以爲皎皎然獨出於「老的少的，村的俏的」之外，而自鶯鶯視之，正復一例，茫茫然並在「老的少的，村的俏的」之中。此時張生千思萬算，不知吾鶯鶯珠玉心田中，果能另作青眼，提拔此人，別自看待乎？抑竟一色抹倒乎？——所謂「心癢難撓」也。然此節，亦既伏飛虎風聞之根矣。

哭聲兒似鶯囀喬林，淚珠兒似露滴花梢。大師難學，把個慈悲臉兒矇着。奇文！妙文！點燭的頭陀可惱，燒香的行者堪焦。燭影紅搖，香靄雲飄；貪看鶯鶯，燭滅香消。妙文！奇文！六句，一、二句喝，五、六句證，又橫插三、四句於中間作追。用筆之妙，真乃龍跳虎卧矣！

右第九節。上節，鶯鶯看人也；此節，人看鶯鶯也。「大師難學」者，言一切大衆，俱應學大師也。學其矇着臉兒不看鶯鶯，則始得稱嚴淨毗尼活佛菩薩也。今一切大衆，至於「燭滅香消」，則甚矣，大師之果難學也！○聖歎於此，有二語欲告君瑞：其一，孔氏之言也，曰「有諸己，而後求之人；無諸己，而後非之人」，「己所不欲，勿施於人」，「能近取譬，終身可行」。是則君瑞無以自解於諸禿也。其一，釋氏之言也，有秀才參趙州云：「伏承佛法一切捨施，今某甲就和尚手中欲乞這拄杖，得否？」州云：「君子不奪人所好。」秀云：「某甲不是君子。」州云：「老僧也不是佛。」是則諸禿反有以自解於君瑞也。君瑞且奈之乎哉？一笑。

【碧玉簫】我情引眉梢，心緒他知道：他愁種心苗，情思我猜着。暢懊惱！響璫璫雲板敲。行者又嚎，沙彌又哨，你須不奪人之好。【鴛鴦煞】你有心爭似無心好，我多情早被無情惱。極勸諸人勿看鶯鶯，而以己之看而無益證之，欺三歲小兒哉！真爲化工之極筆。忽作我他、他我，娓娓爾汝之言，一何扯淡，一何機警！

右第十節。承上，一節鶯鶯看人，一節人看鶯鶯，而急接之以我他、他我娓娓爾汝之聲，以深明己與鶯鶯四目二心，方是東日照於西壁。若其他，乃至無有一雄蒼蠅，曾得與於斯也。而無奈行者、沙彌猶尚不曉，吱吱喳喳，惱不可言。○已上三節，文勢之警動如此，不知何一傖，妄添【錦上花】之兩半闋，可鄙可恨！

（本宣疏燒紙科，云）天明了也，請夫人、小姐回宅。（夫人、鶯鶯、紅娘下）（張生云）再做一日也好，那裏發付小生！

勞攘了一宵，月兒早沉，鐘兒早響，鷄兒早叫。玉人兒歸去得疾，好事兒收拾得早，道場散了。酩子裏各回家，葫蘆提已到曉。「道場散了」四字，無限悲感。又不止於張生而已。

右第十一節。結亦極壯浪。我曾細算此篇結，最難是壯浪。

貫華堂第六才子書西廂記卷之五

聖歎外書

第二之四章題目正名

張君瑞破賊計
莽和尚殺人心
小紅娘晝請客
崔鶯鶯夜聽琴

二之一　寺警

文章有移堂就樹之法。如長夏讀書，已得爽塏，而堂後有樹，更多嘉蔭，今欲棄此樹於堂後，誠不如移此樹來堂前。然大樹不可移而至前，則莫如新堂可以移而去後。不然，而樹在堂後，非不堂是好堂，樹亦好樹，然而堂已無當於樹，樹尤無當於堂。今誠相厥便宜，而移堂就樹，則樹固不動，而堂已多蔭，此真天下之至便也。此言鶯鶯之於張生，前於酬韻夜，本已默感於心，已又於鬧齋日，復自明睹其人，此真所謂口雖不吐，而心無暫忘也者。今乃不端不的，出自意外，忽然鼓掌應募，馳書破賊，乃正是此人。此時則雖欲矯情箝口，假不在意，其奚可得？其理、其情、其勢，固必當感天謝地，心蕩口説，快然一瀉其胸中沈憂，以見此一照眼之妙人，初非兩廊下之無數無數人所可得而比。然而一則太君在前，不可得語也；二則僧衆實繁，不可得語也；三則賊勢方張，不可得語也。夫不可得語而竟不語，彼讀書者至此，不將疑鶯鶯此時其視張生應募，不過一如他人應募，淡淡焉了不繫於心乎？作者深悟文章舊有移就之法，因特地於未聞警前，先作無限相關心語，寫得張生已是鶯鶯心頭之一滴血，喉頭之一寸氣，并心、并胆、并身、并命，殆至後文則只須順手一點，便將前文無限心語，隱隱然都借過來。此爲後賢所宜善學者，其一也。左氏最多經前起傳之文，正是此法也。

又有月度回廊之法。如仲春夜和，美人無眠，燒香捲簾，玲瓏待月。其時初昏，月始東升，泠泠清光，則必自廊檐下度廊柱，又下度曲欄，然後漸漸度過閒階，然後度至瑣窗，而後照美人。雖此多時，彼美人者，亦既久矣明明竚立，暗中略復少停其勢，月亦必不能不來相照。然而月之必由廊而欄、而階、而窗、而後美人者，乃正是未照美人以前之無限如迤如邐，如隱如躍，別樣妙境。非此即將極嫌此美人何故突然便在月下，爲了無身分也。此言鶯鶯之於張生，前於酬韻夜，雖已默感於心，已於鬧齋日，復又明睹其人，然而身爲千金貴人，上奉慈母，下凛師氏，彼張生則自是天下男子，此豈其珠玉心地中所應得念？豈其蓮花香口中所應得誦哉？然而作者則無奈何也。設使鶯鶯真以慈母、師氏之故，而珠玉心地終不敢念，蓮花香口終不敢誦，則將終《西厢記》乃不得以一筆寫鶯鶯愛張生也乎！作者深悟文章舊有漸度之法，而於是閑閑然先寫殘春，然後閑閑然寫有隔花之一人，然後閑閑然寫到前夜酬韻之事，至此却忽然收筆云，身爲千金貴人，吾愛吾寶，豈須別人隄備，然後又閑閑然寫「獨與那人兜的便親」。要知如此一篇大文，其意原來却只要寫得此一句於前，以爲後文張生忽然應募，鶯鶯驚心照眼作地。而法必閑閑漸寫，不可一口便説者，蓋是行文必然之次第。此爲後賢所宜善學者，又一也。

文章有羯鼓解穢之法。如李三郎，三月初三，坐花蕚樓下，敕命青玻璃，酌西凉葡萄酒，與妃子小飲。正半酣，一時五王三姨，適然俱至，上心至喜，命工作樂。是日，恰值太常新製琴操成，名曰《空山無愁》之曲，上命對御奏之。每一段畢，上攢眉視妃子，或視三姨，或視五王，天顔殊悒悒不得暢。既而將入第十一段，上遽躍起，口自傳敕曰：「花奴，取羯鼓速來，我快欲解穢。」便自作《漁陽摻撾》，淵淵之聲，一時欄中未開衆花，頃刻盡開。此言鶯鶯聞賊之頃，法不得不亦作一篇。然而勢必淹筆漬墨，了無好意。作者既自折盡便宜，讀者亦復乾討氣急也。無可如何，而忽悟文章舊有解穢之法，因而放死筆、捉活筆，斗然從他遞書人身上，憑空撰出一莽惠明，以一發洩其半日筆尖嗚嗚咽咽之積悶。杜工部詩云：「豫章翻風白日動，鯨魚跋浪滄溟開。」又云：「白摧朽骨龍虎死，黑入太陰雷雨垂。」便是此一副奇筆，便使通篇文字，立地焕若神明。此爲後賢所宜善學者，又一也。

(孫飛虎領卒子上云)自家孫飛虎的便是。方今天下擾攘，主將丁文雅失政，俺分統五千人馬，鎮守河橋。探知相國崔珏之女鶯鶯，眉黛青顰，蓮臉生春，有傾國傾城之容，西子太真之色，現在河中府普救寺停喪借居。前日二月十五，做好事追薦父親，多曾有人看見。俺心中想來，首將尚然不正，俺獨何爲哉！大小三軍，聽吾號令：人盡啣枚，馬皆勒口，連夜進兵河中府！擄掠鶯鶯爲妻，是我平生願足。(引卒子下)問曰：當時若不寫惠明，竟寫飛虎，亦得耶？答曰：如寫而不極暢，是不如勿寫也。然一欲寫得極暢，而遂忍以鶯鶯一任飛虎口中恣其詆侮，於我心有戚戚焉，故不爲也。

(法本慌上云)禍事到！誰想孫飛虎，領半萬賊兵，圍住寺門，猶如鐵桶，鳴鑼擊鼓，吶喊摇旗，要擄小姐爲妻。老僧不敢違誤，只索報知與夫人、小姐。

(夫人慌上云)如此却怎了！怎了！長老，俺便同到小姐房前商議去。(俱下)

(鶯鶯引紅娘上云)前日道場，親見張生，神魂蕩漾，茶飯少進。況值暮春天氣，好生傷感也呵！正是：好句有情憐皓月，落花無語怨東風。於白中，則云前日道場，親見張生；於曲中，則止反覆追憶酬韻之夜。命意措辭，俱有法。

【仙呂】【八聲甘州】（鶯鶯唱）懨懨瘦損，早是多愁，那更殘春！羅衣寬褪，能消幾個黃昏？我只是風裊香煙不捲簾，雨打梨花深閉門；莫去倚闌干，極目行雲。都是絶妙好辭，所謂千狐之白，萃而爲裘者也。

右第一節。此言早是多愁也。

【混江龍】況是落紅成陣，風飄萬點正愁人。昨夜池塘夢曉，今朝欄檻辭春；蝶粉乍沾飛絮雪，燕泥已盡落花塵；繫春情短柳絲長，妙句。隔花人遠天涯近。妙句。有幾多六朝金粉，三楚精神！逐句千狐之白，而又無補接痕。

右第二節。此言那更殘春也。看其第一節，只空空説愁，第二節，方略逗隔花一人字。筆墨最爲委婉，有好致也。

（紅娘云）小姐情思不快，我將這被兒，熏得香香的，小姐睡些則個。

【油葫蘆】翠被生寒壓繡裀，「生寒」，是雙字。不得將「生」字作活用，須知。休將蘭麝熏；便將蘭麝熏盡，我不解自温存。然則不能睡也。妙妙！分明錦囊佳句來勾引，爲何玉堂人物難親近？這些時坐又不安，立又不穩，登臨又不快，閑行又困。鎮日價情思睡昏昏。**【天下樂】**我依你搭伏定鮫綃枕頭兒上盹，然則仍又睡也。妙妙！

右第三節。紅娘請之睡，則不可睡；及至無可奈何，則仍睡。只一「睡」字，中間乃有如許嬝娜，如許跌宕。寫情種真是情種，寫小姐亦真是小姐。○看其第二節，只空空逗一「人」字；第三節，便輕吐是前夜吟詩那人，筆墨最爲委婉有好致也。

我但出閨門，你是影兒似不離身。斵山云：若不得聖歎註，則此一行與下「小梅香」句，豈不重複哉。我聖歎讀書，真異事也。

右第四節。上文口中方吐吟詩那人實縈懷抱，忽然自嫌我則豈如世間懷春女子，心蕩不制，故驟見一人，便作如是傾倒者哉？因急轉筆，牽入紅娘云，他人不知，你豈不曉？其下便欲直接「見個客人，慍的早嗔」等文，以深明己之實不容易動心；却又因還嫌此意未暢，故又轉筆，再將夫人隄防反證己語，言我母之知我，猶尚不及你之知我，如下文云云，以深明紅娘是真正知我者，而後鶯鶯之不容易動心，始非鶯鶯自己一人之私言。蓋其筆態之曲折，有如此也。斵山云：若不如聖歎註，則鶯鶯不欲夫人隄防，其意乃欲云何？此豈復成人語哉！○看書人心苦何足道，既已有此書，便應看出來耳。莫心苦於作書之人，真是將三寸肚腸，直曲折到鬼神猶曲折不到之處，而後成文。聖歎稽首普天下及後世才子，慎勿輕視古人之書也。

這些時他恁般隄備人；小梅香服侍得勤，老夫人拘繫得緊，不信俺女兒家折了氣分。【那吒令】你知道我但見個客人，慍的早嗔；便見個親人，厭的倒褪。

右第五節。反覆以明己之實不容易動心，上文已明。

獨見了那人，兜的便親。我前夜詩，依前韻，酬和他清新。**【鵲踏枝】**不但字兒真，不但句兒勻，我兩首新詩，便是一合廻文。誰做針兒將線引，向東墻通個殷勤。

右第六節。直至此，方快吐「獨見那人，兜的便親」之一言。看他上文，凡用無數層折，無數跌頓，真乃一篇只是一句。○讀此文，能將眼色句句留向張生鼓掌應募時用，便是與作者一鼻孔出氣人。○「誰做針兒將線引」，亦奇筆也。諺云：「只知其一，不知其二。」只知其一者，只知決無人做針兒將線引；不知其二者，不知即刻有孫飛虎做針兒將線引也。用意之妙，一至於此。

【寄生草】風流客，蘊藉人。相你臉兒清秀身兒韻，一定性兒温克情兒定，不由人不口兒作念心兒印。我便知你一天星斗焕文章，誰可憐你十年窗下無人問。

右第七節。已至篇盡矣，又略露鬧齋日曾親見其人，以爲下文鼓掌應募時正是此人，如玉山照眼作地，通篇蓋並無一句一字是虛發也。○「一天星斗」二句，又奇筆也。即刻馳書破賊，兩廊下僧俗若干人等，無有一人不知了也。用意之妙，一至於此。

（夫人、法本同上敲門科）（紅云）小姐，夫人爲何請長老直來到房門外？（鶯鶯見夫人科）（夫人云）我的孩兒，你知道麼？如今孫飛虎領半萬賊兵，圍住寺門，道你眉黛青顰，蓮臉生春，有傾國傾城之容、西子太真之色，要擄你去做壓寨夫人。我的孩兒，怎生是了也！

【六幺序】我魂離殼，這禍滅身，袖稍兒搵不住啼痕。一時去住無因，進退無門，教我那堝兒人急偎親？妙！挑到張生。孤孀母子無投奔，赤緊的先亡了我的有福之人。妙妙！句句挑到張生。

右第八節。文自明。

耳邊金鼓連天震，征雲冉冉，土雨紛紛。【後】風聞，即二月十五做好事，多曾有人看見也。胡云。道我眉黛青顰，蓮臉生春，傾國傾城，西子太真；把三百僧人，他半萬賊軍，半霎兒便待剪草除根？那廝於家於國無忠信，恣情的擄掠人民。他將這天宮般蓋造誰偢問，便做出諸葛孔明博望燒屯。

右第九節。正寫賊勢之披猖，以起下文匆匆定計也。文自明。

（夫人云）老身年紀五旬，死不爲夭；奈孩兒年少，未得從夫，早罹此難，如之奈何？（鶯鶯云）孩兒想來，只是將我獻與賊漢，庶可免一家性命。豈有此理！然而作者之爲此言，一則極寫匆匆無策，一則故作下下策，乃所以左折右折，折而至於下中策也，夫兩廊下衆人但退賊兵便與鶯鶯，猶策之下也。（夫人哭云）俺家無犯法之男，再婚之女，怎捨得你獻與賊漢？却不辱沒了俺家譜！（鶯鶯云）母親休要愛惜孩兒，還是獻與賊漢，其便有五：

【元和令帶後庭花】第一來免摧殘國太君；第二來免堂殿作灰塵；第三來諸僧無事得安存；第四來先公的靈柩穩；第五來歡郎雖是未成人，算崔家後代兒孫。

右第十節。此下下策也！聖歎今日述之，猶不忍述也。顧作者當日喪心害理，儼然竟布如此筆墨者，彼豈非爲下文漫然高叫「兩廊僧俗，但能退兵便許成婚」，此猶是策之最下，然而不免作是孟浪之舉，則獨爲轉出張生發書請將故耳。夫下文雖得轉出張生發書請將，然其策既出最下，則於其前文欲先作跌頓勢，固不得不出於下下也。蓋行文之苦，每每遇如此難處也。世有《班馬異同》一書。宜熟精讀之，是書深悉此苦。

若鶯鶯惜己身，不行從亂軍：伽藍火内焚，諸僧血污痕，先靈爲細塵，可憐愛弟親，痛哉慈母恩。【柳葉兒】俺一家兒不留齠齔，末三句，作一句讀。

右第十一節。反覆明之。

待從軍果然辱没家門，俺不如白練套頭尋個自盡，將尸櫬獻賊人，你們得遠害全身。

右第十二節。此又一策，亦下策也。然後下文再出一策。

（法本云）咱每同到法堂上，問兩廊下僧俗，有高見的，一同商議個長策。（同到科）（夫人云）我的孩兒，却是怎的是？你母親有一句話：本不捨得你，却是出於無奈，如今兩廊下衆人，不問僧俗，但能退得賊兵的，你母親做主，倒陪房奩，便欲把你送與爲妻。雖不門當户對，還强如陷於賊人。（夫人哭云）長老，便在法堂上，將此言與我高叫者。我的孩兒，只是苦了你也！（本云）此計較可。

【青哥兒】母親，你都爲了鶯鶯身分，你對人一言難盡。你更莫惜鶯鶯這一身。不揀何人，建立功勳，殺退賊軍，掃蕩烟塵；倒陪家門，願與英雄結婚姻，爲秦晉。

右第十三節。此方是第三主策也。文自明。

（法本叫科）（張生鼓掌上云）我有退兵之計，何不問我？（見夫人科）（本云）稟夫人，這秀才便是前十五日附齋的敝親。（夫人云）計將安在？（張生云）稟夫人：重賞之下，必有勇夫；賞罰若明，其計必成。（夫人云）恰纔與長老說下，但有退得賊兵的，便將小女與他爲妻。（張生云）既是恁的，小生有計，先用着長老。（本云）老僧不會廝殺，請先生別換一個。（張生云）休慌，不要你廝殺。你出去與賊頭說：「夫人鈞命，小姐孝服在身。將軍要做女婿呵，可按甲束兵，退一箭之地。等三日功德圓滿，拜別相國靈柩，改換禮服，然後方好送與將軍。不爭便送來呵，一來孝服在身，二來於軍不利。」你去說來。（本云）三日後如何？（張生云）小生有一故人，姓杜，名確，號爲白馬將軍，見統十萬大軍，鎮守蒲關。小生與他八拜至交，我修書去，必來救我。（本云）稟夫人，若果得白馬將軍肯來時，何慮有一百孫飛虎！夫人請放心者。（夫人云）如此，多謝先生。紅娘，你伏侍小姐回去者。（鶯鶯云）紅娘，真難得他也！

【賺煞尾】諸僧伴各逃生，衆家眷誰偢問，他不相識橫枝兒着緊。非是他書生明議論，也自防玉石俱焚。便代他辨。妙絶！甚姻親，可憐咱命在逡巡。濟不濟權將這秀才來儘。又爲自辨。妙絶！〇是避嫌，是護短，必有辨之者。他真有出師的表文，下燕的書信，只他這筆尖兒敢橫掃五千人。愛之信之，一至於此，亦全從酬韻一夜來。

（鶯鶯引紅娘下）

右第十四節。寫鶯鶯早爲張生護短，早爲自己避嫌。接連二筆，便妮妮然分明是兩口兒。此稱入神之筆。

（法本叫云）請將軍打話。（虎引卒子上云）快送鶯鶯出來！（本云）將軍息怒。有夫人鈞命，使老僧來與將軍説。云云。（虎云）既然如此，限你三日；若不送來，我着你人人皆死，個個不存！你對夫人説去，恁般好性兒的女婿，教他招了者！（虎引卒子下）

（法本云）賊兵退了也，先生作速修書者。（張生云）書已先修在此，只是要一個人送去。（本云）俺這厨房下，有一個徒弟，唤做惠明，最要吃酒厮打。若央他去，他便必不肯；若把言語激着他，他却偏要去。只有他，可以去得。三四語耳，寫出好和尚。（張生叫云）我有書送與白馬將軍，只除厨房下惠明不許他去，其餘僧衆，誰敢去得？（惠明上云）惠明定要去，定要去！

【正宫】【端正好】（惠明唱）不念《法華經》，是，是！念他做甚！我見念經者矣！不禮《梁皇懺》。是，是！我見禮懺者矣！颩了僧帽，袒下了偏衫。是，是！我見戴僧帽、着偏衫者矣！○農夫力而收於田，諸奴坐而食於寺，有王者作，比而誅之，所不待再計也，而愚之夫，尚憂罪業。夫今日之秃奴，其游手好閑，無惡不作，正我昔者釋迦世尊於《涅槃經》中，所欲切囑國王大臣，近則刀劍，遠則弓箭，務盡殺之，無一餘留者也！聖歎此言，乃是善護佛法，夫豈謗僧之謂哉？殺人心斗起英雄膽，我便將烏龍尾鋼椽揝。《法華經》、《梁皇懺》、「僧帽」、「偏衫」下，斗接「殺人心」三字，奇妙！

右第一節。寫惠明若不是和尚，便不奇，然寫惠明是和尚而果是和尚，亦不奇。今問普天下學人：如此惠明，爲真是和尚，爲真不是和尚？不得趁口率意妄答，不得默然，不得速禮三拜，不得提起坐具便摵，不得彈指一下，不得繞禪牀三匝，不得作女人拜，不得呵呵大笑，不得哀哭「蒼天！蒼天！」速道！速道！纔擬議便錯。斵山云：聖歎無恥！聖歎云：斵山會也。

【滚綉毬】非是我攙，不是我攬，知道他怎生唤做打參，大踏步止曉得殺入虎窟龍潭。

右第二節。他也不攙，他也不攬，他知道你怎生唤做打參，小經紀止曉得做一個虎窟龍潭。此是近來坐曲盝牀，提槨櫟杖，大善知識行樂贊也。被作《西厢記》人早早看破，因先造此反語相嘲，乃渠猶不知，還自擂鼓集衆。

非是我貪，不是我敢，這些時吃菜饅頭委實口淡，一切比丘、比丘尼、式叉摩那、沙彌、沙彌尼，一齊合掌，誦《古詩十九首》云：「齊心同所願，含意俱未申。」○此斷山先生語也。五千人也不索炙煿煎燂。腔子里熱血權消渴，肺腑内生心先解饞，有甚腌臢！【叨叨令】你們的浮沙羹、寬片粉添雜糝，酸黃虀、臭豆腐真調淡。我萬斤墨麵從教暗，我把五千人做一頓饅頭餡。你休誤我也麽哥！休誤我也麽哥！包殘餘肉旋教青鹽蘸。

右第三節。和尚言者是也。昔日世尊，於涅槃場，制諸比丘，不得食肉；若食肉者，斷大慈悲。夫大慈悲止於不食肉而已乎？麋鹿食薦，牛馬食料，蚯蚓食泥，蜩螗食露，乃至蛣蜣食糞，皆不食肉，即皆得爲大慈悲乎？吾見比丘，稗販如來，壟斷檀越，僞鋪壇場，衒招女色，一切世間，不如法事，無不畢造，但不食肉，斯真無礙大慈悲乎？夫世尊制不得食肉者，彼必有取爾也。昔我先師仲尼氏，釋迦之同流也。其教人也，務孝弟，主忠信，如是云云，至於再三，獨不教人不得食肉，亦以孝弟忠信之與不食肉，其急緩大小則有辨也。若食肉，即不得爲孝弟忠信，但不食肉，即是孝弟忠信，則是仲尼有遺言也？今儒者修孝弟忠信於家，而食大享於朝；比丘分衛，日中一食於其城中，而廣造大惡於其屏處，此其人之相去，雖三尺童子能説之也。今諸秃奴，乃方欲以己之不食肉，救拔我之食肉，此其無理可恨，真應唾之、罵之、打之、殺之也！故曰和尚言者是也。

（本云）惠明呵，張解元不用你去，你偏生要去。你真個敢去不敢去？

【倘秀才】你休問小僧敢去也那不敢，我要問大師真個用咱也不用咱？如此跳脱之筆，使人失驚。○記聖歎最幼時，讀《論語》至「子張問：『士何如斯可謂之達矣？』」見下文忽接云：「子曰：『何哉，爾所謂達者？』」不覺失驚吐舌，蒙師怪之，至與之夏楚。今日又見此文，便與大聖人一樣筆勢跳脱，《西廂》真奇書也！○昔有僧耽著苦吟，課誦都廢。一老師愍而訶之，僧亦深自悔恨，便捐棄筆墨，發願受持《妙法華經》。一日誦經至《重頌》中，忽見半偈云：「香風吹萎華，更雨新好者。」不自覺又引手抵空，作曼聲吟之曰：此一佳句也。言未畢，便吃然失音，口角喎斜，尋便命終。嗚呼！大聖人之寶書，固不可作佳句讀哉。須是聖歎惡習，切勿學也！你道飛虎聲名賽虎般；那廝能淫欲，會貪婪，誠何以堪！

右第四節。不答敢與不敢，而已答敢與不敢矣。蓋「飛虎聲名」一句，是人謂其不敢；「那廝能淫欲」三句，是自明其敢也。文甚明。

（張生云）你出家人，怎不誦經持咒，與衆師隨堂修行，却要與我送書？

【滚繡毬】我經怕談，禪懶參；戒刀新蘸，無半星兒土漬塵淹。別的女不女、男不男，大白晝把僧房門胡掩，那裏管焚燒了七寶伽藍。你真有個善文能武人千里，要下這濟困扶危書一緘，我便有勇無慚。女不女、男不男，佛又謂之細視徐行，如猫伺鼠。

右第五節。「吾之於吾也，何毀何譽？如有所譽者，吾有所試矣。」真好和尚也。相君之面，則女不女；相君之背，却男不男。白晝門掩，正做此事也。便説盡秃奴二六時中功課，而文又雅甚。

(張生云)你獨自去,還是要人幫扶着?

【白鶴子】着幾個小沙彌把幢幡寶蓋擎,病行者將麵杖火叉擔。你自立定脚把衆僧安,我撞釘子將賊兵探。小沙彌、病行者,其兵馬則如此。幢幡、寶蓋、麵杖、火叉,其器杖則如此,真乃異樣文情。

右第六節。偏不説不要幫,偏説要幫,奇文!○若真要幫,豈成惠明?故知「小沙彌」「小」字,「病行者」「病」字,下得妙絶。斵山每恨荆卿必欲生刼秦皇帝,此是何意?今看惠明,真是荆卿以上人也。

(張生云)他若不放你過去,却待如何?(惠云)他敢不放我過去,你寬心!

【二】我瞅一瞅古都都翻海波,喊一喊厮琅琅振山巖;脚踏得赤力力地軸摇,手攀得忽刺刺天關撼。【三】遠的破一步將鐵棒颩,近的順着手把戒刀釤;小的提起來將脚尖撞,平聲。大的扳過來把骷髏砍。一闋虚寫,一闋實寫。

右第七節。句句是「不放過去」。斵山云:你不放過去,我過去也!

(張生云)我今將書與你,你却到幾時可去?

【要孩兒煞】我從來駁駁劣劣,世不曾忐忐忑忑,打熬成不厭,天生是敢。言「不厭」,是打熬所成,「敢」則天生本性也。我從來斬釘截鐵常居一,不學那惹草拈花没掂三。就死也無憾,便提刀杖劍,誰勒馬停驂。

右第八節。爲人不當如是耶?讀之增長人無數義氣。

【二】我從來欺硬怕軟，吃苦辭甘，爲人不當如是耶？你休只因親事胡撲俺。若杜將軍不把干戈退，你張解元也乾將風月擔，便是言辭賺。一時紕繆，半世羞慚。八字，雖金人銘不能復過。寄語天下後世，敬心奉持。

右第九節。上文，皆是張生憂惠明不得過去，此節，忽寫惠明憂張生書或恐無用者，此非憂張生也，正謂張生不必憂惠明。言「除非你書無用，我自無有不過去也。」一作惠明嘲戲張生，便減通篇神彩。此乃真正神助之筆，須反覆讀之。

我去也。只三字，便抵易水一歌。唐（張祐）［貫休］有詩云：「黄昏風雨黑如磐，别我不知何處去。」總是一副神理，應白衣冠送之。

【收尾】你助威神擂三通鼓，仗佛力吶一聲喊。奇句！奇至於此。妙句！妙至於此。繡幡開遥見英雄俺，奇句！奇至於此。妙句！妙至於此。◯斵山云：「美人於鏡中照影，雖云看自，實是看他。細思千載以來，只有離魂倩女一人，曾看自也。他日讀杜子美詩，有句云：『遥憐小兒女，未解憶長安。』却將自己腸肚，移置兒女分中，此真是自憶自。又他日讀王摩詰詩，有句云：『遥知遠林際，不見此檐端。』亦將自己眼光，移置遠林分中，此真是自望自。蓋二先生皆用倩女離魂法作詩也。」聖歎今日讀《西廂》，不覺失笑，因寄語斵山：「卿前謂我言，王、杜俱用倩女離魂法作詩，原來只是用得一『遥』字也。」你看半萬賊兵先嚇破膽。一「先」字，便有與白馬爭功之意。筆墨之奇峭，一至於此哉。

右第十節。只此一收，才四句文字，又何其神奇哉！「擂鼓」、「吶喊」句，寫惠明猶在寺；「幡開」、「遥見」句，寫惠明猶在眼；至「賊兵破膽」句，如鷹隼疾，已不見惠明矣。文章至此，雖鬼神雷電，乃不足喻，而豈傖之所得夢見？而傖猶思搦筆作傳奇，而謂將與《西廂》分道揚鑣，傖真全無心肝者哉！

（張生云）老夫人分付小姐放心，此書一到，雄兵即來。鯉魚連夜飛馳去，白馬從天降下來。（俱下）

（杜將軍引卒子上云）自家姓杜，名確，字君實，本貫西洛人也。幼與張君瑞同學儒業，後棄文就武，當年武狀元及第，官拜征西大將軍，正授管軍元帥，統領十萬之衆，鎮守蒲關。有人自河中府來，探知君瑞兄弟，在普救寺中，不來看我，不知甚意。近日丁文雅失政，縱軍劫掠人民；即當興師剪而朝食，奈虛實未的，不敢造次。好！昨又差探子去了，好！今日升帳，看有甚軍情來報者。（開轅門坐科）

（惠明上云）俺離了普救寺，早至蒲關。這裏杜將軍轅門，俺闖入去。（卒捉住報科）（杜云）着他入來！（惠進跪科）（杜云）兀那和尚，你是那裏做奸細者！（惠云）俺不是奸細，俺是普救寺僧人。今有孫飛虎作亂，將半萬賊兵，圍住寺門，欲劫故臣崔相國女爲妻。有游客張君瑞奉書，使俺遞至麾下，望大人速解倒懸之危。（杜云）左右的，放了這和尚者！張君瑞是我兄弟，快將他的書來！（惠叩頭遞書科）

（杜拆念云）「同學小弟張珙頓首再拜，奉書君實仁兄大人大元帥麾下：自違國表，寒暄再隔，風雨之夕，念不能忘。辭家赴京，便道河中，即擬覲謁，以叙間闊。路途疲頓，忽遘採薪，昨已粗愈，不爲憂也。輕裝小頓，乃在蕭寺，几席之下，忽值弄兵。故臣崔公，身後多累，持喪聞戒，暫僦安居。何期暴客，見其粲者，擁衆五千，將逞無禮。誰無弱息，遽見狼狽，不勝憤懣，便當甘心。自恨生平，手無縛鷄，區區微命，真反不計。伏惟仁兄，仰受節鉞，專制一方，咄叱所臨，風雲變色。夙承古人，方叔召虎，信如仁兄，實乃不愧。今弟危逼，不及轉燭，仰望垂手，非可言喻。萬祈招摇，前指河中，譬如疾雷，朝發夕到，使我涸鮒，不恨西江，崔公九原，亦當啣結。伏乞台照不宣，張珙再頓首拜。二月十六日書。」既然如此，我就傳令。和尚，你先回去，我星夜便來，比及你到寺裏時，多敢我已捉了這賊子也。（惠云）寺中十分緊急，大人是必疾來者。（下）

（杜傳令云）大小三軍，聽我號令：就點中權五千人馬，星夜起發，直至河中府普救寺，救我兄弟，去走一遭。（衆應云）得令！（俱下）

（孫引卒奔上云）白馬爺爺來了，怎麼了！怎麼了！我們都下馬卸甲，投戈跪倒，悉憑爺爺發落也！（杜引卒上云）你們做甚麼都下馬卸甲投戈跪倒？你指望我饒你們也。也罷，止將孫飛虎一人砍首號令，其餘不願的，都歸農去，願的，開報花名，我與你安插者。（賊衆下）

（夫人、法本上云）下書已兩日，不見回音。（張生上云）山門外暴雷似聲喏，敢是我哥哥到也！（杜與生相見拜科）（張生云）自別台顏，久失聽教；今日見面，乃如夢中。（杜云）正聞行旌，近在鄰治；不及過訪，萬乞恕罪。（杜與夫人相見拜科）（夫人云）孤寡窮途，自分必死，今日之命，實蒙再造！（杜云）狂賊跳梁，有失防禦，致累受驚，敢辭萬死！敢問賢弟，因甚不至我處？（張生云）小弟賤恙偶作，所以失謁。今日便應隨仁兄去，却又爲夫人昨日，許以愛女相配。不敢仰勞仁兄執柯，小弟意思，成過大禮，彌月後便叩謝。（杜云）恭喜賀喜！老夫人，下官自當作伐。（夫人云）老身尚有處分。安排茶飯者！（杜云）適間投誠五千人，下官尚須料理，異日却來拜賀。（張生云）不敢久留仁兄，恐妨軍政。（杜起馬科）馬離普救敲金鐙，人望蒲關唱凱歌。（下）

（夫人云）先生大恩，不可忘也！誰云可忘哉？自今，先生休在寺裏下，便移來家下書院内安歇。明日略備草酌，着紅娘來請，先生是必來者。（夫人下）

（張生别法本云）小生收拾行李，去書院裏去也。無端豪客傳烽火，巧爲襄王送雨雲。孫飛虎，小生感謝你不盡也！（法本云）先生得閑，仍舊來老僧方丈裏攀話者。（張生下）（法本下）

世之愚生，每恨恨於夫人之賴婚。夫使夫人不賴婚，即《西廂記》，且當止於此矣。今《西廂記》方將自此而起，故知夫人賴婚，乃是千古妙文，不是當時實事；如《左傳》，句句字字，是妙文，不是實事。吾怪讀《左傳》者之但記其實事，不學其妙文也。

二之二　請宴

吾讀世間游記，而知世真無善游人也。夫善游之人也者，其於天下之一切海山、方嶽、洞天、福地，固不辭千里萬里，而必一至，以盡探其奇也。然而其胸中之一副别才，眉下之一雙别眼，則方且不必直至於海山、方獄、洞天、福地，而後乃今始曰：我且探其奇也。夫昨之日，而至一洞天，凡罄若干日之足力、目力、心力，而既畢其事矣，明之日，而又將至一福地，又將罄若干日之足力、目力、心力，而於以從事。彼從旁之人，不能心知其故，則不免曰：連日之游快哉！始畢一洞天，乃又造一福地。殊不知先生且正不然，其離前之洞天，而未到後之福地，中間不多，雖所隔止於三二十里，又少，而或止於八、七、六、五、四、三、二里，又少，而或止於一里、半里。此先生則於是一里、半里之中間，其胸中之所謂一副别才，眉下之一雙别眼，即何嘗不以待洞天福地之法而待之哉？今夫以造化之大本領，大聰明，大氣力，而忽然結撰而成一洞天，一福地，是真駭目驚心之事，不必又道也。然吾每每諦視天地之間之隨分一鳥一魚，一花一草，乃至鳥之一毛，魚之一鱗，花之一瓣，草之一葉，則初未有不費彼造化者之大本領，大聰明，大氣力，而後結撰而得成者也。諺言：「獅子搏象用全力，搏兔亦用全力。」彼造化者，則真然矣，生洞天福地用全力，生隨分之一鳥一魚，一花一草，以至一毛一鱗，一瓣一葉，殆無不用盡全力。由是言之，然則世間之所謂駭目驚心之事，固不必定至於洞天福地而後有，此亦爲信然也。抑即所謂洞天福地也者，亦嘗計其云如之何結撰也哉？莊生有言：「指馬之百體非馬，而馬係於前者，立其百體而謂之馬也。」比於大澤，百材皆度，觀乎大山，水石同壇。夫人誠知百材萬木，雜然同壇之爲大澤大山，而其於游也，斯庶幾矣。其層巒絶巘，則積石而成是穹窿也；其飛流懸瀑，則積泉而成是灌輸也。果石石而察之，殆初無異於一拳者也；試泉泉而尋之，殆初無異於細流者也，且不直此也。老氏之言曰：「三十輻，共一轂，當其無，有車之用。埏埴以爲器，當其無，有器之用。鑿户牖以爲室，當其無，有室之用。」然則一一洞天福地中間，所有之迴看爲峰，延看爲嶺，仰看爲壁，俯看爲溪，以至正者坪，側者坡，跨者梁，夾者磵，雖其奇奇妙妙，至於不可方物，而吾有以知其奇之所以奇，妙之所以妙，則固必在於所謂「當其無」之處也矣。蓋當其無，則是無峰無嶺，無壁無溪，無坪坡梁磵之地也。然而當其無，斯則真吾胸中一副别才之所翱翔，眉下一雙别眼之所排蕩也。夫吾胸中有其别才，眉下有其别眼，而皆必於當其無處而後翱翔，而後排蕩，然則我真胡爲必至於洞天福地，正如頃所云，離於前，未到於後之中間三二十里，即少止於一里半里，此亦何地不有所謂「當其無」之處耶。一略彴小橋，一槎枒獨樹，一水一村，一籬一犬，吾翱翔焉，吾排蕩焉，此其於洞天福地之奇奇妙妙，誠未能知爲在彼而爲在此也。且人亦都不必胸中之真有別才，眉下之真有別眼也。必曰先有別才而後翱翔，先有別眼而後排蕩，則是善游之人，必至曠世而不得一遇也！如聖歎意者，天下亦何別才、別眼之與有，但肯翱翔焉，斯即別才矣；果能排蕩焉，斯即別眼矣。米老之相石也，曰要秀，要皺，要透，要瘦。今此一里半里之一水、一村，一橋、一樹，一籬、一犬，則皆極秀、極皺、極透、極瘦者也；我亦定不能如米老之相石故耳，誠親見其秀處、皺處、透處、瘦處，乃在於此，斯雖欲不於是焉翱翔，不於是焉排蕩，亦豈可得哉？且彼洞天福地之爲峰、爲嶺，爲壁、爲溪，爲坪坡梁磵，是亦豈能多有其奇奇妙妙者乎？亦都不過能秀、能皺、能透、能瘦焉耳。由斯以言，然則必至於洞天福地而後游，此其不游之處蓋已多多也；且必至於洞天福地而後游，此其於洞天福地亦終於不游已也。何也？彼不能知一籬一犬之奇妙者，必彼所見之洞天福地，皆適得其不奇不妙者也。蓋聖歎平日，與其友斵山論游之法如此，今於讀《西廂》紅娘請宴之一篇，而不覺發之也。斵山云：「千載以來，獨有宣聖是第一善游人，其次則數王羲之。」或有徵其説者，斵山云：「宣聖，吾深感其『食不厭精，膾不厭細』之二言；王羲之，吾見其若干帖所有字畫，皆非獻之所能窺也。」聖歎曰：「先生此言，疑殺天下人去也。」又斵山每語聖歎云：「王羲之若閑居家中，必就庭花逐枝逐朵，細數其鬚，門生執巾侍立其側，常至終日都無一語。」聖歎問此故事出於何書。斵山云：「吾知之。」蓋斵山之奇特如此，惜乎天下之人不遇斵山，一傾倒其風流也！

前文一大篇，破賊也；後文一大篇，賴婚也。破賊之一大篇，則有鶯鶯尋計，惠明遞書，皆是生成必有之大波大浪也。賴婚之一大篇，則有鶯鶯失驚，張生發怒，亦是生成必有之大哭大笑也。今此，則於破賊之後，賴婚之前矣，此際其安得又有一大篇也乎？作者細思久之，細思彼張生之於鶯鶯，其切切思思，如得旦暮遇之，固不必論也；即彼鶯鶯之於張生，其切切思思，如得旦暮遇之，殆亦非一口之所得説，一筆之所得寫也。無端而孫飛虎至，無端而老夫人許，欻然二無端，自天而降，此時則彼其一雙兩好之心頭口頭、眼中夢中、茶時飯時，豈不當有如雲浮浮，如火熱熱，如賊脉脉，如春蕩蕩者乎？乃今前文之一大篇，纔破賊；後文之一大篇，便賴婚。破賊之一大篇，既必無暇與彼一雙兩好，寫此如雲如火，如賊如春一段神理；而賴婚之一大篇，即又何暇與彼一雙兩好，寫此如雲如火，如賊如春之一段神理乎？千不得已，萬不得已，算出賴婚必設宴，設宴必登請，而因於兩大篇中間，忽然閑閑寫出一紅娘請宴。亦不於張生口中，亦不於鶯鶯口中，只閑閑於閑人口中，恰將彼一雙兩好之無限浮浮熱熱、脉脉蕩蕩、不覺兩邊都盡。嗚呼！此謂之女媧氏不難補天，難於尋五色石。今既專門會尋五色石，其又何天之不補乎？然聖歎又細思之，細思前一大篇破賊，是真有一大篇；後一大篇賴婚，是亦真有一大篇。今紅娘承夫人命請客走一遭，此豈不至輕至淡，至無聊，至不意，而今觀其但能緩緩隨筆而行，亦便真有此一大篇。然則如頃所云，一水一村，一橋一樹，一籬一犬，無不奇奇妙妙，又秀又皺，又透又瘦，不必定至於洞天福地而始有奇妙，此豈不信乎？普天下及後世錦繡才子，將欲操觚作史，其深念老氏當其無有文之用之言哉？破賊後，賴婚前，决不得更插一篇，吾亦嘗細思久之，而後嘆絶於紅娘請宴也。

（張生上云）夜來老夫人説，使紅娘來請我，天未明便起身，直等至這早晚不見來，我的紅娘也呵！只一語，寫盡張生神理。

（紅娘上云）老夫人着俺請張生，須索早去者。在紅娘方云早。

【中吕】【粉蝶兒】（紅娘唱）半萬賊兵，捲浮雲，片時掃淨，俺一家兒死裏重生。

右第一節。叙功正文。

只據舒心的列仙靈，陳水陸，張君瑞便當欽敬。

右第二節。叙功旁文。○上正文叙功，人所必及也；此旁文叙功，真非人所及也。寫小女兒家又聰慧，又年輕，彼見昨日驚魂動魄，今日眉花眼笑，便從自己靈心所到，説出小小一段快樂，反若撇開本人之一場真正大功也者，而是本人之一場真正大功，已不覺反於此一語中全現。才子作文，誓願放重筆，取輕筆，此類是也。

前日所望無成，倒是一緘書，爲了媒證。【醉春風】今日東閣帶煙開，「前日」、「今日」，語意佳甚。○「帶煙開」是也。杜詩「高城煙霧開」，是招女婿詩，此用之也。再不要西厢和月等。薄衾單枕有人温，你早則不冷、句。冷。句。你好寶鼎香濃，繡簾風細，緑窗人静。此十二字是三句，是一句，看他輕輕只下「你好」二字，便使十二字併做一字。問併做何一字？依聖歎俊眼看去，此十二字只併做一「人」字也。蓋窗外有簾，簾内無風，鼎中有香，香中有「人」也。

右第三節。請宴正文。○照定後篇賴婚，作此滿心滿願之語。妙絶！

可早到書院裏也。

【脱布衫】幽僻處可有人行，點蒼苔白露泠泠，隔窗兒咳嗽一聲。偶咳嗽也，隱不及敲門也。寫盡張生，非寫紅娘也。

（張生云）是誰？（紅云）是我。（張生開門相見科）

只見啓朱扉疾忙開問。【小梁州】叉手躬身禮數迎，我道不及「萬福，先生」。寫盡張生。

右第四節。寫紅娘未及敲門，張生已忙作揖。天未明起身人，便於紙縫裏活跳出來。

烏紗小帽耀人明，白襴淨，角帶鬧黄鞓。【後】衣冠濟楚那更龐兒整，休説引動鶯鶯，據相貌，憑才性，我從來心硬，一見了也留情。作者何其狡獪！忽然欲牽紅娘并入渾水，豈非罪過哉！○斵山云：試問紅娘爲説今日，爲説鬧齋日？我最無奈聰明女兒半含半吐，不告我實話也！

右第五節。寫張生人物也，然而必略寫人，多寫打扮者，蓋句句字字，都照定後篇賴婚，先作此滿心滿意之筆也。

（紅云）奉夫人嚴命……（張生云）小生便去。紅娘將欲云：「奉夫人嚴命來請先生赴席。」今張生不及候其辭畢。

【上小樓】我不曾出聲，他連忙答應。真正出神入化之筆。早飛去鶯鶯跟前，「姐姐」呼之，喏喏連聲。此紅娘摹寫其連忙答應之神理也。「姐姐呼之」者，鶯鶯無語，則張生欲語也。「喏喏連聲」者，鶯鶯有語，則張生敬喏也。真正出神入化之筆，不知如何想得來。秀才們聞道「請」，似得了將軍令，先是五臟神願隨鞭鐙。又嘲戲生員切己事情。

右第六節。天未明起身人活跳出來。

（張生云）敢問紅娘姐，此席爲何？可有別客？先生假也。

【後】第一來爲壓驚，第二來因謝承。不請街坊，不會諸親，不受人情。避衆僧，請貴人，和鶯鶯匹聘。

右第七節。開宴正文。〇俱照定後篇賴婚，作滿心滿意之筆。

見他謹依來命。【滿庭芳】又來回，句。顧影，句。〇寫張生便去也。乃張生已去，而忽又來回；既已來回，而又復立定，秀才真有此情性也。下去都只寫此四字。文魔秀士，一句。風欠酸丁。一句。「欠」，如字。元曲有「本性謙謙，到處乾風欠」。又：「改不盡强文撇醋餓寒臉，斷不了詩云、子曰酸風欠。」俱押廉纖韻，此可據也。下工夫把頭顱掙，已滑倒蒼蠅，光油油耀花人眼睛，酸溜溜螫得人牙疼。安排定，猶言「來回」，何也？「來回」而「顧影」，何也？「文魔秀士」，最要修容，今頭顱已極光掙，則是不必又顧影也。封鎖過陳米數升，蓋好過七八甕蔓菁。猶言不必又顧影，則來回何也？「風欠酸丁」，最重米甕。今果然封鎖關蓋，件件經心也。真寫盡秀才神理。【快活三】這人一事精，百事精；不比一無成，百無成。此二句，乃是媒人選擇女婿經。言張生真養得鶯鶯活也。如此奇文妙文，聖歎只有下拜。

右第八節。正寫張生疾忙便行，却斗然又用異樣妙筆，寫出「來回顧影」四字，一時分明便將張生勾魂攝魄，召來紙上，如前殿夫人，偏何來遲相似。〇從來秀才天性，與人不同，何則？如一聞請便出門，一也；既出門，反回轉，二也；既回轉，又立住，三也。「顧影」者，立住也。雖聖歎亦不解秀才何故必如此，然普天下秀才則必如此。不但普天下秀才必如此，即聖歎不能免俗，想是亦必如此，今日却被紅娘總付一笑也。〇通節，只是反覆寫「來回顧影」四字。若云去即去矣，「來回」

何也？回即回矣，「顧」又何也？意者秀(士)[才]性好修容，還要對鏡抿髮，爲復酸丁不捨米甕，自來封鎖關蓋。下因趁筆極贊其「一精百精」，言真是養得鶯鶯活也。世間奇文妙文固有，亦有奇妙至此者乎？僞疑「下工夫」云云，是贊其打扮，則前既有烏紗小帽耀人之文矣，不應更重出。僞又改陳米云云，是謙其筵席，則後又有金帳玉屏合歡之文矣，不應先刺謬，且「一精百精」之言，又何謂乎？○斵山云：「意欲寫其去，却反寫其回；意欲寫其急，却反寫其遲。彼作者固是神靈鬼怪，乃批者亦豈非神靈鬼怪乎？」

世間草木是無情，猶有相兼並。【朝天子】這生，後生，怎免相思病。天生聰俊，打扮又素淨，夜夜教他孤零。「並」字上聲。

右第九節。先寫張生是一情種。

曾聞才子多情，若遇佳人薄倖，常要擔閣了人性命。他的信行，他的志誠，你今夜親折證。

右第十節。次寫鶯鶯又是一情種。

【四邊靜】只是今宵歡慶，軟弱鶯鶯，那慣經？你索款款輕輕，燈前交頸。端詳可憎，好煞人無乾淨。「端詳」一轉，妙人妙事，妙筆妙文。猶言：你雖依我言，果將款款輕輕矣，然仔細算來，總不能十分款款輕輕也。

右第十一節。次因話有話，遂寫至兩情種好煞人時，俱照定後篇賴婚，作滿心滿意之筆也。

（張生云）敢問紅娘姐，那邊今日如何鋪設，小生豈好輕造？先生假也。

【耍孩兒】俺那邊落花滿地胭脂冷，一霎良辰美景。夫人遣妾莫消停，請先生切勿推稱。正中是鴛鴦夜月銷金帳，兩行是孔雀春風軟玉屏。下邊是合歡令，一對對鳳簫象板，雁瑟鸞笙。

右第十二節。正寫宴也，定不可少。

（張生云）敢問紅娘姐，小生客中無點點財禮，却是怎生好見夫人？

【四煞】聘不見爭，親立便成，新婚燕爾天教定。你生成是一雙跨鳳乘鸞客，怕他不卧看牽牛織女星。滿心滿意，一至於此。真傒倖，不費半絲紅綫，已就一世前程。

右第十三節。此定不可少，然使聖歎握筆，乃幾欲忘之。何也？夫前日廊下之匆匆相許，此所謂急不擇聲之言也。夫人而誠一諾千金，更無食言也者，則在今日正當遣媒議聘，嘉禮伊始，豈有家常茶飯，挖耳相招，輕以相府金枝，便草草出於野合者哉！此真不待「兄妹」之詞出，而早可以料其變卦者。作者細心獨到，遂特寫此。

【三煞】想是滅冠功，舉將能，你兩般功效如紅定。先是鶯娘心下十分順，總爲君瑞胸中百萬兵。自古文風盛，那見珠圍翠繞，不出黃卷青燈。反覆以明無聘也。「想是」二字妙。

右第十四節。又必重言以申其意者，可見是夫人破綻，張生心虛，紅娘乖覺，真不必直至於「兄妹」二字之後也。《西廂》妙筆如此，傖其烏知哉？

【二煞】夫人只一家，五字好。先生無伴等，五字好。並無繁冗真幽靜。立等你有恩有義心中客，回避他無是無非廊下僧。夫人命，不須推托，即便同行。

右第十五節。正寫請也，定不可少。

（張生云）既如此，紅娘姐，請先行一步，小生隨後便來。

【收尾】先生休作謙，夫人專意等。自古「恭敬不如從命」，休使紅娘再來請。

右第十六節。

（張生云）紅娘去了，小生拽上書院門者。比及我到得夫人那裏，夫人道：「張生，你來了也，與俺鶯鶯做一對兒，飲兩杯酒，便去卧房内做親！」（笑科）孫飛虎，你真是我大恩人也！多虧了他，我改日空閑，索破十千貫足錢，央法本做好事超薦他。惟願龍天施法雨，暗酬虎將起朝雲。（下）都作滿心滿志之言。

二之三　賴婚

《賴婚》一篇，當時若寫作夫人唱，得乎？曰：不得。然則寫作張生唱，得乎？曰：不得。然則寫作紅娘唱，得乎？曰：不得。胡爲其皆不得也？夫作者當時，吾則知其必已熟思之也。如使寫作夫人唱而得，寫作張生唱、紅娘唱而得者，彼亦不必定於寫作鶯鶯唱者也。蓋事只一事也，情只一情也，理只一理也。問之此人，此人曰果然也；問之彼人，彼人曰果然也，是誠其所同也。然事一事，情一情，理一理，而彼發言之人與夫發言之人之心，與夫發言之人之體，與夫發言之人之地，乃實有其不同焉。有言之而正者，又有言之而反者；有言之而婉者，又有言之而激者；有言之而盡者，又有言之而半者。不觀魯敬姜之不哭公父文伯乎？實同一言也，自母之口，則爲賢母；自婦之口，即爲妒婦。觀其發於何人之口，人即分爲何人之言。雖其故與今之故不同，然而發言之人之不可不辨，此亦其一大明驗也。有言之而正者，如賴婚之事之情之理，自張生言之，則斷斷必不可賴。如云：「非吾所敢望也，實夫人之許也。曾口血之未乾，而遽忘於心與？」此其正也。若自夫人言之，則必斷斷必不可不賴。如云：「非吾之食言也，惟先夫之故也。雖大恩之未報，奈先諾於心與？」此則言之而必至於反者也。有言之而婉者，如此事此情此理，自鶯鶯言之，則賴已賴矣，夫復何言？如云：「欲不啼，則無以處張生也；今欲啼，又無以處吾母也！母得無曰：母一而已，人盡夫也。故不啼與。」此其婉也。若自張生言之，則賴已賴矣，夫復何忌？在夫人，既不能以禮而自處也，安望我，獨能以禮而處人也？夫人得無曰：「雖速吾訟，亦不汝從，而怙終與？」此則言之而必至於激者也。有言之而盡者，如此事此情此理，自鶯鶯言之，則夫人賴矣，吾奈何賴？如云：「母之賴之，是賴其口中之言也。若我賴之，是直賴吾心中之人也。吾賴吾心中之人，將使彼亦賴彼心中之人與？」此其盡也。若自紅娘言之，則夫人賴矣，誰又不賴？如云：「夫人之口中，則不合曾有此言也。若小姐之心中，必不合曾有此人也。使小姐心中遂已真有此人，豈小姐亦早願爲此人心中之人與？」此則言之而止得其半者也。是何也？事固一事也，情固一情也，理固一理也，而無奈發言之人，其心則各不同也，其體則各不同也，其地則各不同也。彼夫人之心，與張生之心不同，夫是故有言之而正，有言之而反也。乃張生之體，與鶯鶯之體又不同，夫是故有言之而婉，有言之而激也。至於紅娘之地，與鶯鶯之地又不同，夫是故有言之而盡，有言之而半也。夫言之而半，是不如勿言也；言之而激，是亦適得其半也。至於言之而反，此真非復此書之言也。彼作者當時，蓋熟思之，而知《賴婚》一篇，必當寫作鶯鶯唱，而不得寫作夫人唱、張生唱、紅娘唱者也。

（夫人上云）紅娘去請張生，如何不見來？（紅娘見夫人云）張生着紅娘先行，隨後便來也。

（張生上，拜夫人科）（夫人云）前日若非先生，焉有今日；我一家之命，皆先生所活。聊備小酌，非爲報禮，勿嫌輕意。（張生云）「一人有慶，兆民賴之」。此賊之敗，皆夫人之福。此爲往事，不足掛齒。（夫人云）將酒來，先生滿飲此杯。（張生云）長者賜，不敢辭。（立飲科）（張生把夫人酒科）（夫人云）先生請坐。（張生云）小生禮當侍立，焉敢與夫人對坐。（夫人云）道不得個「恭敬不如從命」。（張生告坐科）

（夫人唤紅娘請小姐科）

（鶯鶯上云）迅掃風煙還淨土，雙懸日月照華筵。

【雙調】【五供養】（鶯鶯唱）若不是張解元識人多，別一個怎退干戈？

右第一節。一篇文，初落筆便先擡出「張解元」三字，表得此人，已是雙文芳心繫定，香口噙定，如膠入漆，如日射壁，雖至於天終地畢、海枯石爛之時，而亦決不容移易者也！聖歎每言作文最爭落筆，若落筆落得着，便通篇增氣力；若落筆落不着，便通篇減神彩。東坡先生作《韓文公潮州廟碑》時，云曾悟及此事，最是難解之事也。◯「別一個」妙，只除張解元外，彼茫茫天下之人，誰是「別一個」哉！既已漫無所指，而又自云「別一個」，然則口中自閑嗑「別一個」，心中實蕩漾「這一個」也。《古樂府》云：「座中數千人，皆言夫婿殊。」吾嘗欲問何處座中，誰數千人，誰聞其言，誰又告卿？殆於卿自心憐卿之夫婿殊也！正與此「別一個」之三字，遥遥千載，交輝互映。◯「識人多」，措辭妙絶。便以吾張解元爲宰相不愧耳！看他只三字，豈復三百字、三千字、三萬字所得換哉。◯「怎」字又妙，一似曾代此「別一個」深算也者，而其實一片只是將他張解元驕奢天下人。蓋寫雙文此日之得意，真寫殺也。◯試看其只得二句十六字，而出神入化，乃至於此。普天下後世錦繡才子，讀至此處，幸必滿浮一大白，先酹雙文，次酹作《西廂》者，次酹聖歎，次即自酹焉。

排酒菓，列笙歌。篆煙微，花香細，捲起東風簾幕。他救了咱全家禍，殷勤呵正禮，欽敬呵當合。「正禮」、「當合」字，出自雙文香口，妙絶！畢竟還是感，還是愛？

右第二節。先從雙文意中，分付是日華筵之盛必須如此，以反剔後文之草草也。一節只是一句，猶言是日殷勤欽敬之故，則必應捲起簾幕，而後排列酒菓、笙歌。而是日之簾幕之可以捲起，則又以香烟花氣霏微不動，而驗東風淡蕩之故也。

（紅娘云）小姐今日起得早也。

【新水令】恰纔向碧紗窗下畫了雙蛾，一句，是梳妝已畢也。拂綽了羅衣上粉香浮污，二句，是梳妝已畢，立起來也。將指尖兒輕輕的貼了鈿窩。三句，是梳妝已畢，立起來了，又回身就鏡看其宜稱也。然則真起來得早也。若不是驚覺人呵，猶壓着繡衾卧。誰敢驚覺小姐？小姐謊也。

右第三節。此真異樣筆墨也。蓋欲寫雙文方始梳妝，則此日雙文不應一如平日遲起；然欲寫雙文梳妝已畢，則雙文又自有雙文身分，不可過於早起。於是而舒俏筆，蘸淺墨，輕輕只寫其梳妝之後一半，而雙文之此日起身，遂覺遲固不遲，早亦不早，早雖不早，遲已不遲，翩翩然便有一位及瓜解事千金小姐，活現於此雙開一幅玉版牋中，真非世傖之所夢得也。《西廂記》寫雙文，至此日，猶作爾筆。吾恨近時忤奴，於最初驚艷時，便作無數目挑心招醜態，願天下才子，同聲痛罵之！○另找「猶壓」一句者，非寫雙文自家文飾，乃是深明他日決無如此早起，以見雙文今日之得意殺也。

（紅云）小姐梳粧早畢也，小姐洗手咱。我覷小姐臉兒吹彈得破，張生你好有福也。小姐真乃天生就一位夫人。

【後】你看没查没例謊僂科，道我宜梳妝的臉兒吹彈得破。你那裏休聒，不當一個信口開合。知他命福如何？我做夫人便做得過。**【喬木查】**除非說我相思爲他，他相思爲我，今日相思都較可。這酬賀當酬賀。忽然將「他我」二字分開，忽然將「他我」二字合攏，寫得雙文是日，與解元貼皮貼肉，入骨入髓，真乃異樣筆墨。

右第四節。雙文快哉，便敢縱口呼一「他」字，敢問他之爲他乃誰耶？自謙未必做夫人，而公然牽連及人，云「看他福命」，何意卿之與他同福共命，遂至此耶！快哉雙文，此爲是卿心頭幾日語，何故前曾不說，今忽然說？豈卿今日之與他，便得更無羞澀耶？甚至暢然承認云「我相思」，「他相思」，甚矣，雙文此日之無顧無忌，滿心滿願也。○「我」之與

「他」，最是世間口頭常字，然獨不許未嫁女郎，香口輕道。此則正將此字，翻刷出異樣妙文來，作《西廂記》人，真是第八童真住菩薩，無法不悟者也。

母親你好心多。【攪箏琶】我雖是賠錢貨，亦不到兩當一弄成合。「兩當一」者，一來壓驚，二來就親也。況他舉將除賊，便消得你家緣過活。妙妙！是非平心語哉。然自旁人言之，則公論也；今出雙文口，便是護惜解元，聖歎先欲笑也！你費甚麼便結絲蘿。此寫雙文寫出是日不似結親席面也。與前「捲起東風簾幕」映耀。休波，省錢的奶奶，忒慮過，恐怕張羅。「休波」，雙文又急自收科也。此寫雙文小不得意於其母，所以襯後文之大不得意也。其法只應如是即止，不可信筆便恁麼去，故也。

右第（四）［五］節。上寫雙文快，此又忽寫雙文不快。寫快，所以反襯後文不快也；寫不快，所以反襯後文大不快也。蓋雙文於筵席草草便已不快，殊未知筵席之所以草草，後文則有其故，而雙文方在夢中也。○此「我」、「他」二字，更奇更妙，便將自己母親之一副家緣過活，立地情願雙手奉與解元。自古云「女生外向」，豈不信哉。只不知作者如何寫得到，真是第八童真住菩薩，無法不悟者也。寫快以襯不快，奇矣；又寫不快以襯大不快，豈不奇絕哉！聖歎多見世間御温食肥之人，每自言「心中不快」，此正是其快極語也，渠指日必有大不快耳。爲之一嘆。

【慶宣和】門外簾前，未將小脚兒那。我先目轉秋波，「未」字，「先」字，「倒」字，三個字合成異樣妙景。

（張生云）小生更衣咱。（做撞見鶯鶯科）

誰想他識空便的靈心兒早瞧破。諕得我倒躲，倒躲。

右第(五)[六]節。分明一對新人，兩雙俊眼，千般傳遞，萬種羞慚，一齊紙上，活靈生現也。○寫雙文出來，爲欲快出來，(及)[反]得遲出來。又解元看見雙文出來，方將等不得快出來，不意反弄成不出來。妙妙！蓋美人出來，本是難寫，何況新人出來，加倍難寫，因而極力寫之，不意其直寫至此，作者真是第八童真住人也。

(夫人云)小姐近前來，拜了哥哥者。(張生云)呀，這聲息不好也！(鶯鶯云)呀，俺娘變了卦也！(紅娘云)呀，這相思今番害也！

【雁兒落】只見他荆棘刺怎動那！死懵騰無同互！措支哩不對答！軟兀刺難蹲坐！

右第(六)[七]節。寫鶯聞怪語，先看解元也。先看解元，妙妙！

【得勝令】真是積世老婆婆，甚妹妹拜哥哥。真不可解。雖聖歎亦不解，不止雙文不解也。白茫茫溢起藍橋水，撲騰騰點着祆廟火。碧澄澄清波，撲剌剌把比目魚分破；急攘攘因何，扢搭地把雙眉鎖納合。**【甜水令】**粉頸低垂，煙鬟全墮，芳心無那。還有甚相見話偏多？星眼朦朧，檀口嗟咨，攧窨不過。這席面真乃烏合。

右第(七)[八]節。鶯聞怪語，次訴自家也。○先看解元，次訴自家。中有神理，不容倒轉。

(夫人云)紅娘看熱酒來，小姐與哥哥把盞者。(鶯鶯把盞科)(張生云)小生量窄。(鶯鶯云)紅娘，接了臺盞去者！

【折桂令】他其實咽不下玉液金波。「他其實」，妙！憐惜嗚(拍)[咽]，一至於此。○解元不肯飲，固也，乃今先是雙文不肯教解元飲也。

下逐句皆深明此句。他誰道月底西廂，變做夢裏南柯。「他誰道」，妙。代解元訴所以不飲之故也。淚眼偷淹，他酩子裏都揾濕衫羅。「他酩子裏」，妙，言解元只有工夫哭，那有工夫飲也。他眼倦開軟癱作一垜，他手難擡稱不起肩窩。「他眼倦開」，妙。言解元亦不看人把盞。「他手難擡」，妙。言解元亦接不起臺盞也。病染沉疴，他斷難又活。「他斷難活」，妙。言解元向未活，安能飲也？母親你送了人呵，還使甚嘍囉。結言真不必勸之飲也。一篇只是一句。

右第（八）[九]節。寫夫人初命把盞，解元必不肯飲。乃雙文亦不肯教解元飲也。其文如此。此皆唤紅娘接去臺盞之辭。

（夫人云）小姐，你是必把哥哥一盞者！（鶯鶯把盞科）（張生云）説過小生量窄。（鶯鶯云）張生，你接這臺盞者。

【月上海棠】一杯悶酒尊前過，你低首無言只自摧挫。「你自摧挫」，妙。忽然换一言端，勸解元不如飲此一杯之愈也。你不甚醉顔酡，「你不甚酡」，妙，言親見解元面也。你嫌玻璃盞大。「你嫌盞大」，妙。言深體解元意也。你從依我，只四字中，下得「你」、「我」二字。你酒上心來較可。「你依我」，妙。言親昵也。「你較可」，妙。言疼痛也。皆手擎臺盞，憐惜嗚（拍）[咽]之辭。【後】你而今煩惱猶閑可，你久後思量怎奈何？「你而今」、「你久後」，妙。因把盞之便，直私問至後日也。我有意訴衷腸，爭奈母親側坐，與你成抛躲，咫尺間天様闊。亦欲訴其「而今煩惱」與「久後思量」也。

右第（九）[十]節。寫夫人再命把盞，解元堅不肯飲，乃雙文忽又欲强解元飲也。其文又如此。○只一把盞，看他一反一覆，寫成如此兩節。前節向他人疼解元，後節向解元疼解元；前節分明玉手遮護解元，直將藏之深深帳中，幾於風吹亦痛；後節分明身擁解元，並坐深深帳中，通夜玉手與之按摩也。文章至於此極，真惟第八童真住人，或優爲之，餘子豈所望哉！

（張生飲酒科）（鶯鶯入席科）（夫人云）紅娘，再斟上酒者！先生滿飲此杯。（張生不答科）

【喬牌兒】轉關兒雖是你定奪，啞謎兒早已人猜破；還要把甜話兒將人和，越教人不快活。譏其還欲勸酒也。

右第（十）［十一］節。幾於熱揭面皮，痛錐頂骨，何止眼瞅口唾而已。快文哉！

【清江引】女人自然多命薄，秀才又從來懦。妙妙，不但自悲，兼怨解元。便宛然夫妻兩口，一心一意然。悶殺没頭鵝，撇下陪錢貨；忽然放聲痛哭其父。不知他那答兒發付我！痛哭其父，所以深致怨於其母也。而其父不聞也，真乃哀哉！

右第十（一）［二］節。忽然哀叫死父，痛唧生母，而夫妻之同牀共命，並心合意，分明如畫。妙絶！

（張生冷笑科）

【殿前催】你道他笑呵呵，這是肚腸閣落淚珠多。本作「江州司馬淚痕多」，我意元、白同時，恐未可用，故特改之。若不是一封書把賊兵破，俺一家怎得存活。他不想姻緣想甚麽？段段夫妻兩口，並心合意。妙絶，奇絶！難捉摸。你説謊天來大，成也是你母親，敗也是你蕭何。

右第十（二）［三］節。索性暢然代解元言之也。

【離亭宴帶歇拍煞】從今後我也玉容寂寞梨花朵，朱唇淺淡櫻桃顆，如何是可？ 昏鄧鄧黑海來深，白茫茫陸地來厚，碧悠悠青天來闊；

右第十(三)[四]節。 索性暢然並自己言之，真不復能忍也。

前日將他太行山般仰望，東洋海般饑渴。 如今毒害得恁麽。 高鳥良弓，千古同嘆。 把嫩巍巍雙頭花蕊搓，香馥馥同心縷帶割，長攙攙連理瓊枝挫。 只道白頭難負荷，誰料青春有擔閣，將錦片前程已蹬脱。 一邊甜句兒落空他，一邊虚名兒誤賺我。 「白頭」、「青春」，錐心出想。

（夫人云）紅娘送小姐卧房裏去者。（鶯鶯辭張生下）

右第十(四)[五]節。 看他至篇終，越用淋淋漓漓之墨，作拉拉雜雜之筆。 蓋滿肚怨毒，撐喉拄頸而起； 滿口謗訕，觸齒破唇而出。 其法必應如是，非不能破作兩三節也。 有文應用次第者，有文應用拉雜者，所謂歡愉之音嘽緩，煩悶之音焦殺也。

（張生云）小生醉也，告退。 夫人跟前，欲一言盡意，未知可否？ 前者狂賊思逞，變在倉卒，夫人有言：「能退賊者，以鶯鶯妻之。」是曾有此語否？（夫人云）有之。（張生云）當此之時，是誰挺身而出？（夫人云）先生實有活命之恩。 奈先相國在日……（張生云）夫人却請住者！ 當時小生疾忙作書，請得杜將軍來，徒爲今日餔啜地乎？ 今早紅娘傳命相呼，將謂永踐諾金，快成倚玉，不知夫人何見，忽以「兄妹」二字，兜頭一蓋？ 請問小姐何用小生爲兄？ 若小生真不用小姐爲妹。 常言「算錯非遲」，還請夫人三思。（夫人云）這個小女，先相公在日，實已許下老身侄兒鄭恒。前日發書曾去唤他，此子若至，將如之何？如今情願多以金帛奉酬，願先生别揀豪門貴宅之女，各諧秦晉，似爲兩便。（張生云）原來夫人如此。只不知，杜將軍若是不來，孫飛虎公然無禮，此時，夫人又有何説？小生何用金帛，今日便索告别！（夫人云）先生住者，你今日有酒了也。紅娘，扶哥哥去書房中歇息。到明日咱别有話説。（夫人下）（紅娘扶張生云）張先生，少吃一盞，却不是好！（張生云）哎呀，紅娘姐，你也糊突，我吃甚麽酒來！小生自從瞥見小姐，忘餐廢寢，直到如今，受無限苦楚，不可告訴他人，須不敢瞞你。前日之事，小生這一封書，本何足道，只是夫人堂堂一品太君，金口玉言，許以婚姻之約。紅娘姐，這不是你我二人獨聽見的，兩廊下無數僧俗，乃至上有佛天，下有護法，莫不共聞。不料如今忽然變卦，使小生心盡計窮，更無出路，此事幾時是了！就小娘子跟前，只索解下腰帶，尋個自盡。可憐閉户懸梁客，真作離鄉背井魂。（解帶科）（紅娘云）先生休慌。先生之於小姐，妾已窺之深矣。其在前日，真爲素昧平生，突如其來，難怪妾之得罪。至於今日，夫人實有成言，況是以德報德，妾當盡心謀之。（張生云）如此，小生生死不忘！只是計將安出？（紅娘云）妾見先生有囊琴一張，必善於此。俺小姐酷好琴音。今夕，妾與小姐，少不得花園燒香。妾以咳嗽爲號，先生聽見，便可一彈，看小姐説甚言語，便好將先生衷曲禀知。蓋紅娘之於雙文，其不敢率爾有言如此。忤奴其烏知相國人家家法哉。若有説話，明日早來回報。這早晚怕夫人呼唤，我只索回去。（下）（張生云）依舊夜來蕭寺寡，何曾今夕洞房春。（下）

二之四　琴心

紅娘之教張生以琴心，何也？聖歎喟然嘆曰：吾今而後知禮之可以坊天下也。夫張生，絶代之才子也；雙文，絶代之佳人也。以絶代之才子，驚見有絶代之佳人，其不辭千死萬死，而必求一當，此必至之情也。即以絶代之佳人，驚聞有絶代之才子，其不辭千死萬死，而必求一當，此亦必至之情也。何也？夫才子，天下之至寶也；佳人，又天下之至寶也。

天生一至寶於此，天亦知其難乎爲之配也；天又生一至寶於彼，天又知其難乎爲之配也。無端一日而兩寶相見，兩寶相憐，兩寶相求，兩寶相合，而天乃大快。曷快爾？快一事遂即兩事遂。言以此一寶配彼一寶也者，即以彼一寶配此一寶者也。天豈其曰不然，而顧强一寶以配一朴，又别取一朴以配一寶，而反以爲快乎哉！然而吾每念焉，彼才子有必至之情，佳人有必至之情。然而才子必至之情，則但可藏之才子心中；佳人必至之情，則但可藏之佳人心中。即不得已久之久之，至於萬萬無幸，而才子爲此必至之情，而才子且死，則才子其亦竟死，佳人且死，則佳人其亦竟死，而才子終無由能以其情通之於佳人，而佳人終無由能以其情通之於才子。何則？先王制禮，萬萬世不可毁也。《禮》曰：「外言不敢或入於閫，内言不敢或出於閫。」斯兩言者，無有照鑒，如臨鬼神，童而聞之，至死而不容犯也。夫才子之愛佳人則愛，而才子之愛先王則又愛者，是乃才子之所以爲才子；佳人之愛才子則愛，而佳人之畏禮則又畏者，是乃佳人之所以爲佳人也。是故男必有室，女必有家，此亦古今之大常，如可以無諱者也。然而雖有才子佳人，必聽之於父母，必先之以媒妁，棗栗段脩，敬以將之，鄉黨僚友，酒以告之。非是則父母國人先賤之，非是則孝子慈孫終羞之。何則？徒惡其無禮也。故才子如張生，佳人如雙文，是真所謂有唐貞元天地之間之兩至寶也者。才子愛佳人，如張生之於雙文；佳人愛才子，如雙文之於張生。是真所謂不辭千死萬死，而幾幾乎各願以其兩死併爲一死也者。然而其於未有賊警許婚以前，張生之愛雙文，即誠有之，然終不知雙文其果亦知我之愛之，且至於如是矣乎？抑竟不之知乎？雙文之愛張生，即誠有之，然終不知張生其果亦知我之愛之，且至於如是矣乎？抑竟不之知乎？夫張生之無由出於其口而入雙文之耳，猶之雙文之無由出於其口而入張生之耳，其事則同也。然則其互不得知信也。夫兩人之互愛，蓋至於如是之極也，而竟亦互不得知，則是兩人雖死焉可也。然兩人死則寧竟死耳，而終亦無由互出於口，互入於耳者，所謂禮在則然，不可得而犯也。殆至於萬萬無幸而大幸猝至，而忽然賊警，而忽然許婚，我謂惟當是時，則張生之情，竟可不復通於雙文，雙文之情，竟可不復通於張生。

何則？既已母氏諾之，兩廊下三百人證之矣，而今而後，雙文真張生之雙文也。兩人一種之情，方不難竟日夜自言之，乃至竟一月自言之，乃至竟一歲自言之，乃至竟百年自言之。是其中間奚煩别有一介之使，又爲將之於此，而致之於彼焉者，天亦不圖老嫗之又有變計也。自老嫗之計倏然又變，而後乃今雙文仍非張生之雙文，則是張生亦仍非雙文之張生，而後乃今於其中間真不得不别煩一介之使，先將之此，以致之彼，冀得之彼，以復之此矣。雖在雙文，我必代之謀曰：是但可含怨貴怒，汝終不得明以告之人也。然其在張生，則有何所忌憚，尚不敢仗義執辭，明以告之人也？諺有之曰：「心不負人，面無慚色。」夫夫人而未之嘗許，則張生雖死，實應終亦不敢，此自爲禮在故也。若夫人而既許之矣，張生雖至無所忌憚，而儼然遂煩一介之使，排闥以明告之雙文，我謂此已更非禮之所得隨而議之。何則？曲已在彼，不在此也。而獨不知此一介之使，則將何以應之也哉？夫夫人之許之，耳實聞之也；夫人之賴之，耳又實聞之也：此不必張生言之也。夫張生即不言，我獨非人，不飲恨於吾心乎哉？此又不必張生求之也。夫張生即不求，我獨非人，不能爲一援手乎哉？且我今以張生之言，言於雙文之前，猶之以水入水焉耳。何則？頃者怨念之誠，動於顔色，我既亦察之審矣。然則我以張生之言，言於雙文之前，真猶之以雙文之言，言於雙文之前焉耳。此真所謂天下之不難，更無有不難於此也者。然而阿紅則獨以爲有至難至難者焉，何則？今夫崔家，則潭潭赫赫，當朝一品，調元贊化之相國府中也。崔之夫人，則先既堂堂巍巍，一品國太，而今又爲斬斬稜稜之冰心鐵面孀居嚴母也。崔夫人之女雙文，則雍雍肅肅，胡天胡帝，春風所未得吹，春日所未得照之千金一品小姐也。若夫紅之爲紅，則不過相國府中有夫人，夫人膝下有小姐，小姐位側有侍妾，而特於侍妾隊中，翩翩翾翾，有此一鬟也云爾！小姐而苟尋常遇之，此小姐之體也；小姐而獨國士目之，是小姐之恩也。如以小姐之體論之，則其不敢輕以一無故之言，干冒尊嚴者。是不獨一紅爲然，凡侍小姐之側，無不盡然，而紅則亦不得不然者也。若以小姐之恩論之，則其尤不敢輕以一無故之言，干冒尊嚴者，吾意必當獨此一紅爲能然耳。不則胡爲小姐平日珠玉之心，恪不肯輸一人者，而獨於紅乎垂注乎哉！由斯言之，然則紅之諾張生，雖在所必不得不諾；而紅之告雙文，乃在所必不可得告。蓋其至難至難，非獨紅娘難之，雖當日張生亦已爲之難之；非獨聖歎難之，雖今日普天下錦繡才子，亦當無不爲之難之。此見先王制禮，有外有内，有尊有卑，不但外言之不敢或聞於内，而又卑言之不敢或聞於尊。蓋其嚴重不苟有如此者，凡以坊天下之非僻奸邪，使之必不得伏於側，乘於前，亂於後，潰敗於無所底止，其用意爲至深遠也。然後則知紅娘之教張生以琴心，其意真非欲張生之以琴挑雙文也，亦非欲雙文之於琴感張生也。其意則徒以雙文之體尊嚴，身爲下婢，必不可以得言。夫必不可以得言，而頃者之諾張生，將終付之沉浮矣乎；又必不忍，而因出其陰陽狡獪之才，斗然托之於琴，而一則教之彈之，而一則教之聽之。教之聽之而詭去之，詭去之而又伏伺之，伏伺之而得其情與其語，則突如其出而使莫得賴之，夫而後緩緩焉從而鈎得之。嗚呼，向使千金雙文，深坐不來，乃至來而不聽，與聽而無言，其又誰得行其狡獪乎哉？蓋聖歎於讀《西廂》之次，而猶慨然重感於先王焉。後世之守禮尊嚴千金小姐，其於心所垂注之愛婢，尚慎防之矣哉！賴婚後，寄書前，真乃何故又必要此《琴心》一篇文字？豈爲崔、張相慕之殷，前寫猶未盡意，故更須重言之耶？今日讀歎批，方恍然大悟，遂并篇末「走將來，氣冲冲」等語，都如新浴而出。聖歎眼，真有簸箕大也！

作《西廂記》人，吾偷相其用筆，真是千古奇絶。前《請宴》一篇，止用一紅娘，他却是張生、鶯鶯兩人文字；此《琴心》一篇，雙用鶯鶯、張生，反走過紅娘，他却正是紅娘文字。寄語茫茫天涯，何處錦繡才子，吾欲與君挑燈促席，浮白歡笑，唱之，誦之，講之，辨之，叫之，拜之。世無解者，燒之，哭之。斲山云：我先哭。

（張生上云）紅娘教我今夜花園中，待小姐燒香時，把琴心探聽他。尋思此言，深有至理。天色晚也，月兒，你於我分上，不能早些出來呵！是二十日左右月也。呀，恰早發擂也。好。呀，恰早撞鐘也。好。

(理琴科，云)琴呵，小生與足下，湖海相隨，今日這場大功，都只在你身上。天那！你於我分上，怎生借得一陣輕風，將小生這琴聲，送到我那小姐的玉琢成、粉捏就、知音俊俏耳朵裏去者！

(鶯鶯引紅娘上)(紅云)小姐，燒香去來，好明月也！好。只增四字一句，慫恿之意如畫。(鶯鶯云)紅娘，我有甚心情燒香來！月兒呵，你出來做甚那？此句，非恨月，乃是肯燒香之根。從來女兒心性，每每如此，故嘆紅娘「好明月也」四字一句之妙也。

【越調】【鬥鵪鶉】(鶯鶯唱)雲斂晴空，冰輪乍湧；此非寫月也，乃是寫美人見月也。風掃殘紅，香階亂擁；此非寫落紅，乃是寫美人走出月下來也。離恨千端，閑愁萬種。上四句之下，如何斗接此二句，故知上二句，是人也，非景也。試反覆誦之。

右第一節。只寫雲，只寫月，只寫紅，只寫階，並不寫雙文，而雙文已現。〇有時寫人，是人；有時寫景，是景；有時寫人却是景，有時寫景却是人。如此節，四句十六字，字字寫景，字字是人。傖父不知，必曰景也。

娘呵，「靡不初，鮮有終。」他做會影裏情郎，我做會畫中愛寵。**【紫花兒序】**止許心兒空想，口兒閑題，夢兒相逢。

右第二節。不得不叙事，却先作如許空靈澹蕩之筆。妙絶！

昨日個大開東閣，我只道怎生般炮鳳烹龍？妙妙。不是寫出來，竟是説出來。驟讀之，只道笑殺人；再讀之，真要哭殺人也！朦朧，妙妙。却教我「翠袖殷勤捧玉鐘」。要算「主人情重」；妙妙。不是寫出來，竟是説出來。將我雁字排連，着他魚水難同。

右第三節。上先空叙，此更實叙，又作如許哀怨刺促之筆也。

（紅云）小姐，你看月闌，明日敢有風也？（鶯鶯云）呀，果然一個月闌呵！

【小桃紅】人間玉容深鎖繡幃中，是怕人搬弄。孫子荆每言「情生文，文生情」。如此斗然出奇，爲是情生，爲是文生？真乃絶妙。想嫦娥，西没東生有誰共？妙絶。怨天公，裴航不作游仙夢。勞你羅幃數重，愁他心動，圍住廣寒宫。妙絶！○無情無理，奇情奇理，有情有理，至情至理。

右第四節。一肚哀怨，刺刺促促，欲不説則不得盡其致，欲説則又嫌多嚼口臭。因忽然借月闌，替换題目，翻洗筆墨。文章之能，於是極也！○細思作者當時，提筆臨紙，左想右想，如何忽然想到月闌？便使想到月闌，如何忽然想到如此下筆？使我讀之，真乃不知其是怨月闌，不知其是怨夫人。奇奇妙妙，世豈多有。

（紅輕咳嗽科）（張生云）是紅娘姐咳嗽，小姐來了也。（彈琴科）

（鶯鶯云）紅娘，這是甚麽響？（紅云）小姐，你猜咱。

【天淨沙】是步摇得寶髻玲瓏？是裙拖得環珮玎玲？看他行文漸次。此二句，先從身畔猜起也。是鐵馬兒檐前驟風？是金鈎雙動，吉丁當敲響簾櫳？此二句，離身仰頭猜之也。【調笑令】是花宫，夜撞鐘？是疏竹瀟瀟曲檻中？此二句，又置此處，向别處猜之。○「花宫」二字句，李頎詩云「花宫仙梵遠微微」是也，「撞」，平聲。是牙尺剪刀聲相送？是漏聲長滴響壺銅？此二句，雜猜之也。看他八句八樣，儻只謂可以漫然雜寫，豈知其中間，又必有小小章法如是哉？

右第五節。此於琴前，故作摇曳，先媚之。

我潛身再聽在牆角東，元來西厢理結絲桐。【禿厮兒】其聲壯，似鐵騎刀槍冗冗；其聲幽，似落花流水溶溶；其聲高，似清風月朗鶴唳空；其聲低，似兒女語，小窗中，喁喁。韓昌黎《聽琴》詩曰：「昵昵兒女語，恩怨相爾汝。劃然變軒昂，勇士赴敵場。」正與此一樣文字也。歐陽文忠强作解事云：「此詩雖甚奇麗，然只是聽琵琶詩，不是聽琴詩。」誤也。

右第六節。此正寫琴。

【聖藥王】他思已窮，恨不窮，是爲嬌鸞雛鳳失雌雄。他曲未通，我意已通，分明伯勞飛燕各西東，「思已窮」，是言日間賴婚；「恨不窮」，是言此時彈琴；「曲未通」，是言琴未入弄；「意已通」，是言聽者已先會得也。妙絶！盡在不言中。「盡」之爲言，你我同也。

右第七節。〇須知此爲張生調弦未入弄時，其用「嬌鸞雛鳳」、「伯勞飛燕」等字，皆是日間心頭已成之語，非於琴中聽出來也。猶言日間之事如此，尚何心情弄琴？則解之曰：「他思已窮，恨不窮」也。又問他調弦猶未入弄，汝乃何從知之？則解之曰：雖「曲未通，意已通」也。其文之妙如此。〇寫成操後，雙文乃始嗟怨，此傖父優爲之耳。看他偏於未成操前，寫得雙文早自心如合璧，便將下文張生特地彈成一曲，謂之《鳳求凰》操，恰如反被雙文先出題目相似。真乃文章妙處，索解人不得也。傖謂張生挑之，豈非大夢！

（紅云）小姐，你住這裏聽者，我瞧夫人便來。（假下）一篇，止此句爲正文。

【麻郎兒】不是我他人耳聰，知你自己情衷。「我他人」，妙妙。「你自己」，妙妙。昔趙松雪學士，信手戲作小詞，贈其夫人管曰：「我儂兩個，忒煞情多。譬如將一塊泥，捏一個你，塑一個我。忽然間歡喜呵，將他來都打破。重新下水，再團再鍊，再捏一個你，再塑一個我。那其間，那其間，我身子裏有你也，你身子裏，也有了我。」知音者芳心自同，感懷者斷腸悲痛。此「知音者」、「感懷者」，乃遍指普天下相思種子也。其文妙至於此。

右第八節。言普天下才子，必普天下好色，必普天下有情，必普天下相思，不止是張生一人爲然也，又何疑於琴未成弄，我便心如合璧哉？文之淋漓滿志，已至此極，而倉必云下文以琴挑之。

（張生云）窗外微有聲息，定是小姐，我今試彈一曲。（鶯鶯云）我近這窗兒邊者。

（張生嘆云）琴呵！昔日司馬相如，求當文君，曾有一曲，名曰《文鳳求凰》。小生豈敢自稱相如，只是小姐呵，教文君將甚來比得你！我今便將此曲，依譜彈之。

（琴曰）有美一人兮，見之不忘。一日不見兮，思之如狂。鳳飛翱翔兮，四海求凰。無奈佳人兮，不在東牆。張琴代語兮，欲訴衷腸。何時見許兮，慰我徬徨？願言配德兮，攜手相將！不得于飛兮，使我淪亡。是手彈，不是口歌。

（鶯鶯云）是彈得好也呵！其音哀，其節苦，使妾聞之，不覺淚下。

【後】本宮、始終、不同。此六字，三句，是言聞弦賞音，能識雅曲之故也。「本宮」者，曲各自有其宮也。「始終」者，曲之自始至終，有變不變也。「不同」者，辨其何宮，察其正變，則迥不同也。這不是清夜聞鐘，此辨其「本宮」也。「清夜聞鐘」，屬宮，今屬商也。這不是黃鶴醉翁，此辨其「始終」也，「黃鶴」變，此不變也。這不是泣麟悲鳳。此辨其「不同」也。悲泣雖無異，而麟鳳與求凰，又不同也。【絡絲娘】一字字是更長漏永，一聲聲是衣寬帶鬆。别恨離愁，做這一弄。越教人知重。此「越重」字，則爲今夜又知其精於琴理至此，故也。夫雙文精於琴理，故能於無文字中，聽出文字，而知此曲之爲「别恨離愁」也。而今反云「越重」張生，從來文人重文人，學人重學人，才人重才人，好人重好人，如子期之於伯牙，匠石之於郢人，其理自然，無足怪也。○絶世妙文。

右第九節。聽琴正文，寫出真好雙文。必如此，方謂之知音識曲人也。儻乃必欲張生手既彈之，口又歌之，一何可笑！四「這」字，三「不是」字，兩「是」字，寫知音人如畫。○斲山云：「我讀此一章，洋洋然，泠泠然，不知其是張生琴，不知其是雙文人，不知其是《西廂》文，不知其是聖歎心。蓋飄飄乎，欲與漢武同去矣！」

（張生推琴云）夫人忘恩負義，只是小姐，你却不宜説謊。（紅娘掩上科）（鶯鶯云）你錯怨了也。

【東原樂】那是娘機變，如何妾脱空；他由得俺，乞求效鸞鳳？九字，便是九點淚，便是九點血。雙文之多情，雙文之秉禮，雙文之孝順，雙文之爽直，都一筆寫出來。他無夜無明併女工，無有些兒空，他那管人把妾身咒誦！此文用三「他」字，推是夫人，足矣。必如俗本云「得空，我便欲來」，此更成何語耶？

右第十節。此雙文不覺漏入紅娘耳中之文也，如含如吐，如淺如深。在雙文出之，已算盡言；在紅娘聞之，尚非的據，使令後文一簡再簡，玄之又玄，幾乎玄殺也。○「無夜無明」、「無空」之爲言，不得乞求也。寫慈母嬌女之如可乞求，與嚴母莊女之終不乞求，兩兩如畫。俗本誤入襯字，直寫作如欲私奔然，惡，是何言也！當時若是身作雙文，自然必爲此言；今日只是筆代雙文，奈何能爲此言？固知世間慧業文人，定是第七住地中人也。

【綿搭絮】外邊疏簾風細，裏邊幽室燈青，中間一層紅紙，幾眼疏櫺，不是雲山幾萬重。寫兩人相去至近，真乃妙絶！怎得個人來信息通？便道十二巫峰，也有高唐來夢中。紅娘聞之，可謂罄倒，而雙文殊未犯口。

（紅娘突出云）小姐，甚麽夢中？那夫人知道怎了！紅娘賊也。

右第十一節。此漏入紅娘耳中之後半也。在紅娘聞之，已算盡言；在雙文出之，反無的據。如淺如深，如含如吐，遂成後文玄殺也。妙哉！

【拙魯速】走將來氣冲冲，不管人恨匆匆，諕得人來怕恐。我又不曾轉動，女孩兒家恁響喉嚨。我待緊磨礱，將他攔縱，怕他去夫人行把人葬送。此亦後文低垂粉頸，改變朱顔之根。可細細尋之。

右第十二節。寫雙文膽小，寫雙文心虚，寫雙文嬌貴，寫雙文機變：色色寫到。○寫雙文又口硬又心虚，全爲下文玄殺紅娘地也。妙絶！

（紅云）適才聞得張先生要去也，小姐却是怎麽？（鶯鶯云）紅娘，你便與他説，再住兩三日兒。

【尾】只説道夫人時下有些唧噥，好和歹你不脱空。此亦不爲深言犯口，不過偶借前題，略作相留數日計耳。而自紅娘聞之，豈非雙文已作滿口相許哉？世間真有如此錯認，寫來入妙。我那口不應的狠毒娘，你定要別離了這志誠種！再讀此句，益知上句之偶作相留，并無所許也。

右第十三節。直寫至紅娘有問，雙文有答，而雙文口中終無犯口深言，而紅娘意中竟謂滿心相許。玄之又玄，幾乎玄殺，真世間未見之極筆也！

（紅娘云）小姐不必分付，我知道了也。明日我看他去。紅娘賊也，你玄殺也。（鶯鶯、紅娘下）

（張生云）小姐去了也。紅娘姐呵，你便遲不得一步兒，今夜便回覆小生波！没奈何，且只得睡去。（張生下）

貫華堂第六才子書西廂記卷之六

聖歎外書

第三之四章題目正名
張君瑞寄情詩
小紅娘遞密約
崔鶯鶯喬坐衙
老夫人問醫藥

三之一　前候

上《琴心》一篇，紅娘既得鶯鶯的耗，則此篇不過走覆張生，而張生苦央代遞一書耳。題之枯淡窘縮，無逾於此。乃吾讀其文，又見其纚纚然有如許六七百言之一大篇。吾嘗春晝酒酣，閑坐櫻桃花下，取而再四讀之，忽悟昨者陳子豫叔，則曾教吾以此法也。蓋陳子自論雙陸也，聖歎問於豫叔曰：「雙陸亦有道乎，何又有人於其中間稱曰高手耶？」豫叔曰：「否否，唯唯。吾能知之，吾能言之。然而其辭不雅馴，我難使他人聞之。獨吾子性好深思鄙事者也，吾不妨私一述之。

今夫天下一切小技，不獨雙陸爲然。凡屬高手，無不用此法已，曰『那輾』。吴音「奴」上聲，「輾」上聲。『那』之爲言『搓那』，『輾』之爲言『輾開』也。搓那得一刻，輾開得一刻；搓那得一步，輾開得一步。於第一刻、第一步，不敢知第二刻、第二步，況於第三刻、第三步也。於第一刻、第一步，真有其第一刻、第一步，莫貪第二刻、第二步，坐失此第一刻、第一步也。」聖歎聞之，已不覺灑然異之。豫叔又曰：「凡小技，必須與一人對作。其初，彼人大欲作，我乃那輾如不欲作。夫大欲作，必將有作有不及作也。而我之如不欲作，則固非不作也。其既彼以大欲作故，將多有所不及作，其勢不可不與補作。至於補作，則先之所作，將反棄如不作也。我則以那輾故，寸寸節節而作，前既不須補作，今又無刻不作也。其後，彼以補作故，彼所先作，既盡棄如不作，而今又更不及得作也。我則以不煩補作故，今反聽我先作，乃至竟局之皆我獨作也。」聖歎聞之，不覺大異之。豫叔又曰：「所貴於那輾者，那輾則氣平，氣平則心細，心細則眼到。夫人而氣平、心細、眼到，則雖一黍之大，必能分本分末；一咳之響，必能辨聲辨音。人之所不睹，彼則瞻矚之；人之所不存，彼則盤旋之；人之所不悉，彼則入而抉剔，出而敷布之。一刻之景，至彼而可以如年；一塵之空，至彼而可以立國。展一聲而驗，涼風之所以西至，玄雲之所以北來；落一子而審，直道之所以得一，横道之所以失九。如斯人，則真所謂無有師傳，都由心悟者也。」聖歎聞之，愈大異之。豫叔又曰：「那輾之妙，何獨小技爲然哉。一切世間，凡所有事，無不用之。古之人有行之者，如陶朱之所以三累萬金也，瀛王之所以身相歷朝也，孫武行軍所以有處女脱兔之能也，伊尹於桐所以有啓心沃心之效也。更進而神明之，則抽添火符，成就大還，安庠徐步，入出三昧，除此一法，更無餘法。何則？天下但有極平易底下之法，是爲天下奇法、妙法、秘密之法，而天下實更無有奇妙、秘密法也。」上文，止引豫叔「那輾」二字，論此篇正用其法耳。以其語皆奇絶，故全載之。於是聖歎瞿然起立曰：「嘻，果有是哉！」是日始識豫叔乃真正絶世非常過量智人，然而豫叔則獨不言此法爲文章之妙門。聖歎異日，則私以其法教諸子弟曰：「吾少即爲文，横塗直描，吾何知哉！吾中年而始見一智人，曾教我以二字法曰

『那輾』。至矣哉！彼固不言文，而我心獨知其爲作文之高手。何以言之？凡作文，必有題。題也者，文之所由以出也。乃吾亦嘗取題而熟睹之矣，見其中間全無有文。夫題之中間全無有文，而彼天下能文之人，都從何處得文者耶？吾由今以思，而後深信那輾之爲功是惟不小。何則？夫題有以一字爲之，有以三五六七乃至數十百字爲之。今都不論其字少之與字多，而總之題則有其前，則有其後，則有其中間。抑不寧惟是已也，且有其前之前，且有其後之後。且有其前之後，而尚非中間，而猶爲中間之前；且有其後之前，而既非中間，而已爲中間之後，此真不可以不致察也。誠察題之有前，又察其有前前，而於是焉先寫其前前，夫然後寫其前，夫然後寫其幾幾欲至中間，而猶爲中間之前，夫然後始寫其中間，至於其後，亦復如是，而後信題固蹙，而吾文乃甚舒長也；題固急，而吾文乃甚紆遲也；題固直，而吾文乃甚委折也；題固竭，而吾文乃甚悠揚也。如不知題之有前、有後、有諸迤邐，而一發遂取其中間，此譬之以㩁擊石，确然一聲則遽已耳，更不能多有其餘響也。蓋那輾與不那輾，其不同有如此者。」而今紅娘此篇，則正用其法。吾是以不覺有感而漫識之：文章之事，關乎至微，其必有人驟聞之而極大不然，殆於久之而多察於筆墨之間，而又不覺其冥遇而失笑也。此篇，如【點絳唇】、【混江龍】，詳敘前事，此一那輾法也，甚可以不詳敘前事也，而今已如更不可不詳敘前事也。【油葫蘆】，雙寫兩人一樣相思，此又一那輾法也，甚可以不雙寫相思也，而今已如更不可不雙寫相思也。【村裏迓鼓】，不便敲門，此又一那輾法也，甚可以即便敲門也。【上馬嬌】，不肯傳去，此又一那輾法也，甚可以便與傳去也。【勝葫蘆】，怒其金帛爲酬，此又一那輾法也。【後庭花】，驚其不用起草，此又一那輾法也。乃至【寄生草】，忽作莊語相規，此又一那輾法也。夫此篇除此數番那輾，固別無有一筆之得下也，而今止因那輾之故，果又得纚纚然如許六七百言之一大篇。然則文章真如雲之膚寸而生，無處不有，而人自以氣不平、心不細、眼不到，便隨地失之。夫自無行文之法，而但致嫌於題之枯淡窘縮，此真不能不爲豫叔之所大笑也。

（鶯鶯引紅娘上云）自昨夜聽琴，今日身子這般不快呵。不提賴婚，措辭最雅。紅娘，你左則閑着，你到書院中，看張生一遭，看他說甚麽，你來回我話者。（紅云）我不去。夫人知道呵，不是要！（鶯鶯云）我不說，夫人怎得知道？你便去咱！（紅云）我便去了，單說：「張生，你害病，俺的小姐也不弱。」乖，賊，妙妙！春晝不曾雙勸酒，夜寒無那又聽琴。

【仙吕】【賞花時】（紅娘唱）針綫無心不待拈，脂粉香消懶去添。春恨壓眉尖，靈犀一點醫可病懨懨。何人惡札，見之可恨。

（紅娘下）（鶯鶯云）紅娘去了，看他回來說甚麽。十分心事一分語，盡夜相思盡日眠。（鶯鶯下）好句。分明接着後篇。

（張生上云）害殺小生也！我央長老說將去，道我病體沉重，却怎生不着人來看我？困思上來，我睡些兒咱。（睡科）

（紅娘上云）奉小姐言語，着俺看張生，須索走一遭。俺想來，若非張生，怎還有俺一家兒性命呵！

【仙吕】【點絳唇】（紅娘唱）相國行祠，寄居蕭寺。遭横事，幼女孤兒，將欲從軍死。**【混江龍】**謝張生伸致，一封書到便興師。直是文章有用，何干天地無私。若不剪草除根了半萬賊，怕不滅門絶户了一家兒。鶯鶯君瑞，許配雄雌；夫人失信，推托別辭；婚姻打滅，兄妹爲之。而今閣起成親事。

右第一節。因此題更無下筆處，故將前事閑閑自叙一遍作起也。然便真似有一聰明解事女郎，於紙上行間，纖腰微嬝，小脚徐那，一頭迤逞行來，一頭車輪打算。一時文筆之妙，真無逾於是也。

一個糊塗了胸中錦繡，一個淹漬了臉上胭脂。**【油葫蘆】**一個憔悴潘郎鬢有絲，一個杜韋娘不似舊時，帶圍寬過了瘦腰肢。一個睡昏昏不待觀經史，一個意懸懸懶去拈針黹；一個絲桐上調弄出離恨譜，一個花箋上删抹成斷腸詩；筆下幽情，絃上的心事：一樣是相思。**【天下樂】**這叫做才子佳人信有之。猶言，世上動云才子佳人，夫必如此兩人，方信真有才子佳人也。明是俊眼識取兩人，明是惡口奚落天下。作者真乃舉頭天外，無有別人也。

右第二節。連下無數「一個」字，如風吹落花，東西夾墮，最是好看。乃尋其所以好看之故，則全爲極整齊、却極差脱，忽短忽長，忽續忽斷，板板對寫中間，又並不板板對寫故也。◯才子佳人，忽下「信有之」三字成句，妙絶。嗟乎！惟才子佳人，方肯下此三字耳；非才子佳人，雖至今亦終不肯下。何則？彼固以爲無有此事耳。

紅娘自思，句。乖性兒，何必有情不遂皆似此。他自恁抹媚，我却没三思，一納頭只去憔悴死。忽然紅娘自插入來。忽然插入紅娘來，乃是此中加一倍人。文情奇絶妙絶！

右第三節。言才子佳人，一個如彼，一個如此，兩人一般作出許多張致。若我則殊不然，亦不啼，亦不笑，亦不起，亦不眠，一口氣更無回互，直去死却便休。蓋是深識張生、鶯鶯之張致，而不覺己之張致乃更甚也。此等筆墨，謂之加一倍法，最是奇觀。

却早來到也。俺把唾津兒濕破窗紙，看他在書房裏做甚麼那？便畫出紅娘來。◯單畫出紅娘來，何足奇；直畫出紅娘聰明來，故奇耳。

【村裏迓鼓】我將這紙窗兒濕破，悄聲兒窺視。妙妙！便分明有一背轉女郎，遷延窗下。多管是和衣兒睡起，你看羅衫上前襟褶裩。從窗外人眼中，寫窗中人情事，只用十數字，已無不寫盡。孤眠況味，試想。凄凉情緒，試想。無人服侍。試想。澀滯氣色，試想。微弱聲息，試想。黄瘦臉兒。試想。張生呵，你不病死多應悶死。妙妙！純是一片空明。

右第四節。與其張生伸訴，何如紅娘覷出；與其入門後覷出，何如隔窗先覷出。蓋張生伸訴便是惡筆，雖入門覷出，猶是庸筆也。今真是一片鏡花水月。

【元和令】我將金釵敲門扇兒。

(張生云)是誰?

我是散相思的五瘟使。「散」,布散也。我誦之,如聞低語,如睹笑容。

(張生開門,紅娘入科)

右第五節。輕妙之至,幾於筆尖不復着紙。如此迤邐行文,雖欲作萬言大篇,亦何難哉!

(張生云)夜來多謝紅娘姐指教,小生銘心不忘。只是不知小姐可曾有甚言語?(紅掩口笑云)俺小姐麽,俺可要説與你:

他昨夜風清月朗夜深時,使紅娘來探爾。他至今胭粉未曾施,念到有一千番張殿試。不云今早相央,而云昨夜受命,益信上文《琴心》一篇,誠如聖歎之言也。〇不云今朝而云昨夜,中有妙理,除紅娘更無第二人知道,此最是耐想文字。

右第六節。只此四語是一篇正文,其餘都是從虚空中,蕩漾而成。

(張生云)小姐既有見憐之心,紅娘姐,小生有一簡,可敢寄得去,意便欲煩紅娘姐帶回。

【上馬嬌】他若見甚詩,看甚詞,他敢顛倒費神思。

他拽扎起面皮，道：「紅娘，這是誰的言語，你將來，這妮子怎敢胡行事！」嗤，句。○裂紙聲。扯做了紙條兒。畫出紅娘來。畫出紅娘一雙纖手，兩道輕眉，頰邊二靨，唇上一聲來。畫絶也！

右第七節。此分明是後篇鶯鶯見帖時情事，而忽於紅娘口中先復猜破者，所以深表紅娘靈慧過人，而又未嘗漏泄後篇，故妙。細思此時紅娘，真無便與傳去之理也。

（張生云）小姐決不如此，只是紅娘姐不肯與小生將去，小生多以金帛拜酬紅娘姐。筆墨之事，隨手生發，所謂「文亦有情，情亦有文」。如不因張生此白，下即豈有紅娘如此一段快文哉。

【勝葫蘆】你個挽弓酸倈没意兒，賣弄你有家私，石崇、王愷，決不賣弄，其最賣弄者，偏是秀才紙裹中家私也。我圖謀你東西來到此？此九字，雖出紅娘口，然我乃欲爲之痛哭，何也？夫人生在世，知己有托，生死以之，乃至不望感，豈惟不望報也。自世必欲以金帛奉酬勞苦，而於是遂使出死力效知己之人，一齊短氣無語。嗟乎！以漢昭烈，猶有「不才自取」之言矣。自非葛公，誰復自明也哉！把你做先生的錢物，與紅娘爲賞賜，先生錢物，猶言束修也，所謂紙裹中家私也。○雖一文錢，亦必自稱賞賜，亦秀才語也。我果然愛你金貲？

【後】你看人似桃李春風牆外枝，賣笑倚門兒。毒口便罵盡世間一輩望酬謝人，使我心中快樂（也）。

右第八節。世間有斤兩，可計算者，銀錢；世間無斤兩，不可計算者，情義也。如張生、鶯鶯，男貪女愛，此真何與紅娘之事，而紅娘便慨然將千金一擔，兩肩獨挑，細思此情此義，真非秤之可得稱，斗之可得量也。顧張生急不擇音，遂欲以金帛輕相唐突。嗟乎！作者雖極寫張生急情，然實是別寓許伯哭世。蓋近日天地之間，真純是此一輩酬酢也。

我雖是女孩兒有氣志，你只合道「可憐見小子，隻身獨自」，我還有個尋思。

右第九節。寫煞紅娘。

（張生云）依着紅娘姐：「可憐見小子，隻身獨自！」這如何？（紅云）兀的不是也！你寫波，俺與你將去。

（張生寫科）（紅云）寫得好呵，念與我聽。（張生念云）張珙百拜奉書雙文小姐閣下：昨尊慈以怨報德，小生雖生猶死。筵散之後，不復成寐。曾託稿梧，自鳴情抱，亦見自今以後，人琴俱去矣。因紅娘來，又奉數字。意者宋玉東鄰之牆，尚有莊周西江之水。人命至重，或蒙矜恤，珙可勝悚仄待命之至。附五言詩一首，伏惟賜覽：「相思恨轉添，漫把瑶琴弄。樂事又逢春，芳心爾亦動。此情不可違，虛譽何須奉？莫負月華明，且憐花影重。」張珙再百拜。書好。

【後庭花】我只道拂花箋打稿兒，元來是走霜毫不搆思。先寫下幾句寒温序，後題着五言八句詩。不移時，翻來覆去，疊做個同心方勝兒。此下，便應接「又顛倒寫鴛鴦二字」句，看他又作間隔。你忒聰明，忒煞思，忒風流，忒浪子。雖是些假意兒，分明贊不容口，忽又謂之「假意」。寫紅娘真有二十分靈慧，二十分鬆快，真正妙筆。小可的難到此。【青哥兒】又顛倒寫鴛鴦二字，方信道「在心爲志」。《詩大序》曰：「在心爲志，發言爲詩。」此言既封後，人止見其「發言爲詩」也；我於未封前，實親見其「在心爲志」也。真正妙筆。

右第十節。寫張生拂箋、走筆、疊勝、署封，色色是張生照入紅娘眼中，色色是紅娘印入鶯鶯心裏：一幅文字，便作三幅看也。一幅是張生，一幅是紅娘眼中張生，一幅是紅娘心中鶯鶯之張生。真是異樣妙文。

喜怒其間我覷意兒。放心波學士！我願爲之，並不推辭，自有言辭。我只説：「昨夜彈琴那人，教傳示。」賴婚之前文，先作滿語者，所以反挑後文之不然也。此亦先作滿語，却非反挑後文，正是暢明前夜《琴心》一篇，已盡得其底裏。

右第十一節。一擔千金，兩肩獨任。看他急口便作如許一連數語，而下正接之云「昨夜彈琴那人」。信乎《琴心》一篇，爲紅娘之袖裏兵符，不謬也！

這簡帖兒，我與你將去，只是先生當以功名爲念，休墮了志氣者！

【寄生草】你偷香手，還準備折桂枝。休教淫詞污了龍蛇字，藕絲縛定鵾鵬翅，黃鶯奪了鴻鵠志；休爲翠幃錦帳一佳人，誤你玉堂金馬三學士。【賺煞尾】弄得沈約病多般，宋玉愁無二，清減做相思樣子。

右第十二節。此爲餘文，任意揮灑，乃是覘北人從來樂事，不必謂紅娘忽有書獃氣。

（張生云）紅娘姐好話，小生終身敬佩。只是方纔簡帖，我的紅娘姐，是必在意者。（紅云）先生放心。

若是眉眼傳情未了時，我中心日夜圖之。怎因而，「有美玉於斯」，此句，歇後法也，言决不將簡帖浮沉，如《論語》所云「韞匵而藏之」也。我定教發落這張紙。我將舌尖上説辭，傳你簡帖裏心事，管教那人來探你一遭兒。

右第十三節。此則滿心滿意，滿口滿語，反挑後文之不然也。此節方是反挑，第十一節，果非反挑也。自非虛心平氣，誰其分別之。

（紅娘下）

（張生云）紅娘將簡帖去了，不是小生誇口，這是一道會親的符籙。他明日回話，必有好處。總作滿語。若無好賦因風去，豈有仙雲入夢來。（張生下）

三之二　鬧簡

此篇，寫紅娘，凡有四段，每段皆作當面斗然變换，另是一樣章法。

第一段，寫紅娘帶得書回，一時將張生分明便如座主之於門生，心頭平增無限溺愛，無限照顧，意思不難便取鶯鶯，登時雙手親交與之。看他走入房來，其於鶯鶯，便比平日亦自另樣加倍珍惜。所以然者，意謂鶯鶯真乃一朵鮮花，却是我適間已許過我門生了也。門生是我之寶，此一朵鮮花，便是我們生之寶也。只因心頭與張生別成一條綫索，便自眼中看鶯鶯別起一番花樣。是爲第一段。

第二段，寫鶯鶯斗然變容，紅娘出自不意，遂忽自念：適間容易過人簡帖，誠然是我不是，只是我自信平日精靈，又兼夜來鄭重仔細躊躇此事，何得逢彼之怒耶？豈有滿盤已都算過，乃於一子失着耶？明明隔牆酬韻，早漏春光；明明昨夜聽琴，傾囊又盡。我本非聾非瞎，悉屬親聞親見，而今忽然高至天邊，無梯可扪，深至海底，無縫可入，此豈前日鶯鶯是鬼，抑亦今日鶯鶯是鬼？豈紅娘今日在夢，抑亦紅娘前日在夢？本意揚揚然弄馬騎，何意跎踏地却被驢子撲？於是三分羞慚，七分怨憤，遂不自禁其口中之叨叨絮之。是爲第二段。

第三段，寫紅娘昨日於張生前滿心滿意，滿口滿語，輕將一擔千金，兩肩都任者，實是其胸中默默然牢有一篇把柄耳，初不自意鶯鶯極大不然也。諺蓋有之：「行船無有久慣，生産無有久慣。」今日方知傳遞簡帖無有久慣。紅娘此時，真無面目又見江東父老，只有一萬年不復到書院中，永取此事寄之高高天上，埋之深深地下，更不容一人提起，便如連日我不在世間者然。何意鶯鶯又必强之投以回簡，自鶯鶯又有回簡，而紅娘遂不得不重入書院，再見張生。夫而後一面慚，兩脅憤，真更非一時三言兩句之所得而發脱也者。而張生不察，方且又如臂邊餓鳥，乳下嬌兒，百様哀鳴，千般央及。此時我爲紅娘，真除非抽刃自決，以明我不負人。蓋從來任天下事，兩邊俱無以自解，實有如此苦事。是爲第三段。

第四段，寫紅娘初焉以退賊故，方德張生；既焉以賴婚故，方憐張生；既焉以揮毫故，方愛張生；既焉以不效故，方羞張生。至此乃忽然以苦纏故，不覺惱張生。夫以紅娘之於張生，固決無有惱之之事，而直以自己胸前煩悶無理，遂爾更不得顧，便唐突之。此真李白所云「淚亦不能爲之墮，聲亦不能爲之出」時也。何意折書念出，乃是「户風花影」之句。若説是鬼，鬼中亦無如此之鬼；若説是賊，賊中亦無如此之賊；若説兵不厭詐，諸葛亦無如此之陣圖；若説幻不厭深，偃師亦無如此之機械。此時虚空過往，天地鬼神，聰明正直，盡知盡見。紅娘真欲拔髮投地，捶胸大叫：自今以後，我更不能與天下女兒同居也！是爲第四段。

（鶯鶯上云）紅娘這早晚敢待來也。起得早了些兒，俺如今再睡些。（睡科）

（紅娘上云）奉小姐言語，去看張生，取得一封書來，回他説去。呀，不聽得小姐聲音，敢又睡哩，俺便入去看他。緑窗一帶遲遲日，紫燕雙飛寂寂春。

【中吕】【粉蝶兒】（紅娘唱）風静簾閑，繞窗紗麝蘭香散，二句，寫紅娘自外行來。○簾内是窗，窗外是簾。有風則下簾，無香則開窗。今因無風，故不下簾；却因有香，又不開窗。只十一字，寫女兒深閨，便如圖畫。○我從妙文得認鶯鶯，我又從妙文得認鶯鶯閨中也。啓朱扉摇響雙環。一句，寫紅娘行入門。絳臺高，金荷小，銀釭猶燦。三句，寫紅娘已入門。○細想紅娘回時，燈猶未息，則其遣去，一何早乎！

右第一節。寫紅娘從張生邊，來入閨中，慢條斯理，如在意，如不在意，一心便謂自今以後三人一心，更無嫌疑者。蓋特作此駘宕之句，以與下文通篇怨毒照耀也。

我將他暖帳輕彈，揭起海紅羅軟簾偷看。【醉春風】只見他釵䩭玉斜横，髻偏雲亂挽。小姐正睡，侍兒彈帳，一不可也。彈帳不應，揭開偷看，二不可也。蓋紅娘此日已易視鶯鶯矣。見書而怒，得毋爲是與？日高猶自不明眸，你好懶、句。懶。句。不惟彈帳，不惟偷看，乃至竟敢率口譏之。鶯鶯慧心人，又何待見書而始悟紅娘之易視我哉。

右第二節。不知者，謂是寫鶯鶯，不知此正寫紅娘也。夫寫鶯鶯，不過只作一幅美人曉睡圖看耳，今正寫紅娘之滿心參透，滿眼瞧科，滿身鬆泛，滿口輕忽，便使鶯鶯今早眼中忽覺有異，而下文遂不得不變容也。真是寫得妙絶，此爲化工之筆。

（鶯鶯起身，欠伸長嘆科）

半晌擡身，不問紅娘，此其事可知也。妙妙！幾回搔耳，不問紅娘也。妙妙！一聲長嘆。不問紅娘也。妙妙！

右第三節。不知者，又謂寫鶯鶯春倦，非也。夫紅娘之看張生，乃鶯鶯特遣也，則今於其歸，急問焉可也。乃半晌矣，不問而擡身；擡身矣，又不問而搔耳；幾回矣，又不問而長嘆。豈非親見歸時紅娘，已全不是去時紅娘，慧眼一時覷破，便慧心徹底猜破故耶？看他純是雕空鏤塵之文，而又全不露一點斧鑿痕，真是奇絶一世。若作描寫鶯鶯春倦，有何多味耶？且何故不問紅娘：回來幾時耶？

是便是，只是這簡帖兒，俺那好遞與小姐？俺不如放在妝盒兒裏，等他自見。（放科）

（鶯鶯整妝，紅娘偷覷科）終不問也，妙妙！

【普天樂】晚妝殘，烏雲嚲，輕勻了粉臉，猶不問也，妙妙！亂挽起雲鬢。已見簡帖也。將簡帖兒拈，把妝盒兒按，拆開封皮孜孜看，顛來倒去不害心煩。「顛來倒去」，是思何以處紅娘，非於張書加意也。只見他厭的扢皺了黛眉，是惱此帖如何傳來。忽的低垂了粉頸，是算今日還宜寢閣，還宜發作。氳的改變了朱顏。是決計發作，無有再説也。看他三句，寫出鶯鶯心頭曲折。

（紅做意科，云）呀，決撒了也！

右第四節。寫鶯鶯見簡帖。或問：鶯鶯見簡帖，亦可以不發作耶？聖歎答曰：不發作，則是一拍即合也，今之世間比比者皆是也。

（鶯鶯怒科，云）紅娘過來！（紅云）有。（鶯鶯云）紅娘，這東西那裏來的？我是相國的小姐，誰敢將這簡帖兒來戲弄我！我幾曾慣看這樣東西來？我告過夫人，打下你個小賤人下截來！（紅云）小姐使我去，他着我將來。小姐不使我去，我敢問他討來？我又不識字，知他寫的是些甚麼！其快如刀，其快如風。

【快活三】分明是你過犯，没來由把我摧殘；教別人顛倒惡心煩，你不慣，誰曾慣？

右第五節。寫紅娘妙口，真是妙絶。輕輕只將其一個「慣」字，劈面翻來，便成異樣撲跌。蓋下文鶯鶯之定不復動，正是遭其撲跌也。不但一節只是一句，亦且一節只是一字，真可謂以少少許，勝人多多許矣。

小姐休鬧，比及你對夫人説科，我將這簡帖兒，先到夫人行出首去。紅娘眼快手快，其妙如此。

（鶯鶯怒云）你到夫人行却出首誰來？鶯鶯又妙。

（紅云）我出首張生。紅娘又妙。

（鶯鶯做意云）紅娘也罷，且饒他這一次。鶯鶯又妙。（紅云）小姐，怕不打下他下截來。紅娘又妙。○每讀此白，如聽小鳥鬥鳴，最足下酒也。

（鶯鶯云）我正不曾問你，張生病體如何？（紅云）我只不説。（鶯鶯云）紅娘，你便説咱！

【朝天子】近間、面顔，瘦得實難看。不思量茶飯，怕動彈；

右第六節。正答張生病體。

（鶯鶯云）請一位好太醫，看他證候咱。（紅云）他也無甚證候，他自己説來：

我是曉夜將佳期盼，廢寢忘餐。黄昏清旦，望東牆淹淚眼。我這病患要安，只除是出點風流汗。此代張生語，故有二「我」字。

右第七節。旁答張生心事。雖於盛怒後，不可又説；然此時不説，更待何時？行文又有得過便過之法，無用多作顧慮。

（鶯鶯云）紅娘，早是你口穩來，若别人知道呵，成何家法。今後他這般的言語，你再也休題。我和張生，只是兄妹之情，有何别事？（紅云）是好話也呵。

【四邊静】怕人家調犯，早晚怕夫人行破綻，只是你我何安。又問甚他危難？你只攛掇上竿，拔了梯兒看。

右第八節。索性暢然勸之，以不負張生之托。

（鶯鶯云）是雖我家虧他，他豈得如此？你將紙筆過來，我寫將去回他，着他下次休得這般。（紅云）小姐，你寫甚的那？你何苦如此。

（鶯鶯云）紅娘，你不知道。（寫科）

（鶯鶯云）紅娘，你將去對他説：「小姐遣看先生，乃兄妹之禮，非有他意。再一遭兒是這般呵，必告俺夫人知道。」紅娘，和你小賤人，都有話説也！（紅云）小姐，你又來！這帖兒我不將去，你何苦如此？

（鶯鶯擲書地下云）這妮子，好没分曉！（鶯鶯下）

（紅娘拾書嘆云）咳，小姐，你將這個性兒那裏使也！

【脱布衫】小孩兒口没遮攔，一味的將言語摧殘。把似你使性子，休思量秀才，做多少好人家風範。用筆真乃一鞭一條痕，一痕一條血，遂令舉世口是心非，言清行濁之徒，誦之吃驚，固不止是鶯鶯聞之無以自解也。

右第九節。自此以下四節，則紅娘持書出户，背過鶯鶯，自將心頭適纔所受惡氣，曲曲吐而出之也。〇此一節，重舉鶯鶯適纔盛怒之無禮也。

【小梁州】我爲你夢裏成雙覺後單，廢寢忘餐。羅衣不奈五更寒，愁無限，寂寞淚闌干。【换頭】似等辰勾空把佳期盼，已上通爲一句。我將角門兒更不牢攝，願你做夫妻無危難。細玩此句，乃透過一步法也，言我何止與之傳遞簡帖而已。你向筵席頭上整扮，我做個縫了口的撮合山。

右第十節。○此一節，申言鶯鶯自於我無禮，乃我之知之實深，爲之實切，我於鶯鶯誠乃不薄也。

【石榴花】你晚妝樓上杏花殘，七字，寫盡三春時和。猶自怯衣單，看他妙筆妙墨，無中造有，造出如此二句，以反剔下文。却令讀者於不意中，又别睹一位無愁鶯鶯，另是身分絶世。那一夜聽琴時露重月明間，爲甚向晚，不怕春寒，誦之口齒歷歷，鶯鶯誠何辨焉。幾乎險被先生饌。用《論語》入妙。○湯海若先生《牡丹亭》傳奇，杜麗娘拜師，語曰：「酒是先生饌，女爲君子儒。」用《論語》入妙也。○吾友斲山王先生，文恪之文孫也，目盡數十萬卷，手盡數十萬金。今與聖歎并復垂老，兩人相鄰如一日也。偶於舟中，時方九日，忽一女郎掉文曰：「何故此時則雀入大水化爲蛤？」座中斗然未有以應也。先生信口答曰：「我亦不解汝家，何故雀入大蛤，皆化爲水也。」一時滿舟喧然，至有翻酒濡首者。此真用《禮記》入妙也。○斲山讀盡三教書，而不願以文名；傾家結客，而不望人報。有力如虎，而輕裘緩帶，趨走揚揚。繪染、刻雕、吹竹、彈絲，無技不精，而通夜以佛火蒲團作伴。今頭毛皚皚，而尚不失童心。瓶中未必有三日糧，而得錢猶以與客。彼視聖歎爲弟，聖歎事之爲兄。有過吴門者問之，無有兩人也。嗟乎！未知餘生尚復幾年，脱誠得并至百十歲，則吾兩人當不知作何等歡笑。如或不幸，而溘然俱化，斯吾兩人，便甘作微風淡烟，杳無餘迹。蓋斲山二十年前，曾與聖歎詩，早便及之，曰：「風雷半夜吴王墓，天地清秋伍相祠。一例冥冥誰不朽？早來把酒共論之。」今聖歎亦是寒鳥啁啾，不忘故羣，故時時一念及之，豈猶有意互相嘆譽，爲榮名哉？那其間豈不胡顔。爲他不酸不醋風魔漢，隔窗兒險化做望夫山。鶯鶯誠何辨焉。

右第十一節。◯此一節特恐寫鶯鶯不承，故舉聽琴一夜以實之。上文，鶯鶯問張生病體，紅娘却敢便及他言者，亦爲胸中有聽琴一夜，故也。

【鬭鵪鶉】你既用心兒撥雨撩雲，我便好意兒傳書遞簡。承上文，便咬定聽琴一夜，猶言是以來也。不肯搜自己狂爲，聽琴一夜也。只待覓別人破綻。簡帖也。受艾焙我權時忍這番。妙妙！怨毒之極，半吞不吐，便有授記後日之意。今便請問紅娘：「卿權忍這番之後，將欲如何？」真寫盡女兒慧心、毒心也。暢好是奸，對別人巧語花言，背地裏愁眉淚眼。上「艾焙」句，語氣已畢，此又畢而復起，便活寫怨毒之極，説之不盡，因而又説，總是摹神之極筆。

右第十二節。◯此一節，咬定聽琴一夜，以明簡帖之所自來。而鶯鶯猶謂人在夢，然則鶯鶯真在夢耶？寫紅娘理明辭暢，心頭惡氣，無不畢吐，真乃快活死人也。

俺若不去來，道俺違拗他，張生又等俺回話，只得再到書房。（推門科）

（張生上云）紅娘姐來了，簡帖兒如何？（紅云）不濟事了，先生休傻。（張生云）小生簡帖兒，是一道會親的符籙，只是紅娘姐，不肯用心，故致如此。（紅云）是我不用心？哦，先生，頭上有天哩！你那個簡帖兒裏面好聽也！

【上小樓】這是先生命慳，不是紅娘違慢。那的做了你的招伏，他的勾頭，我的公案。若不覷面顔，厮顧盼，擔饒輕慢，爭些兒把奴拖犯。若出他人庸筆，此時紅娘，安有不便出鶯鶯回簡者。今看其默然袖起，恰似忘之者然，妙絶！

右第十三節。自此以下四節，則紅娘見張生，且不出回簡，先與盡情覆絶之。〇此覆其去簡已成稿本，不應更問也。

【後】從今後我相會少，你見面難。斗然險語，妙絶妙絶！蓋張生方思得見鶯鶯，而此云尚將不復得見紅娘也，不顧驚死人。月暗西厢，便如鳳去秦樓，雲斂巫山。絶妙好辭，又如口中吮而出之。你也趄，我也趄；請先生休訕，早尋個酒闌人散。《西厢》後半，不知凡有若干錦片姻緣，而於此忽作如是大決撒語。文章家最喜大起大落之筆，如此真稱奇妙絶世也。

右第十四節。覆其此後連紅娘亦不復更來，使我讀之，分明臘月三十夜，聽樓子和尚高唱「你既無心我亦休」之句，諕嚇死人，快活死人也。〇細思作《西厢記》人，亦無過一種筆墨，如何便寫成如此般文字，使我讀之通身抖擻，骨節盡變。聞古人有痁疾大發，神换其齒者，有如此般文字得讀，便更不須痁疾發也。最苦是子弟作文，粘皮帶骨，我以此跳脱之文藥之。

只此二字妙絶。便如方士所云：「海中仙山，理不可到，船有欲近者，風輒吹還之。」今下文正如海中仙山，此二字便如風之吹斷之也。足下再也不必伸訴肺腑，加一句，妙妙。雖成連先生，置伯牙於海島，其(洞)[澒]洞杳冥，亦不是過矣。怕夫人尋我，我回去也。再加一句，妙妙。莊生云：「送君者皆自崖而返。」真乃淚迸腸絶之筆。

《西厢》白，其妙至此。數之只得三句，察之只得一句，又察之只得二字。乃我讀之，便如立千丈岡，臨不測溪，足又逡巡二分垂外，真幾乎欲哭出來也。看他竟不出回簡。

（張生云）紅娘姐！（定科）妙妙，摹神極筆。

（良久，張生哭云）紅娘姐，你一去呵，更望誰與小生分剖？此哭，結上文。

（張生跪云）紅娘姐，紅娘姐，你是必做個道理，方可救得小生一命。此跪，起下文。

看其袖中回簡，不惟前不便出，至此猶不便出也。豈真忘之哉？正是盡情盡意，作此大决撒之筆，至於險絶斗絶矣，然後趁勢一落，别開奇境。文章至此，能事又畢也。傖讀此等白，便學一副涎臉，東塗西寫，無不哭者，無不跪者，我每見而痛駡焉。嗟乎！亦嘗細察張生此哭此跪，悉是已上已下妙文之落處乎？只因不出回簡，故有張生此哭，哭以結上文之奇妙也；乃至今猶不肯出，故有張生此跪，跪以逼下文之奇妙也。夫張生一哭一跪，乃是結上逼下，非如傖所寫涎臉也。

（紅娘云）先生，你是讀書才子，豈不知此意！

【滿庭芳】你休呆裏撒奸；你待恩情美滿，苦我骨肉摧殘。他只少手掿棍兒摩娑看，我粗麻綫怎過針關。絶妙好辭，如吮而出。定要我拄着拐幫閑鑽懶，縫合口送暖偷寒，前已是踏着犯。絶妙好辭，使人失笑。〇凡能使人失笑文字，悉是剞心瀝血而出，莫容易讀過古人文字也。

右第十五節。袖中回簡，不惟來時不便取出，頃且欲去矣，猶不便取出，直至今欲去不去又立住矣，猶不便取出也。行文如張勁弩，務盡其勢，至於幾幾欲絶，然後方肯縱而舍之，真恣心恣意之筆也。

(張生跪不起，哭云)小生更無別路，一條性命，都只在紅娘姐身上。紅娘姐！

我又禁不起你甜話兒熱趲，好教我左右做人難。反作此語，然後落下，筆勢真如春蛇之矯矯然。

我没來由只管分説，方始落下。我回視前文，真如「群山萬壑赴荆門」矣。小姐回你的書，你自看者。(遞書科)

右第十六節。欲覆絶之，直至終不得覆絶之，夫然後方始出其袖中書，使自絶之。而不意峰回嶺變，又起奇觀。

(張生拆書，讀畢，起立笑云)呀，紅娘姐！(又讀畢云)紅娘姐，今日有這場喜事！(又讀畢云)早知小姐書至，理合應接，接待不及，切勿見罪！紅娘姐，和你也歡喜。(紅云)却是怎麽？(張生笑云)小姐罵我都是假，書中之意「哩也波，哩也囉」哩。(紅云)怎麽？(張生云)書中約我今夜花園裏去。(紅云)約你花園裏去怎麽？(張生云)約我後花園裏去相會。(紅云)相會怎麽？(張生笑云)紅娘姐，你道相會怎麽哩？(紅云)我只不信！(張生云)不信由你。(紅云)你試讀與我聽。(張生云)是五言詩四句哩，妙也！「待月西廂下，迎風户半開，拂牆花影動，疑是玉人來。」紅娘姐，你不信？(紅云)此是甚麽解？(張生云)有甚麽解？(紅云)我真個不解。(張生云)我便解波：「待月西廂下」，着我待月上而來；「迎風户半開」，他開門等我；「拂牆花影動」，着我跳過牆來；「疑是玉人來」，這句没有解，是説我至矣。(紅云)真個如此解？(張生云)不是這般解，紅娘姐你來解。不敢欺紅娘姐，小生乃猜詩謎的(杜)[社]家，風流隨何，浪子陸賈。不是這般解，怎解？(紅云)真個如此寫？(張生云)現在。(紅定科，良久)

(張生又讀科)(紅云)真個如此寫？(張生笑云)紅娘姐，好笑也，如今現在。(紅怒云)你看我小姐，原來在我行使乖道兒！

或云「春枝小鳥，雙雙鬥口」，[却不是春鳥鬥口]。或云「深院迴風，晴雪亂舞」，却不是風迴雪舞。或云「花拳繡腿，少年短打」，却不是花繡短打。或云「鳴琴將終，隨指泛音」，却不是琴終泛音。我細察之：一片純是光影，一片純是游戲，一片純是白淨，一片純是開悟。維摩詰室中，天女變舍利弗，一時不知所云。我於此文不知所云。香嚴大師，至脱然撒手時，遥望溈山，連説頌曰：「去年貧，未是貧；今年貧，真是貧。去年貧，無立錐之地；今年貧，錐也無。」我於此文，錐也無。文殊尸利菩薩，選二十五位圓通，拔取觀世音爲狀元第一。我於此文，如觀世音幸得第一。趙州和尚，被人問：「二龍戲珠，誰是得者？」州云：「老僧單管着。」我於此文，單管(看)[着]。南泉王老師，指庭前牡丹花，謂陸亘曰：「大夫，時人看此花，如夢相似。」我於此文，如夢相似。斵山云：聖歎自論文，非論禪也。

【耍孩兒】幾曾見寄書的顛倒瞞着魚雁，奇奇！妙妙！自從盤古直至今朝，真并無此事也！亦並無此文也。小則小，只三字，寫盡怨毒不可言。心腸兒轉關。教你跳東牆「女」字邊「干」。避此字不雅訓，故折之。乃續之四篇，遂謂紅娘專工折字，一何可笑！原來五言包得三更棗，四句埋將九里山。你赤緊將人慢，你要會雲雨鬧中取靜，却教我寄音書忙裏偷閑。真乃於情於理，欲殺欲割，不可得解也，氣死紅娘也。

右第十七節。前惱尚不可説，今惱真不可説不可説也。前惱紅娘幾欲哭，今惱紅娘反欲笑也。「於虚空中，駕搆樓閣。」舊聞其語，今見其事矣。

【四煞】紙光明玉版，字香(嘖)[噴]麝蘭，行兒邊湮透非嬌汗？是他一緘情淚紅猶濕，滿紙春愁墨未乾。從來「嬌汗」字、「紅淚」字、「春愁」字，俱入麗句，填成妙辭。此獨作極鄙極醜字用，所以痛詆鶯鶯，自抒憤懣也。我也休疑難，放着個玉堂學士，任從你金雀鴉鬟。妙妙，妙絶！

右第十八節。忽取其簡痛詆之，蓋一肚憤懣，搔爬不得也。

【三煞】將他來別樣親，把俺來取次看，「將他來」、「把俺來」，掂斤播兩，誠然怨毒。是幾時孟光接了梁鴻案！妙妙，妙絶！昨夫人賴婚本是恨事，至此日反成紅娘心頭快意，口頭快語。將他來甜言媚你三冬暖，把俺來惡語傷人六月寒。今日爲頭看：看你個離魂倩女，怎生的擲果潘安？妙妙，妙絶！

右第十九節。佛言：「欲過彼岸，而於中間撤其橋梁，無有是處。」今鶯鶯方思江皋解佩，而忽欲中廢靈修，此真大失算也。觀【四煞】云「放着玉堂學士，任從金雀鴉鬟」，蓋云不復援手，此已不可禁當。今【三煞】云「看你離魂倩女，怎生擲果潘安」，則是乃至欲以惡眼注射之。危哉鶯鶯，真有何法得出紅娘圈䙡哉！史公嘗云「怨毒於人實甚」，此最寫得出來。

（張生云）只是小生讀書人，怎生跳得花園牆過？

【二煞】拂牆花又低，迎風户半㨻，偷香手段今番按。你怕牆高怎把龍門跳，嫌花密難將仙桂攀。疾忙去，休辭憚；惡語痛詆。他望穿了盈盈秋水，蹙損了淡淡春山。「秋水」、「春山」，從來亦作麗字填入妙句，此亦是醜辭痛詆之也。

右第二十節。乃至爲勸駕之辭。此豈慫恿張生，正是痛詆鶯鶯。蓋惡罵醜言，遂至不復少惜。史公嘗言「怨毒於人實甚」，此最寫得出來也。◯嘗聞大怒後不得作簡者，多恐餘氣未降，措語尚激也。然則不怒時欲作激氣語，此亦決不可得也。今作《西厢記》人，吾不審其胸前有何大怒耶，又何其毒心唧，毒眼射，毒手揮，毒口噴，百千萬毒，一至於是也！

（張生云）小生曾見花園，已經兩遭。

【煞尾】雖是去兩遭，敢不如這番。你當初隔牆酬和都胡侃，證果是他今朝這一簡。

右第二十一節。曾記吴歌之半云：「故老舊人盡説郎偷姐，如今是新翻世界姐偷郎。」此真清新之句也，然實不知《西厢》先有之。蓋紅娘怨毒鶯鶯，詆之無所不至，因謂張生「汝偷不如他偷」。夫至謂張生猶不必如鶯鶯，而鶯鶯之爲鶯鶯竟何如哉！怨毒於人，史公嘗言實甚，此真寫得出來也。

（紅娘下）

（張生云）嘆萬事自有分定，適纔紅娘來，千不歡喜，萬不歡喜，誰想小姐有此一場好事。小生實是猜詩謎的（杜）［社］家，風流隨何，浪子陸賈。此四句詩，不是這般解，又怎解？「待月西厢下」，是必須待得月上；「迎風户半開」，門方開了；「拂牆花影動，疑是玉人來」，牆上有花影，小生方好去。今日這頹天，偏百般的難得晚。天那，你有萬物於人，何苦爭此一日？疾下去波！快書快友快談論，不覺開西立又昏。今日碧桃花有約，鰾膠黏了又生根。呀，纔向午也，再等一等。又看咱，今日百般的難得下去呵！空青萬里無雲，悠然扇作微薰。何處縮天有術，便教逐日西沉！呀，初倒西也，再等一等咱。誰將三足烏，來向天上閣；安得后羿弓，射此一輪落？謝天謝地！日光菩薩，你也有下去之日。呀，却早上燈也！呀，却早發擂也！呀，却早撞鐘也！拽上書房門，到得那裏，手挽着垂楊，滴溜、撲碌，跳過牆去，抱住小姐。咦，小姐，我只替你愁哩。二十顆珠藏簡帖，三千年果在花園。（張生下）餘文，猶用爾許全力，益信古人，思以筆墨流傳後世，真非小可之事也。普天下才子念之哉！〇末二句，真正絶妙好辭。

三之三　賴簡

文章之妙，無過曲折。誠得百曲千曲萬曲，百折千折萬折之文，我縱心尋其起盡，以自容與其間，斯真天下之至樂也。何言之？我爲雙文《賴簡》之一篇言之。夫雙文之於張生，其可謂至矣，獨驚艷之一日，張生自見雙文，雙文或未見張生耳。過此以往，我親睹其酬韻之夜，絶嘆清才，既又觀其鬧齋之日，極賞神俊。此其胸中一片珠玉之心，真於隔牆，乃不啻如鈎鎖綿纏，而況無何又重之以破賊，而況無何又重之以賴婚，此誠不得一屏人之地，與之私一握手，低一致問也。誠得一屏人之地，與之私一握手，低一致問，此其時，此其際，我亦以世間兒女之心，平斷世間兒女之事。古今人其未相遠，即亦何待必至於酬簡之夕，而後乃今微聞薌澤哉。何則？感其才，一也；感其容，二也；感其恩，三也；感其怨，四也。以彼極嬌小，極聰慧，極淳厚之一寸之心，而一時容此多感，其必萬萬無已，而不自覺忽然溢而至於（閑）〔閫〕之外焉。此亦人之恒情恒理，無足爲多怪也。夫然則紅娘以聽琴走覆，而張生以折簡爲寄，我謂雙文此日，真如天邊朵雲，忽墮纖手，其驚其喜，快不可喻，固其所耳。即如之何而忽大怒？果大怒矣，何不閑關絶客，命紅娘胥疏前庭，與之杳不復通？即如之何而復以手書回之，而書中又皆鄙靡之辭，而致張生惑之，而至於感悅驚尨，而後始以端服儼容，大數責之，而後拒之？如是者，我甚惑焉。如曰：「相國之女也，春風之所未得吹，春日之所未得晒也，不祥之言，胡爲來哉，是安得不驚？驚矣，安得不怒？」則夫張生之簡之於雙文，其非「胡爲之來」也明甚。此紅娘於前夜聽琴之隔窗而實親聞之者也。如曰：聽琴之隔窗之眷眷於張生也，内戢其恩也，外慚其負也。人實肉骨予，而道旁置之，我何以爲心？若其忽以不祥之言來加於我，則是無禮於我。無禮於我，則是以亂易亂也。其相去也，真幾何矣！是安得而不怒？則我以爲誠怒之而不能復與顧之，則執書以鳴於高堂，先痛懲其不令之婢，而後厚酬以立遣之，彼必亦以醜辭之唐突也，而不能以靦顔更留，此其策之上也。若猶未忍其德也者，則毀書，而掩閨薄治其婢，而其事則且容隱而寢閣之。《詩》亦有之：「無忘大德，而思小怨。」此亦策之萬無奈何者也。如之何而顧乃有復寄手書之事？如曰：「必欲數之，則能絶之；不數之，其終未必能絶之；必欲面數之，則能絶之；不面數之，彼婢之肯爲彼持書以來者，必不肯爲我痛切而陳也。」則天下固無中表之兄，又屬異派，又新有其婚姻之言，又其間連日正多參差，又彼方以淫泆之語來相勾引，而我則反復招之夤夜深入，以受我之面數者也。且語有之，曰「言爲心聲」。我今觀其盛怒之時，而又能爲婉麗之章，其聲嘽以緩，是果爲何心之所感哉。抑我徒以人之無禮，故不得不一數之焉耳，而今我則命之逾牆以入以就數，數畢而仍命之逾牆以出以改過，天下之有禮，又新有如是之事乎哉？曰：然則雙文之有是舉也，其奈何？曰：雙文，天下之至尊貴女子也；雙文，天下之至有情女子也；雙文，天下之至靈慧女子也；雙文，天下之至矜尚女子也。雙文先以尊貴之故，而於大族所有之群從昆弟，以至戚黨僚吏之間之所往來，而既見之夥矣。如昔王氏所稱阿大中郎，封胡遏末之徒，是即不無一二，然初未有如張生其人焉者。一旦忽睹天壤之間，而又有張生其人，此其照眼動心，方極不可奈何，誠亦何意出於慈母之口，入於嬌女之耳，即又宛然同車攜手，從心適願之言也乎？此天爲之，爲人爲之？此時雙文有情，真將梳新髻，試新裙，唧唧消息，已謂旦暮佳期。蓋自古至今，女兒之快，無有更快於雙文者。而忽然開宴，而忽然賴婚，此則何爲也？此真不必張生之以簡來也。即使張生讀書學禮，過爲拘謹，終亦不以簡來，而雙文實且欲以簡往。我於何知之？我於聽琴之夜知之。不聞其有【綿搭絮】之辭曰：「一層紅紙，幾眼疏櫺，又不隔雲山萬重。怎得人來信息通？」此豈非欲寄簡之言哉！抑不寧惟是而已。前此猶爲初酬韻之後，未許婚之前也，不聞其有【鵲踏枝】之辭曰：「兩首新詩，一段迴文，誰做針兒將綫引，向東鄰通一般勤？」此已非欲寄簡之言哉！夫雙文而方將自欲寄簡，而適猶未及，然則其於張生今日之簡之寄，是最樂也，是日夜之所望而不得見也，是開而讀，讀而捲，捲而又開，開而又捲，至於紙敝字滅，猶不能以釋然於手者也。其如之何而有勃然大怒之事？

夫雙文之勃然大怒，則又雙文之靈慧爲之也。其心以爲張生真天下之才子，夫使張生非真天下之才子，而我奈之何於彼乎傾倒，則至於如是之甚哉？然而其心默又以爲身爲相國千金貴女，其未可以才子之故，而一時傾倒遂至於是也。即我自以才子之故，而一時傾倒不免遂至於是，其未可令餘一人，得聞我則遂至於是也。是故，雙文之欲簡張生，何止一日之心，然而目顧紅娘，則遂已焉；又目顧紅娘，則又遂已焉；乃至屢屢目顧紅娘，則屢屢皆遂已焉。此無他，天下亦惟有我之心，則張生之心也；張生之心，則我之心也。若夫紅娘之心，則何故而能爲張生之心？紅娘之心，既無故而不能爲張生之心，然則紅娘之心，何故而能爲我之心？故夫雙文之久欲寄簡，而終於紅娘難之者，彼誠不欲以兩人一心之心，旁吐於別自一心之人也。故夫雙文之久欲寄簡，而獨於紅娘碍之者，彼誠不欲令竊窺兩人之人，忽地得其間一人之心也。無何一朝而深閨之中，妝盒之側，而宛然簡在，此則非紅娘爲之而誰爲之？夫紅娘而既爲之，則是張生而既言之矣。夫張生而既言之，則是張生不惜於紅娘之前，遂取我而罄盡言之矣。我固疑之也，其歸而如行不行以行也，如笑不笑以笑也，如言不言以言也。昔曾未敢彈帳，而今舒手而彈也；昔曾未敢偷看，而今揭簾而看也；昔曾未敢於我乎輕言，而今儼然謂我「懶懶」也。凡此悉是張生罄盡言之之後之態，甚明明也。夫以我爲千金貴人，下臨一小弱青衣，顧獨不能遂示之以我之心哉。我亦徒以此態之不可以堪，故且自忍而直至於今日。至於今日，而不謂此小弱青衣，乃遂敢以至是。然則我寧於張生焉便付决絶，都無不可，我其誰能以千金貴人，而顧甘心於是也耶！蓋雙文之天性矜尚，又有如此，然而其於張生，則必不能以真遂付之决絶也。豈惟不能付之决絶而已，乃至必不能以更遲一日二日不見之也。取筆力疾而書之，而題之，而封之，而手自授之，謾之曰：「我欲其勿更出此。」則固并非欲其不更出此者也。其詩具在，詩曰：「待月西厢下，迎風户半開，拂牆花影動，疑是玉人來。」欲人勿更出此，則其語固當如是者乎？且一詩之不足，而又有其題，題曰「月明三五夜」。欲人勿更出此，則固當詩之不足，而又題之者乎？蓋雙文有情，則既謂人之有情，皆如我也；而雙文靈慧，則又謂人之靈慧，皆如我也。夫我之大怒，頃者實惟不可向邇，我則計紅娘是必訴之者也。又我授書之言，頃者實惟致再致三，囑云：「勿更出此。」我則又計紅娘是必又述之者也。夫張生而知我之大怒，至於不可向邇且如此，又聞我授書之言，致再致三，囑云「勿更出此」又如此，然則啓書而讀，而又見其中云云，我意其驟焉雖驚，少焉雖疑，姑再思焉，其誰有不快然大悟也者。夫張生快然大悟，而疾捲書而袖之，更多詭作咨嗟而漫付之，敬謝紅娘而遣還之，然後或坐或卧而徐待之，待至深更而悄焉赴之。彼爲天下才子，何至獨不能作三翻手、三竪指，如崔千牛之於紅綃妓之事哉？今也不然，更未深，人未静，我方燒香，紅娘方在側，而突如一人，則已至前。夫更未深，人未静，我方燒香，紅娘方在側，而突如一人，則已至前，則是又取我詩，於紅娘前，不惜罄盡而言之也。此真雙文之所決不料也，此真雙文之所決不肯也，此真雙文之所決不能以少耐也。蓋雙文之尊貴矜尚，其天性既有如此，則終不得而或以少貶損也。由斯以言，而鬧簡豈雙文之心，而賴簡尤豈雙文之心，而讀《西廂》者不察，而總漫然置之。夫天下百曲千曲萬曲，百折千折萬折之文，即孰有過於《西廂·賴簡》之一篇，而奈何不縱心尋其起盡，以自容與其間也哉？《西廂》如此寫雙文，便真是不慣此事女兒也。夫天下安有既約張生，而尚瞞紅娘者哉。真寫盡又嬌稺、又矜貴、又多情、又靈慧千金女兒，不是洛陽對門女兒也。

（紅娘上云）今日小姐着俺寄書與張生，當面偌多假意兒，詩内却暗約着他來。小姐既不對俺説，俺也不要説破他，只請他燒香，看他到其間怎生瞞俺！

（紅娘請云）小姐，俺燒香去來。（鶯鶯上云）花香重疊晚風細，庭院深沉早月明。

【雙調】【新水令】（紅娘唱）晚風寒峭透窗紗，從閨中行出來，未開窗也。控金鈎繡簾不掛。方開窗見簾垂也。門闌凝暮靄，臨階正望也。樓閣抹殘霞。下階回望也。恰對菱花，樓上晚妝罷。已上四句皆寫景，然景中則有人。此一句寫人，然人中又有景也。〇吾吴唐伯虎寫雙文小影，貴如拱璧，又豈能有如是之妙麗耶。

右第一節。寫雙文乍從閨中行出來。〇前篇【粉蝶兒】，是紅娘從外行入閨中來，故先寫簾外之風，次寫窗内之香。此是雙文從内行出閨外來，故先寫深閉之窗，次寫不捲之簾。夫簾之與窗，只爭一層内外，而必不得錯寫者，此非作者筆墨之精緻而已，正即《觀世音菩薩經》所云：「應以閨中女兒身得度者，即現閨中女兒身而爲説法。」蓋作者當提筆臨紙之時，真遂現身於雙文閨中也。

【駐馬聽】不近喧嘩，嫩緑池塘藏睡鴨；想見雙文低頭而行。自然幽雅，淡黄楊柳帶棲鴉。想見雙文擡頭而行。金蓮蹴損牡丹芽，想見雙文一直而行。玉簪兒抓住荼蘼架。想見雙文回顧而行。早苔徑滑，露珠兒濕透凌波襪。想見雙文行而忽停，停而又行也。妙絶。

右第二節。寫雙文漸漸行出花園來。〇是好園亭，是好夜色，是好女兒。是境中人，是人中境，是境中情。寫來色色都有，色色入妙。

俺看我小姐和張生，巴不得到晚哩。正説小姐，帶説張生，其妙可想。

【喬牌兒】自從那日初時何太早生，寫成一笑。想月華，捱一刻似一夏，見柳梢斜日遲遲下。自從日初，以至日斜，可謂遥矣，而必又於「柳梢」下「遲遲」字者，莊生固云「適百里者半九十」也。道「好教聖賢打」。

右第三節。已行至花園矣，更無可寫，遂復追寫其未來花園時。○問：此未來花園時語，亦得先寫在前耶？答曰：不得先寫在前也。夫先寫在前，則必累墜筆墨。從所謂日初時，鶯鶯便千吁萬嗟，又安得泠泠然有上【新水令】之輕筆妙辭哉。

右第四節。上忽振筆寫至未來花園以前，此仍轉筆寫入花園來也。

【攪筝琶】打扮得身子兒乍，準備來雲雨會巫峽。《西厢》最淫是此二句。爲那燕侶鶯儔，扯殺心猿意馬。

他水米不沾牙。越越的閉月羞花，「水米不沾」，則似有情；「閉月羞花」，則又似無情。只二句，寫盡紅娘賊。真假、妙妙。夫真耶？則胡爲越越豐艷。假耶？則又胡爲「水米不沾牙」哉！這其間性兒難按捺，分明從前篇毒心中生出毒眼來也。我一地胡拿。言亦更不反覆相猜，只待下文做出自見也。

右第五節。此節之妙，莫可以言。據文乃是紅娘描畫雙文；而細察文外之意，却是作《西厢記》人描畫紅娘也。蓋作《西厢記》人，細思紅娘從上篇來，此其心頭，雖説一半全是怨毒，然亦一半畢竟還是狐疑。豈有昨日於我，紮起面皮，既已至於此極，而今夜携我並行，忽然又有他事者。我亦獨不解張生所誦之詩，則何故而明明又若有其事耳。只此一點委决不下，自不免有無數猜測，然而此時又用直筆反覆再寫，則彼紅娘於上篇，已不啻作數十反覆者。今至此篇猶尚呶呶不休，豈不可厭之極也。今看其輕輕只换作雙文身上，左推右敲，似真還假，一樣用筆，而别樣用墨。文章乃如具茨之山，便使七聖入之皆迷，真異事也。

小姐，這湖山下立地，我閉了角門兒，怕有人聽咱説話。一面是打探，一面是抽身。（紅娘瞧門外科）

（張生上云）此時正好過去也。（張生瞧門内科）

【沉醉東風】是槐影風摇暮鴉，斵山云：「從來只謂人有魂，今而後知文亦有魂也。」如此句七字，乃是下句七字之魂，被妙筆文人攝出來也。是玉人帽側烏紗。

右第六節。槐影烏紗，寫張生來，却作兩句；只寫兩句，却有三事。何謂三事？紅娘吃驚，一也。張生膽怯，二也。月色迷離，三也。妙絶妙絶！

你且潛身曲檻邊，他今背立湖山下。

右第七節。妙絶妙絶！昨與一友初看，謂此句是紅娘放好張生。此友人便大賞嘆，謂真是妙事、妙人、妙情、妙態也。今日聖歎偶爾又復細看，却悟此句乃是紅娘放好自家。蓋昨日止因一簡，便受無邊毒害，今若適來關門，而反放入一人，安保雙文變詐多端，不又將捉生替死，别起波瀾乎？故因特命張生且復少停。得張生少停，而紅娘早已抽身遠去，便如聳身雲端，看人厮殺者，成敗總不相干矣。諺云：「千年被蛇咬，萬年怕麻繩。」真是寫絶紅娘也。瞧門，而紅娘不在雙文邊；且停，而紅娘又不在張生邊，紅娘賊哉。

那裏叙寒温，打話。

（張生摟紅娘云）我的小姐！（紅云）是俺也！早是差到俺，若差到夫人，怎了也！癡句，妙句，得未曾有。

便做道摟得慌，也索覷咱，多管是餓得你窮神眼花。

我且問你：真個着你來麼？妙妙！此方是紅娘也。世間俗筆寫不到也。（張生云）小生是猜詩謎（杜）［社］家，風流隨何，浪子陸賈，准定扢扢幫便倒地。妙妙，偏要又寫一遍。

右第八節。紅娘安插張生，而張生不辨，竟直來摟之。此雖寫傻角急色，然是夜一片月色迷離，亦復如畫。

你却休從門裏去，只道我接你來。你跳過這牆去。

張生，你見麼？今夜一弄兒風景，分明助你兩個成親也。

【喬牌兒】你看淡雲籠月華，便是紅紙護銀蠟；實是麗句。柳絲花朵便是垂簾下，實是麗句。○「下」上聲。緑莎便是寬繡榻。實是麗句。**【甜水令】**良夜又迢遥，實是妙句。閑庭又寂静，實是妙句。花枝又低亞。實是妙句。

右第九節。才子佳人向花燭底下定情，是一片妙麗；才子佳人向花月底下定情，又是一片妙麗。今却將兩片妙麗合作一片妙麗，便是異樣妙麗也。○「良夜」云云，是三句，是一句，是無數句。若解作「迢遥」是迢遥，「寂静」是寂静，「低亞」是低亞，則是三句；若解作迢遥之夜何其寂静，寂静之庭何其低亞，低亞之影何其迢遥，則是一句；若解作儘人寂静以受用其迢遥，儘人迢遥而暗藏於寂静，儘人迢遥、寂静以顛之倒之於低亞之中，則是無數句。普天下錦繡才子，必皆能想到其事也。

只是他女孩兒家，你索意兒温存，話兒摩弄，性兒浹洽；「温存」、「摩弄」，人所習聞，固莫妙於「性兒浹洽」四字也。休猜做路柳牆花。【折桂令】他嬌滴滴美玉無瑕，莫單看粉臉生春，雲鬟堆鴉。此之謂深深語，密密意，未經第二人道也。

右第十節。寫紅娘前篇之欲恨雙文，實惟不淺，至此而忽然又作千憐萬惜之文者，不惟此人實足使人千憐萬惜，實則此事亦真不得不作千憐萬惜也。○雙文之去我也，已不知幾百千年矣，乃我於今夜讀之，而猶尚爲之千憐萬惜也，曰：雙文爾奈何，雙文爾奈何！

我也不去受怕擔驚，我也不圖浪酒閑茶。妙妙！言悉與我無干也。總是昨日芥蒂未平。

右第十一節。幼讀《論語》孟子反入門策馬之文，以爲無大難事者，直以有功不伐，固學者應然之事也。兹讀《西厢》崔、張臨欲定情之時，紅娘乃忽自諉無功於其間，以爲真大難事者，此自是作《西厢記》人筆墨精細，意便專寫紅娘昨日創鉅，至今痛深。蓋聖歎則一生無此精細故也。

是你夾被兒時當奮發，指頭兒告了消乏。「消乏」之爲言得替也，此固極猥褻語也。然而不嫌竟寫之者，蓋佛經亦曾直説其事，謂之以手出精，非法淫也。打疊起嗟呀，畢罷了牽掛，收拾過憂愁，準備着撑達。

右第十二節。自【喬牌兒】至此，如引弓至滿，快作十成語也。

（張生跳牆科）

（鶯鶯云）是誰？（張生云）是小生。

（鶯鶯喚云）紅娘！（紅娘不應科）

（鶯鶯怒云）哎喲，張生，你是何等之人！我在這裏燒香，你無故至此，你有何說！（張生云）哎喲！

便如無簡招之者然，且又直至後止，另數其今夜之來，不聞數其前日之簡。作者用意之妙，真孤行於筆墨之外，全非近傖之所得知也。

【錦上花】爲甚媒人，心無驚怕？赤緊夫妻，意不爭差。

右第十三節。上文雙文已來花園矣，紅娘猶不信其真肯也，不信得最妙。此文雙文已自發作矣，紅娘猶不信其真不肯也，不信得又最妙。○「赤緊」二句，猶言貼肉夫妻，有何閑話。

我躡足潛蹤，去悄地聽他。一個羞慚，一個怒發。【後】一個無一言，一個變了卦。一個悄悄冥冥，一個絮絮答答。

右第十四節。此雖雙寫二人之文，然妙於第一、二句也。筆下紙上，便明明白白共見紅娘抽身另住一邊，自稱局外閑人，以謹避雙文之波及。○明是第三篇文字矣，却偏能使第二篇文字，尸尸閃閃，重欲出現，真是奇絶。

（紅娘遠立，低叫云）張生，你背地裏硬嘴那裏去了？你向前呵！告到官司，怕羞了你？

爲甚迸定隨何，禁住陸賈，叉手躬身，如聾似啞？【清江引】你無人處且會閑嗑牙，就裏空奸詐。怎想湖山邊，不似西廂下。

右第十五節。此翻跌前文成趣也。不知是前文特爲翻此文，故有前文；不知是此文特爲翻前文，故有此文：總之文文相生，莫測其理。

（鶯鶯云）紅娘，有賊！（紅云）小姐，是誰？妙妙！賊也，而又問「誰」哉。（張生云）紅娘，是小生。妙妙！問小姐也，而張生答哉。○三句，三人，三心，三樣，分明是三幅畫。

《西厢》中如此白，真是並不費筆墨，一何如花如錦。看他雙文唤紅娘，紅娘唤小姐，張生唤紅娘，三個人各自胸前一片心事，各自口中一樣聲唤，真是寫來好看煞人也！

（紅云）張生，這是誰着你來？妙絶，妙絶！須知其不是指扳小姐，只圖脱却自身。你來此有甚麽的勾當？（張生不語科）

（鶯鶯云）快扯去夫人那裏去！（張生不語科）

（紅云）扯去夫人那裏，便壞了他行止。我與小姐處分罷。張生，你過來跪者！你既讀孔聖之書，必達周公之禮，你夤夜來此何幹？香美娘處分花木瓜。**【雁兒落】**不是一家兒喬坐衙，千載奇事，煞是好看，被人搬熟，遂不覺耳。要說一句兒衷腸話。只道你文學海様深，誰道你色膽天來大！**【得勝令】**你夤夜入人家，我非姦做盜拿。你折桂客，做了偷花漢。不去跳龍門，來學騙馬。

右第十六節。坐堂是小姐，聽勘是解元，科罪是紅娘。昨往僧舍，看睒摩變相，歸而竟日不怡，忽睹此文，如花奴鼓聲也。

小姐，且看紅娘面，饒過這生者！（鶯鶯云）先生活命之恩，恩則當報。既爲兄妹，何生此心？萬一夫人知之，先生何以自安？今看紅娘面，便饒過這次。若更如此，扯去夫人那裏，決無干休！

謝小姐賢達，看我面，做情罷。若到官司詳察，先生整備精皮膚一頓打。可兒，可兒！

右第十七節。寫紅娘既不失輕，又不失重，分明一位極滑脱問官，最是鬆快之筆。〇紅娘此時，一邊出豁張生，正是一邊出豁雙文也。極似當時玄宗皇帝，花萼樓下，與寧王對局，太真手抱白雪猧兒，從旁審看良久，知皇帝已失數道，便斗然放猧兒蹂亂其子，於是天顔大悦也。

（鶯鶯云）紅娘，收了香桌兒，你進來波！（鶯鶯下）

（紅娘羞張生云）羞也𠯠，羞也𠯠！却不道「猜詩謎（杜）［社］家，風流隨何，浪子陸賈」，今日便早死心塌地也！

【離亭宴帶歇拍煞】再休題「春宵一刻千金價」，準備去「寒窗重守十年寡」。

右第十八節，結文。

猜詩謎的（杜）［社］家，㑂拍了「迎風户半開」，山障了「隔牆花影動」，雲罨了「待月西厢下」。極盡淋漓。一任你將何郎粉去搽，他已自把張敞眉來畫。極盡淋漓。强風情措大，晴乾了尤雲殢雨心，懺悔了竊玉偷香膽，塗抹了倚翠偎紅話。極盡淋漓。淫詞兒早則休，簡帖兒從今罷。猶古自參不透風流調法。極盡淋漓。

右第十九節。於既結後，忽然重放筆，作極盡淋漓之文，使我想皓布裩，「昨夜雨滂烹，打倒蒲萄棚」一頌，不覺遍身快樂。

小姐，你息怒嗔波卓文君，重作結。〇又妙於作雙結。

右第二十節。此重作雙結也。此結雙文，請大人打鼓退堂，妙妙！

張生，你遊學去波渴司馬。

右第二十一節。此結張生，犯人免供逐出，妙妙！○於紅娘口中，我亦細思必應作雙結。作者真乃極盡能事。

三之四　後候

僉近日所作傳奇，例必用四十折。吾真不知其何故不可多，不可少，必用四十折也。蓋南華老人言之也，曰：鵬之飛於南溟也，絶雲氣，負青天。其去地既九萬里，則其視地，猶如地上之人之視之蒼蒼也，不知其爲正色耶，抑爲遠而無所至極之色耶？以言諸王貴人，生於後宫，氣體高妙，則不知白屋之下寒乞之士，何故終日竟夜，嘆嘆唶唶，其聲不絶也。諸葛忠武，以一身任天下之重，統百萬之軍，兵馬、糧糗，器仗、圖籍，天文、地形，賓客、刑獄，無不獨經於心，則不知傲然野生，疏巾單衣，步行來前，抵掌言事，其胸中有何等陳乞也。十住菩薩，於佛性義，能了了見，則不知一切衆生，於生死海，没已得出，出已還没，雖經千佛世尊，雲興於世，出家成道，説法度生，乃至入於涅槃，甚久甚久，而彼方復出没如故，此是取何快樂也。蓋諸王貴人之不知，真猶如嘆唶寒士之不知諸王者也；諸葛忠武之不知，真猶如徒步野生之不知忠武者也；十住菩薩之不知，真猶如没海衆生之不知菩薩者也。故曰：「亦若是則已矣。」惟孔子亦曰：「道不同，不相爲謀。」馬牛風於澤，理豈互及哉，而獨不謂文章之事，亦復有然。昨讀《西廂》，因而諦思僉所作傳奇，其不可多，不可少，必用四十折，吾則真不知其遵何術，而必如此。若夫《西廂》之爲文一十六篇，則吾實得而言之矣：有生有掃，生如生葉生花，掃如掃花掃葉。何謂生？何謂掃？何謂生如生葉生花？何謂掃如掃花掃葉？今夫一切世間太虚空中，本無有事，而忽然有之，如方春本無有葉與花，而忽然有葉與花，曰生。既而一切世間妄想顛倒，有若干事，而忽然還無，如殘春花落，即掃花，窮秋葉落，即掃葉，曰掃。然則如《西廂》，何謂生？何謂掃？最前《驚艷》一篇謂之生，最後《哭宴》一篇謂之掃。蓋《驚艷》已前，無有《西廂》；無有《西廂》，則是太虛空也。若《哭宴》已後，亦復無有《西廂》；無有《西廂》，則仍太虛空也。此其最大之章法也，而後於其中間，則有此來彼來。何謂此來？如《借廂》一篇是張生來，謂之此來。何謂彼來？如《酬韻》一篇是鶯鶯來，謂之彼來。蓋昔者鶯鶯在深閨中，實不圖牆外乃有張生；是夜張生在西廂中，亦實不圖牆内遂有鶯鶯酬韻來。設使張生不借廂，是張生不來，張生不來，此事不生；即使張生借廂，而鶯鶯不酬韻，是鶯鶯不來，鶯鶯不來，此事亦不生。今既張生慕色而來，鶯鶯又慕才而來，如是謂之兩來。兩來則南海之人已不在南海，北海之人已不在北海也。雖其事殊未然，然而於其中間，已有輕絲暗縈，微息默度，人自不覺，勢已無奈也。而後則有三漸。何謂三漸？《鬧齋》第一漸，《寺警》第二漸，今此一篇《後候》第三漸。第一漸者，鶯鶯始見張生也；第二漸者，鶯鶯始與張生相關也；第三漸者，鶯鶯始許張生定情也。此三漸，又謂之三得。何謂三得？自非《鬧齋》之一篇，則鶯鶯不得而見張生也；自非《寺警》之一篇，則鶯鶯不得而與張生相關也；自非《後候》之一篇，則鶯鶯不得而許張生定情也。何也？無遮道場，故得微露春妍；諱日營齋，故得親舉玉趾。舍是則尚且不得來，豈直不得見也。變起倉卒，故得受保護備至之恩；毋有成言，故得援一醮不改之義。舍是則於何而得有恩，於何而得有義也。聽琴之夕，鶯鶯心頭之言，紅娘而既聞之；賴簡之夕，張生承詩之來，紅娘而又見之。今則不惟聞之見之，彼已且將死之。細思彼已且將死之，而紅娘又聞之見之，而鶯鶯尚安得不悲之，尚安得復忌之，尚安得再忍之，尚安得不許之？舍是則不惟紅娘所見不得令紅娘見，乃至紅娘所聞，烏得令紅娘聞也。而後則又有二近三縱。何謂二近？《請宴》一近，《前候》一近。蓋「近」之爲言，幾幾乎如將得之也。幾幾乎如將得之之爲言，終於不得也。終於不得，而又爲此幾幾乎如將得之之言者，文章起倒變動之法也。三縱者，《賴婚》一縱，《賴簡》一縱，《拷艷》一縱。蓋有近則有縱也，欲縱之故近之，亦欲近之故縱之。「縱」之爲言，幾幾乎如將失之也。幾幾乎如將失之之爲言，終於不失也。終於不失，而又爲此幾幾乎如將失之之言者，文章起倒變動之法，既已如彼，則必又如此也。而後則有兩不得不然。何謂兩不得不然？聽琴不得不然，鬧簡不得不然。聽琴者，紅娘不得不然；鬧簡者，鶯鶯不得不然。設使聽琴不然，則是不成其爲紅娘；不成其爲紅娘，即不成其爲鶯鶯。何則？嫌其如機中女兒，當户嘆息，阿婆得問今年消息也。鬧簡不然，則是不成其爲鶯鶯；不成其爲鶯鶯，即不成其爲張生。何則？嫌其如碧玉小家，迴身便抱，瑯琊不疑，登徒大喜也。而後則有實寫一篇。實寫者，一部大書，無數文字，七曲八折，千頭萬緒，至此而一齊結穴，如衆水之畢赴大海，如群真之咸會天闕，如萬方捷書齊到甘泉，如五夜火符親會流珠。此不知於何年月日，發願動手欲造此書，而今於此年此月此日，遂得快然而已閣筆，如後文《酬簡》之一篇是也。又有空寫一篇。空寫者，一部大書，無數文字，七曲八折，千頭萬緒，至此而一無所用，如楚人之火燒阿房，如莊惠之快辨儵魚，如臨濟大師肋下三拳，如成連先生刺船徑去。此亦不知於何年月日，發願動手造得一書，而即於此年此月此日，立地快然其便裂壞，如最後《驚夢》之一篇是也。凡此，皆所謂《西廂》之文一十六篇，吾實得而言之者也。謂之十六篇可也，謂之一篇可也；謂之百千萬億文字，總持悉歸於是可也，謂之空無點墨可也。若儈近日所作傳奇，不可多，不可少，必用四十折，吾則誠不能知其遵何術，而必如此也。彼視《西廂》，蒼蒼然正色耶？遠而無所至極耶？《西廂》視彼，亦蒼蒼然正色耶？遠而無所至極耶？蓋南華老人言之也，曰：「亦若是則已矣。」

（夫人上云）早間長老使人來説，張生病重，俺着人去請太醫。一壁分付紅娘看去，問太醫下什麽藥，是何證候，脈息如何，便來回話者。

（夫人下）

（紅娘上云）夫人使俺去看張生。夫人呵，你只知張生病重，那知他昨夜受這場氣呵，怕不送了性命也！

（紅娘下）

（鶯鶯上云）張生病重，俺寫一簡，只説道藥方，着紅娘將去，與他做個道理。（喚科）（紅應云）小姐，紅娘來也。（鶯鶯云）張生病重，我有一個好藥方兒，與我將去咱！（紅云）小姐呵，你又來也。也罷，夫人正使我去，我就與你將去波。（鶯鶯云）我專等你回話者。（鶯鶯下）

（紅娘下）

（張生上云）昨夜花園中，我吃這場氣，投着舊證候，眼見得休了也。夫人着長老請太醫來看我，我這惡證候，非是太醫所治，除非小姐有甚好藥方兒，這病便可了。

（紅娘上云）俺小姐害得人一病郎當，如今又着俺送甚藥方兒。俺去則去，只恐越着他沉重也。異鄉最有離愁病，妙藥難醫腸斷人。

【越調】【鬭鵪鶉】（紅娘唱）先是你彩筆題詩，迴文織錦；「先是你」，妙妙！引得人臥枕着牀，忘餐廢寢；「引得人」，妙妙！到如今鬢似愁潘，腰如病沈。恨已深，病已沉，「到如今」，妙妙！多謝你熱劫兒對面搶白，冷句兒將人厮侵。「多謝你」，妙妙！

右第一節。「先是你」、「引得人」，言病之所由起也。「到如今」、「多謝你」，言病之所由劇也。如此望聞問切，真乃神聖巧功矣。◯「先是你」句，便放過張生者，紅娘只知鶯鶯酬韻，不知張生借厢也。「多謝你」句，又放過夫人者，張生深恨鶯鶯賴簡，過於夫人賴婚也。此皆寫紅娘細心切脈，洞見臟腑處，非等閑下筆也。《西厢》筆筆不等閑，《西厢》篇篇起筆尤不等閑。

【紫花兒序】你倚着櫳門兒待月，依着韻脚兒聯詩，側着耳朵兒聽琴。

昨夜忽然撇假偌多，説：「張生，我與你兄妹之禮，甚麽勾當！」

忽把個書生來跌窨，

今日又是：「紅娘，我有個好藥方兒，你將去與了他。」

又將我侍妾來逼凌。難禁，倒教俺似綫脚兒般殷勤不離了針。真爲可惱，真爲可笑。

右第二節。凡作三折，折到題，寫紅娘心頭全無捉摸，最爲清辨之筆。○猶言如此，則不應如彼；如彼，則不應又如此也。一、二、三、四句，似與第一節複者。第一節是叙張生病源，此是叙鶯鶯藥方，兩節固各不相蒙也。○「難禁」者，自言難熬。鶯鶯自前候至此，凡三遣紅娘到書房矣，不迸一縫，不通一風，真何以堪之哉！

從今後由他一任。妙絶，妙絶！

右第三節。既多番遣到書房，而終於不迸一縫，不通一風，則我亦惟有(抽)[袖]手旁立，任君自爲，誰能尚有眷眷不釋也耶！○觀此言，則前兩番遣到書房，紅娘之喜，紅娘之怒，不言可知。

甚麽義海恩山，無非遠水遥岑。真是精絶之句。

右第四節。不覺爲「好藥方兒」四字啞地失笑也。

(見張生問云)先生，可憐呵，你今日病體如何？(張生云)害殺小生也！我若是死呵，紅娘姐，閻羅王殿前，少不得你是干連人。(紅云)普天下害相思，不似你害得忒煞也。小姐，你那裏知道呵！

真正妙白。不是寫紅娘憐張生，乃是寫張生病至重也。寫張生病至重者，寫鶯鶯之得以回心轉意也。蓋張生病至重而猶不回心轉意，則是豺虎之不如也。若張生病不至於至重，而早便回心轉意，則又爲雀鴿之類也。作文實難，知文亦甚不易，於此可見。

【天淨沙】你心不存學海文林，夢不離柳影花陰，只去竊玉偷香上用心。又不曾有甚，我見你海棠開想到如今。「又不曾有甚」五字，妙絶。便將夫人許婚，小姐傳簡，一齊賴過。○前夫人賴，小姐賴，此紅娘又賴，妙妙！

右第五節。總批後節下。

你因甚便害到這般了？（張生云）你行——我敢説謊！——我只因小姐來！昨夜回書房，一氣一個死。我救了人，反被人害。古云「癡心女子負心漢」，今日反其事了。（紅云）這個與他無干。

真是妙白，寫來便真是氣盡喘急，逐口斷續之聲。至於紅答之奇妙絶世，又反不論矣。

【調笑令】你自審，這邪淫；看尸骨岩岩是鬼病侵。「自審」妙，「邪淫」妙，「是鬼」妙，看他便一毫不提及鶯鶯。便道秀才們從來恁，看他純是扯過一邊語，更不欲提及鶯鶯。似這般單相思好教撒吞！「單相思」妙。既「單」矣，猶自稱「相思」耶？「撒吞」之爲言，「撒而吞之」。吴音言「吃屁」，蓋云「不成」其爲相思也。功名早則不遂心，扯到功名，一何無謂！婚姻又反吟伏吟。此亦扯語也，竟如張生命宫填註，全與鶯鶯無涉也。○前張生告紅娘生辰八字，至此忽推成命書，笑絶。

右第六節。此二節之妙，都在字句之外。何以言之？只看其各用一「你」字起，便是藏過鶯鶯更不道及，爲棄絶之至也。若更道及者，即不獨鶯鶯羞，紅娘先自羞也。○前《鬧簡》一篇，既作如許盡情極致之文，此如再作一篇，世安得崔顥詩下又有詩耶？看他只用兩「你」字純責張生，便將鶯鶯直置之不足又道，而其盡情極致，不覺遂轉過於前文。天下真有除却死法，别是活法之理也。前「你」，是説張生病源；後「你」，是説張生病證。

夫人着俺來看先生，吃甚麽湯藥。這另是一個甚麽好藥方兒，送來與先生。

真正妙白。蓋「另是一個甚麽」者，甚不滿之辭也。不言誰送來與先生者，深惡而痛絶之之至也。○前一簡，出之何其遲，遲得妙絶；此一簡，出之何其速，速得又妙絶。唐人作畫，多稱變相，以言番番不同。今如此兩篇出簡，真可謂之變相矣。

（張生云）在那裏？（紅授簡云）在這裏。（張生開讀，立起笑云）我好喜也！是一首詩。（揖云）早知小姐詩來，禮合跪接。紅娘姐，小生賤體不覺頓好也。（紅云）你又來也！不要又差了一些兒。（張生云）我那有差的事？前日原不得差，得失亦事之偶然耳。妙妙！絶世聰明人語也。（紅云）我不信！你念與我聽呵！（張生云）你欲聞好語，必須致誠斂袵而前。（張生整冠帶，雙手執簡科）科白俱好。（念詩云）「休將閑事苦縈懷，取次摧殘天賦才。不意當時完妾行，豈防今日作君災？仰酬厚德難從禮，謹奉新詩可當媒。寄語高唐休詠賦，今宵端的雨雲來。」詩醜絶！紅娘姐，此詩又非前日之比。（紅低頭沉吟云）哦，有之，我知之矣。妙妙！絶世聰明人語也。小姐，你真個好藥方兒也！

【小桃紅】「桂花」摇影夜深沉，酸醋「當歸」浸。真好藥方。緊靠湖山背陰裏窨，最難尋。真好修合。一服兩服令人恁。真好效驗。忌的是「知母」未寢，怕的是「紅娘」撒沁。真好避忌。這其間「使君子」一星兒「參」。人參也。人參「參」字，應作「葠」字，俗通作「參」。此又借作「參」字用也，妙絶！

右第七節。便撰成一藥方，其才之狡獪如此。

【鬼三台】只是你其實啉，休妝啞。真是風魔翰林，無投處問佳音，向簡帖上計稟。「稟」從禾，不從示，力錦切。得了個紙條兒恁般綿裏針，若見了玉天仙怎生軟厮禁？

右第八節。又非笑之。細思此時，真有得紅娘非笑也。

俺小姐正合忘恩，僂人負心。

右第九節。又唬嚇之。細思此時，真有得紅娘唬嚇也。

【秃厮兒】你身卧一條布衾，頭枕三尺瑶琴，他來怎生一處寢？凍得他戰兢兢！

右第十節。又奚落之。細思此時，真有得紅娘奚落也。

右第十一節。又辨駁之。細思此時，真有得紅娘辨駁也。

知音？【聖藥王】果若你有心，他有心，昨宵鞦韆院宇夜深沉；花有陰，月有陰，便該「春宵一刻抵千金」，何須又「詩對會家吟」？真乃筆舌互用。

右第十二節。又驕奢之。細思此時，真有得紅娘驕奢也。

【東原樂】我有鴛鴦枕，翡翠衾，便遂殺人心，只是如何賃？此等花色，真是憑空蹴起。

你便不脱和衣更待甚？不强如指頭兒恁。即佛所云「非法出精」也。你成親，已大福蔭。純是憑空蹴起。

右第十三節。又欺詆之。細思此時，真有得紅娘欺詆也。◯右自第八節至此，皆極寫紅娘滿心歡喜之文。

先生，不瞞你説，俺的小姐呵，你道怎麽來？

【綿搭絮】他眉是遠山浮翠，眼是秋水無塵，膚是凝酥，腰是弱柳，俊是龐兒俏是心，體態是温柔性格是沉。他不用法灸神針，他是一尊救苦觀世音。

右第十四節。描畫鶯鶯一通，乃是斷不可少。◯如看李龍眠白描觀音也，又不似脱候病語，妙絶。

然雖如此，我終是不敢信來。

妙妙！其事本不易信，何况其人又最難信。殷鑒不遠，便在前夜。

【後】我慢沉吟，你再思尋。妙絶，妙絶！

（張生云）紅娘姐，今日不比往日。（紅云）呀，先生不然。

你往事已沉，我只言目今，妙絶，妙絶！

不信小姐今夜却來。

今夜三更他來恁。妙絶，妙絶！

右第十五節。上文，一路都作滿心歡喜之文，至此忽又移宫换羽，一變而爲驚疑不定之文，真乃一唱三嘆，千迴萬轉矣。◯世間有如此一氣清轉，却萬變無方；萬變無方，又一氣清轉之文哉？普天下後世錦繡才子，請至此處，誰復能不心死哉？

（張生云）紅娘姐，小生吩咐你，來與不來你不要管，總之其間望你用心。妙白。

我是不曾不用心。俗本失此一句。怎説白璧黄金，滿頭花，拖地錦。【煞尾】夫人若是將門禁，早共晚我能教稱心。

右第十六節。真心實意，代人擔憂，而反遭人疑，於是滿口分説，急不得明。世間多有此事，又何獨一紅娘哉，只是筆墨之下，不知如何却寫到。

先生，我也要分付你，總之其間你自用心，來與不來，我都不管。妙白，可謂行文如戲。

來時節肯不肯怎由他，見時節親不親盡在您。

右第十七節。一句剛克，一句柔克，天下之能事畢矣。

貫華堂第六才子書西廂記卷之七

聖歎外書

第四之四章題目正名

小紅娘成好事
老夫人問由情
短長亭斟别酒
草橋店夢鶯鶯

四之一　酬簡

古之人有言曰「《國風》好色而不淫」。比者聖歎讀之而疑焉，曰：嘻，異哉！好色與淫，相去則又有幾何也耶？若以爲「發乎情，止乎禮」，發乎情之謂好色，止乎禮之謂不淫，如是解者，則吾十歲初受《毛詩》，鄉塾之師早既言之，吾亦豈未之聞，亦豈聞之而遽忘之？吾固殊不能解，好色必如之何者謂之好色？好色又必如之何者謂之淫？好色又如之何謂之幾於淫，而卒賴有禮，而得以不至於淫？好色又如之何謂之賴有禮，得以不至於淫，而遂不妨其好色？夫好色而曰吾不淫，是必其未嘗好色者也。好色而曰吾大畏乎禮，而不敢淫，是必其並不敢好色者也。好色而大畏乎禮，而不敢淫，而猶敢好色，則吾不知禮之爲禮將何等也。好色而大畏乎禮，而猶敢好色，而獨不敢淫，則吾不知淫之爲淫必何等也。且《國風》之文具在，固不必其皆好色，而好色者往往有之矣；抑《國風》之文具在，反不必其皆好色，而淫者往往有之矣。信如《國風》之文之淫，而猶謂之不淫，則必如之何而後謂之淫乎？信如《國風》之文之淫，而猶望其昭示來許爲大鑒戒，而因謂之不淫，則又何文不可昭示來許爲大鑒戒，而皆謂之不淫乎？凡此，吾比者讀之而實疑焉。人未有不好色者也，人好色未有不淫者也，人淫未有不以好色自解者也。此其事，内關性情，外關風化，其伏至細，其發至鉅，故吾得因論《西廂》之次而欲一問之：夫好色與淫，相去則真有幾何也耶？

《國風》之淫者，不可以悉舉，吾今獨摘其尤者，曰：「以爾車來，以我賄遷。」嘻，何其甚哉！則更有尤之尤者，曰：「子不我思，豈無他人！」嘻，此豈復人口中之言哉！夫《國風》採於初周，則是三代之盛音也，又經先師仲尼氏之所删改，則是大聖人之文筆也。而其語有如此，真將使後之學者奈之何措心也哉！

自古至今，有韻之文，吾見大抵十七皆兒女此事。此非以此事真是妙事，故中心愛之，而定欲爲文也；亦誠以爲文必爲妙文，而非此一事，則文不能妙也。夫爲文必爲妙文，而妙文必借此事，然則此事其真妙事也。何也？事妙，故文妙；今文妙，必事妙也。若此事真爲妙事，而爲文竟非妙文，然則此事亦不必其定妙事也。何也？文不妙，必事不妙；今事不妙，故文不妙也。甚矣，人之相去，不可常理計也！同此一手，手中同此一筆，而或能爲妙文焉，或不能爲妙文焉。今而又知豈獨是哉，乃至同此一男一女，而或能爲妙事焉，或不能爲妙事焉。曰：何用知其同此一男一女，而獨不能爲妙事？曰：吾讀其文而知之矣。曰：彼其必爭吾亦妙事也。曰：彼猶必爭吾亦妙文也。書竟，不覺大笑。

有人謂《西廂》此篇最鄙穢者，此三家村中冬烘先生之言也。夫論此事，則自從盤古，至於今日，誰人家中無此事者乎？若論此文，則亦自從盤古，至於今日，誰人手下有此文者乎？誰人家中無此事，而何鄙穢之與有？誰人手下有此文，而敢謂其有一句一字之鄙穢哉？曰：一句一字都不鄙穢，然則自【元和令】起，直至【青歌兒】盡，如是若干，皆何等言語耶？曰：固也，我正謂如使真成鄙穢，則只須一句一字，而其言已盡，決不用如是若干言語者也。今自【元和令】起，直至【青歌兒】盡，乃用如是若干言語，吾是以絶嘆其真不是鄙穢也。蓋事則家家家中之事也，文乃一人手下之文也。借家家中之事，寫吾一人手下之文者，意在於文，意不在於事也。意不在事，故不避鄙穢；意在於文，故吾真曾不見其鄙穢。而彼三家村中冬烘先生，猶呶呶不休，詈之曰鄙穢，此豈非先生不惟不解其文，又獨甚解其事故耶？然則天下之鄙穢，殆莫過先生，而又何敢呶呶爲！

（鶯鶯上云）紅娘傳簡帖兒去，約張生今夕與他相會。等紅娘來，做個商量。

（紅娘上云）小姐着俺送簡帖兒與張生，約他今夕相會。俺怕又變卦，送了他性命，不是耍。俺見小姐去，看他説甚的。（鶯鶯云）紅娘，收拾卧房，我去睡。（紅云）不爭你睡呵，那裏發付那人？（鶯鶯云）甚麽那人？（紅云）小姐，你又來也！送了人性命不是耍。你若又翻悔，我出首與夫人：「小姐着我將簡帖兒約下張生來。」（鶯鶯云）這小妮子倒會放刁。（紅云）不是紅娘放刁，其實小姐切不可又如此。

（鶯鶯云）只是羞人答答的。（紅云）誰見來？除却紅娘，並無第三個人。斵山云：天下事之最易最易者，莫如偷期。聖歎問：何故？斵山云：一事止用二人做，而一人却是我，我之肯，已是千肯萬肯，則是先抵過一半功程也。

（紅娘催云）去來！去來！（鶯鶯不語科）好。

（紅娘催云）小姐，没奈何，去來！去來！（鶯鶯不語，做意科）好。

（紅娘催云）小姐，我們去來！去來！（鶯鶯不語，行又住科）好。

（紅娘催云）小姐，又立住怎麽？去來！去來！（鶯鶯不語，行科）好。

（紅娘云）我小姐語言雖是强，脚步兒早已行也。

【正宫】【端正好】（紅娘唱）因小姐玉精神，花模樣，無倒斷曉夜思量。今夜出個至誠心，改抹咱瞞天謊。出書閣，向書房，離楚岫，赴高唐，學竊玉，試偷香，巫娥女，楚襄王；楚襄王敢先在陽臺上。

（鶯鶯隨紅娘下）

（張生上云）小姐着紅娘，將簡帖兒，約小生今夕相會。這早晚初更盡呵，怎不見來？更不可早，然實不遲。人間良夜靜復靜，天上美人來不來？

【仙吕】【點絳脣】（張生唱）佇立閑階，只用四字，便避過三之三【喬牌兒】「日初時想月華，捱一刻似一夏」等文。

右第一節。下文皆極寫雙文不來，張生久待，而此於第一句，先寫「佇立」字，便是待已甚久，而下文乃久而又久也。蓋下文極寫久待固久，而此又先寫甚久，使下文久而又久，則久遂至於不可説也。謂之只用一層筆墨，而有兩層筆墨，此固文章秘法也。

夜深香靄、横金界。瀟灑書齋，悶殺讀書客。

右第二節。夜深矣，而書齋猶瀟灑，蓋「瀟灑」之爲言，寂無人來也。此其悶可想也。○書齋寂無人來，此真讀書之客之所甚樂也。書齋寂無人來，而客不樂而反悶，然則客之不讀書可知也。客既不讀書，而猶自名其屋曰書齋，甚矣，天下之無人無書齋也！連用兩「書」字，最有風刺。○「瀟灑書齋」四字，作「悶」用，真奇事也。杜詩亦有之，曰：「卷簾惟白水，隱幾亦青山。」自爲「白水」「青山」字，亦未遭如是用也。

【混江龍】彩雲何在，每嘆李夫人歌，真是絶世妙筆，只看其第一句之四字曰：「是耶，非耶？」便寫得劉徹通身出神。今此「彩雲何在」四字，亦真寫得張生通身出神也。

右第三節。忽然欲其天上下來。◯已下皆作翻牀倒席，爬起跌落之文。應接連處忽然不接連，不應重沓處，忽然又重沓，皆極寫雙文不來，張生久待神理。

月明如水浸樓臺。僧居禪室，鴉噪庭槐。

右第四節。「月明如水」，天上不見下來也。「僧居禪室」，靜又不是也；「鴉噪庭槐」，動又不是也。皆寫張生搔爬不着之情也，非寫景也。細思寫此時張生，真何暇寫到景。

風弄竹聲，只道金珮響，月移花影，疑是玉人來。一片搔爬不着神理。

右第五節。忽然又欲其四面八方來。◯「溪聲便是廣長舌，山色豈非清淨身」，悟時便有如此境界。「風弄竹聲金珮響，月移花影玉人來」，迷時便又有如此境界。斲山則不然：「風弄竹聲」，風弄竹；「月移花影」，月移花。又何處氣噓噓地學得「廣長舌」、「清淨身」兩句哉？劉山語。

意懸懸業眼，急攘攘情懷，身心一片，無處安排；呆打孩倚定門兒待。昔人謂「科頭箕踞長松下，白眼看他世上人」，不是冷極語，正是熱極語，此真知言也。「呆打孩倚定門兒待」，此不是倚得定語，正是倚不定語也。一片搔爬不着神理。

右第六節。倚在門，妙絶，妙絶！

越越的青鸞信杳，黄犬音乖。【油葫蘆】我情思昏昏眼倦開，單枕側，夢魂幾入楚陽臺。「幾入」者，欲入而驚覺不入之辭也。《小弁》之詩曰「假寐永嘆」。蓋心憂無聊，只得且寐，既寐不寐，嘆聲徹夜。此用其句也。

右第七節。倚在枕，妙絶，妙絶！◯上文方倚在門，此文忽倚在枕，所謂應接連處忽然不接連也。一片搔爬不着神理。

早知恁無明無夜因他害，想當初不如不遇傾城色。人有過，必自責，勿憚改，一片搔爬不着，直搔爬向這裏去。奇奇妙妙，一至於此。

右第八節。倚枕靜思，不如改過，真胡思亂想之極也。◯道學先生聞張生欲改過，則必加手於額曰：賴有是也。一部《西厢》，只此一句，是非乃不謬於聖人也。而殊不知正不然也。不惟張生欲改過是胡思亂想，凡天下欲改過者，一切悉是胡思亂想必也。如《圓覺經》之於諸妄心，亦不息滅，是則真我先師「五十學《易》可無大過」之道也矣。○搔爬不着，横躺在牀，胡思亂想，急寫不盡，看其輕輕只寫一句云「我欲改過」，却不覺無數胡思亂想，早已不寫都盡也。蓋改過，正是胡思亂想之天盡底頭語也。吾幼讀《會真記》，至後半改過之文，幾欲拔刀而起，不圖此却翻成異樣奇妙，真乃咄咄怪事。

我却待「賢賢易色」將心戒，怎當他兜的上心來。【天下樂】我倚定門兒手托腮，一片搔爬不着神理。

右第九節。忽然又倚在門，妙絶妙絶！○前倚在門，頃忽倚在枕；此忽又倚在門，所謂不應重沓處忽然又重沓也。

好着我難猜：來也那不來？

右第十節。恨之。

夫人行料應難離側。

右第十一節。諒之。○忽然恨之，忽然又諒之，應接連處不接連也。一片搔爬不着神理。

望得人眼欲穿，想得人心越窄。

右第十二節。忽然又恨之。

多管是冤家不自在。

右第十三節。忽然又諒之。◯忽然又恨之，忽然又諒之，不應重沓處又重沓也。

偌早晚不來，莫不又是謊？

【那吒令】他若是肯來，早身離貴宅。

右第十四節。肯來。

他若是到來，便春生敝齋。

右第十五節。到來。◯「貴宅」「貴」字，「敝齋」「敝」字，都有神理，不止作尋常稱呼用也。

他若是不來，似石沉大海。

右第十六節。不來。〇須知來句是不來句，不來句是來句也。口中説此句，心中反是彼句，一片全是搔爬不着神理也。

數着他脚步兒行，靠着這窗檻兒待。

右第十七節。倚在門，倚在枕；又倚在門，又倚在窗。妙絶，妙絶。

寄語多才：【鵲踏枝】恁的般惡搶白，並不曾記心懷；博得個意轉心回，許我夜去明來。

右第十八節。真乃滴淚滴血之文也。昊天上帝，亦當降庭；諸佛世尊，亦當出定。何物雙文，猶未出來耶！

調眼色已經半載，這其間委實難捱。

右第十九節。一路搔爬不着，至此真心盡氣絶時也。

【寄生草】安排着害，準備着擡。

右第二十節。心盡氣絶，更無活理，只有死也。

想着這異鄉身强把茶湯捱，只爲你可憎才熬定心腸耐，辦一片至誠心，留得形骸在。試教司天臺打算半年愁，端的太平車敢有十餘載。

右第二十一節。又放透筆尖，再寫一句，言今日之死，永無活理。蓋死原不到今日，到今日而仍死，則其死真更不活也。世間何意有如此二十成筆法。

（紅娘上云）小姐，我過去，你只在這裏。（敲門科）（張生云）小姐來也！（紅云）小姐來也，你接了衾枕者。（張生揖云）紅娘姐，小生此時，一言難盡，惟天可表！（紅云）你放輕者，休諕了他！你只在這裏，我迎他去。（紅娘推鶯鶯上云）小姐，你進去，我在窗兒外等你。（張生見鶯鶯，跪抱云）張珙有多少福，敢勞小姐下降。

【村裏迓鼓】猛見了可憎模樣，早醫可九分不快。

右第二十二節。緊承前患病一篇，妙。

先前見責，誰承望今宵相待！

右第二十三節。緊承前前《賴簡》一篇，妙。○細思張生初接雙文時，真乃一部十七史，從何句説起好。今看其第一句緊承前篇，第二句緊承前前篇，譬如眉目鼻口，天生位置，果非人工之得與也。

教小姐這般用心，不才珙，合跪拜。小生無宋玉般情，潘安般貌，子建般才；小姐，你只可憐我爲人在客。

右第二十四節。感激謙謝，正文不可少。

（鶯鶯不語）（張生起，摧鶯鶯坐科）

【元和令】繡鞋兒剛半（折）[拆]。

右第二十五節。此時雙文安可不看哉，然必從下漸看而後至上者，不惟雙文羞顔不許便看，惟張生亦羞顔不敢便看也。此是小兒女新房中真正神理也。

柳腰兒恰一搦。

右第二十六節。自下漸看而至上也。如觀如來三十二相，有順有逆，此爲逆觀也。

羞答答不肯把頭擡，只將鴛枕捱。

右第二十七節。夫看雙文，止爲欲看其面也。今爲不敢便看，故且看其脚，故且看其腰。乃既看其脚，既看其腰，漸漸來看其面，而其面則急切不可得看。此真如觀如來者，不見頂相，正是如來頂相也。不然，而使寫出欲看便看，此豈復成雙文嬌面哉。文真妙文，批亦真妙批。

雲鬢彷彿墜金釵，紿之也。偏宜鬏髻兒歪。又紿之也。【上馬嬌】我將你紐扣兒鬆，又紿之也。上紿輕，此紿猛。我將你羅帶兒解；又猛紿之也。蘭麝散幽齋。不良會把人禁害，咍，怎不回過臉兒來？上數句，全爲此句，總必欲見其面也。

右第二十八節。看其釵，看其髻，則知獨不得看其面也。看其釵，釵不墜，看其髻，髻不歪，而紿之曰「釵墜」「髻歪」者，其心必欲得一看其面也。紿之曰「釵墜」，紿之曰「髻歪」，而終不得一看其面，於是不免換作重語，猛再紿之，而何意終不可得而看哉？真寫盡雙文神理也。○雙文之面，雖終不得而看，而雙文之扣，雙文之帶，則趁勢已解矣。夫雙文之扣，雙文之帶，此真非輕易可得而解也，今用「明修棧道，暗度陳倉」之法，輕輕遂已解得，世間真乃無第二手也。「但應報道金釵墜，彷彿還應露指尖。」正是此一法也。

（張生抱鶯鶯，鶯鶯不語科）

【勝葫蘆】軟玉温香抱滿懷。

右第二十九節。抱之。○已下看其逐一句，逐一句，節節次次，不可明言也。

呀，劉阮到天臺。

右第三十節。初動之。

春至人間花弄色。

右第三十一節。玩其忍之。

柳腰款擺，花心輕拆，露滴牡丹開。【後】蘸着些兒麻上來。

右第三十二節。更復連動之。

魚水得和諧。

右第三十三節。知其稍已安之。

嫩蕊嬌香蝶恣採。你半推半就，我又驚又愛。

右第三十四節。遂大動之。

檀口揾香腮。

右第三十五節。畢之。○寫畢作此五字，真寫盡畢也。

【柳葉兒】我把你做心肝般看待，點污了小姐清白。

右第三十六節。伏而慚謝之。○聖歎欲問普天下錦繡才子：此「伏而慚謝之」五字，可是聖歎出力批得出來？○「點污了小姐清白」，此其語可知也。聖歎更不説也。

我忘餐廢寢舒心害，若不真心耐，至心捱，怎能勾這相思苦盡甘來。【青歌兒】成就了今宵歡愛，魂飛在九霄雲外。

右第三十七節。此真如堂頭大和尚説行脚時事，狀元及第歸來，思量做秀才日，其一片眼淚，正是一片快活也。定不可少。

投至得見你個多情小奶奶，你看憔悴形骸，瘦如麻稭！

右第三十八節。將一片眼淚，一片快活，又覆說一遍也。上是先說苦，次說快；此是先說快，次說苦。○便於言外想見其脫衣并臥，其事既畢，猶不起來。

今夜和諧，猶是疑猜。「疑猜」者，快活之至也。露滴香埃，明明是露。○一。風靜閑階，明明是風。○二。月射書齋，明明是月。○三。則不必疑猜也。雲鎖陽臺。上三句是景，此一句是景中人。夫景是景，人是人，然則不必疑猜也。我審視明白，難道是昨夜夢中來？妙絶。

右第三十九節。偏是決無疑猜之事，偏有決定疑猜之理。蓋不快活即不疑猜，而不疑猜亦不快活。越快活越要疑猜，而越疑猜亦越見快活也。真是寫殺。

（張生起，跪謝云）張珙今夕，得侍小姐，終身犬馬之報。（鶯鶯不語科）

（紅娘請云）小姐，回去波，怕夫人覺來。（鶯鶯起行，不語科）（張生攜鶯鶯手，再看科）

愁無奈。**【寄生草】**多豐韻，忒稔色。乍時相見教人害，霎時不見教人怪，些時得見教人愛。如此寫出，真是妙手空空。今宵同會碧紗幮，何時重解香羅帶？

右第四十節。訂後期，文自明。

（紅娘催云）小姐，快回去波，怕夫人覺來。（鶯鶯不語，行下階科）（張生雙携鶯鶯手，再看科）

【賺煞尾】春意透酥胸，看其胸。春色横眉黛，看其眉。此兩看毒極，正是看新破瓜女郎法也。賤却那人間玉帛。奇句，妙句，清絶句，入化句。杏臉桃腮，乘月色，嬌滴滴越顯紅白。從來麗句不清，清句不麗，如此清麗之句，真無第二手也。

右第四十一節。寫張生越看越愛，越愛越看，臨行抱持，不忍釋手，固也。然此正是巧遮後篇夫人疑問之根，最爲入化出神之筆。

下香階，懶步蒼苔，非關弓鞋鳳頭窄。嘆鯫生不才，謝多嬌錯愛。

右第四十二節。欲寫張生訂其再來，反寫雙文今已不去。文章入化出神，一至於此哉！從來異様妙文，只是看熟了便不覺。《西廂》中如此等，真是異様妙文也，切思不得看熟了。

你破工夫今夜早些來。

右第四十三節。傖讀之，謂是要其來；錦繡才子讀之，知是要其去也。若説要其來，則是止寫張生，其文淺；必説要其去，則直寫出雙文，其文甚深也。詩云：「最是五更留不住，向人枕畔着衣裳。」此最是不可奈何時節也。○聖歎自幼學佛，而往往如湯惠休綺語未除。記曾有一詩云：「星河將半夜，雲雨定微寒。屧響私行怯，窗明欲度難。一雙金屈戌，十二玉欄干。纖手親捫遍，明朝無跡看。」亦最是不可奈何時節也。

四之二　拷艷

昔與斲山，同客共住，霖雨十日，對牀無聊，因約賭説快事，以破積悶。至今相距既二十年，亦都不自記憶。偶因讀《西厢》至《拷艷》一篇，見紅娘口中作如許快文，恨當時何不檢取共讀，何積悶之不破？於是反自追索，猶憶得數則，附之左方，并不能辨何句是斲山語，何句是聖歎語矣。

其一，夏七月，赤日停天，亦無風，亦無雲。前後庭赫然如洪爐，無一鳥敢來飛。汗出遍身，縱横成渠，置飯於前，不可得吃。呼簟欲卧地上，則地濕如膏，蒼蠅又來，緣頸附鼻，驅之不去。正莫可如何，忽然大黑，車軸疾澍，澎湃之聲如數百萬金鼓，檐溜浩於瀑布。身汗頓收，地燥如掃，蒼蠅盡去，飯便得吃，不亦快哉！

其一，十年别友，抵暮忽至。開門一揖畢，不及問其船來陸來，並不及命其坐牀坐榻，便自疾趨入内，卑辭叩内子：「君豈有斗酒，如東坡婦乎？」内子欣然拔金簪相付，計之可作三日供也，不亦快哉！

其一，空齋獨坐，正思夜來牀頭鼠耗可惱。不知其戛戛者是損我何器，嗤嗤者是裂我何書。中心回惑，其理莫措。忽見一俊猫注目摇尾，似有所睹，斂聲屏息，少復待之，則疾趨如風，「撖」然一聲，而此物竟去矣，不亦快哉！

其一，於書齋前，拔去垂絲海棠、紫荆等樹，多種芭蕉一二十本，不亦快哉！

其一：春夜與諸豪士，快飲至半醉，住本難住，進則難進。旁一解意童子，忽送大紙炮可十餘枚，便自起身出席，取火放之。硫黄之香，自鼻入腦，通身怡然，不亦快哉！

其一：街行見兩措大，執争一理，既皆目裂頸赤，如不戴天。而又高拱手，低曲腰，滿口仍用「者也之乎」等字。其語剌剌，勢將連年不休。忽有壯夫掉臂行來，振威從中一喝而解，不亦快哉！

其一：子弟背誦書爛熟，如瓶中瀉水，不亦快哉！

其一：飯後無事，入市閑行，見有小物，戲復買之。買亦已成矣，所差者至鮮，而市兒苦争，必不相饒。便（淘）［掏］袖中一件，其輕重與前直相上下者，擲而與之。市兒忽改笑容，拱手連稱不敢，不亦快哉！

其一：飯後無事，翻倒敝篋，則見新舊逋欠文契，不下數十百通，其人或存或亡，總之無有還理。背人取火，拉雜燒淨，仰看高天，蕭然無雲，不亦快哉！

其一：夏月科頭赤脚，自持凉傘遮日，看壯夫唱吴歌，踏桔槔。水一時涖湧而上，譬如翻銀滚雪，不亦快哉！

其一：朝眠初覺，似聞家人嘆息之聲，言某人夜來已死。急呼而訊之，正是一城中第一絶有心計人，不亦快哉！

其一：夏月早起，看人於松棚下，鋸大竹作筒用，不亦快哉！

其一：重陰匝月，如醉如病，朝眠不起，忽聞衆鳥畢作弄晴之聲。急引手搴帷，推窗視之，日光晶熒，林木如洗，不亦快哉！

其一：夜來似聞某人素心，明日試往看之，入其門，窺其閨，見所謂某人，方據案面南，看一文書。顧客入來，默然一揖，便拉袖命坐曰：「君既來，可亦試看此書。」相與歡笑，日影盡去，既已自饑，徐問客曰：「君亦饑耶？」不亦快哉！

其一：本不欲造屋，偶得閑錢，試造一屋。自此日爲始，需木，需石，需瓦，需磚，需灰，需釘，無晨無夕，不來聒於兩耳，乃至羅雀掘鼠，無非爲屋校計，而又都不得屋住。既已安之如命矣，忽然一日，屋竟落成，刷牆掃地，糊窗掛畫。一切匠作出門畢去，同人乃來分榻列坐，不亦快哉！

其一：冬夜飲酒，轉復寒甚，推窗試看，雪大如手，已積三四寸矣，不亦快哉！

其一：夏日於朱紅盤中，自拔快刀，切緑沉西瓜，不亦快哉！

其一：久欲爲比丘，苦不得公然吃肉。若許爲比丘，又得公然吃肉，則夏月以熱湯快刀，净刮頭髮，不亦快哉！

其一：存得三四癩瘡於私處，時呼熱湯，關門澡之，不亦快哉！

其一：篋中無意忽檢得故人手迹，不亦快哉！

其一：寒士來借銀，謂不可啓齒，於是唯唯亦説他事。我窺見其苦意，拉向無人處，問所需多少，急趨入内，如數給與。然後問其必當速歸，料理是事耶，爲尚得少留共飲酒耶，不亦快哉！

其一：坐小船，遇利風，苦不得張帆，一快其心。忽逢艑舸，疾行如風，試伸挽鈎，聊復挽之。不意挽之便着，因取纜，纜向其尾。口中高吟老杜「青惜峰巒，黄知橘柚」之句，極大笑樂，不亦快哉！

其一：久欲覓别居，與友人共住，而苦無善地。忽一人傳來云，有屋不多，可十餘間，而門臨大河，嘉樹葱然。便與此人共吃飯畢，試走看之，都未知屋如何，入門先見空地一片，大可六七畝許，異日瓜菜不足復慮，不亦快哉！

其一：久客得歸，望見郭門兩岸，童婦皆作故鄉之聲，不亦快哉！

其一：佳磁既損，必無完理，反覆多看，徒亂人意。因宣付厨人作雜器充用，永不更令到眼，不亦快哉！

其一：身非聖人，安能無過。夜來不覺私作一事，早起怦怦，實不自安，忽然想到佛家有布薩之法，不自覆藏，便成懺悔。因明對生熟衆客，快然自陳其失，不亦快哉！

其一：看人作擘窠大書，不亦快哉！

其一：推紙窗放蜂出去，不亦快哉！

其一：作縣官，每日打鼓退堂時，不亦快哉！

其一：看人風箏斷，不亦快哉！

其一：看野燒，不亦快哉！

其一：還債畢，不亦快哉！

其一：讀《虬髯客傳》，不亦快哉！

而實不圖《西廂記》之《拷艷》一篇，紅娘口中則有如是之快文也。不圖其【金蕉葉】之便認知情犯由也，不圖其【鬼三台】之竟説「權時落後」也，不圖其【禿廝兒】之反供「月餘一處」也，不圖其【聖藥王】之快講「女大難留」也，不圖其【麻郎兒】之切陳大恩未報也，不圖其【絡絲娘】之痛惜相國家聲也。夫枚乘之七治病，陳琳之檄愈風，文章真有移換性情之力。我今深恨二十年前，睹説快事，如女兒之鬥百草，而竟不曾舉此向斷山也。

（夫人引歡郎上云）這幾日見鶯鶯語言恍惚，神思加倍，腰肢體態，別又不同，心中甚是委決不下。（歡云）前日晚夕，夫人睡了，我見小姐和紅娘去花園裏燒香，半夜等不得回來。（夫人云）你去喚紅娘來！（歡喚紅娘科）（紅云）哥兒，喚我怎麽？（歡云）夫人知道你和小姐花園裏去，如今要問你哩！（紅驚云）呀，小姐，你連累我也！哥兒，你先去，我便來也。金塘水滿鴛鴦睡，繡户風開鸚鵡知。麗句。

【越調】【鬭鵪鶉】（紅娘唱）止若是夜去明來，倒有個天長地久；真有是理。不爭你握雨携雲，常使我提心在口。真有是理。你止合帶月披星，誰許你停眠整宿。真有是理。

右第一節。雖爲追怨鶯鶯之辭，然《西廂》每寫一事，必中其中窾會。何則？如世間男女之事，固所謂「夜去明來」之事也。夜去明來之事，則必須分外加意「帶月披星」；如果分外加意「帶月披星」，則雖至於「天長地久」，亦豈復勞「提心在口」也哉！獨無奈世之癡男癡女，其心亦明知此爲「夜去明來」之事，必當分外加意「帶月披星」，而往往至於其間，則不覺不知，自然都必至於「停眠整宿」焉。豈惟至於其間之「停眠整宿」而已，乃至不覺不知，自然偏向人面前「握雨攜雲」焉。嗚呼！只此平平六句，而一切癡男癡女，狂淫顛倒，無不寫盡。作《西廂記》人，定是第八童真住菩薩，又豈顧問哉？

夫人他心數多，情性㑳；還要巧語花言，將没作有。**【紫花兒序】**猜他窮酸做了新婿，猜你小姐做了嬌妻，猜我紅娘做的牽頭。「猜他」、「猜你」、「猜我」，妙妙！

右第二節。忽故作翻跌，言我三人即使並無其事，渠一人還要猜説或有其事。一節只作一句讀也。

況你這春山低翠，秋水凝眸，都休。妙妙！行文乃如洛水神妃，乘月凌波，欲行又住，欲住又行，何其如意自在。只把你裙帶兒拴，紐門兒扣，比舊時肥瘦；出落得精神，别樣的風流。芙蕖出水，未有如是清絶，如是艷絶，如是亭亭，如是嬝嬝矣。

右第三節。「況你」妙，「都休」妙，「只把」妙，與上節成翻跌，真乃異樣姿致也。〇細思若不作此翻跌，便總無落筆處；纔落筆，便是唐突鶯鶯。

我算將來，我到夫人那裏，夫人必問道：「兀那小賤人！

【金蕉葉】我着你但去處行監坐守，誰教你迤逗他胡行亂走？」這般問如何訴休？

右第四節。先擬一遍，真是可兒。

我便只道：「夫人在上，紅娘自幼不敢欺心。」

便與他個知情的犯由。

右第五節。此即下去一篇大文認定之題目也。稍復推諉，便成鈍置。《西廂記》從前至後，誓不肯作一筆鈍置也。

只是我圖着什麼來？妙妙！真有此事，真有此情，真有此理。大則立朝，小則做家，至臨命時，回首自思，真成一哭耳！

【調笑令】他(那里)[並頭]效綢繆，倒鳳顛鸞百事有。我獨在窗兒外幾曾敢輕咳嗽？妙妙！「輕咳嗽」便不(見)[免]也。

立蒼苔只把繡鞋兒冰透。【調笑令】第一句，二字押韻。

右第六節。上既算定登對，此便忽然轉筆，作深深埋怨語。而凡前篇所有不及用之筆，不及畫之畫，不覺都補出來。

前於《酬簡》篇中，真是何暇寫到紅娘：然而《酬簡》篇中之紅娘，則豈可以不寫哉？此特補之。

如今嫩皮膚去受粗棍兒抽，我這通殷勤的着甚來由？

右第七節。豈獨紅娘，便唤醒天下萬世一輩熱血任事人，真乃痛哉！痛哉！

咳，小姐，我過去呵。說得過，你休歡喜；說不過，你休煩惱。你只在這裏打聽波。（紅娘見夫人科）（夫人云）小賤人，怎麼不跪下！你知罪麼？（紅云）紅娘不知罪。（夫人云）你還自口强哩。若實說呵，饒你；若不實說呵，我只打死你個小賤人！誰着你和小姐半夜花園裏去？（紅云）不曾去，誰見來？（夫人云）歡郎見來，尚兀自推哩。（打科）只略推耳，不力推也。力推便成鈍置，豈復是紅娘人物，豈復是《西廂》筆法哉？可想。（紅云）夫人，不要閃了貴手，且請息怒，聽紅娘說。

不惟夫人「且請息怒」，「聽紅娘說」，惟讀者至此，亦且請掩卷，算紅娘如何說。蓋天下最可惜，是迢迢長夜，轟飲先醉，一；見絶世佳人，疾促其解衣上牀，二；夾取江瑶柱，滿口大嚼，三；輕將古人妙文，成片誦過，四。此皆上犯天條，下遭鬼僇之事，必宜有則改之，無則加勉者也。

【鬼三台】夜坐時停了針繡，先停繡，猶未説話，妙妙！看其逐句漸漸而出，恰如春山吐雲相似。○分明一幅雙仕女圖。和小姐閑窮究，説閑話，猶未説張生，妙妙！看其逐句漸漸而出。○因此句忽然想得，男兒十五六歲，與其同硯席人，南天北地，無事不説。彼女兒在深閨中，亦必無事不説也，特吾等不與聞耳。説哥哥病久。説張生，猶未倏張生，妙妙！看其漸漸而出。○不稱張生，却稱哥哥，憨便憨殺人，乖又乖殺人。喒兩個背着夫人，向書房問候。偏能下「背着夫人」四字，使夫人失驚。妙妙！

右第八節。更不力推，他便自招，已爲妙絶；而尤妙於作當廳招承語，而閑閑然只如叙情也，只如寫畫也，只如述一好事也，只如談一他人也。嘻，異哉！技蓋至此乎！◯細思若一作力推語，筆下便自忙，此正爲更不復推，因轉得閑耳。

（夫人云）問候呵，他説甚麽？妙妙！看他下文，問出三個「他説」來。

他説「夫人近來恩做讎，教小生半途喜變憂」。

此一「他説」，可也，猶夫人意中之説也。

他説「紅娘你且先行」，他説「小姐權時落後」。

此兩「他説」，不可也，乃夫人意外之説也。

右第九節。紅娘之招承可也，但紅娘招承至於此際，則將如何措辭？忽然只就夫人口中「他説甚麽」之一句，輕輕接出三個「他説」，而其事遂已宛然。此雖天仙化人，乘雲御風，不足爲喻矣。

（夫人云）哎喲，小賤人！他是個女孩兒家，着他落後怎麽？請至此句時，不得笑夫人獃，蓋從來事至於此，定不得不作如此問耳。

【秃厮兒】定然是神針法灸，難道是燕侶鶯鶯？俗本之鈍置，真乃不足道也。

右第十節。普天下錦繡才子，齊來看其反又如此用筆，真乃天仙化人，通身雲霧，通身冰雪，聖歎惟有倒地百拜而已。○既有夫人「哎喲」之句，則其事已自了然，便定應向萬難萬難中，輕輕描出筆來也，再説便不是説話也。妙批！

他兩個經今月餘只是一處宿。

右第十一節。夫人疑有這一夕，便偏不説這一夕；夫人疑只有這一夕，便偏要説不止這一夕，純作天仙化人，明滅不定之文。王龍標有「雲英化水，光采與同」之詩，我欲取以贈之。

何須你一一搜緣由？【聖藥王】他們不識憂，不識愁，一雙心意兩相投。夫人你得好休，便好休，其間何必苦追求！

右第十二節。已上是招承，已下是排解，忽然過接，疾如鷹隼。人生有如此筆墨，真是百年快事。

（夫人云）這事，都是你個小賤人！（紅云）非干張生、小姐、紅娘之事，乃夫人之過也。

快文，妙文，奇文，至文。○夫人云「都是小賤人」，乃紅娘忽然添出「張生、小姐」四字者，明是爲張生、小姐推夫人，而暗是爲自家推張生、小姐也，可想。

(夫人云)這小賤人,倒拖下我來,怎麼是我之過?(紅云)信者,人之根本,人而無信,大不可也。當日軍圍普救,夫人許退得軍者,以女妻之,張生非慕小姐顔色,何故無干建策? 夫人兵退身安,悔却前言,豈不爲失信乎? 既不允其親事,便當酬以金帛,令其捨此遠去,却不合留於書院,相近咫尺,使怨女曠夫,各相窺伺,因而有此一端。夫人若不遮蓋此事,一來辱没相國家譜;二來張生施恩於人,反受其辱;三來告到官司,夫人先有治家不嚴之罪。依紅娘愚見,莫若恕其小過,完其大事,實爲長便。

常言女大不中留。**【麻郎兒】**又是一個文章魁首,一個仕女班頭;一個通徹三教九流,一個曉盡描鸞刺繡。**【後】**世有、便休、罷手,

右第十三節。快然瀉出,更無留難。人若胸膈有疾,只須朗吟《拷艷》十過,便當開豁清利,永無宿物。

大恩人怎做敵頭? 啓白馬將軍故友,斬飛虎幺麼草寇。

右第十四節。再申説彼。

【絡絲娘】不爭和張解元參辰卯酉,便是與崔相國出乖弄醜。到底干連着自己皮肉。

右第十五節。再申説此。

夫人你體究。

右第十六節。總結之。○讀竟請浮一大白。

（夫人云）這小賤人，倒也説得是。我不合養了這個不肖之女。經官呵，其實辱没家門。罷罷！俺家無犯法之男，再婚之女，便與了這禽獸罷。紅娘，先與我唤那賤人過來！

（紅娘請云）小姐，那棍子兒，只是滴溜溜在我身上轉，吃我直説過了。如今夫人請你過去。（鶯鶯云）羞人答答的，怎麽見我母親？（紅云）哎喲，小姐，你又來，娘跟前，有甚麽羞？羞時休做！

都是清絶麗極之文。

【小桃紅】你個月明纔上柳梢頭，却早人約黄昏後。羞得我腦背後將牙兒襯着衫兒袖。乍凝眸，只見你鞋底尖兒瘦。一個恣情的不休，一個啞聲兒厮耨。其淫至於使年老人尚不可卒讀，真是異事。○啞，音軛。那時不曾害半星兒羞！

右第十七節。忽又接雙文口中「羞」字，另作一篇沉鬱頓挫之文。傖讀之，謂是點染戲筆，不知正是紛披老筆也。○我又忽想：《酬簡》一篇，只是寫定情初夕，然則此處，真不可不補寫此節也。此方是一月以來張生、雙文也，然而遂成虐謔矣。

（鶯鶯見夫人科）（夫人云）我的孩兒……只得四字。（夫人哭科）（鶯鶯哭科）（紅娘哭科）寫紅娘亦哭，便寫盡女兒心性也。妙絶，妙絶！○記幼時曾見一《打棗竿歌》云：「送情人，直送到丹陽路，你也哭，我也哭，趕脚的，也來哭。趕脚的你哭是因何故？去的不肯去，哭的只管哭。你兩下裏調情也，我的驢兒受了苦。」此天地間至文也。

《西廂》科白之妙，至於如此，俗本皆失，一何可恨！

（夫人云）我的孩兒，你今日被人欺負，四字奇奇妙妙！做下這等之事。都是我的業障，待怨誰來？

真好夫人，真好《西廂》！我讀之，一點酸，直從脚底，透至頂心，蓋十數日不可自解也。

我待經官呵，辱没了你父親。這等事，不是俺相國人家做出來的！（鶯鶯大哭科）（夫人云）紅娘，你扶住小姐，罷罷！都是俺養女兒不長進。你去書房裏，喚那禽獸來！

《西廂》科白之妙，至於如此。

（紅娘喚張生科）（張生云）誰喚小生？真乃睡裏夢裏。○試紿之云：「小姐喚你哩。」看他又如何？（紅云）你的事發了也！夫人喚你哩。（張生云）紅娘姐，没奈何你與我遮蓋些。不知誰在夫人行説來？小生惶恐，怎好過去？（紅云）你休佯小心，老着臉兒，快些過去。

【後】既然泄漏怎干休？破其「與我遮蓋」及「怎好過去」之語也。

右第十八節。寫紅娘只是一味快，真乃可兒。

是我先投首。破其「不知誰説」之語也，妙妙！

右第十九節。昔曹公既殺德祖，内不自安，因命夫人通候其母，兼送奇貨若干，内開一物云「知心青衣二人」。異哉，世間豈真有此至寶耶？爲之忽忽者累月。今讀《西厢》，知紅娘正是其人，殆又將爲之忽忽也！

他如今賠酒賠茶倒摑就，你反擔憂！破其「惶恐」之語也。

右第二十節。嚼哀梨，便如嚼雪矣。

何須定約通媒媾？我擔着個部署不周。

右第二十一節。言今日之事，皆在於我，欲其放心速過去也。可兒，可兒！

你元來「苗兒不秀」。呸！一個銀樣鑞槍頭。

右第二十二節。有得奚落。可兒，可兒！

（張生見夫人科）（夫人云）好秀才，豈不聞「非先王之德行不敢行」。我便待送你到官府去，只辱没了我家門。我没奈何，把鶯鶯便配與你爲妻。只是俺家三輩不招白衣女婿，你明日便上朝取應去。俺與你養着媳婦兒，得官呵，來見我；剥落呵，休來見我。（張生無語，跪拜科）

（紅云）謝天謝地！謝我夫人。

【東原樂】相思事，一筆勾，早則展放從前眉兒皺，密愛幽歡恰動頭。

右第二十三節。回遡前文，遥遥自從《借厢》、《酬韻》，直至於今，真所謂而後乃今，心滿意足，神歡人喜也，却不謂又是反挑下篇。

誰能够！只三個字，便抵一大篇《感士不遇賦》。

右第二十四節。只用三個字作一篇，却動人無限感慨。只如聖歎，便是不「能够」也。〇何獨聖歎不能够，即張生、雙文，少前一刻，亦便不能够也。痛定思痛，險過思險，只三個字，灑落有心人無限眼淚。

兀的般可喜娘龐兒也要人消受。入化出神之句，非雙文固不敢當，非張生亦不敢當也。聖歎餘生，當日日唱之，處處題之。

右第二十五節。妙絕妙絕！弄筆至此，真是龍跳天門，虎卧鳳闕，豈復尋常手腕之所得學哉？

（夫人云）紅娘，你分付收拾行裝，安排酒肴菓盒，明日送張生，到十里長亭，餞行去者。寄語西河堤畔柳，安排青眼送行人。（夫人引鶯鶯下）

（紅云）張生，你還是喜也，還是悶也？

【收尾】直要到歸來時畫堂簫鼓鳴春晝，方是一對兒鸞交鳳友。如今還不受你説媒紅，吃你謝親酒。字字是快字，句句是悶句。妙妙！

右第二十六節。不必讀至後篇，而遍身麻木，不得動撣矣。

四之三　哭宴

佛言：「一切衆生，於空海中，妄想爲因，起顛倒緣。」唯然世尊云：「何名爲『妄想爲因，起顛倒緣』？」佛言：「善哉！汝善思惟，我今當説：『妄想因』者，是大空海。常自和合，非見面法；常自寂静，非别離法。無有彼我，非不數法；一切具足，非可數法。衆生無明，不守自性。自然業力，如風鼓蕩。於是妄想微細流注，先於無我清淨地中，妄起計着，謂此是我，即已有我，於彼其餘，無量非我，純清静法，自然不得，不名爲人。由是轉展，彼諸非我，名爲人者，亦復妄起。各各計着，皆悉自謂：此决是我，既已各各自謂爲我，則彼於我，自然各各以爲非彼。既已非彼，自然不得，不又名我，反謂之人。如是衆生，並住一國，或一聚落，乃至一家。於其中間，生諸慕悦，以慕悦故，則生愛玩。愛玩久故，則篤恩義。恩義極故，伸諸語言。或復倚肩，或復促膝，或復携手，或復抱持。密字低聲，指星誓水：我於世間，獨愛一人。所謂一人，則汝身是，我真不愛，其餘一人。復有語言：我今與汝，便爲一人，無有異也。復有語言：汝非是汝，汝則是我；我亦非我，我則是汝。伸如是等諸語言時，兩情奔悦，猶如渴鹿，而赴陽焰。不受從旁一人教諫，亦復不令從旁之人得知其事。於其家中，起一高樓，莊校嚴飾，極令華好，中敷婉筵，兩頭安枕。簫笛箜篌，琵琶鼓樂，一切樂具，畢陳無缺。如是二人，坐着樓中，以晝爲夜，以夜爲晝。一切世間人所曾作，如是二人，無不皆作。復次世間，人不曾作，如是二人，亦無不作。其樓四面，起大危垣，樓下階梯，盡撤不施，並不令人，得窺暫見，乃至不令人得相呼。如是衆生，沉在妄想，顛倒海中，妄想爲因，作諸顛倒。顛倒爲緣，復生妄想。妄想妄想，顛倒顛倒，如是衆生，墜墮其中。從於一劫，乃至二劫、三劫、四劫，遂經千劫。如人醉酒，中邊皆眩，非是少藥之所得愈。」於是尊者，即從座起，涕淚悲泣，重白佛言：「大慈世尊，如是衆生，云何度脱？」佛言：「善哉！汝善思惟，我今當説：如是衆生，不可度脱。雖以如來，大慈大悲，方便説法，極大巧妙，猶不能令得度脱也。何况以下，須陀洹人、斯陀含人、阿那含人、辟支佛人，而能爲彼，作大度脱？」尊者重又白其佛言：「大慈世尊，如是衆生，如世尊言，然則終不得度脱耶？」佛言：「善哉！汝善思惟，我今當説：如是衆生，終不度脱。設以先世，有福德故，不度脱中，忽應度脱，則彼衆生，自作度脱，非是餘人，來相度脱。」云：「何名爲『不度脱中，忽應度脱，是彼衆生，自作度脱，非是餘人，來相度脱？』」「汝善思惟，我今當説：如是衆生，正顛倒時，先世福德，忽然至前，則彼衆生，便當離别。或緣官事，而作離别；或被王命，而作離别；或受父母之所發遣，而作離别；或罹兵火之所波迸，而作離别；或遇仇家之所迫持，而作離别；或遭勢力之所脅奪，而作離别；或自生嫌，而作離别；或信人讒，而作離别；乃至或因一期報盡，死王相促，長作離别。汝善思惟：夫離别者，一切妄想，顛倒衆生，善知識也。離别名爲療癡良藥，離别名爲割愛慧刀，離别名爲抉綱坦途，離别名爲釋縛恩赦。汝善思惟：一切衆生，最苦離别，最難離别，最重離别，最恨離别。而以先世福德力故，終亦不得不離别時，自此一别，一切都别，蕭然閑居，如夢還覺，身心輕安，不亦快乎。汝善思惟：設使衆生，於先世中無有福德，則於今世，終無離别。既無離别，即久顛倒。顛倒既久，便成怨嫉。」云云。已上，出《大藏》擬字函，《佛化孫陀羅難陀入道經》。由是言之，然則《西厢》之終於《哭宴》一篇，豈非作者無盡婆心滴淚滴血而抒是文乎？如徒以昌黎「歡愉難工，憂愁易好」之言目之，豈不大負前人津梁一世之盛心哉？

（夫人上云）今日送張生赴京，紅娘，快催小姐，同去十里長亭。我已分付人安排下筵席，一面去請張生，想亦必定收拾了也。（鶯鶯、紅娘上云）今日送行，早則離人多感，況值暮秋時候，好煩惱人也呵！（張生上云）夫人夜來，逼我上朝取應，得官回來，方把小姐配我。没奈何，只得去走一遭。我今先往十里長亭，等候小姐，與他作别呵。（張生先行科）（鶯鶯云）悲歡離合一杯酒，南北東西四馬蹄。（悲科）

【正宫】【端正好】（鶯鶯唱）碧雲天，黄花地，西風緊，北雁南飛。曉來誰染霜林醉？總是離人淚。絶妙好辭。

右第一節。恰借范文正公「窮塞主」語作起，純寫景，未寫情。

【滚繡毬】恨成就得遲，怨分去得疾。柳絲長玉驄難繫。

右第二節。此「遲」、「疾」二句，方寫情。〇通篇，反反覆覆，曲曲折折，都只寫此「遲」、「疾」二句也；又添「柳絲」一句者，只是甚寫其疾也。

倩疏林你與我掛住斜暉。「你與我」，「你」字妙。杜詩云「春宅棄汝去」，又云：「天風吹汝寒」，又云：「濁醪誰造汝」，皆是此等字法也。

右第三節。前日即此日也，曾要教賢聖打；今日亦即此日也，却要教疏林掛。嗟乎！爲汝日者，不亦難乎？○吴歌云：「做天切莫要做個四月天，天則天矣，乃云「做天」；做天則做矣，乃云「切勿做四月天」。世間有此奇奇妙妙之文。蠶要温和麥要寒，種小菜個哥哥要落雨，採桑娘子要晴乾。」嗟乎！天地之大，人猶有憾，類如斯矣。「若事於仁，堯舜猶病」，不其然乎？何獨怪於雙文焉？

馬兒慢慢行，車兒快快隨，

右第四節。二句十字，真正妙文，直從雙文當時又穉小，又憨癡，又苦惱，又聰明，一片微細心地中，的的描畫出來。蓋昨日拷問之後，一夜隔絶不通，今日反借餞别，圖得相守一刻。若又馬兒快快行，車兒慢慢隨，則是中間，仍自隔絶，不得多作相守也。即馬兒慢慢行，車兒慢慢隨，或馬兒快快行，車兒快快隨，亦不成其爲相守也。必也，馬兒則慢慢行，車兒則快快隨。車兒既快快隨，馬兒仍慢慢行，於是車在馬右，馬在車左，男左女右，比肩並坐，疏林掛日，更不復夜，千秋萬歲，永在長亭。此真小兒女又穉小，又苦惱，又聰明，又憨癡，一片的的微細心地，不知作者如何寫出來也！文真是妙文，批真是妙批，聖歎亦不敢復讓。

恰告了相思迴避，破題兒又早别離。「迴避」、「破題」，字法妙極。「迴避」者，任之終；「破題」者，文之始。

右第五節。此即上文「遲」、「疾」二句也，通篇忽忽只寫此二句。

猛聽得一聲「去也」，鬆了金釧；遥望見十里長亭，減了玉肌：

右第六節。上寫行來，此寫已到也。○驚心動魄之句，使讀者亦自失色。

（紅云）小姐，你今日竟不曾梳裹呵！（鶯鶯云）紅娘，你那知我的心來！

此恨誰知？【叨叨令】見安排車兒、馬兒，不由不熬熬煎煎的氣；妙妙！甚心情花兒、靨兒，打扮得嬌嬌滴滴的媚？妙妙！眼看着衾兒、枕兒，只索要昏昏沉沉的睡；妙妙！誰管他衫兒、袖兒，濕透了重重疊疊的淚！妙妙！兀的不悶殺人也麽哥！悶殺人也麽哥！誰思量書兒、信兒，還望他悽悽惶惶的寄。妙妙！

右第七節。自第一節，至第五節，寫行來；第六節，寫已到；此第七節，則重寫未來時也。此非倒轉寫也，只爲匆匆出門，其事須疾，則不應多寫家中情事，誠恐一寫，便見遲留。今既至此時，正是不妨補寫也。《史記》最用此法，異日盡欲呈教。○又寫得沉鬱之至，最爲耐讀文字。

（夫人、鶯鶯、紅娘作到科）（張生拜見夫人科）（鶯鶯背轉科）

（夫人云）張生，你近前來。自家骨肉，不須迴避。孩兒，你過來見了呵。（張生、鶯鶯相見科）科白妙。

（夫人云）張生這壁坐，老身這壁坐，孩兒這壁坐。紅娘斟酒來。張生，你滿飲此杯。我今既把鶯鶯許配於你，你到京師，休辱没了我孩兒，你掙扎個狀元回來者！（張生云）張珙才疏學淺，憑仗先相國及老夫人恩蔭，好歹要奪個狀元回來，封拜小姐。（各坐科）（鶯鶯吁科）科白妙。

【脱布衫】下西風、黄葉紛飛，染寒煙、衰草凄迷，酒席上斜簽着坐的。

右第八節。寫坐，文甚明。○須知其「風葉」、「煙草」四句，非複寫【端正好】中語，乃是特寫雙文眼中，曾未見坐於如是之地也。【端正好】是寫别景，此是寫坐景也，可想。

我見他蹙愁眉死臨侵地。【小梁州】閣淚汪汪不敢垂，恐怕人知；張生怕人知，乃雙文偏又知之。昨讀莊、惠濠上互不能知之文，今又讀張、崔長亭脈脈共知之文，真乃各極其妙也。猛然見了把頭低，長吁氣，推整素羅衣。是何神理，直寫至此。

右第九節。真寫殺張生也。然是寫雙文看張生也，然則真看殺張生也。○寫雙文如此看張生，真寫殺雙文也。

○《打棗竿歌》云：「捎書人，出得門兒驟。趕梅香，唤轉來，我少分付了話頭。見他時，切莫説，我因他瘦。現今他不好，説與他又擔憂。他若問起我的身中也，只説災悔從没有。」已是妙絶之文，然亦只是自説。今却轉從雙文口中體貼張生之體貼雙文，便又多得一層。文心漩澓，真有何限。

【後】雖然久後成佳配，這時節怎不悲啼？

右第十節。此句於最前《借厢》篇中即有之，而今於此篇復更作之者，有文，作已不許又作，又作即成矢橛；有文，作已不妨又作，不作反成空缺也。

意似癡，心如醉，只是昨宵今日，清減了小腰圍。【上小樓】我只爲合歡未已，離愁相繼。前暮私情，昨夜分明，今日別離。我恰知那幾日相思滋味，誰想那别離情更增十倍。正恐一個半斤，一個八兩，過後自忘，當情則覺耳。小姐誤矣。

右第十一節。此又忽忽寫前之二句也。

（夫人云）紅娘，服侍小姐把盞者！（鶯鶯把盞科）（張生吁科）（鶯鶯低云）你向我手裏吃一盞酒者！

【後】你輕遠別，便相擲。全不想腿兒相壓，臉兒相偎，手兒相持。

右第十二節。一月餘夫妻，不復爲唐突語。

你與崔相國做女婿，妻榮夫貴，這般並頭蓮，不强如狀元及第？從來只知妻以夫貴，今日方知夫以妻貴。妙絶妙絶！

右第十三節。奇文，妙文，快文，至文。知此言者，獨一秦嘉；不知此言者，亦獨一郭曖。

（重入席科）（吁科）

【滿庭芳】供食太急，你眼見須臾對面，頃刻别離。

右第十四節。斗然怨到供食人，真是出奇無窮。○「眼見」妙。老杜絶句云：「眼見客愁愁不醒，無賴春色到江亭。既遣花開深造次，便教鶯語太丁寧。」夫客自愁，春何嘗見？春若見，春那有眼？今止因自己煩悶，怕見春來，却無端寃其「眼見」，駡其「無賴」，是爲真正無賴之至也。此正用其「眼見」字。

若不是席間子母當迴避，有心待舉案齊眉。滴滴是淚，滴滴是血。雖是廝守得一時半刻，又跌一句。○總之直到底，不肯作一停住之句。也合教俺夫妻每共桌而食。滴滴是淚，滴滴是血。○偏寫得出，豈非天分？眼底空留意，尋思就裏，險化做望夫石。

右第十五節。前文閑閑寫得「張生這壁坐，孩兒這壁坐」，不意中間又有如是一節至文妙文，真乃應以離别身得度，即現離别身而爲説法矣。

（夫人云）紅娘把盞者！（紅把張生盞畢，把鶯鶯盞云）小姐，你今早不曾用早飯，隨意飲一口兒湯波。

【快活三】將來的酒共食，嘗着似土和泥。假若便是土和泥，也有些土氣息，泥滋味。奇文妙文，天地中間數一數二之句。

右第十六節。豈惟奇文妙文，便可竪作叢林，勘徧天下學者。○庵主半夜，被婆子遣丫角女兒抱住，凝然説頌云：

「枯木倚寒巖，三冬無暖氣。」此即「酒共食，一似土和泥」也。婆子明日便燒却庵，趁去此庵主，惡其有土氣息、泥滋味也。今雙文不但似土和泥，乃至無有土氣息、泥滋味；此正香巖「去年無立錐之地，今年錐也無」時候也。文章一道，乃至於此，令人失驚。

【朝天子】暖溶溶玉醅，白泠泠似水，多半是相思淚。

右第十七節。此節是説酒，是説淚，不可得辨也。李後主云：「此中日夕只以眼淚洗面。」便是如出一口説話也。

面前茶飯不待吃，恨塞滿愁腸胃。

右第十八節。此節是説飯，是説恨，不可得辨也。佛言：「小兒以啼爲食，婦人以恨爲食。」亦便是如出一口説話也。

只爲蝸角虚名，蠅頭微利，拆鴛鴦坐兩下裏。「坐」字妙，俗誤作「在」字，便不知與下節生起。一個這壁，一個那壁，此即上句「坐」字也。一遞一聲長吁氣。筆力雄大，遂能兼寫張生。

右第十九節。此與下二十節，皆極力描寫「拆」字也，此猶是拆開而坐也，而已不可禁當也。

【四邊靜】霎時間杯盤狼藉，還要車兒投東，馬兒向西，兩處徘徊，大家是落日山橫翠。筆力雄大，遂能兼寫張生。

右第二十節。此乃折開至於不可復知其何在，心非木石，其又何以禁當也。

知他今宵宿在那裏？有夢也難尋覓。

右第二十一節。看他忽然逗漏後篇，即知此篇之文已畢。乃下去更作【耍孩兒六煞】者，換過【正宮】，借轉【般涉】。蓋從來送別之曲，多作三疊唱之，最是變色動容之聲。又不比李謩吹笛，每一哨遍，必遲其聲以媚之之例也。

（夫人云）紅娘，分付輛起車兒，請張生上馬，我和小姐回去。（各起身科）（張生拜夫人科）（夫人云）別無他囑，願以功名爲念，疾早回來者！（張生謝云）謹遵夫人嚴命！

（張生、鶯鶯拜科）（鶯鶯云）此一行，得官不得官，疾便回來者！此囑語妙妙！豈爲官哉？豈慮張生哉？全是昨日夫人怒辭，猶在於耳，遂不覺不吐於口，必不得快也。嬌憨女兒，其性格真有如此。（張生云）小姐放心，狀元不是小姐家的，是誰家的？小生就此告別。又妙又妙。謙未必得狀元，固不佳，誇必定得狀元，又不佳。狀元原是小姐家的，精絕！

（鶯鶯云）住者。君行別無所贈，口占一絶，爲君送行：「棄擲今何道，當時且自親。還將舊來意，憐取眼前人。」（張生云）小姐差矣，張珙更敢憐誰？此詩，一來小生此時方寸已亂，二來小姐心中到底不信，且等即日狀元及第回來，那時敬和小姐。妙白。妙至於此，便都作變徵之聲，親朋盡一哭矣。

【般涉】【耍孩兒】淋漓紅袖淹情淚，知你的青衫更濕。改去「司馬」字。伯勞東去燕西飛，未登程先問歸期。分明眼底人千里，已過尊前酒一杯。我未飲心先醉，眼中流血，心内成灰。

右第二十二節。妙文，自明。

【五煞】到京師服水土，趁程途節飲食，順時自保千金體。荒村雨露眠宜早，野店風霜起要遲！鞍馬秋風裏，無人調護，自去扶持。

右第二十三節。妙文，自明。

【四煞】憂愁訴與誰？相思只自知，老天不管人憔悴。淚添九曲黄河溢，恨壓三峰華嶽低。到晚西樓倚，看那夕陽古道，衰柳長堤。

右第二十四節。妙文，自明。

【三煞】方纔還是一處來，如今竟是獨自歸。寫到這裏。歸家怕看羅幃裏，昨宵是繡衾奇暖留春住，今日是翠被生寒有夢知。留戀應無計，一個據鞍上馬，兩個淚眼愁眉。

右第二十五節。妙文，自明。

【二煞】不憂「文齊福不齊」，只憂「停妻再娶妻」。河魚天雁多消息，杜詩：「天上多鴻雁，河中足鯉魚。」我這裏青鸞有信頻須寄，你切莫「金榜無名誓不歸」。君須記：若見些異鄉花草，再休似此處棲遲。

右第二十六節。妙文，自明。

（張生云）小姐金玉之言，小生一一銘之肺腑。相見不遠，不須過悲，小生去也。忍淚佯低面，含情假放眉。（鶯鶯云）不知魂已斷，那有夢相隨。（張生下）（鶯鶯吁科）

【一煞】青山隔送行，疏林不做美，淡烟暮靄相遮蔽。夕陽古道無人語，禾黍秋風尚馬嘶。懶上車兒內，來時甚急，去後何遲？

右第二十七節。妙文，自明。

（夫人云）紅娘，扶小姐上車。天色已晚，快回去波。終然宛轉從嬌女，算是端嚴做老娘。（夫人下）

（紅娘云）前車夫人已遠，小姐只索快回去波！（鶯鶯云）紅娘，你看他在那裏？

【收尾】四圍山色中，一鞭殘照裏。妙句，神句。

右第二十八節。入夢之因。

將遍人間煩惱填胸臆，量這般大小車兒如何載得起！奇句，妙句。

右第二十九節。

四之四　驚夢

舊時人讀《西廂記》，至前十五章既盡，忽見其第十六章乃作《驚夢》之文，便拍案叫絶，以爲一篇大文，如此收束，正使煙波渺然無盡。於是以耳語耳，一時莫不畢作是説。獨聖歎今日，心竊知其不然。語云：「太上立德，其次立功，其次立言。」何謂立德？如黄帝堯舜，禹湯文武，周公孔子，以其至德，參天贊化，俾萬萬世，食福無厭，此立德也。何謂立功？如禹平水土，后稷布穀，燧人火化，神農嘗藥，乃至身護一城，力庇一鄉，智造一器，工信一藝，傳之後世，利用不絶，此立功也。何謂立言？如周公制《風》《雅》，孔子作《春秋》。《風》《雅》爲昌明和懌之言，《春秋》爲剛强苦切之言；降而至於數千年來，鉅公大家，攄胸奮筆，國信其書，家受其説；又降至於荒村老翁，曲巷童妄，單詞居要，一字利人，口口相授，稱道不歇，此立言也。夫言與功、德，事雖遞下，乃信其壽世，同名曰「立」。由此論之，然則言非小道，實有可觀。文王既没，身在於兹，必恐不免，不可以不察也。《西廂記》一書，其中不過皆作男女相慕悦之辭，如誠以之爲無當者而已，則便可以拉雜摧燒，不復留迹。趙威后有言：「此相率而出於無用者，胡爲至今不殺也！」如猶食之棄之，戀同鷄跖，則計必當反覆案驗，尋其用心。蓋烏知彼人之一日成書，而百年猶在，且能家至户到，無處無之者，此非其大力以及其深心，既自作流傳，又自作呵護者也。昨者因亦細察其書，既已第一章無端而來，則第十五章亦已無端而去矣。無端而來也，因之而有書；無端而去也，因之而書畢。然則過此以往，真成雪淡，譬如風至而竅號，風濟即竅虚，胡爲不憚煩又多寫一章，蛇本自無足，卿又爲之足哉？及我又再細細察之，而後知其填詞雖爲末技，立言不擇伶倫，此有大悲生於其心，即有至理出乎其筆也。今夫天地，夢境也；衆生，夢魂也。無始以來，我不知其何年齊入夢也；無終以後，我不知其何年同出夢也。夜夢哭泣，旦得飲食；夜夢飲食，旦得哭泣。我則安知其非夜得哭泣，故旦夢飲食，夜得飲食，故旦夢哭泣耶？何必夜之是夢，而旦之獨非夢耶？鄭之人夢得鹿，置之於隍中，採蕉而覆之。彼以爲非夢，故採蕉而覆之也，不採蕉而覆之，則畏人之取之；彼以爲非夢，故畏人之取之也。使鄭之人，正於夢時，而知夢之爲夢，則彼豈惟不採蕉而覆之，乃至不復畏人取之；豈惟不復畏人取之，乃至不復置之隍中；豈惟不復置之隍中，乃至不復以之爲鹿。傳曰：「至人無夢。」「至人無夢」者，無非夢也，同在夢中，而隨夢自然，我於其事，蕭然焉耳。經曰：「一切有爲法，應作如是觀。」是以謂之無夢也。無何而鄭之人夢覺，順途而歸，口歌其事，其鄰之人聞之，不問而遽信之，往觀於隍中，發蕉而鹿在，此則非御寇氏之寓言也，天下之事，實有之也。傳曰：「愚人無夢。」「愚人無夢」者，非無夢也，實在夢中而不以爲夢，所有幻化，皆據爲實。經曰：「世間虚空，本自不有，業力機關，和合即有。」是以謂之無夢也。既而鄰人烹鹿，而鄭人爭鹿，則極可哀也已。彼固不以爲夢，故真得鹿也；子則已知是夢，而無鹿者也。若誠夢中之鹿，則是子乃欲爭其無鹿也；如將爭其有鹿，則是爭其非子之鹿也。甚矣，此人之愚也！夢鹿，一夢也；今爭鹿，是又一夢也。然則頃者之夢覺無鹿，是猶一夢也。幸也，御寇氏則猶未欲言之而盡也，脱正爭之而夢又覺，則不將又大悔此一爭乎哉？而鄭之君，方且與之分之！夫今日之鹿，其何事分之與有？如使此鹿而無鹿也者，則全歸之鄭人，鄰人本無與焉；若使此鹿而真鹿也者，則全歸之鄰人，鄭人又無與焉，如之何其與之分之者也？爲分無鹿與鄭人與？爲分真鹿與鄭人與？如分無鹿，則是鄭人今日，又夢得半鹿也；如分有鹿，則是鄭人前日，只夢失半鹿也。蓋甚矣，夢之難覺也！夢之中又有夢，則於夢中自占之，及覺而後悟其猶夢焉。因又欲占夢中，占夢之爲何祥乎。夫彼又烏知今日之占之，猶未離於夢也耶？善乎南華氏之言曰：「莊周夢爲蝴蝶，栩栩然蝴蝶也。自喻適志與，不知周也。及其覺，則蘧蘧然周也。不知莊周夢爲蝴蝶與？不知蝴蝶夢爲莊周與？莊周與蝴蝶，其必有分也。」何謂分？莊周則莊周也，蝴蝶則蝴蝶也。既已爲莊周，何得是蝴蝶？既已是蝴蝶，何得爲莊周？且蝴蝶既覺而爲莊周，而猶憶其夢爲蝴蝶之時，則真不知莊周正夢蝴蝶之蝴蝶，之曾不自憶爲莊周也。何也？夫夢爲蝴蝶，誠夢也；今憶其夢爲蝴蝶，是又夢也。若莊周不憶蝴蝶，則莊周覺矣；若莊周並不自憶莊周，則莊周大覺矣。彼蝴蝶不然，初不自憶爲莊周，遂並不自憶爲蝴蝶；不自憶爲莊周，則是蝴蝶覺也；因不自憶爲莊周，遂並不自憶爲蝴蝶；蝴蝶並不自憶爲蝴蝶，則是蝴蝶大覺也。此之謂物化也者。我烏知今身非我之前身，正夢爲蝴蝶耶？我烏知今身非我之前身，已覺爲莊周耶？我幸不憶我之前身，則是今身雖爲蝴蝶，雖未發於阿耨多羅三藐三菩提心，而已稱大覺也。我不幸猶憶我之今身，則是今身雖爲莊周，雖至發於阿耨多羅三藐三菩提心，而終然大夢也。經云：「諸佛身金色，百福相莊嚴。聞法爲人説，常有是好夢。」我則謂夢之胡爲乎哉？又云：「又夢作國王，捨宮殿眷屬，及上妙五欲，行詣於道場。」我則又謂夢之何爲乎哉？至矣哉，我先師仲尼氏之忽然而嘆也，曰：「甚矣吾衰也，久矣我不復夢見周公。」夫先師則豈獨不夢見周公焉而已，惟先師此時實亦不復夢見先師。先師不復夢見先師也者，先師則先師焉而已，可以仕則仕，可以止則止，可以久則久，可以速則速，可以蟲則蟲，可以鼠則鼠，可以卵則卵，可以彈則彈，無可無不可，此天地之所以爲大者也。借曰不然，而必謂人生世上，天地必是天地，夫婦必是夫婦，富貴必是富貴，生死必是生死，則是未嘗讀於《斯干》之詩者也。《詩》曰：「下莞上簟，乃安斯寢。乃寢乃興，乃占我夢。吉夢維何，維熊維羆，維虺維蛇。泰人占之：維熊維羆，男子之祥；維虺維蛇，女子之祥。」嗟乎，嗟乎！夫男爲君王，女爲后妃，而其最初，不過夢中飄然忽然一熊一蛇！然則人生世上，真乃不用邯鄲授枕，大槐葉落，而後乃今，歐擔吃飯，洗脚上牀也已。吾聞周禮：歲終，掌夢之官，獻夢於王。夫夢可以掌，又可以獻，此豈非《西廂》第十六章立言之志也哉，而豈樂廣、衛玠，扶病清談之所得通其故也乎！知聖歎此解者，比丘聖默大師、總持大師、居士貫華先生韓住、道樹先生王伊。既爲同學，法得備書也。

（張生引琴童上云）離了蒲東，早三十里也，兀的前面是草橋店，宿一宵，明日早行。

入夢是狀元坊，出夢是草橋店。世間生盲之人，乃謂進草橋店後，方是夢事，一何可嘆！

這馬百般的不肯走呵！

妙白。○又焉知馬之不害相思，不傷離别耶？看他初摇筆，便全作醍醐灌頂真言，真乃大慈大悲。

【雙調】【新水令】（張生唱）望蒲東蕭寺暮雲遮，慘離情半林黄葉。

右第一節。只用二句文字，便將上來一部《西廂》一十五篇，若干淚點血點，香痕粉痕，如風迅掃，隔成異域，最是慈悲文字也。

馬遲人意懶，風急雁行斜。愁恨重疊，破題兒第一夜。妙絶之句。

右第二節。此入夢之因也。

【步步嬌】昨宵個翠被香濃薰蘭麝，欹枕把身軀兒趄。妙人，妙事，妙景，妙畫，成此妙句。臉兒厮揾者，妙人，妙事，妙景，妙畫，成此妙句。仔細端詳，可憎得別。妙人，妙事，妙景，妙畫，成此妙句。雲鬢玉梳斜，恰似半吐的初生月。妙人，妙事，妙景，妙畫，成此妙句。

右第三節。此入夢之緣也。佛言：「親者爲因，疏者爲緣。」親者爲第一夜之張生，疏者爲前一夜之鶯鶯；第一夜之張生爲結業，前一夜之鶯鶯爲謝塵。因而因緣遂以入夢也。「謝塵」者，落謝之前塵也，即花謝之謝字也。〇謝字之又奇者，莊子云：「孔子謝之矣。」附識。

早至也，店小二哥那裏？（店小二云）官人，俺這裏有名的草稿店。官人頭房裏下者。（張生云）琴童，撒和了馬者。點上燈來，我諸般不要吃，只要睡些兒。（琴童云）小人也辛苦，待歇息也，就在牀前打鋪。（琴童先睡着科）

（張生云）今夜甚睡魔到得我眼裏來？

【落梅風】旅館欹單枕，亂蛩鳴四野，助人愁紙窗風裂。乍孤眠三字妙。被兒薄又怯，冷清清幾時温熱。

右第四節。此入夢之所借也。佛言：「三法和合，則一切法生矣。」

（張生睡科）（反覆睡不着科）（又睡科）（睡熟科）（入夢科）（自問科，云）這是小姐的聲音。呀，我如今却在那裏？待我立起身來聽咱。

（内唱，張生聽科）

北曲從無兩人互唱之例，故此只用張生聽，不用鶯鶯唱也。須知。

【喬木查】走荒郊曠野，把不住心嬌怯，喘吁吁難將兩氣接。疾忙趕上者。

（張生云）呀，這明明是我小姐的聲音，他待趕上誰來？待小生再聽咱。

右第五節。此先寫其趕已到也。必先寫趕已到，而後重寫未趕時者，此固張生之夢，初非鶯鶯之事也。必如此寫，方在張生夢中；若倒轉寫，便在鶯鶯家中也。

他打草驚蛇。【攪筝琶】把俺心腸揣，因此不避路途賒。瞞過夫人，穩住侍妾。

右第六節。此倒寫其未趕前也。◯「瞞過夫人，穩住侍妾」，最爲巧妙，最爲輕利。不然，幾於通本《西廂》若干等人，一齊入夢矣。

（張生云）分明是小姐也，再聽咱。

見他臨上馬痛傷嗟，哭得我似癡呆。不是心邪，自別離已後，到西日初斜，愁得陡峻，瘦得啤嗻。半個日頭，早掩過翠裙三四褶，我曾經這般磨滅。沉鬱頓挫之作。

（張生云）然也，我的小姐，只是你如今在那裏呵？（又聽科）

右第七節。只寫別後夢前一刻中間，有如許苦事。

【錦上花】有限姻緣，方纔寧貼；無奈功名，使人離缺。害不倒愁懷，恰纔較些；掉不下思量，如今又也。沉鬱頓挫之作。

右第八節。上節寫一刻中間，如許苦事，此又寫一刻之前，一刻之後，純是無邊苦事也。

（張生云）小姐的心，分明便是我的心，好不傷感呵！（吁科）（再聽科）

【後】清霜淨碧波，白露下黃葉。下下高高，道路坳折，四野風來，左右亂踅。俺這裏奔馳，你何處困歇？

（張生云）小姐，我在這裏也，你進來波！

右第九節。又補寫起句「荒郊曠野」之四字也，必不可少。

（忽醒云）哎呀！這裏却是那裏？（看科）呸！原來却是草橋店。（喚琴童，童睡熟不應科）（仍復睡科）（睡不着反覆科）（再看科）（想科）

【清江引】（張生唱）呆打孩店房裏没話説，悶對如年夜。妙妙！真有此理。

竟不知此時，是甚時候了？

是暮雨催寒蛩？爲復上半夜。是曉風吹殘月？爲復下半夜。杜詩「北城擊柝復欲罷」，則是已宴；「東方明星亦不遲」，則是尚早。客中真有此理也。真個今宵酒醒何處也！

（睡着科）（重入夢科）

右第十節。忽然輕作一隔，將夢前後隔斷，便如老杜《不離西閣》詩所云：「江雲飄素練，石壁斷空青。」真爲絶世奇景也。○若不隔斷，則一篇只是一夢，何夢之整齊匝緻，一至於斯也。今略隔斷，便不知七顛八倒，重重沓沓，如有無數夢然，此爲寫夢之極筆也。俗本不知。

（鶯鶯上敲門云）開門！開門！（張生云）誰敲門哩？是一個女子聲音，作怪也，我不要開門呵！

【慶宣和】是人呵疾忙快分説，是鬼呵速滅！

右第十一節。妙妙！前夢云「分明小姐」，後夢云「是鬼速滅」，真是一片迷離夢事也。

（鶯鶯云）是我，快開門咱。（張生開門科）（攜鶯鶯入科）

聽説將香羅袖兒拽，元來是小姐、小姐。

右第十二節。真是一片迷離夢事也。

（鶯鶯云）我想你去了呵，我怎得過日子，特來和你同去波。（張生云）難得小姐的心腸也！

【喬牌兒】你爲人真爲徹，將衣袂不籍。繡鞋兒被露水泥沾惹，脚心兒管踏破也。

右第十三節。此是夢中初接着語也，輕憐痛惜，至於如此，欲其夢覺，正未易得也。

【甜水令】你當初廢寢忘餐，香消玉減，比花開花謝，猶自較爭些。又便枕冷衾寒，鳳隻鸞孤，月圓雲遮，尋思怎不傷嗟？

右第十四節。此是夢中細叙述語也，牽前疐後，至於如此，欲其夢覺，正未易得也。

【折桂令】想人生最苦是離别，你憐我千里關山，獨自跋涉。似這般掛肚牽腸，倒不如義斷恩絶。

右第十五節。此是夢中假自作悟語也。作如此悟語，欲其夢覺，正未易得也。

這一番花殘月缺，怕便是瓶墜簪折。你不戀豪傑，不羡驕奢；只要生則同衾，死則同穴。沉鬱頓挫，至於如此。

右第十六節。此是夢中加倍作夢語也。作如是夢語，欲其夢覺，正未易得也。

（卒子上）（張生驚科）（卒子云）方才見一女子渡河，不知那裏去了。打起火把者！走入這店裏去了！將出來！將出來！（張生云）

却怎生了也？小姐，你靠後些，我自與他説話。（鶯鶯下）

（卒云）他是誰家女子，你敢藏着？

【水仙子】你硬圍着普救下鍬撅，强當住我咽喉仗劍鉞。賊心賊腦天生劣。休言語，靠後些！杜將軍你知道是英傑，覷覷着你化爲醯醬，指指教你變做（醬）［膂］血。騎着匹白馬來也。

右第十七節。是張生此時極不得意夢，是張生多時極得意事。諺云：「要知前世因，今生受者是。要知後世因，今生作者是。」若使張生多時心中無因，即是此時枕上無夢也。危哉！危哉！

（卒子怕科）（卒子下）

（張生抱琴童云）小姐，你受驚也！（童云）官人，怎麽？（張生醒科，做意科）

呀，元來是一場大夢。且將門兒推開看，只見一天露氣，滿地霜華，曉星初上，殘月猶明。

何處得有《西廂》一十五章所謂驚艷、借廂、酬韻、鬧齋、寺警、請宴、賴婚、聽琴、前候、鬧簡、賴簡、後候、酬簡、拷艷、哭宴等事哉！自歸於佛，當願衆生，體解大道，發無上心；自歸於法，當願衆生，深入經藏，智慧如海；自歸於僧，當願衆生，統理大衆，一切無礙。

無端燕雀高枝上，一枕鴛鴦夢不成。

【雁兒落】緑依依牆高柳半遮，靜悄悄門掩清秋夜，疏剌剌林梢落葉風，慘離離雲際穿窗月。**【得勝令】**顫巍巍竹影走龍蛇，虚飄飄莊生夢蝴蝶，絮叨叨促織兒無休歇，韻悠悠砧聲兒不斷絶。痛煞煞傷別，急煎煎好夢兒應難捨；冷清清咨嗟，嬌滴滴玉人兒何處也！是境，是人？不可復辨。

右第十八節。《周易》六十四卦之不終於既濟，而終於未濟；《春秋》二百四十二年之不終於十有二年冬，而終於十有三年春；《中庸》三十三章之不終於「固聰明聖智達天德者」，而終於無數詩曰、詩云；《大悲陀羅尼》之不終於「娑囉娑囉，悉唎悉唎，蘇嚧蘇嚧」，而終於十四娑婆訶也。

（童云）天明也。早行一程兒，前面打火去。

還着甚死急！天下真有如此人，天下真有如此理。

【鴛鴦煞】柳絲長咫尺情牽惹，今而後，是「柳絲」也，非復「情牽惹」也。水聲幽彷彿人嗚咽。今而後，是「水聲」也，非復「人嗚咽」也。斜月殘燈，半明不滅。杜詩：「樓下長江百尺清，山頭落日半輪月。」又云：「鄰鷄野哭如昨日，物色生態能幾時。」與此入事，一樣警策矣。舊恨新愁，連綿鬱結；亦復何害。

右第十九節。只要夢覺，政不必作悟語。《維摩詰》固云：「何等爲如來種？以無明有愛爲種矣。」妙批。

别恨離愁，滿肺腑難陶寫。除紙筆代喉舌，千種相思對誰說。

右第二十節。此自言作《西廂記》之故也，爲一部十六章之結，不止結《驚夢》一章也。於是《西廂記》已畢。何用續？何可續？何能續？今偏要續，我便看你續！

順治丙申四月初三日辰時閣筆。

貫華堂第六才子書西厢記卷之八

聖歎外書

續之四章題目正名

小琴童傳捷報
崔鶯鶯寄汗衫
鄭伯常乾捨命
張君瑞慶團圞

續之一　泥金報捷

此《續西厢記》四篇，不知出何人之手。聖歎本不欲更録，特恐海邊逐臭之夫，不忘羶薌，猶混弦管，因與明白指出之，且使天下後世學者睹之，而益悟前十六篇之爲天仙化人，永非螺螄蚌蛤之所得而暫近也者。因而翻卷，更讀十百千萬遍，遂愈得開所未開，入所未入，此亦不可謂非續者之與有其功也。

人即愛好，何至向西施顰眉；人即多財，何至向龍王比寶；人即予聖，何至向孔子徐步；人即慢上，何至向釋迦牟尼呵呵大笑？乃今世間又偏多此一輩人，可怪也！

我不知其未落筆前，如何忽然發想欲續此四篇；我又不知其既脱稿後，如何放膽便敢舉以似人：我又不知當時爲有人喪心病狂大贊譽之，因而遂誤之；我又不知當時爲有人亦曾微諷使藏過之，彼决不聽，因而遂終出之。此四不知，我今日將向何人問耶？

昔有人，自造一文且竟，適有人傳來云，近日頗聞某甲亦造，因便遲其稿不敢出。直候某甲造畢，往請讀之，不覺吐舌稱嘆，歸竟自燒其稿，不復更傳。嗚呼，此豈非過量大人哉？聖歎嘗語斵山：「惜乎其文不傳，此必與某甲一樣妙絶。」斵山問：「何以知之？」聖歎言：「此是甘苦疾徐中人，渠所争只在一字半字之間也。」寄語普天下同學錦繡才子，切須學如此人，此方是大丈夫。

嘗有狂生題半身美人圖，其末句云：「妙處不傳。」此不直無賴惡薄語，彼殆亦不解此語爲云何也。夫所謂「妙處不傳」云者，正是獨傳妙處之言也。停目良久睇之，睇此妙處；振筆迅疾取之，取此妙處；累百千萬言曲曲寫之，曲曲寫而至於妙處；只用一二言斗然直逼之，便逼此妙處。然而又必云「不傳」者，蓋言費却無數筆墨，止爲妙處；乃既至妙處，即筆墨都停；夫筆墨都停處，此正是我得意處；然則後人欲尋我得意處，則必須於我筆墨都停處也。今相續之四篇，便似意欲獨傳妙處。夫意欲獨傳妙處，則是只畫下半截美人也，亦大可嗤已！

此皆神而明之之言，彼其烏知！只如章則無章法，句則無句法，字則無字法，卑卑如此等事，猶尚不知，奈何乎言及其他哉！

只如此篇寫鶯鶯，竟忘其爲相國小姐，於是於張生半年之别，不勝嘖嘖怨怒。亦不解三年大比是何事，亦不解禮部放榜在何時，亦不解探花及第爲何等大喜，亦不解未經除授應如何候旨。一味純是空牀難守，淫啼浪哭。蓋佳人才子，至此一齊掃地矣！最解功名事，最重功名事，乃至最心熱功名事者，固莫如相國小姐之甚也。

（張生上云）自去秋與小姐相別，倏經半載，托賴祖宗福蔭，一舉及第，目今聽候御筆親除。惟恐小姐望念，特地修書一封，着琴童賫去，報知夫人和小姐，使知小生得中，以安其心。書寫就了，琴童何在？（童云）有何分付？（張生云）你將這封書，星夜送到河中府去。見小姐時，説「官人怕小姐擔憂，特地先着小人送書來」。

【仙吕】【賞花時】（張生唱）相見時紅雨紛紛點緑苔，別離後黄葉蕭蕭凝暮靄。今日見梅開，忽驚半載。特地寄書來。

琴童，你報知了，索得回書，疾忙來者！（張生下）（童云）得了這書，星夜往河中府走一遭。（琴童下）

（鶯鶯引紅娘上云）自張生上京，恰早半年，到今杳無音信。方得半年，何便云「杳無音信」？這些時，神思不安，妝鏡慵臨，腰肢瘦損，茜裙寬褪，如許醜語，使人焉耐！好生煩惱人也呵！

【商調】【集賢賓】雖離了眼前，未成語也。或云連下「悶」字，若連下悶字，則更不通也。悶却在我心上有；不甫能離了心上，又早眉頭。豈不知其欲竊李清照「才下眉頭，又上心頭」語，演作曲折之句耶？而無奈繚戾手，曲蠢筆，寫來便至如此，哀哉！忘了時依然還又，惡思量無了無休。大都來一寸眉心，怎容得許多顰皺。此是好句，我不忍没。○此亦尋常好句耳，然我便不忍没。○但有一點好處，我即不忍没古人也。新愁近來接着舊愁，厮混了難分新舊。「舊愁」，豈非謂未成婚已前耶？前亭别、橋夢二篇，同亦嘗牽連言之，然皆是脱卸之文，不似此語之全絶也。舊愁是太行山隱隱，新愁是天塹水悠悠。

似是一節矣，因下文又不連，又不斷，遂不復能定之。

（紅娘云）小姐往常也曾不快，將息便好，此指何日？不似這番，清減得十分利害也。

【逍遥樂】曾經消瘦，每遍猶閑，這番最陡。何處忘憂？獨上妝樓，「這番最陡」，可謂出力翻起，及至讀下，只得如此接落。手捲珠簾上玉鈎。空目斷山明水秀，珠、玉、明、秀等字，皆隨手雜用。蒼烟迷樹，衰草連天，野渡横舟。填此三語，算何文理？

又似一節矣，我絶不解其是何文情。蓋承上又不得，轉下又不得也。

紅娘，我這衣裳，這些時都不是我穿的。（紅云）小姐，正是腰細不勝衣。衣寬帶鬆，語熟口臭久矣，此猶摇曳作態出之，真乃醜極。

【掛金索】裙染榴花，睡損胭脂皺；紐結丁香，掩過芙蓉扣；綫脱珍珠，淚濕香羅袖；楊柳眉顰，人比黄花瘦。

此亦欲算一節也，真可以有，可以無有也。◯渠意豈謂疊用榴花、丁香、芙蓉、楊柳、黄花等字，便算絶妙好辭耶？一何可笑！

（琴童上云）俺奉官人言語，特賫書來與小姐。恰纔前廳上見了夫人，夫人好生歡喜，着入來見小姐，早至後堂。（童咳嗽科）（紅云）是誰？亦無此禮也。潭潭相府，乃不傳雲板請小姐上堂，而使琴童自入去，童則隔板咳嗽，而紅又早接應之，皆醜極也。（紅見童笑云）你幾時來？小姐正煩惱哩。醜語。你自來？和官人同來？醜語。（童云）官人得了官也，先着我送書來報喜。（紅云）你只在這裏等，我對小姐説了，你入來。（紅見鶯鶯笑云）小姐，喜也，喜也，張生得了官了。（鶯鶯云）這妮子見我悶呵，特來哄我。醜語。（紅云）琴童在門首，見了夫人，使他入來見小姐。（鶯鶯云）慚愧，我也有盼着他的日頭。醜語，醜極不可耐也。（童見鶯鶯科）（鶯鶯云）琴童，你幾時離京師？（童云）一月來也，我來時，官人游街耍子去了。（鶯鶯云）這禽獸不省得，中了狀元，唤做誇官，游街三日。醜極，亦何暇作此語。（童云）小姐説得是，有書在此。

【金菊香】早是我因他去後減了風流。不爭你寄得書來又與我添些證候。説來的話兒不應口，是何話兒？是誰説來？捷書在手，略不喜，單有怨，此何肺肝也。無語低頭，書在手，淚盈眸。

此又一節也。爲别不及半年，如此嘖嘖怨怒，乃至捷書在手，猶不解憂，此真是另從一副肺肝寫出來者也。

【醋葫蘆】我這裏開時和淚開，他那裏修時和淚修，多管是閣着筆兒未寫淚先流，寄將來淚點兒兀自有。我這新痕把舊痕湮透，此是好句，我不相没。○既此欲用「新痕」、「舊痕」，則前更不得用「新愁」、「舊愁」也。這的是一重愁翻做兩重愁。此句雜湊不通。

此又一節。筆態翩翻如舞，瀏亮如瀉，便可云與《西廂》無二。

（鶯鶯念書云）張珙再拜，奉書芳卿可人妝次：醜極，使人不可暫注目。伏自去秋拜違，倏爾半載。上賴祖宗之蔭，下托賢妻之德，醜語。叨中鼎甲。目今寄迹招賢館，聽候除授。惟恐夫人與賢妻憂念，特令琴童賫書馳報。小生身遥心邇，恨不得鶼鶼比翼，蛩蛩並驅，幸勿以重功名而薄恩情，深加譴責。醜語。感荷良深，如許凋私，統容面悉。後綴一絶，以奉清照：玉京仙府探花郎，寄語蒲東窈窕娘，指日拜恩衣晝錦，是須休作倚門妝。醜極，不可暫注目。（鶯鶯云）慚愧，探花郎是第三名也呵。

【後】當日向西廂月底潛，今日在瓊林宴上搊。跳東牆脚兒占了鰲頭，惜花心養成折桂手，脂粉叢裏包藏着錦繡！從今後晚妝樓改做至公樓。相國小姐，何得口中，自作爾語，自奚落耶。

此又一節。渠意豈謂夾語映耀，又是絶妙好辭。

（問童云）你吃飯不曾？（童云）不曾吃。（鶯鶯云）紅娘，你快去取飯與他吃。醜極。〇怪道紅娘滿身烟熏火辣氣也。（童云）小人一壁吃飯，小姐上緊寫書。官人分付小人，索了回書快回去哩。（鶯鶯云）紅娘，將紙筆來。（寫書畢科）

（鶯鶯云）書寫了，無可表意，有汗衫一領，裹肚一條，襪兒一雙，瑶琴一張，玉簪一枝，斑管一枚。琴童，收拾得好者。紅娘，取十兩銀來，與他做盤纏。（紅云）張生做了官，豈無這幾件東西，醜語。寄與他有甚緣故？（鶯鶯云）你怎麽知得我心中事，聽我説與你者。

【梧葉兒】這汗衫，若是和衣卧，便是和我一處宿；貼着他皮肉，不信不想我温柔。這裹肚兒，常不要離了前後，守着左右，繫在心頭。這襪兒，拘管他胡行亂走。此三語好。【後庭花】這琴，當初五言詩緊趁逐，後來七絃琴成配偶。醜極。他怎肯冷落了詩中意，我只怕生疏了弦上手。這玉簪兒，我須有緣由，他如今功名成就，只怕撇人在腦背後。醜極。這斑管兒，湘江兩岸秋，當日娥皇因虞舜愁，今日鶯鶯爲君瑞憂。這九嶷山下竹，共香羅衫袖口。【青哥兒】都一般啼痕湮透。并淚斑宛然依舊，萬種情緣一樣愁。涕淚交流，怨慕難收，此稍可。對學士叮嚀説緣由，是必休忘舊！醜。

（琴童云）理會得。

此節雖不佳，然自是一節。〇但不審其何故不一讀【雪里梅】、【揭鉢子】、【疊字玉臺】三曲耶？

（鶯鶯云）琴童，這東西收拾得好者。

【醋葫蘆】你逐宵野店上宿，休將包袱做枕頭，怕油脂沾污急難綢。倘或水浸雨濕休便扭，只怕乾時節熨不開摺皺。一椿椿一件件細收留。

此節却好，猶彷彿緒煞一曲，故也。

【金菊香】書封雁足此時修，情繫人心早晚休？竟是一字不通語。長安望來天際頭，倚遍西樓，人不見，水空流。隨手雜湊爲文。

此又一節，可以無有。

（童云）小人拜辭了小姐，即便去也。（鶯鶯云）琴童，你去見官人，對他説。醜極。（童云）又説甚麽？

【浪裏來煞】他那裏爲我愁，我這裏因他瘦。臨行［時］掇賺人的巧舌頭，承上二句，忽作詈語，不通極矣！他歸期約定九月九，已過了小春時候。別時，碧雲黄葉，西風北雁，則正九月後耳。今適得半年，又無經年累歲之久，忽言有重九歸期，此是夢語，是鬼語耶？奈何至於此。到如今「悔教夫婿覓封侯」。

此又一節。特地再囑琴童，乃是如許語，不足發一笑也。〇常嘆街談巷説，童歌婦唱，一經妙手點定，便成絶代至文；任是《堯典》《舜典》《周南》《召南》，忽遭俗筆横塗，竟如溷中不淨。只如王龍標「悔教夫婿覓封侯」詩，其妙則在第一句「不知」字，第三句「忽見」字，非妙於第四落句也。蓋其通首所有「閨中」「中」字，「少婦」「少」字，「凝妝」「凝」字，全副皆是寫「不知」神理；而又别用「春日」、「上樓」、「柳色」等字，全副又寫「忽見」神理。此分明欲於一頃刻中，寫得此婦實是幽閑貞静，忽地觸緒動情。所謂「《國風》好色不淫」，其體有如此也。今遭此人獨用其落句，遂令妙詩，一敗塗地，至於此極，真使我恨恨無已也！

（童云）得了回書，星夜回話去。（琴童下）（鶯鶯、紅娘下）

續之二　錦字緘愁

前篇云：「多管閣着筆兒未寫淚先流，寄將來淚點兒兀自有。」此篇又云：「寫時管情淚如絲，既不沙，怎生淚點兒封皮上漬。」前篇云：「這汗衫若是和衣卧。」這裏肚、這襪、這琴、這玉簪、這斑管，逐件云云。此篇又云「這汗衫，怎不教張郎愛爾」，這琴、這玉簪、這斑管、這裏肚，這襪，亦逐件云云。前篇云：「你逐宵野店上宿，休將包袱做枕頭。」此篇又云：「書房中顛倒個藤箱子，休教藤刺兒抓住綿絲。」文雖二篇，語只一副，真如犬之牢牢，鷄之角角，欲求少换，决不可得也。嗟乎，本無捉縛枷栲，何煩頭刺膠盆？固知無邊苦海中，具有無量苦事，盡是無知苦人自作出來，極不足相惜耳！

看他才地窘縮，都無抽展處，於是無如何，忽然將鶯鶯字畫之妙喝采一通。夫前此張、崔月餘相處，不成純是淫嬲，曾未嘗一請睹筆墨耶？真大無聊已。

（張生上云）小生滿望除授後，便可出京，不想奉聖旨，着在翰林院編修國史。誰知我的心事，甚麽文章做得成！琴童去了，又不見回來，這幾日睡卧不安，飲食無味，給假在郵亭中將息。早間太醫院，差醫士來看視下藥，我這病，便是盧扁也醫不得。自離了小姐，無一日心寬也呵。

【中呂】【粉蝶兒】從到京師，思量心旦夕如是，向心頭橫倘着我那鶯兒。却是妙句。請醫師，看診罷，星星說是。本意待推辭，早被他察虛實不須看視。【醉春風】他道是醫雜證有方術，治相思無藥餌。小姐呵，你若知我害相思，我甘心兒爲你死、死。曲曲折折，淋淋漓漓，便與《西廂》無二。四海無家，一身客寄，半年將至。

此一節，真是妙文，便與《西廂》更不可辨。若盡如是，我敢不拜哉？

（琴童上云）俺回來問，說官人在驛中抱病，須索送回書去咱。（見張生科）（張生云）琴童，你回來也！

【迎仙客】噪花枝靈鵲兒，垂簾幕喜蛛兒，短檠夜來燈爆時。若不是斷腸詞，定是斷腸詩。寫時管情淚如絲，既不沙，怎生淚點兒封皮上漬。

此一節，初咬是沙糖，再咬是矢橛矣。

（念書云）薄命妾崔氏醜！拜覆君瑞才郎文几：醜！別逾半載，奚啻三秋，思慕之心，未嘗少怠。昔云「日近長安遠」，妾今信斯言矣。醜殺！琴童至，接來書，知君置身青雲，且悉佳况。得君如此，妾復何言！醜殺！琴童促回，無以達意，聊具瑶琴一張、玉簪一枝、斑管一枚、裹肚一條、汗衫一領、絹襪一雙。物雖微鄙，願君詳納。春風多厲，千萬珍重！復依來韻，敬和一絕：和韻，是一部大節目，何得又犯之？闌干倚遍盼才郎，莫戀宸京黃四娘。黃四娘爲誰哉，何幸而遇杜工部，何不幸而遇此人！病裏得書知及第，窗前覽鏡試新妝。醜至於鬼止矣，世間更有醜於鬼者；臭至於屌止矣，世間更有臭於屌者；不通至於《續西廂》止矣，偏又有此兩首詩，怪哉！怪哉！我那風流的小姐，似這等女子，張珙死也死得着了。

【上小樓】堪爲字史，當爲款識。有柳骨顔筋，張旭張顛，羲之獻之。此一時，彼一時，雜湊如此。佳人才思，俺鶯鶯世間無二。**【後】**俺做經咒般持，符籙般使。高似金章，重似金帛，貴似金貲。雜湊，豈復成語？這上面若僉個押字，使個令史，差個勾使，是一張不及印、赴期的咨示。

此一節，忽賞其字體，真乃無謂。◯後闋，亦是元人套語。

（看汗衫科云）休説文字，只看他這汗衫。

【滿庭芳】怎不教張郎愛爾，堪與針工出色，女教爲師。幾千般用意般般是，可索尋思。長共短又無個樣子，窄和寬想像着腰肢，二語好。無人試。想當初做時，用煞小心兒。

此猶可。

小姐寄來幾件東西，都有緣故，一件件我都猜着。

【白鶴子】這琴，教我閉門學禁指，留意譜聲詩，調養聖賢心，洗蕩巢由耳。

不通。

【二煞】這玉簪，纖長如竹笋，細白似葱枝，温潤有清香，瑩潔無瑕玼。

不通。

【三煞】這斑管，霜枝棲鳳凰，淚點漬胭脂，當時舜帝慟娥皇，今日淑女思君子。

不通。

【四煞】這裹肚，手中一葉綿，燈下幾回絲，表出腹中愁，果稱心間事。

不通。

【五煞】這襪兒，針脚如蟣子，絹片似鵝脂，既知禮不胡行，願足下常如此。

不通。上特寫張生云「我都猜着」，乃其所猜也只如此，可醜也。

琴童，你臨行，小姐對你説甚麽？（童云）着官人是必不可别繼良緣。（張生云）小姐，你尚然不知我的心哩。

【快活三】冷清清客店兒，風淅淅雨絲絲，雨零風細，夢回時，多少傷心事。【朝天子】四肢不能動止，急切盼不到蒲東寺。小夫人須是你見時，别有甚閑傳示？我是個浪子官人，風流學士，怎肯帶殘花折舊枝。自從到此，甚的是閑街市。此句好絶。【賀聖朝】少甚宰相人家，招婿嬌姿。其間或有個人兒似爾，那裏取那樣温柔，這般才思？此句好絶。想鶯鶯意兒，怎不教人夢想眠思？

此節乃可。

【耍孩兒】只在書房中顛倒個藤箱子，向裏面鋪幾張兒紙。放時須索用心思，休教藤刺兒抓住綿絲。高攤在衣架上怕風吹了顏色，亂穰在包袱中怕挫了褶兒。當如是，切須愛護，勿得因而。惜與前文「休做枕」、「休便扭」同耳。固是佳文，可賞也。

此節於諸寄來物中，獨加意汗衫，餘俱不掛口，何故？

【二煞】恰新婚，才燕爾，爲功名來到此。長安憶念蒲東寺。昨宵個春風桃李花開夜，今日個秋雨梧桐葉落時。愁如是，身遥心邇，坐想行思。

此節，專爲欲填「春風桃李」、「秋雨梧桐」二語耳，真乃可以無有。且「春風」二語，我竟不知其如何填也。

【三煞】這天高地厚情，到海枯石爛時，此時作念何時止？直到燭灰眼下纔無淚，蠶老心中罷却思。不比輕薄子，拋夫妻琴瑟，折鸞鳳雄雌。

此節，專爲欲填「燭灰無淚」、「蠶老休思」二語耳，真乃可以無有。

【四煞】不聞黄犬音，難傳紅葉詩，路長不遇梅花使。適差琴童送書回，乃又作此言。鬼語耶？抑夢語耶？孤身作客三千里，一日思歸十二時。憑闌視，聽江聲浩蕩，看山色參差。既分「聽」、「看」，則上押「憑闌」之「視」字，何解？

此節，專爲欲填「作客三千」、「思歸十二」二語耳，真乃可以無有。○凡用古，必須我自浩蕩獨行，而古語忽來奔赴腕下，斯方謂之如從舌上吮而吐之耳。若先有成句，隱隱然梗起於胸中，而我從而補接攢簇之，此真第一苦海也。

【煞尾】憂則憂我病中，喜則喜你來到此。投至得引人魂卓氏音書至，險將這害鬼病的相如盼望死。

此亦無聊之結也。○細思無此二回，亦有何害？一通報書去，一通答書來，乾討琴童氣嘘嘘地，而於彼張、崔兩人，乃更不曾增得一毫顔色。世間做筆墨匠做成筆墨，却只與人如此用，真老大冤苦也！

續之三　鄭恒求配

諺云：「投鼠者忌器。」蓋言世之極可厭恶無甚於鼠，而無奈旁有寶器，則雖一時刺眼刺心之極，而亦只得忍而不投。何則？誠懼其或傷吾器也。今如鶯鶯，真古今以來人人心頭之無價寶器也。若鄭恒，則固人人厭之恶之之一恶物也。

今也務必投之，投之務必令之立死，此亦誠爲快事； 然筆則累筆，墨則累墨，獨不足惜乎哉？ 況於累筆墨其奚足道，細思當其時，則又安得不累及於鶯鶯哉？ 嗟乎！ 惡鄭恒而至於不免累及鶯鶯，而竟不與之惜，此人之無胸無心，其疾入地獄不可懺悔，又豈不信乎？

吾亡友邵僧彌先生嘗論畫云：「夫天生惡樹，我特不得盡斬伐之耳。 若飯後無事，而携我門人晚凉閑步，則必選彼嘉樹，坐立其下焉。 無他，亦人之好美嫉醜，誠天性則有然也。 今我乃見作畫之家，純畫臃腫惡樹，此則不知其何理也！」聖歎聞之，擊節曰：人誠生而厲風，則誠天爲之也。 甚可徐步雅言，持身如玉，而又必脅肩醜笑，囚首鬼面，此真不知其何理也。 惟文亦然，不幸身爲盗賊，被捉勒供，與夫忽丁大故，訃告親族，則是不可奈何也。 幸而窗明几淨，硯精筆良，而又不擇取妙題，抒寫佳製，而顧惡駡醜言，如土坌集，此真不知其何理也。

只如鄭恒，此亦不過夫人賴婚，偶借爲辭耳。 今必欲真有其人，出頭尋鬧，此爲是點染鶯鶯，爲是發揮張生耶？ 既不爲彼二人，則是單寫鄭恒。 夫今日所貴於坐精舍，關板扉，爇名香，烹早茗，舒新紙，磨舊墨，運妙心，煩俊腕，提健筆，攄快文者，只爲彼是第一無雙才子佳人故耳。 若鄭恒，則今盈天下之學唱公鷄，吃蝨猴孫，萬萬千千，知有何限，而煩先生特地寫之？ 寫之以娱人，而人不受娱，然則先生殆於寫之以自娱也。 夫在他人，方欲寫第一無雙之才子佳人，以自娱娱人，而猶自嫌惟恐未臻極妙也。 今先生乃必欲寫學唱公鷄，吃蝨猴孫，然則人之賢不肖之所喻，其相去懸遠，真未可以道里爲計也。

（鄭恒上云）自家姓鄭，名恒，字伯常。 先人拜禮部尚書，在時，曾定下俺姑娘的女兒鶯鶯爲妻。 不想姑夫去世，鶯鶯孝服未滿，不曾成親。 俺姑娘引着鶯鶯，扶靈柩回博陵安葬，爲因路阻，寄居河中府。 數月前，寫書來唤俺，因家中無人，來遲了一步。 不想到這裏，聽説孫飛虎要擄鶯鶯，得一秀才張君瑞，退了賊兵，俺姑娘把鶯鶯又許了他。俺如今便撞將去呵，恐沒意思。這一件事，都在紅娘身上。何也？俺且着人去喚他，只說哥哥從京師來，不敢造次來見姑娘，着紅娘到下處來，有話對姑娘行說。人去好一回了，怎麽還不見來？（紅娘上云）鄭恒哥哥在下處，不來見夫人，却喚俺說話。夫人着俺來，看他說甚麽。（紅見鄭科）（紅云）哥哥萬福。夫人道，哥哥來到呵，怎不到家裏來？（鄭云）我怎麽好就見姑娘？我喚你來說。當日姑夫在時，曾許下親事。我今到這裏，姑夫孝已滿了，特地央你去夫人行說知，揀一個吉日，成合了這件事，好和一搭裏下葬去。不爭不成合，一路上難厮見。若說得肯呵，我重重謝你。（紅云）這一節話，再也休題，鶯鶯已與了張生也。（鄭云）道不得個一馬不鞴雙鞍，可怎生父在時，曾許下我，父喪之後，母却悔親？這個道理那裏有！（紅云）却非如此說。當日孫飛虎將半萬賊兵來時，哥哥你在那裏？若不是張生呵，那裏得俺一家兒性命來？今日太平無事，却來爭親，倘被賊人擄去呵，哥哥你和誰說？何忍作此言。（鄭云）與了一個富家，也還不枉；與這個窮酸餓醋。偏我不如他！我仁者能仁，身裏出身的根脚，他比我甚的？（紅云）他倒不如你？禁聲！凡費如許筆墨。

【越調】【鬬鵪鶉】（紅娘唱）賣弄你仁者能仁，倚仗你身裏出身；縱教你官上加官，誰許你親上做親。又不曾羔雁邀媒，幣帛問肯，恰洗了塵，便待要過門；俱非吃緊語，不足服鄭心。枉淹了他金屋銀屏，枉污了他錦衾繡裀。【紫花兒序】枉蠢了他梳雲掠月，枉羞了他惜玉憐香，枉村了他殢雨尤雲。凡下「金屋銀屏」、「錦衾繡裀」、「梳雲掠月」、「惜玉憐香」、「殢雨尤雲」若干等字，而初無所謂，亦可以翻後置前，亦可以翻前置後，亦可以尚少，亦可以更多，真乃金貼蝦蟆也。

先用二「仁」、二「身」、二「官」、二「親」，次用「枉淹」、「枉污」、「枉蠢」、「枉羞」、「枉村」，以爲好辭也。

當日三才始判，兩儀初分；乾坤，清者爲乾，濁者爲坤，人在其中相混。君瑞是君子清賢，鄭恒是小人濁民。

人言屙臭極矣，此並非屙；人言鬼醜極矣，此並非鬼。

（鄭云）賊來，他怎生退得？都是胡説！（紅云）我説與你聽。

【天淨沙】把河橋飛虎將軍，叛蒲東擄掠人民，半萬賊屯合寺門，手横着霜刀，高叫道要鶯鶯做壓寨夫人。

我亦只謂别有妙文，忍俊不住，故定欲描寫一通，原來其苦乃至如此。

（鄭云）半萬賊，他一個人濟甚事？（紅云）賊圍甚迫，夫人慌了，和長老商議，高叫兩廊，不論僧俗，如退得賊兵者，便將鶯鶯小姐與之爲妻。那時張生應聲而言：「我有退兵之計，何不問我？」夫人大喜，就問：「其計安在？」張生道：「我有故人白馬將軍，見統十萬大兵，鎮守蒲關。我修書一封，着人傳去，必來救我。」不想書到兵來，其困即解。

若言爲鄭説之，則安（反）［取］爲鄭説之？若言爲我説之，則我知之熟矣，又安取説之？愚矣哉！

【小桃紅】洛陽才子善屬文，火急修書信。白馬將軍到時分，滅了烟塵。夫人小姐都心順，則爲他「威而不猛」，「言而有信」，醜醜！因此上「不敢慢於人」。

《論語》已醜，《孝經》尤醜。

想其意中，反以直書成語爲能，真乃另是一具肺肝。

（鄭云）我自來未聞其名，知他會也不會。你這個小妮子，賣弄他偌多！

此是佳語，調侃不少。諸葛隆中不求聞達時，幾欲遭此人白眼。嗟乎！今日茫茫天涯，亦何處無眼淚哉！

【金蕉葉】憑着他講性理齊論魯論，作詞賦韓文柳文，識道理爲人做人，俺家裏有信行，知恩報恩。

又以二「論」、二「文」、二「人」、二「恩」爲好辭。「齊論魯論」、「韓文柳文」等字，尤爲醜不可耐。

（鄭云）我便怎麽不如他！

【調笑令】你值一分，他值百十分，螢火焉能比月輪？高低遠近都休論，我拆白道字辨個清渾。君瑞是「肖」字這壁着個「立人」，醜極。使人不可暫注目。你是「寸木」「馬户」「尸巾」。醜至此哉。

《西廂》寫紅娘云「我並不識字」，却愈見紅娘之佳；此寫紅娘識字，乃極增紅娘之醜。

（鄭云）「寸木」「馬户」「尸巾」，你道我是個村驢屌？我祖代官宦，我倒不如那白衣窮士？

【秃厮兒】他學師友君子務本，醜極。你倚父兄仗勢欺人。他虀鹽日月不嫌貧，治百姓新民、傳聞。【聖藥王】這厮喬議論，有向順。你道是官人只合做官人，信口噴，不本分。你道是窮民到老是窮民，却不道「將相出寒門」。

上文琴童捷報已到，此處或是鄭恒未知猶可，何至紅娘口中，亦全不記「探花及第」四字耶？看其支吾抵塞之苦，抑何至於此極也！

（鄭云）這節事，都是那法本秃驢弟子孩兒，我明日慢慢和他説話。又何也？總之枯筆無聊，又欲借和尚填凑幾句，便故爲此白。

【麻郎兒】他出家人慈悲爲本，方便爲門。你橫死眼不識好人，招禍口不知分寸。

真寫至紅娘與和尚出力，真另是一具肺肝。

（鄭云）這是姑夫的遺留，我揀日牽羊擔酒上門去，看姑娘怎生發落我。

【後】你看訕筋，發村，使狠，甚的是軟款温存。硬打奪求爲眷姻，不睹事强諧秦晉。

（鄭云）姑娘若不肯，着二三十個伴當擡上轎子，到下處，脱了衣裳，急趕將來，還你個婆娘。

【絡絲娘】你須是鄭相國嫡親的舍人，倒像個孫飛虎家生的莽軍。喬嘴臉、腌軀老、死身分，少不得有家難奔。已上謂之悍婦罵街則可，奈何自命曰《續西厢》也哉？

前讀《西厢》，見我鶯鶯有春雨閉門，下簾不捲之句，我猶恐連陰損其高情；又見鶯鶯有隔窗聽琴，月明露重之句，我猶恐濕庭冰其雙襪；又見鶯鶯有壓衾朝卧，紅娘彈帳之句，我猶恐朝光射其倦眸；又見鶯鶯有杏花樓頭，晚寒添衣之句，我猶恐綫痕兜其皓腕。蓋我之護惜鶯鶯，方且開卷惟恐風吹，掩卷又愁紙壓，吟之固慮口氣之相觸，寫之深恨筆法之未精。真不圖讀至此處，乃遭奴才如此牴突也。王藍田拔劍驅蒼蠅，着屐踏鷄子，千載笑其大怒未可卒解，我今日真有如此大怒也，恨恨！ 普天下錦繡才子，誰以我爲不然？

（鄭云）兀的那小妮子，眼見得受了招安了也。我也不對你説，明日我要娶，我要娶！ 收科之文如此。（紅云）不嫁你，不嫁你！ 醜，醜，醜極，醜極！

【收尾】佳人有意郎君俊，教我不喝采其實怎忍。你只好偷韓壽下風頭香，傅何郎左壁厢粉。此二語却是佳句。

第三篇完矣，細思之何必哉。爲張生添神采耶？ 爲鶯鶯添神采耶？ 費筆，費墨，費手，費紙，費飯，費壽，寫得惡札一通。

（紅娘下）

（鄭云）這妮子，一定都和酸丁演撒！ 何忍。○不惟不忍紅娘，尚不忍張生也。○我於紅娘尚不忍，我其肯忍於鶯鶯哉？ 俺明日自上門去，見俺姑娘，佯做不知，只道張生在衛尚書家做了女婿。 渠意又考得元稹夫人爲韋氏，故將「衛」字爲隱，自以爲博聞。 俺姑娘最聽是非，何忍。○我於夫人猶不忍也。 他必有話説。休説别的，只這一套衣服也衝動他。自小京師同住，慣會尋章摘句，姑夫已許成親，誰敢將言相拒？ 俺若放起刁來，且看鶯鶯那去？ 且看壓善欺良意，權作尤雲殢雨心。 一派狗吠聲。（鄭恒下）

（夫人上云）夜來鄭恒至，不來見俺，唤紅娘去問親事。據俺的心，只是與侄兒的是； 前賴婚，乃是妙文，此則豈復成一品夫人耶？ 况兼相公在時，已許下了。俺便是違了先夫的言語，做一個主家不正。 辦卜酒者，今日他敢來見俺也。

（鄭恒上云）來到也，不索報覆，我自入去。（哭拜夫人科）（夫人云）孩兒，既到這裏，怎麼不來見我？（鄭云）孩兒有甚面顔來見姑娘！

（夫人云）鶯鶯爲孫飛虎一節，無可解危，許了張生也。（鄭云）那個張生？ 敢便是今科探花郎？ 此處鄭又知之。 我在京師看榜來，年紀有二十三四歲，洛陽張珙，誇官游街三日。第二日，頭踏正來到衛尚書家門首，尚書的小姐結着綵樓，在那御街上，只一毬，正打着他。

我也騎着馬看，險些打着我，怕你不休了鶯鶯。他家粗使梅香十來個，把張生横拖倒拽入去。他口裏叫道：「我自有妻，我是崔相國家女婿。」那尚書那裏肯聽，説道：「我女奉聖旨結綵樓招你。鶯鶯是先奸後娶的，只好做個次妻罷。」因此鬧動京師，侄兒認得他。（夫人怒云）我説這秀才不中擡舉，今日果然負了俺家。俺相國之女，豈有做次妻的理。既然張生娶了妻，不要了孩兒，你揀個吉日良辰，依舊入來做女婿者。何忍，何忍！（夫人下）（鄭喜云）中了俺的計了，準備茶禮花紅，過門者。（鄭恒下）

一片犬吠之聲。

續之四　衣錦榮歸

《西厢》爲才子佳人之書，故其費筆費墨處，俱是寫張生、鶯鶯二人，餘俱未嘗少用其筆之一毛，墨之一瀋也。其有時亦寫紅娘者，以紅娘正是二人之針綫關鎖。分時，紅爲針綫；合時，紅爲關鎖。寫紅娘，正是妙於寫二人。其他，即尊如夫人，亦不與寫，何况歡郎？慈如法本，亦不與寫，何况法聰？恩如白馬，亦不與寫，何况卒子？此譬如寫花，決不寫到泥，非不知花定不可無泥；寫酒，決不寫到壺，非不知酒定不可無壺。蓋其理甚明，決不容寫，人所共曉，不待多説也。故有時亦寫紅娘者，此如寫花却寫蝴蝶，寫酒却寫監史也。蝴蝶實非花，而花必得蝴蝶而逾妙；監史實非酒，而酒必得監史而逾妙；紅娘本非張生、鶯鶯，而張生、鶯鶯必得紅娘而逾妙。蓋自張生自説生辰八字起，直至夫人不必苦苦追求止，曾無一句一字中間，可以暫廢紅娘者也。若夫人、法本、白馬等人，則皆偶然借作家火，如風吹浪，浪息風休，如桴擊鼓，鼓歇桴罷，真乃不必更轉一盼，重廢一唾也。今續之四篇，乃忽因鄭恒二字，《西厢》中鄭恒，真只二字耳，笨伯不達，視之遂如眼釘喉刺，一何可笑！既與獨作一篇，後又復請多人，再遮花名手本，凡《西廂》所有偶借之家火，至此重複一一畫卯過堂。蓋必使普天下錦繡才子，讀《西廂》正至飄飄淩雲之時，則務盡吹之到於鬼門關前，使之睹諸變相，遍身極大不樂，而後快於其心焉。嗟乎！杜工部《畫鶻》詩有云：「寫此神駿姿，充君眼中物。」彼一何其極善與之相反如是也！

（法本上云）老僧昨日買登科録，看張先生果然及第，偏是道人心熱，偏是高士品低，偏是大儒不通，偏是名妓奇醜。如法本買登科録，偏是法本買登科録也！○近日朝廷遷除的報，最是諸山方丈大和尚口中極真。除授河中府尹。誰想夫人没主張，又許了鄭恒親事，不肯去接。老僧將着肴饌，直至十里長亭，接官走一遭。安得不人天推擁，爲一代大和尚哉？（法本下）

（杜將軍上云）奉聖旨，着小官主兵蒲關，提調河中府事。誰想君瑞兄弟，一舉及第，正授河中府尹，一定乘此機會成親。小官牽羊擔酒，直至老夫人宅上，一來賀喜，二來主親。左右那裏？將馬來，到河中府走一遭。（杜將軍下）

（夫人上云）誰想張生負了俺家，去衛尚書家做女婿去了。只索不負老相公遺言，還招鄭恒爲婿。今日是個好日子過門，準備下筵席，鄭恒敢待來也。（夫人下）

（張生上云）小官奉聖旨，正授河中府尹。今日衣錦還鄉，小姐鳳冠霞帔都將着，見呵，雙手索送過去。誰想有今日也呵！文章舊冠乾坤內，姓字新聞日月邊。

【雙調】【新水令】（張生唱）一鞭驕馬出皇都，暢風流玉堂人物。今朝三品職，昨日一寒儒。御筆新除，將姓名翰林注。

此可。

【駐馬聽】張珙如愚，用《論語》字，最苦。酬志了三尺龍泉萬卷書；鶯鶯有福，穩受了五花官誥七香車。身榮難忘借僧居，愁來猶記題詩處。從應舉，夢魂不離蒲東路。

此可。

（到寺科，云）接了馬者！（見夫人拜云）新探花河中府尹張珙參見。（夫人云）休拜，休拜！你是奉聖旨的女婿，我怎消受得你拜？

【喬牌兒】我躬身問起居，夫人你慈色爲誰怒？我只見丫鬟使數都厮覷，莫不是我身邊有甚事故？

此可。○雖非佳文，猶是官話，故曰可也。

（張生云）小生去時，承夫人親自餞行，喜不自勝。今朝得官回來，夫人反行不悦，何也？（夫人云）你如今那裏想俺家？道不得個「靡不有初，鮮克有終」。我一個女孩兒，雖然妝殘貌陋，他父爲前朝相國。此成何語，且何苦作此語？若非賊來，足下甚氣力到得俺家？今日一旦置之度外，却與衛尚書家作贅，是何道理？（張生云）夫人，你聽誰説來？若有此事，天不蓋，地不載，害老大疔瘡！《西游記》猪八戒語也。

【雁兒落】若説絲鞭士女圖，端的是塞滿章臺路。小生向此間懷舊恩，怎肯别處尋親去。【得勝令】豈不聞「君子斷其初」，我怎肯忘了有恩處？

略嫌「恩」句重沓，然語意自佳，不忍相没。又嫌即前【賀聖朝】語，然此乃小病。

那一個賊畜生行嫉妒，走將來厮間阻？不能彀嬌姝，早晚施心數；説來的無徒，遲和疾上木驢。

亦且可。

（夫人云）是鄭恒説來，繡毬兒打着馬，做了女婿也。你不信，唤紅娘來問。成何文理？

（紅娘上云）我巴不得見他，醜極。○《西厢》十六篇亦都寫女兒情事，偏覺官樣；此亦一種筆墨，偏見小家樣。元來得官回來。慚愧，這是非對着也。（張生問云）紅娘，小姐好麽？（紅云）爲你做了衛尚書女婿，俺小姐依舊嫁鄭恒去了也。何苦哉！（張生云）有這蹺蹊事！何止「蹺蹊」而已耶？

【慶東原】那裏有糞堆上長出連枝樹，淤泥中雙游比目魚？不明白展污了姻緣簿？鶯鶯呵，你嫁得個油煠猢猻的丈夫；紅娘呵，你伏侍個烟熏猫兒的姐夫；張生呵，你撞着個水浸老鼠的姨夫。此稱謂奇絶人。壞了風俗，傷了時務。此等句，傖以爲大奇，因而欲擬元詞，便都硬撰一連數十句。殊不知其最是醜筆，便一連十萬句，也易。

此雖從【青山口】一曲偷來，然最是元人醜詞，聖歎所最不喜。○元人每用或相犯，或加倍字，硬撰作奇語，一連用入四五六七八句以爲能手，聖歎每讀每嘔之。

【喬木查】（紅娘唱）妾前來拜覆，省可心頭怒！自别來安樂否？你那新夫人何處居？比小姐定何如？如聞香口，如見纖腰。古人果有妙文，聖歎决不没也。

北曲通長用一人唱，無旁人雜唱之例。此忽作紅娘唱，大非也。獨惠明一篇，爲北曲變例，然亦換過一宮矣。然其文一何妙哉。古語：「細骨輕肌，百琲珍珠。」真便欲屬之矣。雖在《西廂》中，猶稱上上，不意於續中有之。

（張生云）和你也葫蘆提了。小生爲小姐受過的苦，别人不知，瞞不得你。甫能够今日，焉有是理？

【攪箏琶】小生若别有媳婦，只目下便身殂。我怎忘了待月回廊，撇了吹簫伴侣。我是受了活地獄，下了死工夫。甫能够爲夫婦，我現將着夫人誥敕，縣君名稱，怎生待歡天喜地，兩隻手兒親付與。他劃地把我葬誣。

此一段，更精妙絶人，又沉着，又悲涼，又頓挫，又爽宕，便使《西廂》爲之，亦不復毫氂得過也。古人真有奇絶處，不可埋没。

（紅對夫人云）我道張生不是這般人，只請小姐出來自問他。奇奇，真是戲也。（請云）小姐，張生來了，你出來，正好問他。（鶯鶯上云）我來了。奇，奇，真是戲也。何苦如此，冤哉！冤哉！（相見科）（張生云）小姐間别無恙？亦殊冷淡。（鶯鶯云）先生萬福！（紅云）小姐，有的言語，和他説麽。便如《水滸傳》閻婆之於婆惜然。（鶯鶯吁云）待説甚的是！

【沉醉東風】（鶯鶯唱）不見時準備着千言萬語，到相逢都變做短嘆長吁。他急（穰穰）[攘攘]却纔來，我羞答答怎生覷。腹中愁却待伸訴，及至相逢一句也無。剛道個「先生萬福」。

此亦且可，總是庸筆弱筆也。

（鶯鶯云）張生，俺家有甚負你？你見棄妾身，去衛尚書家爲婿，此理安在？豈復成鶯鶯哉？（張生云）誰説來？前已知是某人，此又問，何也？（鶯鶯云）鄭恒在夫人行説來。（張生云）小姐，你如何聽這厮！小生之心，惟天可表！何不云：小生之心，惟有小姐可表？

【落梅風】從離了蒲東郡，來到京兆府，見佳人世不曾回顧。硬揣個衛尚書女兒爲了眷屬，曾見他影兒的也教滅門絶户。

此又好，沉着頓挫兼有之。

此一樁事，都在紅娘身上，我只將言語激着他，看他説甚麽。我寫張生，則決不出此。紅娘，我問人來，説道你與小姐將簡帖兒唤鄭恒來。何忍，何忍？豬狗不發此聲矣。（紅云）癡人，醜。我不合與你作成，醜。你便看得一般了。醜。〇一部《西厢》，皆鏡花水月，鴻爪雪痕之文也。若被此等咬嚼，便成閻羅鏡台，千年業在。恨恨！

【甜水令】（紅娘唱）君瑞先生，不索躊躇，何須憂慮。那厮本意糊塗；俺家世清白，祖宗賢良，相國名譽。我怎肯去他跟前寄簡傳書？

此又醜筆也。

【折桂令】（紅娘唱）那喫敲才口裏嚼蛆，數黑論黄，惡紫奪朱。又用《論語》，不通無理。俺小姐便做道軟弱囊揣，怎嫁那不值錢人樣豭駒。「便做道」，此何語也，喪心病狂，於斯爲極。恨恨！愛你個俏東君與鶯花做主，怎肯將嫩枝柯折與樵夫。那厮本意囂虛，將足下虧圖，我有口難言，氣夯破胸脯。

醜筆也。

(紅云)張生，你若端的不曾做女婿呵，我去夫人跟前，一力保你。等那廝來，你和他兩個對證。何苦費如此筆墨哉！(稟夫人云)張生並不曾人家做女婿，都是鄭恒謊說，等他兩個對證。(夫人云)既然他不曾呵，等鄭恒來，對證了，再做說話。笑殺七千人。

(法本上云)誰想張生一舉成名，正授河中府尹。觀其「誰想」二字，當初房兒借得着也，便畫盡善知識。老僧接官到了，再去夫人那裏慶賀。作《西廂》初寫法本時，更不料其後來至此。這門親事，當初也有老僧來，好和尚，可謂塵塵溷入，刹刹圓融。如何夫人没主張，便待要與鄭恒。若與了他，府尹今日來，却怎生了也？(相見畢)(稟夫人云)夫人，今日始知老僧說得是，張先生決不是這等没行止的秀才。他如何敢忘了夫人？況兼杜將軍是證見，如何悔得他這親事？大和尚口中，早是兩位官府。〇今日尤甚，蓋大和尚口中，純是官府，非官府便不道也。

【雁兒落】(法本唱)杜將軍笑孫龐真下愚，亦復言重。論賈馬非英物；正授着征西元帥府，兼領得陝右河中路。**【得勝令】**是君前者護身符，今日有權術。來時節定把先生助，決將賊子誅。他不識親疏，啜賺良人婦；君若不辨賢愚，便是無毒不丈夫。

且不說其庸醜，乃至法本皆唱，豈有是哉？

(夫人云)着小姐卧房裏去者。(鶯鶯、紅娘下)

(杜將軍上云)小官離了蒲關，早到普救寺也。(張生見杜，拜畢，張生云)小弟托兄長虎威，醜。得中一舉。今者回來，本待做親。有夫人的侄兒鄭恒，來夫人行，說小弟在衛尚書家入贅。夫人怒欲悔親，依舊要將小姐與鄭恒。道不得個「烈女不更二夫」。(杜云)夫人差矣。

俺君瑞也是禮部尚書之子，况兼又得一舉。夫人誓不招白衣秀士，今日反欲罷親，莫於理上不順。（夫人云）當初夫主在時，曾許下那厮，不想遇難，多虧張生請將軍殺退賊衆。老身不負前言，招他爲婿。叵耐那厮説他在衛尚書家招贅，因此上我怒他，依舊要與鄭恒。（杜云）他是賊心，可知妄生誹謗。老夫人如何便輕信他？

（鄭恒上云）打扮得齊齊整整的，只等做女婿。今日好日頭，牽羊擔酒，過門走一遭去。（相見科）

（張生云）鄭恒，你來怎麽？醜極。筆墨之事至於此極，真是活地獄也！（鄭云）苦也！聞知狀元回，特來賀喜。

（杜云）你這厮怎麽要誆騙良人的妻子，行不仁之事，我奏聞朝廷，誅此賊子。

【落梅風】此篇有兩【雁兒落】、兩【得勝令】、兩【落梅風】。（杜將軍唱）你硬撞入桃源路，不言個誰是主。妙妙。被東風把你個蜜蜂兒攔住。妙妙。不信呵你去緑楊陰裏聽杜宇，一聲聲道「不如歸去」。妙妙。

此惜又是杜將軍唱，真乃文秀之筆，未可多得也。

（杜云）那厮若不去呵，祗候人拿下者！（鄭云）不必拿，小人自退親事與張生罷。我亦不忍。（夫人云）將軍息怒，趕出去便罷。難，難。總之，何苦寫此。（鄭云）今日鶯鶯與君瑞爲夫婦，有何面目見江東父老，我要這性命何用，不如觸樹身死。妻子空爭不到頭，風流自古戀風流；何須苦用千般計，一旦無常萬事休。（倒科）（夫人云）俺雖不曾逼死他，可憐他無父母，俺做主葬了者。我亦不忍也，何苦寫至此，真爲惡札，可恨恨也。想彼方復以爲快，真另有一具肺肝也。（杜云）請小姐出來，今日做個慶賀的筵席，看他兩口兒成合者。（張生、鶯鶯拜夫人科，又交拜科，又拜杜將軍科）（紅娘拜張生、鶯鶯科）此時法本站何處？

【沽美酒】門迎駟馬車，户列八椒圖，娶了個四德三從宰相女，第三從似早。平生願足，托賴着衆親故。**【太平令】**若不是大恩人拔刀相助，怎能個好夫妻似水如魚。好意也當時題目，正酬了今生夫婦。自古、相女、配夫，新探花新探花路。此語輕新。

上來特續四篇，想只爲此數語故耶，乃費盡無數氣力，而此數語又只草草，真不解何意也。

（使臣上，衆拜科）

【清江引】謝當今垂簾雙聖主，妙句。敕賜爲夫婦。五字句妙。永老無别離，萬古常圓聚，願天下有情的都成了眷屬。妙句。

結句實乃妙妙。

附録

六才子西厢文（醉心篇）

清溪范濱秋水著

目録

怎當他臨去秋波那一轉

想雙文之目於臨去，情以轉而通焉。蓋秋波非能轉，情轉之也。然則雙文雖去，其猶有未去者存哉。張生若曰：世之好色者吾知之，來相憐，去相捐也。此無他，情動而來，情盡而去耳。鍾情者，正於將盡之時，露其微動之色，空際描神。故足致人思焉。有如雙文者乎？最可念者，囀鶯聲於花外，半晌方言。而今餘音歇矣，乃口不能傳者，目若傳之。妙語可（一作奇）思。更可戀者，襯玉趾於殘紅，一步漸遠。而今香塵滅矣，乃足不能停者，目若停之。唯見瀠瀠者，波也；脈脈者，秋波也；乍離乍合者，秋波之一轉也。點次錯落，字字醒露。吾向未之見也，不意於臨去遇之。吾不知未去之前，秋波何屬。或者垂眺於庭軒，縇託綺麗（一作灑落）。縱觀於花柳，不過良辰美景，偶爾相遭耳。獨是庭軒已隔，花柳方移，而婉兮清揚，忽徘徊其如送者奚爲乎？所云「含睇宜笑轉，正有轉於笑之中」者，雖使靚修矑於覿面，不若此際之銷魂矣。是「怎當」神致。吾不知既去之後，秋波何往（一作在）。意者凝眸於深院，掩淚於珠簾，不過怨粉愁香，凄其獨對耳。唯是深院將歸，珠簾半閉（一作掩），而嫣然美盼，似恍惚其欲接者奚爲乎。所云「眇眇愁予轉。此爲高手畫美人。有轉於愁之中」者，雖使開羞目於燈前，不若此時之心蕩矣。此一轉也，以爲無情耶？轉之不能忘情可知也。以爲有情耶？轉之不爲情滯又可知也。人見爲秋波轉，而不見波之心思，有與爲轉者，吾即欲流睞相迎，其如一轉之不易受何？一轉中有雙文情緒和盤托出，真屬靈心慧筆（一作口）。此一轉也，以爲情多耶？吾惜其止（一作只）此一轉也。以爲情少耶？吾又恨其餘此一轉也。彼知爲秋波一轉，而不知吾之魂夢有與爲千萬轉者，吾即欲閉目不窺，其如一轉之不可却何。藉「一轉」字，對面翻出爾許奇妙。噫嘻，招楚客於三年，似曾相識。傾漢宮於一顧，無可奈何。有雙文之秋波一轉，宜小生之眼花繚亂也哉！

風流婉媚，咳唾皆芳。有此錦心繡口，乃許做《西廂》文字，不然，是唐突題目也。

穿一套縞素衣裳

厥衣唯素，與淡妝而齊妍已。夫衣裳亦何足異，然有穿此縞素者，而遂覺其異也。豈曰無衣，便妙。蓋亦猶是淡妝云耳。張若曰：大凡色之可人者，不必其盡在容貌也，即一服飾間，而雅俗分焉矣。夫濃艷之章，非不足以悦世，乃亦（一作「乃往往」）有寧爲其淡，而轉覺可愛者，然後知其淡也，乃其所以爲艷也。語亦淡妙。以予今日之所見是已。豐姿嫵媚，已令人一見而生憐，然而憐其人，並憐其衣也。想曉妝初罷，幾爲開奩而躊躕矣。想當爾爾。容光淡蕩，已令人乍遇而動愛，然而愛其衣，並愛其裳也。想蘭麝微熏，早已對鏡而安排矣。不見夫衣裳乎？伊所穿者，非縞素乎？衣必有裳，猶淑女侍兒之相依焉，故合之而成套也。比物連類，其情事即在西廂中。嘗有顧影自嫌，而藉此以掩耳陋者，茲則無容掩矣。腰肢本自柔脆，一若有人與服稱者，雅淡之至，五綵當之而失艷，縞素焉已耳，蓋不必紅紫之悦人，而倍覺蕭疏矣。裳以襲衣，猶夫人婢子之相隨也，故配之而成套也。「套」字天然。嘗有芳姿過人，而藉此益盛其飾者，茲則無容飾矣。體態本自輕盈，一若有色與物宜者，白賁之至，美錦對之而含羞，此間有至理。縞素焉已耳，蓋不必纂組之多事，而別有豐神矣。論玉骨水肌，應似夜月之梨花，不謂如此縞素者兩相襯也，是綺羅中之太羹元酒也。於縞素中發出名言至理。嬌容如洗，亦唯是國色天真，而不屑以競鬥紅裙。襲香奩之餘習，素風其猶存乎，何幸於襟帶間遇之也。抑香腮粉臉，應似春雨之海棠，不謂於此縞素者遥相映也，是閨閣中之元裳縞衣也。纖質無塵，亦頗似大家舉止，而並非若憔悴青衣，少林下之幽致。素心其可白乎，何幸於妝束間傳之也。然則邂逅相逢，幸覩衣香之在目，倘得殷勤笑語，奚慮素志之難通。所見若此，所思者愈可知矣。

極力抬高縞素衣裳，則穿此縞素者愈可愛矣。却難其名論紛來，自成一番道理。誰謂做西廂文字，必是一味心靈矣。

隔牆兒酬和到天明

願酬和之久者，牆雖隔而情已通矣。夫酬和，豈易到天明哉，然其情相共也，雖到天明，亦無慮乎牆之隔耳。且從來兩情之相違者，天也；而兩情之相合者，亦天。天能使兩情之相合，而又限之以不得合，不幾疑天之厄人甚乎。雖然，不必謀面，而唱酬之下，已有天緣，亦惟期東方之既白，以永今夕之歡，斯已矣。天然貼合。吾得爲今茲之酬和者思之：方其清音嚦嚦，恍如月下聞鶯，而字斟句酌，不禁取原韵而奉酬也，芳心頓作錦心。錦囊佳句。當其環佩珊珊，幾疑花外仙來，而韵和律叶，不禁出新詩而相和也，香口兼成繡口。斯時也，此歌彼和，不過隔牆而酬和耳；一唱一嘆，亦只酬和於片時耳，敢曰依永和聲，直到天明乎哉。折落有跌宕之至，如飛花舞緒。雖然，乘彼垝垣，以望復關，固有望之而心傷者。今雖色笑未親，而音律相接，其室甚邇，其人亦不遠也。東鄰巧笑，踰牆而從，亦有從之而快意者。今雖芝顔未近，而歌詠情深，秉燭夜游，良有以也。李清蓮句對《國風》：「秉燭夜游，良有以也。」柔姿行露，羅衣豈耐五更風也。使我欲酬焉，而爾無和焉，雖片刻不相親也，遑曰到天明乎。况又有牆以爲之隔也，然而爾與我已心相契矣。果爾也賦三星之篇，我也詠窈窕之章，循牆步韵，宇宙内惟我二人默默賡同調也，則雖明星有爛，而敢問夜之何其乎。弱質多芳，露珠易濕凌波襪也。使我欲和焉，而爾無酬焉，雖須臾不相洽耳，遑曰到天明乎。况又有牆以爲之隔也，折筆醒透。然而我與爾已志相通矣。果爾也歌邛須於舟子，我也賦美人於西方，面牆審音，天壤間惟我兩人寂寂稱雅奏也，則雖曙色將啓，而敢卜夜於方永乎。此所以願酬和到天明也。天下賞心之處，大都不限於時，故倚歌而和，既幸兩美之相遭，尤幸兩情之畢連。則瞻望雲衢，即東有啓明，猶惜五更之未長耳。歡娱夜短，寂寞更長，從古言之。吾人得意之境，大都形之於言，故恬吟密詠，非爲見才之地，實爲寫心之語。則側耳蕭寺，即東方明矣，猶恨達旦之甚短耳。隔牆人，能使「惺惺惜惺惺」否耶。

淺斟低唱，密詠恬吟，而口角宛畢肖。此湯若士、董華亭風流也。妙人妙事，固須以妙筆傳之。

我是個多愁多病身，怎當他傾國傾城貌

愛其貌之美者，自慮身之不能持焉。夫張之身，因崔之貌而多愁病耳，今一見之，能不慮其何以當之哉。若曰：天之於人，誠不可解也。以素所愛慕之人，而邂逅相遇，情幾慰矣。然以素所愛慕之人，而邂逅相遇，而情反難持矣。何則，他鄉之客，顧影堪憐，而一當如玉者之縈懷焉，韵語取神。則愛慕之下，轉不勝其顧慮焉耳。彼來清醮者，乃可意種焉。而我亦何幸哉，我之棲遲蕭寺也，亦謂其飄飄而欲仙者，玉骨焉耳，水肌焉耳，襯起傾國傾城。他之貌足令我情牽也。我之佇立湖山也，亦謂其溶溶而疏流者，梅之清焉耳，菊之淡焉耳，他之貌足令我意移也，而不意其爲傾國傾城貌也。湊三百以如是之貌，而今既覯止，則他之貌與我之身，天假之緣矣，我何如欣幸乎。以如是之貌，而亦既見止，則我之身與他之貌，兩美之合矣，我何如快慰乎。然其如我之多愁多病何矣。轉落天然。夫我之愁何自來也，媲孌季女，望之而勞心焉忉忉，愁不禁自此多矣。今佳冶窈窕，覿面而相逢，向之眉上愁庶幾解乎。然而國色天香，聲欲繞樑。可以比其貌而不足以盡其貌也，則眷顧之下，愁有悒悒而添者。夫以我多愁之身，而值佳人之在望，不復能支矣。我之病何自昉也，彼美淑姬，思之而勞心悄兮，病不覺自茲多矣。今秀質芬芳，聚處於一堂，今之心頭病庶有瘳乎。然而妒月羞花，可以擬其貌而不足以傳其貌也，則契想之餘，病有懨懨而深者。夫以我多病之身，而適玉人之遥臨，其何以堪此乎。前此梵王宫前，凝眸一眺，未嘗親炙其光耳。茲之蹁躚而來者，幽揚婉轉，即欲不魂消而不得。是則傾國傾城者，仿佛素娥之雲雨，而我愁病孤蹤，怎敢比

襄王之夢耶。沉鬱頓挫，《離騷》耶？樂府耶？前此月下聯吟，隔牆唱和，不過望見顏色耳。兹之裊娜而至者，容與淡雅，即欲不腸斷而不能。是則傾國傾城者，恍如文君之風韵，而我愁病微軀，怎能效司馬之迹耶。噫，莫克當他矣，然則他將何時慰我愁而藥我病耶。愁然不盡。

本文兩句，宛轉曲折，已極盡情態，而篇中摛思屬藻，新艷異常，微吟一過，仿佛江郎夢筆時也。

繫春情短柳絲長，隔花人遠天涯近

情有不得遽通者，爲即景以寫其怨焉。夫春欲其繫也，而情偏短，花不欲其隔也，而人偏遠，其怨恨之意，反覺柳絲長而天涯近矣。雙文若曰：夫人有所繫屬者，非緣物而來，亦不因境而去，惟默存此一綫以相通耳。雖然願與事違，而輾轉者，至堪自喻，則有懷莫訴，曠覽當前，能無惆悵耶。秀勁可人。今日者滿目殘春，方寸亂矣，惹恨牽情，翻羡草木無知，不比柔腸之寸結。風雅絶倫。抑幾番風雨，香雪紛然，倚花注目，正恐山川雖隔，不如素志之難通。是故春之繫也，情短而柳絲較長；花之隔也，人遠而天涯較近，我其若之何哉。向以爲柳絲之拂拂也，棲暮雨而含愁，挂春禽而無力，孰若依依心曲者，叠山而難窮乎。獨至今日，春閨静悄，撫孤影以自憐，抑鬱無聊之况，有不若畫樓金綫，尚能絆春色於將歸也已。抑揚哀怨，如聞洛陽江上琵琶。向以爲天涯之渺渺也，思伊人而不見，欲奮飛焉無能，孰若居址相向者，會合之有期乎。獨至今日，花影參差，聽書聲於隔院，傷心咫尺之間，反不若王孫芳草，香色情氣，無所不有。有可倚朱門而遥望也已。雖弱質清癯，應似垂楊之瘦，奈芳心如結，偏爾遜其舒長也。針神繡罷，而翠幕香消，夫豈不欲此春光之繫乎。而無端而忽來者，又無端而欲去，徒令我欲斷楚山焉耳。凄然欲絶。即夢魂嬌怯，難堪道理之遥，奈良晤多難，偏爾生其間阻也。荼䕷香來，而輕衫淚滿，夫豈樂此花陰之隔乎。而有時而有意者，又有時而無情，徒令我倚遍闌干焉耳。嗟嗟，寸心空切，愁看柳色之輕黄，絶妙好詞。之子難忘，意若花魂之無主。悠悠我思，悲何如矣。

文異水而涌波，筆非秋而垂露。世間有此種文章，畫閣綺窗之下，焚香煑茗之余，有心人其三復之。

筆尖兒横掃五千人

信退軍之策，筆若有鋒焉。蓋筆尖甚微也，五千人至衆也，張能横掃之，其鋒孰敢當哉。雙文意曰，以寇氛之憑陵，而問策於儒生，鮮不笑其無濟矣。襯跌起，先作落奚語。然而有文事者，豈無武備。古來折冲樽俎，而決勝干廊廟者，豈盡身立行間哉。蓋下筆有神，而一指掌間，旋歌奏凱矣。出師表文，下燕書信，他不真有乎哉。前此宮殿相逢，只以爲柔弱士子，徒工翰墨已耳。語亦雄勁。不意鼓掌而前，竟爲崔氏之干城，語亦出色。吾母子之幸也。前此月夜酬和，只以爲風雅文人，長於筆陣已耳。不意奮袂而起，竟作閨閫之甲胄，又我一身之幸也。所可慮者，儒冠儒服，未必如輕裘緩帶者之坐鎮疆場也。而況群虜紛紜，幾如壁壘，堅難破矣。誦詩讀書，未必如操弓挾矢者之御侮行間也。而況烽煙告警，肆其猖狂，勢甚熾矣。而他所持者，非此一筆尖乎。轉出筆尖兒。夫匹夫尚難奪志，今群聚而呼者，居然五千人也。以筆尖之飛揚，與五千之干戈孰利。且一夫尚可當關，今烏合而來者，儼然五千人也。以筆尖之揮灑，與五千之劍戟孰强。如是，而筆尖能掃五千人乎哉。雖然持一書以求救，而遂有整師而向我蕭寺者，使五千人紛紛逃散也，寧非筆有以招之乎，則書生毛錐，遠勝熊羆之斧斨。抑修一紙以相通，而遂有環聚而護我西廂者，因使五千人惶惶震恐也，寧非筆有以致之乎，則學士揮毫，堪媲鷹揚之猛將。筆筆尖挺。五千人中，有將焉，有卒焉，殲其卒，而未擒其將，可以謂之掃，而不可以謂之横掃也。茲則搤其抗而驅之，五千人無一漏網焉。實寫「横」字。而香閨繡幙，仍然蘭麝之芬，則筆尖所保全者實大。五千人中，有主焉，有佐焉，獲其主，而尚遺其佐，可以謂之掃，而不可以謂之横掃也。兹則貫其腹而攻之，五千人無一遺亡也。而梵王玉宇，依然清淨之區，則筆尖所救護者實多。然則筆尖兒捷於弓矢也，筆尖兒遲於介冑也，筆尖兒突於戎馬奔走，雨打葉落，皆廢紅紅。而鋭於鈎戟長鎩也。揚揚灑灑，誰與爲敵，微斯人吾能復生乎。

寫五千人，便有千軍萬馬之狀；寫横掃，便有斬將搴旗之勇。狹巷短兵相接處，殺人如草不聞聲，紙墨間亦復爾爾。

我從來心硬，一見了也留情

情有動於所見者，不得復言心之硬矣。夫心硬則情難移矣，乃一見而留情焉，張生其亦知紅此意耶。若曰：今而知天下之足以移情者，匪直佳人爲然，即才郎亦復爾也。妙人，妙人恰在個中。蓋豐姿韵秀，無論有心者，見而相思相愛焉，即淡然無意於斯，而當猝焉相接之時，情亦有不能自禁者矣。據張生之相貌才情，豈獨引動我鶯鶯乎。鶯鶯之色，國色也，既有其色，必有其情，幾見有窈窕淑女，而不願好逑於君子者乎，其見張生而留情焉，宜也。爲「也」字跌宕。鶯鶯之才，天才也，既有其才，即露其情，幾見有閨中俊秀，而不思鸞交於美士者乎，其見張生而留情焉，固也。若夫我則何如乎，接「我」字，妙。名門婢子，我貌亦甚平耳，既非若傾國傾城者，擅美於當時，雖值良辰美景，而對花柳而傷心，非吾事矣。引出從來「心硬」。深閨侍妾，我才亦甚拙耳，又非若柳絮舞風者，著聞於一世，雖遇風流人士，而一覿面而神馳，非吾事矣。何也，我從來心硬故也。點睛欲活。乃一見張生而竟何如哉，雙蛾不畫，默鎖春山，寫閨情入畫。豈真寂然無情乎，第以心匪石而可轉，我從來如是耳。至於今而忽變於崇朝，言念君子，温其如玉，有不覺神往而魂飛者。自此後行坐一張生，寤寐一張生，傾乎小五原燕事，只要檀郎認得聲。鶯鶯有然，而我亦復然矣。吉士誘之，無使龍吠，豈真匪我思存乎，第以心匪席而可卷，我從來若是耳。至於今而忽易於一旦，淑人君子，其儀一兮，有不禁目招而情怡者。自此後懷抱間一張生，肺腑中一張生，鶯鶯有然，而我亦不異矣。自見於梵宮，而此情動矣，然猶以邂逅之間，未便爲芍藥之贈。今則覿面相親，亭亭玉立，雖欲硬吾心焉而不得。夫翰苑儀容，忽下胡陽之絳紗，確有援記，文明口角，真狡猾（「猾」一作女郎）也。向竊笑其鄙也，而今無庸矣，女子善懷情不相遠矣。自見於寺警，而此情又動矣，然邂逅愴惶之際，豈暇爲彤管之貽。今則笑語相迎，彬彬爾雅，即欲硬吾心焉而不能。夫褚郎美秀，忽來山陰之佩玽，向竊嘲其穢也，而今無庸矣，玉人可懷情略相同矣。醉心之句。一見了也留情，况我鶯鶯如之何。雋極。勿思。

落花縈拂，流水潺湲，個中情况，解人得之，世間鈍漢，豈能讀此文一字。

他誰道月底西厢，變做夢裏南柯

事而忽變，人似夢裏行矣。夫月底西廂，至請宴而願可遂矣。乃忽變夢裏南柯，誰計及此哉，鶯蓋深爲之痛也。曰：古人云浮生若夢，爲其事難憑也。若夫以可憑之事，忽而爲嘉會之舉，方且幸燕爾新婚，如兄如弟，而不謂幾筵之上，頓成恍惚，遂使秦樓之凰，化作莊生之蝶，曲澗流泉，聲含悲切。傷何如也。玉液金波，他胡爲難咽哉。他則道一入侯門，竟作乘龍之客，而蕭寺凄凄，可不倚西廂而恨月。他則道偎傍繡閣，常伴金屋之嬌，而黄昏悄悄，可不必待月於西廂。而今變矣。四字一轉，如規葉月。第見盼高堂而無語，望紅粉而心傷，反不如不月底西廂，倚清風而泣露。對金樽而踟蹰，撫華筵而嘆息，反不如不月底西廂，字字悲切（一作咽）。隔花牆而酬和。當斯境也，覩斯况也，古有南柯之夢，異樣灑落。是耶，非耶。夫畫堂高會，南柯中亦有其事，然而賓主情洽，雖夢裏亦覺其歡，而豈似此寂寞堪憐耶。抑紅裙笑語，南柯中亦常有人，然而彼此情欣，雖夢裏猶多別境，而豈如此悲愁殆甚耶。初不意綢繆束薪，詠三星於在天者，竟作枕上之魂也，而遂令南柯中忽開此東閣。又誰知灼灼其華，慶之子之於歸者，奇思雋想，爛漫行間，此真才子之筆。乃愧高唐之會也，而遂令南柯中徒設此東牀。吁，嗟乎，花外流鶯，喚不醒襄王之寐，而西廂之月，不依繡幙之紅絲，而依牛女於銀漢也，其奈之何。已焉哉，長絲垂柳，繫不住杜女之意，而西廂之月，不照藍田之碧玉，而照參商於天角也，又奈之何。第爲我身綽約，變做睡裏之魔，猶其淺焉者也。夫睡魔亦可驅也，而月底事徒勞寤寐，其將誰驅乎哉。天實爲之，乃之何哉。抑爲笙歌悠揚，變做譙樓之鼓，猶其未焉者也。夫譙鼓有時歇也，而西廂下徒成虛願，其何日已乎哉。念我張生西廂之夢，知不及邯鄲之睡也，奇妙，波折悠悠不媚。君愧盧生多矣。

如讀昭君十八拍，言言哀怨，字字悲切。因思人間事願相違者，何處無之，特説不出此句話耳。崔灝詩云「眼前好景道不出」。能道出者，必才子也。

他做了個影兒裏情郎，我做了個畫兒裏愛寵

怨極而辭生焉，故託於虛者以相況也。夫曰影曰畫，其虛焉者耳。崔之比張以自比也，非怨極而何。今夫情之積也至幽，而終不能藏也，絶也至難，而終不能遂也。今此若近若遠者，亦復誰堪曲訴，只於筆墨間摹擬其萬一，情深語曲。以爲吾兩人第有是焉，何慘目也，何愴情也。今者夫人之有初，而鮮終若此。方其初得計也，亦可謂大快其心矣。佳期伊邇，應屈指於燈前，誰知轉盼而茫然也，而他何望也。抑其未誓盟也，亦可謂甚洽吾意矣。良晤可期，竊縈懷於靜夜，誰知一

旦而幡然也，而我何望也。「他」字出口。吁嗟已矣，計竭思窮，轉嘆孤身慘戚。母乃天乎，香消粉褪，空悲薄命艱難。所謂影裏情郎，畫裏愛寵，是耶，非耶。以他之豐韵翩翩也，設與我促膝而同吟，則緑窗風物，盡收入乎奚囊。然而無如何矣，對曲檻之淒清，恨花陰之迢遥，拋書愁坐，蓋有笑語難親者。意之密矣，緑之疏矣，意惟影兒裏有斯綢繆乎，鶴淚遠空，西風颯颯，悲乎不悲。而一言允諾之後，又何爲而至此乎。以我之含情脈脈也，設與他拂幾而鳴琴，則幽室餘音，且瀠洄於焦尾。然而不堪念矣，嗟雲鬟兮零亂，盼佳客兮神傷，顧影自憐，蓋有音容難接者。其室則邇，其人甚遠，意惟畫兒裏有斯繾綣乎，影裏畫裏，天然襯出。而一心結契之餘，又豈期其止此乎。向者閑階花滿，岑寂無人，他或怡情圖畫，則異日之情深，意即於影而遥想矣。至於今日，萬斛愁思，皆成流水，是有虛情而無實事也，豈非徒寄情悰於仿佛也哉。向者繡榻風涼，淒其獨對，我或留意丹青，則他時之和好，人即於畫而默會矣。至於今日，半簾皓月，空映湖山，是有人工而無天巧也，吐屬微至。夫何取此和好於虛無也哉。嗟嗟，情親而無着，搦管傷心，意密而難投，披圖灑淚，我夫人其真狠毒也夫。

一字一低徊，一聲一悲咽，樂天《琵琶行》，子美《哀江頭》，有此情緒。至其摹寫影兒畫兒，尤爲微妙入神也。

中間一層紅紙，幾眼疏欞，不是雲山幾萬重

相思而不可即也，紙窗幾若雲山矣。夫紅紙疏欞，非雲山比也，然而中間人竟不可即也，何如雲山幾萬重哉。今夫人結遥情於千里，通心志於遐方，而致憾於關河之阻隔，此無怪其然也。若夫其地非遥，其人伊邇，欲相親而莫遂，思覿面而無由，則蕓牕相隔，渺若天涯，閑雲淡宕秋空。有不禁感慨繫之矣。疏簾風細，幽室燈青，裏外邊明明相望也。盼彼金鈎不挂，長控西廂之月，使其並坐相依，一彈再鼓，致足樂耳，然而其中多不忍言也。轉句淒愴。迹其孤燈明滅，半照形單之客，

使其操縵相隨，促膝談心，胡弗快焉，然而其中殊多離恨也。第見其響清風而蕭瑟者，非一層紅紙耶。襯花影之扶疏者，非幾眼疏櫺耶。琴韵悠揚，非一層紅紙，能遮如怨如慕之情，乃何以人在中間，彼之不能破紅紙而出，刻畫入微，透人心脾。猶我之不能揭紅紙而入也。明皎月影，横斜於紙上，而所謂伊人，似在蒹葭白露中也，秀韵天成。可奈何。琴聲嘹亮，非幾眼疏櫺，能鎖如泣如訴之衷，乃何以人在中間，彼之不能越疏櫺而來，猶我之不能透疏櫺而往也。迷離樹色，掩映於櫺間，而允矣君子，如在秋水長天外也，如此佳妙，與《西廂》本文可相匹配。可奈何。當此際也，果雲山間隔，遠莫致之，予獨何心，而爲此無聊之嘆。然而不過紅紙一層，相去無幾耳，乃予美亡此，誰解眉愁。恨哉紅紙，何不爲紅葉之媒，而徒蔽望眼之穿也。魚雅風韵，孚解新。所謂歷歷雲山，青天半落者，夫豈是耶。抑果雲山阻長，愛而不見，予又何心，增此悲悼之情。然而不過疏櫺幾眼，相隔無多耳，乃獨坐無偶，誰與爲歡。傷哉疏櫺，胡空有玲瓏之竅，而不作繡幕之牽也。所謂雲山縹緲，不能奮飛者，夫豈是邪。噫，不是雲山幾萬重，而中間人竟不得身相近也，吾其如此一層紅紙、幾眼疏櫺何哉。尾聲以爲悲楚。

字裏含愁，筆端有恨，多情懷抱，與風雅文章合并而出，哪得不令人愛玩。

花箋上刪抹斷腸詩

賦新句於花箋，詩成而腸斷已。夫曰斷腸，則其詩尚堪多讀哉，乃崔鶯刪於花箋之上也，悲夫。紅若曰：天下人莫非情也，情之所鐘，而不能必遂，往往寄之於詩。蓋詩者，寫情之聲也，非千古情真之人，不能爲千古斷腸之詩，可知《古詩十九首》真有情人也。而我竊心焉識之矣。詩有成於歡娛者，觀物興懷，即曲寫其水月煙花之妙，而逸興遄飛，無難引班毛而炫綵。詩有迫於憂思者，惹恨牽情，即明言其芳春寂寞之况，而愁成欲破，轉若搦象管而難成。不見夫花箋乎，其始也，腸欲斷而託諸詩。名言至論。其既也，詩將成而腸益斷。蓋幾經删抹云。以彼長夜蕭然，倚碧窗而愁坐，有倍覺景物之凄凉者，此意誰能喻也。自有詩，而綠鬢紅愁，多傳情於紙上。其盡致矣乎，又從而沉吟焉。回腸九轉之際，若明明有一莫解者，而欲寫焉，其還停也，神骨亦復清雋。蓋不啻字斟而句酌已。以彼深閨悄然，嘆傷心於咫尺，有倍覺隻影之堪憐者，此悶誰能解也。自有詩，而風聲月色，多感懷於筆尖。其傳心矣乎，又從而低徊焉。寸腸百結之餘，若隱隱有一莫訴者，而欲吐焉，其轉吞也，筆尖如吞吐入口。蓋不啻鏤心而刻骨已。是詩也，向使一室聯吟，則唱予和汝，方幸握手而訂同心，惜也不必也。綠鬢含愁，長自詠於湖山石畔，而載删而載抹者，覺錦繡之腸與滑膩之箋而俱麗也，落霞孤雁，秋水長天，掩映成文。此即當境者，不自知其工耳。是詩也，即使千里相思，而魚沉雁杳，猶爲錦字而寄遥情，况乎其不遠也。抱膝長吟，恒自賦於繡閣燈前，而既删而既抹者，覺柔腸之婉轉，得新詩之凄清而莫續焉，此即旁觀者，豈能贊一辭哉。嗟嗟，一紙花箋，徒濺佳人之血，工妙突過《文選》。三更討夢，空銷怨女之魂，曾甚多讀也耶。

文不從肺腑流出，縱麗句滿紙，剪綵成花耳。文誠意外之想（一作「文以蒼凉之想」。蒼凉一作真摯），寫凄楚之音。（堪與《國風》、《離騷》並讀）。

這叫做才子佳人信有之

美名之無愧也，情相同矣。夫才子佳人，自有相思之致也，今觀夫張與崔，不其信然乎。若曰：吾今而知情之不可以已也，吾今而知情之不可已，其在兩美尤甚也。蓋淑女本自有懷，而君子豈其無願，則夫相見也，而因以相愛，相愛也，曲曲有神。而愈以相思，從古所稱，良非虚語耳。奚落也上人。如我鶯鶯與張生，非一樣相思哉。思淨幾明窗，或游覽於古今，或歌詠於詩書，豈非儒家業也，而胡爲有此繾綣之懷。抑蘭閨畫閣，或拈針而刺繡，或賞花而微吟，豈非紅粉事也，而胡爲有此篤摯與之思。噫，我早知之矣，夫天下不有叫做才子耶，抑不有叫做佳人耶。寫（一作出）得灑落風流。書生每多謔浪，顧蕩漾猶夷，恒寓意於風雲月露之中，而傷春悲秋，自古才子往往有之。女郎頗多情態，頓才子佳人，留住「信」字。顧摘花映鬢，恒寄情於柳色芙蓉之内，而春恨秋思，自古佳人往往有之。然而猶未敢遽信也，及觀此兩人，而竟果然矣。點睛欲活。天下惟雙好爲難覯耳，宋君如玉，未聞佳偶，陸生多才，不傳内子。才子而不遇佳人，則瞻顧之下，無所繫屬，抑且無以顯其爲才子也。今見我張生，處瀟灑之書齋，而不免心傷者，其情之所鍾，惟在鶯鶯也。今非才子，而何以有此纏綿曲摯之情也。天下惟二美最難獲耳，歌舞吴宮，未遇畫眉於張郎，吹笳北塞，自恨無緣於漢主。驅遣大妙，妙句如仙。佳人而不遇才子，則徙倚之餘，罔有注念，抑且無以顯其爲佳人也。今觀我鶯鶯，居深鎖之閨中，而不免於長吁者，其情之所戀，惟在張生也。今非佳人，何以有此綢繆固結之衷也。夫書相思於桐葉，賦求凰於琴中，我於閨閣中，竊聞其名，而未親閲其事。今就兩人觀之，而丁香枝上，豆蔻梢頭，六朝選句，盡在行間。才子乎，佳人乎，兩人一心，這芳名舍是莫屬矣。抑題紅葉而寄流水，着紫衣而出陽關，我於侍側時，竊聞其事，而未目覩其人。今就兩人觀之，而一分風雨，一分愁悶，如誦風雨蕭蕭，鷄鳴嘐嘐。才子兮，佳人兮，異地情同，這令名匪是弗克矣。然相思而不獲相慰焉，才子佳人且奈之何哉！

裙拖六幅湘江水，鬢繞巫山一段雲。好兩句艷麗詩，最能使人擱筆者，文却堪與並讀也。

晚妝樓上杏花殘

杏花而既殘也，晚妝難以爲情矣。夫晚妝樓上，鶯之常耳，而杏花殘矣，春日遲遲，非其時耶。紅若曰：天下美人之態，半形於妝臺，道子寫生，神魂畢肖。而無聊之思，多生於薄暮。何也，顧影踟蹰，其黃昏獨坐，已足傷矣。況飛花點點，意緒撩人，而念春光之無幾，嘆東風之有恨，未免多情，誰能堪此耶。我之做撮合山也，豈爲張生哉。我願你今夕何夕，快三星之在天，而無如不我諒也，樓上佳期，只自負耳。點逗妙。我憐你牛女常暌，欲鵲橋之高駕，而今反增罪戾也，樓頭紅杏，諒予心耳。你不嘗日上高眠，頻眉蹙而自傷乎。畫梁飛燕，碎語啾啾。則簪墜珊瑚，春山慵掃其常也，而吾所謂傷情者，尤不在此也。你不嘗春日曉起，對菱花而長嘆乎。則綠雲撩亂，無意盥櫛其常也，而吾所謂增恨者，猶不在此也。蓋吾記你之晚妝樓上也，日之既夕，只堪自憐，誰與爲歡，而爲此晚妝耶。吾知妝成獨坐，雖綺麗動人，亦形相吊耳，影相憐耳。春兒撩亂難言。夕陽在山，人情多惓，誰適爲容，而晚妝樓上耶。悲語。吾知妝罷低徊，縱姿容絕世，有獨寤歌耳，獨寤宿耳。晚煙裊裊，繡不出鴛鴦逐隊，而晚妝焉胡爲者。意者欲以羞花之貌，競花枝而比笑，而花顏易老，能消幾個黃昏。樓閣重重，望不見巫山十二，而晚妝又奚益者。意者欲以如花之容，傍名花而爭色，而佳日難留，莫禁妒花風雨。當斯時也，啼鶯倦矣，蝶影亂矣，芳草連天，而綠柳拂地矣。起視杏花，杏花不已殘乎。普天下有恨女郎，同聲一笑。曾記杏花之含蕊也，樓上覩之而情動，而晚妝且因之增艷矣。未幾而風片相催，雨絲頓折，則春光半去，莫挽嬌姿，吾恐與陌頭柳色，共悔夫婿封侯。曾記杏花之方盛也，樓上見之而神馳，而晚妝且因之倍麗矣。未幾而春日遷延，杏園爛漫，則韶光九十，半點香泥，即或有金勒馬嘶，知少玉樓人醉。當日色融和，已喜晚妝之甚適，而況於杏花殘矣。倘天氣暄妍，又恐晚妝之不耐，可雲解事侍兒。而猶值杏花殘也。則溫風吹而寒氣消，正其時矣，而晚妝者奈何猶自怯衣單也。

最愛陳妙常詞中兩句，如「黃昏獨自枕孤衾，欲睡先愁不穩」，爲能寫殺閨中。通篇悲艷交集，意緒蒼涼，亦復何減也。

金蓮蹴損牡丹芽

金蓮之遥行也，不顧其有所損矣。蓋牡丹有芽，胡爲蹴損之乎，然而金蓮有情，不禁與之相觸耳。若曰：人之心有所屬者，影求其有益也，而不覺其有損，蓋彼非實所有催殘也。意皇皇其難已，步遲遲而不能，訓教雅令。遵彼微行，如有所礙焉，則名芳初發，脚踪先遂，將心事傳也。鶯鶯之行，而豈僅若池塘睡鴨，楊柳棲鴉哉。當良夜之瀉沉，使其青燈刺繡，則停針無語，宜作並蒂之蓮。字字襯貼，影射入妙。望月明之如晝，使其角枕孤眠，則夢入高唐，恐有芍藥之贈。今胡爲循曲檻而徘徊，望湖山而伫足，遂使窄窄金蓮，不憚跋涉之勞。胡爲尋花陰之曲徑，步芬芳之香途，遂使小小金蓮，不惜往來之苦。憶爾時，陰陰者花牆耶，芊芊者芳草耶，非牡丹芽耶。俯視池塘，未見荷錢之小，仰視楊柳，如垂繫恨之絲。縆染襯墊，百媚横生。而於其中具富麗之質，擅洛陽之勝者，謂爲三春富貴，則人之視牡丹也甚重。而當其爲芽，雖有可異之姿，猶未標奇於魏紫。謂爲衆卉君王，則牡丹之自視也不輕。而當其爲芽，雖在方苞之際，亦已推美於妙黄。若然，則護之惟恐不深，惜之惟恐不至，跌落有勢。扶之植之，灌溉而長養之，宜也，鶯獨何心，而金蓮蹴損也哉。得毋以金屋多嬌，錦囊佳句。妒彼西施之號，故環佩珊珊之下，踐踏加之。然而金蓮無心也，芳徑行來，有適與之相觸焉耳。得毋以玉堂人杳，定有學士之稱，故紅裙摇曳之際，步履及之。然而金蓮不知也，穿花而過，蘊藉可思。有偶爲之小厄焉耳。疏剔趣甚。求牡丹生機未暢，忽遭意外之侵，牡丹之不幸也。波推折竭。金蓮行踪匆匆，忽與國色相傍，則又金蓮之幸也。以彼芽出翠草，頗似閨中之處子，蹴之何爲。然不過蹴焉已耳，初非若笑折花枝者之不情。以彼芽尖初吐，又似情竇之相引，損之何爲。然不過損焉已耳，初非若標碎花心者之太甚。而况頭上玉簪，更足關情乎。

無情處寫得有情，旁見側出，具見生發不窮，典屬其麗莫之文字。

親不親盡在您

深欲其親者，爲之專其責焉。蓋張之於崔親也，而非不親也，然其親豈異人任乎，紅是以臨去叮嚀耳。且以生平所甚慕之人，一旦惠而好我，吾知爾時之情，濃而非淡也，明甚。然而意中之事，設一意外之想，而柔弱書生，或不盡解其中況味，則此際之相愛與否，惟在身其事者，着眼「您」字。實任其責，而非他人所得過而問也。肯不肯怎由他，則不由他者，您也。蕭條旅邸，忽邀仙子之會，解枕衾兮，其喜何如。以您而自揣，應覺骨肉爲之疏。體貼入微。寂寞空齋，疑入高唐之夢，錦衾爛兮，其樂何極。代您而思維，頓覺神魂爲之若合。若是則親焉，宜也。當其始至，則親韓壽之香，雖未顛倒衣裳驅遣工妙。而同心者，自覺其嗅之如蘭。及其既至，則親姑射之肌，雖未式食庶幾而綢繆者，又覺其甘之如薺。思前此秋波一轉，欲携手而不能。語含嘲笑，極肖紅娘口角。而今之盈盈可愛者，其間不能以寸也，即多方親之，而豈厭其綢繆。前此隔牆聯吟，欲促膝而不得。而今之笑語可接者，乃不違顔咫尺也，即極意親之，猶尚嫌其情薄。於斯時也，即無知之子，猶謂千金一刻，而況於風流才士乎。即寡情者流，亦幸羽化登仙，而況於相思情種乎。若是則親焉，宜也，而忍不親乎哉。或者以禮義之範，竊鄙臨邛之琴，則以引鳳簫史，而爲閉户男子，也未可知。轉入不親一層，確有運用。或者以多病之體，莫投桑下之金，則以擲果潘郎，而爲坐懷柳下，也未可知。使果親焉，則體天地生才之心，而兩美必合，爲古今之佳話，過枝盡在「您」一字。而豈其敗德。倘不親焉，則體聖賢好色之戒，而守身如玉，爲香寶之君子，而豈其負心。引爲佳話耶，惠然肯來，如鼓瑟琴，誰爲禁也，而令其不親乎。引爲君子耶，人之好我，匪我思存，誰能强之，而令其相親乎。盡在您而已矣，予亦從此去矣。結語有江上峰青之致。

此一句爲後候結束語，叮嚀囑咐，備極温存，必如此寫一段（一段，一作來乃）爲貼合。

難道是昨夜夢中來

非夢而疑爲夢，快何如矣。夫鶯既夜就，則非夢中矣，張惟快之至，故作此疑猜耳。若曰：今何幸，而不才書生忽有此奇緣也。向亦會於寤寐中，作斯景况，而不得遂其願焉，則以爲孤枕單衾，今生大抵如斯耳。乃不意今夜相逢，得邀神女之會，而令我驚疑焉，則爲是爲非之際，甚惝恍而難釋矣。我審視明白，則香埃猶是也，而何以零露瀼瀼，至今夜而生香。閑階猶是也，而何以清風颯颯，至今夜而知暖。書齋猶是也，而何以月色皎皎，至今夜而更融。將以爲真耶，花影迷離，豈竟是天臺之路。一層一折，步步生波。將以爲非真耶，蘭麝香幽，豈猶屬陽臺之寐。流鶯聲轉，猶在耳也，而枕畔嬌啼，胡不聞芳心一語乎。歡喜場中，忽作驚疑之情况如是。芳馥襲人，猶沾衣也，而情態含羞，胡不見彤管相贈乎。方其翩然而至，以爲平昔愁思，至此而可釋，而桃花流水，轉生劉阮之疑。字字鮮美異常。抑其惠然而來，以爲從前幽怨，至此而可慰，然而爲雲爲雨，疑起襄王之慮。意者，爾時情事乃夢中耶，兩人歡愛，乃昨夜夢中來耶。今者東方已明矣，曉鐘初動，欲留焉而不能，欲别焉而不忍。我爲之微察焉，多情何自而至止，豈明明軟玉温香，典雅之極。夫猶是邯鄲道上也。今者晨鷄已鳴矣，曙色將起，方兩情之正濃，倏歸期之甚疾。我爲之端詳焉，玉人何因而來思，難道是三字，神致活現。豈明明嫩蕊嬌香，夫猶是南柯就裏也。我方謂旅邸幽窗，難爲金屋之貯，而不意不畏多露，徒顛倒乎衣裳，遂令一夜綢繆，如在依稀仿佛間也。我方謂生花銀管，未及畫眉之候，而不意三五小星，欲肅肅而宵征，遂令三更輾轉，竟在恍惚難憑時也。難道梅帳脂粉，是夢中陽臺耶。桃花亂落如紅雨。玉骨冰肌，是夢中佳麗耶。温存款洽，是夢中景况耶。而今不然矣，吾亦何幸而有今日也。

聖歎於此句批云：偏是决無疑猜之事，偏是决有疑猜之理。蓋不快樂不疑猜，而不疑猜亦不快樂。此寫來，真乃絶世文詞也。（一作有此兩面情事）

立蒼苔只將繡鞋冰透

玉成人事者，忘其立之久焉。夫繡鞋冰透，蒼苔爲之也，而立之者果爲誰乎，紅殆憶之而如悔也。曰：甚哉，予之熱腸也，知爲人計，而徑不爲己計也。蓋此憐窈窕，而彼遂好逑，兩美其相合矣，而予惟是延佇花陰，徘徊有待焉。謂是裹足不前乎，然而其情良苦矣。窗外輕嗽，予何以不敢哉，誠懼彼窩鸞鳳，妙語解頤。嗽焉而驚飛也。夫以隔牆酬和，幾待月於西廂，至此而驚飛者，乃在撮合山也，咎誰歸乎。又恐枕畔鴛鴦，嗽焉而驚散也。夫乃花底琴心，各相思於異地，至此而驚散者，乃由執柯人也，責奚逃乎。是以紐松帶解之時，柳腰一任其款擺，我讀之，芳心欲動。窗外人情豈不動乎，而足未敢離也。温香抱滿之際，花心一任其輕拆，窗外人意豈不羡乎，而步未敢移也。予期時有立蒼苔已耳。夫蒼苔已濕，濕則非若干燥之處，足以容身。意兩人綢繆情多，而我則欲去難去，而低徊流連，必是仰看銀河，心中暗惴。徒受此冷落之景也。抑蒼苔向陰，陰則非若温暖之地，足以託足。想兩人款洽風生，而我則欲留難留，而徒倚躑躅，徒任此凄寂之苦也。此時此際難爲情。況良夜迢迢，冷露滴於無聲，而玉步珊珊，吾其如此獨立何。況蟲聲唧唧，接續鳴於四壁，而金蓮窄窄，吾又奈此蒼苔何。嘻，斯時繡鞋兒冰透矣。憶剪刀初落，欲其舉步生蓮，而又恐以寬窄難宜，不稱纖纖之笋。吾爲此繡鞋，亦極愛惜之至矣，而豈料於蒼苔濡濕乎，而不得已而立也，而又不得已而透也。憶金針初繡，欲其花樣生新，而又恐以顔色未佳，難較絲絲之綿。吾作此繡鞋，又極經營之矣，而肯於蒼苔染泥濘乎，而何所圖而立也，而又何所圖而透也。花間微潤，淡我新紅，而遂至於冰透。窗外之立，詞若有憾。不爲不遲久矣，想月下冰人，理當然耶。草上餘滋，減了碧翠，而遂至於冰透。

窗内之事，何事即一解人。不爲不盡致矣，想風情透骨，亦似此耶。噫，一則劉阮到天臺矣，風流。一則露滴牡丹開矣，獨是我着甚來由也。

口角如生，情詞畢肖。真繪水繪聲，繪花繪影之筆。書齋有此作，無由悶煞讀書客矣。

倩疏林你與我挂住斜暉

惜餘暉於將别，向疏林而致意焉。夫斜暉也，而疏林能挂乎，然别者惜之，不覺其倩之矣，疏林何以爲情也。若曰：時之慘人思者莫如秋，而秋之慘人思者又莫如暮，然往往人際歡娱，猶過焉輒忘。及一值離别之境，有倍覺其難堪者，南浦將期而驪歌在即，字字風流宛約。幾何而不戀戀也。如今日者，裊裊青絲，難挽花驄之跡，則分手在須臾，真有觸目愴懷者，能無向西風而泣下。蕭蕭班馬，難繫垂楊之綫，則離别在頃刻，真有對景傷情者，能無對旅雁而魂銷。第見暮靄横空，西山日薄，蓋已斜暉矣。想昨日者，别緒縈縈，即思就枕長眠，而夢魂飛起，陪襯自佳。幾莫識東方之既白。乃今日者，曉妝初罷，方欲遠近行人，而凝眸四顧，句如初霞麗日。忽已覩日影之横西。然則此時此際，無可如何，不能不有倩於疏林矣。倩之維何，殆與我挂住斜暉云。非不知天地原同逆旅，覩秋光之易過，而景物蕭條，亦自可以搦管而賦新詩。然而今日誠何日也，試觀歸雲擁樹，夕照穿林，淡霧殘霞之際，幸爲我挂住焉。俾予兩人，得以握手而導殷勤，寫景即是寫情。則片刻留連，或可訴盡衷曲，而異地之相思，亦因是而少慰已。非不知日月原同過客，思寸陰之堪惜，而秋容寥寂，亦自可以即景而贈離人。然而我心固已亂矣，試覩斜陽欲落，半照平林，飛煙棲鳥之下，幸爲我挂住焉。俾予兩人，得以婉轉而訂歸期，將去後愁思，不知望斷行雲，文如觀煙落淡靄，遠山遥岑(一作翠)。而馬首之相逢，行將指日待也，我之倩疏林者以此。至若夕陽古道，碧雲隨游子之鞭，繡閣深秋，紅日映朱顏之淚，尚堪追憶今日哉。

高情逸韵，絡繹行間，毫無半點塵俗也。山梅雪後，有此雅淡。

昨宵今日清減了小腰圍

形之忽異也，撫時而心傷矣。夫小腰圍而何以忽清減也？惟昨宵今日故耳。傷哉鶯鶯，何以堪此！意曰：吾竊悲夫命之不猶也。起語便泰然。始謂獲佳偶以終身，庶幾骨肉相依，無有别恨之傷懷抱矣。不意歡愛伊始，忽暌隔之興嗟，俯視形骸，不逾時而傷憔悴，天實爲之，謂之何哉。今者意似痴，心如醉，非以行色匆匆故耶。思昔翠被生香，嫣然而鬥春風，環佩珊珊之餘，文亦環佩珊珊，尤堪一挹。别有風光之堪挹也。曾幾何，而至於昨宵矣。繡閣留春，悄然而畫雙娥，羅袖翩翩之下，别有容顔之可慕也。又幾何，而至於今日矣，而尚忍言哉。淚聲清越，謂之淚滴千行。顧影自憐，非復曩日神形，撫膺長吁，自異從前體態。予方謂形單影隻，嗟無及矣。乃背銀缸而解羅帶，覺蘭麝猶是，而松焉私裩者，竟不可以分寸計也。方謂薄衾孤枕，傷何如矣。乃對牙牀而整榴裙，覺艷色依然，而寬焉有餘者，若難以大小數也。噫，我腰圍原自小耳，至昨宵今日，而胡清減一至斯耶。一字不落。風前解舞，柔弱自堪憐耳。至昨之於今，曾爲時幾何，而柔者復已減也。腰肢纖纖，别有愁懷，而非闕愛月眠遲矣。小蠻楊柳，瘦影自天成耳。至昨之於今，曾流光有幾，而瘦者乃竟益減也。細腰裊裊，殊多離恨，細寫「清減」情致。而非是惜花朝起矣。前之窗外賞音，業已相思入骨，小腰圍非不清弱也。然而暖玉生煙，清減者旋而輕盈矣。不料昨宵與今日，而事不同也。所謂雲雨巫山斷人腸，有如是心傷耶。抑病裏回文，亦幾心内如灰，小腰圍非不清削也。何須抵無催，人去恨悲極。然而玉樓人醉，清減者而轉裊娜矣。不料今日較昨宵，而悶轉深也，所謂冰雪一番寒徹骨，真不堪回首。有如是情慘耶。斯時欲訴清減之苦，正恐灑離人之淚，真情之極，天然兩層。而過露清減之形，又懼生堂上之嗔。自顧腰圍，有飲恨而已矣，咽淚而已矣。嗟我懷人，更不知何如黯然魂銷也。尾聲合當及此。

相思纔了又相思，昨夜今朝隔幾時。是（一作篇中）中情語意。話畫出此兩句情節。

慘離情半林黃葉

草木無情，若助有情之慘焉。夫黃葉半林，於人何與，然而離人見之，不覺增慘矣，而謂情能已耶。意謂，天下最足關情者，林間樹色耳。賞心者見之而喜，感懷者見之而悲，非物之能移人也，亦人之自爲之也。若乃覩長林之秋色，望美人於遐方，而心懸懸其不能釋焉。則衰柳長堤之下，我聞此語心痛悲。徒增忉怛已耳。望蒲東蕭寺，豈僅暮雲遮哉。雖未嘗重巒叠嶂，聳夏雲之奇峰，然冉冉者，已不能倩西風而疾掃。未嘗五色呈綵，慶卿雲於此夕，然磊磊者，又不得依歸鳥而偕飛。而況襯閑雲者，又一望無涯也，聽秋風之蕭颯，乃知聲在樹間。漸漸攏到半林黃葉。況映征袍者，又觸目無限也，覩秋光之黯淡，非是霜林醉染。噫嘻，顧兹半林黃葉，而離情倍增矣。既不與窗前蕉葉，堪書相思之字，而徒蕭瑟林中，與征夫而相對。嗟哉，林葉毋亦離愁相繼，而有此黃瘦景象耶。復不與御溝紅葉，預爲幽思之媒，而徒參差林間，與愁人而若合。月如無恨月常圓。傷哉，林葉毋亦離恨多端，而至於黃落可憐耶。大合歡之樹，今雖難見，然胡不爲葉萋萋，比美於葛覃，而乃蕓其黃矣，徒使人悶轉深矣。連理之枝，今雖難求，然胡不其葉蓁蓁，此物連類，風人之遺。傳盛於桃夭，而乃其黃而隕，徒令人惹恨長也。思我離情，如之何勿慘耶。黃葉之下，此往彼來者，盡是東西南北之客，誰則無情，而顧傷心自予乎。然而予自慘矣，違顔未幾，乃不能笑携紅袖，爲點鴉黃，而僅於一鞭殘照中，塞外笳聲，有此悲慘。徘徊林木之顔，脱草木有知，應亦傷我之腸斷矣，慘何如矣。黃葉之間，度阡越陌者，悉爲楚水吴山之士，誰非離人，而顧惟予情深乎。然而予更慘矣，别路無多，乃不得並倚妝檯，笑貼翠葉，而只於琴劍蕭條間，四顧秋容之老，猶夷淡客，有弦外之音。脱伊人目擊，更未知何以魂消矣，慘何如矣。覩此半林，無異半牀清冷，仍是待月西廂時耶。眷彼黄葉，又何異黄昏時候。行行且止，吾其如此慘離情何。

寫離人如見。西廂原文，止於草橋驚夢，真有悠然不盡之意。後人續作（一作以。）四出，已大爲聖歎所譏（一作訾，一作詆，一作呵），而綴文者，復於其中屬筆焉。何居世有丑陋之人，雖遇道子寫生，不得轉而佳妙也。醉心篇之終於此題也，殆將行聖歎之意夫。

才子西厢文醉心篇

太史陳維崧其年訂

目録

步香塵底印兒淺

留淺印於香塵，人遠而跡未遠矣。夫猶是香塵耳，而底印之淺，則步之者爲之也。斯真絶塵者耶，猶令人想其故步雲，意謂人之仰觀焉而可思者，或俯察焉而無餘慕，即奚爲其輾轉予懷也？夫縹緲之姿，原遺世而獨立，而輕微之跡，轉即境而難忘；雖全體之嫣然杳不可即，而玉步珊珊，正可於仿佛間識其遺踪已。殘紅芳徑，何其善爲襯也！落紅鋪綴，已覺景物之動憐，然而紅則殘矣。試思掩映於殘紅者方新也，嬌痕如篆，能無按之而眸痴？深院寂寥，彌覺庭階之生艷。然而徑誠芳矣，猶恐依約於芳徑者易迷也。纖影欲飛，得毋尋之而心醉！是則未步之先，香也而已積爲塵；既步之後，塵也而遂別有香。蓋香塵也，非伊步之，而何底印兒淺有如斯也？體態之輕盈，不可形也，於其步而形之。當環佩漸遠，而僅得指其脚踪以爲想象，亦無聊之極致也，然而不能已也。蓋步却則印微，亦若有天然之化工焉。天上奇葩，豈似人間凡卉。夫凌波之襪，瀟湘之裙，無非極意珍重，以護此纖巧之質，而今者護之不及護也。覩兹半折，弓樣猶存，堪與枕上之臉印而並媚已。腰肢之柔脆，不可傳也，於其步而傳之。當玉容莫覯，而猶得襲其後塵以爲摹擬，亦相思之要津也，况乎其宛在也。蓋步輕則印略，亦若有無心之剪裁焉。更妙。夫束以絞綃，緣以珠繡，無非多方愛惜，以飾此嬌小之形，而今者飾之有餘飾也。顧兹一彎，鳳尖無恙，儼與花上之撿印而齊妍已。是步也，有時悄立蒼苔，或惜露華以留跡，然不如行且止者之若隱而若見也。綽約蹁躚。香塵其何知乎？何竟巧爲之傳乎？天下深者無餘而淺者不盡，類如斯矣。古有掌上可舞者，以此當之，則誠可舞焉耳。「淺」字刻畫盡致。是步也，有時懶逾繡户，且避月影以藏形，然不若盈盈在地者之可儀而可象也。底印其多情乎？何竟默爲之留乎？天下濃者易滯而淺者入神，大抵然矣。古有步步生蓮者，以此方之，不啻生蓮焉耳。我於此轉疑矣，脱令御風而行，何從覓艷跡於人間也。我於此深快矣，猶幸不能奮飛，乃得挹餘芬於地上也。

巧思蔚映。噫！誰能爲之學步耶？

錦心繡口，吐辭工麗。

怎當他臨去秋波那一轉（此篇與一〇六〇頁同，略）

穿一套縞素衣裳

厥衣惟素，與淡妝而齊妍已。夫衣裳亦何足異，然有穿此縞素者，而遂覺其異也。豈曰無衣，蓋亦猶是淡妝云耳。張若曰：大凡色之可人者，不必其盡在容貌也，即一服飾間，而雅俗分焉矣。夫濃艷之章，非不足以悦世，乃往往有寧爲其淡，無爲其艷，而轉若大異俗情者，然後知其淡也，乃其所以爲艷也。妙句。以予今日之所見是已，豐姿嫵媚，已令人一見而生憐，然而憐其人，並憐其衣也。想曉妝初罷，幾爲開篋而躊躇也。容光淡蕩，已令人乍遇而動愛，然而愛其衣，並愛其裳也。想蘭麝微熏，早已對鏡而安排矣。不見夫衣裳乎？伊所穿者，非縞素乎？衣必有裳，猶淑女侍兒之相依也，故合之而成套也。嘗有顧影自嫌，而借此以掩其陋者，茲則無容掩矣。腰肢本自柔脆，一若有人與服稱者。雅淡之至，五綵當之而失艷，縞素焉已耳，豈必紅紫之悦人乎，夫素容可掬，似不若錦衣繡裳者，逞妖冶於春風之前，然而倍覺蕭疏矣。裳以襲衣，猶夫人婢子之相隨也，確切。故配之而成套也。不遺「套」字。嘗有芳姿過人，而借此益盛其飾者，茲則無容飾矣。體態本自輕盈，一若有色與物宜者。白賁之至，美錦對之而含羞，縞素焉已耳，豈必纂組之多事乎？夫素質婷婷幾堪與霓裳羽衣者，並逍遥於廣寒之窟，當亦別有豐神矣。文亦別有豐神。論玉骨冰肌，應似夜月之梨花，不謂與此縞素者兩相襯也，是綺羅中之太羹元酒也。嬌容似洗，亦惟是國色天真，而不屑以競鬬紅裙。襲香奩之餘習，素風其猶存乎，何幸於襟帶間遇之也。畢竟是書生口氣。抑香腮粉臉，應似春雨之海棠，不謂與此縞素者遥相映也，是閨閣中之元裳縞衣也。纖質無塵，亦頗似大家舉止，而并非若憔悴青衣。少林下之幽致，素心其可白乎？何幸於妝束間傳之也。然則邂逅相逢，幸覩衣香之在目，倘得殷勤笑語，奚愁素志之難通？所見若此，所思者愈可知矣。

中幅借淑女侍兒、婢子夫人，配出「衣裳」二字，直與《衛風》「緑衣黄裳」相爲表裏。

隔牆兒酬和到天明

願酬和之久者，羹牆之慕切矣。夫酬和也，而到天明乎哉，維隔牆之故，張仍爲此不得已之計耳。且從來兩情之相違者，天也；而兩情之相合者，亦天。天能使兩情之相合，饒有風韵。而又限之以不得合，不幾疑天之厄人甚乎？雖然，氣求聲應，已邀天假之緣，亦惟期東方之既白，以永今夕之歡，斯已矣。吾得爲今茲之酬和思之：方其清音嚦嚦，錦囊佳句。恍如月下聞鶯，而字斟句酌，不禁取原韵而奉酬也，芳心頓作錦心。當其環佩珊珊，颯如清風之至。幾疑花外仙來，而韵和律叶，不禁出新詩而相和也，香口兼成繡口。斯時也，此唱彼和，不過隔牆而酬和耳；朗誦高吟，亦只酬和於片時耳，敢曰依永和聲，直到天明乎哉？折落空翠欲滴。雖然，乘彼垝垣，以望復關，固有望之而心傷者。今雖色笑未親，而音律相接，寧致賦金玉之遐心。神駿可愛。東鄰巧笑，逾牆而從，亦有從之而快意者。今雖芝顔未近，而歌詠情深，又何妨竟夜之流連！特是月出皎兮，而柔姿競秀，羅衣豈耐五更風也。知心人能説知心話。假我欲酬焉，爾無和焉，遑曰曉鐘初動乎，而况有牆以爲之隔也。折筆入神。然而爾與我已心相契矣。果爾也賦「三星」之篇，我也詠「窈窕」之章。循牆步韵，宇宙内惟我二人默默賡同調也，則雖明星有爛，而敢問夜如何其乎！抑零露團兮，而弱姿多芳，寒潭恐濕淩波襪也。假我欲和焉，爾無酬焉，遑曰曉鷄已唱乎，而况有牆以爲之隔也。「酬和」二字那有此分明。然而我與爾已志相通矣，果爾也歌邛須於舟子，我也賦美人於西方。面牆審音，天壤間惟我兩人寂寂稱雅奏也，則雖曙色將啓，而敢卜夜於方永乎！婉合。此所以願酬和到天明也。天下賞心之處，大都不限於時，故一唱三嘆，既幸兩美之相遭，尤幸兩情之畢達，則瞻望雲衢，即東有啓明，猶惜五夜之未長耳。歡娛夜短，人有同情。吾人得意之境，大都形之於言，故恬吟密詠，非爲見才之地，實爲寫心之語，則側耳蕭寺，即東方明矣，猶恨達旦之甚短耳。隔牆人，能使「惺惺惜惺惺」否耶？

摹當時情事，作痴心妄想語。靈思妙緒，觸手紛披，覺「銀缸斜背，小語低聲」之句，猶減此風流。

我是個多愁多病身，怎當他傾國傾城貌

慕其貌之美者，轉慮身之難持焉。夫張之身，因崔之貌而多愁病耳，今一見之，能勿慮其難持哉？若曰：天之於人，誠不可解也。以素所愛慕之人，而邂逅相遇，情幾慰矣，然而情轉難持矣。何則？他鄉之客，顧影堪憐，絶世文情。一自籌焉，恐不足勝其如玉之美，而徒辱多情之顧盼耳。彼來清醮者，乃可意種也，而我亦何幸哉！便有情。我之棲遲蕭寺也，亦謂柔荑凝脂，飄飄而欲仙者，不啻梅亭之艷妝也，證佐妙。他之貌足令我情牽耳。我之佇立湖山也，亦謂螓首娥眉，溶溶而疏倩者，不減海棠之睡足也，他之貌足令我意移耳。而不圖他之貌竟傾國傾城如是也。非香煙人氣氤氳時矣。今既覯止，而他之貌，與我之身，兩相值也，豈非天假之緣？亦既見止，而我之身，與他之貌，不相間也，豈非兩美之合？而我不誠幸也哉，雖然，其如我之多愁多病何矣。靈活生現。夫我之愁，何自來也？婉孌季女，望之而心焉忉忉，愁不禁自此多矣。今佳冶窈窕，覯面而相

逢，向之眉上愁庶幾解乎？心中事欲於紙上跳動。然而國色天香，楊妃醉容，恐難比倫也。瞻言顧之，則愁有悒悒而頻添者，夫以我多愁之身而值佳人之在望，其何以堪此乎！我之病，何自昉也？彼美淑姬，思之而勞心悄兮，病不覺自兹多矣。今秀質芬芳，聚處於一堂，向之心頭病庶有瘳乎！絶對解人頤。然而妒月羞花，吴宫舞女，差堪上下也。薄言觀之，則病有慨慨而轉深者。夫以我多病之身，弄影。而適玉人之遥臨，其何能自持乎！前此梵王宫前，凝眸一眺，未嘗親炙其光耳。兹之蹁躚而來者，悠揚婉轉，即欲不魂消而不得，非巫峽山頭仿佛素娥之雲雨，而我愁病孤踪，怎敢比襄王之夢耶？使吃煙火人何處着想。前此月下聯吟，隔牆唱和，不過望見顔色耳。兹之裊娜而至者，容與淡雅，即欲不腸斷而不能，非王孫堂前，恍似文君之風流，而我愁病微軀，怎能效司馬之跡耶？宛如出水芙蓉。噫！貌傾城矣，傾國矣，可意種何時得慰我愁，而藥我病耶？秋思誰家。

心中愛，口中憂，意新穎而情夭嬌。雨過春山，茂林青翠，文有此致，得不拍案叫絶！

筆尖兒横掃五千人

信退軍之策，筆若有鋒焉。蓋筆尖甚微也，五千人至衆也，張能横掃之，其鋒孰敢當哉？雙文意曰：以寇氛之憑陵而問策於儒生，鮮不笑其無濟矣。先作奚落語，異樣神變。然而有文事者，豈無武備？古來折冲樽俎，而決勝於廊廟者，又何必身歷行間，而親冒矢石乎？則染翰制勝，若人久有奇策矣。出師表文，下燕書信，他不真有乎哉。前此宫殿相逢，只以爲柔弱士子，徒工翰墨已耳。熱腸温語。不意鼓掌而前，竟爲崔氏之干城，吾母子之幸也。熱情如飄梅舞雪。前此月夜酬和，只以爲風雅文人，長於筆陣已耳。不意奮袂而起，竟作閫閾之甲胄，又我一身之幸也。只爲此耳。所可慮者：儒冠儒服，未必如輕裘緩帶者之坐鎮疆場也，妙於似憂似憐。而况群虜紛紜，幾如壁壘，堅難破矣。誦詩讀書，未必如操弓挾矢者之御侮行伍也，而况烽煙告警，肆其猖狂，勢其熾矣。而他所恃者非此一筆尖乎？夫匹夫尚難奪志，今群聚而呼者，居然五千人也。以筆尖之飛揚，與五千之干戈孰利？先逆慮之，女兒情性爾爾。且一夫尚可當關，今烏合而來者，儼然五千人也。以筆尖之揮灑，與五千之劍戟孰銛，精綵。如是而筆尖能横掃五千人乎哉？雖然，青鳥書去，而跳梁者將雲散也，何懼五千人乎？則書生毛錐遠勝熊羆之斧斨。折白馬將軍來，而跋扈者將煙飛也，五千人不如無人乎？則學士揮毫堪媲鷹揚之猛將。穢聚者，利用掃。人至五千，疏「掃」字好。穢亦多矣。一搖筆時，不啻搤其吭而驅之，而香閨繡幕仍然蘭麝之氣，則鳳樓豈足擬其如椽乎。鸞鳳妝樓會有期，心滿意足。積塵者，道在掃。人至五千，塵亦甚矣。一起筆間，不啻貫其腹而攻之，而梵王玉宇依然清淨之區，則封侯不難償其投筆乎。吾思筆尖兒捷於弓矢也，雨打桃花，片片飛紅。吾思筆尖兒犀於介胄也，吾思筆尖兒突於戎馬奔走，而鋭於鈎戟長鎩也，洋洋灑灑，誰與爲敵，微斯人，吾能復生乎？

意與淋灕而頓挫節族，一路似憐似惜，若愛若慕，身雖兩人，心已一片。小窗女郎，真有此情景。

我從來心硬一見了也留情

心有動於所見者，亦非無情人矣。夫心硬則情難移矣，乃一見而留情焉，張乎其亦有心於紅杏耶？若曰：今而知天下之足以移情者，匪直佳人爲然，即才郎亦復爾也。意中言何即知否？蓋豐姿韶秀，無論有心者見而相思相愛焉，即漠然無心於斯，而當亦既見止，情亦有難以自主者矣。據張生之相貌才性，豈獨引動我鶯鶯乎？鶯鶯國色天香，每對鏡而自憐，天豈獨生其貌，而不歌「好逑」於「君子」？雅倩。吟風弄月，亦搦管而自奇，天豈獨賦其才，而鮮偕折桂之玉郎？則其見張生而留情焉宜也，若夫我，則何如乎？名門婢子，我貌亦甚平耳，謙得好。既非若傾國傾城者擅美於當時，雖有擲果之車，能不撫心而自愧？深閨侍妾，我才亦甚拙耳，又非若柳絮舞風者著聞於一世，雖有江皐之贈，百媚横生。亦竊問心而自慚。若是，則臨邛之琴，我不聞也。有女不懷春，多負求凰之客矣。居然貞節女。抑執拂之奔，我無與也；標梅不傾筐，無爲庶士之待矣。何也？我從來心硬故也，乃一見張生而竟何如哉？軟哈哈怎把手擡。雙蛾不畫，默鎖春山，豈真寂然無情乎？第以心匪石而可轉，我從來如是耳。至於今而忽變於崇朝，言念君子，温其如玉，有不覺神爲往而魂爲飛也。真情現矣。吉士誘之，無使尨吠，豈真匪我思存乎？第以心匪席而可卷，我從來若是耳。偏露馬脚，令紅娘生色。至於今而忽易於一旦，淑人君子其儀一兮，有不禁目爲招而情爲怡也。自見於梵宫，而此情動矣，真個動。然猶以邂逅之間，未便爲芍藥之贈，今則覿面相親，亭亭玉立，雖欲硬吾心焉而不得。夫翰苑儀容，忽下湖陽之絳紗，援古作證，狡獪女郎。向竊笑其鄙也，而今無庸矣，女子善懷，情不相遠矣。自見於寺警，而此情又動矣，然猶以倉皇之際，豈暇爲彤管之貽。今則笑話相迎，彬彬爾雅，即欲硬吾心焉而不能。夫褚郎美秀，忽來山陰之佩珰，向竊嘲其穢也，而今無庸矣，玉人可懷，情略相同矣。自爲供狀，好。一見了，也留情，况我鶯鶯如之何勿思？反扯小姐，更乖。

口中話着，心頭想着，落花有意隨流水，不知流水有情戀落花否？料小情郎必不爾爾。

端詳可憎

極言可愛之狀，觀者無徒得其略也。夫雙文之可愛，誰不知之，而紅顧曰「可憎」，蓋言可愛之不足以盡其美耳。張於交頸之時，其真能端詳否歟？且天下負奇之物，令人一望而盡者，必非其至者也。若乃天姿迥異，媚態横生，此在居恒無事，尚且挹之莫窮其致，絶肖小紅口吻。而况際兩情融洽之會，而漫曰：吾略觀其大概也。如款款輕輕，吾之爲彼計也則然，而更有爲先生計者。嬌姿婀娜，難逃才子之目，第恐宴爾新婚，雖顧盼多情，而婉兮孌兮之致，爲藻鑒之所遺者或多矣。弱質輕揚，自飽文人之眼，第恐幽會初濃，雖極意周旋，而半推半就之態，爲領略之所餘者不少也。曩聞先生喬寓時，曾以「可憎」謂之。斯固愛之而不能言，言之而不能盡也。而吾於此，尤願先生其端詳焉。從來觀人又靜，不若於其動之爲得也。靜則寂處深閨，未免拘束，動則畢之達矣。望若瓊瑤，可憎者其鼻耶？搦如弱柳，可憎者其腰耶？櫻桃紅破，可憎者其口耶？不知亂我心曲，擬議雖工者，更自在五官四肢之外，文從千思百想中來。使非潛心徐玩，奚能使一心無留良也。觀人於常，不若於其乍之較著也。常則婉轉從容，猶多率意，乍則其真露矣。鶯歌清脆，可憎者其音耶？淡白梨花，可憎者其容耶？秋波忽轉，可憎者其目耶？蕭疏之致，有如洞庭初波，木葉微落之時。而不知透人骨髓而仿佛終難者，別有在聲色視聽之表，使非息心領受，奚能盡彼美之底蘊也。以兩地不世之姿，比入情。一旦而天作之合，則端詳正不獨在爾。顧女子有懷，而置身汗顏之地，自顧且不暇，遑問他人歟？以抵牙慢想之痴，一旦而取諸其懷，則端詳又寧容復少。夫有女如雲，而良夜迢遥之會，當前或失之，尚堪追悔歟？句句是過來語。雖良姻初締，日久則無所不知，妙。而嫩蕊方開，過此正難以多得。更妙。如以餘言不謬，唯先生其留意焉。

婉轉言之，令人如醉如痴。有此俊婢，張生得不長跽請教？

他誰道月底西廂，變做夢裏南柯

事而忽變，人似夢裏行矣。夫月底西廂，至「請宴」而願可遂矣，乃忽變夢裏南柯，誰計及此哉？鶯蓋深爲之痛也，曰：古人云「浮生若夢」，雅倩。爲其事之難憑也。若夫以可憑之事，而爲嘉會之舉，方且幸宴爾新婚，如兄如弟，而不謂幾筵之上，頓成恍惚，遂使秦樓之鳳，化作莊生之蝶，傷如何也！愀暢蘭藺同煎，悶殺人也。玉液金波，他胡爲難咽哉？他則道一入侯門，竟作乘龍之客，私忖懷恨之由，實有此情。而蕭寺凄凄，可不倚西廂而恨月。他則道偎傍繡閣，常伴金屋之嬌，而黄昏悄悄，可不必待月於西廂。而今變矣，第見盼高堂而無語，愴然一喚，猿啼鶴唳。望紅粉而心傷，反不如不月底西廂，倚清風而泣露。對金樽而踟躕，撫華筵而嘆息，反不如不月底西廂，隔花牆而酬和。假非愛眷，怎能道他心中意。當斯境也，覩斯況也，古有南柯之夢，是耶？非耶？夫畫堂高會，南柯中亦有其事。然而賓主情洽，雖夢裏亦覺其歡，普天下有情人同聲一笑。而豈似此寂寞堪憐耶？抑紅裙笑語，南柯中亦常有人。然而彼此情殷，雖夢裏猶多别境，而豈如此悲愁殆甚耶？初不意綢繆束薪，詠三星於在天者，竟作枕上之魂也，訴冤情於誰投奔。而遂令南柯中忽開此東閣。又誰知勺勺其華，慶之子之於歸者，乃愧高唐之會也，而遂令南柯中徒設此東床。吁，嗟乎！花外流鶯，唤不醒襄王之寐，淚珠滴碎銅壺漏。而西廂之月不依繡幕之紅絲，而依牛女於銀漢也，其奈之何！已焉哉！長絲垂柳，繫不住仕女之意，而西廂之月不照藍田之碧玉，而照參商於天角也，又奈之何！第爲我身綽約，變做睡裏之魔，猶其淺焉者也。夫睡魔亦可驅也，而月底事徒勞寤寐，其將誰驅乎哉？奈煩也夫！抑爲笙歌悠揚，變做譙樓之鼓，猶其末焉者也。夫譙鼓有時歇也，而西廂下徒成虚願，其何日已乎哉？念我張生西廂之夢，知不及邯鄲之睡也，君愧盧生多矣。只將離恨過江南。

兩人愁恨，從一人口中訴出，凄凄切切，傷心自憐。流淚眼觀流淚眼，斷腸人送斷腸人，同此一樣悲楚。

他做了個影兒裏情郎，我做了畫兒裏愛寵

怨極而辭生焉，故託於虚者以相況也。夫曰影曰畫，其虚焉者耳，崔之比張以自比也，非怨極而何？今夫情之積也至幽，而終不能藏也，絶也至難，而終不能遂也。用筆幽秀。夫此若近若遠者，亦復誰堪曲訴？只於筆墨間摹擬其萬一，以

爲吾兩人第有是焉，何慘目也！何愴情也！今者夫人之有初，而鮮終若此。方其初得計也，亦可謂大快其心矣。佳期伊邇，應屈指於燈前，誰知轉盼而茫然也，而他何望也。「他」字雋。即其未誓盟也，亦可謂甚洽吾意矣，良晤可期，竊縈懷於靜夜，誰知一旦而翻然也，而我何望也。「我」字雋。吁嗟已矣，計竭思窮，轉嘆孤身慘戚，毋乃天乎！香消粉褪，空悲薄命艱難。所謂影裏情郎，畫裏愛寵，是耶？非耶？以他之豐韻翩翩也，設與我促膝而同吟，則綠窗風物，盡收入乎奚囊，然而無如何矣。對曲檻之淒清，恨花陰之迢遞，拋書愁坐，蓋有笑語難親者，意之密矣，緣之疏矣。意惟影兒裏有斯綢繆乎，鶴唳遥空，西風颯颯。而一言允諾之後，又何爲而至此乎？以我之含情脈脈也，設與他拂几而鳴琴，則幽室餘音且瀠洄於焦尾，然而不堪念矣。嗟云鬟兮凌亂，盼佳客兮神傷，顧影自憐，蓋有音容難接者，其室則邇，其人甚遠。意惟畫兒裏有斯繾綣乎，而一心結契之餘，又豈期其止此乎？向者閑階花滿，岑寂無人，他或怡情圖畫，則异日之情悰，意即於影而遥想矣。至於今日，萬斛愁思，皆成流水，是有虛情而無實事也，豈非徒寄情悰於仿佛也哉？向者繡榻風清，淒其獨對，我或留意丹青，則他時之和好，人即於畫而默會矣。至於今日，半簾皓月，空映湖山，是有人工而無天巧也，佳絶。夫何取此和好於虛無也哉？嗟嗟！情親而無著，搦管傷心，意密而難投，披圖灑淚，我夫人其真狠毒也夫！

從古佳人才子，必先有阻滯，後乃遂佳期。鍾情者，每謂佳期一遂反覺平平，不如阻滯時影裏畫裏偏有多少妙境。此能曲曲摹繪，披覽數過，如見其人，如聞其聲。一字一低回，一聲一哽咽，寒鴉古木，有此淒愴。何物文心，技至此乎！

中間一層紅紙，幾眼疏欞，不是雲山幾萬重

室邇人遐，宛在雲山外矣。夫紅紙疏欞，非雲山比也，然而中間人竟不可即也，何如雲山幾萬重哉。今夫人結遥情

於千里，雖關河綿邈，不啻接膝於同堂，況其地非遥，其人伊邇，忒煞多情。而謂其不可親哉？然欲相親而莫遂，思覿面而無由，則蕓窗相隔，渺若天涯，心中恨極。有不禁感慨繫之矣。疏簾風細，幽室燈青，裏外邊明明相望也。眄彼金鈎不挂，長控西厢之月，使其並坐相依，一彈再鼓，致足樂耳，然而其中多不忍言也。知音人必斷腸悲痛。跡其孤燈明滅，半照形單之客，新句淒愴。使其操縵相隨，促膝談心，胡弗快焉，然而其中殊多離恨也。第見其響清風而蕭瑟者，非一層紅紙耶？襯花影之扶疏者，非幾眼疏欞耶？琴韻悠揚，非一層紅紙能遮如怨如慕之情，乃何以人在中間，彼之不能破紅紙而出，猶我之不能揭紅紙而入也？其音哀，其節苦，令人讀之泣淚沾襟。明皎月影，横斜於紙上，而所謂伊人，似在蒹葭白露中也，可奈何！琴聲嘹亮，非幾眼疏欞能鎖如泣如訴之衷，乃何以人在中間，彼之不能越疏欞而來，猶我之不能透疏欞而往也？迷離樹色，掩映於欞間，而允矣君子，如在秋水長天外也，可奈何！何日金鷄下夜郎？當斯際也，果雲山間隔，還莫致之，予獨何心，而爲此無聊之嘆？然而不過紅紙一層，相去無幾耳，乃予美亡此，誰解眉愁恨哉！然哀怨欲不説不能。紅紙胡不爲紅葉之媒，而徒蔽望眼之穿也？所謂「歷歷雲山，青天半落」者，夫豈是耶？抑果雲山阻長，愛而不見，予又何心增此悲悼之情？然而不過疏欞幾眼，相隔無多耳，乃獨坐無偶，誰與爲歡傷哉！疏欞胡空有玲瓏之竅，而不作繡幕之牽也？恨不與行方便。真情真景。所謂「雲山縹緲，不能奮飛」者，夫豈是耶？噫！不是雲山幾萬重，而中間人竟不得身相近也，吾其如此一層紅紙幾眼疏欞何哉！怎得劉阮到天臺，愀無奈。

情惓惓，意冉冉。楊柳名爲離別樹，芙蓉號作斷腸花。含涕凝眸，形容如畫。

這叫做才子佳人信有之

美名之無愧也，情相同矣。夫才子佳人，自有相思之致也。今觀夫張與崔，不其信然乎？若曰吾今而知情之不可以已也，風前橫笛斜吹。吾今而知情之不可已，其在兩美尤甚也。當其士美德音，女歌婉孌，而別後相思兩地之情形，竟無异於一人，苟非目擊其事，幾疑君子淑女之稱，徒浪得名耳。奚落世上人。如我鶯鶯與張生，非一樣是相思哉？思淨幾明窗，或遊覽於古今，或歌詠於詩書，豈非儒家業也，而胡爲有此惓惓之懷？妙作逆勢，正襟而談。抑蘭閨畫閣，或拈針而刺繡，或賞花而微吟，豈非紅粉事也，而胡爲有此沉沉之思？噫！我早知之矣。夫天下不有叫做才子耶？抑不有叫做佳人耶？香脣點破，自有幽情逸趣。書生每多謔浪，顧蕩漾猶夷，恒寓意於風雲月露之中，而傷春悲秋，自古才子往往有之。才子佳人，風流情致，俾俏紅寫盡矣。女郎頗多情態，顧摘花映鬢，恒寄情於柳色芙蓉之内，而春恨秋思，自古佳人往往有之。然而猶未敢遽信也，及觀此兩人，而竟果然矣。天下惟雙好爲難覯耳。宋君如玉，未聞佳偶；陸生多才，不傳内子。才子而不遇佳人，則雖吟風弄月，曾有紅顏之堪憐乎！搖曳處芳香襲人衣袂。乃觀我張生，書齋瀟灑，掩卷而心傷，其情之所鍾，恍惚於動靜之間，假非才子，而何以有此纏綿曲摯之情也。天下惟二美最難獲耳，歌舞吴宫，未遇畫眉於張郎；吹笳北塞，自恨無緣於漢主。佳人而不遇才子，則雖脂香粉膩，曾有情君之可憶乎！乃觀我鶯鶯，花月簾櫳，顧影而長吁，其情之所戀，離迷於行止之間，請普天下相思來質證。假非佳人，何以有此綢繆固結之衷也。夫書相思於桐葉，賦求鳳於琴中，我於閨閣中竊聞其名，而未親閱其事。今就兩人觀之，而丁香枝上，豆蔻梢頭，美秀不愧六朝風韻。才子乎，佳人乎，兩人一心，這芳名舍是莫屬矣。抑紅葉而寄流水，紫衣而出陽關，我於侍側時竊聞其事，而未目覩其人。今就兩人觀之，而一分風雨，一分愁悶，才子兮，佳人兮，异地情同，這令名匪是弗充矣。雖然，情之弗遂獨才子佳人乎哉。峰青江上。

愛之慕之，敬之重之，滿口夸奬中却存自己身份。「舞低楊柳樓心月，歌盡桃花扇底風。」文有此致。

晚妝樓上杏花殘

杏花而既殘也，不及美人妝矣。夫晚妝樓上，鶯之常耳，而杏花殘矣，春日遲遲，非其時耶？紅若曰：天下美人之態，半形於妝臺，吸此清光傾肺腑。而無聊之思，多生於薄暮，何也？顧影徘徊，黄昏獨坐，已足傷矣，況飛花點點，春意不可久留，豈草木之無情，亦東風之有意，其時其事猶堪追憶也。我之做撮合山也，豈爲張生哉。我願你今夕何夕，快三星之在天，而無如不我諒也，樓上佳期只自負耳。廣寒誰伴幽獨？我憐你牛女常睽，欲鵲橋之高駕，而今反增罪戾也，樓頭紅杏諒予心耳。你不嘗日上高眠，垂流蘇而淚落乎？則簪墜珊瑚，春山慵掃，其常也，而此非其時也。嬌女喁喁絮絮，恍如倚風三弄。你不嘗春日曉起，對菱花而長嘆乎？則緑雲撩亂，無意涂鴉，其常也，而此非其候也。吾猶記你之晚妝樓上也。日之既夕，只堪自憐，誰與爲歡而爲此晚妝耶？吾知妝成獨坐，縱足消魂，亦不過鏡中之隻影。風雨凄悲。夕陽在山，人情多倦，誰適爲容而晚妝樓上耶？吾知妝罷低徊，縱極含態，又其如畫眉之無人。晚煙裊裊，繡不出鴛鴦逐隊，而晚妝焉胡爲者！樓閣重重，望不見巫峰十二，而晚妝又奚益者！意者欲以羞花之貌，競花枝而比笑，而花顔易老，能消幾個黄昏！皓月照黄昏，眠猶未得。意者欲以如花之容，傍花名而增色，而東皇不情，莫禁妬花風雨。當斯時也，啼鶯倦矣，點題趣甚。蝶影亂矣，芳草連天而柳絲拂地矣，起視杏花而杏花不已殘乎？坊名碎錦，豈乏金釵，然不如樓上晚妝更風流而可愛。杏苑看花，名動彩樓，然不如晚妝樓上覺香艷之移人。傳奇妙境。至於杏花殘矣，春光半去，莫挽嬌姿，吾恐與陌頭柳色，共悔夫壻封侯。杏花殘矣，韶光九十，半點香泥，即或有金勒馬嘶，知少玉樓人醉。飛絮亂紅也，知春愁無力。前此燕子初來，已覺日色融和，喜晚妝之甚適，而況於杏花殘也。思前想後，真個解事侍兒。後此熏風乍拂，又覺天氣暄妍，恐晚妝之不耐，而猶值杏花殘也。方快温風吹而寒氣消，花柳媚而精神爽，而晚妝者，奈何猶自怯衣單也。

殘紅零落脂胭色，春恨難消；淡月朦朧妝鏡奩，黄昏怎耐？悲艷交集，情緒蒼凉。

金蓮蹴損牡丹芽

形直行之致，金蓮至今傳矣。蓋牡丹有芽，胡爲蹴損之乎？然而金蓮有情，不禁與之相觸耳。若曰：人之心有所屬者，欲求其有益也，而不覺其有損，蓋彼非實有所摧殘也。意皇皇清麗。其難已，步遲遲而不能遵。彼微行如有所礙焉，鶯鶯之行豈僅若池塘睡鴨，楊柳棲鴉哉？當良夜之深沉，使其清燈刺繡，則停針無語，妙語解頤。宜作並頭之蓮。望月明如晝，使其高枕孤眠，則夢入高唐，恐有芍藥之贈。今胡爲循曲檻而徘徊，望湖山而駐足，遂使窄窄金蓮，不憚跋涉之勞。胡爲尋花陰之曲徑，履芬芳之幽途，遂使小小金蓮，不惜往來之苦。憶爾時陰陰者花牆耶？芊芊者芳草耶？俯視池塘，未見荷錢之小，仰觀楊柳，如垂繫恨之絲，襯筆百媚橫生。而於其中具富麗之質，擅洛陽之勝者，非牡丹芽耶？謂爲三春富貴，則人之視牡丹也甚重。而當其爲芽，雖有可异之姿，猶未標奇於魏紫。謂爲衆卉君王，則牡丹之自視也不輕，而當其爲芽，雖在方苞之際，亦已推美於姚黄。若然，則護之惟恐不深，惜之惟恐不至，扶之植之，灌溉而長養之宜也，鶯獨何心而金蓮蹴損也哉？凝月低花奈何。得毋以金屋多愁，好句似仙。妒彼西施之號，故環佩珊珊之下，踐踏加之？然而金蓮無心也，芳徑行來，精思纏綿動人。有適與之相值焉耳。得毋以玉堂人杳，空有學士之稱，故紅裙摇曳之際，蹈履及之？然而金蓮不知也，穿花而過，有偶爲之小厄焉耳。疏剔趣甚。在牡丹生機未暢，忽遭意外之侵，牡丹之不幸也。在金蓮行迹匆匆，忽與國色相傍，則又金蓮之幸也。以彼芽出翠草，我羡花嬌，頗似閨中之處子，蹴之何爲？然不過蹴焉已耳。初非若笑折花枝者之不情，以彼芽尖初吐，又似情竇之相引，損之何爲？ 然不過損焉已耳。 初非若揉碎花心者之太甚，而況頭上玉簪更足關情乎？

心中事，脚下情，非不惜花枝，只緣春去得忙。 思清夜悠悠，誰與共賞？ 故爾無心一撞。 筆底寫來，奕奕動人。

親不親盡在您

深欲其親者，爲之專其責焉。 蓋張之於崔，親也，而非不親也，然其親豈异人任乎，紅是以臨去叮嚀耳。 且以生平所甚慕之人，一旦惠而好我，吾知爾時之情，濃而非淡也明甚。 然以意中之事，設一意外之想，或事不可知，而柔弱書生未盡解其中況味，小婢子放刁，趣極。 則此際之相愛與否，惟在身其事者實受其任，而非他人所得過而問也，肯不肯怎由他，則不由他者您也。 蕭條旅邸，忽邀仙子之會，角枕粲兮，其喜何如！ 以您而自揣，應知骨肉之相依。 代躊躇偏入情。 寂寞空齋，疑入高唐之夢，錦衾爛兮，其樂何極！ 代您而思維，頓覺神情之若合。 若是則親焉宜也，當其始至，則親韓壽之香，雖未顛倒衣裳，頗似解衣並卧光景。 而同心者自覺其臭之如蘭。 及其既至，則親姑射之肌，雖未式食。 個中情事，一一曲致。 庶幾而綢繆者，又覺其甘之如薺。 思前此秋波一轉，欲携手而不能，而今之盈盈可愛者，話中帶刺，是奚落書生。 其間不能以寸也，即多方親之，而豈厭其綢繆。 前此隔牆聯吟，欲促膝而不得，而今之笑語可接者，乃不違顔咫尺也，即極意親之，竟參透風流調法。 猶尚嫌其情薄。 於斯時也，即無知之子猶謂千金一刻，而況於風流才士乎？ 即寡情者流亦幸羽化登仙，而況於相思情種乎？ 若是則親焉宜也，而忍不親乎哉。 或者以禮義之範，竊鄙臨邛之琴，則以引鳳簫史而爲閉户男子也未可知。 嘲笑張郎實有是情。 或者以多病之體，莫投桑下之金，則以擲果潘郎而爲坐懷柳下也未可知。 使來親焉，則體天地生才之心，而兩美必合，爲古今之佳話，恰似過來人。 而豈其敗德。 倘不親焉，則體聖賢好色之戒，而守身如玉，爲幽室之君子，而豈其負心。欲爲佳話耶，惠然肯來，如鼓瑟琴，誰爲禁也，而令其不親乎？欲爲君子耶，人之好我，匪我思存，誰能强也，而令其相親乎？盡在您而已矣，予亦從此去矣。輞川畫圖。

曲曲折折，恰是侍奉閨閣中女郎語，温柔軟媚，屬望情殷。

難道是昨夜夢中來

非夢而疑爲夢，快何如矣。夫鶯既夜就則非夢中矣，張惟快之至，聊作此疑猜耳。若曰：今何幸而不才書生忽有此奇緣也。向亦曾於寤寐中做高唐之夢，無何而月照半床，孤枕單衾，琴瑟和諧，不妨真情吐露。以爲今生大抵如斯耳，乃不意今夜相逢，得邀神女之會。噫嘻！是耶？非耶？益令我惝恍而難釋矣。我審視明白，則香埃猶是也，而何以零露瀼瀼，至今夜而生香？閑階猶是也，而何以清風颯颯，至今夜而如暖？書齋猶是也，而何以月色皎皎，至今夜而更融？將以爲真耶，花影迷離，恰是新郎不慣此事情景。豈竟是天臺之路？將以爲非真耶，蘭麝香幽。豈猶屬陽臺之寐？流鶯聲囀，猶在耳也，而枕畔嬌啼，胡不聞芳心一語乎？滿心歡喜，薄謂優柔。芳馥襲人，猶沾衣也，而情態含羞，胡不見彤管相贈乎？萬般愛惜，笑裏輕輕語。方其翩然而至，以爲平昔愁思至此而可釋，然而桃花流水，轉生劉阮之疑。抑其惠然而來，以爲從前幽怨至此而可慰，然而爲雲爲雨，旋起襄王之慮。片時佳景。意者爾時情事乃夢中耶，抑兩人歡愛乃昨夜夢中來耶？前此情韻，今堪爲引鳳之簫，而倚紅傍翠，真乃作合自天也。情懷蕩漾無邊。第曉鐘初動，欲留焉而不能，欲别焉而不忍。我爲之微察焉，多情何自而至止，豈明明軟玉温香，今日方知黄昏滋味。夫猶是邯鄲道上也？前此酬和，今無异白藕之吟，而錦帳春生，真乃并蒂芙蕖也。第曙色將起，方兩情之真濃，倏歸期之甚疾。兩眸清炯，形容睡起之妙，良足動人。我爲之端詳焉，玉人何因而來思，豈明明嫩蕊嬌香，夫猶是南柯就裏也？我方謂旅邸幽窗，難爲金屋之貯，而不意不畏多露，徒顛倒乎衣裳，遂令一夜綢繆，如在依稀仿佛間也。最是五更留不住，向人枕畔着衣裳。奈何！我方謂生花銀管，未及畫眉之候，而不意三五小星，欲肅肅而宵徵，遂令三更輾轉，竟在恍惚難憑時也。難道梅帳脂粉，是夢中陽臺耶？玉骨冰肌，是夢中佳麗耶？向來愁悶如風卷，何等快活，偏下猜疑，妙絶。温存款洽，是夢中景況耶？而今不然矣，吾亦何幸而有今日也！

味濃趣幽，有口不盡言，心下快活自省光景，真絶世風流佳製也。

立蒼苔繡鞋兒冰透

立久而鞋透，知耐此苦境之難也。夫紅之立，以待崔而立也，至於鞋已冰透，而其時尚可追憶耶？今夫淒清之境，未身受者，或漠不相關耳，否則，身受之後，而晏安無事，亦視爲固然，獨至時危事起，而向之歷歷親嘗者，一舉足而難忘，有令我不堪回想者焉。我之悄聲於窗外也。夫亦以聲自窗内而出，斯不敢聲自窗外而入耳。豆蔻香濃之會，已忘身在人間，而豈復知袖手旁觀者引彎最苦。抑以窗内而爲其動，斯於窗外而不得不爲其靜耳。鴛鴦睡穩之餘，恍似夢遊天上，而豈復念花階久待者蓮步生寒。實實可憐。想斯時也，憶斯境也，立蒼苔而繡鞋蓋已冰透云。向者抱離恨於書齋，倚門凝注，赤舄而立蒼苔矣，然未若予之淒其獨立者倍覺難堪也。傍闌干而視夜，玉漏迢迢，對簾櫳而傷情，花光隱隱，夫吾亦豈敢惜此繡鞋乎？而漸入而漸警，有難禁其冰透者，此境何能一刻安也。文情邃遠，知音者芳心自懂。向者聽琴聲於窗外，芳徑遷延，鳳鞋而立蒼苔矣，然未若予之蕭然孤立者倍覺難忍也。覩月色之横空，衣凉似水，數更聲而難盡，夜永如年，澄潭秋月，有此靜細。夫初亦無暇計及繡鞋耳，而愈久而愈潤，有不覺其冰透者，此境何能一日忘也。即曰身過花間，應嘆沾濕之好，然而過者只領其趣，立者並耐其煩，甘苦則固有分矣。觸手靈通，妙緒紛來。夫金針笑拈，向亦幾費經營，乃積久而成者，一旦而敗之，我則何爲也哉？即曰緩步香塵，也存底印之淺，然而步者留艷迹於人間，立者受凄凉於足底，勞逸則固有間矣。夫連宵佳會，此事豈堪告人，顧當境者固爲一朝失足，雙文自應無辭。而局外者亦且鳳尖多恙，其誰憐我也哉！嗟夫！尊者宜逸，卑者宜勞，豈有怨心？而功則爲首，罪則爲魁，偏成禍種。爾其謂我何！

雲斂晴空，冰輪乍涌，文心文境，仿佛似之。

昨宵今日清減了小腰圍

形之忽異也，撫時而心傷矣。夫小腰圍而何以忽清減也？唯昨宵今日故耳。傷哉鶯鶯，何以堪此！意曰吾竊悲夫命之不猶也，淚浥西風。始謂獲佳偶以終身，庶幾骨肉相依，無有别恨之傷懷抱矣。不意歡愛伊始，忽爾睽違，而憔悴損人，差比梅花之瘦也。無情汴水向東流。那管人愁？天實爲之，其謂之何？今者意似痴，心如醉，非以行色匆匆故耶？思昔翠被生香，嫣然而鬥春風，斯時伉儷相隨，環佩珊珊之餘，别有風光之堪挹也，曾幾何，而至於昨宵矣。苦雨凄風，令人悲楚。繡閣留春，悄然而畫雙蛾，斯時琴瑟相諧，羅袖翩翩之下，别有容顔之可慕也，無限傷心事，盡在此中。又幾何，而至於今日矣。噫，昨宵今日而尚忍言哉！深可浩嘆。顧影自憐，非復曩日神形；撫膺長吁，自異從前體態，予方謂形單影隻，未長惹桂枝之香，嗟何及矣！乃背銀釭而解羅帶，覺蘭麝猶是，而松焉私褪者，竟不可以分寸計也。方謂薄衾孤枕難，早種並蒂之蓮，傷如何矣。抑鬱情，真正是凄凉景。乃對牙床而整榴裙，覺艷色依然，而寬焉有餘者，若竟難以大小數也。噫，我腰圍原自小耳，至昨宵今日，而胡清減一至斯耶！滴滴是血，滴滴是淚！風前解舞，柔弱自堪憐耳。至昨之於今，曾爲時幾何，而柔者復已减也，無數悲憤。腰肢纖纖，别有愁懷，而非關愛月眠遲矣。小蠻楊柳，瘦影自天成耳。至昨之於今，曾流光有幾，而瘦者乃竟益减也，細腰裊裊，殊多離恨，而非是惜花朝起矣。又嬌柔。前之窗外賞音，業已相思入骨，小腰圍非不清弱也，然而暖玉生煙，清减者旋而輕盈矣，不料昨宵與今日，而事不同也，何須抵死催人去，恨極，悲極。所謂雲雨巫山斷人腸，有如是心傷耶？抑病裏回文，亦幾心内如灰，小腰圍非不清削也，然而玉樓人醉，清减者轉而妖娜矣，不料今日較昨宵，而悶轉深也，所謂冰雪一番寒徹骨，真不堪回首。有如是情慘耶？斯時欲訴清减之苦，又恐灑離人之淚，自顧腰圍，説與他人擔憂，千般愛惜，萬般愁悶。唯有飲恨而已。欲話清减之形，又懼嗔慈親之怒，私視腰圍，只有咽淚而已。稚小女兒又極苦惱。噫，我而若斯實命不猶矣！嗟我懷人，復不知何如黯然魂消也。嗚咽欲絶。

離别景況，依依不忍舍割。一是悲紅顔薄命，一是怨堂上娘親。琵琶曲未終，猿聞已斷腸，人生何事苦離家耶？

四圍山色中，一鞭殘照裏

指張生之所在，若有不堪極目焉。夫山色殘照，《行路難》之所由作也，雙文即其所在而指言之，亦曰傷心慘目有如是耶？想其謂紅娘曰：天地間之最動人歸思者，莫如山色，而最慰人懸望者，莫如殘照。何則？天涯遊子，觸景增懷。對青山之無恙，久客而悲他鄉；覩落日之無多，長策而歸故裏。人情往往然也，要未有傷心特甚如今日者。汝不見他之所在乎？惜别匆匆，未問停驂於何地，然無何而其人已去矣，又無何而其人漸遠矣。則夫山起人面，何心賦翠微於江樓。文有賦心。行道遲遲，方恨分袂之太早，乃未幾而村煙亂起矣，又未幾而寒鴉噪晚矣。則夫云傍馬頭，徒見暗夕陽於秋色。彼夫意淡如無，色濃似染者，非四圍山色耶？疏林暗淡，古道蒼黄者，非山色中之殘照耶？而一鞭倦舉，行行且止者，非伊人耶？遥岑絶巘，非徒壯宇内之奇觀，夫亦天設之以限遊子之行蹤也。使山而果能限之，我爲山功矣。今也匹馬長征，曾不嘆其修阻，山何功乎！匪第無功也，而後乃今過山。蒙莊筆意。惜寸惜分。何爲傷駒隙之易逝，夫亦書傳之以警客子之浪迹也。女子解書，往往以錯更妙。使日而誠能警之，我甚愛日矣。今也仗策西遊，曾不辭夫薄暮，日何愛乎！匪唯不愛也，而後乃今畏日。曷爲其過山也？夫猶是山色耳。胡然而不圍之使來，真不可解。胡然而偏圍之使往，是山色亦殊不情也。雖登高作賦，只憎忉怛耳，亦安用此累累者爲？曷爲其畏日也？夫猶是殘照耳。胡然而不照之使留，胡然而偏照之使去，是殘照亦殊多事也。雖日暮長吟，徒亂人意耳，又安用此隱隱者爲？縱畀日者，西樓悶倚，忽見山色中有夾道而馳者，彷彿伊人也。錦衣與山光交映，遥情逸致。而蒼翠欲滴，不且須眉皆緑乎？遥而望之，差慰離愁矣，而此時則人安在？南郊極望，忽見殘照裏有揚鞭而前者，依稀伊人也。青驄與赤烏爭馳，雖昏黄欲暝，不且人歸故園乎？即而視之，實獲我心矣，而此際則難爲情。嗟嗟！伊人去矣，悼也何如。爾爲我歸告夫人曰車中人，車中人早已心隨馬塵而俱遠矣。聖歎所謂入夢之因。

寫景則滯，寫情則活，故自筆筆入妙。

慘離情半林黄葉

草木無情，若助有情之慘焉。夫黄葉半林，於人何與？然而離人見之，不覺增慘矣。而謂情能已耶？意謂天下最足關情者，林間樹色耳。賞心者見之而喜，感懷者見之而悲，非物之能移人也，亦人之自爲之也。若乃覩長林之秋色，望美人於遐方，寓目傷心，未知彼何如也，而予情不忍忘矣。兒女情長，英雄氣短。望蒲東蕭寺，豈僅暮雲遮哉？雖未嘗重巒疊嶂，聳夏雲之奇峰，然冉冉者已不能倩西風而疾掃。未嘗五色呈綵，慶卿雲於此夕，然磊磊者又不得伊歸烏而偕飛。「吴山點點愁」。而況襯閑雲者又一望無涯也，聽秋風之蕭颯，乃知聲在樹間。新愁幾許，弱絲千縷，最不忍聞。況映徵袍者又觸目無限也，覩秋光之暗淡，非是霜林醉染。噫嘻，願兹半林黄葉，而離情倍增矣！既不與窗前蕉葉堪書相思之字，而徒蕭瑟林中與征夫而相對嗟哉？林葉毋亦離愁相繼，而有此黄瘦景象耶？焉知樹不害相思乎？復不與御溝紅葉預爲幽思之媒，而徒參差林間與愁人而若合傷哉？林葉毋亦離恨多端，而至於黄落可憐耶？無情生情。夫合歡之樹今雖難見，然胡不維葉萋萋，比美於葛覃，而乃蕓其黄矣，徒使人悶轉深也。連理之枝今縱難求，然胡不其葉蓁蓁，傳盛於桃夭，而乃其黄而隕，徒令人惹恨長也。人托草木以起興，良有以也。思我離情，如之何勿慘耶？黄葉之下此往彼來者，盡是東西南北之客，誰則無情而顧傷心自予乎？幾葉秋聲和雁聲，行人不要聽。然而予自慘矣。違顔未幾，乃不能笑携紅袖，爲點鴉黄，而僅於一鞭殘照中，徘徊林木之間，脱草木有知，應亦傷我之腸斷矣，慘何如矣！黄葉之間度阡越陌者，悉爲楚水吴山之士，誰非離人而顧唯予情深乎？然而予更慘矣。别路無多，乃不得並倚妝臺，笑貼翠葉，而只於琴劍蕭條間，四顧秋容之老，脱伊人目擊，更未知何以魂銷矣，慘何如矣！真情話不減杜鵑啼。

覩此半林，無异半床清冷，眷彼黄葉，又何異黄昏時候，趣而哀。行行且止，吾其如此慘離情何！

别後情緒，覩景傷感，愈覺悲凉酸楚。語語從血性中流出，令人淚灑天涯。

一寸眉心，怎容得許多顰皺

愁上眉心，欲不容而不得矣。蓋眉心方寸地耳，怎容顰皺哉，而況其許多也耶？若曰自伊人之遠别也，幽恨常積於眉頭，無日不思。然使積而可舒也，則對鏡自描，學春山之淡遠，予何爲此蹙蹙乎？無如幽恨偏多，雖欲舒焉而不得，其奈之何矣！無了無休，我何時而不思量哉！向亦謂暫離琴瑟之歡，旋獲於飛之樂，而今竟何如也？世間女子，又想誥封，又想琴瑟，痴情往往如此。遠岫參差，時橫雙黛，予情自此深矣。向亦謂一入鳳凰之池，旋並鴛鴦之枕，而今又何如也？雲山千疊，日壓秋波，予心益滋切矣。蓋眉心之顰皺亦已久矣。我不知風雨鷄鳴，見君子而心夷者，其眉心何如也。然而得意忘家，應不效西子之顰。借他人陪襯自己情衷，妙絶。我不知三星邂逅，見良人而色喜者，其眉心若何也。然而聚首爲歡，知不作波紋之皺。事不感懷，憂堪自慰，雖顰皺焉能幾許也，而何不可容乎。人不關心，亦可稍寬，有理。雖顰皺焉亦無多也，而胡不能容乎。今者欲以百丈愁城，繫我相思之客，無如愁自長而眉心短也。心如結兮，而豈似眉心之結耶？今者欲以望眼連天，女媧補不了離恨天。盼我征人之至，無如眼欲開而眉心斂也。離情未斷，又幾見眉心之斷耶？自春徂秋，計時可待耳，而許多顰皺積纍於眉心者，更多於悠悠之歲月。君門萬里，計程可至耳，而許多顰皺縱横於眉心者，更多於迢遞之山川。既不似芙蓉之面，尚容翠鈿之貼，而一彎新柳，恨壓三峰，寃家何事還不到？縱欲展焉，而亦烏能展乎？又不似如雲之鬢，襯得妙。堪容雙鳳之翹，而一痕初月，愁疊層巒，即欲揚焉，而亦烏能揚乎？噫！一寸眉心怎容許多顰皺耶？嗟乎！淡掃娥眉，獨嫌脂粉，畫眉張郎，笑倚妝臺，彼獨非人情乎，而予何爲蹙蹙如此也？

別後思量，萬難排遣。摹繪情事，真是深閨中切切自憐自傷語。

治相思無藥餌

望美人而不見，藥難療矣。蓋藥餌所以治疾者也，而治相思則難矣。此亦唯相思者自知之耳。且天下有情之與無情誠有間矣，而吾獨不解夫有情者何以病轉甚也。語淡情濃。蓋病因情而生，而情之莫慰，病於何痊，縱有良醫，其如沉疴之難愈何矣。醫雜症有方術，亦不過恃此藥餌耳。病起於有所感，或憂愁而莫遂，或勞苦而無休，雖所感不同，然因乎境而非因乎人也，雅倩。藥可治也。抑起於有所傷，或喜怒之不時，或饑寒之無節，雖所傷各異，然出於身而非中於心也，誰勸你這般心動。藥可治也。若相思則不然，彼美人兮，誰與獨處，愛而不見，搔首踟蹰，此病若何而謂可治耶？彼思我而我不思，則彼獨思也，而非相思也。非相思，則可易矣，以藥餌易之而霍然起矣。我有思而有不思，則偶然思也，而非相思也。非相思，則可解矣，以藥餌解之而漸可瘳矣。若乃以可意情種，而忽相隔於天涯，即未遂室家之願，飲食男女，大欲存焉。猶難免離别之傷，而況綢繆月夜者，又非朝伊夕也，則此日之相思，豈藥所能易乎？抑嬌紅粉女，既兩美之作合，即偶有一夕之睽，尚自嗟夢魂之隔，而況山川修阻者，又非俄頃事也，則此日之相思，豈藥所能解乎？今使長安風景，不異蒲東，而旅邸琴書，得親蘭麝，則不嘗藥而自愈，恁般靈丹仙方。而無如其不然也，雖扁鵲乎何爲？今使夜坐挑燈，佳人一室，而梵王玉宇，移來帝闕，則不服藥而有效，自此妙用，怎奈情郎不思。而無如其不然也，雖參苓乎奚益？徒以紙上功名，違我心頭妹子，即飲天池之水，藥自淡然無味了。只深鬱結，徒以花間富貴，遠我月底密約，即投青囊之劑，轉增煩悶，而於何治哉？詩云：「天下有情人，盡解相思死。」韻絶奇絶。今而知非虚語矣。

有恨不隨流水，閑愁慣逐飛花。夢魂無日不天涯，此病從何治起？情文相生，觸處痛快。

偷韓壽下風頭香

偷香有愧於古人，良足羞矣。夫韓壽偷香，千古美談也，而下風頭香，則未可偷矣。鄭只欲如此耳。紅若曰從來良緣之有定偶也，非分者未可妄干，而偷竊之行，久爲人所不齒矣。乃以事之無憑，欲效古人之芳躅，吾恐不能流芳百世，而徒遺臭萬年也，千古奇話，用來恰妙。計亦左矣。如子今日者，以駑馬之材，妄思乘龍，不知何所挾而來思。欲效當年相如事也，須才調動文君。以斥鷃之質，仰希引鳳，不知何所恃而不恐。得毋曰蘭麝可親，思以解穢乎？然而才子佳人，自有定配爾，尚欲聞風而至耶？得毋曰鷄舌可懷，欲以洗污乎？然而風流佳話，別有賞心爾，尚不望風而走耶？奚落得妙。或者以美人難得，如異香之難求，既不能衣染蘭麝，故端之更妙。何妨逾牆而竊余芬乎。或者以淑女在前，信温香而可愛，既不得袖携幽芳，何難入室而盜幽趣乎？噫！子而欲偷香乎？吾思古今來如章臺之柳，亦傳美於人間，而偷香之名，初不慮他人之攀折。婉轉一層，越顯紅娘弄巧。如臨邛之琴，亦膾炙於人口，而偷香之號，亦不歸彩鳳之求凰。自夫韓壽偷香，由來久矣。當日者，閨中美秀，戀彼多情，而以異國之奇產，聊爲彤管之貽，則亦分香焉耳，而必謂之「偷」者，情以偷而轉篤。堂前佳客，得近名姝，而携大君之寵頒，尚俟瓊瑶之報，則亦懷香焉耳，而必謂之「偷」者，事以偷而更奇。如爾今者，只偷下風頭香耳。不嫌搶白。美惡不同年而語也，而乃思比韓壽如此乎，吾知月老之書，不作走丸之阪。冷刺熱諷，令他無地可容。熏獲不同器而居也，而乃思並韓壽如此乎，吾恐鸞鳳之匹，不類榆枋之禽。彼韓壽自置於雲霄，而子自托足於溝瀆，風斯下矣，是徒爲小人之羞，而難擬君子之倫矣。嬉笑怒罵皆文章。韓壽自操楫而上遊，而子自乘舟而逐流，風斯下矣，是子未能好好色，而人已多惡惡臭矣。爾請自思之。冷極。

微諷之，明嘲之，嬌鳥嫌籠會駡人，文亦似此。

願天下有情的都成了眷屬

人有同情，西厢之願溥矣。蓋有情而成眷屬，張、崔之事也，而願天下皆然，可不謂善體人情乎？且夫一己之情，天下之情也。竟是普天之下，莫非情種。我有情而不獲遂其情，安敢望天下之共遂其情？我有情而既已遂其情，又安敢謂天下之不遂其情？雖曰天作之合，然皆此一情之所鐘而已矣。無離別，常圓聚，兩人之情如此。當其梵宇初逢，而彼此徘徊。若鳥啼花落，夜雨朝煙，從前想起，妙論驚人。皆爲慘情之具，而其情轉傷。今既得意歸來，而於飛諧老，若花飛蝶舞，燕語鶯歌，皆是怡情之物，而其情始暢。衣錦歸來，方信白頭相守。雖然，謂兩人情多，而外此者多風月淒涼之感，彼蒼何太不仁也，而甚不願也。婉轉。謂兩情獨成，而外此者鮮魚水和諧之樂，人事何太不平也，而甚不願也。所願者，天下誰非有情之人哉？有情之人，誰不欲都成眷屬哉？以彼之待月於西廂，常恐藍田之玉不贈於佳人，選詞雅秀貼切。繡幕之絲不牽於才子，此情恒戚戚耶，何幸賦桃夭而樂於歸者，並秀雙蓬之蒂。以彼之偷香於孤館，亦恐悠悠銀漢，難從仙客之槎；兩兩鴛鴦，莫宿荷香之畔。此情常鬱鬱耳，何幸仰三星而樂綢繆者，永結連理之枝。且夫盼春花而含淚，望秋月而凝思，天下如此兩人者，風韻無俗諦。正不少也，而可曰吾欣謝月老矣，彼獨怨參商乎？裁鸞箋而寄字，拈鳳管而傳詩，天下如此兩人者，應不乏也，而忍曰吾已入桃源矣，彼獨夢高唐乎？幾堪絶倒。此所以願有情者都成眷屬耳。天下唯無情之物，當良緣不偶，或可任其孤單，而有情者流，此願何嘗一刻忘也。唯願天下之大，相離者有以相合，而宴爾新婚，如兄如弟而已矣。學崔、張足矣。天下雖無情之物，而偶然感發，亦欲求其配偶，況有情之輩，此事安能一刻已乎？唯願天下之衆，相疏者有以相親，而骨肉情深，夫和婦順而已矣。至是，則内無怨女，外無曠夫，何異聖王之好色；男宜其室，女宜其家，益見陰陽之合德。將聖賢道理收拾，方知辟地開天來自有此一事。觀所願若此，而《西廂》一書亦極人情之至矣。

語語輕秀，相引如綫，無碎金之迹。讀至此，方知風恬浪静，鳥轉花開，畫堂春晝，滿人懷抱。

《西厢記》注釋彙評

下

（元）王實甫 原著

周錫山 編著

上海人民出版社

唐六如先生文韻

清佚名著（嵩陽念庵居士手輯）

目録

蘭麝香仍在，佩環聲漸遠

有若近若遠者，而人以物留矣。夫蘭麝珮環，鶯身所有，實珙心所留也，是以流連不去乎。若曰：兹者朱門寂寂，粉堞巍巍，小姐安在耶？小姐遠矣。逗「在」字，逗「遠」字。乃獨於人去之後。睇眄既窮。轉若有可即而不可即者。何予我以無盡之慕也。恰合題神。落句悠然。

小姐呵芳徑留踪，不覺心猿欲放，所恨梨花之乍隱耳，借梨花引出「香」字。而竊以爲未隱也。思其臭之如蘭，尚拂襲人之氣。

春陰鎖翠，空教意馬爭馳。所期鶯語之非遥耳，借鶯語引出「聲」字。而無如其已遥也。念伊人之如玉，難遲禁步之聲。不有蘭麝乎，香則喜其仍在矣。出題安頓有法。隨手放「香」字妙證。

不有珮環乎，聲則惜其漸遠矣。

昔聞賈女之香可竊而諧百歲，不願小姐之贈我以芍藥，而願其貽我以蘭麝矣。不知小姐之心許我否，隨手放「送」字。但從懷想之餘，而覺青衫芬鬱有著之而欲透者，此在張生身上。亦淡亦濃，與綠柳之煙相結。顧柳煙句。此衣香之裊裊耶，抑小姐之芳魂，暗出斜扉外也。應作是想。

昔聞漢皋之珮，可解以訂相思。「珮」字妙證。不願小姐之報我以瓊瑶，而願其投我以珮環矣。不識小姐之意屬我否，但使徘徊之頃，而覺素神飄揚，此在崔身上，有隨之而不停者。乍高乍下，偕青禽之囀爭鳴。顧鳥雀喧句。此佩玉之珊珊耶，是小姐之玉趾，潛移曲檻邊也。

想夫深閨弱女，誰無蘭麝之薰，而一觸冰肌則其香倍遠。香與珮，何幸也。誰無佩環之系，而一經微步，則其聲倍和。

吾獨怪小姐之既去，不若香與聲之繞於我側也。從此羈旅萍踪，願在體而爲香。親玉質之無瑕，惹春風而不散。普天下有情人，均有此願。願在裳而爲珮，系楚腰之一搦，垂錦帶以輕摇。吾深望小姐之相憐，意似香與珮之置於其身矣。又作二比，局法整齊。

小姐念我耶，何以流芳未歇，綿綿生幽谷之情。又柬二比，句法齊整。

小姐忘我耶，何以餘韻將沉，杳杳有冥鴻之想。

夫安得東風一陣，吹小姐使之出。又安得遊絲千丈，裊小生使之入耶。忽落東風遊絲句，匪夷所思。

雙文既去，張生更從何處着想？霹空造出香與聲，真是見神搗鬼也。文代爲摹擬，恍是真正有香，真正有聲，令吾讀之，猶在字裏聞出香來，行間聽出聲來，的是繪聲繪香之手。

你不合臨去也回頭望

情牽於望者，怨生於情矣。夫珙豈真怨鶯者，特以情之難致，轉若鶯之望爲可已耳。若曰：吾今而始悔，傳神。昨者之多此一見也。然思我有慕於你，你不必有戀於我，此亦漠不相關矣，吾又何恨焉。夫老母之威嚴如此，你豈不畏懼之乎。

既曰畏懼之，則於萍客之踪，有去之弗顧耳。豈其潛行芳徑，動人桃花人面之思。風流幽艷。

抑曰畏懼之，則於遊人之迹，有見之疾趨耳。豈其擅出香閨，竟學馬上牆頭之盼。

乃回頭之望何爲者。

想夫眉纖新月，腰軟垂楊，我之心醉於你者多矣。然此皆美人之常也。獨是櫳門將入，此際已絶望於你，而秋波一轉，有令我黯然魂銷者，不得謂之寡情也。先作一跌，然後轉到不合，入情入理。使你之身心，不難自主，我正深幸其多情。如難自主也，則臨去低徊，夫亦可以不必矣。

想夫鶯語嬌傳，香塵淺印，你之留意於我者多矣，然此或適然之事也。獨是梨院將歸，彼時已罔冀於你，而杏臉斜回，有令我悠然神往者，不得等於陌路也。使你之出入，有可自由，我豈不圖其注念。如不自由也，則回頭顧盼，夫亦覺其多事矣。口吻畢肖。

天下惟閨人之瞻矚，最足以娱人。兹則若有心，若無心，欲置也而不忍置。是羊車入市，看殺衛玠；而魚軿返閣，望殺張珙也。奇想天開。回思柳外之俄延，竟成一夢，我能無嘆自於你也哉。

天下有偶爾之流連，不勝其後悔。兹乃若有意，若無意，欲行矣而不遽行。是回頭一笑，百媚俱生；回頭一望，千愁頓結也。天然妙對。轉憶花間之邂逅，無限傷懷。我能無惆悵於你也哉。

而今而後，倘再與你相遇乎，我亦不欲望你矣。更妙。

如雙文之美艶，即不回頭亦豈忍置之。不合之爲言，非真謂其不合，情至則怨生也。文緊承上文，説來句句是回頭體態，句句是不合神理，並無一句説煞，亦無一筆與臨去秋波相犯，而構思之巧，吐詞之秀，無不各臻其妙，真風流領袖也。

今夜我去把相思投正

良夜不虛，而相思又歸著矣。夫相思苦境也，而生若甚樂，則以此夜之投正耳。珙曰：我之於鶯也，自花間乍遇，而相思已透於骨髓矣。相思二字有來龍。雖然，兩心未照，不得謂之相思也。今幸矣，往日淒涼，空染文園之病；今宵酬贈，足驚道韞之才。

芳春虚度。就鶯詩說。我固知其難度也；蘭閨寂寞，不殊蕓館之蕭條。

長嘆應憐，我自爲之相憐也，牆内愁吟，似識廂中之客意。然則小姐竟許我爲知音。有知音焉，則生感矣。感之至，感慕見相思根蒂。則有所不忍忘，而迫爲相思。

我竟得小姐爲同志。有同志焉，則生慕矣。慕之至，則亦有所不能釋，而結而爲相思。

小姐既去，從小姐去，落到吾去。而憩息於香幃。新愁和漏永，低頭不語對銀缸。

我亦將去，而徘徊於斗室。隻影待更殘，抱膝無心揮玉軫。

今夜之相思，非復仍前矣。我思其貌，則宜嗔宜喜，較親於初見之龐。點可喜龐兒。

今夜之相思，非猶夙昔矣。我思其聲，則如瑟如簧，倍切於隔花之語。照瀝瀝鶯聲。

且也爲之思其步，則徑紆行慢，恍如洛女之凌波，勝覓香塵之底印。照步香生印泥淺。

且也爲之思其衣，則風過香生，宛若荀郎入座，能留旬之清芬。照風過處花，花香細生。而深我思者態也，曲檻閑憑，有花攲柳軃之嬌，覺風前却立，照垂柳晚風前。其態未全。而永我思者情也，新詩屬和，有夫唱婦隨之樂。覺眼角遥傳，照臨去秋波。其情猶淺。

月色其溶溶矣。又從自己詩說。而皎然入我懷者，偏覺其嬋娟，則我之相思，月姊諒之。

花陰其寂寂矣，而嫣然娱我目者，倍呈其鮮好，則我之相思，花神鑒之。

我初不意有今夜也，我亦何幸有今夜也。今夜我去把相思投正矣，夫安得小姐之芳魂，入我夢中，即爲驚夢伏脈。一訴相思哉。

酬韻非生所料也，酬韻之篇，幾於傾心吐膽，更非生所料也。君瑞此時那得不驚喜欲狂。篇中千回百折，實實還他相思，實實遠他投正，覺一日相思十二時，無此情種。君亦自有所思歟，何言之親切也。

佛囉成就了幽期密約

祈於佛者，事褻而心誠也。夫幽期密約，豈可以告我佛。而珙以成就祈之，將冀有一誠之格乎。生曰：珙處洛下，鶯處河中，相距甚遠也。佛寺之遇佛若爲之引矣，佛自不得擅干。尤願吾佛之始終之也。蓋鶯之性情，梅香知之。梅香休劣，誰使之不劣乎。頂上三句唱出佛字。鶯之舉動，夫人主之。夫人休覺，誰使之不覺乎。至於籬頭暗吠，雄如寶座象玉鳴；牆角遥驚，猛似蓮臺獅子吼，可作犬賦，又恰是普救寺中犬。則犬兒之惡，亦大可恐怖也。又誰使之不惡，等於象降而獅伏乎。發慈悲心，運廣大力，頓筆有力。非吾佛不爲功也。

佛囉，證身金界，雖五蘊之皆空。此是要佛之恕之。

佛囉，閔念凡夫，奈六根之未淨。

佛囉，教秉如來，當來垂鑒。此是要佛之憐之。

佛囉，寺名普救，宜救相思。

佛囉，如珙之與鶯，可締同心於百歲，早移來撮合之山。此是謂佛之證明之。

佛囉，如鶯之與珙，曾私一笑於三生，善付囑氤氳之使。

佛啰，婆心素熱，忍看我欲斷肝腸。此是謂佛之必救。

佛啰，法眼宏開，忍見伊空留顧盼。

佛啰，度我以般若航，離苦海而入愛河。此是謂佛之當救。

佛啰，沃我以清淨水，滌六塵而降三昧。

佛啰，陰爲之調護，芳晨良夜，好開方便之門。此是謂佛之當如是救。

佛啰，默佑於虚空，旅客閨人，共證風流之果。

佛啰，以戒珠照此昏衢，勿令曲院尋香，不識西來之路。此是謂佛之不可不如是救。

佛啰，以慧劍破諸煩惱，勿令蕭齋卧月，徒牽夢幻之緣。

佛啰，幽期得遂，吾當一心皈依，五體投地。此方是寫題面。

佛啰，密約如諧，吾且重光寶刹，再整金身。

佛啰。

千呼萬唤，驟讀之是文人戲筆；細思之，却是張生至情。即使吾佛無靈，亦當叫活起來，况大慈大悲，有感必應者乎。

語云：慧業文人，應生天上。具此錦心繡口，定不得以凡夫目之。

繡幡開遥見英雄俺

僧也而英雄，非凡僧矣。蓋和尚者，英雄之退步；而英雄者，菩薩之本色也。君子知惠明於是乎不凡。若曰：俺自一入空門，自惠公悟後語。而生平之豪氣，幾無以自見矣，今乃得一見生平也。

幾聲鼓，一聲喊，俺去矣！

以課誦之鼓，易而爲徵伐之鼓，調侃得妙。一鼓豈足以作氣。然陷敵衝鋒，有俺在而鼓聲乃益壯。以諷讚之聲，而變爲吶喊之聲，先聲豈足以奪人。然潰圍侵援，有俺在而喊聲乃益高。

俺去矣，何必擁大纛於行間。而柳映花遮，宛列堂堂之陣，則繡幡開也。解元試憑高而望之，有聲有色。遥見夫鐵棒摧時，海波翻矣，山岩振矣，而俺惟是挺然一往，竟同獸起鳥伏之勢，非英雄焉有是也。解元以風流人，風流慈悲，何處更用得着。而見英雄俺，必且奮弱爲强也已。

何必見高牙於馬上。而風馳電掃，儼如正正之旗，則繡幡開也。大師試極目而送之，遥見夫戒刀指處，天關撼矣，地軸摇矣，自是驚天動地。而俺而過蕭然一身，直走金戈鐵騎之中，非英雄而何敢然也。大師以慈悲人，而見英雄俺，必且轉驚爲喜也已。

夫自以爲英雄者，飛虎將也。然伊英雄假，不若俺英雄真。分别得妙。降幡之竪也，在此行矣，佛力雖云可恃乎。而憑虚莫濟，不得不托英雄於俺。擁華幢而奪赤幟，俺有進無退耳。筆力勁圓。

抑共以爲英雄者，白馬將也。然俺英雄去，方得彼英雄來。應合得妙。捷旗之至也，在此行矣，神威雖曰可憑乎。而安坐無爲，不得不讓英雄於俺。離香藹而犯風塵，俺旋往旋還耳。

向也聞殿角之春雷，雄心暗動，英雄未遇，共有此想，不獨吾師。無如削發披緇，英雄無用武之地。

向也聽松梢之風雨，殺氣時騰，不謂提刀仗劍，英雄有建績之時。

請觀今日之蒲東，是莽和尚得意語。竟是誰家之小姐。

其聲勢如海上奔濤，天邊怒雷。披讀之下，恍見普救寺前，繡幡開處，有一赤身露頂莽撞和尚，直跳出來，不獨半萬賊兵不足當其鐵棒一指，即白馬將軍統領大隊人馬，滔滔滂滂而來亦無此等聲勢。余於釋氏最愛智深長老，今觀惠公又覺珠玉在前。

我從來心硬，一見了也留情

自吐其心者，一往情深矣。夫紅既自以爲心硬，而其於張也，亦一見留情耶，敢則是小鬼頭春心動也。紅曰：小姐不嘗云乎，從見了那人兜的便親，天然妙證。何交淺言深耶。雖然，情之所鍾，神情畢肖。良有是事也。

我竊有以自揣焉。以夫人視我，雖非掌上之珠，然亦不離香閣矣。大有身分。即或閑行別院，一任伊桃李爭春，而我心中之牢不可破者，豈自昔然也。先頓「從來心硬」二比。

以小姐視我，同是閨中之秀，則固不識蕭郎矣。即或偶步芳叢，哪管伊燕鶯作對，而我心之斷不可移者，寧到今异也。意生雖多情，將奈我何。顧生不應有此才貌也。似反責張生，妙。

以貌則河陽再世矣。風月襟期，不待姓氏既通，逗出「一見」來。始入閨人之念。

以才則鄴下重生矣。文章魁首，不待恩施既重，才縈弱女之懷。

是故不見則已，一見而心之堅者，失其堅矣。夫我之心，向亦自信，孰不謂梵寺歸來，而繾綣流連之意，亦不覺油然生矣。曲折赴題。

抑不見則已，一見而心之定者，難爲定矣。夫我之心，原不易摇，孰謂春風晤後，而纏綿愛護之思，亦不覺肫然至也。由是而食之頃，寢之時，時殷企慕。目中無生，意中若有生矣。如是方謂之「留情」。

由是而花之朝，月之夕，遥寄相思。意中有生，目中若有生矣。

向者僧齋致語，亹亹可聽，我所以拒之者，特爲其造次以陳辭，其實已心許之。

向者法會趨蹌，依依近人，我所以誚之者，特怪其倉忙之無謂，其實已心照之。

噫！如生者真我見猶憐矣。阿紅善站地步。

紅娘何嘗心硬，若心硬，便不留情矣。其自言心硬者，正越見得留情之至也。從以前説起，直打算到以後，幾於膠漆相投，萬難刻捨。吾知既到書齋，必有許多勾引張生處，却是作西厢記人代他瞞過耳。

虚名兒賺誤我

爲虚名誤者，不言怨而怨深矣。甚矣，虚名誤人不少也，而誤及青春之女，尤可惜耳，鶯能不怨其母之賺乎？若曰：嘗讀《詩》至《蓼莪》之篇，而歎親恩之罔極也。我不幸抱終天之恨，猶幸而有母可恃。從父説到母，是孤女至情。拊畜我，顧復我，爲「誤」、「賺」我反照。當無不至而今何如哉！

大凡娘之於女也，必爲其覓良緣。良緣成矣而不成，慈親諒不若此矣。

抑娘之於女也，必爲其擇佳偶。佳偶得矣而不得，愛女固當如是耶！

博一擲之采，以圖幸全，是孤注我也，句有映帶。我之處此甚危。

懸千金之軀，以爲重賞，是香餌我也，娘之待我已薄。

雙頭花蕊，自此舒乎。娘亦約爲雙頭蕊也，人亦共知之也，即將上文説來，筆筆如畫。然不過名而已。

連理瓊枝，自此長乎。娘亦約爲連理枝也，人亦共信之也，然不過名而已。

同心縷帶，我意爲實可綰，而前言已謬，難尋鏡裏之花。虛字醒。

錦片前程，我意爲實可圖，而好事難成，竟作水中之月。

噫嘻！是虛名也。誤矣，其賺矣。

我幾賺於寇，一字一淚。而轉賺於娘，我之薄命，至斯極耶！

娘似欲賺生，而先已賺我。我之終身，將安托耶！

如謂婚姻之非偶也，深閨處子，豈容輕以許人。反責得妙。然許之，原不誤耳，頓筆妙。獨怪乎將合還離，徒以夫婦之名賺我，我不願受也。

既知琴瑟之不諧矣，繡閣嬌娃，何必呼之見客？然見之，亦未爲誤耳，獨怪夫似聯實斷，又以兄妹之名賺我，我更不樂承也。

夫天下無不是之娘，二比開合盡致。賺我亦復何辭？

而天下無不嫁之女，捨生又將奚適？

總之凡事可賺，而今日之事，決不可賺。他人可賺，而膝下之人，斷不忍賺已矣。妙結。

鶯與生，自隔牆酬韻，便作夫婦想矣。迨退兵計成，兩人更是一心一路，拆開不得，至此，忽以兄妹之名易之，有不怨娘者，非鶯鶯也，文特寫得委委婉婉，悲悲切切，「一緘情淚紅猶濕，滿紙春愁墨未乾」。鶯娘之腸斷，作者讀者，一時俱斷矣。

别恨離愁，做這一弄

傷別離者，情通乎琴矣。夫天下惟恨人知恨人，愁人知愁人也。生因別離而成弄，非鶯孰能知之？曰：月朗風清，如此良夜，千端恨，萬種愁，何自訴耶？借上愁恨，説來恰好。不謂徽聲粲發，泅泅入耳，忽令恨與恨相牽，愁與愁相結也。夫更長漏永，非其曲中字耶？而我於有字之中，會其無字之處。覺琴以暢志，而此獨有鬱而不舒者，其心則何心。虚喝得神。

衣寬帶松。非其弦上聲耶？而我於有聲之後，想其無聲之先。覺琴以陶情，而此獨有悲而莫慰者，其意則何意。

是有恨耶？殆別恨也。夫我雖寂處深閨，彼尚羈棲孤館。非爲別也，而靜好無期，不別而永別矣。説「別」字確。則其所恨者，豈在天涯咫尺乎。生蓋欲以此恨伸之於我，而纖指着水弦，宛轉寫無窮之恨。這一弄也，如聞別鶴之篇，煙雲亦爲之鎖恨已。將琴操點「別」字，妙。

是有愁耶，殆離愁也。夫睽違僅逾晷刻，隔絶不過花陰。未爲離也，而鴛鴦難譜，未離而將離矣。説「離」字確。則其所愁者，豈因一日三秋乎？生蓋欲以此愁達之於我，而素心憑緑綺，低徊傳不盡之愁。這一弄也，如鼓離鸞之操，即將琴操點「離」字，妙。草木亦爲之含愁已。

然則生固以一字字恨，一字字愁，而叠爲一弄也。兹者朱弦罷撫，鏗爾餘音，吾誠不知彈者，此時何以爲情。而雅奏相宜，我已淚涓涓流也。真是至情。

然則生固以一聲聲恨，一聲聲愁，而合爲一弄也。兹者玉柱停揮，杳然絶響，更不知彈者，今宵何以自遣。而幽懷相感，我已腸寸寸斷也。

嗟乎！曲終人不見，書館一燈青。相思苦況如見。我憐其況，我越重其人矣。

鶯本愁恨人，忽聞愁恨曲，兩情相融，自然倍覺凄凉。君從筆底，曲曲體會，出之崔氏口中，印入張生心裏，覺千愁萬恨，一時縈繞，如聞江上琵琶，令我青衫濕透矣。

管教那人來探你一遭兒

以雙文爲可致，能料之於意中也。夫紅已窺鶯之心，故以爲可致耳。然紅雖慧，恐鶯不若是輕也。紅云：今者，我之來探你，固那人所使也。那人可使我來，我獨不可使那人來乎？是紅兒口角。蓋繡房晝永，妝閣春寒，喁喁私語，其常也，故説詞易入。承説訓説。

月榭聽琴，花窗遣婢，脈脈幽懷，如見也，故心事易傳。承心事説。

你雖能以一緘書，挂虚名於赤繩之簿，而那人與你，終難成鸞鳳之交。

你不能以三寸舌，取佳配於尊酒之間，而你於那人，遂致有參商之歡。

猶幸而有我介紹其中也，極有擔當。我一介紹，而疏者可親。

猶幸而有我周旋其際也，我一周旋，而離者可合。

在那人則身未來而心已來，然蜂媒蝶使之未通，安必花香入手。紅兒真不可少。

在你則望其來而尤欲速其來，然雁耗魚音之未致，難期海燕雙棲。

我將爲靈鵲，爲你填橋，奇想。錦軸停敹，可安坐而邀織女。

我將爲桃花，爲那人引路，胡麻熟否，可預設以餉仙姬。

今日者，我之來不過一人，後將不止一人。當夫斗轉星横，而回廊悄步，有且前且却者，那人來也。如見其來。那人來，而你之願如是乎遂。

異日者，那人之來或不止一遭，要必先有一遭。寫「一遭」韻極。當夫更闌人靜，而素袖輕持，有乍喜乍驚者，那人探你也。那人探你，而那人之情如是乎長。

沈郎病減，那人能減之。荒庭一片月，巫峨岫上，準看携雨向陽臺。組織精工。

宋玉消愁，那人能消之。晚寺幾聲鐘，蕭史樓頭，會聽吹簫乘彩鳳。

放心波，張秀才也。韻語。

鶯之言曰：應憐長嘆人。曰：口兒作念心兒印。曰：我相思爲他日，休教别離了志誠種。其於張生真是感而且慕，紅娘慧人，早已窺見底裏，而又重以書齋之候，益信是情投意合，可以隨手扯來，故作此滿心滿意之語，非孟浪也。文有調侃張生處，有賣弄自己處，皆能曲曲傳神，而敷詞設色，更有天然秀麗。

半晌擡身，幾回搔耳，一聲長嘆

春睡初醒，倦極而愁長也。夫紅既歸，鶯宜急問之矣。乃擡身搔耳，而繼之以長嘆，倦耶？愁耶？抑别有思耶？紅云：適從書館中來。見夫和衣睡起者，氣色則滯也，聲息則微也，吾方且怪之。從生寫到鶯，真是此時紅娘。今觀小姐，而知孤眠況味，大抵然矣。異哉！小姐之嫩也，往往曉露初晞，遂啓菱花之匣。今日色横窗矣，寧有宿醒未解耶?

往者新妝早試,輕勻翠黛之眉,今花陰拂檻矣,將毋好夢未回耶? 則見其羅衣寬褪,敧斜如春柳飄風,小姐抬身矣。寫抬身妙。獨是纖腰款擺,一若欲倩手嬌扶者,曷爲遲之半晌也。寫半晌妙。夫小姐之身,自夜氣一侵,而繡幙深深,巧思。尚覺餘寒之料峭,故半晌延捱,猶是蒙朧星眼已。則見其雲鬢蓬松,寫搔耳妙。隱約是明璫墜玉,小姐搔耳矣。寫幾回妙。獨是粉頸低垂,一若有沉吟難決者,曷爲至於幾回也。寫「幾回」妙。夫小姐之耳,自琴聲一入,而芳闈悄悄,遂留餘韻之悠揚。故幾回摸索,懸知摇漾春魂已。斯時也,鈎芙蓉之帳,意必呼女侍以來前;擁翡翠之衾,將必召青衣而細叩。又作頓,將長嘆句另發,有局法。一聲長嘆,又何爲耶。

或者,傷幽客之難親,而嗟吁之氣,頓發於香喉,不覺其聲之長也,抑知好音已至乎。吾且從旁而瞷之,倘一注青眸,而鸞版彩溢,深窺才子之心,則憶生者,能無感我歟。與下文反照?

或者,恨慈幃之見賺,而抑鬱之情,遂形於嘆息,不禁其聲之長也,抑知芳訊已通乎。吾且斂步而觀之,倘一舒素手,而蘭扎香披,隱動佳人之念,則怨母者,能無德我歟。

噫! 鴛侶分時,衡是嬌酣之態;綺筵散後,絶無喜笑之聲。小姐,小姐,何不説之於紅娘也? 是紅娘之意語。

此是雙文小照,有情有態,不獨春閨睡起圖也。一幅素紙,能使雙文情態畢露,如見其形,如聞其聲。尤妙在筆筆是紅娘眼内雙文,筆筆是紅娘心内雙文,有無數猜疑不定,全爲下文,改變朱顔,反照何物,文人通靈乃爾。

便做道摟得慌也索虛咱

誤於摟者，急不擇人也。夫生欲摟鶯，而誤及於紅，生固慌也，被摟者何獨不慌？紅曰：聖人云：逾東家牆，而摟其處子，則得妻。蓋既摟則無不得也，秀才之摟誠是矣。怪哉，阿紅有此巧舌。如不得妻，何想秀才之來也，過苔徑之滑，盼粉牆之高，得毋驚魂不定耶。驚之甚，此是以驚而慌。則不及致詳，而有此一摟。

想秀才之至也，寂黄犬之音，近青鸞之信，得毋喜氣横生耶。喜之甚，則不能自持，而有此一摟。此是以喜而慌。在秀才意中，豈不謂有此一摟，而好事定矣。玉人在抱，可酬昔日之相思。抵多少漢宫春色。

又豈不謂有此一摟，而灾障消矣。巫峽非遥，滿擬今宵之同夢。

請試觀之，是耶非耶？紅娘如此，真令人魂銷。

大抵幽期密約，原非躁率者可爲，其事則甚忙，其心則甚暇。請問紅娘，何以知之。冒然一摟，謹閉者固如是耶？

大抵雨意雲情，亦非倉卒間可畢，其既則甚褻，其初則甚莊。遽然一摟，温存者固如是耶？

無論我非不應摟之人，妙。即使其爲意中人也，白首之盟，何其鄭重。以正言誨之。秀才以一摟，遂乃願乎？

猶幸我非必不可摟之人，尤妙。紅娘想亦心允。假令其爲堂前人也，青春之子，何以爲顔。以危言恐之。秀才竟一摟，敗乃事矣。

我固知摟之謬耳，專會占地步。借曰非謬，豈未得隴，先望蜀也。

我獨喜言之早耳，倘言之不早，不幾乎以李而代桃也。語語勾人魂魄。

月白風清之下，胡爲緣木以求魚。

花香樹影之中，聊作望梅以止渴。歷用成語，真乃聰明侍兒。

年未三十，而視茫茫，秀才，你餓眼花矣！嘲笑得妙。

想張生誤摟時，出其不意，紅娘亦老大一驚，連忙雙手推開，低低説出摟慌索覷一句，真乃韻事韻語，非得韻人韻筆，未免唐突紅娘。此却淡淡拈來，觸手成趣。最妙是喜張生，是惱張生，是誨張生，是謔張生，心頭口頭，一時都有。似此慧兒，應勝姐姐。

從今後由他一任

慧心成灰，遑恤其後也。夫紅爲珙之心，勝於爲鶯。曰：由他一任，恨鶯之反復耳。紅云：甚矣！小姐之寡情也。人爲爾愁，曰：由他愁耳。映帶俱妙。人爲爾病，曰：由他病耳。是反不若局外之人，休戚相關也。恰好。然今且已矣。

我之脚步雖勤，今而知不必勤也。回想以前，真堪一笑。一候再候，空教我踏破蒼苔，乃殊覺我之無謂。

我之衷腸雖熱，今而知不必熱也。似假似真，不顧伊絲添緑鬢，乃深悔我之徒勞。

況願可酬他之緣，願不可酬，亦他之命，真與紅娘不相干。他胡爲而喜怒您無憑也。

況謀之而不成，我任其憂；謀之而成，我不得分其樂，我何與而笑啼俱不敢也。

良方須致，今姑爲之致耳；先將今字頓住。然客館之行，自今日止矣。

冷句須投，今聊爲之投耳；然紗窗之報，自今日虚矣。

從前之撮合，非博愛於鶯娘；此後之旁觀，轉出「後」字。免貽譏於馮婦。

淡淡春山，由他損；點「由他」二字。盈盈秋水，由他穿；斷腸詩，由他自抹；相思淚，由他自流；影裏情郎，由他自想；畫中愛寵，由他自傷；離魂倩女，由他發付潘安；悔罪文君，由他處分司馬；六朝金粉，由他貌滅梨花；三楚精神，由他腰寬錦帶；傳書遞柬，由他自倩東風；廢寢忘餐，由他自牽幽恨。高唐曾入夢，由他撥雨撩雲。綺户悄迎風，由他瞞魚背雁。鮫綃枕上，由他情思睡昏昏。窈窕紗邊，由他雲山重叠叠。東西各别，由他伯勞飛燕之無情。配偶難諧，由他雛鳳嬌鸞之失所。如金谷園中，萬花爭發；又如大珠小珠，錯落玉盤，令人目光不定。

小姐好自爲之。成語天然。

我獨被美語酣言，相逼臨耳，爲鶯所使，是出於不得已。從今後，斷不聽矣。變了卦也，一任之而已。

我獨憐隻身獨自，難忍置耳，可憐張生，是紅娘至情。從今後，何暇顧耶，送了人呵，亦一任之而已。

鶯既托紅傳書寄柬，幾幾乎脚跟走穿，却不露一真心語，反受許多絮絮叨叨。細思紅娘此時，真是着甚來由，空與他挂肚牽腸，提心吊膽。文窺見肺腑，直將從前作過懊悔一齊來，如見做張做致，一頭走一頭説時。

你破工夫今夜早些來

臨去而訂重來，難爲情矣。夫崔第難於一來耳，可一則可二矣。早來之約，固所願也。若曰：珙不才，辱愛於小姐，一夜綢繆，發端恰好。珙之感卿無窮日矣。而卿之愛珙，亦寧有已時耶？夫角枕粲兮，錦衾爛兮，使清更未盡，而軟玉温香，猶置予懷之内，痴情如見。固珙之幸也，其如歡娱夜短耶。即晨鷄唱矣，曉鐘鳴矣，使翠袖可留，則畫眉傅粉，相依鸞鏡之旁，然勢不能也，令人徒唤奈何。曷勝兒女情長乎。

天公不做美，數聲殘漏，鴛鴦帳内暗催人。

旅客欲消魂，一徑飛花，芍藥階前低話別。

卿將捨我去耶？卿之去，卿亦有不忍者。如聞哽咽之聲。良會無多，一望竟成千里。

吾竟任卿去耶？卿之去，吾更有難戀者。後會非遥，相違不過六時。

地久天長，情踪不可斷矣。昨夜肯來，而我之病已痊。今夜不來，而我之病如故。卿，情種也，字句俱妙。斷不爾也。

雲尤雨殢，雅趣不可忘矣。有昨夜之來，而我之悶頓解。無今夜之來，而我之悶更深。卿雅人也，涉筆成趣。斷不爾也。

是故喜卿來，即望卿再來，不至孤燈閃閃，離魂空自理相思。

而望卿來，尤願卿早來，勿令疏竹蕭蕭，晚徑幾番疑玉珮。醒「早」字。

或者高堂之陪侍，不早之故確。未有餘間，然而可婉辭也。不必俟黄昏人静，而偷開玉鑰，姮娥早降於蟾宫。

或者弱弟之追隨，因而却阻，然而可善遣也，何須待碧漢星明，而乍倚雕闌，仙子早迎於蓬島。

經兩度之春風，則桃李尤增顔色。入情入理之言。

尋隔宵之香夢，則魚水倍覺和諧。

卿今去矣，芳叢露潤。休教亂漬湘裙，碧砌苔封，語語真切。好自輕移蓮步。東方未白，尚堪圖半晌之眠；夏日初長，當勉進三飧之飯。玉體冲寒，多方將息。幽歡早續，幸留意焉。

饞得相親又相別，此時此際，實難爲情。早來之約，普天下有同願，非張生饞臉也。文能體貼曲至，低聲悄語，痛惜輕憐，字字沁心，句句刻骨，使鶯娘聽之，且將不忍去，焉得不早來。

他說小姐你權時落後

不可後而後，更出夫人意表矣。夫落後之説，非夫人所料也，小姐此時豈可復問哉？紅云：往者書齋之候，小姐初心，亦謂一晤旋歸耳。孰意書生不諒，一時有身不自由者，即小姐亦無如何矣。先爲小姐出脱。夫我本與小姐同去，而生顧令紅娘先行也。

吾方且訝之，訝夫遣我之速，得毋有不欲使紅娘見者耶？不可見，是何事。然我猶遲留焉，徐俟焉。期小姐之共返闈幃也。

吾轉復疑之，疑夫促我之頻，得毋有不堪使紅娘知者耶。不堪知，是何事？然我猶徘徊焉，却顧焉，冀張生之無多絮聒也。

乃他則更有説矣。先頓「他説」二字。

他説小姐，你莫若夫人之恩仇不辯也。從張生前説出來。既來之，則安之，客窗岑寂，權爲一晌之清談。維時紅娘，尚在花陰之外。回視玉人，杳不見至。如畫。諒小姐之步，欲行未行，而張生已深阻之矣。

他説小姐，你莫若紅娘之喜憂無關也。去者自去，留者自留；旅況蕭條，權作片時之雅叙。維時紅娘，遥從柳陰之中，潛聽西廂，寂無人聲。諒張生之言，可允則允，而小姐已姑從之矣。隱躍可思。

雖紅娘亦思落後，挈小姐以偕行，然張生既能挽之使後，而紅娘何能强之使前也？況才子佳人，論心則倍覺綢繆，吾一侍女耳，旨趣未諳，相對如無聞見，紅娘自計，惟有聽其後焉耳。妙論。

在紅娘原不敢先行，置小姐於在後，然小姐業有必後之情，則紅娘更無不行之禮也。說得乾淨。况長兄弱妹，覿面則倍加浹洽，竟是理所當然，妙，妙。我一旁人耳，殷勤斯守，相形終别親疏。即夫人爲紅娘計，更妙。亦惟有聽其後焉耳。夫潛過竹院，未必非小姐之達權。而暫止香踪，不信是張生之飾説。我於是飄然歸也。小姐休矣。

本以局内人説局内事，却似局外人作局外語，不但爲自出脱，兼爲小姐解釋。尤妙在句句含糊，而情事已宛然在目，非此慧心，不能代此慧口。

倩疏林你與我挂住斜暉

斜暉催别，倩所以挂之者焉。夫人自别耳，與疏林何與？鶯乃倩之曰：挂住斜暉。果能爲鶯挂否？鶯云：我，愁人也。别，愁事也。眼前，愁景也。而以今日之愁人，當今日之愁事，偏有戀戀於愁景者，此誠莫可告語矣。爲「倩」字傳神。千條翠柳，難縈過客之青驄；一輛正車，遠逐前程之皓日。嗟乎！同心相約，則垂景恒遲。判袂有期，則流珠較速。離筵猶未張也，離尊猶未進也，長亭何在，秋暉已漸漸斜矣。出「斜暉」二字，便覺黯然。

昔日之鸞交，不堪回首；此時之駒隙，更足傷心。猶幸而尚是斜暉耳，寬一筆正是緊一筆處。乃未幾而銜山，未幾而薄暮。匆匆飲餞，歧路徘徊，盡在斜暉中也。真是一刻千金。

斜暉去耶，人亦與之俱去，吾不忍見其去也。斜暉留耶，人亦爲之暫留，吾無計使之留也。恨不挂長繩於青天，繫此西飛之日；奇想奇語。更難移咸池於若木，轉爲東指之輪。有能解吾憂者，其在疏林乎？林之密也，猶吾之歡悰。緑陰濃矣，翠煙鬱矣，又將疏林與自己比喻一番，正爲「倩」字張本。則夕照將涵，愈添葱倩。林之疏也，猶吾之别意。金風蕭矣，玉露凋矣，則殘曛欲落，倍覺凄凉。然則疏林之與我，所云同病相憐者歟？疏林呵，你與我籠絡金烏，使蕣華菱彩，勿下霜花紅樹之巔。你與我挽回羲馭，使騏步凫飛，常羈衰草平坡之上。况我倩你，張郎亦必倩你。「倩」之所有。丹楓極目，誰云草木無情。我倩你，你即可倩斜暉。想入非非。鬱儀有靈，肯惜花陰少駐。悲哉敗葉蕭蕭，那更餘暉之慘淡；中心耿耿，懸知客思之凄凉，我恐疏林終不能與吾挂也。應使天地爲愁。斜暉斜暉，其不忍照我愁容耶。

斜暉也，如何可挂疏林也？如何挂得住斜暉？此真極無理語，然其中却有奇理，至理正復索解人不得。篇中情内帶情，真正無理，真正有理，讀竟惟有黯然魂消而已。

嬌滴滴玉人何處也

夢回人遠，悟境也。夫君瑞久在夢中，試看夢回之後，玉人何處耶？然生猶未晤也，曰：頃夜色將闌，款扉而入者，玉人來矣。冒失之妙合神理。半日分飛，一時聚首，玉人其常在我左右乎，是夢後語。豈料其爲夢也。

門掩清秋，一派是荒凉之景，回想鳳衾香展，誰能低徊而見憐也。逼出玉人來。

窗敲竹翠，满庭皆蕭瑟之聲，回思鴛帳春融，誰乃綢繆而厮守也。

噫嘻，此非玉人耶！頃又何以來耶？說到夢裏玉人。

欲忘還又，千里雁鴻愁，合眼便來心上事。柔情真極。

似有仍無，五更蝴蝶夢，擡頭不見意中人。說到夢後玉人。

吾思之，吾從何處覓之也。

嬌滴滴，「嬌滴滴」三字傳神。如秋波倒浸芙蓉，吾玉人之色，何鮮以妍乎！然而徒得之想象矣。村宵月冷，空傷孤客之懷，吾哪得玉人之慰我寂寞也。鶯啼其竟寂耶，燕語其竟遥耶，夫豈誠在南海佛院之中。不必在是，不必不在是。而藍水彌漫，正不知彩雲之何處駐耳。

嬌滴滴，如曉露初融菡萏，吾玉人之姿，何香且艷乎！然而莫接其音容矣。茅店清霜，獨灑離人之淚，吾怎得玉人之與吾追隨也。佩聲其竟杳耶，屧響其竟虚耶，亦不過在蒲東蕭寺之側。而暮雲重叠，正不知芳魂之何處飛耳。生魂亦飛矣。

夫今宵之夢，玉人之知不知未可料，所幸夢神未遠。既一入吾之夢，何不可再入吾之夢。渡河機泄，草寇來也，預揣鶯再來之夢，字字入神。當悄悄提防。逆旅緣慳，天仙去也，且緊緊摟定。特恐好夢之難續，而玉人終不晤面也。

抑後日之夢，玉人之至不至未可知，所幸夢境非遥。玉人之夢既來尋找，我之夢將復去去尋玉人。預揣自己將去之夢，字字入神。愁多不寐，其未睡也，當與之話離情。漏永無聊，其已睡也，且與之同繡枕。獨恐幽夢之易醒，而玉人依然無蹤也。吾那玉人呵，倒不如不到吾夢矣。是痴語，亦是至情。

人做一得意夢，到初醒時，每恨此夢之易醒，且妄想睡去時再續此夢。張生此時，正是此境也。文能寫得纏纏綿綿，委委曲曲。張生於夢後，不見玉人，不勝憂愁。我却於張生説夢時，得見玉人，不勝快活。〇天下功名富貴，莫非夢也，一旦失勢，真有何處也之歎。

毛西河論定西厢記（并參釋）（清康熙十五年丙辰［一六七六］刻本，清毛奇齡論定）全録

《西厢記》三字，目標也。元曲未必有正名題目四句，而標取末句，如雜劇有《城南柳》，因題目末句曰「吕洞賓三度城南柳」也。此名《西厢記》，因題目末句曰「崔鶯鶯待月西厢記」也。推此，則明曲之訛，如徐天池《漁陽三弄》而題目末句曰「曹丞相神仙八洞」者，不知凡幾矣！特目列卷末，今誤刊卷首，如南曲間演例，非是。

原本不列作者姓氏，今妄列若著若續，皆非也，説見左。

或稱《西厢》爲王實甫作，此本涵虚子《太和正音譜》也。涵虚子爲明寧王臞仙，其譜又本之元時大梁鍾嗣成《録鬼簿》。故王元美《卮言》亦云：「《西厢》久傳爲關漢卿作，邇來乃有以爲王實甫者。」明隆、萬以前，刻《西厢》者，皆稱《西厢》爲關漢卿作，雖不明列所著名，然序語悉歸漢卿。如金陵富樂院妓劉麗華刻《口授古本西厢》，在嘉靖辛丑，尚云：「董解元、關漢卿爲《西厢》傳奇。」而海陽黄嘉惠刻《董西厢》，在嘉、隆後，尚云《董西厢》爲關漢卿本所從出。」且引「竹索纜浮橋」等語，爲漢卿襲句。則久以今本屬關矣。但《正音譜》載元曲名目，其於漢卿名下凡載六十本，而不及《西厢》，不可解也。

或稱《西厢》是關漢卿作，王實甫續，他不可考，嘗見元人詠《西厢》詞，其《滿庭芳》有云：「王家好忙，沽名弔譽，續短添長，别人肉貼在你腮頰上。」又《煞尾》云：「董解元古詞章，關漢卿新腔韻，參訂《西厢》有的本，晚進王生多議論，把《園

棋》增。」則是在元時已有稱王續關者。但今按《西厢》二十折，照董解元本填演，其在由歷，不容增《圍棋》一關目，而在套數又不容於五本之外，特多此一折也。且《圍棋》一折，久傳人間，亦實與實甫所傳雜劇手筆不類，則意漢卿亦曾爲《西厢記》，有何人王生者，增《圍棋》一折，故有此嘲。實則漢卿《西厢》，非今所傳本，王生非實甫，增一折亦非續四折也。故詞隱生云：「向之所謂王續關者，則據元詞王增關之説而傳會之者也。今之所謂關續王者，則即向時王續關之説而顛倒之者也。」此確論也。

或稱《西厢》爲王實甫作，後四折爲關漢卿續，此見明周憲王所傳本。又《點鬼簿》目標王實甫名，則云：「張君瑞鬧道場，崔鶯鶯夜聽琴。張君瑞害相思，草橋店夢鶯鶯。」標關漢卿名則云：「張君瑞慶團圞。」故徐士範重刻《西厢》，則云：「人皆以爲關漢卿，而不知有王實甫，蓋自草橋以前作於實甫，而其後則漢卿續之者也。」且《卮言》亦云：「或言實甫作至草橋夢止，或言至碧雲天止，於是向以爲王續關者，今又以爲關續王，真不可解。」

《西厢》作法，斷不得止碧雲天者。元曲有院本、有雜劇，雜劇限四折，院本則合雜劇爲之，或四劇，或五劇，無所不可，故四折稱一劇，亦稱一本。碧雲天者，第四本之第三折也，而謂劇與本有止於三折者乎？若其不得止草橋者，《西厢》關目，皆本董解元《西厢》，草橋以後，原有寄贈、爭婚以至團圞，此董詞藍本也。元例傳演，皆有由歷，由歷一定，即李白嚇蠻本傳無，張儀激秦與史乖，反亦不得不照由歷，所謂主司授題者授此耳。今由歷在董，董未止何敢輒止焉。且院本雖合雜劇，然仍分爲劇，如《西厢》仍作五本是也。但每本之末，必作【絡絲娘】、【煞尾】二〔語〕（曲），繳前啓後，以爲關鎖，此作法也。今《西厢》第一本【煞尾】已亡，第二、第三、第四本猶在也。第四本【煞尾】云：「都則爲一官半職，阻隔得千山萬水。」此正起末劇得官報喜之意，而謂夢覺即止，作者閣筆耶？且《西厢》，閨詞也，亦離合詞也，不特董詞由歷不可更易，即元詞十二科中有所謂悲歡離合者，雖《白司馬青衫淚》劇亦必至完配而已，公然院本而離而不合，科例謂何？

《西厢》果屬王作，則必非關續。按關與王皆大都人，而關最有名。嘗仕金，金亡，不肯仕元。雖與王同時，而關爲先進，關向曾爲《西厢》矣，惡晚進者增一折而紛紛有詞，豈肯復爲後進續四折乎？且今之據爲王作者，以《正音譜》也。若據《正音譜》，則並無可爲續者。按《譜》所列，每一劇必注曰五本，則明明實甫已全有二十折矣。且兩人成一本，元嘗有之，如馬東籬《岳陽樓》劇，第三折花李郎，第四折紅字李二；范冰壺《鷫鸘裘》劇，第二折施君美，第三折黄德潤，第四折沈拱之類，然皆有明注，此未嘗注曰後一本爲何人也。凡此皆所當存疑，以俟世之淹雅有卓識者，今不深考古而妄肆褒彈，任情删抹；且曰：若編若續，若佳若惡，若是若否。嗟乎！吾不知矣。

參釋曰：董解元《西厢》爲搊彈家詞，其人仕金章宗朝爲學士，去關、王百有餘年，而時之爲《西厢》者宗之。今董本俱在也，碧筠齋、徐天池輩不經見董詞，初指今所傳本爲《董西厢》，則尤謬誤之甚者。古之不易考，每如此。（卷首批語）

楔子：楔，隙兒也。元劇限四折，倘情事未盡，則從隙中下一楔子，此在套數之外者，故名楔。他本列此在第一折内固非，若王伯良以楔爲引曲，尤非也。一曲不引四折，况之劇有楔在二、三折後者，亦引曲耶。（卷之一楔子批語）

他本或稱外扮老夫人，科例也。此不署扮色者，以本與杜皆外扮，恐雜出相混，故任其扮演，此與惠明不署扮色正同。若張爲正末而俗稱生，則入南曲爨色矣。原本之不可更易如此。

元曲曲中皆有參白，一名帶白，唱者自遞一句，所稱帶云者是也；一名挑白，旁人攙問一句，作挑剔是也。碧筠齋、王伯良諸本，將曲中參白一概删去，作法蕩然矣。

參釋曰：填詞科，主司定題目、由歷、宫調、韻脚外，士人填詞，若賓白則照科抄入，不事雕飾。至明曲，而文甚矣。臧晉叔訾梁伯龍《浣紗》、梅禹金《玉合》諸本，無一散語，爲非詞例，良然。（同上夾批）

楔子必用【仙吕・賞花時】、【正宫・端正好】二調，間有【仙吕・憶王孫】、【越調・金蕉葉】，偶然耳。首二句對起，調法如此。

「因此上」、「盼不到」，襯字也。此照原本，不分列，説見卷首。

參釋曰：博陵，崔氏郡名。據王性之辨正，謂鶯是永寧尉崔鵬女。然亦擬議如是耳，况詞家子虚，原非信史，必謂崔是終永寧而歸長安、非終長安而歸博陵者，一何太鑿！（同上【仙吕·賞花時】批語）

（「值」，借叶，去聲。）

【么】，後曲也。唐人【么遍】皆疊唱，故後曲名【么】。陸機賦：「絃么徽急。」《中原音韻》以「值」字分隸平韻。「人值」句，務頭所謂第二字拗句也。今借音滯「門掩」句，用李公垂《鶯鶯歌》語。（同上【么】批語）

他本以此白攙入前白「往博陵去」下，意謂司唱者唱畢即下，無吊場理耳。不知元曲《勘頭巾》、《伍員吹簫》、《雙獻功》等，原自有此。（同上夫人白之批語）

折不作齣。但碧筠齋諸本以一本爲一折，無據。王本又以一折爲一套，且引陶九仍曰：「有文章曰樂府，有尾聲曰套數」爲證，尤非也。一折可稱一套，則一曲可稱一樂府耶？

俗本每折標四字，如「佛殿奇逢」類，此南曲科例也。王本又改四字爲二字，如以「佛殿奇逢」爲「遇艷」，則更可笑。每本末已有正名四句，如「老夫人閑春院」、「崔鶯鶯燒夜香」類是，四折已標過四句矣，而又蛇足耶。按日新堂本目録，又有第一本《焚香拜月》，第二本《冰絃寫恨》，第三本《詩句傳情》，第四本《雨雲幽會》，第五本《天賜團圓》，則又每本各總標一句，與《點鬼簿》《張君瑞鬧道場》諸句同，亦似一例。但彼此各異，或亦後人所增耳。（**卷之一第一折前批**）

（「俗」，借叶，去聲。）

「遊藝中原」，「原」字宜陰而反陽，亦戾字也。後「相國行祠」，「祠」字亦如此。

「腳跟無綫」，「綫」字是韻。元曲唯《猪八戒》劇【點絳唇】此字無韻，要亦偶然耳。若【混江龍】調正務頭所載字句可增減者，且通體對偶，調法如此。

「望眼」，勿作「醉眼」，與《金綫記》「醉眼迷芳草」不同，此客游，非郊游也。「日近長安遠」，雖用史語，然元習用語，如《兩世姻緣》劇：「赤緊的日近長安遠。」

參釋曰：此自愬行徑也。

張至河中府，故二曲詠河。「何處顯」，只作「何處見」解，故曰「此地偏」，言偏見得也。董詞：「黄河那裏雄，無過河中府。」

「疑是銀河落九天」，用李白詩。「高源」二字句，勿作「淵泉」。董詞「上連星漢泛浮槎」，正是高源。泛槎，張騫事，末句借張姓映己曾求進意，正行文顧主一句。徐本删「俺也曾」「俺」字，以爲「也曾」指河，則泛濫無理矣。

參釋曰：此指點遊歷也，四曲總是一節。（同上【天下樂】批語）

諸本以此曲作【節節高】，入黄鐘宫調。但元詞宫調出入，與譜不同，故不敢定，説見卷首。

王伯良曰：北人稱神爲聖賢。（同上【村裏迓鼓】批語）

（「剌」，音辣。「軃」，音朵。）

「顛不剌」，俗解甚惡，即徐天池、王伯良輩以「顛」作輕佻，起鶯凝重，亦非也。千般嫋娜，鶯固不在凝重，即以輕佻起凝重，可謂凝重乎！「顛」即顛倒，猶言没頭緒也。言顛顛倒倒的，看了萬千，今纔看著也。「顛」，張自指，不指所看者。董詞有「怕曲兒捻到風流處，教普天下顛不剌的浪兒們許。」以「顛」指浪兒，正此意。况此曲亦全抄董詞：「這一雙鶻伶眼，須看了可憎的千萬，兀的般媚臉兒不曾見。」上句單説自己可驗。「不（刺）［剌］」，北襯詞，隨字可襯，不專襯「顛」。如《舉案齊眉》劇：「破不刺碗兒。」又以「不刺」襯「破」，更可知也。

「魂靈」句，人皆憎其惡，不知原本董詞：「張生覷了，魂不逐體。」且亦元襲語，如《玉壺春》劇：「猛見了心飄蕩，魂靈兒飛在半天。」（同上【元和令】批語。）

（「率」，音律。）

首二句似嘲誚語，不知是忖量語，言此是寺裏，非關情地也，誰道這寺裏便遇此也。兜率陀天，在三十三天以上二倍，此見佛經。故《倩女離魂》劇有「三十三天覷了個離恨天最高」句。蓋兜率天、離恨天，古人每取以相較者。「誰想寺裏神仙」，與《玉壺春》劇「怎生來這答兒遇著神仙」語同。

「偏」字斷作一字句，調法如此，然字斷而意接。「偏宜」與李珣《浣溪沙》詞「入夜偏宜澹泊妝」、歐陽修《小春》詞「天寒山色偏宜遠」同。俗字解「偏」作側，謂側轉鬢邊，宜貼鈿也。不知此承「面」字來，言面上「宜嗔宜喜」，又「偏宜」翠鈿，三「宜」字參錯呼應，甚妙。古貼鈿皆在面，從無貼鬢邊者。温庭筠詞「翠鈿金壓臉」，顧敻詞「收拾翠鈿休上面。」明云在面。又西蜀牛嶠《南歌子》云：「眉間翠鈿深。」顧敻《甘州子》云：「翠鈿鎮眉心。」張泌《浣溪沙》詞云：「翠鈿金縷鎮眉心。」且明云在面當中，而以爲側轉所見，則亦猥陋無學之甚，而舉世從而咻之，何也？況元曲句法，以讀斷而意不斷爲能事。《對玉梳》劇亦有【上馬嬌】調，末句云：「真，是女弔客母喪門。」《爭報恩》劇末句：「教，我和兄弟廝尋著。」「真」與「教」，亦斷字也，彼能斷解耶？

參釋曰：「正撞着」至此「遇神仙」，統言遇鶯耳。「宜嗔宜喜」至下曲「侵入鬢雲邊」，分寫容飾；「未語人前」至「花外囀」，寫言語；「行一步」至「晚風前」，寫步履；後曲則又從步履復接入，章法秩然。（同上【上馬嬌】批語）

「宮樣」，勿作「弓樣」，董詞：「曲彎彎宮樣眉兒。」「侵入」緊承「新月」來，用張仲宗詞：「月如鉤，一寸横波入鬢流。」

寫鶯之語，從未語始，未語欲語先爲面腆。腆，厚也，面厚則慚，書云「顔厚有忸怩」是也。然猶未語也，但欲語矣，櫻桃紅綻矣；脣啟則齒見，玉粳露矣。「玉粳」是齒，《雍熙樂府》：「櫻桃微綻玉粳齒」。然猶未語也，遲之半晌，恰纔出一語耳。（同上【勝葫蘆】批語。）

及其語也，而流轉若鶯矣。「行一步」五句，亦本董詞「解舞的腰肢」諸句。（同上【幺】批語）

（「那」，平聲。）

承上句並賓白來。首二句一斷，勿説體輕，只答白「怎知」一問，言何由知之，知之以芳徑耳。且休題以下卻又從芳徑上寫出一層，言不特眼角留情也，只此芳徑中有心事焉。何也？其踪遷延，不忍遠也，及到入門處，因門有櫳，只此一步差遠耳。餘俱不然，芳徑具在也。心事如此，卻又分明於入門時打一照面，豈非眼角留情乎，因此風魔了也。

「櫳門」，猶檻門，言有檻之門也。董詞「忽聽得櫳門兒啞地開。」「風魔」，亦本董詞：「被你風魔了人也嗏。」（同上【後庭花】夾批）

參釋曰：自「歸洞天」至末，總是一節。

蕭氏《研鄰詞説》：「柳煙、雀喧、梨花、塔影，去後景也；蘭麝留香、珠簾映面，去後像也；春光眼前、秋波一轉，去後情也；開府墻高、梵王宮遠，去後思也。」（同上【柳葉兒】批語）

「河中開府」、「水月觀音」，直頂前【幺】篇後賓白來，俗本與此曲前，又增「聽云」賓白一段，贅矣。「觀音現」，本是「現」字，朱石津改作「院」字，而天池、伯良皆從之，不知此句係元人習語，本不容改，況此本董詞「我恰纔見水月觀音現」語，尤不得改。若云「現」對「家」不整，則《抱妝盒》劇有云：「若不是昭陽宮粉黛美人圖，爭認做落伽山水月觀音現。」亦以「現」

對「圖」，何也。

「觀音」「觀」字本宜陽，此與「玉堂金馬三學士」「三」字，俱是詞病。「東風」三句，對調法如此。

（「當」，去聲，後同。）

參釋曰：首二句猶乍遠乍近，疑聲疑臭，至接三句則惝怳無定矣，故下直以神物擬之。（同上【寄生草】批語）

「相思怎遣」，諸本作「相思病染」，「染」字屬「簾纖」閉口韻，固非，若朱氏本改作「病塞」，王本改作「病纏」，則亦非是。初見而曰「病纏」、「病塞」，情乎？且【賺煞】第三句末二字須用去、上，「病纏」爲去、平，終是誤也。舊本「怎遣」最當。而或反議其與「怎當他」有礙，不知「怎當他」另起作轉，與「怎遣」「怎」字參差呼應，最有語氣，若云這相思怎遣得耶？然非不欲遣也，怎當他臨去時如許傳情，則雖鐵石人，也遣不得也。

參釋曰：於伫望勿及處，又重提「臨去」一語，於意爲回復，於文爲照應也。

又參曰：元人作曲，有鳳頭、猪肚、豹尾諸法，此處重加抖擻，正豹尾之謂。（同上【賺煞】批語）

（「當」，去聲，後同。）

首二句，跟賓白「若非法聰和尚呵」來，言昨見鶯時，既不爲我周旋方便，雖埋怨煞你也枉然耳。你今則借寓於我，使我打點一看，這便是周方也。此皆未見聰時自忖之語。俗子忘卻賓白，妄爲對聽語，遂致改曲删白，無所不至。嗟乎！何至此。

「周方」，即周旋方便，歇後詞。《唐三藏》劇：「恨韋郎不作周方。」「可憎，」可愛之反詞。董詞：「生曰：『可憎姐姐。』」

「打當」，猶南云「打點」，當，點，轉音。

湯若士曰：只求一看者，大抵初始時亦只作如是想耳。（卷之一第二折【中吕・粉蝶兒】批語）

「寡情」，頂「傅粉」二句，勿作「多情」。「癢，癢」，勿連讀，後「癢」字，一字句也，然用董詞「眼狂心癢，癢」語。「腸荒」，腸熱也，董詞：「滿壇里熱荒。」「心漾」，心蕩也，元詞：「花柳鄉中纔見，使人心漾。」（同上【醉東風】批語）

「面如少年得内養」，本七字句，諸作「童少年」，非。（同上【迎仙客】批語）

（「大」，如字，後同。「直」，借叶，去聲。）（「俗」，借叶，去聲。「衠」，音真。）

「宦遊」，泛指先世，故又加「先人」別之。

「甚的」二語，緊承上曲「正直」二語來，言正直無偏，何者是混俗和光，只一味清白而已，所以貧也。

「也則待」，俗本誤作「他則待」，遂以「掂斤播兩」指法本，大謬。「人情半張」，自嘲則可，「掂斤播兩」面叱豈可耶。若王伯良解作私刺本語，則「窮秀才」二語自嘲又不合。此四句是將饋寓金而預爲謙讓未遑之意，言窮措大人情如紙，無以爲饋，縱説長道短，終是瑣屑。此以自謙作調笑語，妙絶。讀此，知原本之一點一畫，總不可移易乃爾。

王伯良曰：《格古要論》謂金品七紫八黄，九紫十赤。

參釋曰：「大師」至「月朗」一段，是叙家世；「小生」以下，連下二曲，則借寓之意。（同上【石榴花】、【鬥鵪鶉】批語）

（「忘」，去聲。）

「把小張」，勿作「有主張」，此是假調笑爲顧題處，然亦私語如此。（同上【上小樓】批語）

總只欲近西廂耳，然故作數折波瀾無際。「不要」二句，言不須爾爾。「怎生」三句，言如何得爾爾。「靠主廊」三句，此皆可爾，則「休題」一句，不可爾。

參釋曰：「怎生」，是商量之詞，與他處不同。「南軒」、「東墻」，借引「西」字。主廊、耳房，皆近西廂者。（同上【么】批語）

（「當」，去聲。）（「鶻」，音胡。）

北詞指伶俐爲「鶻伶」，或作「鶻鸰」，或作「胡伶淥老」，調侃，謂眼也，亦作「睩老」，亦作「六老」。「老」是襯字，如身爲「軀老」，手爲「爪老」類。「抹」，目睫撩撇也。「抹張郎」，言紅之撩己，正用董詞「見人不住偷睛抹」語。陋者妄欲擡紅聲價，解云：抹煞張郎，猶目中無張也。則《兩世因緣》劇云：「他背地裏斜的眼梢抹。」彼指韋皋視玉簫也，豈亦眼中無簫耶。

王伯良曰：「鶻伶」，非眼，而帶言「淥老」，則指眼耳。如宋方壺詞：「鶻伶的惜惺惺。」王和卿詞：「假聰明逞胡伶。」皆不專指眼可驗。

參釋曰：三曲俱寫紅：【脱布衫】寫紅舉止、言辭之妙，「可喜」二句寫紅妝束之雅，「鶻伶」二句寫紅俊眼。

（同上【小梁州】批語）

此以調紅爲調鶯語。「央」者，央説許放耳。「怏」，不肯也。《史記》：「諸將與帝爲編户民，今北面爲臣，心常怏怏。」《漢書》曰：「塞其怏怏心。」言倘夫人不肯，不教小姐許放，我獨寫與從良券合耳。「許」屬鶯，「令」屬夫人，令、許二字，俱有著落。俗作「夫人央」，平韻不叶，王本欲改「勉强」之「强」，亦謬。

參釋曰：此曲全在首句，蓋借此與多情姐姐作一照顧耳。舊解作惜紅，且云有得隴望蜀之意，鑿矣。（同上【么】篇批語）

（「睃」，音梭。）

「演撒」，調侃弄也。第十九折「這妮子定和酸丁演撒。」《墨娥小録》以「演撒」訓「有」，非也。「睃趁」，做眼而趁逐也。《㑇梅香》劇：「打睃這東西。」董詞：「貪趁眼前人。」王伯良以「睃」、「趁」爲看，非也。「既不沙」，猶言「若不然」。「沙」，助詞。「晃」，眩人貌。董詞「諸僧與看人驚慌」，言此艷妝者莫不弄上你耶，若不然，何以看著你妝來的特艷也。佛眉間放光爲「毫光」，故戲指本。《度翠柳》劇：「駕一片祥雲，放五色毫光。」

「既不沙」，曲中襯白，不屬下句。大凡此三字定作一轉。如《勘頭巾》劇：「既不沙，怎無個放拾慈悲？」《黄粱夢》：「既不沙，可怎生蝶翅舞飈飈？」一例。諸本脱「可怎生」三字，遂至誤解。

參釋曰：接上「艷妝」作調笑語，爲下迎問張本。（同上【快活三】批語）

答賓白言：前言不爲過也。往來禪室，無非好事，我此一言豈好模樣，如師者亦將怒耶？煩惱了甚唐三藏耶？況事有可疑，尚倔强耶？

「好事」，借上做「好事」作謔，最妙。俗本改作「美事」，一誤。「好模好樣」，有體面也。《合汗衫》劇白：「看那厮也，好模好樣的。」俗注作「妝模作樣」，二誤。「莽撞」，怒也。《李逵負荆》劇：「按不住莽撞心頭氣。」俗解作法本衝撞於生，即王本亦然，三誤。口强故抵撞，一氣下。《伍員吹簫》劇：「打這些十分口强。」《魔合羅》劇：「硬抵著頭皮對。」俗以「頭皮撞」爲戲僧，四誤。

王本注：唐僧玄奘，號三藏法師。天池生謂「則麽耶」亦僧名，無據。（同上【朝天子】批語）

「强如做道場」，勿作「强如看做道場」。「軟玉」四語，申「强如」意，言觸著即消灾耳。「湯」，勿作「蕩」。「湯」與偎傍，有深淺之别，勿分久暫。《金綫池》劇：「休想我指尖兒湯著你皮肉。」

參釋曰：此節預擬鬧道場也。（同上【四邊静】批語）

「二十三歲」，出董解元本，《會真記》作二十二歲。此從董者，正以由歷在董耳。詞例之嚴如此。

參釋曰：前崔家女三曲，只調笑以起此一問，故夫人寬嚴，僮僕有無，皆在紅口中傳出，自有步驟。今或誤見坊本梅香來説勾當下，有本云：「老夫人治家嚴肅，并無男子出入。」諸語，便謂前三曲是巧爲探問法，則此處復出，不成理矣。烏

知前白是場外人竄入者耶？（同上張、紅對白批語）

首二句用董詞，「説夫人」三句，述紅語如此。「自思量」四句，言鶯又不合如此。「待颺下」三句，正留連不得决也。「若今生」五句，又通頂上來，言使鶯有情如此，而我不能得，除是前生造下，斯已耳，不然，不但己也，且我之得之也，而豈徒哉，我將心心眼眼把玩供養，不怕消不起也。

參釋曰：此至末，因紅語而反覆惆悵以作結也。（同上【哨遍】批語）

（「蝶」，借葉，去聲。）

言初以爲遠，今更遠也，與詩餘「平蕪盡處是青山，行人更在青山外」意同。「幽客」，是幽閨客也。言本欲傳情，而夫人之嚴又早如此。

王伯良曰：怨恨俱著鶯，言夫人恐女心之蕩，見燕鶯而生怨恨也。

參釋曰：「幽客」，王本作游客，謂張自指，甚謬。（同上【耍孩兒】批語）

此又一轉，言鶯之所以憚夫人者也，則是少年性氣，不耐受耳，倘得我親傍時，雖初間不耐，到一傍後，試看何如。蓋其所以有性氣者，終是未得情耳，倘得情，夫人且不憚，何性氣耶。

參釋曰：「看邂逅」句，是虚住語；「終則是」句，是隔接語。他本「終則」作「纔到」，字形之誤。（同上【五煞】批語）

且夫人亦過慮耳，我豈妄想耶。郎才女貌，正相當也。必如所慮，將直待眉淡尋敞，春去思阮耶，晚矣！我非敢自誇，實相當也。

「彷」，即「彷佛」，勿作「訪」。「豈妄想」，俗作「空妄想」，非。

參釋曰：此三曲反覆紅語，緊承上「回頭一望」、「老母威嚴」二意，以申其纏綿之情，步步轉變。（同上【四煞】批語）

又提所以想之之故，漸趨作結。「搓胭項」，用蘇長公詞「膩玉圓搓素頸」語。然原本「胭項」即素頸意，勿作「咽項」。「鸞銷」，銷金作鸞也，俗作「鸞綃」，非。

參釋曰：此復作形容者，因前過緊切，此是放慢一步法。（同上【三煞】批語）

「著」，甚，將甚也。「誰想」，猶言不道也。

參釋曰：「院宇」一節，回顧借寓，正見章法。「乍相逢」一語，宜入第一折，而結在此者，爲下折見鶯地，與「比初見時龐兒越整」句相應。（同上【二煞】、【尾】批語）

「傻子」，亦作傻角，坊語，佻浪也。近有將曲白全改者，他不必論，即如此白内「前日寺裏那秀才」諸句，因慾實己「鶯不遊寺」之説，將「寺裏」改作「庭院」，其胸中曖昧又如此。（**卷之一第三折**開首鶯、紅對白批語）

「羅袂」二句，是遥揣語。「羅袂」、「芳心」，俱指鶯言，以此時夜久凉生，芳心易動，揣鶯未必不出也，故下直接等鶯諸句。「自驚」之「自」，作自然解。「一更之後」，是虚揣語，言倘一更後寂然，則我將爾爾矣。「直至」，與董詞「漸至」不同，「漸」是實境，「直」是空寫也。「没揣的」，猶云無意間也。「有影無形」，是惝怳語，最妙。通折亦俱有疑鬼疑神之意。

參釋曰：「玉宇」至「鶯鶯」，揣其必至之情；「一更」至「無形」，預爲不至之計，二曲作一節。

又參曰：董詞「玉宇無塵，銀河瀉露。」《㑇梅香》劇：「静無人，悄悄冥冥。」《蘇小卿》劇：「怎和他等等潛潛。」又董詞：「張生微步漸至鶯庭」等，俱成語。（同上【越調・鬥鵪鶉】、【紫花兒序】批語）

此寫鶯，與首折又異，故以「初見時」一語微作分别。「花香」，不實指，花門一開，而香已襲，似風過花生香者。董詞：「聽得啞地門開，襲襲香至。」又聽琴時，「朱扉半開啞地響，風過處唯聞麝香。」皆指鶯可驗。

參釋曰：此合下曲，俱寫鶯語。（同上【金蕉葉】批語）

「甫能見娉婷」，頂上曲「比初見時」來，言今日纔見得也。「甫能」，「能」字是韻，然一氣下，與前「偏宜貼翠鈿」同，正是詞例。「撐」，過人也。《梧桐雨》劇：「生得一件件撐。」擬嫦娥者對月耳。末句似湊，然亦元習語。如《兩世姻緣》劇：「兀的不坑了人性命，引了人魂靈。」（同上【調笑令】批語）

（「憑」，去聲。）

此曲詞最俊妙。首四句接科白燒香，長吁來，「剔團圞」以下，總作一掉，言明月如許，又無障翳，只空庭散香，曲欄長嘆，便使我恍惚然也。

參釋曰：寫燒香，只此一節。（同上【小桃紅】批語）

「早是」二句，言初但見其貌，今且知其才也。「埋沒」，只是包藏意。或謂以色而掩其才，則元詞「埋沒著禍根苗」，豈掩其禍耶。「小名」句亦本董詞「小名兒叫得愜人意」諸語。「覷定」，認得定也。此時不隔墻，反曰「隔墻」者，言能認定我，雖隔墻酬我，亦是憐我耳，況已不隔耶！所以褰衣欲就也。

王伯良本凡例中，有云：記中有成語，如「惺惺惜惺惺」類；有經語，如「靡不有初」類；有方語，如「顛不剌」類；有調侃語，如「淥老爲眼」類；有隱語，如「四星爲下梢」類；有反語，如「可憎才」類；有歇後語，如「周方」類；有掉文語，如「有美玉如斯」類；有拆白語，如「木寸馬户尸巾」類，此亦詞例，不可不知，因坿識此。但又有襯副語，如「扢搭地」、「没揣的」類；有方語，如悶曰「擲窨」，鬧曰「鑊鐸」類。既非侃語，又非方言，是教坊相襲語。如此衆多，總以意會始得。至若務頭所禁九語，如市語、嗑語、蠻語、方語等，又别有解説，且務頭所列，多有未確，此不深論。

參釋曰：二曲實寫酬和也。（同上【禿厮兒】、【聖藥王】批語）

（「聽」，去聲。）

「不當個」，猶言不見得也，言不見得個能將命也，與後折「不當個信口開」合。董詞「思量不當個口兒穩」，「野鴨兒喳喳叫，驚覺人來，不當個嘴兒巧」，俱同。《墨娥小録》解「不當」作「不該」，一何杜撰可笑！

「一聲」，指紅，故猛驚，且宿鳥、花梢俱因之驚墜也。《㑳梅香》劇：「忒楞楞宿鳥飛騰，仆簌簌落紅滿徑。」俱排遞語。

「忽聽」三句，三韻俱平，見務頭。「空撇下」二句，煞上。「今夜」二句又起下二節。「折正」即折證，言向來枉相思耳，今夜且折證，果何如也，正起下曲，與【尾】「照證」相呼應。諸本作「再證」固謬，他本或誤作「投正」，致使紛紛之説，謂今夜酬和相思得著，曰「投正」，竟與上下文不相接，又與下「今夜凄凉有四星」句重。若王伯良引董詞「便做了受這恓惶也正本」爲據，則不知「正本」亦即是「證本」。如《凍蘇秦》劇：「蘇秦只是舊蘇秦，今日個證本。」《朱太守》劇：「直將你那索離休的寃讎，待證了本。」證本，照本，總言不折本也。「正」，折證之「證」。蓋「折本」爲虧本，「證本」爲得本，故折證者，或虧或得，兩兩參酌之義。折與投，此字形偶誤耳。伯良、天池鑒俗本再整之誤，而仍得誤本，遂起妄解。始知較覈不精，雖稱古本無益也，况趁臆改竄耶。

參釋曰：諸曲至末，皆寫鶯去惆悵意。（同上【麻郎兒】、【么】、【絡絲娘】批語）

此懺恍自省之詞，正折證也。簾已垂，户既扃矣，恰纔我以詩叩之，他即以詩應之耶，卻又二更矣，是何傒倖我也，豈他無緣，我又無分耶。「二更」與次曲「一更」照應。「傒倖」，做弄意，言翻然而逝，一若有神物調弄之者。《梧桐雨》劇：「兀的不傒倖煞斷腸人。」《硃砂擔》劇：「我則怕沿路上有人傒倖。」

赤文曰：諸曲前後多矛盾，此曲尤甚。如「恰纔悄悄相問」一語，痴人必以爲真問真應矣。【聖樂王】「隔墻酬和」、【絡絲娘】「相思折正」與此曲「問」、「應」、「傒倖」，俱非大解人不得。（同上【東原樂】批語）

「佇立空庭」，徘徊不入也。「今夜」句，又徒然憶起酬和來，故加「呀」字。是以折證得照證意。「四星」隱語下梢也。

徐天池云：「製秤之法，末梢有四星，故云。」《兩世姻緣》劇：「我比卓文君，有了上梢，没了四星。」可證。言今夜雖凄凉，但得一酬和，便有下梢了。假若他不偢倸人，不酬和，待怎生他耶，況入去時又眉眼閒嘌相會耶？此照證也。「眉眼」二句不頂酬和，酬和非不言矣。

參釋曰：此又提清「旦兒回顧下」一關目。（同上【綿搭絮】批語）

（「嘌」，音飄。）

本自怨恨，反曰「怨不能，恨不成」，蓋到此怨恨都加不得矣。四語繳上曲「有一日」至末，一氣掉轉，大抵怨恨不加處，自有一絶處逢生之法，所謂妄想也。「錦片也似前程」倒句，言向前好光景如錦片耳，指會合，不指名利。《曲江池》劇：「只爲此蠅頭微利，蹬脱了我錦片前程。」（同上【么】批語）

結將題繳明。「照證」，與「折證」應。（同上【尾】批語）

「諷」，誦也，與「香」對，非虚字，猶言經誦與經呪也。或作「唪呪」，誤。「佛號」，念佛名號也，俗作「沸號」，誤。「諸檀越」句，暗起鶯未至之意，最妙。「侯門」二句，則因鶯未至而急作揣度之詞，言僧衆固難通，梅香應報知也，此時當至也。「報」是報鶯，故云紗窗。王伯良解作紅娘應報長老，誤矣。北人稱眼爲「眼腦」。《連環計》劇：「眼腦兒偷睛望。」「月輪高」，祇言起早，月未沉耳。今必謂月初上爲高，試思諸檀越到；則老少村俏亦已畢至，不止張一人，非昏時矣。況「月輪高」本王昌齡《宫詞》「未央殿前月輪高」語。彼方擬深夜承寵，而陋者必欲云「月初上」，何耶？

參釋曰：起調整麗，元人所謂鳳頭也。月影瑞烟，是實拈句；雲蓋海潮，春雷風雨，是借擬句。《楞嚴經》：「佛發海潮音，遍告同會。」（**卷之一第四折**【雙調·新水令】批語）

（「每」，音「們」，後同。「施」，去聲。）

禱語最莊，暗禱語又最諧，故妙。復「爇名香」者，重其事也。施僧曰「布施」，反乞僧曰「回施」。

王伯良曰：本調首句用仄韻，俗改「壽考」爲「壽高」，非。

參釋曰：「和尚每」，或作「佛囉」，則與禱告復矣。或從「和尚」下添一「佛」字，尤謬。（同上【沉醉東風】批語）

（「白」，借叶，上聲。）

「天仙」二句，承賓白。「傾城」二句，起下曲。「怎當他」，言受不起也，此是扯淡語，故妙。下曲又於稠人中寫鶯，故不下險語。「滿面」句應「淡白」句，「苗條」句應「楊柳」句。

參釋曰：二曲寫鶯，下曲寫看鶯者。

又參曰：王本以「苗條」句加「滿面」句上，「妖嬈」加「一團」句上，顛倒不合。「苗條」言秀其軟也，不拈面。（同上【雁兒落】、【得勝令】批語）

（「傍」，勞去聲。）（「揉」，音能刀切。）

三曲參錯寫看鶯處，如《陌上桑》曲，雖本董詞，而章法特妙。「大師」至「元宵」，一斷，是總寫；「稔色」至「難揉」，又一斷，寫鶯與己也。下即從淚眼接入，寫衆僧耳。「稔色」，豐於色者，指鶯。「他家」，自指也，言鶯可意己，而又懼人知，故假淚眼竊視己也。董詞：「齊齊整整忒稔色。」「迷留没亂」，迷亂也。董詞：「迷留没亂没處著。」「揉」，本音柔，然元曲「心癢難揉」語最多，俱叶蕭豪韻。想曲韻另有讀例，如「睃趁」「睃」字，韻書皆讀俊，而元曲讀梭，入歌戈韻，可知也。諸作「撓」，朱石津本改作「猱」，俱失之矣。且予是本，並不敢擅易原本一字，以爲亡女改者之戒。雖曲爲參解，不無未當，應俟識者更定，但予例如此耳。

參釋曰：初云「大師凝眺」，後又云「難學」，似矛盾，不知以凝眺之師，能假覆以慈悲之臉，故難學也。

又參曰：曲中如「老的小的，村的俏的，」「添香侍者」、「執磬頭陀」與「貪看鶯鶯」諸語，俱出董詞。（同上【喬牌兒】、【甜水令】、【折桂令】批語）

（「得」，借叶，平聲。）

北曲每折必一人唱，而院本則每本末折參唱數曲，此定例也。此互參鶯、紅二曲，一調笑，一解惜，如搊彈家詞於鋪叙中突攙旁觀數語，最爲奇絕。他本俱作鶯唱，兩曲不貫。金在衡本俱作紅唱，則與生曲又不接。諸本或前鶯後紅，則兩曲語氣又各不相肖。至若妄者不識詞例，目爲攙入，一概删去，則了措矣，烏知作者本來元自恰好如此。

「風流」、「聰明」，調笑其罵弄也。「黄昏」以下，是既解其忙，而轉諒其凄寂也。「那會」，那樣一會也。「鑊鐸」，鬧也。「比及」，若使也。與前白比及夫人未來同。言黄昏白日往常那一回偃息，已被今日作那樣一會兒鬧，則慾其書幃向晚，獨睡凄寂，何可耐也！此其所以不得不忙也。此以諒生作憐生語，正接解「忙了一夜」句。

「鑊鐸」，又作「和鐸」，總是鬧意。《曲江池》劇：「階垓下鬧鑊鐸。」黄詞：「譬如這裏鬧鑊鐸，把似書房里睡取一覺。」

【錦上花】本二曲，然必兩列，【么】，起句必五字。諸本與元曲細考皆然。碧筠齋諸本合作一曲，王本因之，自引《正音譜》爲據。烏知譜凡【么】兩列者，皆不分，如【六么序】、【麻兒郎】分明有【么】而合下不分，可驗也。

參釋曰：二曲別一波瀾，在章法之外。

又參曰：《百花亭》劇：「他那裏笑鑊鐸。」以喧聲似鑊鐸耳。然舊解真作鑊鐸之聲，便不是。（同上【錦上花】、【么】批語）

（「哨」，音雙照切。「咷」，音陶。）

「情引」四句應上曲，益信上曲非紅唱矣。「情引」、「愁種」俱指鶯，「心緒」、「情思」俱自指。

「懊惱」以下起科白，了道場意，好事將畢，板喧僧嚷，故煩惱頓生，此遊船近岸，搬演下欄候也。嚎、哨、咷，總是喧意，元時習語。法事了則速鶯之去，故曰「奪人之好」，與白中「再做一會也好」相應，若以看鶯爲奪好，不惟失雅，且與前呆傍、懊惱相復出矣。大抵元詞多曲白互引，如風將滅燭，則曲中先伏曰「燭滅香消」；「跳墻」折，紅將處分生，則曲中先伏曰：「香美娘處分俺那花木瓜。」此亦詞例，若白之逗曲，又不待言者。

參釋曰：前以頭陀懊惱寫看鶯，此以沙彌哨眺寫了事，固自不同。（同上【碧玉簫】批語）

此俱輿闌語也。「多情」句用東坡詞，言多情人卻爲此無意遭際事所惱，指道場也。「酩子」，亦作瞑子，暗地裏也。「葫蘆提」，糊涂也。「鬧」，亦指道場言，不頂「歸家」。若云散後意鬧，則「到曉」爲無理矣。此亦用董詞：「一夜葫蘆提鬧到晚，喧子裏歸去。」（同上【鴛鴦煞】批語）

（【絡絲娘煞尾】，曲亡。）

院本亦以四折爲一本，中用【絡絲娘煞尾】聯之，此作法也。且《正音譜》已收《西廂》【煞尾】入譜中，第一本偶亡耳。王伯良將後本三曲俱删去，妄矣。又，雜劇亦間有用【絡絲娘煞尾】作結者，見《兩世姻緣》劇。（同上【絡絲娘煞尾】批語）

「閉」即「門掩重關」之意，雖出遊，猶「閉」也。俗子倡爲「鶯不遊寺」之説，必謂院開而鶯見，遂易「閉」爲「開」。嗟乎！乃爾。

參釋曰：「好事」，即道場也。他本以「問」作「懷」，非。（同上正名批語）

自此至【寄生草】曲總是閨詞，然分二截：「懨懨」至「氣分」，猶多自傷，「往常」至「無人問」，則全是懷生矣。王元美稱「爲駢驪中情語」，何元朗謂「雖李供奉復生，何以加此。」良然。

「看消」，諸本誤作「香消」，王伯良又改作「消疏」。「漸減」，諸本誤作「清減」，徐天池又改作「玉減」。不知「看」與「香」、「漸」與「清」，俱字形相近之誤，改則益誤矣。「金粉」，房幃中飾也。金、粉二色，與精、神對。唐・顧夐詞：「金粉小屏猶未掩。」陸龜蒙詩：「好將花下承金粉。」若「精神」二字，則出宋玉《好色賦》：「精神相依憑。」其云「六朝」、「三楚」者，正以齊梁多綺麗，湘漢饒美艷也。王本改「金粉」爲「臙粉」，反謂「金粉」無出，則更妄矣。

臧晉叔曰：此首二句不用韻，「損」字偶然與韻值耳，俗改「多愁」爲「傷神」，以爲叶韻，謬甚。

參釋曰：「能消」句用趙德麟詞，「雨打」句用秦少遊詞，「無語」句用孫光憲詞，「人遠」句用歐陽修詞，「風飄」句用杜詩。若「怕黃昏羅衣褪，掩重門手捲珠簾，目送行云」諸語，又俱出董詞。（**卷之二第五折**【仙呂·八聲甘州】、【混江龍】批語。）

（「離」、「分」，並去聲。）

「搭伏」句煞上起下，言誰願行遊，則索自盹耳。且行游，豈自由也！但出閨門，則拘繫益甚也。搭伏，搭而伏之，如《竇娥冤》劇：「今日搭伏，定攝魂臺」類，諸本作「蹋伏」，誤。「折氣分」，猶言不爭氣也。《老生兒》劇：「顯的俺兩口兒没氣分。」（同上【天下樂】批語）

「把針綫引」，把其針而將綫引也。王本以「把」、「將」犯見，遂去一「將」字，誤矣。「東鄰」，用宋玉事。「臉兒」三句，元時習語，亦雜見董詞。「一天」二句，非惜其未達，言似此人，怎教不俫保他也，與「不由人」句相應。

參釋曰：此折章法頗奇：鶯又惠分兩截，鶯又分兩截；此以前爲綿邈詞，以後爲急搶詞。

又參曰：諸本以「外人早嗔」列「客人倒褪」後，以「吟的句兒」列「念的字兒」後，俱不合。（同上【鵲踏枝】、【寄生草】批語）

「那堝兒裏」，猶言那搭裏也。《負桂英》劇：「那堝兒是俺送行的田地」。「人急偎親」，言人急則倚所親也。「偎」勿作「猥」。《虎頭牌》劇：「莫便只人急偎親，暢好道廝殺無過父子軍。」「半合兒」即半恰兒，一霎時也，勿解作「陣合」之「合」。《燕青博魚》劇：「半合兒歇息在牛王廟。」

「半萬賊兵」，「兵」字與前「坐又不寧」「寧」字，俱犯庚青韻。但元詞多有一二字出韻者，如《青衫淚》劇末折用家麻韻。

中云：「山呼委實不會他。」又云：「舊主顧先生好麼？」兩犯歌戈韻，初以爲疑，及偶揀之《梧桐雨》、《燕青博魚》、《兩世姻緣》、《誤入桃源》諸劇，無不盡然。一韻如此，他韻可知，然後知一韻不出者，反近人之拘陋也。

赤文曰：王本改「賊兵」爲「賊軍」，自誇獨見，烏知元曲反不拘者。天下强解人最誤事，况妄改耶。

參釋曰：「風聞」、「胡云」，二字句。「那廝每」，襯字。（同上【六么序】、【么】批語）

（「齠齔」，音條襯。）

三曲凡三策，分作三段：「第一來」起至「齠齔」一段，是獻賊之策；「待從軍」至「全身」一段，是自盡之策；「都做了」至「秦晉」一段，是退兵結婚之策。末策是本意，然須逐節遞入，方妙。

【後庭花】一曲，王本與碧筠齋本俱改作【元和令】、【後庭花】二曲，最多事。【後庭花】曲調可增可減，本自恰合，何必爾也。

「第一來」諸語俱本董詞，「鶯鶯」下作一反語，「諸僧」五句應上五段，然本自參錯他本。或以前「殿堂」、「諸僧」二句與後「謂僧」二句次第不合，故作倒轉，反板俗矣。且「先靈爲細塵」緊承「火内焚」來，相隔不得。「伽藍」，即殿堂。佛經達嚫國有迦葉佛伽藍。「不行」，或作「不幸」，字聲之誤。「將俺一家」句煞上曲，「待從軍」一轉，故作跌宕，實爲下張本也。你字單指夫人，言不計其他，只就夫人説也，應得保全耳。

參釋曰：歡郎本討壓子息，曰愛弟親後代孫，使今人爲此，必作如許認真矣，古人賦子虛耳。後本生中探花，而曲白中又時稱狀元一例。（同上【後庭花】、【柳葉兒】批語）

「生忿」即生分，《漢書·地理志》：「薄恩禮，好生分。」言妄自生發也。《神奴兒》劇：「原來把親兄弟殺，都是伊生忿。」與《對玉梳》劇白：「別人家女兒孝順，偏我家這等生分。」二字同義。此慾作退兵結婚之策，恐人疑己，故先下撇清二語，此非己所宜言，恐嫌疑之際，跡類生發，有難以表白向人者，但不得不説耳，此正屬意生處也。「莫則」，否則也，頂上一轉最妙。俗作「母親」，此字聲相近之誤，而稱爲古本者，竟删去「母親」二字，便難辨矣。所以戒删改者，以誤字亦餼羊也。「倒陪家門」與「辱莫家門」不同。「辱莫」是門户。《虎頭牌》劇：「一來是祖父的家門倒陪。」是家私，《對玉梳》劇：「你則待賣弄有家門。」（同上【青哥兒】批語）

横枝，横出枝節也。關漢卿詞：「怎當他横枝羅惹。」此承上言：衆僧、家眷不著緊，而不相識者著緊，故曰「横枝」，與下「不關親」句應。「非是」二句一氣下，言非是好事，且亦非畏波及也，特以命在旦夕，雖是不相識，也生憐耳。似此好心，不論濟與否，亦當權儘其意，況果濟耶。儘，憑著也。通體反覆爲生解説，且似爲用生者解説，最有意趣。元劇有李白寫嚇蠻書事，此小説家本無實據者，然元詞習用，如「嚇蠻書醉墨雲飄」類。

屏侯曰：「也隄防」句，似張爲己；「可憐咱」句，似張爲鶯，雜出矛盾。「非是」二句直下，則「也」字當「與」字看爲是。

王伯良曰：「横枝」出《傳燈録》弘忍云：「和尚化後，横出一枝佛法語。」（同上【賺煞】批語）

元曲少監咸韻，故其下語頗險峻，但此與鏺刀趕棒科數又自不同。此曲用董詞「不會看經，不會禮懺，只有天來大膽」諸語。「颩」字，書無此字，元劇讀磋刷也。《對玉梳》劇：「樺皮臉風痴著有甚颩抹。」「揝」，把也。「鋼椽」，鋼頭棒也。棒法有名烏龍蓋頭者，故以「烏龍尾」形椽耳。

王伯良曰：記中惠明、法本、法聰，皆借古神僧爲戲。《壇經》：僧惠明曾與六祖爭衣鉢。《神僧傳》：梁僧法聰，能入水火定，嘗有二虎及雌雄龍侍坐。法本，梁天福中，與一僧期會相州竹林寺，僧至無寺，以杖擊石柱，風雲四起，樓臺聳峙，本從内出。又，天衣聰禪師，亦名法聰。（同上【正宫】【端正好】批語）

二曲似雜出不倫，要只發揮董詞「送齋時做一頓饅頭餡」語。前曲言我非攙出而好攬事也，其所以好厮殺者，亦非是貪與敢也，以久喫菜饅頭，頗口淡耳。然則這五千人也無暇炙煿，只生食可矣。後曲又一轉，言雖是如此，既是喫菜饅頭口淡，則且將羹粉與腐糝備下，憑着黑面，且將這五千人做了饅頭餡，亦得其包，餘者則青鹽蘸食耳。二曲一氣轉折殊妙，俗本注謂「極狀其不辨葷素」，則索然矣。始知古文須細心體會，莫草草也。

「爁」，燒也。《蕭淑蘭》劇：「將韓王殿忽然火爁。」王本以「爁」本去聲，遂改作「燂」，由未審元詞讀例耳。「寬片粉」，闊片粉也。《藍採和》劇：「俺喫的是大饅頭，闊片粉。」「腌臢」，不潔也。《黑旋風》劇：「他見我血漬的腌臢。」「從教」，儘著也。北人稱黑曰暗。董詞：「手中鐵棒經年不磨被塵暗。」王本改「黯」，非。

參釋曰：二曲反覆寫好殺意，以後七曲，則實從寄書作鋪張耳。（同上【滚綉球】、【叨叨令】批語）

（「喒」，讀上聲。「將」，去聲。）

「法空」二語，又言不説法參禪，與上不看經禮懺又深一層。「鋼蘸」，蘸以鋼也。《昊天塔》劇：「宣花也這柄蘸金斧。」「戒刀」二句，用董詞「腰間戒刀」諸語。「胡揜」，胡涂掩飾也。「別的」至「伽藍」，以他人揜飾形巳(已)著力來，言別的不關心斯已耳，今濟困扶危，全在此書，而可不著力，作痴憨耶。「憨」，痴也，俗作「慗」，字形之誤。《蕭淑蘭》劇：「諕的我手忙脚亂似痴憨。」或解以後三句爲詭生，而改「則在這」爲「我這裏」，遂以「則這」句爲惠自指，則濟困扶危不屬之緘書之人，而屬之寄書之人，寧近理耶！（同上【滚綉球】批語）

（「釤」，三去聲。「蹅」，讀莊。）（「瞅」，音丑。）

【白鶴子】三曲，他本及王本將後二曲倒列，以「瞅一瞅」置「破開步」前，反稱古本，不知「鐵棒、戒刀」接上幢、蓋、桿杖來，「力力、刺刺」起下「駁駁劣劣」來，次第秩然。

首曲用董詞「或拏著切菜刀擀面杖，著綉幡做甲，把鉢盂做頭盔，帶著頭上」諸語。「颩」，解見前。「釤」，鐮也，以刀鐮斷之，曰「鉁」，猶元詞「口如潑釤」之謂。「跐」，蹴也，字書無此，此詞曲中字。「髑髏」，頭骨也。《莊子》：「枕髑髏而卧。」俗改作「撒樓」，而俗注如《墨娥小録》諸書，亦遂以「撒樓」爲頭，一何可笑！「搬」，扳也，勿作「攀」。《黑旋風》劇：「我敢搬倒那嵯峨！」「砍」，斬也。小者蹴以脚，大者砍其頭，於文甚明。「砍」，勿作「勘」。「跐」、「砍」，俱著敵人，與《昊天塔》劇：「胸脯上脚去蹬，面門上手去撾，乞留扢叉砍他鼻凹。」語同。「瞅」，努目也。「滉」，猶蕩，即摇也。勿作「唾」。與《昊天塔》劇：「瞛一瞛，赤力力的天摧地塌；摇一摇，厮琅琅振動了琉璃瓦。」語又同。

參釋曰：僞古本以「砍」爲勘比也，王伯良又以「髑髏」爲「撒樓」，爲用己之頭勘之，則天下無有以比頭爲武藝者，且以脚蹴頭撞，分技力大小，尤屬無謂。作僞之不審度如此。（同上【白鶴子】、【二煞】、【一煞】批語）

（「忑」音忒，「忐」，吐膽反。）（「紕」，音批。）

凡馬色不純曰駁，性不純曰劣。此言駁劣，以「駁」本音爆，但借字聲作「爆烈」，不借字義作「駁雜」解。「忑忐」，心或上或下也。《抱妝盒》劇：「急得我忐忐忑忑。」或作「忒掞」，非。「打熬成不厭天生敢」，言打疊成的不厭天生成的勇敢也。「不厭」，猶「不怠」。「没拈三」，没緊要也。「惹草粘花」，因生激己而故作刺生之詞。董詞「没拈三」、「没三思」俱指浪子，可驗。不然，誇己能去而突著此七字，無謂。「持刀」二語，言即此便行，怕停泊耶，正誇己能去意。

【二煞】總頂生激己來，言從來欺硬喫苦，你莫因親事情急唐突我也。使我不去，而將軍不來，亦空躭風月耳。若我則一諾無餘事矣，倘空言賺你，萬一差失，豈不大羞慚哉！此正自許並折其激己處。王本解作謔生，則「欺硬」二語不接，且以不志誠言詞指生，增一「你」字，則書非言詞，別有言詞又不得，大謬。「倒大」，絶大也。《誤入桃源》劇：「倒大來福分。」

參釋曰：俗本以【耍孩兒】曲名，俱混作【白鶴子煞】。又，僞古本以「欺硬怕軟」曲列前，俱非是。（同上【耍孩兒】、【二煞】批語）

董詞：「開門但助我一聲喊。」「綉旛（錫山按：毛評本《西厢記》原文爲『綉幡』）」，俗「綉旗」，非。（同上【收尾】批語）

院本例有楔子，已見前解。俗不識例，並不識楔子，妄删此二曲，遂致如許科白而不得一楔，殊爲可怪。若以二曲爲俚，則白中書詞俚惡，百倍於曲，此正作者故爲賣弄處。今不敢删白而獨删曲，何也？且曲白互見，意不復出，故「坐視不救，獲罪朝廷」諸語，不見於書，而傳之惠明口中。今諸本既删二曲，而又增「朝廷知道，其罪何歸」數語於「小弟之命」之下，則前後不接。明系周旋補入，而反稱古本，何古本之不幸也！且二曲雖俚，其詞連調絶，語排氣轉處，真元人作法三昧。即末句將己寄書意，急作一照顧，亦殊俊妙。只俗本誤「重與」爲「傳譽」，遂有妄改「邊庭」爲「關城」，「捷書」爲「歌謡」者。不知「邊庭」本書詞「捷書」，非凱歌，不容改也。且後本楔子，俚惡特甚，「靈犀一點」，與「楚襄王先在陽臺上」，殊不是《西厢》俊筆，皆不蒙删，而獨删此，豈亦漢卿續耶？（同上《楔子》【仙吕·賞花時】、【么】批語）

「掃盡」，「盡」字，入真文韻，然元劇不拘，説見前折。畫採仙靈與備諸水陸，皆古成語。「仙靈」指畫，「水陸」指味，俗改「仙靈」作「山靈」，與「水陸」對，不知「仙」與「靈」，「水」與「陸」，自爲折對，原非以「水」對「仙」也。「舒心」，安心也，言安心如此者，以張生合當敬也。「帶煙」，勿作「玳筵」。「帶煙」、「和月」對起，【醉春風】調固如此，且「開」屬「東閣」，用平津侯開東閣事，若著「玳筵」，則是開玳筵矣。王伯良動稱古本，而獨此二字，故依坊本，亦不可解。

「薄衾單枕」句，頂「西厢」句；「受用足」三句，頂「東閣」句。「那冷」，諸本作「早則不冷」，非。「那」是虚字，言等西厢時，其衾枕有人温耶？抑冷也？若今開東閣，無論衾枕，先受用如許境地矣，所以「强似」也。曲文全在口氣，而人不解，妄者將襯字一改，則陸沈矣。「薄衾單枕」自不指成親，言成親而猶用一條布衾、三尺瑶琴乎？「人静」，「人」字亦不指鶯。古人凡填詞，必通詞例。使「人静」爲寫鶯，則元詞嘗有「夜闌人静」語，不聞滿街皆鶯鶯也。

參釋曰：二曲爲開宴原始也。李昌齡《因話録》：「孫承祐，吴越王妃之兄，召諸帥食，水陸咸備。」舊注以「水陸」爲水

陸道場，不合。（卷之二第六折【中吕・粉蝶兒】、【醉春風】批語）

（「泠」，音零。）

北語以豈有爲「可有」，反詞。「啓朱唇」就答應言，勿作「朱扉」，答應何關啓扉耶。

參釋曰：自此至【滿庭芳】曲，皆散寫赴宴情形，並開宴大意。（同上【脱布衫】批語）

「則見他」一氣至「麗兒整」止，只「萬福先生」四字，是答「拜揖小娘子」語，此是以曲代白法。或添「我這裏」，或添「剛道個」，俱非。「襴」，衫也。「角帶」，以角飾帶也。「鞓」則帶質之用皮者。帶尾翹出曰「傲」，即撻尾也。黄，鞓色。沈存中記「屯羅係唐人黄鞓角帶」，而宋待制服紅鞓犀帶。《梧桐雨》劇亦有「鳳帶紅鞓」語，皆隨染成飾者。楊升庵見近世有鬧裝帶，因引白樂天詩「親王帶鬧裝」，薛田詩「三鬧裝成弟子鞓」，謂「傲」是「鬧」字，不知樂天詩是「親王轡鬧裝」，薛田詩是「三鬧裝成弟子韉」，並非「鞓」字。蓋唐時馬飾用鬧裝，無裝帶者。觀微之詩，亦有「鬧裝轡頭縧」，可驗也。且鬧裝，雜裝也，既飾以角，焉能雜裝天下有金鑄鐵佛《西厢記》乎！升庵考古不精，一生鹵莽，而吠聲之徒遍改「鬧」字。嗟乎！古文之亡，亡於盲夫，深可痛也。（同上【小梁州】、【么】批語）

（「喏」，音惹。）

「請字兒」二句，應賓白「便去，便去」句。「可早鶯鶯」三句，應賓白「席上有姐姐麽」句，言既連忙答應「去」字，可又早將鶯鶯以「姐姐」呼之如此「喏喏連聲」也，數語一氣。「可早」，又早也，與前「可早來到也」同，與後折「可早嫌玻璃盞大」不同。王注謂「若鶯鶯呼之，當何如『喏喏連聲』以應耶。」則不特「可早」二字無理，即「鶯鶯」、「姐姐」諸字疊沓，皆不通矣。「願隨鞭鐙」，承「將軍令」來，言逐將令行也。但元詞嘲趨飲食者，多用此句。如《鴛鴦被》劇：「教灑酒願隨鞭鐙。」《東堂老》劇：「你則道願隨鞭鐙，便闖一千席，也填不滿你窮坑。」若其稱「五臟神」者，則用董詞「五臟神兒都歡喜」語。

徐天池曰：「陸云《笑林》：有人常食蔬茹，忽食羊肉，夢五臟神曰：羊踏破菜園矣！」五藏神當用此。（同上【上小樓】批語）

（「欠」，如字。「溜」，平聲。「蜇」，音哲。「煠」，音閘。「蔓」，音瞞。）

《㑳梅香》劇白：「似此文魔了，可怎生奈何！」《蕭淑蘭》劇：「改不了强文撇醋饑寒臉，斷不了詩云子曰酸風欠。」《竹塢聽琴》劇：「女娘們休惹這酸丁文魔，風欠酸丁。」總作「痴」解。「欠」字屬廉纖韻，自俗本以「文魔」爲神魔，俗注以「欠」音耍，遂至曲韻有此字而人不識矣。「掙」，擦拭也。董詞：「把臉兒掙得光瑩。」「遲和疾」，言不分遲早，管教擦倒蒼蠅也。「蜇」，諸作「螫」，字形之誤。「茶飯」數語，用董詞「舂了幾升陳米，煮下半甕黄虀」語，此嘲生也，與《鴛鴦被》劇：「則他這酸黄虀怎的喫，粗米但充饑」同。

參釋曰：僞古本有以此曲列【四邊静】後者。（同上【滿庭芳】批語）

（「行」，去聲。）

此二曲，一截頂白中「天意」來，轉到鶯上，言凡人成敗，一了百了，總由天意，况婚姻大事，即草木猶然，何况人乎！且莫説這生以少年害相思也，即今日打扮，如許才貌，而孤月可惜，此天意之所以有在也。然天意雖可知，鶯情亦難泯，倘佳人薄倖，在當日雖有退兵願嫁之言，而誠信不屬，不仍擔誤耶。此中當自曉耳。「喒這人」，猶言我等人也。「一事精」四句是成語，如《誤入桃源》劇：「也是我一言差，百事錯。」類。「信行」、「志誠」，指鶯，與末折「有信行」、後折「别離了志誠種」同。天池、伯良謂：「誰無，俱紅自指，若以指鶯，則此時無踰墻後負盟意也。」不知踰墻後信，在期約之時之信，正在婚姻耳，若謂鶯無負盟，則紅幾曾負盟耶，且紅此時何志誠耶！

《禮記・祭義》曰：「行肩而不併肩。」「併」，謂並肩並行也。此以比草木之叢生而林立者，從來誤作「兼併」，或誤作

「肩並」。如許學人，皆不識一經典字，而陋君於「肩並」下且注曰：「並，上聲。」嗟乎！其善解《西廂》乃爾！（同上【快活三】、【朝天子】批語）

此又預擬爲合歡之詞。北人以何曾爲「可曾」、「可憎」，見第二折。「好殺人無干淨」，好不了也。《陳摶高卧》劇：「但卧呵一年半載無乾淨。」

參釋曰：《中原音韻》載此曲，删去襯字，彼以立譜故耳。（同上【四邊靜】批語）

謝靈運《擬魏太子鄴宫詩·序》云：「天下良辰美景。」俗作「媚景」，非。「請先生勿得推稱」，紅自語；「道足下莫教推託」，述夫人語。「鳳簫」或作「玉簫」，與「玉屏」字重。「自有成」，或作「事有成」，字聲之誤。「傒倖」、「前程」，俱解見第三折。「休傒倖」，猶言不當要也。「紅定」，以紅爲定，關漢卿《救風塵》劇白：「你受我的紅定來。」

參釋曰：數曲申請命也。「安排慶」，今本作「安排定」爲是，但原本不容改耳。或曰「安排」猶現成，言現成之慶喜也，亦通。（同上【耍孩兒】、【四煞】、【三煞】、【二煞】批語）

（「著」，借叶，去聲。）

「識人」，相識之人也。「串煙」，串餅之煙。《漢宫秋》劇：「再添黄串餅。」《梧桐雨》劇：「淡氤氳串煙裊。」「於禮」、「當合」，一語而拆用，作分合語也。

次曲頂上，言惟合殷勤，所以扶病起妝梳也，不然，還卧耳。「卧」承賓白中「病」來。「驚覺」，指紅喚。此以撒嬌處見殷勤意，最妙。（**卷之二第七折**【雙調·五供養】、【新水令】批語）

（「聒」叶果。）

「你看這」至「當酬賀」止，皆折紅調己語，妙在一句不認。蓋此時紅刻意調新人，而新人刻意推撇，大妙！且正爲下文（諱）〔悔〕親作勢。盲者不識，便謂鶯認實做夫人與「相思」，與「臉兒」「宜梳妝」矣。

「没查没立」起「謊」字，猶言没準繩也。「摟科」即嘍囉，謊人也。「不當個」，不值得也，解見第三折。「信口開合」，隨口開閉也。《爭報恩》劇：「怎當他只留支刺信口開合。」「知他」，「他」是活字，北人凡稱知道爲「知他」。如董詞：「知他是我命薄你緣。」以「我」、「你」上重著「他」字可驗。此頂賓白「做夫人」語並「有福」來，言你莫聒絮，不見得你個口快也，你知道福分如何，便云「做得夫人過」耶？一氣下。「較可」，可也。酬謝曰「酬賀」，與董詞「些兒禮物莫嫌薄，待成親後再有別酬賀」同。諸本或作「和」，而天池生且解作「唱和」之「和」，不通。此頂賓白言：據所云果是兩下相思，今日較可耶，也則爲酬謝他，於理當合，故殷勤耳。此一語繳上起下，且直與首二曲照應，最妙。末句帶起下曲，是元詞過遞法，言但此酬賀筵席，微有異耳。

參釋曰：諸本「知他」下有「我」字，或竟認作韻腳，而天池生又以他、我爲你、我之解，不知他不得稱你，且天下豈有七句【新水令】耶。（同上【么】、【喬木查】批語）

（「合」叶哥，上聲。）

此以筵席揣夫人意，反激下諱親也。方語指女子爲「陪錢貨」，元詞多用之。「兩當一」，謂以兩事作一事也。「便成合」，將就混併也，與「便結絲蘿」不同。「古那」、「波」，俱語詞，俗本以「古」作「一股」，此以字聲之誤，而又添「一」字者。「張羅」，張施羅列，歇後語也。《貨郎旦》劇：「則要我慶新親，茶飯張羅。」（同上【攪箏琶】批語）

（上「那」字，平聲。「趓」，音朵。）

此下三曲，諸本將【甜水令】生唱一曲互爲顛倒，反以【慶宣和】、【雁兒落】、【（德）〔得〕勝令】三曲屬生唱，而以【甜水令】屬鶯唱。王伯良諸君因其有誤，遂將【甜水令】一曲亦不作生唱，則餼羊盡去矣。院本原有參唱例，只此三曲非是耳。

參釋曰：「那」者，那移不前也。「倒趓」，退步也。鶯甫覰，而生已覺；生突至，而鶯又不前：寫初見關目宛然。若作生唱，則自稱「秋波」，不合。且生無見鶯詭倒之理。原本之不可改如此。

王伯良曰：「倒趓，倒趓」，各二字成句，俗本去下二字，非。（同上【慶宣和】批語）

此元詞呼襯法，每句著呼襯數字，詞例如此。「荆棘列」，即荆棘律，猶冰兢也。《黑旋風》劇：「詭得我荆棘列，膽戰心驚。」俗作「荆棘刺」，非。「死没藤」，即「死没騰」，呆徬也。《貨郎旦》劇：「氣的我死没騰，軟癱做一垛。」「回和」，應和也。《黄粱夢》：「噤聲的休回和。」俗作「回豁」，非。「措支刺」，即「錯支刺」。錯，亂也。語言不對，故曰「不對答。」「軟兒刺」，軟癱也。軟癱不安，故曰「難存坐」。「措支刺」，只是措意。「支刺」與「兀刺」同是語詞，如《勘頭巾》劇：「我跟前聲支刺叫唤因甚的。」此襯「不答」，彼又襯「叫唤」可見。（同上【雁兒落】批語）

（「祆」，音軒。）

「即世」與「積世」同，董詞「被這個積世的老虔婆瞞過我。」勿作「即即世世。」「藍橋」，裴航遇雲英事；「祆廟」，蜀帝公主事，元詞並用。如《爭報恩》劇：「我著他火燒祆廟，水淹了藍橋。」「雙眉鎖」，以愁眉如鎖也，即董詞「頓不開眉尖上悶鎖。」與《魯齋郎》劇「雙眉不鎖」正反。「納合」，納而合之也。《酷寒亭》劇：「拽後門將三簧鎖納合。」「扢搭」、「撲刺」，俱呼襯詞。

（「那」，去聲。「擷窨」，音跌蔭。）

此曲參生唱，於忙中反寫鶯二比，且與上【雁兒落】彼此摸寫，最有意趣。他本將生唱錯注，反以此爲鶯唱，覺鶯寫張於粉頸、蛾眉、芳心、星眼、檀口並低微、朦朧諸語，多少不合。

「相見話偏多」，言歡會也。「俺可有甚」耶，「席面似烏合」，言易散也，此不「暢似」耶。

「攧窨，」攧躓而窨悶，與《猪八戒》劇「著我獨懷趺窨」、《琵琶記》「怪得終朝嚬暗」俱同。以北音無正字，多通用也。王注泥董詞「攧頓金蓮」句，謂「攧」是頓足，則《漢宮秋》劇「攀欄的怕攧破了頭」，《黄粱夢》劇「這一交險攧破天靈蓋」，亦頓足耶？「烏合」，用《史記》「烏合之衆」語。

赤文曰：王本以此作鶯唱，删去「則見」二字，不知粉頸、蛾眉等自指，指生真不可解。（同上【甜水令】批語）

「身不遂」爲軟癱，「僂儸」即嘍囉，調謊也。《酷寒亭》劇：「孩兒伶便口嘍囉。」無名氏有：「休來閑嗑，俺奶奶知道，罵我逞甚麽僂儸。」俱指利口可見。「當甚」，當不得也，與「不當個」同，解見第三折。此又合承上【雁兒落】、【甜水令】來。「送了人呵」，亦不專指生。

參釋曰：「斷復」，筠本作「斷後」，字形之誤。「僂儸」，《五代史·漢臣傳》：「劉銖謂李鄴等曰：『諸君可謂僂儸兒矣！』」（同上【折桂令】批語）

（「大」，音墮。）

「爭奈」諸句，用董詞「咫尺半如天邊，奈夫人間阻」諸語。「抛趓」，抛撇也。

「一梧」三語，承生辭酒來。「可早」，或作「可是」，與可曾、可有「可」字同，言：不勝醉者，可因酒乎，因我耳，若因酒，猶較可耳。

屏侯曰：「『一梧』六句，順文自曉，索解實難。」向或於飲次懸觥屬解人各沾醉，解終不得。大抵誤認末句爲勸飲釋悶，便索然矣。始知「順文」亦非易也。（同上【月上海棠】、【么】批語）

惟「轉關」故「没定奪」，即下文「難著摸」也。「黑閣落」，不明白也。「和」即回和之和。「甜句」指婚姻，與末曲「甜句兒落空他」相應，謂不明不白以婚姻許人，請將來教人煩惱耳。董詞：「及至請得我這裏來，教我腌受苦。」

參釋曰：此后雜作惆悵語也。（同上【喬牌兒】批語）首句自怨，次句怨生，以生任悔親，是爲懦也。天鵝以引前一隻爲頭鵝，無頭鵝則群鵝失序，故曰「没頭鵝」。關漢卿詞：「我便似没頭鵝，熱地上蚰蜒。」蓋鶯因父亡，而親事不的，故云悶殺我無主之家，而撇我在此，久后不知安放在何處也，此又怨父也。

王伯良曰：《輟耕録》載：元鷹房，每歲以所養海青獲頭鵝者，賞黄金一錠。劉靜修《詠海青》詩：「平蕪未灑頭鵝血。」（同上【清江引】批語）

「江州司馬青衫濕」，見白樂天詩。「若不是」數語，又照起「張解元退干戈」語作結。「著摸」或作「捉摸」，音義並同。「成也蕭何，敗也蕭何」，系俗語。劉時中詞「女蕭何成敗了風流漢」即此。（同上【殿前歡】批語）

是調多三句對，調法如此。「同心縷帶」，用唐詩「同心結縷帶」句。俗以心字宜仄，帶字宜平，改作「壽帶同心」，在調例則過拘，在詞例則不通矣。「毒害的甚麽」（錫山按：曲詞原文爲「毒害的恁麽」）頂上二句，言如何害相思也。「道白頭」二句，諸本作「白頭娘不負荷，青春女成擔閣」，謬甚。「前程」，解見第三折。

參釋曰：「毒害的甚麽」，指夫人，説亦通。但上二句作追泝語，則微不合耳。「恁」，勿作「怎」。（同上【離亭宴帶歇拍煞】批語）

（「炰」，音袍。）

「昨日」至末，是叙前事爲訕怨，連作數轉。「我則道」，我只道怎樣也。「則教我」，只教我如是也。「卻不道」，然只此亦得也。「只因他」，「以此上」，唯其如是，所以如是也。諸本以「卻不道」作「早是他」，便前後不接矣。「開閣」，解見第六折。「翠袖」二句見《詩餘》。

參釋曰：「做了個」，或作「做了會」，言情郎愛寵只一會兒也，亦通。（同上第八折【紫花兒序】批語）

此承賓白「月闌」來，借作感嘆，言從人間觀之，鎖玉容於繡緯者，怕有人調弄耳。想嫦娥有誰共耶？既無人共，而猶似我之羅幃數重，若惟恐心動而圍之以闌，此可怨也。「怨天公」三字攙入在急口中，與漢武《瓠子歌》「燒蕭條兮，噫乎何以御水」，於急句中攙「噫乎」二字同。元詞每稱天爲「天公」，如「天公肯與人方便」類。俗作「天宮」，謂自怨於天宮，不通。裴航無夢月事，此但頂「有誰共」句耳。

王伯良曰：「人間看波」，四襯字也。「玉容」連下讀，勿斷，七字句也。《開元遺事》：「龜茲國進瑪瑙枕，夢則游仙，號游仙枕。」（同上【小桃紅】批語）

二曲暗寫琴聲，後一曲明寫琴聲，至【聖藥王】則又寫琴意，漸轉入曲弄矣。此一步近一步法。「步摇」，步而摇之也。古飾有步摇冠，亦以此得名。「雙控」，雙引也。或改「雙鳳」，以古鈎式有鳳頭者耳。

王伯良曰：「梵宫」，二字句；「夜聲鐘」，三字句。或改「聲鐘」爲「撞鐘」，不知下句第二字當平聲也。「聲鐘」用「神僧惠祥傳聲鐘告衆」語。（同上【天淨沙】、【調笑令】批語）

（「喁」，尼容切。）

白樂天詩：「鐵騎突出刀槍鳴」，韓退之《聽穎師彈琴》詩：「昵昵兒女語，恩怨相爾汝。」董詞：「恰似嬌鸞配雛鳳。」古樂府：「東飛伯勞西飛燕。」「失雌雄」，言配偶不成；「各西東」，行將散去也。與起「離愁萬種」、結「别離」「志誠種」相應。「盡在不言中」，總承兩段，以琴傳，故不言，又借曲弄起月彈意。

參釋曰：伯勞，惡鳥，好獨宿，燕則向宿而背飛，故取以喻離别。（同上【禿厮兒】、【聖藥王】批語）

（「鶴」，借叶，去聲。）

「融」，曉也，平韻，勿作「懂」。「知音」頂「耳聰」，「感懷」頂「情衷」。琴有宮調，宮有始末，生改絃另彈，與初彈本調，始末有別，故曰「不同」。「清夜聞鐘」三句，皆琴曲名，此借他曲迸出本曲來。「更長漏永」，秋夕也。「衣寬帶松」，憔悴也。「弄」，猶操也，如「連珠弄」、「悦人弄」類。「變做一弄」，改本宮做一曲也。（同上【麻郎兒】、【幺】、【絡絲娘】批語）

（下「空」字，去聲。）

「乞求效鸞鳳」，正借琴曲《鳳求凰》以指婚姻，言婚姻之成，由不得我也。「無夜」下又作一轉，言即使婚姻不成，而稍有閑空，亦當有以慰君耳。

參釋曰：數曲皆深悲極怨之詞。（同上【東原樂】批語）

此曲從窗内外寫出怨來。「榥」，俗作「棍」，字形之誤。「賦」或作「赴」，字聲之誤。「疏簾」二語，亦本董詞。

王伯良曰：何元朗以「疏簾」四句爲失韻，不知【綿搭絮】調原有此例。如《陳石亭苦海回頭記》第二折中【綿搭絮】用先天韻，其云：「你聽那移商刻羽，流徵旋宮，心隨流水，志在高山，端的是没了知音絶了絃。」亦第五句才壓韻，與此曲正是一格。后「問病」折【綿搭絮】「眉似遠山」四句無韻，同此。（同上【綿搭絮】批語）

既恨其急遽，又云「怕恐是」，既煩惱又怯也。「不曾轉動」，自解説也。「響喉嚨」，責之也。然折紅只此一句耳，下又急作自忖語。「緊摩弄」不頂「響喉嚨」來，「摩弄」與「撋縱」相對。摩娑拊弄，閑之緊也；搓挪寬縱，待之弛也。彼方嚴視我而我反須以寬遇之，恐葬送我耳。後本有「話兒摩弄」語。董詞：「鶯鶯何曾改，怪嬌痴似要人撋縱。」「撋」，俗作「攔」，字形之誤。元詞多有調排而氣轉者，如「緊摩弄」類。

參釋曰：「撋縱」，搓挪而散之。「撋就」，搓挪而成之。皆元詞習語。（同上【拙魯速】批語）

「時下有人唧噥」，言夫人前目下有人爲你作説定。不落空也，急作一轉，言且你亦休問夫人如何，只此志誠，小姐亦難舍去也。「不教落空」，仍指婚姻，言若以唧噥爲間阻，則不教落空，須别有他期，大無理矣。此時只綽略款生耳。「我則怕」，「我」字指紅，體紅語氣也。《誤入桃源》劇：「成就了風流志誠種。」（同上【尾】批語）

此起後本也，解見第四折。諸本列此曲在【尾】後旦下場前，後二本亦然。此獨列此者，意此曲與正名在套數之外，或别有唱念例耶。（同上【絡絲娘煞尾】曲前批語）

附詞話：甲稱《西厢》第六折【滿庭芳】曲「淘下陳倉米數升，煠下七八甕軟蔓菁」二語，與後曲「玉屏錦帳，鳳瑟鸞笙」諸句，終似矛盾，不如俗本改「淘下」作「收下」，「煠下」作「藏下」爲穩。蓋嘲生寓況之酸也，時集田子相許。子相雜引董詞「我見春了幾升陳米，煮下半甕黃虀折之」。且曰：黃米酸，原是嘲生樂奏合歡，何嘗矛盾，必以米瓶菜甕屬之生寓，反覺穿鑿。甲猶不伏，予曰：固然。然此時生寓，恐無此物。子不聞第五折白：「昨已移寓入花園内」乎？衆大笑稱快，乃罷。（本折末之批語）

徐天池曰：通天犀有白星透角。曰「靈犀一點」，褻詞。（**卷之三楔子**【仙吕·賞花時】批語）

參釋曰：自此至「害相思」，作一段，爲兩人相思原始耳。

赤文曰：「祠」字是陰字，然元詞不拘，説見第一折。（**同上第九折**【仙吕·點絳唇】批語）

「仲志」只作奮志解，若以得鶯爲張之志，則「謝」字不合矣。

參釋曰：「文章有用」，頂「一封書」來；「天地無私」，頂「便興師」來。言除暴亦天意也。「一個價」二句，連下曲作一氣。

「糊突」，解見後第二十折。

又參曰：「滅門絶無」句，亦元詞成語，如《蝴蝶夢》劇：「那裏便滅門絶户了俺一家兒。」勿訴其俗。（同上【混江龍】批語）

「杜韋娘」二句，對「潘郎」一句。俗本「帶圍」上添一個「兩」字，謬。「帶圍」，「圍」字是襯字：「帶寬清減瘦腰肢」，七字

句也。王本删「清」字，反以「寬」、「減」連讀，不通。（同上【油葫蘆】批語）

此承上曲「一樣」來，言兩人相思，害作一樣，始知「才子佳人信有之」也。特我看自己，亦有乖性，或者遇有情而不得遂，當亦一樣。但「他有抹媚」，我無抹媚，直害死而已。此借己之不一樣處，以見兩人一樣之妙。「抹媚」，猶妝喬。「三思」，即抹媚也，解見下【後庭花】曲。（同上【天下樂】批語）

此於未叩門時預寫一段。「多管」二句，寫其睡起時也。二句呼應，言似乎和衣睡起者，何也？只看他前襟之褶衽，則非坐褶可知也。「孤眠」三句，寫其寂寥。「澁滯」二句，寫其憔悴。俱不用韻，只以「伏侍」、「臉兒」作韻，調法如此。末句總結，正點問病意，言不病亦死耳。

參釋曰：「潤破」，勿作「濕破」。此用董詞：「把紙窗兒潤破，見君瑞披衣坐」語。《㑳梅香》劇：「潤破紙窗兒偷瞧。」（同上【村裏迓鼓】批語）

「趁着這風清月朗夜深時」，因乘夜訪生，故見簡在曉。諸本「趁」字作「想」字，不可解。豈想前聽琴時耶？挑白一問，起末二句，言無他語也，只念之甚耳。「至今」，指聽琴後言。他本删「挑白」二句，全失詞例。（錫山按：毛評本亦無此二句。）

參釋曰：「五瘟使」，俗作「氳氳使」。「氳」是平聲字，與曲調不合。

又參曰：你字入齊微韻，然元詞不拘，解見第五折。（同上【元和令】批語）

（「扎」音札。「嗤」音雌。）

此時尚未寫書，紅不知是書，故稱「詩詞」。諸本以「只恐他」作「他若是」，以「詩詞」上添兩「這」字，俱似現成者，皆非也。「嗤」，裂紙聲，也作「⿰扌蚩」，一字句也。《倩女離魂》劇：「被我都嗤嗤的扯做紙條兒。」《劉行首》劇：「⿰扌蚩⿰扌蚩⿰扌蚩扯碎布

袍。」與《㑳梅香》「嗤的失笑」不同，王解作笑聲，誤。（同上【上馬嬌】批語）

（「倈」，郎爹反。）

兩曲一起頂賓白酬謝語來。拆白「張」字曰「挽弓」。「酸倈」，即酸丁。「挽弓酸倈」，總稱張秀才也。「受」勿作「愛」，言你以錢物酬我，是做我賞賜也，而謂我受之則輕人甚矣。「倚門」，倚市門也，見《史記》。「顛倒」，猶反也，言你只恁説我，反有個主張耳。元曲如此一氣甚多，亦是詞例。

參釋曰：「可憐見小子」，「子」字是韻，俗作「小生」，非。（同上【勝葫蘆】、【么】批語）

「前因」，諸本作「前姻」爲是。然「因」亦解姻，《逸雅》：「姻，因也。」《南史·王元規傳》：「姻不失親，古人所重，豈敢輒婚非類。」亦以因爲姻，可證。（同上【么】後正末説白之批語）

「勾思」即「搆思」，元詞通用。「風流浪子」、「三思聰明」，俱誦美詞。《謝天香》劇：「不三思越聰明，不能勾無外事。」鮮于伯機詞：「元來則是賣弄他風流浪子不然。」不勾思，而又稱「三思」，自矛盾矣。觀此則前曲「没三思」正所云「不抹媚」也。「假意」，猶俗言「撮空」，指上賣弄言，非以其僞也。

「在心爲志」，出《毛詩大序》：「在心爲志，發之爲詩。」此正嘉其能發爲詩，故引此一句作歇後語，猶下曲「有美玉於斯」一例。若《謝天香》劇：「聖人道在心爲志，發言爲詩。」則全引之者。俗解謂娼家封書，鈐作志字，拆開則爲心干二字，固妄誕可笑，王伯良既破其誤，而亦解作小心在意，始知解詞曲亦未易也。

「自有言詞」，承上二句來，他本作「道甚言詞」，則推辭句住不得矣。言我將於喜怒間窺其機而投之，你自可放心也。況我既許之，自有詞説，但説昨夜彈琴人教我傳示，則彼自曉然耳。

參釋曰：「喜怒其間」勿斷，七字句也。俗於「喜怒」上添一「看」字，與「覷」字重矣。

又參曰：「拂花牋」數語，及「顛倒寫鴛鴦」字，俱用董詞。（同上【後庭花】、【青哥兒】批語）

忽作憐生語，因簡帖而惜其才也。兩「休」字懇切。

王本注《澠水燕談録》載歐陽文忠公、趙少師、吕學士同宴，作口號云：「金馬玉堂三學士，清風明月兩閑人。」（同上【寄生草】批語）

此許其傳書之用心也，頂賓白來。「清減做相思樣子」，言清減處做個相思榜樣也。俗作「清減了」，非。「因而」，坊語「苟且」意。《隔江斗智》劇：「這姻緣甚的天賜，且因而有美玉於斯。」借下文韞匵語，以比珍重其書之意，歇後語也。「則這眉眼傳情」，諸本作「喒這」，非也。言爲你憔悴，只這眉眼傳情未了之時，便中心不忘，今既得書，豈敢苟且暴露乎？當定有歸結也。憑我之能，與汝之才，管教那人降心也。「眉眼傳情」，指從前初會時，故云「未了」。

徐天池曰：紅娘諸曲，多掉弄文詞而文理每不甚妥貼，正模寫婢子情態，用意如此。

參釋曰：首二句用董詞：「沈約一般，潘安無二。」（同上【煞尾】批語）

（「軃」音朵。）

此一折絶大關鍵。首二曲寫鶯初起時，是曉閨之絶艷者。「風靜」二句相承，語惟風靜故簾閑，惟簾閑故香繞，此從外看入者，故以啓朱扉承之。「絳臺」、「金荷」，承燭盤也。既曉而銀釭猶燦者，閨房多停燭，猶吴宫詞「見日吹紅燭」也。「彈」即揭也，將彈煖帳，先揭軟簾，亦漸入次第也。「玉斜横」則「釵軃」，「雲亂挽」則「髻偏」，日高而目未明，故「懶」，然統是意中語。今或以「暢好懶」爲寫鶯語，爲鶯怒之由，則不知紅當日何以必唱【醉春風】曲，使鶯得聞也。《洛神賦》：「明眸善睞。」「不明眸」，以朦朧言。「半晌」三句，亦只是「懶」，而繼以「長嘆」，則其情可知耳。

參釋曰：「梅紅羅軟簾」，以梅紅之羅爲之。《翰墨全書》載元時上牋表者，以梅紅羅單裓封裹，即此。（**同上第十折**【中

呂・粉蝶兒】、【醉春風】批語）

不曰曉妝，而曰「晚妝」，以宿妝未經理也，前言「雲亂挽髻偏」故也。此言「烏雲散」，則髻解將理矣。又曰「亂挽起雲髻」，則因見簡帖而又倉卒綰結也。此正模畫入阿堵處，而不知者以爲「重復」，何也。

湯若士曰：「則見」三句，遞伺其發怒次第也。皺眉，將欲決撒也。垂頸，又躊躇也。變朱顔，則決撒矣。

參釋曰：此私寫其見簡之狀也。「則見」三句，亦用董詞：「低頭了一晌，讀了又尋思」諸語。（同上【普天樂】批語）

（「惡」，去聲。）

使我去，是「過犯」也。「顛倒」，只作「反」字看。要使別人反憚煩耶，你固不慣，誰則曾慣耶。此頂賓白「慣」字來，「惡」即「好惡」之惡。《古樂府》：「中心靡煩。」《切鱠旦》劇：「你卻便引得人來心惡煩。」

參釋曰：「你不慣」，句不斷而意斷，勿一氣下，不然，似鶯真「慣」矣。王解分鶯不慣看，紅不慣寄，增出二字，又非語氣。（同上【快活三】批語）

（「難」，去聲，後同。「攧」，粗酸切。）

「病患」以下皆使氣語，言何必太醫也，只恁足矣。且亦何必問病也，既怕調犯，則萬一破綻，大家不安，遑問甚病乎。只賺人上竿，而掇梯看之足矣。此以反激爲使氣語，最妙。初最愛王伯良解，但過於奥折，且曲白不對，又與爾時情理稍有未合，今並參之。

王伯良曰：我之寄書，非爲張也，怕調弄之久，夫人偶覺，你我何安耶？故每爲汲汲以成其事，正爲你我所謂爲楚非爲趙也。若彼病勢之危，何足問哉。掇梯賺人，固吾本事耳。

參釋曰：陳大聲詞：「風風雨雨，攧斷得病兒重。」（同上【朝天子】、【四邊靜】批語）

「小孩兒」指鶯，俗作鶯唱，非。「没遮攔」，無遮蔽也，亦詞中習語。「一謎」，猶一味，方語也。「把似」，何如也。「把似」數語一氣下，言如此使性，何如使性不做歹勾當，只做好勾當也。此與《㑳梅香》劇：「見他時膽戰心驚，把似你休眠思夢想。」語氣同。（同上【脱布衫】批語）

「夢里成雙」六句，俱著鶯言，言我因你如此故也。「羅衣不耐五更寒」，言徹夜不睡也，勿作起早解。乘夜往來，故角門不關，此與前折「趁著這風清月朗夜深時，使紅娘來探你，」正相發明。俗解候張入來，大非。「無危難」，言無阻滯耳。「你向」下一轉，言既要撮合，又要不傳遞，將欲爲新人者整扮，而使爲媒人者縫口，無是理矣。「縫口」，詬人語。董詞：「打折你大腿，縫合你口。」與下「縫合唇送暖偷寒」一意。但此重「縫口」，下重偷送耳。王解「縫口」爲不漏泄，大非。「撮合山」，媒人諢名，如《揚州夢》劇：「將你這個撮合山，慢慢醉答。」可驗。

參釋曰：「我爲你」一氣至「佳期盼」止。「我爲你」，「我」字紅自指也，俗改「他」爲「你」，指生，不通。

王伯良曰：「闌干」，縱横貌，《長恨歌》：「玉容寂寞淚闌干。」「辰勾」，辰星，即水星，《博雅》謂之鈎星。鈎星難見，故曰「等辰勾」，言無夜不候望也。俗本添一「月」字，且引吴昌齡《辰勾月》劇爲證，可笑。「撮合山」，元詞稱媒人皆然。古注謂是荷包上壓口，更屬杜撰。（同上【小梁州】、【么】批語）

（「曰」，借叶，平聲。）

「當日個」，酬詩時；「昨日個」，聽琴時，總承賓白「前日」二字來，蓋疏前事，歷數之也。諸本誤吟詩爲聽琴時，遂致假爲古本者，去「昨日個」三字，則【石榴花】調將少一句。「昨日個向晚」，五字句也，又或去「當日個」三字，則前二句既無所屬，「昨日個」三字仍接不上。不知「吟」與「琴」字，聲之誤，「詩」與「時」字，形之誤。向非原本，幾乎删盡矣！當日樓頭晚妝，杏花初謝，猶是怯衣單時也，如許一會月明清露間，而不之顧，昨日向晚則春光已盡，不畏晚寒矣。然亦險爲彼所算，爾時豈不愧耶！且不特此也，爲個酸丁，常盼望欲死，然則我之爲此者，以你用心故，我亦好意也，乃不責己而責人耶？「先生饌」，正用四書語，借作調侃。元詞多如此，如《岳陽樓》劇：「總是個有酒食先生饌。」諸本或作「賺」，或作「撰」，俱非。「艾焙」，艾火也。《㑳梅香》劇：「碗來大的艾焙燒，權時忍這番。」言非可久耐受也。「暢好干」，言即耐受亦枉也。「巧語花言」，頂覔綻言；「愁眉淚眼」，頂「狂爲」言，言對面搶白，背地又胡做耳。董詞：「花言巧語搶了俺一頓。」「干」，諸本作「奸」，然奸意尚在后曲「心腸轉關」句内。

王本注「望夫山」，以夫行役，妻登望得名，見《寰宇記》。（同上【石榴花】、【鬥鵪鶉】批語）

（「訕」，走闌切。）

此盡情辭生也，數曲極見頓挫之妙。「那的」三句，言那簡帖已如此矣。「面顔」、「顧盼」，俱自指；「輕慢」，指生，言若不看我而恕汝，則幾及我矣。「趄」，走散也。《酷寒亭》劇：「你與我打鬧處先趄過。」皆鬧場走散之意。「酒闌人散」，調語，取「散」字也。

參釋曰：「招伏」，即招供。「勾頭」，即「勾牒」。多見元詞。俗本作「招狀」，僞古本作「勾當」，俱非。（同上【小上樓】、【么】批語）

（「揞」，音搦。「合」，借叶，去聲。）

「呆里撒奸」，系方語，謂呆處用巧也。你要成就，只使我摧殘耶？若只顧寄送，而不顧摧殘，是欲使拄拐行幫襯，縫口作傳遞矣，此必不能也。「消息兒」，機括也。「踏著」，揣著也。「消息兒踏著犯」，言揣著不是好消息也。元詞有「踏著消息兒」語，又有「踏不著主毋機」語。

參釋曰：「粗麻綫怎透鍼關」，亦方語，言放不過也。或作「怎過」，遂有訛作「縱過」者。「縱」、「怎」字音之轉。（同上【滿

庭芳】批語）

董詞讀詩時亦有「哩哩羅、哩哩來」諸和聲，皆合歡調語。「你做下來了」，言你定做破也。與第十四折「我道你做下來了」同。紅白三句，凡三轉，急急頂去，皆疑忌語氣。「猜詩謎杜家」，陶九仍録雜劇名目，有《杜大伯猜詩謎》題，是詞家故事，如《李白嚇蠻》等。陸賈、隨何，見《漢書》，然無風流事。惟李賀詩：「陸郎騎斑騅。」注是陸賈，然亦烏有也。（同上，唸「待月西厢下」詩及對白之批語）

（「籠」，借叶，上聲。）

數曲反覆悵鶯兼慫恿生也。「魚雁」，「寄書」者也。寄書而瞞魚雁，猶寄書而瞞寄書人也。「顛倒」猶反也，與前折「顛倒有個尋思」、前曲「顛倒惡心煩」同。俗解瞞之顛倒，非。「非春汗」，豈非春汗耶？嘲之也。「情淚」、「春愁」，亦嘲語。「金雀鴉鬟」，指鶯，見李公垂《鶯鶯歌》。「他人」、「別人」，俱指生。「便做道」，諸本作「更做道」，字形之誤。言便做夫婦相待，亦不必一過親而一過憎也。梁鴻、孟光，借夫婦嘲之也。「爲頭」，從頭也，勿作「回頭」。元《天寶詞》：「爲頭兒引見根苗。」《勘頭巾》劇：「爲頭兒對府君説詳細，爾時直欲從旁作冷眼矣。」

王伯良曰：女字邊干，拆白「奸」字。「三更棗」，六祖事。「九里山」，項羽事。「玉版」，牋名。陳後山詩：「南朝官紙女兒膚，玉版云英此不如。」

參釋曰：「媚汝」或作「凂汝」，或作「美語」，皆字聲之誤。「甜言」，頂「別樣親」來。「傷人」，頂「取次看」來。（同上【耍孩兒】、【四煞】、【三煞】批語）

（「拴」，尸關切。）

「隔墻花又低」，此借詩作調笑語。他本作「隔花階又低」，指「階」爲「低」固謬，且下「怕墻高」二語，一頂「墻」字，一頂

「花」字，與「階」無涉。「望穿他」、「蹙損他」，兩「他」字俱指鶯，與前【要孩兒】曲兩「你」字俱著眼處，蓋於慫恿中並詆之也。「盈盈秋水」二語，見秦少游詞。（同上【二煞】批語）

參釋曰：佛家以圓成爲證果。（同上【尾】批語）

（「抓」，音爪。）（「打」，當雅反。）

「樓角」，勿作「樓閣」。下「樓」字，頂上「樓」字。既曰夜涼露濕，又曰「柳梢斜日」，不相背者，以夜涼是實指，斜日是倒溯耳。

參釋曰：首二曲晚閨最佳。【喬牌兒】曲，合寫張、鶯，【攪箏琶】曲，單寫鶯。「淡黄楊柳帶栖鴉」，賀方回詞。「聖賢」，解見第一折。此以日不下，教聖賢打日，用董詞「不當道你個日光菩薩没轉移，好教聖賢打」語。（同上第十一折【雙調·新水令】、【駐馬聽】、【喬牌兒】批語）

此曲單指鶯言。俗本於「水米不沾牙」上，添「那生呵」一句，則「想姐姐」爲生想鶯，大是無理。王本删「俺那小姐呵」一句，以爲此曲直頂前白言。「水米不沾牙」，爲生與鶯大家飲食俱廢，則「打扮身子」句又去不得矣。曲白之不可删易如此。「想姐姐」以下，疑之甚也。「閉月羞花」，如許容貌，乃忽有此事，真耶假耶？這期間果性兒難按納，一地胡做耶？閉月羞花，以貌言，與性兒對，此就其打扮之詐而故作擬議語。王解泥「羞」、「閉」二字，以爲借言其深藏密護不令人見之意，則迂曲矣。「按納」，按而納之。「胡拏」，胡弄也。《兩世姻緣》劇亦有「怎按納」，《梧桐雨》劇亦有「一地胡拏」語。

參釋曰：巧樣曰「詐」，僞古本作「乍」，非。董詞：「不苦詐打扮。」「燕子鶯兒」，見張小山詞，俗作「燕侶鶯儔」，非。《百花亭》劇：「成就他燕子鶯兒。」（同上【攪箏琶】批語）

（説白後批注：「鳥」，音丁了切。）

參釋曰：那裏、不曾也、摟慌一段，亦用董詞：「你便做摟慌，敢不開眼。」（同上【沈醉東風】批語）

「淡雲」三句，參差對。「垂簾下」，如垂簾之下。「謙洽」，和洽也，勿作「浹洽」。《看錢奴》劇：「没半點和氣謙洽。」「指頭兒告乏」，褻語謔生。「奮發」，即動彈，言憐其被底時時動彈，使指頭勞苦，告消乏耳。後折有「手勢指頭兒恁」語，董詞「彈琴時有十個指頭兒自來不孤，你今夜裏彈琴，你也須得替」諸語，亦同。「撑達」，謂不恧縮。《琵琶記》：「不撑達害羞的喬相識。」俗注解「指頭」句，謂預備偷春，剪落指甲，一何可笑！

參釋曰：「淡雲」三句，頂賓白「助成親」來。「嬌滴滴」三句，頂上曲「休猜做」來。「俺這般」四句，是謔生語。「打疊起」四句，是慫恿生語。（【喬牌兒】、【甜水令】、【折桂令】批語）

所以不害怕者，爲其真相許無差繆也，不意如此也。四「一個」，與前【沈醉東風】兩「一個」相應。陋君改去「兩一個」，自夸獨得，而不敢改此「四一個」，何也？「卻早」四句，遂借生自夸語調寫之。

《西廂》，譜《會真》耳。三五之召，《會真》自愬其意，此正胡然胡然處。近有盱衡抵掌者，斷謂見簡已前，怒紅之肆，召生已後，恨生之愚。則《會真》未嘗有開簡前幾曲子也。若謂《會真》作法，須仿《崑崙奴傳》爲之，則小説家亦須著律令矣！李卓吾評《西廂》，了無是處，而獨於此折云：「若便成合，則張非才子，鶯非佳人。」最爲曉暢。《會真》之奇，亦只奇此一阻耳。且即此一阻，亦並無他意，忽然决絶，即倏然成就，是故奇耳。必欲盱衡抵掌，强爲立説，而删改舊文，無一字本來，嗟乎，亦獨何也！（同上【錦上花】、【么】批語）

誰想到湖山邊，便忘卻垂楊下，扢扎幫之語。此花木瓜也。花木瓜，外看好，不中喫。須得「香美娘處分」之，此又預起下處分，作一過語，大妙。《李逵負荆》劇：「花木瓜，外看好。」《誤入桃源》劇：「空結實，花木瓜。」徐天池謂「以酸嘲生」，謬。

參釋曰：此頂賓白慫恿語，而又嘲之。

又參曰：《埤雅》云：「木瓜於熟時，鏤紙作紅粘之，以瀋噀其上，得露日之氣乃紅，其花如生，名花木瓜。」（同上【清江引】批語）

（「大」，唐乍反。）（「賊」，平聲。）

此處分也。「喬坐衙」，即喬作衙，妄自尊大之謂。《青衫淚》劇：「俺那愛錢娘一日坐八番衙。」即此。「衷腸」，或作「中長」，字聲之誤。「做的個」，頂賓白「不知罪」來，言做得這個罪也。「非奸做賊拏」，是成語，雖「奸」字宜仄，「賊」字宜平，與調不合，見周德清「務頭」。然元詞每用成語，便不拘，且「賊」本平聲，「奸」字在可平可仄之間，原非不合。如《昊天塔》劇：「五臺又爲僧。」後本《莊生夢蝴蝶》：「怎忘有恩處。」俱可驗。且「務頭」諸論與元曲毫厘不合。往欲遍作引斷以祛其妄，因無暇且俟知音。若詞隱生、王伯良輩竟改此句爲「非盜做奸拏」，陋矣！「騙馬」，言跳而上馬，比跳墻也。《合汗衫》劇：「穩拍拍乘舟騙馬。」《任風子》劇：「我騙土墻，騰的跳過來。」可驗。俗以「騙馬」爲哄婦女，總是杜撰。「謝小姐賢達」，將欲爲解釋而先作是語，以邀其必然，然亦詞例如此，如欲處分而先爲香美娘句一類。

參釋曰：第十七折有「有意訴衷腸」語，定知非「中長」。（同上【雁兒落】、【德勝令】批語）

（「𠆹」，音祈學，借叶，去聲。）

此雜嘲之而勸其已也。「十年寡」，指生。《爾雅》：「男、女無夫、婦，並謂之寡故。」《左傳》：「崔杼生成及彊而寡。」「𠆹」，參錯之貌。「拍」，合也。「𠆹拍了迎風户半開」，言半開之户，今錯闔矣。「山障」，如山之隔。「緑慘」，不明也。拂墻如山，待月而暗，皆就詩語極嘲之，正頂「猜詩謎」來，言只此數語，皆誤猜者。「一任」二語，言任君傅粉，他無煩畫眉也，所謂「强風情」者也。「何郎粉」與「張敞眉」對，「去」字與「兒」字，各虚字對，最整。俗本作「傅粉搽」，則「搽」、「傅」復出。他本改「賦粉」，則「賦」與「眉」又不對矣。「尚古」，即猶古，「古」是襯字。《岳陽樓》劇：「猶古自參不透野花村霧。」「調發」，戲弄也。《竹塢聽琴》劇：「出家人休調發我。」俗作「詞法」，一是形誤，一是聲誤。末二句，上句指鶯，下句指生，元劇【煞】調法俱然。此與《兩世姻緣》劇「息怒波忒火性卓王孫」指張延賞，「噤聲波强風情漢司馬」指韋皋，正同。徐天池謂末二句俱指生，上句勸其休怒鶯，下句勸其再讀書，反傷巧矣！烏知元曲【煞尾】有成數耶。况生幾嘗敢怒鶯耶。

參釋曰：「措大」亦作「醋大」，與「酸丁」同。宋藝祖謂桑維翰：措大賜與十萬貫，則塞破屋子矣。「淫詞兒早則休」諸語用董詞。「晴乾」，即曬乾，北詞。（同上【離亭宴帶歇拍煞】批語）

參釋曰：他本或以「休也」作「休矣。」「休矣」，與上押韻，如此則又不當贅「回書房」一句矣。總是改本定無妥處。（同上正末白語批語）

（「屌」，底鳥反。）（**同上第十二折**，張生説白批注。）

二曲作一節，數鶯之負生也。北人謂「重」爲「沉」。「冷句厮侵」，但指使己言，與下「侍妾逼臨」相應。若解「冷句」爲送方，則此時未知是詩也，何「冷句」耶？「把似」，何如也，解見第十折。「休倚著」三句一氣，頂賓白來，言這般搶白，何如休恁般也。他本不解「把似」，將賓白一句，與「休倚著」「休」字一並删去，便無解矣。「怒時節」頂「熱劫」句來，「歡時節」頂「冷句兒」來。「迭窨」與跌窨、鐵窨、攧窨同，解見第七折。「綫脚不離針」，言我反不得開交也。「從今後教他一任」與下二句一氣，言今後但爾反省纏繞耳，此反激之詞。

參釋曰：元詞無正字，故「跌窨」亦作「迭窨」。碧筠齋稱爲古本，而以「窨」作「害」，此何説也！（同上，第十二折【越調·斗鵪鶉】、【紫花兒序】批語）

「不曾得恁」，猶雲無甜頭也。孫夫人詞：「海棠開後，望到如今。」（同上【天淨沙】批語）

（「唔」，他禁反。）

院本凡四折内必用一折參他人唱，此定體也。他本改俱作紅唱，反失體矣。且「功名」二句，與「秀才家」語，俱與紅語氣不合。凡改舊文，並無有一得當者，人亦何苦必爲此也。

「暗沉」，暗暗而沉重也。「邪淫」，邪之過也。猶《扁鵲傳》：「精神不能止邪氣。」與佛書「正淫」、「邪淫」不同。然此是反詞，言豈爲邪淫耶。「鬼病侵」，謂病得不明白也。「便做道秀才家從來恁」，謂讀書人雖易病。「撒唔」，猶調誕，言這干相思的好調誕也。劉庭信詞：「不隄防幾場兒撒唔。」「伏吟」、「反吟」，涕淚淫淫，見命書。言功名既不遂，婚姻又不成，自傷之詞。

詞家重頓挫，故既寫生病，便爾極筆描寫，此作詞之法。必欲盱衡抵掌，謂生病不極，則鶯必不至，嗟乎！《會真記》何嘗著太醫診脉看病耶。

參釋曰：若此曲作紅唱，則「好教撒唔」，與上曲「不曾得恁」意復出矣。「撒唔」猶言做弄，今南人調人猶有稱「唔人」者。或改作「掇浸」，反稱古本，可恨！（同上【調笑令】批語）

（「沁」，音侵，去聲。）

不急出藥方，先口傳方藥作波瀾，如六朝藥名詩，雙關見意，最妙。「廕」，熨料之法。「恁」，這等，隱言「好」也。「撒沁」，撒清之意。《蕭淑蘭》劇：「爲我自己輕浮不能管束，正好教他撒沁。」「參」，即葠，此借作「參差」之「參」，言病當差耳。

王伯良曰：桂、當歸、知母、紅娘子、使君子、人參，六藥名。「使君子」之「使」，本作去聲，因郭使君有子服此藥而愈，故名，今借作上聲。「一星」，以分兩言。（同上【小桃紅】批語。）

「又怎麽」，句斷。「不差了一些兒」，非疑詰詞，是調詞，言一些不差的，俗增「不要又差」，非。（紅娘白語批語）

（「啉」，音林，去聲。「唔」，見前。）

此紅以調笑爲疑詰語。「啉」，痴也。王元鼎詞：「笑吟吟妝呆妝啉。」「唔」，即「撒唔」之「唔」。「風魔」，亦痴意。「綿裏針」，有心計也。「計稟」，即計較，亦「綿裏針」意。「軟斯禁」，不挣揣也。紅疑生所喜是假，爲探己之法，故云：足下是真痴人，不須假爲調誕，以探我也。你個痴翰林無處討消息，只向簡帖兒上使計較，得了個紙條兒有許多心計，緣何那日親遇著反不挣揣耶？你道俺小姐尚有意耶？俺小姐正在打緊負心時耳！

參釋曰：「僂人」即僂科。「僂儸」，解見第六折。（同上【鬼三臺】批語）

參釋曰：「完妾幸」，以全我爲幸也，即董詞「豈防因妾幸卻被作君灾」語。俗改「妾行」，非。「今宵」，宜作「明宵，」此亦照董詞而誤者。（同上正末讀鶯簡批語）

此頂賓白來，言未必然也，此是何處，而肯來耶？「不煞知音」，言不甚知音也，嘲其詩句往來，故稱「知音」。「凍得戰兢兢」，五字句，俗作「戰戰兢兢」，於本調多一字，固非，若王本以「兢」字爲失韻，改作「欽」字，則謬甚矣。元詞用韻寬，解已見前，若以「欽欽」爲元詞習用，則元詞豈無用「兢兢」者。《硃砂擔》劇：「諕得我戰兢兢，提心在口。」豈非「兢兢」乎？

參釋曰：「布衾」、「瑶琴」，即起下「鴛鴦枕、翡翠衾」一調。（同上【禿斯兒】批語）

此又作一轉，正言其未必然也。彼果有心，何不昨宵成之，而必以詩訂約，如所云「詩對會家吟」耶？「會家」，解會之家，即知音。此元詞成語，如《蕭淑蘭》劇：「早難道詩對會家吟。」

徐天池欲移此曲【東原樂】後，以爲上下語勢不合，不知【禿斯兒】後必次【聖藥王】，此調例也。且【禿斯兒】言無衾枕，雖來無歡也，【聖藥王】言未必來也，【東原樂】言若果來，雖無衾枕，猶無害也，文勢最順，徐不深解耳。（同上【聖藥王】批語）

此以嘲生，而兼疑其未必然，言衾枕便佳，但不肯賃耳。且何必衾枕也，假如不脱解，和衣兒，更怕甚耶？不强如恁般耶？且亦未必來耳。倘來則厚幸矣，尚計衾枕耶？

「待甚」，非待衾枕也，猶言怕甚耳。董詞：「便是六丁里煞待甚麽。」「手勢，」手其勢也。凡稱穢曰勢。元詞：「村勢煞，娘勢煞，掿著只管獨磨。」正「手勢」之解。與《史弘肇傳》「手勢令」不同。「倒大」，解見第五折。（同上【東原樂】批語）

（「難」，去聲。）

此對賓白「小姐也減些豐韻」一問，言不減也。此止疑其未必然，故調生干思處。碧筠本賓白有誤，王本又從金在衡本删改賓白，遂致曲文俱不達矣。「雖不會」二句，略借病意調之，仍説「不減」耳。

首四句用董詞而改數字者。王本仍改照董詞，最爲多事。「無塵」「塵」字，原不用韻，解見第八折。

參釋曰：他本以「眉似」爲「眉黛」，以「眼如」爲「眼横」，如許拖累。（同上【綿搭絮】批語）

對賓白「慢言謝」也，仍恐未必然也。「心兒裏」，諸作「夢兒裏」，非。此是到底作未信語，故云：「請再思之」。「敢教恁」，果教如是耶？果如是，則何必謝，只以媒人待我足矣。「滿頭花」，媒所帶者；「拖地錦」，謝媒之物。《墻頭馬上》劇：「也强如帶滿頭花，向午門左右把狀元接，也强如挂地紅，兩頭來往交媒謝。」正同。舊解謂梅香服飾，王解謂泛等裝飾，俱謬。

參釋曰：「敢教恁」，諸本誤以「敢」作「管」，遂使解者，以沉吟、追尋，爲想象會合，繚繞不妥。（同上【么】批語）

首二句頂賓白來。「來時節」、「見時節」，重提疊唤，雖屬慫恿，然亦正恐未必然耳，果然，則掙揣在此不在彼矣。（同上【煞尾】批語）

諸本列紅下場在此曲下，後本生下場亦然。餘解見前。（同上【絡絲娘煞尾】後批語）

兩次傳簡，何以不復？此處頗費措置。作者著眼俱在下一折内。如初次約生，下一折是跳墻，則於訕怨中盡情相許，以起（一作啓）下不成就意；二次約生，下一折是合歡，則於驚疑中盡情撇脱，以起（一作啓）下成就意，總是抑揚頓挫之法。（同上正名後批語）

此調本【仙呂宮】，然元詞多標【正宮】，不拘。王伯良疑其有誤，竟改【仙呂】，正坐不解耳，説見卷首。

「因姐姐」，指生。「漫天謊」，指前簡言。（卷之四楔子【正宮・端正好】批語）

先著「伫立」句，后入「夜深」，以立階之久也。若倚門，則反從立階後漸向内耳。

參釋曰：前七曲一節，后十曲一節，俱極刻畫。「答孩」即「打孩」，助詞。「身心一片」數語，俱出董詞。

王本注「青鸞」西王母事，「黃犬」陸機事。（同上第十三折【仙呂・點絳脣】、【混江龍】批語。）

「情思」三句，頂賓白來。「單枕側」，追指病中，緊接「無明無夜因他害」句，正所謂害也。若此時則但倚門耳，故前曲「則索倚門」，後曲「則索倚門」，兩下相應最妙。解者必謂此時是倚枕，則此時何時尚眼倦開也，尚夢去也，夫如是，則不得不將賓白盡删矣。北人稱病爲「不自在」，「行難離側」與「寃家不自在」句，兩猜語，參錯見妙。

參釋曰：「不如不遇傾城色」，見白樂天詩。「人有過」數語，正酷寫欲撇不下意。「則索倚定門兒手托腮」，出董詞。

蕭孟昉曰：前疑一會、等一會、悔一會，撇一會，此又等一會、猜一會，步步轉變。（同上【油葫蘆】、【天下樂】批語）

此正與前作照應，而王伯良指爲重，何也？

（「捱」，去聲。「載」，音在。）

三「他若是」，重呼疊唤。「石沉大海」，亦元詞習語。如《蝴蝶夢》劇：「我則道石沉大海。」前云「倚門」，此又云「倚窗」，漸反入内，不惟照應，兼爲下科白「敲門」作地步也。「寄語」句，起下曲也。「恁的般」二語轉，「怎（撥）得個」二語又轉，「空調」三語又轉，「安排」二語又轉，「想著這」已後又轉，凡五轉，皆思前想後語。

參釋曰：「太平車」，牛車也。董詞「欲問俺心頭悶打頦，太平車兒難載。」

又參曰：「寄語多才」是虚擬語，王解爲「對紅説」，何故？（同上【那吒令】、【鵲踏枝】、【寄生草】批語）

此曲雜用董詞。（【村裏迓鼓】批語）

（「鬏」，音狄，平聲。「咍」，海臺切。「著」，借葉，去聲。「推」，吐回反。）

「繡鞋」六句，從下數上，以捱枕故也。「半折」，他本作「半拆」，王本又引董詞「穿對曲彎彎的半拆來大弓鞋」爲證。今考董本亦作「折」，蓋中絶曰折，「半折」亦猶言折半，没多許耳。「捱」作靠解。《墻頭馬上》劇：「將畫屏兒緊捱。」「鬏髻」即「鬏髻」，假發爲之。《兒女團圓》劇：「没揣的便揪住鬏髻。」「不肯把頭抬」是垂頭，「不肯回過臉來」是轉臉，各不同。「摟帶」，拴帶也。《墻頭馬上》劇：「解下這摟帶裙刀。」俗作「縷帶」，非。「不良」句正指下「怎不肯」句，言專會奈何人。如董詞：「薄情的奶奶，被你刁蹬得人來實志地咱。」

王伯良曰：唐昭、僖時，宫中點脣有聖檀心等名。「檀口香腮」，俱指鶯，謂揾檀口於香腮也。

詞隱生曰：「檀口」句最難解。生口無點檀理，自稱香腮又不當。揾者，以手抆物，如「揾淚」之揾，從手。此推就之際，似羞其不潔，而拉口在頰，真刻魂鏤象語。

參釋曰：「不良」，猶「可憎」，與董詞「不良的下賤人」不同。（同上【元和令】、【上馬嬌】、【勝葫蘆】、【么】批語）

（「剅劃」，音擺槐。）（「稭」，音皆。）

「燈下偷睛覷」，非看帕也，又看鶯耳。「胸前著肉揣」，非又揣鶯也，但自揣其肉耳。與董詞「猶疑夢寐之間頻搯肌膚」同。「我則」二句，文氣不接，大概言我則惟看待到極處，故如是耳，不知其唐突也。「舒心」解見第六折。「瘦似麻稭」，生自指也。上曲言非誠求不至此，此曲言及至此而憔悴則已甚耳。「今宵」、「九宵」，各重二字，元詞多有此。「今夜」九句，猶今夕何夕意。風月在望，庭階儼然，豈其夢耶！以時及天曉，故既稱「今宵」，亦稱「昨宵」，與末曲稱「今夜」同。天池生謂「昨宵曾夢，今恐仍然」，則真説不得夢矣！董詞：「猶疑慮，實曾相見是夢裏相逢。」

曹受可曰：「渾身通泰」甚俗，然與「醫可九分不快」句相應，正十分也，不然，前欠一分無謂耳。（同上【後庭花】、【柳葉兒】、【青哥兒】批語）

參釋曰：「稔色」，解見第四折。乍見、不見、得見，極纏繞，以起下句。「何時」，徼詞，與「是必」應。（同上【寄生草】批語）

此皆乘月送歸語。復及弓鞋者，承「懶步」來。但前曰「半折」，此曰「窄」，則以捱枕時與下階時所見別也。「不才」無能，凡三謝，然有三候各不同。

王伯良曰：此時將曉故稱今夜。董詞：「囑付你那可人的姐姐，教今夜早來些。」（同上【煞尾】批語）

「提心在口」，驚恐之意，猶言魂離了殼也。《硃砂擔》劇：「諕得我戰兢兢，提心在口。」舊解挂念，非也。「停眠整宿」，指生，故曰「誰許他」。「㑳」猶「喬」，亦作「⿰土芻」。董詞：「不提防夫人情性㑳巧語花言。」以詈己言，解見第十折。「巧語」二句，俱指夫人説。俗本添「使不著我」四字，謬矣。「窮酸」三句，正承「將没作有」來，言無可疑尚爾爾，況有可疑也。「低黛」或作「低翠」，「凝眸」或作「凝流」，俱非。「眸」難對「翠」，「凝」不可「流」也。「出落」即出色，與「別樣」同。此用董詞：「陡恁地精神偏出跳」諸語，然是紅自説，王解作代夫人説，謬矣。（同上第十四折【越調·斗鵪鶉】、【紫花兒序】批語）

「迤逗」即拖逗。董詞：「迤逗得鶯鶯去推探張生病。」「犯由」即招伏。《酷寒亭》劇：「則被潑烟花送了犯由牌。」

參釋曰：言當檢舉也。「我著你」二句，頂賓白「夫人問」來，故緊接問「著此」句，或改問「著此」爲「若知道」，便是難解。（同上【金蕉葉】批語）

此又作怨詞，頂賓白來。「繡幃」二字句，宜韻。此用董詞「繡幃深處效綢繆」句，而偶失之者。「繡鞋湮透」，即詩餘

「夜深沾綻綉鞋兒」。「湮透」二字，亦元詞習用，如後本「新痕把舊痕湮透」、「都一般啼痕湮透」類。（同上【調笑令】批語）

（【禿廝兒】批注：「缺二字。」）

諸曲大概本董詞「此事休將恩變讎」，係七字一句。俗本誤認「休」字是韻，遂截作兩句，而改「此事」爲「事已」，已非調法，至他本或删去「將」字，遂盡失本來矣。烏知「休將」是連字耶。「著小生」句，亦承「休將」來。「端不爲」以下，正檢舉處，俗改「端不爲」，爲我則道，不通，言斷不爲彼，然亦誰料其有此也。此以投首爲推干法，若與身無預者然，故下連著兩「他」字，最妙。「何須一一問緣由」句下，考【禿廝兒】調，尚有二字一句，諸本皆缺。詞隱生云：當作「何須一一問從頭緣由」。似有理，然亦不敢增入。至有改「問」字爲「究」字，以「究」爲韻，則此句須仄仄平平，「何須一一究」，俱相反矣。「女大不中留」，元詞習語。

參釋曰：「休將恩變讎」，是紅主意，與下「大恩人怎做敵頭」相應，但此先借作生語，爲起下法，最妙。（同上【鬼三臺】、【禿廝兒】、【聖藥王】批語）

「世有、便休、罷手」，凡三韻，然一言（一作氣）下，言「世固有」「便當休息而罷手之事」，下文是也。「敵頭」，對頭也。「啓白馬」二句，正數其恩也。「不爭和」以下又一層，言不特當知恩，且宜顧體也。參、辰二星，分居卯、酉，以比離異。「不爭」二句，言發露其事，不過與張離異，但家丑可念耳。董詞：「到頭贏得自家羞。」（同上【麻郎兒】、【幺】、【絡絲娘】批語）

此接賓白「羞」字來嘲鶯，大妙。「怎凝眸」，言看不得也，即接「看時節」者，言看則如此，故看不得也。詞隱生云：紅見鞋底，與《漢官儀》「登岱者後人見前人足胝」並妙。「啀，」笑聲。徐天池云：北人謂相昵曰「媷」。《金綫池》劇：「有媷處散誕松寬著媷。」又散套：「不記得低低媷。」

參釋曰：「月在柳梢頭，人約黃昏後。」用朱淑真詞。（同上【小桃紅】批語）

此嘲生，與前曲作對。「擱就」，搓挪成就也。「把定」謂聘定。董詞：「不須把定，不用通媒媾。」《風光好》劇：「我等駟馬高車爲把定物。」俗改「約定」，不通。「部署」，部分而署置之。《韓信傳》：「部分諸將所擊。」言已於婚姻大事安排處置尚不以不周爲憂，而毅然擔之，今事已垂成，而爾反遑恐，則是有頭無尾，好看不中用矣。「銀樣鑞槍頭」，謂樣是銀而實則鑞，無用物也。「鑞」，他本作「蠟」，誤。劉庭信詞：「鑞打槍頭軟厮禁。」《氣英布》劇：「英布也，你是個銀樣的鑞槍頭。」俱是「鑞」字。

（「擱」，音軟，平聲。）

參釋曰：「銀樣鑞槍頭」與後本「人樣蝦駒」一例，以句意相似耳。碧筠本竟以「銀樣」爲「人樣」，不通。（同上【么】批語）

參釋曰：「恰動頭」，言歡配方始也。「誰能够」，起下句。（同上【東原樂】批語）

此又起後四折也。（同上【收尾】批語）

「怨歸去」，歸京師也。時生寄居咸陽，故云。「慢慢行」與「快快隨」對。馬在前故行慢，車在後故隨快，不欲離也。或作「運運行」、「怏怏隨」，「運」亦慢意，「怏」便無理。「迴避」謂告退，「破題」謂起頭。言相思才了，別離又起也。「聽得道」四句雖對，然是轆轤語，言初聽一聲「去」，便已不堪，况將望見長亭耶，是可恨也！

參釋曰：此折凡三截：首至【叨叨令】，將赴長亭時語；「下西風」至「長吁氣」，餞時語；「霎時間」至末，別時語。

又參曰：「碧雲」二句，用范希文詞。「曉來」二句用董詞。（同上第十五折【正宮·端正好】、【滚繡毬】批語）

「只安排著」一句，是已然；「準備著」、「從今後」、「久已後」，俱是預擬。「索與我」，欲紅爲我寄生也，逗後本寄贈意。今本作「索與他」，此恐誤解「與我」爲寄己，而以意改竄，殊屬可恨。「閃」，勿作「悶」。（同上【叨叨令】批語）

「酒席上斜簽著坐的」，指生，因生與本坐，故斜著也。「的」字妙。下句緊承此句。諸作「坐地」，雖不妨連韻，然費解矣。「臨侵」，語詞。《蕭淑蘭》劇：「害得我病骨嵓嵓死臨侵。」（同上【脱布衫】批語）

「我見他」，頂前曲來，見其蹙愁眉也。「閣淚汪汪」以下，皆鶯自指。他已攢眉，我將含淚也。或謂「閣淚」指生，則既愁眉，又淚眼，復矣。「閣淚」句見古詞。「見了」與「見他」，兩「見」字，應因見他而恐垂淚，故見畢而即低頭也。（同上【小梁州】、【么】批語）

「稔知」二語，較前「恰告了相思回避」二語又進一層，言别離之難也。「年少」以下，又承别離來，言年少薄情，始多離棄，全不想我輩情深，非是之比，不容離也。然且今必離者，得無謂與相國作婿、不招白衣，必夫榮妻貴而後已耶？以我言之，但得「並頭」已足矣，何必爾爾也！此節從來誤解，致使鶯口中，突作無理誇語，可笑已極。而陋者又復盱衡抵掌，謂從來妻以夫貴，而此則夫以妻貴。嗟乎！哀家梨已蒸食久矣。

參釋曰：此怨生將離也。「前夜」、「昨暮」，總承「合歡」；「今日」承「離愁」。「稔知」或作「恰知」，便淺矣。「卻無來」下，俗增「比」字，不通。

王伯良曰：「並頭蓮」，同枕，諢語也。《謝天香》劇：「咱又得這一夜並頭蓮。」

赤文曰：爲相國婿，便「夫榮妻貴」〔一〕，不惟作者無此陋詞，鶯亦定無此穢語。且通體轉折，俱斷續不合。不知向來何以能耐此二語，不一體貼也。《西廂》詞，世人能誦而不能解，其中多有未安處，經此論定，俱涣若冰釋，謂非此書之厚幸，不可矣。文章有神，千古文章自當與千古才子神會，西河之降心爲此，或亦作者有以陰啓之耳。（同上【上小樓】批語）

以催紅把盞，故云供食何太急也。我聚首只須臾耳，匆急也。且此須臾中，若非隔席，雖舉案齊眉亦得也，自可勿煩紅也。且此聚首雖須臾，豈宜隔席也，空留眼底徐思就中焉，得不速化也。二曲多少轉折，俗本以「雖然是厮守得」以下作

【么】，於調不合。「空笛」作「風流」，亦謬。（同上【滿庭芳】批語）

諸本以紅娘把盞白移此，以此白移【滿庭芳】曲前，則曲白不接。「舉案齊眉」正承把盞，「泥滋土氣」緊接勸食，文理瞭然。且紅繼鶯盞，前有成例，不宜間隔，原本之妙每如此。（紅勸鶯飲湯，鶯「甚麽湯水嚥得下」對白批語）

二曲多用董詞。「怕不待喫」，言莫不將要喫也，是反語。如《虎頭牌》劇：「你可向這裏問，你莫不待替喫。」一例。「那壁」、「這壁」，又點清「斜簽坐的」，與【滿庭芳】曲暗相呼應。

參釋曰：東坡詞：「蝸角虛名，蠅頭微利，算來著甚干忙。」（同上【快活三】、【朝天子】批語）

「車兒投東，馬兒向西」二句，出董詞；與前「馬兒慢慢行，車兒快快隨」、後「據鞍上馬，懶上車兒」俱相應。「有夢難尋覓」，帶逗後折。（同上【四邊靜】批語）

諸曲皆絶妙好詞也，層見錯出，有緒無緒，俱臻妙境。「未飲心先醉」、「留戀應無計」諸句，並用董詞。「一春魚雁無消息」，用秦少游詞。「金榜無名誓不歸」，應賓白。「各淚眼愁眉」，指生與己也，俗作「閣不住」，則與「愁眉」有礙矣。「來時甚急」，承「車兒快快隨」言，「去後何遲」，從「懶上車兒内」作一逆問，直起下曲。「大小車兒如何載得起」句，此元詞暗度金針之法，從來誤解。

屏侯曰：若「去後何遲」，作恨歸去遲解，於義不合。今作逆問意，則「甚急」「甚」字即作「因甚」之「甚」，亦得，但下曲只答得「去後」一句耳。（同上【四邊靜】、【耍孩兒】至【一煞】批語）

此緊承上曲，言四山如圍，一鞭已遠，塞滿人間煩惱矣。是車有多少，堪載此耶？所以「遲遲」，所以「懶上」也。

王伯良曰：「大小」猶多少。《藍采和》劇：「出來的偌大小年紀。」大抵北人鄉語盡然。如邵康節稱「程明道兄弟大小聰明」是也。俗本於「這」字下添一「些」字，謂「這些大的小車兒」，鄙拙可笑。

參釋曰：結句與李易安詞「只恐雙溪舴艋舟，載不起許多愁」意同。

（原本失標「雙調」二字。）

元詞多以驚夢寫離思，如《梧桐雨》、《漢宫秋》類，原非創體；况此直本董詞，毫無增減，謂《西厢》之文青出於藍，可也。必欲神奇儻怳，謂《西厢》能作鄭人蕉鹿之解，吾不知之矣。嗟乎！痴人之不可説夢乃爾。

「離恨」，諸本改作「愁恨」，不知「離恨」、「離情」顯然復出，古文不拘檢每如此。「破題」解見前折。

劉麗華曰：旅舍魂驚，春閨夢斷，此篇隱語。（**同上第十六折【**新水令**】**批語）

「便是」，便如是也，言不想便爾。

參釋曰：一説想起受用便是凄凉處也，亦通。（同上正末説白批語）

（「趄」，音且，去聲。）

此接賓白，正想昨日受用處。「趄」，仄也。《黑旋風》劇：「那婦人疊坐著鞍兒把身體趄。」

詞隱生曰：「臉兒相偎」，以臉著臉。「臉兒厮揾」，以手著臉。「仔細端詳」，正揾臉之謂。（同上《步步嬌》批語）

（「撦」，音扯。「唓嗻」，音車遮。）（「踅」，音薛，平聲。）

院本參唱例，解已見前，陋者不解，只梒得北曲不遞唱一語，遂以爲無兩人互唱之例，致改生在場上聽，旦在場内唱。千態萬狀，嗟乎古詞之遭不幸一至於此！

「打草驚蛇」，元詞習語，言趁逐之速也。《百花亭》劇：「任從些打草驚蛇。」「穩住」亦作「穩下」，安頓也。「厮齊攢」，即伏侍的勤也。「陡峻」，險也。「唓嗻」，已甚也。董詞：「那一和煩惱唓嗻。」《黑旋風》劇：「那些暢好似忒唓嗻。」「又早覺掩過翠裙」，或作「又早寬掩過翠裙」，字形之誤。「踅」，旋倒貌。元詞：「羊角風踅地踅天。」「回折」，俗作「凹折」，《雍熙樂府》作「曲折」，皆字形之誤。

參釋曰：「別離」已後數句，與【攪箏琶】本調不合，第二十折亦然，要是字句不拘者，說見卷首並第二十折。（同上【喬木查】、【攪箏琶】、【錦上花】、【么】批語）

口（頂）「何處困歇」來。量詞：「床上無眠，愁對如年夜。」柳耆卿詞：「今朝酒醒何處，楊柳外〔二〕曉風殘月。」（同上【清江引】批語）

「是人呵」數語，全用董詞。「卻元來是俺姐姐，姐姐」後二字另作句，調法如此，然勿作「小姐」，此亦用董詞：「卻是姐姐那，姐姐，爲人須爲徹。」「須」字不著力，此引成語誦鶯也。「不藉」，猶不顧。董詞：「幾番待撇了不藉。」「脚心兒」，勿作「脚心裏」。《伍員吹簫》劇：「害得你脚心兒踏做了跰。」（同上【慶宣和】、【喬牌兒】批語）

（「遮」，借叶，去聲。）

參唱例說已見前，俗不識例，又拾得「元曲無遞唱」一語，遂依回其間，或注三曲是生唱，或解三曲是生代鶯唱，無理極矣！記中每本有參唱，最愚者亦宜自明，但拾「元曲只一人唱」一語，守爲金科，無怪乎天池生作《度翠柳》劇，以南北間調屬一人唱，而恬不知非也！「廢寢忘餐」一曲，又以相思、離愁比較，言別離比之相思，似乎較勝，以相思無著，花開花謝，任其榮落，此則有著矣，何也？以成親故也。但纔成親，而陡別離，又甚難堪耳。俗解「猶自較爭」爲相思猶可，則「又甚傷嗟」，「又甚」二字無語氣矣。兩折內比較相思與離愁，凡四見，各不同：初曰相思回避，破題別離，一止一起也；繼曰穩知相思滋味，別離更增十倍，是離愁甚於相思也；又繼曰愁懷較些，思量又也是離愁，仍舊是相思也；此曰「猶較爭些」，「又甚傷嗟」，似離愁較勝於相思，而驟得離愁，則又甚也。每轉每深，愈進愈勝。俗注謂此曲俱作別後說，奥曲無理。古文之似順而難明每如此。

「月圓雲遮」，「遮」字於調宜仄，故借叶，王本改作「月滿」，雖亦元詞成語，然調仍不叶，何必爲此。「想人生最苦離別」十餘句，俱元習語，似集詞然者。凡作詞，重韻脚，既入其押，則彼此襲切脚語，以意穿串，謂之填詞。唐人試題，以題字限韻亦然。今人不識例，全不解何爲習語，何爲切脚，便欲删改舊文，此何意也。既云「倒不如義斷恩絶」，隨云「休猜做瓶墜釵折」，似矛盾。此處殊難得語氣，大約言生人苦別，而汝方獨行，所以來也若任其牽挂，而不來相就，是牽挂反不如決絶矣而可乎？雖然暫離，莫謂可決絶也，我則無他羡，願同行耳。此正自疏其來意，抑揚頓挫，妙不可言。他本改：「雖然是爲你勸我」，便覺難解。

參釋曰：元劇車遮韻多與此折語同。「瓶墜釵折」，用白樂天詩。「生則」二語，用《毛詩》。（同上【甜水令】、【折桂令】批語）

（「鍬」，七消反。「薔」，音盈。）

「硬圍著普救寺」，言往事也；「强當住咽喉」，言今日也。「賊心腸」句，言凡爲賊者盡如是耳。俗解三句俱指飛虎，則誤認卒子爲飛虎矣。「休言語」二句，指生。「靠後些」，與賓白「你靠後」同。此於對卒子時急攙二句，殊妙，他本删去科白，遂致解者以「休言語」二句指卒子，則「言語」二字既不合「靠後」，與賓白亦不應，大謬。「你不知呵」，接卒白「你是誰家女子」來，言你不知我，豈不知白馬耶？他本改「你休胡説」，亦謬。「醯醬」，顧玄緯改作「醢醬」，「醢」是仄字，不叶；王本又欲改「虀醬」，反以爲「醯醬」無出，不知《曲禮》有「醯醬在内」句，言醯與醬也。「醬血」，碧筠本改作「膿血」，王本又改作「瞀血」，引詩取其「血瞀」爲據。但董詞亦有「都教化醬血」語。《漢書》：「中山淫醬。」「醬」，酗酒意。言醬與血也。

參釋曰：此卒子與飛虎不涉。「硬圍」句借引相形起耳，俗認賓作主，遂至扮演家皆以飛虎入夢，謬甚。（同上【水仙子】批語）

「高枝上」，董詞作「高枝噪」，似較妥。（正末唸詩批語）

「莊周夢蝶」，王本以「周」字平韻不叶，改作「莊子」，大謬，說見第十一折。

「咫尺」，相近也，與「仿佛」同。「別恨離愁」，即舊恨新愁。「千種相思對誰說」，原用柳耆卿詞：「縱教千種風流，待與何人說？」董詞亦屢用之，但此改「相思」二字耳。或仍作「千種風流」，不通。

徐天池曰：「除紙筆代喉舌」，言今夜相思非紙筆以記，則此恨無從說與鶯，蓋爲下折寄書地也。（同上【鴛鴦煞】批語）

參釋曰：李賀詩：「桃花亂落如紅雨。」（**卷之五楔子**【仙呂・賞花時】批語）

此懷遠詞也。雖離了眼前，指人□其上眉頭，亦懷人之見於顰眉者也。俗以「人上眉頭」難解，遂於「眼前」下增一「悶」字，與下文「愁」字、「思量」字雜見無理，不知此曲起調只宜七字一句，「離了眼前心上」，有此實七字也，豈有「悶」是實字，而填作襯字之理。況「眼前心上」俱著人言，亦元詞襲語，如關漢卿《金綫池》劇：「這廝閑散了雖離了眼底，忔憎著又上心頭。」可驗。向非原本，則數百年含冤之句，無雪日矣。況此曲純以空筆掀翻，最妙。大略云：雖離了眼前，而忽在心上；才離心上，又在眉頭，其懷思之無已如此。但眼前心上，尚無痕可尋，而眉則顰皺儼然矣，眉有幾何容得如許顰皺耶？且思有新舊，去時爲舊，今日爲新，既則新舊厮混而不可別，然且舊愁如山推不去，新愁似水方再來也。李易安詞：「此情無計可消除，才上眉頭，又上心頭。」范希文詞：「都來此事，眉間心上，無計相回避。」元詞：「忽的眼前無，依然心上有。」並前所引關漢卿《金綫池》劇諸句，與此俱同。陋者但知爲用李易安詞，而不知元詞用法，原自如此，反訾爲繚戾，亦可怪矣。況「新愁接舊愁」，本用董詞「眉上新愁壓舊愁」句，乃並蒙抹殺，且謂未成婚前爲舊愁，彼幾曾認古詞而强分新舊，妄解斷耶。

參釋曰：「隱隱」，俗作「穩穩」，字形之誤。（**同上第十七折**【商調・集賢賓】批語）

「曾經」，非這番也。「每遍」，更不止一番也，但「這番」險耳。此三句答賓白，作一斷。「何處忘憂」，又承挑白另起，文理最明。今或删去挑白，反訾「這番」句爲翻起，何處句爲接落，以爲兩下不稱，此何故也。幸元明以來，相傳幾四百年，不乏文理人，猶存是本，萬一不幸早遇是君，則投爨久矣！吁！可畏也。「何處望憂」七句，但一路填詞，而意見言外，如云必欲忘憂，除非望遠，但空見爾爾，則又何能忘憂耶！「空」字内有止見此而不見人意，此正如昔人所稱：王龍標詩，外極其象，内極其意。此填詞最高處，且亦本董詞：「無計謾登樓，空目斷故人何許，並楚天空闊，烟迷古樹。」諸句。而或者訾爲填句無理，且「手捲真珠（按劇本作「珠簾」）上玉鈎」，出李景詞；「憑高不見芳草連天遠」，出王和甫詞，竟痛加涂抹，謂珠玉等字，隨手雜用，則病狂甚矣，他可勿復道耳。（同上【消遥樂】批語）

此曲寫憔悴，是元詞排調語。

《蕭氏研隣詞説》：四句兼比、賦。榴花睡皺，芙蓉紐寬，此賦也。衣淚濕而斷綫如珠，柳眉顰而秋花減盡，此比也。

參釋曰：李易安詞：「簾捲西風，人比黄花瘦。」（同上【挂金索】批語）

此曲接書，後曲開書，又後曲念書，步驟甚細。故未開書已前，純是寫怨，見書以後，然後略及捷音耳。「無語低頭」二句，自模語，似搊彈家詞，最妙。此尚得《董西厢》遺法，近不能矣。

王伯良曰：前賓白謂生此一行，得官不得官，疾便回來。今書至而人不至，是「話不應口」也，故又病也。

參釋曰：「書在手」句，正描清科白「接書」二字。「書在手」，勿斷，一句下。（同上【金菊花】批語）

此曲單拈「開書」二字，因開時而想其修時，因己有淚而想其亦有淚；且不特修時有淚也，其未修之先，應先有淚矣。且不特臆度也，寄來之書，淚點固自有者，開時之淚，新痕也，修時之淚，舊痕也，新痕將舊痕湮透矣。我淚，一重愁；見其有淚，又一重愁：非以一愁爲兩愁乎？或謂鶯與張，各愁爲兩重，則是以兩地爲兩重矣。「兀自」，他本作「古自」，「古」、

「兀」同，解見前。

參釋曰：秦少游詞：「新啼痕間舊啼痕。」（同上【醋葫蘆】批語）

「當日」二句，言此即西厢月下人。「誰承望」句，承上言跳墻者亦然，猶云：此子亦參政也。「怎想道」又轉入自夸意，言誰想折桂者皆從惜花養成之，錦心綉腸皆從脂粉包藏之，然則當日所稱「晚妝樓」上者，不當改名「至公」耶。

參釋曰：「搊」，搊搜，喬樣也，與「傷」同。《李逵負荆》劇：「暢好是忒搊搜。」俗解作攙扶，大謬。劉虚白詩：「猶著麻衣待至公。」唐宋試士處，俱有此名。（同上【么】批語）

贈物寓詞，昉於漢秦嘉、徐淑，然元稹本記，亦原有贈貽一段，故董詞與此皆用之。「九嶷山下竹」諸語，尚出董詞。「他若是和衣卧」，單指卧時，因衣而想至卧，料其不忍卸也。「但粘着皮肉」，則又不止卧時矣。裹肚，本概前後左右，然故折作三層説，此以絮見玅，「繫在心頭」，以繫結在心也。「趁逐」，猶追隨。《蘇小卿》劇：「馮員外怕人相趁逐。」此指聯詩説，因琴及詩，是因主及客法，以聯詩、聽琴，從前二大關目也。董詞亦有「瑶琴是你咱撫，夜間曾挑鬥奴」語。「撇人腦背后」，猶言撩在一邊也。北凡言僻處皆稱腦背後，如《李逵負荆》劇：「把煩惱都丢在腦背後。」此以腦字關説耳。娥皇虞舜，總比夫婦，然亦用董詞「當日湘妃别姚虞」諸語。「這九嶷山下竹」起，至曲末，又因淚斑將衫袖與湘管比觀，以見不可忘舊，總有意爲長短參錯，以示章法。「丁寧」二語，亦雜用董詞「一件件對他分付，並休把文君不顧」諸語。

參釋曰：「怨慕難收」，似用《孟子》「怨慕也」句，指舜皇事。

又參曰：元詞亦有「怎肯孤負了有疼熱的惜花心，生疏了没包彈的畫眉手」。與「生疏了絃上手」語同。（同上【梧葉兒】、【後庭花】、【青歌兒】批語）

總囑精細，與下折「傾倒籐箱子」一曲，工力悉敵。元詞本色率如此。「怕油脂污了急難酬」，諸本「急」作「恐」，字形之誤。或遂以怕「恐」字復，删去「怕」字，則展轉訛錯矣。「酬」作回謝解，猶云賠也。「水侵」，俗作「水浸」，亦字形之誤。此字，調宜平聲，且「侵」是水入，「浸」是入水，大關文理。「一椿椿」，指囑語，「一件件」，指寄物，然一氣下七字句，勿斷。

參釋曰：總囑似單重衣服，下折【耍孩兒】曲同此。（同上【醋葫蘆】批語）

「書封」二語，對仗精確。「早晚」，猶言多早晚，即幾時也。「長安望來」三句，非更倚樓也，正緊承幾時休來，追往事耳。言西樓倚遍矣，人何在耶？此用董詞「望野橋西畔，小旗沽酒，是長安路。並地里又遠關山阻。」諸句。

參釋曰：舊解人不至，則盼望情絶，故云「早晚休」，如此則「長安望來」又不接矣。「人不見，水空流」，見秦少游詞。

（同上【金菊香】批語）

（「啜」，音底活反。）

此以病與愆期二意囑咐作結，與前添些證候、話不應口二意照應。首二句一斷，言病也。「啜賺」，誆騙也。如《殺狗劇》：「啜賺俺潑家私。」王本改「掇賺」，反謂「啜賺」無據，妄矣。古詞之不可改類如此。「啜賺」句，另起一氣至末，言愆期也。「約定九月九」而「過小春」者，猶《詩》云「五日爲期，六日不詹」也，猶俗言「約清明而過谷雨」也。此是方語、現成語。而或又訾云：秋後送别，豈有約歸期在重九之理。則請問：此時已是次年暮春，而尚稱爲小春時候，此何故也？嗟乎！蔡中郎已贅牛府，而强解事者必欲打算其何日問聘，何日贅合，古詞之遭不幸，一至此乎！

參煞曰：【煞】曲俱擬致生語，妙在全不及得官一句，且結出「悔」字，若反以得官爲恨者，一何俊也！董詞諸曲原如此。「悔教夫婿覓封侯」，見王昌齡詩。

又參曰：「啜」，元詞音「掇」，與字書音輟不同，説見第四折。（同上【浪裏來煞】批語）

「向心頭横儻著鶯兒」，用董詞。「説似」，説與我也。此頂賓白，明説著我證候來。「本意待推辭」，言己欲推辭，以諱其說，已早被識破矣。「不須看視」，與「看胗罷」似矛盾，但此云「不須」，言即不看視亦曉耳，況看視耶。所以他急道：此相思，無療法也。「鶯鶯」下又轉，言雖是難療，若使鶯知此，則亦甘心耳。自起至此，凡七轉，一轉一刻。「四海」三句，言今乃如此，甘心爲你相思死，與「四海無家，一身客寄」，俱出董詞。

參釋曰：此與前折作對偶，俱用虛寫。蓋未合以前，則以傳書遞簡爲微情；既合以後，又以寄物緘書爲余思：皆作者阿堵也。（同上第十八折【中呂·粉蝶兒】、【醉春風】批語）

「靈鵲」、「喜珠」、「燈爆」，皆元詞得書襲語，然在所必有，故前折見紅白，此折入生曲，皆其故爲布置處。「清淚如絲」，應前摺「修時和淚修」曲。但封書時，只著「書封雁足此時修」一語，並不及淚，故此又補入，然只一點便了，與前折纏綿又別。

參釋曰：「若不是」二語，是未接書時擬議如此。（同上【迎仙客】批語）

杜詩：「黃四娘家花滿溪。」後凡指狹斜，皆可稱黃四娘，猶晚唐人稱謝秋娘也。記中唱和傳遞詩，凡九首。

參釋曰：「懷舊事」，俗改「知中甲」，既不對，又不雅，可恨！（同上張生開書所讀鶯鶯詩批語）

掌字者曰「字史」，掌文書者曰「令史」，勾人者曰「勾使」。「款識」，古鐘鼎銘也。「張顛」，即張旭。古詞不照顧，每如此。此亦用董詞：「若使顆硃砂印，便是偷期帖兒私期會子。」（同上【上小樓】、【么】批語）

此亦咏物詞，與前折各一機杼。「可索尋思」，可推尋其用意處，「長共短」三句是也。「小心」，即細心，正指「用意」，與「可索尋思」不同。

參釋曰：「你」字入齊微韻，說見前。（同上【滿庭芳】批語）

（「玼」、「疵」同，上聲。）

《白虎通》云：「琴者，禁也，禁止於邪，以正人心也。」孟郊《楚竹吟》云：「識聲者謂誰，秋夜吹贈君。」此云「閉門」，曰「留意」，是倒妝語，謂當「學禁止」而「閉門」，「識聲詩」而「留意」也。俗作「學禁指」，字聲之誤；「識聲時」，字形之誤。「調養聖賢心」，此用白行簡《琴詩》「全辨聖人心」語。「洗蕩箏笛耳」，此用嵇康《（聲樂無哀）論》：「聽箏笛琵琶，則形疏（按原文作躁）而志越；聞琴瑟之音，則體靜而心閑」語。俗本以「箏笛」爲「巢由」，此亦字形之誤，而解者遂起紛紛之疑，不知古無咏琴及巢由者，且箏笛又非偶見語，如白樂天《廢琴詩》：「不辭爲君彈，縱彈人不聽。何物使之然？羌笛與秦箏。」東坡《聽彈琴詩》：「歸家且覓千斛水，洗盡從來箏笛耳。」此正現成有本之句。作者既精深淹博絶人，考索而傳解者率弇陋乖舛，遂致古詞之妙，失盡本來。即如此曲，亦平平耳。「不疑」四句，字字有出，且「不疑」四句，竟字字差錯。曲中如此儘多，向非有善本蹤迹可尋，其亥豕相去，可勝窮乎！閱古至此，尚不憬然知懼，而妄肆譏彈，任情删改，嗟乎，已矣！「温潤有清香，瑩潔無瑕玼」，此用董詞：「玉取其潔白，純素微累纖瑕不能污。」諸語。「霜枝」，諸本作「雙枝」，字聲之誤。方干詩：「松含細韻在霜枝。」古無稱「雙枝」者。「裹肚」四句，似古《子夜歌》，雙關，特俊。「襪兒」末句，代鶯語，俏甚。既「不胡行」，而又「當如此」，較前「胡行亂走」又進一層。俗本「知你」作「知禮」，亦字聲之誤。

王伯良曰：舊注謂「雙枝」並兩管而吹之，不知此筆管，非簫管也。董詞：「紫毫管未曾有」，可證。（同上【白鶴子】、【四煞】、【三煞】、【二煞】、【一煞】批語）

此曲一氣直下，至「到不得蒲東寺」止，總訴其急欲歸而不能歸之情也。王本既删之曲前賓白，而又以此曲無著，欲移向「一身客寄，半年將至」之下，則錯亂極矣。且此至蒲東寺一截，應前折歸期九月九一段，「小夫人」至【賀聖朝】一截，應前折丁寧休忘舊一段，脉絡甚清。王既删前白，又因【賀聖朝】曲碧筠本有誤，如「招婿」作「招甚」，「那樣温柔，這般才思」作「温柔這般才思」，文理難認，遂並删【賀聖朝】曲，則於别繼良姻一囑付又無應矣。豈「繼良姻」者而在閑街花柳耶？幸元本瞭然，一雪其舛耳。

參釋曰：「雨零風細夢回時」，本七字句，俗添兩「兒」字，則「風兒細」似韻脚矣。數語最絮聒。客舍清冷，又得風雨；風雨之餘，剛值夢回，傷心可數耶，故曰「多少」。（同上【快活三】批語）

「四肢不能動止」，以傷心得病也。「急切里到不得蒲東寺」，非不欲歸也。「小夫人」以下另起。「別有甚閑傳示」，正接前賓白，一問而又問之，故曰「別有」。曰「閑傳示」，「閑」，餘也。兩問正別，而伯良反以爲復，正坐不解耳。「浪子官人」以下，是答「別繼良姻」前一層意，言花柳尚不顧，況繼姻耶。「自思，到處，」各二字成句，或作「自茲」，則無理，或作「自從」，則無韻。「甚的是」，言不識何者是也。（同上【朝天子】批語）

此曲雖係【黄鐘宫】調，然與【中吕・商調】本自出入。此正答「休別繼良姻」一囑。只「鶯鶯意兒」二句與【賀聖朝】本調不合，似有錯誤。金在衡疑此曲爲竄入，而王伯良竟删之，則妄甚矣。元詞作法，必有參白。參白一删，勢必删曲，何者？以曲中呼應盡無著耳。伯良頗識詞例，亦曾取元劇參白一探討耶？豈有通本參白，一筆删盡，而猶欲分別曲文，定是否者！卷首所謂「以曲解曲，以詞覈詞」，真百世論詞之法也。「想鶯鶯」二句另起，起下曲收拾寄物，正元詞三昧。但其文似有誤耳。全悉照原本，不敢增易，以俟知者。（同上【賀聖朝】批語）

首曲結寄物，末曲結寄書，次曲申結歸期，不應口一囑三曲，申結「休別繼良姻」一囑，章法秩然，觀此益信前白與曲之不得删矣。「傾倒」，或作「頓倒」，或作「顛倒」，皆字形之誤。「須索用心思」，俗作「用意取包袱」，既不叶，又難解，大謬。「高擡」二句，正申上意，言衣架包袱之不當，所以須箱也。北人稱「挂」曰「擡」。「因而」，解見第九折。只及衣服者，舉一以概餘耳。

參釋曰：一曲只一意，反覆纏綿，此是元詞本色。第自草橋以前，微有不然，故如出二手，但不得明指爲何人作耳。

若過爲升降，極訾「續貂」，則又豈知音者耶。（同上【耍孩兒】批語）

「恰新婚」三句，言甫婚而即離，則懷歸極矣。「昨宵個春風桃李花開夜」，言昨新婚時，秋夕也，而翻似春夜。「今日個秋雨梧桐葉落時」，言今客寄時正春候也，而翻似秋日，其愁如是。自身遥心邇，行坐思歸，而猶疑歸期不應口，何也？此申結冷清清至蒲東寺節。

參釋曰：「春風桃李」二句，見白樂天詩。「心邇身遐」，見本傳鶯鶯書。（同上【二煞】批語）

「天高地厚」二語，鶯情無盡也；「燭灰」、「蠶老」二句，感鶯無盡也。情感如是，而猶疑爲棄夫妻、繼別姻，何也？此申結「浪子官人」至【賀聖朝】節。

參釋曰：「春蠶到死絲方盡，蠟（燭）［炬］成灰淚始乾。」見李義山詩。（同上【三煞】批語）

此節結寄書，純用反語起下曲，言不聞黃犬、不傳紅葉、不逢驛使，所以去國之久，歸心之切，憑欄之遠也，一氣注下。【煞】、【尾】與第十五折作法相近。此正著望童不至時説，或又驚曰：琴童才知，便云不遇梅使。不知爾在夢中，我在夢中矣。

參釋曰：黃犬，陸機事；紅葉，於祐事；驛使，范曄事。（同上【四煞】批語）

此承上來，言始以不得書而致病，今人至而書亦竟至，則始何其可憂，今何其可喜也！「投至得」，又作一轉，言書雖可喜，然病亦幾危矣。「引人魂」與「害鬼病」對，俗本作「引魂靈」，誤。（同上【尾】曲批語）

此打匹科調也。元詞原有打牙諢匹調例，院本中所必有者，况鄭恒鬧哨，藍本董詞，又不得不爾。此原在文章套數之外，别一眼目。

按唐鄭協律，名恒，字伯常，見秦貫墓銘，特以「配博陵崔氏」偶同，董解元遂取恒實之後，竟相傳爲詞家故事，不可易

矣。如《鴛鴦被》劇：性，狼也；夫人，毒心也。鄭恒類。（同上第十九折鄭恒上場之科白的批語）

（後「濁」字，借叶，去聲。）

自起至「殢雨尤雲」止，承賓白「做親」來。「仁者能仁」四句，皆成語，言賣弄你有德性，倚仗你有門第耶？然做親，不可也。「至如你官上加官也，不教親上做親」也，「至如你」，他本改「你道是」，便不貫矣。「執羔雁」與「獻幣帛」對，碧筠本刪去「羔」字，且謂婚禮無羔最爲可笑，君不聞鄭衙内要牽羊擔酒耶？「謝肯」，勿作「問肯」，係俗禮，今尚有之。《舉案齊眉》劇：「想當初許了的親，他不曾來謝肯。」「洗塵」，以鄭初到言。「枉腌了他」，五「他」字俱指鶯。「腌」、「臊」，皆不潔。「紂」，猶村也。元詞：「你桂英性子實村紂。」「金屋銀瓶」五句，由漸而入，最有步驟，顛倒不得。「三才始判」數語，正諢匹之最奇者。《來生債》劇：「別是個乾坤嘆濁民。」董詞亦有：「教我怎不陰哂是閻王的愛民。」正類此。（同上【越調·鬥鵪鶉】、【紫花兒序】批語）

參釋曰：二曲叙前事也。「半萬兵屯寺門」，本六字句，或作「屯合」，或作「賊兵」，俱非。「火急修書信」，「屬文」之速也。「言而有信」，能踐退兵之語也。

又參曰：「若不是」，「怎得俺」，兩兩叫應。俗本或無「怎得俺」字，而王本並刪「若不是」，則無解矣。（同上【天淨沙】、【小桃紅】批語）

「爲人敬人」，頂禮數言。或作「爲人做人」，字形之誤。「有信行」二句，亦指生。一氣數去，正見彼此俱重恩信人也。俗本增「俺家人」三字，反與上曲復，且錯雜矣。拆白道字，頂針續麻，皆元詞打匹科例。

參釋曰：「肖字著立人」，是「俏」字，餘見下白。（同上【金蕉葉】、【調笑令】批語）

鄭固瞞張及第，見前賓白，而紅又喬爲不知，故就賓白中相門窮士，暗作翻折，非不知張亦宦門之後，非窮民也。「虀鹽」三句，略逗張之得第意，言惟不嫌貧，故到底不貧也。「這廝喬議論」二段，一低一昂，各有語氣。「有向順」，正無向順也，然故作反語，猶云此論果然，官人果只合做官人，但信口非本分語也；若以爲窮民到了是窮民，則又有不然者，蓋暗應張堪聞也。

參釋曰：「信口噴」，「噴」或作「嗔」，不合。《藍采和》劇：「都作了狂言詐語，信口胡噴。」（同上【禿厮兒】、【聖藥王】批語）

參釋曰：「出家兒」，僧家通稱「兒」，勿作「的」。「慈悲」二句，暗指成就此事意。「横死」二句，借哨鄭語，反見本之能知人又知事意。（同上【麻郎兒】批語）

倔强者爲「訕觔」。「硬打捱」，只是「硬」字，「打捱」，助辭，即「打頦」、「打孩」，隨聲立字，原無定旨，故亦隨地可襯甍，如：呆打孩，悶打孩。《酷寒亭》劇：「凍的他顫篤速打頦歌。」是也。王本作「打强」，謬。「强」爲强諧，與上曲「兩」字不對。

參釋曰：「軟款」，係元習語，徐本改「願款」，無據。（同上【么】批語）

參釋曰：元詞有「家生哨軀老」，調侃身也。「老」是襯字，如眼爲「淥老」類。《爭報恩》劇：「爭覷那喬軀老。」（同上【絡絲娘】批語）

「佳人有意郎君俊」，調之也。元詞以稱羨爲「喝采」，下二句正喝采也。偷香在下風，傅粉在左壁，則「采」可知矣。此打匹之最雋者。徐天池云：蓋嘲拾鶯之已殘也。「喝采」，俗作「嗑來」，字形之誤。（同上【收尾】之批語）

按元稹娶京兆韋僕射女，其曰「衛尚書」者，隱「韋」字也，但此本董詞。鄭恒曰：珙以才授翰林學士，衛吏部以女妻子，並衛尚書家女孩兒新來招得風流婿諸語，與作者無預耳。

參釋曰：張中第三名探花，此又云張生敢是狀元，後折亦稱新狀元，似矛盾，不知此正撒浪作子虚語處，不可不曉。

（同上夫人、鄭恒、杜將軍對白之批語）

（「忘」，去聲。）

「一鞭」或作「玉鞭」，「驕馬」或作「嬌馬」。「如愚」者，《會真記》生自云，不謂當年終有所蔽。（同上**第二十折**【雙調・新水令】、【駐馬聽】批語）

（「斷」，借叶，平聲。）

元詞曲身爲「躬身」，如董詞「飲罷躬身向前施禮」類。「使數」，使用人數也。「有甚事故」，或以《雍熙樂府》作「有些事故」，遂疑「甚」字宜平，非也。「有」字是正文，則「甚」與「些」字，總襯字，可不拘耳。（同上【喬牌兒】批語）

（「疾」，借叶，去聲。）

「舊來」，俗作「舊恩」，與下曲重；「親去」，俗作「新配」，又失本韻，俱非。「有恩」，指前成親言，觀此則益信前折「知恩報恩」之宜屬生矣。「醜生」，即「畜生」字音之轉。北音無正字，如《緋衣夢》劇：「殺了這賊醜生！」《魔合羅》劇：「老丑生無端忒下的。」又作「丑生」，可驗。「那一個」不指鄭，泛指言「是誰」也。「施心數」，論心事也。北人稱心事爲「心數」，如前「老夫人心數多」類。「無徒」，無籍之徒。「木驢」，刑具也。言不能勾與之早晚論心，反説來的似無藉所爲，早晚間該爾爾矣。「無徒」、「木驢」，俱自指，與「賊醜生」指他人異。

參釋曰：唐周昉有仕女圖，漢張敞傳走馬章臺街。「君子斷其初」，元詞成語。（同上【雁兒落】、【德勝令】批語）

「那裏有」，言斷無此事也。「不明白展污了姻緣簿」，言背地裏豈可便污蔑如此。「猢猻丈夫」諸句，亦一氣作教坊詘匹，急遽無轉顧語，猶董詞「坐似一猢猻，口啜似貓坑」諸句。「人物」，勿指鶯。「風俗人物」，言所傷實多也。

參釋曰：「不明白」連「展污」讀，言豈不分明展污了耶，亦通。「人物」，俗作「時務」，非。（同上【慶東原】批語）

參唱例，已解，見前。但鶯、紅參唱外，只下場雜數曲爲衆唱，此院本科例，更無有參外、淨等諸爨色者。

梁伯龍曰：一句一斷，咄咄逼人，真元人本色。（同上【喬木查】批語）

「受了些」、「下了些」，俱頂賓白來，指舊日言。「不甫能」，才能也，言我之得此匪易也。「妻夫」，或作「夫妻」，或作「夫婦」，「妻」既失韻，「婦」亦不叶，況「妻夫」習稱。如董詞「不如是權做妻夫」類。「怎生待」，設法如何之意。「剗地」，窣地也。「剗」，窣字聲之轉。「妝誣」，妝砌誣罔也，或作「贓誣」，字形之誤。

王伯良曰：「夫人誥勑，縣君名稱」二句，他本或作白，因與原調譜不合，且失韻耳。不知此調字句可增減，且可攙無韻數句。如《梧桐雨》劇：「他不如呂太后般弄權，武則天似篡位，周褒姒舉火取笑，紂妲己敲脛觀人，早間把他哥哥壞了，貴妃有千般不是也合饒過他一面擒拏。」上六句俱無韻，可證。（同上【攪箏琶】批語）

參釋曰：此曲用董詞：「比及夫妻每重相遇，各自準備下千言萬語，及至相逢，却没一句。」（同上【沉醉東風】批語）

自蒲至京，愬去時事。但「來到」或作「去到」，反泥。（同上【落梅風】批語）

「那廝本意」至「名譽」，一氣下，句斷而意接，言爲此説者，他本意欲涂抹俺門楣也。《薛仁貴》劇：「將別人功績强糊突。」即涂抹之意。若以「家世清白」三句爲起，下「怎肯」便不通矣。「那廝」、「那喫敲才」、「那廝」，連詬他人誣己者，頂賓白「我問人來」，不指鄭言，至「人樣蝦駒」、「樵夫」，方是詬鄭。「喫敲才」，該喫打人也。《曲江池》劇：「那其間悔去也喫敲賊。」「數黑論黄，惡紫奪朱」，謂言不實也，然亦元時習用語。《對玉梳》劇：「據此賊罪不容誅，正待偎紅倚翠，論黄數黑，惡紫奪朱。」《薛仁貴》劇：「著甚來數黑論黄也，則是惡紫奪朱，如此不一。」此正所謂切脚填詞之例。而或又詬云「用《論語》」矣，噫！渠只認《論語》，不認元詞，又何必自稱「解《西厢》」也！「囊揣」，即軟弱也。《㑳梅香》劇：「往嘗時病體囊揣，人樣蝦駒。」言樣是人，而實蝦駒也。「蝦駒」，癩駒，猶言疥駞，以蛙蝦本癩物，故癩稱蝦。此兼釋賓白嫁鄭一語，言我所云嫁鄭者，亦虛語也，况我疇昔爲此者，亦只是愛君得所主耳，伊何人，斯肯復爲此耶！此正辨傳簡，應賓白看得一般諸語。而解者謂東君指杜，敲才指鄭，便驢頭馬嘴不相對矣。東君，日神，見《離騷・九歌》及《漢書・（郊祀）志》。鶯花，藉春日爲主人，此以「鶯」字借及之耳。「愛你」，是紅愛生；「折與」，是紅折與人，正指傳簡也。「那廝囂虛」，仍詬誣己者。「將足下虧圖」，言將於足下使虧負計策也。「夯」，氣動貌。言將借囂虛之説以圖足下，於己難辯，故曰「有口難言」。「氣夯胸脯」，若指鄭虧生，何煩紅怒若此耶？二折中多訕匹語，既俱著鄭，若復誤認辨誶爲訕匹，則春秋最苦是鄭，忽矣。做主、囂虛、虧圖、氣夯，俱元習語。《蝴蝶夢》劇：「告爺爺與孩兒做主，那裏會定計策廝虧圖。」《竇娥冤》劇：「使不著調囂虛的見識。」《王粲登樓》劇：「不由我肚兒裏氣夯。」

參釋曰：「人様蝦駒」，舊注謂猶俗言「蝦兒様人」，指戚施不能仰者。《太平樂府》高安道詞：「靠棚頭的先蝦着脊背。」（同上【甜水令】、【折桂令】批語）

「孫、龎」二句，用董詞：「文章賈、馬豈是大儒，智略孫、龎是真下愚。」「征西」二句，亦用董詞白：「特授鎮西將軍蒲州太守兼關右兵馬處置使」，故他本稱杜爲孤，以其爲太守也。但與前杜自開白又不合，此又子虛耳。「是他定」、「把他」、「他若是」，三「他」字，俱指生。俗本改「定把他來助」爲「定把先生助」，則是對生語矣，大謬。「不識親疏」，言不辨鄭與己是中表，不便做親也。「良人婦」，言己，己爲生婦也。此正用董詞「鄭衙内與鶯鶯舊關親戚，恐嚇使爲妻室，不念鶯鶯是妹妹」語。若以親指張，疏指鄭，則親疏不倫，且以中表許配之人而稱良人婦，更不當，且「啜賺」亦不合，從來誤解。

參釋曰：護身符，指殺賊言。《岳陽樓》劇：「則這殺人的須是你護身符。」「有權術」，頂上曲來。「征西」二句，是有權；「孫、龎」二句，是有術。「啜賺」，誆騙也，解見第十七折。（同上【雁兒落】、【德勝令】批語）

「東君」，接上「誰是主」來，正自視爲主人也，與前曲「東君」相應。「不信呵」，他本改「試聽咱」；「聽杜宇」，王本改「啼

杜宇」，俱非。（同上【落梅風】批語）

鄭死科目，悉藍本董詞，以完由歷，實有不得不然者。董詞：「鄭恒對衆但稱死罪，非君瑞之愆，我之過矣。倘見親知，有何面目，今日投階而死。」諸語，正與此間科白字字廓填，而陋者必痛詬作者爲「忍心」，田父見伯喈，烏得不切齒不孝耶。

院本凡收場，必有演説一篇，在孤等口中，今亡之矣。「慶喜筵席」，正演説臨了一句，俗本入夫人口中固非，而僞古本稱杜爲孤，仍無演説。此處但當以餼羊存意可耳。（杜、鄭等説白之批語）

「若不是大恩人」二句，接上「托賴衆親故」來。「得意也當時題柱」，「得意也」三字直貫下句。「題柱」，用相如題橋事。以別時「青雲有路」諸語，曾題過不得第不歸也，故此言得意處，以當時題柱正足酬配合之意，不然，白衣女婿，辱莫相國，何以成就耶。蓋從來相國之女配夫，必「新狀元，花滿路」，然后可也，所以既賴衆親，又賴得第也。

參釋曰：「椒圖」，形似螺，以性好閉，故銅鐶像之。《尸子》云：「法螺，蚌而閉户是也。」然似有品制，非泛列者，如《墻頭馬上》劇：「身爲三品官，户列八椒圖。」類。

又參曰：張初稱探花，而此稱狀元，説見前。今或改作「新探花，新花滿路」，拘極。（同上【沽美酒】、【太平令】批語）

（「朝中」下是【么】，原本混列，不敢析出。）

此是樂府結例，如「天子壽萬年」、「延年萬歲期」等，所謂「亂」也。即此猶見漢、魏後樂府遺法。（同上【錦上花】批語）

此亦元詞習例，如《墻頭馬上》劇亦有「願普天下姻眷皆完娶」類。但此稱「有情的」，此是眼目，蓋概括《西厢》□（全）書也，故下曲即以「無情的鄭恒」反結之。

觀「勅賜」句，益知當時必有勅文演説一篇作結，惜已軼耳。（同上【清江引】批語）

獨拈「聯詩」，從所始也，且亦見古來行文者不尚周到意。此以君瑞、鄭恒雙收，董詞反單收鄭恒，更奇。「無情」頂上曲「有情」，一掉作結，如神龍之尾。或改「無情」作「無緣」，彼必以鄭非無情，但無分耳，不知「情」不如是解也。《會真記》不明云：「登徒子非好色者」耶？

諸本【清江引】下，無下場科注，而以此曲爲衆唱。此不然者，豈别有唱念例耶？餘説見前。

參釋曰：諸本有「幾謝將軍成始終」一詩，又或有「蒲東蕭寺景荒凉」一詩，俱係後人咏《西厢》而誤入之者。又或無總目四句，俱非原本。（同上【隨煞】和正名、總目之批語）

附辨

第十九折内鄭恒白下，予據世傳秦貫所撰《鄭恒崔夫人合祔墓銘》，以爲《董西厢》入恒之由。後從毛馳黄許見秦貫銘搨，稱府君諱「遇」，不諱「恒」，末有眉山黄恪辨證，而馳黄亦遂筆之入《詩辨坻》中，且以駁陳仲醇《品外録》所載之謬。及予考王本所載《墅談》，稱内黄野中掘得墓誌，其中是諱「恒」，後又傳汲縣令葺治得誌石地中，亦是諱「恒」，與《品外録》所載皆同。但瘞止一處，不宜各地掘出。而東平宋十河又稱全椒張貞甫爲磁州守，磁屬武安，治西有民瘞塚，得鄭、崔誌石，亦是諱「恒」。臨川陳大士曾載跋語，在崇禎甲戌歲。則誌石所出，不惟地殊，抑且時異，尤屬可怪。暨予過秣陵，親見周雪客所載誌搨，與馳黄所藏同，而中亦稱諱「恒」，是必諸搨所傳，原欲實「恒」名，而故爲贋誌，以示有由。若馳黄所藏本，則又改「恒」爲「遇」，爲之出脱，實則皆贋物也。豈有一誌石，而瘞無定地，發無定時，文無定名之理，此公然可知耳。馳黄、雪客，皆博雅好古，而雪客家藏書尤富，然猶彼此難據如此，況逞臆解斷，全無考索，其不至狂惑，鮮矣！

金陵富樂院妓劉麗華，作《西厢記題辭》，有云：「長君嘗示予崔氏墓文，始知崔氏卒屈爲鄭婦。」又不書鄭諱氏，其題在嘉靖辛丑，則知是時又有僞崔氏墓誌，與諸本崔、鄭合誌書諱氏者又異。第其所稱「長君」，不知何人，即誌文亦不傳。又臨安汪然明，於崇禎甲申歲刻《西厢記》，其發凡有云：「崔、鄭元配墓誌，崇禎壬申方發於古塚。」則知僞本疊出，復有在前所稱數本之外者，考古之宜慎如此。

附詞話

元周高安論曲，有云《西厢》【麻郎兒】「忽聽、一聲、猛驚」，【太平令】「自古、相女、配夫」，爲六字三韻最難。今按「自古」六字在末劇，然則元何嘗分末劇爲《續西厢》耶？且抑何嘗不並許耶？（同上卷五末所附）

從來賦《西厢》辭，自唐人數詩後，宋有詞，金元有曲。金爲董解元《西厢》，元即是本也。《董西厢》爲是本由歷，本宜並觀，今卷繁不能載矣。且其中相同處，亦約略引證入論定内，無可贅者。特舊刻卷末有無名氏詩，凡百餘首，從夫人自叙借居寄柩，以至張生衣錦，皆紀一律。其詞最俚淺明，係俗子譜入，且徒費梨棗，無裨考覈，概從删去。只附唐宋迄今詩詞二十四首，以備餘覽。尚有唐伯虎題像一首，並徐文長和題一首，以本闕二句，不便補録。西河氏識。（卷末）

注釋

〔一〕錫山按：毛評本《西廂》正文作「夫榮妻貴」，與别本「妻榮夫貴」不同。

〔二〕錫山案：「楊柳外」，一般作「楊柳岸」。

西廂記演劇（二卷，清康熙中葉刊本，廣陵李書樓參酌，吳門朱素臣校訂）

目次

卷上

首折家門（按，書前總目未列目）

毛大可曰：幺，後曲也。唐人幺遍，皆壘唱，故後曲名「幺」。陸機賦：絃幺徽急。

第一折　奇逢（目録作游殿）

游殿（目録作奇逢）

汪蛟門云：【點絳唇】四調皆張生唱，琴童默然一語，豈不呆煞！却借「雲路鵬程」四語，寫出張生平日攻苦、才學，更妙。不然，張竟自贊矣。【村里迓鼓】九調，舊俱張唱，鶯、紅登場，竟不吐一辭，成何關目？此元本止供觀覽，難於上場。茲借「隨喜」九句作鶯唱，雖非作者原旨，然與夫人著鶯、紅殿上閒散心要一遭轉合，且女兒家數羅漢、參菩薩，自有情態。以張生緊接「正撞着五百年風流業冤」，文勢陡斗建。中間串插紅、法，俱針縫相連，于元本不增減一字，不過更換一二人口吻，更有移宫换徵之妙，真屬匠心。賢者覽此一闋，全本便可類推。

毛大可云：「顛不剌」，俗解甚惡。即徐天池、王伯良，以「顛」作輕佻起鶯凝重，亦非。「顛」，即顛倒，猶言没頭緒也，言顛顛倒倒的看了萬千，今纔看著也。「顛」，張自指，不指所看者。「不剌」，北襯詞，隨字可襯，不專襯「顛」。

蕭研鄰云：柳煙雀喧，梨花塔影，去後景也；蘭麝留香，珠簾映面，去後象也；春光眼前，秋波一轉，去後情也；開府墻高，梵王宫遠，去後思也。

第二折　借寓

汪蛟門云：借厢問齋，俗優科諢，鬨堂絕倒，不知何所師承，每見欲嘔。若依元本，張生自言自語，兩僧竟似木偶，特借【迎仙客】一調，又借【鬭鵪鶉】下半調，與法聰唱，絕妙問答，絕妙詼諧，爲張生自叙家門，略添法本官白數語，更爲有情，中又借數句與琴童唱，點綴生姿。此折遂變俗爲雅，又無冷寂之弊。

金聖歎云：「不做周方」句，無序無由，斗然叫此，是從張生一夜心口想問處總掇出來，真是文人之筆。

湯若士云：「雖不能」二句，只求一看者，大抵始初時亦作如是想耳。

毛大可云：【煞尾】「乍相逢」一語，宜入第一折，而結在此者，爲下折見鶯地，與「比初見時龐兒越整」句相應。

李書雲云：一見紅娘便云「將小姐央，夫人央」，癡人説夢，不足盡之，此譫語也，妙妙！

第三折　聯吟

汪蛟門云：玉宇銀河，月色花陰，確是拜月正文。此屬鶯唱，天然芳心自警，漏出女兒春思。夜深香靄，憑檻長吁，此正引出張吟而鶯和也。至鳥飛花落，夜景沉沉，借紅點綴，極有情致。

邵赤文云：諸曲前後多矛盾，而【東原樂】一曲尤甚。如「恰纔悄悄相問」一語，癡人必以爲真問真應矣，【聖藥王】隔牆酬和，【絡絲娘】相思折正，與此問應徯幸，俱非大解人不得。

毛大可云：本自怨恨，反曰「怨不能，恨不成」，蓋到此怨恨都加不得矣。四語繳上曲「有一日」至末，一氣掉轉，大抵怨恨不加處，自有一絶處逢生之法，所謂妄想也。

第四折　修齋（目録作鬧齋）

汪蛟門云：「梵王宫殿」至「檀越來到」，屬衆僧唱，正是本來面目。「侯門」二句，確是聰對張語。【甜水令】一曲，屬聰唱，以可意他家怕人知道一語，尤是當時情景。删去串五方惡套，最雅。向來頗怪五方祝詞謬引古人，絶無文理，足供大噱。

毛大可云：【錦上花】互參鶯、紅二曲，一調笑，一解惜，如搊彈家詞，於鋪叙中突攙傍觀數語，最爲奇絶。妄者以北曲每折必一人唱，一概删去，則了措矣，烏知作者本來元自恰好如此。

第五折　寺警

汪蛟門云：《寺警》一篇，極寫嬌女兒愁態，原本淋漓，無可假借，就中以閑情冷語，作紅娘口吻，略增一二官白，遂鍼線相引。【六幺序】一曲，作合唱，尤爲警策，庶不冷場。

毛大可云：自【八聲甘州】至【寄生草】曲，總是閨詞，然分二截：「厭厭」至「氣分」，猶多自傷；「往常」至「無人間」，則全是懷生矣。王元美稱爲「駢麗中情語」，何元朗謂「雖李供奉復生，何以加此」，良然。

又云：【後庭花】三曲，凡三策，分作三段。第一來起至齠齔一段，是獻賊一策；代從軍至全身一段，是自盡之策；都做了至秦晉一段，是退兵結婚之策。末策是本意，然以逐節遞入，故妙。

第六折　解圍

汪蛟門云：此折太長，分作兩折，登場自爾休暇。

毛大可云：【耍孩兒·二煞】徐天池謂末二句難解，蓋此曲總頂生激己來言，從來欺硬喫苦，你莫因親事情急，唐突我也，使我不去，而將軍不來，亦空耽風月耳。若我則一諾無餘事矣。倘空言賺你，萬一差失，豈不大羞慚哉！此真自許，並折其激己處。別本解作謔生，則軟硬二語不接，且以「不志誠」言指生，增「你」一字，則書非言詞，別有言詞又不得，大謬。

第七折　請宴

汪蛟門云：請宴正文，自屬紅娘，張生難于攙入，却借【快活三】一曲，與【朝天子】中「才子多情」三句，作張生語，不惟自長聲價，亦且警動鶯鶯，可謂思入神化。

毛大可云：【醉春風】曲「帶烟」句，勿作「玳筵」。「帶煙」和月對起，【醉春風】固如此。且「開」屬東閣，用平津侯開東閣事。【小梁州】曲「則見他」一氣至「龐兒整」止，秪「萬福先生」四字是答生拜揖語，此是以曲代白法。

又云：【上小樓】「請字兒」二句，應賓白「小生便去」、「可早鶯鶯」二句，應賓白「席上有姐姐麽」句。言既連忙答應「去」字可，又早將鶯鶯以姐姐呼之。如此諾諾連聲也，數語一氣。「可早」，又早也，與前「可早來也」同，與後折「可早嫌玻瓈盞大」不同。舊註謂若鶯鶯呼之，當如何諾諾連聲以應耶，則不特「可早」二字無理，即鶯鶯、姐姐諸字，疊沓皆不通矣。

徐天池云：【朝天子】曲，四段整然，妙妙！上三段言張生之如此，末一段言己助成之如此，矜功也。

第八折　停婚

汪蛟門云：官白添紅娘，此酒爲何而設，遂以【五供養】作夫人答詞，最冠冕。【幺篇】中「做一個夫人也做得過」，大家閨閣，如何作此醜語，改屬紅娘，極爲得體。【慶宣和】曲中「門而外」三句，改屬張生，却是瞥見鶯鶯情景，與下「倒趓，倒趓」，方有關會。【得勝令】、【甜水令】，改屬張生，分明是賴婚後情事。【折桂令】上半曲，從紅娘口中説出，張生不肯飲酒，兩人淚眼偷淹，真是傳神。【喬牌兒】做紅娘埋怨夫人，【清江引】結尾「下場頭那裏發付我」，作紅娘自歎，最爲有情。【殿前歡】結語，天生爲紅娘聲口。此折中所增科白，煞有苦心，補救作者不少，以此登場，那得不令人叫絶。

毛大可云：「一杯悶酒」六句，順文自曉，索解實難。承生辭酒來，言不勝醉者，可因酒乎，因我耳；若因酒，猶較可耳。或誤認末句爲勸酒釋悶，便索然矣，始知順文亦非易也。

第九折　聽琴

汪蛟門云：以【鬬鵪鶉】一曲、【紫花兒序】半曲，作張生彈琴寫恨正文；【綿搭絮】一曲，作張生隔窗細語，傳情苦思，信有神會。

徐文長云：「人間玉容」著「繡幃深鎖」，是怕人搬弄，此則有理矣。嫦娥在天上，裴航又未必作遊仙之夢，升騰以犯之也。天公何用怕其心動，而用月闌圍嫦娥於廣寒之内，亦若人間之繡幃深鎖耶？此所以怨天公也。蓋受母拘禁，而亦並爲嫦娥伸冤，此深得懷春之情。俗本於「則似咱」上添「這雲」二字，却不知是月闌，未嘗熟看賓白故也。

毛大可云：【天淨沙】二曲，暗寫琴聲，後一曲明寫琴聲，至【聖藥王】則有寫琴意，漸轉入曲弄矣。此一步近一步法。

卷下

第十折　傳情

汪蛟門云：雙文情思，君瑞病態，借【混江龍】而結語與【油葫蘆】一曲，令紅、琴分訴，兩兩對照，天然貼切，無限丰神；又借【青哥兒】二句，見君瑞封書，精細、至誠，真有偷雲换月之妙。此折舊科，琴童惡狀，最不可耐。雙文既有狡獪青衣，君瑞豈無伶俐童子？自請廻避，不獨大雅，而且得體。

毛大可云：【天下樂】一曲，承上曲「一樣」來，言兩人相思，害作一樣，始知「才子佳人信有之」也。特我看自己亦有乖性，或者遇有情而不得遂，當亦一樣，但他有抹媚，我無抹媚，直害死而已。此借己之不一樣處，以見兩人一樣之妙。「抹媚」猶妝喬,「三思」即抹媚也。

徐天池云:紅娘諸曲,多掉弄文詞,而文理每不甚妥貼。正模寫婢子情態,用意如此。

第十一折　窺簡

汪蛟門云:雙文曉睡無聊,見柬驚起,非借【普天樂】四句,不能寫其情狀,不足明其身分,分屬鶯唱,饒有佳致。

湯若士云:【普天樂】曲,則見三句遞伺其發怒次第也。皺眉,將欲决撒也;垂頸,又躊躇也;變朱顔,則决撒矣。

金聖歎云:【快活三】一曲,寫紅娘妙口,真是妙絶,輕輕將其一個「慣」字,劈面翻來,便成異樣撲跌,蓋下文鶯鶯之更無一言,正是遭其撲跌也。

李書雲云:《窺簡》一折,絶大文章,全本關鍵。李日華盡皆抹去,誠爲恨事。

第十二折　詩約

汪蛟門云:君瑞忽得報書,喜出望外,借【四煞】六句,正爾明其珍重,且指示紅娘,頰上三毛,傳神在此。

金聖歎云:【二煞】一曲,乃至爲勸駕之詞,此豈慫恿張生,正以鶯鶯相瞞,暗肆詆刺,不復少惜耳。聖歎此評,亦看詞隻眼。

第十三折　跳牆(目録作踰牆)

汪蛟門云:春宵風景,二美同聲,如聞喁喁細語。【喬牌兒】却是張生口吻。【雁兒落】與【得勝令】半曲,作鶯鶯變卦正文,似意嚴詞正,而暗相勾引,正在此一調换間,神情逼肖。

毛大可云：《西厢》譜《會真》耳，三五之召，《會真》自懟其意，此正胡然胡然處。近有盱衡抵掌者，斷謂見簡以怒紅之肆，召生以後恨生之愚，則《會真》未嘗有開簡前幾曲子也。若謂《會真》作法，須仿《崑崙奴傳》爲之，則小説家亦須著律令矣。李卓吾評《西厢》，了無是處，而獨於此折云：「若便成合，則張非才子，鶯非佳人。」最爲曉暢。《會真》之奇，亦秖奇此一阻耳。且即此一阻，亦無他意，忽然決絶，即倏然成就，是故奇耳。必欲盱衡抵掌，强爲立説，而删改舊文，無一字本來，嗟乎，亦獨何也？

金聖歎云：【雁兒落】二曲，處分最奇。坐堂是小姐，聽勘是解元，科罪是紅娘，煞是好看。【煞尾】重作雙結：「息怒嗔波卓文君」，此結雙文；請大人打鼓退堂，「游學去波漢司馬」，此結張生。犯人免供逐出，妙妙！

第十四折　問病

汪蛟門云：將【天淨沙】、【調笑令】兩個「你」字，换作「我」字，便成張生絶妙語，可謂點睛手。

毛大可云：徐天池欲移【聖藥王】曲於【東原樂】後，以爲上下語勢不合。不知【禿廝兒】後，必次【聖藥王】，此調例也。且【禿廝兒】言無衾枕，雖來無歡也；【聖藥王】言未必來也；【東原樂】言若果來，雖無衾枕，猶無害也。文勢最順，徐不深解耳。

又云：兩次傳簡，何以不復，此處頗費措置。作者著眼俱在下一折内。如初次約生，下一折是跳牆，則於訕怨中盡情相許，以起下不成就意。二次約生，下一折是合歡，則於驚疑中盡情撇脱，以起下成就意。總是抑揚頓挫之法。

第十五折　佳期

汪蛟門云：此折天成，無可更换。但【元和令】一下四曲，當場不便演唱，屬紅窺覷摩揣，更爲入情。復以【煞尾】六句，借紅口中寫出女子破瓜後一時顏色，遂爲艷筆。

毛大可云：前七曲一節，後十曲一節，俱極刻劃。詞隱生云：「檀口搵香腮」句，最難解，生口無點檀理，自稱「香腮」又不當。搵者以手搵物，如搵淚之搵，從手，此推就之際，似羞其不潔，而拉口在頰，真刻魂鏤象之語。

詞隱生云：「檀口搵香腮」句，最難解。生口無點檀理，自稱「香腮」，又不當。「搵」者，以手搵物，如「搵淚」之「搵」，從手。此推就之際，似羞其不潔，而拉口在頰，真刻魂鏤象語。

李書雲云：觀巧辨折「怎凝眸，則見鞋底尖兒瘦」，則「檀口搵香腮」，出紅娘之口爲妙，不則難以登紅氍矣。

第十六折　巧辨（目録作巧辯）

汪蛟門云：《拷艷》以夫人爲主，豈可無由，故以【紫花兒序】八句見看破情面，以【金蕉葉】一曲爲推問口氣，只此已是代他無可更此折生色處，全在科目賓白增改有情，與曲理承接自合，遂覺耳目一新。

李書雲云：老夫人一不合幼女孤兒寄居蕭寺；二不合令女游殿；三不合月輪高時做齋，男女混雜，名播飛虎；四不合聞警不論僧俗許配；五不合停婚許而不與。婦人見淺，全無主張。紅娘一眼看破，跳牆寄簡，無所不可。至拷紅時，舌若懸河，縱横自如，文人之筆，皆從此中透出毫光。向稱其治家嚴肅，堪噴飯耳。正位乎内者，當三復《西廂》，以爲殷鑒。

第十七折　送别

汪蛟門云：離情別況，就原文節節更換。添官白數語，便彼此呼應有情，針縫相對，曲盡匠心，雖起作者問之，定爲心折。

毛大可云：此折凡三截，首至【叨叨令】，將赴長亭時語；「下西風」至「長吁氣」，餞時語；「霎時間」至末，别時語。

又云：【上小樓】曲「稔知」二語，較前「恰告了相思廻避」二語，又進一層，言年少薄情，始多離棄，全不想我輩情深，非是之比，不容離也。然且今必離者，得無謂與相國作婿，不招白衣，必夫榮妻貴而後已耶。以我言之，但得並頭已足矣，何必爾爾也。此節從來誤解，致使鶯口中突作無理誇語，可笑已極，而陋者又復盱衡抵掌，謂從來妻以夫貴，而此則夫以妻貴。嗟乎，哀家梨蒸熟久矣！

第十八折　驚夢

汪蛟門云：此折自【新水令】至【清江引】生旦分唱，【慶宣和】以下，俱張生一人唱，雖體製如此，然未免少情。兹將【甜水令】作鶯鶯語，【水仙子】作兩人對賊語，仍生旦分唱，到底與體製無傷，而關目轉自有致。

又云：以一夢竟結，有餘不盡，最耐思量。續四折原屬蛇足，且詞令淺俗，删之，真爲鐵筆。

徐天池云：天下事原是夢，《西厢》、《會真》，叙事固奇，實甫既傳其奇，而以夢結之，甚當。漢卿狃於俗套，必欲以榮歸爲美，續成一套，欲附驥尾，反坐續貂，惜哉！

駱金卿云：第一段，「望蒲東」至「何處」也，如孤鴻别鶴，落寞悽愴。第二段，「是人呵」至「白馬來」也，如牛鬼蛇神，虚荒誕幻。第三段，「綠依依」至「何處」也，如夢蝶初回，晨雞乍覺。

毛大可云：元詞多以驚夢想離思，如《梧桐雨》、《漢宫秋》類，原非創體，況此直本董詞，毫無增減，謂《西厢》之文，青出於藍可也，必欲神奇儻恍，謂《西厢》能作鄭人蕉鹿之解，吾又不知之矣。嗟乎，癡人之不可説夢乃爾！

又云：元本參唱，此屬定例，陋者不解，秪拾得北曲不遞唱一語，遂以爲無兩人互唱之例，致將【喬木查】四曲改生在場上聽，且在場内唱，千態萬狀。又將【甜水令】三曲，或註是生唱，或解是生代鶯唱，無理極牟。嗟乎，古詞之遭不幸，一至於此！

李書雲云：家藏元本《西厢》，兵火之後，不可復得。坊本多舛錯，當以毛大可本爲第一，且引據本之元劇，辨解參之董本，固足貴也。若金聖歎，擅爲改竄，多出杜撰，而筆下又雜野狐禪，語雖行於世，付之蕉鹿可耳。

又云：是劇曲中襯字，悉與本文差小，分晰既當，即可爲後學譜式。但賓白多不合北音，必有哂之者。然南人歸南，北人歸北，亦無傷也。（終）

西厢正錯（一作《西厢辨僞》）（録自康熙抄本《西來意》，并用康熙刻本作校）（鴛湖褚元勳芳型氏偶筆）

一、改换關目

一、横分枝節 ·一二四一

《西厢》正錯（一作《西厢》辨僞）

《西厢記》不知何人所作，或云王實甫，或云董解元。《輟耕録》則載董作。陶儀客，元人也，當非漫傳。今董有別本《西厢》，乃彈唱詞，非打本。漱者叙則云：得之董解元原稿。尤可徵也。（《西厢》一書，昔人稱爲化工，非騷人詞客擬議思維可到。）爲王爲董，造物特（刻本作或者）假手其間，以發其靈奇慧巧。即使董、王能作，輟筆之後，即欲復作一字不能。此如天籟所發，疾徐和怒，時至氣行，即有過量不及量處，亦無從追易也。（近有）貫華（堂僞本），將原本從頭竄易，全非本來面目，而猶冠以「西厢」二字，何異山魈冒竊人形，意欲取媚于人，到底本相盡露。貫華（才子，其無始禀受來），只有小説伎倆，故（童年一見）《水滸傳》，（如逢故我。因遂沐浴寢處其）中，（即有）竄易，自見鋒穎，人亦以此見許。彼遂（矜誇自得，便）將此（一）副伎倆，逐處施去。施于《小題》，一《水滸》也；施于《西厢》，亦一《水滸》也。夫《小題》爲昔聖賢傳神寫照，其不可以放浪自喜也，固矣。若（夫）《西厢》，爲言情之書，筆筆風雲，字字波俏，情在或出或没之間，意在若近若遠之際，（其靈洞恍惚），使人捉着，猶將飛去。而才子所説《西厢》異是，其寫張生，必粗狠莽撞，渾身是一個李逵。（辨詳後。）至其雄狐綏綏之狀，又似西門慶。其寫小姐，必易笑易哭，渾身是一個潘金蓮；做張做勢，又似閻婆惜。其寫紅娘，鬼頭鬼腦，渾身是一個時遷；忽然狠毒，又似石秀。只因才子止有一副《水滸》伎倆，心眼不能少變，遂欲將《西厢》作一例看。不知《水滸》與《西厢》，人物事情，各各不同。《水滸》一味爽快，《西厢》一味飄逸；《水滸》飄逸處亦皆爽快，《西厢》爽快處亦皆飄逸，將來一例看不得。才子未免多此一事，以至出乖露醜，彼猶喋喋于《左》、《史》、《莊》、《騷》，又將誰欺哉？世或不察，存僞失真，因略舉紕繆，列爲四端，以質原詞。諒具眼者（刻本作苟有耳目），自能辨析，然舛錯甚多，何堪殫述。

一、改換關目

奇　逢

開卷爲全部緊關，金謂（刻本作「開卷處，道）崔、張相逢，不在佛殿，便昧却作者立言本旨。（即應一炬付之，猶欲終卷卒讀者，非愚則痴。）

作者此書，正欲于色相空禪之介指點，今乃于「（正撞着五百年）風流業冤」句（緊接）上，（參菩薩，拜聖賢三句，此正色空相禪之介，陡然而變。文心靈妙恍惚，莫可言狀，此一部《西厢》緊關處也。乃于此一句上），横添入「那裏一座大院子，一發要去」，法聰拖住等科白，不但一片靈機妙箸全然不懂，將張（君瑞）亦寫作一個浮浪狂且，略無一些蘊藉，與上文雍容閑都氣象都（刻本作「全然」）不類。且即以文論，此句緊接在「參菩薩、拜聖賢」三句之下，則崔此時，顯在佛殿，乃謂相逢不在佛殿乎？

至《西厢》之有別院，本文自明。夫人開場便説（刻本作道）：「在這寺裏西厢下一座院子安下。」他日又云：「自今先生休在寺裏下，請來家内書院安歇。」崔（刻本作雙文）之居別院明甚，無勞聖歎（刻本作「才子」）具眼。

夫人命紅娘：「你看佛殿上無人燒香，同小姐閑耍一會。」今既云不在（刻本作「到」）佛殿，只在前庭，又何必襲其句云：「紅娘，你看前邊庭院無人，同小姐去立一會。」夫（人）停喪者，爲（既在別院，且有）潭潭相府眷屬（規模，此豈）非閑園空館可比，詎容人闌入者（乎），試問他前邊庭院（刻本作將）何時是有人時節，至改「閑耍」爲「去立一會」，彼以爲得體。（刻本作須你去看來？）雙文佛殿一行，去來飄忽，寫得一片驚疑，宛如洛水宓妃、巫山神女。抑知（刻本作今改作）門前倚立，已成（刻本作便是）潘金蓮簾子下行徑。雖（刻本作欲）抬高雙文，（正辱没）雙文（也。）却被辱没矣，奈何！（刻本作必曰千金小姐不出閨門，他日齋壇之會何以稱焉。）

假寓

「不做周方」二闋，是張從旅邸行到寺中，一路來心口自想之詞。與聰相見，在第三闋【迎仙客】上，今改于第一闋前，即與聰拱手，遂將「不做周方」，作認真埋怨和尚之語。張是何等人物，焉有魔頭魔腦，一直闖來，將和尚兜頭一喝（成何氣品？）此何異李鐵牛在潯陽酒肆中索錢，遽爾磨拳相待。

聯吟

紅娘代祝詞云：「願姐姐早配一個俊俏姐夫，拖帶紅娘咱。」今改爲（刻本作「入」）「願配姐夫，冠世才學，狀元及第，風流人物，温柔性極，百年成對」二十餘字，其雅俗冗倩，相去幾許。（有客許霞真，性善詼諧，一日在學圃荷亭啜茗，雜引他事，以銷盛夏。言及吴中有一胥郎，謁見當事，盛稱今科鼎元某老，的係治晚中表至戚，莫逆通家，性命骨肉之交也，時傳以爲談柄。今觀紅娘代祝，俱可稱詞令妙品。）

鬧　會

「梵王宫殿月輪高」，謂是十四初更，不是十五。張欲急看鶯鶯，故黄昏扒起，誤認十五也。其如篇首，原有法本引衆上殿，「今二月十五，開啓法筵，先請張先生拈香」科白。今突移在第二句「瑞烟籠罩」下，當日決非不諳晦朔弦望，而漫然下筆，待人捉綻。今觀通篇，但言夜，不言日，必自有故，枉自移山換海也。且【新水令】止六句，焉有分作上下兩半夜唱之理？高調方發，隨即輟弦停拍，多時（多時）然後接唱，音律不亦破碎乎？此（全本《西厢》未有之事，亦凡爲元）曲中未有之事。

解　圍

「不揀何人，殺退賊軍，願與英雄結婚姻，成秦晉」。此論發自雙文，所以妙甚。夫人、法本（諸人），一時見不及此。雙文胸有成竹，不惜和盤托出，果然張生挺身應命。鶯遂云：「只願那生退了賊者。」今將此語抹去，以此（刻本作改前）論發自夫人，謂形得雙文羞澀。豈有獻與賊人，不惜明言；結婚英雄，翻爲害口？看得雙文身分，反不若扈三娘了。

惠明既到蒲關，爲邏卒綁縛，膝行而進。將他一種威力神通，從頭削盡。

請　宴

「一緘書，倒爲了媒證」。又云：「這親事，倒虧了賊來也。」此語出紅娘口中，增多少香艷。今一筆抹去，于末處增張生科白一段，高叫：「孫飛虎，我的大恩人！索十千貫足錢，做好事追薦他。」前日追薦爺娘，止用五千錢，今用十千貫追薦賊頭。才子常説立言有體，不知此言之體安在？

停婚

落白，張生正以不能盡辭爲妙，所以夫人腸柔意轉，復留書院也。今易以一往抵突之語，如「忽以兄妹二字，兜頭一蓋，請問小姐何用小生爲兄，小生亦何用(刻本作真不要)小姐爲妹」；「上有佛天，下有護法」等語，一派駼徒口吻，也算是錦心綉口？

聽琴

張改弦彈《鳳求凰》科白，本在【聖樂王】下，今移在前【麻郎兒】下，並將(刻本作前)「其聲壯」一闋，「嬌鸞雛鳳」一闋，俱作和弦未成操時的話。前和弦，既有【天净沙】兩大闋矣，今又益以三大套曲，焉有和弦和了半夜，正彈只得數句？正不知對誰彈了也。

崔、張兩意方投，將紅娘掩來掩去，末後突出，大喝道：「甚麽夢中！」明明是時遷在翠屏山後，突然撞出，使楊雄、石秀陡然吃驚，忽作歡笑而去。

窺簡

聽琴，前晚也；命看張生，昨日也；回話，今早也。紅明有「今早回他話去」數語，俱抹去，將遣看張生、回話小姐，作一早晨事説。小姐遣紅，已起身幾時，至張生處，窗外立幾時，叙話幾時，寫書幾時，及至回來，小姐反未起身，銀缸猶燦乎？看《西厢》至此，直連日瞌睡未醒。

張生接得鶯鶯回書，讀畢笑云：「呀，今日有這場喜事，紅娘姐，和你也歡喜。小姐罵我都是假。」紅云：「試讀與我聽。」只此數語，何其蘊藉。今作張生跪讀畢，起立大笑，笑畢又讀，讀畢又解，解畢又笑，笑畢又讀，張解紅問，紅問張又不解，張解紅又不問(刻本作明)，問而又解，解而又讀，讀而又笑，衍成一片風話。寫得張生渾身獃氣、滿面魔頭，寫得紅娘全無乖覺。閱此一過，不覺嘔穢竟日。

問　病

「桂花摇影」一闋，在「小姐有一個藥方送與先生」白下。此時尚未授柬與張，便將贈方之意，隨口謅出許多藥名，明將書中機關逗破，使張開緘讀之，不覺失笑。今移在張生開緘之後，張既知情，紅復爲之蛇足，(暗已)不明，(明而)不明，豈非嚼蠟。

佳　期

鶯云：「羞人答答，怎生去！」紅云：「我小姐語言雖是强，脚步早已先行也。」片語便見無數風雲。今增入許多科白：紅云：「小姐去來，去來！」鶯不語。紅又云：「小姐没奈何，去來，去來！」鶯不語，做意科。紅又催小姐：「我們去來，去來！」鶯不語，行又住。紅又催：「怎麽住了？去來，去來！」鶯不語，行科。此全仿武大嫂在王婆樓上砑光，潘巧雲到海闍黎房中看佛牙，皆逐層逐層挨進去，全無一些大雅。

巧　辯

紅娘直説過了，夫人教紅娘唤鶯鶯來，此時母女(刻本作子)相見，有大家出口不得處，只好以一二語了之。今作夫人見鶯鶯放聲大哭，叫聲「我的孩兒」，鶯鶯又哭，紅娘也哭。夫人又哭云：「我那孩兒，今日被人欺負。」此四字完然從武大嫂口中抄撮來。雖是帷簿不修的事，也還要存大人家一分體面。

送　别

【四邊静】上，夫人一起車先去，此張與夫人總别也；【耍孩兒】五煞下，張别去，此與崔私别也，猶《琵琶》之有大分别、小分别也。今改夫人于張生去後方歸，又不與小姐同行，是何情節？

據云：北曲無兩人並唱之例，故不用鶯鶯唱，只用張生聽，遂將「走荒郊曠野」四段，作鶯鶯在内唱，一在外唱，便不算兩人互唱(矣)。誠何異掩耳偷鈴(，謂人不聞也。至寫鶯鶯之唱，直是鬼出；寫張生之聽，直是魂出。惡聲惡口，衍成一片風話，使人念不得，使人聽不得。向者偶閱一過，至今作惡未了)。

鶯鶯不被卒子搶下，卒子反被張生嚇下；鶯鶯猶在店中，醒來猶喚聲姐姐。全不知生滅關頭，業寃何時得了。如此看書，與他從何處説起。

「覺」字，是一部《西厢》結束，大主意所在。今將張生驚覺科白(洵手)抹去，改作張生抱琴童，叫聲小姐，全襲《西樓·錯夢》于叔夜抱文葆之事。《錯夢》本仿《驚夢》，已是拾人餘瀋；今反將《驚夢》去仿《錯夢》，可謂捨却本來無盡藏，反去咬人乾矢橛。

一、强作解事

奇　逢

「偏，宜貼翠花鈿」，「偏」字一讀，猶言獨妙，襯在「春風面」之下，「宜貼花鈿」之上，明贊其面之獨宜于貼翠也。今解作「雙文側轉身來」，不但摇頭側腦，雙文無此醜態；亦不知鈿窩在兩眉之間，古宫妝安黄貼翠，多在此際，此豈側轉身來可見？

「游藝中原」，張不過自表其尋師訪友、游學論文之意。遂云張是游于藝的，便是志于道的，豈不賽過冬烘百倍？

「行一步，可人憐」，言凡行一步，有許多嬌態。今解作只行得一步。若只行一步，下爲何有「千般裊娜，萬般旖旎」，許多描寫？又將「行一步」句，遥接前「偏」字，謂「側轉身來，便一步走進去了」。中間尚有【勝葫蘆】兩闋，形容許多語默行止,此豈一步間可得！而必以此爲「翩若驚鴻」,方爲活雙文,而不知摇頭擺腦,竟爲醜雙文也。

「襯殘紅」一闋,從雙文歸途,迤逦追踪而至。言其一路俄延,傳出無窮心事。若只在自家庭内,芳徑香塵,却從何處寫來？豈張(生)與聰,闖入内庭,作如許輕狂乎？總欲遷就其不到殿上之語,便如敗絮行荆棘中,不覺處處挂礙。

明明説「打個照面」,明明説「臨去秋波那一轉」,而必曰張生調謊,雙文實未見張生(也)。以雙文胸有情苗,眼具慧力,不痴不瞎,豈有當面茫然！如曰一見張生,便爲售奸,則後文「聯吟」、「聽琴」等劇,俱可一筆删却,《西厢》直可不作也。

聯　吟

「羅袂生寒,芳心自警」,是張自寫其初學偷香、心驚膽戰之狀,故下遂接「側耳」、「躡步」、「悄悄」、「潛潛」等句。乃云此二句是説雙文,謂張算到夜深,其袂必寒,袂寒其心必動,心動必悟夜深,夜深必要燒香,燒香必要急去。此等見解,想從「哭白丸子」上得來：某甲于市中,見賣白丸子者,遂號慟不已。人問其故,則云：「白丸子乃款冬花所造,款冬葉似枇杷葉,枇杷葉似驢耳,驢耳似馬耳,我對門馬二老官死了,因此痛哭。」才子錦綉肚腸,曲折往往類此。

「一更之後,萬籟無聲」,因下有「角門兒呀的一聲」聲字,遂謂此無聲,是即不聽見開角門聲也。「萬籟」二字(出于《南華》),可惜將來放在門角落裏了。

「直至鶯庭」,是設想如此。倘得邂逅也,便道一更之後,猶然萬籟無聲,他也無禮,我也無禮,遂爲排闥上床之計。此便是黑旋風等不得一清道人回話,半夜裏獨上二仙山,斧劈羅真人的氣質,恐張生未必豪舉至此。

「香烟人氣,氲氤的不分明」,亦只借説如此。乃以「香烟」二字,接前燒香,遂以「人氣」二字,接前長歎,謂「雙文一歎如許濃至」。(妙哉雙文,)腹中竟有似窑烟者。

「忽聽一聲猛驚」，又道是關角門的聲，不知下句緊接「撲刺刺宿鳥飛騰」也。

鬧會

才子動稱《西厢》妙文，絶類《左傳》，從未見其指出《西厢》何折，與《左傳》何篇相類。止引「澗溪沼沚之毛」四句，謂四句只是一句，一句只是一字，用以證「淡白梨花面」四句。（三家村裏八九歲孩子，甫畢經書，從鋪子上買得《必讀古文》一册，開章第一篇，餘姚先生已作如此講解，其伶俐，又不必若此講解。）才子屢誇《左傳》，探討豈竟止此。

解圍

彼謂是舉竟無中策，用獻與賊人，先出下下策，以起傳示兩廊之下策，謂雙文未免孟浪。要知雙文不是泛然召募料（刻本作兩廊僧衆）中（有）如錐處囊者在耳（刻本作幾人耶）。雖在危急存亡之秋，未必孟浪至此。（刻本作此事豈是孟浪得的？）

請宴

紅云：「奉夫人嚴命。」張遽答云：「小生便去。」于紅娘口中，漏却「請」字，正與下「請字兒不曾出聲，去字兒連忙答應」，關照得妙。今將下二句，改作「我不曾出聲，他連忙答應」，（竟不知該出何聲，彼答何應也。）不知（刻本作且）紅娘早有「奉夫人嚴命」一語，已曾出聲過（刻本作過來）。（何）于詞理承應處，全無一些照顧。

「來回顧影」，特將無鏡作波瀾，（買）[賣]弄風騷也。乃解作張已出門，忽又回來，相頭相脚，遂有許多封米瓮、蓋菜瓶之事，下一「事精」四句，謂即贊此，以爲養得鶯鶯活也。夫養得鶯鶯活，而須米瓮菜瓶耶？將張解元作武大一流人看，豈不是賣菜傭的話！

聽琴

謂紅娘不以張情告崔，令張自以琴挑，直以小姐守禮，紅娘知分，不敢以閫外之語相干，不敢以卑賤之言上瀆。此時尚作如許夢話，必若所云，阿紅在二月十五日以前，斷不得以二十三歲之言進矣。此皆不將眼光通顧前後者也。

傳　書

「嗤，搶做了紙條兒」，此紅娘故作波瀾，乃不幸言而中。遂謂紅娘早早猜破，斷無便與傳去之理，下文何以又有「放心學士，我願爲之」等句。要之：紅娘事事布景，言言帶謔，一味認真不得。

「管教那人兒探你一遭兒」，謂故做此滿意語，反挑下文之不然也，眼光又看得忒近了。紅娘一身義俠，然諾必誠，意氣不減古押衙，此語既已出口，正爲他日就歡立案。

窺　簡

「將暖帳輕彈，揭起梅紅羅軟簾偷看」一闋，寫出侍兒從容次候，無數小心。今看作放肆輕忽，道紅娘挨身進房，將帳兒一彈，彈帳不覺，揭簾偷看，全副是時遷偷鎖子甲行徑。閨閣中有禪禮，粗人那得知。

雙文看見紅娘，不問起回音，便道雙文覷破紅娘輕忽，故作倦怠，及至妝盒得書，便一時發起威來。此便是閻婆惜見宋江，作病作嗔，不通一話，忽然拿着招文袋，便放出嘴臉。獨不道傳情遞柬，第一要捉空便的，不是説了便走，走來便遞。（人之有目，甚可畏也；耳屬于垣，不可度也。）紅所以遲遲至今早，崔所以緩緩不急問也。（情私中有神理，粗人那得知）。

「幾曾見，寄書的顛倒瞞着魚雁」五段，固是紅娘不平之鳴，然一味藴藉尖酸，略無憤怒之色。乃曰惡罵惡詆，曾不少顧，至云「毒心銜，毒眼射，毒手揮，毒口噴，千毒萬毒，欲殺欲割」，將紅娘全然看做石秀拿奸一例，詞間並無此態。前云：「紅娘守分，必不敢以卑賤上瀆。」自家説過的話，也曾想一想否？

逾　墻

紅云：「我去鬬了角門，怕有人聽咱説話。」此正是紅機鋒藏不得處，明知小姐暗勾下人，特爲點破。此處反看道紅娘怕事，借端抽身，與前說「千毒萬毒」等語，了不相顧，又看得紅娘全無乖處。

問 病

崔之用情，大約不欲明言，要人意受。以紅之機警，未免鋒穎太銳，失于回味。若此之贈方，却從紅「昨者病患要安」一語生出，明是以意語意，不復別作公案也。紅亦言下瞭然，略無猜疑，一路點逗，見面嗟憐，皆帶三分尖酸，二分諧謔。乃曰：不通風縫，全無捉摸。仍作前文答簡時一例看，眼力不能少變，又看得紅娘全無乖處。

佳 期（抄本無此則）

「瀟灑書齋，悶殺讀書客」兩句，自作開闔，言如許瀟灑的書齋，宜無悶不破，今偏悶殺，甚言悶不可解也。今即將「瀟灑」二字作悶用，言雙文不來，故猶然瀟灑，豈雙文一來，遂加熱鬧乎？說得張生一團俗氣，抑且看得雙文渾身羶氣。

巧 辯

收尾「來時節，畫堂簫鼓鳴春晝」一段，作多少歡喜之詞，且自誇其功伐也，便可省却許多榮歸合卺俗套。今偏解作悶辭，（真是別有肺腸）。

送 別

「馬兒慢慢行，車兒快快隨」，謂一慢一快，一路趕上。（車在馬右，馬在車左，男左女右，比肩並坐，此衛靈公與夫人招搖過市景象，不意于長亭復見之。）

且元本是「迍迍行」，世本誤作「逆逆」，今又改作「慢慢」，以訛傳訛，去之愈遠，說見本折。（刻本作：某甲主觴政，適當春雨，拈一口令曰「春雨如膏」。其乙曰「夏雨如饅首」，蓋誤「膏」爲「糕」也。其丙曰：「周文王像炊餅」，又誤「夏雨」爲

「夏禹」矣。若使其丁奉行，又不知作何許語。今「慢慢」之與「迤迤」，何以異是。）

鶯夢

彼謂北曲不用兩人唱，故藏過鶯鶯（而）在内唱，便不算兩人唱矣。豈知鶯鶯在長亭別去，草橋店中，原無鶯鶯（也），（張生夢中所遣，即張生魂之所變也。）此時猶執爲兩人乎。（何異撲莊生之蝶，爭鄭人之鹿哉。語云痴人前不可説夢，洵然。）

一、竄易字句

總評

《西廂》妙在正文之飄灑，尤妙在襯文之倩利。（風流蘊藉，真所謂天姿國色也。）今易以一往武夫（慨）氣、市井（渾）氣。彼則標指見月，此必刻舟求劍；彼則點睛欲飛，此必畫蛇添足；彼則拈花微笑，此必厲嘴張牙；彼則非馬喻馬，此必騎驢覓驢：不但靈蠢霄壤，抑亦雅俗冰炭，（略不會心，毫無咀味）。又元本曲白，俱用北音，往往易以吴語，面目頓改，聲口並失。最可笑者，通本中横添入無數「你」字、「我」字、「他」字，每篇有之，每段有之，甚至每句有之。如「奇逢」：「我明日透骨髓相思病纏，我當他臨去秋波那一轉，我便鐵石人也意惹情牽。」如「停婚」：「他其實咽不下玉液金波，他誰道月底西廂，做夢裏南柯」；「他酩子裏揾濕香羅」，「他眼倦開」，「他手難擡」，「他斷難又活」；「你低首無言自摧挫，你不甚醉顔酡。你嫌玻璃盞大，你從依我，你酒上心來較可」；「你今煩惱猶閑可，你久後相思怎奈何？」此蓮子胡同中聲口，使人念不得，使人聽不得。如此等類，莫可殫述。

奇逢

「怕你不（元本「刻本作「竄」」「空」字）雕蟲篆刻」，「有幾個（元本「刻本作「竄」」「兀的不引了人」六字）意馬心猿。」不知此六字如何添上，如何解說。

「這邊是（元本「刻本作「竄」」「你道是」）河中開府相公家，那邊是（元本「刻本作「竄」」「我道是」）南海水月觀音院」。張因聽有「河中府小姐去遠」之句，故接口云「你道是河中府小姐，我道是海南院觀音」（刻本作南海觀音院）也。若「那邊」、「這邊」，（聽上人從幼剃度此山，豈不知之？）何須你（今日）來分剖？

「我明日（元本「刻本作「竄」」「怎不教」）透骨髓相思病纏（元本「刻本作「竄」」「染」字）」，請問何以必在明日？

假寓

「不要香積廚，不要二字增枯木堂，不要（元本「刻本作「竄」」「怎生離着」）南軒，不要（元本「刻本作「竄」」「遠着」）東墻」。凡經上文有此一二字，下便連片接去，不管文理之安不安，以爲痛快。

「得他時，我定要三字增手掌裏奇擎」。此三字真所謂下命釘也。

【耍孩兒】五煞，怨夫人有之，怨紅娘有之，怨小姐有之，自怨亦有之。乃于五段之首，每加「紅娘」二（刻本作「兩」）字，第一段「紅娘，你自四字增年紀小，性氣剛」；第二段「紅娘，你（元本「刻本作「竄」」「夫人」二字）忒慮過，空算長。（元本「刻本作「竄」」「小生空妄想」）」；第三段「紅娘，他三字增眉兒是增淺淺描，他增臉兒是增淡淡妝」；第四段「紅娘，我三字增院宇深，枕簟涼」。此自家家裏事，也來喚紅娘。不料聖歎看書，心粗至此。（刻本作某甲慕爲青樓之游，因平日見世俗稱青樓中人必曰「小娘」，是日每有所須必高呼「小娘」；凡飲食寢處之事，無不連呼「小娘」者，聞者莫不掩口。明晚歸卧家中，夢裏猶呼小娘，其妻大憤曰：「今夜當呼大娘矣！」特爲紅娘一笑。）

「下邊二字增翠裙鴛綉金蓮小，上邊二字增紅袖鸞銷玉笋長」。河中府、觀音院，要分個「那邊」、「這邊」，手脚也要分個「上邊」、「下邊」。事事四至分明，不然手脚亦恐人倒認，此才子看書最爲精細處。

聯　吟

「定要我(元本「刻本作「竄」」「便」字)緊緊摟定」，三字不但下命釘，渾是一種無賴口氣。

鬧　會

「燭滅香銷」下抹去鶯白，「那生忙了一夜」句，將崔與張無數關情處，全然抛却。

解　圍

「我只是三字增風裊篆烟不捲簾」，句首忽添三字，何異萬鈞頑石壓在頭上。

「相你二字增臉兒清秀，一定二字增性兒温克」。好一個風鑒先生！

請　宴

「封鎖過(元本「刻本作「竄」」「淘下」二字)陳删去「黃」字米數升，蓋好了(元本「刻本作「竄」」「煤下」二字)七八瓮軟蔓菁」，彼(刻本作「意」)謂若謙(其)筵席之薄，恐與下「金帳」「玉屏」等詞不合，故易作張生酸腐實蹟，且以爲(刻本作張生酸腐，酸不至此，腐不到此，況以此)養得鶯鶯活也，說見本折(刻本作此便算張生的冠世才學了)。

「正中是三字增鴛鴦夜月銷金帳，兩行是三字增孔雀春風軟玉屏，下邊是(元本「刻本作「竄」」「樂奏」二字)合歡令」。又要分出中間、兩邊，上邊、下邊來，恐鴛鴦帳不在中堂，孔雀屏亦非傍列者乎。「合歡令」脱去「樂奏」二字，(亦)不知是何名目，亦未必便應在下，請才子另行擺設。

「生成是一雙(元本「刻本作「竄」」「明博得」三字)跨鳳乘鸞客，怕他不(元本「刻本作「竄」」「俺到晚」三字)卧看牽牛織女星」。「跨鳳乘鸞客」，不兼兩人說；「卧看牽牛織女星」，又非單指崔也。(横加「怕他不」三字，純是一種無賴口氣。用事至此，盡成穢褻。)

停　婚

「除非説三字增我想思爲他，他相思爲我」。此三字（如何接得上？且此種）口氣，總非北音（中）所有。

「肚腸閣落泪珠多」元本（刻本作全竄）「江州司馬泪痕多」，此等句法，從何處搜索得來？有一新嫁娘，于花燭之夕，夢中小遺。其夫甚怒，遣歸。其母曰：「我女離母甚悲，因新婚不敢聲哭，故眼泪都從肚裏落了。」此亦可謂錦心綉口。

聽　琴

「不是我元本是（刻本作增竄）「令」字他人耳聰，知你（元本「刻本作「竄」」「訴」字）自己情衷」；「是爲二字增嬌鸞雛鳳失雌雄，分明怕伯勞飛燕各西東」。用字千牢萬實，略無一些餘韵。

「外邊二字增疏簾風細，裏邊二字增幽室燈清，中間二字增一層紅紙」。又分出裏、外、中間來。一帶房子，必要分別個那邊、這邊；一雙手脚，也要分別個上（邊）、下邊；一扇紙窗，亦要分別個裏、外邊（刻本作「外邊、裏邊」）：可謂表裏精粗無不到，上下四旁皆方正矣。

遞　簡

「遭横事（元本「刻本作「竄」」「因喪事」）幼女孤兒」，何其作不祥語也。「何干（元本「刻本作「竄」」「足見」二字）天地無私」，將感戴天地之詞，變爲呵罵，且「無私」二字，如何將「何干」二字搭上？文理種種若此，不知啾（刻本作「啖」）何物過日。

「弄得二字增沈約病多般」，此等字面，斷不是騷人口吻。

窺　簡

「我若遞與他，他必然撒假」。「撒假」二字，是雙文一生氣品，被紅娘鶻眼拈出，此是通本點睛處。後文喜怒其間、性難按納等語，俱從二字生來。竟將二語一筆抹去，（此語）全然不省。

「險些兒把娘拖犯」，紅自稱「娘」，雋妙異常。今將「娘」字改作「奴」字，風趣頓失，真是點金成鐵手。

逾墻

「你且（元本「刻本作「竄」」「一個」二字）潛身在曲檻邊，他今（元本「刻本作「竄」」「一個」二字）背立在湖山下」。作親對張生説，則張既見紅下，爲何又有錯摟（刻本作「摟慌之事」）。

「便是（元本「刻本作「竄」」「似」字）紅紙護銀蠟，便是二字增柳絲花朵垂簾下，緑沙便是（元本「刻本作「竄」」「茵鋪着」三字）寬綉榻」。「寬」字更加没理。

「良夜又增迢遥，閑庭又增寂静，花枝又增低亞」。叠三句寫來，文情何嘗不是一片。必用一字作綫，方爲貫串，此鈍漢縛卵之計，不爲巧手。

「嬌滴滴美玉無瑕，莫單看三字增粉臉生春，雲鬢堆鴉」。（從）中忽添入三字，（連上句播得穢褻之極），徹底是王乾娘口氣。

問病

張云：「紅娘姐，此詩非前日之比。」紅云：「哦有之三字增。」此吴音也。中如此類者甚多。

「俊的是龐兒俏的是心」，中間襯入兩「是」字，何其婉約多風也。彼（刻本作「遂」）將「是」字連片插入上下九句内，不管文理安不安，語氣受不受，一直數去，以爲痛快。

佳期

本詞盡褻矣，又添入許多「你」字、「我」字。才子佳人初歡之夕，遽作如許狎昵之詞，得毋有傷大雅？

巧辯

「那小賤人做了饒頭」，「小賤人」三字，替夫人説得好；「做了饒頭」四字，陪小姐説得好。一語之間，無數風韻（刻本作

「云」)。今改作「我紅娘做了牽頭」，此語便何消説得，令人意味索然。

「釋之以去其污」一語，是夫人最心折處，此事所以迎刃而解，他也(便)一筆抹去，(全折中便少商量)。

「他説(元本「刻本作「竄」」「道」字)紅娘你且先行，他説(元本「刻本作「竄」」「教」字)小姐權時落後」。「道」字、「教」字，口角輕雋婉妙，且分用二句，亦各虛實不同。今因夫人有「他説甚麽」之問，紅云：「他説夫人事已休。」聖歎(刻本無「聖歎」二字)遂將此二字連片用下，而不知其句法之各有相宜也。

送　別

「倩疏林你與我三字增挂住斜暉」；「你增供食太急，你眼見三字增須臾對面，頃刻別離」。「你」、「我」字(至此猶放不下)，「疏林」上也加去，飲食上也加去。(將何物何處不可加上，不必有詩爲證。)

「大家是三字增落日山横翠。」請問此三字，如何放上？

「方才還是(元本「刻本作「竄」」「笑吟吟」)一處來，如今竟是(元本「刻本作「竄」」「哭啼啼」)獨自歸」。此潘金蓮哭武大郎聲口。

「紅娘，你看他在那裏此句增入，元本無四圍山色中，一鞭殘照裏」。二句情景，在想望之中，何必看見，與(刻本作「何必」)不看見。必曰「你看他在那裏」，又下命釘矣。

驚　夢

將「驚覺」二字一筆抹去，大失作者本旨，夢無醒時矣。(刻本作「此時猶然做夢也，不知魔頭何時得醒。」)

一、横分枝節

總　論

元曲，一闋自爲一節，一節自爲一情，各有天然起落，界限井然，無煩別起爐竈也。忽然用右第幾節章法，横分枝節，不但頭腦冬烘，遂使首尾瓦裂。或割下段搭上段作一節，或截上段搭下段作一節，或從一段中，劃開作幾節，亦或將一句（來）截斷作兩節，或將界白填移（刻本作「移填」），或將關目插入。更可怪者，或截上段末一句，或二三字（刻本作「三字或兩字」），置下段首作領。不獨頭上安頭，（而）反使足加頭上。或割下段起一句，或三（字或）兩字，置上段尾作結。不獨脚下生脚，而反使首居足下。顛倒錯亂，割裂零星，莫可言狀，頓使文理周遮，音調破碎。今三吴有「碎剮《西廂》（，腰斬唐詩）之謡（，其爲不祥莫大焉。聞有《才子唐詩》，間過友人案頭，亦有此書。從來不敢索看，不忍又見少陵諸公身入苦海也）。

奇　逢

【上馬嬌】一闋，止四句，離爲三處，而將末句「宜貼翠花鈿」，搭倒第三句么，首句「嚦嚦鶯聲花外囀（刻本作「轉」）」作一節。東扯西拽，竟有車裂之勢。

假　寓

【哨遍】「待颺下」半句，作一節，「教人怎颺」半句，另粘下文作一節，全不按虚實呼應之理。

鬧　會

【新水令】止六句，將「梵王宫殿月輪高」二句，作一節，在上半夜唱；「香烟雲蓋結」四句，作一節，在下半夜唱。一言之間，遂分長庚、啓明之候。

傳　書

【天下樂】第一句「才子佳人信有之」，本爲下文「紅娘看時」數語作領，乃添「這叫做」三字在「才子佳人」之上，搭在上「一様害相思」下作結。（本句既曰「信有之」，復添「這叫做」三字在上，試問凡有目者，文理念得去否？）

逾　牆

紅云「張生背地裏口硬」數句，本在【清江引】「没人處只會閑嗑牙」上，所以合節。今移填【錦上花】中間，「迸定隋何」上，不知如何插入。

「香美娘處分俺那花木瓜」，本是【清江引】結句，在鶯未喊賊之前，紅在傍私窺，鶯將如何處分也。今移在【雁兒落】「一家兒喬作衙」上作起，此時紅既代崔處分矣，又何須復説此句？前着後着之間，所爭死活不少。

問　病

「不煞知音」四字，本在【禿廝兒】「凍得戰戰兢兢」末，今割「知音」二字，搭到【聖藥王】上作起，另爲一節。

【混江龍】一闋分八節。

佳　期

「佇立閑階」四字，作一節，「彩雲何在」四字，作一節。「愁無奈」三字，本【青歌兒】末句，移在【寄生草】上，又于三字上，添入許多科白，此三字竟似空中挂落。

巧　辯

「常言道：女大不中留」，本在【聖藥王】末，直移至【麻郎兒】「一個文章魁首」上，又移後紅云「乃夫人之過」一大段科白，隔在此句之前。不知【聖藥王】全是爲崔釋過，【麻郎兒】三闋，全是爲張解紛，話分兩頭，牽搭便謬。

「誰能够」三字，作一節，此三字正管到下「要人消受」上，文理方完。只三字分截，不知其所云「能够」者何等！

送　别

「此恨誰知」四字，在【滚綉球】末，移在【叨叨令】上，中間又插入鶯、紅科白一段。

驚夢

「做打草驚蛇」，在【喬牌兒】「疾忙趕上者」句下，移在【攪箏琶】上，中間增入張生科白一段。處處截頭去尾，使前調了而未了，後調起而不起。此全本《西廂》未有之事，亦凡爲元曲未有之事也。

他時見貫華堂《水滸傳》，歎其心眼尖利，可啓年少聰明。後見《西廂記》，不覺廢然，于他書不敢復閲。貫華主人，其自謂必天下之錦綉才子也。今觀《西廂》種種評論，遂使本相盡露：心肝生得粗惡，口舌生得叫囂，思路生得尖纖，筆意生得拖沓。曾一施于《水滸》，聊當劇談一出。其于《西廂》，不能更造心眼，出手不來，遂爾東涂西抹，衍成一片風話。偶拈一語，旋個不休；忽扯一淡，纏個不了；語語頂針，字字轉脚；漫漫若重霧，滚滚若飛灰。使人家子弟見之，損多少智慧，長幾許惡習。若李氏《藏書》所載古人事實，而批詞横肆無忌，如云「胡説」，如云「放屁」，成何詞令？此閭巷負販反唇渤誶之語，藝苑中從無有此。後生見之，徒以長其凌厲顛狂之習，其不得死，固宜也。今貫華《西廂》，信手涂竄，全副是閭巷發科打諢之習，略無一些風雅。後生效其恢諧，遂成終風謔浪。此樂府鴟鴞，詞場害馬，屬意騷壇者當急投諸水火，豈止與魏收藏拙？

看西厢(六卷，山東濟南府齊河縣高國珍注解)(日本天理圖書館藏稿本)(全録)

卷六 《看西厢碎評》

卷一 《看西廂文分節解》

序一 《看西廂總叙》

予少亦見《西廂》矣，而究不知《西廂》爲何物。予長亦讀《西廂》矣，而亦視《西廂》爲具文。至於今，其行且老矣，居恒之餘時，考《西廂》而三復之，意以爲庶乎其可以稍有所得矣。乃初讀之而茫然，再讀之而仍茫然，遂不禁掩卷太息，曰：「《西廂》文竟不可以易讀如是耶？」乃既而深思之，《西廂》素號才子書，且群稱必讀，豈可因其難讀，遂棄而不讀也哉。諺云：天下無難事，只怕心不專。則是天下事固無有難至者矣。《西廂》文雖難讀，苟盡其心以讀之，亦寧有不怡然以解、涣然冰釋者哉！由是奮志潛修，立意必讀，字求解，語求詳，晝加功，夜用思，如是者三年，而後《西廂》之微言大意，始略窺一斑矣。又苦愚性庸懦，善忘貽譏，捧讀之餘，雖亦間有所得，然亦暫解一時，而不能永久不忘也。於是又謬爲節解、句解、碎評、文評等書，以示書紳。豈炫奇哉，亦以爲看《西廂》地云爾。書成而弁其首，曰《看西廂》，其以是也夫，其以是也夫！

時

乾隆十九年菊月自叙　督陽居士（高國珍印）

序二 《看西廂又叙》

《西廂》之傳，傳以人乎？傳以事乎？抑不傳以人，不傳以事，而傳以文乎？如謂傳以事，而事固可醜；如謂傳以人，而人皆可鄙。然則《西厢》之傳，非傳以人，非傳以事，而傳以文也。顧文之傳也，亦不一，有傳千百世而不窮者，有傳一二世而即已者，更有傳當世而不能者。《西厢》文者，亦不知其作於何人，始於何時，而其嗜炙人口，傳誦不衰，至今猶新者，此何以故？説者謂是以其文之富麗也，以其文之雅秀也，以其文之有規矩、有法脉也。固也，而不盡然也。蓋文因事起，亦以情生。事雖實而情不至，則文亦不生；情既至而事即不實，而文亦自生生不窮。《西厢》之事，其有無雖不可考，而《西厢》之情，則深切而著明矣。情之既至，文豈不生乎？文生於情，又誰其厭之乎？無惑乎《西厢》之傳至今不朽也。彼讀《西厢記》，而或鄙其事，或鄙其人，或鄙其文之無足考者，其亦並未深察其情也夫。

乾隆十九年菊月自叙

督陽居士（高國珍印）

（一）《讀西厢辨》

世有謂讀《西厢》不如讀時文者，其説大謬。蓋時文爲青紫之津梁，而《西厢》即時文之金針。讀《西厢》而不讀時文，固無以取青紫；讀時文而不讀《西厢》，更難以得金針。況《西厢》之爲文，情皆俗情，理皆俗理。其爲言既易知，其曉人爲倍切。學者苟以《西厢》之謔語，當時文之正言，時而心曠神怡，則讀時文以爲青紫之階，時而氣昏志惰。則讀《西厢》以求金針之度，參而酌之，與時宜之，優而游之，熟復而玩味之，將見性可以適，情可以怡，執滯之人心可油然而生活，拘牽之胸襟亦旁通而無疆。安在金針之不能盡度也哉？安在《西厢》之不可與時文並讀也哉？吾願世之學者，自立崖岸，苦心斯道，以時文爲津梁，以《西厢》爲金針，而不爲俗論所惑也，則幸甚。

（二）《勸讀西厢文》

《禮·内則》云：人生十年學幼儀，十三學樂誦詩，二十而後學禮。程子云：天下之英才不少矣，特以道學不明，故不得有所成就。古人自灑掃應對，以及冠婚喪祭，莫不有禮，今皆廢壞。古人之樂，聲音所以養其耳，采色所以養其目，歌詠所以養其性情，舞蹈所以養其血脉，今皆無之。是以古之成材也易，今之成材也難。由是觀之，則樂之有益於人可知矣，是豈可以不學也哉！《西厢》，戲也，即今之樂也。有聲音可以養人之耳，有采色可以養人之目，有歌詠可以養人之性情，有舞蹈可以養人之血脉，是《西厢》之有益於學人也亦大矣。況論《西厢》之文章，其法脉最爲細密，其用意最爲曲折，其刻劃最爲透闢，其運筆最爲飄逸。學者苟潛心斯道而有得焉，寧有不能操觚爲文者哉？世之傖父不知《西厢》之妙，非以《西厢》爲淫書不可讀，即以《西厢》爲閒書，讀之無益。嗚呼！噫嘻，教學之不明，一至此哉！余本固陋，一無所知，然於《西厢》之妙，則不無所得焉。故不揣愚魯而爲之文，既以自責，且並勸世人云。

（三）《勸細讀西厢文》

《西厢》，固戲也，究不可作戲觀也。《西厢》，非文章也，切要作文章觀也。故鄙《西厢》者不可讀《西厢》，有躁心者亦不可讀西厢。蓋《西厢》文最細，必潛心玩味，而後《西厢》之妙以出。彼躁心者，既不能用潛玩之功，又烏能得《西厢》之妙哉？若而人者，即不讀《西厢》亦可。

（四）《讀西厢條例》

作文貴肖題，讀文亦要肖口氣，此一定之法也。吾於讀《西厢》，亦云：蓋《西厢》，人非一人，言非一致。讀《西厢》者，必揣摸其口氣，曲肖其神吻，方爲有得，方覺有味。不然，滑口讀之，便索然無味矣。是豈可與讀《西厢》也哉？《西厢》共十六出，有數百節，然皆一氣相生，若一篇然。讀者須按上下文氣讀之，庶乎有得。

（五）《西厢捷録》

《西厢》何爲而作也？爲張生得鶯鶯而作也。然張生非見鶯鶯，亦不思得鶯鶯也。非夫人命鶯鶯前庭閒散心，亦無由見鶯鶯也。張生即得見鶯鶯，苟非動之以才學，誘之以人物，亦無由得鶯鶯也。欲動之以才學，非鶯鶯燒香，亦無由動之以才學。即鶯鶯燒香，非張生借厢，亦無由動之以才學。欲誘之以人物，非張生托本追薦，亦無由誘之以人物。張生即托本追薦，非鶯鶯爲父做好事，亦無由誘之以人物。幸而燒香矣，借厢矣，張生托本追薦矣，鶯鶯爲父做好事矣，然非有飛虎之亂起於倉猝，白馬將軍適鎮蒲關，張生即有可以得鶯鶯之機，而亦無由得鶯鶯也。乃飛虎將欲肆虐矣，白馬降而解圍矣，斯即以鶯鶯妻之，亦孰曰不可。況退賊許婚，夫人實有成言，豈可以鄭恒之舊姻，忘先生之大恩乎哉？顧乃執一偏之見，悔金玉之言，致使張生大失所望，當亦神人所共憤也。當此之時，張生已垂首喪氣更無路矣，賴有紅娘爲之運籌，令張生彈琴以探其意，然後徐俟而爲之圖。此雖因夫人賴婚爲之不平，然亦可謂盡心於張生矣。至張生彈琴，鶯鶯心事已曲傳矣。而紅娘終不得無故回張生話也，乃紅娘忽云「張生要去，這却怎處」。此言一出，不惟使鶯鶯聞之失驚，真情可以吐露；抑亦使鶯鶯發言，便好回覆張生也。迨鶯鶯命紅娘款留張生，而其計得矣，鶯鶯心事可以覆述於張生之前矣。所謂得其意而可徐爲之圖者，此非其時乎？寄簡之托，張可謂能相機而動矣。使張書一到，鶯即刮目相待，豈不幸甚。孰意鶯孜孜一看，朱顔頓改，紅於此亦謂萬無可回矣。乃一經切責，一經恐嚇，鶯鶯遂心回意轉，以書相會，豈非不幸中之幸哉？使西厢待月而月輝，鶯鶯燒香而香靄，兩人一心，四目共照，將向之所謂徐圖者，而已立有其效矣。又何俟再爲約會，而後美滿其情，求無弗獲也哉。乃張生一至，鶯立變卦，無惑乎張生之一病郎，當不可救藥也。不可救藥而救藥，老夫人之乖呆，殊屬可惱；不可救藥而救藥，崔鶯鶯之妙藥，誠有足嘉。使夫人不覺，歡郎不言，紅娘不招，則始之邂逅相遇者終之，安知不地久天長耶？乃無何而夫人覺矣，歡郎言矣，紅娘招矣，則始之欲其久且長者，尚能保其久長也哉？幸也有紅娘之排解，張與鶯猶得如其初心，完其名節，不至大遺臭於萬世也，猗歟休哉！或謂夫人既無可奈何，把鶯鶯許配張生，就該花燭洞房，偕其伉儷，而又不即令成親，乃令其上朝取應得官回來，然後許成親事。使張鶯難割難捨，哭泣以送，夢寐不忘，豈非天地間一大恨事與？余曰不然。蓋張生之千方百計，無非欲得鶯鶯也。使鶯鶯不得，誠爲終身之恨。乃若夫人許矣，鶯鶯得矣，雖暫時相離，終必成就，又何憾之與？有爲張生者，亦惟隱忍以俟之已耳。

序三 《看〈西廂〉支分節解叙》

《西廂》原有支有節，然支有支解，節有節解。使不有以解之，則支意不明，節意亦不明矣，其又何以使《西廂》全部大意鐐落指掌哉。壬申歲，不佞養蒙樸趙書，於學務畢竟後，不揣固陋而爲之解，凡以使《西廂》大意瞭落指掌，一見了然已爾。豈敢自以爲解人乎哉？是爲序。

時

乾隆十九年菊月自叙　　督陽居士（高國珍印）

（六）《西廂記支分節解》（山東濟南府齊河縣高國珍注解）

第一支《鶯豔》，爲一部《西廂》之根。蓋不有《鶯豔》，則其餘皆無有矣，安得有《西廂》乎？

夫人唱【賞花時】曲，命鶯鶯前庭閒散心，尤爲《鶯豔》一篇之根。蓋非《鶯豔》，生不出《西廂》一部許多事來。非閒散心，亦不致爲張生所見也。鶯鶯唱帶言，不過往前庭閒散心路聞唱也。

張生唱【點絳唇】詞，言張生之至河中，正爲上京取應，初無暫留一日二日之心也，況其他乎？【混江龍】詞，寫張生胸前刺刺促促，只是一色才高未遇話説，其餘更無一字有所及。【油葫蘆】詞，是張生借黄河以快，比己之品量，試看其意思，夫豈偷香竊玉之人乎？如此用筆，亦是極力反振取勢也。【村裏迓鼓】自「隨喜」句至「回廊」句，是寫張生遊寺，然亦遊焉而已，並不意其見鶯鶯也。「數畢」三句，是覆述上文以起下文之詞，末二句正寫見鶯鶯。【元和令】自首至「飛去半天」句，寫張生驚見雙文，目定神攝，不能遽語光景，尚是虛寫。下截言雙文之大方不拘，是實寫，尚淺，以下便漸深矣。【上馬嬌】首三句，總是讚美之詞。「宜喜」句寫雙文之面。末二句及【勝葫蘆】首二句，寫雙文側轉身來模樣。「未語」句至「似嚦嚦」句，寫雙文語言之妙。自「行一步」至末，寫雙文行走之妙。又「彈着香肩」是低着頭，「宜喜」句則已抬起頭來了，則已欲轉身入去矣，然尚未轉也。自「偏」至「花外」句，是側轉身來所見也。「行一步」至末，是寫雙文側轉身來行入之妙也。雙文既入，山已窮，水已盡矣，文心至此，如劃然弦斷，不可更續矣。庸筆爲之，必直接「神仙歸洞天」數句，看他下文憑空又撰出妙構來，真是千岩萬壑，令人觀玩不盡。【後庭花】詞首四句，言其脚小。「休題」二句，言其有心，尚虛，「慢俄延」三句實。「分明」二句是總詞。末三句及【柳葉兒】，寫雙文已入去光景。【寄生草】及【賺煞尾】首二句，又在牆外透見牆内雙文，又另是一樣憑空妙構。自「我明日」句到「意惹」句，張生自言必害相思也。「近庭軒」至末，寫張生復身入寺光景。《驚豔》一篇大意已完。

第二支《借厢》，乃張生於《驚豔》後思慕之而不得，而姑爲此無可如何之計也。蓋欲乘間抵隙以得鶯鶯也。

張生唱【粉蝶兒】詞，「不做周方」句甚妙。蓋《借厢》一事，張生尚未向法聰明説，斗然出此一語，遂將張生一夜中車輪腸肚，總掇出來。妙、妙。又俗筆爲之，必直云借厢，此不言借厢，却先責怨，責怨者正爲借厢也。妙、妙。「你借與我」節言借厢。【醉春風】詞，借厢之由也。法聰不解張生話，不得不見法本，不得不向法本借矣。【迎仙客】詞，正見法本而贊之也。【石榴花】詞，張生自叙履歷以答法本之問也。【鬥鵪鶉】自首至「聽講」句，亦非本意，不過引起借厢耳。下半截及【上小樓】詞至「備茶湯」句，略示借厢之端耳。「你若有主張」四句，不云借厢，反求其「對豔妝説言詞」，雖是癡人癡想，想亦張生本意。蓋使法本能説言詞，則鶯鶯可得，亦可以不必借厢矣。迨至本若不知而請教，則始之望其説言詞者，不得不轉而借廂矣。【後】正言借廂也。【脫布衫】詞及【小梁州】首二句，乃紅娘向法本問給崔相國做好事日子，張生見而贊之也。下半截言紅娘雖抹殺張生，張生必不肯抹殺紅娘也。【快活三】及【朝天子】首二句，乃張生靈心窺出阿紅從那人邊來，便欲深問之，而無奈身爲生客，未好與人閨閣答話，因而眉頭一皺，計上心來，忽作醜語抵突長老，使長老發急，然後輕輕轉出下文云云。「然則何爲不使兒郎，而使梅香」，便問得不知不覺，此明攻暗渡法也。【朝天子】詞下截，仍是抵突長老，欲其告以實話也。【四邊靜】詞，是因長老說了實話，也要追薦父母，恐人認真了，故又用正意明言之。【哨遍】首截，寫張生被紅娘切責，一時無搔無振，於是不怨自己，不怨紅娘，反怨鶯鶯，真神魂顛倒之筆。「待颺下」句，因紅娘切責，救無路矣，待如風飛物而去也。下「教人怎颺」半截，又疾收轉來，寫其一片至誠，真神儁之筆。【耍孩兒】是將深怨紅娘先硬差官派，小姐春心之必蕩，以見頃間之纖無差誤，甚矣紅娘之謬也。【五煞】望紅娘肯通一線，則有如是之美滿也。【四煞】諷紅娘不通一線，則有如是之懊悔也。【三煞】又作奇筆一縱，欲不思量也，然不思量，正思量之極也。【二煞】正寫害相思也。【尾聲】仍是說相思。《借廂》一篇而以害相思竟住，妙有遠神。

第三支《酬韻》，乃張生以才學打動鶯鶯也，以情詞引動鶯鶯也。蓋借廂原欲設法得鶯鶯也，然尚不知何法可以得鶯鶯也。因想鶯鶯每夜花園燒香，不妨隔牆一望。一來取快一時，二來看有甚破綻，便好乘機勾引，以圖後效。不謂鶯鶯果拜罷長歎，此即春光洩漏之一機也，張生遂不禁以詩挑之動之，此亦得鶯鶯之一法也。至後《寺警》，真天作之合，又另是一個得法，豈張生所能逆睹者哉？

張生唱【鬥鵪鶉】上截，雖是寫月寫人，然總是寫張生等人性急度刻如年光景，是等之第一層。下截及【紫花兒序】首三句，是等之第二層。下截是等之第三層，言一更之後，猶萬籟無聲，既已如此，便大家無禮，我亦不更等也，我竟過來也。【金蕉葉】詞及【調笑令】首四句，寫張生第二次見鶯鶯，要看其與前春院瞥見、與後附齋再見淺深不同之妙。下截寫鶯鶯行近前來也。上第四節，只是出角門，此第五節，方是來至牆邊也。【小桃紅】詞，是寫雙文拜罷長歎也。【禿廝兒】（及【聖藥王】）上截總寫雙文快酬也，下截總是喜之之詞。此時就欲過牆唐突，只因驟接酬詞，尚未及爲耳。【麻郎兒】上半是欲撞過去唐突。下半及【絡絲娘】首二句，寫鶯鶯入去光景。下半及【東原樂】，因鶯鶯入去，欲向垂簾悄問也，極是相思之詞。【綿搭絮】寫張生歸到西廂，未入户，仰頭思想也。【拙魯速】首截及【後】二句，寫張生既入户之苦況也。【後】下截，寫張生虚空想像。【尾】，言取之如寄，并想亦可以不必矣。

此一出似屬閑文，與前《借廂》接，與後《鬧齋》不接。然雖不接，却不隔上下文氣，亦能使前後不寂寞，真善作文字者。

第四支《鬧齋》，與前《借廂》接。又此篇雖爲看鶯鶯，亦是使鶯鶯看己，使其不忘也。張生唱【新水令】首二句，言張生欲看鶯鶯，心急如火，不能待至天明也。下四句正寫道場也。説諸檀越盡來到，則尚有一人未到也。一人爲誰？鶯鶯也。【駐馬聽】上截，非寫道場也，乃寫道場之震動也。道場如此震動，鶯鶯豈不聞之？而猶不來，張生老大心焦。下截寫張生心急如火，更不能待，欲遣一僧請之，似覺於禮不合，因而怨到紅娘也。【沉醉東風】，乃附齋正文也。【雁兒落】及【得勝令】，從張生眼中正寫鶯鶯。【喬牌兒】，言鶯鶯國色，一時傾倒大衆。【甜水令】及【折桂令】首句寫鶯鶯看人，下數句寫人看鶯鶯，已伏飛虎無禮之根。【碧玉簫】及【鴛鴦煞】首二句，是承上文鶯鶯看人，人看鶯鶯，而急之以「我他」、「他我」，娓娓爾汝之聲，以深明己與鶯鶯四目二心，方是東日照於西壁。若其他，乃至無有一雄蒼蠅，曾得與於斯也，而無奈行者沙彌，猶不能曉，吱吱查查，惱不可言。下數句乃寫道場畢也。

第五支《寺警》，乃張生得鶯鶯之由也。《酬韻》動之以才學，使鶯鶯不忘；《鬧齋》動之以人物，使鶯鶯留心；《寺警》感之以恩德，並使夫人亦不忘。《酬韻》、《鬧齋》是人謀，《寺警》是天意，天人交迫，焉有不得鶯鶯之理。論文章亦是大起大落之筆，真好勢也。

鶯鶯唱【八聲甘州】，言早是多愁也。【混江龍】，言那更殘春也，末逗出一「人」字，亦是説愁。【油葫蘆】及【天下樂】首句，言紅娘請之睡，則不可睡，及至無可奈何，則仍睡。寫雙文小姐如畫。三節大旨，一節空寫愁，二節寫愁，逗出一「人」字，三節言愁，便輕吐出前夜吟詩那人來。文情最委婉有致。中截言紅娘時刻不離己身，言紅娘知己也，尚虛。末截及【那吒令】上截，言母親不知己，紅娘則甚知己，是實寫。蓋鶯鶯因上文口中吐出吟詩那人，實縈懷抱，忽自嫌，似容易動心者，遂言我豈如世間女子，心蕩不制，驟見一人，便作如是顛倒者哉？然但自言，意猶未暢，故借紅娘以證之。下截及【鵲踏枝】，言所親者乃張生也，但所少者引線人耳。看來上文無數層折，無非爲此作勢也。又上文「分明」二句，即是親張生也，此正與之相應。【寄生草】，又細寫張生人物可親，乃鶯鶯所以思慕張生之由也。【六么序】上半，乃鶯鶯聞警，愴惶啼泣之詞；下半正寫賊勢之披猖，以起下匆匆定計也。【元和令帶後庭花】上截，言獻賊之便，下截及【柳葉兒】首句，言不獻賊之害，下數句言獻賊不好，不如自盡。【青哥兒】言能退賊者，即許婚姻。【賺煞尾】，寫鶯鶯先爲張生護短，次爲自己避嫌，末又深信其能退賊也。

惠明唱【端正好】及【滾繡球】、【叨叨令】三詞，總是因張生不要他去，他偏生要去的意思，已是敢去話了。【倘秀才】，又是因法本一激，自明其敢也。先叙殺人心，次叙殺入虎窟龍潭，次叙殺飛虎五千賊衆，煞有淺深次第。【倘秀才】詞，上已説明，無庸復解。【滾繡球】，是惠明因張生問，自叙送書之故。【白鶴子】，是因張生問他送書要幫不要幫而言，話頭是要幫，意思却是不要幫。【二】、【三】，是因張生慮飛虎不放過去而言，言是不放過去，却是要過去。【耍孩兒】，是因張生問到幾時可去而言，大意是説就去。【二】上文，張生憂惠明不能過去，此是惠明憂張生書或無用，非憂張生也。正謂張生不必憂惠明耳。言除非你書無用，我自無有不過去也。【收尾】，亦是無有不過去意思，亦是敢的意思。

第六支《請宴》，此因白馬解圍，感張之恩，故有是請。篇内皆是滿心滿意之詞，總爲《賴婚》作勢，非有二也。

紅娘唱【粉蝶兒】上截，敘功正文。中截是説張生恩當報，乃敘功旁文。末節及【醉春風】，是紅娘替張生欣喜之詞。以上紅娘纔去請，張生尚未至書院也。【脱布衫】上截，是紅娘已到書院話，然未見張生也。下截及【小梁州】上截，是寫方見張生慌忙光景，然張生雖有問，紅娘尚未答也。下截是寫張生人物。【上小樓】上截，是紅娘答張生，問未畢，張生即雲便去，極寫其慌忙失措，急不能待之狀。中截因張生問，而言此席是爲謝承，無别客也。末句及【滿庭芳】並【快活三】首二句，寫張生疾忙便去，却又來回顧影，寫盡秀才神理。末二句及【朝天子】上截寫張生是一情種，下截寫鶯鶯又是一情種。【四邊静】，是囑其會歡時須要款款輕輕，終又決其必不能款款輕輕也。【耍孩兒】，正寫宴也。【四煞】，因張生言無財禮，遂言不爭財禮，亦是滿心滿意之詞。【三煞】，又重言，以申明不爭財禮意。【二煞】，正寫請也。【收尾】，恐張生不去，又囑之也。

第七支《賴婚》，《西廂》之生發，全在於此。蓋使夫人不賴婚，則《西廂》止於此矣。後邊無數層折，皆無所用之矣，《西廂》文亦淡而無味矣，《西廂》又何以傳哉？故知此篇爲一部《西廂》關鍵。讀者甚勿草草看過也。

鶯鶯唱【五供養】上截，先拈出「張解元」三字來，足見此人已是鶯鶯芳心繫定，香口噙定，如漆投膠，如日射壁，雖至天終地畢、海枯石爛之時，而亦決不容移易者也。可謂落筆不苟矣。下截先從雙文口中分付是日華筵之盛，以反剔後文之草草也。【新水令】上截，寫雙文梳妝，不早不遲，恰是一位千金小姐，活現於此，豈世傖之所夢得也。下截及【喬木查】上截，寫雙文無顧無忌、滿心滿意語也。末句及【攪箏琶】，雙文見筵席草草，爲之不快也。上文寫快，所以反襯後文之不快；此寫不快，所以反襯後文之大不快也。【慶宣和】，寫雙文出門與張生相見，活現光景。【雁兒落】，寫雙文驚聞怪語，先看解元也。【得勝令】及【甜水令】，驚聞怪語，次訴自家也。【折桂令】，皆唤紅娘接去抬盞之詞也。夫人初命把盞，解元必不肯飲，雙文亦不肯教解元飲也。【月上海棠】，夫人再命把盞，解元堅不肯飲，乃雙文忽又欲解元飲也。【喬牌兒】，乃雙文見其母勸解元飲，心中不平而故爲，是熱劫之詞也。【清江引】，悲自己、怨解元、哭死父、卹生母，總因夫人變卦爲，是無聊之詞也。【殿前催】，索性暢然代解元言之也。【離亭宴帶歇拍煞】上截索然暢然，蓋自己言之，真不復能忍也，下截純是怨毒，純是訕謗。

第八支《琴心》。《賴婚》一篇，張生已垂首喪氣更無路矣；《琴心》一篇，乃萬死一生之法。在紅娘固不敢必其事之克濟，在張生，亦豈敢必其事之有成哉？然而事勢至此，亦不得不如此一做耳。至事之成與不成，則聽之而已矣。

鶯鶯唱【鬥鵪鶉】，上截寫鶯鶯感景傷懷。下截及【紫花兒序】首三句，是叙事，尚虚，下數句方實叙。【小桃紅】，乃借月寫懷，推陳出新，又是一種筆墨。【天淨沙】及【調笑令】上截，於琴前故作摇曳，是襯筆。下截及【禿廝兒】是正寫琴。【聖藥王】，是於張生調琴未入弄時，會其意也。【麻郎兒】上截，言琴未成弄，而我即能會心，不是我耳聰，是知音者芳心自同，感懷者斷腸悲痛也。【後】及【絡絲娘】寫聽琴正文。【東原樂】因張生怨己而辨之也，此雙文不覺漏入紅娘耳中之言也。【綿搭絮】言兩人相隔至近，欲得一人通個消息相會也，此漏入紅娘耳中之後半也。【拙魯速】前半，寫雙文因紅娘恐嚇之言，膽小心虚、嬌貴機變之狀，【尾】是因紅娘之問而答。聖歎謂是不過偶借前題，略作相留數日計耳，並無犯口深言。愚謂雖無犯口深言，然看到怨母之言，已是深言犯口矣，又何玄哉？

琴已聽矣，鶯鶯心事已得矣，不知有何法回復張生也。看他於恐嚇雙文後，忽云「張生要去，這却怎處？」此言一出，不惟可以得雙文真情，亦乘機好回張生話也。此文之前後鬥筍接縫處，不可不知。

第九支《前候》。候，訪也，問也；前者，别乎後而言之也。

紅娘唱【賞花時】，自紅娘口中説鶯鶯害相思也。【點絳唇】、【油葫蘆】、【天下樂】，皆因無可下筆處，故將前事，閑閑自叙一翻，作起也。自首至此，是紅娘往張生處走着説的話。【村裏迓鼓】，是紅娘已至張生書房，在窗外窺視張生也。【元和令】首二句自明，下數句述雙文言語，是一篇正文。【上馬嬌】，是紅娘預猜鶯鶯見帖情事，乃所以不肯爲張生將帖意也。【勝葫蘆】前半及【後】首二句，是紅娘因張生欲以金帛相謝，怒其帶簡而杜塞之也。【後】下數句，是教張生改言相求。【後庭花】及【青哥兒】首二句，極贊張生寫簡之敏妙，下數句言紅娘一擔千觔、兩肩獨任也。【寄生草】及【賺煞尾】首三句，是紅娘規勸張生之詞。雖屬余文，亦情所應有。下數句是因張生叮囑，滿許之詞也，亦反挑後文之不然也。

第十支《鬧簡》，與前後自接。

紅娘唱【粉蝶兒】，寫紅娘從張生邊來入閨中，慢條斯理，若在意，若不在意，一心便謂自今以後，三人一心，更無嫌疑，以與下文通篇怨毒相照耀也。末二句及【醉春風】上截，寫雙文之曉睡，正寫紅娘之輕忽雙文，正爲下文雙文變顔地也。下截寫雙文曉睡初起光景，正寫雙文不耐煩紅娘光景也。【普天樂】，寫雙文見簡帖改朱顔也，【快活三】，寫紅娘快口撲跌鶯鶯也。【朝天子】首二句，因鶯鶯問，正答張生病體，下數句代言張生心事。【四邊靜】，勸鶯鶯也。【脱布衫】，重舉鶯鶯適纔盛怒之無禮也。又自此以下四節，是紅娘持書出户，背過鶯鶯，自將心頭適纔所受惡氣，曲曲吐而出之也。【小梁州】及【换頭】數句，申言鶯鶯自於我無禮，我自與鶯鶯不薄也。【石榴花】恐鶯鶯不承，故舉聽琴一夜以實之。【鬥鵪鶉】咬定聽琴，責備鶯鶯，總是怨毒之詞。【上小樓】上半，覆其去簡，已成禍本，不應更問也。又是自此以下四節，是紅娘見張生且不出回簡，先與盡情覆絶之也。【後】覆其此後，連紅娘亦不復更來。【滿庭芳】上截仍是覆絶之詞；下半欲覆絶之，直至終不得覆絶之。然後出其袖中回簡，使自絶之，而不意峰迴嶺變，又起奇觀。【耍孩兒】，惱鶯鶯瞞己也。【四煞】，忽取其簡，痛詆之，蓋一肚憤悶搔振不得也，【三煞】仍是怨毒之詞。【四煞】云「放着個玉堂學士，任從你金雀鴉鬟」，蓋言不復援手也。【三煞】云「看你離魂倩女，怎生擲果潘安」，則是欲以惡眼注射之也，可謂怨毒之甚。【二煞】雖是慫恿張生，正是痛詆鶯鶯。【煞尾】説鶯鶯以簡偷張生，怨毒未免太甚。

第十一支《賴簡》，與《賴婚》意同，亦是故作跌宕以取勢也，妙，妙。

紅娘唱【新水令】，寫雙文從閨中行出來。【駐馬聽】，寫雙文漸漸行近花園來。【喬牌兒】，已行至花園矣，更無可寫，遂復追寫其未來花園時。【攪箏琶】上半，上振筆寫其未來花園以前，此仍轉筆，寫入花園來也。後半是紅娘又作疑猜之筆，亦從前《鬧簡》生來，非胡疑也。【沉醉東風】首二句，寫張生來也，下數句，紅娘安放張生，而張生不辨，竟來摟之。此雖寫傻角急色，然是夜一片月色迷離，亦復如畫。【喬牌兒】及【甜水令】首三句，寫夜間風景，最好成親也。末數句及【折桂令】，上截欲張生憐惜雙文也，中截寫紅娘不居功，亦是脱乾淨意，末截自【喬牌兒】至此，如引弓至滿，快作十成語也。【錦上花】上截，紅娘不信雙文真不肯也，中截雙寫二人情景，末截及【清江引】上截，乃翻跌前文成趣也。末句及【雁兒落】、【得勝令】上截，是紅娘數責張生，下截解脱張生。【離亭晏帶歇拍煞】首二句，乃結文也，中數句亦結文也。上已結矣，至此又結者，蓋上結虚，此結實也。末二句，一結雙文，一結張生也。

第十二支《後候》，後者，别於前也。

紅娘唱【鬥鵪鶉】，「先是」數句，言病之所由起也，「到如今」數句，言病之所由劇也。【紫花兒序】自首至「不離了針」，凡三折，折到題，寫紅娘心頭全無捉摸，最爲清辨之筆。「從今」一句，没甚意思，總是袖手旁觀，任君自爲之意。末二句，總爲「好藥方兒」四字失笑也。【天淨沙】是説張生病源，【調笑令】是説張生病證，【小桃紅】正寫藥方。【鬼三臺】上數句又非笑之，末二句又詭嚇之，【禿廝兒】上數句又奚落之，末句與【聖藥王】又辨駁之也，【東原樂】上半又驕奢之，下半又欺詆之。【綿搭絮】上截，又描畫鶯鶯一回。中截，上文皆滿心滿意之文，至此又變而爲驚疑不定之文，真乃一唱三歎，千迴百轉矣。末截及【煞尾】上三句，真心實意，代人擔憂，而反爲人所疑，於是滿口分説，急不得明，末二句又分付張生也。

第十三支《酬簡》。

紅娘唱【端正好】，喜雙文來也。

張生唱【點絳唇】首句，寫張生待已久也，以下皆是極寫雙文不來，張生久待。寫張生久待，而第一句先寫待已久，甚見下文久而又久，其久遂至於不可説也，下數句言寂無人來也。【混江龍】一截，欲其從天上來也。二截，「月明如水」，天上不見來也。「僧居禪室」固不是，「鵶噪庭槐」又不是，皆寫張生搔振不着之情也。三截又欲其從四面八方來也。四截倚在門。末截與【油葫蘆】首截倚在枕。次截言倚枕靜思，不如改過。三截及【天下樂】首句，忽又倚在門，二句是恨之，三句是諒之，四五句忽又恨之，忽又諒之。【那吒令】首句説肯來，次句説到來，三句説不來，四五句又倚在窗，末句及【鵲踏枝】，又自表心懷，望其來也。下截搔振不着，至此，真心盡氣絶也。【寄生草】首二句，言心盡氣絶，更無活理，只有死也，下數句又是不肯死。【村裏迓鼓】上截，緊承前患病一篇言，中截承前《賴簡》一篇言，末截是感激謙謝。【元和令】，首句看其脚，二句看其腰，三、四句欲看其面，而面不可得看也。末二句及【上馬嬌】，看其釵、看其髻，則知猶不得看其面也。看其釵，釵不墜，看其髻，髻不歪，而紿之曰「釵墜髻歪」者，必欲看其面也。如是而終不得一見其面，於是換作重語，再猛紿之，而何意終不可得而見哉。【勝葫蘆】首句則已抱之矣，已實之矣，二句初動之也，三句雙文已經弄動欲火即熾，耳紅面赤也，末三句亦寫雙文也。【後】首句寫張生也，此更復連動之也。二句已稍安之矣，三、四、五句遂又大動之也，末句寫事畢也。【柳葉兒】上截是伏而慚謝之。下截及【青哥兒】首截是慶倖之詞，次截事後看其體也，三截如醒如醉，真快活之極。自「揾香腮」至此，雖皆事畢餘情，然猶未起也。末句及【寄生草】，是張生攜鶯鶯手再看，訂後期也。【賺煞尾】上截，乃雙文行下階時，張生又雙攜鶯鶯手再看也，中截寫雙文不去也，末截訂其早來也。

第十四文《拷豔》。

紅娘唱【鬥鵪鶉】上截，乃追怨鶯鶯之詞。下截及【紫花兒序】上截，言夫人心多，一定猜着也；下截言不用猜，只就你眉眼腰頸上一看，也自瞞不過。【金蕉葉】上截，乃擬所以回夫人話也，下截言就該實說。【調笑令】二截，既算定登對，此又忽作瞞怨語也。【鬼三臺】及【禿廝兒】上中截，是紅娘據實招承，以下是排解。【麻郎兒】下截，再申說張生，【絡絲娘】再申說夫人。【小桃紅】上截，因雙文害羞，勸其不必羞也。【後】首句，破張生「與我遮蓋」及「怎好過去」語也。二句，破張生「不知誰說」語也。三四句，破張生「惶恐」語也。五六句，言今日之事，皆在於我，欲其放心速過去也。末二句，是奚落張生之詞。【東原樂】首數句，是紅娘滿心滿意之詞，真神歡人喜也，却不謂又是反挑下篇中句，亦是慶倖之詞。末二句亦欣喜之詞。【收尾】數句，又是給張生個没滋味。

第十五支《哭宴》。

鶯鶯唱【端正好】，純是寫景，愚謂看末句，亦是寫情。【滚繡球】首截「遲」、「疾」二句，方是寫情，通篇反反覆覆，都只寫此二句。又添「柳絲」一句，亦只是寫其甚疾也。二節恐日頭下去得疾也。三截不欲其疾去也。四截即上文「遲」、「速」二句意。五截，上寫行來，此寫已到也。末句及【叨叨令】，又重寫其未來時也。言見安排車馬，心中熬煎，自無心梳洗也。【脱布衫】上截，寫風葉煙草，皆坐中景也。下截及【小梁州】前半，寫張生也，然却是寫雙文看張生。【後】首二句，言不由不悲啼也。下四句及【上小樓】，又寫前之二句也。【滿庭芳】上截，怨到供食人，亦是别離所致；下半又怨及其母，真是出奇。【快活三】，連酒食滋味也嘗不出，真傷别之至也。【朝天子】上截，説酒是淚，真傷别之至也。中説飯、説恨，一齊都到。下截又傷其不並坐也。【四邊静】，言拆開並不知其何在也。【耍孩兒】文自明，總是傷别意。【五煞】總是愛惜之意。【四煞】怨天，亦是傷别之至。【三煞】言歸家之難，亦是傷别之意。【二煞】總是恐其再娶也。【一煞】，總是張生去遠，不見其形，不聞其聲，傷心之至，至於不欲遽去也。【收尾】首二句，言不見張生也，下數句，總言煩惱之至也。

第十六支《驚夢》。文至《哭宴》，山已窮，水已盡矣。又生出《驚夢》一篇，真是出奇無窮。

張生唱【新水令】，上截「只」二句，已將上一部《西厢》，如風迅掃，隔成異域矣。下截説馬遲人懶，愁恨重疊，此入夢之因也。【步步嬌】，又回憶鶯鶯前夜光景，乃入夢之緣也。【落梅風】，言旅館凄涼光景，乃入夢之借也。

鶯鶯唱【喬木查】，上數句寫其趕已到也。必先寫其趕已到，而後寫其未趕時者。此固張生之夢初，非鶯鶯之事也。必如此寫，方在張生夢中，若順寫，便在鶯鶯家中矣。作者甚是細心。末句及【攪箏琶】上截，寫其未趕前也。下截寫別後夢前一刻，中間有如許苦事。【錦上花】前半，又寫一刻之前，一刻之後，純是無邊苦事也。【後】又補寫起句「荒郊曠野」四字也。

張生唱【清江引】，上截寫困頓光景，愁悶光景，下截寫迷離光景，純是旅館光景。【慶宣和】上截，前云分明是小姐，後云是鬼，真夢事也。下截亦真夢事也。【喬牌兒】，乃張生夢中初接鶯鶯，輕憐痛惜語也。【甜水令】，是夢中細叙，替雙文傷絶語也。【折桂令】上截，夢中假自作悟語也，下截，夢中加倍作夢語也。【水仙子】上截，夢中責罵飛虎，下截是夢中以白馬將軍諕嚇飛虎。【雁兒落】及【得勝令】，寫醒來凄涼光景。【鴛鴦煞】，結鶯夢一章，亦結《西厢》全部也。

卷二 《看西厢句解》

序四 《看西厢句解叙》

有是哉，注解之難也。支分節解難，而句解尤難。況《西厢》一書，其典故多未曾聞，其口語多未曾見，其用意多幽深，其運筆多曲折，於此而欲有以解之，豈不戛戛乎難之哉！然使因其難而不爲之解，則《西厢》終無解之之日矣。甚矣！《西厢》不可不有以解之也。余之謬爲此解，雖欲不負作者之苦心，然亦衹自盡其心以解之已爾。至作者之許我與否，則不敢必云。

時

乾隆十九年菊月自叙　　督陽居士（高國珍印）

卷三 《看西厢蛇足（上）》（無評語）

序五 《蛇足西厢叙》

或謂蛇本無足，而畫者爲之添足，則有識者必竊笑於其旁。《西厢》正文，本無許多白話做勢，而解者爲之添許多白話、許多做勢，豈不遺笑大方乎？余曰不然。蛇固無足，然無足何以能行乎？且余幼時爲驗蛇足，方於五月五日午時，用火燒地，以醋潑之，將蛇置地上，蛇即仰身出足，則蛇有足可知矣，特藏而不露爾。則畫蛇者爲之添足，豈爲多事乎？《西厢》正文，固無許多白話做勢，而白話做勢，俱隱藏其中，則解者爲之添白話、添做勢，亦豈爲分别哉。戊辰歲，館讀《西厢》，爲之添白話、添做勢，正畫蛇添足之微意焉爾。方家其冷看耶？抑笑看耶？書成而額其巔，曰蛇足。其以是也夫。

督陽居士（高國珍印）

時

乾隆十九年菊月自叙

序六 《蛇足西厢又叙》

凡百食物，莫不各有滋味，而滋味出於汁漿。汁漿不出，滋味亦不出。所食物者，不可不知滋味；雖知滋味者，不可不咬出汁漿。非特食物然，即看書亦然，即念書亦然，即看戲文、小説，亦莫不皆然，而讀《西厢》爲尤甚。《西厢》，最有滋味書也。讀《西厢》而不知《西厢》之滋味，何貴乎讀《西厢》也哉？然而知之亦甚難矣。《西厢》之意最深，味最長，非將汁漿咬出，何以知其意味哉！何謂汁漿？白話做勢是也。金批《西厢》，止有白話，並無做勢。即有白話，亦止於大節目處，略略叙白而已，而瑣碎節次間，并不曾有白。遂考上下，文義不貫。文義不貫，而滋味亦不出，此予披讀之餘，所爲長太息者也。壬申歲，館讀《西厢》，微覺有得，因爲之設身處地，咀英嚼華，相上下之文氣而贅以白話，摸本文之神吻而附以做勢。非敢自謂有當音律，亦以《西厢》之汁漿，昭示來兹。彼讀《西厢》者，或緣此以得其滋味云爾。是爲序。

時

乾隆歲次乙亥暑月初旬又叙

督陽居士（高國珍印）

卷四　《看西厢蛇足(下)》(無評語)

卷五　《看西厢文評》

序七　《看西厢文評叙》

兵有紀律，無紀律則散漫而無統。文有法脉，無法脉則汗漫而無歸隆。戲文、小説，莫不盡然。即爲《西厢》一書，粗觀之，不過一戲爾；細究之，實文章之宗匠。其有補於斯文者，蓋不小也。乃世之不讀《西厢》者，莫論已，即讀《西厢》者，亦視《西厢》爲閒文，取惓觀聽而已，其孰是按法論文、體貼入微者哉？不佞學疎才淺，其於文章一道，固渺乎未之有得也。然朝夕之餘，時取《西厢》而三復之，始覺《西厢》文理法並到，才學兼優，誠制藝之津梁，學人所必讀也。所慮讀《西厢》者，但以戲文視《西厢》，不以文章視《西厢》，則《西厢》之有裨於斯文者，終掩浸不彰矣。因不揣固陋，而爲之品評之。豈炫奇哉，亦聊以爲讀《西厢》之一助云爾。

督陽居士(高國珍印)

時

乾隆十九年菊月自叙

《看西廂文評》（山東濟南府齊河縣高國珍評）

《西廂》文總批

制藝，不外離合。《西廂》雖號才子書，然亦豈能外離合而别有所謂出奇制勝之術哉！ 閒嘗按其文而考之，《驚豔》、《借廂》、《酬韻》、《鬧齋》四出，總皆漸次説入題來，是一合；《寺警》是一離。《請宴》是一合，《賴婚》是一離。《琴心》、《前候》是一合，《鬧簡》、《賴簡》是一離。《後候》、《酬簡》是一合，《拷豔》、《哭宴》是一離。《驚夢》是一合，然夢而終覺，猶然離也。《西廂》，大文章也，乃其起也以合起，其終也以離終，是《西廂》文，一離合焉盡之矣？ 讀《西廂》者，即以律制藝者律《西廂》也可，即以律《西廂》者律制藝，亦奚不可？

驚豔

此篇重「驀然」節前，夫人命鶯鶯前庭閒散心。 及張生遊藝與自言平日讀書之苦，借黄河以快，比已之抱負，遊寺之周遍，俱閒閒叙説，如文之題前反振，漸逼入題也。 至後誇美鶯鶯，及鶯鶯入後，就脚蹤上看其心事，從墻外摸寫墻内雙文，自言必害相思，及回寺嘆羡，皆《驚豔》後餘意，如文之後面也。 若在題外，實在題中，神品也。

上三句正言，下二句詠嘆。（評【賞花時】）

一心只爲長安，何嘗他有所及也。（評【點絳唇】）

看來張生平日亦只以讀書爲事，何嘗有妄念來？（評【混江龍】）

看他志向，豈輕薄子耶？（評【油葫蘆】及【天下樂】）

以上言遊，遊亦學人常事，亦何足異。（評【村裏讶鼓】）

説佛殿等，襯出别院；説羅漢等，襯出雙文。又此三句，乃即上文而覆述之。語氣似住不住，正與下「驀然」句接。跌落題面。（評「驀然見五百年風流業冤」）

此渾寫，以下細寫。（評【元和令】）

自【元和令】至此，寫雙文人物，由虛而實，由淺而深，是最有層次文字。（評【元和令】至【勝葫蘆】【後】）

此與【寄生草】，皆無中生有，真所謂奇想天開也。學者悟此，寧慮有窘步耶？（評【後庭花】）

「神仙歸洞天」節下，便可直接「我明日」節文，偏又從墻外向墻内描寫，文便紆曲有致矣。（評【賺煞尾】）

此正言害相思也，《鶯艷》末以害相思結，言有盡而意無盡，真耐人十日思。（評「我明日」句及「近庭軒花柳依然」句）

雙文入後，不直寫無聊情況，復從脚蹤上描寫，從墻外向墻内描寫，左盤右旋，欲下不下，使張生情種，活現紙上，真善作文字者。

借　廂

雙文既入，已無可奈何，縱復遊寺，亦屬望空打綵耳。乃於無可奈何中，尋此門路，雖屬妄想，亦見張生心高處。文章死活之别，全在於此。學者悟此，又何至有窘步耶？

此篇固直入題起作也。乃不向法本借，而先向法聰借，已屬怪事。及答以不解，引見法本，此正可以借廂矣。却又讚法本，訴忠腸，贈白金，費無數曲折，然後説到借廂，最委婉有致文字。至正議論借廂，忽來紅娘問做好事日期，誠所謂天假之緣也。張生遂激法本，求代薦，向紅娘狂言數語，及被紅娘搶白，又據鶯鶯回望，痛責紅娘搶白之過，又作無數責怨，許多癲狂情狀。或謂此皆張生之無知妄作，豈知此皆張生之有膽有識，毫不妄動也哉。蓋張生之激法本者，爲帶薦地也。求帶薦者，欲以人物打動鶯鶯也。向紅娘狂言者，欲紅娘爲之先容也。則張生之所爲，豈無意哉。凡此，皆借廂餘文，然孰非因借廂而生者。文雖借廂，而不沾沾於借廂，所謂於無可摸寫處猶能摸寫，乃善於摸寫者也。妙文，妙文！

起筆突兀，足醫平庸。且能使下二節生色，此爭上流法也。（評【粉蝶兒】）

以上三節，雖總是借廂，然惟次節爲借廂正文，三節乃借廂之所以然。首節乃爲借廂而言。不有首節突然一喝，則下二節文，縱極富麗，亦未免減色矣。（評【醉春風】）

文用四不「字」，一「只」字，呼應成文。文法最爲活動。（評【上小樓】之【後】）

自【迎仙客】至此，先讚法本，次訴衷腸，次贈白金，次言借廂，是何等層次。（又批）

「將小姐」四句，又進一步寫，筆意最刻。（評【小梁州】之【後】）

以上二曲，唐突法本，俱坐實有理，筆意最刻。（評【快活三】及【朝天子】）

【哨遍】以下數節，總因紅娘搶白而發，左盤右旋，不肯輕過，極沉鬱頓挫之文。（評【哨遍】）

節末派雙文，正派自己，所謂加一倍寫也。（評【耍孩兒】）

説相思上節已盡，此節又是想其模樣。上節説相思猶死，此節説相思則活，大有峰青江上之致。（評【尾聲】）

【哨遍】以後數節，先説夫人不嚴，次派自己，次派雙文。【五煞】雙寫，言兩情相交。【四煞】亦雙寫，言兩人才貌相仿。【三煞】單寫雙文，末怨相思之過，猶含糊。【二煞】、【尾聲】方實寫相思意思，最有層次文字。

《借廂》文至「不要香積廚」節已完。因紅娘來問奏好事日期，又生出【快活三】、【朝天子】二曲來。央法本帶薦，有【四邊靜】一曲。文又畢矣，因紅娘搶白，又生出以下等曲來。一波未平，一波復起，大有兔起鶻落之勢。」

酬　韻

篇名《酬韻》，則酬韻乃此篇正文也。前看鶯鶯，不過爲酬韻原叙，後無數曲折，亦皆因酬韻而生。讀者甚勿喧客奪主也。

此篇似屬閒文，與前後若不相接，然却不隔上下文氣，亦能使前後不寂寞，妙，妙。廂已借矣，齋已許帶矣，便直接《鬧齋》，未始不可，然未免嫌其太直，忽插此一段文字，遂覺十分熱鬧。

正看間，忽插此一讚，竟若前後有許多看。文境妙絶。（評「料想春嬌……欲入陳王麗賦，是好女子也呵」）

以上二曲，皆看鶯鶯也，然亦有許多層次。帖括家云：文貴意勝，不貴詞勝。此文得之。（評【金蕉葉】及【調笑令】）

上節已是極慕之詞，此節更是極慕之詞，所謂加一倍寫也。（評【聖藥王】）

此又進一步寫也。（評【麻郎兒】）

去後應有是情，亦即應有是文。但方寫去後光景，遂欲去投相思，旋又言徯倖無益，欲落不落，如蜻蜓點水、輕燕乘風，文章活境。（評【東原樂】）

方説不偢人，忽又説偢人，筆何靈妙乃爾。（評【綿搭絮】）

上寫苦況。一篇文字已畢，又嫌其文勢下塌，故此二節又用掉尾法掉起。此等筆法最好。（評【尾】）

鬧　齋

《鬧齋》一篇，淡淡着筆，若無深意。及由後《寺警》觀之，方覺此支淡處，正爲後篇變處作勢，亦大起大落之筆也。

張生心急，並不説心急；起早，并不説起早。只照早起光景摹寫，而起早之意自見，而心急之意自明，不寫貌而寫神，妙手，妙手！（評【新水令】）

説諸檀越盡來，是説鶯鶯未來也。張生帶薦，原爲看鶯鶯也，而鶯鶯不來，豈有不心焦之理。故方疑道場不震動，旋欲使人去請，旋又怨及紅娘，末又發恨飽看。一事而屢變其情，寫張生心急，可謂無意不搜。（評【駐馬聽】）

文有賓主，初焚香禱詞，是陪說賓也，再焚香禱詞，是正說主也。有賓有主，文章之能事畢矣。（評【沉醉東風】）

必先說可意種，次說傾國傾城貌，次寫口鼻面腰，亦極有虛實層次文字。（評【得勝令】）

此節不欲人奪其好，是題後詠嘆。（評【鴛鴦煞】）

一篇結穴。（評【鴛鴦煞】）

寺　警

前七節，鶯鶯自叙，並不言他事，是文章養局處。自【六麼序】至末，皆實寫《寺警》，皆文章正面也。

「懨懨」句一喝，以下言多愁、言殘春，乃所以愁、瘦之故也。末二句言金粉有限、精神有限，最易消耗，正與起句相應，文法最爲完密。（評【八聲甘州】及【混江龍】）

聖歎謂上節言多愁，此節言殘春，截然相對。愚謂早是多愁，雖因人而愁，然此尚虛；「繫春」二句，明逗出一人字，乃實。「那更句」虛，此節「況是」數句乃實，最有層次。宜細玩之。

聖歎云：紅娘請之睡，則不可睡，及至無可奈何，則仍睡。一「睡」字中，有如許裊娜，如許跌宕。寫情種真是情種，寫小姐真是小姐。又上第二節只空逗一「人」字，此節便輕吐出前夜吟詩那人來，最委婉有致。（評【油葫蘆】及【天下樂】上截）

前言愁，文勢已塌，此及下二節，又言不容易動心，使文勢復振，文法最跳躍。（評【天下樂】「我但出閨門，你似影兒似不離身」）

聖歎云：此鶯鶯自言不容易動心也。因急轉筆牽入紅娘云：「別人不知我，你豈不曉」，其下便欲直接「見個客人，慍的早嗔」等文，以深明己之不容易動心也。却還嫌此意未暢，故又轉筆，再將夫人防備，反證己語，言「我母之知我，尚不及你之知我」，如下文云云，以深明紅娘是真正知我者，而後鶯鶯之不容易動心，始非鶯鶯自己一人之私言。其筆意之曲折，爲何如哉！」

此又寫張生人物，乃所以親之之故也。且前以「玉堂人物」稱張生，是虛寫，此則實寫，乃補寫也。（評【寄生草】）

上寫寺警，猶是傳言，此寫寺警，則是親聞。且此節「便待」句以上，是就當下之言，知其欲擄己。「除根」以下，是就其平日爲人，知其必毁寺擄己，亦最有層次之文也。（評【六么序】及【後】）

以上三曲，先説獻賊，次説自盡，總爲後許婚招募作陪。如此寫法，方覺步驟安閒，氣象從容。不然，若直出後計，便索然無味矣。（評【元和令】帶【後庭花】及【柳葉兒】）

此節凡三層，「諸僧」句至「玉名」句爲一層，言張生慨許退賊，必有準備。自「甚姻」句至「權將」句爲一層，言張生既可憐我，即或無濟，亦少不了將他任用。末三句爲一層，言張生必有退兵本領。明是一意，偏用許多層折寫之，使題意愈醒活愈懇，至其鋺刻處，何啻金嘉渙。（評【賺煞尾】）

聖歎云，上節張生憂惠明不能過去，此節惠明憂張生書或無用，非憂張生也，正謂張生不必憂惠明耳。愚謂此帖括家反轉看法，用來最妙。（評【耍孩兒】之【二】）

此篇白馬將軍是正脚，惠明是外脚。俗筆爲之，必寫白馬將軍，不寫惠明。茲獨專寫惠明，不寫白馬將軍，而白馬將軍之威風自見。此文家人詳我略，人略我詳之法，亦兵家虛者實之之法。善作文者，不沾沾題面，而題意自透，此文是也。（評【收尾】）

請宴

一請宴耳，有何描寫？又偏於請宴前後，生出無窮意思來。如出題外，實在題中。可謂作枯淡題模式，傑作也。

此篇多滿心滿意之詞，無非爲後《賴婚》作勢，亦大起大落之筆也。

請宴，一小技也。乃觸景生情，到處可觀，遂覺枯淡處無非濃艷，至文，至文！

賴 婚

賴婚之前，作無數得意狀，無非爲賴婚作勢。賴婚之後，作無數不得意狀，無非爲賴婚傳神。所謂善作文者，不沾沾題面，而能使題意畢肖，此類是也。

以上皆淡淡着筆，然却於賴婚反振得起，真善作文字者。（評【雁兒落】前各曲）

上節用數「他」字成文，此節用數「你」字成文，如鶯聲百囀，嚦嚦可聽。先説不醉，次説盞不大，次勸飲，次勸休煩惱。一勸飲中，有如許妙義，恐五花八門，不能及此熱鬧也。（評【月上海棠】之【後】）

琴 心

琴心者，以琴探鶯鶯之心也。鶯鶯燒香，雖非爲聽琴之故，而所以燒香，則紅娘欲使之聽琴也。故【鬥鵪鶉】三曲，雖係鶯鶯閒怨，而一燒香之間，遂聞琴聲，遂露真情，則此三曲非琴心之所由來乎？至寫聽琴，作兩截發揮，雖是不得不然，亦見文章紆曲處，讀者甚勿忽過也。至張生忽出怨言，鶯鶯急爲剖白，窗外自嘆，正琴心實發處，斷不可視爲閒文。末二節，一因紅娘衝突而發怨詞，一因紅娘謊言而欲款留，雖系此篇餘波，而「前候」一篇之根已伏於此，可謂心細如發。

以上三曲雖皆鶯鶯怨詞，然煞有虚實淺深，讀者當細參之。（評【鬥鵪鶉】、【紫花兒序】及【小桃紅】）

上節是陪寫，此節是正寫，《西廂》文多用此法。又文必用陪，方不寂寞。《西廂》文不寂寞，多是此法。（評【禿廝兒】）

前 候

一篇大文，只【村裏迓鼓】、【元和令】二曲是題正面，前數曲不過往書房去路間唱，後數節皆題後餘文。作文有題前、題後，不可沾沾題面。《西廂》文多在題前後着想，正得作文之法，讀者審之。

文有疎落之致。（評【點絳唇】及【混江龍】）

從紅娘口中描寫兩人情思，又另是一種筆墨。（評【油葫蘆】及【天下樂】上截）

此紅娘鄙張鶯、表自己也。孰知鄙張鶯者，即張鶯也，且比張鶯更甚也，可發一笑。聖歎嘆謂是加一倍寫，信然。（評【天下樂】後截）

以上二節，總言不希圖東西也。偏不直說，先用責詞，次言「你當我圖你東西來到此？」次言「我果然是圖謀你東西來此麽？」你把我太看輕了。然後方言有志氣，不圖人東西一意，而故作許多盤旋，最委婉有致文字。（評【勝葫蘆】及【後】）

此節雖係題後餘文，然在任事後着此一段，固見紅娘人品高超，文境亦覺寬然有餘。（評【賺煞尾】）

鬧 簡

此篇，前雖漸漸說入題來，然並無反振陪襯等法。倘所謂單刀直入者，非耶。至正寫處，舊簡事畢，新簡復起，拾書則反復詠嘆，送書則極力分說，雖亦情所必至，然以出簡觀之，亦可謂頓宕取勢之筆矣。迨張生讀簡後，又怨鶯鶯之瞞己，因而詆其簡欲旁觀，勸張生休辭憚，亦何，莫非因簡而起哉？則謂《鬧簡》一篇，俱在個中，亦誰曰不然？

文貴層次。此篇自首至此，迤邐寫來，井然不亂，最有層次。（評【快活三】）

自「我爲」句至「空把佳期盼」爲一句，文有長句，此類是也。正希每用此句法，學者留心。（評【小梁州】之【換頭】）

以上四節，方怨其摧殘，又欲其做夫妻；方怨其覓破綻，不欲與之遞簡，又思忍這番，爲之傳書。千回百折，總不用一直筆，最沉鬱頓（指）［挫］之文。（評【鬥鵪鶉】）

自【上小樓】至此，覆絶張生也，覆絶得甚妙。若一直出書，不爲覆絶之詞，便無趣味矣。（評【滿庭芳】）

讀簡後又有以上許多文字，雖亦情所必至，然他人無此筆墨。出簡後又有此一段文字，亦是反振，爲後《賴簡》取勢

也。（評【煞尾】）

賴簡

此篇惟躡足節，是題正面，其餘皆在題前後着想，《西廂》文往往如此，讀者辨之。

題前題後，亦各有層次，當細參之。

《賴簡》一篇，是文章一大開，若一次便合，《西廂》文亦從此止矣，有何趣味？惟有此一回，又生出無數支節，方有曲折，方爲妙文，方爲《西廂》。

從閨中行出，向花園燒香，其事甚淡。乃或叙當下情事，或念平日私情，款款寫來，遂覺淡處皆艷矣。妙甚！妙甚！（評【攪箏琶】）

自篇首至此，皆滿心滿意之詞，無非爲《賴簡》作勢，無他謬巧。（評【錦上花】）

自「爲甚」節至此，雖屬《賴簡》餘文，然皆俗情俗理，説來真切了當。至文，至文！（評【離亭宴帶歇拍煞】）

後候

前數節數量鶯鶯，數量張生，無非爲正面作勢。至讀簡後，讚藥方，笑張生，嚇張生，或辯駁，或欺詆，以至描寫鶯雙文美貌，與張生調嘴調舌，妙義疊出。寫《後候》餘神，可謂竭情盡致。

此節凡三層，「先是」四句爲一層，言病之所由起也。「到如今」四句爲一層，言病之所由劇也。「多謝」二句爲一層，恐病之愈重也。然三層只重末一層，上二層是陪文。有賓主，必以賓形主，方不寂寞，此文是也。（評【鬥鵪鶉】）

信手拈來即成妙締，奇絶，奇絶。道遠先生云：「正喻夾寫，絶妙佳文。」（評【小桃紅】）

自【小桃紅】至【綿搭絮】，如題正寫，正寫便接《酬簡》無勢。自「我慢沉吟」節至末是反寫，反寫便接《酬簡》有力。文

章最忌做作，然不做作，則無以取勢，篇末數節，吾正喜其會做作。（評【煞尾】）

酬簡

文最忌突，此篇前紅娘勸雙文赴會，雖係正寫，然尚是勸其赴會，而其實猶未會也。張生望雙文來會，雖亦是正寫，然尚是冀倖，而其實猶未來會也。可謂前不突矣。文貴實發。此篇實發處，竭情盡致，可謂實發透闢矣。文貴不竭。此篇正寫後，又作許多温言熱情，可謂後不竭矣。文有此三美，故稱妙文。

文要頓宕。頓宕得神，則正面神采愈煥發矣。當鶯鶯未來時，寫張生急燥情況，正頓宕以取正面之煥發也。妙、妙。（評【寄生草】）

自【村裏迓鼓】至此，是最有層次之文。先寫喜，次寫求，次寫實行，固有層次矣。而寫實行，必先寫看，次寫行，又有層次矣。至寫行，又有先後次第，作文不知淺深層次者，當急讀斯文。（評【勝葫蘆】之【後】）

拷艷

此篇只【鬼三臺】及【禿廝兒】首三句是題正面。前怨鶯鶯，料夫人，籌登對，不過漸漸説入題來，是題前來龍。後排解與勸鶯鶯，張生往見夫人，替張生欣喜，雖亦個中文字，然終是題之餘意。觀者慎勿反客作主也。

「況是」二句，已是進一層説；「都休」以下，是又進一層説，較上更深。文貴深入，於此益信。（評【紫花兒序】）

末又追進一層，更妙。（評【調笑令】上截）

夫人只問一個「他説」，却用三個「他説」還他。三個「他説」，又作兩層説。文貴花樣生新，此乃不愧。（評【鬼三臺】）

先説「問候」，次訴「他説」，次訴實情，雖一招承，亦必漸次説來，是謂作家。（評【聖藥王】）

自「何須」節至此，不過排解耳，而亦有數層意思，全不空滑。且又議論確切，出語和雅，能不令人心帖乎？紅娘可謂

善於詞令者矣！（評【絡絲娘】）

意是勸鶯鶯不必害羞，却舉平日不害羞事以勸之，真好筆法。（評【小桃紅】）

哭 宴

此篇惟【脱布衫】至【四邊静】是正面。前三曲不過漸引入題。後數節，或於未去時故作流連，或於既去後深自嘆息，併皆摸寫餘神。情皆俗情，理亦至理，讀者甚勿忽視也。

上説望見長亭，已無可寫矣，若再填寫怨恨，套詞，非俗則腐。兹獨將未來時情事補寫一番，真是奇想天開。（評【叨叨令】）

寫張生耶，寫雙文看張生耶，寫雙文看張生，則張生出，而雙文亦出矣，妙、妙。（評【小梁州】）

借相思情甚别離情，用反轉看法寫，最妙。（評【上小樓】）

嘗酒食似土泥，已是没滋味。連土氣息、泥滋味也嘗不出，可謂泥情之至矣。聖歎謂是加一倍寫，良然。（評【快活三】）

你没處尋他，他偏有處尋你，不知不覺，已逗漏起後篇來了。妙、妙。（評【四邊静】）

【一煞】、【收尾】，以煩惱竟住，妙，有遠神。（評【一煞】及【收尾】）

驚 夢

通篇皆寫夢也，而夢亦有冀。蓋前意懶愁恨、與追思、與鶯鶯好會光景，乃入夢之由也。旅館節，言枕、言被、言眠，乃入夢之借也，似文之題前總挈。寫夢處分作兩截，中用一宕，似文之中紐。夢覺後叙館中凄涼景況，與行路時寫路間愁恨情懷，似文之總結。前提後束，中用實發，是最有法脉文字。至截法處，前係耳聞，後係眼見，亦極有分曉，尤見作者精細。

上二節寫情已盡，此復追思其前夜與鶯鶯好會時光景，使文意盡而不盡，塌而復振，又風流、又蘊藉，最耐人咀味文

字。（評【步步嬌】）

自【喬木查】至此，皆寫鶯鶯趕張生也。然必先寫其趕已到，而後寫其未趕時情事者。蓋此篇是寫張生之夢，非寫鶯鶯家事也，必如此寫，方在張生夢中。若一倒寫，便在鶯鶯家中，非張生夢矣。此亦如截上題作法，必先從本題起，然後倒捺上文，末又收合題位，方是本題文字，非上文文字矣。（評【錦上花】之【後】）

上【後】，下即接開門擕入，【後】等曲亦未始不可，然未免嫌其太直。文加此一折，竟若前後有無數夢在。文勢既紆曲，文情亦熱鬧，得不拍案叫絶？（評【清江引】）

此及上節，皆言愁恨也。夢覺後以愁恨結，不侵不溢，恰得分位，妙文也。又《西廂記》至《驚夢》竟住，甚妙。蓋天地間，惟虛爲有趣，《西廂》至此境也。虛則義藴深藏，耐人咀味，而傖父顧必欲實之，豈不可厭？至文之佳與不佳，更不必論也。道遠王氏云：「此節結出作《西廂》之由來」，信然！（評【鴛鴦煞】）

卷六 《看西厢碎評》

序八 《西厢碎評叙》

余何人斯，敢評《西厢》哉？《西厢》何書，而余敢評乎哉？乃《西厢》不易評，而余竟評之。余不敢評《西厢》，而竟敢評之，非敢也，凡以不佞才質駑鈍，非加以評論，不能深入爾。至評之當與不當，則深有望於高明之教政焉爾。是爲序。

時

乾隆十九年菊月自叙　　　　督陽居士（高國珍印）

蔡華燕、徐巧越點校，黄仕忠審讀

此宜閣增訂金批西厢（清乾隆六十年［一七九五］刻本，清周昂增訂評批）

卷首

《第六才子書西厢記》卷一至卷三（《會真記》的本事詩與考辨已删）

增訂西厢序

時鳥有聲，候蟲有響，此天地自然之音也。何年無之？何月何日無之？然而鳥之屬如倉庚、如反舌、如鶗鴂，聞其聲，不問而知其爲倉庚、反舌、鶗鴂也。蓋終古此倉庚，反舌、鶗鴂之聲而已。蟲之屬如鼃、如蛄、如蜩螗、如蟋蟀，聞其響，不問而知其爲鼃與蛄與蜩螗、蟋蟀也。蓋終古此鼃與蛄與蜩螗、蟋蟀，則終古此鼃與蛄與蜩螗、蟋蟀之響而已。人之生於天地間也，少而亹亹達之於口，長而洋洋纚纚筆之於書，爲天地宣自然之籟，無異一時鳥也，無異一候蟲也。然而人之所以異於物者，非如蟲鳥之只乘時而鳴，應候而作也。有情以引其緒，有理以樹其臬，是故性靈所自禀也，心思所自有也，口吻所自具，筆墨所自抒也。人之不同如其面，合千億萬衆，無一相肖者。此如倉庚之不通乎反舌，反舌之不通乎鶗鴂也；如鼃、蛄之不通乎蜩螗，蜩螗之不通乎蟋蟀也。而必欲指其類以區之，則彼一人之聲，此一人之響，層見迭出，擬之倉庚、反舌、鶗鴂而不似也，擬之鼃、蛄、蜩螗、蟋蟀而亦不似也。其動於不自已，而若有爲之鼓之者，則正如蟲鳥之乘時應候。而問之時鳥，時鳥不知；問之候蟲，候蟲不覺也。少霞曰：「天下慧心人，有喻此意者，尋聲索響，以爲倉庚、反舌、鶗鴂，則即倉庚、反舌、鶗鴂也。倉庚、反舌、鶗鴂不相妨也。以爲鼃、蛄、蜩螗、蟋蟀，則亦鼃、蛄、蜩螗、蟋蟀也。鼃、蛄、蜩螗、蟋蟀亦不相妨也。惟其然，而有實甫之《西厢》，何不可有聖嘆之《西厢》？有聖嘆之《西厢》，何不可有我之《西厢》？惟其然，而讀實甫之《西厢》，焉能不讀聖嘆之《西厢》？讀聖嘆之《西厢》，又焉能不讀我之《西厢》？」是爲序。

例言

一、實甫、聖歎，雖屬天才，然白璧之瑕，殊難阿好。索垢求疵，特爲二家羽翼，非有意操戈也。

一、世所傳實甫《西廂記》，多爲聖歎改竄，今仍聖歎改本，而原本曲白有不可删者隨處附入，庶通體貫串。

一、此本用套板。批句法、字法，注在句下；至批文法及當時情事與文章眉目，或注在行間，或注在書頭；批詞曲則批在每曲下。其墨板圈點悉仍其舊。

一、聖歎《讀〈西廂〉法》爲八十一條，湊九九之數，大是可笑。其中白嚼處多不足存。有十數條不礙文義，可備觀覽者，姑存之。

一、今袖珍《西廂》開頭一序係儷體文字，庸劣之筆，可云佛頭著糞。又於《會真記》后雜録唐人雙文本事詩，及後人弔古諸作，甚屬無謂，故亦汰之。至繡像更屬稗官小説家惡習，例從删。

一、書中偶易詞曲一二處，附列曲下，乃一時興之所至，不忍抛置。其他心所不慊者尚多，有好事再爲删潤，庶稱全璧。

一、《西廂》評注校訂諸家有周憲王、朱石津、金白嶼、屠赤水、徐士範、徐文長、王伯良及趙氏諸本，迨即空觀主人集其成，而説乃大備。至聖嘆批本後出，而各家俱爲積薪。今兼收並取，即其言未的，亦有附録者，以廣見聞也。

會真記（此宜閣眉評、夾批、旁批）

西廂會真傳（原文略，僅録批語）

《太平廣記》無「耳」字。（「是有淫行耳」眉注）

一本作「崔婦鄭女」，良是。（「崔氏女鄭婦也」眉批）

「中」，一作「武」。（「有中人丁文雅」眉注）

《太平廣記》「次命女」下無「鶯鶯」二字，至傳尾有崔氏小名句。（「次命女曰」眉注）

《太平廣記》作「銷紅」，語頗不倫。《侯鯖録》作「桃紅」，復近俚鄙，此本作「斷紅」，亦費解。（「雙臉斷紅」眉批）

此本作「潰然」，不成語。《太平廣記》作「腆然」，亦無謂。（「潰然而奔」眉批）

「德」字不妥，《侯鯖録》作「媒」，良是。特上其字亦戾。（「何不因德而求娶焉」眉批）

「索」，音色與繩索之索各音。（「索我於枯魚之肆矣」眉注）

語甚文秀。（「怨慕者久之」至「則無由也」眉批）

一本崔之東下有墻穿樹，一作「株」。（「崔之東有杏花一樹」眉注）

好詩，動人心。（「將寄於婢妾」至「是用託短章」眉批）

《太平廣記》無「見」字。（「則見紅娘斂衾携枕而至」眉注）

或作「並枕同衾而去」，殊復，且于文理不通。（「設衾枕而去」眉批）

情景逼真仙境。（「斜月晶熒，幽輝半牀」眉批）

「知」，《虞初志》作「我」。（「則曰：知不可奈何矣。」之眉注）

令人腸斷心酸。（「嚮時羞顔所不能及，今且往矣」眉批）

全簡如歎，一字一淚矣。（「崔氏緘報之詞，粗載於此」至「但積悲嘆耳」之眉批）

「枕席」，《太平廣記》作「寢席」，「愚幼」作「愚陋」，「幽劣」作「幽眇」。（「及薦枕席」，「愚幼之心」，「俯遂幽劣」之眉注）

絇玉篇音句一約一束也。懶真子云：「絇」當作「綸」，音七候反，與「絇」同音。（「兼亂絲一絇」眉注）

梁昭明太子《宋名士悦傾城》詩：「經居李城北，來往宋家東。」此本作「洛城」，非。（「因游洛城北，偶向宋家東。」眉批）

「腕」，《虞初志》作「履」，與前文「履」重。（「無力慵移腕」眉注）

「度」當作人聲，否則與前「螢光度遠空」復矣。（「海闊誠難度」眉注）

行文至此，似覺近腐。（「張曰：大凡天之命尤物也」眉批）

到此愈見深悲極怨處。（「不爲傍人羞不起，爲郎憔悴却羞郎」眉批）

或謂元微之通其從母之女，假張生以自表耳。余按樂天作微之母鄭夫人誌，言鄭濟女，而唐崔氏譜永寧尉鵬亦娶鄭氏女，此爲微之自表無疑者，宋王銍之辨昭信矣。

其傳得漢卿演爲北劇，風流絶艷，遂作千古相思矣。（文末總評）

元微之《會真記》

全部《西厢》，以此弁首，從其朔也。（題目夾批）

如此行止，全似端人，爲下文尤物作對面染法。但作者自爲色迷，獨歸咎於雙文，以見崔張苟合，乃雙文之惑張生，非張生過，元相亦忍心哉！（「内秉堅孤，非禮不可入」，「未嘗近女色」之眉批）

預爲後文尤物一段文字埋根。然「大凡」三語，似太糊突，與上亦不洽。（「登徒子非好色者」、「余真好色者」之眉批）

此句似非自道語氣。（「是知其非忘情者也」夾批）

姨，釋親稱從母。（「從母」夾注）

奴僕甚多，《西廂記》只載一婢。（「多奴僕」眉批）

《西廂記》自《驚艷》後，形容雙文，不遺餘力矣，然終遜此數行之妙寫情態也。（「常服醉容，不加新飾，鬟垂黛接」數語之眉批）

「雙臉斷紅」，謂不施，未的也。（「雙臉斷紅而已」旁批）

八字極平庸，然却是寫生手。（「顏色艷異，光輝動人」之旁批）

添毫。（「凝睇怨絶，若不勝其體者」夾批）

寫情態也。（同上眉批）

答問年紀，筆法從《左傳》脱化出來。（「問其年紀」數句之眉批）

「惑」之字線索。（「張自惑之」夾批）

字法句法俱妙。（「果驚沮潰然而奔」夾批）

上文徑路已絶，故須用重筆轉下，手腕絶高。（「然而善屬文，往往沉吟章句，怨慕者久之。君試爲喻情詩之亂之，不然則無繇也」之旁批）

婦人知文，即此可鑒。 薛濤事、易安，亦坐此病。（同上眉批）

亦與前「常服醉容」遥映。（「端服儼容，大數張曰」夾批）

詞嚴義正，路絶天台，臨軒獨寢，事出意外，前後相形，筆墨直盡其勝。（同上眉批）

此段詞氣，全從《左》《國》脱胎。（「是以亂易亂」，至「又懼不得發其真誠」之眉批）

與前「潰然而奔」遥應，字法俱妙。（「言畢翻然而逝」夾批）

與前文「端服儼容」、後文「恭貌怡聲」，面面相映，三處寫雙文，三個樣子，真是寫生妙手。（「至則嬌羞融冶，力不能融肢體，曩時端莊，不復同矣。」之旁批）

敘得何等藴藉，插下寫景語，好點綴。（同上及「斜月晶熒，幽輝半牀」之眉批）

二語虛得妙。（「張生飄飄然」二句夾批）

四字活畫，如見軟玉温香猶在懷也。 四字乃眉後紋。（「嬌啼宛轉」夾批）

此《西廂》之以「不語」爲利也。《西廂·酬簡》【後】「今夜和諧」一曲，視此真有仙凡之別。（「辨色而興自疑」至「猶瑩於裀席而已」之眉批）

踪跡詭秘，添毫之筆，然亦是文章斷法。（「杳不復知」旁批）

二語須倒轉，此出入，指張生也。（「朝隱而出，暮隱而入」夾批）

含糊得妙。（「知不可奈何矣」夾批）

妙作不了語。（「因欲就成之」旁批）

總敘雙文言動舉止，詞簡而情味濃至。（「時愁艷幽邃，恒若不識，喜愠之容，亦罕形見」之眉批）

「操琴」數語，起下鼓琴、投琴一段文字。 下係實事，此係虛筆。（「異時獨夜操琴」眉批）

與前文「自是惑之」句作章法。（「以是愈惑之」旁批）

與前「端服儼容」又不同。（「恭貌怡聲」眉批）

四字極斟酌，蓋寫嬌羞不稱，寫端嚴亦不稱也。（同上旁批）

此處四五行，波折極多，筆筆遒，筆筆淨。（「一然而君既不」眉批）

敘情事何減《史記》。（「投琴泣下，流漣歸郊所」眉批）

怨極。 此亦是文章斷法。（「遂不復至」旁批）

崔氏緘報一通，直是六朝派别。然六朝人轉未免拖沓，陳眉公以此書選入《古文品外録》，蓋亦深賞之也。（「崔氏緘報之詞」，粗載於此」眉批）

哀音怨亂，纏緜凄楚。（「乃至夢寐之間，亦多叙感咽離憂之思」眉批）

此亦可謂深於情者，張終棄之，忍人哉！（「驚魂已斷，雖半衾如煖，而思之甚遥」之夾批）

女子才華，（亡）［古］今推李清照。崔氏此札，有過之無不及。（「君子有援琴之挑，鄙人無投梭之拒」眉批）

筆筆跳脱。（「倘仁人用心」至「則當骨化形銷」之旁批）

此數行，聲泪俱下矣！使阿儂遇此等女子，當性命以之。（同上眉批）

收束何等筆力！（「丹誠不泯，因風委露，猶託清塵，存殁之情，言盡於此。臨紙嗚咽，情不能申。」之旁批）

隨手點綴，俱有致。（「意者欲君子如玉之貞，俾志如環不解。」之旁批）

前用兩「惑」字，此直書「發其書於所知」，薄倖一至於此。（「張生發其書於所知」眉批）

詩劣甚。（「微月透簾櫳」旁批）

爾自薄倖，忍爲此腐語耶！（「不妖其身，必妖於人」眉批）

既待之如妖孽，尚何怨念動顔色哉。（「張怨念之誠，動於顔色。」之眉批）

怨極。（「竟不之見」旁批）

始知雲雨蛟螭，俱非由中之意。（「又賦一章，以謝絶之曰」眉批）

怨極。（「自是絶不復知矣」旁批）

一語結天台雲路，杳然邃然。（同上眉批）

「杳不復知」，「遂不復至」，「竟不知見」，「絶不復知」，句法相似，却處處不同。○玩其所用「杳」字、「遂」字、「竟」字，「絶」字，俱妙。（同上夾批）

此「過」那可「補」？ 語亦與上不拈。（「時人多許張爲善補過者矣」旁批）

讀《會真記》，可不讀《西廂》； 讀《西廂》，不可不先讀《會真記》。（篇末眉批）

慟哭古人（金聖歎之原文略）

大意以閲世生人，閲人成世，日月逾邁，憑弔古人，既痛逝者，行自念也。 提出「消遣」二字，以明批書刻書本意，中間如「古蜂」、「古蟻」等語，未免入魔，只縱横馳騁，變不離宗。 雖非此道中開山手，亦自成一家言矣。 所言消遣諸法，首及忠武，固屬不倫，以下諸客，亦多冗雜，讀者不可不知。（「今夫浩蕩大劫」一段眉批）

發端。（「《西廂記》何爲而批之刻之也」旁批）

空際落筆，便有神味。（「我心則誠有」句旁批）

看得自家鄭重，洵是自命不凡。（「而至於今年今月而暫有我」夾批）

作兩層，跌出下文消遣句。（「然而幸而猶尚暫有於此」旁批）

鄭重。（「我則將於何等消遣而消遣之」旁批）

「消遣」二字，不但是一篇眉目，亦是一部書眉目。（同上夾批）

不肯作一平筆直筆，如鱗鱗之雲，參差蹙起。（「且未論我之果得爲」二句旁批）

筆意何等瀟洒。（「是其所爲與所成，則有」二句旁批）

索性再縱，筆如生龍活虎之不可捉搦。（「則又何不疾作水逝雲卷」二句旁批）

緊扣。（「甚矣我之無法」句旁批）

即上無法作消遣，轉入古人，入得飄忽，入得警動，以下好作波瀾。（「細我今日之如是無奈」四句旁批）

筆法變換。（「古之人之立之者」二句旁批）

此所以欲慟哭也。（「然而又自知其無奈」二句眉批）

慟哭之故，仍從自家身上説。（「既已生我」四句眉批）

此數行，縱筆爲「我」字透寫慟哭之根。（「我又未嘗哀哀然」眉批）

奇情幻想。（「而無端而忽然生我」夾批）

出（此）慟哭尚是虚步。（「真起古人，豈不同此一副眼淚」三句眉批）

汄（zè，水流，水势）（一作大）轉。（「乃古人則且有大過於我十倍之才與識矣」夾批）

纔轉即縱。（「彼謂天地非有不仁」旁批）

此處若便粘着慟哭，文筆便庸。看他憑空結撰，如百丈游絲之裊晴空。（同上眉評）

以下愈元（玄）愈幻。（「天地之生此芸芸也」眉評）

魔語。（「夫天地真未嘗生我」二句眉評）

以下三「是則」作三層章法。（「是則我亦」句旁批）

歸根消遣，逐層迴應前文，草蛇灰綫，結構極密。（「我亦於無法作消遣」二句眉評）

「消遣」陪客。（「既而又因感激三顧」眉評）

語多不倫。（「日中麻麥一餐，樹下冰霜一宿」眉評）

一「悞」字引出許多妙緒，靈心快筆，絶世無雙。（「或悞乃至或大悞耶」眉評）

就悞中分出兩層大悞。（「此固大悞也」三句眉評）

既以批書刻書爲消遣，而自道其悞；自道其悞，與大悞之俱無與于我，包一切，掃一切，粉碎虛空，如入化城。（「我窮思極慮」一段眉批）

下文妙接，真是獨往獨來之筆。（「硯，我不知其爲何物也」眉批）

拓開。（同上旁批）

又拓一層。（「窗明幾淨」旁批）

忽將硯筆等項陪說，又忽將蜂蟻兩物作話頭，縱筆所如，直欲破空而行。（「蜂穿窗而忽至」二句眉評）

再拓一層。（同上旁批）

此一段寓意卻淺。（「我今日天清日朗」眉評）

人不立言，與蜂蟻何異。後人不知有蜂蟻，亦不知有我，故非留贈，則皆水逝雲卷、風逝電掣而去耳。（「若後之人之讀我今日之文，……又有此蜂與此蟻也」眉評）

將後人陪說。（同上夾批）

語纔合，何等筆力。（「然則後之人竟不能知我」旁批）

并說到後人，自作消遣，聖歎所云加一倍法也。（「因不得已而取我之文自作消遣云爾」眉評）

挽合何等筆力！（「然則後之人竟不知我之今日之有此我也」旁批）

又一層。（「爾後之人之讀我之文」旁批）

此種真飛行絶迹之筆。（「然而我則終知之耳」二句旁批）

縱横如意，獨往獨來。（同上眉批）

到此纔一并説明。（「我自深悟夫悮亦消遣法也」旁批）

説得透快。（「不悮不妨仍悮」旁批）

接法無痕，指批書。（「是以如是其刻苦」旁批）

全是鏡花水月，實甫《西厢》十六篇，聖歎大序二篇、小序十七篇，皆作如是觀。（同上眉批）

「刻苦」、「精妙」，歸於「無謂」，此所以爲消遣。（「我本無謂也」二句旁批）

聖歎批評此書，將胸中所有話頭，一氣層折，蟬聯而下，語雖無關體要，然其筆則不可思議矣。（同上眉批）

此句妙。（「我安計後之人」句夾批）

打轉「十倍才識」句，却與上文詞不甚粘。（「嗟乎」二句旁批）

大結穴。到此真有「群山萬壑赴荆門」之勢。（「我與之批之刻之以代慟哭也」至末之旁批）

結出主意，點睛飛去。（同上夾批）

「慟哭」、「留贈」，同一消遣。（同上眉評）

大意以批書刻書不過爲消遣起見，曲折奥衍，如水銀委地，無孔不入，極文字之奇觀。（文後總批）

聖歎文字，只是一個申説法。（文後總批）

留贈後人（金聖歎原文略）

借上古人，陪出後人，一路曲折寫來，跌落應須留贈之故。

起結不脱古人，蓋此兩篇文字，意固互相發明也。（開首之眉評）

所以留贈後人，正因我之今日思古人耳。（「觀於我之無日不思古人」眉評）

承上兩層説來，同中見異，側重後人，折落應須留贈之故。（「若其大思我，此真後人之情也」四句旁批）

提出「贈」字，以下以陪筆開出波瀾，與前篇諸葛公一段文字同法。（「是不可以無所贈之，而我將如之何其贈之」眉評）

與前篇出消遣，句法相同。（同上夾批）

《楞嚴》妙諦，《南華》幻想。（「我請得爲光明」句旁批）

疊作疑陣，以「可奈何」句爲章法。（「可奈何」夾批）

因「留贈後人」，題前布置，想出許多物件，每段卻有妙緒以爲之緯，否則便味如嚼蠟。（「後之人既好讀書」眉評）

一路縈上，作蟬聯筆。（「可奈何後之人」眉評）

此段文法又變，所以避板。（「於讀書之時，如人名山」眉批）

奇語妙語，此中人自領之。（「如又讀其腦中之書焉」夾批）

合上一段，文法又變。此段用雙。（「我請得化身百億，既爲……」眉評）

着此句妙。（同上旁批）

他人于此處定格，格不能吐矣。（「一則如我自化身於後人之前」旁批）

此只以兩語達之。(「而後人乃初不知」句旁批)

此段又單。(「後之人既好讀書」眉評)

單頂讀書。(同上旁批)

四段則如一轉，俱説得有意理。(「我請得轉我後身」眉評)

大折落。(「可奈何無已，則」旁批)

又擲筆向空際游衍，「將軍欲以巧伏人，盤馬彎弓惜不發」。(「則請有説於此。擇世間一物……」眉評)

此段二(一作三)層，妙在先作一(一作空)領，以後折落便得勢，文氣亦厚。(「而世至今猶未能」二句旁批)

承上仍作三層折醒。(「夫世間之書，其力必能至於後世」眉批)

此段筆勢，如懸河放溜。(「則必書中之《西廂記》也。夫世間之書，其力……」眉評)

看他説到正面，語却無多，此聖歎自言，作文須審題前題後。即如此題，純於題前左盤右旋，早淋灕盡致也。(「夫我今日所批之《西廂記》」眉評)

一請道破心事。(「我無以贈之，故不得已而出於斯也」夾批)

暗挽到古人，此一轉更不測。(「我真不知作《西廂記》者之初心」旁批)

以下文字，又從空際着想，皆眉後紋也。(「謂之今日始見……不如是」旁批)

萬牛迴首，兩篇仍一篇。(末句旁注)

仍打轉古人，猶龍之筆。第二篇蹊徑較近。(同上夾批)

古人以我爲後人，後人以我爲古人。古人之前，先有古人；後人之後，又有後人。中間置我於此，不能聽其水逝雲卷，風馳電掣而去也。「立言」二字乃居要之片言。「光明」以下四段，只是多請陪客，跌出「留贈」，不離「立言本意」。雲譎波詭，令人目眩。（篇後總評）

贈古人上篇

不窮者天地，遞嬗者古今。人於其間爲息爲消，而在己則爲我，在人則爲物。物我同盡，而後乎我爲後人，前乎我爲古人。古人與後人，在天地古今中，固無日不水逝雲卷、風馳電掣而去也。然而後人未來，則此水逝雲卷、風馳電掣之勢，獨於古人證之。而古人既隨水逝雲卷、風馳電掣而去，其不隨水逝雲卷、風馳電掣而去，則古人恃有其書在也。古人之書，古人之心具焉，古人之文寓焉。讀古人書，而古人之心，以我之心印焉，古人之文，以我之文會焉。此古人之書，所以點之、注之，而垂諸不朽，則後人之爲德，於古人何如哉？夫以物予人曰贈，以言予人曰贈。人已往，而追而表揚之，斯則贈之義尤大者。然則古人已往，而後人爲德於古人，以言表揚之，欲不謂之贈不可得也。然古人已隨水逝雲卷、風馳電掣而去，不預望後之人爲之表揚而有贈言也。而後人自有不能已於心者，則正以此水逝雲卷、風馳電掣之中，幸而適有此我。我既不欲隨水逝雲卷、風馳電掣而去，則必籌夫水不能逝、雲不能卷、風不能馳、電不能掣，而常留於天地，常留於古今。此非恃我言以留之不可，必也！是故古人之書，不必藉吾言以留，而吾之言，實藉古人以留。吾言藉古人之書以留，則古人之書，亦何嘗不藉吾言以留。韓子有言：「莫爲之前，雖美弗彰；莫爲之後，雖盛弗傳。」是可知古人以書貽我，我以言贈古人，二者固有相須之勢焉。然古人生數千百年之前，其自爲一書，與後之人直風馬也。後之人無端取而雕鎪腸胃，貫串血脉，使古人未及明言之處，如眉列面，如髮在梳，一似有此書不可無此批。起古人於九原，鼖鼓軒舞，有不暢然意滿者哉！是故賞其奇，而有言以云贈也；摘其謬，而有言亦以云贈也。蓋當沉吟往籍，寄懷緜邈。我以心印古人之心，而古人於我，既若以情來，則我以文會古人之文，而我於古人，安得不爲興往，興之所至琅琅達之？所以作者一人，而批者常不限一家。如丁敬禮之論，謂「文之佳惡，吾自得之。後世誰相知定我文者」，則是文章評次，祇屬之並生之人，而無與後來之彦。將使古人一隨水逝雲卷、風馳電掣而去，而其心即冥以沉，其文即曶以没。千百載後，其孰能慰古人者？且亦思後人之求慰古人，正非獨爲古人起見也。蓋處水逝雲卷、風馳電掣之中，我亦安必其鼎鼎百年者？芸芸萬輩，後起沓不相知。其如可晤對者，止有古人，則古人，固我友也。其如可步趨者，亦止有古人，則古人固我師也。我以古人爲師友，而古人之言，其善者贊一辭，其不善者參一解，此亦古人之所心許也。是故如實甫之創《西廂》一書，彼初不料數百年後有聖歎爲之評論。而聖歎之書非即實甫之書。聖歎非即實甫之書，而實不外實甫之書。聖歎既以實甫之書爲書，更不料百六七十年後，復有我爲撼樹之蚍蜉，而嘵嘵焉强聒而不舍，而聖歎之書愈以彰，即實甫之書愈以著。夫我聒而不舍，亦因夫水逝雲卷、風馳電掣。當我之世，實無計以留之，故即古人所爲消遣法中，而旁通曲鬯，孜孜焉以從事於此。其或隨水逝雲卷、風馳電掣而去，與不隨水逝雲卷、風馳電掣而去，我皆不敢知。而特以人生日衆，踵事日增，即安知一二百年或三四百年後，不復有繼我而起者之爲我删其繁冗，挈其簡要，别出機杼者？則我之增訂此書，不敢爲聖歎之繼聲，亦未始非後人之錞于也。至於師心自用，指瑕索瘢之處，剥無完膚。曹子建云：「蘭茝蓀蕙之芳，衆人所好，而海畔有逐臭之夫；咸池六莖之發，衆人所樂，而墨翟有非之之論。」夫蘭茝蓀蕙，不因逐臭而改其芳；咸池六莖，不因非之而易其美。而不知有海畔之臭，轉以見蘭茝蓀蕙之芳；有墨翟之非，乃愈表咸池六莖之美。準之人情，不其然乎？且夫筆與墨，固文人心思才力之所見端也。然而古人有古人之心思，我有我之心思。古人有古人之才力，我有我之才力。不能以我之心思才力，爲古人之心思才力，亦並無容以古人之心思才力，爲我之心思才力。蓋心思才力，天未嘗獨厚於古人，獨靳於我。夫亦各盡焉耳！夫此心思才力，托諸筆墨，以見所謂不隨水逝雲卷、風馳電掣而去者也。而還思心思才力，皆造無爲有之物。故即如未有《西厢》以前，實甫何以忽然而特創？未批《西厢》以前，聖嘆何以忽然而加評？殊不知鏡花水月，即使實甫不作此書，聖嘆不批此書，一種靈機妙緒，自隱約於天地古今，而惜爲躁心人棄之，鈍根人昧之也。嗚呼！我亦躁心人也！我亦鈍根人也！一知半解，古之人有言，所謂只可自怡，不堪持贈者也。而敢爲附驥，其言或且驚世駭俗，誠不望此一知半解，可得後人之曲諒也。願與古人少作周旋，而水逝雲卷、風馳電掣，俱聽之而已。

贈古人下篇

或謂少霞曰：「聖歎作消遣法，而批《西厢》贈後人，原以金針普度，沾丐來兹也。若古人，則近者數百年，遠者數千年。水逝而水且涸矣，雲捲而雲且散矣，風馳而風且息，電掣而電且滅矣。杳杳邈邈，冥冥默默，將與誰質對？共誰取證乎？是不如貽贈後人。所謂知心之侶，猶可得什一於千百，而遥遥相望于數百數千年後。一話一言，或不靳其音徽也。」少霞曰：「不然，天下之物，無論其孰貴孰賤；天下之言，無論其孰重孰輕。然而持以予人，則不論物爲何如物，言爲何如言，而要必有所主。蓋確然信其人之能勝是物，能稱斯言，而後我持贈之心方不負，而後我持贈之舉，始不至如明珠暗投，爲人鄙夷，而不屑也。諺有之曰：『寶劍贈與烈士，紅粉贈與佳人。』夫此庸庸萬衆，其爲男子與，孰是不愧烈士者？其爲女子與，孰是可號佳人者？此即並世而生，比閭而居，猶未可必得。而况遲之久，而或數百年後，或遲之又久，而數千年後，凡爲男子，可遂以烈士目之，凡爲女子，可即以佳人稱之乎？吾以知其難矣。夫意中無烈士，而我出寶劍以待烈士，則必有非烈士而謾藏此寶劍者，而寶劍不足貴。意中無佳人，而我出紅粉以待佳人，則必有非佳人而消受此紅粉者，而紅粉不足珍。不然，而以寶劍、紅粉爲公器，任人之自爲取攜。嗚呼！執途人而告之，彼此已漠不相屬，况求諸異代？其又安可必哉！至于古人則異焉。名之所在，實必副之。荆軻、聶政，吾未嘗見其人也，然其人之爲烈士，古今無異辭。西施、王嬙，吾未嘗見其人也，然其人之爲佳人，亦古今無異辭。夫如荆軻、聶政，而我以寶劍贈之，寶劍豈不得所主乎？如西施、王嬙，而我以紅粉贈之，紅粉豈不得所主乎？然而荆軻、聶政之爲烈士，祇可於古人中求之。後人則安見復生如荆軻、聶政也者？西施、王嬙之爲佳人，亦祇可於古人中求之，後人則安見復生如西施、王嬙也者？即使生有荆軻、聶政、西施、王嬙其人，而我則骨以朽、魂已化，豈能于夢寐之中，親爲授受如郭璞之錦乎？嗚呼！荆軻、聶政、西施、王嬙，後來誠未可逆料，而已往之荆軻、聶政、西施、王嬙其人其事，至今有餘慕焉。我不能起荆軻、聶政而贈以寶劍，苟以言表揚之，如淬寶劍而授之也，不必荆軻、聶政復生也。我不能起西施、王嬙而贈以紅粉，苟以言表揚之，如奩紅粉而奉之也，不必西施、王嬙復生也。夫不必荆軻、聶政、西施、王嬙復生，而我之所以爲贈者，但使有言如寶劍，有言如紅粉，則後之遥慕乎荆軻、聶政、西施、王嬙，猶得藉寶劍之遺烈，紅粉之遺芬，遞推遞衍，以作薪傳，將累千萬禩，當必有聞風而興者。然則贈古人即所以贈後人，蓋贈後人者無所主者也，不可必之勢也；贈古人者得所主者也，有可必之數也。繼自今，願後人之無委嘉貺於蠹簡也。庶幾不負私衷也夫！」

哭後人上篇

聖歎之《西厢》批本，渠所謂留贈後人者也。嗚呼！聖歎之用心苦矣。其待後人亦可云厚矣。後之人震其名，鮮有能讀其書者，其幸聖歎也實甚。少霞蓋循覽篇首兩序，而淚未嘗不涔涔下也。喟然嘆曰：「夫古人則何煩我之慟哭哉！」古人在當日，天賦才華，幸而遇於世，功名富貴，煊赫一時。其或不幸而不遇，寄情墳索，雅意纂修，單詞片語，比於潛德幽光，垂諸奕禩，不乏賞音。即如有元詞人，凡百餘家。而以北詞譜《西厢》，與實甫分道揚鑣者，前有董解元一編。乃聖歎獨取實甫之作，列之才子書中。實甫有知，當且劇喜大㩻，更無忳鬱拂其心。雖感激私衷，或致英雄墮淚。然而作書與批書，皆古今絶調，奇莫奇於此，快莫快於此。困抑之文人學士聞之，未有不爲之收淚者，何況從尚論之餘，别有神交之處！心心相印，如聖嘆之於實甫，則其所云「慟哭古人」，爲己慟乎？抑爲實甫慟乎？爲己慟，是不病而呻也。且使讀古人書而憑弔興感，輒行慟哭，則左氏之瞽、馬遷之腐，以迨施耐菴輩，何一不當慟哭者？聖嘆於此，直將淚盡而繼之以血也。爲實甫慟乎？則我思昔人讀《離騷》、讀《漢書》，皆取以爲下酒物。如實甫之《西廂》，以酒酹之可也，已讀之而浮大白可也。安用此潸然者爲？乃吾謂古人不必哭，其可哭而大慟者，正在後之人。何言之？凡文之不深於情者，必非文之至。《西廂》之文，深於情者也。傖父不知尋味，至以淫書目之。此其可慟者一也。凡文必擇事而爲之，擇題而爲之，亦必非文之至。《批西廂》之文，不論何事，不論何題，洋洋纚纚，一篇自有一篇章法，其中大抵皆行文金針。傖父泥於《批西廂》之名，遂謂此只是《西廂》中情節，埋没無限苦心。此其可慟又一也。小夫孺子，血氣未定；市儈村氓，志趣卑污。嘖嘖於錦心繡口，軟玉温香，而神爲之動，情爲之移，其外皆冥然罔覺，遂以此書擲諸茵榻，挾諸舟车，置之茶前酒後，與彈詞小説無異。此其可慟又一也。然猶曰：「此小夫孺子、市儈村氓也。」乃至壯夫宿老、名公鉅卿，大半同於小夫孺子、市儈村氓之所爲。此非其更可慟者乎？然此之所謂可慟，不過不知珍重也。自實甫北《西廂》創作，而以不便登場演唱之故，李日華即其原詞，改頭换面，旗鼓一新，于是本來面目幾幾埋没。苟非聖歎加意折出，實甫之《西廂》何以得還舊觀？此則少霞所爲大慟者也。不獨少霞慟，普天下千萬世錦繡才子亦無不慟。而李氏拾實甫牙慧，以其書貽諸久遠，而得不隨水逝雲卷、風馳電掣而去，然則後人之沉痼惛愚，而甘隨水逝雲卷、風馳電掣而去，不且齊聲一大慟哉？嗚呼！少霞之淚，即聖嘆之淚。聖嘆之淚，即實甫之淚。悠悠千載，知己難逢。閱世生人，斯文誰屬？未審增評者畢（應爲異）此更何法以消遣也。

哭後人下篇

則有疑我慟哭後人爲榮古而薄今，貴耳而賤目，視古人皆智而後人皆愚也，視古人皆賢，而後人皆不肖也；其説近於矯，其情過於激。少霞欷歔太息而言曰："是誠有之。雖然，我之初設是想也，亦思後世之於我乎唾罵，而當世之人，且將於我乎剸之刃也。而我且悍然不顧，欲正告之天下後世者，正以斯世之相率甘於聾瞶，不有以震其聾，驚其瞶，則造物之生人，聰明可以黜而不用，故吾於此亟欲以一言發人深省也。且夫聲色貨利，後人無事肯讓古人，而獨至文章學問，則甘讓古人。非獨讓之已也，一切古人所有著述，吟之誦之，揚之贊之，伏而跪拜之，恭敬奉持而曲護之，不敢有異説也，不敢有歧論也。即今之讀《西厢》者，亦不乏矣。問之彼，而彼必曰：實甫真才子也。《西厢》一書，非才子何能作？聖嘆真才子也，批《西厢》一書，非才子何能批？"嗚呼！彼豈知實甫者哉！微特實甫不能知，亦豈知聖歎者哉？夫讀《西厢》而不知實甫之所以作，聖歎之所以批，此正吾之所欲爲後人哭者也。今夫人死則涕泣隨之，後人未生，則哀心何目感，而涕淚何由至？抑知哭泣之哀，非獨死喪之戚也。孔子泣麟，爲道窮也，厥後途之窮而阮籍哭，命之窮而唐衢哭，乃至亡羊歧路而楊朱亦哭。情之所感，有不自知其然而然者。若我讀古人書而慟哭後人，則非直所謂道之窮、命之窮、途之窮，以及臨歧路而莫所適從也。人自有生以來，其體則性，其用則情，而性之體、情之用，統具於心。男女居室，人之大倫，情之所不容已，性之所不容已也。《西厢》一書，其道男女之事，雖不可以居室之大倫言，然男女之情，不可謂不篤。而冬烘先生轉以此爲溺人情性，壞人心術，噤不敢道，束不令觀，此殆非人情不可近者。夫不近人情，則情可滅。情可滅，則性可毁。滅情毁性，而心于是死矣。嗟夫！嗟夫！哀莫大於心死。日生之數，即日死之數。未生而具死之幾，非死而極哀之致。芸芸萬輩，恨不與水俱逝，與雲俱卷，與風俱馳，與電俱掣。有心者於此，非夫人之爲慟而誰爲哉。夫情有障，障不深則障必不能撤。情有魔，魔不重則魔必不能降。依古達人傑士，不爲情溺者，見情之至，斯見性之至，而大覺於是可證。此不在宗禪乘、誦寶誥以度迷津也。魔障緣情而生，不可溺其事，而不可不味其言。蓋見色謂之色，見空謂之空。色與空，惟人之自取云耳。夫無況之字，不典之音，猥鎖紕頗，不可究詰，此稗官小說之通病也，聖歎亦不能擺落至盡。獨《琴心》一篇，諄諄於先王之製禮所以坊天下，而於狥情之處，示閑情之方，宏氣偉理，卓然懿訓，其言非宋五子之言，而其言則宋五子之理。通斯旨也，夫何障之不撤？何障之不降乎？而其餘鏡花水月之言，不可舉是以例乎。惟是後生小子未由領此，而父兄師長，又莫爲解惑指迷，而舉隅待反，是埋没後人之聰明可慟，而埋没古人之心思尤可慟。然則吾之慟哭後人，爲後人哭，仍爲古人哭也。猶憶余童時好閲是書，今年已耄及，又病且七年，行且隨水逝雲捲、風馳電掣而去矣。迺於病亟時，尚手此編，點之注之，批之抹之，豈非障猶未盡撤，魔猶未盡降乎？古人如俟我於泉臺，當必有破涕爲笑者。」

删存《讀西厢法》十五條

（第三、十五、十六、十七、二十二、二十五、二十六、四十四、四十五、四十七、四十八、五十六，凡十二則）（聖歎之原文略）

立下許多名目，便是金針。（第三則「如何放開，如何捏聚，何處公行」之旁批）

明眼人須覷著。（第十七則「蓋滚者是獅子，而獅子之所以如此滚，如彼滚，實都爲毬也。」之眉批）

眼前景，口頭語，誰想得來？誰道得出？（第二十二則前半「僕嘗思萬萬年來，天無日無雲，然决無今日雲與某日雲曾同之事。何也？雲只是山川所出之氣，升到空中，却遭微風，蕩作縷縷。既是風無成心，便是雲無定規，都是互不相知，便乃偶爾如此。」之眉批）

別有會心。（同上「决無今日雲與某日雲會同之事，何也？雲只是」之旁批）

《西厢》寫前篇，不打算後篇是也。至寫後一篇，則非但前一篇常回顧打算，即前一篇之前，亦未始恝（jiá，无动于衷；淡然）置（不在意，置之不理）也。（第四十五則眉評）

隻眼。（第六十八則「《西厢記》必須與道人對坐讀之」之眉批）

西厢辨

實甫以西厢爲普救寺之西偏屋，張生所寓。聖歎亦仍其説。余於此不能無辨。蓋《會真記》中所載西厢，係崔宅中屋，雙文之外卧室也。其《明月三五夜》之詩曰「待月西厢下」，雙文自言在西厢下待月也。牆外爲張所寓，故曰「隔牆花影動」也。且記中載張生從東牆攀援杏樹得達西厢，爾時紅娘寢於床。是豈張寓乎？至「朝隱而出，暮隱而入，同安於曩所謂西厢者幾一月」，則西厢乃二人淫媾之地，與寺屋無涉也。特初定情，則崔至張所，料是開角門而出耳。實甫悮始於借厢，待寺警解圍之後，又誤於老夫人有移來家下書院安歇之命。夫既移至家下，則是張生離却西厢矣。此《請宴》曲内紅娘所以云「再不要西厢和月等」也。且書院安歇，並無牆垣之隔，故聽琴之夕雙文直至窗外。實甫失于照應，而寄簡之詩不能易「待月西厢」句而更爲之辭也，乃至《賴簡》而并以跳牆爲關目。夫既移至書院，尚何牆之待踰？此又自相矛盾者也。要之張本寓普救寺中西偏屋，非即西厢也。入與雙文淫媾，則在西厢。實甫添設情節，中間更移居書院，而又不相照應，仍若在西厢者。種種錯謬，互見迭出。惜聖歎於此處亦未有以正之。《借厢》曲内原有「只近西厢」之語，則張生所借，本係普救寺中貼近西厢之屋，豈屋之靠西者概可謂之「西厢」耶？特既移書院，則不能曲爲之説耳。總之《會真記》中之「西厢」專指崔屋，而實甫《借厢》之「西厢」，則指寺屋矣。崔屋、寺屋，俱無關輕重，但如作畫家界畫，不可不清也。

序西廂（此爲金聖歎評批《西廂記》卷之四之總批，原文略）

《西廂》一書，道男女會合之私。今即此二字，欲以文序之，將鋪陳棟宇，作一篇《西廂賦》乎？抑叙述張、崔歡合之情，拾《會真記》、實甫諸曲之牙慧乎？才人於此，固自別有領會。（首段「西廂者何？書名也。……故名之曰《西廂》也」之眉批）

呆句。（「無其事，必無其書也」之夾批）

是此篇立言主意。（「蓋是崔相國出其堂俸之所建也」之旁批）

用追原法。（「先是，法本者」夾批）

點注明白。（「西廂之西，又有別院，則老夫人之停喪所也」夾批）

看他接落處，筆意如劍俠之飛錫丸。（「乃喪停而豔停」二句眉批）

用倒捲筆法。（「夫才子之停於西廂也」夾批）

推勘到相國身上。（「則實爲相國有自營菟裘故也」夾批）

金公主意，是爲崔相國出堂俸建別院，適爲後日敗壞門風之地，借此垂戒後人耶？抑以此簸弄筆墨耶？不過爲第二段「因」字發凡。而第二段中，又多方引喻，推波助瀾，遂使覽者目眩神迷，性靈不得自主，聖嘆其文妖乎！（「然則出堂俸建別院，又可不慎乎哉！」眉批）

未免支離牽强。（「則亦戲學殺人」旁批）

用此一語，開下數條，無非暢説「因」字。先生其説因果頭陀乎？（「蓋聖歎現見其事已數數矣。」旁批）

所引古人情事，俱不粘。（「若是乎謝大傅亦慎勿學也。」旁批）

是説酒耳。「願引聖人」是借用「中聖人」也。詞意頗欠安。（「現見其父，憂來傷人，願引聖人」，夾批）

「沈冥」二字，亦替不得「醉鄉」。（「托於沈冥也」夾批）

俗句。此説與方外爲友，佛門亦何可云「古德」？（「現見其父，家居多累」旁批）

張無垢何至是？（「若是乎張無垢亦慎勿學也」夾批）

「宰相」應云「宰官」，蓋二字亦彼法中言也。（「外現宰官而已」眉批）

此轉，筆端別有爐錘。（「不然而豈其委諸曰雙文爲之乎？ 委諸曰才子爲之乎？」旁批）

然則《西廂》月下之事，非我佛爲因，又誰爲之？（「然則西廂月下之事非相國爲因，又誰爲之？」夾批）

大抵傳奇情節，離合悲歡，全是作者心上打筭出來。一部《西廂記》，爲張、崔之苟合作也。萍水相逢，彼此風馬，驀遭兵警，天賜良緣。使無賴婚一節，則合矣，合則《西廂記》畢矣，故以賴婚作一波折。既而雙文貽詩、訂會，其勢又將合矣，合則《西廂記》又畢矣，乃於鬧簡又作一波折。非當日情事定如此，亦從《會真記》中體貼一過，本有此兩層事耳。若拷訊阿紅，則記中本未有此情節，若照記中兩次別離，及後以詩辭見，殊苦轇轕，故以拷紅作轉關，而下即收局，作不了之勢。此作家之工於布置也。彼續者又增出鄭恒爭婚，此爲笨伯。（第三段眉評）

無門户耶？安見「不施幃幕」？一派囈語。可厭，可厭！（「而儼然不施幃幕而逼處此」夾批）

硬坐，未則。（「爲老夫人者，豈三家村燒香念佛嫗乎？」旁批）

再不遠嫌，難道竟住和尚寺中？（「爲雙文遠嫌也」夾批）

不然，胡爲無禮至此！聖歎詳睹作者，實於西廂之西，別有別院。此院必附於寺中者，爲挽弓逗緣；而此院不混於寺中者，君子立言，雖在傳奇，必有體焉，可不敬與？

前《慟哭古人》《留贈後人》是批《西厢記》總序。此二篇又是《西厢記》總序。序《西厢記》而歸咎故相，文章力爭上游法也。以一「因」字之别具法眼。蓋相國不建别院，母女何以僑寄蒲東？不僑寄蒲東，飛虎何以率兵圍寺？飛虎不圍寺，雙文何以許配張珙？卒至鶉奔遺垢，中道棄捐，子孫孽報，祖宗豈能預料？沿流溯源，則雖非相國之咎，而幾若相國有以致此。然此猶相國身後事也。彼溧陽公主，年十四而嬖於侯景時，蕭家父子不尚在臺城乎？及身遇之，孽報尤酷，豈以其捨身同泰，會設無遮，視出堂倖建别院，皈依我佛，尤懇摯與？〇或問少霞曰：叙《西厢記》，而歸罪崔相國，曷言乎其爭上游法也？答曰：古人作文，必擇體要。叙《西厢記》，則必誌《西厢》之緣起。平平鋪叙，曷有當于義例？况「開春院」已罪老夫人，則序内更以何人爲命意所屬？乃于題外弄出主腦耶，取義甚嚴，以爲世鑒。蓋不如是，無以爲立言之體也。（文後總批）

續序西厢一篇

西厢者，普救寺之西偏屋也。其名始見《會真記》中，而實甫譜張、崔男女會合之事，即舉此名其書。至聖嘆加評，而序西厢緣起，乃歸咎於故相之出堂倖、建别院，而標一「因」字，以垂世鑒。其義嚴，其詞正，是真語者，是實語者，願一切衆生，於前世緣、後世緣，俱作如是觀而已。乃少霞讀是書，而沉吟於「西厢」二字之名，則又别有慨焉。嗚呼！地以人重，非獨西蜀子雲亭、南陽諸葛廬也。古今來，男求女，女説男，雲期雨約之地，無不有之。其事見於《春秋》，而播於《國風》。期桑中，要上宫，衛之風也。《野有蔓草》，鄭之風也。《東門之池》，陳之風也。以男女野合之地，譜入風謡，而聖人删詩，並存其篇什，豈以爲義有所係，亦惟是男女之欲，同於飲食，列其詞於載籍，任貞者見之謂之貞，淫者見之謂之淫焉耳。夫男女會合之地，蚩蚩者無論已。上之極於宮闈，則秦有阿房，隋有迷樓，即結綺、臨春、望仙諸閣，亦無日不爭妍鬪寵其間。而漢代裸遊之館，且示義於宣淫，然皆與玉貌絳唇，同逐灰飛而煙滅。其留於載籍，掛諸齒頰，并被諸管絃者，惟李三郎與楊太真耳。華清宮之同浴，長生殿之私誓，溫香軟玉，隱約行間。讀其書，演其事，千載下有餘慕焉。其他蕩子佚女，往來歡會之處，問其遺跡，鮮有存者。而西廂乃以一椽之舍，若轉同於魯靈光之巋然。或以爲張之才、崔之貌，佳人才子，絶代風流，故其名至今不可磨滅。夫以才子佳人故，而遂令西廂之名，於同靈光之巋然獨存，則亦思古今來才子何限，佳人何限。而張生之爲才子，若藉西廂以見；雙文之爲佳人，亦若藉西廂以見。則非西廂之借重於張、崔，而實張、崔之借重於西廂。則非西廂之地，以張、崔重，而實張、崔之人，以西廂重也。夫此一椽之舍，當日之翼然於蘭若西偏者。方張生西赴關中，已在暮雲黄葉之間，況歷數千百載，而頹垣遺址，渺不可追，又曷言乎其足重者。曰：「是不然。地之所以重，非其人之事爲之，乃其人之文爲之也。」何者？此一椽之舍，非青瑣丹墀也，無右平左墄也，非有履禮之闥，與自在之窗也。壁不必以椒塗，而欄干不必玉，屈戌不必金也。又非如阿育王之修羅宫，有八萬四千魔女爲之護持也。而其名且歷劫不磨者，則以當日實甫之一縷心精，一寸筆花，一盂墨瀋，無非爲張、崔之歡會，於西廂而起。乃至當寢而倚枕以凝神，曰「惟西廂之故」；當食而停箸以搆思，曰「惟西廂之故」；且至花前月下，茶罷酒闌，而爲之四顧，爲之躊躇，曰「惟西廂之故」。或居家而門庭、廁溷皆置紙筆，其著《西廂》勤苦，如左太冲，未可知也；或出行而小奚攜錦囊以隨，得句輒投，其製《西廂》，閒適，如李長吉，未可知也。迨《西廂》之書成，而讀是書者，遂恍然若楹檻間見張、崔同凭焉，堦砌間見張、崔同行焉，即几案間、茵榻間，如見其偎紅而倚翠，並肩而疊股焉，而於是《西廂》之名，遂歷諸千百世而如新。故魯靈光、魏景福當時揚厲鋪張，不過沿習於文人學士之口，不如此一椽之舍，地則唐代蒲東，屋則僧寮外院，而千百世之文人學士，以逮村氓市儈、嬰孩稚女、隸卒倡優，無不知所爲《西廂》者。由斯以言，西廂得張、崔之事以傳，而實則張、崔之事轉賴西廂以傳；則是西廂得實甫之筆墨以傳，而實則實甫之筆墨，轉賴西廂以傳。況實甫之書成，而人以《北西廂》名之；李、陸之改本行，而人以《南西廂》名之。乃至聖歎之評點定，而人以「聖歎之《西廂》」名之，則西廂非獨誌其地，兼以誌其書；誌其書而非地以人重也，亦非人以地重也，其所重固在文也。所重在文，而後知西廂非當日之僧舍，乃文人學士之蜃樓也。夫北里有誌，空記狹邪；東牆窺竊，不留姓氏。獨《西廂》，則其地傳，且其人傳，其事傳，而其書亦因之以俱傳。古往今來，太空冥冥，而此若虹霓之點綴，終古不泯於人間，惟知爲文人學士之蜃樓，則雖變幻不測，無不歸於虛空粉碎。一切前因後果，亦俱如夢如泡，了無罣礙，尚何一地一椽之足重耶。嗚呼！推斯意也，如使空即是色，則以西廂爲燕壘蜂房，直夷諸阿鼻地獄也可；其謂色即是空，則以西廂爲雲階月地，直置諸忉利天宮，亦何不可？

題目總名

陋！（金聖歎批語「率爾一題，亦必成文」一段夾批）

崔、張情事，自董解元初演爲詞曲，其語半似盲詞，半似賓白，一路敷衍，亦未標題名目。實甫演成長套，始照院本雜劇之例，標立題目正名。故臧晉叔（或作叔）云：「實甫《西廂》，共有五本也。後人既合爲全部，旋又另取兩字爲提綱。自此以後，不復識題目正名矣。聖歎於此仍還舊觀，蓋有反本復始之意云。

此宜閣增訂金批西厢卷一

一之一 驚艷

不可無此發明，居然《春秋》筆法。（「第一之四章題目正名」金批末之批語）

想奇，筆亦奇。（《驚艷》前批「而提筆寫古人之人爲誰乎」之夾批）

玩其筆勢，直是破空而行。（同上「既未嘗知百千年之後，乃當有我將與寫之……」之眉批）

筆意屈曲，自成一則名論。（同上「上追至於百千年之前，問諸古人。」之夾批）

聖歎亦是自己欲寫，實於《西厢》無與。（同上「蓋皆我自欲寫，而於古人無與。」之夾批）

破的。（「我寫之，則我受之矣。」之夾批）

此段真是粉碎虚空之言。（「蓋言我必愛我，則我必宜自愛其言」眉批）

真道得作者苦心出。（同上「皆是我一人心頭口頭……」之眉批）

反覆以暢其旨。（「如此，夫天下後世之讀我書者」眉批）

筆墨寄托，都是雪泥鴻爪。如此落想，光明洞達，别開奥窔，儻不解此，便如粘泥絮耳。（同上「忽然巧借古人之事以自傳，道其胸中若干日月以來七曲八曲之委折乎。」之眉批）

不接。（同上「設使古人昔者真有其事」之旁批）

此種語皆奇創，惜意理與上下未甚融洽分明。（同上眉批）

是。（同上「亦是昔者古人之所决不與知者也。」之夾批）

接法欠融洽，病在「夫」字。（同上「夫天下後世之讀我書者」之旁批）

是。（同上「鶯非他鶯，殆即著書之人心頭之人焉是也。」之夾批）

是。（同上「紅娘、白馬悉非他，殆即著書之人力周旋之人焉是也。」之夾批）

此一段真是虛空粉碎之言。（同上之眉批）

反覆以暢其旨。（同上「亦可以大悟古人寄托筆墨之法也夫」之眉批）

凡爲傳奇家，不可不喻此旨。此大落墨法。（第一段末批語）

四語説雲亦妙（一作説雲跡）。（第二段「望之如有，攬之如無」旁批）

折筆好。（同上「此雖極負作者」旁批）

講烘雲托月，舌底瀾翻，純是妙緒。然自屬烘雲托月名論一則，與君瑞、雙文無與也。傳奇開場，先寫生，後寫旦，是一定家數，何用故作曲説，迴護雙文、君瑞都是十二分耶？（同上「然雙文，國艷也。……所謂畫家烘雲托月之秘法。」之眉批）

原本公公。（同上「夫人引鶯鶯紅娘、歡郎上云：『……俺相公剃度的和尚』」，「俺相公」夾批）

原本只老夫人一人上。（同上夫人云一段末句夾批）

原本以【賞花時】二曲謂之楔子，蓋院本體止四折，其有情多用白，而不可不唱者，以一二小令爲之，非【賞花時】即【端正好】，如墊桌之以木楔，其取義也。今人不知其解，妄去之，而合之于第一折，殊謬。王伯良謂：猶南之引曲。亦未是。（【賞花時】【後】眉批）

原本云：今日暮春天氣，好生困人，不免喚紅娘出來吩咐他。紅娘何在？（旦俫扮紅見科）（夫人云）你看佛殿上没人燒香呵，和小姐閑散心，要一回去來。（紅云）謹依嚴命。（夫人下）（紅云）小姐有請。（正旦扮鶯上）（紅云）夫人着俺和

姐姐佛殿上閑要回去來。（【賞花時】曲後之夾批）

劇體止末、旦、外、淨四色。故老夫人以外扮，此原本也。今以南體律之，易爲老旦，蓋亦風會使然，無足重輕者。且旦，一色也，而《百種曲》内另有搽旦，即今之花旦、貼旦之謂也。實甫原本，紅娘係旦倈所扮，後乃以貼名之。鶯鶯原本係正旦。院本旦倈亦名冲旦。又，末亦有冲末。冲者，〔亦〕非正色，猶貼副之義。（同上眉批）

也是硬造出來的。既以雙文爲末減，不得不以老夫人爲戎首。後邊《賴婚》亦是非（罪）老夫人也。（同上「（紅娘云）曉得。」後之夾批）

凡楔子不宜同唱，故夫人獨上獨唱，吩咐紅娘既畢，亦即先下，然後鶯亦獨上獨唱，最爲得體。時本同上同唱同下，而前一曲爲老夫人唱，後一曲爲鶯鶯唱，太謬。曲終竟下，亦是北體。南體始有落場詩（【後】（鶯鶯唱）眉批）

「花落水流紅」，語更不倫。（同上金批後之夾批）

原本以【賞花時】二曲謂之楔子，蓋院本體止四折，其有情多用白，不可不唱者，以一二小人爲之，非【賞花時】即【端正好】，如墊桌之以木楔，其取義也。今人不知其解，妄去之而合之於第一折，殊謬。王伯良謂猶南之引曲，亦未是。凡楔子不宜同唱，故夫人獨上獨唱，吩咐紅娘既畢，亦即先下，然後鶯亦獨上獨唱，最爲得體。時本同上同唱同下，而前一曲爲老夫人唱，後一曲鶯鶯唱，大謬。（同上之眉批）

何必如此穿鑿？（同上張生引琴童云：「先人拜禮部尚書」金批後之夾批）

唐時無此。（同上「遂得武舉狀元」夾批）

亦無此官。（同上「官拜征西大元帥」夾批）

院本皆供應内用，故當場須稱曩時廟號以爲别。考劇戲中無不如此者，蓋其體也。近有譏其稱廟號于即位之日，其言似是，然實學究家見耳。若《高祖還鄉》劇云：「白甚麽改姓更名，唤做漢高祖。」《子陵還詔》劇云：「誰識你那中興漢光武。」學究家不更駭到乎，夏蟲豈可與語冰？（同上「即今貞元十七年二月中旬」之眉批）

亦不見得妙處。「寶劍」、「繡鞍」，「秋水」、「春愁」，聖嘆以爲互體矣。「萬金」「滿馬」屬對不工，其將何以解耶？（同上張生云「萬金寶劍藏秋水，滿馬春愁壓繡鞍」。」金批「別樣麗具……互得好」之夾批）

「游藝」二字，實甫偶然拈用，聖嘆又引出「志道」，一派頭巾語，是《牡丹亭》中陳齋長也，豈風流之張解元乎？〇西洛難道不是中原，豈待游藝到此？實甫不明地輿，聖嘆乃亦夢夢。（【仙呂】【點絳唇】「游藝中原」眉批）

腐。（同上句後金批後之夾批）

瑣。「脚跟」句，只狀旅况耳，何必故作波折。（同上「脚跟無綫」句金批後之夾批）

難道就作偷香竊玉語，况身無所遇，自（一作目）無所見，無所見，從何説起？〇「游藝中原」句，口氣雖大，不切情事。「脚跟無綫」，與上句大不稱，故擬易之。（同上之夾批）

總貫通部，雙關夾寫。（同上，「遇合隨緣」夾批）

起《借廂》（同上「馳驅游倦」夾批）

起下【混江龍】一曲。（同上「盼長安遠。策著先鞭，甚時節抛黄卷」之夾批）

原本有「將」字。（同上「似蠹般」句夾注）

原本有「把」字。（同上「棘圍呵守暖」夾注）

寫張生亦須有此本來面目語，何用讚他人物。（【混江龍】曲後金批之眉批）

「雕蟲篆刻」，已不稱；「斷簡」句，大爲凑泊。然其病却在「怕你不」三襯字。若改作「只苦苦的守着」便安。〇末二

句，原本上句添一「空」字，下句添一「綴」字，無「怕你不」字。（同上夾批）

請問另説些什麽。（金批「右第二節。……其餘更無一字有所及。」之夾批）

行路間，也須有些話頭，就黄河譜作曲文，亦只尋常布置，何奇之有，亦何大之有。（金批「嗚呼，真奇文大文也。」之夾批）

「險」本「顯」字之誤。言風濤何處顯得，故原本以「則除是」接。先天韻，不可闌入廉纖中字也。（【油葫蘆】首句「九曲風濤何處險」眉批）

第三句本七字句，今作三字三句，似九字句，元人多有之。（同上「帶齊梁，分秦晉，隘幽燕。」之夾批）

二七字句，化作四句。（同上「雪浪拍長空，天際秋雲捲。」之旁批）

亂話。何以忽然想到曹公，大奇。（同上金批「便是曹公亂世奸雄語」之夾批）

似杜五古（一作擬杜甫古詩）。（同上「竹索纜浮橋」旁批）

「雪浪」與「竹索」句對，「天際」與「水上」句對。（同上金批後之夾批）

原本「弩箭乍離絃」：「乍」字去不得。蓋下五字句法，去之是四字句矣。聖嘆不知曲，惜哉。（同上曲後金批後之夾批）

不是河中府的黄河景象，説到「歸舟」，已與上文不稱，聖嘆又附會以喻才之敏，大是可笑。（同上眉批）

其實寫黄河，止須一曲，填到兩曲，已屬蕪詞。然【天下樂】之曲文，頗爲出色，乃聖嘆必欲句句添注，甚爲可厭。（【天下樂】眉批）

語本佳。原本「淵泉」二字固劣，「高源」稍勝，然不如改作「飛泉」二字之爲妙。（同上「高源」句夾批）

結得佳。（同上「我便要浮槎到日月邊」夾批）

吾不解《會真記》中所謂「始亂之，終棄之」，猶自云「善補過」。聖嘆批《西廂》亦回護張生，謂非偷香傍玉之人。然則

雙文果女悦男，而張生乃出于不得已乎？（金批「右第三節」一段後之夾批）

王元美以「滋洛陽」二語、「雪浪拍長空」四句、「東風摇曳」二句、「法鼓金鐸」、「不近喧嘩」二對爲駢儷中景語。元美七子之習，喜尚高華，不知實非擅場處也。（同上眉批）

原本紅娘稱鶯姐姐，琴童稱張生哥哥。（張生携琴童入住旅店，與店小二對話眉批）

節去閒文亦可。（店小二介紹普救寺來歷眉批）

原本無此二句。（張生上云：「曲徑通幽處，禪房花木深。」夾注）

未至普救寺，望着普救寺；行到普救寺，須有一番淩空摹擬情事。作者概略之，遽接與聰相見，疎漏甚矣！（張生與法聰「相見科」夾批）

原本白中，將佛殿、鐘樓、塔院、羅漢堂、香積厨，先在法聰口中提出，亦好。（聰云：「理會得。」張生云：「是蓋造得好也。」之夾批）

聖嘆所云烘雲托月，風流業冤，月也；佛殿等處、羅漢等號，皆雲也。所云「手寫此處，神注彼處」耶？如此閒寫佛殿及迴廊，與羅漢、菩薩，其注神却在彼處之風流業冤也。起句一「了」字，次句一「又」字，第八句用「將」字，字字斟酌而出。（【村裏迓鼓】眉批）

張生初至寺，如何便説到鶯鶯，行文一定次序，料忤奴亦解也。（同上「又來到下方僧院」金批後之夾批）

「洞」字何不改「曲」字。（同上「游洞房」金批後之夾批）

「聖賢」字湊。（同上「拜罷聖賢」夾批）

誠如聖嘆所云，使末句有一落千丈强之勢。（同上句金批後之夾批）

此一段增出。○金因此間法聽有「崔相國家眷寓宅」句，將後文「崔相國家小姐」削去，不知此處宜增，而彼亦必不可删也。（生白「那裏又好一座大院子」及與法聰對話眉批）

好點逗，妙！ 仍是虚筆，絶不占實，此真古文名手。「風流業冤」，魂靈已至前矣。 此固一時情事所有。（張生白「那里又好一座大院子」至聽拖住云……夾批）

絶妙點逗，却是絶妙界畫。（張生見鶯鶯、紅娘科夾批）

應前。（「張生見鶯鶯、紅娘科」夾批）

上三下四句法。（「驀然見五百年風流業冤」旁批）

「驀然」二字，並不是韵，並不是句，而聖嘆强斷之。 殊不知此牌結處，并無兩字句法也。 好個才子！ 尋常曲律尚不懂耶。○「驀然見」三字，亦不可斷，蓋襯字也。○原本作「呀，正撞着五百年」云云。（「驀然見五百年風流業冤」金批後之夾批）

後文「只將花笑拈」句，從「撚花枝」生發，聖嘆奈何去之！（同上眉批）

得竅在「（隨）喜了」「又來到」及「迴廊」句，（金批「右第四節」一段「無數字」旁批）

得竅在「數畢」，「參過」、「拜罷」等字，否則十成死句矣。（同上「都是虚字」至「相其眼覷何處，手寫何處」旁批）

神注末句，上半只是個襯法。（同上「相其眼覷何處，手寫何處」夾批）

凡文字有宜用實字者，有宜用虚字者，有宜用俗字語者，有宜用雅語者。 「顛不剌」三字，謂普天下女子也，字似實而仍虚，語似雅而近俗。 細思若泛指女人言，不過「娥眉多嬌」，「紅妝粉黛」等字面，不惟用字不能該括，亦且開口第一句，一涉膚涉嫩，以下便不得勢。 才子之筆，用此三字裝頭，不着邊際，高絶！ （【元和令】首句眉批）

原本有「龐兒」，別本增「臉兒」。（同上第一、二句夾批）

○「顛不刺」，猶莽不刺、破不刺也。「不刺」，元時口語。○「可喜娘」下，別本又有增「龐兒」二字者，與臉兒相同。但「龐」、「臉」等字偏指面龐，且領占下文「春風面」地步，不如此，本空之爲妙也。此二句可悟八股，作小講法。（同上第一、二句金批之夾批）

一本去「我」字，增「引的人」。（同上「我眼花撩亂口難言」夾注）

纔見若就實寫，請問美人身上，先就那一樣寫起？然此二語，似太俗。○語雖俗，是「驚」字正面。（同上「魂靈兒飛去半天」金批後之夾批）

一本有「他那裏」三字。（同上「儘人調戲」夾注）

上文眼花二句，是說自己「儘人調戲」，突然說到雙文神理，既不相浹，且第一語說雙文便爾唐突。（同上「只將花笑拈」夾批）

一本作「這的是兜率宮，休猜做離恨天。」（【上馬嬌】「是兜率宮？是離恨天？」之夾注）

割裂曲文，硬分節目全部，第一大病。○改「儘人調戲」三句「凝神定慮，聽得佩珊」，然「只將花笑拈」就原曲，則「調戲」改「窺覷」二字亦可。（同上「我想這裏遇神仙」金批後之夾批）

謬甚！無論雙文固相府千金，即尋常女郎，亦無儘人調戲之理，况邂逅間乎！自有此語，後之扮演者，作許多醜態，令人可恨可愧。而聖嘆阿私所好，以爲天仙化人，并引汾陽府中舊事，以文其說，彼豈知汾陽用意，固別有在，而擬不於倫，曷有當歟。（金批「儘人調戲者，天仙化人」一段之眉批）

是。（金批「右第六節」一段，……可知著筆……之夾批）

固不必如驚弦脱兔，亦何至便「儘人調戲」，用意用筆，皆是過火。（同上，……「而不必如驚弦脱兔者」眉批）

有心爲作家回護，然終是語病。（同上金批末之夾批）

一本有「我見他」三襯字。○此句跟「神仙」句來，既卸到雙文身上，神理若斷若續。（同上曲「宜嗔宜喜春風面」金批後之夾批）

從對面想來。（前「則止於此七字而已也」之眉批）

「春風」二字須用公賬字面，蓋因其專貼「喜」一邊，與「嗔」無與也。（金批「右第七節」末之夾批）

「偏」字亦不過便於用韻耳。若因側轉身來用此一字爲妙，則下「宜貼花鈿」句却又跟着上句來，又非側面光景。或以花鈿爲鬢邊所貼，亦與上句「偏」字不甚浹洽。「宜」字跟上兩「宜」字，自爲文法，其實非果如斯也。若如本意云「宜貼花鈿，亦非所以讚雙文也。」（同上曲「偏」金批之夾批）

「宜」者，未然之詞也，若因側轉身來而云「宜貼花鈿」，則是面有瘢痕，須鈿爲飾也。實甫蓋不知鈿本以掩瘢也，須改云「斜覷個花鈿」。○先面，次眉，次唇、齒及聲，次乃足容、身容。（同上「宜貼翠花鈿」金批後之夾批）

上還渾寫，此方細寫。絶好側面美人圖。（【勝葫蘆】首二句金批後之夾批）

非但無謂，語亦可醜！（金批「右第八節」一段末之雙行夾批之眉批）

原本此間有旦白云：「紅娘，你覷寂寂僧房人不到，滿階苔觀落花紅。」生：「我死也。」（金批「右第八節」一段末之夾注）

一、寫欲言之狀。（同上「未語人前先靦腆」夾批）

二、啓唇也。（同上「櫻桃紅破」夾批）

三、露齒也。（同上「玉梗白露」夾批）

四、二字如何斷得。（同上「半晌」夾批）

硬斷「半晌」二字爲句，與硬斷「來回」二字同一誤也。（同上眉批）

五、（同上「恰方言」夾批）

【後】，應作「么」字。○「嚦嚦」句不應拖在前曲之末，蓋「看母親」句尚在下，不應早以「鶯聲」喻之。（【後】「似嚦嚦鶯聲花外囀」夾批）

君自任意破之耳。○凡南詞引子，兩人分唱一曲，則有【前】【後】之名，北詞第二曲則稱【么篇】。金之改曰「後」，何也？（金批「一句破作五六句，幾於筆尖不可著紙」夾批）

此白應移「恰方言」下。原本無此句。（鶯鶯云「紅娘我看母親去」夾批）

此是聖嘆自己肚子裏話。（金批「右第九節」一段，「看他偏有本事將『我看母親』一聲，寫出如許章法」旁批）

既是眴眼間事，前邊如何云「儘人調戲」？（同上夾批）

雙文當日原未必立住，謂此一步從側轉身見來，毋乃太泥。（同上「行一步」金批之眉批）（據《繪圖西廂記》補）

湊句。以下着（諸）語並庸。（同上「可人憐」夾批）

俗句。（同上「解舞腰肢」三句夾批）

也不見得入去只有兩步。大抵此數語是狀其身容、行容也。○「可人憐」句改欲生蓮。○此曲後原本：〔貼〕姐姐，那壁廂有人，回去罷。（同上「似垂柳在晚風前」金批後之夾批）

雙文當日原未必立住，必謂此一步從側轉身見來，毋乃太泥？（同上眉批）

原本：旦回顧生科。〔生〕和尚，恰怎麼觀音現來？〔聰〕休胡說！這是河中開府崔相國的小姐。〔生〕世間有此等之女，豈非天姿國色乎？休説那模樣兒，則那一雙小脚兒，價值千金。〔聰〕偌遠地，他在那壁，你在這壁，繫著長裙，你便怎知他小脚兒？〔生〕你問我怎便知，您看……（「鶯鶯引紅娘下」夾注）

原本「若不是」。（【後庭花】「你看」夾注）

原本有「怎顯得」。（同上「步香塵」前夾注）

原本「樣」字。（同上「底印」夾注）

生起人已不見，只有足跡尚留，故專於此摹擬也。（同上「步香塵底印兒淺」金批之夾批）

「休題眼角」句，礙下「臨去秋波」。金氏千伶百俐，可云阿好，今諺語有云「一相情愿」，正謂此。妙在用筆絶無痕跡。（同上「休題眼角」句及金批之眉批）

原多「且」字。（同上「休題」夾注）

原本「則」字。（同上「眼角留情處，只」夾注）

原「跟」字。（同上「這脚踪」夾注）

原多「兒」字。（同上「俄延投至到櫳門」夾注）

原本「剛那了」。（同上「前面只有那一步遠」夾注）

「只有那一步遠」，此一步是鶯鶯進去之步也。蓋未至櫳門前面，底印步步相連，惟既至櫳門前面，此地乃内外之分、則步入内户，比前稍闊，故曰遠也。（同上「投至到櫳門前面，只有那一步遠」眉批）

原本「剛剛的」。（同上「分明」夾注）

句句上文不貫。（同上「分明打個照面」夾批）

内「天」、「煙」、「喧」等字俱以趁韵，故湊插不倫。（同上「分明打個照面」至「只聞鳥雀喧」眉批）

張生自己口中説「張解元」，不嫌乏趣否，且與下「神仙歸洞天」亦不一線。（金批「第十一節」眉批）

何遂至是。（同上「謂雙文售奸」夾批）

刻薄語。（同上「我得而知其母、其妻、其女之事焉」夾批）

是。（同上「乃至眼中未曾有張生也」夾批）

語更不妥。（同上「神仙歸洞天，空餘楊柳煙，只聞鳥雀喧」夾批）

王伯良曰：「恨天」的「天」字連讀勿斷。董詞「天天悶得人來彀琵琶，問天天怎生結果（【柳葉兒】「恨天不與人方便」眉批）

「粉墻兒」句下，太寫得空。蓋到此境界，俱須親切摹擬方入情。○一本「神仙」句上有「似」字，不可少。○是君瑞自己意馬心猿也。「有幾個」三字，謬甚。（此宜閣本，將此句改爲「把不住意馬心猿」。）（同上曲後夾批）

原本〔聰〕對生云：先生休得惹事，小姐去遠了也。〔生〕去還未還哩。（金批「右第十二節」一段後之夾注）

李卓吾：「東風摇曳」句，八股專貼腰説。（【寄生草】「東風摇曳」句眉批）

想門内之雙文，行至内室，定有珠簾掩映也。（同上「珠簾掩映」句金批後之夾批）

結二語，筆力千鈞。（曲末金批之夾批）

「南海水月觀音院」「院」本「現」字，徐以朱氏本對「家」字工而改爲「院」，自後遂因之。然董解元詞只有「觀音現」，無「觀音院」也。（同上「南海觀音院」眉批）

其實上句是墻内，下句是墻外，不知上句是墻内而正見其外，下句是墻外而却在其内。（同上曲末和【賺煞尾】曲首眉批）

二句一氣説下，張生自言思慕雙文，有此情狀，而雙文固無與也。金氏强分墻内外，不可解！○原本「餓眼望將穿，饞口涎空嚥，空著我透骨髓相思病染，怎當他臨去秋波那一轉。」○又【寄生草】末原本（白云）十年不識君王面，始信嬋娟解誤人。小生不往京師去也罷。（對聰云）敢煩和尚對長老説，有僧房借半間，早晚可以温習經史，房金依例酧納，小生明日自來也。

見鬼！此亦題後一定布置，聖歎何嘖嘖焉！（金批「右第十三節」「却寫張生……空妙構」之旁批）

連用「我」字起，亦非音節。○「臨去秋波」句向來傳誦，我獨惜其上下文不稱，且此句詘然而止最佳，有「鐵石人」句便贅。（同上「臨去秋波」兩句眉批）

男窺女則目逆而送，妙在「送？」字；女窺男則臨去秋波，妙在乎「轉」。（同上「臨去秋波」句旁批）

原本白：「休道是小生，便是鐵石人」。「相思病纏」，舊本云「病染」，朱云云俱好，可不改。（朱）石津本作「蹇」，金白嶼本作「怎遣」，王伯良始改爲「病纏」，蓋此字原可平聲，後遂沿其說。（同上「我便鐵石人」句夾批）

連用「我」字起，亦非音節。「臨去秋波」句向來傳誦，我獨惜其上下文不稱，且此句詘然而止最佳，「有鐵石人」句便贅。（同上眉批）

「花柳」、「塔影」皆爲玉人作襯。（同上「近庭軒花柳」、「塔影圓」兩句眉批）

「花柳依然」本「爭妍」，徐改「依然」，仍之；但「春光在眼前」即「依然」意，不必改竄也。（同上眉批）

拓開寫景，分外襯托得生動。（同上「春光在眼前」及金批之夾批）

白雲在天，蒼波不極。○法聰口中須將「鶯鶯小姐、紅娘侍妾」，向張生說明。（同上曲末夾批）

法聰說明「崔相國家小姐」此白如何去得？去之究竟是何人耶？（同上眉批）

欺人糊突語。（「右第十五節。寫張生從別院門前覆身入寺，見寺中庭軒、花柳、日影、春光依然如故，與上第四節文字作呼應，所謂第四節入三昧，此節出三昧也。」旁批）

題名「鶯豔」，隱隱寫得「鶯」字出，猶《鬧齋》一折，的然是「鬧」的光景。（本折末眉批）

批本所分之節，最是强作解事，通部皆然。（金批「右第十五節」末夾批）

一之二　借廂

泛論古今人文用筆法。（齣前總評第一段眉批）

先生如此推《西廂》，過矣。先生筆妙於内典近《楞嚴》；於諸子近莊生，而時有《國策》筆致。（同上第一段末眉批）

如此簸弄筆墨，甚屬無謂。（同上第二段眉批）

不先説出借房，此自聖嘆《西廂》筆墨狡獪處。（同上「張生固未嘗先云借房」一段眉批）

何苦爲此浮筆浪墨。（同上「當世不少青蓮花人」至本段末之眉批）

借前人語，寫自己性靈，休被他瞞過。（同上第二段末金聖歎夾批後之夾批）

原本兼及雙文與老夫人，聖嘆乃專屬阿紅。（同上第三段末金聖歎夾批之眉批）

紅娘切責後，張生自有無限抑鬱，須一發揮，作者寫得淋灕盡致，非真有出人意外之筆。（同上金聖歎夾批後之夾批）

此處删去多少閒白，但「貧僧乃相國崔珏的令尊剃度的」此語須存。（法本上云一段眉批）

《鶯艷》齣末，已説明借廂，此齣白内亦曾説出，聖嘆俱削之，而以曲内突然説來爲奇筆，豈非臆見。（【中吕】粉蝶兒】首二句眉批）

没頭没腦，當面搶白，此天下蠢才所道語，聖嘆多方護之，何也！且亦無面呼法聰之理。（同上夾批）

難道除此無别樣筆法。（金批「右第一節」「當云來此借房，敬求你個法聰和尚」夾批）

不曰可愛，而曰可憎，反詞也，猶「冤家」之意。（同上曲「與我那可憎」及金批之眉批）

此二語更不成説話，可云惡札。◯「打當」，猶云「打迭」。（同上「雖不得竊玉偷香，且將這盼行雲眼睛打當。」及金批之夾批）

何至將心事向法聰盡情説出。（金批「右第二節」後眉批）

原本無。（聰云：「小生不解先生話。」之夾注）

前面説「盼行雲」，與此二語矛盾。此二語，聖嘆以爲爭身分，如前曲云云，何身分之可言。（【醉春風】首二句及金批之夾批）

原本「今日多情人一見了有情娘」，徐、王俱言古本是「寡情」，不是「多情」，與上文相洽，却又不敢改，金换去全句，殊直捷。（同上「今番不是在先人」眉批）

説自己。（同上夾批）

「今番」句，一本云「今日阿見了有情娘」下，接著「小生生心兒裡痒、痒」，極明順。（同上金批後之夾批）

比原本云「拖逗得腸慌」稍勝。（同上「撩撥得心慌」夾批）

原本「引惹」。（同上「斷送得眼亂輪轉」「輪轉」之夾注）

皆拙筆也。得藴藉爲佳。（同上「得腸忙」夾批）

前齣依原本，將借房先説明，則前齣開頭云云，似有着落，亦不消白中再三云「不解先生話也」。（聰云：「小僧不解先生話也」眉批。）

原本生云：「是好一個和尚也呵！」（「張生見法本科」夾注）

一本有「童」字。（【迎仙客】「面如」夾注）

一本有「頭直上」三字。（同上「只少個圓光」前之夾注）

一本「恰便似」。（同上「便是」夾注）

呆筆。（同上「捏塑的僧伽像」夾批）

「陽」字稱韵，咸陽即唐京兆，方上京應舉，乃云。「寄居咸陽」，謬甚！（【石榴花】「寄居在咸陽」眉批）

原止「留下」。（同上「至今留」夾注）

原本尚有法本問及先人話，俱删。法本此問與上正直不照應，故聖歎改向法本身上説也。（同上曲後夾批）

北詞曲中間，白之問答甚少，時本欲起下「四海空囊」句，遂使法本無端發問，必有所遺，此老金所以痛掃去之也。（同上眉批）

與本文有何關涉。（金批「右第五節」末夾批後之夾批）

湊句。（【鬭鵪鶉】「果是風清月明」夾批）

與白不一線。（同上「無意求官，有心聽論」夾批）

原本法本問：老相公在官時，敢是渾俗和光麽？生答：俺先人甚的是渾俗和光。衡一味風清月朗之語固無着，且法本此問與上正直不照應，故聖歎改向法本身上説也。（同上曲後夾批）

「月朗」下，有法本白云：先生此一行，必上朝取應去。（上段夾批之眉注）

原本「有心待聽講」，徐、王本始去「待」字。（同上曲「有心聽講」眉注）

「月朗」下，原本法本云：「先生此行必爲上朝取應」，複「上京應舉」，金故去之。（金批「右第六節」末之夾批）

原本「白金」語在「掂斤播兩」下，本接：客中何故如此？生白：物鮮不足辭，但充請下一茶耳。（張生白「小生途路無可申意」一段夾批）

原本句首句有「量着窮」三字。（同上曲「秀才人情」夾注）

原本無「從來」字，有「則」字。（同上「從來是紙半張」夾注）

原本句首乃「又没甚」。（同上「他不曉七青八黄」夾注）

「儘着你」二語，俱恐嫌輕意，徐改爲「儘教咱」、「他則待」，并下語俱不明白。（同上曲後半眉批）

原本句首乃「儘看你」。（「任憑人説短論長」夾注）

原本「一任待」，○自己口中説「他」欠妥。（「他不怕掂斤播兩」夾批）

原本「小生特來見訪大師」。○又本白：何須謙讓。俱妥，不必改。○老僧决不敢受。（【上小樓】首二句夾批）

此間裁去之白較淨。（同上眉批）

俗筆，全是豆腐氣。（同上曲「略備茶湯」金聖歎夾批後之批語）

此等批語，可云惡劣。（同上眉批）

原本覰聰科，（白）這十兩銀未爲厚禮。

「對艷粧」句，從何説起？試思警艷時，法聰同見，法本不知也，則此曲下半截，對着法聰説，容或有之，若法本前，却是隔壁。何必遂「生死難忘」，語太過火。（同上「對艷粧」、「生死難忘」句夾批）

此時紅娘未來，是誰「艷粧」，豈猶前日佛殿相逢耶？作者、閲者何不檢及之。（同上眉批）

「有主張」以下，以意中事，私心作謔也。徐改「把小張」，無是理。元人謔語自雅，决無如此酸氣。王反謂「有主張」爲謬，可謂阿所好矣。此時法本有必有甚見教之問，則「對艷粧」數語，豈不荒唐！（同上「你若有主張」眉批）

諢語，好筆致。李陵所謂「不入耳之言」，隨筆寫作一笑。○此語原本插在「快休題」前。（本云「就與老僧同榻何如」夾批）

原本也不要起調，第二句無襯字，第三云遠着，第四云離着，第五云靠着，第六云都皆停當。（【後】曲眉批）

借廂正文，只此數語。○原本末句是「必休題」，金去之，换一「快」字，不必。（同上「快休題」金批後之夾批）

《西廂》只是張生、雙文，而周旋于其間者，紅娘也。故第二篇不得不及之，而出落頗不易。蓋必離雙文，而爲在場之正脚色方便於摹寫，於是以問齋期爲由，而適與借廂之張生會巧于扭合。工良心苦，若其詞采，則瑜不掩瑕，未敢阿好也。（「紅娘上云」一段眉批）

此三字最得體，小説中春秋書法。（【脱布衫】「大人家」旁批）

二語大雅。（同上「大師行」二句金批後之夾批）

此連下段，寫紅娘却有分寸。（同上「穿一套縞素衣裳」金批後之夾批）

寫雙文用實寫、細寫，若寫阿紅則异，蓋分有尊卑，體制自不得同。金批殊憒憒，看《西廂記》贊阿紅，並未及面貌也。○下「鶻伶渌老」四句，只是我看他、他看我的光景，金批四下渌老，無甚意味。（金批「右第十節」一段末之夾批）

指目睛，董解元本亦有之。「伶」作「翎」。（同上「鶻伶渌老」句旁批）

「眼挫」，今俗語尚有之。（同上「眼挫里抹張郎」眉注）

「鶻伶」，言伶俐如鶻也。董詞「一雙渌老」指眼。（同上「鶻伶渌老」眉注）

「夫人央」「央」字，舊本乃「怏」字，蓋此字宜仄聲，夫人怏，即不令許放之意，時本悞作「央」，王擬爲强。（同上「夫人央」眉批）

「鶻」一本作「胡」，亦當時口語，「胡伶」二字，又見《神奴兒》（齣）[劇]。○打算到如此地位，癡人癡話。○將小姐陪説，認定主人翁。○原本襯字「若共他」、「怎捨得他」、「我將」等，字法俱好。（同上曲末金批後之夾批）

自前白中而天算來。（金批「右第十一節」，「將欲寫阿紅」旁批）

「秋波一轉」何其韻，渌老偷望何其俗，要之「鶻伶渌老」四字，止可狀男子，不可狀女子，尤不可狀大家之侍兒也。○「眼挫」句文義，直是眼睛看不上張郎也，趁韻扭合成句，殊無佳處。聖歎于一「抹」字，故作許多斡全，大無謂也。（金批

右第十一節及最後夾批之眉批）

《驚艷》齣只寫得雙文，故此齣須補寫阿紅。看他寫雙文，描摹盡致，此却另一種筆墨，雖語欠工雅，要其移步換影，固是高手。（同上夾批）

「演撒」，教坊市語。「沙」，襯語，猶南曲「阿」字。邪視曰「睃」，「睃趁」，句，昔人謂「猶眼裏放得火出」。余謂不然，言「斜覷你禿了的頭頂光光乍」也。（【快活三】眉批）

又與縞素何矛盾。（【快活三】「崔家女艷粧」夾批）

「老潔郎」，老僧渾號。（同上「老潔郎」旁注）

如何當面説得。（同上夾批）

醜！〇同到佛殿，張生便有醜意，尚何身分可爭？〇原本云：「既不沙，却怎睃趁著你頭上放毫光，打扮」云云，比改本較明順。〇本云：「先生是何言語！早是那小娘子不聽得哩，若知阿，是甚意見？」紅上佛殿科。（同上曲後之夾批）

醜不可耐！便有意唐突，亦何至于此。〇原本「過得主廊，引入洞房」，襯字不可去。（【朝天子】首二句金批後之夾批）

要問，不使兒郎，而使梅香，何必先以醜語抵突長老？且以相國家口，而無一僮僕，亦天下必無之事，則使梅香傳遞消息，乃傳奇家布置法也。〇原本本怒云：「先生，此非先王之法言，豈不得罪於聖人之門乎！老僧偌大年紀，焉肯作此等事。（金批「右第十二節」末之夾批、夾注）

初會面時，遽作此等語，豈情理所有。（張生云「你須怪不得我説」之夾批）

二句自認錯，好模樣順着法。本口中語。妙句。便勘破普天下禪和子。（同上「忒莽戇」旁批）

「煩惱」句上有襯句云：没則羅便罷。「煩惱」句原本云：「煩惱則麼耶唐三藏。」「豈」字不似曲中字，不如原本「可怎

生」、「别没個」之妙。（同上「煩惱」句眉批）

張生自言莽戇也，「煩惱」下襯字原本用「怎麽」，此「耶」字較妥。（同上金批後之夾批）

「唐三藏」下，生有白：「怪不得小生疑你。」（同上眉批）

「説勾當」下，原本有本云：「原來先生不知那夫人治家嚴肅，内外並無一個男子出入。」下張生有「這秃厮巧説」句，當面辱駡，更屬荒唐。（同上「説勾當」句金批後之夾批）

「夫人治家」等語，自不可少，不然如何接下「口强」。（上述夾批之眉批）

原本「硬抵著頭皮撞」，比改本勝。◯又是過火語，安見法本不以實告，而預爲此語以壓之哉。（同上「硬著頭皮上」句金批後之夾批）

紅娘致夫人之命，法本偏表出小姐。（本云：「這是崔相國小姐孝心。」之夾批）

改本全爲前曲「梅香説勾當」意，故增此段白。（本云一段之眉批）

呆筆（張白「那小姐是必來麽」旁批）

太突。（張白「這五千錢使得著也」旁批）

醜極！◯其時尚與紅娘同行，如何説得。下文「看鶯鶯」句更荒謬。（張生與法聰對話末之夾批）

自驚艷至此，未曾於白内點逗鶯鶯字樣，則曲内如何説出。（【四邊静】「人間天上看鶯鶯」夾批）

如此唐突雙文。（同上「軟玉温香」、「湯他一湯」之夾批）

元人《秋胡戲妻》劇内，亦有「湯我一湯」句，想「湯」字是當時口頭習用語。◯此一曲人屙不足以喻。（同上曲末金批後之夾批）

「小生有句話」，至「但説不妨」，原本所無。此段自道姓名、藉貫，妙處在突上文，多增數語，反覺失勢。（張、紅對白之眉批）

韻語，似古人箴銘，但不合乎口氣。（紅云「言出如箭」四句夾批）

一本紅云：「我又不會推筭子平，説合姻眷，誰問你來？」（紅云「我又不是算命先生，要你那生年月日何用？」金批後之夾注）

此句亦金所增。（紅怒云「出來便怎麽」旁注）

借厢是一部《西厢》緣起，其關鍵在紅娘問齋。紅本此書中撮合山，而勢屬風馬，苦于無處發端。作者想到張生突然致問，隨自道籍貫、年庚，文心文筆，天外飛來峰也。（張生云眉批）

此段白剪裁得妙。（張、紅對白眉批）

辣！（紅怒云「休得胡問」夾批）

四字金氏所添。（張生「良久良久」旁批）

活畫。（同上夾批）

原本「誰敢」二字亦妥。（【哨遍】「不召呼不可」，「不可」夾批）

原本「想」字，比「量」字勝。（同上「輒入中堂自思量」，「量」字夾批）

原本「比及你」，稍晦。（同上「假如你」夾批）

硬坐煞雙文身上，末句是一相情願話。（同上「你不合臨去也回頭望」夾批）

此句連下讀，詞意猶云：要撇如何撇得。聖歎將上句劃斷，分作一節，豈不謬乎。（同上「待颺下」眉批）

三字略作縱筆，何得另爲一節。「教人怎颺」句，亦無另起之理，聖歎好奇，一至于此。（金批「右第十六節」一段後之夾批）

不過隨手作一折筆，許多贊嘆，許多賞鑒，不必！（同上眉批）

「深沾」，原本「情沾」。「牢染在」，原本「意惹了」。（同上「赤緊的」二句旁注）

原本云「若今生難得有情人」，比此則劣陋矣。（同上「若今生你不是並頭蓮」夾批）

上二句膠。（「心坎兒上溫存」之旁批）

「斷頭香」下，原本有「我得時節」四字。（同上「難道前世我燒了斷頭香」眉注）

發此宏誓大願，是下手死工夫。○自是當行語，徐文長獨不以爲佳。（同上「我定要」三句夾批）

筆致鬆靈。（【要孩兒】首二句眉批）

擬改「傍娘行」，何如？（同上「魂靈兒實在他行」眉批）

諢語。（同上「莫不他安排心事，正要傳幽客」之夾批）

原本「本待要安排」云云，「我只怕漏洩」云云。「春心蕩」上有「夫人怕女孩兒」字。（同上「莫不怕他安排心事」……「春心蕩」之眉批）

是暗指老夫人「開春院」也。「與」字不明。（同上「與乃堂春心蕩」眉批）

原本有「怪」字。（同上「他見」夾注）

原本有「怨」字。（同上「黃鶯作對」夾注）

俗。（同上「粉蝶成雙」夾批）

便遣侍妾問齋期，難道曉得你來西廂？（同上「粉蝶成雙」金批後之夾批）

「春光」、「春心」一曲中，語太逼（應爲「過」）。（同上全曲末眉批）

金本通首貼雙文說，原本末段貼夫人。○末二句誚夫人不韵見物類之雙對，而亦猜忌耳。王伯良謂指鶯春心蕩處則

宜言羡言慕，不宜言怪怨也。「他見」二字，則專貼雙文。（同上眉批）

倒是自己有禮。（【五煞】「紅娘你自年紀小，性氣剛」夾批）

醜！自家稱張郎，肉麻！「張郎」、「何郎」複字。（同上「張郎倘去相偎傍」夾批）

句不明白。（同上「他遭逢一見何郎粉」夾批）

原本貼雙文説起，以小姐提請，故第三句云「得相親傍」。此貼紅娘説，故云「去」也。原本「乍相逢厭見何郎粉，看邂逅」云云，改本稍淨。（同上曲末夾批）

空話。（【四煞】「紅娘你忒慮過，空算長」夾批）

原本「合」字好。（同上「郎才女貌年相仿」、「年」字夾批）

「淺淺」不如原本「淺淡」。（同上「定要到眉兒淺淺思張敞」眉批）

凑句。（「春色飄零憶阮郎」之夾批）

腐。（同上「德言功貌」、「恭儉温良」二句夾批）

原本起云「夫人忒慮過，小生空妄想，郎才女貌合相仿」。「仿」字應改「傍」字，作去讀。又，第四句原本用「休直待」三襯字，視此爲勝。蓋張意若云「不要錯過」也。○兩「正」字，原本皆「有」字。（同上曲末金批後之夾批）

爲紅娘道鶯鶯之眉臉，更屬無謂。下數語同。（【三煞】「紅娘他眉兒是淺淺描，他臉兒是淡淡粧」之眉批）

徐文長云：言粉玉搓成咽項也。（同上「他粉香膩玉搓咽項」眉批）

讀之欲嘔。（同上「不想呵其實强」旁批）

「强」字此間文義無讀上去之理，則于此牌，句法更謬。（同上夾批）

結二語，筆力健甚。◯結二語言你若没有這些豐韻，我也撇下了思量也。原本「撇」字乃「掉」字，下句則云「拾得萬種思量」，言你做下這種豐韻，我惹下這萬種思量也。彼是順筆，此用反筆。「風」字各書不註義，大概如撇開、丢開之謂。（同上曲末金批後之夾批）

欲不思量，正是思量。（金批：「右第二十一節。又作奇筆一縱，欲不思量也。」之夾批）

王伯良去此段白，大謬。（張生轉身見本云，張、本對話之眉批）

原本張生曰：若在店中人鬧，到可消遣，搬到寺中幽静處，怎麽捱這凄凉也呵！（張生云：「搬則搬來，怎麽捱這凄凉也呵！」之夾注）

徐士範以原本白語爲真境。（上段夾注之眉批）

收局歸到借厢，方不似游騎無歸。（同上眉批）

何元朗摘「長吁」二句，太着相，後人以襯語「一萬聲」、「五千遍」爲妙，究竟過火。（【二煞】眉批）

亦是過火語。◯徐士範曰：微見痕疵。（同上末句夾批）

結語固有藍本，即以章法論，亦不應再貼雙文，蓋【三煞】上半曲已説雙文容貌，此處「嬌羞」二句，似複似贅。（【尾聲】眉批）

此數語，寫向空際，妙不可言，抵得【驚艷】後數曲。◯《玉壺春》第一折【黄鐘・尾煞】句，與此結相似。《硃砂擔》劇亦有之。◯【尾聲】不是《借厢》結，仍是《驚艷》後聲口。（同上曲末夾批）

一之三　酬韻

名家古文，多從最小最微處，寫得分外生色。聖嘆真得此道中三昧。（齣前總評「則操筆而書卿黨」至「其間皆有極微也」眉批）

此一篇文，絶無佳處，然借端發議，罕譬諸物，心思筆墨，直似蟻穿九曲珠，可謂詣微之言。（同上末之眉批）

金筆。（鶯鶯云：「誰着你去問他？」旁批）

此語乃通部書麋眼。（鶯鶯云：「你已後不告夫人知道罷」旁批）

徐文長曰：「傻」，音洒，輕慧貌。宋人謂風流藴藉爲傻角，是排調語。（紅云眉批）

緣起。（鶯鶯云「安排香案，咱花園裏燒香去來」旁批）

也是硬將此等語派作鶯鶯口中，鶯鶯豈真作此等語耶。（同上夾批）

原本「閑尋丈室高僧語」較妥。（張生上云「閑尋方丈高僧坐」旁批）

【鬭鵪鶉】首句不韵，非真文，混入庚青也。（眉批）

四句妙月，清麗。（【鬭鵪鶉】前四句金批後之夾批）

下「警」字，神來。一「警」字，打動多少心事。（同上「芳心自警」夾批）

亦不見得度刻如年光景。〇「羅袂」二句，張生説自家並不指雙文。（同上金批後之夾批）

起四句全是寫景，第六句纔説到人也，還含而不露，安有等人性急，如金批云云哉。（金批「右第一節」一段末之夾批）

二句與上六句不稱。（同上曲「側著耳朵兒聽，躡着脚步兒行」夾批）

妙絶。（同上「悄悄冥冥，潛潛等等」夾批）

只因一「等」字，割三句，同前曲結處，自爲一節，甚矣其謬也。（【紫花兒序】「等我那……姐姐鶯鶯」金批後之夾批）

看他用韵，用叠字之妙。金批所註「齊齊整整」三句下，全是隔壁話。（「止是隨手拈來」之夾批）

着此二句，下文「猛聽得」一接倍有勢（一作其文死，總得一接，倍有强□）。（同上「一更之後，萬籟無聲」旁批）

「没揣」，猶云不意中也。（同上「没揣的見你那可憎」眉批）

佛殿乍逢，便作如許情極語，殊傷雅道。（同上「定要我緊緊摟定」眉批）

無非爲鶯難得等閒見面，妄擬以此詰之。徐云：「有影無形」，張自況，不通。（同上至曲末之眉批）

張生與鶯鶯，只有一面，「會少離多」二語太湊泊。○大凡浮（應爲淫）情所發，胡思亂想，何所不至？然畢竟蘊藉爲佳。（同上曲末金批後之夾批）

是「鶯」字意。（【金蕉葉】首句「猛聽得」夾批）

原本乃花香不如衣香之妙。（同上「風過處衣香細生」眉批）

畫山先畫坡，畫水先畫灘。作者欲寫鶯鶯，先寫着「衣香細生」，此時張生意中之鶯鶯，已爲目中之鶯鶯，筆妙不可言傳。（同上眉批）

此下數語，庸俗之筆。（同上「踮着脚尖兒仔細定睛」旁批）

七字句，不可斷。（【調笑令】「我今夜甫能」旁批）

暗韻。（同上，金批「句」字後之夾批）

「甫能」句，始王伯良。（同上眉批）

句法且不明。（同上「便是月殿姮娥不恁般撑」夾批）

「不恁般撑」，言姮娥亦未必如此撑達也。元時本有此語。《兩世姻緣》劇云：「看了他容顔兒實是撑。」此句用董解元「便是月殿嫦娥也没恁地撑」也。徐本改爲「不恁般爭」，注曰：「不爭，差也。」又曰：「您爭，言不與你爭，如云不我欺也。」謬其義而强解，適見支離。（同上眉批）

「撐」，原本係「爭」字，俱湊。（同上金批後之夾批）

名語。（金批「右第四節」「凡一題到手，……便是易動手之秘訣也」夾批）

下白舊在【調笑令】前。（同上段末之夾批）

何佳之有。文之惡劣不必言，且與上文接筍亦不洽。（同上曲「料想春嬌厭拘束，等閑飛出廣寒宮」及金批「佳句」之旁批）

「容分一臉」以下，係董解元原本。實甫原本云：「真個是人間天上，國色無雙。」後人去「人間」二語，仍襲董語，然末二語，董原本則云：「如月殿姮娥，微現蟾宮玉户洛水。」二句明是聖歎所改，欲入陳王麗賦，讀至此，爲一掩鼻。（同上「容分一臉」至「欲入陳王麗賦」眉批）

「長」，原「湘」字；「湘裙」，原「羅裙」。（同上「嚲長袖以無言，垂湘裙而不動。」之夾注）

「湘裙」、「湘陵」複。（同上「似湘陵妃子」旁批）

笑話。（同上「斜偎舜廟朱扉」旁批）

是何對法。（同上「欲入陳王麗賦」旁批）

嫩極。（同上之夾批）

三遍見鶯鶯所贊語，無一處工穩。《附齋》【得勝令】最劣。此處欲變其格，以避複沓，然全是客套語，絶無神致。若詞内只「龐兒越整」、「行近前來百媚生」二語耳，然亦是虚寫。（同上「是好女子也呵！」夾批）

複《鶯艷》中詞意。（同上「兀的不引了人魂靈」旁批）

俗句。（同上夾批）

與「芳心自警」句一線。（張生云：「小姐，你心中如何有此倚欄長嘆也！」金批後之夾批）

舊本「倚欄」句甚呆。（同上眉批）

寫風雨，而却寫「風静」，正爲下文「香煙人氣氤氲」故也，五字工細。（【小桃紅】「簾幕東風静」及金批之眉批）

「至」字，原本是「則」字。（同上「都至是香煙人氣」眉注）

庭院燒香，篆煙孤裊，如此曲「香煙人氣」二句，乃是燒沉香甲煎光景，語雖佳，却是不切。（同上曲末金批後之夾批）

何消説得呆話。（「小姐你莫非到是一位文君」旁批）

替他表明年庚、未娶，妙筆無雙。（紅云：「這聲音便是那二十三歲不曾娶妻的那傻角」之旁批）

此處太疎漏。蓋張生既住西厢，雖鶯鶯、紅娘，早都知道，然口中未嘗説明，則尚無根。此處須故作曲筆，如云：這秀才如何在此？應接紅娘云：小姐不知，這傻角借居西厢，已經多日了。小姐，他吟的詩句何如？纔接鶯鶯云「好清新之句」，方爲周匝。（鶯、紅對話眉批）

分明是覿面閑酬了，用筆太直。（「張生警喜云……」之旁批）

原本無「又」字。（【聖藥王】「語句又輕，……小名兒真不枉唤做鶯鶯」之旁注）

好清新之句。〇何不將和詩語意，填曲措詞，當益妙也。〇徐士範曰：理没下字入神。（同上夾批）

此處語意如此渾（應爲深）雅，方知一更之後一曲，殊欠藴藉。（同上「隔墻兒和到天明」眉批）

語比原本淨。（同上「便是惺惺惜惺惺」旁批）

妙！貼著吟詩，韻絶。（同上夾批）

如何？（金批「右第八節」「張生實將不顧唐突也」之夾批）

從和詩推進一層説，纔是才子本色，著一浪語不得，金批不知所云。（金批「右第八節」一段末之夾批）（原刻本無此曲定該寫出憐他長歎衷情，作者愁置之，何也？（【麻郎兒】眉批）（原刻本無。）

原本此間有「且見介」關目，故接句不用「可」字，次句云「忒淺情」，末句多一「做」字，蓋是已見面之詞。金本是懸揣之語，故增「可」字，換去「莫」字，末句則如原本，多一「做」字，亦不合語氣也。（同上「我拽起羅衫欲行」之夾批）（此則起，原刻本無。）

前「一更」曲用意，較此略淺。（一作與前「一更」曲用意同，而此處筆不隨心，大有窘態。）（同上「他可陪著笑臉相迎，不做美的紅娘莫淺情」旁批）

直想到此種光景，亦是拽得勢足。（同上「不做美的紅娘」，「謹依來命」之眉批）

有痴態。（同上「你便道謹依來命」之夾批）

「來命」無所指。（同上夾批）

此曲定該寫出憐他長歎衷情，作者愁置之，何也？〇生欲行，鶯欲迎，而紅在側，故謂其「淺情不做美」。「便做道謹依來命」言何不便依了我們意也。「謹依來命」是成語，故用之，所取只一「依」字，猶「願隨鞭鐙」之類。徐改屬「不當個」，而王强解云不當依夫人之命，何啻千里！（同上眉批）

如何截斷得。（【後】「忽聽一聲，猛驚。」金批「關角門聲也」之夾批）

原本做見面，故白云：有人。今此只未見，故但云：喒家去來。（紅云眉批）

紅云下科白，應移「謹依來命」下。（「鶯鶯、紅娘關角門，下。」之夾批）

生欲行，鶯欲迎，而紅在側，故謂其「淺情」、「不做美」，便做「道謹依來命」，言何不便依了我們意也。「謹依來命」，是成語，故用之，所取只一「依」字，猶「願隨鞭鐙」之類。徐改爲「不當個」，而王强解云「不當依夫人之命」，何啻千里！（同上

曲眉批）

也是角門關後又聽得宿鳥撲刺（已）［之］聲也。（同上「撲刺刺宿鳥飛騰」夾批）

「花篩月影」，復上「花梢月影」，雖前文但貼花，此句兼貼月，畢竟句法相似。（同上「顫巍巍花梢弄影」，【絡絲娘】「明皎皎花節月影」眉批）

硬把「碧澄澄」二句與「撲刺刺」三句並作一處。（同上夾批）

簸弄筆尖，無所取義。（金批「右第十節」一段眉批）（以上原刻本無。）

是夜景，是花園中景，是夜分花園中人散後景。（同上末之夾批）

白日枉耽凄凉，夜裏再整相思。本明白，徐扭殺「一天好事」二語，竄改紛紛，以「白日」爲「向日」，以「再整」爲「投正」，而硬解四星爲下梢，蓋胸有癖見也。（同上曲「白日相思枉耽病，今夜我去把相思投正。」之眉批）

二字欠亮，比原本「再整」字亦未能勝。（同上「投正」夾批）

題後想到此種光景，可謂盡情極致。（【東原樂】「簾垂下，户已扃，我試悄悄相問，你便低低應。」之旁批）

此句須貼男女歡合説，似此意尚未達。（同上）「月朗風清恰二更，厮徯倖。」（同上旁批）

不是二更，便不徯倖耶？（同上金批後之夾批）

惝怳迷離，情文雙絶。（同上「如今是你無緣，小生薄命。」之旁批）

恰二更至末，未能融洽分明。○將對面人説他「無緣」，是用筆深一層法。「你」字，原本係「也」字。（同上夾批）

【麻郎兒】及【東原樂】曲詞，俱是空中設想，透過一層法。「如今是」三字，係聖嘆所增，原本無此三字，恐轉接不順。（【東原樂】眉批）

「傒倖」有「僥倖」意，有「蹊蹺」意，有「幾幸」意，有「無着落」意，王解爲「戲弄」，非也，乃是着落、作弄之謂耳。（同上眉批）

【東原樂】曲，與前以【紫花兒序】中段、【麻郎兒】二曲相應，此曲「無緣」、「薄命」二語，總結前文，真正隔壁話。（金批「右第十一節」首句至末句之旁批）

界畫分明。（【綿搭絮】「恰尋歸路」旁批）

徐士范曰：古人以二分半爲一星，四星言十分也。（同上「今夜凄凉有四星」眉注）

原本「雖然是眼角傳情，咱兩個不言心自省」。畢竟崔張此夜隔墻酬和，未曾覿面，何所爲「眼角傳情」。金改「雖然」爲「何須」，作撇筆，視舊爲勝。（同上「何須眉眼傳情，你不言，我已省。」之眉批）

謬之至！四星者，乃指天上雙星及己與雙文，亦如牛、女之隔河相望，不得會合，故曰四星也。「他」者，指雙文也，言其不顧，而入無可如何也。下是又私自慰藉，以爲今夜唱酬，豈在眉眼傳情，其繾綣依戀情形，就是你不言及，我却省得也。《西廂》善作縮筆，如此曲結處亦是。（同上金批後之夾批）

四星說。○舊解爲十分，未知何據。揣其義，不過言其甚也。徐解乃曰古人釘秤末梢用四星，是言四星爲下梢也。《兩世姻緣》雜劇云：「比卓文君有了下梢，没了四星」，是言有上梢，没下梢也。今夜雖凄凉，然隔墻酬和，是有下梢矣。其説如此。玩本折尾聲語氣，此説近似。然詞中有：「遮却北斗杓兒柄，這凄凉有四星。」樂府：「愁煩迭萬埃，凄凉有四星。」《玉鏡臺》劇云：「折莫你發作，我平生我也忍得四星。」又當作何解？恐又非有下梢之説可通耳。要之，十分之意爲是。或曰天南地北，參辰卯酉四星，蓋此星朝暮不得相見，詞家往往用爲阻隔之義，意或少近耳。（同上眉批）

的是明眼人。（金批「右第十二節」「直至鬧齋已後，始入眼關心耳。」之夾批）

寫盡旅館獨眠，滿目淒凉情况，文筆一氣貫注，最是此詞擅勝處。（【拙魯速】曲末夾批）

末句「鐵石人不動情」，原本「也動情」，用意各别，皆有妙緒。（同上末句眉批）

二語乃前曲餘意，結前文，以便開下意。 如何割裂，硬作前曲之結。○原本四句云：「怨不能，恨不成，坐不安，睡不寧。」○八「是」字聖嘆所增。（【後】首二句金批後之夾批）

《鶯艷》雙文去後，自「觀殘紅」至末，皆題後文字；《酬韻》雙文去後，自「忽聽一聲」至末，亦皆題後文字也。 然《鶯艷》題後文，尚未盡致，《酬韻》則胡思亂想，見神搗鬼，無所不至，蓋情由淺入深，文亦由淡入濃。《鶯艷》後「日午」句，點醒眉目，《酬韻》無一處不切夜景，尤作家細心處。（金批「右第十三節」眉批）

「有一日」下數語，即文章反掉法。（同上「有一日」句眉批）

原本「恁時節」三襯字不可少。（同上「風流佳興」句前之夾批）

疵句。（同上句後夾批）

把稱心稱意話，索性説個盡，色飛眉舞，破涕爲笑。（同上「啗兩個書堂春自生」夾批）

從「坐不成，睡不能」，忽轉出此一段文字，行文如此，安有水窮山盡時哉。○前是北風圖，此下半曲，又是雲漢圖也。

（金批「右第十四節」一段末之夾批）

只「兩」字、「互」字，比原本「一」字、「照」字，義更勝。（【尾】「兩首詩分明互證」夾批）

句亦模糊。（同上「再不要青瑣闥夢兒中尋」夾批）

鶯鶯未至花園，則有急欲見之情；鶯鶯既離花園，則有還相戀之意，皆一題前題後布置法也。 而《鶯艷》後所寫雙文去後情事，全是初見時光景，此篇收局處，則語益親，情益摯，與前絶不雷同。（同上曲後之眉批）

《鬧齋》之前，先有《酬韻》；《寄簡》之前，先有《琴心》，蓋如通關節之預埋根也。（金批「右第十五節」一段後之雙行夾批）

一之四　鬧齋

叙廬山，確已得其真面目，妙在用筆全不着力。（齣前總評首段眉批）

叙語如面談，出筆妙。（同上「斷山啞然失笑，言：『吾亦未嘗親見。』」之旁批）

翻跌少意味，此層似可不必。（同上「設苟廬山而不如是，則是天地之過也。」之眉批）

大都是不根之談，然接落處如懸崖飛瀑，直注千丈，讀者觀其筆格可也。（同上「直至於今，不惟夜必夢之，蓋日亦往往遇之。」之眉批）

入題。（同上「第一句云『梵王宫殿月輪高』，不過七字也。」之旁批）

叙語如面談，出筆妙。（同上「然吾以爲真乃江行初不在意也」旁批）

應前「不測」，又是一種文法。（同上「真乃晴空劈插奇翠也。」之眉批）

此章筆法，全是駿馬下坂之勢。（同上「真乃」數句之眉批）

翻跌少意味，此趁勢倒卷前文，似可不必。（同上「吾此生亦已不真至西江也」之眉批）

十二「也」字句，如風掃籜。（同上諸句眉批）

直線篇首。（同上「廬山真天下之奇也」之旁批）

牽扯得無謂，後半硬筆挽合，殊有自在游行之致。（同上金批後之夾批）

三樣摹擬俱細，體貼得來。（同上第二段「都作天女三昧，忽然一現之辭」之眉批）

哀梨并剪之文。（同上「則始親見矣，快見矣，飽見矣，竟一日夜見矣。」之眉批）

此乃文章秘訣。（「決無實寫一法」之夾批）

就所見分別幾樣光景，絶不囫圇讀過。（同上第二段末夾批）

我謂行文必然之事，却是庸俗雷同之筆，如愚意何不將牟尼體貼得來「寶相、天女」散花作陪，亦未嘗不襯得雙文出也。（同上第三段開首至「固是行文必然之事」之眉批）

哀梨并剪之文。（同上「作竭盡布施而爲供養」之眉批）

此一段，雖頭巾話，却有關人心世道。（同上第三段末夾批）

處心積慮之事，如何不去？〇張生借厢出場，聖嘆道他一夜無眠，故開口便説個「不做周方」云云，若二月十五之期，比借厢更爲心熱，譬如三家村塾小兒，輪算先生放學日子，今日至明日，明日至後日，數到及期，自有一番情事，豈得草率隨口道及？ 愚意須云：「日前法本長老訂定二月十五日啓建道場，正是今日。小生從昨晚巴到此刻，更漏已闌也。不等和尚來請，拈香就去走遭也。」〇「不等來請」，更與「早在」句照應。（張生上云：「今日二月十五日，和尚請拈香，須索走一遭。」之眉批）

率筆。（同上夾批）

如見金輪湧月，凌雲氣象。（【商調】【新水令】「梵王宮殿月輪高」夾批）

詞内聲調高唱入雲，經聖嘆手，便有許多話頭，不離小説家伎倆而已。（同上「碧琉璃瑞煙籠罩」金批後之夾批）

十四初更，料和尚都在睡夢中，殿槅正閉，張生此時彷徨露下，不太苦乎？「月輪」不必泥定月，「瑞煙」不必泥定煙，亦是隨手拈用，寫出古殿巍峨氣象。如聖歎説，所謂粘泥之絮。（金批「右第一節」「還是十四日之初更未盡也」夾批）

張生寓居寺中，非在寺外。鐘鐃響作，自可徐赴殿庭，何至初更未盡，窺殿槅而傍徨露下哉。聖嘆因文附會，曾未設身處地一籌之也。（同上「可見殿槅正閉，悄無所睹，彷徨露下」之眉批）

原本先法本上，改本先張生上。以張生先上爲得勢。（法本引衆僧上云之眉批）

是五更做課誦的規矩。（同上「大衆動法器者，待天明了」之夾批）

和尚做課誦，多在五更，故有「待天明」，「請拈香」語。「月輪高」者，亦是五更時殘月猶高，殿瓦爲曉煙所護，若皎月當空，何來煙霧哉。（同上「請夫人、小姐拈香」之夾批）

此曲强分一節、二節，不通之極。（同上曲末金批後之夾批）

七穿八洞心孔。（金批「右第二節」「而殊不知有三人未到也」夾批）

啓建道場時，真有如許光景，虧他筆下寫得出。（【駐馬聽】「法鼓金鐃」四句眉批）

小姐追薦父親，自然一請就來，何待聞金鐃法鼓乎？（金批「右第三節」末之夾批）

上文未曾説及雙文，詞意俱突。（同上「紗窗也没有〔經〕〔紅〕娘報」眉批）

原本「紗窗外定有紅娘報」，視此較善。「害相思」、「饞眼惱」，亦好。（同上夾批）

俗筆。下半與上不稱。（同上「見他時要看個十分飽」夾批）

先將張生拈香禱告敘過，布置有法。（【沉醉東風】「再焚香，暗中禱告」眉批）

原本有「早」字。（同上「成就了幽期密約」句前夾注）

註語。何苦浪費筆墨。〇原本爲「曾、祖、父先靈，禮佛、法、僧三寶」。（同上金批後之夾批）

原本〔生見旦介〕〔生見聰云〕爲你志誠呵，神仙下降也。〔聰〕這生却早兩遭兒也。」此白如何去。（夫人引鶯鶯、紅娘上

云：「長老請拈香，走一遭。」之夾注）

此與《鶯艷》齣初見空寫筆法，又是一種「愁病」。「怎當」，所謂加一倍染法，非深於情者不解，非精于文者不解。（【雁兒落】「我只道玉天仙離碧霄」至「怎當你傾國傾城貌」之眉批）

此爲後文伏根。（同上「我是個多愁多病身」夾批）

豈所以贊相府千金。（【得勝令】「妖嬈，滿面兒堆着俏，苗條，一團兒衡是嬌。」之旁批）

庸俗之筆。（同上夾批）

《左傳》此段，末舉《風》《雅》以爲證，正是證此四語。此四語空靈排宕，末三句尤逸態橫生也。聖嘆喜論左氏，亦附及之。（金批「右第六節」「吾見文之最實者，無如左氏。」至「正是異樣空靈排宕之筆」之眉批）

聖歎真善讀書者，此等議論，焉得不令人五體投地。得竅在添注「採那」、「喚做」、「盛於」，注以八字，此所以爲排宕也。（同上夾批）

金本無此科白，便是「老僧有句話」起，前後神理不貫。（本見夫人科，法本、夫人對話之眉批）

見時無一白一曲，大是疎漏。（「張生見夫人畢」之夾批）

張生見夫人曲文，須先就夫人身上落墨，結處方説到斜覷着鶯鶯，自有一種神來之筆，似此可云惡劣！（【喬牌兒】眉批）

以下四曲，極力寫「鬧」字，詞却欠雅。（同上旁批）

醜不可耐。〇改曲詞：「後生年尚少，瞻慈範敢呼媪；侍兒相識心知早，只那玉天仙聳翠翹。」（同上曲後夾批）

小姐寄居寺側，安見佛殿不曾遊過？或在張生未來時，則亦不必補寫耳。聖嘆力爭小姐必不遊佛殿，亦有何關係，

而嘵嘵若此。夫身且可失，何佛殿之不可遊哉。（金批「右第七節」一段末之夾批）

【甜水令】起，貼着衆人；【折桂令】起，説到自己，賓主犁然。（【甜水令】眉批）

惡札。（同上「没顛没倒，勝似鬧元宵」夾批）

「稔色」二句，連指鶯言。鶯鶯欲看人，而「怕人知道」，故「淚眼偷瞧」，意本明白，但以腔調所限，將「看時節」三字，倒裝在下耳。徐改「冤家」爲「他家」，而田（應爲張）生指自己言可意。我又怕人知道，故只言偷瞧。夫以張生自指，而代鶯鶯稱「他家」，世無此等文理。乃反以冤家爲没理，謂與下文無干。夫詞中稱所歡爲「冤家」，其常也。又，一古本無「可意」二字，直作「他家怕人知道」，《雍熙樂府》作「怕人知道」，亦自直截。要之，調法則必就範圍耳。（【甜水令】眉批）

【甜水令】起貼著衆人，【折桂令】起説到自己，賓主犁然。（同上眉批）

「心癢」上有「迷留没亂」四字。（【折桂令】「着小生心癢難撓」眉注）

割此一句，不通之至。（同上夾批）

「淚眼瞧人」，恐亦硬冤着雙文。（金批「右第八節」末之夾批）

此心癢之故。（同上曲「哭聲兒似」、「淚珠兒似」旁批）

此真過火語（同上「大師難學」至「燭滅香消」之旁批）

做道場時，恐未必如此哭，有此淚也，此哭聲于鶯，尤不倫。○前曲之大師、班首，此曲之頭陀、行者，俱爲自己作襯，其飽看鶯鶯，不待言，此正是文家旁染法。然措詞一何卑也！○前【喬牌兒】曲内有「高座凝眺」句，此又云「臉兒朦着」，語意自相矛盾。○改【折桂令】詞云：「聽一聲響擊雲璈，早則見衫袖飄飄，向蓮座親把香燒。虔禮三寶，覷着他珠淚徐抛，可甚的感蓼莪聿，追來孝却不道，訴心曲預卜桃夭，我没法兒解佩相要。舉手相招，也只是意注神傾，目送相挑。」（【折桂令】曲後金批後之夾批）

或以大師朦臉，因雙文之哭聲、淚珠，與前曲似有分别，然亦曲爲之解。○大師朦臉，言一見鶯鶯，易起淫心，故如此强制，與下頭陀惱、行者焦，皆極狀鶯鶯之儀容光彩，足以動人。聖歎都是夢囈。（金批「右第九節」一段之眉批）

不知所云。（同上「則甚矣大師之果難學也」夾批）

安用此。（同上末之夾批）

起四語何等風情，讀之令人心癢，下半乃惡俗至此。大師、班首，頭陀、行者，前兩曲中俱有，此曲又是沙彌、行者，不嫌複乎。「嚎」、「哨」皆趁韻用字，可發粲。○「哨」，乃多言貌。（【碧玉簫】眉批）

二語收束有力。○改【碧玉簫】下半：「暢懊惱！滿堂中人語囂。他凝睇無聊，任蜂圍蝶遶，幾曾見一些兒嬉笑。」

「暢懊惱」下，非獨詞句惡俗，且與上不接。（同上「暢懊惱」夾批）

（【鴛鴦煞】之夾批）

稠人廣衆前，四目二心，如何關照？真是憑臆之言。（金批「右第十節」「以深明已與鶯鶯四目二心，方是東日照於西壁」之眉批）

「一日」不如原本之「一會」。（張生云「再做一日也好」之夾批）

二句不接。「酩子裏」，元多用之，有作腔子解者。（同上「酩子裏各回家，葫蘆提已到曉。」之眉批）

亦是凑語。（同上「葫蘆提已到曉」旁批）

俗本【錦上花】二曲在【碧玉簫】前，其詞云：「〔旦〕外像兒風流，青春年少，内性兒聰明，貫世才學。扭捏着身子兒百般做作，來往向人前賣弄俊俏。」（貼）我猜那生——

【幺篇】黄昏這一回，白日那一覺，窗兒外那會獲鐸，到晚來向書幃裏比及睡着，千萬聲長吁捱不到曉。

二曲詞既庸劣，插入旦、貼聲口，於北詞尤爲失律。（本齣最後之雙行評批）

「獲鐸」猶言囉唣、鬧攘之類，燈詞有：「聽的社火獲鐸。」《後庭花》雜劇有：「獲鐸殺了五臟神。」《曲江池》雜劇：「堦埃下鬧獲鐸。」元人用之不一而足，舊解爲往來，固非，徐解爲寺中鈴鐸，謬甚。（【幺篇】「窗兒外會獲鐸」之眉批）

此宜閣增訂金批西厢卷二

二之一　寺警

《寺警》一齣，先寫鶯懷人。鶯之慕張，不自《酬韻》始，不自《鬧齋》始，實是前番聞張「不曾娶妻」之語生根。蓋張固奇想，鶯特留心，繼之以吟詩而知其才之美，又繼之以附齋而見其貌之颺，鶯自是念釋在兹矣。不先不後，叙在寺警之前，亦是當然次第，無他，謬巧。而擬之曰「移堂就樹」，擬之曰「月度迴廊」，是亦不可已乎。（齣前總評「文章有移堂就樹之法」、又有「月度迴廊」二段眉批）

又曲一段，善于撲跌。（「文章自有移堂法」一段「彼讀書者至此不將疑鶯鶯」之眉批）

寫寺警，先寫鶯鶯之懷人，亦以蓄勢，且亦思寺警情事，不過金鼓喧鬧、亂卒擾攘一兩曲止矣，有何情文衍成一齣哉。

○《長生殿·驚變》齣，前面極寫李三郎、楊玉環荒淫宴樂，後得漁陽警報，其意匠殆從此出。（同上「因特地於未聞警前，先作無限相關心語」一段之眉批）

金批每多此種長句。（同上「又有月度迴廊之法」一段「然而月之必由廊而欄、而階、而窗、而後美人者，乃正是」之旁批）

不用正接，却用翻筆，大好騰挪。（同上「設使鶯鶯真以慈母、師氏之故」之眉批）

凡男女苟合，不惟男悦女，亦且女悦男，鶯鶯於張生，自酬和以後，久已念兹在兹矣，况齋期親見其丰采實足動人乎。此即無解圍一事，禁不住幽期密約。許婚而悔，亦故作曲筆以爲波折。愚者每以鶯鶯之失身於張生，爲伊母許婚之故，豈知心頭一滴血，喉頭一寸氣，早屬之張生乎。《寺警》自【八聲甘州】至【寄生草】諸曲，寫他蕩漾春心，戀戀吉士，親口實供，此法家辦案也。不然，安至不才，獨以罪老夫人哉。「月度迴廊」，名則善矣，其法與西厢之寺警奚涉焉？（同上「身爲千金貴

人，吾愛吾寶」一段之眉批）

以上三説，皆可備作文之法，然而巧立名色，未免有心眩世，且與《西厢記》何與？牽扯附會，爲《西厢》增聲價，明眼人視之，直平平也。（同上「文章又有羯鼓解穢之法」一段之眉批）

有笙簫之響，不可無鐃鐸之音。洪纖迭、陳徵羽間作此傳奇之定法，亦作文之成範，有甚張皇哉！（同上「一發洩其半日筆尖嗚嗚咽咽之積悶」句後之夾批）

《寺警》一齣前【仙吕】入鶯鶯口中，後【正宫】入惠明口中，作兩段看。○《寺警》前不細寫孫飛虎，後不細寫杜將軍，而以一下書人極力摹寫，分外出色，若不待杜將軍至，而賊已膽落矣。作文有實者虚之之一法，如此篇，可謂獨擅其勝。（孫飛虎「引卒子下」及金批之眉批）

二語既欠藴藉，且引紅娘同上，如何説得？鶯於寄柬時，猶欲瞞紅，而肯遽道心事耶？曲中亦多犯此病。（鶯鶯引紅娘上云：「前日道場親見張生，神魂蕩漾，茶飯少進。」之夾批）

原本第二句「早是傷神」，「神」字用韻，金改「多愁」，失之。（【仙吕】【八聲甘州】第二句眉批）

「多愁」二字，原本係「傷神」。「莫去」二字，原本係「無語」。「風裊」句，原本無「我只是」三字。（同上曲批語）

如此情極，煞是可憐。（同上「能消幾箇黄昏」夾批）

結句鬆。（「極目行雲」之旁批）

不切。（【混江龍】「昨夜池塘夢曉」旁批）

「乍」，原本「輕」。（同上「今朝欄檻春； 蝶粉乍沾飛絮雪」，「乍」字之夾批）

「已盡」，原本「香惹」。（「燕泥已盡落花塵」「已盡」夾批）

所以自喻其情。（同上「繫春情短柳絲長」，及金批後之夾批）

「春」下有「心」字，「花下」有「陰」字。（以上兩句之眉批）

是謂西厢中人。（同上「隔花人遠天涯近」金批後之夾批）

「六朝」句，原本觀「香消了」；「三楚」句，原本䙡「清減了」。○逐句千狐之白，而又無補接痕。（山按此句爲金批）○

二語無着，與上不浹。（同上「六朝」、「三楚」句後夾批）

與拷紅同一筆格，所謂如「春雲之展」。（曲後夾批之眉批）

如生熟之生。（【油葫蘆】「翠被生寒」句金批後之夾批）

此種筆意，開後人無數法門。（同上「便將蘭麝熏盡，我不解自温存。」之旁批）

「自温存」三字，妙語解頤。（同上金批後之夾批）

不雅。（同上「分明錦囊佳句來勾引，爲何玉堂人物難親近？」之夾批）

原本「睡又不安」，「睡」字不妥。（同上「這些時坐又不安」旁批）

原本「紅娘云：姐姐，我和你太湖石畔散悶去且來。」（同上「立又不穩」句後夾注）

原本「坐又不安」。（同上「登臨又不快」之旁注）

原本上有「我欲待」三字。（同上夾注）

聖嘆易之。「困」字易「悶」字，亦不必。（「閒行又困，鎮曰價情思睡昏昏」旁批）

寫來如直頭布袋，全無神味，衆人所謂工，少霞嗤其拙！（同上夾批）

千金貴體，如此情極，豈錦心繡口中所有。（同上數句之眉批）

此句與下文又不浹，此聖嘆所以割綴前曲之尾，若謂「盹」即睡之一類也○改「錦囊佳句」至「睡昏昏」云：「有甚麼遊蜂浪蝶來勾引？ 空對着殘脂剩粉縈愁悶，我只道獸炭兒猶温，却不料篆煙兒已燼，到黄昏一片風凄緊，誰知道鏡臺畔有個不眠人。」(【天下樂】「我依你……枕頭兒上盹。」金批後之夾批)

不見得。(金批「右第三節」「寫情種真是情種，寫小姐亦真是小姐」之旁批)

「似」字原本係「般」字。(同上「我但出閨門，你是影兒似不離身。」「似」字夾注)

向謂此二句，已與上不接，既而思之，乃是打盹時，在枕頭上細思平日動作舉止也。(同上二句金批後之夾批)

此二句不但領起本節提備拘繫語意，并後文「你知道」六句，亦相貫注。○「影不離身」，非言紅娘之隄防着他，甚言親密之意。 紅娘認錯，推在老夫人身上，故下文有「這些時」一接。(同上眉批)

「出閨門」二句，雙文不過欲向阿紅微露心事，固紅有「不干紅娘」語，故下文有「這些時」數語，此用筆曲折處。(金批「右第四節」末之眉批)

原本此處紅白云：「不干紅娘事，老夫人著我來。」○此白斷不可少。(同上夾批)

原本云「直恁隄防著人」，且句上還有「俺娘呵」三字白，則此句明指老夫人矣，但與下文「拘繫得緊」句，又似犯複耳。(同上曲「這些時他恁般隄備人」夾批)

隄備拘繫，平日不覺，此時心上有人，乃始覺耳。○爲下文欲説出「兜的便親」來，故先説「折了氣分」。○「不信」句，非爲鶯鶯裝身分，正以見其鍾情於張也，不過襯托筆法，却沉着有力。(同上「這些時他恁般隄備人」至「折了氣分」之眉批)

此紅娘以下一輩人。(同上「小梅香服侍得勤」之旁批)

此下原本白，紅云：姐姐往常不曾如此無情無緒，自從見了那生，便覺心事不寧，却是爲何？(同上「折了氣分」夾注)

原本第一句外人，第二層是客人，外人與客人無甚分別。金易以「親人」，始判淺深次第。○扇面式對句割裂，更無情理。（【那吒令】前四句夾批）

「獨」字必須依原本「從」字。（同上「獨見那人兜的便親」眉批）

「兜」字下得妙，言乍見便覺割捨不下也，請姐姐畫供。（同上夾批）

原本「想著他昨夜詩，依著前韻，酬和得清新。」「他」字混不如「我」字。末句「他」字，雖于文理頗順，然平聲字啞。（同上「我前夜詩，依前韻，酬和他清新。」之夾批）

少「與他」二字。（【鵲踏枝】「不但句兒勻，我」之夾批）

既云兩首，則「與他」二字更不可少。（同上「兩首新詩，便是一合迴文」之旁批）

崔、張情緣，實自和詩而起，作者細細寫出，分外生情。但「誰做針兒」二語，亦未免太過。（同上「誰做針兒」二句眉批）

原本「吟得句兒勻，念得字兒真，咏月新詩，煞强似織錦迴文」。（曲末夾注）

便無解圍一事，也禁不住幽期密約，特傳奇家布置，須一番熱鬧，以作波折耳。（金批「右第六節」「諺云：只知其一，不知其二」一段眉批）

跟《鬧齋》來。（【寄生草】前半曲眉批）

前峰已斷，後山隱隱連屬，結句妙絶。（同上後半曲眉批）

原本起二句「文章士，旖旎人」，不如此遠甚。又末句襯用「不枉了」三字，更不可解。至第三句落「俊」字，第四句落「順」字，似亦相倣。（同上曲末夾批）

是張生真知己，末句起下應募。（同上夾批）

堝，同窩。（【六幺序】「教我那過兒人急偎親」眉注）

那窩兒里，那所在人也。急偎親，是成語。（同上眉注）

二字借用不切，「冉冉」亦凑。（同上「征雲冉冉，土雨紛紛」旁批）

「土雨」不妥，原本「吐雨」，亦欠安。（同上夾批）

腐語。（【後】「那厮於國於家無忠信」夾批）

粗。（同上「恣情的擄掠人民」夾批）

忽然説到寺，語意率凑。「誰俫問」，原本「焚燒盡」。當日飛虎只圍了寺，本未焚燒，故聖嘆改去。然「誰俫問」三字，亦率凑得可笑。又下文諸葛二句，却跟着「焚燒盡」來，上三字既去，則此二語無着矣。須如原本於「天宫般」句上襯着「他待把」三字，便貫得下。（同上「他將這天宫般蓋造誰問」之夾批）

不成説話。（同上「便做出諸葛孔明博望燒屯」夾批）

着此數語，以見鶯鶯不惜千金之軀，即從賊亦可，即兩廊下僧俗，亦無不可，何况應募退賊，乃即其眠思夢想之一人，則其甘心委身，天地鬼神，無不鑒之，何母氏之能阻哉！（夫人、鶯鶯白之眉批）

原「老」字。（【元和令】「免摧殘國太君」「國」字之夾注）

作文取勢，本無定法。下下策、下中策，强立名色，俱可不必。（金批「右第十節」「此下下策也」一段之眉批）

上言其利，此言其害。（【後庭花】曲末夾批）

此層自不可少，否則鶯鶯竟情愿失身矣。（【柳葉兒】「尋個自盡」數語之眉批）

少霞云：此却最上策，後此戀張而淫奔不終，何嘗非辱没家門。（同上曲末夾批）

張生解圍，作三層頓跌：初云獻賊，次云自盡，萬不得已，而爲高叫僧俗之舉。此時鼓掌而出者，實出望外，則鶯之私心竊喜，亦出尋常，聖嘆所爲獅子滾毬，人看獅子，獅子却注目在毬也。要知此亦行文定法，一題到手，題前自有幾層波折，難道纔寫兵警，便寫張生應募不成。（法本、夫人白之眉批）

接上（？）似未妥洽，原本不必改。（夫人哭云一段旁批）

此數語，本色得好。（【青哥兒】首句至「你更莫惜鶯鶯這一身」夾批）

硬接欠安。（同上「不揀何人，建立功勳」之旁批）

不可斷。（同上「願與英雄」夾批）

亦欠妥。高叫兩廊之言，不消伊香口再敷陳一遍也。（同上「結婚姻，爲秦晉。」夾批）

原本【柳葉兒】下便接【青哥兒】曲，中間「莫惜鶯鶯」句下，插白云：「孩兒別有一計，將不論僧俗，願配能退賊軍之人」等語，出自鶯鶯口中，而以「此計較可」一語，屬之老夫人，情理本順。金於【柳葉兒】下，以爲高叫僧俗，早自老夫人說出，【青哥兒】下半曲，鶯鶯自己又敷陳一遍，其病有三：曰呆，曰贅，曰複。（金批「右第十三節」一段之夾批）原本鶯鶯先在曲中說出，老夫人隨在口中道破，下直接法本叫科。文勢本順，當依原本爲是。（「法本叫科」之夾批）

原本鶯鶯先在曲中說出老夫人，隨在白中道破，下直接法本叫科，文勢本順，當依原本爲是。（「法本叫科」夾批）

原本旦背云：「只願這生退了賊者。」（張生云「稟夫人：……其計必成。」之夾批）

張生爲鶯鶯意中人，一見其應募，便願其退賊，未暇悉其計果安出也。寫女兒家袒愛夫壻，只一語逼肖，聖嘆如何去之？（同上眉批）

原本有「休唬了我渾家」二語，蠢甚。聖嘆去之，是。（張生云：「既是恁的」夾批）

原本自此句起，至「難得這僧」，俱在【賺煞】曲後。（同上「小生有計，先用着長老」夾批）

此段原本在法聰打話之後，下便直接惠明出場，改金之謬。（張生云「小生有計，先用着長老」至「我修書去，必來救我」之夾批）

應是回房。（夫人云「你伏侍小姐回去者。」）

與原本「但願這生」句遥應。（鶯鶯云：「紅娘，真難得他也。」之旁批）

如脱口。（同上眉批）

原本鶯鶯云：「難得這生一片好心。」亦妙。　金本下一「他」字，便分外親熱。（同上夾批）

前文迤邐而來，已作許多波折，到此自分外欣喜，分外奮（一作矯）激，文章取勢不足，文情亦必不能酣暢也。（【賺煞尾】曲眉批）

見得張生應募，不專爲求婚，金氏所云，避嫌也。（同上「也自防玉石俱焚」金批之夾批）

鶯鶯意中亦拏不定張生便退得賊，金批所謂護短也，此時鶯鶯直視張生爲一家人矣。（同上「權將這秀才來儘」金批後之夾批）

曲内四「他」字，跟白中「他」字來，皆聖嘆筆也。（同上「他真有出師的表文」眉批）

原本「下燕」二字係「嚇蠻」。（同上「下燕的書信」夾注）

愛之至，便誇之至，筆力與前「十年窻下」句，同一雄健。◯（此）句爲寺警作結，却與下惠明寄書潛通消息，非常魄力。（同上「這筆尖兒敢横掃五千人」金批後之夾批）

《寺警》正文，只【六么序】二曲，其前七曲，專寫鶯鶯之戀戀於張生；其後【元和令】五曲，皆爲張生應募作波瀾，迨修書遣使，則已無餘事矣，忽於寄書人口中，另作銅捍撥鐵綽板聲口，立身題外，大有海濶天空之想，文如此，便不平，便不滯，豈僅如聖嘆之所云「龍王掉尾法」耶。（法本云「賊兵退了也」一段之眉批）

消納法，此語要緊關目，若將張生修書，平平鋪叙，不惟文章直塌下去，抑且難于扮演。看他將修書一筆撇過，着眼寄書人，文粱高架，作者煞費苦心。（張生云「書已先修在此」至法本云「他偏要去」之旁批）

找此二語好。（同上「只有他可以去得」旁批）

便是斬釘截鐵之筆。（惠明上云：「定要去！ 定要去！」之夾批）

原本「僧伽帽」。（【正宮】端正好】「颩了僧帽」夾注）

原本「偏紅衫」。（同上「袒下了偏衫」夾注）

聖嘆之心惡緇流如是，然其言甚屬無謂。（同上金聖歎夾批之眉批）

「我便」二字，原本云「兩隻手」。（同上末句金批後之夾注）

無可發揮，何必累紙費墨。（金批「右第一節」一段之眉批）

須菩提於意云何。（同上「不得作女人拜，不得呵呵大笑，不得哀哭『蒼天！ 蒼天！』」之眉批）

原本此二語，與下「非是我貪」二句倒轉。（【滚繡毬】「非是我攙，不是我攬」夾注）

添字作《西厢》直解耶？（「右第二節」「他也不攙，他也不攬，他知道你怎生喚」之旁批）

何妙？（同上「乃渠猶不知，還自擂鼓集衆」之旁批）

原本「沙」字。（【叨叨令】「你們的浮插」夾注）

隨手雜湊，欠工。（同上曲之眉批）

請問如何解？（同上「真調淡我萬觔黑麵」之旁批）

「真調淡」，原本「休調啖」，言休調此等與我吃，我待吃人肉饅頭也。（同上眉批）

詞意晦。（同上「休誤我也麽哥」旁批）

原本是「必休悮了也麽哥」。（同上夾注）

先生肯出結否？（右第三节「此其無理可恨」之旁批）

「包殘」跟「饅頭餡」來，原本係「飽餐」。「旋教」，原本係「把予」。（同上曲末「包殘」、「於教」二句夾注）

先生肯出结否。（金批「右第三節」「今諸秃奴乃方欲以己之不食肉，救拔我之食肉」之旁批）

此段詞意，在《西厢》中爲閒文，在本齣寺警爲餘波，然知是絶大噴薄，惟因北詞例須成套，故前後間有複沓處，聖嘆借此以謗僧，洋洋繩繩，取厭甚矣。（同上眉批）斬釘截鐵之筆。（本云「你真個敢去不敢去」夾批）

下筆如刀，運筆如風。（【倘秀才】「你休問小僧敢去也那不敢，我要問大師真個用咱也不用咱？」之旁批）

添「虎」字作句，聖嘆以爲巧妙，少霞以爲拙。（同上「你道飛虎聲名賽虎般」夾批）

一結頭巾氣，弱句，不似北詞中語。（同上「那厮能淫欲，會貪婪，誠何以堪！」之旁批）

詞氣以起二語不稱。〇「飛虎」句，原本云：「飛虎聲名播斗南。」「斗南」二字，惡劣之至。金本改爲「賽虎般」，亦不佳，且「南」字係韻脚，易以「般」字，入寒山，不叶監咸矣。（同上夾批）

亦不必分。（金批「右第四節」「是人謂其不敢」旁批）

開口已説過不念經，不禮懺。（張生云：「你出家人怎不誦經持咒」之旁批）

以下隨白作曲，始得敷衍成套。（【滾繡毬】曲眉批）

原本云：「戒刀頭近新來將鋼蘸，鐵棒上無半星兒土漬塵緘。」（同上「戒刀新蘸，無半星見土漬塵淹」夾注）

此答白説「與衆師隨堂修行」也。（【滾綉球】之夾批）

不成話説！（同上「别的女不女、男不男」眉批）

原本此二句上有「僧不僧，俗不俗」二句。此答白中，與衆師隨堂修行也。（同上夾批）

此句亦聖嘆所改，原本「則會齋得飽」云云。（同上「大白書把僧房門胡掩」夾注）

指白馬將軍。（同上「善文能武人千里」旁注）

不成句。（同上夾批）

點十八一了一字，何所取一。（金批「第五節」「吾之於吾也，何毁何譽，如有所譽者」旁批）

照《論語》換了數字，何所反義？（「何毁何譽」之旁批）

曲中説到此事，已覺可厭，此間復縷縷言之，是奚爲哉。（同上「相君之面，則女不女」一段之眉批）

五字四句格，填下襯字，動蕩有神，意味濃厚。（【白鶴子】曲眉批）

原本「壯行者」，「壯」字迥不如「病」字。（同上「病行者」眉批）

好兵卒，好軍杖，寫得有聲有勢，立定脚語，并不止吃酒厮打，一箇莽和尚也。（同上曲末金批後之夾批）

直説不要幫，此笨伯也。若要幫仍不要幫，纔是個惠明，纔是西廂記手筆。（金批「右第六節」「偏不説不要幫」一段旁批）

救兵如救火，如何説「幾時」。（張生云「你卻幾時可去」旁批）

此轉似贅，然前文勢尚未盡，不得不商，所以結之。（同上夾批）

上句遜，下元曲中多有之。（【耍孩兒煞】「不學那惹草拈花没掂三」之夾批）

「没掂三」下，原本「劣性子人皆慘，捨着命提刀仗劍，更怕甚勒馬停驂。」（同上眉注）

言便去也。（同上「便提刀仗劍，誰勒馬停驂。」之旁批）

一路寫來，真覺耳後生風，鼻端出火。（同上夾批）

好和尚，好英雄。（【二】「我從來欺硬怕軟，喫苦辭甘」金批後之夾批）

照應到送書，都用翻跌之筆，《西廂記》真無一筆肯鈍置也。（同上「你休只因親事胡撲俺。若杜將軍不把干戈退，你張解元也乾將風月擔。」之眉批）

銀光四射。（同上夾批）

下字過火。（「半世羞慚」之旁批）

原本云「倘或紕繆，倒大羞慚。」（同上末句金批後之夾注）

原本白：「將書來，你等回音者。」（「我去也」之眉注）

三字，着紙欲飛，聖歎之筆妙如是，如是。（同上及金批之旁批）

如見一莽和尚跳出去。（同上金批後之夾批）

從上文「也」字下，接出神致如生。妙與【白鶴子】第一曲不犯，緣擂鼓吶喊，皆臨去時所用。（【收尾】「你助威擂三通鼓，仗佛力吶一聲喊。」之眉批）

千鈞氣力，百倍精神，在此八字中。（同上及金批「奇句！奇至于此。妙句！妙至于此。」後之夾批）

此曲內「遥」字，亦將自己威神，移置賊人眼中，要只是從對面看也。（同上後段金批末句「原來只是用得一『遥』字也。」之夾批）

如有人馬辟易之勢。（同上曲「你看半萬賊兵先唬破膽。」及金批後之夾批）

收得勁。（同上眉批）

前《西廂》十六篇，除張生、鶯鶯、紅娘外，惟惠明以雜色，有【端正好】曲一套，其詞意伉爽，蓋隱然一部中之棒喝也，閱

者慎勿以閒文視之。（金批「右第十節」一段眉批）

原本有「眼觀旌旗捷，耳聽好消息」等語。（張生云：「雄兵即來，鯉鱼連夜飛馳去，白馬從天降下來。」之旁注）

杜將軍上場，有詩四句：「林下晒衣嫌日淡，池中濯足恨魚腥。花根本艷公卿子，虎體鴛班將相孫。」語劣不足存。（「杜將軍引卒子上」眉批）

此間有引《孫子》書一大段白，去之可也。（杜確白「奈虛實未的，不敢造次」之眉批）

前文張生云「書已先修在此」，隱過修書一段排場，此實者虛之之法也。此將張書，從杜口中念出，此虛者實之之法也。此處布置，煞費經營。（張生書「同學小弟張珙頓首再拜」一段眉批）

全用四字句，是六朝人舊格，詞亦明淨。〇書詞俱非原本，當亦金筆。（同上眉批）

句不可解。（同上「真反不計」旁批）

四語，收束有法。（同上「使我涸鮒，不恨西江；崔公九原，亦當銜結。」之旁批）

二月十五，張生附齋，十六飛虎圍寺，止隔一夜，則飛虎口中應云「昨日」，不應云「前日」，且法本亦不應云「前十五日」附齋。大抵傳奇造無爲有，十五、十六，亦有何証據，但隔兩三日便可。（同上「二月十六日書」眉批）

原本張珙頓首再拜大元帥將軍契兄纛下：（錫山按原信頗長，略）（「惠云：『大人是必疾來者。』下。」之夾注）

別本叙杜發落叛卒，洋洋一大篇，可云大贅疣。（杜傳令云：「大小三軍聽我號令」眉批）（錫山按：此則眉批應移至後面相應處。）

隱過一場大厮殺，省卻多少筆墨。（孫引卒奔上云：「白馬爺爺來了」至「怎麼了，怎麼了」旁批）

此處極難布置。「山門外」二語，看他全不費力，却是筆所未到，氣已吞也。與前文「白馬爺爺」一段，真得左史三昧。

（生上云「山門外」一段眉批）

平平數語，却極周匝。（同上「夫人昨日，許以愛女相配。不敢仰勞仁兄執柯……」之眉批）

空中布置，脱卸有法。（夫人云「老身尚有處分，安排茶飯者。」之眉批）

便有變卦之意。（同上旁批）

既不踐約，招之至家，豈非移烈火近乾柴乎？（同上「便移來家下書院内安歇」之夾批）

……婚，而已有引虎入室之勢，烈火近乾柴，欲不及于亂也，得乎？（此折末金批後之夾批）（本出末金批之後，有周昂的評語，但諸本皆缺，留着空白未印，僅存這最後二十三字。）（國圖藏本無此則批語）

二之二　請宴

首引諺言。（金聖歎折前總評第一段「諺曰：獅子博象用全力」旁批）

此段便詣微入元，不圖《中庸》語小莫破、體物不遺之理，於此遇之，宋儒一團腐氣，焉得如此透徹。（同上「彼造化者」至「而後有此，亦爲信然矣。」之眉批）

次引莊。（同上「莊生有言」旁注）

砭挽合「遊」字亦不必。（同上「而其遊也，斯遮幾矣」旁批）

前引諺言，是足前段「大本領」云云語意，后引老氏，是又以當其無句，爲主胸中，引南華「石石泉泉」四語，融洽前後，如細流渟演，别具波折。（同上「果石石而察之」、「泉泉而尋之」、「老氏之言曰」之眉批之旁批）

再引老。（同上「老氏之言曰」旁注）

一理貫萬，居要之言。（同上「而吾有以知其奇之所以奇，妙之所以妙，則固必在於所謂當其無之處也矣。」之眉批）

急轉得秒。（同上之旁批）

跌重別才別眼。（同上「夫人誠知百材萬水雜然中一副別才之所翱翔」至「眉下有其別眼，而皆必於當其無處而後翱翔，而後排蕩」之眉批）

細看其用筆之七玲八瓏，疑有青蓮花在舌底，看他縱筆。（同上「則吾真胡爲必至於洞天福地」至「即少止於一里半里」之眉批）

好！筆力變化，不可方物。（同上夾批）

奇想奇筆。（同上「一略小橋」至「一籬一犬」夾批）

看他縱筆。（同上「吾翱翔焉，吾排蕩焉」眉批）

接筆不測。（同上「且人亦都不必胸中之真有別才，眉下之真有別眼也。」之眉批）

并此層圓到，更覺空靈。（同上夾批）

翱翔排蕩，融會說來，筆端解語。（同上「必曰：先有別才，後有翱翔；先有別眼，而後排蕩，則是善遊之人。」之旁批）

如此奧衍，尚留得後文不遊處已多，終于不遊二意，何等才情！（接上「必至曠世而不得一遇也」一段之眉批）

一轉一意，越轉越妙。（同上「米老之相石也」之眉批）

又引米老相石。（同上夾批）

凡篇中不接之接，此最是古文作手。（同上「我亦定不能如米老之相石故耳」眉批）

更奇語，亦打混。（同上旁批）

二語滯矣。（同上夾批）

此數語亦勉强。（同上「誠親見其秀處、皺處、透處、瘦處」之旁批）

此段又以相石之秀、皺、瘦、透立言，然文氣欠爽。（同上眉批）

狡猾到極處。（同上「亦豈可得哉」旁批）

驪珠在握。（同上「由斯以言，然則必於洞天福地而後遊」之眉批）

作兩層跌出主意。（同上旁批）

隨口皆名言。（同上「此其不遊之處，蓋已多多也」一段之眉批）

名言。（同上旁批，標在「何也？ 彼不能知」處。）

一段文字，千波百瀾，只是芥子須彌，小中見大，要其運筆如生龍活虎，不可捉搦。其妙緒全在會用虚字。今日之聖嘆，乃昔日之漆園也。（同上至本段末之眉批）

增此一段，真是蛇足，何不去之。（同上金批後「斷山云」一段末之夾批）

大波大浪，大哭大笑，即前文所喻洞天福地。（同上第二段「皆是生成必有之大波大浪也」之眉批）

前後來比。（同上「乃今前文之一大篇纔破賊，後文之一大篇便賴婚」至「寫此如雲如火，如賊如春之一段神理乎。」之眉批）

諢語。（「今既專門會尋五色石，其又何天之不補乎？」之旁批）

迴合前文，申明立説之旨。兩章書，只作一章讀，用筆輕靈，絶無拖泥帶水之病。（同上「而今觀其但能緩緩隨筆而行」至「而始有奇妙，此豈不信乎？」之眉批）

如此迴應，真出人意表。（同上「其深念老氏」至末之眉批）

前之破賊，後之賴婚，一部書中大情節也。兩齣中間無有，所以間之則促矣，請宴所以紆其勢也。譬如畫水，前波既

去，後波將來，其間紆餘縈迴，別有風行水上之致，如請宴齣是已。（同上末金批後之夾批）

張生之功，從紅娘口中說出，賴婚一節，老夫人何以自解？（【中呂】粉蝶兒眉批）

晦字。（同上「只據舒心的」旁批）

「舒心」猶言暢懷。（同上夾批）

「靈」應是「醽」，謂酒也。原本誤作靈。○原本「列山靈」，猶云山珍，與下「陳水陸」句，皆言開筵也。徐士範改「山」爲「仙」，而曰賊兵掃盡，寺裏暢心，可以列仙靈而陳水陸道場，謬甚。（同上「列仙靈，陳水陸，張君瑞便堂欽敬。」之夾批）

亦不是阿紅口中語，且此時作此語無着，蓋解圍以前之張、崔，直風馬也。（同上「前日所望無成」之眉批）

金本增一「你」字，妙！（【醉春風】「你早則不冷」旁批）

先就鼎、簾、窗等説起，留後文地步。（同上「寶鼎」、「繡簾」、「緑窗」句眉批）

結三語雖佳，然則接不緊。「冷」字蓋從不冷下，作冷字轉語，則猶云若是冷，畢竟如何云云。此三語尚于「冷」字神理差一針。（同上曲末金批後之夾批）

原本「東閣玳筵開」，朱石津本改爲「帶烟」，與下句「和月」對；徐解云：早開閣以待客也，亦有致，然不如「玳筵」之自然，作者正未必如是比對耳。（同上曲末眉批）

活畫。是乖巧小女兒來報喜信情狀。（【脱布衫】「隔窗兒咳嗽一聲」夾批）

題前一路紆徐而來，情態宛然。（同上金批後之夾批）

原本「他啓朱唇急來答應」，不如今「啓扉」句，但「問」字屬真文韻耳。（同上「啓朱扉疾忙開問」眉批）

寫張生如畫，寫紅娘便亦如畫。○原本「我這裏『萬福，先生』」。改作「道不及」，筆端飛舞。（【小梁州】「我道不及『萬福，

先生』。」夾批）

眼前景，口頭語，阿誰有此清儁之筆。（金批「右第四節」一段眉批）

閒中布置，好整以暇，神致如生。○「鬧黄鞓」，即鬧裝之鬧。原本「傲」字，楊用修始改此。（同上末夾批）

紅娘口中，如何直喚小姐小名？不過趁韵故也。結數語，欠蘊藉。（【後】「休説引動鶯鶯，據相貌，憑才性，我從來心硬，一見了也留情。」之眉批）

阿紅始終撮合，從此二語埋根。（同上末二語旁批）

殊欠蘊藉。（同上金批後之夾批）

二語妙在本色。（【上小樓】「我不曾出聲，他連忙答應。」金批後之夾批）

【上小樓】三、四、五句法以仄仄平平爲律，或三句合用韵，或末句獨用韵，而此三句又必須整對。此似整對，而鶯鶯句四平聲，謬矣。擬易去叠字，若云「小姐跟前，貼耳呼之，唱喏連聲」，雖屬對未工，而語意尚無紕繆。○【上小樓】中三句湊。三兩句句末可仄，【貨郎旦】「念會咒語」，全係仄聲，則此全係平聲亦可。

結二語欠雅。○「將軍令」句，原本有「嚴」字，四字句法，金硬去之，謬。○原本紅答生云：賤妾奉夫人嚴命，特請先生小酌數杯，勿卻。張云：便去，便去。敢問席上有鶯鶯姐姐麽？紅唱【上小樓】，起首二句云：「『請』字兒不曾出聲，『去』字兒連忙答應。」中間又云：「秀才每聞道『請』」，語意自順。今改本白内，既未説明「請」字，曲首亦未點出，曲中突然説過請，便是無根。愚意金本白固佳，但曲内襯字，不必去耳。況删卻「請字兒」三字，則所云「不曾出聲」者，竟何指耶？（同上「愿隨鞭鐙」金批後之夾批）

原本二曲連唱，無白，至【耍孩兒】曲始云「别有甚客人」，不如移此爲妙。（【後】曲眉批）

「貴人」原本「老兄」。（同上「請貴人」旁注）

原本「匹聘」下，多「歡天喜地」一句。（同上「和鶯娘匹聘」夾注）

「謹依來命」，見他將去矣，却回轉身來，左顧右盼，寫盡秀才家修容飾貌，舉舉自好光景。〇「謹依來命」下，原本白云：「小生客中無鏡，敢煩小娘子看小生一看何如？」（同上「見他謹依來命」。和【滿庭芳】「又來回」之眉批）

如何斷得。（【滿庭芳】「又來回」金批「句」夾批）

【滿庭芳】中無此兩字句也。雖曲牌本不拘字句，然起手未可任意作三字兩字句也。凡不拘字句之曲，增損多在中間。（同上「顧影」及金批後之夾批）

此時烏紗小帽何在？（同上「下工夫把頭顱挣」至「螫得人牙疼」之旁批）

「滑倒蒼蠅」二語，與男子頭顱不稱。（同上眉批）

「蔓菁」亦是趁韻，隨手拈用。應舉秀才，携帶至七八甕乎？何不云「破甕裏」，着一「破」字，語更有味。（同上「蓋好過七八甕蔓菁」眉批）

「頭顱挣」，是功名項上説話，此則狀他整飾頭面，語係隔壁。〇此曲半係嘲笑。〇原本「牙疼」下白云：「夫人辦甚麽請我？」紅云：「茶飯已安排定，淘下陳倉米數升，煠下七八碗軟蔓菁。」是指夫人説，且既云「茶飯」，又云「淘米」，不嫌複耶？金改此曲，全指張生，説詞意一串。（同上眉批）

原本無「不比」二字，增得好。（【快活三】「不比一無成，百無成。」金批後之夾批）

【快活三】起數語，襯字用「咎人」，是大概説，故舊解謂即「有緣千里來相會，無緣對面不相逢」意。聖歎改本更明順。（同上眉批）

相國千金納壻，何等期望，豈比三家村中男子，養得老婆活，便是誇獎！王曲中「陳米」、「蔓菁」等語，只是爲「酸丁」二字設色。金批未免太鄙！【快活三】前，原本有白云：「小生想來，自寺中一見了小姐之後，不想今日得成婚姻，豈不爲前生分定？」紅云：「姻緣非人力所爲，天意耳。」此段與下「世間草木」句意相通。（同上金批之眉批）

凡文字，總妙於曲。如寫張生請了便行，其情如是止矣，却以「來回顧影」四字，領起底下，逐漸形容，寫他魔處，寫他酸處，却只細寫得「來回顧影」一句，文心之妙，不可以言喻。（金批「右第八節」「却斗然又用異樣妙筆，寫出『來回顧影』四字」之夾批）

「一事精」句，明承對米蓋甕來，文魔酸丁嘲之，正以誇之也。（同上段末「斲山云」一段末之夾批）

此句如何與上接。○此下有白云：「自古云：地生連理木，水出並頭蓮。」不可去。（同上曲「世間草木是無情」夾批）

與上文不浹，亦不稱。（同上「猶有相兼並」夾批）

二字句未妥。（【朝天子】「怎免」旁批）

「怎免」二字，不如原本「恰學害」三字。（同上夾批）

「這生」二字，如何不斷？【朝天子】起手仄平二句，何聖嘆之瞢然也。（同上「相思病」夾批）

原本「休道這生，年紀兒後生」，襯字不可去。（同上「這生」二句眉批）

俗而粗，且複「烏紗小帽」數語，聲律亦不諧。（同上「打扮又素淨」夾批）

並字上聲。○如作者之意，直道這樣人物，應早早成雙作對也。（同上「夜夜教他孤另」夾批）

此曲可云惡劣，此節增下幾個襯字極妙，原本無「曾聞」、「若遇」等字，「常要」二字，原本「兀的不」。（同上「曾聞才子多情，若遇佳人薄倖，常要……」眉批）

直逗賴婚後張生解帶自縊。（同上「常要擔擱了人性命，他的信行，他的志誠」旁批）

此段直逗鬧簡、賴簡情事，筆力破餘地。○「性命」句下，張生白云：「你姐姐果有性行。」紅云：「誰無一個信行，誰無一個志誠，恁兩個今夜親折證。」較善。上有紅白云：「我囑付咱。」（同上至「你今夜親折證」夾批）

誰無信行、志誠，因問鶯信行，而謾詞以答耳。徐士範謂紅自述己德，上又曲爲解，金故竟改屬之鶯。（同上眉批）

「那」字，原本云「可曾」。（【四邊静】「鶯鶯那慣經」「那」字夾注）

不成話説。（同上「端詳可憎，好煞人無乾淨。」之夾批）

此種情詞，少霞云：扯淡！且紅，一小女兒，「今宵歡慶」以下數語，似老作家矣，語甚不堪。聖嘆激賞不置，何也。（同上金批後之夾批）

妙句。（【耍孩兒】之夾批）

王伯良云：「無乾淨」，無盡極也。《陳摶高卧》劇：「但卧時，一年半載無乾淨。」《黑旋風》劇：「這一場雪冤報恨無乾淨。」可證。然亦元時口語也。若作不潔之調，豈不可笑。若以「無乾淨」指今夜破瓜言，則猶云：「你就款款輕輕，好煞了人，小姐今夜終被你玷污也。」

打賬賴婚，有此等鋪設乎？結處渲染，更無照應。（【耍孩兒】曲末夾批）

二語最入情。（張生云「小生客中無點點財禮，却是怎生好見夫人。」之夾批）

前段寫才子佳人，聯成姻眷，固已曲盡情事，因之問及鋪設。鋪設則極誇張。謙無財禮，財禮則可省却。皆頰上毫，亦後不竭之法也。（同上眉批）

語欠圓。（【四煞】「聘不見爭，親立便成」之夾批）

牽合成語，却少情味。（同上「怕他不卧看牽牛織女星」夾批）

湊句。婚姻那可云「前程」。（同上「已就一世前程」夾批）

今里諺有之。（金批「右第十三節」「豈有家常茶飯，挖耳相招」旁批）

是明眼人。（同上「作者細心獨到，遂特寫此」夾批）

二語俗。（【三煞】首三句眉批）

腐。（同上「自古文風順」旁批）

所用襯語，一一如脱穎而出。（同上曲末金批後之夾批）

不成句。（【二煞】「并無繁冗真幽静」旁批）

原本此間始問別客，似贅。

湊字太率。（同上「迴避他無是無非」旁批）

此曲太草率。○「先生」，原本云「老兄」。第三句「爲嫌繁冗情幽静」，心中本閒。中「廊下」，本「窗下」。「立等」，原本云「單請」。（同上曲末夾批）

《請宴》一齣，寫紅娘意中十分感激，十分誇張，十分欣喜，全是空中結撰，異樣筆墨。

【收尾】極本色，極熨貼。○末句「紅娘」（原）係「梅香」二字。（【收尾】曲末夾批）

加倍染法。《西厢》文字，凡下篇作翻筆，必先作一二分話，所以蓄勢也。（「張生云」一段眉批）

又用代字訣。（同上「夫人道：『張生，你來了。』」之旁批）

從夫人口中作滿心滿意之筆，思路更爲周匝，笔下愈加警動。（同上「與俺鶯鶯做一對兒，飲兩杯酒，便去卧房内做親」旁批）

前用五千錢看鶯鶯，此用十千貫荐飛虎，頓合附齋，非常靈動。（同上「我改日空閑，索破十千貫足錢，央法本做好事超薦他」之

旁批）

好，摹神之筆，爲下齣先作拽滿弓絃之勢。○「笑科」下，全是聖歎所改。原本「夫人道：『張生，你來了也。飲幾杯酒，去卧房内，和鶯鶯做親去。』小生到得卧房内，和姐姐解帶脱衣，顛鸞倒鳳，同諧魚水之歡，共效于飛之願。覷他雲鬢低墜，星眼微矇，被翻翡翠，襪繡鴛鴦。不知性命如何，且看下回分解。」此腔尚沿董解元舊習。笑云：「單羨法本好和尚也，只憑説法口，遂却讀書心。」○「襪繡」句，不切，亦未了。快活十二分，何至説到「性命」。又法本有何干涉？録此，見改本之妙。

二之三　賴婚

空領心、體、地三種。（齣前總評「與夫發言之人之心，與夫發言之人之體，與夫發言之地」眉批）

空領反、激、半三種。（同上「又有言之而反者」眉批）

若直接正反、婉激、盡半三層，文勢更直，引證一段，更紆迴有致。（接上「有言之而婉者，又有言之而激者；有言之而盡者，又有言之而半者。」之眉批）

看他隨筆使用《左傳》句調，每段於散行中，仍似作偶勢，文筆便遒。（同上「如云：『非吾所敢忘也』」一段之眉批）

迴應前文，轉下三層，只是申説上意，用筆輕俊，不板不複。（同上「事固一理也，情固一理也，理固一理也」一段眉批）

數虚字用得如分水犀。（「彼夫人之心，與張之心不同」一段眉批）

逆筆，又用倒捲法。（同上「至於言之而反」一段眉批）

吾以一言蔽之曰：惟情生文，亦惟文生情。入雙文口中，所謂稱情而出也。蓋入老夫人口中，大都背約之語；入張生口中，徒爲憤怒之詞；入紅娘口中，亦安能幫着張生，唧怨主母哉，故知非雙文不可也。（同上「蓋熟思之而知《賴婚》一篇，必當寫作鶯鶯而唱」一段眉批）

四面設想，披發盡致。○少霞云：若作紅娘唱亦可，特礙前齣耳。（同上末夾批）

句腐。（張生云「一人有親，兆民賴之」夾批）

也是十分感激，十分誇張，十分欣喜，而情詞比紅爲深摯。（【雙調】【五供養】「若不是張解元識人多，别一個怎退干戈」旁批）

虧他認得白馬將軍，故云「識人多」也，聖歎全是隔壁話。（同上夾批）

雙文香口中，始特地稱呼張解元，委身之意，尚何嫌疑須避哉。（同上眉批）

杜撰。（金批「右第一節」「雖至於天終地畢，海枯石爛之時」旁批）

如《平淮西碑》之「天以唐克肖其德」，《畫錦堂記》之「仕宦而至將相」二語是也。「匹夫而爲百世師」二語，正與《畫錦堂（記）》起手同。（同上「東坡先生作《韓文公潮州廟碑》時」一段眉批）

如此讀書，絶不囫圇吞過。（同上「吾嘗欲問何處座中，誰數千人，誰聞其言」旁批）

何所見。（同上「便以吾張解元爲宰相，不愧耳」旁批）

聖嘆惡習。（同上「幸必滿一大白，先酬雙文，次酬」云云之旁批）

《請宴》出場，紅娘推功張生；兹齣，鶯鶯亦然。人同此心，獨老夫人欲悖之，安有是理乎？（同上末夾批）

不待紅娘來，先作此感激之詞，布置極工。（同上曲「排酒菓，列笙歌」至「他救了全家禍，殷勤呵正禮，欽敬呵當合。」之眉批）

二語尚有語病。（同上旁批）

與紅娘一樣聲口。（同上金批後之夾批）

幾曾吩咐來，是猜度，應如此。（同上眉批）

如新荷出水，秀色可餐。（【新水令】「恰纔向碧紗窗下畫了雙蛾」眉批）

一幅絶妙美人曉妝初竟圖。（同上「拂綽了羅衣」至「貼了鈿窩」眉批）

唐世，花鈿非簪釵也，貼之于面，以飾黥也。上官婉兒少遭黥面，有痕，以花鈿貼之。後相沿成俗，不黥者亦效之。《鶯艷》曲亦竟指面也。面上所貼花鈿，有常所，故曰「鈿窩」。〇「粉香」句，下應五字兩對句，此曲殊未合格。（同上金批後之夾批）

小姐心裏早覺着。（同上「若不是驚覺人呵，猶壓着繡衾卧。」金批後之夾批）

二語開下曲文，如聽小窗兒女喁喁。〇原本「張生你好有福也呵」，白止於此。至【么篇】「吹彈」句下，紅始有白云：「俺姐姐天生的一個夫人樣兒。」金併作一處。（「小姐真乃天生就一位夫人」之夾批）

全是極得意聲口。（【後】首三句眉批）

雙文意中，拿穩必諧姻眷，故肯將心事直白。（同上「我做夫人便做得過。」眉批）

反說開去，却分外親熱。〇【喬木查】上原本紅白云：「往常兩個都害，今日早則喜也。」原本二句直起，金增「除非說」三字，便與前文一貫。（【喬木查】「這酬賀當酬賀」金批後夾批）

原本「從今後兩下裏相思都較可，酬賀間禮當酬賀，俺母親也好心多」，末句意本未了，故紅白云「敢着小姐和張生結親呵，怎生不做大筵席會親戚朋友，安排小酌爲何」，鶯云「紅娘，你不知夫人意」。（金批「右第四節」眉批）

雙文此曰拏穩好合，故對愛婢說：「我說他全没些羞澁。」（同上末夾批）

「母親」句懸而無薄，下面曲文亦非「心多」二字可領起。（同上曲「母親你好多」眉批）

趁韻，上下不浹。（同上旁注）

原本起云：「他怕我是」。（【攪箏琶】「我雖是賠錢貨」夾注）

「况他」，原本云「據着他」。（同上「况他」夾注）

原本云「費了甚一股那」，語似支。（同上「你費甚麽」夾注）

「省錢」，原本「省人情」。（同上「休波省錢」夾注）

雙文挐穩姻事必諧，至以儀物不備責望其母。意益暇，筆益肆，實際後文反逼得越緊。（【攪箏琶】之夾批）

鶯鶯亦急欲見張生也。（【慶宣和】之夾批）

「小生更衣」句並撞見旦俱在【慶宣和】前，原本第二句用「我恰待」三字，比此爲優。首句「未將」二字則改本尤秒。（「小生更衣咱」之眉批）

雙文以喜筵不盛，禮數不周，唧怨老母，豈料好事多磨，一旦決撒哉。文章作反逼勢，是加一倍染法。○新婚女郎極得意時，尋别事做許多張顧，此一段可謂善道俗情。（同上眉批）

元時以備辦茶飯爲張羅。○雙文拿穩姻事必諧，至以儀物不備，責望其母，意益暇，筆益肆，實與後文反逼得越緊。（同上「恐怕張羅」金批後之夾批）

「一股那」爲句用韻，「那」即「耶」字解，曲中都有此句法，猶《世説》「公是韓伯休那」，「汝欲作沐德信那」。俗本「股」字住句，非韻。徐、王疑之，改爲「甚麽」，以就韻，且云：下句是古那，故俗訛爲「股」。然元曲衹有「大古里」，猶「古」，自無「古那」之語。（同上「你費甚麽，便結絲蘿」眉批）

雙文何曾欲躲，既撞見，似欲躲耳。究竟躲無可躲，一時却步之狀，「倒躲」二疊字盡之。（同上曲「諕得我倒躲，倒躲。」之眉批）

「倒躲」，字法絶妙。此時含羞却步，如見小脚兒那也。（同上夾批）

【慶宣和】曲，鶯自言我那動了脚，打點轉眼看他，誰想他已瞧破，諕得我倒躲時，本有作生唱者。改「恰待」作「只見」，意謂秋波不宜鶯自稱，不知秋波是詞家語，只當得「眼」字，若是生，則正要撞見，豈怕其「瞧破」而「倒躲」耶？舊惟趙本同今，徐、王亦然，金氏本此。（同上眉批）

此皆聖嘆筆法，原本語氣參差不一。（夫人云「小姐近前來」，張生云「呀，這聲息不好也」，鶯鶯云「呀，俺娘變了卦也」，紅娘云「這相思今番害也」之夾批）

「今番」，原本云「又索」。（紅娘云：「這相思今番害也」眉注）

「懵」，原本「没」。「互」，原本「豁」字。「理」，原「刺」字。「蹲」，原「存」字。（【鴈兒落】眉注）

口頭語，是元人本色。（【鴈兒落】曲末夾批）

句欠雅。（【得勝令】「真是積世老婆婆」夾批）

次訴自家，全是呆筆。（【甜水令】眉批）

原本「俺可甚」。（同上「還有甚」夾注）

此時愁腸萬種，何暇説至席面哉，「烏合」二字謬。（同上曲末夾批）

【甜水令】上夫人云：「紅娘看熱酒，小姐與哥哥把盞者！」下乃接「我這裏粉頸」云云，似覺有情。如改本之直起，太呆。（同上曲眉批）

鶯鶯自己説「頸垂鬟墮」及「檀口咨嗟」等語，俱可不必。（同上眉批）

原本有「夫人央科」。（「鶯鶯把盞科」夾注）

「其實」二字，聖歎以爲工，少霞以爲拙。若於此改云「他還想嚥甚麽玉液金波」，何如？（【折桂令】「他其實嚥不下玉液金波」及金批「『他其實』，妙、憐惜嗚咽，一至於此。」之夾批）

「底」字必該易「下」字。（同上曲「他誰道月底西廂」夾批）

上句他那裏，下句我這裏，分屬兩邊。蓋以把盞，故手難擡而接之，亦有此景象，則兩説皆通。（同上「他眼倦開」、「他手難掠」兩句之後、金批之前之夾批）

二語毋乃太早，且無接筍字，亦上下不浹。（同上「病染沉疴，他斷難又活」之夾批）

「又活」，「又」字更不妥。原本「斷然難活」，稍善。（同上金批後之夾批）

「病染」二句，須云怕將來病染沉疴，他怎生得活。結處數語過火。（同上眉批）

「使甚」，原本「當甚麽」。（同上「還使甚」夾注）

凑字。（同上「嘍囉」夾批）

看他一曲中連用六個「他」字，親之，愛之，憐之，惜之，真有此一番疼熱也。○寫雙文一雙眼，一片心，全注張生身上，曲折纏綿，異樣筆墨。（同上金批後之夾批）

就張生一面，鶯鶯代他舒寫，則鶯鶯意中之懟怨可知。以下一層進一層，綿綿密密，款款深深，使我不忍卒讀。（金批「右第八節」一段末夾批）

原本「紅遞了盞，背與旦云：『姐姐，這煩惱怎生是了！』」。（「鶯鶯把盞科」及鶯、張對白之眉批）

應稱哥哥爲是，白語亦少味。（同上夾批）

舊本此曲與「而今煩惱」前後互易，今改本爲優。（【月上海棠】曲眉批）

細細體貼。（同上「你低首無言只自摧挫」夾批）

細細瞧着。（同上「你不曾醉顏酡」夾批）

推開一句，明知不飲之故，不係盞大，故作此揣度之詞，妙絶。（同上「你嫌玻璃盞大」夾批）

此語魂消，下一「我」字，如偎如依矣。（同上「你從依我」及金批後之夾批）

前諒其心，不勸之飲；此憐其惱，轉勸之飲。情愈深，詞愈妙矣。（同上「你酒上心來較可」及金批後之夾批）

前曲連用六個「他」字，【月上海棠】二曲，連用六個「你」字。「他」，猶隔膜之語；「你」，則親熱之至矣。舊本此曲與「而今煩惱」前後互易，今改本爲優。（同上之眉批）

「而今」、「久後」，替他設想，此副喪腸，真没處訴也。（【後】「你而今煩惱猶閒可，你久後思量怎奈何」及金批後之夾批）

「天樣」，原本係「如間」二字。（同上「咫尺間天樣闊」眉注）

此種詞曲，一字一淚，一字一珠也。（同上金批後之夾批）

十分體貼，十分疼痛，張生此時抵得一死。（金批「右第九節」一段眉批）

此段科白，原本所無。（張生飲酒科，鶯鶯入席科。「夫人云」一段眉注）

原本「卧房裏去」白語在此處。旦有「俺娘好口不應心也呵！」（同上眉注）

原本云「老夫人轉關兒没定奪」。（【喬牌兒】「轉關兒雖是你定奪」夾注）

原本「請將來着人不快活」。（同上「還要把甜話兒將人和，越教人不快活」之夾注）

前不飲，次勸飲，一片情腸，只是疼痛張生，其實雙文亦非真欲强之飲也，老夫人到此還欲斟酒，則張生懊惱情形，全於不答一語，流露出來，雙文一眼瞧破，直歸怨老母矣。（同上金批後之夾批）

如怨如慕，如泣如訴，臨嫁女兒，無故仳離，真有此種聲情。（【清江引】曲眉批）

「不知他」，原本下場頭。（同上「不知他那答兒發付我」夾批）

此一曲，幾欲放聲大慟矣。（金批「痛哭其父，所以深致怨于其母『下場頭』也，而其父不聞也，真乃哀哉！」後之夾批）

前曲下少白。冷笑得無情，是聽雙文發極，轉破涕爲笑也。（「張生冷笑科」之夾批）

此語直通前後關鍵。（【殿前催】「他不想姻緣想甚麽？」之夾批）

原本上句有「當日」，下句有「今日」、兩「你」字，皆云「恁個」。（同上「成也是你母親，敗也是你蕭何」之夾注）

「朱唇」句下有「這相思」三字，不可少。「如何」句乃「何時是可？」（【離亭宴帶歇拍煞】「朱唇淺淡櫻桃顆，如何是可？」之眉注）

不成句。（同上夾批）

隨手寫下語，結句礙前「天樣闊」。○「陸地」句更劣。（同上「白茫茫陸地來厚，碧悠悠青天來闊」。之夾批）

二語欠穩。（同上「前日將他太行山般仰望，東洋海股飢渴。」之夾批）

怨極矣，疼痛極矣。（同上「如今毒害得恁麽」及金批後之夾批）

「毒害」句下有「俺娘呵」句。（同上眉注）

「白頭娘」、「青春女」，原本如此，「娘」、「女」二字不可少。（同上「只道白頭難負荷，誰料青春有擔閣。」之眉注）

退一步説，情更不堪。（同上夾批）

結處三語俱劣，末句稍可。（同上「將錦片前程已蹬脱。一邊甜句兒落空他，一邊虚名兒誤賺我。」之眉批）

兩「一邊」二字，不可斷。○到底是他，是我，這兩口兒真是風流業寃，老夫人誤也。○原本「將俺那錦片也似前程蹬脱」，乃上三下四句，如今本，則上四下三矣。聖歎真門外漢哉！原本「俺娘把甜句兒落空了他，虚名兒悮賺了我。」原自

明爽，兩「一邊」字，真無謂也。（同上金批後之夾批）

淒風苦雨，颯沓滿堂。曲終音節，正以急管繁絃爲妙，聖歎猶欲破作兩二節乎，真門外漢矣！（金批「右第十四節」末之夾批）

此亦從《漢書》廢昌邑一段文字「太后曰止」句悟來。（張生云「夫人却請住者」夾批）

「不」字，疑是「請」字。若云「不得」，下句焉得接。（同上「不得杜將軍來」夾批）

語欠斟酌，與《琴心》齣紅娘云「聞得要去」語遥應。（同上「今日便索告别」夾批）

申説前事，好。（紅娘云「其在前日，真爲素昧平生，突如其來，難怪妾之得罪。」之夾批）

善於引針也。（同上「便好將先生衷曲禀知」之夾批）

次日難道不向法本告訴一番。（張生云「依舊夜來蕭寺寡，何曾今夕洞房春。」「下」。之夾批）

二之四　琴心

提出「禮」字，爲前後情詞，洗眉刷目。（齣前總評「吾今而後知禮之可以坊天下也」之夾批）

大落墨。（同上之旁批）

大意以「發乎情，止於禮義」立竿，縱横排宕，不可方物，剥蕉抽繭，未足喻其妙。（同上眉批）

仍跟前文必至之情來。（同上「彼才子有必至之情，佳人有必至之情」旁批）

第一段，跌倒「禮」字，其意淺。（同上「先王制禮，萬萬世不可毁也。」之眉批）

即引《禮經》作話頭。（同上「禮曰」一段眉批）

前段説先王制禮，後段説「禮在則然」，俱是正説。中間插此段惡無禮，章法不板。（同上「徒惡其無禮也」一段眉批）

應前。（同上「天地之間之兩至實也」旁批）

長句，好筆力。（同上「是真所謂不辭千死萬死而幾幾乎各願以其兩死併爲一死也。」之旁批）

只用幾個虛字，引而愈深，筆妙如水銀瀉地，無空不入。（「夫張生之無由出於其口，而入雙文之耳」一段眉批）

第二段跌到「禮」字，其意深。（同上「夫兩人互愛，蓋至于如是之極也，……所謂『禮在則然』，不可得而犯也。」之眉批）

一反一覆，純從《國策》文字化出。（「竟日夜自言之，……亦不圖老嫗之又有變計也。」之眉批）

前後互證張崔情緣，不得不有紅娘以引之，琴心以達之矣。（同上「自老嫗之言，倏然又變」……「真不得不别煩一介之使」一段之眉批）

搜剔盡致。（同上「曲已在彼，不在此也」一段之眉批）

曲折爲阿紅洗刷。（同上「夫張生即不言，我獨非人不欲恨于我心哉」一段之眉批）

大轉。（同上「有至難至難者焉」旁批）

筆力千鈞。（同上「有至難至難者焉」夾批）

千迴百折，到此却又奇峰竪立，何等章法，何等筆段。前文都是從四面推波助瀾，以下方入題正面。（同上「何則？今夫崔家，則……之眉批）

么麽游戲，跳脱非常。（同上「則其尤不敢輕以一無故之言，干冒尊嚴者」一段之眉批）

文法又變。（同上「吾意必當獨此一紅，爲能然耳。」之夾批）

第三層，揭出「禮」字，詞嚴義正，筆墨淋漓，大好一則經訓。（同上「此見先王制禮，有外有内，有尊有卑」一段眉批）

一層縐一波，其筆勢游戲跳脱非常（一作如山峽水倒流）。（同上「生之以琴挑雙文也，亦非欲雙文之於琴感張生也」一段眉批）

筆意洸漾。（同上「身爲下婢，必不可以得言」之旁批）

聖嘆只是會使「夫」字、「而」字、「則」字，然而「則是」等字，便使摻觚家歷劫不能到。（同上「夫必不可以得言，而頃者之諸張生，將終付之沉浮矣乎」一段眉批）

筆墨何等跌宕。（同上旁批）

將一齣《琴心》前後情節，曲曲寫出，阿誰有此筆墨，欲不謂之才子，不可得也。（接上「又必不忍而因出於陰陽狡獪之才，斗然托之於琴」一段之眉批）

若一直説下，不作反掉之筆，便似一瀉千里之勢，中間更無洄洑，故「向使」一段，又微蹙一浪。嘻，解此道者，鮮矣！

○此篇結處，慎防愛婢，與叙西廂緣起，揭出相國之因，俱是曲終雅奏，安得以小説家目之。（同上「嗚呼，向使千金雙文」一段眉批）

不用反掉，並收不住。（同上「嗚呼，向使千金雙文，深坐不來，乃至來而不聽，與聽而無言，其又誰得行其狡猾乎哉！」之旁批）

又作翻筆，絶世文心。（同上夾批）

直回應禮坊天下意，章法井然。（同上「蓋聖歎於讀《西廂》之次，而猶愾然重感於先生焉。」之夾批）

非但是曲終雅奏，亦是閨閣晨鐘。（同上「後世之守禮尊嚴千金小姐，其於心所垂注之愛婢，尚慎防之矣哉！」之旁批）

收局取勢更遠。（同上夾批）

篇中標出虚字，是作長篇散行文字法。（同上金批後之夾批）

聖嘆文字，妙在用虚字，用偶勢。用虚字，無筆不轉；用偶勢，無筆不遒。此所以愈排宕，亦愈空靈也。（同上眉批）

所謂不從正面寫，都從旁面寫。（同上「作《西廂記》人，吾偷相其用筆」一段之眉批）

癡絶。（「張生上云」之旁批）

「明月」句去了「呵」字，便宕。（紅云「好明月也」眉批）

借月引起，逗動雙文。（同上夾批）

張生望月早出，鶯鶯不愛月出，一樣情事，作兩樣寫。其實鶯鶯非不愛月出也，是因紅娘「好明月」句，而遽抒愁悵于月也。纔開口，便被紅娘逗出消息。（鶯鶯云「我有甚心情燒香來。月兒呵，你出來做甚那！」金批後之夾批）

六字幽怨畢露。（同上末句眉批）

原本鶯云：「事已無成，燒香何濟！月兒你團圓呵，咱却怎生？」用筆太老實。（同上眉批）

起二句，是初出户而遥見天邊之月；接二句，是月影照着徐步下堦也。末二句透出「愁」、「恨」二字，下便可直吐心事也。（【越調】【鬭鵪鶉】眉批）

有「離恨」二句，下便可直吐心事。（同上「離恨千端，閑愁萬種」金批後之夾批）

原本「夫人那」。（同上曲中「娘呵」夾注）

説到伊母，恨在心頭，更無别語。原本「他做了個影兒裏的情郎，我做了個畫兒裏的愛寵。」（同上「他做會」、「我做會」兩句之眉注）

原本「只落得心兒裏念想，口兒裏閑提，則索向夢兒裏相逢。」（【紫花兒序】「止許心兒空想」三句夾注）

將宴筵襯一筆，妙絶。（同上「我只道怎生般炮鳳烹龍」旁批）

此兩字，亦是妙手偶得之，如輕雲之襯月，下却轉就勸酒説，可謂妙於語言。（同上「朦朧」金批後之夾批）

蕴藉之至，「却教」、「要算」等字，極斟酌來。（同上「却教」、「要算」二句之眉批）

複述昨日事，岡斷雲連，哀音如訴。原本結二句則爲「那兄妹排連，因此上魚水難同。」（同上「將我雁字排連，着他魚水難同」之夾批）

跟明月來，不是另尋支節。（紅云「你看月闌，明日敢有風也。」之夾批）

又借月闌生情，筆意雙關，文境展拓。（鶯鶯云：「呀，果然、一個月闌呵！」之夾批）

原本鶯接云：「風月（原作『日』）天邊有，人間好事無。」不如此之但説月闌爲妙。（同上眉批）

題前將雙文幽怨，寫得十分淋漓，使琴心隱約言下，筆墨之妙，不可言喻。（同上眉批）風流跌宕，如聽春鶯。（【小桃紅】「人間玉容深鎖繡幃中，是怕人搬弄。」之旁批）

暗指張生。（同上「怨天公，裴航不作遊仙夢。勞你羅緯數重，愁他心動。」之旁批）

「愁他心動」，原本云「只恐怕嫦娥心動」，與前嫦娥複，故聖嘆易之。（同上眉批）

起手從自家身上，説到月中間，從月道出兩情阻隔，曲尾掐合月闌，願與善讀者，細咀其妙。（同上曲末金批後之夾批）

二字不的。（金批「右第四節」「忽然借月闌替換題目」之旁批）

題前多用襯筆，文勢生動。（【天淨沙】眉批）

二曲疊用「是」字，極寫懸揣神理，與《酬韻》【拙魯速】曲内「是」字，意境不同，各盡其妙，此等皆聖嘆筆也。（【天淨沙】、【調笑令】眉批）

此二句，又置此處，向別處猜之。○「花宮」，二字句。李頎詩云：「花宮仙梵遠微微」是也。「撞」，平聲。（【調笑令】「是花宮，夜撞鐘？是疏竹瀟瀟曲檻中？」之夾批）

起句原本云「梵王宮」，「梵」字乃襯字，蓋起處本兩字句也。「花宮」亦聖嘆所改。（同上眉批）

句不合律。(同上「是牙尺剪刀聲相送?」之夾批)

點明。(同上「元來西廂裏結絲桐」之旁批)

原本「近西廂理結絲桐」。(同上眉注)

狀琴聲,運筆破空而行。(同上曲末金批後之夾批)

跟【調笑令】末句直接,筆力排宕。○此曲似實寫,却是虚寫,蓋只就琴聲上説也。(【聖藥王】眉批)

真正知音。○前節單寫琴聲,此節漸逗琴心也。此曲起手,比原本勝。(同上曲末金批後之夾批)

二曲實寫,正寫聚精會神,語語警動,然尚是題之前面,且亦題中,虚步未曾占實也。○此曲似虚寫,却是實寫,蓋引起琴心也。(同上眉批)

此四句,全作虚筆颺筆,非但文勢不逼,得此則神味更醞釀得厚。(【麻郎兒】眉批)

原本用「這的是令他人耳聰」起,「知你」二字,是「訴」字。「同」字是「懂」字。「懂」,北語「省得」也,然此字宜平,王本曾改爲「融」。或以爲憧字之誤,「融」與「憧」俱晦,不如「同」字之爲優。(同上眉批)

再紆其勢,找足前曲,引起下文,名家手筆如是如是。○原本此曲在「不覺淚下」白後。(同上曲末金批後之夾批)

窾會。(金批「第八節」批語後之夾批)

雙文至花園燒香,到此聽琴,止隔一窗,不知張生,幾時又遷到前花園,原本疎忽如此。(張生云「窗外微有聲息,定是小姐。」之眉批)

二字一本作「聊寫」。(琴曰:「張琴代語兮欲訴」之夾注)

二字一本作「匹配」。(同上「願言配德」夾注)

原本有「這一篇與」四字，似不可少。（【後】「本宮、始終、不同」夾批）

前泛言琴聲，用細寫實寫，此專指琴心，用「這不是」三句作撇筆。以下摹擬聲音，托之於更漏，托之于衣帶，而約略以别恨離愁，該此一弄，偏用虛寫，細思之，實無細寫實寫法也。「教人知重」句，承前「知音」二句來，蓋雙文於琴聲中，感激張生之深於情也，孰謂詞家肯浪使筆墨哉。（同上三句「這不是」眉批）

此曲「這不是」數語，與前【天淨沙】【調笑令】用「是」字遥對。（同上金批後之夾批）

接筆入神（【絡絲娘】「一字字是更長漏永」旁批）

一弄下有「張生呵」三襯字，妙。（同上曲末金批後之夾批）

「一字字」、「一聲聲」二句，細思之，并不可解，須將上「是」字，改云「和着」，下「是」字，改云「知他」。○題後又將心事陳説，恰與起手相應，正使阿紅得行其計，此布置法也。（金批「右第九節」一段末之夾批）

二句與上「越教人」句，脉理融洽。（「張生推琴云」眉批）

此曲雙文自訴衷情。（【東原樂】眉批）

以下皆題後布衍。（同上「那是娘機變，如何妾脱空」之旁批）

「併」字去聲。（同上「他無夜無明，併」之夾注）

老夫人隄防拘緊，豈在「併女工」？（同上「併女工無有些兒空」之眉批）

跟白中錯怨句來。（同上「他那管人把妾身咒誦」之旁批）

要緊辨明心迹，歸咎阿母。連用「他」字，三句，如聞其聲。○「無夜無明併女工」，恐非相府中體，且二語亦欠藴藉。（同上金批後之夾批）

此曲兼寫景，下半微露心事。（【綿搭絮】眉批）

【綿搭絮】起四句，或韵或不韵。直至第五句，必用韵。原本「幽室燈清」，與下「疏欞」「欞」字，俱非韵。又，原本無「外邊」、「中間」字樣。第三、四云：「都則是一層兒紅紙，幾榥兒疎欞」，金改本遜之。（同上眉注）

原本「隔着」。（同上「抵得」夾注）

此曲，紅娘以爲的據，然味其情詞，却未大露機關。（同上曲末金批後之夾批）

原本紅云：「夫人尋小姐哩，喒家去來。」語氣稍寬，金故易此。（「紅娘突出云」一段末之夾批）

此曲向紅辨白。（【拙魯速】眉批）

「不管」原本「怎不教」。（同上「不管人恨匆匆」旁注）

「磨礲」，原本作「摩弄」。（同上曲末金批後之夾注）

雙文怕紅娘葬送，故兩番鬧簡、賴簡，非但不肯輕諾，喬裝身分，亦未嘗不以將迎故拒，姑以試紅也。迨觀紅亦屬意於張，則更無他説，但云「羞人答答」耳。（金批「右第十二節」「寫雙文膽小」一段眉批）

雙文一些没有破綻，故口硬：實在不能忘情，故心虚。（同上「寫雙文又口硬，又心虚，全爲下文玄紅娘也，妙絶！」之夾批）

原本紅白云：「姐姐則管這裏聽琴怎麽？張生着我對姐姐説，他回去也。」此白亦好。（紅云「適纔聞得張先生要去也」旁批）

突接好。（同上「適纔聞得張先生要去也」之旁批）

又是逗雙文。（同上「小姐却是怎處？」之夾批）

此曲囑紅慰留張生。（【尾】曲眉批）

慰留張生，托詞「唧噥」，本無指實。原本云「有人」，不如此云「有些」也。原本第二句云：「好共歹不着你落空」：「不着」二字大妙。金去之，謬甚。第三句云：「不問俺口不應的狠毒娘，怎肯着别離了志誠種？」全在張生一面説，此王氏所以云「志誠種」鶯自指也。（同上眉批）

真情畢露，只語欠藴藉。（同上「好和歹你不脱空」旁批）

跟前齣賴婚。（同上「我那口不應的狠毒娘」旁批）

針對要去。（同上「你定要别離了這志誠種」旁批）

語語糊突，此阿紅所以錯認也。（同上金批後之夾批）

只以「志誠種」三字許張生，聖嘆所謂「無犯口深言」也。更妙在靠着老夫人説，不曾插入自己。紅娘「賊」，不如雙文「賊」也，此紅之所以早入元（玄）中也。〇「喞噥」，以舊解多言不中爲是，或云「攛掇」，非是。（金批「右第十三節」一段眉批）

此宜閣增訂金批西廂卷三

三之一　前候

妙理妙論。（齣前總評「則此刻第二步」至「坐失此第一刻第一步也。」之眉批）

借雙陸喻文，真澈上澈下之言。（同上眉批）

聖嘆非獨文章名手，亦此道中高手也。（同上「豫叔又曰：凡小技必須與一人對作。」至「乃至竟局之皆我獨作也。」之眉批）

二句似滯。（同上「彼則盤旋之」之眉批）

筆情恣肆。（同上「一切世間凡所有事」，至「伊尹於桐所以有啓心沃心之效也。」之眉批）

下學上達，旨哉斯言。（同上「更進而神明之」，至「而天下實更無有奇妙、秘密法也。」之眉批）

平波渺瀰筆意，如是如是。（同上「今都不論其字少之與字多」，至「蓋那輾與不那輾，其不同有如此者。」之眉批）

甘苦有得之言。（同上「文章之事，關乎至微」，至「而又不覺其冥遇而失笑也。」之眉批）

此下將此齣布置之爲「那輾」，層層揭破，蓋不如此，恐其與字義不相涉耳。（同上「此篇如【點絳唇】【混江龍】詳叙前事，此一那輾法也」一段眉批）

那輾分三段，又作三樣。小小結構，不肯草率如此。（同上眉批）

不必盡然，然深得行文三昧。○須知「那輾」一法，亦是胸中先有成局，不是支支節節，撮些膚詞混（浪）語成篇也。」（同上末之夾批）

原本此段白亦佳。（「鶯鶯引紅娘上云」一段眉批）

刁賊。（「夫人知道呵，不是耍」一段夾批）

紅娘本欲回覆張生，却是雙文差他打聽張生有甚么説，各人有各人心事，挽轉三項。（同上眉批）

此語明是餂雙文。（「俺的小姐也不弱」夾批）

語極雋雅。〇原本「只因午夜調琴手，引起春閨愛月心。」（同上「夜寒無奈又聽琴。」之夾批）

開下曲文。（紅娘上云：「若非張生，怎還有俺一家兒性命呵」之夾批）

二字不切。（【仙吕】【點絳唇】「相國行祠，寄居蕭寺」旁批）

横逆之「横」，去聲，此處須平。（同上「遭横事」眉注）

原本「伸志」。（【混江龍】「謝張生伸致」夾注）

曲文醜。（同上「而今閣起成親事」夾批）

前事自不可少，「妙」則未之見。（金批「右第一節」末夾批）

王伯良曰：潘郎、杜韋娘二句，參差相對。「帶圍」句，對鬢有絲。俗本亦添一個「二」字，謬。作者亦知杜韋娘何許人，而以比雙文耶？（【油葫蘆】曲眉批）

「花箋」句，指雙文不預占下文地步乎？（同上「一個花箋上删抹成斷腸詩」夾批）

原本「一個筆下寫幽情，一個絃上傳心事，兩下里都一樣害相思。」（同上「筆下幽情，絃上的心事。」夾注）

叠用「一個」字，以字法爲句法，兩兩相形，一讀一擊節。（「一樣是相思」夾批）

此亦隨手寫來語，金批便有如許張致。（【天下樂】「這叫做才子佳人信有之」金聖歎夾批之眉批）

亦聖嘆筆也。（金批「右第二節」「連用無數『一個』字」旁注）

可省。（同上「嗟乎！惟才子佳人，方肯下此三字耳」至末之眉批）

上句是人所有，突轉到紅娘身上，真是異樣筆墨。（同上「紅娘自思」眉批）

原本「看時」。（同上夾注）

「何必」，原本「則怕」。（同上「垂性兒何必有情不遂皆似此」夾注）

原本「他害的有些抹媚」。○二字疑是元時諺語。（同上「他自恁抹媚」夾注）

原本「我遭着没三思」。（「我却没三思」夾注）

原本「安排着」。（同上「一納頭只去」夾注）

寫乖覺女郎，自己喬張做致，情態如生。（同上「憔悴死」金批後之夾批）

《請宴》齣，阿紅口中有「從來心硬」等語，《前候》齣，又有「乖性兒」等語，寫阿紅身分，且以襯雙文之爲真情種也。（金批「右第三節」一段眉批）

活寫出大人家婢傳消遞息行徑。（「却早來到也，俺把唾津兒……」金批後之夾批）

句句實寫，却句句是虛步。（【村裏迓鼓】曲眉批）

桯衣綹處如褶也。（同上「羅衫上前襟褶桯」眉批）

此段曲文惜平仄不諧。（同上眉批）

「孤眠」三句四字，直下「澀滯」三句，如何無襯字。「悶死」，比原本「害死」勝。（同上「孤眠況味」至曲末眉批）

原本「覷了他」三襯字不可少。（同上「澀滯氣色」夾批）

原本「聽了他」三襯字不可少。（「微弱聲息」金批後之夾批）

原本「看了他」三襯字不可少。（「黃瘦臉兒」夾批）

從紅娘眼中，覷出文心文境，可云雙絕，微嫌字句未盡工穩耳。（同上曲末金批後之夾批）

須知入門後反描寫不盡。此段情景，想到窓外微窺，作文解此，那有一筆鈍置。（金批「右第四節」一段末夾批）

「五瘟使」，俗本謂是「氤氳使」之誤。不知此調第二句第四字應仄，不應平也。（【元和令】「我是散相思的五瘟使」眉注）

奇語，謔語，非此不妙。假使以莊語答應，豈不乏趣，且亦避請宴時之答應。（同上金批後之夾批）

活畫方纔唾津，此時「掩口」，字法都妙。（「紅掩口笑云」眉批）

要說猶未說，未說又將說，如此說來，神致如生。（同上「他昨夜」、「他至今」四句眉批）

不說今日來回話，却說昨夜來探爾，妙妙。（同上「他昨夜」兩句夾批）

凑字。元曲有云：「他本是太學中殿試。」大概殿試是當時稱應舉人名色。（同上「念到有一千番張殿使」夾批）

將張解元如傀儡般撮弄，實甫狡獪耶？阿紅狡獪耶？聖嘆請想來。（同上金批後之夾批）

若非紅娘先捏昨夜來探之語，張生何從便說有箇帶回？此運筆之所以妙也。（張生云「小生有一簡，可敢寄得去，意便欲煩紅娘姐帶回。」之夾批）

曲文從雜劇【竹枝歌】脱胎，彼用「嗤嗤」兩字連成一句，此摘用一字，尤妙絕。〇固不便就説肯寄，但若説不肯寄，不惟老實乏趣，下語亦是十成死句矣。即借後文鬧簡作翻跌，心靈手敏，妙絕。〇用筆之妙，直逗後文，絕不犯手，純是空際盤旋之筆。（「這妮子」兩句眉批）

實甫原本「他可敢嗤嗤的」，今上下裁去，止留一「嗤」字，可云點石成金。（同上眉批）

我道阿紅雙眸斜覷，兩手作勢，檀口一聲，還是婢學夫人也。（同上金批後之夾批）

開下曲文。（張生云：「小生多以金帛拜酬紅娘姐」夾批）

此層亦不可少。○亦是故作此波折。（同上金批後之夾批）

不成句！（「你個挽弓酸倈」之旁批）

「挽弓」，原本「饞窮」。徐王本改「挽弓」指姓。（【勝葫蘆】「你個挽弓酸没意兒」眉注）

將此意揭過，見阿紅實亦憐愛張生，故甘爲引線也。○滿口發極，却并不回他「不肯寄」，以便下文轉過聲口。○「你看人」二句，亦是趁勢説個盡興，蓋非此，下文「女孩兒」等語，尚未可直接，且分外生動也。（同上「你看人」兩句眉批）

徐文長曰：二曲妙在一氣急急數去，正與快口婢子動氣時傳神。（同上金批後之夾批）

此間原襯「恁的呵」三字，不可少，在「隻身」句下。（同上「可憐見小子隻身獨自」眉注）

轉關尤妙。此數語，極控縱之勢，他手爲之，必致拖（泥）帶水也。（同上「我還有個尋思」夾批）

張生寄杜將軍書，從杜將軍念出；雙文寄張生兩回詩，亦從張生念出。若將此書亦從雙文口中念出，不惟腔板一律，抑且全無情味。妙從紅娘落想，當場念過一遍，寫紅之靈慧小心、并不識字之態都出。（「張生念云」一段眉批）

句混。（同上「自今以後，人情俱去矣」旁批）

書好，詩劣。（同上末夾批）

「不搆思」，「搆」字，原本乃「勾」字。徐士範曰：「不勾思」三字，詞場神品。此言才有餘，不勾他思量也。（【後庭花】「不搆思」句眉注）

「煞思」者，「有意思」之思，非「思量」之思也。（同上「忒煞思。」句眉注）

隔墻和韵，雙文所以傾倒於張；當面寫書，紅娘亦且屬意矣。（【青哥兒】「又顛倒寫『鴛鴦』二字」之眉批）

其實「在心爲志」，亦係湊句腐語。（同上「方信道在心爲志」金批後之夾批）

句似白學士，二字欠穩。○「放心波學士」，句法與元曲「請起來波小哥」，「請起波玉天仙」句同，皆率句也。（同上「放心波學士」夾批）

《聽琴》齣內，夢中一語，阿紅道是拿住訛頭，自喜得計，故商量傳簡時，特提及之。（同上曲末夾批）

製曲雖有匠心，造語尚欠工細。（同上金批後之夾批）

阿紅雖一擔擔承，措詞尚應婉約，似此太覺粗直。（同上眉批）

【青哥兒】末第二句，上四下三七字句，用平韻，故原本「我只說昨夜彈琴的那人兒」，「我只說的」四襯字，餘皆實字，「兒」字係韵，今聖嘆去了「兒」字，是少一韵，破此調之本體矣。吾安能爲金先生諱哉。（同上眉批）

既一擔擔承，何容更復漣縷。到此更颺出去，却不便泛泛下筆。「功名爲念」，的是大人家侍兒口頭語。（「這簡帖兒，我與你將去，只是先生當以功名爲念，休墮了志氣者！」之夾批）

收局跟着問病來。（【賺煞尾】「弄得沈約病多般，宋玉愁無二，清減做相思樣子。」之夾批）

用「有美玉」句，畢竟不穩。（同上「因而有美玉如斯」金批後之夾批）

率句。（「我定教發落這張紙」夾批）

早許他捧之而至矣，一語直逗後文。（同上「管教那人來探你一遭兒」夾批）

「舌尖兒上」、「簡帖兒裏」，兩「兒」字作襯，原本有之，去即不諧。（同上「我將舌尖上」、「簡帖裏心事」之眉批）

此齣或複叙前事，或逗起後文，其間一番調笑，一番推托，一番擔承，一番規諷，弄得張生死的要活，活的要死，要是憑空結撰，靈心慧舌，無非情事所有。○此須胸中先定稿，未可以那輾辨也。（本齣末「張生下」夾批）

三之二　鬧簡

分四段敘述，另闢一徑。（齣前總批「此篇寫紅娘，凡有四段，每段皆作當面斗然變換，另有一様章法。」之夾批）

是謂【粉蝶兒】【醉春風】二曲也。（同上第一段末夾批）

是謂【普天樂】至【鬪鵪鶉】也。（同上第二段末夾批）

是謂【上小樓】至【滿庭芳】也。（同上第三段末夾批）

是謂【耍孩兒】至末也。○此篇後半，善于蓄勢。（同上第四段末夾批）

是爲雙文先已起身，故簾不下而香已散也，金批太絮。（【中吕】【粉蝶兒】「遶窗紗麝蘭香散」金批後之夾批）

批太絮。結三句，應雙文起早些語意。（同上曲末金批後之夾批）

「慢條斯里」，俗語斯悠慢拖之謂。（金批「右第一節」「慢條斯里」眉注）

只是寫向曉深閨景象，題前布置法也。「如在意，如不在意」，金批可謂好爲之辭。（同上末夾批）

下簾「偷」字，便有一腔心事，不比平日晨起，揭帳候起居也。（同上曲「揭起海紅羅軟簾偷看」夾批）

鶯之擡身、搔耳，絶不問紅者，亦覷紅之有言否也。（同上「半晌身，幾回搔耳，一聲長嘆。」金批後之夾批）

置簡粧盒，紅之巧，實紅之怯。雙文所以發怒，蓋因此。何者？紅本不識字，則直遞焉，何容委曲而有置盒之舉。雙文揣紅早悉書中之意，不得不忍而出此也。○鶯鶯原使紅娘去探張生，今紅娘既回，而鶯鶯不問一詞，故紅娘不敢徑呈簡帖，而置諸粧盒也。此亦作者有意作此波折，以便譜曲。蓋使逕呈簡帖，則一面展閲，便一面發怒，焉有側覷時許多光景哉。（「俺不如放在粧盒兒裏，等他自見。」之眉批）

句劣。（【普天樂】「開拆封皮孜孜看」夾批）

漸次寫來，一幅極工細畫。（同上「氳的改變了朱顔」旁批）

「軃」字是哥戈，非寒山，然舊本皆然，豈亦可借音「殫」耶？ 寒山中多憚、軃等字。古字偏旁同者皆可叶，如旂叶斤，軃叶軍之類，然詞家未聞有之。王改爲散，非吕挽，不敢從。王伯良曰：《緋衣夢》「睡起來雲髻兒偏，插不定秋色。」《玉連環》則軃又作憚音耶。（同上金批後之夾批）

真正推得乾乾淨淨，一語無破綻，一字不支吾。（紅云「我又不識字，知他寫的是些甚麽」金批後之夾批）

阿紅硬口挺撞，向小姐説「是你過犯」，蓋因聽琴時節，早信其言有的據，而其胸中已打算小姐若是發怒，則向夫人可以壓服也。（【快活三】「分明是你過犯」眉批）

「別人」，紅自指，今俗猶有此語。「顛倒惡心煩」，即無頭惱、不耐煩之意。王謂使我去而顛倒作惱，恐未是。（同上「別人顛倒惡心煩，你不慣，誰曾慣。」之夾批）

前聽琴夜，怕在夫人前葬送，故急欲問也。（鶯鶯怒云：「你到夫人行却出首誰來？」金批後之夾批）

好靈變。（紅云：「我出首張生。」金批後之夾批）

好利口。（紅云：「怕打不下他下截來」金批後之夾批）

又刁。（紅云「我只不説」夾批）

太草率。（【朝天子】「不思量茶飯怕動彈」夾批）

又用代字訣，否則如何出得口來。（紅云：「他也無甚證候，他自家説。」之夾批）

因雙文問過張生病體，故阿紅敢於盛怒之後，代述張生心事也。（同上「我是曉夜將佳期盼」眉批）

「旁」字不明，須云順口答。（金批「右第七節，旁答張生心事」夾批）

倒説他口穩，小姐心事可知。（鶯鶯云：「紅娘，早是你口穩來，若别人知道呵，成何家法。」之眉批）

先着此句，好。舊本將兄妹等語列前，欠安，不如此之得體。（同上旁批）

「調犯」，即調舌。（【四邊静】「怕人家調犯」夾注）

「攛掇」，舊本「攛斷」。（同上「你只攛掇上竿，拔了梯兒看。」之夾注）

饒他一次，病體如何？雙文之戀戀於張生如此，紅娘所以暢説此一段也。（金批「右第八節」末夾批）

紅慮雙文將峻拒張生，故勸其「何苦如此」，紅之疼張生，其情亦見矣。（紅云：「你何苦如此」眉批）

此語糊突得妙。（鶯鶯云「這妮子好没分曉」夾批）

鬧簡後，若遽接紅娘到書房遞送回簡，則文勢便促。將使阿紅一肚牢騷，直到書房向張生披露耶，中間揣度情事，描摹口角，語語從實處下籤（應爲筆），却筆筆向空際游衍，便使前後文骨節通靈，文心可云絶世。（紅娘拾書嘆云：「咳，小姐，你將這個性兒那裏使也！」之眉批）

稱其主爲「小孩兒」，可乎？（【脱布衫】「小孩兒口没遮攔」夾批）

「一味」：舊作「一迷」。「迷」，去聲。（同上「一味」夾注）

雙文之不忘情于張生，阿紅實已覷破，故直據理責之。（同上曲末金批後之夾批）

「辰勾」：辰星，居卯地，月晝夜行天，辰星勾月最難。得徐逢吉本舊評，《辰勾月》是院本傳奇，元人吴昌齡撰，托陳世英感月精事。近《西厢正譌》作「辰勾」，遺去月字，可笑。王伯良云：辰勾，水星。張衡云：辰星，一名勾星。《博雅》云：辰星謂之勾星，故亦謂辰勾。晋灼謂：常以四仲月分見奎婁東，并角亢牛度，然亦有終歲不見者。盼佳期如等辰勾之出，見無夜不候望也。三説似王爲確，然詞中有「勾辰就月總是難成就」意，則舊解亦非無據。（【小梁州】「換頭似等辰勾空把佳期盼」眉注）

以便私出入做夫妻也。（同上「我將角門兒更不牢握」夾批）

句欠雅。（同上「你向筵席頭上整扮」夾批）

言己之一片熱腸有情於鶯，而鶯竟辱之。（金批「右第十節」末夾批）

語語工，筆筆秀。（同上「你晚粧樓上杏花殘」旁批）

晚粧怕冷，聽琴就不怕冷？「先生饌」，調戲語也，言聽琴時幾乎被他到了手也。俗作「賺」，賺，騙也。閉口韻固非，徐王作「撰」，亦費解。（同上曲眉批）

「胡颜」，羞也，徐以「及于亂」爲解，過矣。（同上「那其間豈不胡顔」眉批）

數數落落，何詞以對。（同上曲末金批後之夾批）

「夢裏成雙」曲寫雙文之懷春，尚是虚寫。此曲專指聽琴一事，還他個實證，而文情更爲濃至。（同上曲末金批後之眉批）

「傳書遞簡」，自道是一團好意，筆意淋灕，憤氣都洩矣。（【鬬鵪鶉】「我便好意兒傳書遞簡」眉批）

不成句。（同上「暢好是奸」夾批）

「奸」字，徐王作「乾」，無謂。（同上眉批）

詞意亦未的。（同上「對别人巧語花言，背地裏愁眉淚眼」旁批）

寫人家婢女，受着主人呵斥，憤氣在心，背地喃喃自言自語光景，曲盡情態。（同上金批後之夾批）

阿紅心中再不料回簡有訂會之詩，故於此處，極情盡致，以快其憤，使下文接着前篇，真似「山重水複疑無路，柳暗花

明又一村」也。（金批「右第十二節」末夾批）

好接落。（「張生又等俺回話，只得再到書房」夾批）

此處少一曲有愧見張生之意。（同上眉批）

此處須叙得簡。（張生上云「紅娘來了，簡帖兒如何？」眉批）

正是一肚不平。張生突然埋怨紅娘數句，自妙不可言。（張生、紅娘對白眉批）

活書！○回應前篇「念與我聽」句，神來之筆。（同上夾批）

回應前篇「念與我聽」句，神來之筆。（「你那個簡帖兒裏面好聽也」夾批）

前五曲是紅娘自洩私憤，許多不平語；自【上小樓】下三曲，是當張生面回絶之。蓋紅娘[總]（終）不料回簡之有詩訂會也，其實爲後文作勢也。（【上小樓】曲末金批後之夾批）

紅娘尚難見面，則雙文之更無餘望可知。（【後】「從今後我相會少，你見面難」之眉批）

「趉」，教坊中語，今猶然。「趉臉兒」，即厚顔之意，則此「趉」字可想。王謂北人謂「走」爲「趉」，舊註亦曰「奔走」，恐未是。徐謂冷淡無指望，亦近之。（同上「你也趉，我也趉，請先生休訕」之眉批）

「只此」二字，殊不見妙，非獨不像女郎聲口，亦不成句法，不合語氣也。（同上「只此」眉批）

并爲後段跪哭云云作翻筆，八面玲瓏。（「足下再也不必伸訴肺腑」旁批）

加「夫人尋我」句，更使張生絶望，亦因謀事無成，要緊脱身法。○此等皆是金先生自抒妙筆耳。（同上金批後之夾批）

就張生一邊，寫他哭，寫他跪，爲上文推足筆勢，爲下文截斷衆流，蹙起波瀾也。（「良久，張生哭云」、「張生跪云」之眉批）

鶯言告過老夫人，打下截，故紅亦只言老夫人。徐王改爲他意指鶯，不思鶯實未嘗自言打之也。金本亦仍徐王「他」

字，而用「只少」二字，手腕之靈，益見其妙。（【滿庭芳】「他只少手棍兒」眉批）

跟【上小樓】曲「覷面顔」數語，復暢説之。（同上「前已是踏着犯」金批後之夾批）

紅既回絶張生先之以哭，繼之跪，跪而又哭，真是文章到此處，再無轉身矣。「甜話兒」兩句，妙寫阿紅没做理會光景。（同上「我又禁不起你甜話兒熱趲，好教我左右做人難。」之眉批）

收句妙絶，真是斷而不斷文勢。（同上金批後之夾批）

後「没來由」三字，妙不可言也，似書在懷中，忘之者然。（紅白「我没來由，只管分説」眉批）

此二語，真空前絶後之筆。（同上旁批）

着此二語，便使前文自「先生命慳」，至「做人難」句，盡化爲煙雲。（同上金批後之夾批）

也是不滿小姐的主意。（同上「小姐回你的書，你自看者。遞書科」旁批）

如此出袖中書，若不在意者然，然妙處正在不在意也。◯紅娘料回書決無好音，故云「你自看」，且亦見其不識字也。（同上夾批）

紅娘意中亦道：鶯鶯的回書，定是決絶他。（金批「右第十六節」「夫然後始出其袖中書，使自絶之」夾批）

跪未起。（同上之夾批）

「早知小姐書至」上有白云「呀！　有這場喜事！　撮土焚香，三拜禮畢。」數語，昔人謂白之酸處，正是元人伎倆。　時本削之，便失本色，然削之亦可。（張生白「早知小姐書至」眉批）

因方纔有惱怨之態也。（同上「紅娘姐，和你也歡喜。」之夾批）

粧獃。（紅云：「約你花園裏去怎麽？」夾批）

粧獃。（紅云：「相會怎麽？」夾批）

妙人，妙筆。（張生笑云：「紅娘姐，你道相會怎麽哩？」之夾批）

像。（張生云：「不信由你。」夾批）

像。（紅云：「你試讀與我聽。」夾批）

作未了語，妙。（張白「紅娘姐，你不信？」之旁批）

找此三字，妙。（同上夾批）

「此是甚麽解？」「我真個不解」，「真個如此解？」阿誰有此爽快之筆。（紅白眉批）

增此句，筆情飛舞。（「這句没有解，是説我至矣。」旁批）

還是半信不信光景。（紅云「真個如此解」夾批）

「社家」，猶言作家。時本作「杜」，徐引《輟耕録》有《杜大伯猜詩謎》，證其爲「杜」，然古本却是「社」字。（同上「乃猜詩謎的杜家」眉批）

前段云「真個如此解」，到此還説「真個如此寫」，并作複句，極摹紅娘之不信而爲「怒」字作勢也。（紅云「真個如此寫」眉批）

還是不全信樣子。（同上夾批）

此處着一「定」字摹神。（「紅定科良久」夾批）

妙絶。（「張生又讀科」夾批）

複句更妙。（紅云：「真個如此寫。」夾批）

「現在」上，增多幾字，口吻宛肖。（張生笑云：「紅娘姐，好笑也！如今現在」夾批）

上文千迴百轉，全爲此語作勢。自紅娘「我只不信」，至「如今現在」一段文字，左氏有此叙事筆材，史公恐遜一籌。（紅怒云：「你看我小姐原來在行使乖道兒！」之夾批）

「道兒」，方語，元白中多有「休着了道兒」等語。《水滸》李逵云：「着了兩遭道兒。」王伯良增一「乖」字。（同上眉批）

此是甚麽解？我真個不解。（金批「或云『深院迴風』」一段末，「斵山云」一段後之夾批）

尖新之語。（【耍孩兒】曲眉批）

「三更棗」，謎語也。一僧參五祖，五祖與粳米三粒，棗三枚，僧遂去。人問故，僧曰：師令我三更早來。（同上「五言包得三更棗」眉注）

怎解。（同上「四句埋將九里山」夾批）

九里山，即垓下地，虞姬與霸王別處。原本云：「元來那詩句兒裏包籠着三更棗，簡帖兒裏埋伏着九里山。」上句言約會，下句乃是決撒。「將人慢」，謂驚待己輕慢也。或云「三更棗」、「九里山」只是埋藏隱伏意。（同上及「你赤緊將人慢」眉批）

與前【脱布衫】五曲血脈貫串，但前文全是惱怒，此下似嘲似諷，又是一種心腸，一種口舌，一種筆墨。（同上曲末金批後之夾批）

吾以爲又若憐之，非一例詆之也。（【四煞】「滿紙春愁墨未乾」金批後之夾批）

結二語，極藴藉，極刻毒。（同上曲末眉批）

原本「他人行」、「俺跟前」，聖嘆改爲「將他來」，「把俺來」，下文複得好。（【三煞】「將他來別樣親，把俺來取次看」之眉批）

「取次」二字未醒。「將他來」、「把俺來」，掂斤播兩，誠然怨毒。（同上夾批）

「甜言」二句，諺語也。「美語」，徐本作「媚你」，以對「傷人」。然元用此二句，又有作「甜言與我者」。（同上曲眉批）

句欠穩，趁韻。○「爲」字恐是「回」字。（同上「今日爲頭看」夾批）

「爲頭看」，從頭看也，今本作「回頭」，非。（同上眉注）

「圈」，衣系也，紐也。「襀」，言紮縛住也，《琵琶記》中有之。（金批「右第十九節」「鶯鶯真有何法得出紅娘圈襀哉」眉注）

借此以生曲情。（張生云：「只是小生讀書人，怎生跳得在園墻過？」夾批）

將「跳龍門」、「攀仙桂」作話頭，文情妙絶。（【二煞】「怎把龍門跳」、「難將仙桂攀」眉批）

原本「放心去」。（同上「疾忙去」旁注）

原本上句「望穿他」，亦與末句「饜損了」句法稍別。（同上「他望穿了盈盈秋水，饜損了淡淡春山。」之眉批）

原本「休辭憚」下，有白云：「你若不去呵。」（同上曲末金批後之夾注）

【煞尾】之前，實甫原本張生云：「小生曾到那花園裏，已經兩遭，不見那好處。這一遭知道又怎麽？」紅云：「如今不比往常。」按紅娘拂墻等語，雖是言地，實是言人，主意勸他就去試偷香手。末二句言鶯鶯專等他也。忽然説到花園裏好處，豈非隔壁。而紅云「如今不比往常」，豈非又添一重霧障？此聖嘆所以盡抹之也。然去此一段白，則【煞尾】之「去兩遭」二句，從何處來耶？（【煞尾】曲前眉批）

率句。（【煞尾】「雖是去兩遭」旁批）

借和詩襯回簡，語必尋根。末句爲通首作結，筆力千鈞。（同上曲末夾批）

原本「浪子陸賈」下云：「到那裏扢幫便倒地」，下便接「今日頹天」數語。前人謂此一段白，自是元人手筆，然與金改筆，各有好處。（張生云「浪子陸賈」眉批）

復衍前文，再作沉吟之態。（同上「此四句詩，不是這般解，又怎解？」之旁批）

原本「詩書繼晷怕黄昏，不覺西沉强掩門。欲赴海棠花下約，太陽何苦又生根？」（同上「快書快文快談論」四句之眉批）

原本「空勞倦客身心」。（同上「悠然扇作微薫」旁注）

原本「恨煞太陽貪戰」，不放紅日西沉。（同上「何處縮天有術，便教逐日西沉」旁注）

原本「團團光燦燦」，不成句，亦無韻。（同上「來向天上閣」旁注）

原本「跳過墻去」下，無餘文矣，此增「抱住小姐」句，却又故作縮筆，接云：「咦，小姐」數語，神妙不可方物。如原本固收不住，然説得太絮，又恐乏趣。

三之三　賴簡

吾願後生小子，將此種文字，熟之復之，長言咏嘆之，有不竿頭日進者，鮮矣。（齣前總評之眉批）

紆徐游衍一路，由淺入深，如螘穿九曲珠，無孔不穿，却不是向着有孔處穿也。層層駁辨，善用複筆複句，引入深際，要是清機曲折，脱去町畦，於聖嘆文中，又另一種格調。（同上眉批）

未成句。（同上「此其胸中一片珠玉之心，真於隔墻」夾批）

四語，一部《西厢》定案。（同上「感其才，一也；感其容，二也；感其恩，三也；感其怨，四也。」之眉批）

叠下六個「而」字，筆勢如春蛇之赴壑。（同上「而復以手書回之」六句眉批）

第一段，一難。（同上「我甚惑焉」夾批）

再難。（同上「此紅娘于前夜聽琴之隔窗而實親聞之者也」夾批）

折筆斬盡，枝葉陡絶。（同上「如之何而顧乃有復寄手書之事」旁批）

第二段。（同上夾批）

又聞。（同上「如曰必欲數之」旁批）

前叠用「而」字，此叠用「又」字，皆爲下文作勢，而兩處用筆却不同。（同上「則天下固無中表之兄，又屬異派，又新有其婚姻之言……又彼方以溪佚之語來相勾引」之眉批）

第三段。（「天下之有禮又新，有如是之事乎哉？」夾批）

以轉筆、折筆爲束筆，提筆，電光一閃。下文作風雨颯沓之勢。（同上「曰然，則雙文之有是舉也，其奈之何？ 曰：雙文，天下之至尊貴女子也」之旁批）

提出四項誇獎雙文，聖嘆之傾倒於雙文，如是如是。（同上雙文，「天下之至尊貴女子也」、「天下之至有情女子也」、「天下之至靈慧女子也」、「天下之至矜尚女子也。」之眉批）

此段從尊貴説到有情，兩項合寫。（同上「雙文先以尊貴之故」至「此真不必張生之簡來也」之眉批）

進一層説，硬坐雙文，直逼出「如何勃怒」句，筆力横絶。（同上「我於何知之？ 我於聽琴之夜知之」至「其如何之何而有勃然大怒之事」之眉批）

句法與前復寄手書句同，而下文接法又異。（同上「其如之何而有勃然大怒之事」旁批）

前「復寄手書」句折得輕，此句折得重。（同上眉批）

第四段。（同上夾批）

此段説靈慧。（同上「夫雙文之勃然大怒，則又雙文之靈慧爲之也。」之眉批）

自前段「如之何忽大怒」起，即以「如之何」爲句法，爲章法。自前段「如曰相國之女」作疑陣，後文兩用「如曰」作章法，而中間却以「然則雙文有是舉」二語以化其跡，筆妙未可言喻也。○是故以下始用推原推勘法。（同上「而其心默又以爲身爲相國千金貴女」眉批）

一意抽作兩意，一層深似一層。（同上「彼誠不欲令竊窺兩人之人，忽地得其間一人之心也」眉批）

第五段。（同上夾批）

疊用「也」字句，如雨勢既集，但見大珠小珠跳不止也。（同上「我固疑之也」及以諸句眉批）

第六段。（同上「蓋雙文之天性矜尚又有如此」夾批）

此段説矜尚。○看他逐段變化，古文妙境。（同上眉批）

隨手變换，指與物化。（同上「欲人勿更出此，則固當詩之不足而又題之者乎」眉批）

有情與靈慧並説。（同上「蓋雙文有情，則既謂人之有情皆如我也；而雙文靈慧，則又人之靈慧皆如我也。」之眉批）

四語又作空筆，以有情束前，以靈慧開下，文梁高架，一片煙雲。（同上夾批）

連用五「之」字句。（同上「我則又計紅娘是必又述之者也」眉批）

縱筆以暢其勢，才情横溢。（同上「彼爲天下才子，何至獨不能作三翻手、三竪指，如崔千牛之於紅綃妓之事哉。」眉批）

第七段。（同上夾批）

前文騰挪至千餘言，到此折下，如看瀑布三千丈注澗時水勢也。（同上「今也不然，更未深，人未静，我方燒香，紅娘方在側，而突如一人則已至前。」之眉批）

大轉，此乃賴簡之正面，前段皆是左□（盤）右旋控之從之之法。（同上旁批）

尊貴與矜尚並説。前有情、靈慧，是從中空提筆，此處却用從後繳上法。（同上「蓋雙文之尊貴矜尚，其天性既有如此」眉批）

此二語，是一篇主意。（同上「而鬧簡豈雙文之心，而賴簡尤豈雙文之心」之夾批）

應前起處，如神龍掉尾。（「而奈何不從心尋其起盡以自容與其間也哉」之夾批）

揣摹情事，反覆推勘，無意不轉，無筆不快，此亦百曲、千曲、萬曲，百折、千折、萬折之文也。吾尋其起盡，而莫可端倪也，非筆墨之至變，其孰能與於斯。（同上「夫天下百曲千曲萬曲，百折千折萬折之文」眉批）

雙文之有情，正從鬧簡、賴簡看出。抑文字不得不用此體裁否，則千金弱息，一副涎臉，汲汲淫奔，安有是理哉！（同上末金批之眉批）

一波未平，一波復起，賴簡齣是也。（同上夾批）

此數語通前後消息，多一句不得，少一句不得；多一字不得，少一字不得。○原本「請他燒香」下，有「今夜晚粧呵，比每日覺别」，此二語似與【攪箏琶】曲照應。（「紅娘上云」一段末夾批）

原本「和風細」。（鶯鶯上云：「花香重疊晚風細」夾注）

原本「無人淡月明」。（同上「庭院深沉早」夾注）

原本貼云：「姐姐，今夜月朗風清，好一派景致也呵。」乃接「晚風寒峭」曲。（同上「月明」夾注）

從窗説到簾，從簾説到門，從門説到樓閣，由近以及遠，是紅娘一面看着雙文行動，一面看其時之晚景，有如此末句標明，雙文恰纔對鏡罷粧，使前數語分外生動。（【雙調】【新水令】眉批）

一作「角」。（同上「樓閣」夾注）

前是閨中曉景，此是閨中晚景。（同上曲末金批後之夾批）

句太本色。（【駐馬聽】「不近喧嘩」夾批）

「嫩緑」，何不云「淺碧」。（同上「嫩緑池塘藏睡鴨」夾批）

句率，與下句俱不稱。（同上「自然幽雅」夾批）

「藏」、「帶」二字，下得斟酌。嫩緑、淡黄，夜間尚寫色耶？（同上「淡黄楊柳帶棲鴉」夾批）

原本「夜凉苔徑滑」。（同上「早苔徑滑」夾注）

紅娘此時一心一眼，注定鶯鶯身上，與前揭帳偷看更不同。（同上曲末金批後之夾批）

此曲寫景寫人，着語幽細，如聖嘆點注所云「低頭」、「擡頭」等象，亦是約略揣摹之詞。古人遣詞，隨手取料，一切景物，原不必過泥，如有意穿鑿，試思金蓮如何蹴損牡丹芽，將謂夜晚時竟走入牡丹叢中去耶？（同上曲眉批）

前曲還是晚景，此兼描夜色，層次井然。（金批「右第二節」一段末夾批）原本只説張生。（紅白「俺看我小姐和張生巴不得到晚哩」金批後之夾注）

趁韻。（【喬牌兒】「想月華，捱一刻，似一夏。」之夾批）

不可解。○「似一夏」及「賢聖打」，俱本董詞。（同上「道好教賢聖打」夾批）

「賢聖打」，如「羲和鞭日」意。○王伯良曰：北人稱菩薩神，不曰聖賢，則曰賢聖，前「拜罷聖賢」可證。

原本有白云：「俺那小姐呵。」不可删。（【攪箏琶】曲前夾批）

原本「身子兒詐」。王伯良曰：詐，喬也。董詞云：「不苦詐打扮，不甚艷梳掠。」此云「乍」，是比往時出色也，各妙。（【攪箏琶】「打扮得身子兒乍」眉批）

亦不見得最淫。（同上「準備來雲雨會巫峽」及金批「《西厢》最淫是此二句」夾批）

此下一本有云：「俺小姐害那生」，纔接「他水米不沾牙」句，仍指張生説也。再接云：「因姐姐閉月羞花」句，理稍順而「真假」二字，又不相浹。（同上「扯殺心猿意馬」夾注）

「水米不沾」，自貼張生説，言張生則一病如此，而我小姐，則姿容比往日更勝也。「真假」即寄詩訂會之真假也。文義明白，金批太糊塗。（同上「他水米不沾牙」至曲末及金批之眉批）

即使言情，何至水米不沾牙哉，豈雙文亦害病耶。（同上「水米不沾牙」夾批）

「信」，原本「性」。（同上「這期間信」夾注）

「信」，應作「性」，因前受過鶯鶯之氣性，忍不住一味要識破他也。（同上眉批）

寫紅娘，故寫雙文；寫雙文，却正寫紅娘。○原本因姐姐閉月羞花，在張生身上説更順。（同上曲末金批後之夾批）

看得清。（金批「右第五節」「然亦一半畢竟還是狐疑」夾批）

此時張生未有消息，紅娘隨着雙文目想心遊，自然只在他身上，但措詞總在疑信間，自有一種語氣耳。（同上末夾批）

原本有「我且看一看來」句。（紅白「怕有人聽咱説話」金批後之夾注）

此下有白云：「偌早晚傻角却不來。赫赫赤赤，來。」（「紅娘瞧門外科」夾注）

「赫赫赤赤」，暗號也，元人偷期號多用之，《燕青摶魚》劇可證。○今有語，言暗地裏。（同上眉注）

「赫赫赤赤」。（張生上云：「此時正好過去也。」夾批）

「瞧門外」、「瞧門内」，皆聖嘆點清麋眼。○原本紅云：「那鳥來了。」（「張生瞧門内科」夾批）

原本「我則道」。（【沉醉東風】首句前夾注）

向門外瞧得來。（【沉醉東風】首句夾批）

原本「原來是」。（同上第二句「是」夾注）

先有上句，纔襯得此句生動，否則便覺板滯。○烏紗帽，似非騎墻時所宜，亦隨手粘韻及之。（同上「是玉人帽側烏紗」）

「風搖槐影」，不是「槐」，不是「鴉」，就是「玉人」來也。（金批「右第六節」末夾批）

「你且」，原本「一個」。「他今」，原本「一個」。（同上「你且潛身曲檻邊，他今背立湖山下」夾注）

原本云「並不曾打話」句，終不妥，蓋此時纔踰墻而入，與誰寒溫，與誰打話？謬矣。○此下又有紅白「赫赫赤赤那烏來」，贅，紅娘再有聲息，張生何至悮摟耶？（同上「那裏叙寒溫打話」夾批）

上文「潛身檻邊」，正爲摟紅地步。此種小點綴，自不可少。然細思「你且」、「他今」二語，張生豈尚聽不明紅娘聲口，暗中摟之，呼以小姐，固是文筆到此略作曲折，要亦因引針之故，張生所以媚紅娘也。（張生摟紅娘云：「我的小姐！」之夾批）

原本係「小姐來也」。（同上夾注）

此下有「生白云：小生害得眼花撩亂，摟得（謊）『慌』了些兒，望乞恕罪。」（紅云「是俺也」一段白之金批後之夾注）

呵！（「便做道摟得慌」之夾批）

此下「生白云：小姐在那里？貼：在湖山下前背立。」「湖山」句，尚未與張生覿面也，此處一問一答，似不可少。○未與張覿面，則前曲「你且」、「他今」，語俱無着。（同上「多管是餓得你窮酸眼花」夾批）

「窮酸」，原本「窮神」。此嘲酸子常語，作「窮酸」無味。（同上眉批）

到底狐疑，好曲折之筆。着此語，前文骨節通靈。（紅云「我且問你，真個着你來麼？」金批後之夾批）

用在此處入妙。（張生云：「小生是……準定幫到地。」之旁批）

複前文，反逼下文。（同上金批後之夾批）

金批中竅。（金批「右第八節」末夾批）

仍歸到跳墻。（紅白「你却休從門裏去，只道我接你來，你跳過這墻去。」夾批）

到此反借風景來點染夾寫，文筆更曲折，文情更濃至，讀之手舞足蹈而已。（「張生，你見麽？今夜一弄兒風景，分明助你兩個成親也。」之夾批）

忽然將筆擲向空處，將心孔亦放向闊處。自【喬牌兒】至【甜水令】、【折桂令】，先景後情，淋灕盡致。（【喬牌兒】眉批）

凡行文將到題面，忽然取事外之致，以助波瀾，此非作家，不能運此近心。（同上眉批）

原本「緑莎茵鋪着繡榻」，「着」字係襯字，今去「茵」字，便不成句法。（同上「緑莎便是寬繡榻」眉批）

是該定情之地。（【甜水令】「良夜又迢迢」金批後之夾批）

（原）本「迢迢」，王伯良改「迢遥」。（同上「閑庭又寂静」旁注）

是該定情之地。（同上金批後夾批）

是該定情之景。〇三語，以足前曲景中有人。（同上「花枝又低亞」金批後之夾批）

與《請宴》齣【四邊静】曲，意語相類，而詞措却有淺深。（同上末與【折桂令】首眉批）

粉臉、雲鬢外，請君有細瞧着。〇此歇後語也，語蘊藉之至。以下「夾被」等語，參之起句「美玉無瑕」，明明有所指矣。（【折桂令】「他嬌滴滴美玉無瑕，莫單看粉臉生春雲鬢堆鴉」金批後之夾批）

先受過小姐呵斥，故云。〇此語直逼《拷紅》一齣。（同上「我也不去受怕擔驚」夾批）

不是芥蒂未平，直是假撇清耳。（同上「我也不圖浪酒閑茶」金批後之夾批）

二語橫亘中間，上下不接，蓋上文莫單看，下文「夾被兒」俱貼張生身上説，不應此二句插入自家。（上二句之眉批）

「夾被兒時當奮發」，言被裏，亦及時興頭也。「指頭消之」，玩董詞，只是因彈琴以挑之，故云。徐謂「探春者剪爪」，王謂「褻詞」，皆陋甚。愚按：「夾被」句，是言陽舉之勢；「指頭」句，真非法淫也。「消泛」得以替言，亦未的言，常以此洩火了事也。（同上「是你夾被兒時常奮發，指頭兒告了消之」及金批之眉批）

猥褻至此，出尋常女郎口中，已覺口軟，作阿紅聲口，豈非罪過！（同上金批後之夾批）

俱不佳。〇此曲特造句不佳耳，若文勢，則金批所云，引弓至滿也。（同上曲末夾批）

賊！〇若紅娘近身應之，定先責數紅娘，謂張生從何而來？今既不應，遂直呼張生，以正言拒之。〇後因紅娘遠立，低叫，雙文別喊「有賊」，則雙文之心事，吾誰欺，欺天乎？（「鶯鶯喚云：『紅娘！』紅娘不應科。」之夾批）

只兩字，摹神俗手必不止此。〇原本云：「呀，變了卦也！」（張生云：「哎喲！」夾批）

紅娘自謂也。（【錦上花】「爲甚媒人，心無驚怕」夾批）

真是慧人。（「不信得又最妙」之旁批）

原本「張生無一言，鶯鶯變了卦。」不如此穩。（【後】「一個無一言，一個變了卦。」之旁批）

還是幫着張生。（「紅娘遠立低叫云」一段夾批）

「不似西廂下」，借用前「待月西廂」句也，隨手撮來，自成妙趣。（同上「不似西廂下」夾批）

原本「是誰」句，無「小姐」二字；「是小生句」，無「紅娘」二字。（紅云「小姐，是誰？」及金批後之夾批）

非聖嘆改竄，非聖嘆加評，那有此妙筆。（同上及金批眉批）

一個道是「有賊」，一箇道着「是誰」，一個道的「是小生」。可悟洞山禪乘「你自向賓位中來，我自向主位中接」也。（張生云：「紅娘，是小生。」之夾批）

張生靠紅娘爲引線，故自白小生，而先聲喚紅娘也。（同上眉批）

紅娘此時滿心疑張説謊，小姐本未必肯，怕張生扳着他，故急有此一問也。（紅云：「張生，這是誰着你來？」之眉批）

脱却自身，是那時第一要緊事。（同上及金批後之夾批）

欠雅。（同上曲「香美娘」夾批）

不可解。○元曲「則俺那美玉十分俊，不似你花木瓜外看好。」想「花木瓜」亦當時口語，蓋指張生也。（同上「處分花木瓜」夾批）

不像。（【雁兒落】「要説一句兒衷腸話」旁批）

花木瓜中看不中喫，非調酸子也。（同上眉批）

原本白云：張生，你知罪麼？生：小生不知罪。（【雁兒落】「誰知你色膽天來大」夾注）

王伯良以次句拗而易爲「非盜做奸拏」，且引周旋齋譏「沉烟裊繡簾」，宜「沉宴裊修簾」乃叶，不知第四字不可不平。第二字用平者極多，即如本傳「莊周夢蝴蝶，難忘有恩處。」《抱粧盒》劇：「得推辭且推辭，賀詞諸邦盡朝獻」也。況「非奸即盜」，本是成語，亦無「非盜做奸」之説。「賊」字，入聲，叶平，非仄也。（【得勝令】「我非姦做盜拿」眉批）

寫紅娘。（同上曲末夾批）

奇！（「小姐，且看紅娘面，繞過這生者」之夾批）

饒過這生下，原本上有「旦云：若不看紅娘面，扯你到夫人那裏去，看你有何面目見江東父老？起來罷。」接下，貼「謝如如賢達」。（鶯鶯云「先生活命之恩」一段末之夾注）

原本有「呵」字。（同上「若到官司詳察，先生」之夾注）

原本「一」字，「吃」字。（同上「整備精皮膚一」夾注）

「官司詳察」下，尚有白云：「你既是秀才，只合苦志寒窗之下，誰教你夤夜入人家花園，做得個非奸即盜。」（同上曲末金批後之夾注）

「活命之恩」數語，在【得勝令】曲末，原本未曾收香卓兒便下。（鶯鶯云：「紅娘，收了香卓兒」眉批）

寫紅娘真是識竅。（金批「右第十七節」末夾批）

聲口逼肖。（紅娘云：「張生，羞也吒！羞也吒！」之夾批）

紅娘口中覆述「猜詩謎」三語，妙妙。○原本只云「羞也，羞也！怎不『風隨何，浪子陸賈』？」（「紅娘羞張生云」一段末夾批）

「𠆭」，音奇、參差也。（【離亭宴帶歇拍煞】「拍了迎風户半開」夾注）

前詩情文絶世。○極盡淋漓。（同上「待月西厢下」夾批）

趣語。○極盡淋漓。（同上「他已自把張敞眉來畫」夾批）

如花似錦，異樣文情。（同上眉批）

極盡淋漓。（同上「塗抹了倚翠偎紅話」夾批）

「淫詞」上有生白：「小生再寫一簡，煩小娘子將去，以盡衷情如何？」（同上「淫詞兒早則休」眉批）

極盡淋漓。○信口道來，縱筆寫出，快讀一過，心滿意愜。（同上「參不透風流調法」金批後之夾批）

阿紅，雙文之愛婢也。雙文慕張生，而欲與好合，豈能瞞過阿紅，而雙文素日之拳拳於張，阿紅久已熟窺之。而中間鬧簡、賴簡，兩番曲折，非獨行文應有此波磔，亦稍示千金身分。畏行、多露，眼前欺着阿紅，使他捉摸不定，實則鶯娘之心肯意，肯不待阿紅促之，而已神馳張之左右矣。不然，既鬧簡而即問病，既面拒而旋致方，張似出望外，而鶯早有成心，非前後易轍也。聖嘆以「天下至靈慧女子」稱之，蓋爾時張生、紅娘俱在其元中耳。（金批「右第十九節」眉批）

作雙收以足文勢，元曲中此種最多。〇「學去波漢司馬」，譏其不能及相如，言這樣「漢司馬」，還須再學學去也。即前自調其隨何、陸賈一例。俗本作「游學去」，不通。王謂勉其再去讀書，酸甚。（同上「你游學去波漢司馬」夾批）

收局後尚有張生下場白，甚覺拖沓，但亦可節存數語。擬改云：咳，這一場嘔氣如何出得，眼見得病體日篤，只索回書房去也。桂子閒中落，槐花病裏看。（金批「右第二十一節」末之夾批）

三之四　後候

上文許多話頭，許多波瀾，跌到文章之事，一語是立言章旨。（齣前總評「而獨不謂文章之事，亦復有然」。之眉批）

奇情奇論，却是布帛菽粟之言，該得宋儒多少陳言，多少腐語。（同上「何謂掃如掃花掃葉？今夫一切世間、太虛空中」眉批）

以下五「而後」爲章法。（同上「何謂此來，如《借廂》一篇是張生來，謂之此來」眉批）

筆力矯健非常，又逐段作章法。（同上「而後則有三漸。何謂三漸？」眉批）

運筆變幻莫測。（同上「又謂之三得。何謂三得？」眉批）

正説「三得」，開下三段，上用反筆，此用正筆。（同上「自非《後候》一篇，則鶯鶯不得而許張生定情也。何也？」之夾批）

三「舍是」與上三「自非」，是此一段章法。（同上「舍是則尚且不得來，豈直不得見也。」之眉批）

「舍是」文法，全用反筆，撲醒若平平順叙，便不成聖嘆文字。蓋一順叙，便如直頭布袋矣。（同上至「舍是則不惟紅娘所見，不得令紅娘見」眉批）

凡「之」字句，連下九句。（同上眉批）

「近」、「縱」之義，即是得失。（同上「而後則有二近三蹤」眉批）

好筆法。（「『縱』之爲言」之夾批）

得此兩喻，其義始暢。（同上「嫌其如機中女兒當户」至「嫌其如碧玉小家，迴家便抱瑯琊，不疑登徒大喜也。」之眉批）

實寫跟「生」來。（同上「而後則有實寫一篇」眉批）

此篇從「三漸三得」、「二近三縱」、兩「不得不然」説到「實寫」、「空寫」，亦如衆水之赴海。（同上「實寫者，一部大書，無數文字」至「又有空寫一篇」之眉批）

「空寫」跟「掃」來，吾亦不知聖嘆于何年月日，發願動手，批此一書，留贈後人，一旦洋洋灑灑，下筆不休，實寫一番，空寫一番。實寫者，即《西厢》事，即《西厢》語，點之注之，如眼中睛，如頰上毫。空寫者，將自己筆墨，寫自己心靈，抒自己議論，而舉《西厢》情節以實之，《西厢》文字以證之，如劍在匣，如燈在帷。無實非空，無空非實，其一字謂之百千萬億文字可也，百千萬億文字，謂之空無點墨可也。乃其胸中腕下，直如太空雲氣，獨往獨來。噫，天下之奇文，天下之至文也！（同上「空寫者，一部大書，無數文字」至「謂之百千萬億文字，總持悉歸於是可也，謂之空無點墨可也」。之眉批）

如風掃籜。（同上「謂之空無點墨可也」夾批）

雖屬筆妙，意味淺薄。（同上「彼視《西厢》蒼蒼然正色耶」旁批）

如此迴應，直是飛仙。（同上末「蓋南華老人言之也，曰亦若是則已矣。」之夾批）

此間紅又有白云：「娘呵，休送了他人！」鶯白云：「好姐姐，救人一命，將去咱！」紅云：「不是你，一世也救他不得」等語。（鶯鶯云：「張生病重，我有一個好藥方兒，與我將去咱！」之眉批）

「專等回話」，此篇亦未之及，於下齣發端處，寫紅娘一味慫恿，此即「回話」也。若在此齣之後，便拖沓。（鶯鶯云：「我專等你回話者。」之眉批）

隨口透一筆，妙。（張生云「除非小姐有甚好藥方兒，這病便可了。」之旁批）

此下原本有法本、太醫上，及本白。（同上夾注）

不成說話。（紅娘上云「俺去則去，只恐越着他沉重也。」之眉批）

二語原本所無，此不可少者。（同上「異鄉最有離愁病，妙藥難醫腸斷人。」之夾批）

原本「除是那小姐美甘甘、香噴噴、涼滲滲、嬌滴滴一點唾津兒嚥下去，這屌病便可」。（按，此則是張生云「除非小姐有甚好藥方兒，這病便可了。」之眉批）

只幾個襯字，便令口吻間栩栩欲活。（【越調】【鬭鵪鶉】曲末金批後之夾批）

賴婚是以前事，賴簡是近日事，而雙文賴簡，尤紅所深啣者，故專歸咎於雙文也。○此上，有白云：「昨夜這般搶白呵！」（金批「右第一節」末之夾批）

背地評跋，逐句數數落落，此等方是元劇中本色勝場。今人但賞其俊麗，皆未識真面目也。原本起手用「犯似你休倚」云云，筆更生動。（【紫花兒序】曲眉批）

此下原本白云：「怒時節把一個書生來迭噷。」（紅白「我與你兄妹之禮，甚麼勾當！」之夾注）

此段曲間白、白間曲，宛然努唇撮嘴光景。（同上曲「忽把個書生來跌窨」之夾批）

「跌窨」，原本作「迭噷」。（同上眉注）

此上原云：「歡時節，紅娘好姐姐去望他一遭。將一個侍妾來逼臨。」（紅白「今日又是：紅娘，我有個好藥方兒，你將去與了

他。」之夾注）

原本「由他係教他。」（同上曲「從今後由他一任」夾注）

此下原本有云「這的是俺老夫人的不是」，下纔接云「將人的義海恩山，都變做遠水遙岑」。○「由他」二字絶妙，從賴簡至此，全是捉摸不定光景，故云「由他」也。（同上金批後之夾批）

原本云「將人的義海恩山，都做了遠水遙岑」。（同上曲「甚麽義海恩山，無非遠水遙岑」金批後之夾批）

二字，聖嘆所增，原本紅云「病體若何？」（見張生問云：「先生，可憐呵！」「可憐」之旁批）

到此只有「可憐」二字，他語皆不稱。（同上夾批）

原本「不似你這傻角」。（紅云：「不相你害得忒煞也」之旁批）

此句捷，聖嘆筆也。（同上「小姐，你那里知道呵！」之夾批）

「有」字，一本作「得」字。俗語云：「未曾得着些甜頭。」（【天淨沙】「又不甚有甚」夾批）

直回顧到驚豔，筆致韵絶。（同上「我見你海棠開想到如今。」眉批）

言其單相思也。（同上夾批）

小姐豈認賴，紅娘豈肯賴，金批謬。（同上金批後之夾批）

聖嘆增此句，好。（紅云：「這個與他無干。」旁批）

背地埋怨，當面替他撇清，阿紅真是可人。（同上夾批）

「看」，恐是「唔」字，元曲多用之。蓋吞字屬真文，「唔」乃侵尋中字。（【調笑令】「看尸骨喦喦」眉注）

「撒唔」，猶含忍也，詞中有「低着頭凡事兒撒唔」，與粗憨推聾並用。（同上「似這般單相思好教撒唔」眉注）

説到功名、婚姻，是皮膚話，却極疼熱心。（同上「功名早則不遂心，婚姻又反吟伏吟。」和金批後之夾批）

看得好。（「世安得崔顥詩下又有詩耶？」之夾批）

阿紅意中，認着小姐果是甚麽「好藥方」，而又不滿於小姐，故出藥方時，不就説出小姐，用筆尤妙，寫情態也。（紅白「夫人着俺來看先生喫甚麽湯藥」之眉批）

活書出抱不平聲口。（同上「這另是一個甚麽好藥方兒見送來與先生」旁批）

原本「小姐再三伸敬，有一藥方送來與先生。」聖歎抹去小姐，爲後文蓄勢也。（同上夾批）

本在【小桃紅】後。（張生云：「在那里？紅授簡云」眉批）

呼小姐此二句，俱喚小娘子。（張生揖云「小生賤體不覺頓好也」旁注）

紅云：「又怎麽？」生：「不知這首詩意，小姐待和小生『哩也波』哩。」（紅云：「你又來了，不要又差了一些兒。」張云：「那有差的事。」之旁注）

紅云：「不少了一些兒。」白本佳。（同上「前日原不得差，得失亦事之偶然耳。」之旁注）

「前日」二句雖好，但是頭巾氣，不像科白。（同上眉批）

「至誠斂衽」，是説阿紅該恭敬聽詩也。下以張整冠帶爲科，與上不呼應矣。（張生云：「你欲聞好語，必須至誠斂衽而前。」）

如何算閒事。（念詩云：「休將閑事苦縈懷」旁批）

此等科白，皆聖歎所增，筆意從《史》《漢》來。（「紅娘姐，此詩又非前日之比。」紅低頭沉吟云：「哦，有之，我知之矣。」之旁批）

前叙回簡，作許多狐疑，許多波折，此處念詩後，即作瞿然醒悟之筆，非獨前後避複，細思亦真有此情事也。（同上眉批）

添毫之筆。（同上「小姐，你真個好藥方兒也！」之夾批）

原本有「桂花性温，當歸活血」等語。（【小桃紅】「酸醋當歸」及金批後之夾注）

一本此下有「這方兒」三字。（同上「緊靠湖山背陰裏窨」夾注）

跟上「醋浸」俱係趁韻，全無関會。（同上旁批）

此間有生白：「忌的甚麽？」妙！（同上「一服兩服令人恁」金批後之夾批）

可惜藥名尚少，桂與當歸亦少關會。（「這其間『使君子』一星兒『參』」之夾批）

「紅娘子」，亦藥名。「撒沁」，俗言「打汊」。汊，讀如叱。（同上「怕的是紅娘撒沁」之眉注）

別解「撒沁」放潑也，又「不同心」之謂。《菩薩蠻》劇有「正好教他撒沁」。（同上眉批）

原本「吃了呵，隱情取」云云。（同上夾注）

又，參，痊可也。〇可惜藥名尚少，桂與當歸，亦少關會。（同上「一星兒參」及金批後之夾批）

既取藥名填曲，須句句都有爲妙。玉茗《牡丹亭·圓駕》齣内，有一曲祖此。〇原本此間「生看藥方，笑科」，直至紅云：「不少了一些兒。」不應併在前，蓋【小桃紅】曲全指藥方也。（金批「右第七節」後之夾批）

原本起「足下」二襯字妙絕，去之何也？（【鬼三臺】「只是你其實啉」眉批）

「啉」，貪也。（同上夾注）

「唔」，癡也。（同上「休粧」夾注）

與上不浹，語病上「正合」二字。〇上面非笑張生，言「見了鶯鶯，怎樣軟癱光景，那知俺小姐，只是忘恩負心」，語意還從賴簡。〇原本云：「俺那小姐忘恩，赤緊的樓人負心。」（同上「俺小姐正合忘恩，樓人負心。」之夾批）

一本此間有「張生道：『小姐必來。』紅娘云：『他來呵，看你怎生發付？』」等句。○原本張生讀詩，喜其訂來一段白在此處。（金批「右第九節」末夾注）

上文無「小姐必來」及原本云「他來呵，怎生」句，此曲如何接得？聖歎可謂不通之極。（【禿廝兒】曲眉批）

原本「身卧着」、「頭枕着」，兩「着」字不可去。（金批「右第十節」末夾批）

原本「説甚知音」，好。（同上「知音」夾批）

「知音」，二字句，聖歎割，同【聖藥王】作一節，亦未見融洽。若置【禿廝兒】曲尾，上下文理更不順。○北曲雖有一定次序，然前後稍爲易置，亦無不可。如【聖藥王】一曲必須在【禿廝兒】前也。（同上眉批）

【聖藥王】一曲，王伯良曰：此紅猶疑鶯之許，未必然，言設若有心，昨宵便當成事，何必今日又寄詩耶？古注追惜昨宵，稍悔。（【聖藥王】曲眉批）

原本此下有：張生白云：「小生有花銀十兩，有鋪蓋賃與小生一副。」（同上曲末金批後夾注）

伏下終不敢信，凡會家筆墨，欲起一意，必先露其端倪，無草草也。（金批「右第十一節」末夾批）

「遂殺人心」，言像意煞也。（【東原樂】「便遂殺人心」旁批）

與【禿廝兒】起手兩兩相形，亦奚落之。（同上「只是如何賃」及金批後之夾批）

語意接上衾枕來，猶云：你是色中餓鬼，即使不脱衣裳，草草辦事，猶勝於指頭上生活也。然句已劣極矣。（同上「你便不脱和衣更待甚？不强如指頭兒恁。」及金批後之夾批）

原本「不强如執定指尖兒恁」，舊解云：握拳忍耐，太迂。金改本，句法較淨。原本上句，至如「你不脱解和衣兒更怕

甚」，語太冗。（同上眉批）

「待甚」，原本「怕甚」，俱好。（同上眉批）

此等曲文，可云鄙猥。○【聖藥王】曲尚風雅，【禿厮兒】及【東原樂】二曲，俱醜。（同上曲末金批後之夾批）

極意敷衍，亦那輾法也。（金批「右第十三節」末夾批）

一本是張生問云：「小生爲小姐如此瘦顏，莫不小姐爲小生也減些丰韻麽？」○無此白，則「你道怎麽來」如何接。（「先生不瞞你説，俺的小姐呵，你道怎麽來？」之夾批）

借厢後，張生對紅娘道雙文儀容，此又紅娘對張生誇雙文，俱是「那輾」之無謂者。（【綿搭絮】眉批）

原本「他眉彎遠山不翠，眼横秋水無光」，本董解元，本言「眉則使遠山不翠，眼則使秋水無光」也，俗本易以「無塵」，謬。（同上「他眉是遠山浮翠，眼是秋水無塵」眉批）

終《西厢》一部，阿紅未曾一道主人儀容，故此處尚屬不碍，末句又涉詼諧，語意絶妙。有五瘟史（應爲使），不可無觀世音也。○又忻動之。（同上「他是一尊救苦難觀世音」夾批）

妙轉。○又轉疑之。（紅白「然雖如此，我終是不敢信來。」之夾批）

前叙回簡既作許多疑陣，到得一怒之後，確信其實有此情事，遂將心頭嘔氣，盡情吐露，更無他疑慮矣。此篇瞿然省悟之後，一路半雜詼諧，而於滿心稱意之餘，忽然又作「不敢信」語，開下「慢沉吟」，至「盡在恁」一段妙文，筆墨如生龍活虎，不可捉搦，而入情入理，使讀者心神暢適，蓋變莫變於此，亦快莫快於此矣。○前人文字，不肯作平筆鈍筆，及十成死句，如此收局也。○撇過來不來，而以彼此各自用心，回互叮嚀。龍眠白：描無此妙境，結尾更妙於語。言前證果在一簡

之語，猶屬皮毛，此則字字入心窩矣。要是仍在空際盤旋，絶無些子痕跡，妙絶超絶。（同上眉批）

然雖一轉，聖歎筆也。原本乃張生云：「今夜成了事，小生不敢有忘。」（金批「妙妙，其事本不易信」一段末之夾批）

跟上句白來，别開妙境。〇原本云：「他口兒裏慢沉吟，夢兒裏苦追尋」，全指張生身上説。（【後】「我慢沉吟，你再尋思」及金批後之夾批）

句冗（按，原作「禿」）不似賓白自然，雖如此起，皆聖歎增改之白。（張生云：「紅娘姐，今日不比往日。」紅云：「呀，先生不然。」之夾批）

顧前，即作撇筆。（同上曲「你往事已沉」夾批）

原本云：「今夜相逢，管教你恁。」〇下又添「三更」，不嫌語病否？此句第六字不可平，或改云「今夜他來真個恁。」（同上曲「今夜三更他來恁」金批後之夾批）

非聖歎，誰有此妙筆。（張生云：「紅娘姐，小生吩咐你，來與不來你不要管。總之，其間望你用心。」及金批後之夾批）

實甫原本本無此句，蓋失律也。聖歎增此一句，方爲合格。又于上邊白内，預添「望你用心」句，則此句更爲入情入理。（同上曲「我已不曾不用心」金批後之夾批）

實甫原因白中有「小生不敢有忘」語，故因前文「金帛相酬」句，而云「圖甚白璧黄金」也。聖歎去「不敢有忘」句，則此句與「金帛相酬」雖有照應，而脉理已稍遠。（同上「怎説白璧黄金」夾批）

此二句，若無襯字，如何接得「白璧黄金」，且語無所指，極爲凑泊。若從「怎説」二字貫下，更爲欠通。蓋上文一路姗笑、唬嚇、辨駁、奚落、驕奢、欺詆、忻動、躊躇，種種心情，可爲盡態極妍，至此二句，則又期望之也。如云只願伊將來「滿頭花，拖地錦」，豈不暢然意滿哉。（同上「滿頭花，拖地錦」夾批）

特地擔承此一件，襯出來與不來都不管。○原本「拖地錦」下，張生白云：「只怕姐姐不肯，果有意呵，」接下曲云：「雖然是老夫人曉夜將門禁，好共歹須教你稱心。」生：「休似昨夜。」貼：「你掙揣着。」接下同。（【煞尾】「夫人若是將門禁，早共晚我能教稱心。」之夾批）

慰之，諾之。（金批「右第十六節」末之夾批）

此間白，張云：「休似昨夜不肯。」紅云：「你掙揣住。」妙絶機鋒。（「先生，我也要吩咐你，總之其間你自用心，來與不來都不管！」之旁批）

筆如轆轤。（同上金批後之夾批）

「來時節」二句時刻，多作「怎由他」、「盡在恁」。夫「來時節，肯不肯」，如何不由他耶？所謂肯否，正所謂肯來與否，如白中所云「只怕小姐不肯」之説耳。若説來後之肯不肯，既已來矣，豈同生之往，而有不肯耶？若不肯，則亦不來矣。原本「盡由他」，「盡」字上聲。初看似「怎由他」爲佳，細玩則「盡」字更佳。蓋借上句跌出下句。「盡由他」者，言聽其害羞做態，只要你親親熱熱，不怕他不肯也。歸重來一層，語意正合如此。（同上「來時節，肯不肯，怎由他。見時節，親不親，盡在你（應作您）。」之眉批）

「您」，尼錦切。○從「來不來」二語，進一層落想，便作如許親熱語，然亦欠藴藉。○上句應云「盡由他」爲妙。（同上夾批）

激之，獎之。（金批「右第十七節」末夾批）

聖歎改竄《西厢》科白，誠爲名筆，然上下不接亦由此。如此齣之曲白不貫，玩原本始知金批之誤人不小也。

題只是問病之藥方，有他題前布置，看二曲先埋怨鶯鶯，【天淨沙】一曲漸漸入題，【調笑令】乃問病正面，【小桃紅】乃送藥方正面，自【鬼三臺】至末，純是題後落想，把一個張生四面八方，層層説到，直欲哭一回，笑一回，羞一回，呆一回，要皆憑空結撰，雪泥鴻爪之筆。

原本「來時節，肯不肯，盡由他。見時節，親不親，在於您。」只結句中用虛字稍弱耳。若如聖歎改「盡」爲「怎」，則大謬。蓋「怎」字只還得不肯一面，包不得肯在内。且上三句，略作閒筆，下三句纔折得醒。金改本則下三句失勢矣。結句援改（總）［盡］在您。

此宜閣增訂金批西厢卷四

四之一　酬簡

筆筆轉，筆筆健。（齣前總評第一段「我固殊不能解好色……」眉批）

誰能作此，如長句愈轉愈健，愈轉愈深。（齣前總評第一段「好色又如之何謂之幾於淫，而卒賴有禮而得以不至於淫；好色又如之何謂之賴有禮，得以不至於而遂不妨其好色。」之眉批）

將淫與好色細細較量，層層剖析，《會真記》中登徒子數語，第舉其端，未竟其義，得此可爲宋玉《登徒好色賦》作一則註疏。（同上「好色而吾大畏乎禮而不敢淫」一段眉批）

聖嘆凡起一意，凡立一説，必搜剔到極處，剥蕉抽繭，殆未可以喻也。（同上「則吾不知淫之爲淫必何等也。」之眉批）

看他紆徐而來，漸漸逼近題目，真是會家不忙。（同上「而因謂之不淫，則又何文不可詔示來許爲大鑒戒而皆謂之不淫乎？」之眉批）

大善知識。（同上「人未有不好色者也，人好色未有不淫者也，人淫未有不以好色自解者也。」之眉批）

迴應起手，筆意轉宕往不盡。（同上「夫好色與淫，相去則真有幾何也耶。」之眉批）

跟前篇來，斷而不斷。（同上第二段「《國風》之淫者，不可以悉舉。」之眉批）

大疑竇。（同上「則更有尤之尤者曰：子不我思，豈無他人？」之夾批）

爲明眼人覷破。（同上「自古至今有韻之文，吾見大抵十七皆兒女此事。」之夾批）

何必作許多波折。（同上「然則此事亦不必其定妙事也，何也？」之眉批）

先生之文妙矣，沾沾于妙事，是亦不可以已乎？（同上「或能爲妙事焉，或不能爲妙事焉……竟不覺大笑。」之眉批）

「繁猥之言，此諢語也，删之何如？」」（同上第二段末夾批）

筆致雖佳，無關體要，何用此呶呶爲。（同上第三段末夾批）

《西廂》通部科白，俱經聖嘆改竄、布置，非實甫原本也，讀者須知。（紅娘催云「去來，去來」前後之對白眉批）

通篇鶯鶯不語，貼定《會真記》中「終夕無一言」句。竊意《會真記》中此語，原爲「張生靚粧在臂，香在衣」等語作襯，而此則處處以不語作關目，難道交媾時能寂無一言乎？事畢後總粧聾做啞乎？無此情理也。（紅娘催云：「去來，去來！」「鶯鶯不語科」及金批後之夾批）

乘，賊！（紅娘云：「我小姐言語雖是强，脚步兒早已行也。」之夾批）

跟前。（【正宫・端正好】「今夜出個至誠心，改抹咱瞞天謊。」之夾批）

此乃【仙吕】宫之【端正好】，非【正宫】也。時俗不解此，仍標列【正宫】，謬。曲文甚劣。（同上「楚襄王，敢先在陽臺上。」之夾批）

妙句。（張生云「人間良夜静復静，天上美人來不來？」之夾批）

發端便好。（【仙吕】【點絳唇】「竚立閑階」金批後之夾批）

句。（同上「夜深香靄」夾批）

北【仙吕】【點絳唇】四字句連起，第三句用三字句。若第二句用七字句，是南【黄鍾】【點絳唇】矣。聖嘆門外漢，那如此。（同上眉批）

總結前上。（同上「瀟灑書齋，悶殺讀書客。」之旁批）

閒話。（金批「右第二節」「而反悶，然則客之不讀書，可知也。」之旁批）

無謂。（「天下之無人無書齋也」之旁批）

瀟灑之悶，覰染脂粉香耳。（同上「瀟灑書齋」四字作「悶」用，真奇事也。之眉批）

金批絮聒得無謂。（同上末夾批）

筆情縹緲，語意雙關，只此四字，神魂飛越。《南西厢》將「何在」字，换一「開」字，生氣索然。（【混江龍】「彩雲何在」金批後之夾批）

二語不工。（同上「月明如水浸樓臺，僧居禪室鴉噪庭槐。」之夾批）

張生眼中之景寫景，正寫張生也。（金批「右第四節」末之夾批）

疑鬼疑神，摩挲不定光景。（同上「疑是玉人來」金批後之夾批）

階頭立，對月發端，寄情於「彩雲何在」，語意固是雙關，非真望其天上下來也。風弄竹，月移花，所聞所見，一片驚疑，即情即景，即景即情，筆意最爲生動。金批欲其四面八方來，豈不滯哉。（金批「右第五節，忽然又欲其四面八方來」眉批）

「黄犬」句，已湊，《南西厢》併作一句，可笑之極！（同上「黄犬音乖」夾批）

徒倚門邊，支頤枕畔，寫張生望眼欲穿也。（【油葫蘆】「單枕側夢魂，幾入楚陽臺。」金批後之夾批）

「人有過」以下數語，徐文長謂「不免頭巾」，不知元人慣掉四書，以爲當行。（同上「人有過，必自責，勿憚改。」之眉批）

向來張生思慕鶯鶯，未曾自道，却於此齣補寫暢寫，固是不可少之筆。（同上金批後之夾批）

當頭一棒（唱）[喝]。（金批「右第八節」「凡天下欲改過者，一切悉是胡思亂想」之旁批）

真是過來人語。（同上「怎當他兜的上心來」夾批）

兜的上心，最是難耐，此所以有過，終不得改也。（同上「怎當他兜的上心來」之眉批）

倚門一回，倚枕一回；倚枕無聊，又去倚門，其望之之切如此。（金批「右第九節」末夾批）

本色語，妙絶。（【天下樂】「好着我難猜，來也那不來？」之夾批）

與下「難離側」句，都是猜。（金批「右第十節」末夾批）

也不見得是恨。（金批「右第十二節，忽然又恨之。」之夾批）

「肯來」、「到來」、「不來」，用筆如點水蜻蜓。（金批「右第十四節，肯來。」之夾批）

道是張生疑陣，却是實甫筆陣之妙，若出他手，便拖沓不淨矣。（【哪吒令】「他若是到來便春生敝齋，他若是不來似石沉大海。」之眉批）

「寄語」句，如何住得無怪，金先生之輒行割裂也。○「多才」亦非指女人名目。（同上「寄語多才」夾批）

指喬坐衙時云云。（【鵲踏枝】「恁的般惡搶白」夾批）

阿好一至此。（金批「右第十八節」末夾批）

實實供招。（同上「調眼色已經半載，這其間委實難捱。」之夾批）

少霞却以爲過火語。（【寄生草】「安排着害，準備着擾。」之夾批）

放鬆一筆，情殊可憫。（同上「想着這異鄉身强把茶湯捱」夾批）

【司天臺】數語，聖嘆以爲奇横之筆，少霞却以爲少情味。○放筆縱寫，若更無餘望者，語愈寬，情愈迫，亦爲下文作勢也。（【司天臺】「打算半年愁，端的太平車，敢有十餘載。」之夾批）

細思張生此時，在紅娘跟前，亦極難措詞，二語渾得妙，腐得妙。（張生揖云：「紅娘姐，小生此時一言難盡，惟天可表。」之眉批）

「跪抱」，是抱其下體也。第一句寒温頗難，似此恰好。○原本云：「張珙有何德能，有勞神仙下降，知他是睡裏夢

裏？」亦可。（張生見鶯鶯，跪抱云：「張珙有多少福，敢勞小姐下降。」夾批）

原本白：「小生那裏得病來？」（【村裏迓鼓】「猛見了可憎模樣」夾注）

是近脉。（金批「右第二十二節，緊承前患病一篇，妙。」之夾批）

是遠脉。（金批「右第二十三節，緊承前前賴簡一篇，妙。」之夾批）

語語入情，語語得體，看似平常，却真妙絶。○結句没情理，難道作客便應以身許之耶？擬改云：「你只可憐我爲相思幾殆！」（同上「教小姐這般用心……你只可憐我爲人在客。」之夾批）

「捱」字好。（「張生起捱鶯鶯坐科」夾批）

鶯鶯初至，張生跪而抱之，此時鶯鶯尚竚立也。迨張生起拉其坐，鶯鶯始于移步就坐時，而鞋兒半折，「剛」字從張生目中看出，亦未即坐之詞也。金批從下漸看之説，亦未中窾。（【元和令】「繡鞋兒剛半折」夾批）

「腰兒搦者」，坐下去之態也，且側身坐之勢也。「恰」字，接「剛」字來，但狀鶯鶯就坐時光景也。（同上「柳腰兒恰一搦」眉批）

如何便捱枕。（同上「只將鴛枕捱」夾批）

看脚而及腰，看腰而及面，豈偷情時有此從容暇豫乎？（金批「右第二十七節」一段末之夾批）

「雲鬢」二句，只是寫雙文之側轉身坐，即下文鬆扣解帶，亦從旁引手向前，非對面也。金批以「紿」字標此時情節，真是夢話。○此時鶯鶯，只是默無一語，側着身坐，任張生之偎倚耳，安有所爲「紿」之哉。鬆扣解帶，豈心中尚不省得耶？

（同上「雲鬢仿佛墜金釵，偏宜鬏髻兒歪。」及金批之眉批）

合下句看之，皆側坐勢也。（同上旁批）

二語少味，「偏宜」二字更支離。（同上夾批）

二語與上不稱，此時用不着此等閒話。（【上馬嬌】「蘭麝散幽齋，不良會把人禁害。」之夾批）

前人解「不良」與「可憎」一樣，喜極而反言，猶稱「冤家」之類。余謂作者之意，「不良」會是追溯往日之詞，下文説今夜幸得良會，如何只是將臉兒別向，增一「咍」字，是疑訝之神，聲情宛肖。（同上眉批）

即使睡下，臉兒仍向一邊也。○【上馬嬌】第四句，係上四下三七字句，今變作上三下四。此句擬改：「怕燈影兒逼他將羞害。」（同上「咍！怎不回過臉兒來」金批後之夾批）

張生切望雙文來會，豈止欲看其面哉。（「右第二十八節」「給之曰髻歪，而終不得一看其面，於是换作重語。」之旁批）

不可解。（同上夾批）

此睡而抱之也。（「張生抱鶯鶯，鶯鶯不語科」之夾批）

男女將合歡，此爲第一着。（【勝葫蘆】「軟玉温香抱滿懷」夾批）

膚語。擬易句云：「葳蕤鎖待徐捱。」（同上「劉阮到天臺」夾批）

如何是「初動」？（金批「右第三十節，初動之」。之夾批）

語在可解不可解之間。然大抵初探洞口，紆徐而入也。湯玉茗所云：「慢掂掂做意兒周旋也。」（同上曲「春至人間花弄色」夾批）

「柳腰」二句纔是動，「露滴」句太早了。○新破瓜女，郎説他擺腰亦太過。（同上「柳腰款擺，花心輕折，露滴牡丹開。」之眉批）

張生自言其下體之如酥也。○「柳腰」句上有「將」字，此字不可去，蓋「將」字是張生自己説也。○「些兒」謂陰液也。（同上及【後】「蘸着些兒麻上來」夾批）

如何「連動」？（金批「右第三十二節，更復連動之。」之夾批）

男貪女愛，入妙境矣。（同上「魚水得和諧」夾批）

王伯良曰：首句欠蘊藉，次句陳，「半推」二句，却入妙諦。（同上「嫩蕊嬌香蝶恣採，你半推半就，我又驚又愛。」之眉批）

「嫩蕋」句是鏖戰矣，「半推半就」二語，應在「軟玉温香」之下，蓋至恣行輕薄，又安有所爲「推」哉。（同上夾批）

「揾」字下得妙，蓋緊緊抱住情形也。○前曲結句，尚是側面，此方是對面也，亦所以清眉自。（同上「擅口揾香腮」夾批）

擬改【勝葫蘆】至【柳葉兒】：

【勝葫蘆】軟玉温香抱滿懷。他荳蔻正含胎，春至人間花弄色。欲迎故拒，似疼能耐，控縱一齊來。【么篇】度得香津麻上來，魚水兩和諧，嫩蕋嬌香恣蝶採。花心輕折，柳腰欵擺，露滴牡丹開。【後庭花】暖融融兩情無限快，喘吁吁百竅一齊開。美津津手摩着乳妳，緊嗚嗚口揾着香腮。軟設設束不住的筋骸，笑吟吟説不盡的恩和愛。愧煞我劣書生，只這些剩紙殘箋在。多虧你曳春羅，留下些點點猩紅色，今日呵點污了小姐清白，不消説是心肝兒看待。待與你訂盟山，證誓海，比翼鳥，兩和諧，連理枝，勿剪拜，情無乖，心不改。休道是，價千金，這春宵，只一刻。

原本【柳葉兒】前有【後庭花】曲。聖嘆削之，詞本劣。今附録：

【後庭花】（看帕介）春羅元瑩白，早見紅香點嫩色。（旦）羞人答答的，看做甚麽？（生）燈下偷睛覷，胸前着肉揣。暢奇哉，渾身通泰，不知春從何處來？無能的張秀才，孤身西洛客，自從逢稔色，思量的不下懷；憂愁没間隔，相思無擺劃；謝芳卿不見責。○此曲前原本白，張生云：「謝小姐不棄，張珙今夕得就枕席」云云。旦云：「妾千金之軀，一旦托于足下，勿以他日見棄，使妻有白頭之嘆。」生：「小生焉敢如此？」

王伯良以「胸前」三句涉猥俗。（同上之眉批）

徐士範曰：此處語意少露，殊無蘊藉，昔人有濃鹽赤醬之誚，信夫！（【柳葉兒】眉批）

事畢後更有何説，開口只此二語爲中竅。蓋上句極親熱，下句極惶恐，揾腮時聲口，莫妙於此。（同上「我把你做心肝般看待，點污了小姐清白。」之夾批）

王氏云：「舒心害」，放心受害也。（同上「我忘餐廢寢舒心害」眉注）

「妳妳」「妳」字亦因趁韵，故若就本句，則亦欠雅，以「小妳妳」稱雙文，更乏趣。（【青哥兒】「投至得見你個多情小奶奶」夾批）

增一「看」字，妙絶。（同上「你看」夾批）

是赤身也，「憔悴」二句，又跟着病來。（金批「右第三十八節」一段末之夾批）

三句忽然寫景，却爲「雲鎖陽臺」作襯。（同上「露滴香埃，風静閑階，月射書齋，雲鎖陽臺。」之眉批）

此句總得妙。（同上「我審視明白」夾批）

筆情飄瞥，「夢中來」更寫向空去，遂使前面實寫處，分外生動。（同上「難道是昨夜夢中來」及金批後之夾批）

老金喜于弄舌。○快活之至，欣幸之極，故轉云疑猜也，非但如痛定者之思痛也。（金批「右第三十九節」一段末之夾批）

「終身」句，醜極拙極。（張生起跪謝云「終身犬馬之報」「鶯鶯不語科」之夾批）

「愁」字緊跟「夢中來」言，尚是夢，則我此愁更無可奈何也。聖歎割裂【寄生草】前，請問「愁無奈」與「豐韻」、「稔色」何涉耶？○擬之於夢，而自慮愁更無奈，欲訂其後來也。（同上「愁無奈」眉批）

只此二語中竅，上文寬泛，不切合歡後聲口。（同上「今宵同會碧紗，何時重解香羅帶？」之夾批）

既行下階，猶未掩體，而露胸耶？（【賺煞尾】「春意透酥胸」夾批）

少霞云：不奇不妙，不清絶，不入化，只是趁韵耳。（同上「賤却那人間玉帛」及金批後之夾批）

「桃腮」，不應句，不應韻。（「杏臉桃腮」眉批）

陽氣上沖，別有一種紅暈，與「春意」二句，皆極寫破瓜女郎情態。（同上「嬌滴滴越顯紅白」金批後之夾批）

即後齣「出落精神，別樣風流」之根。（金批「右第四十一節」一段末之夾批）

前攜手再看，後雙攜手再看，蓋因鶯鶯行下階而或蹴踏，故張生對面雙攜手也。惜曲文全未照應耳。（同上之眉批）

蓋嬌無力也。（同上「非關弓鞋鳳頭窄」夾批）

原本「動人處弓鞋鳳頭窄」，「動人處」拙極，金改「非關」便穩。（同上眉批）

原本此間插白云：「若小姐不棄，小生此情一心者。」〇雙文起行之後，張生作兩番攜手再看，蓋因整套北曲，入後收局不來，故多作波折。愚若代籌，何不作海誓山盟之語，定有一番出色也。（同上「謝多嬌錯愛」之夾批）

「下香堦」數語，描煞女子合歡後腰膝酥軟情狀，豈雙文於此尚戀戀不去哉。（金批「右第四十二節」一段末之夾批）

「今夜」，原本係「明夜」，徐王本改爲「今夜」。董詞也是「明夜」。蓋天未明而去，且前面有兩「今宵」，則以「明夜」爲妥。（同上「你破工夫今夜早些來」眉注）

無他叮嚀，只此已足。余初讀「鯫生」二語，頗嫌其語無甚研鍊，既而思之，覺此二語，不卑不亢，乃知前人早經一番斟酌也。（同上夾批）

第二句拙極，試改句云：「脉脉好追歡。」（金批「右第四十三節」一段末之夾批）

此齣後半，原本層次極妥：【青哥兒】曲末，鶯云：「我回去也，怕夫人覺來尋我。」生云：「我送小姐回去。」接下【寄生草】曲，此下紅云：「來拜你娘！」乃應起手張生問「誰？」而紅答以「是你的娘也，來拜！」句。下生笑，而紅乃云：「張生，你喜也！ 姐姐，咱家去來。」下乃生唱【煞尾】一曲。布置本無錯謬。今金批本，既經刪改，而始云起行不語，攜手再看；既又云不語，行下堦，雙攜手，再看，何支離也，行下堦，因曲中有「下香堦」句雙攜手三字，細思之，殊可發粲。蓋雙攜手，直是右攜着左，左攜着右，張與鶯對面，而却步行也。且兩次再看，豈不多添情節，不如原本之爲善。金公因【寄生草】曲「多丰韻」等語，都似仔細旁覷雙文之景，故以「再看」爲關目，殊不知此曲只末二語還可，上半不着緊要，即云「再看」，亦終不見好。至「春意」、「春色」二語。即事畢後，亦早仔細端詳，何待下階後始再看，而道及此耶。（本齣末之批語）

前攜手再看，後雙攜手再看，蓋因鶯鶯行下階，而或蹴踏，故張生對面雙攜手也。惜曲文全未照應耳。（齣末批語「因曲中有『下香階』句，雙携手三字」一段之眉批）

四之二　拷艷

⿰木致，音緻刺也，鼠作聲也。（齣前總批「⿰木致然一聲」眉注）

臚舉快事，直可削去。但因無處出奇，別布邱壑，故姑存之。（齣前總批最後一段「而實不圖《西廂記》之《拷艷》一篇，紅娘口中則有如是之快文也」之眉批）

《會真記》中知，不可奈何是老夫人知情縱之也。欲就成之，而張不果，張真忍人哉。（同上末眉批）

又一種筆法。（同上末夾批）

此間原本貼對旦云：「姐姐，事發了也！老夫人喚我哩，却怎了？」旦：「好姐姐，遮蓋咱。」貼：「娘呵，你做得穩秀者。我道你做下來也！」旦：「月圓便有陰雲蔽，花發須教急雨催。」（紅鶯云：「呀，小姐，你連累我也！哥兒，你先去，我便來也。」之夾注）

是透漏消息也。（「金塘水浦鴛鴦睡，繡户風開鸚鵡知。」金批後之夾批）

「提心在口」，擔于係小心謹悶之意，此亦方言之常。徐解云：苦思慮者，心近咽喉，如欲嘔出。不解所謂。（【越調】開鶴鶉】「常使我提心在口」眉注）

用襯字作控縱之勢，直脱手如彈丸。◯但以成語叠來成曲，足見當家手。（同上「你止合帶月披星，誰許你停眠整宿。」金批後之夾批）

原本云「使不着巧語花言」二句，不過言遮飾不過也。徐王改指夫人身上説，比舊本稍勝，以與【紫花兒序】起頭，更融洽也。（同上「還要巧語花言將没作有。」之眉批）

「牽頭」本妥，徐王改爲「饒頭」，不思《會真本》記張未近女色，留連尤物，僅惑於鶯。即玩全齣曲白，曾有一語面調紅者否？紅亦止欲成就二人，别無自炫意。上邊之猜，還是將没作有，此下言狀貌之不可掩也。（【紫花兒序】「猜我紅娘做的牽頭」眉批）

似竟寫實事，却還只是虚步；似已占着正面，却還只是前路，得窾在一「猜」字。（同上金批後之夾批）

此言從前體態也。（同上「况你這春山低翠，秋水凝眸。」之夾批）

此一曲全是寫不得不承認之勢。◯三「猜」句下接用「况你」、「只把」二轉，筆勢飛舞。◯「况」字、「只」字，皆聖歎所改。（同上曲末夾批）

蟬聯句法。（同上之旁批）

【小桃紅】一曲，難道不是當面唐突？（金批「右第三節」「纔落筆便是唐突鶯鶯」夾批）

預爲摹擬，筆筆凌空。（紅白「我算將來：我到夫人那裏，夫人必問道：兀那小賤人！」之夾批）

此與《前侯》【上馬嬌】曲及「拽扎起面皮」白，同一筆格，皆題前空中布置法。（同上眉批）

輕輕籠起，只此一句，下面便轉到自己身上。蓋若跟着此語，再一細説，再一多説，不惟碍下文地步，而筆亦粘滯矣。此處煞費前人苦心，須與知文者參之。（同上「便與他個知情的犯由」夾批）

忽然縱此一筆，於事最入情，於文最得勢。（紅白「只是我圖着甚麽來？」之旁批）

此上有「小姐，你受責理當。」句。○題前布置，並此一層寫透，亦加一倍法。（同上夾批）

妙於入情。（【調笑令】曲眉批）

「冰透」，時本作「湮透」。前人有指其謬者，然張崔苟合，乃在春夏，不在冬間，安所云「冰透」耶？（同上「把繡鞋兒冰透」眉批）

原本起云「繡幃裏」，不韻。（同上金批後之夾批）

補前文怨自己，亦是寫不得不承認之情。（同上「如今嫩皮膚去受粗棍兒抽，我這通殷勤的着甚來由？」之眉批）

如何想出夜坐停繡時起筆，化人之技。（【鬼三台】「夜坐時停了針繡」眉批）

對夫人「説哥哥」，因有小姐在内故也，憨絶乖絶。（同上「説哥哥病久」眉批）

正使夫人先屏息静氣，呆着臉兒聽也。（同上曲末金批後之夾批）

好供招，胸有成見，好整以暇。以下一句緊一步，可使問官無庸詰問也。（金批「右第八節」一段末之眉批）

到第四篇，打算收局，若作力推，將扑之再三，亦有何趣味？否則置作疑獄，下文如何布置？故知只有直認一法，非情事之所必有，乃行文之所不得不然。（同上夾注

【鬼三台】一調，九句八韻，此原本所以云：「老夫人事已休，將恩變爲讎。」自是兩句兩韻，今删去「事已休」句，則八句而七韻矣。聖嘆不知曲，無怪也。（同上「他説夫人近來恩做讎」眉批）

就夫人問着「他説」，便借張生口中，以「他説」二字，徐徐引之，巧于用筆如此。（同上「教小生喜變憂」夾批）

下句「他説」字似可省，然口氣着重下句，正不可省。（金批「此兩『他説』不可也，及夫人意外之説也。」之夾批）

如此招承，最爲蘊藉。夫人再問，便水落石出，斯則夫人之呆，轉見紅娘之乖。（金批「右第九節」一段末之夾批）

「定然是」、「難道是」，數虛字不合語氣。蓋神針法灸，原因病起見，但病在張生，則針灸將施之雙文，於義似屬不順。須云「難道有神針法灸，怕不做燕侶鶯儔」，及合。（【禿厮兒】「定然是神針法灸，難道是燕侶鶯儔。」之眉批）

細思紅娘此二語，即無夫人再問，早在口頭，故因夫人問而確鑿供之也，然「定然是」、「難道是」，仍作擬議之詞口氣，則又因先行故也。（同上金批後之夾批）

再找一句，以實其事，是加一倍法。（同上「他兩個經今月餘只是一處宿」眉批）

「搜」字，原本「問」字。此字宜韻，故聖歎改之。（同上「何須你一一搜緣由」眉注）

隨口而出，輕捷之至。○「何須搜緣由」、「何必苦追求」，「夫人你休究」，詞意太複，要之，「搜緣由」句，似覺早耳。（同上及【聖藥王】「其問何必苦追求」夾批）

定案夫人賴婚，無人言其過者，出自紅娘口中，最爲奇絶，亦爲通部《西廂》特寫此一件大關目也。（紅云「非干張生、小姐、紅娘之事，乃夫人之過也。」之眉批）

原本云：「非是紅娘之罪，亦非張生、小姐之罪」，不應如此總説。（同上夾批）

但不（按一作「不惟」，是。）出豁自己，將張生、小姐一并開脱，筆意最爲敏妙。（金批「快文，妙文，奇文，至文」一段之眉批）

此一段，節得淨。（紅云：「信者，人之根本……恕其小過，完其大事，實爲長便。」之夾批）

《琴心》【聖藥王】末句仍一連，今此齣此牌又割末句連下，試思「女大不中留」句，與上下那處浹洽，恐只應連上，不應連下也。（同上曲「常言女大不中留」眉批）

原本云「秀才是」。（【麻郎兒】「又是一個」夾注）

原本云「姐姐是」。（同上「一個仕女班頭」「一個」夾注）

【麻郎兒】末，似少幾句白。○「世有」三句，承「何必苦追求」句來。（【麻郎兒】曲末及【後】「世有、便休、罷手」之眉批）

言舉世不少此等事，「得休便休」。「罷手」，猶言撒開也。下跌重，「大恩人」，更有力。（金批「右第十三節」一段末之夾批）

在夫人跟前特作感恩語，明是打動夫人。（同上曲「大恩人怎做敵頭？啓白馬將軍故友，斬飛虎么麼草寇。」）

原本乃「畔賊」二字，不諧聲。（同上「么麼」夾批）

「皮」，原本「骨」字。（【絡絲娘】「干連着自己皮肉」夾注）

「你休」二字，原本係「索窮」，不合語氣。（同上「夫人你休究」夾批）

一語收束，比前文「一一搜緣由」、「何必苦追求」，聲口尤切至。蓋「一一搜」是初起之詞，「苦追求」亦猶勸解之意，至云「休究」，則直以大義壓服之，與白中「夫人之過」，語意一綫，語勢一層緊一層，正未嘗複前文也。（同上眉批）

（原）有「成合親事」句。（紅娘請云「如今夫人請你過去」之夾注）

句增。（紅云「哎喲，小姐你又來！」之夾注）

原來紅口中只此一句。（同上「娘跟前有甚麽羞」夾注）

句增。○句增，太驟。（同上「羞時休做」夾注）

阿紅雖贊成好事，然自鬧簡後，中間亦頗受委曲，此曲發揮盡致。（【小桃紅】曲眉批）

【調笑令】背後怨着自己，此則面數着雙文。（同上「你個月明纔上柳梢頭，却早人約黄昏後。」之旁批）

讀此益見前「他並頭」曲之秒。○趁雙文言羞，索性羞之。（同上之夾批）

「覷」字是，即咬袖之謂。（同上「羞得我腦背後將牙兒覷」之夾注）

言兩脚朝天也。（同上「只見你鞋尖兒瘦」夾注）

「啞聲兒」指雙文。（同上「一個啞聲兒廝耨」夾批）

「怎」字，原本「猛」字，下又有「看時節」三字。（同上「那時不曾害半星兒羞」眉注）

向小姐也作如許埋怨語，大有醋意。（同上眉批）

《西廂》淫詞，以「恣情不休」二句爲極。（同上及金批「右第十七節」一段之眉批）

前【調笑令】曲，是初定情夕之紅娘，此則一月以來所見如此。（金批「右第十七節」一段末夾批）

以下科白全是聖嘆增改。（「鶯見夫人科」一段之眉批）

四字說不盡的苦。（夫人云「我的孩兒」金批後之夾批）

三個同哭，正說不出的苦。（「夫人哭科，鶯鶯哭科，紅娘哭科。」之眉批）

實聖嘆所增。（金批「《西廂》科白之妙，至於如此，俗本皆失，一何可恨！」之夾批）

比原白好。（夫人云：「我的孩兒，你今日被人欺負，做下這等之事，都是我的業障，待怨誰來！」之眉批）

原本夫人云：「鶯鶯，我怎生擾舉你來，今日做下這等」云云。（同上夾注）

增。（「鶯鶯大哭科」之夾批）

原本「小娘子喚小生做甚麽」，較「誰喚小生」句爲妥。（張生云：「誰喚小生？」金批後之夾批）

原本紅娘說：「老夫人喚你，將小姐配與你哩！ 小姐先招了也，你過去。」張云：「小生惶恐，如何見得老夫人？ 誰在夫人行說來？」貼：「你休佯，小心過去便了。」（紅娘：「你的事發了也，夫人喚你哩。」……紅云：「你佯小心，老着臉兒，快些過去。」之夾注）

紅娘去喚小姐，【小桃紅】曲全是羞之，今喚張生，亦用此牌名，却只慫恿之，蓋紅娘意中，早有成見矣。（【後】「是我先投道眉批）

對張生說「我先投首」，快人快語，猶夫人問而云，背着夫人，可知阿紅眼底不惟於張生藐之，且于夫人亦藐之也。（金批「右第十九節」一段末夾批）

「部署不周」，言今日成就親事，草草不成樣子也。（同上「我擔着個部署不周」之眉注）

元人習用語。○【小桃紅】前曲末有「呸」字，此亦用之，玩語意，應去彼留此。（同上「呸！一個銀樣鑞槍頭。」之夾批）

原本紅云：「張生，早則喜也！」亦可。（紅云：「謝天謝地，謝我夫人。」之夾注）

以下都是紅娘極快心語。（【東原樂】「密愛幽歡恰動頭」夾批）

原本「既能彀」，「既」字便呆。（同上「誰能彀」金批後之夾批）

此原有「張生，你覷」句白。（金批「右第二十四節」一段後夾注）

快活到十二分，誇獎到十二分，將《賴婚》折内「知他福命如何」數語參看，有草蛇灰線之妙。（同上「兀的般可喜娘龐兒也要人消受」眉批）

原本此間有「請長老同」字，削之爲妥。（夫人云：「紅娘，你分付收拾行裝，安排酒肴菓盒」之夾批）

原本「同夫人下」，率筆。（「夫人引鶯鶯下」夾批）

亦金改筆。（紅云：「張生，你還是喜也，還是悶也。」之夾注）

喜的是姻事得諧，悶的是明晨將別，雙管齊下。（同上眉批）

此齣【收尾】，明明是《西廂》未曾團圓，伏筆爲不了之局，不待草橋驚夢也。彼續者，何苦一定欲添蛇足哉！○起手用

「直要到」三襯字，絶妙，下接「方是一對」云云，得勢之至。原本起用「來時節」，接下「列着一對」云云，便平。（【收尾】曲眉批）

原本「那其間纔受説媒紅，方吃酬親酒。」聖嘆改作「如今還不是」，將下二齣詞意，并編入本齣也。（「如今還不受你説媒紅，喫你謝親酒。」金批後之夾批）

全從四面烘托，都一時情事所有，其正面只從夜坐時起，至「夫人你休究」耳，起手第一曲埋怨張崔，所謂罪有主名也。次入夫人口中，用代字訣，轉入怨着自己，如入山者未至山，而陂陀逶迤，樹石點綴，已是令人移情也。供招將畢，申説解圍前情，所以動老夫人之心。入後唤鶯鶯，有對鶯鶯語；唤張生，有對張生語。於鶯則羞之，於張則慫恿之，情態宛然，與起手遥應，所謂前不突，後不竭也。收局更爲後文作一小關鍵，餘音嫋嫋，更饒遠勢，使作文盡解此訣，何患不壽世哉。（齣末夾批）

《西厢》自賴婚以兄妹相稱，後如聽琴、鬧簡、問病、賴簡，以至拷紅，其中情節，大段與鄭德輝《㑳梅香》雜劇相似，雖詞曲絶異，而科白極有同者，惟《鬧簡》裴小蠻責樊素跪，而樊素既出香囊，勒令小蠻還跪。又小蠻與白敏中將合之時，爲老夫人衝散，則情節差異耳。而《㑳梅香》以樊素爲介紹，《西厢》以紅娘爲介紹，直是一樣。《西厢》中，合而終離；《㑳梅香》中，未合而終合，此又不同也。王、鄭生同時，而傳奇布置情節，彼此相似，不知王之襲鄭耶，鄭之襲王耶？雖文章不妨分道揚鑣，然後學不可不悉其顛末，故爲論之如此。（齣末夾批）

四之三　哭宴

原本照應前文，老同法本上。此既删改，故不及本。（「夫人上云」一段末之夾注）

自二月以後，諸齣寫景，不曾及夏，何也。（鶯鶯、紅娘上云「况值暮秋時候，好煩惱人也呵！」之夾批）

此齣應張生先上，先行下場，次則夫人上即下，次則鶯、紅同上，唱至【叨叨令】下。鶯、紅下場，而張生再上，先到，鶯、紅同夫人作後到。如此布置，界盡方清。原本夫人同法本上，最可笑。張生、鶯、紅同上，亦欠清晰。（「張生上云」至「張生先行科」眉批）

原本生，旦，貼同上，張生無白，雙文云：「今日送張生上朝取應，早則離人傷感」云云。改本分作前後，并將得官回來情事説明，特爲周匝。〇白中應補「忘辭了法本長老」。（「張生先行科」夾批）

「四馬蹄」不如原本「萬里程」。（鶯鶯云「南北東西四馬蹄。」「悲科」之夾批）

末句引起情。（金批「右第一節」一段末夾批）

緊跟上齣下半情節來。（【滚繡毬】曲眉批）

原本「相見」，改本好。（同上「恨成就」夾批）

原本「歸去」，改本好。（同上「怨分去」夾批）

原本「恨不得倩疏林掛住斜暉」。（同上「倩疎林你與我掛住斜暉」夾注）

輕倩之筆，如見斜陽欲下，隱隱在林樹梢頭也。（同上金批後之夾批）

「慢慢」，原本「迍迍」。（同上「馬兒慢慢行」之夾注）

「迍」字平聲，不合調，有改爲「逆逆」者，二字不連貫，故知「慢慢」之不可易也。（同上眉批）

「馬」是張生馬，「車」是雙文車，一慢一快，厮趕着一路走，情中有景，景中有情。（同上及「車兒快快隨」夾批）

張生先至，長亭無人，鶯鶯、紅娘後到。「馬兒」句，是遥望前途征鞍，願其少佇，己所乘車，緊緊上前追趕，此時安得有男左女右，比肩並坐之事哉？（金批「右第四節」一段末之夾批）

筆情飛舞。（同上曲「猛聽得一聲去也……減了玉肌。」之夾批）

原本「有甚心情去」，「有」字妙絶。（【叨叨令】「甚心情」夾批）

原本是「準備着」，三字改，妙絶。（同上「眼看着」夾批）

此枕衾，出自雙文口中，豈車上帶着枕衾耶？ 即金改云「眼看着」，不知枕衾在那裏耶？ 宜改云：「但憶着衾兒枕兒，還只索昏昏沉沉的睡。」便妥。（同上「眼看着衾兒枕兒，只索要昏昏沉沉的睡。」之眉批）

在途中説及枕衾，不應用「眼看」字様。（同上金批後之夾批）

原本「從今後」，三字改，妙絶。（同上「誰管他」夾批）

原本「都揾做」，三字亦好。（同上「濕透了」夾批）

原本「今已後」，三字不佳。（同上「誰思量」夾批）

原本「索與我」，三字不佳。（同上「還望他」夾批）

末二句極沉鬱，却極跳脱。（同上末二句金批後之夾批）

此下科白，原本不逮遠甚。（「鶯鶯背轉科」夾批）

原本生答云：「小生托夫人餘蔭，憑着胸中之才，視官如拾芥耳。」遠遜此矣。（張生云：「張珙才疏學淺，憑仗先相國及老夫人恩蔭，好歹要奪個狀元回來，封拜小姐。」之眉批）

「碧雲天」曲，是遥望之景，此却是坐的那壁廂所見之景物，有如此也。（金批「右第八節」一段末之夾批）

語太重，亦元曲中習見語。（同上「我見他蹙愁眉死臨侵地」夾批）

從雙文目中寫張生之蹙眉閣淚，則雙文之更難爲情可想。（同上及【小梁州】「閣淚汪汪不敢垂」眉批）

暮秋天氣上京應舉，「素羅衣」，字湊。○此鶯鶯自道其推托整衣也。（同上「推整素羅衣」金批後之夾批）

二語滯，且詞本不工，出之雙文口中，尤乏趣。（【後】「雖然久後成佳配，這時節怎不悲啼？」之夾批）

「這時節」，徐、王所改，原本係「奈時間」。俗本又有作「那其間」者，更無味。（同上眉批）

語固妙，然用筆未免複「減玉肌」句。（同上「清減了小腰圍」夾批）

「前暮」說得太促，須云「向日」。（【上小樓】「前暮私情，昨夜分明」之眉批）

跟上齣。（同上夾批）

原本「我諗知這。」（同上「我恰知那」夾注）

原本「却原來比」。（同上「誰想那」夾注）

只恐別離後想思又增幾百倍也。（同上「別離情更增十倍」金批後之夾批）

前鶯鶯吁，此張生吁。（「張生吁科」眉批）

原本句上有「年少呵」，句下有「情薄呵」。（【後】「你輕遠別」夾注）

原本云「易棄擲」。（同上「便相擲」夾注）

鄙褻不似相府女兒口氣。（同上「全不想腿兒相壓，臉兒相偎，手兒相持。」之夾批）

原本「夫榮妻貴」。（同上「妻榮夫貴」夾注）

原本「但得一箇並頭蓮，索强似狀元及第。」（同上「這般並頭蓮，不强如狀元及第。」之夾注）

非但輕功名而重別離，亦恐張生婚於別姓，故以此等語餂之。（同上金批後之夾批）

前分寫張、崔之吁，此則同之，曲中如云一遞一聲也。（「重入席科。吁科」之夾批）

跟「重入席」來。（【滿庭芳】「供食太急」眉批）

句率。（同上夾批）

此真布帛菽粟之文，一些脂粉全用不着，雙文真篤於情哉。（同上「有心待舉案齊眉。雖是廝守得一時半刻，也合教俺夫妻每共桌而食。」之眉批）

跟「須臾對面」二語。（同上「雖是廝守得一時半刻」夾批）

從夫人「這壁坐」三句白來，又與「斜簽着坐」一線。（同上「險化做望夫石」眉批）

此下原本旦云：「紅娘，甚麽湯水嚥得下。」亦在【滿庭芳】曲前。此處只有「紅娘把盞」句。（「小姐，你今早不曾用早飯，隨意飲一口兒湯波。」之夾注）

此正形容別情當行至語。舊有云其哀而近傷者，非説夢耶？（【快活三】曲眉批）

只是妙用折筆，造語便奇警。若講到文情，則實無甚意味。（同上曲末金批後之夾批）

不切。（同上「只爲蝸角虛名，蠅頭微利，拆鴛鴦坐兩下里」之旁批）

夫人真不做美者，亦無如何也。（同上金批後之夾批）

只就眼前情事，實寫一通，而別離情況，更誰耐得。（同上至「一遞一聲長吁氣」之眉批）

意中惟有張生，目中惟有張生，焉得不兼寫張生，否則是鶯鶯自己單相思，且非送行時情事也。（同上「一個這壁，一個那壁，一遞一聲長吁氣」之夾批）

此間原本科白，老：「輛起車兒，我先回去，小姐和紅娘隨後來。」今移【四邊静】後云：「請張生上馬，我和小姐回去。」不如原本先遺開夫人之爲妙。至此處尚有法本言語，則應從汰。（金批「右第十九節」一段末夾批）

原本法本云：「此一行無（按應爲『別』無）話兒，貧僧準備買登科録看，做親的茶飯少不得貧僧的。先生在意，鞍馬上保重者！從今經懺無心禮，專聽春雷第一聲。」看登科録，猶可説也，説到做親茶飯，豈不荒唐。（同上眉批）

眼見、「還要」，都是未别時想着分別的光景，虧他筆力縱横如意。（【四邊静】「霎時間杯盤狼藉，還要車兒投東，馬兒向西，兩處徘徊，大家是落日山横翠。」金批後之夾批）

下文趁勢説到宿處，筆力横絶。（金批「右第二十節」一段末之夾批）

二語逗起下齣，入情入理，真天仙化人也。（同上「知他今宵在那裏，有夢也難尋覓。」之夾批）

原本張生云：「小生這一去，自（按應作「白」）奪一箇狀元，正是「青雲有路終須到，金榜無名誓不歸。」（張生云：「小姐放心，狀元不是小姐家的是誰家的，小生就此告别。」之夾注）

多蒙小姐寵錫佳章，小生本擬續貂，以表情愫，奈——（張生云：「小姐差矣，張珙更敢憐誰，此詩一來」後之周昂所撰補文。）

臨時不和，留待異日，如此用筆，纔見跳脱。（張生云「且等即日，狀元及第回來，那時敬和小姐。」之眉批）

原本云：「謹賡一絶，以表寸心：『人生長遠別，孰與最關情？不遇知音者，誰憐長嘆人？』」〇《西廂》科白之妙，《左》《史》以外，無此種筆墨。（同上金批後之夾批）

原本「襟」字。（同上【般涉】【耍孩兒】「淋漓紅」夾注）

原本「啼紅泪」。（同上「淹情淚」夾注）

原本「比司馬」。（同上「知你的」夾注）

原本「雖然」。（同上「分明」夾注）

俱過火語。（同上「眼中流血，心内成灰。」之夾批）

十分疼痛，十分憐惜，情文兼至。（【五煞】眉批）

絶似秦、柳詞中語。（【四煞】「倚着那夕陽古道，衰柳長堤。」之眉批）

原本「笑吟吟一處來，哭啼啼獨自歸。」此尤本色。（【三煞】「方纔還是一處來，如今竟是獨自歸。」之眉批）

「應無計」，王伯良從董詞改原本「別無意」，徐改「因無計」。「一個」、「兩個」，亦聖嘆筆。（同上「留戀應無計。一個據鞍上馬，兩個淚眼愁眉。」之眉批）

此下原本白，旦：「我有句話兒囑付你。」生：「小姐，有甚麽言語，敢不依從。」（【三煞】曲末夾批）

上句亦元曲中習見語，惟此對句獨工。（【二煞】「不憂文齊福不齊，只憂停妻再娶妻。」之夾批）

原本「休要一春魚雁無消息」。（同上「河魚天雁多消息」之眉注）

吃緊處。○臨別叮嚀，貼皮貼肉，悃悃欵欵，一往而深。（同上曲末夾批）

原本云「再有誰似小姐的？小生怎敢又生此念。」此改本「金玉之言」二言，較清切，但下文則改本周匝耳。（張生云：「小姐金玉之言，小生一一銘之肺腑」，至「張生下。鶯鶯吁科。」之夾批）

前數曲言情，無不盡之情矣。此兼寫景，亦自不可少。（【一煞】眉批）

此下原本紅云：「老夫人去好一會，姐姐，咱家去罷。」（同上曲末夾注）

下便接「前車夫人已遠」，此間似嫌太促，不如原本早先下場之善。（「夫人下」之夾批）

此指張生也。（「四圍山色中，一鞭殘照裏」之旁批）

二語入畫。（【收尾】「四圍山色中，一鞭殘照裏。」之夾批）

「四圍」二語，寫景中人也，接下「遍人間」句，語雖奇警，與上却不甚浹洽。（同上曲末金批後之夾批）

○原本（生）「琴童，趕上一程兒，早尋個宿處。淚隨流水急，愁逐野雲飛。」（同上曲末夾批）

四之四　驚夢

提清眉目。（齣前總批「無始以來，我不知其何年齊人夢也」眉批）

漢人有《夢賦》，詭譎獰劣，不如此篇説夢，滔滔清絶。（同上「無終以後，我不知其何年同出夢也」之眉批）

直接者。（同上「鄭之人」旁批）

引《列子》蕉鹿一段。（接上「夢得鹿，置之於隍中，採蕉而覆之」眉批）

直批剥到盡，粉碎虛空。（同上「豈惟不復畏人取之，乃至不復置之隍中。豈惟不復置之隍中」之眉批）

作四層説。真是雪淡。（同上「乃至不復以至爲鹿」旁批）

至人、愚人無夢，即將蕉鹿一項，分別説來，確不可易。（同上「無何而鄭之人夢覺」至「愚人無夢。愚人無夢者，非在夢中」之眉批）

具此慧眼，纔有此名論。（同上「所有幻化，皆據爲實」。經曰：「世間虛空……」之眉批）

夢蕉鹿、夢蝴蝶，是此篇正面，故于此二項，獨寫得盡致。（同上「夢鹿，一夢也；今爭鹿，是又一夢也。」之眉批）

何由得此妙緒。（同上「脱正爭之，而夢又覺，則不將又大悔此一爭乎哉？」之旁批）

元之又元。（錫山按應爲「玄之又玄」，因避康熙名諱而以「元」代「玄」。）（同上「夫彼之烏知今日之占之猶未離於夢也耶？」之眉批）

跟前文來，接法又變。（同上「南華氏之言曰：『莊周夢爲蝴蝶』」之旁批）

引《南華》莊周夢蝴蝶一段。（同上眉批）

一張靈機。（同上「真不知莊周正夢蝴蝶，蝴蝶之曾不自憶爲莊周也。」之旁批）

就莊周一邊説。（同上眉批）

就蝴蝶一邊説。（同上「彼蝴蝶不然，初不自憶爲莊周」之眉批）

夢耶？覺耶？問之莊周，莊周不知。問之蝴蝶，蝴蝶不知。問之夢爲蝴蝶之莊周，與夢爲莊周之蝴蝶，更不之知。噫！天下皆夢，則夢蝴蝶之莊周，不知爲莊周，知爲蝴蝶也；夢莊周之蝴蝶，不知爲蝴蝶，知爲莊周也。於此不得不思至人之大覺。（同上「我烏知今身非我之前身，正夢爲蝴蝶耶」之眉批）

從阿耨多羅，拖出「諸佛金色」語。（同上「雖至發於阿耨多羅三藐三菩提心，而終然大夢也。」經云：「諸佛身金色」之旁批）

引佛經一段，起下孔子言。（同上眉批）

引孔子歎「吾衰」一段。（同上「我先師仲尼氏之忽然而嘆也曰：『甚矣！吾衰也。』」之眉批）

仕、止、久、速，下接蟲、鼠、卵、彈，似不倫。（同上「蟲可以鼠，則鼠可以卵，則卵可以彈。」之旁批）

筆法又變。（同上「則是未嘗讀於《斯干》之詩者也」旁批）

前以蕉鹿、莊周夢蝴蝶二説，曲道幻境。既引内典，魯論以及《詩》《禮》，更暢其旨，筆墨離奇，却自蹊徑井然，古文名家也。（同上「此天地之所以爲大者也。借曰不然」一段之眉批）

引《毛詩·斯干》第六、第七節。（《詩》曰：「下莞上簟，乃安斯寢」一段眉注）

匡鼎説《詩》，妙語解頤。（同上「而其最初不過夢中飄然忽然一熊一蛇。」之夾批）

到此大解悟，大解脱。（同上「然則人生世上，真乃不用邯鄲授枕，大槐葉落，而後乃今，歠擔喫飯，洗脚上床也已。」之夾批）

引《周禮》掌夢之官。疊引經語作結，亦是曲終雅奏。（同上「吾聞《周禮》歲終掌夢之官，獻夢於王。」之眉批）

又以經語佐證。（同上夾批）

波瀾無限。（同上「夫夢可以掌，又可以獻，此豈非《西厢》第十六章立言之志也哉？」之旁批）

妙在約略言，若一煩絮，便成笨伯。（同上夾批）

後半逐段引証，與《請宴》序文同一蹊徑，而此篇波瀾更闊。（同上「知聖嘆此解者」眉批）

别是一則説夢文字，經史諸子，供其驅遣變幻詭譎，不可測識。有聖嘆之筆，纔可道夢境；有聖嘆道夢境之筆，纔可不説夢話。（同上末夾批）

此亦實甫白中語，經聖歎手，點石成金。（張生：「只是這馬百般的不肯走呵！」之眉批）

白中不説起離别，不説起相思，但以馬「不肯走」爲通篇發端，自隱然有個害相思、傷離别者在，神妙欲到秋毫顛。（同上夾批）

俗手未有不複叙前篇者，此乃另有元（玄）妙。（【雙橋】【新水令】曲眉批）

不堪回首。（同上「望蒲東蕭寺暮雲遮，慘離情半林黄葉。」之旁批）

昨宵疼熱，今日悲凉，暮雲黄葉，抵過一篇《故宫禾黍賦》。（同上眉批）

調高響逸，如脱離塵垢之言。○【新水令】前有上場詩云：「行色一鞭催去馬，羈愁萬斛引新詩。」去之妙絶。（同上夾批）

此下原本白，生：「想着昨宵受用，誰知今日凄凉。」（同上曲末夾注）

「欹枕」二語，可云猥褻之至，然極藴藉。（【步步嬌】「欹枕把身軀兒趄，臉兒厮揾者」之眉批）

怎得不入夢。（同上曲末金批後之夾批）

結二語最爲丰秀。（同上之眉批）

句伏醒時原來是草橋店幻。（張生自問科云：「我今却在那裏？ 我立起身來聽咱。」之旁批）

聖嘆增此句，爲全齣關目。（「内唱，張生聽科。」之眉批）

關目。此係聖嘆所改，原本此間云：旦上：「長亭畔別了張生，好生放不下。老夫人和梅香都睡着了，我私奔出城，趕上和他同去。」（同上夾批）

看得清。（金批「右第五節」「若倒轉寫，便在鶯鶯家中也」之旁批）

趁韻，湊句，如何與上文接？原本無「他」字。（【喬木查】「他打草驚蛇」夾批）

王伯良曰：「打草驚蛇」，只因現成話，用不得王魯事爲解，大約疾忙驚動意，亦不必喻行之疾速也。（同上眉批）

原本「夫人」句有「俺能拘管的」五字，「侍妾」句有「俺厮齊攢的」五字，支離之至。（【攪箏琶】「瞞過夫人，穩住侍妾。」之夾注）

「穩住」，安頓也。徐以紅乃心腹婢，改爲「説過」，不知此是夢中語，何必欲照顧微細乃爾。（同上眉批）

不得聖歎批，誰道得作者苦心出。（金批「右第六節」一段末之夾批）

不穩。（同上「斜愁得陟」「按應作『陡』峻」夾批）

「嘽嗻」，不可言「瘦」。此自「别離已後」四句，非常調，乃二字句下之可增四字疊句者。本傳第五本「夫人的官誥，縣君的名稱」是也。金白嶼削去「愁來陡峻」及末「翠裙」二語，意以「瘦得來嘽嗻」，止不知末二句正添句後之入本調者，亦妄塗抹矣。（同上「瘦得嘽嗻」眉批）

原本少此句。（同上「半個日頭」夾注）

請問如何解？（同上「早掩過翠裙三四褶」夾批）

俱增。（張生云：「然也。我的小姐，只是你如今在那里呵？」「又聽抖。」之夾批）

語欠亮。（【錦上花】「恰纔較些，掉不下思量」之旁批）

俱增。（張生云：「小姐的心，分明便是我的心。好不傷感呵！」「再聽科。」之夾批）

欲併入張生一人唱，故作此波折。白比原本爲妙。（【後】曲末夾批）

與下鶯鶯敲門，斷而不斷，有崗斷雲連之妙。（同上眉批）

鶯鶯入夢，前用虛寫，揣摩於聲息之間；後用實寫，親接其儀容而覺。分作兩層，以見張之思慕雙文，羈踪旅店，涉想成因。前半只是張生意中之雙文，後半真有雙文入其夢中，所謂以幻緣得幻境也。要知前事，除非有上界神明，得知欲置。要知【喬木查】至【錦上花】，都是題前佈置，自【慶宣和】下方是入夢正文耳。（金批「右第九節」眉批）

俗手於「你進來波」下，便直接鶯鶯敲門，不惟文少曲折，做成板樣，亦且一夢沉迷，殊非當日悔悟本意。看他「忽醒」云云一段科白，反【清江引】一曲，反寫向空去，文梁高架前後，愈覺空靈，而文境亦曲折濃厚。（金批「右第九節」一段末夾批）

○亦有能作曲折者，或先作卒子上場，則鶯鶯入夢，似多費一番周折，誰能竟作張生醒來，歷歷布置科段，與後文之抱琴童而醒，絕不相犯。且抱琴童，正於此處喚琴童不應埋根，否則只有琴童先睡着在前面，中間不再提明，便少關目。此種筆段，直具史才，豈但詞客。（同上）

三行中不過五十字，而叙事之精妙無以加，此種直欲突過《左》《史》。（忽醒云：「呵呀！這裏却是那裏？」看科。「呸！原來却是草橋店。」「喚琴童，童睡熟不應科。仍復睡科。睡不着反復科。再看科。想科。」之旁批）

大界畫。（同上夾批）

是重入夢光景。（【清江引】「是暮雨催寒蛩」旁批）

句鬆。○忽説到「酒醒」，收不到題竅。前面不曾及酒，「酒醒」句，便無根，且句法、調法犯後「玉人」句，擬易句，云：「恁漏聲兒忽然將斷也。」（同上「真個今宵酒醒何處也」夾批）

《西樓・錯夢》《牡丹亭・幽覯》，運筆皆從此出，而錯夢更仿佛其意境。（「鶯鶯上敲門云」眉批）

小作離筆。○原本〔旦〕原來在這個店兒裏，不免敲門〔生〕誰敲門哩？ 是個女子聲音。我且開門看咱，這早晚是誰？（張生云「我不要開門呵」夾批）

腐語。（【喬牌兒】「你爲人真爲徹」旁批）（國圖本無此則批語）

不明。（同上「將衣袂不藉」旁批）（國圖本無此則批語）

此曲只爲【折桂令】之首一句，言：想着害相思猶可，便孤單尋思來亦不苦，而最苦是離別，即前「諗知這幾日相思」數句一意也。（【甜水令】曲眉批）

末句原本云「有甚傷嗟」，「有甚」二字，未合語氣。○此曲通首，語極藴藉，只「花開花謝」二語，不切情事，便是凑泊。（同上曲末夾批）

王伯良訓「便」爲「就」，改「有甚」爲「又甚」，不如金本云安。（同上眉批）

此真沉鬱頓挫之文。（【折桂令】曲眉批）

原本「可憐見」。（同上「你憐我」夾注）

亦是加一倍語。（同上「倒不如義斷恩絶」夾批）

好事不終，隱然照着《會真記》中本事來。（同上「這一番花殘月缺，怕便是瓶墜簪折。」之夾批）

王伯良云：俗本有「不羡驕奢，只戀豪傑」，殊墮俗惡，如俗本張生自命爲豪傑也。今改「不戀豪傑」，豈指鶯爲不念鄭恒耶！ 否則別有所歡，抑知爲子虚烏有，莫須有之語耶？ 更不通。（同上「你不戀豪傑，不羡驕奢」之眉批）

率而俗。（同上旁批）

原本「雖然是一時間花殘月缺，你呵休猜做瓶墜簪折。」蓋雙文唱，另有一種口氣。（同上曲末金批後之夾批）

原本【水仙子】係鶯鶯唱。（【水仙子】曲前對白末之夾批）

如原本「覷一覷」、「指一指」之爲妥。（【水仙子】「覷覷」、「指指」二句之眉批）

自寺警、解圍，杜將軍匆匆一别後，張解元更不提及。此齣收尾，着意寫數語，作迴應之筆，高絶。○原本「休言語」二句，爲鶯叱卒之詞，時本又以「休言語」爲生唱，「靠後些」爲旦唱，且云「兩人夢中相愛」，如此可云痴絶。（同上曲末夾批）

原本〔卒搶旦下。〕張生叫：「小姐！小姐！」摟住琴童云：「小姐搶往那里去了？」（「卒子怕科。卒子下。」之夾注）

照應中間「忽醒」一段文字。此間「一天」四語，稍用設色，正是恰好。（張白「呀！元來是一場大夢。……只見一天露氣，滿地霜華，曉星初上，殘月猶明。」之夾批）

此種批評，亦是懸崖撒手之筆。（金批「何處得用《西厢》一十五章」一段之眉批）

二語贅。（「無端燕雀高枝上，一枕鴛鴦夢不成」之夾批）

以「玉人何處」結，鏡花水月，色即是空，大智慧、大解悟之言。（【得勝令】末句「嬌滴滴玉人兒何處也！」眉批）

大結穴，太虚還他太虚。○旅夢醒來，四壁厢所聞所見，多少凄凉，絮絮答答，無奈玉人不在，跌落末句。如畫龍點睛，欲破壁飛去。用疊字作襯字，妙絶。（同上金批後之夾批）

因文起例，眼高於頂，小儒何足語此。（金批「右第十八節」一段眉批）

前曲已結夢後之景，得童「天明」數語，略作開筆，以便衍寫餘情，兼作通身收局。（童云：「天明也，早行一程兒，前面打火去。」之眉批）

此下有張生白云：「店小二哥，算還你房錢，備了馬者。」不可删去。蓋「天明」三語，係童所説，不將生提清，則「柳絲

長」之曲，不且混爲童所唱乎。（同上夾批）

前「緑依依」，曲中鋪叙景物，是在店者；此則出店所見矣。「斜月殘燈」二語，想象店中，天曉客去時光景也。（【鴛鴦煞】曲眉批）

起四語，連前齣説。（同上「水聲幽仿佛人嗚咽」金批後之夾批）

此二語，跟本齣來。（同上「斜月殘燈，半明不滅。」金批後之夾批）

二語並跟前數篇來。（同上之夾批）

二語並跟前數篇來。（同上「舊恨新愁，連綿鬱結。」之夾批）

「舊恨」上，舊本有「唱道是」三字，徐、王删之，金亦仍之。（同上眉注）

承上齣及本齣。（同上「別恨離愁」夾批）

「別恨離愁」，與上「舊恨新愁」太逼。（同上曲末夾批）

「相思」，舊本作「風流」，此乃實甫筆墨已完，故以「除紙筆」二句結「千種風流」，統言《西廂》一記而寓自譽也。或又有作「思量」者，則落空不足道矣。周憲王本亦仍「相思」。（同上「千種相思對誰説」眉批）

截斷衆流。（「於是《西厢記》已畢」之旁批）

此宜閣增訂金批西厢卷末

續之一

續編云是關漢卿撰，蓋亦祖董解元原本也。董本叙鄭恒爭親後，尚多情節。有法聰獻計行刺，及君瑞、雙文懸梁自縊。所謂河中太守，即是白馬將軍。此編稍有異同，觸樹而死，與董本觸堦身死，亦無甚分別。要知鄭恒前未出場，後文亦無容照應。況崔張本不終合草橋一夢，正是大好結搆，續編造無爲有，自是蛇足。即如《南西厢》别經删改，而鄭恒爭親，及崔張團圓，終不行於世，豈非好惡之真乎。（金聖歎齣前總批首則「而益悟前十六篇之獨天仙化人」眉評）

半年無信，豈得不懸望。（「鶯鶯引紅娘上云」眉批）

上半尚有雋語可采。（【商調・集賢賓】用李清照語，金聖歎批語之眉批）

語意戛戛獨造，研鍊出色。（同上「忘了時」二句眉批）

雜凑閒話。（【逍遥樂】末三句眉批）

王元美獨賞此曲爲俊語，謂不減前《西厢》。不知數語止是佳詞，曲中勝場，却不在此。（【掛金索】眉批）

畢竟傳雲板請上堂，前《西厢》中亦未遵此體制，且前白既云「着入見小姐」，則又豈必待傳板耶？只隔板咳嗽，裏面即便接應，切似華門圭竇家行徑耳。（「琴童上云……眉批）

從長安至河中，那消一月。（童云「一月來也」旁批）

原本「哥哥去吃遊街棍子去了」，更不可解。（同上「我來時官人游街耍子去了」眉評）

紅曾戲呼張爲「禽獸」，何有于琴童。（鶯鶯云「這禽獸不省得」句眉批）

豈不曾掙得狀元，遂云不應口耶？（【金菊香】後半眉評）

何等筆情，亦前編所少。（【酣葫蘆】眉批）

徐文長曰三書皆劣，詩亦惡觀。《會真記》中崔與張書，何等秀雅懇摯，而可如此草草耶。（張珙書信眉批）

《秦中雜記》曰：進士及第爲探花宴，以少俊二人爲探花，使遍遊名園。若他人先折得名花，則被罰。非如今世之第三名稱探花也。俗本誤。添入鶯口中，遂有謂其前後曲白之稱狀元，自相矛盾者，不知原本固未有也。聖嘆何尚沿其誤耶。（同上「玉京仙府探花郎」之眉批）

「搊」，搊弄也。王注謂醉而人扶攙之，非。（【醋葫蘆】之【後】「搊跳東墻」句旁注）

真惡札矣。○「脚步兒」「步」字不可去。蓋原本「兒」乃襯字。（同上曲後金批後批語）

「晚妝樓改作至公樓」，猶言私宅今爲官衙也。唐人凡官宦所居，皆曰至公，如云公館公廨。蓋既爲官，則晚妝樓可爲至公堂矣。徐、王皆云：崔誇己識人，故云晚妝樓可改至公堂矣。意亦通。但唐時校士處亦如近代，稱至公堂耶？況原言「樓」，不言「堂」也。舊本又有作「誌公」者，不知何義。（同上末句眉批）

全似三家村中。（同上曲後金批後之夾批）

語語本色，語語親切。（「此三語好」之眉批）

原本逐件紅問鶯鶯。（【後庭花】眉批）

句不諧，九字只一平聲，有此調法乎？（【醋葫蘆】、「倘或水浸雨濕休便扭」夾批）

前人有嗜痂者云：如此煞尾詞，豈嫩筆所辦。從來世眼皆取濃麗，不識當行，故珠簾掩映等句，便爲絶倒，而此等概從抹煞，然「掇賺」句，及「九月九」「小春」諸語，難爲之稱寃矣。（【浪裏來煞】眉評）

續之二

渠則謂前出雙文口中，後出張生口中，是兩人聲口。然詞意要無分别。（前批第一則後夾批）

「思量心」，三平，不諧，改「憶嬌娃」。（【中呂・粉蝶兒】眉批）

「星星」上有「一」字。（同上「星星説是我本意」眉批）

句晦。（同上旁批）

又沉着，又俊爽，名筆何疑。（同上最後三句眉批）

「死」字下「四海」句不接，須用襯字。（同上曲後夾批）

瀏亮滑脱，如聽黄鸝枝上囀也。（【迎仙客】眉批）

一本末句云「淚珠兒滴濕了封皮上字。」（同上末句夾注）

將此數件東西細點，在前書中總列布置，亦有法。（生唸書云眉批）

張旭，即張顛。王伯良改爲張芝，然此句即不韵，亦可。（【上小樓】眉批）

二語親切。（【滿庭芳】「長共短」兩句眉批）

筆情瀟灑。（【快活三】眉批）

聖嘆以爲好，少霞以爲不好。（同上曲後聖歎夾批「此句好絶」之夾批）

《借厢》折，我行口强，及病患要安，信行志誠等處，則【朝天子】末三句之兩字，不可不用韵矣。○「從」字有作「兹」字者，以「兹」、「此」二句二韵叶，句法調法。然「兹」、「此」，義無分别，字者（應爲音）皆啞，以「自兹」爲句，故也。（同上末三句

眉批）

此調係黄鍾，金在衡疑爲竄入，王伯良以語句不倫，前後重復，工拙天淵，直删去，良是。然舊本悉有，姑存之。（【賀聖朝】曲後夾批）

此句係王伯良所改，原用意取包袱。（【耍孩兒】「放時須索用心思，休教藤刺兒抓住綿絲」旁批）

末句亦是元人習套，不佳。（同上末句金批後夾批）

江聲從何？（【四煞】「江聲浩蕩」旁批）（國圖本無此則批語）

續之三

此還是正經話，金云「何忍作此言」，何也？（紅云「倘被賊人擄去呵，哥哥你和誰説」金批後夾批）

大益。（鄭云「與了一個富家也還不枉」旁批）

作何解。（同上「我仁者能仁」旁注）

太蠢。（同上之旁批）

作何解。（同上「身裏出身的根脚」旁注）

笑話。（紅云「他倒不如你禁聲」旁注）

徐士範賞此爲當家，亦嗜痂之癖。（【越調・鬬鵪鶉】眉批）

如何説到「殢雨尤雲」？（同上曲末金批後之夾批）

前人謂「三才」以下自是本色，而人以爲學究。王元美愛誦《㑳梅香》劇，正以此等語也。吾於此服老金之老眼無花。

（【紫花兒序】「當日三才始判」句眉批）

亦是元時惡習。（【小桃紅】曲後金批後之夾批）

做人原本敬人爲人句，尚譽張生；知恩句，説到鶯謝張矣。王改「做人」，而以「知恩」句亦指張，説甚無謂也。（【金蕉葉】传半曲眉批）

元曲中語。（【調笑令】之旁批）

雜湊得可笑。（【禿厮兒】眉批）

惡道至此。（【聖藥王】「信口噴，不本分」旁批）

駡以「禿驢」，又云「弟子」，又云「孩兒」，何哉？（鄭云「這節事都是……」眉批）

徐士範曰：中原諺語。（【麻郎兒】之【後】曲眉批）

二語雅切。（【絡絲娘】首句旁批）

元人謂身爲「軀老」，謂手爲「鏝老」，蓋市語，今人亦猶有以老爲市語者。（【絡絲娘】眉注）

惟腌與死，乃詈語。徐謂軀老爲鄙賤人語，無攷。（同上「腌軀老，死身分」眉注）

言非韓，何一流人，猶俗云「只好做他脚下泥」之謂。「下風」、「左壁」，語甚俊，他解甚舛。（【收尾】眉批）

是言那裏去也，好字法。（鄭云「俺若放起刁來，且看鶯鶯那去。」夾批）

原本狀元。（鄭云：「那個張生敢是今科探花郎」旁批）

上下不接。（同上「怕你不休了鶯鶯」旁批）

何忍？（「鶯是先姦后娶的」之旁批）

續之四

一結，可省。（金聖歎齣前總批末之夾批）

一鞭，或作玉鞭。（【雙調・新水令】首句眉批）

語極冠冕，筆極俊雅。（同上首二句旁批）

筆意高華，居然眉舞色飛之概。（同上曲後夾批）

嫩極。（【駐馬聽】「身榮難忘借僧居」夾批）

何消説得。（夫人云「他父爲前朝相國」旁批）

作何聲。（【得勝令】「早共晚施心數」旁批）

難云可矣。（同上曲後聖歎批語「亦且可」之夾批）

無情理。（夫人云「是鄭恒説來……」批語）

「糞土」「土」字不諧，須平聲，原本係「堆」。（【慶東原】眉批）

惡俗到此。（同上後半曲之眉批）

此所謂「不着一字，儘得風流」。（【喬木查】眉批）

「夫婦」句連下，比舊格增多二三句。（【攪箏琶】曲末眉批）

原本下「甫能得做美夫（落）[婦]」，平韻。（同上「甫能彀爲夫婦」旁注）

平韻。（同上「我現將着夫人」「現」字旁注）

「葬」字原本係「脏」字，晦。然平聲，則句諧耳。（同上末句眉注）

是村老嫗様子。（紅對夫人云「我道張生不是這般人，只請小姐出來自問他。」金批後夾批）

此數語，但與此時情節不甚對針，然尚可。（【沉醉東風】眉批）

如何以庸弱全抹煞他。（金批「此亦且可，總是庸筆弱筆也」夾批）

純是本色語，元人擅場處。（【落梅風】曲後夾批）

張生也靠在紅娘身上，何也？（「此一樁事，都在紅娘身上」眉批）

何至有此設想，有此落筆。（「你與小姐將簡帖兒唤鄭恒來」眉批）

他還道，與前寄簡作照應。（同上白後金批後之夾批）

軟弱囊揣，俗言膿包人也。（【折桂令】「軟弱囊揣」句眉注）

一作「囊湍」。（同上旁注）

「人様猳駒」，不過賤之比畜類以爲猳様人，而證其爲戚施，鑿矣。（同上「人様猳駒」句眉批）

幾有戟手之象，笑話。（同上曲後夾批）

滿口得意，老潔郎快也。（法本上云「張生一舉成名」眉批）

好大功德。（「這門親事，當初也有老僧來」之旁批）

没奈何，將杜將軍誇獎一番，苦哉！（【雁兒落】眉批）

豈像和尚聲口。（【得勝令】眉批）

和尚如此乾氣急。（同上曲後夾批）

鄭恒口中狀元、探花，鶯鶯口中先生、張生，只一稱謂間互相矛盾，何論其他。（鄭云：「苦也，聞知狀元回」眉批）

何不云「你也要做孫飛虎麽」，何至於此。（杜云「你怎麽要誆騙良人的妻子，行不仁之事。」旁批）

要煩杜將軍大辦。（同上「我奏聞朝廷，誅此賊子。」夾批）

風流蘊藉，居然名筆。（【落梅風】眉批）

結處數語，從《秋胡戲妻》劇内【上小樓】曲套出。（同上曲後夾批）

硬捉下鄭恒來做個波瀾，没處出豁，直寫到觸樹身死，真苦海也。（鄭云「不如觸樹身世」眉批）

法本亦在裏耶？（【沽美酒】「平生願足托賴着衆親故」旁批）

「好意」句，原「得意」。「當時題柱」，又一本云「常記得當時題目」，俱不醒。（【太平令】眉批）

此却針對杜將軍。（同上「若不是大恩人拔刀相助」旁批）

結句是聖歎筆，原本「新狀元花生滿路」。（【太平令】曲後夾批）

此下尚有【錦上花】一曲，通是套語，最爲可厭，聖歎削之，好。（「使臣上，衆拜科」夾批）

何妙之有。（【清江引】「謝當今垂簾雙聖主」及金批「妙句」旁批）

「垂簾」句，原本云「盛明唐聖主」。（同上眉註）

何奇妙之有。（同上「勅賜爲夫婦」及金批「五字奇妙」之旁批）

原本載「使臣上，開讀詔書，即勑爲夫婦」等語也。今削去此段情節，則「謝聖主」云云，亦無甚照應。雖有「使臣上」三字埋根，然已欠醒豁。（同上眉評）

結得佳，結得是。從白仁甫《牆頭馬上》末齣脱胎，尚有【隨尾】云：「則因月底聯詩句，成就乃怨女曠夫，顯得有志的狀元能，無情的鄭恒苦。」贅！末齣五人互唱北曲，知作者於詞曲本疎也。○《續西廂》詞曲間有可取處，惟科白則全無一是。甚矣！科白之更難於詞曲也。（同上末句「願天下有情人的都成了眷屬。」夾批）

六、《西厢記》研究

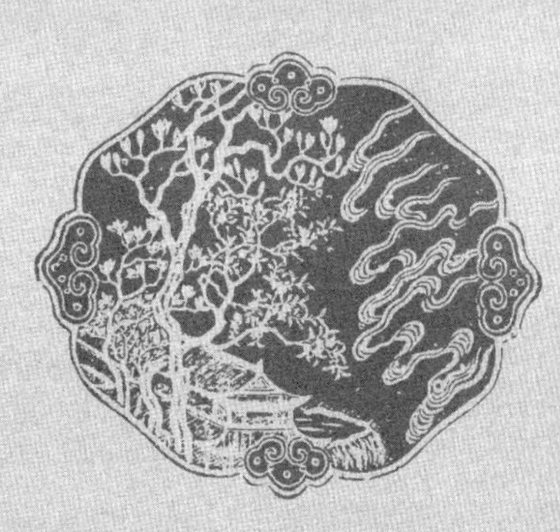

前言

自元代的個别論著之後，明清和現當代的衆多研究家對《西厢記》的巨大思想和藝術成就作了持續、全面和深入的探討和研究，取得了極其可觀的成績。但是，巨著的深厚意藴是無窮盡的。筆者在重新注評《西厢記》和輯編《西厢記》彙評時，又有一些的新的發現，尤其是《西厢記》的首創性的巨大成就。

筆者的《西厢記》研究的論述分成三個部分：一、《西厢記》每折（齣）後的短評，具體分析每折（齣）的内容和藝術特點與成就，在引用一些前人和當代學者的精彩觀點的基礎上，發表自己的見解，其中也引用了一些金聖歎的評語（筆者另有《金聖歎全集》中的《貫華堂第六才子書西厢記》中的每折後的解讀，則從金批角度評論原作，内容略有不同）；二、論文《〈西厢記〉新論——〈西厢記〉的偉大思想藝術成就和巨大影響》和《〈西厢記〉的本事演變與版本述略》，發表筆者自己對《西厢記》的總體認識和評價；三、關於《金批西厢》的系列性論文。

本書《西厢記》正文每折（齣）後的短評共有二十篇，約有三萬三千字，具體評述《西厢記》每一折的思想和藝術成就，細化了《西厢記新論》的觀點，並與《西厢記新論》互爲呼應。

《西厢記》在明清階段的研究，取得的成就最高。明清階段的《西厢記》研究，分爲原文注釋、劇本異文勘校、理論研究三個部分。理論研究，主要採取了序跋、論文和評點的形式，分析、探討和總結《西厢記》的思想藝術成就、寫作手法和美學思想，其中以評點的成就最高。

明清的評點文學，主要在戲曲、小説領域，也兼及古文和詩歌。在評點的作品中，《西廂記》的評點本是所有文學藝術作品中最多的。在評點家中，金聖歎的評點是明清文學評點的最高峰。金聖歎的《水滸傳》和《西廂記》評點——《貫華堂第五才子書水滸傳》（簡稱《金批水滸》）和《貫華堂第六才子書西廂記》（簡稱《金批西廂》）是評點文學和文學經典研究成就最高、影響最大的兩部巨著。

《金批水滸》和《金批西廂》，超越了一般評點作品零碎、簡短的局限，是體系完整，論述全面精到的理論巨著。《金批水滸》和《金批西廂》的分析、評論和論述，既緊扣原作，有具體細緻的分析和評論，又超越原作，揭示文學藝術的欣賞和創作的規律和方法，創作者和作品中人物的心理和意識、潛意識，總結美學理論。

關於《金批水滸》，筆者已有《金聖歎全集》中的《貫華堂第五才子書水滸傳》解讀本（萬卷出版公司二〇〇九）和《水滸傳縱横新論》（臺灣花木蘭文化出版公司二〇二四）兩書闡發己見。

金聖歎的《西廂記》評批，全面、系統、深入、精彩、獨到地揭示了《西廂記》的偉大藝術成就，其評批本身也取得了巨大的美學理論成就。他在評批中發表的衆多重要觀點，都是首創性的，並對後世有著深遠而巨大的影響。因此筆者對《西廂記》的研究，除在短評和論文中發表自己對《西廂記》的總體認識和評價之外，以更多的篇幅，用對金聖歎《西廂記》評批的研究的方式，進一步深化了《西廂記》思想和藝術的巨大成就的闡發，同時總結金聖歎的巨大理論成就。

金聖歎圍繞《西廂記》所闡發的戲劇理論分爲思想論、人物論、藝術論和美學論四個部分。

筆者的《金批〈西廂〉思想論》和《金批〈西廂〉人物論》諸篇論文的寫作、發表都於一九九〇年代的前期，要早於《〈西廂記〉新論》。這些論文的篇幅共有四萬三千字。至於《金批〈西廂〉藝術論》和《金批〈西廂〉美學論》，則是多年思考與寫作的結果，以前未曾發表，編入本書，乃初次公開發表。

金聖歎的《西廂記》評批，是體系性的理論著作，其論述不僅全面、深入、獨到，而且是立體形的，即是有層次的；不同層次的觀點針對著不同層次的讀者，提供不同層次的理論闡發。金聖歎的人物論和藝術論，是針對一般讀者，即欣賞者的；他的藝術論中關於寫作方法的總結和探討是兼對一般讀者即欣賞者和創作者即詩人作家的。而美學論則是針對文化修養高的欣賞者和作家詩人的。其中論及天人合一、無和夢、通鬼神和文有魂的觀點，是針對文化修養極高的鑒賞者和詩人作家的。因此，傳統文化修養不夠，或囿於西方的思維方式的研究者也無法理解或讀懂這些論述，甚至批評金聖歎批點具有較濃厚的「虛無與宿命色彩」，給以否定性的評價。拙文《美學論》試做分析和評論，供學者和讀者參考。

金聖歎的《西廂記》批評，是文學、美學和文化學層面上的研究成果。他的目標定於這些方面，戲曲中的表演藝術，即「場上」的研究不是他研究的任務，所以過去的學者都批評他也缺乏這方面的學術準備，也因此他在修改《西廂記》說白時，頗多成績，而在改動曲文和曲文分段時，則多舛誤，——這不僅是因爲他的不懂「曲」，而且也因爲他以文律曲，他是從文學、美學角度來做曲文改動和分段的。大家所批評的金聖歎不懂「場上」，亂改《西廂》曲文，這些失誤必須指出，但『場上』藝術只適用於極少數戲曲作家和演唱藝術家及其研究者，對於極大多數讀者並無關係；更且，在實踐上影響不大：一則無人照他的錯誤本子演唱；二則，雜劇的創作早已消亡，對雜劇創作也無所謂傷害。我們對此，應像他的同輩戲曲大師李漁一樣，只要指出即可，不必深究。而他的評點文字，在文學、美學和文化學上的巨大創造，無疑已經成爲我們民族文化的重大創造和珍貴財富，值得反復學習和研究。但是蔣星煜先生在九五高齡時，細讀權威曲家葉堂的《納書楹曲譜》本《西廂記》，發現此書用的是金聖嘆本，於是李漁等學者的所有批評都被破除了。

除了小說和戲曲，金聖歎另有關於古文、詩歌的評批，也取得很高的成就。筆者對金聖歎的文藝思想和美學作的是全面的研究，除了戲曲美學，小説、古文、詩歌的美學的研究成果，篇幅共達四十餘萬字，都已作爲導論和解讀，編入《金聖歎全集》（導讀、解讀本，精裝六卷七册，萬卷出版公司二〇〇九年版；即將精印重版）中。有興趣的讀者和學者，敬請參閲《金聖歎全集》所附的導論和解讀中的拙見，並給予批評指正。

權威學者、著名作家蔣星煜先生是當代最傑出的《西厢記》研究家，他對《西厢記》做了超過三十年的長期研究，歷時最長，成果最多，成就最大。本書的最後一篇文章，簡要但又全面地介紹和評論了蔣星煜的《西厢記》研究。他今已九十三高齡，依舊筆耕不輟，不斷有資料豐富、觀點新穎、論述獨到、見解深刻的文化、文學、戲劇文章發表、專著出版，可謂當今文壇之奇跡。（按，蔣先生於二〇一五年十二月十八日安静去世。在他生命的最後一年，他出版了兩本書，發表了數篇文章。其驚人的創造力，罕有倫比。）

《西廂記》的偉大藝術成就新論

《西廂記》不僅是中國戲曲中的無與倫比的最高著作，也是中國文學史上最傑出的作品之一。其重要成就除了本書前言和導論已經論及的主題思想的創新和深刻之外，人物形象的全新塑造，在藝術上取得多個首創性的成果，從而產生了罕有倫比的巨大影響。

上篇《西廂記》人物新解

《西廂記》在人物塑造方面取得極高的成就，張生、鶯鶯、紅娘這三個主要人物都是具有典型性格的典型人物。由於作者構思巧妙，手法完美，情節合理精彩，張、鶯皆有傑出表現，因此張、鶯究竟誰是主角也難以分辨。爲論述方便，這裏先分析張生。

王實甫描寫張崔愛情，心中先已有文人理想中的英雄加美女的模式。因此張生一出場，即自訴如何多年刻苦攻讀詩書經傳，雖「時乖不遂」，「難人俗人機」，但「才高」過人，志向全在「雲路鵬程九萬里」。又以天際卷雲、雪浪拍空、九曲風濤、澤被兩岸的黃河，比擬自己的寬闊胸襟和抒發自己的遠大抱負。他在「往京師求進」途中，邂逅鶯鶯，雖爲追求美滿婚姻而暫時擱下前程之追求，但當愛情得遂，夫人催逼，長亭惜別之時，他豪情又起，信心滿懷地向鶯鶯、老夫人表示：「憑著我胸中之才，覷官如拾芥耳。」鶯鶯叮囑：「得官不得官，須早辦歸期！」張生當然深知鶯鶯不計較他是否高中而永遠深愛他之美意，但作爲一個才高志遠的熱血青年，怎甘當失敗者，而且自知才華過人，勝券在握，故而向鶯鶯再抒豪情：「小生這一去，白奪一個狀元。正是：『青雲有路終須到，金榜無名誓不歸。』」在封建時代，無論是唐宋的柳宗元、歐陽修、王安石、蘇軾，還是明清的湯顯祖、林則徐，當時的知識精英，誰不想通過科舉考試，進入仕途，爲國爲民奮鬥一番，也爲自己博得青史留名，妻、子也有較好的生活條件。王實甫給張生的藝術形象作此定位，符合當時作家專家和讀者觀衆的普遍性心理認同，無疑是一個理想的英雄人物。這纔真正配得上絶世佳人崔鶯鶯，符合郎才女貌的公衆理想。劇中又寫張生作詩敏捷，才華出衆（鬧寺時寫信和琴藝高超），交友高明，贏得鶯、紅由衷的贊佩。

《西廂記》描寫張生，首先是才高志遠，遊藝中原；其次是心地純潔，忠厚樸實。劇本强調張生一心向學，故而不懂風月。我們知道，封建社會中的才子包括政治上有作爲的進步知識份子和才華傑出的騷人墨客，不少人也染上眠花宿柳、聲色犬馬的陋習。不要説在大唐盛世，連國家風雨飄摇之際的明末，復社諸賢如侯方域之類也嫖妓宿娼，紙醉金迷。與之對照，張生的持身嚴肅，品行純潔，真乃卓爾不群。金聖歎《西廂讀法》給張生的總評爲：「《西廂記》寫張生，便真是相府子弟，便真是孔門子弟。異樣高才，又異樣苦學；異樣豪邁，又異樣淳厚。相其通體自内至外，并無半點輕狂，一毫奸詐。年雖二十已餘，卻從不知裙帶之下有何緣故。雖自説顛不剌的見過萬千，他亦只是曾不動心。寫張生直寫到此田地時，須悟全不是寫張生，須悟全是寫雙文。錦繡才子必知其故〔一〕。」王實甫這樣的描寫，的確與鶯鶯的形象塑造相照應。認爲只有像張生這樣志誠樸實，忠貞淳厚的書生，纔是鶯鶯理想的夫君。

《西廂記》在以上的基礎上，根據張生年輕氣盛、爲人熱情，加上生性幽默活躍，因而有時聰明伶俐，有時迂、傻可笑，呈現文魔秀士、風欠酸丁的言行，表露年輕知識份子常有的這些弱點和特點；尤其是張生在小處應對方面則不善應付，經常失誤，此固因年輕而不老於世故，也非常符合大材處世時善於把持大局而拙於細微事情上的算計這樣規律性的現象。政治家失敗於陰謀家手中，此亦重要原因之一。但大英雄偶入華容道并不影響人們對其平時有大智的基本評價。張生也如此。他的不少笨拙言行和因此而造成的狼狽、尷尬境地，反而襯托出他的忠厚可愛。全劇的笑料也多由此而來。張生與鶯鶯是初戀、初嘗禁果，這樣純潔老實的未婚夫，是萬事追求圓滿的中國讀者、觀衆心目中理想的情人，爲鶯鶯再次爭得一個滿意的身份。

第三是志誠有信。張生追求鶯鶯是全心全意的，願意付出一切代價包括最寶貴的生命；獲得愛情後又能白頭偕老。第四是英俊瀟灑，其相貌形體，不僅鶯鶯非常喜愛，連自稱「從來心硬」的紅娘，「一見了也留情」。《西廂記》中的張生，無疑是一個相對完美但又真實的藝術形象。鶯鶯也是如此。

《西廂記》中的鶯鶯，不僅外貌完美，千般嫋娜，萬般旖旎；而且齊齊整整，氣質佳絶；更且懂得家政，有很高的文化藝術修養：「針黹女工，詩詞歌賦，無不通曉。」是一個君子理想中的窈窕淑女。出身相門，極得父母疼愛，但出場時卻心裏充滿着痛苦：一則老父仙逝，二則父母將她許配給無德無才的鄭恒，引起她閑愁萬種。在佛殿散心時，被張生撞見，她渾然不覺。紅娘見有生人，立即帶她避開，她走時可能因害羞而未看張生，也可能無意中瞥了一眼，但根本未看清對方模樣，因此這次見面，對於鶯、紅來説並無任何印象。張生主動向紅娘自我介紹，紅娘回來報告，鶯鶯忍不住也笑，但又叮囑：「紅娘，你休對夫人説。」

此言表露有修養的少女不惹閑事、遇事則大事化小小事化無的處世原則，更有對自己有好感的異性少年的有意無意所懷的惻隱之心，還因爲鶯鶯深知老夫人一貫對自己防範甚嚴，她不願讓夫人增加新的不安和疑心。但那夜燒香禱告時，張生隔牆贈詩，她立即領會對方的才情和對自己的美意，稱讚「好清新之詩」，馬上依韻和一首，坦告自己「蘭閨久寂寞」，深信企盼和預感張生「應憐長歎人」。這次被張生撞見時，她認真看看張生，紅娘勸她離開時，她又回顧後纔走。可惜夜色迷蒙，無法看清對方。做道場那夜，她儘管徹夜忙碌悲啼，她卻用慧心和靈眼覷見「那生忙了一夜」，看清楚對方「外像兒風流，青春年少」，感覺到此人「内性兒聰明，冠世才學」；又領會他「扭捏著身子兒百般做作，來往向人前，賣弄俊俏」，皆是主動求愛，專做給自己看的，因而又猜到張生將爲自己廢寢難睡，相思到曉。而她自己「自見了張生，神魂蕩漾，情思難禁」，深感煩惱。她在一再分析張生才貌雙全的優點之後，已想採取主動行動：「誰肯將針兒做線引，向東鄰通過殷勤？」已進入這樣的思考階段。

孫飛虎圍寺時，她願犧牲自己，救出全家和寺内僧俗，爲説服母親，還講出五條理由；後又提議，只要殺退賊軍，就與這位英雄締結婚姻。危難見英雄：鶯鶯臨難之時，有犧牲精神；又冷静處變，富於智慧，故能立即想出良策；張生挺身而出，飛快修書一封，搬來救兵。危難見真情：「諸僧衆各逃生，衆家眷誰瞅問，這生不相識横枝兒著緊。」鶯鶯當場讚揚：「難得這生，一片好心！」爲自己因禍得福而暗自慶倖。

在危機度過後的慶宴上，鶯鶯滿心歡喜，一面感激張生之信能够順利「退干戈」，一面自感「做一個夫人也做得過」。母親賴婚後，她體貼張生的痛苦，責怪母親的狠心，痛感白頭娘「將俺那錦片也似前程（指婚姻）蹬脱」。她看到張生老實得一聲不吭，「秀才每（們）從來懦」，心怨他不敢反抗，後來聽到他的琴聲，知道「他那裏思不窮」，「訴自己情衷」，領會他的志誠，終於命紅娘轉告張生：「好共歹不著你落空。」

鶯鶯知道張生老實忠厚，目前已束手無策，急得病重，她便採取主動，先派紅娘去看望；紅娘帶回張生的情書和情詩，她一則怕羞，二則怕監視自己的紅娘報告夫人，假裝發怒，假裝痛斥張生，寫了回簡，丢在地上，拂袖而走。連聰明過人、已預防她作假的紅娘也被瞞過。實際卻約張生半夜幽會，實踐自己許婚的莊嚴承諾。鶯鶯想瞞過貼身的靈慧丫環紅娘，又要請她傳遞密信，固然顯得稚嫩；而她表情逼真，神態假得自如，連紅娘也被騙受嚇，又顯聰明。王實甫寫出鶯鶯真中有假，既聰明又稚拙的複雜心態和性格，令人讚歎。張生的詩意、琴聲，鶯鶯都能領會，而鶯鶯的回簡，不僅自詡聰明過人、慣會猜謎的張生未看懂，而且六百年來衆多讀者學者亦未看懂，所以張生跳牆後，被鶯鶯訓斥，狼狽而歸，還始終不知何故，病轉更重；紅娘在旁，更莫名所以；學者和研究家則認爲此乃鶯鶯賴簡，並尋找原因：金聖歎認爲張生「更未深，人未靜：我方燒香，紅娘方在側」，便提早跳牆過來，鶯鶯只好賴簡；當代論者多認爲此因作爲相國小姐的大家閨秀，鶯鶯的性格有軟弱的一面，她要戰勝封建思想和禮教對自己內心的束縛，又要向自身的軟弱性作鬥爭，從而產生猶豫、動搖和反復，所以纔有鬧簡和賴簡。只有蔣星煜先生讀懂鶯鶯來信中的詩意：「待月西廂下」，地點是張生的書房；「疑是玉人來」，「玉人」是鶯鶯自指，而非張生和衆多學者讀者認爲的「玉人」指張生。鶯鶯告訴張生，自己夜半會來和你秘密幽會的。張生受鶯鶯訓斥，病更轉重，鶯鶯再次主動約會張生。

蔣星煜先生指出：「問題出在後人對《賴簡》這個關目都不求甚解，只是理解成爲鶯鶯由於少女的羞澀，或是因爲有紅娘在旁諸多不便，所以纔拒絕張生的。那麼爲什麼相隔數天後，鶯鶯就不再爲少女的羞澀所拘束，不再顧忌紅娘參與其事，帶來被服鋪蓋到張生處作竟夜的幽會呢？」又進而分析：「鑒於鶯鶯對張生的傾心愛慕已非一日，更兼有救命之恩急於報答，又憐惜張生相思成病，她委身張生的決心早已下了。」「所以我認爲五言律詩、七言律詩都只能是鶯鶯的重申前約，而不是改提另外一種方案。」〔一一〕論證嚴密，解開這個千古之謎，剖明瞭鶯鶯的真實心意。鶯鶯惱怒、賴簡全因張生看錯詩意的愚蠢、冒失和配合不默契使然。鶯鶯主動預約張生幽會，獻出少女最珍貴的貞潔，是因爲她對張生的追求用冷靜的理智作了多次、長期的實質性考察和考驗：通過酬韻瞭解張生的才情和傾心自己的誠意；通過寺警，看到張生在患難中見義勇爲、挺身而出的品質和「識人多」且能交到有情有義朋友的社交能力；在賴簡時暗賞張生的憨厚老實，爲回護自己而經得起委曲的器量和胸襟；並從他的因此病重而意識到他對愛情的忠誠已到高於生命、不惜殉情的程度。鶯鶯不僅慧眼識人，而且慧心探索到張生的靈魂深處，識人而知心，這纔深思熟慮地跨出關鍵的一步，毅然與張生私自結合，造成既成事實，給老夫人以致命的反擊。鶯鶯能看準物件，當機立斷，不顧名譽、地位和一切，毅然與張生私合，顯示其極大的勇氣和高度的犧牲精神，智勇德三全，成爲封建時代傑出女性的出色典範。

長亭送別時，鶯鶯自己悲傷欲絶，還一再體貼張生的痛苦：「我見他閣淚汪汪不敢垂地」地「長籲氣」。痛斥科舉仕途爲「蝸角虛名，蠅頭微利」，强調「但得一個並頭蓮，索强似狀元及第」。真是氣貫長虹，糞土當年萬户侯！諄諄囑咐張生：「你休憂『文齊福不齊』，我則怕你『停妻再娶妻』」。「你休要『金榜無名誓不歸』，此一節君須記，若見了異鄉花草，再休似此處棲遲。」句句話都講在點子上，語短情長，見識極高。

王實甫筆下的鶯鶯，既純潔又狡獪，既爽直又含蓄，既秉禮又多情，既孝順又剛直，而且頗具反抗心，既稚拙嫻靜，又聰慧靈變而多才多藝，性格非常豐富複雜。王實甫筆下的鶯鶯，善於考察情人，在情勢變化時敢於和善於主動採取充分必要的措施和行動，追求愛情和維護幸福，打破情場中女方被動不利的格局，居高臨下，賴自己的德美智勇而獲取最終勝利；她鄙視高官厚禄、名利富貴，將愛情看作高於一切；既深謀又遠慮，提醒丈夫高中後勿戀異鄉花草、停妻再娶。《西廂記》中的鶯鶯無疑也是一個完美動人且又真實可信的藝術形象。紅娘也是如此。

蔣星煜先生指出：與《董西廂》相比較，王實甫的雜劇《西廂記》「有鑒於生活的實際，使他們（按指張、崔）在『佳期』之前不可能也没有條件面對面地會晤，必須通過紅娘，於是紅娘的出場次數，紅娘的戲都有了大幅度的增加，紅娘的機智、忠忱也比傳奇、諸宫調有所提高。」〔三〕

紅娘受老夫人的委派，精心侍侯鶯鶯生活，又行監坐守，管住鶯鶯。她忠於職守，張生要想接近鶯鶯，都被她擋住，並勸鶯鶯回房。此皆因封建社會環境險惡，而且人心叵測，她對張生爲人一點也不瞭解，只能小心提防。寺警之後，紅娘的態度發生根本的轉變，她看到張生見義勇爲救了崔氏全家，寫求救的信時文思敏捷，很是感激和欽佩；又認爲張生才貌俱佳，和鶯鶯很相配，她由衷地爲張崔的美滿婚姻而高興。因此老夫人背信棄義地賴婚時，紅娘同情張、崔，在張生的懇求下，激發正義感，全力給予無私的幫助。紅娘在張崔艱巨的戀愛道路上，運用自己的膽略和智慧，所作出的卓有成效的努力，爲他們美滿婚姻的實現起了關鍵的作用。紅娘敢於幫助張生，反對老夫人的悔婚，承擔了很大的風險，事情敗露要受嚴厲懲罰。又因鶯鶯對她的不信任，怕她報告老夫人，不僅瞞她、做假，還要發小姐脾氣，動輒嚴厲責備，承受了很大的委屈。紅娘的智慧不僅體現在爲張生出謀劃策，應付鶯鶯的防範和責怪十分得體，更且能在面臨複雜嚴峻的局面時，善於機變，故而化險爲夷。張生跳牆，鶯鶯怒斥之時。紅娘一面開脱自己、開脱鶯鶯，又成功地開脱張生，打破僵局，將一場風暴化爲清風散去；老夫人追查張鶯私合時，紅娘以理服人，反駁夫人的問罪有勢如破竹之力，又能準確抓住時機，因勢利導，敦勸夫人正視不可逆轉的現實，承認張崔的事實婚姻，爲張崔婚姻贏得成功，其膽略和智慧，罕有倫比。

紅娘的性格熱情、潑辣、爽朗，加上靈慧，使她在崔張之戀中始終處於主動地位。崔張兩人離不開她的幫助，這固然是紅娘有正義之心，但其中也有她年少氣盛，爭强爭勝的心理之支撑。因此每當張生要依例酬謝，她即生氣，如哀懇請求，就歡愉樂意。鶯鶯也稱她「好姐姐」，一再央求她，紅娘受之如飴。她善意地嘲笑張生是「傻角」、「銀樣鑞槍頭」，又痛斥鄭恒，都有這種心理因素的支配。

也因這種心理，她用經典名言先後教訓張生、老夫人和鄭恒。紅娘是戲中講道學最多的人，對四書五經和封建禮教頗爲熟悉。《西厢記》中的道白非常符合人物的地位、性格，此時此地的心理。有時打破常規，如紅娘竟然掉文，則作者另有深意，也是追求人物形象塑造之獨創的一種高超手段。紅娘不識字，但在科舉盛行因而尊重知識尊重人才蔚然成風的封建社會，紅娘對文化修養亦必雖不能至卻心嚮往之，她在旁聽鶯鶯受教和背誦時因智慧過人故也熟記於心，故而時而賣弄幾句，又賴智慧過人，故而又引用確當，很有力量。可見紅娘因生活在有品行有修養的禮義之家，近朱者赤，受到有益的熏陶。紅娘引用經書，堅持的是傳統道德和禮教中的合理部分，她對其中正確的觀點，既自己信奉；也用來要求别人。前曾據此指責過陌生青年張生打聽、盯梢良家女子的「輕薄」行爲；後又在鄭恒面前據此表揚張生的品行；在《拷紅》中則義正辭嚴地教育老夫人，都屬引用恰當。但當封建禮節束縛人的天性，有礙張崔合理感情時，她又能敢作敢爲，摒棄如土，她鼓勵、幫助張崔私合，即是敢於衝破傳統道德、禮教中的糟粕之束縛的勇敢行爲，顯示她的優秀品質、過人智慧和處世做人有極强的原則性和靈活性。

王實甫在《西厢記》中塑造的紅娘這個藝術形象，無論在思想意義和藝術描寫上都達到最高的成就，只有《紅樓夢》中的丫環藝術形象才能與之前後輝映和互相媲美。有興趣的讀者可參閲拙著《漫話紅樓奴婢》〔四〕和《紅樓夢中的奴婢世界》〔五〕。

紅娘幫助張崔之戀，是無私的，完全出於成人之美的高尚動機。但根據封建社會的慣例，小姐的前程與貼身丫環的前景關係密切。所以小姐燒香祝禱時，她替小姐禱告：「願俺姐姐早嫁一個姐夫，拖帶紅娘咱！」也捎帶自己追求美好前景的願望。張生最後一次懇求她幫助時重申「小子不敢有忘」，她正面回答：「我不圖你白璧黄金，則要你滿頭花，拖地錦。」明確表達願做張生的小夫人的合理願望。紅娘從未預開條件，顯示其幫助張生是出於道義；但是在張生一再誠意申謝後順勢提出合理的想法，兼顧一下自身的今後處境，也是符合紅娘的丫頭地位和靈慧性格的必然之言。《西厢記》對紅娘的描寫，十分符合生活的真實。蔣星煜先生指出紅娘的這個合理願望：「按照唐代社會風尚，按照故事發展的走向」，「鶯鶯出嫁時紅娘十之八九將作爲侍妾陪嫁給張生；紅娘的前途如果没有重大的意外波瀾，她成爲張生的二夫人是勢所必至，理之當然。」〔六〕因此紅娘此時提出此議，是她怕萬一意外而預作提防，以確保自己的前途，這是紅娘聰明過人性格的自然和必然顯示；又因此議本爲必然之義，她再提此議也是謝絶張生金帛相謝的無私和在張生處於困境時表示尊重之表現，極爲得體。

王實甫《西厢記》對崔、張的歌頌和精彩描寫，完全擺脱男性作家即使名家也往往難免的自持性優勢的局限，用既敬重又客觀的筆調予以精心描繪。其筆下的優秀女性也没有類似西方女權主義的張狂，描寫優秀女性的應有的矜持、自重之處也恰到好處，極爲難得。如用當今女性主義審美眼光來欣賞，王實甫《西厢記》也是無懈可擊的超前領先之作。《西厢記》在取得主角和重要角色張生、鶯鶯、紅娘塑造的重大成就之同時，在次要角色即配角的塑造方面也突破類型化而取得頗具典型意義的不容忽視的藝術成就。

老夫人作爲相國的遺孀，在丈夫亡故，女兒未嫁，兒子尚幼的艱難時刻，依舊「治家嚴肅，有冰霜之操」，保持家庭的優良門風。我們從鶯鶯「針指女工，詩詞歌賦，無不通曉」，及其端莊嫻雅的風度氣質，和强烈地感受到的紅娘之「大人家舉止端詳，全没那半點兒輕狂」，「啓朱唇語言的當」、「可喜娘的龐兒淺淡妝」的打扮、舉止、氣質，可見老夫人十幾年來教育嚴格，得體和卓有成效，是可敬的相國夫人的尊嚴形象的無聲卻有力的折射。鶯鶯和紅娘對老夫人也便自然地抱尊敬和畏懼的態度。

老夫人疼愛鶯鶯，眼光遠大，又具體細微。遠大處表現在讓女兒飽讀經史、詩詞，有很高的文化藝術修養，故而不僅鶯鶯作詩敏捷，語句清麗，素愛操琴，使其智力高度發展，精神生活豐富高雅，而且連旁聽的丫環紅娘也能引經據典，近朱者赤，有很强的文化氣質，形成一個非常好的家庭文化氛圍。細微處在於讓女兒知書達理之同時，又令其精通針指女工，懂得生活自理的方法。這便使女兒日後在夫家受到尊重敬愛，女兒能與丈夫有共同的語言，足够作必要和有情趣的思想、語言交流，也能眼光遠大，胸襟開闊地處世待人並精於治家。這樣嚴格得體的家教，與别的官宦人家溺愛縱容子女，培養驕横嬌嫩、愚蠢無能、奢侈淫逸的廢品完全不同，體現出有文化、有教養、目光遠大的賢妻良母對子女真正的疼愛。女兒成長爲亭亭玉立的少女，老夫人又爲她安排好忠誠、靈慧、勤快的侍女紅娘，侍候她日常生活，並行監坐守，維護她的安全，不讓陌生男女隨便接近。封建社會世道險惡，人心難測，老夫人的這種防範是必要的；尤其要警惕《會真記》中的張生那樣温文爾雅、才貌俱佳卻善於獵色而又始亂終棄、文過飾非的家伙，女兒受此類人傷害欺負，豈不造成一生的心靈痛苦和精神傷害？但當佛殿無人，尤值風和日麗之時，老夫人便會主動提議女兒去「散心耍一遭」。這種細微的體貼充分展現了老夫人的母愛。

老夫人富於心機。當孫飛虎圍寺時，不允女兒獻賊，當場首肯不問僧俗能退敵者許婚之計爲「較可」，善於機變。孫飛虎被剿滅後，立即賴婚，儘管面對的是英俊瀟灑、富於才華的張生，仍堅持門當户對的封建立場，不招白衣女婿；同時維護娘家人的利益。當初她許婚侄子鄭恒，除門庭觀念和經濟利益之外，品質優良的貴族婦女在夫家得勢之後，依舊重視維護與娘家的感情及利益的人之常情，也是同樣重要的原因。而張生，畢竟是外人，老夫人與他没有感情。老夫人賴婚，既是當初寺警時心内已有的既定方針，在執行時卻又感無可奈何並自知理虧。所以她願厚賜金帛作爲報答——有多少權勢者背信棄義，甚至恩將仇報，殺人滅口，又怎麽樣？——見張生生氣痛苦，還留他在寺内，給予照應，生病給予醫治，這是老夫人平時爲人善良講理的反映，也是閱歷深、看人準的反映。老夫人敢於留張生在身邊，因爲她深知張生品行端正，忠厚老實，不會用陰謀算計自己的女兒。的確，如果不是鶯鶯主動投入懷抱，紅娘在旁鼎力幫助，忠厚老實的張生是寧死也不會欺淩侮辱鶯鶯的，從《乘夜逾牆》一出中他的表現，可以充分證明這一點。

正因爲老夫人有理智、善機變，善良、講理，她纔會在張崔同居事發之後，聽了紅娘的辨白與批評，恢復理智和理性，撲滅胸中的怒火，拋棄在下人面前認輸的羞恥感，在年齡幼小、地位卑賤的紅娘面前當場承認：「這小賤人也道得是。」批評自己「我不合養了這個不肖之女。」並立即允婚。換一個兇狠蠻横的官太太，打死紅娘，趕走或弄死張生，依舊將鶯鶯許配鄭恒，别人又奈其何！

老夫人維護門第，第一次賴婚是蠻横而虚僞的；她在再次允婚之後，立逼張生上京趕考，不得官不許回來，其封建主義的立場是頑固的，但也有其合理性：張生高中，有了出息，女兒的前程與生活無憂。連馬克思嫁女也要問清對方的經濟條件和發展前途呢。否則不懂生計的女兒、女婿坐吃山空，又無所事事，當然不行。這是封建時代的社會環境所決定的，不以人的意志爲轉移。我們不能苛求老夫人，但反過來，《西厢記》將老夫人塑造成善良理智、威嚴可敬的正面人物，就真正有力地揭露和批判封建禮教和門第觀念扼殺人性、愛情的本質，而不是個别人的惡劣品質在起作用。因此，當代一般論者評定老夫人的本性爲自私、虚僞、狡詐、冷酷等等，是不符合《西厢記》作者的原意和劇中的具體描寫的。

老夫人第二次賴婚是因鄭恒造謡講張生做了衛尚書家的女婿，鶯鶯將淪爲次妻。張生儘管發誓，可是舉不出反證，老夫人依然不信，情有可原。但老夫人不知娘家侄子品行惡劣，不學無術，有其昏庸的一面，也有其見聞局限無法考察的一面。老夫人因不知侄兒的惡劣本質，她當初貿然許婚鄭恒，後又二次賴婚，堅持將女兒嫁給鄭恒，差點毁了女兒的終生幸福，愛女而反而害女，《西厢記》寫出了生活的複雜和真實，寫出了人物的精明和無奈。從一個配角身上便能表現如此深刻和複雜的内容，令人贊佩。

劇中另一貫串全劇始終的配角是普救寺長老法本。《西厢記》描寫他，不過寥寥數次，寥寥數筆，卻十分傳神。張生在初會法本時，交談不久，即贈自金一兩，「常住公用，權表村心」。法本不肯貿然接受，急問：「先生客中，何故如此？」堅辭：「貧僧不敢坐。」後索性點穿：「先生必有所命。」可見其老於世故，十分乖覺，不問清緣由不肯隨便收錢，以免受人擺佈。做道場時，衆僧和俗客目睹鶯鶯驚人之美，全都如醉似癡，舉止出格若狂。而法本「太師年紀老，法座上也凝眺」，自覺久看不妙，「把一個發慈悲的臉兒來朦著」，指出他的處世老練和善自掩飾，雖然心中也難禁美色的誘惑和天性的支配。張生上京趕考時，法本陪同老夫人去長亭送別，辭行時向張生贈言：「此一行別無話説，貧僧準備買登科録，拱候先生榮歸。做親的茶飯，少不得貧僧的。先生鞍馬上保重者！」還自稱：「從今懺悔無心禮，專聽春雷第一聲。」張生得官，衣錦還鄉時，法本前去迎接：「老僧昨日買登科録看來，張先生果然高第。」「我將著餚饌，直至十里長亭接官走一遭。」法本作爲名寺長老，照理應靜心修煉，遠離世俗，參悟佛法，他竟也熱衷名利，巴結官場人物。作者塑造法本這個人物，既爲情節發展服務，也有諷刺佛門中有些和尚趨炎附勢之意。又借惠明之口，痛斥佛寺中的有些醜惡現象；尤其是「僧不僧，俗不俗，女不女，男不男，則會齋得飽去僧房中胡掙」。

莽和尚惠明在劇中僅曇花一現，但其不讀經，不懺拜，一心想厮殺，急公好義，勇武豪邁的性格，栩栩如生，躍然紙上。張生的摯友杜將軍雖兩次上場，一次帶兵剿滅孫飛虎叛軍，另一次劇終時利用權勢批評老夫人輕信鄭恒謊言，又要拿鄭恒治罪，最後促成張崔婚姻。歡郎開場時隨老母出現一次，張崔同居事洩露時，他又出現一次，告訴母親自己看到的情況。這兩人都在關鍵時起過作用，但作者惜墨如金，僅作必要交代，不作展開。配角中最重要的是老夫人，作者也多作暗寫，或通過鶯、紅之口作簡要的間接描寫，以省筆墨，但形象生動，含意深厚，手法是非常高明的。

下篇《西廂記》的首創性貢獻

《西廂記》在藝術上作出多種首創性的成就。首先，首創性地確立了多角度歌頌優秀女性的主題。

本書前言已述及，針對「女禍」的荒謬觀點和《鶯鶯傳》的陳詞濫調，《西廂記》將全劇所有的女性人物全部塑造成爲優秀的女性形象。

與《西廂記》以前的歌頌女性的優秀作品，如六朝時的《李寄傳》描繪少女殺蛇、爲民除害，突出李寄的智勇雙全和唐人小説《紅線傳》歌頌紅線的政治上的識見與慧眼識人、《李娃傳》讚揚李娃的高貴品格相比，《西廂記》除將鶯鶯描繪成與以上人物形象相侔的優秀女性，並呈現自己的特色、取得新的成就外，還首創性地刻劃了德智勇美俱全的婢女紅娘的光輝形象和老夫人這樣治家嚴肅，精心培養女兒，智慧出衆的貴族婦女的獨特形象。

如此多角度歌頌女性的主題，不僅是前所未有的，而且在後世也僅有《聊齋志異》和《紅樓夢》等極少數名著纔能刻劃多個年齡不同、身份各異、具有典型性格的女性形象，並達到同樣的認識高度和藝術高度。《西廂記》在歌頌女性的藝術成就方面，本文在結合人物形象的分析時已經加以闡發，此不展開。

第二，《西廂記》在情節、關目、結構的構思安排方面也取得突出的首創性的藝術成就。《西廂記》的情節豐富曲折，生動精彩，有極强的藝術魅力。從全劇看，圍繞張崔之戀，全劇在組織富有戲劇性的矛盾衝突之主線的同時，前四本的十六出還每出都分解成小的戲劇衝突，其中關鍵的幾出情節曲折，甚至一波三折，在情節描寫上極有魅力。如《妝臺窺簡》一出中，紅娘爲張生送信，她怕鶯鶯作假，預作提防，觀衆以爲她已作預防措施，没想到鶯鶯更爲惱火，嚴厲指斥紅娘，又批評張生；没想到她又寫回簡，仍要紅娘去送；鶯鶯將信丢在地上，紅娘以爲此信必是斥罵張生，張生又怪紅娘「不肯用心」，兩人爲此爭論，張生已感絶望，没想到鶯鶯的回簡竟約張生夜半幽會。一出之内，一波三折。《白馬解圍》、《乘夜逾牆》和《堂前巧辯》等出，都有這樣的特點。《西廂記》粗看是一個簡單的愛情故事，作者卻能寫得複雜曲折，跌宕有致。有時幽默好笑，有時嚴肅緊張，有時變幻莫測，有時還詩情蕩漾。作者精通一張一弛的調節手法，全劇的情節富於節奏，又組織嚴密，將人物的心理描寫、性格描寫與情節發展互相生髮，緊密結合，顯得左右逢源，又往往舉重若輕，真是化工之筆。

情節的曲折複雜又用貌似重複的手段給予表現：老夫人的許婚——賴婚——再許婚——再賴婚；鶯鶯的送簡——賴簡——再送簡——酬簡，看似重複實則變化莫測。

又因情節曲折複雜，變化繁多，王實甫打破元雜劇一本四折的格局，學習南戲的體制，以五本二十折（或作二十一折）的宏大篇幅，來給以足够的表現；又打破全戲由一角唱到底的體制，讓張生、鶯鶯、紅娘甚至配角惠明都唱，一出之中也靈活轉換唱的角色，用豐富、變化的手段來表現豐富、變化的内容。

《西厢記》的情節曲折複雜與人物的性格複雜有關，人物性格的複雜是《西厢記》的重大藝術成就之一，本文前已有述。與此相關聯，《西厢記》的另一重大藝術成就是寫出人物複雜曲折的心理活動。尤其是鶯鶯，作者不僅正面描寫她的心理活動，而且還從紅娘眼光的觀察描寫她隱秘的心理活動。鄭振鐸在《文學大綱》中總結説：「中國的戲曲小説，寫到兩性的戀愛史，往往是一見面便相愛，便誓訂終身，從不細寫他們戀愛的經過與他們在戀愛時的心理。《西厢》的大成功便在它的全部都是婉曲的細膩的在寫張生與鶯鶯的戀愛心境的。似這等曲折的戀愛故事，除《西厢》外。中國無第二部。」《西厢》揭示貴族少女鶯鶯委婉曲折的戀愛心理，并有層次地寫出其心理的發展，細膩而真實，取得罕有倫比的藝術成就。的確，在這方面，即使《紅樓夢》也較《西厢記》略遜一籌。

第三，創造了愛情的新模式。

不寧唯是，《西厢記》一開始雖亦描寫張生與鶯鶯一見鍾情，但繼而立即超越一見鍾情階段，結合愛情受到嚴竣考驗的心理描寫，作者讓張、鶯舒展才華，在高智商的心靈碰撞中，不斷冒出新的愛情火花，從而增進瞭解，知音互賞，極大地推動了愛情的發展；又超越生理性的性愛，達到靈肉的結合，展示知識的力量、藝術的力量，達到更高層次的愛。《牆角聯吟》出中，張生隔牆吟詩，用自己創作的清新的詩歌表達自己的情意，試探鶯鶯的反映。鶯鶯立即領會張生的詩意和贈詩之美意，馬上和詩一首，介紹自己「蘭閨久寂寞，無事度芳春」的孤寂痛苦的生活和心境，希冀張生「應憐長歎人」，與張生詩中「不見月中人」的惆悵心理相呼應。張生聽到鶯鶯的和詩，在歎賞鶯鶯文才敏捷和詩句清麗之同時，體會到鶯鶯已領會自己的詩意、美意和才情，又理解鶯鶯答詩之情意，故而深深地感慨「惺惺自古惜惺惺」。在《鶯鶯聽琴》出中，張生通過優美、幽怨、高妙、如泣如訴、情濃意濃的琴聲傳達自己真摯的心聲，溫柔卻又有力地撥動了鶯鶯的心弦，引起心靈共鳴，互通靈犀。作此鋪墊之後，張生便奏《鳳求凰》一曲，直抒愛意，鶯鶯同時又更進一步瞭解張生的才情，情意更濃，張生終於在老夫人賴婚之後再次獲得鶯鶯的芳心。這段情節設計，作者固然借鑒了司馬相如當年追求卓文君的史實，但作者用得恰到好處，達到「借古人之境界爲我之境界」的高度審美效果，而且又作出新的創造，即先以琴藝打動對方，先奏幾曲美妙動人的音樂，纔直奔主題，達到知音然後知心且兩者又緊密結合的效果。此出在隔牆聯吟的基礎上，再次描寫張崔這對高智商、文化和藝術修養精深的男女青年高雅而富於詩意、富於情調的戀愛方式和相愛途徑；而且曲辭華美、富麗、精巧，雅致，剛柔結合並富於變化，與張、鶯的氣質、才情契合無間，迴腸盪氣，美不勝收。這樣的描寫，不僅前無古人，在中國和世界文藝史上取得獨創性的高超成就，而且也啓示了高濂《玉簪記・琴挑》、孟稱舜《嬌紅記》和《紅樓夢》等衆多戲曲小說作品中的有關描寫。

我國古代知識分子在先秦即以詩、樂作爲必需的基本的文化修養；後世除詩文外，又以琴棋書畫爲基本文化藝術修養。不少知識女性也具有高深的文學藝術修養和愛好。崔鶯鶯的鑒賞水準很高，也善寫詩，第十八齣《尺素緘愁》中張生接鶯鶯回信後又讚歎她的書法精好：「堪爲字史，當爲款識」。總之，《西廂記》關於張、崔知音互賞式的愛情模式的刻劃，不僅前無古人，在中國和世界文藝史上具有首創性；而且也鮮有來者，只有高濂《玉簪記・琴挑》顯然與《西廂記・琴心》此出有意比美，其男女主角的深厚情意、動人場景與優美曲辭，也確可媲美。此後《紅樓夢》中寶玉和黛玉的戀愛，暗戀寶作出了自己的獨特創造。但遺憾的是紅學界至今還没有認識到《西厢記》的這個偉大貢獻及其對《紅樓夢》的巨大影響〔二〕。

玉的寶釵與寶玉，也有詩歌往還，交往中都展現了高度的文化修養和藝術修養，這樣的描寫方式顯受《西厢記》的影響並

另需指出的是，除中國之外，東西方至今尚無知音互賞式愛情描寫的傑出作品出現。

第四，在語言上的首創性的貢獻。

《西厢記》的語言取得極高的藝術成就，受到古今專家讀者的一致讚賞。朱權《太和正音譜》稱譽：「王實甫之詞，如花間美人。鋪叙委婉，深得騷人之趣。極有佳句，若玉環之出浴華清，緑珠之採蓮洛浦。」爲千古確評。

王實甫《西厢記》的語言，雖以文采、華麗爲主，實乃風格全面，能做到華麗和素樸相結合，柔美和壯美（如惠明的唱辭）相結合，文言和口語相結合；詩詞和曲辭、前人佳句和自己創造的完美結合。極盡錘煉之工，又能巧奪天工，顯得自然生動。

對於《西厢記》的語言藝術的卓特成就，前人和現當代學者多從語言的豐富生動優美的角度評價。我認爲，《西厢記》還有兩個重大的首創性的貢獻：

一，《西厢記》不僅能化用詩詞名句，巧借前代大家名家之才力，誠如蔣星煜先生所説的，更能將前人名句天衣無縫地編織在自己的曲辭之中，再創新意。如《倩紅問病》紅娘所唱【聖藥王】隱括蘇軾《春夜》全詩，又將「春宵一刻值千金」謳歌春夜美景的詩意改創辜負良夜，錯過愛情的新意，使以後的引用者皆湮没原義而沿用《西厢》新創之意〔七〕。

二，《西厢記》還反用前人名句的意味，拓展前人名句的意境。又如全戲開場之初，鶯鶯感歎：「花落水流紅，閒愁萬種，無語怨東風。」「無語怨東風」一語既暗用歐陽修名詩《和王介甫〈明妃曲〉二首》中的名句「莫怨東風當自嗟」，又暗中借

用歐陽修名詞「淚眼問花花不語，亂紅飛過秋千去」的意境，回答了「問花」之語，將沉痛隱埋心中，卻使讀者更能感受其痛之深沉。

在注釋學領域，學術泰斗陳寅恪先生提出古典與今典，即原有的典故注釋都注意的是古書中的典故，即「古典」；陳寅恪先生發現了詩詞的作者在作品中也常用作者當時的典故，即「今典」，並指出注今典要難於注古典。我認爲《西廂記》在戲曲作品中首創了典故的反用方法。詩文詞曲一般使用典故，都照前人作品的原意，是正用，即「正典」；而《西廂記》上倒是反用歐陽修詞原句的意思，是反用典故，即「反典」。前引蘇軾詩「春宵」句的運用，也有一定程度上的反用之意。與今典一樣，對於後人來說，注反典（反用典故）要比正典（正用典故）難。

《西廂記》中的道白非常符合人物的地位、性格，此時此地的心理。有時打破常規，如紅娘竟然掉文，則作者另有深意，也是追求人物形象塑造之獨創，本文前已言之。

而其科諢之妙也令人矚目，故而笑料多，又讓人笑得發自内心，笑得歡暢自然。此因《西廂》科諢之發噱，一則生根於人物之性格，如張生之酸之瘋，鶯鶯之假之害羞；二則於情節發展中自然形成，故而令人笑得高興而暢快。如張生跳牆後，鶯鶯呼「紅娘，有賊！」紅娘故意問鶯鶯：「是誰？」張生卻搶答：「是小生。」承認是「賊」卻不躲著，反而搶答。鶯、紅明知故問，張生糊塗瞎答。這個場景，初見者必會哄堂大笑。前面情節的鋪墊和這裏情理的搭配皆極巧妙，這纔是真正的喜劇性。而且，運用極爲性格化的語言，對作品歌頌的正面人物作善意的風趣的諷刺性描寫，既有很强的喜劇性，又突出了人物的性格，這也是《西廂記》所首創。

《西廂記》作爲一部巨著，從大處來説是相當完美，但天下畢竟無十全十美之事物，故而在細節方面還有少數的不足之處。其一是王驥德等明代曲論家指出，曲文中偶有語義重複的唱詞。其二是人物的語言偶涉猥褻，流於惡謔：張生初見法本時説白中開玩笑的話，紅娘言及張崔相思、獨眠之苦惱的曲文中的有些句子，紅娘稱呼張生爲「鳥」、「禽獸」等的粗魯語言，都有損於人物的形象。至於紅娘有時引經據典，有時喜歡文縐縐地講話，以及曾勸張生「以功名爲念，休墮了志氣」，有的論者批評讓紅娘沾上了較多的道學氣和禄蠹氣，都是敗筆，筆者不能苟同。本文前已有述，紅娘引經據典是作者的獨特創造；至於科舉制度，雖有弊病，但作爲考試制度的本身是必要的，張生本有志於此。進步知識分子欲通過考試而有所作爲，兼治天下，值得肯定。筆者已有多篇論文並有拙著《流民皇帝——從劉邦到朱元璋》中的〔八〕涉及此題，兹不展開云。

注釋

〔一〕拙編《金聖歎全集》一九八五年版第三册第十八頁，二〇〇九年版第三册第十七頁。

〔二〕《西廂記新考·「疑是玉人來」的玉人何所指》，臺北：學海出版社，一九九六年版。

〔三〕《西廂記新考·紅娘的膨化、越位、回歸和變奏》。

〔四〕《漫話紅樓》，上海文化出版杜一九九六、一九九九、二〇〇〇、二〇〇一年版。

〔五〕《紅樓夢的奴婢世界》，北岳文藝出版社二〇〇六年版。

〔六〕《西廂記新考》第二五八頁。

〔七〕蔣星煜《西廂記新考》第二〇九——二一四頁。

〔八〕參見拙著《流民皇帝——從劉邦到朱元璋》（增訂本）第四章中的《科舉制的正確性和必要性》一節，上海錦繡文章出版社二〇一二年版第一四五——一五一頁。

《西厢記》的本事演變與版本述略

《西厢記》所叙張珙、崔鶯鶯相戀之本事，源出唐元稹的傳奇小説《鶯鶯傳》，又名《會真記》。

元稹（七七九—八三一），字微之。河南（今河南洛陽）人。唐代著名詩人。早年家貧。舉貞元九年明經科、十九年書判拔萃科，曾任監察御史。因得罪宦官及守舊官僚而被貶斥，後轉而依附宦官，官至同中書門下平章事，乃宰相之職。五十二歲時以暴疾卒於武昌軍節度使任所。元稹爲唐代新樂府運動的領袖人物之一，與白居易友善，世稱「元白」。詩文有《元氏長慶集》。

元稹《鶯鶯傳》的内容爲：

唐貞元中，青年男子張生到蒲州游玩，借住於普救寺。正巧有崔氏孀婦携子女因回長安途中路過，也寄住於此。孀婦姓鄭，是張生的姨母。這年蒲州亂兵騷擾，張生設法護衛，崔氏一家安然度過難關。崔氏設宴酬謝張生，令子女以仁兄禮稱，崔女鶯鶯推托有病，其母發怒，乃出見。張生見她「顔色艷異，光輝動人」。張生從此迷戀鶯鶯，暗中多次接近鶯鶯的婢女紅娘，有次乘機會懇求她轉達情意，紅娘勸他正式請媒求娶。張生認爲自己廢寢忘食，相思病重，如請媒求娶，怕活不到那一天。紅娘告訴張生，鶯鶯「貞順自保」，不能隨便冒犯，但她善於作詩撰文，你可寫情詩，也許可以打動他。張生立即寫春詞二首，紅娘轉交鶯鶯後，她果然回贈一首《明月三五夜》：「待月西厢下，迎風户半開；拂墻花影動，疑是玉人來。」張生讀懂詩意，在二月十五夜跳墻，到鶯鶯所住的西厢，紅娘進去報告，「及崔至，端服儼容」，指責他：「兄之恩，活我之家，厚矣。是以慈母以弱子幼女見托。奈何因不令之婢，致淫佚之詞，始以護人之亂爲義，而終掠亂以求之，是以亂易亂，其去幾何！」「特願以禮自持，毋及於亂！」言畢，翻然而逝。張生於是絶望。

幾天以後的晚上，鶯鶯卻由紅娘陪至，「嬌羞融治」，天將曉又由紅娘接回。此後十余日杳無音訊，張生賦《會真詩》三十首韻，請紅娘交與鶯鶯，於是鶯鶯「朝隱而出，暮隱而入」，與張生在西廂同居約有一個月。不久張生要去長安，鶯鶯没有責難，臉色變爲愁怨，臨行之夕，不再會面。

過幾個月，張生又來蒲州，幾次求見，又以詩文逗引，鶯鶯始終不出見；臨行前夕，她知此將永訣，即面告張生，自知已遭始亂終棄；並奏琴曲《霓裳羽衣序》以示惜别，但不數聲卻痛苦得彈不下去了，流淚而回。

第二年，張生考試未中，滯留長安，又寫信給鶯鶯。她含淚回信，言及當初兩人幽會，自己「義盛意深，愚幼之心，永謂終托。豈期既見君子，而不能定情，致有自獻之羞，不復明侍巾幘。没身永恨，含嘆何言！」又贈玉環一枚，「玉取其堅潔不渝，環取其終始不絶」。表達自己忠貞於愛情，希望成婚的意願。張生將來信給知友們傳看，不少人都知此事，大家很感慨，楊巨源還寫了《崔娘詩》一首，元稹則續張生《會真詩》三十韻。張生從此決心與鶯鶯絶交，還對知友元稹解釋絶交的原因：「大凡天之所命尤物也，不妖其身，必妖於人。使崔氏子遇合富貴，乘嬌寵，不爲雲爲雨，則爲蛟爲螭，吾不知其變化矣。昔殷之辛，周之幽，據萬乘之國，其勢甚厚；然而一女子敗之，潰其衆，屠其身，至今爲天下僇笑。予之德不足以勝嬌孽，是用忍情。」於是坐者皆爲深嘆。

又過一年多，鶯鶯已嫁人；張生也娶妻，恰巧路過鶯鶯居處，以表兄之禮求見，她終不出見，暗中贈詩一首：「自從消瘦減容光，萬轉千回懶下床。不爲旁人羞不起，爲郎憔悴卻羞郎。」過幾天張生將行，又贈訣别詩一首：「棄置今何道，當時且自親。還將舊來意，憐取眼前人。」以後就斷了音訊。「時人多許張爲善補過者矣。予嘗於朋會之中，往往及此，意者欲使知之者不爲，爲之者不惑。」

元稹《鶯鶯傳》對鶯鶯的性格和心理活動的刻畫細膩生動，魯迅先生《中國小説史略》認爲：「元稹以張生自寓，述其親歷之境，雖文章尚非上乘，而時有情致，固亦可觀，惟篇末文過飾非，遂墮惡趣。」

元稹作爲著名詩人發表的這篇著名傳奇《鶯鶯傳》，在當時和後世都有很大的影響。當時除元稹自己有《會真詩》、《春詞》外，其他還有一些詩歌涉及此題；同時詩人除楊巨源《崔娘詩》外，李公垂《鶯鶯歌》也是此題名詩。還有其他人爲此寫過詩。北宋時，則「士大夫極談幽玄，訪奇述異，無不舉此（指《鶯鶯傳》中的張崔故事）以爲美談；至於娼優女子，皆能調説大略。」（趙令畤〔商調·蝶戀花〕）故而詩詞中常用爲典故。晏殊〔浣溪沙〕詞：「不如憐取眼前人。」蘇軾《贈張野》詩中有：「詩人老去鶯鶯在。」〔雨中花慢〕詞：「吟笙北嶺，待月西厢。」還以張崔題材創作舞曲，秦觀與毛滂的〔調笑轉踏〕吟咏鶯鶯：

崔家有女名鶯鶯，未識春光先有情。河橋兵亂依蕭寺，紅愁緑慘見張生。張生一見春情重，明月拂墻花影動。夜半紅娘擁抱來，脈脈驚魂若春夢。

春夢，神仙洞。冉冉拂墻花樹動。西厢待月知誰共，更覺玉人情重。紅娘深夜行雲送，困嚲釵横金鳳。（秦觀）

春風户外花蕭蕭，緑窗綉屏阿母嬌。白玉郎君恃恩力，樽前心醉雙翠翹。西厢月冷蒙花霧，落霞零亂墻東樹。此夜靈犀已暗通，玉環寄恨人何處？

何處？長安路。不記墻東花拂樹。瑤琴理罷《霓裳》譜，依舊月窗風户。薄情少年如飛絮，夢逐玉環西去。（毛滂）

兩曲纏綿惆悵，同情鶯鶯「玉環寄恨」，批評「薄情少年」張生，與《鶯鶯傳》的傾向性已完全不同。趙令畤又作〔商調・蝶戀花〕（又稱《蝶戀花鼓子詞》）十二首，各詞中間又插叙詳細説白，於曲中更明確批評張生「最恨多才情太淺，等閑不念離人怨。」曲末更感慨：「棄擲前歡俱未忍，豈料盟言，陡頓無憑誰。」同情鶯鶯受騙，批評張生背盟，主題十分明確。

還有一些北宋文學家思考《鶯鶯傳》中張生這個人物，並作過不少考證。起先一般認爲張生是唐代著名詩人張籍，因爲他是元稹同時人，有交往，又姓張，似乎符合《鶯鶯傳》中元稹的介紹。後來王性之《辨傳奇鶯鶯事》根據元稹有關諸詩的内容，又據元稹《陸氏姨志》中言及自己的外祖父是鄭濟，白居易《微之母鄭夫人誌》也介紹其母爲「鄭濟女」，另據唐《崔氏譜》「永寧尉鵬，亦娶鄭氏女」，知其姨母確嫁崔氏，崔鵬之女與元稹爲表兄妹，與《鶯鶯傳》言張崔「中表相因」，完全符合，故而確認張生實即元稹自己，而鶯鶯乃崔鵬之女。於是自宋至今，學術界一般都認爲元稹創作《鶯鶯傳》，即如前引魯迅所言，乃「以張生自寓，述其親歷之境」。在藝術性方面，學術界的評價都比魯迅的看法爲高，多認爲它情節曲折，叙述宛轉，文辭華艷，是唐代傳奇的代表作之一。而對《鶯鶯傳》始亂終棄、文過飾非的結局，自宋至今的進步文學家都持批評態度，金元之後的改編作品都將結局徹底改換，則更是明證。

《鶯鶯傳》的題材在金代由董解元重新創作《西廂記諸宮調》，其内容和主題都作了徹底的改變。董解元的名字和生平，迄無記載。元鍾嗣成《録鬼簿》卷上列董解元於「前輩名公有樂府傳於世者」之首，並説：「金章宗（一一八九—一二〇五年時在位）時人。以其創始，故列諸首。」元陶宗儀《南村輟耕録》卷二十七「雜劇曲名」小序指出：「金章宗時董解元所編《西廂記》，世代未遠，尚罕有能解之者。」而中國社會科學院文學研究所編寫的《中國文學史》第二册（第七〇五頁）的注釋卻説：「盧前《飲虹簃曲籍題跋》引《玉茗堂抄本董西廂》清代柳村居士跋云：『董解元，名朗，金泰和（一二〇一—一二〇八）時人，隱居不仕。』」據此，姚奠中先生《董解元和〈西廂記諸宮調〉考索》和李正民先生《董朗與董明——〈董西廂〉作者籍貫探討》皆結合一九五九年於山西發現的金章宗泰和八年(一二〇八)董明買下、二年後落葬的墓地，認爲董解元的董朗一名很可能成立，並很可能即是董明的兄弟行。應該説這個觀點有一定的説服力。

諸宫調是金代流行的一種説唱，這種藝術形式到元時即已消失。今存的作品除董解元《西廂記諸宫調》即《董西廂》外，僅有佚名《劉知遠諸宫調》等寥寥數種而已。

《董西廂》與原作《鶯鶯傳》相比，張生、鶯鶯和紅娘這三個主角和重要角色的姓名、身份、人物關係未變，而作品的情節已作了徹底的改造。《董西廂》的情節要比《鶯鶯傳》豐富曲折得多，其中的細節描寫也豐富飽滿，作者作了許多創造性的新構思。整部作品分爲八卷：

卷一叙唐時書生張珙，字君瑞，西洛人士；已故禮部尚書之子，二十三歲不娶，四海游學。過黄河，來到蒲州，遊玩普救寺，撞見一位美女。佳人見生，羞婉而入。張生跟過去，被法聰擋住，告訴他，她是崔相國之女鶯鶯，相國靈柩暫停於此，她在寺内守靈，近日將作水陸大會。張生便也借居寺内。夜晚張生和鶯鶯先後來庭院，張生口占「月色溶溶夜」小詩一首，鶯鶯依韻口占「蘭閨久寂寞」一絶。張生正想上前，紅娘來勸鶯回。張生從此日夜相思，苦悶萬分。一日在方丈處見紅娘來通知明日做醮，他上去搭腔，遭紅娘搶白。張生也備五千錢，爲先父作分功德。好不容易等到法事開始，張生飽看鶯鶯，衆僧驚於美色，也都七顛八倒，忙亂了一夜。

卷二叙次日早晨，道場剛畢，孫飛虎領半萬叛軍圍寺，法聰英勇抵擋，但叛軍人衆，無法殺退。孫飛虎要劫掠鶯鶯，夫人聞語，僕地諕倒。鶯鶯願犧牲自己救出大家。張生拍手大笑，自稱有法捉賊。他修書一封，請法聰送給白馬將軍杜確，請他出兵相救。

卷三叙杜確率兵斬殺孫飛虎，張生請法師做媒，求娶鶯鶯。夫人設宴，答謝張生，令鶯鶯、歡郎以兄事之；並告訴張生，鶯鶯許配「妾兄鄭相幼子恒」。要以金帛相謝，張生拒絶。張生求紅娘幫助，紅娘説「鶯鶯稍習音律，酷好琴阮。」建議張生以琴曲挑之。

卷四叙張生夜來彈琴，鶯鶯聽了十分感動；張生又奏《鳳求凰》，知鶯已動心。他推琴而起，出門至明月窗前，見鶯獨走，上前抱住，卻是紅娘，鶯已離去。鶯回閨房，擁衾無寢，也在思念張生。感到張生是「司馬才，潘郎貌，不由我，難偕老。怎得個人來，一星星説與，教他知道」？次晨紅娘來張生處報告鶯鶯相思情狀，張生作情詩一首，請紅娘轉交。紅娘不敢面交，「持箋歸，置於妝臺一邊。鶯起理妝，思其簡而視之。」接着怒斥紅娘與張生，又寫回簡：「持此報兄，庶知我意。」紅娘精神失措，手足戰栗，趨至生前，眼汪汪皺着眉，張生見信，微笑曰：「好事成矣！」又向紅娘解釋簡中詩意：「今十五日，鶯詩篇曰《明月三五夜》，則十五夜也，故有『待月西廂』之句；『迎風户半開』，私啓而候我也；『拂墻花影動』者，令我因花而逾垣也；『疑是玉人來者』，謂我至矣。」紅娘笑而不信。是夜張生跳墻，卻遭鶯鶯痛斥，痛斥之語引自《鶯鶯傳》。鶯鶯言罷便退，紅娘羞他，他笑着道：「不如咱兩個權做妻夫。」紅娘不允。張生回房懊喪不已，勉强棄衣而卧。約來到二更將盡，隔窗兒驀聽得人唤門。

卷五叙鶯獨自來就張生，正歡娱間，張生發現是夢。他相思病重，夫人與鶯、紅來看望時，他竟赤條條地掉在床脚底。她們走後，他上弔自盡，紅娘正好來送鶯鶯的詩簡，將他救下。他展示鶯鶯來詩：「高唐休詠賦，今夜雲雨來。」是夜三更，鶯鶯果然由紅娘送來。張生歡娱後，次日寫詞二首，又賦《會真詩》三十韻，鶯鶯讀後，贊佩張生才華。晚上鶯鶯又來。

卷六叙鶯鶯朝隱而出，暮隱而入，幾半年矣，被夫人發覺。夫人唤紅娘訊問，紅娘只好講出兩人私合實情，並勸説夫人：張鶯才貌相當，兩人業已私合，潑水難收。張生陳退軍之策，有恩於崔氏。常言道「女大不中留」。如結良姻，治家報德，兩盡美矣。夫人曰：「賢哉，紅娘之論！」於是允婚。張生向法聰貸錢五千索，作爲媒禮。夫人令張生上朝取應，離試期僅約一月，張生三兩日内動身，請紅娘轉告鶯鶯：「功名，世所甚重，背而棄之，賤丈夫也。」臨行日鶯鶯在蒲西十里小亭送别。張生離蒲西行三十里，晚宿村店。夜半，忽見鶯、紅趕來。正交談間，剛欲歸寢，群犬吠門，喊聲震地，張生隔窗見五千餘人，團團圍住，一個大漢厲聲呼叫搜人。張生驚醒，纔知是夢。鶯鶯在家相思情濃，度日如年。明年，張珙殿試，第三人及第。

卷七叙張生賦詩一絶，令僕赴鶯鶯處報喜。鶯鶯因思念張生而消瘦，接信讀詩，知張生高中。自此時到秋天，又杳無一耗，鶯鶯「修書密遣使寄生，隨書贈衣一袭，瑶琴一張，玉簪一枝，斑管一枚」。并述相贈諸物之意。張生接信和贈物，非常感動，思情更濃。友人楊巨源聞之，作詩以贈之，並勉君瑞娶鶯。張生治裝未及行，鄭恒趕至蒲州，在夫人處謊稱：「珙以才授翰林學士，衛吏部以女妻之。」夫人聞言道「怎麽辦？」鶯鶯隔窗聽到，柔腸如割，紅娘勸她不要輕信。鶯鶯痛苦不已，夫人暗許鄭恒擇日娶鶯。張生趕到，聽説此事，撲然倒地，「曲匝了半晌，收身强起，傷自家來得較遲。」又思：「鄭公，賢相也，稍蒙見知。吾與其子爭一婦人，似涉非禮。」夫人讓他以鶯兄身份與鄭恒相見，他見鄭恒獐頭鼠目，十分不快，又謂夫人：「鶯既適人，兄妹之禮，不可廢也。」鶯鶯久召方出，坐夫人之側，與張生不言而心會。兩人對視，内心皆很痛苦。

卷八叙張生坐止不安，法聰勸慰，見張生志誠，願出力相助，殺死夫人、鄭恒，送還鶯鶯。正在此時，紅娘送鶯鶯來相會。兩人相擁痛哭，無計可施，雙雙懸梁自盡，紅娘、法聰連忙相救。法聰提議請已任蒲州太守的杜確救助。張、鶯連夜宵奔蒲州，杜確接納他們住下，並允力助。太守開衙，鄭恒鞭馬扣門，遽然而下。杜確怒斥他「姑舅做親，敗壞風俗，」又平白混賴他人之婦；鄭恒自殺身亡。於是君瑞鶯鶯，美滿團圓，還都上任。「從今至古，自是佳人，合配才子。」

《董西廂》在《鶯鶯傳》的基礎上，增補許多情節，又以張鶯私奔，在杜確幫助下成婚爲結局，對《鶯鶯傳》的故事情節和人物形象作了全新的改造。這是張崔本事流變的一個根本性的轉折，從而徹底改變了《鶯鶯傳》的主題思想。

《鶯鶯傳》中的張生是個始亂終棄、文過飾非、玩弄女性的無行文人。《董西厢》中的張生是見義勇爲，救助崔家，又真心與鶯鶯相愛，誓志不變並不惜殉情的多情才郎、志誠君子。《鶯鶯傳》中的鶯鶯是端莊美麗才華傑出的千金小姐，她敢於衝破封建禮教，追求自主的愛情婚姻，大膽與表兄結合；但當情人拋棄她時，爲維護門庭和廉耻，只能逆來順受；但她生性善良，衷心希望張生善待新娶之妻，祝願張生慎言自保，前途珍重。《董西厢》將她改造成與張生一樣忠於愛情，不惜棄家私奔，更爲大膽，與封建禮教的决裂更爲堅决，終於獲得美滿婚姻。原作中的紅娘，毫無作爲；在《董西厢》中，她大膽潑辣，張生初次答腔，她即嚴詞訓斥，寺警後應張生之懇求，幫他出謀劃策，提議他琴挑鶯鶯。又替張、鶯傳遞詩簡，陪送鶯鶯到張生書房幽會；夫人發覺後，她勸告夫人讓兩人成婚；鄭恒造謡時，又勸慰鶯鶯相信張生。紅娘在張崔之戀的過程中，起了重要的有時還是關鍵性的幫助作用。

《董西厢》通過以上的情節增補、改造和人物形象的全新塑造，表達了進步的主題思想：通過張生和鶯鶯追求自由愛情和自主婚姻的動人故事和藝術描寫，揭露和鞭撻維護封建禮教的人物和思想，歌頌青年男女反抗封建禮教、爭取幸福婚姻的鬥爭。

《董西厢》所産生的金代，正是南宋和金國南北對峙的歷史時代。南宋所處的南方，張崔題材十分流行，其作品雖今已全佚，但根據宋元明三代的文獻記載，數量卻遠較北方的金朝爲多。南宋王楙《野客叢談》卷十二有「張家故事」條，提及張君瑞。《南詞叙録》於「宋元舊篇」中著録南戲《西厢記》，《永樂大典》卷一「戲文十九」也著録此目，《永樂大典戲文三種》中的《宦門子弟錯立身》中提到《張珙西厢記》，錢南揚從《舊編南九宫譜》、《雍熙樂府》和《盛世新聲》等書中輯得《崔鶯鶯西厢記》佚曲，此皆爲宋元南戲。另有與之大致同時乃或更早的，周密《武林歸事》所載宋代官本雜劇目録中有《鶯鶯六幺》，陶宗儀《南村輟耕録》所載宋金元院本名目中的《紅娘子》。其中南戲（又稱「戲文」）《西厢記》是成熟的戲曲劇目。從以上文獻分析，且是宋元時代的著名作品，王實甫創作北雜劇《西厢記》非常可能不僅在内容方面更且在體制方面都參考和借鑒了南戲《西厢記》，從而使《王西厢》成爲最早學習南戲體制的雜劇，可惜因此劇已佚，我們今日已無法證實兩者之間有無關係了。

王實甫《西厢記》即《王西厢》顯然是在《鶯鶯傳》和《董西厢》的基礎上作出自己的偉大創造的。前人對此一般都評價很高，如明王驥德《新校注古本西厢記序》認爲：

董詞初變詩餘，多稚樸而寡雅馴，實甫斟酌才情，緣飾藻艷，極其致於淺深濃淡之間，令前無作者，後掩來哲，遂擅千古絶調，自王公貴人逮閨秀里孺，世無不知有所謂《西厢》者。

王實甫《西厢記》繼承《董西厢》的基本情節，又作了很大的改造和加工，使之十分完美精致。

《王西厢》將《董西厢》的卷一改編爲第一本四折，即佛殿奇逢、僧房假寓、墻角聯吟、齋壇鬧會；將卷二改編爲第二本第五折，即白馬解圍；將卷三改編爲第二、第三折，即紅娘請宴和夫人停婚；卷四改編爲第二本第四折即鶯鶯聽琴，和第三本第一、二、三折，即錦字傳情、妝臺窺簡和乘夜逾墻。《王西厢》又增第四折倩紅問病，爲《董西厢》所無。卷五改編爲第四本第一折，即月下佳期。卷六改編爲第二、三、四折，即堂前巧辯、長亭送別、草橋驚夢。卷七改編爲第五本第一、二、三折，即泥金報捷、尺素緘愁和鄭恒求配，以及第四折衣錦還鄉的前半部分。卷八改編爲第四折之最後一部分，但删去法聰勸慰、張崔私奔等情節，改爲由鶯鶯提議，張生請杜確來普救寺主持公道，從而張崔得諧美滿婚姻。

《王西厢》改造《董西厢》的張崔之戀本事，在以下十個方面作出新的天才創造，使《西厢記》雜劇進入張崔題材的最後完美階段。

其一，《王西廂》調整了《董西廂》的整體結構，將原來的八卷，另組成五本二十折（《六十種曲》本則稱爲齣），使情節的組織非常合理完整。本文前已歸納，《王西廂》的五本二十折即分爲二十小段，又組成五個大的單元，將《董西廂》原分的八大段，已重新分割；其中如第一卷一大段，調整爲第一本四折，占全劇五分之一，加大了篇幅；而第二卷白馬解圍，壓縮爲第二本的第一折；第四卷則分别歸入第二本第四折（聽琴）和第一、二、三折，將原來一卷的内容分割開來，成爲兩個情節段落。這樣的結構調整，使情節發展更爲明快有序、輕重分明、長短適宜。如《白馬解圍》是重點場次，但在《董西廂》中佔一卷，全劇八分之一，太冗長，《王西廂》作了壓縮，情節推進明快。

其二，豐富了重要的情節内容和細節部分，描寫充實而細膩。如卷四第四折倩紅問病，爲《董西廂》所無，爲王實甫所新增。鶯鶯賴簡後聽説張生病重，便再遣紅娘送簡，紅娘讀了一首藥方詩，張生看簡後興高采烈，紅娘再次提醒他不要再自作聰明、看錯鶯簡含義。這折（齣）戲安插在賴簡和酬簡中間，增加了戲劇波瀾，在使全劇結構更顯勻稱之同時，使全劇情節更豐富飽滿。又如張生首次與紅娘對話時，《董西廂》的説白質樸簡單，《西廂記》增加「二十三歲未曾娶妻」的自我介紹，便充實了對白中的細節。

其三，喜劇性和戲劇性增强。如增加「二十三歲未曾娶妻」一段説白，即有很大的喜劇性。戲劇性增强表現爲全劇的情節發展一弛一張，節奏分明。如鶯鶯函約張生幽會，張生跳墻後遭訓斥，張崔之戀陷入僵局；接着鶯鶯再次函約張生，兩人的情感又走向和諧。有時一齣之中也一波三折，如鬧簡，紅娘將張生的詩簡暗放妝臺，想避免鶯鶯的突然發怒；結果仍未避免，鶯鶯怒斥紅娘；紅娘反駁後，鶯鶯卻又反賠笑臉，懇求紅娘再次幫助。這裏的情節變化，觀衆都難預料，但又符合人物性格和情理，經得起反復推敲。

其四，增加精彩深入的心理描寫。《王西厢》關於張生、鶯鶯、紅娘的許多細膩描寫，都是王實甫的出色藝術創造，如鶯鶯鬧簡時的心理活動，張生猜謎時的絶對自信等。

其五，張生、鶯鶯的形象塑造更爲性格化和合理。張生風欠酸丁、文魔秀士的性格描寫，鶯鶯在夫人賴婚後採取主動行動以挽救美滿婚姻的剛毅性格，都顯得突出而合理。《董西厢》違背人物典型性格的不合理描寫，如張生抱住紅娘要求權做夫妻、鄭恒造謡騙親時，張生竟然「仁讓」等内容完全被《王西厢》所摒棄。

其六，刻畫紅娘、夫人的形象豐富完整。原作中紅娘、夫人皆是過場人物，很少有作爲，描寫也顯蒼白。《王西厢》中的紅娘活躍機靈，關鍵時刻都起推動作用。夫人賴婚時的恪守封建禮教的性格，表現充分。

其七，重要的配角作了改變。《董西厢》中的法聰，《王西厢》改爲惠明；原來他與張生比較親密的關係，如鄭恒騙婚後，法聰勸慰張生等情節，已作删除，僅突出惠明在圍寺時爲素昧平生的張生送信，搭救崔氏全家和合寺僧俗，强調他見義勇爲、勇武剛烈的性格。另如《董西厢》中没有姓名的僧人在《王西厢》中與法本合并成一個人物。以上的改變，使配角的描寫簡練，减少頭緒，突出重點。

其八，張生和鶯鶯的和詩尤其是琴挑部分，描寫更生動、自然、優美，《王西厢》另將《董西厢》中的鶯鶯「稍習音律」之語删去，改爲「無不能者」（劇始夫人自報家門語），精於琴藝詩詞，突出張鶯高智商、富於情調和知音互賞、知心知情的戀愛過程，突破單純的一見鍾情的模式，作出新的藝術創造。

其九，《王西厢》的語言較《董西厢》更精美，説白更符合人物性格並與情節互相生發。如張生跳墻後，鶯鶯、紅娘、張生的對白，紅娘審問張生的説白，既符合各人的性格，應對不對，不對而對，妙趣横生。

其十，原來歌頌自主愛情和批判封建禮教的主題更顯突出，而且更增添歌頌智慧、德行、勇氣皆備的女性形象這個重大主題。《董西厢》同情鶯鶯的痛苦和理想，贊嘆她的外貌之美，僅此而已。《王西厢》生動形象地描寫鶯、紅的主動關愛張生的心理和行動，突出其中包含的兩人所樂於與敢於承擔的風險和責任，以及滲透於中的出色智慧，歌頌封建社會和《鶯鶯傳》中被歧視和蔑視的傑出女性鶯鶯和紅娘。

因篇幅所限，以上十個方面的内容只能略舉一例，點到爲止。總之，王實甫《西厢記》對《董西厢》又作了一次全面的改造和提高，進入了一個很高的思想和藝術層次。當代不少論者贊譽《董西厢》和《王西厢》爲藝術雙璧，都是劃時代的著作。這個評價並不確切。《董西厢》固然可以稱爲金代的一代名作，但尚遠難稱完美；而王實甫《西厢記》在思想和藝術上都是完美的作品，它不僅是元代的一代名作，也是中國和世界文學史、藝術史上的少數頂級作品之一；是一個後人不可逾越的高峰，與古希臘悲喜劇和莎士比亞優秀劇作一樣，是時代造就的偉大作品，盡管它們難免也有瑕疵，猶如拙文《西方名著中的失誤和讀者效應》（《外國文學研究》一九九一年第二期，中國人民大學同名刊物轉載）和本書總評所指出的。

《西厢記》與絶大多數元雜劇一樣，元代版本早已蕩然無存，但明清兩代的刻本、抄本、石印本則百種，其版本的數量遠遠超過其它戲曲作品，可稱中國之最，也可稱世界之最。因此而産生了《西厢記》的版本學專家蔣星煜教授。蔣星煜先生的《明刊本西厢記研究》、《〈西厢記〉罕見版本考》兩本專著和其他論文集中的有關文章，對明刊本《西厢記》作了前無古人的全面、詳盡、深入的研究，又對《西厢記》的重要清刊本作出精當評價，其《西厢記》版本學的論著，成爲一代權威之作。此外，傅惜華《明代雜劇全目》關於《西厢記》的版本介紹，結合其收藏方面的業績，在學術上也作出很大的貢獻。筆者此文關於《西厢記》版本沿革的考論，在繼承蔣、傅兩先生的學術成就的基礎上，參以其它論者的有關論點，結合己見，作一簡要論述。

縱覽《西厢記》現存明清版本總貌，可知《西厢記》版本可以分爲兩大系統。其一爲王實甫《西厢記》系統，明代現存和已知版本，皆屬這個系統，簡稱爲《王西厢》。其二爲金聖歎於一六五六年（清順治十三年）刻印的《第六才子書西厢記》評批本，清代的版本多屬這個系統，簡稱爲《金西廂》。金聖歎的評批本，將王實甫《西廂記》的原文作了一定的修改，他的評批文字，周到詳盡，自成體系，在學術上取得很高的成就；又因文筆精美，觀點精辟，在藝術上有很大的魅力，故而《金西廂》問世後不脛而走，幾乎家藏一編，在清代和民初，成爲唯一行世之版本，使《王西廂》原本湮没幾三百年，創造了中國版本史的一個奇跡。故而《王西廂》和《金西廂》可以説是兩種同樣重要的版本體系。

《西廂記》版本繁多，據研究家統計，明刊《西廂記》包括重刻本有一一〇種，現存六十一種；清刊本包括重刻重印本也有一〇七種存世；民國以來約六十種；國内少數民族譯本四種；國外九種語言譯本五十六種；近代各個地方戲曲團體改編演出本，據不完全統計二十六種。（據寒聲《〈西廂記〉古今版本目録輯要》并略作更正。）

整個元代的《西廂記》刊本的情况今已一無所知。今知《西廂記》的最早版本爲永樂元年至五年（一四〇三—一四〇七）編成的《永樂大典》本，此爲抄本，收入《永樂大典》卷二〇七三七《劇·雜劇一》。

明刊本《西廂記》已知最早的兩個版本皆已全佚，它們是周憲王本和碧筠齋本。

周憲王本《西廂記》（刻於一四三九年之前）可以認定爲已知明刊本的最早版本。周憲王朱有燉（一三七九—一四三九），號誠齋，又號錦窠老人，是明太祖朱元璋第五子周定王朱橚長子，襲封周王，謚憲，故世稱周憲王。酷愛戲曲，其創作的雜劇三十餘種，匯爲《誠齋樂府》，亦稱名著。周憲王本《西廂記》在明代是著名、重要的版本，凌濛初的朱墨套印本《西廂記》實爲周憲王本的翻刻本，其《凡例十則》説：

此刻悉遵周憲王元本。一字不易置增損；即有一二鑿然當改者，亦但注明上方，以備參考，至本文不敢不仍舊也。

茲從周本，以前四本屬王，後一本屬關。

故周王本分爲五本，本各四摺，摺各有題目正名四句，始爲得體。

故周王本外扮老夫人，正末扮張生，正旦扮鶯鶯，旦倈扮紅娘。自是古體，確然可愛。

根據以上《凡例》所述和凌濛初刻本，可知周憲王本之原狀。據明代關於此本的記載分析，此本是刻本，而非抄本之類。

明代又有人認爲《白馬解圍》中惠明唱的【賞花時】二支，是朱有燉所加。凌濛初刻本第二本第一折《後庭花校語》引金在衡本之説：「周憲王增《西廂》【賞花時】，其意似謂不止此。」陸采在其《南西廂記》自序中也認爲：「本朝周憲王又加【賞花時】於首，可謂盡善盡美，真能道人意中事者，固非後世學士所敢輕議可改作爲哉。」但凌濛初認爲此二曲並非周憲王所作，他據《元曲選》編者臧懋循的觀點：「然憲王所撰，盡可逼元，不學究庸俗乃爾。」（《雕蟲館曲論》）也分析説：「此亦楔子也，楔子無重見，且一人之口必無再唱楔子之體。」即認爲周憲王是作曲高手，此二曲係俗筆，非周之爲。閔遇五《西廂記五劇箋疑》則説：「【賞花時】二曲，古本無云，是後人增入。」

周憲王本在《西廂記》版本史上有很高的價值。其一，它是明初最早的刻本，凌濛初贊揚它「自是古體」，故而此本可能與最早的元刊本最接近。其二，它定下了《西廂記》五本之作者是王作關續的基調。其三，凌濛初讚揚此本「摺各有題目正名四句，始爲得體」，此本提供了可能是原本的每摺之題目正名。此本今雖已全佚，幸賴悉遵元本，一字不易置增損的凌濛初刻本而留傳至今，彌足珍貴。

在此本之後，至今知另最早刻本金陵劉麗華嘉靖二十年（一五四一）序刻本和碧筠齋嘉靖二十二年（一五四三）刻本之間，竟有一百多年之空白。

碧筠齋本《西廂記》（刻於一五四三年），是王驥德校注本最主要的一部參考版本，也是徐文長批注本依據的藍本。

徐文長於《重刻訂正元本批點畫意北西廂》之《題語》中説明：

余於是帙諸解，并從碧筠齋本，非杜撰也。齋本所未備，余補釋之，不過十之一二耳。齋本乃從董解元之原稿，無一字差訛。

余所改抹，悉依碧筠齋真正古本，亦微有記憶不明處，然真者十之九矣。白亦差訛不通者，卻都碧筠齋本之白矣，因而改正也。

而槃薖碩人之《刻西廂定本・凡例》有：「邇來海内競宗徐文長碧筠齋本」，《刻西廂定本・總題出校語》亦有「此四語乃從徐文長碧筠齋中所著」云云，可見徐文長本與碧筠齋本之關係。

王驥德《新校古本西廂記》於《自序》和《凡例》中也多次自稱係據碧筠齋本，並介紹此本之情況云：

即覓得碧筠齋若朱石津氏兩古本。序碧筠齋者，稱淮干逸史。首署疏注僅數千言，頗多破的。

碧筠齋本，刻嘉靖癸卯，序言係前元舊本，第謂是董解元作，則不知世更有董本耳。

記中，凡碧筠齋本曰筠本，朱石津本曰朱本；二文同，曰古本。

凡採用碧筠齋舊注及天池先生新釋，……筠注曰古注，徐釋曰徐云。

於此可知，碧筠齋本刻於嘉靖癸卯，即嘉靖二十二年（一五四三），序文採用元代舊本之序，撰者署名爲淮干逸史，但元代版本竟誤認董解元爲雜劇《西厢記》作者，而竟不知作者爲王實甫。

碧筠齋本在《西厢記》版本史上也有一定的重要意義，通過王驥德對此本的介紹，讓今人知道淮干逸史所序之一種元刊本的一些情況，它又爲明代《西厢記》權威刊本之一的王驥德校注本提供了重要的文本依據，有很大的文獻價值。

朱石津本（萬曆十六年，一五八八）也是已全佚之重要版本，是王驥德《新校注古本西厢記》所據的與碧筠齋本同樣重要的兩大藍本之一。王驥德在其校注本的《自序》和《凡例》中多次論及此本之價值，如：

朱石津本，刻萬曆戊子，較筠本間有一二字異同，則朱稍以己意更易，然字畫精好可玩。古本惟此二刻爲的，余皆訛本。

朱石津，不知何許人，視碧筠齋大較相同。關中杜逢森《序》言：朱没而其友吴厚丘氏手書以刻者。并屬前元舊文，世不多見。

根據王驥德的上述介紹和評論，可見朱石津本的價值與碧筠齋本一樣，都是晚明時已「世不多見」的「前元舊文」，「古本惟此二刻爲的，餘皆訛本」，也即是保持元刊本原貌的珍貴版本。因此前引王驥德言及，他的校注本引用此二本時，「二文同，曰古本」。

綜上所述，周憲王本、碧筠齋本和朱石津本是明刊本《西厢記》中最重要的、最可靠的版本，惜已全佚，幸由王驥德、凌濛初刻本而保存其原來文本。

已知全佚之重要明刊本尚有：

萬曆七年（一五七九）以前刻金在衡本，

萬曆十年（一五八二）龍洞山農刻《重校北西廂記》，

萬曆十六年朱石津刻《古本西廂記》，萬曆間徐爾兼藏徐文長本，

萬曆間金陵富春堂刻本，

萬曆間日新堂刻本，

天啓、崇禎間閔振聲校刻本，

明王思任批評本。

其中重要的有周憲王本、碧筠齋本、金在衡本、朱石津本和徐爾兼藏徐文長本五種，前四種爲今存明刻著名版本所據之元本或校本；徐文長公子徐爾兼所藏的其父注批本，王驥德在其《新校注古本西廂記》卷六《考》按語中指出，「余所見凡數本，爲徐公子爾兼本，較備而確，今爾兼没不傳。世動稱先生注本實多贋筆，且非全體也。」其中王思任批評本雖原本已全佚，而其序則尚存；閔振聲校刻本雖已全佚，閔振聲則另有爲《會真六幻》本《西廂記》所撰之《五劇箋疑》傳世。

目前能見到的明刊《西廂記》，最早的僅見可能是成化（一四六五——一四八七）年間的刻本的四片殘葉。

這四片殘葉，是北京中國書店於一九八〇年在一部元刻《文獻通考》的書背上發現的。這四片殘葉的版式上的特徵爲：黑口，雙魚尾；雙欄，十三行，每行字數不等；曲牌與曲牌之間均不另行，科白另行，每行低一格；曲牌各用陰文，外加邊框；插圖用整個半葉，插圖的標題位於左上角，用小長方框，字係直行。

蔣星煜先生《新發現的最早的〈西廂記〉殘葉》一文認爲：「雖然這四片僅僅是不完整的殘葉，校刻也不精細，但是刻本時代較所有現存明刊本爲早，因此對《西廂記》的演變，尤其版本的演變，仍舊是有較高的學術價值，值得進一步去研究。」而此文對這四片殘葉刊刻的年代，則作了嚴密的考證。此文認爲：一、其字體和明代弘治、正德、嘉靖、萬曆刻本距離均較遠，而與成化年間北京永順書堂的《白兔記》等曲本較接近，尤其簡筆字幾乎全部相同，因此從殘葉的版式、字體來看，應刻是成化年間刻本，有可能是永順書堂所刻，當然也可能早於成化，早至元末和明初。二、明刊本《西廂記》從體例上來區分，基本上可分成分本（分卷）分摺與不分本而分齣的二大類，每一大類中又分成若干系統。此殘葉屬於分本分摺一類，並與弘治岳刻本、王驥德本、繼志齋本屬於同一系統之版本，從同一底本而出。

今存之明刊本《西廂記》的完整本子共約四十種，分藏於海内外圖書館和私人藏家之手。

現存六十一種的明刊《西廂記》中，最早的是弘治十一年（一四九八）金臺岳家刻本。最重要的校注本是王驥德《新校注古本西廂記》（萬曆四十四年，一六一六）、凌濛初校注的《西廂記五本》（天啓間）和閔遇五刻評之《西廂會真傳五卷》（天啓間）。著名的評批本有徐士範《重刻元本題評音釋西廂記》（萬曆八年，一五八〇）、容與堂本《李卓吾先生批評北西廂記》（萬曆三十八年，一六一〇）、陳繼儒《鼎鐫陳眉公先生批評西廂記》萬曆四十六年（一六一八）、山陰延閣主人訂正《徐文長先生批評北西廂記》（崇禎四年，一六三一）。

清代重要的校注本爲毛奇齡《毛西河論定西廂記》（清康熙十五年，一六七六，學者堂刻本）。

《西廂記》諸版本中，影響最大的是清代金聖歎《貫華堂第六才子書西廂記》八卷（順治十三年，一六五六），簡稱金批《西廂》或《金西廂》。金聖歎（一六〇八—一六六一）是明清之際的評點大家，他的金批《西廂》和金批《水滸》不僅代表着評點文學的最高峰，而且是中國古代美學史、文藝理論史上最重要的巨著之一。金批《西廂》和《水滸》影響極大，「一時學者愛讀聖歎書，幾於家置一編」，更且創造版本史上的奇跡，清代和民國期間刻印、流傳的多爲金批本，致使其他版本幾乎全部湮没不傳。金批《西厢》幫助讀者領會原著精妙之處，對《西厢記》的傳播起了很大的作用。

汲古閣《六十種曲》本《西厢記》，也是一種非常重要且很有影響的版本。關於汲古閣本《西厢記》的重要地位和深遠影響，蔣星煜先生《〈六十種曲〉本〈北西厢〉考略》給以非常精當的評價：「毛晉編刻《六十種曲》，同時將元雜劇《西厢記》收進一事，既擴大了《六十種曲》的傳播，又使元雜劇《西厢記》格外受到人們的重視，起到了一舉兩得的作用。這部《西厢記》確是盡可能保存較早版本的面目，又擇善而從地作了校評」；「《六十種曲》有其無可比擬的重要性、代表性，」又「流行最廣」。鄭振鐸先生主編《古本戲曲叢刊初集》，也在序言里强調，前人所編的戲曲叢書中，「毛晉汲古閣所刊《六十種曲》流行最廣」。並介紹：「初集收《西厢記》及元、明二代戲文及傳奇一百種。」所舉書名，僅《西厢記》一種。蔣星煜先生評論：「我們可以看到鄭振鐸不僅繼承了毛晉的優良傳統，而且把這個傳統加以發揚發光大了。説『繼承』，是指在專收戲文與傳奇的初集中，十分例外地收了北雜劇《西厢記》」；説「發揚」，「《古本戲曲叢刊》將《西厢記》列爲初集第一部作品」，「多了一分『天下奇魁』之作的意味。」並贊譽：「毛晉倡導於先，鄭振鐸繼（承）於後，可謂是中國戲曲出版史上之兩大盛舉也。」《六十種曲》及其《西厢記》的重要地位和深遠影響，由此可見。

金批《西厢》思想論

對金批《西厢》的思想意義，論者一般分爲兩派：一派給予全盤或基本否定，認爲金聖歎鼓吹封建禮教，閹割《西厢》的進步思想；另一派則作基本肯定，認爲金聖歎雖有維護「先王之禮」的局限，但力辯《西厢》「淫書」之説，有其一定的進步性。筆者不同意以上意見，認爲金批《西厢》與金批《水滸》和杜詩〔一〕一樣，具有深廣的思想意義，是封建社會罕見的進步、激進之作，達到封建時代的高峰。金批《西厢》的主要思想成就體現在以下三個方面。

一、力辯愛之有理和維護必要之禮

金聖歎力辯《西厢》「淫書」之誣，給人印象極深。他在《讀第六才子書〈西厢記〉法》的第一條即大義凛然地宣稱：

有人來説《西厢記》是「淫書」。此人後日定墮拔舌地獄。何也？《西厢記》不同小可，乃是天地妙文。自從有此天地，他中間便定然有此妙文。不是何人做得出來，是他天地直會自己劈空結撰而出。若定要説是一個人做出來，聖歎便説，此一個人即是天地現身。

這不僅給《西厢記》及其作者王實甫以至高無上的評價，以力敵萬鈞之勢破除「淫書」陋説，而且指出《西厢記》描寫、反映的真純、牢固的男女之愛是「天地」也即自然的偉大創造，内蘊不可抗拒的客觀規律，即「天地妙秘」。故而他理直氣壯地在《讀法》和評批中一再申述此論，並無情嘲笑持「淫書」論者是「只須撲，不必教」的冬烘先生。接著聖歎又從讀者的接受角度，提出「文者見之謂之文，淫者見之謂之淫」的精闢觀點。這與魯迅歸納分析《紅樓夢》的「讀者的眼光而有種種：經學家看見《易》，道學家看見淫，才子看見纏綿，革命家看見排滿，流言家看見宮闈秘事……」觀點相同，都發現了這條接受美學的規律，並用這條規律正確維護進步作品的思想意義。而聖歎在清初即有此論，更顯難能可貴。

金聖歎又高度肯定《西廂》在愛情文學史上的崇高地位。當張生初遇鶯鶯後，陷入相思已不能自拔，自稱「赤緊的深沾了肺腑，牢染在肝腸。若今生你不是並頭蓮，難道前世我燒了斷頭香？」聖歎即批道：「用兩「頭」字，起色便爲玉茗堂開山。」指出後來如《牡丹亭》等的《臨川四夢》和優秀愛情作品，皆受《西廂》影響，《西廂》於此有「開山」之功。

至於《西廂》中有關性行爲的内容，給道學先生們留下了口實。聖歎的回答是：

> 人説《西廂記》是「淫書」，他止爲中間有此一事耳。細思此一事，何日無之，何地無之？不成天地中間有此一事，便廢卻天地耶！細思此身自何而來，便廢卻此身耶？一部書有如許灑灑洋洋無數文字，便須看其如許灑灑洋洋是何文字，從何處來，到何處去，如何直行，如何打曲，如何放開，如何捏聚，何處公行，何處偷過，何處慢摇，何處飛渡，至於此一事直須高閣起不復道。

不僅雄辯滔滔説理透徹，而且指導讀者尤其是青年以如何正確閲讀的方法。

金聖歎又在《酬簡》前批中指出「好色與淫」問題「内關性情，外關風化，其伏至細，其發至巨」，故而以儒家經典之作

《詩經・國風》爲例，論證《西廂》與《國風》一樣，是嚴肅的愛情文學優秀著作。並又進而總結出一條文藝創作史的規律：

自古至今，有韻之文，吾見大抵十七皆兒女之事。此非以此事真是妙事，故中心愛之，而定欲爲文也，亦誠以爲文必爲妙文，而非此一事則文不能妙也。夫爲文必爲妙文，而妙文必借此事，然則此事其真妙事也。何也？事妙，故文妙；今文妙，必事妙也。

指出優秀的文藝作品必須是描寫愛情或借愛情以抒發純正感情、表達正確人生理想即「事妙」的妙文，而非爲寫愛情而寫愛情的拙劣之作。必要的性愛描寫是因文學作品本身在情節、性格發展中的需要而存在的，即「意在於文」。

聖歎既極力爲《西廂》必要的性愛描寫辯護，同時又反對《西廂》中不必要的涉淫和粗俗語句。如紅娘看到鶯鶯在爲張生而犯相思，她唱道：「針線無心不待拈，脂粉香消懶去添。春恨壓眉尖，靈犀一點醫可病懨懨。」末句語涉淫穢，聖歎批評說：「何人惡劄，見之可恨。」聖歎將《西廂》原本中紅娘說白內的粗俗語句、字眼盡數刪去，如包括稱呼張生爲「禽獸」、「鳥」等。這不僅保持作品的純潔性，更維護了紅娘形象的美好與純潔。

富有慧眼慧心的紅娘，認定張生、鶯鶯的品質、才識、感情真正是佳人配才子，故而看到他倆爲追求真正的愛情，「一個睡昏昏不待觀經史，一個意懸懸懶去拈針黹；一個絲桐上調弄出離恨譜，一個花箋上刪抹成斷腸詩；筆下幽情，弦上的心事，一樣是相思。」最後她下結論說：「這叫做才子佳人信有之。」聖歎批道：

猶言世上動雲才子佳人，未必如此兩人，方信真有才子佳人也。明是俊眼識取兩人，明是惡口奚落天下。作者真乃舉頭天外，無有别人也。

此乃强調才子佳人罕見，而能真正寫出才子佳人優美形象的優秀之作更爲罕見，而《西厢》作者即有此大志，並獨步天下了！此猶如曹雪芹蔑視滿口文君、子建的平庸言情之作，而獨許己作《石頭記》纔是真正純潔、高尚的愛情之作。曹雪芹受金批《西厢》的影響是十分明顯的，這也説明金聖歎對才子佳人的愛情觀和文學作品正確處理性愛描寫的觀點是正確的，並受到進步作家和理論家（包括李漁、張竹坡、脂硯齋等）的擁護和繼承。

聖歎在金批《西厢》中大力維護「先王之禮」，對此，當代論者多給予嚴厲批評。我認爲對這個問題應作具體分析。首先，處於明末清初的封建時代，雖有資本主義萌芽産生，但新的生産關係還遠未確立，因此代表封建社會的「先王之禮」尚未完全過時。況且「先王之禮」産生於封建社會初期，是新興地主階段在政治上生氣勃勃的産物，與産生於封建末世的反動封建思想有質的不同，因此其中的合理内核具有時代的繼承性，不容全盤否定，籠統地給予批判也是不妥的。其次，在資産階級新的理論産生之前，封建時代的進步思想家、文藝家的革新和進步，也只能是以封建地主階級理論和意識的進步的一面爲基礎，打的依然是「先王之禮」的旗號。當時的時代未提供新理論、新意識全面發生的充分必要條件，我們不能苛求前人，更不能望文生義，認爲用的是舊名詞就必然没有新東西。第三，事實是聖歎在此書中也的確有不少突破「先王之禮」的新觀念，如下文所述評之男女平等和尊卑平等觀念，即顯然與維護「先王之禮」的《論語》所持的「唯小人與女子爲難養也」觀點唱了反調。《西厢》中張生自報家門時説：「先人拜禮部尚書。」聖歎批道：「周公之禮，盡在張矣，妙！」但正是這個張生，曾幾次跪在丫環紅娘和鶯鶯面前求告，又借薦父之名行飽看鶯鶯之實，從「先王之禮」的角度看，大背孝道，又不誠實。而凡此種種聖歎皆極表欣賞，其對「先王之禮」有取有捨的靈活態度十分明顯。

第四，聖歎的有些批語維護必要之禮，不容否定其具體的正確含義。聖歎認爲張生初見鶯鶯時，鶯鶯並未對他留意，這是從鶯鶯所受的教養的嚴格、性格的穩重和相國小姐的矜持，從生活真實和性格真實出發，反對將她寫成輕佻和深諳男女之道的小市民中的庸俗少女，維護了鶯鶯形象的莊重和純潔。他批評老夫人兩次非禮則更有深刻理由。老夫人讓鶯鶯在公開場合露面，違反「良賈深藏」的處世原則，引來孫飛虎的五千賊兵圍寺。以後老夫人又賴婚失禮，爲張崔未婚同居提供了理由和心理根據。這些都是老夫人的違禮之處。聖歎對她的批評是正確的。

二、大力肯定和宣傳平等思想

《西廂記》原作的不少描寫，反映了王實甫突破封建樊籬所顯示的平等意識和觀念。儘管這樣的平等思想僅只在一定程度上超越當時的時代水準，但已大大高於其他元雜劇和後來明傳奇之佼佼者如《牡丹亭》和《嬌紅記》等，十分難能可貴。金聖歎以《西廂記》爲戲曲之最高典範，其中原因之一亦顯然著眼於此。故而他大力肯定和宣傳原作所具有的平等思想，並結合人物的性格和戲劇衝突使之更加凸顯。

細觀金批《西廂》的有關內容，聖歎主要宣揚了男女平等，長幼平等和主僕平等的民主意識。

金聖歎在《西廂》評批中表現了男女平等的民主思想。聖歎對女子的評價，和男子一樣，堅持以德才兼備爲主，以外貌出衆爲輔的高標準和理想化原則。鶯鶯忠於愛情，記恩報德，爲了張生，不惜違背母命，爲了感情，視功名如糞土，其德行之高尚，識見之高超，迥出人表。她的才華，誠如老夫人所説：「針黹女工，詩詞書算，無所不能」。單以她與張生酬和的幾首情詩來看，已確顯才華傑出。兼之外貌出衆，罕有倫比。因此聖歎極贊鶯鶯「真古今以來人人心頭之無價寶器也」，「天人也」。聯想聖歎在《水滸》評批中僅許李逵一人爲「人中之寶」，武松一人爲「天人」，可見聖歎對鶯鶯的評價之高，和將巾幗與英雄等同視之的男女平等意識。聖歎在紅娘惱恨鶯鶯一面做假、一面主動幽約張生「偷期」時評批道：

曾記吴歌之半云：「故老舊人盡説郎偷姐，如今是新翻世界姐偷郎。」此真清新之句也，然實不知《西厢》先有之。蓋紅娘怨毒鶯鶯，詆之無所不至，因謂張生「汝偷不如我偷」。夫至謂張生猶不必如鶯鶯，而鶯鶯之爲鶯鶯竟何如哉！怨毒於人，史公嘗言實甚，此真寫得出來也。

在資本主義萌芽産生前後的元明時代，平等自由民主的意識正漸漸露出鋒芒。少數女子一反被動姿態，主動追求愛情並採取勇敢行動，即是一種生動反映。聖歎讚賞吴歌此句的「清新」，實則讚賞女子在愛情活動中的主動精神和平等意識。

鶯鶯在長亭送别時，怕張生懾於老夫人不招白衣女婿的淫威，落第後不敢回來，故而特地教育他：「你與崔相國做女婿，妻榮夫貴，這般並頭蓮，不强如狀元及第？」實際上崔相國既已亡故，「人一走，茶就涼」，做女婿的已不能借光，此乃鶯鶯既嬌貴又稚嫩之言，此言妙在「妻榮夫貴」四字。聖歎笑批：「從來只知妻以夫貴，今日方知夫以妻貴，妙絶妙絶！」擊節歎賞道：「奇文，妙文，快文，至文。知此言者，獨一秦嘉；不知此言者，亦獨一郭曖。」這顯然在宣揚男女應該在某種角度達到平等的思想觀念。

《西厢記》第三之三章《賴簡》寫張生應約跳牆前去幽會，結果被鶯鶯當「賊」捉，紅娘審問一番。聖歎批道：

坐堂是小姐，聽勘是解元，科罪是紅娘。昨往僧舍，看目炎摩變相，歸而竟日不怡，忽睹此文，如花奴鼓聲也。寫紅娘既不失輕，又不失重，分明一位極滑脱問官，最是鬆快之事。

《西廂》原文固是遊戲文字，聖歎評批亦多調侃之語，但讓兩位年輕女郎當問官，讓秀才恭聽發落，摹擬封建政權中極爲嚴肅的公堂審勘，在客觀上，在王實甫、金聖歎的意識深處，都是抬高女性價值、揄揚男女平等的社會行爲，對讀者起著平等觀念的啟蒙作用。明末吴炳在《緑牡丹》中描寫才女擇婿，自設考場，通過考試決定是否「録取」理想的丈夫。這種無視唯有皇家纔可考核士子的封建權威，婦女當考官的藝術構思，極其新奇大膽，近人吴梅譽之爲「破天荒之作」。而《西廂》則更著先鞭，早已寫出婦女當問官的「破天荒之作」。

鶯鶯在婚姻問題上從對其母的專制主義不敢反抗，到内心開始反抗，發展至行動上的決裂，最後在長亭送别時，已公開駁斥其母謬論，針對其母「不招白衣女婿」的家規，叮囑張生：「此一行，得官不得官，疾便回來者！」聖歎批道：「此囑語妙妙！豈爲官哉？豈慮張生哉？全是昨日夫人怒辭猶在於耳，遂不覺不吐於口，必不得快也。嬌憨女兒，其性格真有如此。」對此逆母之言，大加讚賞與誇獎。

聖歎主張長輩有錯，子女可以批評、反對和反抗，青年男女爲了自身的幸福可以違背長輩錯誤意旨並開展有力鬥爭的這種觀念，明顯是長幼平等思想的有力體現。

金聖歎在尊卑平等的觀念方面，更有出色的表現，甚至至今没有過時。其最精采的表現是對紅娘性格的評批。

紅娘是一個没有半點人生權利的少年女奴，主子動輒可以將她「打下下半截來」；鶯鶯是相府千金，無比尊貴。紅娘對女主人鶯鶯小姐，不僅不逆來順受，竟還腹誹痛詆、怨恨，這在封建時代屬於大逆不道的犯上惡行。當紅娘好意爲張生傳遞書信，結果反被鶯鶯痛罵時，紅娘當場進行反駁，聖歎再三再四地稱賞。「其快如刀，其快如風。」「紅娘眼快手快，其妙如此。」「紅娘又妙。每讀此白，如聽小鳥鬥鳴，最足下酒也。」紅娘離開鶯鶯後，又在背後指責鶯鶯：「小孩兒口没遮攔，一味的將言語摧殘，把似你使性子，休思量秀才，做多少好人家風範。」聖歎之批語爲：「自此以下四節，則紅娘持書出户，背過鶯鶯，自將心頭適才所受惡氣曲曲吐而出之也。此一節重舉鶯鶯適纔盛怒之無禮也。」金批又盛讚紅娘數落鶯鶯之不是：「寫紅娘理明辭暢，心頭惡氣無不畢吐。真乃快活死人也。」

不寧唯是，紅娘還經常嘲笑、挖苦小姐的情人、尚書公子張生。尤其是鶯鶯賴簡後趕走張生，紅娘指著張生，反復羞他道：「羞也吒，羞也吒！却不道『猜詩謎杜家，風浪隨何，浪子陸賈』，今日便早死心塌地也！」聖歎多次批爲「極盡淋灕」。一個丫頭怎能譏笑公子？但聖歎認爲紅娘的挖苦之言「極盡淋灕之文，使我想皓布裩「昨夜雨滂烹，打倒葡萄棚」一頌，不覺遍身快樂。」更有甚者，紅娘答應張生的跪求，願爲張崔之戀出力，爲其來回傳遞書信時聖歎批道：「寫紅娘帶得書回，一時將張生分明便如座主之於門生，心頭平增無限溺愛，無限照顧，意思不難便取鶯鶯登時雙手親交與之。」將神聖的科舉考場内主考官與舉子的關係來比喻紅娘對張生在追求鶯鶯的情場上的指導、關心和幫助，十分恰切、警新，也十分抬舉紅娘，毫無尊卑之別。

聖歎對紅娘總評，極引人注目：

> 《西廂記》寫紅娘，凡三用加意之筆：其一於《借廂》篇中峻拒張生，其二於《琴心》篇中過尊雙文，其三於《拷豔》篇中切責夫人。一時便似周公制度，乃盡在紅娘一片心地中，凛凛然，侃侃然，曾不可得而少假借者。（《西廂記讀法》五十六）

不僅肯定紅娘峻拒張生、切責夫人，奴才可以冒犯主子，而且將一個地位最低賤的丫環，比作封建時代人們心目中最偉大的政治家周公，豈非大逆不道石破天驚之論！對照別的小說、戲曲作品所描寫的義僕丫鬟，對主人和長者只有唯唯諾諾，即如晴雯也没有紅娘這麽放肆大膽。只有《西廂記》敢這麽寫，也只有金聖歎敢這麽批！

聖歎這種尊卑平等的民主思想，對其進步的文藝美學觀之形成，有極大的影響。他在嚴厲批評「續《西廂》」時發揮説：

常歎街談巷説，童歌婦唱，一經妙手點定，便成絶代至文，任是《堯典》、《舜典》、《周南》、《召南》，忽遭俗筆横塗，竟如溷中不淨。

將農夫村婦、市民童稚的街談巷議、民歌小曲與神聖的經典一視同仁，還目之爲絶代至文。聖歎在金批《西廂》中引用多首當時的民歌，像引用儒、道、佛的經典言論一樣，作爲自己評批的根據。他對丫鬟紅娘、廚工惠明這樣的底層勞動人民的優秀品質和傑出才華以及勞動人民的民歌創作，不僅抱著極大的熱情予以歌頌和揄揚，甚至奉爲封建時代的聖賢和經典，這在封建社會的知識分子中幾乎是空前絶後的。

三、批判封建社會的愚昧與黑暗

與《西廂》的内容相結合，金聖歎對封建社會的愚昧與黑暗的現象和本質，予以深刻揭露和批判。與金批《水滸》和杜詩相比較，金批《西廂》的批判帶有自己的特色和深度。

首先，由於整個《西廂記》的前四本幾乎都以普救寺爲場景，這是佛教名刹内發生的故事，許多情節也與佛教有關。金聖歎犀利的批判之筆鋒無可避免地掃向世俗佛教的愚昧、虚僞與黑暗之處。

聖歎對當時佛教徒的批判可謂見縫插針，一毫不肯放過。他在《鬧齋》一折之前借做法事時鶯鶯之美貌也傾倒衆和

尚的情節，批道，

忽然巧借大師、班首、行者、沙彌皆顛倒於鶯鶯，以極襯千金鶯豔，固是行文必然之事。然今日正值佛末法中，一切比丘，惡乃不啻，自非龜鱉蛇蟲，亦宜稍稍禁戢，清淨闍閣，莫入彼中。蓋邇來惡比丘之淫毒，真不止於燭滅香消而已。

聖歎對禁欲主義禁錮下的佛門之徒由於天性支配反而大搞淫亂活動的醜行，深惡痛疾。《西廂記》中惠明和尚看不慣別的和尚，説：「別的女不女、男不男，大白晝把僧房門胡掩，那裏管焚燒了七寶伽藍。」聖歎對此批道：

女不女，男不男，佛又謂之細視徐行，如貓伺鼠。相君之面，則女不女；相君之背，則男不男。白晝門掩，正做此事也。便説盡秃奴二六時中功課，而文又雅甚。

用調侃、譏諷的筆調痛斥和尚勾引良家婦女和大搞同性戀的喪天害理的醜惡行爲。

明末清初的一些和尚騙姦婦女、搶劫財物的行徑，在普通百姓中反映很壞。馮夢龍在《汪大尹火焚寶蓮寺》中寫和尚大規模奸騙婦女，在《張淑兒巧智脱楊生》中描寫寶華寺和尚謀殺過路投宿旅客劫取財物，都生動具體地揭露身披和尚外衣的歹徒的罪惡行徑，令人髮指。當時這類故事很多，聖歎的批評都是有所指的。

聖歎又揭穿大和尚討好、勾結官府的醜行：「今日尤甚，蓋大和尚口中純是官府，非官府便不道也。」拆穿其自稱「世外」、「方外」自鳴清高之本質，這無疑是更爲致命的一擊。

另一個是人才問題，這是金批《水滸》和《杜詩解》諸書一再重視的老問題。金批《西厢》在這方面批語雖不多，但比較全面，歸納起來，有以下三點：

一是貧窮。張生剛進普救寺初會長老法本時，自報家門，然後唱道：大師一一問行藏，小生仔細訴衷腸。自來西洛是吾鄉，宦游在四方，寄居在咸陽。先人劄部尚書多名望，五旬上因病身亡。平生正直無偏向，至今留四海一空囊。

聖歎批道：

如送秧人被看鴨奴問話，緊急報船，誤行入木筏路中，皆何足道。莫苦於貧士一屋兒女，傍午無煙，不得不向鮑叔告乞升鬥。乃入門相揖，不可便語，而彼鮑叔則且睇目看天，緩緩言「節序佳哉」，又緩緩言「某物應時矣，已得嘗新否」，殊不覺來客心頭淚落如豆。我願普天下菩薩鮑叔於彼二三貧賤兄弟無故忽然早來之時，善須察言觀色，慰勞無故，而後即安，此亦天地自然之常理，不足爲奇節也。

張生接著爲借廂，對法本説：「小生途路無可申意，聊具白金一兩，與常住公用，伏望笑留。」並唱道：

秀才人情從來是紙半張，他不曉七青八黄（金批：「銀色也。」），任憑人説短論長，他不怕惦斤播兩。
我是特來參訪，你竟無須推讓。這錢也難買柴薪，不够齋糧，略備茶湯。

聖歎又批：

寫秀才入畫。作《西厢記》，忽然畫秀才，不怕普天下秀才具公呈告官府耶？

此段原作由張生自叙「平生正直無偏向，至今留四海一空囊」，反映清白知識分子的生活清貧。聖歎從張生的自白和張生向法本借厢的情節而借題發揮，揭露封建社會中廣大知識分子的物質生活常常陷於「一屋兒女，傍午無煙」的赤貧狀態，給予有力控訴。又形象描繪其被迫向人告貸的窘迫與心酸，對歷代封建統治者從來不管廣大知識分子死活作出有力批判。不要説是一般知識分子難得温飽，如不少戲曲小説中所描寫的那樣，即如孔尚任這樣的著名知識分子、大戲曲家，他雖有滿腹經綸和滿懷才華，也窮到「早餐大於軍國謀」、「餓腹雷鳴從者散」的狼狽程度。封建時代知識分子「心頭淚落如豆」的悲慘生活得見一斑。聖歎又借張生「秀才人情紙半張」一語，調侃知識分子又窮又要面子的心態，送不起禮就「富者贈錢，貧者贈言」，寫首把詩或格言相贈。其諷刺的雙刃，一面固然調侃秀才，另一面無疑是更著力地刺向不合理的封建社會的！

二是懷才不遇。張生闖蕩湖海，書劍飄零，著急於空自「螢窗雪案，學成滿腹文章」，「未知何日得遂大志」。聖歎指出：「看其心中如焚，止爲滿腹文章有志未就。」「寫張生滿胸前刺刺促促，只是一色高才未遇説話，其餘更無一字有所及。」張生又感慨哀歎：

向詩書經傳，蠹魚似不出費鑽研。棘圍呵守暖，鐵硯呵磨穿。投至得雲路鵬程九萬里，先受了雪窗螢火十餘年。才高難入俗人機，時乖不遂男兒願。怕你不雕蟲篆刻，斷簡殘篇。

聖歎急批：「哀哉此言，普天下萬萬世才子同聲一哭！」

聖歎一再强調張生「高才未遇」、「有志未就」，並引導到「普天下萬萬世才子同聲一哭」，已徹底看透整個漫長的封建社會壓煞人才的歷史悲劇。「萬萬世」一語，有萬鈞之力！《西廂記》描寫張生最後高中狀元，但聖歎認爲，像張生這樣誠實有才的知識分子，在封建社會中只能「高才未遇」、「有志未就」，即使僥倖中式，亦無普遍性意義，「普天下萬萬世才子」的下場只能是「同聲一哭」。結合金批《水滸》和杜詩的有關批語來看，聖歎的這個觀點貫穿其全部著作，是他徹底否定封建社會的主要觀點之一。

第三點，他指出知識分子中少數受到統治者賞識、重用者，也決無好日子和好下場。他們在發達之前，由於地位低下，常受淩辱。《西廂記》寫到鄭恒看不起張生，紅娘則宣傳張生才華之傑出，鄭恒嘲笑張生說：「我自來未聞其名，知他會也不會。你這個小妮子，賣弄他偌多！」又批道：

此是佳語，調侃不少。諸葛隆中不求聞達時，幾欲遭此人白眼。嗟乎！今日茫茫天涯，亦何處無眼淚哉！

在發達之後呢？聖歎回答說：正如鶯鶯譴責老夫人賴婚時所説的，「前日將他太行山般仰望，東洋海般饑渴，如今毒害得恁麽。」危急時要張生幫忙，何其急渴，何其謙恭，用過以後就一腳踢開，賴掉諾言，甚至「如今毒害得恁麽」。聖歎對此作一總結説：「高鳥良弓，千古同歎。」這就將李斯和朱元璋手下的謀士、大將這些歷代有功人才的悲慘下場揭示無餘。這些彪炳史册的大英雄，也受盡統治者的利用和愚弄；像明太祖這樣有雄才大略的統治者，對有用的人材也採取言而無信、過河拆橋、恩將仇報的翦滅手段。更何況聖歎的以上批判，直率、全面而深刻無餘，是極其發人深省的。這個批判，在封建時代已達到最高水準，不僅前無古人，即如後來之《聊齋志異》、《紅樓夢》和《儒林外史》，在人材問題上對封建社會的揭露與批判，亦不及聖歎之全面和深刻。

注釋

〔一〕參閲拙文《金批〈水滸〉思想論》（《華東師大學報》一九八七年第六期）和《金批杜詩思想論》（《杜甫研究學刊》一九八八年第三期等）。

金批《西廂》張生論

同金批《水滸》一樣，金聖歎對《西廂》人物形象的評批也獲得高度的成就。他對張生的評批，極具特色。

金批《西廂》卷之二《讀第六才子書〈西廂記〉法》第五十五則是對張生總評，金聖歎説：

《西廂記》寫張生，便真是相府子弟，便真是孔門子弟。異樣高才，又異樣苦學；異樣豪邁，又異樣淳厚。相其通體自內至外，並無半點輕狂，一毫奸詐。年雖二十已餘，卻從不知裙帶之下有何緣故。雖自説顛不剌的見過萬千，他亦只是曾不動心。寫張生直寫到此田地時，須悟全不是寫張生，須悟全是寫雙文。錦繡才子必知其故。

此則總評爲聖歎評批張生的人物總綱，見解全面深刻卓特。《西廂》正文中的金批緊緊圍繞這個總綱，反覆進行更深入更細膩更具體的評析，將張生這位中國古代知識份子的傑出形象，浮雕般地凸顯在讀者面前，令人驚歎！

《西廂》一開頭，第一折第一章，張生即上場亮相。張生一登上舞臺即介紹自己此次出門，是爲「上朝取應」。他順路拜訪同郡同學杜確，想到杜確已武舉狀元，官拜元帥，而「暗想小生螢窗雪案，學成滿腹文章，尚在湖海飄零，未知何日得遂大志也呵！」暗自傷憐。聖歎批道：「看其心中如焚，止爲滿腹文章有志未就，其他更無一言有所及。」張生接著又説：「正是萬金寶劍藏秋水，滿馬春愁壓繡鞍。」聖歎又批道：「別樣麗句，一氣説下，不對讀。質言之，只是不得見用，故悶人也。」反覆强調張生學問深廣而懷才不遇，志在濟世而心無旁騖。

接著張生開口唱了第一第二兩曲，劇本的原文和金批爲：

［仙呂］［點絳唇］（張生唱）遊藝中原，言遊藝，則其志道可知也。開口便説志道遊藝，則張生之爲人可知也？ 脚跟無線、如蓬轉。其至中原也；不獨至中原也，不獨至中原。而今趄至中原，則其於別院中人，真如風馬牛也。望眼連天，日近長安遠。中心如焚，止爲長安，豈有他哉，看他一部書，無限偷香傍玉，其起手乃作如是筆法。

右第一節。言張生之至河中，正爲上京取應，初無暫留一日二日之心。

【混江龍】向詩書經傳，蠹魚似不出費鑽研。棘圍呵守暖，鐵硯呵磨穿。投至得雲路鵬程九萬里，先受了雪窗螢火十餘年。才高難入俗人機，時乖不遂男兒願。怕你不雕蟲篆刻，斷簡殘篇。哀哉此言，普天下萬萬世才子同聲一哭！○看張生寫來如此人物，真好筆法。

右第二節。寫張生滿胸前刺刺促促，只是一色高才未遇説話，其餘更無一字有所及。

再次反覆强調張生才高時乖、高才未遇的滿腔悲憤，並擴而大之，點出「普天下萬萬世才子」的這共同命運，對封建社會壓制、摧殘人才的普遍性長期性現象，用「哀哉此言」，「同聲一哭」，表示極大憤慨。

這兩節批語中，除前述「滿腹文章」，意謂張生「讀萬卷書」外，又補充「其至中原也，不獨至中原」，暗寓張生四處「遊藝」，「行萬里路」之修養，有進一步嘉許張生才華的根基這層意思。

同時，繼前述「其他更無一言有所及」之後，又三次反覆强調張生除學問和大志外，「其餘別院中人，真如風馬牛也」、「中心如焚，止爲長安，豈有他哉」、「只是一色高才未遇説話，其餘更無一字有所及。」强調指出張生是專心致志，別無他求的有才志士，絶非尋花問柳之徒。

《西厢》下面的原文即張生的説白和曲文及其金批爲：

行路之間，早到黄河這邊，你看好形勢也呵！　張生之志，張生得自言之；張生之品，張生不得自言之也。張生不得自言，則將誰代之言，而法又決不得不言，於是順便反借黄河，快然一吐其胸中隱隱岳嶽之無數奇事。嗚呼！　真奇文大文也。

【油葫蘆】九曲風濤何處險，正是此地偏。帶齊梁，分秦晉，隘幽燕。雪浪拍長空，天際秋雲捲。便是曹公亂世奸雄語。竹索覽浮橋，水上蒼龍偃。便是治世能人言也。東西貫九州，南北串百川。言其學之富。歸舟緊不緊如何見？似弩箭離弦。言其才之敏也。

【天下樂】疑是銀河落九天，高源雲外懸。言其所本者高。入東洋不離此徑穿。言其所到者大。滋洛陽千種花，言其潤色帝圖。潤梁園萬頃田，言其霖雨萬物。我便要浮槎到日月邊。又結至上京取應也。

右第三節。借黄河以快比張生之品量。試看其意思如此。是豈偷香傍玉之人乎哉！　用筆之法便如擘五石勁弩，其勢急不可就，而入下鬥然轉出事來，是爲奇筆。

對這兩曲曲文之妙，聖歎之前的明代曲論家也已注意到並給以高度評價。如王世貞稱讚「雪浪拍長空」四句是「駢儷中景語」。王驥德指出前面的「雲路鵬程」四句，《中原音韻》所謂逢雙對也。此處「曲中直詠黃河，甚奇。然亦本董解元詞意，皆俊語也。」多從文句佳勝著眼，未能抓住要害。徐複祚雖說「王弇州取《西廂》『雪浪拍長空』諸語，亦直取其華豔耳，神髓不在是也。」但他自己也並沒講清「神髓」是什麼。金聖歎的評批則抓住了要害，並分三個層次批出了張生這個形象的神髓。

第一個層次，聖歎認爲作者和張生都借黃河的雄渾之勢，寫出和唱徹張生的胸襟和抱負。其胸襟猶如九曲風濤，横貫中原；志氣猶如長空雪浪，天際秋雲，都非常雄偉闊大，聖歎認爲可比亂世英雄曹操，亦是治世之能人。又用黃河水勢之浩淼和湊急，形容其才富思敏，見多識高，如能濟世必能治國利民，此爲「借黃河以快比張生之品量」。前引聖歎的張生總評，認爲張生「便真是相府子弟，便真是孔門子弟」，其意即張生的胸襟抱負確是相府的後繼之人（因他爲崔相國的女婿），的確配得上相府小姐；張生之志在兼治天下，的確是孔子的忠實學生。總評説他異様高才，異様苦學，異様豪邁，亦由此可見。聖歎對張生的評價既符合原著的深意，也體現出封建社會公認的優秀知識份子的標準，十分符合讀者對《西廂》男主人公的要求和心願。

第二層，聖歎在此又反覆强調張生對異性問題所抱的嚴肅態度，行爲端莊方正。我們知道，封建社會中的才子包括政治上有作爲的進步知識份子和才華傑出的騷人墨客，不少人也染上眠花宿柳、聲色犬馬的陋習。連國家風雨飄摇之際的複社俊秀侯方域之類也嫖妓宿娼，醉生夢死。同處明末亂世的金聖歎對知識份子階層這種享樂主義極爲不滿。明亡後，他在七律《塞北今朝》後半還批評説：「壯士並心同日死，名王捲席一時藏。江南士女却無賴，正對落花春晝長。」通過對張生的形象分析，他表達了自己對亂世英雄和治世能人的理想要求。在此基礎上，聖歎認爲張生追求鶯鶯，誠如其《讀法》中總評所説，張生「又異様淳厚」，「並無半點輕狂，一毫奸詐」；對一般女性毫不動心，張生追求鶯鶯，不是挑逗、勾引異性，搞始亂終棄的惡劣行徑，而是嚴肅認真地娶她爲妻，完成人生一件大事。

第三個層次，聖歎認爲張生既才高志遠，又淳厚真誠，才配得上鶯鶯。反過來，也只有鶯鶯這樣高尚、堅貞、靈慧、絕美的才女，才能打動張生，使他如癡似狂，甚至不惜以年輕有爲的生命爲之殉情。這無疑極大地襯高了鶯鶯的形象。故而聖歎在《讀法》總評中說：「寫張生直寫到此田地時，須悟全不是寫張生，須悟全是寫雙文。」聖歎的評批不僅分析原作文詞之美和比興之妙，而且指出張生是德才兼備的知識份子典型，更充分肯定「絕代之才子，驚見有絕代之佳人，其不辭千死萬死；而必求一當，此必至之情也」也即封建社會中知識份子所共同嚮往的「遥想公瑾當年，小喬初嫁了，羽扇綸巾，談笑間，强虜灰飛煙滅」（蘇軾《念奴嬌》）式「英雄加美女」的理想境界；因此《金批西廂》及其張生形象深得廣大讀者的厚愛並引起共鳴，絕非偶然。平心論之，聖歎的評批似不乏「借題發揮」之嫌，但古今讀者都讚賞他迥出人表的高深見解，他的發揮未離主旨，且發人深省。

金批《西廂》以後的評批，也據總論而沿著兩條線索對張生進行評論：張生的才華和張生的志誠。

金聖歎很讚賞張生在追求鶯鶯過程中顯露的才華。張生初遇鶯鶯即一見鍾情，爲能接近鶯鶯，創造追求的條件，他不假思索，即制訂了一系列步驟明確的行動計畫。聖歎多次表揚張生說：「張生靈心慧眼早窺阿紅從那人邊來，便欲深問之，而無奈身爲生客，未好與入閨閣，因而眉頭一皺，計上心來，忽作醜語，牴突長老，使長老發極，然後輕輕轉出下文雲。然則何爲不使兒郎，而使梅香？便問得不覺不知，此所謂明攻棧道暗渡陳倉之法也。傖父又不知，以爲張生忽作風話。」「鬥然借廂，鬥然牴突長老，鬥然哭後，又鬥然更衣先出去。寫張生通身靈變，通身滑脱，讀之如於普救寺中親看此小後生。」

張生既這樣聰明能幹，爲何鶯鶯賴簡時，張生卻一語也不會辯白，而且鶯鶯發火，他老老實實跪在地下一聲不吭？這是因爲張生雖然聰明，卻老實淳厚，又真心深愛鶯鶯，不忍因自己的言行有所不慎而刺傷鶯鶯的心，故而見她猝然變臉勃然大怒，竟一籌莫展，不發一言。因此後來鶯鶯酬簡時，紅娘見張生十分得意，紅娘揭他那夜之短，搶白說：「你又來也！不要又差了一些兒。」張生回答：「我那有差的事？前日原不得差，得失亦事之偶然耳。」聖歎稱讚道：「妙妙！絶世聰明人語也。」張生的答話是聖歎改動原作後加上去的。這個答話的確既符合情節的發展，又能突出張生的性格，也表現了張生和紅娘青年男女之間對話的活潑風趣。張生在追求鶯鶯的過程中，大的步驟設計得明確而快捷，但在小處應對方面則不善應付，經常失誤，非常符合大材處世時善於把持大局而拙於細微事情上的算計這樣規律性的現象。政治家失敗于陰謀家手中即有此因。金批《水滸》中的宋江雖然慣用權術，但他在黄文炳的算計下，步步跌入陷阱，即是顯例。大英雄偶入華容道並不影響人們對其平時有大智的基本評價。張生也如此。他的不少笨拙言行和因此而造成的狼狽、尷尬境地，反而襯托出「這位絶代之才子」（金批語）的忠厚可愛。聖歎嫻熟於藝術辯證法，在評批中處處發揮此法精義，其評批張生亦如此。

金批的另一條線，是突出張生對愛情的志誠。原作從張生相思鶯鶯而患病、願殉情的角度描寫他對愛情的忠誠和至誠。聖歎對此是十分讚賞的，他又挑出一些細節描寫，評論張生的一片真情。如退敵後，老夫人宴請張生，張生認爲日夜嚮往的婚宴在此日到來，很早就起身，恭候好時光的到來。原作寫紅娘前來請他，他迫不及待地開門作揖，聖歎批道：「寫紅娘未及敲門，張生已忙作揖。天未明起身人，便於紙縫裏活跳出來。」又如長亭送别時，鶯鶯千叮萬囑：「此一行，得不得官，疾便回來者！」張生答道：「小姐放心，狀元不是小姐家的，是誰家的？小生就此告别。」金批：「又妙又妙。謙未必得狀元固不佳，誇必定得狀元又不佳，狀元原是小姐家的，精絶！」指出張生既安慰鶯鶯又體貼鶯鶯的一番心思。鶯鶯依舊不放心，對張生説：「住者！君行别無所贈，口占一絶，爲君送行：『棄擲今何道，當時且自親。還將歸來意，憐取眼前人。』」張生答道：「小姐差矣，張珙更敢憐誰？此詩，一來小生此時方寸已亂，二來小姐心中到底不信，且等即日狀元及第回來，那時敬和小姐。」金批：「妙白。妙至於此，便都作雙徵之聲，親朋盡一哭矣。」恰切地表達了張生對鶯鶯的感情的堅貞忠誠。須知張生的這兩段答話，聖歎皆已作了修改。王實甫原作，張生前面一句答語是：「小生這一去白奪一個狀元，正是『青霄有路終須到，金榜無名誓不歸。』」不僅口出大言，而且將金榜題名明確放在愛情之上，拒絶了鶯鶯願他不得官也須早日歸來的希望和殷切情意。鶯鶯贈詩後，原作寫張生馬上和詩一首：「人生長遠別，孰與最關親？不遇知音者，誰憐長歎人？」也遠不及聖歎的改作顯得對鶯鶯的體貼、愛護、誠懇，和對鶯鶯的萬分敬重。

聖歎在草橋驚夢一出，分析張生鶯鶯的深厚感情，並主張全劇應到此處爲止，保持餘音嫋嫋的美學效果。他對第五本十分痛恨，認爲思想低劣、藝術平庸，是狗尾續貂之作。但對第五本中個别好的段落也表示公允的讚賞。其中有一段情節説鄭恒等造謡，誣陷張生抛棄鶯鶯，在發跡當官後另娶新歡，紅娘前來責問，張生辯白説：

和你也葫蘆提了。小生爲小姐受過的苦，别人不知，瞞不得你。甫能够今日，焉有是理？

【攪箏琶】小生若别有媳婦，只目下便身殂。我怎忘了待月回廊，撇了吹簫伴侣。我是受了活地獄，下了死工夫，甫能够爲夫婦，我現將著夫人誥敕，縣君名稱，怎生待歡天喜地，兩隻手兒親付與。他剗地把我葬誣。

金批爲：

此一段更精妙絶人，又沉著，又悲涼，又頓挫，又爽宕，便使《西廂》爲之，亦不復毫釐得過也。

此批實則歌頌張生忠於鶯鶯之情而萬難不辭和其態度的斬釘截鐵。

回顧金聖歎以前的張生形象史，最早的元稹《鶯鶯傳》將張生塑造成一個言而無信，始亂終棄，玩弄異性之後又能「改過」的惡濁小人。這個形象遭到唐宋讀者的極大不滿和後世的嚴厲批評，魯迅指斥其「篇末文過飾非，遂墮惡趣」（《中國小說史略》），至爲確當。董解元和王實甫改造了張生的形象，使《西廂記》成爲不朽之作。董、王反對門第觀念和始亂終棄，提出「願天下有情的都成了眷屬」，聖歎一再批爲「妙句」，「結句實乃妙妙」；後人還以此語作爲《才子西廂醉心篇》的末章題目，並批道：「竟是普天之下，莫非情種。」對純潔真摯持久的愛情大加讚美，在董、王的基礎上，又向前推進一步。與此相適應，聖歎在董、王的基礎上，對張生這一形象又作了進一步的修改，進一步突出張生的儒雅、多情，删改一些略顯輕浮、薄情的言行，在保持原作中張生由於年輕、生性幽默活躍而有時呈現文魔秀士、風欠酸丁，有時聰明伶俐，有時迂、傻可笑的豐富性格的基礎上，加强了張生形象的純潔性。至於聖歎所深惡痛絶的第五本，他未作改動，對原作寫壞張生的敗筆則予痛詆。如老夫人責怪張生停妻另娶時，張生急道：「夫人，你聽誰説來？若有此事，天不蓋，地不載，害老大疔瘡！」聖歎斥爲「《西遊記》豬八戒語也」。批評此處張生語言的粗俗無文，與人物性格絶對不符。

回顧金聖歎以前的《西廂》出版史，元至明中期的《西廂》版本已蕩然無存；而晚明短短半個世紀中，各種《西廂》版本和評本，今存其書其目者已有六十餘種之多。可是自金批《西廂》問世後，其他版本湮没無聞，僅金本及其再評本風行海内外。曹雪芹《紅樓夢》中，不僅賈寶玉林黛玉「豔曲驚芳心」時讀的是金本《西廂》，寶玉形象的塑造亦顯受金本張生的影響。新中國成立後影響巨大的越劇《西廂記》也據金本改編。可見金批《西廂》成爲公認的《西廂》最後定本，而金本及其評批過的張生形象亦業已深入人心。金聖歎對人物形象用修改和評批的雙重手法來建立自己的創作理論，其傑出成就，對當代的理論家和創作家都不乏借鑒意義，並值得作不斷的反覆的深入研究。

金批《西厢》鶯鶯論

金聖歎認爲鶯鶯是《西厢記》最重要的第一主角。他在《讀第六才子書〈西厢記〉法》第四十七則説：

《西厢記》止寫得三個人：一個是雙文，一個是張生，一個是紅娘。……

第五十則進一步指出：

仔細算時，《西厢記》亦止爲寫得一個人。一個人者，雙文是也，若使心頭無有雙文，爲何筆下却有《西厢記》？《西厢記》不止爲寫雙文，止爲寫誰？然則《西厢記》寫了雙文，還要寫誰？

接著在第五十一則、五十二則又進而指出「《西厢記》寫紅娘，當知正是出力寫雙文。」「然則《西厢記》又有時寫張生者，當知正是寫其所以要寫雙文之故也。」

金聖歎提出鶯鶯是《西厢記》最重要的第一主角，劇中張生、紅娘這兩個形象的描寫，從根本上説，是爲塑造鶯鶯服務的獨特觀點，是有説服力的，也符合現實主義劇作典型人物塑造的創作原則。

金聖歎極其鍾愛鶯鶯這個藝術形象。聖歎讚賞鶯鶯的內心極其純潔,「其一片清淨心田中初不曾有下土人民半星齷齪也」,盛讚其內心世界爲一片「珠玉心田」。又深愛其儀錶之齊整。當張生月夜在園內「等著我那齊齊整整嬝嬝婷婷,姐姐鶯鶯」時,聖歎說:「人愛殺是『嬝嬝婷婷』,我愛殺是『齊齊整整』。夫『齊齊整整』者,千金小姐也。」聖歎對鶯鶯的評價是,其身份和教養,「真是相府千金秉禮小姐」;其容貌,乃「國豔也」,「非多買胭脂之所得而塗澤也」,而是「無邊妙麗」,可「將普天下娥眉推倒」。因此他認爲「雙文,天人也。」或者說是「天仙化人」。甚至認爲「今如鶯鶯,真古今以來人人心頭之無價寶器也。」給以至高無上的正確評價,成爲至今無人提出異議的定評。

金聖歎對鶯鶯的具體評批主要分兩個部分,其一是鶯鶯與張生的戀情與心理,其二是鶯鶯的性格,而且兩者是緊密結合的。

鶯鶯一出場時,老夫人介紹她「年方一十九歲」,「相公在日,曾許下老身侄兒、鄭尚書長子鄭恒爲妻。」在封建時代,十九歲的女孩已屬「大齡未婚青年」,鶯鶯的潛意識中不免春情撩亂,故而她出場第一曲即唱道:「花落水流紅,閒愁萬種,無語怨東風。」此中亦見她心中對自己許配給無德無才的鄭恒的不滿和煩惱。她又在每夜燒香時無語祈禱,戲中寫道:

……(鶯鶯云)此一炷香,願亡過父親,早生天界!此一炷香,願中堂老母,百年長壽!此一炷香……(鶯鶯良久不語科)(紅云)小姐爲何此一炷香每夜無語?紅娘替小姐禱咱:願配得姐夫冠世才學,狀元及第,風流人物,溫柔性格,與小姐百年成對波!(鶯鶯添香拜科)心間無限傷心事,盡在深深一拜中。(長吁科)

紅娘無疑已説中鶯鶯心事，鶯鶯不僅默許，而且添香而拜、長吁短歎。「心間無限傷心事」也所指甚明。但是，鶯鶯理想中的如意郎君此時業已闖入她的生活之中，可是她卻渾然不知。那日張生初到普救寺時，正好鶯鶯奉母命到大殿上散心，小立片時，卻被張生驚見，張生「目定魂攝」，鶯鶯卻渾然不覺，「盡人調戲，嚲著香肩，只將花笑拈。」聖歎批道：

「盡人調戲」者，天仙化人，目無下土，人自調戲，曾不知也。彼小家十五六女兒，初至門前便解不可盡人調戲，於是如藏似閃，作盡醜態，又豈知郭汾陽王愛女晨興梳頭，其執櫛進巾，捧盤瀉水，悉用偏裨牙將哉？《西廂記》只此四字，便是吃煙火人道殺不到。千載徒傳「臨去秋波」，不知已是第二句。

又在此節「第一折第六節」總評説：

……蓋下文寫雙文見客即走入者，此是千金閨女自然之常理，而此處先下「盡人調戲」四字寫雙文，雖見客走入而不必如驚弦脱兔者，此是天仙化人，其一片清淨心田中，初不曾有下土人民半星齷齪也。看他寫相府小姐，便斷然不是小家兒女。筆墨之事，至於此極，真神化無方。

不嫌重複，再三强調鶯鶯在情事上的天真爛漫，目中並無張生其人，她自管微笑著賞花。接著張生見她「宜嗔宜喜春風面」，聖歎又批：「我不知雙文此日亦見張生與否。若張生之見之，則止於此七字而已也。後之忤奴必謂雙文於爾頃已作口挑心招種種醜態，豈知《西厢記》妙文原來如此。」（同上）聖歎認爲鶯鶯當時並未覷見張生，更不可能違背嚴格的教養和不顧相國千金的身份，做出口挑心招的輕狂舉動。鶯鶯的實際行動是：「雙文才見客來，便側轉身云：『我看母親去。』此是一晌眼閒事。」（金批語）鶯鶯的倩影消失良久，張生的目光還循著她的去路呆望，並自作多情地唱道：「我明白透骨髓相思病纏，我當他臨去秋波那一轉！」聖歎急批：

妙眼如轉，實未轉也。在張生必爭云「轉」，在我必爲雙文爭曰「不曾轉」也。忤奴乃欲效雙文轉。

聖歎通過「臨去秋波那一轉」這一名句的獨特理解，正確地辨析張生的心理和鶯鶯的實際，的確符合劇情和鶯鶯的性格。以上是聖歎評批鶯鶯的第一個層次，强調第一本第一折《驚豔》中張生的主動性和自作多情，强調鶯鶯固然憂心自己的婚姻，但她心地純潔，根本不懂調情，也並不理會别人向她調情。她是甚至連公衆場合也難得露一次面的千金相國小姐。

第二個層次是第一本第三折《酬韻》中鶯鶯耳聞張生之姓名和聲音及其她的反應。紅娘向鶯鶯報告修齋所定日期時，想起剛才張生的風魔舉動，當笑話講給小姐聽：

小姐，我對你説一件好笑的事。咱前日庭院前瞥見的秀才，今日也在方丈裏坐地。他先出門外等著紅娘，深深唱喏，道：「小娘子莫非鶯鶯小姐侍妾紅娘否？」又道：「小生姓張，名珙，字君瑞，本貫西洛人氏，年方二十三歲，正月十七日子時建生，並不曾娶妻。」（鶯鶯云）誰著你去問他？（金批：妙筆！幾乎屈殺紅娘。）（紅云）却是誰問他來？（金批：本是一氣述下，中間略作間隔，以爲波折。）他還呼著小姐名字，說：常出來麽？」被紅娘一頓搶白，回來了。（鶯鶯云）你不搶白他也罷。（紅云）小姐，我不知他想甚麽哩，世間有這等傻角，我不搶白他？（鶯鶯云）你曾告夫人知道也不？（紅云）我不曾告夫人知道。（鶯鶯云）你已後不告夫人知道罷。（金批：一路如憐不憐，如置不置，有意無意，寫來恰妙。）

鶯鶯批評紅娘「誰著你去問他？」顯示有教養者不惹閒事的行爲風格，「你不搶白他也罷」一語則除不惹閒事之外，也表露有修養的少女對那些對自己有好感的異性少年的有意無意所懷的惻隱之心，不讓紅娘報告夫人，除兼含以上兩種意思外，還因爲鶯鶯深知老夫人一貫對自己防範甚嚴，她不願讓夫人增加新的疑心。總之，鶯鶯雖未端詳過張生的身形容貌（那日在佛殿她一瞥見陌生人影即抽身而歸），但對這位初露追求之意的男子「如憐不憐」的心理，已被聖歎靈眼覷見了。

鶯鶯和紅娘在上述對話後即到花園裏燒香，鶯鶯燒第三炷香時被紅娘説中心事而長歎，張生聽到長歎聲，説：「小生仔細想來，小姐此歎必有所感。我雖不及司馬相如，小姐，你莫非倒是一位文君。小生試高吟一絶，看他説甚的。」（金批：吟詩必如此寫來，方不唐突人。）張生吟道：「月色溶溶夜，花陰寂寂春；如何臨浩魄，不見月中人。」（金批：真是好詩！）鶯鶯問知吟詩者是張生，她説：「好清新之詩，紅娘，我依韻和一首」：「蘭閨深寂寞，無計度芳春，料得高吟者，應憐長歎人。」（金批：也真是好詩！）此時鶯鶯聞其聲而識其才，對這位追求者除抱有被追求的快感外，又領會到對方「料得高吟者，應憐長歎人」的真誠的美意，在感情上已有了初步的反應。

以上是崔張戀情的第一階段，即鶯鶯聞其名、聲後的瞭解階段，她知道了張生的姓名、年齡、籍貫並初識其才華的階段。接著，在第一本第四折《鬧齋》張生與鶯鶯同在法堂，鶯鶯全家做法事超度老相國亡魂，張生名義上「帶得一分兒齋。追薦我父母」，實則「張生用五千錢看鶯鶯」（金批語）。法堂上各色人衆看到鶯鶯絶色之美都神魂顛倒，張生唱道：「老的少的，村的俏的，没顛没倒，勝似鬧元宵。稔色人兒，可喜冤家，怕人知道，看人將淚眼偷瞧。著小生心癢難撓。」聖歎批道：

老的少的，村的俏的者，即諸檀越也。夫鶯鶯不看人可也，若鶯鶯看人，則獨看張生可也。今張生則雖自以爲皎皎然獨出於「老的少的，村的俏的」之外，而自鶯鶯視之，正複一例，茫茫然並在「老的少的，村的俏的」之中。此時張生千思萬算，不知吾鶯鶯珠玉心田中果能另作青眼提拔此人，别自看待乎？抑竟一色抹倒乎」——所謂「心癢難撓」也。

聖歎批出張生的發現——鶯鶯在偷眼瞧人——和張生的心中之謎。第二本第一折《寺驚》中，鶯鶯一上場即說：「前日道場，親見張生，神魂蕩漾，茶飯少進，況值暮春天氣，好生傷感也呵！正是：好句有情憐皓月，落花無語怨東風。」聖歎批道：

于白中則云前日道場親見張生，於曲中則止反覆追憶酬韻之夜，命意措辭俱有法。

指出「吾鶯鶯珠玉心田中果能另作青眼提拔」張生，而且又在此白最後二言和下面曲中「反覆追憶酬韻之夜」：鶯鶯唱道：「分明錦囊佳句來勾引，爲何玉堂人物難親近？」「你知道我但見個客人，慍的早嗔；便見個親人，厭的早褪。（金批：反覆以明己之實不易動心，上文已明。）獨見了那人，兜的便親。我前夜詩，依前韻，酬和他清新。不但字兒真，句兒匀，我兩首新詩，便是一合回文。誰做針兒將線引，向東牆通個殷勤。」金批：

直至此方快吐「獨見那人，兜的便親」之一言。看他上文，凡用無數層折，無數跌頓，真乃一篇只是一句。

鶯鶯接著又唱：「風流客，蘊藉人。相你臉兒清秀身兒韻，一定性兒温克情兒定，不由人不口兒作怎心兒印。我便知你一天星斗煥文章，誰可憐你十年窗下無人問。」金批：

已至篇盡矣，又略露鬧齋日曾親見其人，以爲下文鼓掌應搴時正是此人，如玉山照眼作地，通篇蓋並無一句一字是虚發也。○「一天星斗」二句，又奇筆也。即刻馳書破賊，兩廊下僧俗若干人等，無有一人不知了也。用意之妙，一至於此。

意謂鶯鶯慧眼識人，看出並稱頌張生才氣過人，無形中似已預見到後來果然是張生挺身而出，妙計退敵。

這裡也全面歸納鶯鶯理想中的配偶的要求：風流蘊藉，臉兒清秀身兒韻，性兒温克情兒定，並有「一天星斗煥文章」的卓越才華。鶯鶯的要求是非常高的，而像張生那樣能够達到鶯鶯的所有要求的男性未婚青年，也是絶無僅有的。

正在此時，鶯鶯聞知孫飛虎圍寺，要劫她爲壓寨夫人，鶯鶯又氣又急：「我魂離殼，這禍滅身，袖稍兒搵不住啼痕。一時去住無因，進退無門，教我那堝兒人急偎親？（金批：妙！挑到張生。）孤霜母子無投奔，赤緊的先亡了我的有福之人。」（金批：妙妙！句句挑到張生。）聖歎指出鶯鶯在危急中也時時處處想到張生。

後來鶯鶯在緊急無措之時看到張生自告奮勇，定計相救，她感歎：「紅娘，真難得他也！」又唱：「諸僧伴各逃生，衆家眷誰偢問，他不相識横枝兒著緊。非是他書生叨議論，也自防玉石俱焚。（金批：便代他辯。妙絶！）甚姻親，可憐咱命在逡巡。濟不濟權將這秀才來盡。（金批：又爲自辯。妙絶！○是避嫌，是護短，必有辯之者。）他真有出師的表文，下燕的書信，只他這筆尖兒敢橫掃五千人。」末句金批爲：

愛之信之，一至於此，亦全從酬韻一夜來。

此節總批爲：

寫鶯鶯早爲張生護短，早爲自己避嫌。接連二筆，便娓娓然分明是兩口兒。此稱入神之筆。

正確地指出酬韻之夜張生體貼鶯鶯之詩是引起鶯鶯之愛的反響的根由。鶯鶯至此已與張生心心相印。這是崔張之戀的第二階段，自鶯鶯親睹張生之風采，並更深入瞭解到張生的爲人、品質和才氣，在心底裏愛上張生，到危難中兩人的戀情得到公開確認和合法存在。

崔張之戀的第三階段是老夫人賴婚前後。退敵後，老夫人設宴謝張生。鶯鶯對張生滿懷感激又深心相愛，她唱道：「若不是張解元識人多，別一個怎退干戈？」聖歎長批道：

一篇文，初落筆便先抬出「張解元」三字，表得此文，已是雙文芳心系定，香口噙定，如膠入漆，如日射壁，雖至於天終地畢，海枯石爛之時，而亦決不容易者也！」……○「別一個」妙，只除張解元外，被茫茫天下之人，誰是「別一個」哉！既已漫無所指，而又自云「別一個」。然則口中自閑嗑「別一個」，心中實蕩漾「這一個」也。《古樂府》云：「座中數千人，皆言夫婿殊。」

吾嘗欲問何處座中，誰數千人，誰問其言，誰又告卿？殆於卿自心憐卿之夫婿殊也！正與此「別一個」之三字遥遥千載，交輝互映。○「識人多，」措辭妙絶。便以吾張解元爲宰相不愧耳！看他只三字，豈複三百字、三千字、三萬字所得换哉。「怎」字又妙，一似曾代此「別一個」深算也者，而其實一片只是將他張解元驕奢天下人。蓋寫雙文此日之得意，真寫殺也。

接著又指出鶯鶯「畢竟還是感，還是愛？」感愛交集，又因喜得最佳之婿而情不自禁地得意洋洋的心理和神態。

當紅娘祝賀鶯鶯説：「張生你好有福也。小姐真乃天生就一位夫人。」鶯鶯在心裏回答：「你看没查没例謊僂科，道我宜梳妝的臉兒吹彈得破。你那裏休聒，不當一個信口開合。知他命福如何？我做夫人便做得過。」又説：「除非説我相思爲他，他相思爲我，今日相思都較可。這酬賀當酬賀。」聖歎批道：

忽然將「他我」二字分開，忽然將他我」二字合攏，寫得雙文是日與解元貼皮貼肉，入骨入髓，真乃異樣筆墨。雙文快哉，使敢縱口呼一「他」字，敢問他之爲他乃誰耶？自謙未必做夫人，而公然牽連及人云「看他福命如何」，意卿之與他同福共命遂至此耶！快哉雙文，此爲是卿心頭幾日語，何故前曾不説，今忽然説？豈卿今日之與他便得更無羞澀耶？甚至暢然承認云「我相思」，「他相思」，甚矣雙文，此日之無顧無忌，滿心滿願也。○「我」之與「他」，最是世間口頭常字，然獨不許未嫁女郎香口輕道。此則正將此字翻剔出異樣妙文來，作《西厢記》人真是第八童真住菩薩，無法不悟者也。

鶯鶯在極其得意、極其愉快之時，念頭一轉，忽又心生不快：「母親你好心多。我雖是賠錢貨，亦不到兩當一弄成合。（金批：「兩當一」者，一來壓驚，二來就親也。）況他舉將除賊，便消得你家緣過活。（金批：妙妙！是非平心語哉。然自旁人言之，則公論也；今出雙文口，便是護惜解元，聖歎先欲笑也！）你費甚麽結絲蘿……」聖歎又批：「此，『我他』二字，更奇更妙，便將自己母親之一副家緣過活，立地情願雙手奉與解元。自古云『女生外向』，豈不信哉。」

以上是老夫人賴婚前，鶯鶯一心一意願嫁張生而且心中已是夫妻情深的内心活動。老夫人宣佈賴婚時，聖歎指出鶯鶯「驚聞怪語，先看解元」，「次訴自家」的心中「神理」；又指出老夫人初命鶯鶯把盞勸張生飲酒時，「解元必不肯飲。乃雙文亦不肯教解元飲也。」聖歎指出鶯鶯認爲「解元只有功夫哭，那有工夫飲也。」接著老夫人又命鶯鶯勸張生飲，聖歎指出鶯鶯又「忽然换一言端勸解元不如飲此杯之愈也」。這是「向解元疼解元也」。對其母則心中斥責道：「轉關兒雖是你定奪，啞謎兒早已人猜破，還要把甜話兒將人和，越教人不快活。」金批：「譏其還欲勸酒也。」又批：「幾于熱揭面皮，痛錐頂骨，何止眼睞口唾而已。快文哉！」鶯駕接著又感歎：「女人自然多命薄，秀才又從來懦。（金批：妙妙，不但自悲，兼怨解元，便宛然夫妻兩口，一心一意然。）悶殺没頭鵝，撇下賠錢貨；（金批：忽然放聲痛哭其父。）不知他那答兒發付我！（金批：痛哭其父，所以深致怨於其母也。而其父不聞也，真乃哀哉！）聖歎又總結説：「忽然哀叫死父，痛唧生母，而夫妻之同床共命，並心合意，分明如畫。妙絶！」

賴婚後，鶯鶯悶悶不樂。她聽到張生哀怨的琴聲。不覺淚下，而且「越教人知重」。聖歎急批：

此「越重」字，則爲今夜又知其精於琴理至此故也。夫雙文精於琴理，故能幹無文字中聽出文字，而知此曲之爲「别恨離愁」也。而今反云「越重」張生，從來文人重文人，才人重才人，好人重好人，如子期之於伯牙，匠石之於郢人，其理自然，無足怪也。

强調鶯鶯是上述金批的「知音識曲人也」(同上)。

當張生曲罷，推琴而怨鶯鶯：「夫人忘恩負義，只是小姐，你卻不宜説謊。」鶯鶯暗在心中回答：「你錯怨了也。」「那是娘機變，如何妾脱空；他由得俺，乞求效鸞鳳？」聖歎急批最後之兩句説：

九字，便是九點淚，便是九點血。雙文之多情，雙文之秉禮，雙文之孝順，雙文之爽直，都一筆寫出來。(同上)

以上是崔張之戀的第三階段，從鶯鶯和張生都滿腔得意，以爲馬上可遂心願，成爲夫妻，到驚聞老夫人賴婚，轉爲滿腔悲憤，憂愁和痛苦的相思。

崔張戀情的第四階段是《賴簡》和《後侯》。張生因思念鶯鶯，在操琴之夜以後生病；紅娘奉小姐之命前來探望，又應張生再三懇求爲他傳遞情書；鶯鶯見情書而發怒，怪罪紅娘傳遞之過之後又令她送回簡給張生，約他夜深前來幽會。張生興沖沖跳牆前去赴會，鶯鶯大怒，令紅娘「快扯去夫人那裏去！」張生嚇得跪下求饒，因紅娘的巧妙周旋，方纔得到從輕發落——被搶白、教訓一頓而免送官司，也不扯到老夫人那裏去。聖歎認爲鶯鶯之所以賴簡，是因爲張生未能領會鶯鶯之詩，提早赴會，搞了個「時間差」。聖歎在《賴簡》折總批曰：「(鶯鶯要張生)待至深更而悄焉赴之……今也不然，更未深，人未靜，我方燒香，紅娘方在側，而突如一人則已至前。則是又取我詩於紅娘前，不惜罄盡而言之也。此真雙文所決不料也，此真雙文所決不肯也，此真雙文之所決不能以少耐也。蓋雙文之尊貴矜尚，其天性既有如此，則終不得而或以少貶損也。由斯以言，而鬧簡豈雙文之心。而賴簡尤豈雙文之心，……」金批深入探討張生的「心急吃不著熱粥」，操之過急反而欲速則不達的錯誤和未能識透鶯鶯心計的呆笨，鶯鶯被迫違心賴簡的苦衷，分析得十分精闢。

張生受此折騰，心中又急又難過，病情加重；鶯鶯靈心覷知如不及時採取措施，不僅自己的愛情岌岌可危，無法挽救，更且張生的性命也難保。她毅然決定：「俺寫一篇，只說道藥方，著紅娘將去，與他做個道理。」決心邁出關鍵性的一步。

崔張之戀的第五階段是第四本第一折《酬簡》。鶯鶯如約前往書房與張生幽會，用封建社會中驚世駭俗的非婚同居行爲向妄圖破壞他們幸福結合的封建勢力作出有力的抗爭。聖歎對崔張私自結合的行爲大表肯定，並在此折批文的最後，自叙少年時偷情偷期詩一首，以示他與崔張乃此中同道也：

聖歎自幼學佛，而往往如湯惠休綺語未除，記曾有一詩云：「星河將夜半，雲雨定微寒。屧響私行怯，窗明欲度難。一雙金屈戌，十二玉欄幹。纖手親捫遍，明朝無跡看。」亦最是不可奈何時節也。

聖歎的「不打自招」，道出少年時的一段隱情，説明他是理論與實踐相結合的一個文學家和美學家，他對崔張之戀的肯定和歌頌是極其誠懇的。

崔張之戀的第六階段，是他們的私情被發現和查問，老夫人逼張生上京趕考，鶯鶯在長亭爲張生送別。此即第四本第二折《拷豔》和第三折《哭宴》。

老夫人查問時，鶯鶯無言以對，只能啼哭流淚。張生被迫離別，鶯鶯送別時除表自己的痛苦外，又一再體貼張生的痛苦：「我見他蹙愁眉死臨侵地，閣淚汪汪不敢垂，恐怕人知；（金批：張生怕人知，乃雙文偏又知之。昨讀莊、惠濠上互不能知之文，今又讀張、崔長亭脈脈共知之文，真乃各極其妙也。）猛然見了把頭低，長籲氣，推整素羅衣。（金批：是何神理，直寫至此。）」聖歎對此又批道：

右第九節。真寫殺張生也。然是寫雙文看張生也，然則真看殺張生也。○寫雙文如此看張生，真寫殺雙文也。○《打棗竿歌》云：「捎書人，出得門兒驟。趕梅香，唤轉來，我少分付了話頭。見他時，切莫説，我因他瘦。現今他不好，説與他又擔憂。他若問起我的身中也，只説災悔從没有。」已是妙絶之文，然亦只是自説，今卻轉從雙文口中體貼張生之體貼雙文，便又多得一層，文心漩澓，真有何限。

批出鶯鶯對張生的多層次體貼之深情厚誼。這還僅是鶯鶯對張生的情意的第一層。

鶯鶯對張生更深一層的情意是，她一再關照張生：

你與崔相國做女婿，妻榮夫貴，這般並頭蓮，不强如狀元及第？

聖歎贊之爲「奇文，妙文，快文，至文。」

鶯鶯又責怪其母：「只爲蝸角虚名，蠅頭微利，拆鴛鴦做兩下裏。」聖歎批道：「此與下二十節，皆極力描寫『拆』字也，此猶是拆開而坐也，而已不可禁當也。」

鶯鶯又針對母親對張生的囑咐：「别無他囑，願以功名爲念，疾早回來者！」又想起昨日母親的決斷，不招白衣女婿，不得功名不準回來。她反其道而行之，明確囑咐張生：「此一行，得官不得官，疾便回來者！」聖歎批道：

此囑語妙妙！豈爲官哉？豈慮張生哉？全是昨日夫人怒辭猶在於耳，遂不覺不吐於口，必不得快也。嬌憨女兒，其性格真有如此。

張生回答鶯鶯説：「小姐放心，狀元不是小姐家的，是誰家的？」鶯鶯馬上截住他話頭，並强調自己的憂慮所在：「住者！君行别無所贈，口占一絶，爲君送行：「棄擲今何道，當時且自親。還將歸來意，憐取眼前人。」」她見張生還不理解，又進一步挑明己意説：「不憂「文齊福不齊」，只憂「停妻再娶妻」。河魚天雁多消息，我這裏青鸞有信頻須寄，你切莫「金榜無名誓不歸」。君須記：若見些異鄉花草，再休似此處棲遲。」聖歎批爲：「妙文自明。」

總之，鶯鶯視狀元及第之功名爲糞土，她將愛情的價值放在第一。她與她的「後繼者」杜麗娘、王嬌娘（《嬌紅記》中女主角）等人一樣，是中國式的愛情至上主義者，在封建時代有很大的進步意義，而聖歎對此無疑也是首肯讚賞的。

縱觀鶯鶯愛上張生的過程和聖歎的金批，可以總結出以下三個特點：一、鶯鶯作爲相國小姐不諳世事，心地純潔無邪，故而一遇生人即避開，對張生的佛殿上醉心相隨渾然不覺；她不像有些小市民出身的少女，由於耳聞目染，已懂得調情或「不可盡人調戲」，她雖有嫁如意郎君的憧憬，而實則情竇未開。二、她面對張生的追求，用冷静的理智進行實質性的考察。通過酬韻瞭解張生的才情和傾心自己的誠意；通過寺驚，看到張生在患難中見義勇爲、挺身而出的品質和「識人多」、能交到有情有義朋友這種社交能力；在賴簡時暗賞張生的憨厚老實；並從他的因此病重意識到他對愛情的忠誠已到高於生命、不惜殉情的程度。鶯鶯不僅慧眼識人，而且能隨機應變，用慧心探索到張生的靈魂深處，識人而知心。與她相比較，只聽李甲花言巧語的杜十娘，《驚世通言・王嬌鸞百年長恨》中的女主角都受到負情男子的欺騙，只能付出生命的代價。而衆多少女輕信情人的山盟海誓或花言巧語，受到欺騙、淩辱或遺棄，演出種種悲劇，皆因缺乏鶯鶯式的慧眼和慧心。鶯鶯愛情歷程的艱巨與曲折即基於以上兩個原因，故而又同時具有極其豐富、複雜、生動的精彩內容。三、她在徹底瞭解張生的品性之後，能當機立斷，不顧名譽、地位和一切，毅然與張生結合，顯示其極大的勇氣和高度的犧牲精神，智勇德三全，成爲封建時代傑出女性的出色典範。此劇能成爲「新傳奇，舊雜劇，《西厢記》天下奪魁」的中國戲曲最偉大之作，首先是鶯鶯這個形象的巨大成功；而鶯鶯這個形象的成功主要在於她在情場内傑出表現。於是鶯鶯成爲元明清三代進步知識份子衷心愛戴的可愛女性，無論是作家、批評家和讀者無不皆然，而金聖歎的評批更起了推波助瀾的重大作用。

金聖歎評批鶯鶯的另一部分，是與張崔戀情緊密結合的，並從中表現出來的鶯鶯性格的豐富性、複雜性和性格發展的有趣過程。

鶯鶯的性格，既純潔又狡獪，既爽直又含蓄，既秉禮又多情，既孝順又剛直而内心頗具反抗性，既嫺静又聰慧而多才多藝，十分豐富和複雜。本文前述崔張戀情時，已引及聖歎的有關論述。此外如鶯鶯作爲千金小姐，對張生心裏雖多情，卻只能「十分心事一分語，盡夜相思盡日眠。」（金批：「好句。分明接著後篇。」）對外只能保持含蓄。聖歎除前已引及的、大贊鶯鶯多情、秉禮、孝順、爽直外，又在鶯鶯聽張生琴聲入迷，被紅娘故意闖來，咬住她自言自語的話頭，她責怪紅娘「走將來氣衝衝，不管人恨匆匆，唬得人來怕恐。我又不曾轉動，女孩兒家恁響喉嚨。我待緊磨礱，將他攔縱，怕他去夫人行把人葬送。」聖歎結合此情此景，指出原作「寫雙文膽小，寫雙文心虚，寫雙文嬌貴，寫雙文機變，色色寫到。○寫雙文又口硬又心虛，全爲下文玄殺紅娘。妙絶！」又在第三本第三折《賴簡》指出：

雙文，天下之至尊貴女子也；雙文，天下之至有情女子也；雙文天下之至靈慧女子也；雙文，天下之至矜尚女子也。

接著他分析，其「至尊貴」是所有遠近親眷和戚黨僚吏經常來往者，鶯鶯並未留意更無如張生這樣的中意者；而既遇張生，不知「此天爲之，爲人爲之？」鶯鶯對張生有情，且早欲通簡，但她通簡後且又「勃然大怒」，「則又雙文靈慧爲之也」。因爲張生提早赴約，被紅娘目睹，雙文感到在丫環面前掉了身價，「蓋雙文之尊貴矜尚，其天性既有如此，則終不得而或以少貶損也。」而鶯鶯對張生的滿腔柔情，聖歎在《賴婚》和《哭宴》兩節有淋灕盡致的評批，甚至認爲鶯鶯在賴婚的宴席上體貼張生，「前節向他人疼解元，後節向解元疼解元，前節分明玉手遮護解元，直將藏之深深帳中，幾於風吹亦痛；後節分明身擁解元並坐深深帳中，通夜玉手與之按摩也。」用語形象，比喻正確。

聖歎又十分强調鶯鶯對其母孝順但又有反抗精神。鶯鶯多次在心中譴責母親的背信棄義，聖歎的批語每次都給予充分肯定。爲救張生性命，鶯鶯不惜主動約期與張生結合；長亭哭别時又正面反對母親的決定，要張生不管得官與否，儘快回來，並明確宣佈她不重功名只重愛情。這是鶯鶯兩次最大的反抗。

聖歎十分注意批出鶯鶯的聰慧靈變與多才多藝並極表欣賞。酬韻之夜，聖歎稱讚鶯鶯的和作「也真是好詩！」又稱讚張生評鶯鶯之詩：「語句又輕，音律又清，你小名兒真不枉喚做鶯鶯」一語説：「欲贊雙文快酬，雖千言不可盡也，輕輕反借雙文小名，只於筆尖一點，早已活靈生現，抵過無數拖筆墜墨，所謂隨手拈得。」兼贊鶯鶯之詩和張生之評以及兩人的靈慧，有一箭雙雕之妙。《琴心》折中，聖歎對鶯鶯深深理解張生的琴聲更是擊節歎賞。《西廂》此節原文是千古佳篇，鶯鶯聽琴時説：「是彈得好也呵！ 其音哀，其節苦；使妾聞之，不覺淚下。」接著又唱，其唱詞和金批爲：

本宫、始終，不同。 此六字三句，是言聞弦賞音，能識雅曲之故也。「本宫」者，曲各自有其宫也。「始終」者，曲之自始至終，有變不變也。「不同」者，辨其何宫，察其正變，則迥不同也。 這不是清夜聞鐘，此辨其「本宫」也。「清夜聞鐘」，屬宫，今屬商也。 這不是黄鶴醉翁，此辨其「始終」也，「黄鶴」變，此不變也。這不是泣麟悲鳳。 此辨其「不同」也。 悲泣雖無異，而麟鳳與求凰，又不同也。

【絡絲娘】一字字是更長漏永，一聲聲是衣寬頻松。 别恨離愁，做這一弄。 越教人知重。

右第九節。 聽琴正文，寫出真好雙文，必如此，方謂之知音識曲人。……

末句聖歎長批（見前「此「越重」字」）。 又總批此節云：

細察以上聖歎批語之文意，聖歎除稱頌鶯鶯精通琴理、知音識曲和她的慧心、才藝外，還另有一層深意：聖歎認爲鶯鶯與張生的才學、才智、才識都匹敵相當，無分高下。 聖歎認爲張生是封建時代中知識份子之才學最高者，於此可見聖歎對鶯鶯的才學評價之高。 在封建社會中鄙視女性、壓煞女性才華，奉「女子無才便是德」的普遍風氣中，聖歎此論的難能可貴和高度的理論成就亦不言自明。 而鶯鶯由於慧眼識人、才學過人，故而她能看透張生的品德和多姿多彩的精神生活。 又由於鶯鶯自己具備出衆才華，故而她在男尊女卑的封建社會中贏得了與張生平等「對話」的資格。 聖歎指出鶯鶯知重張生是「文人重文人，學人重學人，才人重才人，好人重好人」，這是聖歎越出封建規範、超越重男輕女的時代局限，史無前例地給了作爲女性的鶯鶯的庶幾至高無上的評價！

聖歎又精細分析鶯鶯性格發展的曲折歷程，使《西厢》原作的引人入勝之處畢露無遺。其基本發展線索爲：從假意到真情，從膽小到膽大，從稚拙到老練。

鶯鶯起先在紅娘和張生面前都掩蓋自己的真情，尤其是對紅娘。紅娘曾拆穿她説：「今日小姐著俺寄書與張生，當面偌多假意兒，詩内却暗約著他來。小姐既不對俺説，俺也不要説破他，……」鶯鶯作假的最典型的表現在第三本第二折《鬧柬》，鶯鶯派紅娘去探望病中的張生，紅娘歸來時帶著張生的書簡，鶯鶯假意發怒，嚴斥紅娘；又假意寫回柬嚴斥張生，派紅娘送回去，張生一看，原來是約他夜半幽會；接著第三折《賴柬》，聖歎都有具體、細膩、周詳的妙批，並深入分析鶯鶯作假的心理依據、心理變化和鶯、紅、張三人微妙關係對鶯鶯作假心理的影響，在鶯鶯這個藝術形象的闡釋方面有首創之功。

聖歎指出鶯鶯上述假意和膽小實也即稚嫩、稚拙的表現，她在愛情生活中初戀即遇如此棘手的情景，加上張生的冒失和配合不默契，更令她難堪和難辦。鶯鶯的稚拙更表現在由於害羞和膽小而不敢大膽依靠紅娘，反而還處處防她、瞞她，甚至因反對她介入而斥責她。聰明的紅娘知道没有自己的幫助，崔張之戀必不能成功。所以她曾經暗暗譏笑，没有自己的幫助，「今日爲頭看，看你個離魂倩女，怎生的擲果潘安？」聖歎批爲「妙妙，妙絶！」又説：

佛言：「欲過彼岸，而於中間撤其橋樑，無有是處。」今鶯鶯方思江臯解佩，而忽欲中廢靈修，此真大失算也。觀【四煞】云「放著玉堂學士，任從金雀鴉鬟」，蓋云不復援手，此已不可禁當。今【三煞】云「看你離魂倩女，怎生擲果潘安」，則是乃至欲以惡眼注射之。危哉，鶯鶯真有何法得出紅娘圈䙡哉！

批評鶯鶯不懂借力反而化友爲敵、化助力阻力的幼稚行爲。她幸虧遇到的是富有正義感又無限忠誠、受得起委屈的紅娘，如换做另一個膽小自私、心地狹窄，不肯與人爲善甚至向老夫人報功邀賞的丫頭，豈非壞了大事！而且問題還在於正如紅娘所惱恨的：「幾曾見寄書的顛倒瞞著魚雁？」聖歎批爲：「奇奇！妙妙！自從盤古直至今朝，真並無此事也！亦並無此文也！」「《西厢》如此寫雙文，便真是不慣此事女兒也。夫天下安有既約張生而尚瞞紅娘哉。」「真寫盡」鶯鶯的「嬌稚」。

鶯鶯在紅娘的主動幫助下，終於跨出關鍵性的一步，毅然與張生私自結合。原本寫鶯鶯酬簡時一面説「羞人答答的」，一面卻「腳步兒早先行也。」而金本卻改作鶯鶯期期艾艾因怕羞而不肯挪動腳步，於是紅娘再三再四催促：「去來！去來！去來！」小姐，没奈何，去來！去來！一小姐，我們去來！」「小姐，又立住怎麼？去來！去來！」鶯鶯則再三躊躇：「鶯鶯不語科。」鶯鶯不語，做意科。」鶯鶯不語，行又住科。」最後「鶯鶯不語，行科。」這樣便真實地表現出鶯鶯害羞與膽怯交加的心理和純真少女的性格，寫出了人物和生活的真實性。

金聖歎通過對《西厢》全書的總體評批和鶯鶯形象的具體評批，將王實甫塑造鶯鶯形象所取得的罕有倫比的思想成就和藝術成就揭示無餘。《金西厢》中的崔鶯鶯是中國戲曲史上心理描寫最曲折、性格描寫最豐富的藝術形象，也是中國文學史上藝術成就最高的典型人物之一；金聖歎對鶯鶯形象的評批，也是《西厢》研究史上最傑出的理論成就之一，值得我們認真學習和借鑒。

金批《西厢》紅娘論

紅娘，這位千古不朽的典型人物，是《西厢記》的主要人物之一。金聖歎從藝術整體觀念出發，在《讀第六才子書〈西厢記〉法》第五十一條指出，作者塑造紅娘，是爲鶯鶯這個藝術形象服務的：

《西厢記》止爲要寫此一個人（按指鶯鶯），便不得不又寫一個人。一個人者，紅娘是也。若使不寫紅娘，卻如何寫雙文？然則《西厢記》寫紅娘，當知正是出力寫雙文。

他又於《讀法》第五十六條總結紅娘在《西厢》中的重點表現和作用：

《西厢記》寫紅娘，凡三用加意之筆：其一，於《借厢》篇中，峻拒張生；其二，於《琴心》篇中，過尊雙文；其三，於《拷豔》篇中，切責夫人。一時便似周公制度，乃盡在紅娘一片心地中，凛凛然，侃侃然，曾不可得而少假借者。寫紅娘直寫到此田地時，須悟全不是寫紅娘，須悟全是寫雙文。錦繡才子必知其故。

此處又再次强調塑造紅娘是爲了描寫鶯鶯。

張生初見紅娘時，驚嘆之餘讚美説：「好個女子也呵！」又唱道：「大人家舉止端詳，全不見半點輕狂。」金批爲：

臨濟見牧牛嫂有抽釘拔楔之意，便知住山人真是大善知識。杜子美詠北方佳人，天寒修竹，則雖其侍婢，必云「摘花不插發」也。語云：「不知其人，但觀所使。」今寫侍妾尚無半點輕狂，即雙文之嚴重可知也。

這是從人物性格和人物關係角度闡述紅娘對鶯鶯的襯托作用。

張生又唱：「鶻伶淥老不尋常，偷睛望，眼挫裏抹張郎。」聖歎説：

寫紅娘鶻伶淥老不尋常，乃張生之鶻伶淥老，亦不尋常也。紅娘淥老不尋常，故趄眼挫偷抹張郎；乃張生淥老又不尋常，便早偷睛見其抹我也。一筆下寫四隻淥老，好看殺人。

又通過原作精彩的具體行動的描寫，指出紅娘對張生的襯托作用；並進一步通過張生對紅娘的讚美：「他共你多情小姐共鴛帳，我不教你疊被鋪床。」闡述紅娘從更上一個層次上襯高了鶯鶯的地位：

右十一節。又用别樣空靈之筆，重寫阿紅一遍也。抹，抹倒也，抹殺也，不以爲意也。將欲寫阿紅不是疊被鋪床人物，以明侍妾早是一位小姐矣，其小姐又當何如哉？……

從進一步提高鶯鶯身份和品格的角度闡述紅娘對鶯鶯的映襯作用。聖歎又更從美學高度指出紅娘對鶯鶯的陪襯作用説：

昔有二人，於玄元皇帝殿中，賭畫東西兩壁。相戒互不許竊窺。至幾日，各畫最前幡幢畢，則易而一視之。又至幾日，又畫中間旌鉞畢，又易而一視之。又至幾日，又畫近身纓茀畢，又易而一視之。又至幾日，又畫陪輦諸天畢，又易而共視。西人忽向東壁啞然一笑，東人殊不計也。殆明並畫天尊已畢，又易而共視，而後西人始投筆大哭，拜不敢起。蓋東壁所畫最前人物，便作西壁中間人物；中間人物，卻作近身人物；近身人物竟作陪輦人物。西人計之，彼今不得不將天尊人物作陪輦人物矣，已後又將何等人物作天尊人物耶？謂其必至技窮，故不覺失笑，卻不謂東人胸中乃別自有其日角月表、龍章鳳姿，超於塵境之外煌煌然一天尊，於是便自後至前一路人物盡高一層。今被作《西廂記》人偷得此法，亦將他人欲寫雙文之筆先寫卻阿紅，後來雙文自不愁不出異樣筆墨，別成妙麗。嗚呼！此真非傖父所得夢見之事也。

這是從創作方法和美學原理的角度，闡發紅娘與鶯鶯在作品中的精妙關係。聖歎最後總結説：

《西廂》爲才子佳人之書，故其費筆費墨處，俱是寫張生、鶯鶯二人，餘俱未嘗少用其筆之一毛，墨之一瀋也。其有時亦寫紅娘者，以紅娘正是二人之針線關鎖。分時紅爲針線，合時紅爲關鎖。寫紅娘，正是妙於寫二人。其他，即尊如夫人，亦不與寫，何況歡郎？慈如法本，亦不與寫，何況法聰？恩如白馬亦不與寫，何況卒子了此譬如寫花，決不寫到泥，非不知花定不可無泥；寫酒，決不寫到壺，非不知酒定不可無壺。蓋其理甚明，決不容寫，人所共曉，不待多説也。故有時亦寫紅娘者，此如寫花卻寫蝴蝶，寫酒卻寫監史也。蝴蝶實非花，而花必得蝴蝶而逾妙；監史實非酒，而酒必得監史而逾妙；紅娘本非張生、鶯鶯，而張生、鶯鶯必得紅娘而逾妙。蓋自張生自説生辰八字起，直至夫人不必苦苦追求止，曾無一句一字中間可以暫廢紅娘者也。

以上是聖歎從作品整體和人物關係的全局來分析紅娘的地位和作用，提出了十分精闢且又全面的見解。他對紅娘的具體評批則主要從兩個方面給予高度的評價：紅娘的高尚品質和聰明乖覺。聖歎無疑抓住了紅娘的爲人本質和性格特點。

紅娘是相國家中的女奴，没有任何人生權利，在私刑横行的封建社會中，崔夫人的「治家嚴肅」意味著崔夫人和崔鶯鶯母女倆動輒威脅她：打下你這小妮子下半截來！她小心服侍小姐，又受老夫人之命監護、監視小姐的言行。當她初幫張生時，態度極其小心謹慎，僅讓張生隔牆彈琴，以琴曲試探鶯鶯，然後「看小姐説甚麽言語，便好將先生衷曲禀知。」聖歎夾批：「蓋紅娘之於雙文，其不敢率爾有言如此。忤奴其烏知相國人家家法哉。」

可是紅娘擔著要被「打下下半截」的血海般的性命干係，敢於主動幫助張生，聖歎注意批出其中的兩大原因：一是紅娘對張生逐步的深入瞭解，有愛才憐才之心；二是紅娘對張崔戀愛的同情、理解和支持，對老夫人背信棄義的厭惡，有强烈的正義感和見義勇爲的高尚優秀品質。

紅娘初遇張生，張生自我介紹並探問「小姐常出來否」，結果「被紅娘切責」（金批語）。圍寺遇救後，紅娘看到張生在危難時能挺身而出，救了鶯鶯全家，「危難見真心」，對他非常感激和欽敬。紅娘奉老夫人之命去請張生赴宴時，唱道：「半萬賊兵，捲浮雲，片時掃盡，俺一家死裏重生。只據舒心的列仙靈，陳水陸，張君瑞便當欽敬。」聖歎批道：「上正文叙功，人所必及也；此旁文叙功，真非人所及也。寫小女兒家又聰慧又年輕，彼見昨日驚心動魄，今日眉花眼笑，便從自己靈心所到，説出小小一段快樂，反若撇開本人之一場真正大功也者，而是本人之一場真正大功已不覺反於此一語中全現。」此批不僅指出紅娘對張生的看法，態度因何而全變，而且指出紅娘爲崔張戀情所作决定性貢獻的根由在此。

紅娘對張生自稱：「我雖是女孩兒有志氣，你只合道『可憐見小子，隻身獨自。』我還有個尋思。」聖歎批：「寫煞紅娘。」極贊紅娘同情弱者，助人危難的「志氣」。紅娘肯出力幫助張崔之戀，聖歎一再讚賞她「一擔千金，兩肩獨任」，並感歎：

世間有斤兩，可計算者，銀錢；世間無斤兩，不可計算者，情義也。如張生、鶯鶯，男貪女愛，此真何與紅娘之事，而紅娘便慨然將千金一擔，兩肩獨挑，細思此情此義，真非秤之可得稱，鬥之可得量也。

當張生情急之際，願「多以金帛拜酬紅娘姐」時，紅娘搶白他：「你個挽弓酸倈每意兒，賣弄你有家私，我圖謀你東西來到此？」聖歎一再感慨紅娘對付謝金的態度：

此九字（指「我圖謀你東西來到此」），雖出紅娘口，然我乃欲爲之痛哭，何也？夫人生在世，知己有托，生死以之，乃至不望感，豈惟不望報也。自世必欲以金帛奉酬勞苦，而於是遂使出死力效知己之人，一齊短氣無語。嗟乎！以漢昭烈，猶有「不才自取」之言矣。自非葛公，誰複自明也哉！顧張生急不擇音，遂欲以金帛輕相唐突。嗟乎！作者雖極寫張生急情，然實是别寓許伯哭世。蓋近日天地之間，真純是此一輩酬酢也。

極表紅娘無私之助的難能可貴和遺世獨立，又深刻揭示紅娘的無私義舉是在屢受委屈而且有口難辯的困境窘境下作出的，此更反見紅娘的高尚偉大。紅娘爲幫助鶯鶯得配佳偶，反而屢遭鶯鶯責罵；紅娘爲張生出力，張生一面空許金帛，使紅娘有受辱之感，另一方面，儘管紅娘數次向鶯鶯「暢然勸之，以不負張生之托」，張生還要懷疑她不盡心盡力：「紅娘姐，小生吩咐你，來與不來你不要管，總之其間望你用心。」紅娘被迫辯解：「我是不曾不用心，……」面對紅娘在張生、鶯鶯處兩邊受責的處境，聖歎又感歎說：

右第十六節。真心實意，代人擔憂，而反遭人疑，於是滿口分説，急不得明。世間多有此事，又何獨一紅娘哉。只是筆墨之下，不知如何卻寫到。

更有甚者，紅娘因爲此而大大得罪老夫人，最後因張崔不慎而造成事情敗露，紅娘代人受過，且有生命之憂。到此地步，紅娘不禁感慨，猶似臨命時的反悔：「只是我圖著什麽來？」

妙妙！真有此事，真有此情，真有此理。大則立朝，小則做家，至臨命時，回首自思，真成一哭耳！

紅娘自問自責：「如今嫩皮膚去受粗棍兒抽，我這通粗棍兒的著甚來由？」聖歎又急批：

豈獨紅娘，便喚醒天下萬世一輩熱血任事人，真乃痛哉！痛哉！

熱心的紅娘，爲人作嫁，經常落得幾面不討好，最後差點還要賠上自己的小命，想想冤煞。但這不過是她「臨命」的一時之念，她出自心底的願望還是要鼎力促成張崔的美事，抗爭封建勢力的阻撓迫害。因此她口頭上儘管如此發牢騷，面見老夫人時，她依舊大義凜然，堅貞不屈，用機智敏捷、勢如破竹的言辭擊敗老夫人氣勢洶洶的問罪和迫害。聖歎在批語中，將紅娘與周公、諸葛並舉，的確揭示了本質，紅娘與周公、諸葛一樣，都有一種超人的大氣勢、大志量和大智慧。

紅娘爲人的大氣勢、大志量，上已例舉，她的智慧過人，更不勝枚舉。

老夫人請宴時準備草草，禮數不周，已露賴婚的端倪，聖歎說：「(紅娘)由必重言以申其意者，可見是夫人破綻，張生心虛，紅娘乖覺，真不必直至『兄妹』二字之後也。」賴婚後，紅娘主動幫助張生追求鶯鶯，並建議張生月夜琴挑，打動鶯鶯之心。她又慫恿鶯鶯月夜燒香，挑動鶯鶯愁情。原作和金批爲：

(鶯鶯引紅娘上)(紅云)小姐，燒香去來，好明月也！好。只增四字一句，慫恿之意如畫。(鶯鶯云)紅娘，我有甚心情燒香來！月兒呵，你出來做甚那？此句，非恨月，乃是肯燒香之根。從來女兒心性，每每如此，故歎紅娘「好明月也」四字一句之妙也。

紅娘揣摩小姐們往往見花落淚、對月傷心的習性，慫恿小姐去花園漫步，不動聲色地創造條件，讓她聽到張勝的琴聲，用心細微周密，又在鶯鶯聽琴時的感慨：「便道十二巫峰，也有高唐來夢中？」而探出她已被琴聲打動的心意，突然出口咬住並點穿鶯鶯此言，問道：「小姐，甚麼夢中？那夫人知道怎了？」聖歎不禁贊道：「紅娘賊也。」紅娘無時不在千方百計窺探鶯鶯的心理，而且還能探索鶯鶯的心理變化。例如張生琴挑後第一次拜托紅娘傳簡時紅娘即預見到鶯鶯的態度：「他若見甚詩，看甚詞，他敢顛倒費神思。想他拽紮起面皮，道：『紅娘，這是誰的言語，你將來，這妮子怎敢胡行事！』嗤、扯作了紙條兒。」聖歎道：「此分明是後篇鶯鶯見帖時情事，而忽於紅娘口中先複猜破者，所以深表紅娘靈慧過人。」（一二五頁）紅娘料事如神，鶯鶯不出其所料，接帖後馬上翻臉成怒，此段原文和金批珠聯璧合，相得益彰：

（鶯鶯怒科，云）紅娘過來！（紅云）有。（鶯鶯云）紅娘，這東西那裏來的？我是相國的小姐，誰敢將這簡帖兒來戲弄我！我幾曾慣看這樣東西來？我告過夫人，打下你個小賤人下截來！（紅云）小姐使我去，他著我將來。小姐不使我去，我敢問他討來？我又不識字，知他寫的是些甚麽！其快如刀，其快如風。

【快活三】分明是你過犯，没來由把我摧殘；教別人顛倒惡心煩，你不慣，誰曾慣？

右第五節。寫紅娘妙口，真是妙絕。輕輕只將其一個「慣」字劈面翻來，便成異樣撲跌。蓋下文鶯鶯之定不復動，正是遭其撲跌也。不但一節只是一句，亦且一節只是一字，真可謂以少少許，勝人多多許矣。

小姐休鬧，比及你對夫人説科，我將這簡帖兒先到夫人行出首去。紅娘眼快手快，其妙如此。

（鶯鶯怒云）你到夫人行卻出首誰來？鶯鶯又妙。

（紅云）我出首張生。紅娘又妙。

（鶯鶯做意云）紅娘也罷，且饒他這一次。鶯鶯又妙。（紅云）小姐怕不打下他下截來。紅娘又妙。○每讀此白，如聽小鳥鬥鳴，最足下酒也。

紅娘胸有成竹，對鶯鶯的怒斥迎頭痛擊，又抓住鶯鶯内心愛著張生的心理，故意引火去燒張生，立即鎮住並徹底制服了鶯鶯，接著鶯鶯又央求傳回信給張生，紅娘又乘勝追擊，咬定鶯鶯，並自稱：「受艾焙我權時忍這番。」聖歎批道：「妙妙！怨毒之極半吞不吐，便有授記後日之意。今便請問紅娘：『卿權忍這番之後，將欲如何？』真寫盡女兒慧心、毒心也。」又説：「此一節，咬定聽琴一夜，以明簡帖之所自來，……寫紅娘理明辭暢，心頭惡氣無不畢吐，真乃快活死人也。」《賴簡》出，面對興沖沖來赴約會的張生，紅娘提醒他對鶯鶯必須温柔體貼，切忌粗暴鹵莽，聖歎指出：「寫紅娘前篇之飲恨雙文實惟不淺，至此而忽然又作千憐萬惜之文」。聖歎解釋紅娘雖恨雙文，猶憐惜之，是因爲雙文實在可愛到極點，惹人憐惜。這是强調通過紅娘疼惜，突出主人公鶯鶯的形象。我認爲，這也體現了紅娘的善良，和她對鶯鶯的無限忠誠。

接著，《西廂記》描繪月夜興沖沖去與鶯鶯幽會的張生，不意被她嚴拒並厲聲訓斥，場面極其尷尬，又是紅娘來妙轉局勢。她先是教張生索性上前抱住鶯鶯，以攻爲守，張生太老實，不敢聽命，她就反賓爲主，審問張生：「張生，這是誰著你來？」聖歎讚歎：「妙絶，妙絶！須知其不是指扳小姐，只圖脱卸自身。」經過巧妙審問，又提出：「小姐，且看紅娘面，饒過這生者！」聖歎一再盛讚：「坐堂是小姐，聽勘是解元，科罪是紅娘。」「寫紅娘既不失輕，又不失重，分明一位極滑脱問官，最是鬆快之筆。○紅娘此時一邊出豁張生，正是一邊出豁雙文也。極似當時玄宗皇帝花萼樓下與甯王對局，太真手抱雪猧兒，從旁審看良久，知皇帝已失數道，便鬥然放猧兒蹂亂其子，於是天顔大悦也。」讚賞紅娘用心細密精微奧妙，恰到好處地結束了這個令張生和鶯鶯十分尷尬的場面，尤其是給寫簡又賴簡的鶯鶯鋪墊了下臺的梯階。

紅娘在審問別人時，是如此精明確當，她在受別人審問時，更顯大智大勇。張生和鶯鶯私合之時東窗事發，老夫人大興問罪之師，並理所當然地先拿紅娘開刀。紅娘被傳去詢問時，邊走邊推想老夫人將如何責備自己：「我算將來，我到夫人那裏，夫人必問道：『兀那小賤人！ 我著你但去處行監坐守，誰教你迤逗他胡行亂走？』這般問如何訴休？」聖歎讚美她：「先擬一遍，真是可兒。」

尤其是老夫人面責她時，威脅：「若不實説呵，我只打死你個小賤人！」紅娘臨危不懼，履險如夷，娓娓道來，金批逐句緊跟：

不惟夫人「且請息怒」，「聽紅娘説」，惟讀者至此亦請掩卷，算紅娘如何説。

妙妙！ 看其逐句漸漸而出，恰知春山吐雲相似。 ○分明一幅雙仕女圖。

説閒話，猶未説張生，妙妙！ 看其逐句漸漸而出。 ○因此句忽然想得男兒十五六歲，與其同硯席人，南天北地，無事不説，彼女兒在深閨中，亦必無事不説也，特吾等不與聞耳。

（喒兩個背著夫人，向書房問候。）偏能下「背著夫人」四字，使夫人失驚。 妙妙！

右第八節。 更不力推，便自招承，已爲妙絶；而尤妙於作當廳招承語，而閑閑然只如敘情也，只如寫畫也，只如述一好事也，只如談一他人也。 嘻，異哉！ 技蓋至此乎！ ○細思若一作力推語，筆下便自忙，此正爲更不復推，因轉得閒耳。

右第九節。 紅娘之招承可也，但紅娘招承至於此際，則將如何措辭，忽然只就夫人口中「他説甚麼」之一句，輕輕接出三個「他説」，而其事遂已宛然。 此雖天仙化人，乘雲禦風，不足爲喻矣。

右第十節。 普天下錦繡才子齊來看其反又如此用筆，真乃天仙化人，通身雲霧，通身冰雪，聖歎惟有倒地百拜而已。○既有夫人「哎喲」之句，則其事已自了然，使定應向萬難萬難中輕輕描出筆來也，再説便不是説話也。 妙批！

他兩個經今月餘只是一處宿。 右第十一節。 夫人疑有這一夕，使偏不説這一夕； 夫人疑只有這一夕，使偏要説不止這一夕，純作天仙化人，明滅不定之文。王龍標有「雲英化水，光采與同」之詩，我欲取以贈之。

何須你一一搜緣由？【聖藥王】他們不識憂，不識愁，一雙心意兩相投。夫人你得好休，便好休，其間何必苦追求！

右第十二節。已上是招承，已下是排解，忽然過接，疾如鷹隼。人生有如此筆墨，真是百年快事。

（夫人云）這事，都是你個小賤人！（紅云）非干張生、小姐、紅娘之事，乃夫人之過也。

快文，妙文，奇文，至文。○夫人云「都是小賤人」，乃紅娘忽然添出「張生、小姐」四字者，明是爲張生、小姐推夫人，而暗是爲自家推張生、小姐也，可想。

接著歷數夫人「言而無信，大不可也」等幾條錯誤，又申説張生的恩德和張崔愛情的合情合理，聖歎擊節讚賞，至謂：

右第十三節。快然瀉出，更無留難。人若胸膈有疾，只須朗吟《拷豔》十過，便當開豁清利，永無宿物。

紅娘快口利嘴，勢如破竹，長驅直入，直搗要害，攻得老夫人心服口服，不得不承認：「這小賤人倒也説得是。」

紅娘與老夫人的爭辯，其形勢危急和鬥爭的難度與諸葛孔明在東吴舌戰群儒堪爲相侔，故而赢得千古讀者、觀衆的一致讚美。聖歎的批語明察秋毫，將原作的精妙揭示無餘，他情猶未已，在本節總批中以平生快事來比喻「紅娘口中作如許快文」，將此節比作「枚乘《七發》治病，陳琳之檄愈風，文章真有移换心情之力」。其所比「平生快事」，竟達三十三則之多，比喻恰切，筆調明快，構想出奇，文風幽默，信爲千古奇文。無怪現代著名作家、幽默大師林語堂，全録這三十三則快事撰成一文，讚美這段金文爲千古幽默之經典文章。讀者暇時可以翻閲，此處文繁不録，以省篇幅。實際上縱閲《金聖歎全集》，這樣的文章不少，猶如遍地珠璣，目不暇接。

當然原作描寫紅娘的聰明伶俐還不止於此，另如金批讚譽「信乎《琴心》一篇，爲紅娘之袖裏兵符」，指出紅娘指點張生用琴聲打動鶯鶯的智慧。紅娘第一次將張生的簡帖帶給鶯鶯時，她來到鶯鶯的閨房，說：「卻早來到也。俺把唾津兒濕破窗紙，看他在書房裏做甚麼那？」金批說：「便畫出紅娘來。〇單畫出紅娘來，何足奇；直畫出紅娘聰明來，故奇耳。」張生在跳牆前，紅娘說：「小姐，這湖山下立地，我閉了角門兒，怕有人聽咱說話。」金批：一面是打探，一面是抽身。接著金批又讚揚，紅娘在張生出現時的抽身之妙。又如紅娘評張生寫信：

【後庭花】我只道拂花箋打稿兒，元來是走霜毫不構思。先寫下幾句寒温序，後題著五言八句詩。不移時，翻來覆去，疊做個同心方勝兒。此下便慮接「又顛倒寫鴛鴦二字」句，看他又作間隔。你忒聰明，忒煞思，忒風流，忒浪子。雖然是此假意兒，分明贊不容口，忽又謂之「假意」。寫紅娘真有二十分靈慧，二十分輕快，真正妙筆。

紅娘認爲張生的信和態度，雖然充溢著真摯的感情，卻認爲是「假意」，真有力透紙背的眼光。

紅娘經過金批的分析、總結，這個形象的評價已經定型，直至今日，人們的認識無法超越聖歎之見。

金批對原作描寫紅娘的成就，做了深入總結，

金聖歎對紅娘的精當評論，受到後來學者的高度肯定和發展。例如《此宜閣西廂記》三之一《前候》末「張生下」的周昂的評批說：「此出或複叙前事，或起後文，其間一番調笑，一番推托，一番擔承，一番規諷，弄得張生死的要活，活的要死，要是憑空結撰，靈心慧舌，無非情事都有。」將紅娘的作用，分析得非常透徹。

另須指出的是，《西厢記》描寫紅娘比鶯鶯更重視張生的功名，在張生陷入困境時，紅娘向張生强調指出：「這簡帖兒，我與你將去，只是先生當以功名爲念，休墮了志氣者！」對功名的重視，不僅是作者、《西厢記》和《西厢記》中人物的態度，也是金聖歎的態度。至於鶯鶯反對張生上京赶考，是怕他中了科舉後抛棄自己，而不是純粹的反對張生獲得功名。

除了對《西厢》前四節的傑出描寫進行鞭辟入裏的精彩評批，金聖歎還用兩種方法，對前四折原作的敗筆或不足之處進行修改，對第五折的一有關描寫加以痛斥，以捍衛和維護紅娘這一光輝形象的完整性和純潔性。例如本文前引張生初見紅娘時禁不住讚美她：「大人家舉止端詳，全不見半點輕狂。」可是王實甫《西厢記》原作中的紅娘，與張生熟稔後竟常口出穢言，稱呼張生爲「禽獸」、「鳥」（diǎo，男性生殖器），淪於粗俗、庸俗甚至鄙俗。另如紅娘見鶯鶯懷春之情難遣，她的唱詞中竟説鶯鶯：「春恨壓眉尖，靈犀一點醫可病厭厭。」聖歎怒斥：「何人惡劄，見之可恨。」紅娘對張生也有此類語涉淫穢的唱詞，褻語敗筆。

尤其是第五折中的紅娘描寫，聖歎只肯定其一處，其餘都表反感。如紅娘大罵鄭恒：「喬嘴臉、醃軀老、死身份，少不得有家難奔。」聖歎指責：「已上謂之悍婦駡街則可，奈何自命曰《續西厢》也哉？」並對鄭恒大喊：「不嫁你，不嫁你！」聖歎連斥：「醜醜，醜極，醜極！」紅娘平時出言犀利有時甚至尖刻，但絶不會惡語傷人、破口大駡，更且痛駡的是老夫人疼愛的親侄和貴公子，封建時代的女奴能如此對待主子嗎？豈非嚴重違背生活真實和人物的性格邏輯。第五折中的紅娘竟還大引《論語》、《孝經》中「威而不猛」、「言而有信」、「不敢慢於人」等語録，文縐縐地大掉書袋，甚至評價張生「講性理齊論魯論，作詞賦韓文柳文」，竟拿出熟稔文學史、經學史的姿態，豈非咄咄怪事！聖歎批評説：「《論語》已醜，《孝經》更醜。」「《西厢》寫紅娘云『我並不識字』，卻愈見紅娘之佳；此寫紅娘識字，乃極增紅娘之醜。」這都是不符合人物真實和生活真實、性格邏輯和生活邏輯的拙筆劣筆。在《西厢》研究史上，只有聖歎慧眼獨具，給予全面、正確、深刻的狠批痛詆，捍衛和維護了紅娘形象的完整性和純潔性。

綜上所述，聖歎對紅娘這一不朽藝術人物形象評價極高。首先，他將紅娘與封建時代的大聖人周公並列，看作是同等高尚偉大的人物，此即前引《讀法》第五十六則所説：「一時便似周公制度，乃盡在紅娘一片心地中，凛凛然、侃侃然，曾不可得而少假借者。」將一位女奴抬舉到如此至高無上的境界，在封建時代真是石破天驚之論！其次，他又從思想品質和聰明才智這兩個方面，給這個年輕女奴以極高評價。聖歎的民主意識包括在一定程度上的男女平等意識和非凡的藝術鑒賞力，亦由此可見。

金批《西厢》配角論

金聖歎不僅重視小説、戲劇中主角的評批，也相當重視配角的評批。他對《水滸》中次要人物的評批非常精彩（參見拙文《金批〈水滸〉配角論》，交首屆金聖歎學研討會論文〔一〕），他的金批《西厢》也是如此。他在金批《西厢》卷二《讀法》第四十七、四十八、四十九條又提出了配角形象的作用論。

《西厢記》止寫得三個人：一個是雙文，一個是張生，一個是紅娘。其餘如夫人，如法本，如白馬將軍，如歡郎，如法聰，如孫飛虎，如琴童，如店小二，他俱不曾著一筆半筆寫，俱是寫三個人時所忽然應用之傢伙耳。

譬如文字，則雙文是題目，張生是文字，紅娘是文字之起承轉合。有此許多起承轉合，便令題目透出文字，文字透入題目也；其餘如夫人等，算只是文字中間所用「之乎者也」等字。

譬如藥，則張生是病，雙文是藥，紅娘是藥之炮製。有此許多炮製，便令藥往就病，病來就藥也。其餘如夫人等，算只是炮製時所用之薑、醋、酒、蜜等物。

以上第一則指出配角對於主角的形象塑造來説，起的是工具作用，可謂「工具論」。後兩則用生動形象的比喻來説明《西厢》中三個主要人物的相互關係和配角在戲中的作用，貼切而正確，頗給人啟發。

配角在戲中雖不及主角重要，聖歎還是「獅子搏兔，用盡全力」，其對配角的評批很見功力。在《西廂》前四折中，聖歎評批了老夫人、法本和惠明三人。

聖歎分析老夫人的藝術形象，主要有三處。一是全戲開頭，二是賴婚，三是拷紅。

全戲開頭，聖歎在楔子和第一折之前的開首總批説：

一部書，十六章，而其第一章，大書特書曰：「老夫人開春院。」罪老夫人也。雖在別院，終爲客居，乃親口自命紅娘引小姐於前庭閒散心。一念禽犢之恩，遂至逗漏無邊春色，良賈深藏，當如是乎？厥後詐許兩廊退賊願婚，乃又悔之，而又不遣去之，而留之書房，而因以失事，猶未減焉。

此則實是老夫人的總評，這裏有三層意思。其一，老夫人讓鶯鶯到佛殿散心，是很不謹慎的錯誤行爲，違反「良賈深藏」的處世原則，讓女兒的傾國傾城的美色，在別人面前「爆光」，「逗漏無邊春色」。封建社會中，世路極其險惡，如果被漁獵美色的歹徒逢上，孤兒寡母難敵惡賊，鶯鶯就難逃毒手。事實是鶯鶯兩次爆光、亮相（第二次是做道場時）的結果，果然讓孫飛虎風聞其美，他竟帶五千賊兵來劫奪鶯鶯！再平心論之，如果鶯鶯在佛殿不是遇到王實甫筆下的張生，而是元稹筆下的張生或別的勾引女色、始亂終棄的壞蛋，鶯鶯豈非身心皆受殘害甚至毀了終身幸福？聖歎主要是從這個角度來給老夫人定罪的。與這層意思相關，聖歎在第一折的批語中又派生出兩層意思：

第一章大書曰：「老夫人開春院。」雖曰罪老夫人之辭，然其實作者乃是巧護雙文。蓋雙文不到前庭，即何故爲遊客誤見？然雙文到前庭而非奉慈母暫解，即何以解於「女子不出閨門」之明訓乎？故此處閑閑一白，乃是生出一部書來之根。即伏解元所以得見鶯豔之由，又明雙文真是相府千金秉禮小姐。蓋作者之用意苦到如此，近世忤奴乃云雙文直至佛殿，我睹之而恨恨焉！

這裏的第一層意思，老夫人讓女兒佛殿散心，爲鶯鶯的行動和性格、教養之間的矛盾作出合理解釋，捍衛了鶯鶯形象的純潔性和性格的完整性。作爲相國小姐，没有母命，絶不會在大庭廣衆之下露面，讓鬢眉、俗物飽餐秀色的。原著未作交待，聖歎也未指出，老夫人這一行動的失誤在於，若在平時，相國小姐乃至平常家眷如在公衆場合出現，必由家丁奴僕或寺内僧衆執行「清場」，將閒雜人員趕走，讓千金小姐獨自暢遊；可是現在相國故去，正值「子母孤霜途路窮」，既無隨行人衆，和尚勢利，也就不管，纔造成鶯鶯被人覷見。照鶯鶯的嫻靜穩重性格，她也不肯出現於有閒人的公衆場合，因此她後來一見有人，就避走了。第二層意思，老夫人讓鶯鶯散心，造成她與張生邂逅相見，（也包括别人看到其美色傳入孫飛虎耳中），於是纔能演出西厢妙劇，是情節描寫的需要。

總評的第二層意思是老夫人在孫飛虎圍寺時許婚，本是騙人的權宜之計，賊退後是決不肯兑現的。聖歎此見極有見地。試想，如果不是張生出來退敵，而是和尚或别的濁物應聲而出，堅持不招白衣女婿的老夫人也真的肯許婚麽？事實是，即如年齡相當才貌雙全的張生，老夫人也要賴婚。因此聖歎指出老夫人在寺驚時本屬「詐許」，極爲有見，一語戳穿了老夫人的虚僞本質。

其三，聖歎又指出老夫人的第三個失算，既然賴婚，竟没想到馬上打發張生離開，竟仍讓他住在近側，造成張生與鶯鶯接近並結合的便利條件。這是批評老夫人的愚蠢。

關於老夫人賴婚，聖歎除在總評時即預先戳穿其「詐許」外，又在寺驚獲救後，老夫人當場感謝張生，「先生大恩，不可忘了」之時，又批道：「誰云可忘哉？」」再次戳穿老夫人口是心非，忘恩負義的虚僞品質。但聖歎又説：

世之愚生，每恨恨於夫人之賴婚。夫使夫人不賴婚，即《西厢記》且當止於此矣。今《西厢記》方將自此而起，故知夫人賴婚，乃是千古妙文，不是當時實事。

這是從情節構思角度稱贊賴婚一節之妙，作者善於虚構情節的高超本領。

虚僞的人，其本質是虚弱的，故而經常機關算盡反而搬起石頭砸自己的腳，常有失誤，但畢竟也是狡獪的。聖歎指出老夫人「詐許」的心思隱藏得極深，她成功地欺騙了劇中的所有的人，因此她在賴婚時要張生與鶯鶯以兄妹相稱，命令説：「小姐近前來，拜了哥哥者。」鶯鶯和張生自認爲夫人既已許婚，今日喜宴必以夫妻相稱，突然「驚聞怪語」，大吃一驚，一時之間腦子都來不及轉過彎來。鶯鶯深感奇怪地唱道：「真是積世老婆婆，甚妹妹拜哥哥。」聖歎接批：「真不可解，雖聖歎也不解，不止雙文不解也。」指出老夫人用心之密，深不可測。聖歎評批中對其用心的分析是多年通讀全劇、反覆思考才得出的結論。而猝逢此變的劇中人物和初讀此書的讀者，一下子也的確難以理解老夫人突然改口説話的用意和深意的。

《拷紅》（《金西厢》稱爲《拷豔》）此節，聖歎將老夫人的一段關鍵性的説白作了改寫。原作的幾個版本在夫人得知鶯鶯已與張生結合時，將女兒叫來斥責道：

鶯鶯，我怎生抬舉你來，今日做這等的勾當；則是我的孽障，待怨誰的是！我待經官來，辱没了你父親，這等事不是俺相國人家的勾當。罷罷罷，誰似俺養女的不長進！紅娘，書房裏喚將那禽獸來，聖歎修改後的老夫人的説白和金批爲：

（鶯鶯見夫人科）（夫人云）我的孩兒……只得四字。

（夫人哭科）（鶯鶯哭科）（紅娘哭科）

《西厢》科白之妙至於如此，俗本皆失，一何可恨！

（夫人云）我的孩兒，你今日被人欺侮，四字奇奇妙妙！做下這等之事，都是我的業障，待怨誰來？

真好夫人，真好《西厢》！我讀之，一點酸直從脚底透至頂心，蓋十數日不可自解也。

我待經官呵，辱没了你父親。這等事，不是俺相國人家做出來的，（鶯鶯大哭科）（夫人云）紅娘，你扶住小姐，罷罷！都是俺養女兒不長進。你去書房裏，喚那禽獸來！

原作突出夫人的憤怒，故對女兒大加訓斥。金本則强調夫人聽説女兒失身的痛苦壓倒了氣憤。她只有這個獨女，竟然落個在封建社會中最羞辱又最悲慘的未婚失身的下場，既辱没相府門風，又喪失女兒前程，平時僅母女倆相依爲命，舔犢情深，難以自抑，因此未見鶯鶯之前老夫人對紅娘怒不可遏，看到女兒時，百感交集，悲從中來，不罵不行，罵又不捨得，一時無從説起，叫了一聲「我的孩兒……」就泣不成聲。妙在大家哭作一團——女人家在没有辦法時、悲傷時的最大法寶便是哭，便是眼淚。老夫人畢竟世故而富有經驗，作爲一家之長，她一定要給此事「定性」，然後才能決定和宣佈處理方案，她竟説鶯鶯「被人欺侮」，這「奇奇妙妙」（聖歎批語）的四字實在奇妙！四字中開脱親生女兒、將罪責推給張生，直至既愛憐、痛惜女兒又恨她是鐵不成鋼，和感歎門庭敗落缺乏保護，等等的複雜感情，都包容在内，潛臺詞極其豐富，夫人的身分、身價也保持得恰如其分。聖歎的改文奇妙，批語也奇妙。

與稱讚前四折相反，聖歎對其鄙視的第五折「續本」中寫壞的老夫人的形象是極其反感的。當老夫人聽説鄭恒已來時，她説：「夜來鄭恒至，不來見俺，唤紅娘去問親事。據俺的心，只是與侄兒的是」；聖歎批評説，「前賴婚乃是妙文，此則豈複成一品夫人耶？」認爲老夫人本固有嫁女給娘家之侄的强烈願望，但女兒既已失身於張生，爲維護封建禮教和相府聲譽，她只好決定改配張生。作爲一品相國夫人如何能開口説，將失貞已配之女再給娘家内侄？顯然不附老夫人的身份和性格，更難見容於封建社會的習俗與輿論。

後來老夫人誤信張生另娶，她責怪張生時談及鶯鶯説：「我一個女孩兒，雖然殘妝貌陋，他父爲前朝相國」，聖歎對此言大爲不滿：「此成何語，且何苦作此語？」這種謙詞，褻瀆鶯鶯，絶不是老夫人這類自持身份和寶貝獨女者肯説出來的。而且根據劇情，也没必要講這類自貶親女的話，根據老夫人的性格，應該大大稱讚女兒才貌雙全，大大責怪張生忘恩負義，强調指出張生能娶鶯鶯已屬極大的福份，放棄鶯鶯是愚不可及的可笑之舉。而老夫人接著又與張生爭論説，張生另娶「是鄭恒説來，繡球兒打著馬，做了女婿也。你不信，唤紅娘來問。」聖歎怒斥：「成何文理？」作爲相國夫人以毫無説服力的傳聞爲根據，傳聞出自張生的情敵之口，還要没有社會地位的丫環來做證，相國夫人的身價和世故式的智慧都到哪里去了？豈非笑話？聖歎的批評無疑都是正確的。

聖歎認爲《西廂》前四折和第五折對法本的描寫也前後判若兩人，高低差别很大。

法本是普救寺主持，原作描寫他，不過寥寥數處，寥寥數筆，卻十分傳神。聖歎的批語更不過寥寥幾語，但他十分肯定原作的準確描寫，並批出了人物的真性情。張生在初會法本長老時，君子之交淡如水，按常規應僅作應酬交談，但是張生交談不久，即贈白金一兩，法本說：「先生客中，何故如此，先生必有甚見教。」聖歎批道。「從來是禿廝乖。」法本一類人物老於世故者多，見初識者即送禮，必有緣故，不問清緣由，也不是貿然可以接受的。在做道場時，衆僧和看客目睹鶯鶯驚人之美，人人都如醉似癡，甚至行動出格，作者說，「大師年紀老，高座上也凝眺。」但大師自覺久看不妙，馬上朦臉不看：「大師難學，把個慈悲臉兒朦著。」聖歎夾批：「奇文！妙文！」聖歎接著又批，「大師難學者，言一切大衆，俱應學大師也，學其朦著臉兒不看鶯鶯，則始得稱嚴靜毗尼活菩薩也。今一切大衆，至於『燭滅香消』，則甚矣，大師之果難學也！」指出法本的老練和善自掩飾，雖然他的內心也禁不住美色的誘惑和天性的支配，並且用一切大衆不自掩飾，欲心難禁來反襯大師的圓滑。原作對法本的描寫恰到好處，聖歎也是讚賞的。但是第五折「續本」的法本描寫，太缺乏真實性。法本作爲方外人士，對世俗名利應是深惡痛疾或不屑一顧的。但「續本」中的法本竟十分關心科場形勢，他說：「老僧昨日買登科録，看張先生果然及第。」大和尚竟買登科録，豈非天大笑話？難怪聖歎諷刺說：「偏是道人心熱，偏是高士品低，偏是大儒不通，偏是名妓奇醜。如法本買登科録，偏是法本買登科録也！近日朝廷遷除的報，最是諸山方丈和尚口中極真。」法本接著又竟然說：「(張生)除授河中府尹。誰想夫人没主張，又許了鄭恒親事。不肯去接。老僧將著肴饌，直至十裏長亭，接官一遭。」長老竟然遠迎官吏，誠屬天方夜譚，聖歎忍不住譏笑：「安得不人天推擁，爲一代大和尚哉？」法本接官回來後又說了一通奇談怪論。金聖歎指斥「續作」歪曲法本形象，其描寫完全脱離法本的性格實際。

但是需要注意的是，聖歎也指出不少和尚非常勢利，尤其是歎聖所處明末清初即「今日」的和尚「尤甚」，巴結官府非常起勁。他對佛門中的虛僞、勢利、庸俗、醜惡、腐敗現象，看來是極其厭惡痛恨的。聖歎對惠明的評批，也貫串著這樣的思想情緒和批判態度。惠明一上場，即發表幾大通不守佛門清規的放肆言論，聖歎對此極表讚賞並大加發揮：

……(惠明上云)惠明定要去,定要去!【正宮】【端正好】(惠明唱)不念《法華經》,是,是! 念他做甚! 我見念經者矣! 不禮《梁皇懺》,是,是! 我見禮懺者矣! 颩了僧帽,袒下了偏衫。是,是! 我見戴僧帽著偏衫者矣!。農夫力而收於田,奴坐而食於寺,有王者作,比而誅之,所不待再計也,而愚之夫,尚憂罪業。夫今日之禿奴,其遊手好閒,無惡不作,正我昔者釋迦世尊於《涅槃經》中所欲切囑國王大臣,近則刀劍,遠則弓箭,務盡殺之,無一餘留者也! 聖歎此言乃是善護佛法,夫豈謗僧之謂哉? 殺人心鬥起英雄膽,我便將烏龍尾鋼椽揝。《法華經》《梁皇懺》、「僧帽」、「偏衫」下鬥接「殺人心」三字,奇妙!

右第一節。寫惠明若不是和尚便不奇,然寫惠明是和尚而果是和尚亦不奇。今問普天下學人:如此惠明爲真是和尚,爲真不是和尚? 不得趁口率意妄答,不得默然,不得速禮三拜,不得提起坐具便摵,不得彈指一下,不得繞禪床三匝,不得作女人拜,不得呵呵大笑,不得哀哭「蒼天! 蒼天!」速道! 速道! 纔擬議便錯。

聖歎借惠明不守佛法之言,批判佛教的虛僞,大量寺僧不事生産坐享社會財富的不合理,主張取締寺廟大量蓄僧的制度。他又反對大量並不真心信佛,僅僅爲糊口或其他目的來當和尚,故而念經時有口無心,毫無修養而遊手好閒無惡不作的僧衆充斥寺廟,敗壞佛門應有的高風。又揭示後世弟子往往篡改創始者的初衷。他指出惠明既是真和尚,又不是真和尚的辯證觀點,極其精闢。惠明不做和尚每日必做的念經、禮懺的功課,又犯殺戒,當然不是真和尚。惠明接著又宣稱:

【滾繡球】……非是我貪,不是我敢,這些時吃菜饅頭委實口淡,一切比丘、比丘尼、式又摩那、沙彌沙彌尼,一齊齊掌,誦《古詩十九首》云:「齊心同所願,含意俱未申。」〇此斫山先生語也。五千人也不索炙煿煎焊。腔子裏熱血權消渴,肺腑內生心先解饞,有甚醃臢!

【叨叨令】你們的浮沙羹、寬片粉、添雜糝、酸黃虀、臭豆腐、真調淡。我萬斤墨面從教暗，我把五千人做一頓饅頭餡。你休誤我也麽哥！休誤我也麽哥！包殘餘肉旋教青鹽醃。

惠明顯非真和尚，他對素食制度十分痛恨，不僅公開表示嚮往葷食，而且要吃人肉饅頭，頗有岳飛《滿江紅》「壯志饑餐胡虜肉，笑談渴飲匈奴血」的氣派。聖歎對此極爲贊同，他說：

右第三節。和尚言者是也。昔日世尊於涅槃場制諸比丘，不得食肉；若食肉者，斷大慈悲。夫大慈悲止於不食肉而已乎？麋鹿食薦，牛馬食料，蚯蚓食泥，蜩螗食露，乃至蛣蜣食糞，皆不食肉，即皆得爲大慈悲乎？吾見比丘，稗販如來，壟斷檀越，僞鋪壇場，街招女色，一切世間，不如法事，無不畢造，但不食肉，斯真無礙大慈悲乎？……

再次批判佛教虛僞的一面，批判佛教徒不准吃葷食的陋規，十分有力。聖歎贊成惠明不當真和尚的意思也包含其中。惠明揭發别的「真和尚」的醜行説：

【滚繡球】我經怕談，禪懶參；戒刀新蘸，無半星鬼土漬塵淹。别的女不女、男不男，大白晝把僧房門胡掩，那裏管焚燒了七寶伽藍。你真有個善文能武人千里，要下這濟困扶危書一緘，我便有勇無慚。女不女，男不男，佛又謂之細視徐行，如貓伺鼠。

右第五節。吾之於人也，何毁何譽？如有所譽者，吾有所試矣。真好和尚也。

聖歎又表揚惠明是好和尚。而這已是第二次表揚了，第一次表揚惠明時，惠明尚未出場——張生修書請杜確出兵解危，信寫好則缺人送去，法本推薦説：「俺這廚房下有一個徒弟，唤做惠明，最要吃酒廝打。若央他去，他便叫不肯，若把言語激著他，他偏要去。只有他，可以去得。」聖歎表揚惠明「最要吃酒廝打」，危險事非他莫解，説：「三四語耳，寫出好和尚。」

聖歎對惠明既是和尚，又不肯讀經，不是真和尚的評批，一方面分析惠明的與衆不同的性格，另一方面也乘機借題發揮，批判佛教虚僞和殘忍（不准吃肉、娶妻的禁欲主義的殘忍）。聖歎表揚惠明是好和尚的評批，則緊扣惠明與衆不同的性格做文章。其與衆不同處，除上述他做了和尚又不肯遵守寺規；央他去他必不肯，不讓他去偏要去外，他又表現在其他行動細節上。當法本問他：「惠明呵，張解元不用你去，你偏生要去。你真個敢去不敢去？惠明偏不回答敢不敢去，他説：「你休問小僧敢去也那不敢，我要問大師真個用咱也不用咱？你道飛虎聲名賽虎般，那廝能淫欲，會貪婪，誠何以堪！」金批：「不答敢與不敢，而已答敢與不敢矣。蓋『飛虎聲名』一句，是人謂其不敢，『那廝能淫欲』三句，是自明其敢也。文甚明。」（八十七頁）當張生問他：「你獨自去，還是要人幫扶著？」他偏不説不要人幫，偏説要人幫：「著幾個小沙彌把幢幡寶蓋擎，病行者將面杖火叉擔。你自立定腳把衆僧安，我撞釘子將賊兵探。」金批：「小沙彌、病行者，其兵馬則如此。幢幡、寶蓋、面杖，火叉，其器杖則如此，真乃異樣文情。」金批又説：「偏不説不要幫，偏説要幫，奇文！○若真要幫，豈成惠明？故知『小沙彌』『小』字，『病行者』『病』字，下得妙絶。」張生又問：「他若不放你過去，却待如何？」他唱的曲文又偏要張生擔憂他自己：

【二】我瞅一瞅古都都翻海波、喊一喊廝琅琅振山岩；腳踏得赤力力地軸摇，手攀得忽刺刺開關撼。【三】遠的破一步將鐵棒颩，近的順著手把戒刀釤；小的提起來將腳尖撞，大的扳過來把骷髏砍。

又説：

金批指出其答語之奇妙説：「一闋虛寫，一闋實寫。」「句句是『不放過去』。鄧山云：你不放過去，我過去也！」惠明

……你休只因親事胡撲俺。若杜將軍不把干戈退，你張解元也幹將風月擔，便是言辭賺。一時紕繆，半世羞慚。

竟似乎反嘲張生。聖歎批道：「八字（按指「一時紕繆，半世羞慚」），雖金人銘不能複過。寄語天下後世，敬心奉持。」「上文皆是張生憂惠明不能過去，此節忽寫惠明憂張生書或恐無用者，此非憂張生也，正謂張生不必憂惠明。言除非你書無用，我自無有不過去也。一作惠明嘲戲張生，便減通篇神彩。此乃真正神助之筆，須反覆讀之。」

聖歎抓住惠明處處與別人反其道爲之的性格特徵，不僅剖析原著在描寫次要人物時都如有「神助」的高度成就，也批出了惠明這個成功的人物形象的「神彩」。

聖歎還評批惠明的統體光彩，給讀者以完整的人物形象。惠明向張生介紹自己的勇武説：「我從來駁駁劣劣，世不曾忐忐忑忑，打熬成不厭，天生是敢。」聖歎認爲：「言不厭是打熬所成，敢則天生本性也。」指出其天性和後天鍛煉的結合，纔凝成勇武的性格。惠明又説：「我從來斬釘截鐵常居一，不學那惹草拈花没掂三。就死也無憾，便提刀杖劍，誰勒馬停驂。」「我從來欺硬怕軟，吃苦辭甘。」聖歎一再稱頌：「爲人不當如是耶？」「讀之增長人無數義氣。」强調其見義勇爲，千金一諾，激流勇進的氣概和品格。聖歎又評論惠明英勇殺敵、馬到成功的氣勢如潮。原文和金批爲：

(惠明云)我去也。(只三字,便抵易水一歌。唐張祜有詩云:「黄昏風雨黑如磐,别我不知何處去。」總是一副神理,應白衣冠送之。)【收尾】你助威神擂三通鼓,仗佛力吶一聲喊。(奇句!奇至於此。妙句!妙至於此。)繡幡開遥見英雄俺,(奇句,奇至於此。妙句,妙至於此。)……你看半萬賊兵先嚇破膽。

右第十節。只此一收,才四句文字,又何其神奇哉!「擂鼓、吶喊」句,寫惠明猶在寺;「幡開、遥見」句,寫惠明猶在眼;至「賊兵破膽」句,如鷹隼矣,已不見惠明矣。文章至此,雖鬼神雷電乃不足喻,而豈傖之所得夢見?……

聖歎在惠明這個劇中曇花一現的配角身上,批出《西廂》原著的成功,也顯出聖歎的批評功力。

誠如本文前已一再提到的,聖歎對第五折思想平庸藝術低劣十分痛恨。在第五折中,他也評批了鄭恒這個配角。他給鄭恒的總評是:

只如鄭恒,此亦不過夫人賴婚,偶借爲辭耳。今必欲真有其人出頭尋鬧,此爲是點染鶯鶯,爲是發揮張生耶?既不爲彼二人,則是單寫鄭恒。夫今日所貴於坐精舍,關板扉,爇名香,烹早茗,舒新紙,磨舊墨,運妙心,煩俊腕,提健筆,攄快文者,只爲彼是第一無傷才子佳人故耳。若鄭恒,則今盈天下之學唱公雞,吃虱猴孫,萬萬千千,知有何限,而煩先生特地寫之?寫之以娱人,而人不受娱,然則先生殆於寫之以自娱也。夫在他人方欲寫第一無雙之才子佳人,以自娱娱人,而猶自嫌惟恐未臻極妙也。今先生乃必欲寫學唱公雞,吃虱猴孫,然則人之賢不肖之所喻,其相去懸遠,真未可以道裏爲計也。

此論對文學作品應該塑造何種人物,鄭恒是何種人物,爲何不必將鄭恒寫入作品,談得非常精闢透徹。聖歎又在作品中具體評批鄭恒這個惡濁人物的言行爲「愚矣哉!」「醜醜。」「已上謂之悍婦駡街猶可,奈何自命曰《續西厢》也哉？」「一派狗吠之聲。」指責此折作者「僅以直書成語爲能」，「原來其苦乃至如此。」怒斥鄭恒的胡言亂語褻瀆鶯鶯、張生和紅娘，醜惡的形象使作品蒙上不潔，「又讓鄭恒因婚事不成而當場觸樹斃命，這不僅用鄭恒罪不當死而作品令其死，寫得過於慘酷，而且給張生鶯鶯面上抹黑，鄭恒的血污未免敗壞舞臺上的高雅場面，令觀衆讀者大倒胃口，大煞風景，難怪聖歎怒斥：「我亦不忍也，何苦寫至此，真爲惡劄，可恨恨也。想彼方複以爲快，真另有一具肺肝也。」

本文開頭引了聖歎《讀法》中的三則言論，全是稱讚原作描寫配角之恰當並正面闡述配角的創作論。聖歎對第五折「續作」極其不滿，又在《續之四》開首總評中全面批評「續作」配角描寫和主配角之間的關係的描寫的失誤和教訓：

《西厢》爲才子佳人之書，故其費筆費墨處俱是寫張生、鶯鶯二人，餘俱未嘗少用其筆之一毛，墨之一瀋也。其有時亦寫紅娘者，以紅娘正是二人之針線關鎖。分時紅爲針線，合時紅爲關鎖。寫紅娘，正是妙於寫二人。其他，即尊如夫人亦不與寫，何況歡郎？慈如法本亦不與寫，何況法聰？恩如白馬亦不與寫，何況卒子？此譬如寫花，決不寫到泥，非不知花定不可無泥；寫酒，決不寫到壺，非不知酒定不可無壺。蓋其理甚明，決不容寫，人所共曉，不待多說也。故有時亦寫紅娘者，此如寫花卻寫蝴蝶，寫酒卻寫監史也。蝴蝶實非花，而花必得蝴蝶而逾妙；監史實非酒，而酒必得監史而逾妙；紅娘本非張生、鶯鶯，而張生、鶯鶯必得紅娘而逾妙。蓋自張生自說生辰八時起，直至夫人不必苦苦追求止，曾無一字一句中間可以暫廢紅娘者也。若夫人、法本、白馬等人，則皆偶然借作家火，如風吹浪，浪息風休，如桴擊鼓，鼓歇桴罷，真乃不必更轉一盼，重廢一唾也。今續之四篇，乃忽因鄭恒二字，《西厢》中鄭恒，真只二字耳，笨伯不達，視之遂如眼釘喉刺，一何可笑，既與獨作一篇，後又複請多人再花遞名手本，凡《西厢》所有偶借之傢伙，至此重複一一畫卯過堂，蓋必使普天下錦繡才子讀《西厢》正至飄飄淩雲之時，則務盡吹之到於鬼門關前，使之睹諸變相，遍身極大不樂，而後快於其心焉。嗟乎！杜工部《畫鶻》詩有云：「寫此神駿姿，充君眼中物。」彼也何其極善與之相反如是也！

此處通過從總體上批評「續作」第五折的失誤，聖歎再次提出了自己的配角的寫作原則。金聖歎對《西厢》配角的評批時見精神，且提出了較有系統，較爲完整的配角創作理論，給後人以啟發和借鑒。

注釋

〔一〕《金批〈水滸〉配角論》刊《上海大學學報》一九九〇年第二期，中國人民大學《中國古代近代文學研究》一九九〇年第十二期轉載。

金批《西厢》藝術論

金聖歎的《西厢記》評批，在藝術理論上也有很大的貢獻，提出衆多具體、細膩而精彩的觀點。

金聖歎對《西厢記》中人物描寫和性格描寫的評論，論述詳盡，具有很高的成就，是藝術論和美學論的重要内容，且内容豐富，所以本書已以《金批〈西厢〉張生論》、《鶯鶯論》、《紅娘論》和《配角論》四篇，用人物論的系列性專文詳加評述。

這裏，我對金批《西厢》藝術論的其他内容，分節評述如下。

《西厢記》愛情主題和性愛描寫的評論

金聖歎首先對《西厢記》的愛情和性愛描寫做出了引人注目的評論。他爲張崔愛情和性愛的辯護以及有關論點，《金批〈西厢〉思想論》已有論述，這裡需要補充的是，金聖歎認爲，自古以來的詩歌詞曲作品大多是描寫愛情題材的作品，他説：

自古至今，有韻之文，吾見大抵十七皆兒女此事。（四之一總批）

金聖歎的這段言論，總結了自《詩經》以來，中國詩詞曲中愛情題材所占的分量，在這個論點中也包含了對明代和清初「十部傳奇九相思」的創作現象，首次作了醒目而準確的概括，這個概括也預見了清代傳奇和地方戲的這個創作趨勢。

古代和近代歐洲的文學與金聖歎所説的情況一樣，所以，二百多年後，恩格斯也發表了同樣的觀點：

性愛特别是在最近八百年間獲得了這樣意義和地位，竟成了這個時期中一切詩歌必須環繞的軸心了。（恩格斯《路德維希・費爾巴哈和德國古典哲學的終結》）

金聖歎對《西厢記》中的愛情和性愛描寫的辯護和歌頌之同時，也看到，作爲《西厢記》題材最早源頭的《會真記》，其所記載的崔鶯鶯與張生有了同居經歷後，在面臨張生「始亂之，終棄之」前後，即現「愁怨之容」，「愁豔幽邃」，「獨夜操琴，愁弄淒惻」。對於受傷害的女子來説，兒女之情，未免悲喜交集，先喜後悲，而悲莫能言。（萬卷版第二十七頁倒數第二段）接著崔鶯鶯在給張生的訣别信中説：「兒女之情，不能自固。」（萬卷版第二十七頁末段末行）清醒地自知靠自己微薄的力量，無法保住愛情，她對張生毫無譴責之言，只是默默地自食苦瓜，獨自承擔自己受騙失身的責任。

因此，《金批西厢》特意將《會真記》全文置於《讀第六才子書西厢記法》之後，《西厢記》正文之前，并附上元稹等人關於張崔之戀和崔鶯鶯的詩歌，讓讀者兩相對照閲讀，明白崔鶯鶯以上的經歷和感悟。

《西厢記》是在這篇小説的基礎上重新創作的，因此天然地帶著自由愛情在這樣的社會和生活環境中必然不能實現的陰影，重新創作只是塑造和虚構的忠厚志誠、忠於愛情的張生，以此譴責和批判欺騙愚弄鶯鶯的真實的原創的張生而已，因此，金聖歎在極力歌頌自由相戀的純真愛情和性愛之後，强調《西厢記》應以《驚夢》結束，張崔之戀應以這對摯真的情侣永訣離别的悲劇告終。

於是，金聖歎清醒地指出：在古代的社會環境中，自由相戀的真摯的愛情是可貴的、美麗的、幸福的，但是理想的，不能實現的，也是不能效法的，如果效法，必然陷入慘痛的毀滅性的悲劇。

《西廂記》的情節結構分析

金聖歎在三之四《後候》的總批中，對《西廂記》前十六章的情節結構，做了具體而精彩的分析。他指出：《西廂記》一十六章，可以分解爲：一生一掃；兩來、三漸三得；二近三縱；兩不得不然；一實一虛。

一生一掃：「若夫《西廂》之爲文一十六篇，則吾貴得而言之矣：有生有掃。生如生葉生花，掃如掃花掃葉。何謂生？何謂掃？何謂生如生葉生花？何謂掃如掃花掃葉？今夫一切世間太虛空中，本無有事，而忽然有之，如方春本無有葉與花，而忽然有葉與花，曰生。既而一切世間妄想顛倒，有若幹事，而忽然還無，如殘春花落，即掃花；窮秋葉落，即掃葉，曰掃。然則如《西廂》，何謂生？何謂掃？最前《驚豔》一篇謂之生，最後《哭宴》一篇爲之掃。蓋《驚豔》已前，無有《西廂》；無有《西廂》則是太虛空也。若《哭宴》已後，亦複無有《西廂》；無有《西廂》則仍太虛空也。此其最大之章法也。」

生，即全劇情節的開始，從無到有，《驚豔》是生；《哭宴》是掃，即全劇情節的結束，此折之後又歸於無。在生與掃之間，有兩來。

兩來：生與掃之間，有兩來，即此來彼來。「而後於其中間則有此來彼來。何謂此來？如《借廂》一篇是張生來，謂之此來。何謂彼來？如《酬韻》一篇是鶯鶯來，謂之彼來。蓋昔者鶯鶯在深閨中，實不圖牆外乃有張生借廂來；是夜張生在西廂中，亦實不圖牆內遂有鶯鶯酬韻來。設使張生不借廂，是張生不來，張生不來，此事不生；即使張生借廂，而鶯鶯不酬韻，是鶯鶯不來，鶯鶯不來，此事亦不生。今既張生慕色而來，鶯鶯又慕纔而來，如是謂之兩來，兩來則南海之人已不在南海，北海之人已不在北海也；雖其事殊未然，然而於其中間，已有輕絲暗縈，微息默度，人自不覺，勢已無奈也。」

在《驚豔》與《哭宴》之間，最重要的情節是兩來，《借廂》是張生來，《酬韻》是鶯鶯來。然後重要的情節是三漸，三漸又稱三得。

三漸三得。「而後則有三漸。何謂三漸？《鬧齋》第一漸，《寺警》第二漸，今此一篇《後候》第三漸。第一漸者，鶯鶯始見張生也；第二漸者，鶯鶯始與張生相關也；第三漸者，鶯鶯始許張生定情也。」

「此三漸，又謂之三得。何謂三得？自非《鬧齋》之一篇，則鶯鶯不得而見張生也；自非《寺警》之一篇，則鶯鶯不得而與張生相關也；自非《後候》之一篇，則鶯鶯不得而許張生定情也。何也？無遮道場，故得微露春妍；諱日營齋，故得親舉玉趾。捨是則尚且不得來，豈直不得見也。變起倉卒，故得受保護備至之恩；母有成言，故得援一醮不改之義。捨是則於何而得有恩，於何而得有義也。聽琴之夕，鶯鶯心頭之言，紅娘而既聞之；賴簡之夕，張生承詩之來，紅娘而又見之。今則不惟聞之見之，彼已且將死之。細思彼既且將死之，而紅娘又聞之見之，而鶯鶯尚安得不悲之，尚安得複忌之，尚安得再忍之，尚安得不許之？捨是則不惟紅娘所見不得令紅娘見，乃至紅娘所聞，烏得令紅娘聞也。」

《鬧齋》、《寺警》、《後候》三折爲三漸三得。接著的重要情節有二近三縱。

二近三縱：「而後則又有二近三縱。何謂二近？《請宴》一近，《前候》一近。蓋近之爲言幾幾於如將得之也。幾幾乎如將得之之爲言，終於不得也。終於不得，而又爲此幾幾乎如將得之之言者，文章起倒變動之法也。三縱者，《賴婚》一縱，《賴簡》一縱，《拷豔》一縱。蓋有近則有縱也，欲縱之故近之，亦欲近之故縱之。縱之爲言幾幾乎如將失之也，幾幾乎如將失之之爲言，終於不失也。終於不失，而又爲此幾幾乎如將失之之言者，文章起倒變動之法既已如彼，則必又如此也。」

《請宴》、《前候》二折是張崔之戀走向成功的重要關目，而《賴婚》、《賴簡》、《拷艷》三折則阻礙張崔之戀，都是使情節發生曲折、波瀾的重要階段。此外有兩不得不然。

兩不得不然：「而後則有兩不得不然。何謂兩不得不然？聽琴不得不然，鬧簡不得不然。聽琴者，紅娘不得不然；鬧簡者，鶯鶯不得不然。設使聽琴不然，則是不成其爲紅娘，不成其爲紅娘，即不成其爲鶯鶯。何則？嫌其如機中女兒，當户歎息，阿婆得問今年消息也。鬧簡不然，則是不成其爲鶯鶯；不成其爲鶯鶯，即不成其爲張生。何則？嫌其如碧玉小家，回身便抱，瑯玡不疑，登徒大喜也。」而後有一實一虚，即實寫一篇，空寫一篇。

一實一空：「而後則有實寫一篇。實寫者，一部大書，無數文字，七曲八折，千頭萬緒，至此而一齊結穴，如衆水之畢赴大海，如群真之咸會天闕，如萬方捷書齊到甘泉，如五夜火符親會流珠。此不知於何年月日發願動手欲造此書，而今於此年此月此日，遂得快然而已閣筆，如後文《酬簡》之一篇是也。又有空寫一篇。空寫者，一部大書，無數文字，七曲八折，千頭萬緒，至此而一無所用，如楚人之火燒阿房，如莊惠之快辨儵魚，如臨濟大師肋下三舉，如成連先生刺船徑去。此亦不知於何年月日發願動手造得一書，而即於此年此月此日，立地快然便裂壞，如最後《驚夢》之一篇是也。」

《酬簡》是實寫，實寫張崔的性愛歷程，性愛是愛情之果；《驚夢》是空寫，夢是空幻的東西，寫夢就是空寫，是張崔之戀最後落空的象徵，張崔之戀最後只是一場夢想的真切表現。

金聖歎細膩分析《西厢記》十六折的情節結構，將情節的發展、曲折、迴環和前進，直至高潮、結尾，線索之分明，各線索之間關係之錯綜和緊密，剖析得淋漓盡致，清晰細緻。

金聖歎爲《西厢記》所做的情節結構分析，雖然是《西厢記》的個案分析，但因《西厢記》是戲曲文學的典範之作，因此，這樣清晰細膩的情節結構分析，對後人創作戲曲、小説等叙事體作品，如何設計情節，有著很大的示範作用。

《西厢記》寫作方法的探討和總結

與《金批水滸》一樣，金聖歎對《西厢記》前四本十六章的高明寫作手法做了精當的命名和解釋。歸納一下，有：

極微論、那輾法、襯染法、加一倍寫法、烘雲托月法、移堂就樹法、月度回廊法（又稱漸度之法）、羯鼓解穢法、龍王掉尾法、獅子滾球法，以及「目注彼處，手寫此處」、「明修棧道，暗度陳倉」，這十二種金聖歎獨特命名的大法；和次第與拉雜、空叙與實叙、實寫與空寫、透過一步法、起倒變動之法、淺深恰妙之法、搖曳、反襯、人與景、生與掃、虚字法、排蕩法等十二種精妙手法。在具體的評批中，金聖歎另又揭示了約近三十種之多的具體細微的寫法。以上約有六十餘種的方法，五花八門，蔚爲大觀。

本文梳理重要的方法如下：

襯染法

爲了鮮明突出地表現、描繪某人某事或某種情思，借用他物的描寫來進行襯托、渲染或比喻的寫作方法。這種方法，有時也把略寫對象和細寫的相關事物結合起來，形成相應的襯托。

金聖歎早先在評批《水滸傳》時，已經揭示過這種寫作方法：「寫雪天擒索超，略寫索超而勤寫雪天者，寫得雪天精神，便令索超精神。此畫家所謂襯染之法，不可不一用也。」（第六十三回總評）

在《金批西廂》中，張生一出場，作品在表現張生其人時，將張生歌頌黄河的雄渾氣勢和澤被兩岸的功勳，比喻和襯托張生的志量和抱負，金批説：「張生之志，張生得自言之；張生之品，張生不得自言之也。張生不得自言，則將誰代之言，而法又決不得不言，於是順便反借黄河，快然一吐其胸中隱隱岳嶽之無數奇事。嗚呼！真奇文大文也。」

極微論

極微是佛學術語，指「色」的最小單位，肉眼所不能見。金聖歎從佛經得到啟發，佛經認爲：「夫娑婆世界，大至無量由延，而其故乃起於輕微。以至娑婆世界中間之一切所有，其故無不一一起於極微。」

於是，「今者止惜菩薩極微之一言，以觀行文之人之心。」

接著，他以天雲、野鴨之腹毛、花萼、燈焰爲例分析：「輕雲鱗鱗，其細若縠，此真天下之至妙也」。野鴨則如「觀其腹毛，作淺墨色，鱗鱗然，猶如天雲，其細若縠，此又天下之至妙也」。花瓣，「則自根至末，光色不定，此一天下之至妙也」。「燈火之焰，自下達上，其近穗也，乃作淡碧色；稍上，作淡白色；又上，作淡赤色；又上，作乾紅色；後乃作黑煙，噴若細沫，此一天下之至妙也」。天雲、鴨毛、花瓣、燈焰都由衆多的極爲細微的各個層次組成總體，作家就要這樣細心精微地舒展描寫功夫，而《酬韻》中的燒香描寫就是如此：「上文《借廂》一章，凡張生所欲説者，皆已説盡。下文《鬧齋》一章，凡張生所未説者，至此後方纔得説。今忽將於如是中間，寫隔牆酬韻，亦必欲洋洋自爲一章。斯其筆拳墨渴，真乃雖有巧媳，不可以無米煮粥者也。忽然想到張、鶯聯詩，是夜則爲何二人悉在月中露下，因憑空造出每夜燒香一段事，而於看燒香上，生情佈景，别出異樣花樣。粗心人不解此苦，讀之只謂又是一通好曲，殊不知一字一句一節，都從一黍米中剥出來也。」

極微即作者要小中見大，在生活中極平凡、極瑣細處尋求精彩出色的素材，在「至輕、至淡、至無聊、至不意」的情節中寫出不平凡、極精彩的内涵來，寫出錦綉文章來。

周昂《此宜閣西廂記》評論和肯定金聖歎揭示的這個方法：「名家古文，多從最小最微處，寫得分外出色。聖歎真得此道中三昧。」（一之三金聖歎《酬韻》總批「則操筆而書卿藁」至「其間皆有極微也」之眉批）

那輾法

構思和處理情節發展、展開的一種方法，也是一種拓展文題視野、豐富文旨内涵的寫作筆法。

那，「搓那」；輾，「輾開」。按照作品的内在邏輯逐層開展情節，而且每一步展開都必須心無旁騖地精心予以精雕細刻：「搓那得一刻，輾開得一刻；搓那得一步，輾開得一步。於第一刻、第一步，不敢知第二刻、第二步，況於第三刻、第三步也。於第一刻、第一步，真有其第一刻、第一步，莫貪第二刻、第二步，坐失此第一刻、第一步也。」（三之一《前候》總批，下同）

這種方法的運用，要訣是：氣平、心細、眼到，寫人所不睹、人所不存、人所不悉的内容，達到「雖一黍之大必能分本分末，一咳一響必能辨聲辨音」，從而開拓出新的材料、意境等，小題大做，給人以原創、獨到的審美享受：

所貴於那輾者，那輾則氣平，氣平則心細，心細則眼到。夫人而氣平、心細、眼到，則雖一黍之大必能分本分末，一咳之響必能辨聲辨音。人之所不睹，彼則瞻矚之；人之所不存，彼則盤旋之；人之所不悉，彼則入而抉剔，出而敷布之。一刻之景，至彼而可以如年；一塵之空，至披而可以立國。展一聲而驗，涼風之所以西至，玄雲之所以北來；落一子而審，直道之所以得一，橫道之所以失九。如斯人則真所謂無有師傳，都由心悟者也。

金批詳述了故事情節展開的各層關係，脈絡貫串，在總體的前、中、後之間，還會有各自的前、中、後，形成大小層次複雜銜接。但又脈絡貫穿的繁複格局，猶如擊石，並非一聲而止，而是有更多的餘響。

有學者指出：那輾的手法，這也需要在每一層的細密描寫中用上「極微」的方法，從而達到「曲折」的藝術效果。幾種方法配套結合，就能夠使每一個方法盡力發揮作用，并互相推動，使情節大袋極爲複雜錯綜的、甚至令人有眼花繚亂的藝術效果。實際上，任何寫作方法，包括金聖歎總結的諸種寫作方法在内，在實際運用中往往不是單一的方法的單獨使用，常常會或多或少地結合其他一種或多種方法，綜合使用。

金聖歎分析《前候》「此篇如【點絳唇】、【混江龍】詳叙前事，此一那輾法也，甚可以不祥叙前事也，而今已如更不可不詳叙前事也。【油葫蘆】雙寫兩人一樣相思，此又一那輾法也，甚可以不雙寫相思也，而今已如更不可不雙寫相思也。【村裏迓鼓】不便敲門，此又一那輾法也，甚可以即便敲門也。【上馬嬌】不肯傳去，此又一那輾法也，甚可以便與傳去也。【勝葫蘆】怒其金帛爲酬，此又一那輾法也。【後庭花】敬其不用起草，此又一那輾法也。乃至【守生草】作莊語相規，此又一那輾法也。夫此篇除此數番那輾，固別無有一筆之得下也，而今止因那輾之故，果又得纚纚然如許六七百言之一大篇。然則文章真如雲之膚寸而生，無處不有，而人自以氣不平、心不細、眼不到，使隨地失之。夫自無行丈之法，而但致嫌於題之枯淡窘縮，此真不能不爲豫叔之所大笑也。」

周昂《此宜閣西廂記》則反對這種看法，周昂在三之一《前候》末「張生下」的評批説：「此出或複叙前事，或起後文，其間一番調笑，一番推託，一番擔承，一番規諷，弄得張生死的要活，活的要死，要是憑空結撰，靈心慧舌，無非情事都有。○此須胸中先定稿，未可以那輾辦也。」這裏將紅娘的作用，分析得非常透徹，但認爲這些描寫都是作者寫作前已經構思好的，所以不能用那輾的方法處理。這對聖歎此法理解有誤，實際上，那輾的方法，在具體寫作之前，在構思和設計情節時，已經採用了，在具體寫作時，就按照這個思路進行，只是在實際寫作中也許會做部份調整。

烘雲托月法

原指繪畫中渲染雲彩來襯托月亮的喧賓托主的描繪方法。此法爲了更爲有力地表現主要人物，就必須先寫好次要人物，通過非常成功的次要人物來烘托主要人物，從而達到極爲突出、極爲成功地寫出主要人物的目的。這個方法也可指文章不從正面描繪，而是從側面加以點染，以烘托所描繪的事物；或者用一種間接的描寫手法，即烘托手法，借助其他人物或事物的描繪，烘托所要著力表現的主要人物或事物。金聖歎指出：

亦嘗觀於烘雲托月之法乎？欲畫月也，月不可畫，因而畫雲。畫雲者，意不在於雲也；意不在於雲者，意固在於月也。然而意必在於雲焉，於雲略失則重，或略失則輕，是雲病也。雲病，即月病也。於雲輕重均停矣，或微不慎，漬少痕，如微塵焉，是雲病也。雲病，即月病也。於雲輕重均停，又無纖痕，漬如微塵，望之如有，攬之如無，即之如去，吹之如蕩，斯雲妙矣。雲妙而明日觀者遝至，或曰：「良哉月與！」初無一人歎及於雲，此雖極負作者昨日慘澹旁皇畫雲之心，然試實究作者之本情，豈非獨爲月，全不爲雲，雲之與月正是一幅神理。合之固不可得而合，而分之乃決不可得而分乎！《西廂》第一折之寫張生也是已。《西廂》之作也，專爲雙文也。然雙文，國豔也。國豔，則非多買胭脂之所得而塗澤也。抑雙文，天人也。天人，則非下土螻蟻工匠之所得而增減雕塑也。將寫雙文，而寫之不得，因置雙文勿寫，而先寫張生者，所謂畫家烘雲托月之秘法。然則寫張生必如第一折之文云云者，所謂輕重均停，不得纖痕漬如微塵也。投使不然，而於寫張生時，厘毫夾帶狂且身分，則後文唐突雙文乃極不小。請者於此，胡可以不加意哉？（一之一《驚豔》總評）

後來哈斯寶《新譯紅樓夢》、脂硯齋《紅樓夢》的評批，都認爲《紅樓夢》也運用了這個寫作方法，並做了突出介紹。但這裡的張生本也是劇中的主要人物，但金聖歎認爲鶯鶯是本劇的第一主角，和她比起來，張生是爲她服務的次要人物了。

與烘雲托月法有關的還有「寫花不寫泥」和「寫花卻寫蝴蝶」的方法。續之四《衣錦榮歸》總評說：

《西廂》爲才子佳人之書，故其費筆費墨處，俱是寫張生、鶯鶯二人，餘俱未嘗少用其筆之一毛，墨之一瀋也。其有時亦寫紅娘者，以紅娘正是二人之針線關鎖。分時紅爲針線，合時紅爲關鎖。寫紅娘，正是妙於寫二人。其他，即尊如夫人，亦不與寫，何況歡郎？慈如法本，亦不與寫，何況法聰？恩如白馬亦不與寫，何況卒子了此譬如寫花，決不寫到泥，非不知花定不可無泥；寫酒，決不寫到壺，非不知酒定不可無壺。蓋其理甚明，決不容寫，人所共曉，不待多説也。故有時亦寫紅娘者，此如寫花卻寫蝴蝶，寫酒卻寫監史也。蝴蝶實非花，而花必得蝴蝶而逾妙；監史實非酒，而酒必得監史而逾妙；紅娘本非張生、鶯鶯，而張生、鶯鶯必得紅娘而逾妙。蓋自張生自説生辰八字起，直至夫人不必苦苦追求止，曾無一句一字中間可以暫廢紅娘者也。若夫人、法本、白馬等人，則皆偶然借作家火，如風吹浪，浪息風休，如桴擊鼓，鼓歇桴罷，真乃不必更轉一盼，重廢一唾也。

這段話的大意是：總的來説，只著力寫主要人物（張生和鶯鶯），不分力於寫次要人物，絶不分心去寫與突出主要人物無關的人物（鄭恒）；但有時根據塑造主要人物的需要，寫好與主要人物密切有關的重要的次要人物（紅娘），以襯托和突出主要人物，爲完整、精當表現主要人物而服務。

龍王掉尾法

作品結尾的一種方法。爲了避免作品結尾疲軟無力、拖沓乏力（「直塌下來」）或潦草收場，特作出人意外的轉折，振奮筆勢，令人在驚奇之後，餘味無窮。

《酬韻》末尾的（第十四節）金批説：「上已正寫苦況，則一篇文字已畢，然自嫌筆勢直塌下來，因更掉起此一節，謂之龍王掉尾法。文家最重是此法。」

在《酬韻》中，張生跟鶯鶯隔牆吟詩酬韻之後，鶯鶯的倩影立即消失，張生非常留戀鶯鶯，「坐不成，睡不能」，「夢不成」，痛苦之極。此出到此，已近結束，這樣的唱詞，一味哀歎，勢成强弩之末；但作者卻突然筆鋒一轉，讓張生唱道：「有一日柳遮花映，霧障雲屏，夜闌人静，海誓山盟，風流嘉慶，錦片前程，美滿恩情，咱兩個畫堂春自生。」這就由痛苦思戀的哀歎突然折入幸福的憧憬，既增添了作品的亮色，也使文章收束得更加緊勁有力。

加一倍寫法

寫某人某事，充分地展開筆墨，加重一倍地進行描寫的手法；這個加重一倍，也與用筆曲折、著意渲染有關，使所描寫的物件和抒發的情思，得到加倍深刻表現的手法。

金聖歎所舉之例爲紅娘譏笑張生和鶯鶯陷入愛情而不能自拔的唱詞和説白：

一個糊塗了胸中錦繡，一個淹漬了臉上胭脂。【油葫蘆】一個憔悴潘郎鬢有絲，一個杜韋娘不似舊時，帶圍寬過了瘦腰肢。一個睡昏昏不待觀經史，一個意懸懸懶去拈針黹；一個絲桐上調弄出離恨譜，一個花箋上删抹成斷腸詩，筆下幽情，弦上的心事：一樣是相思。【天下樂】這叫做才子佳人信有之。

紅娘自思，句。乖性兒，何必有情不遂皆似此。他自恁抹媚，我卻没三思，一納頭只去憔悴死。

金聖歎的批語說：

忽然紅娘自插入來。忽然插入紅娘來，乃是此中加一倍人。文情奇絶妙絶！言才子佳人，一個如彼，一個如此，兩人一般作出許多張致。若我則殊不然，亦不啼，亦不笑，亦不起，亦不眠，一口氣更無回互，直去死卻便休。蓋是深識張生、鶯鶯之張致，而不覺己之張致乃更甚也。此等筆墨，謂之加一倍法，最是奇觀。

金聖歎認爲：紅娘似乎是在笑張生、鶯鶯的癡情，殊不知紅娘的想法比這種癡情要更加重一倍。這樣的藝術效果就是加一倍的寫法。

移堂就樹法

精妙組織故事情節以刻劃人物的方法之一。塑造刻畫人物因「移事就人」、「因人設事」，而非相反。

在前文先充分地令人注目地叙寫某人的思想、心理、情感等，然後在下文的一個待定人物、場景中就可以把先前已經寫過的他的思想、心理、情感自動搬移過來，不必再作複述和贅述，讀者就能推而論之，心領神會。其中人物所處的特定場景就是不可移易的「樹」，而前已叙寫的人物的思想、心理、情感等就是可以移動的「堂」，從一定意義上說，也可說是伏筆；兩者的內在聯繫通過呼應而自然表現。

文章有移堂就樹之法。如長夏讀書，已得爽塏，而堂後有樹，更多嘉蔭，今欲棄此樹於堂後，誠不如移此樹來堂前。然大樹不可移而至前，則莫如新堂可以移而去後，不然，而樹在堂後，非不堂是好堂，樹亦好樹，然而堂已無當於樹，樹尤無當於堂。今誠相厥便宜，而移堂就樹，則樹固不動，而堂已多蔭，此真天下之至便也。此言鶯鶯之於張生，前於酬韻夜，本已默感於心，已又於鬧齋日，複自明睹其人，此真所謂口雖不吐，而心無暫忘也者。今乃不端不的，出自意外，忽然鼓掌應募，馳書破賊，乃正是此人。此時則雖欲矯情箝口，假不在意，其奚可得？其理、其情、其勢固必當感天謝地，心蕩口説，快然一瀉其胸中沉憂，以見此一照眼之妙人，初非兩廊下之無數無數人所可得而比。然而一則太君在前，不可得語也；二則僧衆實繁，不可得而語也；三則賊勢方張，不可得語也。夫不可得語而竟不語，彼讀書者至此，不將疑鶯鶯此時其視張生應募，不過一如他人應募，淡淡焉了不繫於心乎？作者深悟文章舊有移就之法，因特地於未聞警前，先作無限相關心語，寫得張生已是鶯鶯心頭之一滴血，喉頭之一寸氣，並心、並膽、並身、並命，殆至後文則只須順手一點，便將前文無限心語隱隱然都借過來，此爲後賢所宜善學者其一也。左氏最多經前起傳之文，正是此法也。（二之一《寺警》總評）

鶯鶯於此處「不可得語而竟不語」，可是讀者仍能體會此時此刻鶯鶯對張生的無限深情，是因爲前文鶯鶯對張生之情的所有描寫——「前文無限心語」，「隱隱然都借過來」，移至此處，於是就能令人深感其情。

移堂就樹，即每一個重要的情節，都必須預先設計一些情節，這一系列故事情節的精巧設計和安排，爲以後的人物感情、性格發展做出鋪墊，以達到順其自然、水到渠成之妙。

月度回廊法

也稱「漸度之法」。度，指移動。這是以月度回廊爲喻，戲曲創作中依照劇情自然發展，安排故事情節發展的層次，按照行文必然次第「閑閑漸寫」，漸次而非馬上推向結果；在情節逐步展開的同時，逐漸展示和發展人物性格、心理的寫作手法。這種手法，與金聖歎推崇的文要「曲折」相結合，能起到出其不意、引人入勝，且又身臨其境的出色效果。

又有月度回廊之法。如仲春夜和，美人無眠，燒香捲簾，玲瓏待月。其時初昏，月始東升，泠泠清光，則必自廊簷下度廊柱，又下度曲欄，然後漸漸度過間階，然後度至瑣窗，而後照美人。雖此多時，彼美人者，亦既久矣明明佇立，暗中略復少停其勢，月亦必不能不來相照。然而月之必由廊而欄、而階、而窗、而後美人者，乃正是未照美人以前之無限如迤如邐，如隱如躍，别樣妙境。非此即將極嫌此美人何故突然便在月下，爲了無身分也。此言鶯鶯之於張生，前於酬韻夜，雖已默感於心，已於鬧齋日，複又明睹其人，然而身爲千金貴人，上奉慈母，下凜師氏，彼張生則自是天下男子，此豈其珠玉心地中所應得念？豈其蓮花香口中所應得誦哉？然而作者則無奈何也。設使鶯鶯真以慈母、師氏之故，而珠玉心地終不敢念，蓮花香口終不敢誦，則將終《西廂記》乃不得以一筆寫鶯鶯愛張生也乎！作者深悟文章舊有漸度之法，而於是閑閑然先寫殘春，然後閑閑然寫有隔花之一人，然後閑閑然寫到前後酬韻之事，至此卻忽然收筆雲，身爲千金貴人，吾愛吾寶，豈須别人堤備，然後又閑閑然寫「獨與那人兜的便親」。要知如此一篇大文，其意原來卻只要寫得此一句於前，以爲後文張生忽然應募，鶯鶯驚心照眼作地。而法必閑閑漸寫，不可一口便説者，蓋是行文必然之次第，此爲後賢所宜善學者又一也。（二之一《寺警》總評）

金聖歎指出，月亮要照耀美人，但在此之前，先要照廊、欄、階、窗，經過一系列複雜的迤邐過程，最後纔能將月光投到美人身上。這就是月度回廊。《西廂記》不能一筆寫盡鶯鶯愛張生。鶯鶯雖於酬韻之夜已對張生擁有好感，在鬧齋夜又親見其人的俊美和熱誠，但鶯鶯經過這兩個階段還未到心内明確承認愛上張生的地步。於是作者閑閑然先寫殘春，然後閑閑然寫有一隔花之一人，然後又接寫前後酬韻之事，之後又閑閑然寫「獨與那人兜的便親」。這樣作品纔能呈現豐富而有序的層次，符合人物性格和心理發展的内在和必然規律，從而文勢跌宕，曲折多變。

金聖歎前曾分析《水滸傳》的此類佳例，如第十一回《林教頭風雪山神廟》，描寫林冲草料場殺仇雪恥，也是節次分明，層層寫來。作品叙林衝刺差撥，殺富安，剜陸謙，最後割三人首節，層次脈絡十分清晰。金批在總評中說：

殺出廟門時，看他一槍先搠倒差撥，接手便寫陸謙一句；寫陸謙不曾寫完，接手卻再搠富安；兩個倒矣，方翻身回來，刀剜陸謙；剜陸謙未畢，回頭卻見差撥爬起，便又且置陸謙，先割差撥頭挑在槍上；然後回過身來，作一頓割陸謙、富安頭，結做一處。以一個人殺三個人，凡三四個回身，有節次，有間架，有方法，有波折；不慌不忙，不疏不密，不缺不漏；不一片，不煩瑣，真鬼於文、聖於文也。

林冲一人同時殺三人，必須在最短的時間中完成，以免被殺者逃走或聯合反抗。小説將林冲一系列的殺人動作和過程，歷歷分明地具體描繪，完整而清晰。

羯鼓解穢法

金聖歎説：

文章有羯鼓解穢之法。如李三郎三月初三坐花萼樓下，敕命青玻璃，酌西涼葡萄酒，與妃子小飲。正半酣，一時五王三姨，適然俱至，上心至喜，命工作樂。是日，恰值太常新製琴操成，名曰《空山無愁》之曲，上命對御奏之，每一段畢，上攢眉視妃子，或視三姨，或視五王，天顏殊悒悒不得暢。既而將入第十一段，上遽躍起，口自傳敕曰：「花奴，取羯鼓速來，我快欲解穢。」便自作《漁陽摻撾》，淵淵之聲，一時欄中未開衆花，頃刻盡開。此言鶯鶯聞賊之頃，法不得不亦作一篇，然而勢必淹筆漬墨，了無好意。作者既自折盡便宜，讀者亦複幹討氣急也。無可如何，而忽悟文章舊有解穢之法，因而放死筆、捉活筆，斗然從他遞書人身上憑空撰出一莽惠明，一發洩其半日筆尖嗚嗚咽咽之積悶。杜工部詩云：「豫章翻風白日動，鯨魚跋浪滄溟開。」又云：「白摧朽骨龍虎死，黑入太陰雷雨垂。」便是此一副奇筆，便使通篇文字，立地焕若神明。此爲後賢所宜善學者，又一也。（二之一《鬧寺》總評）

羯鼓，古代打擊樂器。這裏借用南卓《羯鼓録》所記載的愛好和精通音樂的唐明皇（李三郎）妙奏羯鼓以打破沉悶單調之曲的典故，揭示高明作家善於避免劇情單調沉悶的困境，改換或重振筆調，以新奇美妙高昂的文字，揚起激情，重開新境。《西厢記》開場後連續四折描寫張生迷戀和追求鶯鶯，鶯鶯因婚姻前景不佳而心情苦悶，劇情一直徘徊於柔情温潤的氛圍，久之不免沉悶；再説鶯鶯遇到張生後開始心動，「獨見那人，兜的便親」，「不由人不口兒作念心兒印」，「誰做針兒將線引，向東牆通個殷勤」，按原來劇情的發展，鶯鶯的要求無法實現，陷入了困境。作者至此變化筆法，改换場景，構思《寺警》一折，表現孫飛虎突然兇猛鬧寺，惠明高昂地自抒豪情，慷慨出力相助，於是劇情突變，峰迴路轉，曲辭和對白風格由温文轉向高爽，令讀者觀衆精神緊張振奮，全劇進入積鬱盡掃、豁然開朗、高暢明快的新境界。

目注彼處，手寫此處

作者的筆觸雖然落在此處的人、事、景上，然而用意卻在暗寓和表述彼處的人、事、景的寫作手法。這樣，文章的表達聲東擊西，曲折有效，回味雋永，能避免一覽無餘、平鋪直敘的弊病。

文章最妙，是目注彼處，手寫此處。若有時必欲目注此處，則必手寫彼處。一部《左傳》，便十六都用此法。若不解其意，而日亦注此處，手亦寫此處，便一覽已盡。《西廂記》最是解此意。（《讀法》十五）

文章最妙，是目注此處，卻不使寫，卻去遠遠處發來，迤邐寫到將至時，便且住；卻重去遠遠處更端再發來，再迤邐又寫到將至時，使又且住；如是更端數番，皆去遠遠處發來，迤邐寫到將至時，即便住，更不復寫出目所注處，使人自於文外瞥然親見，《西廂記》純是此一方法。《左傳》、《史記》亦純是此一方法。最恨是《左傳》、《史記》急不得呈教。（《讀法》十六）

《西廂記》第一折，張生隨喜（遊覽）佛殿，一一介紹張生看到佛殿内的景象，目的卻是爲了讓張生在此即將巧遇鶯鶯。金聖歎的夾批説：「已上，於寺中已到處遊遍，更無餘剩矣，使直逼到崔相國西偏別院。筆法真如東海霞起，總射天臺也。」「蓋上文以佛殿、僧院、廚房、法堂，鐘樓、洞房，寶塔、回廊，親出崔氏别院，而此又以羅漢、菩薩、聖賢，一切好相，親出鶯豔也。其文如宋刻玉玩，雙層浮起。」並在第四節的節批總結説：「寫張生游寺已畢，幾幾欲去，而意外出奇，憑空逗巧。○如此一段文字，便與《左傳》何異？凡用佛殿、僧院、廚房、法堂、鐘樓、洞房、寶塔、回廊，無數字，都是虛字；又用羅漢、菩薩、聖賢無數字，又都是虛字。相其眼觑何處，手寫何處，蓋《左傳》每用此法。我於《左傳》中說，子弟皆謂理之當然。今試看傳奇亦必用此法，可見臨文無法，便成狗嗥，而法莫備於《左傳》。甚矣，《左傳》不可不細讀也。我批《西廂》，以爲讀《左傳》例也。」金批强調：作者手寫的是普濟寺中的景物，而目卻注於下文張生與鶯鶯的即將相遇。

注彼寫此有兩種具體的方式：一是目的是寫某人，卻著筆他周圍的人與事，上舉之例即是；一是爲了描寫某人的某種性格，卻寫他另一方面行爲和心理。《水滸傳》中也頗有佳例，前者如楊志和索超比武，打得火爆、驚人、精彩，但是金批指出：「一段寫滿校場眼睛都在兩人身上，卻不知作者眼睛乃在滿校場人身上也。」後者如《水滸傳》描寫李逵，「此方但要寫李逵樸至，便倒寫李逵奸猾；寫的李逵愈奸猾便愈樸至。」

明攻（一作修）**棧道，暗度陳倉**

與「目注彼處，手寫此處」相聯繫的是「明攻（一作修）棧道，暗度陳倉」之法（一之二《借廂》第十二節批語）。

「明攻（一作修）棧道，暗度陳倉」的出典是《史記》記載的西漢韓信的用兵之計，這是韓信官拜大將，成爲漢軍統帥後的初戰第一計策。當時漢軍自被迫蝸居的漢中突襲關中，正式發動與項羽爭奪天下的楚漢戰爭。此戰目的是佔領當時中國最重要的戰略要地，作爲統一全國的起點。爲麻痹、鬆懈敵方，漢軍表面上重修棧道，故意暴露這種勞兵費時的錯誤甚至可說是愚蠢的意圖，實際上以此爲掩護，主力則暗中另走捷徑，用偷襲手段突然攻下預定目標。這樣用虛晃一槍的明的方法作爲掩護，暗中則使用另一種方法來達到自己真正目的的方法，在軍事上、謀略上，與「聲東擊西」本質上是相同的，但「聲東擊西」僅僅是在用兵方向上迷惑對方，而「明修棧道，暗度陳倉」的用法和含義要遠更複雜和廣泛，用意更深。

金聖歎借用這個成語，表述的是，作品中的表層行爲的描寫，與其深層目的完全不同甚或完全相反，表層行爲僅僅是一種幌子、手段。

第一本第二折《借廂》，張生看到紅娘來，表面上故意責怪法本，實際上這是在創造機會，要與紅娘攀談、探問。這段唱詞和對話設計，聖歎贊爲「異樣鬼斧神工之筆」：

右第十二節。張生靈心慧眼早窺阿紅從那人邊來，便欲深問之，而無奈身爲生客，未好與入閨閣，因而眉頭一皺，計上心來，忽作醜語，抵突峙老，使長老發極，然後輕輕轉出下文雲。然則何爲不使兒郎，而使梅香？便問得不覺不知，此所謂「明攻棧道，暗度陳倉」之法也。傖父又不知，以爲張生忽作風活。

接著，張生表面上向法本要求借帶一份齋，超度亡故的父母，實際目的卻是爲了借與鶯鶯一起超度先人的機會「飽看鶯鶯」：「人間天上，看鶯鶯强如做道場。軟玉温香，休言偎傍；若能夠湯他一湯，早與人消災障。(【四邊靜】)」金批稱贊此曲道：「絶世奇文。」又説：「斗然借廂，斗然抵突長老，斗然哭後，又斗然推更衣先出去。寫張生通身靈變，通身滑脱，讀之如於普救寺中親看此小後生。」

獅子滚球法

作者先確定了作品的中心點、傳神處，然后從四面八方圍繞這個中心精心用筆，就像獅子滚球那樣，左盤右旋，既不放棄，又不擒住，擒住再放，放後再擒，將讀者牢牢吸引，從而突出行文中心的手法。

《西廂記》數次描寫鶯鶯剛在張生前露面，就忽而消逝了，連正面見面都這麽難，這就突出兩人之間愛情進程的曲折和嚴重糾葛，强調兩人好事多磨的極大難度。

文章最妙，是先覷定阿堵一處已，却於阿堵一處之四面，將筆來左盤右旋，右盤左旋，再不放脱，却不擒住。分明如獅子滚球相似，本只是一個球，却教獅子放出通身解數，一時滿棚人看獅子，眼都看花了，獅子却是並没交涉。人眼自射獅子，獅子眼自射毬。蓋滚者是獅子，而獅子之所以如此滚，如彼滚，實都為毬也。《左傳》《史記》便純是此一方法，《西廂記》亦純是此一方法。(《讀法》十七)

大起大落之筆

三之二《鬧簡》，張生跳牆後遭到鶯鶯的怒斥，紅娘警告張生說：「從今後我相會少，你見面難。（【上小樓】之【後】）」金批驚嘆：「鬥然險語，妙絶妙絶！　蓋張生方思得見鶯鶯，而此云尚將不復得見紅娘也，不顧驚死人。」「月暗西廂，便如鳳去秦樓，雲斂巫山。絶妙好辭，又如口中吮而出之。」紅娘說：「你也赸，我也赸；請先生休訕，早尋個酒闌人散。」金批說：「《西廂》後半不知凡有若干錦片姻緣，而於此忽作如是大決撒語。文章家最喜大起大落之筆，如此真稱奇妙絶世也。」又進一步發揮說：

右第十四節。覆其此後連紅娘亦不復更來，使我讀之，分明臘月三十夜聽棲子和尚高唱「你既無心我亦休」之句，號嚇死人，快活死人也。〇細思作《西廂記》人，亦無過一種筆墨，如何便寫成如此般文字，使我讀之通身抖擻，骨節盡變。聞古人有痁疾大發，神換其齒者。有如此般文字得讀，使更不須疙疾發也。最苦是子弟作文，拈皮帶骨，我以此跳脱之文藥之。

進一步闡述大起大落之筆的藝術效果。

衆多的具體寫作方法

《金批西廂》還提及其他多種方法，例如摇曳（《讀法》二十五、二十六）、反挑（《鬧齋》第六節批）、虚字法（《驚豔》第四節批）、排蕩法（《借廂》節批）、次第與拉雜（《賴婚》第十四節批及夾批）、「空叙」與「實叙」（《琴心》第三節批）、「實寫」（「從來妙文，決無實寫一法。」《鬧齋》總評第二段；「從來文章家無實寫一法」，同上第六節批語）與「空寫」（三之四《後候》總評）、透過一步法（《鬧簡》第十節夾批）、淺深恰妙之法（《酬韻》第四節批）、起倒變動之法（《後候》總評）、得過便過之法（三之二《鬧簡》批語：「右第七節。旁答張生心事。雖於盛怒後，不可又說；然此時不說，更待何時？行文又有得過便過之法，無用多作顧慮。」）。等等。

除了以上介紹和總結的寫作方法外，全書對《西厢記》藝術手法和取得成就的總結，琳琅滿目，遍地珠璣，例如：

關於用筆：要善於處理「題與文」。要「找出難動手處」。《西厢》筆筆不等閒，篇篇起筆尤不等閒。才子作文，放重筆，取輕筆。最爭落筆。文章家最喜大起大落之筆。氣平心細眼到。務盡其勢。

關於簡約：以少少許勝多多許。無一句雜湊。一句爲數句、無數句。由於作者出色的描寫，分解爲多重的視覺，甚至可以「一幅作三幅看」，對此下面在做分析。

關於曲折和變化：無數曲折、跌頓，只爲一句。文應用次第者，應用拉雜者。文文相生，莫測其理。有文，作已不許作，作已不妨又作。「行文乃如洛水神妃，乘月淩波，欲行又住，欲住又行，何其如意自在。」（《拷豔》第三節夾批）

凡用古，必須我自浩蕩獨行。續之二《錦字緘愁》【四煞】「不聞黄犬音，難傳紅葉詩」，云云，用了兩個古人的典故，金批說：「凡用古，必須我自浩蕩獨行，而古語忽來奔赴腕下，斯方謂之如從舌上吮而吐之耳。若先有成句，隱隱然梗起於胸中，而我從而補接攢簇之，此真第一苦海也。」

藝術手法的具體分析和評論

金聖歎還結合具體的描寫，分析和評論其寫作上的高明之處。此類佳例太多，僅舉：

三之一《前候》，紅娘奉老夫人之命，去請張生赴宴，她一路走來，一面在心中回顧孫飛虎圍寺之驚險和張生出力卻遭夫人賴婚的不幸，作者「因此題更無下筆處，故將前事閑閑自叙一遍作起也。然便真似有一聰明解事女郎於紙上行間，纖腰微嫋，小腳徐那，一頭迤邐行來，一頭車輪打算。一時文筆之妙，真無逾於是也。」（第一節節批）善於將過場的動作寫得豐滿而優美。

接著，紅娘同情張崔二人痛苦的相思：「一個糊塗了胸中錦繡，一個淹漬了臉上胭脂。【油葫蘆】一個憔悴潘郎鬢有絲，一個杜韋娘不似舊時，帶圍寬過了瘦腰肢。一個睡昏昏不待觀經史，一個意懸懸懶去拈針黹；一個絲桐上調弄出離恨譜，一個花箋上删抹成斷腸詩，筆下幽情，弦上的心事：一樣是相思。【天下樂】這叫做才子佳人信有之。猶言世上勤雲才子佳人，夫必如此兩人，方信真有才子佳人也。金批說：」明是俊眼識取兩人，明是惡口奚落天下。作者真乃舉頭天外，無有別人也。

右第二節。連下無數「一個」字，如風吹落花，東西夾墮，最是好看。乃尋其所以好看之故，則全爲極整齊、卻極差脱，忽短忽長。忽續忽斷，板板對寫，中間又並不板板對寫故也。

《西廂記》的這種精彩表現手段，得到後人的繼承，例如蘇州評彈的名曲《寶玉夜探》開篇，表現寶玉和黛玉兩人的心理，也用「一個兒」「一個兒」這樣的排比句，取得很好的藝術效果。

四之二《拷豔》紅娘向老夫人講出鶯鶯和張生已經同居的情況：「他兩個經今月餘只是一處宿。」金批：「右第十一節。夫人疑有這一夕，使偏不説這一夕；夫人疑只有這一夕，使偏要説不止這一夕，純作天仙化人，明滅不定之文。王龍標有『雲英化水，光采與同』之詩，我欲取以贈之。」

四之三《哭宴》【滿庭芳】「供食太急，你眼見須臾對面，頃刻別離。」金批：

右第十四節。斗然忽到供食人，真是出奇無窮。〇「眼見」妙。老杜絕句云：「眼見客愁愁不醒，無賴春色到江亭。既遣花開深造次，使教鶯語太丁寧。」夫客自愁，春何嘗見？春若見，春那有眼？今止因自己煩悶，怕見春來，卻無端寬其「眼見」，罵其「無賴」，是爲真正無賴之至也。此正用其「眼見」字。

首句評論崔鶯鶯的留戀張生到極點的心理，因心恨張生很快要離別而轉恨供食人供食太快。接著分析「眼見」二字，與杜甫詩的用法一樣精巧。

《賴簡》折，紅娘說：他水米不沾牙。越越的閉月羞花。金批說：「水米不沾」，則似有情；「閉月羞花」，則又似無情。只二句，寫盡紅娘賊。紅娘又自問鶯鶯的表現「真假」？金批說：「妙妙。夫真耶？則胡爲越越豐豔。假耶，則又胡爲『水米不沾牙』哉！」「這其間性兒難按捺」，金批：「分明從前篇毒心中生出毒眼來也。」「我一地胡拿。」金批：「言亦更不反復相猜，只待下文做出自見也。」接著進一步解釋說：「右第五節。此節之妙，莫可以言。據文乃是紅娘描盡雙文；而細察文外之意，卻是作《西廂記》人描盡紅娘也。蓋作《西廂記》人，細思紅娘從上篇來，此其心頭，雖說一半全是怨毒，然亦一半單竟還是狐疑。豈有昨日於我，紮起面皮，既已至於此極，而今夜攜我並行，忽然又有他事者。我亦獨不解張生所誦之詩，則何故而明明又若有其事耳。只此一點委決不下，自不免有無數猜測，然而此時又用直筆反復再寫，則彼紅娘於上篇，已不啻作數十反復者。今至此篇猶尚呶呶不休，豈不可厭之極也。今看其輕輕只換作雙文身上，左推右敲，似真還假，一樣用筆，而別樣用墨，文章乃如具茨之山，便使七聖入之皆迷，真異事也。」金批從這一段描寫中，提煉出「似寫鶯鶯，實寫紅娘」的高明手段。

這些精彩的描寫方法，都是結合作品的具體片段或文句批出的，有時還結合人物的描寫做精彩的分析。

人物描寫的精彩分析和評論

金聖歎善於分析和揭示人物描寫的精巧藝術，其中描寫紅娘的精彩之處極多，例如三之一《前候》，開首描繪紅娘奉鶯鶯之命前去看望張生，金批道：「右第一節。因此題更無下筆處，故將前事閑閑自叙一遍作起也。然便真似有一聰明解事女郎於紙上行間，纖腰微裊，小脚徐那，一頭迤邐行來，一頭車輪打算。一時文筆之妙，真無逾於是也。」

接著描寫紅娘舔破窗紙，偷窺張生在書房裏做甚麽那？金批說：「畫出紅娘來。○單畫出紅娘來，何足奇，直畫出紅聰明來，故奇耳。」

此後，紅娘竟然預先猜破鶯鶯看了張生的書簡必會發怒：「右第七節。此分明是後篇鶯鶯見帖時情事，而忽於紅娘口中先複猜破者，所以深表紅娘靈慧過人，而又未嘗漏泄後篇。故妙。細思此時紅娘，真無便與傳去之理也。」

還妙在作者描寫張生一系列動作的多重視角：「右第十節。寫張生拂箋、走筆、疊勝、署封，色色是張生照入紅娘眼中，色色是紅娘印入鶯鶯心裏：一幅文字，便作三幅看也。一幅是張生，一幅是紅娘眼中張生，一幅是紅娘心中鶯鶯之張生。真是異樣妙文。」

又如三之三《賴簡》，張生跳牆前後，直到紅娘看到和聽到鶯鶯發怒，紅娘不信心理的極妙描寫：「右第十三節。上文雙文已來花園矣，紅娘猶不信其真肯也，不信得最妙。此文雙文已自發作矣，紅娘猶不信其真不肯也，不信得又最妙。」

三之四《後候》中，紅娘在遲疑地拿出鶯鶯給張生的「藥方」即書簡時說：「夫人著俺來看先生，吃甚麽湯藥。這另是一個甚麽好藥方兒送來與先生。」金批說：「真正妙白。蓋『另是一個甚麽』者，甚不滿之辭也。不言誰送來與先生者，深惡而痛絶之之至也。○前一簡，之何其遲，遲得妙絶；此一簡，出之何其速，速得又妙絶。唐人作畫，多稱變相，以言番番不同。今如此兩篇出簡，真可謂之變相矣。」將紅娘的心理、語言、動作作出精確的評價，並揭示紅娘兩次送信動作的速度和態度，富於變化，番番不同。

四之二《拷艷》是紅娘的重頭戲，面對老婦人咄咄逼人的嚴厲詢問，紅娘的回答不僅從容不迫，而且如閑叙故事：「右第八節。更不力推，便自招承，已爲妙絶；而尤妙於作當廳招承語，而閑閑然只如叙情也，只如寫畫也，只如述一好事也，只如談一他人也。嘻，異哉！技蓋至此乎！○細思若一作力推語，筆下便自忙，此正爲更不復推，因轉得閒耳。」讚歎其招供從容，如叙情寫畫。紅娘接著的上佳答詞，令人驚歎，金批一一批出其好處，《金批西厢紅娘論》中已有評述，此處不贅。

《西厢記》描寫鶯鶯的精彩之處，如二之四《琴心》折，鶯鶯聽張生奏琴後，紅娘來呼喚鶯鶯回去，鶯鶯埋怨她：「走將來氣衝衝，不管人恨匆匆，號得人來怕恐。我又不曾轉動，女孩兒家恁響喉嚨。我待緊磨礱，將他攔縱，怕他去夫人行把人葬送。（【攪魯速】）」金批説：「此亦後文低垂粉頭，改變朱顔之根。可細細尋之。」又説：「右第十二節。寫雙文膽小，寫雙文心虚，寫雙丈嬌貴，寫雙丈機變；色色寫到。○寫雙文又口硬又心虚，全爲下文玄殺紅娘地也。妙絶！」分析鶯鶯怕紅娘告訴母親的錯綜複雜的心理，層次分明，全面精到。

三之三《賴簡》張生跳牆後，鶯鶯發怒，（鶯鶯怒云）「哎喲，張生，你是何等之人！我在這裏燒香，你無故至此，你有何説！」（張生云）「哎喲！」金批指出：「便如無簡招之者然，且又直至後止，另數其今夜之來，不聞數其前日之簡。作者用意之妙，直孤行於筆墨之外，全非近傖之所得知也。賴簡之不提簡。」

三之四《後候》第五節，金批分析鶯鶯到張生之病至重才回心轉意：「真正妙白。不是寫紅娘憐張生，乃是寫張生病至重也。寫張生病至重者，寫鶯鶯之得以回心轉意也。蓋張生病至重而猶不回心轉意，則是豺虎之不如也。若張生病不至於至重，而早使回心轉意，則又爲雀鴿之類也。作文實難，知文亦甚不易，於此可見。」

尤其是鶯鶯對張生的感情，三之三《賴簡》總批歸納有四個「感」：「感其才，一也；感其容，二也；感其恩，三也；感其怨，四也。」這是「一部《西厢》定案」。精確地分析了鶯鶯對張生的全面的看法：才華、容貌、出手相救的恩情和對賴婚的忠厚老實的無可奈何的怨。鶯鶯被這四個因素打動和感動，從而產生了深厚的感情。

《西厢記》描寫張生的精彩之處，如張生多次將自己與鶯鶯比喻爲司馬相如和卓文君，皆有妙用。第一次，一之三《酬韻》第七節：「小生仔細想來，小姐此歎必有所感。我雖不及司馬相如，小姐，你莫非倒是一位文君。小生試高吟一絶，看他説甚的。」金批分析張生自比相如、文君的作用：「吟詩必如此寫來，方不唐突人。」

張生月夜彈琴，試圖打動鶯鶯時，覺察鶯鶯已經心醉他的琴聲，準備奏《文鳳求凰》琴挑是，心中嘆云：「琴呵！昔日司馬相如，求卓文君，曾有一曲，名曰《文鳳求凰》。小生豈敢自稱相如，只是小姐呵，教文君將甚來比得你！我今便將此曲，依譜彈之。」

續之二《錦字緘愁》最後，張生收到鶯鶯的回信後的感覺是：「憂則憂我病中，喜則喜你來到此。投至得引人魂卓氏音書至，險將這害鬼病的相如盼望死。（【煞尾】）」

《賴簡》最後，紅娘嘲笑張生的失敗，説：「小姐你息怒嗔波卓文君（他本作「從今悔非波卓文君」），張生你遊學去波漢司馬。」紅娘也以司馬相如、卓文君比喻他們，作爲調侃張生失誤的對照。

《西厢記》對於張生的心理活動的描寫，佳處很多。例如三之四《後候》，張生看到紅娘送來的簡帖是約他成其好事，非常得意，（紅云）「你又來也！不要又差了一些兒。」（張生云）「我那有差的事？前日原不得差，得失亦事之偶然耳。」張生由於已達目的，所以對前番失誤，輕描淡寫地辯護爲前番也不差，得失亦偶然耳。金批贊道：「妙妙！絶世聰明人語也。」但是張生儘管萬分歡欣，滿心歡喜，突又驚疑不定：「右第十五節。上文，一路都作滿心歡喜之文，至此忽又移宫换羽，一變而爲驚疑不定之文，真乃一唱三歎，千回萬轉矣。〇世間有如此一氣清轉，卻萬變無方，萬變無方，又一氣清轉之文哉？普天下後世錦繡才子，讀至此處，誰複能不心死哉？」

同時和後代評點家對金批的繼承

金聖歎戲曲藝術理論中的許多觀點，他揭示和總結的許多方法，都得到後來作家、理論家的繼承、模仿、運用和發展。

此後，專業的小說、戲曲研究家、評批家，如評批《琵琶記》和《三國演義》的毛聲山、毛宗崗父子、評批《金瓶梅》的張竹坡、評批《聊齋志異》的、評批《紅樓夢》的哈斯寶、脂硯齋等等，都如此。他們有的模仿和繼承金批著作的體系和構架，序言、讀法、總評、夾批、眉批齊全，有的則僅作評批，但他們的評批中的許多提法、評語和揭示的寫作方法，都繼承或仿照金聖歎。

例如哈斯寶《新譯紅樓夢》（縮寫蒙文譯評本）第二十回「慧紫鵑情辭試莽玉」繼承金聖歎的觀點，說：「此處又見烘雲托月之法。畫月的，不可平直去畫月亮，而要先畫雲彩，畫雲並非本意，意不在雲而在月。然而，仔細想來，意又在雲。畫雲一不適度，過濃過淡，雲便有了筆病，而雲之病即月之病。……賞畫之人，見畫雲工巧，總要說月兒畫得美，没一個人讚賞雲兒畫的好。這雖辜負作畫人畫雲的匠心，但也著實切中作畫人原意。不能只評月不評雲，雲月二者之間有妙理貫通，欲合之而又不可合，欲分之而更不可分。」這完全是重述金聖歎的論點。脂硯齋《紅樓夢》第五十九回「柳葉渚邊嗔鶯叱燕」回末總評也說：「蘇堤柳暖，閬苑春濃，兼之晨妝初罷，疏雨梧桐，正可借軟草以慰佳人，采奇花以寄公子。不意鶯嗔燕怒，逗起波濤；婆子長舌，丫環碎語，群相聚訟，又是一樣烘雲托月法。」皆運用金聖歎首創的「烘雲托月」之法，分析次要人物描寫爲突出主要人物的描寫而服務的寫作方法。

除了上述專業的評批名家外，衆多小說、戲曲名家和非名家也如此。例如《長生殿》的作者洪昇，其《女仙外史》第二十八回的評語說：

> 方知《外史》節節相生，脈脈相貫，若龍之戲珠，獅之滾毬，上下左右，周回旋折。其珠與毬之靈活，乃龍與獅之精神氣力所注耳。是故看書者須觀全局，方識得作者通身手眼。

此論顯然繼承了聖歎之獅子滚球法的闡發，又加入龍之戲珠，多了一個比喻而已。

綜上所述，金聖歎的《西厢記》藝術論，内容豐富而精彩，其中分量最大、成就最高的是人物描寫藝術分析和創作方法的總結和揭示，值得當今理論家和創作家認真借鑒和繼承。

金批《西厢》美學論

金聖歎的美學思想頗爲豐富、獨到和精深。當代論者的論述頗多，取得了頗多的成績。筆者前面的思想論和四篇人物論，已從思想角度和人物美學角度做了論述。本文則在觀照金批《西厢》美學的整體著眼之同時，尤其從當代研究者未及注意的幾個重要問題作一梳理和論述。

我在前言中已經提到，這裏要再次强調指出的是，《金批西厢》的美學論是針對文化修養高的欣賞者和作家詩人的。其中論及天人合一、無和萝、通鬼神和文有魂的觀點，更是針對文化修養極高的鑒賞者和詩人作家的，高深而玄妙，需要反復學習、體會纔能掌握。

金聖歎在戲曲美學方面的闡述，最重要的是天人合一、無和萝、通鬼神和文有魂等。金聖歎有著堅實的古代哲學修養，也有頗多研究成果。（可惜散佚極多，今存的少量哲學論著，皆已收入拙編《金聖歎全集》中。）在《西厢記》的評批中，金聖歎的這些重要的論述是以古代儒、道、佛三家的哲學及其他自己的心得體會爲基礎的，故而取得了精深的成就。

金聖歎關於民間文學是最高的藝術等的論述，至今對文藝創作和評論、理論研究也有着重要的啟示意義。

天人合一和江山之助

天人合一是中國古代哲學的一個重要理論。其要點是人和自然——天地宇宙是互相交融的同一存在，共同組成了整個完整的宇宙。天地宇宙對於人，有着深刻的影響；人由於有觀察和思維能力，因此能够用哲學、文學和藝術的形式觀察、研究和表現天地宇宙。

在這個基本觀念的指導下，金聖歎認爲，《西廂記》寫出了人的最基本的思想感情、人的生存發展之最基本根由——人的繁衍的原動力——愛情、性愛，而人是天地所萌發、哺育的，所以他説：

《西廂記》不同小可，乃是天地現身。自從有此天地，他中間定然有此妙文。不是何人做得出來，是他天地直會自己劈空結撰而出。若定要説是一個人做出來，聖歎便説，此一個人即是天地現身。（《金聖歎《貫華堂第六才子書西廂記》卷二《讀第六才子書〈西廂記〉法》第一則。下簡稱《讀法》一）

不僅《西廂記》的作者是「天地現身」，即他是天地的產物和優秀代表；《西廂記》是天地的妙文，是天地的創作，也是天地的產物和優秀代表。因此——

若説《西廂記》是淫書，此人有大功德。何也？當初造《西廂記》時，發願只與後世錦繡才子共讀，曾不許販夫皂隸也來讀。今若不是此人揎拳捋臂，拍凳捶牀，罵是淫書時，其勢必至無人不讀，泄盡天地妙秘，聖歎大不歡喜。（《讀法》六）

「淫書」，即「冬烘先生」心目中的描繪愛情、性愛之內容。作爲宇宙中的一個重要組成部份的人，其生存、發展即繁衍的原動力既然是愛情、性愛，所以揭示這個真相的《西廂記》是「泄盡天地妙秘」之書。這樣的書，不能「無人不讀」，即不能人人都讀，誰不可讀？「冬烘先生」不肯讀（《讀法》五），「錦繡才子」之外的文化素質差的人不能讀，他們讀了，只曉得「中間」只有性愛「此一事」（《讀法》三），不懂正確欣賞全劇的妙處，這就糟蹋了《西厢記》這樣的高雅精深、乾淨優美的文藝巨著了。

從天人合一的角度看，天地中的江山，尤其是名山大川，對作家詩人和文藝創作有極大的幫助，故稱「江山之助」。這是劉勰在其《文心雕龍》中首先提出的，成爲中國古代作家詩人一個重要的共同認識。金聖歎也不例外，他認爲：

後之人既好讀書，又好友生，則必好彼名山大川，奇樹妙花。名山大河、奇樹妙花者，其胸中所讀之萬卷之書之副本也。

按照劉勰及後繼者的一致觀點，人是宇宙之產物，也是宇宙中的一份子，對宇宙中的地上的名山大川、奇樹妙花，有著獨特的體會，名山大川、奇樹妙花的雄偉優美，影響了人的胸襟、思想和性格的形成，從而對優秀學者、作家、詩人的著作、創作——萬卷書，産生重大影響，此之謂「江山之助」。熱衷標新立異和善於發揮創新的金聖歎，這裡却反過來認識「江山之助」：接受了江山之助的優秀著作和創作，即「萬卷書」，提攝了「名山大川」的英華，富藏「名山大川」甚至天地萬物（以「名山大河、奇樹妙花」爲代表）的精神和菁華，成爲天地萬物的精神代表和真正「現身」，因此反過來，「名山大河、奇樹妙花」就成了「其胸中所讀之萬卷之書之副本也」。這是從人的主體性角度認識人和宇宙萬物的關係、人的創造和宇宙萬物的關係，無疑是金聖歎的一個重大的理論創造。

論無

無，是道家和佛家哲學的重要概念。金聖歎的《金批西厢》着重從佛學吸收無的概念，論述《西厢記》的藝術創造成就。

《讀法》第二十七則作爲鋪墊，第二十八至第四十三，和第四十六則，共十七則，直接談「無」字，第四十四和四十五則爲過渡；這樣共二十則專論「無」字，提出了「無」的美學理論：

二十七、横、直、波、點、聚，謂之字；字相連，謂之句；句相雜，謂之章。兒子五六歲了，必須教其識字。識得字了，必須教其連字爲句。連得五六七字爲句了，必須教其布句爲章。布句爲章者，先教其布五六七句爲一章，次教其布十來多句爲一章；布得十來多句爲一章時，又反教其只布四句爲一章，三句爲一章，二句乃至一句爲一章。直到解得布一句爲一章時，然後與他《西厢記》讀。

二十八、子弟讀《西厢記》後，忽解得三個字亦能爲一章，二個字亦能爲一章，一個字亦能爲一章，無字亦能爲一章。子弟忽解得無字亦能爲一章時，渠回思初布之十來多句爲一章，真成撒吞耳。

二十九、子弟解得無字亦能爲一章，因而回思初布之十來多句爲一章，盡成撒吞，則其體氣便自然異樣高妙，其方法便自然異樣變换，其氣色便自然異樣姿媚，其避忌便自然異樣滑脱。《西厢記》之點化子弟不小。

三十、若是字，便只是字；若是句，便不是字；若是章，便不是句。豈但不是字，一部《西厢記》，真乃並無一字；豈但並無一字，真乃並無一句。一部《西厢記》，只是一章。

三十一、若是章，使應有若干句；若是句，便應有若干字。今《西厢記》不是一章，只是一句，故並無若干句，乃至不是一句，只是一字，故並無若干字。《西厢記》其實只是一字。

三十二、《西厢記》是何一字？《西厢記》是一「無」字。趙州和尚，人問：「狗子還有佛性也無？」曰：「無。」是此一「無」字。

三十三、人問趙州和尚：「一切含靈具有佛性，何得狗子卻無？」趙州曰：「無。」《西厢記》是此一「無」字。

三十四、人若問趙州和尚：「露柱還有佛性也無？」趙州曰：「無。」《西厢記》是此一「無」字。

三十五、若又問：「釋迦牟尼還有佛性也無？」趙州曰：「無」《西厢記》是此一「無」字。

三十六、人若又問：「無字還有佛性也無？」趙州曰：「無」。《西廂記》是此一「無」字。

三十七、人若又問：「無字還有『無』字也無？」趙州曰：「無」。《西廂記》是此一「無」字。

三十八、人若又問某甲不會，趙州曰：「你是不會，老僧是無。」《西廂記》是此一「無」字。

三十九、何故《西廂記》是此一「無」字？此一「無」字是一部《西廂記》故。

四十、最苦是人家子弟，未取筆，胸中先已有了文字。若未取筆，胸中先已有了文字，必是不會做文字人。《西廂記》無有此事。

四十一、最苦是人家子弟，提了筆，胸中尚自無有文字。若提了筆，胸中尚自無有文字，必是不會做文字人。《西廂記》無有此事。

四十二、趙州和尚，人不問「狗子還有佛性也無」，他不知道有個「無」字。

四十三、趙州和尚，人問過「狗子還有佛性也無」，他亦不記道有個「無」字。

四十六、聖歎舉趙州「無」字説《西廂記》，此真是《西廂記》之真才實學，不是禪語，不是有無之「無」字，須知趙州和尚「無」字，先不是禪語，先不是有無之「無」字，真是趙州和尚之真才實學。

趙州和尚，即從諗（七七八—八九七），唐代高僧，俗姓郝，曹州（今山東曹縣一帶）郝鄉人。自小出家，後參南泉普願法師而得法。曾廣游諸山，遍參高僧。住趙州（今河北趙縣一帶）觀音院（也稱東院），其禪語法言傳遍天下，時稱「趙州門風」。歸寂後謚號真際大師。

趙州和尚談「狗子無佛性」，見《五燈會元》卷四，原文爲：問：「狗子還有佛性也無？」師曰：「無。」曰：「上至諸佛，下至螻蟻，皆有佛性，狗子爲什麼卻無？」師曰：「爲伊有業識在。」業識：處於生死輪回中的有情衆生（包括人和一切有情識的生物）的根本意識。

無，是佛學的一個重要的基本概念，其基本含義爲：否定事物存在。

可是佛學的高深概念和理論都是不能用言語説明白的，即「言語道斷」，本文只能結合《西廂記》，從較淺的層次給以近似性的説明。

以上讀法中的「無」字的運用，在評論《西廂記》時有四個層次。

第一層，《西廂記》「無字亦能爲一章」（《讀法》二十八）。這牽涉到《西廂記》有略寫、空寫的地方，有不能寫出的地方。

第二層，「一部《西廂記》，真乃並無一字；豈但並無一字，真乃並無一句。一部《西廂記》，只是一章。」（《讀法》三十）《西廂記》是一個嚴密、完整的藝術傑作，不是能單靠奇妙的文字、文句和章節連綴起來而拼裝的；如果不從整體上領會、理解和欣賞《西廂記》，單從其中優美的文字、文筆來欣賞，就「七寶樓臺，拆散不成片段」，就看不到其完整的真意和妙處。

而且，正如聖歎在三之四《後候》總評中，在梳理全劇十六折的情節結構之後，所總結的：「凡此皆所謂《西廂》之文一十六篇，吾實得而言之者也。謂之十六篇可也，謂之一篇可也；謂之百千萬億文字總持悉歸於是可也，謂之空無點墨可也。」「彼視《西廂》蒼蒼然正色耶？速而無所至極耶？《西廂》視彼亦蒼蒼然正色邪？速而無所至極耶？蓋南華老人言之也，曰：『亦若是則已矣。』」《西廂》全書，既有千言萬語，也是「空無點墨」。「空無點墨」指世界一切事物，按照佛教理念，「一切皆空」，是從這個角度來理解《西廂記》，理解《西廂記》表達的猶如夢幻般的一切皆最後回歸虛空的愛情。

第三層，《西廂記》其實只是一字。《西廂記》是何一字？《西廂記》是一「無」字。（《讀法》三十一、三十二）《西廂記》寫的是天地之秘，天地之秘即是「無」。

這個「無」，與佛教所說的「空」有關係，因緣和合而生的一切事物，究竟並無實體，叫做空，也是「假而不實」的意思，即世界一切現象皆由因緣而生，剎那生滅，本來没有質的規定性和獨立實體。没有實體，假而不實。指事物之虚幻不實，或指理性之空寂明淨。此爲大乘佛教的共同基本教義。

這個「無」字是佛學四大皆空之「無」。然「空」非全等於「無」、「虚無」。從佛學的角度認識，世間一起都是「無」，都是短暫的，因而從長久的角度看是轉瞬即逝，總歸於無，虚幻不實的。

第四層，若未取筆，胸中先已有了文字，必是不會做文字人。《西廂記》無有此事（《讀法》四十）。若提了筆，胸中尚自無有文字，必是不會做文字人。《西廂記》無有此事（《讀法》四十一）。

創作《西廂記》這樣的文藝巨著、文化巨著，往往不能預先全部構思成熟，不可能先有深思熟慮的文字。但是創作這樣的巨著，作者又必須有著堅實的準備，在執筆開始寫作時，已經有了相當成熟的構思和文筆。

《西廂記》這個「無」字的闡釋，也有四個層次：

狗子無有佛性之無（《讀法》三十一）。反問「狗子無有佛性」之「無」（《讀法》三十二）。「一切含靈具有佛性，狗子卻無」之「無」（讀法第三十三則）。狗子是没有智慧的愚笨之物，它們没有悟性和佛性，是「無」。

「露柱無有佛性」之「無」（《讀法》三十四）。「釋迦牟尼無有佛性」之「無」（《讀法》三十五）。

「無字無有佛性」之「無」（《讀法》三十六）。「無字還有『無』字也無？」趙州曰：「無」之「無」（《讀法》三十七）。

趙州和尚「你是不會，老僧是無」之「無」（第三十八則）。趙州和尚不知道有個「無」字（《讀法》第四十二）。他亦不記道有個「無」字。（《讀法》四十三）也即「無」徹底或根本就没有「無」這個概念！

結論：何故《西廂記》是此一「無」字？此一「無」字是一部《西廂記》故（《讀法》三十九）。意爲《西廂記》描寫的都是歸根爲「無」的一切；所描寫的一切，都在本質上是「無」。

趙州和尚之「無」和《西厢記》之「無」，即上面評論《西厢記》第三層之「無」。這個「無」字，是徹底的「無」，徹底到釋迦摩尼佛也「無有佛性」，徹底到高僧趙州和尚不知道、不記得有這個「無」字和「無」的概念，達到「無」的無窮的極端——没有盡至的「無」。

正因如此，金聖歎認會《西厢記》到第十六折《驚夢》應該結束了，人生的一切，都是虚無的夢幻，都歸根爲無。因此後面的大團圓無疑是狗尾續貂。

《金批水滸・序一》説：

> 心之所至，手亦至焉；心之所不至，手亦至焉；心之所不至，手亦不至焉。心之所至手亦至焉者，文章之聖境也。心之所不至手亦至焉者，文章之神境也。心之所不至手亦不至焉者，文章之化境也。夫文章至於心手皆不至，則是其紙上無字、無句、無局、無思者也。

《杜詩解》卷三評杜甫《子規》説：「先生妙手空空，如化工之忽然成物，在作者尚不知其何以至此。」可作爲上述論點的補充。

論夢

金聖歎認爲《西厢記》第四本第四折，即第十六章《驚夢》，應該是全劇的結束，後面第五本是狗尾續貂，應該删去。於是，他在四之四《驚夢》總評説：

舊時人讀《西厢記》，至前十五章既盡，忽見其第十六章乃作《驚夢》之文，便拍案叫絶，以爲一篇大文，如此收束，正使煙波，渺然無盡。

他接著故意説：「於是以耳語耳，一時莫不畢作是説。獨聖歎今日，心竊知其不然。」引出他的長篇大論的闡發，從而再次肯定：「昨者因亦細察其書，既已第一章無端而來，則第十五章亦已無端而去矣。無端而來也，因之而有書；無端而去也，因之而書畢。」論證第十六章應該是全書的結尾。

接著又論説《西厢記》與夢的關係：

今夫天地，夢境也；衆生，夢魂也。無始以來，我不知其何年齊入夢也；無終以後，我不知其何年同出夢也。傳曰：「至人無夢。」「至人無夢」者，無非夢也，同在夢中，而隨夢自然，我於其事，蕭然焉耳。經曰：「一切有爲法，應作如是觀。」是以謂之無夢也。

吾聞周禮：歲終，掌夢之官，獻夢於王。夫夢可以掌，又可以獻，此豈非《西厢》第十六章立言之志也哉。

此折中，張生在夢中對鶯鶯説：「想人生最苦是離别，你憐我千里關山，獨自跋涉。似這般挂肚牽腸，倒不如義斷恩絶。」（【折桂令】）金批説：「右第十五節。此是夢中假自作悟語也。作如此悟語，欲其夢覺，正未易得也。」

接著，張生抱着琴童喊叫小姐「你受驚也！」琴童吃驚而問，張生醒了，感慨：「呀，元來是一場大夢。且將門兒推開看，只見一天露氣，滿地霜華，曉星初上，殘月猶明。」金批道：

何處得有《西厢》一十五章所謂驚豔、借厢、酬韻、鬧齋、寺警、請宴、賴婚、聽琴、前候、鬧簡、賴簡、後候、酬簡、拷豔、哭宴等事哉！自歸於佛，當願衆生，體解大道，發無上心；自歸於法，當願衆生，深入經藏，智慧如海；自歸與僧，當願衆生統理大衆，一切無礙。

張生不見鶯鶯，知是剛纔只是夢中相見，傷感地唱「緑依依牆高柳半遮，静悄悄門掩清秋夜，疏刺刺林梢落葉風，慘離離雲際穿窗月。（【雁兒落】）」「顫巍巍竹影走龍蛇，虚飄飄莊生夢蝴蝶，絮叨叨促織兒無休歇，韻悠悠砧聲兒不斷絶。痛煞煞傷别，急煎煎好夢兒應難捨；冷清清咨嗟，嬌滴滴玉人兒何處也！（【得勝令】）」他難捨「好夢」，金批説：「是境？是人？不可複辨。」又批道：「右第十八節。《周易》六十四卦之不終於既濟，而終於未濟；……」

金聖歎認爲《西厢記》的結局應該以「夢」爲結束，是因爲張崔愛情只是一場美夢，其「有情人終成眷屬」只能是理想，而不可能是現實，是不可能在現實生活中實現的。這是第一層次，從當時社會實際出發，觀察張崔之愛；是從社會學、現實主義文學角度得出的結論。人生如夢，愛情、性愛作爲人生的一個極爲重要的組成部份，當然也是夢，這是從莊子夢爲蝴蝶的道家哲學角度認識張崔之愛；聖歎在《金批西厢》中長篇大論地探討過《莊子》和《列子》等道家經典關於的夢的闡述，這是第二層次。男女之愛情、夫婦之性愛，在時間和空間無限的宇宙中，是極其渺小、極其短暫的過程，是可以忽略不計的，最終是無效的、無果的、虚幻的：「夫妻本是同林鳥，大限來時各自飛。」即使有癡情的戀人相約下一世甚或世世結爲夫婦，同樣贊成以《驚夢》爲《西厢記》結尾的王國維説：「往事悠悠容細數，見説他生，又恐他生誤。縱使兹盟終不負，那時能記今生否？」〔一〕這是第三個層次，也即上文論述的「無」的層次。

金聖歎在《金批水滸》第十三回「赤發鬼醉卧靈官殿　晁天王認義東溪村」，晁蓋在向吴用解釋他接納劉唐並打算劫掠生辰綱時説：「他來的意正應我一夢。」金批説：「又忽然撰出一夢，奇情妙筆。○此處爲一部大書提綱挈領之處，晁蓋爲一部大書提綱挈領之人，而爲頭先是一夢，可見一百八人、七十卷書，都無實事。」在回前總評中强調：「一部書一百八人，聲色爛然，而爲頭是晁蓋先説做下一夢。嗟乎！可以悟矣。夫羅列此一部書一百八人之事蹟，豈不有哭有笑，有贊有駡，有讓有奪，有成有敗，有俯首受辱，有提刀報仇，然而爲頭先説是夢，則知無一而非夢也。大地夢國，古今夢影，榮辱夢事，衆生夢魂，豈惟一部書一百八人而已，盡大千世界無不同在一局，求其先覺者，自大雄氏以外無聞矣。真蕉假鹿，紛然成訟，長夜漫漫，胡可勝歎！」《金批西廂》的以上論述與此是一脈相承、完全相同的。

西方文學家、美學家也有相近的認識，例如：深受佛學影響、主張人生如夢的叔本華引古希臘悲劇最重要的作家索福克利斯（通譯索福克勒斯）説：「我看到我們活著的人們，都不過是，幻形和飄忽的陰影。」又引莎士比亞説：「我們是這樣的材料，猶如構成夢的材料一樣，而我們渺小的一生，睡一大覺就圓滿了。」〔二〕

通鬼神和文有魂

金聖歎和古代諸多一流詩人作家、文論家一樣，常有神秘主義文藝理論的觀點發表。其中「通鬼神」和「文有魂」是非常重要的觀點。

古人都信鬼神，崇拜金聖歎的清代著名學者劉獻廷説：「餘觀世之小人，未有不好唱歌看戲者，此性天中之《書》與《春秋》也。未有不信占卜祀鬼神者，此性天中之《易》與《禮》也。」（劉獻廷《廣陽雜記》卷二）「小人」指小市民、小百姓，實際上絶大多數知識份子也信鬼神。此因古人對於鬼神的認識，早在《周易》中就有表述。《周易・繫辭上》：「知鬼神之情狀。」朱熹《周易本義・周易繫辭上傳第五》解爲：「陰精陽氣聚而成物，神之申也；魂遊魄降散而爲變，鬼之歸也。」金聖歎釋《周易・繫辭上》「知鬼神之情狀」與朱熹相同，説：「神者，申也」，「鬼者，歸也」（《語録纂》卷一）。

通鬼神，指作家詩人在高難度的閱讀和寫作中，靈感湧現，從而達到極高的境界。

金聖歎指導讀者：焚香讀之，以期鬼神通之也：

《西廂記》，必須焚香讀之。焚香讀之者，致其恭敬，以期鬼神之通之也。（《讀法》六十二）

《金批西廂》卷二的資料中所引用的（宋）王銍云：「事有悖於義者，多托之鬼神夢寐，或假之他人，或云見別書，後世猶可考也。」這裡的「多托之鬼神夢寐」是寫作中的假託，並非真的來自鬼神夢寐。但這也説明，有的事，作家、讀者皆認爲出自鬼神夢寐，所以有人借此作假。

而金聖歎並非以此爲比喻，而是虔誠地認爲，「通鬼神」不僅針對讀書，尤其也針對寫作，是讀書、寫作的高級境界。他又説過：「看書人心苦何足道，即已有此書，便應看出來耳。莫心苦於作書之人，真是將三寸肚腸，直曲折到鬼神猶曲折不到之處，而後成文。」（二十一《寺警》第四節批語）他甚至認爲傑出的作家比鬼神還要高明。

在評論張生用激將法敦請惠明殺出重圍外送書信時，聖歎評論説：

右第九節。上文，皆是張生憂惠明不能過去，此節，忽寫惠明憂張生書或恐無用者，此非憂張生也，正謂張生不必憂惠明。言除非你書無用，我自無有不過去也。一作惠明嘲戲張生，便減通篇神彩。此乃真正神助之筆，須反覆讀之。

這裡的「神助之筆」，是「通鬼神」的結果，因爲「通鬼神」，故而得到「神助」。

關於「神助」，早在《金批水滸》中，金聖歎即指出《水滸傳》這樣具有最高藝術成就的偉大之作，是得到「鬼神來助」的「出妙入神」之文：

行文亦猶是矣。不擱筆，不卷紙，不停墨，未見其有窮奇盡變出妙入神之文也。筆欲下而仍擱，紙欲舒而仍卷，墨欲磨而仍停，而吾之才盡，而吾之髯斷，而吾之目矐，而吾之腹痛，而鬼神來助，而風雲忽通，而後奇則真奇，變則真變，妙則真妙，神則真神也。吾以此法遍閲世間之文，未見其有合者。今讀還道村一篇，而獨賞其險妙絶倫。嗟乎！支公畜馬，愛其神駿，其言似謂自馬以外都更無有神駿也者；今吾亦雖謂自《水滸》以外都更無有文章，亦豈誣哉！（《金批水滸》第四十一回總評）

在一之二《借厢》中，紅娘初逢張生，即用眼睛抹倒張生，金批説：

右十一節。又用别樣空靈之筆，重寫阿紅一遍也。抹，抹倒也，抹殺也，不以爲意也。將欲寫阿紅不是疊被鋪床人物，以明侍妾早是一位小姐矣，其小姐又當何如哉？卻先寫阿紅眼中，全然抹倒張生，並不以張生爲意，作一翻跌之筆，然後自云：你自抹殺我，我定不敢抹殺你。此真非已下人物也。文之靈幻，全是一片神工鬼斧，從天心月窟雕鏤出來。傖父不知，乃謂寫阿紅眼好，夫上文之下，下文之上，有何關應須于此處寫阿紅好眼耶？蓋言你抹我，你不應抹我也。

金批强調：「文之靈幻，全是一片神工鬼斧，從天心月窟雕鏤出來。」最後一句既是比喻，又是前已論及的天人合一理論的一種表達。

以上「神助之筆」、「鬼神來助」、「出妙入神」等語，在今人文中常常是作爲比喻，比喻文筆的高妙傑出。在金聖歎和古人那裡，有時是真用，有時兼有比喻和真用，但這種比喻也以信其實有爲基礎。

這是古人的共同認識，在金聖歎之前，例如同處晚明而時間稍早的大書畫家董其昌說：

作文要得解悟……妙悟只在題目腔子裏，思之思之，思之不已，鬼神將通之（董其昌《畫禪室隨筆·評文》）。

與金聖歎同時的戲曲家、戲曲理論大家李漁在評論金聖歎時說：

聖歎之評《西廂》，其長在密，其短在拘。拘即密之已甚者也。無一句一字不逆溯其源而求命意之所在，是則密矣，然亦知作者于此，有出於有心，有不必出於有心者乎？心之所至，筆亦知焉，是人之所能爲也。若夫筆之所至，心亦至焉，則人不能盡主之矣。且有心不欲然，而筆使之然，若有鬼物主持期間者，此等文字，尚可謂之有意乎哉。文章一道，實實通神，非欺人語。千古奇文，非人爲之，神爲之，鬼爲之，神所附者耳〔三〕。

李漁這裡説：「文章一道，實實通神，非欺人語。千古奇文，非人爲之，神爲之，鬼爲之，神所附者耳。」他不是從肯定金聖歎的有關論述而說，而是從自己的認識角度發出這番言論的，發言的分量就更重些了。

此後，廖燕在評論金聖歎時提出：

予讀先生所評諸書，領異標新，迥出意表，覺作者千百年來至此始開生面。嗚呼，何其賢哉！雖罹慘禍，而非其罪，君子傷之。而説者謂文章妙秘，即天地妙秘，一旦發洩無餘，不無犯鬼神所忌。則先生之禍，其亦有以致之乎？然畫龍點睛，金針隨度，使天下後學悉悟作文用筆墨法者，先生力也。又烏可少哉？其禍雖冤屈一時，而功實開拓萬世，顧不偉耶！〔四〕

廖燕進而認爲金聖歎的高明評批本身是「通鬼神」的產物，而且不僅「通鬼神」而得到靈感，發表了高明的見解，而且還揭出「文章妙秘」即「天地妙秘」，而「犯鬼神所忌」。金金聖歎猶如古希臘偷火的普羅米修士，爲人們揭示宇宙的真理，犧牲自己，開拓萬世，功勳卓偉！

金聖歎之後的史學大家章學誠認爲自己思維活躍，「若天授神指」，「讀古人文字，高明有餘，沉潛不足，故於訓詁考質，多所忽略，而神解精識，乃能窺及前人所未到處。」（章學誠《文史通義》外篇三《家書三》）他還因此而認爲：「才色本於天而學由於人，本於天者不可勉强，而由於人者不可力爲。」（章學誠《文史通義》外篇二《清漳書院留别條訓三十三篇》）

現代中國由於西方現代科學的引進，一般的知識份子已經不相信鬼神之説。但也還有少數的專家學者和詩人作家相信鬼神之説。例如現代著名戲曲研究家吳梅也認同前引的董其昌的這個觀點：

做戲劇的人，如認定一科，細細的研究，俗話説得好：「思之，思之，鬼神通之。」果能逐事研究，處處留心，那有不登峰造極的？元人的劇本，就爲這個理由，纔能够出神入化的到了個極自然，極緊湊、極真實的地步〔五〕。

另如當代著名作家楊絳、王安憶等皆信神鬼之説，更有一些作家嘴裡不説，作品中則運用神鬼的故事説事。可是因當代尚未産生可與古代大家媲美的一流作家詩人和藝術家，因此無人道及自己能够「通鬼神」，是自然而然的。

但是當代學者對此也有明確贊成的觀點。例如正在撰寫《明清政治思想史》的李憲堂先生引述「周國平先生説，唯有在孤獨中，人的靈魂纔能與上帝、與神秘、與宇宙的無限之謎相遇」〔六〕。明確指出優秀的作家、學者在孤獨的沉思中就能與鬼神相通。如果無法解釋「鬼神」，就可以换一種説法：所謂「鬼神」，就是「宇宙的無限之謎」中的神秘的一種。

堅信現代科學的衆多作者、讀者，絶對不信這一套。本文則無信與不信的傾向性，僅是客觀介紹金聖歎與其他古今名家的這個美學觀點，並作力所能及的分析。正如孔子所説「不知人，焉知鬼」？我們對人的研究也未達到滿意的程度，更没有能力去研究「鬼神」。所以我們對鬼神有否與能否「通鬼神」，不做是非判斷，只是作爲美學論題予以探討而已。

靈感論：靈眼覷見和靈手捉住

三之三《賴簡》，【沉醉東風】首句「我則道是槐影風摇暮鴉」，金聖歎夾批引用其友王斲山之言：「從來只爲人有魂，今而後知文文亦有魂也。如此文字乃是下七字之魂，被妙筆文人攝出來也。」這裡，「文有魂」，魂有靈魂，是一個比喻。

而作者作爲人，古人當然認爲是有靈魂，有靈性的。在寫作中，古人認爲：作者必須十分注意靈感的湧現，並及時加以捕捉，這樣纔能寫出奇文妙文來。金聖歎的論述頗多：

文章最妙，是此一刻被靈眼覷兄，便於此一刻放靈手捉住。蓋於略前一刻，亦不見，略後一刻，便亦不見，恰恰不知何故，卻於此一刻忽然覷見，若不捉住，便更尋不出。今《西厢記》若干文字，皆是作者于不知何一刻中，靈眼忽然覷見，便疾捉住，因而直傳到如今。細思萬千年以來，知他有何限妙文，已被覷見，卻不曾捉得住，遂總付之泥牛入海，永無消息。

（《讀法》十八）

不但是靈感，即使一個或大或小的構思、想法或文句，如果不及時記下來，就會稍縱即逝，一去不返。故而不少詩人作家半夜在床上特然想到什麽，馬上起來記録，否則「稍蹤即逝」，必要忘記，永遠不能記起來了。

他又展開説：

十九、今後任憑是絶代才子，切不可云：此本《西廂記》，我亦做得出也。便教當時作者而在，要他燒了此本，重做一本，已是不可複得。縱使當時作者，他卻是天人，偏又會做得一本出衔，然既是别一刻所覷見，便用别樣捉住，便是别樣文心，别樣手法，便别是一本，不復是此本也。

二十、僕今言靈眼覷見，靈手捉住，卻思人家于弟，何曾不覷見，只是不捉住。蓋覷兄是天付，捉住須人工也。今《西廂記》實是又會覷見，又會捉住。然子弟讀時，不必又學其覷見，一味只學其捉住。聖歎深恨前此萬千年，無限妙文，已是覷見，卻捉不住，遂成泥午入海，永無消息。今刻此《西廂記》遍行天下，大家一齊學得捉住，僕實遥計一二百年後，世間必得平添無限妙文，真乃一大快事！

二十一、僕嘗粥時欲作一文，偶以他緣不得使作，至於飯後方補作之，僕便可惜粥時之一篇也。此譬如擲骰相似，略早略遲，略輕略重，略東略西，便不是此六色，而愚夫尚欲爭之，真是可發一笑！

二十二、僕之爲此言，何也？僕嘗思萬萬年來，天無日無雲，然决無今日雲，與某日雲曾同之事。何也？雲只是山川所出之氣，升到空中，卻遭微風，蕩作縷縷。既是風無成心，便是雲無定規，都是互不相知，便乃偶爾如此。《西廂記》正然，並無成心之與定規，無非此日，佳日閑窗，妙腕良筆，忽然無端，如風蕩雲。若使異時更作，亦不妨另自有其絶妙。然而無奈此番已是絶妙也，不必云異時不能更妙於此，然亦不必云異時尚將更妙於此也。

二十三、僕幼年最恨「鴛鴦繡出從君看，不把金針度與君」之二句，謂此必是貧漢自稱王夷甫口不道阿堵物計耳。若果知得金針，何妨與我略度。今日見《西厢記》，鴛鴦既已繡出，金針亦盡度，益信作彼語者，真是脱空謾語漢。

以上金聖歎從特定的角度，闡發了靈感的産生和捕捉，靈感的瞬間出現和稍縱即逝，靈感的無可重複性，對古代美學中的靈感論作出了新的理論貢獻。

化工和化工之筆

化工與「畫工」（指人工的雕繪或人工的雕繪美）相對，由「造化爲工」演化而來。漢賈誼《鵩鳥賦》：「且夫天地爲爐兮，造化爲工；陰陽爲炭兮，萬物爲銅。」一般是指天地自然創造或孕育萬物的功能。作爲古代文藝理論和美學的一個概念，它的含義主要是指不依賴人工雕飾而存在的自然之美。

一之三《酬韻》鶯鶯夜裡到花園燒香，張生一面等候、窺視著她，一面心中想入非非，金批説：

右第三節。等之第三層也。言一更之後矣，猶萬籟無聲，既已如此，便大家無禮，我亦更不等也，我竟過來也。心忙意促，見神搗鬼，文章寫到如此田地，真乃錐心取血，補接化工。

三之二《鬧簡》，紅娘帶來張生書簡時，見鶯鶯睡在帳中，她輕彈暖帳，並隔著羅帳窺視鶯鶯睡態，金批説：

右第二節。不知者，謂是寫鶯鶯，不知此正寫紅娘也。○鶯鶯不過只作一幅美人曉睡圖看耳，令正寫紅娘之滿心參透，滿眼瞧科，滿身鬆泛，滿口輕忽，便使鶯鶯今早眼中忽覺有異，而下文遂不得不變容也。真是寫得妙絕，此爲化工之筆。

形容作者筆力具有天然造化之工，或説具有巧繪天生自然美的筆墨，其所叙述和描寫的人物心理、動作，都自然入妙，真實貼切。前引《杜詩解》卷三《子規》的金批説：「先生妙手空空，如化工之忽然成物，在作者尚不知其何以至此。」也可作爲上述論點的補充。

《西廂記》生發空間的無限性

《西廂記》是天下人的共同文化財富，在閱讀、欣賞和借鑒、運用在創作的過程中，《西廂記》已經成爲介入者（讀者、欣賞者、研究者）共同參與、發展、創造的産物。

讀法第七十至七十六共七則，金聖歎闡發了傑出創作的創新性和極大的欣賞和閱讀、評論和闡發的空間及其原因。

「《西廂記》，是《西廂記》文字，不是《會真記》文字。」（《讀法》七十）

意爲：《會真記》雖然是《西廂記》題材的最早源頭，《西廂記》已經對這個題材做出了脱胎换骨的徹底改變和極大提高，所以《西廂記》的思想、藝術成就已經大大超越了《會真記》，是本質不同的兩部作品。

「聖歎批《西廂記》是聖歎文字，不是《西廂記》文字。」（《讀法》七十一）

意爲：《西廂記》雖然是金聖歎評批的經典作品，《西廂記》的金批本的内容和思想廣度，都已大大超越了《西廂記》原作；《西廂記》經過金聖歎結合分析、評論和美學思想的闡發，戲曲美學體系的建立，並以此爲指導，對原作做了分段和一些修改，因此《西廂記》金批本的文化意義，大大超越了《西廂記》，是本質不同的兩部作品。

「天下萬世錦繡才子讀聖歎所批《西厢記》，是天下萬世才子文字，不是聖歎文字。」（《讀法》七十二）

意爲：天下後世的優秀讀者，在讀《西厢記》金批本時，由於各人的經歷、學養、心理和性格的不同，會各有自己的新的獨特的心得體會，甚或新的理論發展，並在閱讀時將自己的心得體會自然而然地放入其中，因此他們閱讀的是自己理解的《金批西厢》，而不是金聖歎當時寫作時所要表達的原樣了。西人謂「一千個讀者就有一千個哈姆萊特」，也有這麼一層意思。

「《西厢記》，不是姓王字實父此一人所造，但自平心斂氣讀之，便是我適來自造。視見其一字一句，都是我心裏恰正欲如此寫，《西厢記》便如此寫。（讀法第七十三）

「想來姓王字實父此一人，亦安能造《西厢記》？他亦只是平心斂氣，向天下人心裏偷取出來。」（《讀法》七十四）

金聖歎指出，《西厢記》這部傑作爲何有上述的發展和提升空間？王實甫即使是一位偉大的劇作家，單靠他一個人，怎麼能做出這麼一部《西厢記》傑作來？這是因爲天下人對人生、人性、真摯感情的嚮往和實踐，是他創作《西厢記》的豐富源泉；他經過深思熟慮，精心構思，將天下人心中對人生、人性、真摯感情的嚮往的心理、思維和實踐，提煉到自己的作品中，纔寫出了驚世傑作《西厢記》。

「總之世間妙文，原是天下萬世人人心裏公共之寶，決不是此一人自己文集。」（《讀法》七十五）

意爲：《西厢記》作爲反映天下萬世人心裡的嚮往和人生理想的經典著作，已經成爲天下萬世人共有的文化財富和精神財富，而不僅僅是作者一人的作品。

「若世間又有不妙之文，此則非天下萬世人人心裏之所曾有也，便可聽其爲一人自己文集也。」（《讀法》七十六）

意爲：如果世間又有不精彩的文藝作品，這種作品並非表達天下萬世人的感情和理想，只是他個人感情和生活的反映，那麼，這只是他個人的作品，與天下萬世的讀者無關。

金聖歎的以上論點，既是對《西廂記》創作的美學總結，也是給創作者的重大指導。

金聖歎在《金批西廂》中，除了以上比較詳盡論述的重要理論外，還有一些零星的論説也很重要。例如：

鏡花水月和人、境、情交融

「鏡花水月」即「鏡中花，水中月」，語出佛典，産生甚早，原用來比喻虚幻的景象。後成爲詩文中沿用的比喻，宋代嚴羽《滄浪詩話》在以禪喻詩時運用此語，成爲詩歌和文藝批評中常用的術語，比喻空靈的詩境，即詩中、作品中不能拘泥于痕跡，不能落於實處，卻又鮮明生動的意象，是一種「折射」的藝術效果。金聖歎用來評論《西廂記》的藝術境界。

例如三之一《前候》，紅娘用嘴舔破窗紙，窺視張生在書房裏做什麼。她看到張生模樣憔悴，氣色澀滯，聲息微弱，臉兒黄瘦。不禁同情萬分地感慨：「張生呵，你不病死多應悶死。」金批説「妙妙！純是一片空明。」接著又説：「右第四節。與其張生伸訴，何如紅娘覷出；與其入門後覷出，何如隔窗先覷出。蓋張生伸訴便是惡筆，入門覷出猶是庸筆也。今真是一片鏡花水月。」張生的痛苦，是花和月，通過紅娘這面鏡子和隔窗的窗（猶如水塘）反映出來，這就富有美感了；如果由張生自己訴説，直接而不婉轉，就是惡筆和庸筆。金批的這個論述，將「鏡花水月」的妙處，闡發已盡。

金聖歎在古文評批時，也用過「鏡花水月」一語。《左傳釋・鄭伯克段於鄢》「遂寘姜氏於城」句金批：「看他一弟一母，全用鏡花水月手段，兩邊挽作死結，其狠毒陰險，真非人法界中所曾有也。」（《唱經堂才子書彙稿・左傳釋》）這是説：「姜氏只是率性偏愛婦人，叔段只是嬌養失教子弟」（《天下才子必讀書・左傳・鄭伯克段於鄢》總評），鄭伯故意讓他們得寸進尺地侵佔要地，釀成奪權國柄的野心，然後以此爲由，一舉剿滅之。這一弟（共叔段）和一母（鄭伯與共叔段的生母姜氏）奪權的行爲，原本是鄭伯故意放縱的計謀，從開始起就是虚幻的、不可能實現的鏡花水月般的夢想。而鄭伯這種圖謀，就是「鏡花水月」手段，母、弟兩人的鏡花水月般的夢幻，挽作死結：既是思維誤區造成的死結，也是他們自取滅亡的致死之道。這裡的「鏡花水月」不是美學用語，而是比喻用語。

與虚中有實的鏡花水月具有不同境界的是人、境、情的交融。在三之三《賴簡》中，提出了「境中人，人中境，境中情」的高明描寫：

【駐馬聽】「不近喧嘩，嫩緑池塘藏睡鴨，想見雙文低頭而行。自然幽雅，淡黄楊柳帶棲鴉。想見雙文台頭而行。金蓮蹴損牡丹芽，想見雙文一直而行。玉簪兒抓住荼蘼架。想見雙文回顧而行。早苔徑滑，露珠兒濕透淩波襪。想見雙文行而忽停，停而又行也，絶。」

右第二節。寫雙文漸漸行出花園來。○是好園亭，是好夜色，是好女兒。是境中人，是人中境，是境中情。寫來色色都有，色色入妙。

在傳統的「情景交融」的基礎上，金聖歎發現景、人、情的交融，這是一個新的理論創造。

文藝心理學的闡發

四之二《拷豔》總評説：「不亦快哉」之後，文章真有换心情之力。而實不圖《西厢記》之《拷豔》一篇，紅娘口中則有如是之快文也。不圖其【金蕉葉】之使認知情犯由也，不圖其【鬼三台】之竟説「權時落後」也，不固其【秃厮兒】之反供「月餘一處」也，不圖其【聖藥王】之快講「女大難留」也，不圖其【麻郎兒】之切陳大恩未報也，不圖其【絡絲娘】之痛惜相國家聲也。夫枚乘之七治病，陳琳之檄愈風，文章真有移挾性情之力。我今深恨二十年前賭説快事如女兒之鬥百草，而竟不曾舉此向斳山也。

這是談文藝有轉移或改變人的性情的作用。

在三之二《鬧簡》中，紅娘慫恿張生大膽跳牆，與鶯鶯幽會，金批說：

右第二十節。乃至爲勸鶯之辭。此豈慫恿張生，正是痛詆鶯鶯。蓋惡罵醜言，遂至不復少惜。史公曾言「怨毒於人實甚」，此最寫得出來也。○嘗聞大怒後不得作簡者，多恐餘氣未降，措語尚激也。然則不怒時欲作激氣語，此亦決不可得也。今作《西廂記》人，吾不審其胸前有何大怒耶，又何其毒心銜，毒眼射，毒手揮，毒口噴，百千萬毒，一至於是也！

一般認會，生氣、激動時，不宜創作，因作者此時不够冷靜，容易情緒化，影響到創作態度的真實、公允。此則評語分析激動的情緒對創作的正反兩面的影響，給創作者以重要的指導。

文字的風格與特點

金批有時分析和評論《西廂記》各段文字的不同的藝術風格和特點，例如一之三《鬧齋》結尾的特點是「壯浪」，而三之一《前候》，紅娘來到張生書房門前，「我將金釵敲門扇兒。（張生云）是誰？我是散相思的五瘟使。（【元和令】）（金批：「散」，布散也。我誦之。如聞低語，如睹笑容。）（張生開門，紅娘入科）金批說：「右第五節。輕妙之至，幾於筆尖不復著紙。如此迤逦行文，雖欲作萬言大篇，亦何難哉！」指出這段文字「輕妙」的藝術特點。

民間文藝爲至高無上的美學觀

將原生態的民間文藝看做是至高無上的藝術品，是金聖歎的一個重要的美學觀。

四之二《拷豔》折，張鶯的同居被發現後，老夫人在審問紅娘、瞭解真相後，要鶯鶯前來，給以發落。母女相見，兩人的對白，金聖歎做了重大修改，成爲：（鶯鶯見夫人科）（夫人云）我的孩兒……（金批：只得四字）。（夫人哭科）（鶯鶯哭科）（紅娘哭科）（金批：寫紅娘亦哭，便寫盡女兒心性也。妙絶，妙絶！○記幼時曾見一《打棗竿歌》云：「送情人，直送到丹陽路，你也哭，我也哭，趕脚的，也來哭。趕脚的你哭是因何故？去的不肯去，哭的只管哭。你兩下裏調情也，我的驢兒受了苦。」此天地間至文也。）

這一大段批語，全文引用了一首兒時聽得的民歌。他到晚年還記得這首幼時聽到的民歌，一生牢記心中，可見他對這首民歌的喜愛和珍惜，在自己的重要評批著作中全文引用，印證他修改過的這段妙絶的對白的生活性和真實性，並評論《打棗歌》爲「天地間至文」，可見他極爲重視民間文學、民間智慧並給以極高評價的美學觀。

在續之一《泥金報捷》一折，張生命琴童給鶯鶯送信和禮物，直至最后臨别還不斷叮嚀囑咐，金批説：「此又一節。特地再囑琴童，乃是如許話，不足發一笑也。○常歎街談巷説，童歌婦唱，一經妙手點定，便成絶代至文；任是《堯典》《舜典》，《周南》《召南》，忽遭俗筆横塗，竟如溷中不淨。」他認爲民間文學經妙手點定，絶代至文，而經典之作遭俗筆糟蹋，就不成其文字。妙手點定，指經過高明的文人發現並正確評價的民間文化、平常説話歌唱，它們就成爲驚世傑作，尤其是經過高手略作修改，點鐵成金，成爲絶代至文。

可見金聖歎對民間文藝評價極高的同時，也對高明文人對民間文化、平常説話歌唱的精當加工，給以極高評價。這在古代文藝評論家中是極少見的。

注釋

〔一〕王國維《蝶戀花》「落日千山啼杜宇」，周錫山編校《王國維集》第二册二八一頁，中國社會科學出版社二〇〇八、二〇一二。

〔二〕叔本華《作爲意志和表象的世界》第四十三—四十六頁，北京：商務印書館一九八二。

〔三〕李漁《閒情偶寄》卷三詞曲部，格局第六《塡詞餘論》，《中國古典戲曲論著集成》第七册第七十頁，中國戲劇出版社一九五九。

〔四〕清廖燕《金聖歎先生傳》，林子雄點校《廖燕全集》卷十四，上海古籍出版社二〇〇五。

〔五〕吴梅《元劇略説》，《吴梅戲曲論文集》第五〇三頁，中國戲劇出版社一九八三。

〔六〕李憲堂《傅山的孤獨》，《讀書》二〇一二年第六期第七十頁。

李日華《南西廂》選評

李日華《南西廂記》是《西廂記》的重要改編本，且是昆劇本，在戲曲史上有其應有的地位。

《南西廂記》今知有五種：宋元南戲《崔鶯鶯西廂記》(作者不詳)；明初南戲李景雲《鴛鴦南西廂記》，一般稱作《古南西廂》，與前一本皆不存，僅有殘曲，且難定出自何本；明崔時佩《南西廂》傳奇；明李日華據崔本增訂之《南調西廂記》；明嘉靖的陸采因不滿於李日華本而另寫之《陸天池西廂記》。崔本已佚，李、陸兩本均存。陸本取《鶯鶯傳》重作，不襲王實甫原文一字，藝術性不强，流傳不廣。李日華本則收入《六十種曲》，昆劇舞臺上皆演此本。

李日華本《南西廂記》系據元王實甫的雜劇《西廂記》改寫的。

前人對李日華本《南西廂》評價甚高。明張琦《衡曲麈談》指出：「今麗曲之最勝者，以王實甫《西廂》壓卷，日華翻之爲南。時論頗弗取，不知其翻變之巧，頓能洗盡北習，調協自然，筆墨中之爐冶，非人言所易及也。」

崔時佩，海鹽(今屬浙江)人。生平不詳，所作傳奇作品《南西廂記》，據説即今所傳李日華《南西廂》之原本。

李日華，字實甫，吴縣(一作長洲，今江蘇蘇州)人。生平不詳。梁辰魚、閔遇五認爲李日華本《南西廂記》乃校增崔本而成。又，明萬曆時另有一李日華，字君實，嘉興(今屬浙江)人。萬曆壬辰進士，官至太僕寺少卿。著《恬致堂集》、《六硯齋筆記》等，工詩善畫。清無名氏《曲海總目提要》、近人王國維《曲録》等皆誤將《南西廂》作者歸此李日華。

李日華本《南西廂記》，情節與王實甫《西廂記》基本相同，叙張生赴京趕考途中，在普救寺巧遇鶯鶯，他即以借西廂讀書爲名追求鶯鶯。不久，孫飛虎領五千賊兵圍寺欲奪鶯鶯爲壓寨夫人。危急中老夫人許諾誰能相救便許鶯鶯爲妻。張生修書，請惠明送給白馬將軍杜確求救，杜確果然率兵前來，剿滅孫飛虎及其叛軍。事後，老夫人賴婚，張生氣出病來。在紅娘的幫助下，鶯鶯與他私自結合。老夫人知曉後，拷問紅娘。在紅娘的勸説下，老夫人爲防家醜外揚，同意張、崔婚姻，但逼張生上京趕考，科舉及第後纔可回來完婚。張生果然考中，於是張、崔兩個有情人終成眷屬。

《南西厢記》爲適應明代傳奇演出的需要，不僅將曲文由北曲改爲南曲，而且將《西厢記》五本二十一折發展至三十六齣，增加了篇幅，又基本保存了王實甫原作的精華，故而受到戲曲觀衆的歡迎。自明清至今，在舞臺上常演的有《遊殿》、《惠明》、《請宴》、《寄柬》、《跳牆》、《着棋》、《佳期》、《拷紅》、《長亭》等九齣。

第九齣　唱和東牆

本齣《唱和東牆》係據《西厢記》第一本第三折《牆角聯吟》改編，情節相同，對白基本相同，唱辭則改變較多，但原作中的精彩詞句則盡量保留。

雜劇《西厢記》該折，曲辭優美新警，佳句很多。如形容鶯鶯走出香閨，在花園中的躡行之腳步爲「悄悄冥冥，潛潛等等」。張生暗候在牆角，盼望能看到鶯鶯「那齊齊整整，嫋嫋婷婷」的優美身影。金聖歎評道：「止是『等鶯鶯』三字。卻因『鶯鶯』是疊字，便連用十數疊字倒襯於上，累累然如線貫珠。」【聖藥王】描繪鶯鶯吟詩時銀鈴般的嗓子如嚦嚦鶯聲，恰與她的芳名相應：「那語句清，音律輕，小名兒不枉了喚做鶯鶯。」王驥德指出：「鶯聲清且輕，吟詩如鶯之囀。故曰『小名兒不枉了喚做鶯鶯』。」金聖歎評曰：「欲贊雙文之快酬，雖千言不可盡也，僅借雙文小名，只於筆尖一點，早已活靈生現，抵過無數拖累筆墨，所謂隨手拈得。」這些妙筆，在《南西厢》中都有移植。

雜劇《西廂記》每折的情節，一般都分三段。《牆角聯吟》折也如此：第一段寫張生等待和鶯鶯燒香、祝禱；第二段爲張生吟詩，鶯鶯和詩；第三段寫鶯鶯、紅娘回房，張生惆悵。《南西廂》情節相同，將原作佳句多組織進自己的曲文中，只是爲了適應昆腔的曲牌，作些語句和次序的調整。有的曲文經過改寫，語句依舊很美，不比原作減色。如雜劇《西廂記》【麻郎兒】之【么篇】：「顫巍巍花梢弄影，亂紛紛落紅滿徑。」《南西廂》【簇禦林】第二曲改作：「顫巍巍花弄影，落紅如雨埋芳徑。」根據此曲的字數和平仄要求，前句減一「梢」字；後句字數相同，作了改寫，既保留了原作的意象，又微微調整了意境，「落紅如雨」，與「亂紛紛落紅」相比，有異曲同工之妙，而「埋芳徑」似比「滿徑」更勝一籌。「埋」，在平面上看，相當於「滿」，但更有一種立體感，因爲「埋」字隱含「厚厚一層」的意思，比單純的鋪「滿」小徑，似乎秋色更濃、繁花似錦的芳徑之芬芳味兒更重。也有的曲子完全重寫。如張生見到鶯鶯現身時，原作由張生唱【調笑令】：「我這裏甫能，見娉婷，比著那月殿嫦娥也不恁般撐。」意思是月裏嫦娥亦不及鶯鶯之美，僅僅表達贊美之意，而這樣的比喻，手法也比較陳舊。《南西廂》將「月殿嫦娥」句從張生的唱詞中刪去，另撰【升平樂】一曲，讓鶯鶯唱：「分明，樓臺掩映。問嫦娥爲何常夜孤另？青天碧漢，不知幾許心情。」鶯鶯自感孤零，卻將心比心，同情月中嫦娥也常常長夜孤零，表示同病相憐的關懷。既刻畫鶯鶯的善良，又襯得她自傷孤零的悲涼心情更爲沉痛。不和月中嫦娥比美，而是和嫦娥比孤零心情的悲涼，又用萬裏長空和迢迢銀河作陪襯，既是寫景，景色浩瀚，又是抒情，情懷深遠。可見《南西廂》的曲辭頗美，意境頗深，如果不是《董西廂》和《王西廂》珠玉在前，《南西廂》的光芒被掩的話，它原本也可贏得較高評價的。

除了文辭上的某些沿襲之外，《南西廂》此齣還忠實地繼承了雜劇《西廂記》的以下成功之處。其一，鶯鶯和紅娘不承認封建包辦婚姻的進步思想。老相國在世時，鶯鶯明明已許配給老夫人的侄兒鄭恒爲妻，但鶯鶯燒香時，第三炷香由紅娘代爲祝告：「老天，願姐姐早尋一個姐夫……」鶯鶯耳聞此言，邊下拜邊長籲，并默默暗訴：「心中無限傷心事，盡在深深兩拜中。」鶯鶯深懼自己將來若所嫁非人，一生將陷入無限傷心之中。此語充分表達鶯鶯對父母包辦婚姻的不滿。

其二，張生、鶯鶯聯吟酬唱，寫出文化修養深厚的才子才女以詩相交的戀愛方式和這種戀愛方式所藴含的濃鬱的詩意。古代男女青年的自由戀愛，無論中西，往往都是一見鍾情。如元雜劇中《牆頭馬上》的裴少俊和李千金，莎士比亞《羅密歐與朱麗葉》中的男女主人公等，都如此。元雜劇《西廂記》描寫有才華有文化的男女青年以詩歌來試探、表達情意，引起心靈上的感應和共鳴，從而漸入愛情之佳境，這在中國戲劇史上是有創造性的偉大貢獻。《南西廂》在這方面全盤沿用。

其三，通過張、崔的詩歌唱和，和對張、崔所處美景的出色描寫，增添了《西廂記》諸多戲劇場面的詩情畫意。《西廂》全劇都漾溢着濃鬱的詩情畫意，其中尤以《牆角聯吟》（《唱和東牆》）和《琴心寫懷》（《琴心寫恨》）、《長亭送別》（《秋暮離懷》）和《草橋驚夢》等折爲最，具有奪人心魄的審美效果。

其四，作者爲張、崔所擬之詩，切合月夜花叢和吟歎人物的情景，符合張生、鶯鶯的人物性格，刻畫兩人心有靈犀的聰穎敏悟，令人、情、景、詩四者妙合無垠；原來遠隔天涯的張、崔兩人，全靠這兩首詩將兩顆原本陌生的心靈，從此開始綰結起來，永不分離。這些都表明李日華的改編，確有自己的心得。

《南西廂》此齣，爲增添笑料，紅娘將鶯鶯説作首詩的「首」諧音爲「手」，嘲她與張生「兩下裏正好」做一手，又對鶯鶯構思和詩的「有了」故意誤會，調侃她和張生「面也不曾會，就有了（指身孕）」。利用雙關語，類比確切，生活氣息濃鬱，極富幽默感，但是唐突佳人，略有不妥。

第十九齣　琴心寫恨

此齣《琴心寫恨》（暖紅室本爲第二十齣，此據《六十種曲》本）全據王實甫《西廂記》第二第四折《琴心寫懷》改編。《西廂記》此折諸曲，用確切的比喻和精美的語言描寫琴聲之幽美和動人，《南西廂》此齣保留了原作的全部精華。其中【梁州序】一曲，櫽括原作【鬥鵪鶉】和【紫花兒序】的清詞麗句，改編唱詞很見功力。而【漁燈兒】二曲和【錦漁燈】、【錦上花】、【錦中拍】五曲，基本上保留和移植了《西廂記》【天淨沙】、【調笑令】、【禿厮兒】、【聖藥王】、【麻郎兒】及【麼篇】、【絡絲娘】描繪琴曲和鶯鶯聽後感想的七曲之原句，更見功力。

此齣戲與《西廂記》原文一樣，分爲三段：第一段寫張生等待鶯鶯；第二段寫鶯鶯現身後張生奏琴，鶯鶯聽曲；第三段寫鶯鶯走後，張生與琴童的對話。其中第二段即著名的「琴挑」部分，是全劇的精華之一。鶯鶯出場第一曲，「晴空雲斂，冰輪初湧」四句即達情景交融、虛實相生的高妙境界，因此金聖歎評道：「只寫雲，只寫月，只寫紅，只寫階，並不寫雙文，而雙文已現。」「有時寫人，是人；有時寫景，是景；有時寫人卻是景，有時寫景卻是人。如此節四句鬥六字，字字寫景，字字是人。」接著琴聲悠揚而起，毛奇齡指出：作者通過鶯鶯所唱「莫不是」二曲，暗寫琴聲；後一曲明寫琴聲，至【聖樂王】（《南西廂》爲【錦上花】）則又寫琴意，此一步近一步法。」金聖歎認爲「莫不是」二曲，「此於琴前，故作搖曳，先媚之」。第三曲「正寫琴」，而【聖樂王】（【錦上花】）之「『思已窮』，是言日間賴婚；『恨不窮』，是言此時彈琴；『曲未通（終）』，是言琴未入弄；『意已通』，是言聽者已先會得也。妙絶」。而「盡在不言中」之「『盡』之爲言，你我同也」。他又解【錦中拍】「本宮，始終，不同」曰：「此六字，三句，是言聞弦賞者，能識雅曲之故也。『本宮』者，曲各自有其宮也。『始終』者，曲之自始至終，有變不變也。『不同』者，辨其何宮，察其正變，則迥不同也。』」又評「越教人越知重」曰：「此『越重』字，則爲今夜又知其精於琴理至此，故也。夫雙文精於琴理，故能於無文字中，聽出文字，而知此曲之爲『別恨離愁』也。而今反云『越重』張生，從來文人重文人，學人重學人，才人重才人，好人重好人，如子期之於伯牙，匠石之於郢人，其理自然，無足怪也。……絶世妙文。」「聽琴正文，寫出真好雙文，必如此，方謂之知音識曲人也。」鶯鶯聽琴，正在情濃之時，紅娘突然闖來，鶯鶯受到驚嚇，責怪紅娘「走將來氣沖沖」，金聖歎高度評價此曲「寫雙文膽小，寫雙文心虛，寫雙文嬌貴，寫雙文機變，色色寫到。」「寫雙文又口硬又心虛，全爲下文玄殺紅娘也。妙絶！」

金聖歎的以上評批，已將此出中作者的匠心和原作隱含的鶯鶯聽琴時的曲折、深邃的心理作出全面深入和精到的剖析。

中國古代自孔子時代起，即重視民族的文化教育，同時也重視素質教育。因此詩、樂的修養成爲青少年學習的不可或缺的教育内容。後來在漫長的封建時代，通習琴棋書畫反映了知識分子全面的文化藝術修養，顯示出他們的高雅氣質。有的熟習其中一、二種，如書法、圍棋，有的則愛好廣泛，四種全學全懂。《紅樓夢》描寫大觀園中的賈寶玉和衆才女，亦皆如此。《西廂記》中的張生、鶯鶯，是《紅樓夢》中才子才女的藝術「先輩」，當然亦更如此。《南西廂》與《西廂記》一樣，紅娘出於對張生傑出才華的敬佩和對張、崔真摯愛情的同情，給張、崔以有力幫助。老夫人賴婚之後，在張生的懇請下，紅娘建議張生在鶯鶯月夜燒香之時，用琴聲來試探、打動鶯鶯，用琴曲作爲追求鶯鶯的心靈橋梁。

此齣中張生上場第一曲【卜算子】是《南西廂》新增的曲辭，其第三、四句：「千古風流指下生，付與知音聽。」和張生獨白中新增之「高山流水千年調，《白雪》《陽春》萬古情」等語反複呼應，强調異性青年的真誠愛情是人類生活中永恒的美好内容（「千古風流」、「萬古情」）。歌頌愛情、互通心曲的優美音樂（琴曲、詩歌）是永遠流傳的藝術形式（「千年調」），相愛男女是傳受戀曲的真正知音，高山流水，心靈相通。知音，有兩個層次，一是能欣賞音樂之美，二是能領會音樂中傳達的感情信息。

第二點更重要，否則便是「知音少，弦斷有誰聽」（岳飛《小重山》）。

《西廂記》以詩歌互通心曲、以文會友的戀愛方式，富於詩情畫意。縱觀《西廂》全劇，王實甫描寫張、崔之戀中的藝術性心靈交流竟一而再、再而三，共有三次之多，而且互不重複，各有新意，更做到情文相生，美不勝收：《牆角聯吟》（《唱和東牆》）描寫張、崔的詩歌唱和，《琴心寫懷》（《琴心寫恨》）妙寫琴聲的互通心曲，《秋暮離懷》（《長亭送別》）記敘張、崔的臨別贈言。三齣戲皆有豐富深厚的文化內涵和藝術意蘊，場面悲愴動人，且又富於詩情畫意。《南西廂》在改編中皆能忠實於原著，巧妙地將《西廂記》的清詞麗句和優美意境移植過來，並爲適應傳奇體裁的需要，作適當的增補（主要是賓白）。

如果是一見鐘情式的「私訂終身後花園，落難公子中狀元」的才子佳人的戀愛，內容單調：相愛過程簡單，相愛原因簡單——僅僅相悅於對方的外貌，婚後生活簡單——生兒育女，相守度日而已。而像張生、鶯鶯這樣才華卓特的男女之結合，便超越單純的外貌與性愛的層次，進入較高的藝術、精神交流的境界。一起欣賞詩歌和音樂，興會所至還自己撰詩贈答，才華相當，知音互賞，便富於情趣，有利於愛情的發展與鞏固。這便打破了「郎才女貌」的模式，樹立了男女雙方才貌相當的性心交融的愛情境界。《西廂記》和《南西廂》之後，只有《玉簪記》（主要是《琴挑》一齣）和《紅樓夢》等少數傑作纔能達到這個境界，做到讓讀者滿口餘香，蕩氣回腸，心醉神往。

第二十七齣　月下佳期

此齣（暖紅室本出名爲《重訂佳期》，此據《六十種曲》本）據《西廂記》第四本第一折《月下佳期》改編，簡稱《佳期》。敘張生因思戀鶯鶯而生病，又因鶯鶯賴簡，張生跳牆赴約，突遭鶯鶯訓斥，又急又氣，病更轉重，性命難保，鶯鶯爲挽救張生寶貴的性命和挽回自己珍貴的愛情，毅然再約張生，並準時到張生書房赴約幽會，私自結合。

此齣共分三段：第一段描寫張生等待鶯鶯前來時的焦急心理，第二段描寫張、崔私自結合的過程，第三段則叙張、崔分别時，張生病愈，並約請鶯鶯明夜再來。

古代青年知識分子津津樂道的是：「洞房花燭夜，金榜題名時。」張生更重前者，而且是在經歷過艱難過程，纔贏得鶯鶯的芳心，更覺可貴，因此在鶯鶯到來之前，更是焦急。張生首句即唱：「佇立閑階」，金聖歎認爲：「張生久待，而此於第一句，先寫『佇立』字，便是待已甚久，而下文乃久而又久也。蓋下文極寫久待固久，而此又先寫甚久，使下文久而又久，則久遂至於不可説也。謂之只用一層筆墨，而有兩層筆墨，此固文章秘法也。」《南西廂》此段隱括《西廂記》諸唱段，生動刻畫了張生的焦急心理，十分傳神。

第二段寫張、崔的幽會過程。這段描寫，大受封建時代正統文人的嚴厲批評，被指斥爲「誨淫」之作。金聖歎於清初首先爲之辯護，認爲「自古至今，有韻之文，吾見大抵十七皆兒女此事。」「有人謂《西廂》此篇最鄙穢者，此三家村中冬烘先生之言也。夫論此事，則自從盤古，至於今日，誰人家中無此事者乎？若論此文，則亦自盤古，至於今日，誰人手下有此文者乎？」指出《西廂》此出所描寫的内容在本劇中的必要性和首創性，又指出：「事妙，故文妙；今文妙，必事妙也。」肯定《西廂》此出的高度藝術成就，並正因藝術高超，所以將張、崔的性愛表現得詩意濃鬱、幸福酣暢。《南西廂》此出保留《西廂記》精華，並使之活躍於明清至今的戲曲舞臺上，給此戲以第二次生命，功不可没。

鶯鶯主動大膽地約會並到張生書齋自薦枕席，絶非輕舉妄動，更非輕佻放蕩。她初聞張生吟詩，贊賞其才華和體會其追求自己的美意，又於齋會和寺警時親眼目睹張生「外像兒風流」、「身子兒一俊俏」；更在自己落難時，親見他挺身而出，熱情相救。認識到他書信、吟詩都能立就的「冠世才學」。感歎「若不是張解元識人多，别一個怎退干戈」，賞識其識友交友的交際能力。何況自己與張生的婚約建於患難之中，患難見真情，這有多麽可貴！此爲鶯鶯心許張生的第一階段。

第二階段，鶯鶯眼見母親賴婚；張生無一言責怪，連母親贈他金銀也不要；又眼見自己賴簡，張生也無一言責怪，受自己和紅娘訓斥，也不作半句辯解。其性格之忠厚善良和温柔忍讓，如何不令鶯鶯感動；張生因母親賴婚而生病，又因自己賴簡而病重，如此一往情深義無反顧，如何不令鶯鶯心痛心碎。如果眼見張生病重而死或黯然訣别，自己又要落到無才無德無貌而又生性凶惡的表兄鄭恒手中，鶯鶯毫無退路，只有不顧自己的名譽，救助張生，挽救自己的感情和前程。鶯鶯慧眼識人，識鄭恒之卑劣，識張生之高尚、可靠，是自己理想的配偶。鶯鶯深沉穩重的性格，決定了她主動有序地操縱自己與張生的戀愛，最後纔作出這個主動熱情的獻身決定。《西厢記》和《南西厢》生動細膩地描繪鶯鶯在接受張生撫愛的過程中的深沉穩重和落落大方但又不失矜持尊嚴的性格、心理和行動，令人歎爲觀止。

第三十齣　草橋驚夢

此齣據《西厢記》第四本第四折《草橋驚夢》改編，無論在思想上和藝術上都取得獨到成就。金聖歎指出：「舊時人讀《西厢記》，至前十五章既盡，忽見其第十六章乃作《驚夢》之文，便拍案叫絶，以爲一篇大文，如此收束，正使煙波渺然無盡。」金聖歎認爲《西厢・驚夢》不寧唯是，而且寫出「今夫天地，夢境也；衆生，夢魂也」這個宇宙人生之至理。

金聖歎此言，看若消極虚無，實則已觸及宇宙人生的終極指歸，將本出的藝術表現上升到哲學層次，同時又深刻地剖析了此出情節的現實意義：像張生、鶯鶯這樣追求自主的理想婚姻，在封建專制時代是没有可能實現的，這只能是浪漫主義的虚構和夢想，因此《草橋驚夢》一齣，纔是張、崔之戀的合理結局或實際結局。

此齣戲也分爲三段。第一段叙張生趕路投店，又因思念鶯鶯而夜不能寐。第二段寫張生夢中見鶯鶯私奔而來，兩人互訴離情。第三段張生夢醒，晨起起程，一路上更感無限惆悵。

此齣文辭也極精美。第一段首曲開頭兩句：「望蒲東蕭寺暮雲遮，慘離情半林黃葉。」即寫出張生留戀鶯鶯、無限傷痛的沉重心情。金聖歎評道：「只用二句文字，便將上來一部《西廂》一十五篇，若干淚點血點，香痕粉痕，如風迅掃，隔成異域，最是慈悲文字。」精辟指出這兩句曲文承上啓下，又起轉折作用的妙處。後半曲：「馬遲人意懶，風急雁行斜。愁恨重疊（南曲【掛真兒】又重唱一句），破題兒第一夜。」用情景交融的手法，揭示張生入夢之因。接着，張生回憶昨日與鶯鶯共度良宵的幸福温暖，感歎今日旅店孤獨淒涼，對比强烈。

第二段，鶯鶯出場，自訴放心張生不下，私奔出城，走荒郊曠野，看清霜滿路，終於來到草橋旅店。張生見鶯鶯衣袂不整，鞋底沾泥，獨自跋涉而來，與己團聚，感動萬分，他正要與鶯鶯「生則願同衾，死則願同穴」，生死不相分離，卻戛然夢醒，依舊孤單一身，何來夢中佳人？這段夢境，撲朔迷離，似幻似真，情景十分動人。

張生夢中的鶯鶯情感執著，性格堅强，行動果斷。這個黑夜私奔的鶯鶯形象，既是張生日有所思夜有所夢，在夢中得到莫大滿足的精神產物，又是張生潛意識中對鶯鶯的精神期待。這個張生夢幻中的鶯鶯形象，看似空中虚象，卻很有真實性，其在張生夢中產生，是鶯鶯在長亭送别時深表憂慮，怕張生停妻再娶妻，和痛恨「蝸角虚名，蠅頭微利，拆鴛鴦在兩下裏」的心理和性格的邏輯發展。這個鶯鶯私奔的情節，具有一種真實的戲劇假定性，故而《西廂記》作夢中虚寫，董解元《西廂記諸宮調》則在夢中虚寫之後又作實寫。《西廂記》中鶯鶯與張生夢中重逢時，她感歎：「想人生最苦離别，可憐見千里關山，獨自跋涉。似這般割肚牽腸，到不如恩斷義絶。」毛奇齡評曰：「此正自疏其來意，抑揚頓挫，妙不可言。」此指鶯鶯妙用反話，更見沉痛。而《南西厢》改爲：「鳳分與鸞拆，月圓被雲遮。這牽腸割肚，到如今義斷與恩絶。尋思來痛傷嗟。」正面悲訴此别實即永訣，雖不似原作藴藉深沉，但也痛快淋灕，兩者可謂異曲同工。

最後，張生夢醒，依舊孤零。王驥德評張生此時所唱之曲，謂：「賦旅邸夢回之景，淒絶可念。」尤其是最後之【尾聲】：「柳絲長情牽惹，冷清清獨自嗟。嬌滴滴玉人兒何處也！」柳絲之長，將情牽惹，霜晨清冷，獨自咨嗟，此即《鶯鶯傳》中鶯鶯與張生之書所謂「觸緒牽情」，難以自已。金聖歎批爲：「是境，是人，不可複辨。」

中國戲曲，自元雜劇起即多以「驚夢」寫離思，如白樸《梧桐雨》、馬致遠《漢宫秋》等。《西厢》此出《驚夢》，本襲董解元諸宫調，雖非首倡，但青出於藍，成就卓特，誠如徐複祚所言：「《西厢》之妙，正在於草橋一夢，似假疑真，乍離乍合，情盡而意無窮。」對後世影響很大。《南西厢》的改編，也是很成功的。

蔣星煜先生的《西廂記》研究述評

《西廂記》是中國戲曲史上的最高之作，自元末明初起，即有「舊雜劇，新傳奇，《西廂記》天下奪魁」的盛譽。《西廂記》又是中國文學史上的最偉大之作之一，明末清初的金聖歎將此書與屈賦、《莊子》、《史記》、杜詩和《水滸傳》并列爲「六才子書」，意謂這六部書代表著六種體裁的最高成就。

作爲權威戲曲學者蔣星煜先生，他對《西廂記》情有獨鍾，在《西廂記》的研究領域花費了最多的精力。

蔣星煜先生在離今已有實足半個多世紀的建國初期在華東戲曲研究院工作時就開始研究《西廂記》，爲華東越劇實驗劇團排練《西廂記》的劇組人員作輔導報告。一九五八年起，上海戲劇學院接受上海市文化局的委托，接連舉辦了編劇研究班、訓練班等多次，蔣先生應邀去講授《西廂記》，到一九七九年，一共講了七次之多。

在遭逢十年「文革」浩劫期間，蔣先生雖「身在牛棚豬圈，或在工廠的反應鍋旁，還是常常想起普救寺西廂的溶溶月色，想起『碧雲天，黄葉地，西風緊，北雁南飛』等千錘百煉的佳句，想起『四圍山色中，一鞭殘照裏』所烘托出來的蒼茫暮色中張君瑞和崔鶯鶯的離愁别恨」。（《明刊本西廂記研究·後記》，中國戲劇出版社一九八二年版）

「四人幫」粉碎後，蔣先生先從藥廠調到上海圖書館古籍組，在業務工作過程中得以接觸到較多的明刊本《西廂記》和有關文獻、書目、書影，又向潘景鄭先生等許多版本學、目録學的前輩那裏學到不少這兩個專業的知識。

一九七八年上海藝術研究所成立，蔣先生調入研究所，主要的工作是編纂《中國戲曲曲藝詞典》（上海辭書出版社一九八一年版)和《中國劇種大辭典》(同上一九九六年版,此書於一九九八年先後榮獲全國辭書一等獎和中國圖書獎),而個人的研究專題仍是開始于「文革」前的明刊本《西厢記》。自一九七八—一九八〇年的三年間。曾多次到浙江、江西,湖南、安徽、陝西、河南、北京等地,調查研究,學術交流,并抓緊一切機會覓求有關明刊本《西厢記》的資料。自一九七九年起發表論文,至一九八一年,將第一批成果共二十篇論文、附録三篇,彙集成《明刊本西厢記研究》,一九八二年由中國戲劇出版社出版。一九七九—一九九九年,蔣星煜先生共發表《西厢記》研究的論文一百餘篇。繼《明刊本西厢記研究》之後,又出版《西厢記罕見版本考》(日本不二株式除社,一九八四年)、《西厢記考證》(上海古籍出版社,一九八八年)、《西厢記新考》(臺灣學海出版社,一九九七年)和《西厢記的文獻學研究》(上海古籍出版社,一九九七年),凡五種專著。

由於蔣先生在青年時代便對經史子集都有根底,且對明史研究有興趣并下過頗大功夫,所以,熟悉明代罕見的詩文集和野史著作,這對他的《西厢記》研究提供了堅實而廣博的學術基礎,他在研究《西厢記》時能够左右逢源,觸類旁通。也因此,蔣先生對《西厢記》所作的是全方位的研究,其内容大致可分爲版本研究、作者研究、曲文研究、曲論研究、審美研究、插圖研究、比較研究、影響學研究、延伸研究和研究之研究,共十類。對一部名著的研究,具有這樣寬廣宏闊的視野,進行這樣深入獨到的探索,獲得如此眾多首創性的成果,使他成爲戲曲史領域和中國古典文學研究領域的領先的學者之一。

一.對《西厢記》明清版本的研究

《西厢記》是戲曲作品中無與倫比的版本最多的一部著作,其原刻本和元代的其他版本雖已蕩然無存,但明代的刻本,目前已知的已有一百種左右,清刊本共有一〇七種,真是蔚爲大觀。

蔣先生將《西厢記》已知的明刻本尤其是現存明刻本,作了具體和盡可能詳盡的介紹,就其版本體系,出版年月,出版人或機構，序跋、注釋、評點及插圖，作了力所能及的詳盡考證和評論，并清理出彼此之間的關係和影響。尤其如周憲王本、碧筠齋本、朱石津本三種現雖散佚，但能證明確實存在過，而且某些現存的版本還或多或少有著這些版本的遺跡。另如顧玄瑋本，亦已無存，但亦確有其書，推測今存《會真記補編》即爲其附録。金在衡之《西厢正訛》一書亦已無存，但從明刊諸善本之批註、校勘之文字中可以瞭解此書之大致輪廓。除了考證論述這些佚本外，他又細緻分析和歸納現存的多種李卓吾本、徐文長本的各自特點，對其中某些刊本的真僞問題提出了自己的疑問和分析。還對《西厢記》的重要清刻本（因清刻本多爲金聖歎評批《貫華堂第六才子書西厢記》的翻刻本，大多屬於同一版本系統）作了詳盡考證和評論。此類論文共四十餘篇，約四十萬字。

蔣先生對明刊本研究的另一重大貢獻是發現和研究了幾個罕有人知或人所不知的重要版本。以明代龍洞山農與王驥德所推崇的明刊顧玄瑋本、金在衡本、徐士範三種善本來説，前兩種清人已經極少提到，徐士範本則在清末宣統年間劉世珩刊行的《傳劇彙刻》之後，將近一個世紀已經音訊杳然，蔣先生查訪到此書，并作長文作了評述，還將世人迄未寓目的此書徐士範原序以及弁於卷首的程巨源《崔氏春秋序》攝製書影，一併公之於衆，以饗學界。另一重大發現，是朱素臣的《西厢記演劇》，此書不見於任何藏書家之目録或筆記，而校刻之精美實屬一流。這個版本不僅是《西厢記》這部巨著在清初發展繼承的珍貴見證，同時也是作爲《十五貫》作者的著名戲曲家朱素臣生平及交遊的難得史料，從此書可知他和汪懋麟、李書樓諸人的親密友誼，并讓近人略知北雜劇在清初尚有演出的大概。

二、對《西厢記》評批的研究

在《西厢記》的諸多版本中，有多種評批本，其評批本之多，古代文學名著中也是罕見的，而且同一名家的評批本也有多種文字相異的不同版本。接合版本研究，蔣先生對徐士範、李卓吾、徐文長、湯顯祖、陳繼儒、金聖歎、毛奇齡等所有的評批本作了系統全面的研究，分析諸本之真僞、演變、理論價值和審美特點，成果卓著。另如《李漁的〈西厢記〉批評》一文則全面深入地探討一代曲論大家李漁在其名著《閒情偶記》中研究、評論《西厢記》的理論成果和精闢見解，并給以高度的評價。

至於《曹雪芹用小説形式寫的〈西厢記〉批評史——〈紅樓夢〉中不可或缺的導具》梳理和歸納《紅樓夢》中人物對《西厢記》的評價：「寶玉對《西厢記》總的評價要言不煩，只有五個大字：『真是好文章』。看來似乎抽象，不够具體，卻是高度濃縮的結晶。曹雪芹很少用這一類概況性的評價，獨對《西厢記》就如此處理。我想這大概是因爲《西厢記》好在何處，人盡皆知，不必細説。而且無一處不好，在這短短的交談中，也無法列舉，虚寫一筆，反而事半功倍。」《紅樓夢》描寫黛玉閲讀《西厢記》的體會是：一卷在手，什麽都忘了。「但覺詞句警人，余香滿口」。進而「只管出神」，甚至也「心内默默記誦」。妙的是寶玉問黛玉「你説好不好」時，黛玉的評價比寶玉更簡單，一句話也没有説，僅僅是「笑著點頭兒」。真是此時無聲勝有聲。比説「真是好文章」更乖巧，可以説給了《西厢記》最高的評價。蔣先生接著接受和分析《紅樓夢》在結合有關情節的描寫時表達了寶琴、寶釵、李紈、探春等人的看法和黛玉與寶釵的爭論，最後作結論説：「如果我們瞭解一下明末清初的社會生活，就知道這些情節并非可有可無的閒筆。明末有許多官宦人家是不準《西厢記》在家中演出的，甚至不準子女閲讀的。曾多次被列爲應予禁毁的書刊。」「在社會上，當時對《西厢記》的看法也是很不一致，視之洪水猛獸者恐怕不乏其人。心中愛好而不敢承認或議論者都有。曹雪芹在《紅樓夢》中幾次寫了寶玉、黛玉、寶釵諸人對《西厢記》不同的感情、態度，從另一方面説，也是社會上對《西厢記》的反應的縮影。或者也可以説曹雪芹是在用小説形式寫《西厢記》的批評史。」此文角度巧妙，立論新穎，論説有力，是一篇研究《西厢記》批評和《紅樓夢》的理論力作。

蔣先生還將明清兩代較爲著名的《西厢記》評點校刻者、整理改編者的生平事蹟鉤稽出大致的軌跡和框架，尤其是對二十世紀以來從未有人評述過的徐奮鵬、余瀘東、張深之等人的閭里、經歷、著述、交遊和他們整理、改編、評論的版本的考證和介紹，通過文獻的發現而對著名評論家毛奇齡性格、命運的揭示，都是首創性的貢獻。

總之，蔣先生的《西厢記》研究之研究，在戲曲理論和中國文學批評史的研究領域，作出了重大貢獻。

三、對《西厢記》文本的研究

接合版本研究，蔣先生對《西厢記》的文本即曲辭和説白作了仔細的研究。從文本的角度看，今已散佚的宋元南戲《崔鶯鶯西厢記》，以其尚存的二十八支佚曲來觀察，其人物和故事均與王實甫《西厢記》相距甚遠。王實甫《西厢記》在人物、故事包括語言，皆繼承金代董解元《西厢記諸宫調》，但在劇本的體例上十分接近南戲。蔣先生特撰《南戲〈西厢記〉鉤沉》和《〈西厢記〉受南戲、傳奇影響之跡象》兩篇論文，將戲曲史上這一奇跡作出明晰的分析和評論，引起了專家學者的注意和重視。

蔣先生比較不同版本的異文之優劣，給研究者和欣賞者以頗大啓示，對重要詞語和典故的闡釋，揭示了難解的奧秘。《西厢記》由於版本眾多，造成異文的數量驚人。蔣先生選擇若干最重要的異文與前人的注釋進行了細膩的比較和考證，如《〈明月三五夜〉題解》和《「疑是玉人來」何所指》兩文，就前人未作正確探索的關鍵文本作出全新的解釋，尤其是「疑是玉人來」中「玉人」并非如所有研究家所認爲的是指張生」，而是指鶯鶯的論證，使學者讀者走出自明代以來在理解《乘夜逾牆》關鍵情節方面的誤區。

《從佛教文獻論證「南海水月觀音現」》與《「顛不剌」爲美玉、美女考》，通過齊全的例證，明晰地考釋了《西厢記》曲文中的兩個重要詞語。他首先依據佛經考證各本文字略有不同的「南海水月觀音」一語的正確稱呼，和最後應爲「現」字的根據，進而解釋此語的用意，「從張生的心理狀態來説，他見到鶯鶯的這一形象以後，既爲她的豔麗而驚奇，又爲她的存在是否確鑿，是否是幻覺或夢境而懷疑，而『水月觀音』正好表達了張生這一既驚奇而又恐其不真的複雜心情。」（《明刊本西厢記研究》第二八五頁，中國戲劇出版社一九八二年版）正是妙解，清晰地説出了作者的原意和用語之妙。關於「顛不剌」，明代諸家的解釋也都未確，蔣先生考證和論證了此詞的確解應是美玉和美女。這給後來的校注者以很大的幫助，拙著《西厢記評注》的此詞注解即采此説。

四、對《西厢記》的審美研究

近十多年來，蔣先生關於《西厢記》的審美研究，已經發表的篇目漸多，而且内容廣泛，論述深入。評述《西厢記》曲辭、語言之美的有《〈西厢記〉名句初探》、《〈西厢記〉的【聖藥王】與蘇東坡〈春夜〉》、《〈西厢記〉雙關語評究——以藥名入曲的【小桃紅】》；從審美角度研究人物形象的有《〈佛殿奇逢〉如何展示鶯鶯之美》、《琴童在〈西厢記〉中的地位》、《紅娘的膨化、越位、回歸與變奏——〈西厢記〉與「紅娘現象」》和《〈西厢記〉對性禁區之沖激及其世界意義》等。

關於《西厢記》的偉大藝術成就，自元明清至二十世紀，七百年來文章、著述難以勝數，而蔣先生以上諸文則角度新穎，見解獨到，言前人之所未言。尤其是《西厢記》中《佳期》一折的性描寫，歷來訾議者衆多，衛道者甚至視爲「誨淫」之典型，雖經金聖歎和現代論者的有力批駁，人們已有一定的正確認識，也僅是消極辯護，認爲此戲此折不「誨淫」而已。只有蔣星煜先生正面肯定「王實甫用如此優美的情操、充滿詩情畫意的語言去寫張崔的初次幽會，説明了他毫無保留地歌頌這一對青年男女的愛情」，并具體分析【上馬嬌】、【勝胡蘆】、【么篇】和【後庭花】四曲的語言之精美。認爲《佳期》「是『中國無第二』的佳構」，并從《西廂記》盛行的時代之世界大背景，分析《佳期》有關描寫在思想、藝術史上的意義。

《〈西廂記〉雙關語評究——以藥名入曲的【小桃紅】》也是一篇非常有趣的文章。張生跳牆與鶯鶯相會，不料鶯鶯臨場變卦，還予以痛斥，張生回房後鬱悶成病，鶯鶯以送藥方爲名，命紅娘約張生幽會。張生問藥方現在何處，紅娘就唱了【小桃紅】一曲：「『桂花』摇影夜深沉，酸醋『當歸』浸。面靠著湖山背影裏窨，這方兒最難尋，一服兩服令人恁。忌的是『知母』未寢，怕的是『紅娘』撒沁，吃了啊！穩情的取『使君子』一星『兒參』。」明代名家雖注出六個藥名，但語焉不詳。蔣先生考證「參」非「人參」、參考日本《大漢和辭典》的最新版本對「紅娘」作爲藥名的確切詞義作了解釋，并分析這些藥名「雙關的難度」，深切體會原作的深密用心。

五．對《西廂記》改編或延伸作品的研究

延伸研究的內容涵蓋南戲、傳奇和京劇及越劇的《西廂記》和《西廂》題材的木刻、繪畫、書法、瓷器和郵票等藝術品的研究。

《西廂記》的明清刻本多在書前或書中附印多幅版畫和插圖，其數量之多，品質之高，在中國古書中也可稱最。爲崔鶯鶯創作肖像，爲多種《西廂記》版本作圖者乃有明一代的書畫名家大家唐寅、錢穀、仇英、陳洪綬（老蓮），文徵明也留下了墨蹟。徽州畫派與徽州刻工刻畫了大量取材於《西廂記》的版畫。蔣先生詳盡考證和論述了與《西廂》繡像、插圖有關的衆多畫家，不僅豐富了《西廂》版本學的內容，對中國美術史的研究者也有頗大參考價值。

蔣先生對《西廂記》的延伸研究範圍甚廣，甚至還包括對《西廂記》題材的八股文的評論。《〈西廂記·醉心篇〉之時代與作者考》認爲「總的來說，八股文當然是一種公式，對文學創作，對人的思想和思想方法都是一種桎梏。」但《醉心篇》則

「有時會流露出些許新的見解和體會，和那些考場中的充滿陳詞濫調的八股文存在著相當大的差距」。他認爲其中最有研究價值的是第二、第五、第十五、第十六四篇。其中《穿一套縞素衣裳》引《西厢記》原作中并不十分引人注意的曲文：「可喜娘的龐兒淺淡妝，穿一套縞素衣裳」。説張生初見紅娘覺得她舉止穩重，説話有分寸，已有好感，再端詳她的化妝打扮，幾乎不施脂粉，衣服不鮮豔，但在張生的眼光中，這紅娘反而比濃妝豔服更可喜了。接著説：「大凡色之可人者，故不必其盡在容貌也，即一服飾間而雅俗分焉。」蔣先生認爲此語「是有道理的。給人以美好的印象，容貌是一個主要的因素，但不是全部因素，風度、氣質也是起較大作用的，至於化妝乃至衣冠服飾等等，又是反映一個人的風度、氣質的。判斷此人的庸俗或高雅，當然要從這些方面著眼。後來又説：『玉骨冰肌；應似夜月之梨花』、『不必紅紫之悦人，而倍覺蕭疎矣』，都是强調縞素的美感。」這些描寫「在邏輯推理上也是嚴密的，并不是認爲縞素本身能給人以美感，而是認爲像紅娘這樣一個少女，她的體態、語言、風度等等已經給人以一種高雅的美感，再不必借助於脂粉或花花緑緑的衣裳了。或者説，脂粉或花花緑緑的衣裳倒反而會影響她那種特有的高雅的美感了。」對人們未有注意的《醉心篇》在美學上的成果及其對原作細微體會之處作了精闢和鞭辟入理的分析，對讀者深有啓發。

在《西厢記》的歷代改編本中，明代傳奇《西厢記》尤其是當代京劇和越劇《西厢記》的影響很大。

以越劇的《西厢記》改編本爲例，越劇改編本前後共有兩種，蔣先生非常賞識上海越劇院一九五〇年代至一九八〇年代袁雪芬、傅全香和金采風、吕瑞英先後上演的改編本，認爲此劇「洋溢著濃鬱的詩情畫意」，不斷上演，歷久不衰，「在戲劇文學上和表演藝術上的成就是顯著的，很引人入勝的」。「所獲得的巨大成就」還體現出演員的藝術修養和氣質。尤其是《鬧簡》和《寄方》，給人「藝術上的享受特别難以忘懷」。《越劇〈西厢記〉欣賞漫記》一文在作上述評價時，細膩分析此劇的劇本和演出都能忠於原作精神，在刻畫人物性格、心理和動作時精彩入微，動人至深。而且，舞臺上的鶯鶯和紅娘的

「交流、配合做到了絲絲入扣」，過去「只感到紅娘對鶯鶯的性格作了有力的映襯」，看了她們的演出，可令人「感到鶯鶯對紅娘的性格同樣作了有力的映襯」。此劇甚至達到了中國古代繪畫美學上「意到筆不到」的高度，令人領悟到不少審美的新意。而對於浙江的越劇一九九〇年代的改編本，蔣先生則給予否定。在《金玉其外的越劇改編本〈西厢記〉》一文中，他認爲茅威濤的演出水準是可以的，但劇本則有三個嚴重的問題：一、改編本雖名字還稱《西厢記》，可是整個「西厢」的規定情景未寫清，顯得模糊不清；二、主要人物的性格被改編了；三、改編本爲强調所謂的「創新」，將原劇的主要關目一筆帶過，將之删節殆盡，改以張生爲主角。在古典戲劇中，書生追求美貌少女的描寫很普遍，他們本人很少有心理阻力；張生也如此。而鶯鶯作爲貴族少女，在接受愛情的過程中，由於社會和家庭的壓力以及在心理上的變化，其愛情歷程困難重重，曲折很多，戲劇性比張生更强，在劇中的地位比張生更重要，故而《西厢記》必應以鶯鶯爲主角。此劇編者竟批評田漢、石淩鶴、馬少波等前輩作家的改編本歪曲了原著的精神，他們要「在太歲頭上動土」，認爲自己是最正確的。蔣先生特撰此文予以批評。

六、影響研究、比較研究和研究之研究

影響研究方面的論文，主要是論證《西厢記》在體例上受南戲和傳奇的影響，《西厢記》對其他戲曲、小説的關係或影響，如對包括《牡丹亭》在内的整個《臨川四夢》和《金瓶梅》、《紅樓夢》的重大影響等。

《〈紅樓夢〉對〈西厢記〉的借鑒》（原刊《藝譚》一九八二年第二期），收入《明刊本西厢記研究》時改名《〈西厢記〉的〈妝台窺簡〉與〈紅樓夢〉第二十三回》，論説過去的研究者所忽略的一個重大問題，即《西厢記》對《紅樓夢》的重要影響。《紅樓夢》第二十三回記叙賈寶玉推薦林黛玉初讀《西厢記》，蔣先生通過細緻分析，指出《紅樓夢》本節的細節描寫和兩人口角的最

後都用了不了了之的辨法，都與《西厢記・妝台窺簡》相似，明顯受到此折的影響，黛玉嘲笑寶玉是不中用的「銀樣鑞槍頭」也受《西厢記》的影響。書中多次借用《西厢記》的詞句表達特定的寓意，尤其是寶玉與黛玉的丫鬟紫鵑開玩笑說：「好丫頭！『若共你多情小姐同鴛帳，怎捨得叫你疊被鋪床？』」直接套用張生與鶯鶯丫鬟紅娘的原話，指意明晰而含蓄。此文所舉佳例很多，有力論證了《紅樓夢》所受的深遠而又深入骨髓的影響。

比較研究方面的論文，主要是論述《西厢記》在日本和西方的傳播、翻譯和研究。《西厢記》在二十世紀有衆多的研究者，而且研究的層次很高。蔣先生對著名學者王季思、戴不凡、張國光先生等發表的著名論文和研究成果提出商榷，又和張人和先生論戰，推進了《西厢記》的研究。

蔣星煜先生的《西厢記》研究成就卓特，影響巨大，因而劉厚生先生認爲他「在《西厢》上的成就必定將進入歷史」。其特點是宏觀與微觀相結合，考證與論證相結合，理論與審美相結合，「厢」内研究與「厢」外研究相結合；眼光高遠寬廣，分析細緻入微。閱讀他的這些研究著作，不但在《西厢記》作品的理解和領悟方面大受啓發，而且對於作學問也有「金針盡度」之感。蔣先生在《西厢》學中浸潤了多年心血，兼之卓特天賦與悟性，故能目光如炬，在極細微處將衆多深藏不露或遥不相連的零碎的意象，精細地挑選出來，再作精心闡釋，將《西厢記》慘澹經營的精思妙詣，將《西厢記》在後世名著中深入骨髓難以尋覓的影響，昭示給讀者，不少倫析，令人拍案叫絶。

蔣星煜先生之所以能取得這樣的成就，是因爲他是一位全能型的作家和學者。他既有很多創作作品，又有大量研究成果。在創作領域，他擅長散文隨筆和歷史小説，已有多種集子出版，尤其是歷史小説有很大的影響。在研究領域，他的範圍極廣，在文化史、明史、舞蹈藝術、書法藝術、語言文字和戲劇史論、《西厢》學上都有論文和專著；尤其在戲劇史論領域，他已出或將出的書籍共有近二十種，加上新發表的論文，篇幅已約三百萬字，是二十世紀少數權威學者之一，因而能在《西厢記》的研究方面，更取得無與倫比的傑出成就，領先於中外學術界。趙景深師生前鑒於建國後尤其是「文革」時期極左思潮的摧殘，大陸學者難以或無法自由治學的狀況，在二十世紀八十年代初曾呼籲中國的戲曲史論研究者發憤治學，不要與日本學術界相比落得太遠了。蔣先生二十五年的出色成果，頗爲完滿地響應了趙景深先生的殷切期望。馬少波先生的贈詩稱他：「獨開蹊徑歎狂疾，致遠鉤深乃大師。」知音之言也。

蔣先生已屆八十五高齡，他正在撰寫《湯顯祖傳》，并已部分完成《桃花扇研究》的寫作，在《西厢記》研究方面，這幾年已將重點放在藝術分析和審美研究方面，近期即將出版新著即是内容豐富多彩、見解深刻獨到、文采斐然的《西厢記的評論和賞析》。體健筆健、不斷樹建的蔣星煜先生正如志在千里的伏櫪老驥，正在繼續爲我們後學作出傑出的表率。

（原刊北京：《戲曲研究》第六十六輯，二〇〇四年十二月。發表時末段被删去）

重版後記

本書於二〇一三年出版、二〇一四年重印後，不久即告售罄，網上高價轉售。今重版此書，以適應學界之需要。

本書由國家古籍整理出版專項出版經費資助，出版後獲全國古籍整理優秀著作二等獎。

《西厢記》是中國戲曲的第一經典著作。推薦專家蔣星煜研究員、葉長海教授和上海人民出版社向全國古籍整理出版領導小組遞呈的申請報告評論本書：「此爲一部《西厢記》研究的總結性和集大成的文獻版本和權威版本，兼具欣賞、收藏和研究的功能，本書的注釋、研究論文和評論彙編各項和全書的綜合成就，都達到國際領先水準，因而具有重大文獻價值和學術價值。」並對當代理論、創作界有指導作用。（這個評價也適合《牡丹亭注釋彙評》。）

中國古代戲曲名著中，《西厢記》《琵琶記》《牡丹亭》有多個評批本，也只有这三部经典有多个评批本，歷代評論也很多，可以做評論彙編。我收齊三書所有的評論和評批本的批語，編成彙評本，並作系列性的全新評論。

在本書《西厢記注釋彙評》出版之後，在国内外多位著名学者的支持和帮助下，我編著《牡丹亭注釋彙評》三册一百九十八萬字（上海人民出版社二〇一七）。此書是湯顯祖的全部評論資料之彙編，既收齊《牡丹亭》的全部評論資料，在附録中也收齊湯顯祖其他戲曲作品的全部序跋和評論資料（包括評批本的批語），湯顯祖詩文的全部評論資料，湯顯祖評論他人詩文、詞曲、小説的全部資料，湯顯祖重要的文藝評論和美學文章。此書收入我本人的著作四十萬字：前言、導論、《牡丹亭》全劇的每出之後的藝術評論、專著《湯顯祖與〈牡丹亭〉研究》等。

《牡丹亭注釋彙評》也獲國家古籍整理出版專項出版經費資助，出版後獲全國古籍整理優秀著作二等獎、華東地區古籍整理優秀著作一等獎。

《牡丹亭》是中國戲曲名列第二、「幾令《西廂》減價」的經典著作，具有極高的藝術成就。推薦專家周育德、趙山林教授和上海人民出版社評價此書：《〈牡丹亭〉注釋彙評》提供了古代文藝經典總結性整理和研究的一種新的範式，該成果的這種新範式系統、全面和完整地收集、整理和總結了明清和現當代的《牡丹亭》暨《臨川四夢》研究的巨大成果，給學術界研究湯顯祖、《牡丹亭》暨《臨川四夢》提供完整、有序和經過精心整理的資料，以便推進更爲深入的研究。這個評價也適合《西廂記注釋彙評》。

《琵琶記注釋彙評》也早已基本完成，不久也將出版。到時，本人編著的這個系列性的戲曲經典彙評研究就全部完成了。

我的《西廂記》研究和出版得到《西廂記》研究權威蔣星煜先生的幫助和提攜。他將原由他承擔的《西廂記評註》（蔣星煜先生擔任顧問的《六十種曲評註》之一種）的選題委託我完成，在著名學者的書籍出版也非常困難的年代給我以重大機會。於是我在此書的基礎上又完成本書《西廂記註釋彙評》。

初版時由於本書的篇幅大大超出原先估計的一百萬字，已超過一百四十萬字，所以原定編入的「二十世紀《西廂記》研究專著和論文索引」，因研究者和論文出奇的眾多，仔細羅列，篇幅約達十萬字，故而只能將已成稿件割愛、删去。

本書的成果，是我歷時多年獨立完成的。但爲節約出差經費，避免重複勞動，國家圖書館所藏《田水月山房西廂記》評語的選録採用朱萬曙教授的校點稿，日藏孤本手稿《看西廂》由黄仕忠教授帶領其研究生完成抄録和校點。特此致謝！

我要感謝上海圖書館負責古籍善本書調閱的王翠蘭老師、古籍閱覽室負責人陳建華老師。一九九六年底，上海圖書館新館剛開，我幾乎天天去該館古籍室「上班」。如是兩年（一九九七—一九九八），完成了《西廂記注釋彙評》（三卷約一百四十萬字）、《金聖歎全集》修訂增補本（六卷近二百八十萬字）、《王國維集》（四卷近一百八十萬字）的抄録、校讎工作。感謝她們不厭其煩的熱情服務！

修訂《金聖歎全集》時，我意外地發現了《貫華堂第六才子書西廂記》的原刻本。這可謂是古籍整理和研究領域的一件大事。因爲《貫華堂第六才子書西廂記》原刻本在二十世紀上半期僅存三部，都是權威研究家兼藏書家的藏品。可是，上海周越然（一八八五—一九六二，浙江吴興人，商務印書館著名編輯家）言言齋的藏本，和吴梅（一八八四—一九三九，江蘇蘇州人）寄存於上海商務印書館涵芬樓的藏本，都被侵华日寇炸毁；北京傅惜華（一九〇七—一九七〇）碧蕖館的藏本，「文革」時被抄走而迷失。一九九七年，我在上海圖書館搬遷新館後，發現了所藏原刻本，並據此校訂了拙編《金聖歎全集》中的《貫華堂第六才子書西廂記》；目前此本已無法複查，只能查到其收藏的殘本，但允許我複印。當年我複印的第七卷卷末一頁，金聖歎鄭重題簽完成評批日期的關鍵頁，也已不可複得。編入本書的《貫華堂第六才子書西廂記》的底本即原刻本，非常珍貴。

本書清样的校阅還要感謝南京理工出版信息技術有限公司打字員、校對員的辛勤勞動。本書文字艱深，稿件複雜，編排煩難，難爲她們精心打字，一再改動、修正，工作敬業，令我感動！我與她們，雖不能見，而心長思之。

本書初版的順利出版，全靠責任編輯楊伯偉先生。他在爲蔣星煜先生編輯其名著時，看到文集中蔣先生爲此書所撰之序。對於書稿選題一貫具有高度敏感性和主動性、眼光卓特行事快捷（他在上海辭書出版社工作時的同事孫偉麟先生對他的評價）的楊伯偉先生，立即熱情向蔣先生提出，由上海人民出版社出版此書，由他起草報告，向全國古籍整理出版領導小組提呈出版立項和資助申請。申請獲批後，他與周珍老師一起，不憚煩難地認真審稿、反覆校改。特致謝忱！

本書初版的順利出版也要感謝當時的上海人民出版社社長王興康兄，因責編楊柏偉先生已經調任上海書店出版社副總編輯，剛從上海古籍出版社調來不久的王興康兄主持了此書的出版工作。

經過多年的努力，我八次出版《西廂記》的四種整理本，名列全國第一：①《金聖歎全集》編校中的《貫華堂第六才子書西廂記》（江蘇古籍出版社一九八五；署名陸林的鳳凰出版社二〇〇八年重印本和二〇一六年重印修訂本）、②《金聖歎全集》編校選刊本《貫華堂第六才子書西廂記》（江蘇古籍出版社一九八六；署名陸林的鳳凰出版社二〇一一年簡體重印本）；③《西廂記評注》（吉林人民出版社二〇〇一）；④《金聖歎全集》增訂釋評本《貫華堂第六才子書西廂記》（萬卷出版公司二〇〇九）和⑤此版《金聖歎全集》的《貫華堂第六才子書西廂記》單行本（萬卷出版公司二〇〇九）；⑥《西廂記注釋彙評》（上海人民出版社二〇一三、二〇一四）及⑦重版修訂本；⑧《金聖歎評批西廂記彙編釋評》（北京鳳凰壹力公司策劃，上海三聯書店二〇二五）。

本次修訂本，校正了第一次印刷時的幾個印誤的錯字，《此宜閣增訂金批西廂》全稿由我和鄒欣靜同學根據國家圖書館的所藏原刻本兩次校改，做了全面的修訂。在修改校樣時，再次做了全面的校訂。這部書，國家圖書館收藏的原刻本，也有多處缺字和整段的殘曲，我用上海圖書館、華東師範大學圖書館所藏的清代兩種復刻本和我自己所藏的民國初年石印本校對，才補全全部的批語。

本書的彙評包括我的《西廂記》評論。

我的評論有：①前言和導論；②每折戲後的藝術評論；③研究專著，對《西廂記》做出全面的新評價。

尤其是本書認爲《西廂記》在世界文化史上，首創了一個新的愛情模式，即「知音互賞式」愛情。《西廂記》描寫張生與鶯鶯的愛情超越了一見鍾情，結合愛情受到嚴竣考驗的心理描寫，作者讓張、鶯舒展才華，在高智商的心靈碰撞中，不斷克服險阻，冒出新的愛情火花，從而增進瞭解，在文化觀、生活觀和愛情觀各方面產生共鳴，雙方上升爲知音互賞的親密伴侣，極大地推動了愛情的發展；又超越生理性的性愛，達到靈與肉的結合，展示知識的力量、藝術的力量，達到更高層次的愛。《西廂記》中的知音互賞式愛情使用的是藝術的表達手段，即用詩歌和琴聲來傳達自己真摯的心聲。後來高濂《玉簪記·琴挑》、孟稱舜《嬌紅記》和《紅樓夢》等衆多戲曲小説作品中的有關描寫都繼承了這個創作方法。其中《牡丹亭》用繪畫和詩歌（杜麗娘用自畫像和畫上的詩歌），在超時空的環境中表達愛意；而《長生殿》楊貴妃和唐明皇則通過一起創作和演出《霓裳羽衣曲》，將普通的帝王後妃關係轉化爲兩位藝術家之間的知音互賞式愛情，兩劇都作出了新的藝術創造。

我自創「知音互賞」這個話語來命名這個愛情模式，並以此評論和論述，歸納這個愛情模式的描寫是中國敘事文學的一個鮮明特色。

本次重版得到上海人民出版社孫瑜副總編輯的支持，責任編輯認真、高效地完成重編工作，特致謝忱！

也非常感謝《西廂記》的愛好者和學者、讀者對本書的厚愛！

在此重版之時，我十分懷念此書的序言作者、推薦專家蔣星煜先生。蔣先生在本書出版後，接連通讀全書兩遍，並來電給予高度肯定和勉勵。蔣先生在本書初版後兩年，於二〇一五年十二月十五日仙逝，至今恰好十年。蔣先生對我的關懷，我永遠銘記在心；他的治學精神，永遠照耀我不斷前進！

周錫山

二〇二五年三月十八日於上海

圖書在版編目(CIP)數據

《西厢記》注釋彙評 / (元)王實甫原著 ; 周錫山編著. -- 上海 : 上海人民出版社, 2025. -- ISBN 978-7-208-19472-4

Ⅰ. I237.1

中國國家版本館 CIP 數據核字第 2025WJ2230 號

責任編輯 邵 冲
封面設計 夏 芳

《西厢記》注釋彙評
(元)王實甫 原著
周錫山 編著

出　　版 上海人民出版社
(201101 上海市閔行區號景路 159 弄 C 座)
發　　行 上海人民出版社發行中心
印　　刷 蘇州工業園區美柯樂製版印務有限責任公司
開　　本 720×1000 1/16
印　　張 107.5
插　　頁 15
字　　數 1,472,000
版　　次 2025 年 6 月第 1 版
印　　次 2025 年 6 月第 1 次印刷
ISBN 978-7-208-19472-4/I·2208
定　　價 580.00 圓(全三册)